白话 夜雨秋灯录 1

BAIHUAYEYUQIUDENGLU

【清】宣鼎 · 原著

徐赟 · 编著

广东旅游出版社
GUANGDONG TRAVEL & TOURISM PRESS
悦读书·吧旅行·抢享人生

中国·广州

图书在版编目（CIP）数据

白话夜雨秋灯录：全4册 /（清）宣鼎原著；徐赟编著. — 广州：
广东旅游出版社，2017.10（2025.1重印）
　　ISBN 978-7-5570-1102-4

　　Ⅰ.①白… Ⅱ.①宣… ②徐… Ⅲ.①笔记小说 – 小说集 – 中国 – 清代
Ⅳ.①I242.1

　　中国版本图书馆CIP数据核字（2017）第219198号

白话夜雨秋灯录 .1

BAI HUA YE YU QIU DENG LU .1

出 版 人	刘志松
责任编辑	李　丽
责任技编	冼志良
责任校对	李瑞苑

广东旅游出版社出版发行

地　　址	广东省广州市荔湾区沙面北街71号首、二层
邮　　编	510130
电　　话	020-87347732（总编室）　020-87348887（销售热线）
投稿邮箱	2026542779@qq.com
印　　刷	三河市腾飞印务有限公司
	（地址：三河市黄土庄镇小石庄村）
开　　本	710毫米×1000毫米 1/16
印　　张	64
字　　数	940千
版　　次	2017年10月第1版
印　　次	2025年1月第2次印刷
定　　价	280.00元（全四册）

认庵见丫鬟脸色铁青，下了很大的决心似的，于是径直取出怀里包裹，双手递给她，说："小娘子，你看是不是这个？"丫鬟见了，失而复得，立即跪倒叩头，认庵搀扶她起来，大献殷勤。

凤卿梳妆打扮完，人逢喜事精神爽，自信满满，容光焕发。湘莲扶她高高坐在大厅上面，范生夫妻俩穿上官服在地下行拜见礼。

有一天，夕阳西下，父子两人踏着余晖，各扛着一枝枪，枪杆上还挂着许多的小鸟和兔子，正要回家。

序 言

志怪笔记体小说是中国古典小说形式之一，以记叙神异鬼怪故事传说为主体内容，产生和流行于魏晋南北朝，与当时社会宗教迷信和玄学风气盛行以及佛教的传播有直接的关系。汉代以后，儒教、道教和佛教逐渐盛行，鬼神迷信的说教广为流布，所以志怪的书特别多。历朝历代作品中就有不少以"志怪"命名的，如祖台之的《志怪》、孔约的《孔氏志怪》，乃至清代蒲松龄的《聊斋志异》。（"志怪"一词出于《庄子·逍遥游》："齐谐者，志怪者也。"）

鲁迅就在《中国小说史略》中说："中国本信巫，秦汉以来，神仙之说盛行，汉末又大畅巫风，而鬼道愈炽；会小乘佛教亦入中土，渐见流传。凡此，皆张皇鬼神，称道灵异，故自晋迄隋，特多鬼神志怪之书。其书有出于文人者，有出于教徒者。文人之作，虽非如释道二家，意在自神其教，然亦非有意为小说，盖当时以为幽明虽殊途，而人鬼乃皆实有，故其叙述异事，与记载人间常事，自视固无诚妄之别矣。"志怪小说的内容很庞杂，大致可分为三类，一是炫耀地理博物的琐闻，如托名东方朔的《神异经》、张华的《博物志》；二是记述正史以外的历史传闻故事，如托名班固的《汉武故事》《汉武帝内传》；三是讲说鬼神怪异的迷信故事，如东晋干宝的《搜神记》、曹丕的《列异传》、葛洪的《神仙传》以及托名陶潜的《后搜神记》等。

志怪笔记体小说多以人物趣闻逸事、民间故事传说为题材，具有写人粗疏、叙事简约、篇幅短小、形式灵活、不拘一格的特点。另外不同的作者在这类小说中也倾注了自己的思想、智慧和情感，例如在《聊斋志异》中，蒲松龄"用传奇法，而以志怪"，将生命力和"孤愤"注入其中；而在《阅微草堂笔记》中，纪

昀则是将智慧注入其中，以"测鬼神之情状，发人间之幽微，托狐鬼以抒己见"为核心，目的在于益人神智。大多数的志怪笔记体小说更高超的地方在于对人性的把握，鬼怪皆有人性，甚至比人更为生动真实，可敬可爱。

志怪笔记体小说在明清时代达到了一个新的高峰，为后世树立了一座中国古典小说的丰碑。本着品读经典书籍，弘扬优秀文化的思想，我们首批选取了明清两个朝代中比肩《聊斋志异》的四本志怪笔记体小说，严格遵循原文，编写了这套白话志怪笔记体丛书——《白话夜雨秋灯录》《白话夜谭随录》《白话剪灯新话》《白话萤窗异草》。本系列书所述均系当时社会之旧闻轶事、神鬼狐怪、烟花粉黛一类故事，情节离奇，生动有趣，文笔简洁朴实，颇有艺术造诣，流传甚广，是明清笔记小说中的佳作。

总之，志怪笔记体小说作为中国最传统的文学形式，用的是中国思维，写的是中国神怪鬼狐，讲的是中国故事，这些都渗透在我们每一个国人的骨子里。悠闲时光，品一杯茶，读读这些经典之作，聊发怀古的幽思也是一种极大的精神享受。

出版者语

《夜雨秋灯录》的作者宣鼎，字子九，又字素梅；号瘦梅，又号邋遢书生，金石书画丐，安徽天长市人，生于清道光十二年（1832年），卒于清光绪六年（1880年），是我国晚清著名的小说家、戏剧家、诗人、画家，对书法、篆刻、词曲、赋等亦能精通，史书称他"工诗文书画"。他是清代一位不可多得的多才多艺的文学艺术家。

宣鼎少年时期家境丰裕，后来遭逢晚清社会动荡，穷愁潦倒。坎坷的经历为其后来的文学创作奠定了底蕴。40岁时，宣鼎开始文言小说《夜雨秋灯录》的创作。光绪三年（1877年），《夜雨秋灯录》由上海申报馆刊行，共八卷一一五篇。光绪六年（1880年），又出《夜雨秋灯续录》，仍为八卷一一五篇。《夜雨秋灯录》及《夜雨秋灯续录》深刻反映了清末动荡不安的社会状况和普通老百姓的命运，其中，有的抨击了封建礼教和婚姻制度，有的揭露黑暗吏治、讽刺时弊，有的歌颂豪侠。成就最高的是以男女爱情为题材的作品，如《麻疯女邱丽玉》《邬生艳遇》《雪里红》等脍炙人口的名篇。

宣鼎的《夜雨秋灯录》《夜雨秋灯续录》情节曲折，文笔丽而不绮，前人评它"书奇事则可愕可惊，志畸行则如泣如诉，论民故则若嘲若讽，摹艳情则不即不离"。在模仿《聊斋志异》的众多文言小说中，可以说是最好的一部。

《夜雨秋灯录》被誉为清代小说的压卷之作。

目　录

卷　三

卷　四

卷一

青天白日

　　南宫认庵，浙江人。其父亲南宫琥在广东做官，清正廉洁，两袖清风，以致一贫如洗。认庵以字号行世，自幼跟随父亲，生活于繁华的广州。但世事难料，认庵的母亲先去世，接着父亲也去世了。祸不单行，这边丧事办毕，那边又传来府库钱款有亏损，依律必须子代父罪，官府将把认庵投入监狱抵罪。

　　认庵虽然年轻，但对要吃官司却很忌讳，想方设法予以躲避。他家族中为官的不多，有个叔父叫南宫璧，在苏州官衙当幕僚，于是就想前去投奔。他悄悄焚化双亲尸骸，把骨殖装入竹篓背在肩上，趁着月黑夜晚，徒步逃逸。一路上餐风饮露，奔波跋涉，吃了不少苦头，整整一年才挨到苏州。苏州古城，人口密集，小桥流水人家，商贾不断。想要打听一个人的下落，犹如大海捞针。认庵到处打听寻找叔父，长时间毫无消息。当时，苏州正是歉收年景，物价腾贵，认庵节约着过日子，盘缠却一日少于一日，日子越来越难过。他索性把仅剩下的糊口活命钱买了半亩地，埋葬了双亲骨殖，立个墓碑，做了标记。又搭建一个团瓢似的小茅棚，住守在墓边。不久银两花光，就蓬头垢面，衣衫褴褛，沦为乞丐。乞讨的日子，虽觉得丢尽了颜面，但讨来的残羹剩饭，总不忘先供在坟前祭祀父母亡灵。那时他才十五岁，天性孝敬聪明，形象虽清瘦但还不憔悴。他听见吴地儿童唱山歌，吴音软侬，很悦耳动听，便一一记住学会，在大街小巷卖唱乞讨，就像古代伍子胥在吴市吹箫乞食一样，这才免于饥饿。朝朝暮暮，认庵在城廓村郊卖唱乞讨，转眼过了三年光阴。

冬去春来，桃花盛开，暖阳晒得身上热乎乎的。认庵长时间没有洗过热水澡了，背靠一座古庙门边，对着阳光，解开破旧衣衫，捉身上的老白虱。古庙对面，过一条巷道，就是一座富家后花园，不时可见有美女在楼上走来走去，往外眺望。不久园门轻轻开启，出来一个风姿艳丽的小丫鬟，身材苗条，面容姣好，约有十六岁光景。只见她掩上园门，朝西走去。忽然她蹲身在灌木草丛中，片刻后，直起身，整束好衣装，又继续朝西赶路，料想她刚才是在解手。但没走几步，小丫鬟身上像有件漂亮东西掉在草地上，柔软无声。认庵连忙呼叫告诉，丫鬟只顾自个儿匆忙前行，却没有听见。

认庵掩上衣襟，急忙前去查看，果然见草地上有一只锦缎包袱，其中有金钗玉钏等珍贵首饰，还有些零星珠宝。另外包裹里附着一封信，折叠成菱形花样。认庵连忙打开信封，只见信上写道：

十郎哥哥足下：妹妹素质愚陋，能够匹配哥哥清雅才貌，表兄妹亲上做亲，真是幸而又幸。牛郎织女情，相隔盈盈一水；孔雀东南飞，传来隐隐双声。海誓山盟金石坚，妹妹欣喜得嫁梁鸿；沧海桑田劫运转，郎君贫困忽如司马相如。然而鲍宣妻不忧丈夫贫穷，共挽鹿车；阮家妇岂嫌夫君落魄，曝晒短裤。还望哥哥书窗勤苦攻读，可以预卜鸿雁飞腾青云。岂敢埋怨已到结婚年龄，感叹青春方兴未艾；只期望你蟾宫折桂，脱下白夹衣换上官服来迎娶。

已知我家父母对你青眼顿时变成白眼，月老所系红丝将断。双亲每听到媒人调舌，总像是埋怨上次错许姻缘；想另请人牵线搭桥，再接受别家的聘酒。我心坚硬如石，不可翻转；花言巧语如簧，还须提防。如当真逼我改嫁，定弹《黄鹤曲》以明志向，宁可守寡也不嫁；常想写信给哥哥表明心迹，只恨没有青鸾神鸟为我传递。

　　小丫鬟娟奴，与我虽是主仆关系，情谊上可称是我的心腹。我和哥哥婚事已有燃眉之急，感情煎熬实在超过刺目之痛。派她前往寻访夫君，面递书信，献上我含泪断肠辞句。婉转曲折十三行字，有意仿照苏若兰织锦回文诗。附上缠臂金镯、搔头玉簪、珍珠百颗，聊且充作穷书生夜读灯火钱。诉说不尽缠绵情意，由小丫鬟代为详述。不甘心坐以待毙，万分危急中不及斟酌字句，倾诉衷肠；大胆向哥哥表白我的热忱，还请怜惜鉴谅。

　　某年某月某日，小妹秦贞璞再拜手启。

　　南宫认庵读完信，很是吃惊，摇头吐舌道："好险啊！东床快婿落魄潦倒，富翁丈人图赖婚姻，钟情女子触犯礼义，不顾嫌疑为未婚夫解急救贫，种种情事好不惊心啊！倘若此信被别人捡到，小丫鬟固然一命难保，即便那迢迢相望的牛郎织女，也将永世隔绝，难能鹊桥相会。我何不坐等着，再看一看。"

　　不大一会儿，丫鬟返回，脸色吓成死灰色，慌里慌张地在草丛间寻觅，没有找到什么，仰头向天，大声哀叹说："我一死倒不足可惜，怕辜负了主人的重托，该如何是好？"认庵这才走近丫鬟身边，笑着对她说："小娘子，看样子丢失什么东西啦？值什么说到要死？"丫鬟定睛一看，眼前这人乞丐模样，说话却不同凡响，听他话中有话，于是哀求说："好男子，你见到了什么吗？"认庵说："要是你明明白白告诉我真实情况，或许能完璧归赵呢。"婢女见面前这人一眼认真模样，也就镇静下来，一个劲地说："我是秦家丫鬟娟奴，天天服侍我家小姐。小姐芳年十八，天生丽质，到了谈婚论嫁的年龄。我家主人见女婿家贫穷，要逼女儿改嫁。小姐日夜哭泣，死活不依。我很同情她，请她取出私房钱，小姐翻出一直藏在梳妆台里约值五百两银子的私房钱，用鲛绡帕包裹，附上一封信，我亲自担当信使，去交付小姐的钟情人。嘱他赴都城赶考，争取金榜题名，就能迎娶我家小姐。刚才不慎将包袱丢失，密谋必将泄露，怎能不悲伤？"说罢，娟奴喉咙哽咽，痛哭流涕。认庵问道："那你将怎么办？"丫鬟答道："一死了之！"认庵见丫鬟脸色铁青，下了很大的决心似的，于是径直取出怀里包裹，双手递给她，说："小娘子，你看是不是这个？"丫鬟见了，失而复得，立即跪倒叩头，认庵搀扶她起来，大献殷勤。丫鬟说："你是个乞丐，突然得到如此一大笔横财，就这么放弃掉，你甘心吗？我将怎样报答你？"认庵看小姑娘眉清目秀，面庞红润，上身着细花夹袄，下身穿粉红外裤，一副楚楚动人模样，内心激起无端的欲望，连忙说："小娘子，你想报答我，这事情难也不难，恐怕对我来说很容易，对你来说很难。我会感到幸福和快乐的，你也许会感到痛苦和后悔的。"丫鬟说："小哥，这话何讲？不妨说得具体些。"认庵说："好。我虽已成年，但仍是童子身。你的容貌漂亮极了，不知能不能让我真正销魂一次呢？"丫鬟听此言语，对着认庵，面有羞色，慢吞吞地说："你暂且先等待着，我办完事回来，再找机会报答你。"说罢，丫鬟笑意甜甜，提着金玉包袱，转身而去。认庵也并没有当作一回事，看路上也是行人匆匆，太阳升得老高了，也就急忙出东郊去乞讨。

三天以后，认庵再次经过那家花园，远远听到一个女子如黄莺鸣啭的声音呼唤道："小哥哥，你来了吗？"抬头一看，正是那小丫鬟在喊自己呢。丫鬟笑着向他招手，园门呀的一响打开，认庵急忙悄悄随丫鬟身后潜入。池边花坛，太湖石畔，芳草如茵，桃花争艳，丫鬟停下脚步，见四周无人，十分隐蔽，便对认庵说："看你见财不贪心，也是正人君子。今日姑且用你希望的方法来报答你的大恩大德。但是我有言在先，仅此一次，不能再有第二次。"认庵说："好的。"认庵一阵窃喜，急不可耐，忙将娟奴拉住躺下，正要将她拥抱亲吻，只见丫鬟从腰间抽出一帕红罗巾，遮盖住粉面，认庵笑道："你容貌标致，秀色可餐，我正想美美饱看，取得片刻欢乐，你为什么吝惜美容而遮盖呢？莫不是姑娘家撒娇害羞的常态吧？"丫鬟用纤细玉指指着天上说："此处虽隐蔽，人迹罕至，但青天白日在头上，难道不怕天上神明看见吗？"认庵听后，犹如当头一棒，情欲的恶魔顿时潜逃，立刻起身说："你怕神明，难道我不害怕吗？"就手持竹竿，提着空篮，口中不断喃喃念诵"青天白日、青天白日……"四字而去。只听到丫鬟远远地嘱咐说："小哥，今日本想报答于你，如此一来，也难为你了。你可以每天中午赶来，我会把自己的午饭分一半给你充饥。"认庵喜忧参半，只顾自己闭着眼仰头狂奔，立即逃离花园，也不管园门是否已经关上了。

第二天，认庵行乞在市上，一个看相的人指着认庵叫道："那乞丐，你过来。我看你眉毛下新添一条积阴德的纹路，哪来的？算定你在三十六天内，必有不同寻常的奇遇。"认庵不信道:"古人云:一命二运三积阴德四风水五读书,我知晓这积阴德可是事关命运的大好事啊。可我每日唱《莲花落》,唱得喉咙都沙哑了,还不是照样讨饭过日子?免于饿死沟壑已很满足了,哪还敢奢望有《李娃传》中荥阳公子那样的发迹奇遇吗?"看相的一听这乞丐说话还挺文绉绉的,接着说:"不是这样说。如果我的相应验,你给我多少报酬?"认庵说:"十吊铜钱。我也身无分文,不然多给些你也罢。不验怎么说?"看相的用手指着自己的一双眼睛说:"如果不验,你就剜掉我一双眼珠。"认庵蛮有信心地说:"先生凭眼睛看相吃饭,君子一言驷马难追,只是您的眼珠怕有危险了!"到了第三十五天,认庵仍在讨饭,故意走到看相的跟前说:"眼珠临时再稳稳地寄放在你脸上一宵。"看相的又仔细察看认庵,拍掌高声说:"错不了!你额边透出紫气,注定先有财运。"认庵权且不当一回事,就随口答应。

第二日中午,认庵如往日一样出门行乞。他走在大街上,忽然有人靠近他,急忙拉住他衣袖,呼唤道:"你莫非是月儿?""月儿?居然这里有人喊我小名?"原来认庵出世后,头颈部有月牙形痕迹,因此小名叫月儿。认庵抬头打量那人,只见衣服华丽,骑着骏马,像是位贵官,姑且答应道:"是的。"那人神色凝重,双眼一闭,竟惨然流泪说:"你在大街头行乞,怎会落到如此地步?"认庵不知面前为何人,对自己竟如此熟悉,突然回想起来,说:"真是踏破铁鞋无觅处,您莫非是璧叔?"那人说:"正是。今日在大街上遇见,你何不随我一起回家?"

认庵跨上高头大马,随叔父一路嘀嗒嘀嗒,很快就飞奔到了叔叔家。叔父家陈设布置光华灿烂,阔宅大院,好不气派。认庵首先拱起双手作揖,叩见婶婶:"婶婶,侄儿认庵拜见您。""好!好!"婶婶答应着,也很觉安慰。认庵坐下来,喝得几口茶,将自己的遭遇原原本本叙述一遍,不禁失声痛哭。叔父说:"早就知道你父母都过世了,特地写信打听你的消息,却没有回音,你竟然在这里啊!我已年老,广有财富,可惜没有后代。现在有了侄子,就不愁无人继承了!"立刻吩咐丫鬟、老妈子替侄儿换下褴褛衣衫,并且用香汤沐浴,一番梳洗打扮,便恢复了翩翩风度,容光焕发,简直判若两人。认庵委婉地说起看相的相法入神,叔父叫拿十吊钱,赶快去酬谢。"好!谢谢叔叔婶婶!"认庵接过十吊钱,提出想找那个看相的来家里替叔父也看看相,叔父却不同意。

十多天后，叔父喊住认庵，叫他坐到自己的对面，忽然交给认庵一千两银子，语重心长地说："你读书既已荒废，耽搁了大好时光，现在应当学学经商了。"认庵以年龄还小，予以推辞。叔父说："凡事都有个尝试。你不先去试试，怎知成与败？依我之见，你经历坎坷，应该做什么都将有利。""侄儿，你就听叔父的话，去尝试尝试吧。"得到叔叔、婶婶一番开导与鼓励，认庵信心倍增，于是整理行装，择了个黄道吉日，包租了一条船过江，贩运白米，果然大获利润。

寒暑易节，冬去春来。在外闯荡了一整年，第二年这一天，认庵返回苏州拜望叔父。只见那儿门庭依旧，主人却已调换。他向新主人询问，回答说："你去后，你叔父也搬迁别处，并且不知道搬到何地。""这如何是好？"认庵喃喃自语，不觉感到茫茫人寰，一时也可能无从寻访，再想江北已新买了住宅，何不先回江北暂住，再细细查访，顺便可以去父母墓前祭扫凭吊，告慰父母灵魂。"客主，我们快速起身吧。"船家也频频催促动身，这时认庵身边尚余五百两银子，便全部用来购买柏油，压在舱底。认庵渡江后，北风呼啸，江面冻结，十来天都未融化。柏油价格顿时猛涨，认庵因此轻而易举，顿时获取了约十倍的厚利。他又另外在住宅前开设绸缎店，以三千两银子做资本，雇请四五个忠厚老实的人做买卖、管出纳。

又过了一年，认庵心中念念不忘叔父，于是独自渡江，作为散客搭船。船到江心，突然阴雨密布，狂风四起，浪涛如山，雷电轰鸣。同船十多个客人，都见云层里显现四个极大的金字"青天白日"，笔画清楚分明。众人高声念佛，祈求消灾，而字仍然显现，雷声依旧隆隆，船几乎被震裂。"青天白日""阿弥陀佛"，大伙着急地说："上天已明白显示恶人所干的坏事，大家各自想一想自己，不要连累他人！"大家你望望我，我看看你，一时间难以判断。说时迟，那时快，认庵挺身而出，告诉大伙说："这是我的隐私，确实难以启齿，我怎敢连累你们？今日修得同船过渡，愿大家平平安安，一帆风顺，我们来世再见吧！"说完，纵身跳入汹涌的江流，几个扑腾，昏昏沉沉中抱住一棵枯树，听任风浪颠簸掀荡。"青天白日""阿弥陀佛！"大家还在双手合十，念念有词，只听到雷雨哗哗骤下，闪电像金蛇游窜，一派火光。

片刻间，浓云消退，雨过天晴，认庵看自己犹如一叶浮萍，漂荡在万里浪涛中。

前方忽有一只官船，敲锣张帆向自己这边驶来。有人高呼："赶紧救活抱着枯树的落水人，赏十贯钱！"马上一条小红船靠近，救起认庵，扶他登上官船。认庵一身疲惫，睁开眼定睛一瞧，船上不是别人，竟是他的叔父。叔侄都很吃惊，认庵连忙问："叔父从哪里来？"叔父说："我移居在通州，偶尔来游紫琅山，经过此地。你父母的墓安然无恙，你的心事我都已知道。娟奴已伴随秦家小姐嫁到女婿家。女婿果然考中做官，接着迎娶小姐。你的事缘分还没到，不要急躁。"两人一起回到通州寓所，见婶婶安好，婢女童仆比苏州寓所更多，认庵也就不敢多问。稍作休息，认庵也精神倍增。又过两天，认庵取出袖中小本折页账册，呈给叔父，说："这是几年来所赚利润的总账。"叔父说："太烦人了，我不用看这些。快快拿走。"次日早晨，认庵辞别叔父，叔父又赠他几百两银子。

认庵抵达苏州访寻娟奴消息，果真如叔父所说。忽然遇见往年搭乘船的船主，船主惊讶地说："你居然还活着吗？船上那十多个乘客，全被雷电震死。翻了船，我紧紧拖住缆绳方幸免于难。现正泊船在此，船只还在进行修理。"认庵出钱资助他，船家尽快修理，等船修好了，顺便借寓他家，一同而去。

一日，蓝天白云，和风吹拂，阳光普照，认庵偶然背靠白板门闲眺，看见一位美人乘坐花轿，仆从老妈子跟随着。队伍中还有一个小丫鬟，坐一辆小车，面目酷似娟奴。认庵盯梢尾随。只见她们走了三四里地，进入一所尼姑庵。美人登上大殿参拜如来佛，仆从等在游廊憩息，庵主献上香茗。小丫鬟随意散步，身段妖娆，在一门廊转角处，偶然撞见认庵。她目光炯炯，一眼便认出是认庵，于是低声呼唤："青天白日。"认庵不禁失声叫道："咦，你真是娟娘！"娟奴问他何以旧貌换新颜，一下子穿得那么高贵时髦，认庵详告一切。娟奴问道："钟情人还怀念旧情吗？"认庵说："虽时隔多年，内心没有一刻忘怀过。"娟奴又说："彼此都有情，可是连对方姓名都不清楚，使人发笑。"认庵又详细介绍。忽听内里呼唤娟奴，美人与娟奴等一齐离去。

认庵万分惆怅，百无聊赖，在墓地踯躅徘徊。意外发现一座大墓，墓碑上写"东浙寓公南宫讳璧玉人先生之墓"。墓志上详细记载夫妻同死于苏州，去世已近五年，客葬此地，等待侄子南宫认庵今后来寻访。写这篇墓志的是本地秀才郁昉。认庵读完，大吃一惊，回忆叔父婶婶的面目历历分明，搞不清楚这墓中人怎会同名同姓，而且连侄子的姓名也完全一样。从道理上讲必然没有这种可能性，而事实上竟出现了这样的怪事。

归去后，认庵半信半疑，向文人学士打听，知道了郁昉的住址，穿戴整齐递上名片入府拜访。郁昉恍然大悟说："你颈部有月牙痕吗？"认庵说："是的。"郁昉说："你叔父在世时，与我父亲交情最深，两家可算世交。我父亲逝世后，你叔父、婶婶两夫妻也相继亡故。临死前几天，你叔父再三嘱咐我为他准备后事，找块好墓地，撰写好墓志，并留言如果你回苏州，就做继承人。你怎会知道我而肯光临寒舍呢？"认庵说："我也是偶然路过，才得知叔父与婶婶已过世安葬，我已拜读了墓志。"郁昉说："很荣幸没有辜负令叔临终遗命。"认庵紧皱眉头，叙述了两次遇见叔父的经过，求郁昉解除迷惑。郁昉说："你叔父活着时，修炼吐故纳新养生之道，谢世后能解脱形骸的束缚。如果真如你所说，你叔父恐怕已成仙了吧？"认庵派人往通州找叔父，已杳如黄鹤。于是他将父母两只骨殖箱移葬于叔父墓旁。双坟高大，广植草木，亲自撰写纪事文章，镌刻在石碑上。郁昉阅读文章后，见文辞得体不流俗，便高兴地说："你有文曲星高照，还能习学举业，怎能自暴自弃？"原来郁昉已在前科顺天乡试中高中五经魁首，因此勉励认庵，殷勤留他住下，教他读书作对。

时过数月，认庵学业大有长进。当年秋天，认庵回浙江参加科举考试，考中乡试副榜成为贡生，郁昉设筵席为他庆贺。地方士绅、族里长老应邀入席，席间击鼓吹笙，音乐嘹亮，泥金的大红捷报高挂墙上，一派喜气洋洋。酒过三巡，郁昉端起酒杯对认庵说道："你已是贵人了！青春年华已二十一岁，难道还唱苦于无妻的《雉朝飞》诗吗？"认庵有点酒意，面色红润，说："我心目中有位旧情人，我将痴痴地等待。"郁昉说："愚兄代你物色了一位佳人，权且充当你的夫人如何？"话未说了，就有婢女老妪搀扶一位美人走出堂前，与认庵行夫妇交拜礼。认庵不知所措，郁昉拉着他与美人同拜。众人也是酒气熏天，"恭喜新郎新娘！恭喜新郎新娘！""喜结连理！""早生贵子！"之类的附和着。拜毕，两行画烛把一对新人送入洞房，郁昉亲自将房门反锁，临走对房内逗笑说："今宵好好报答大恩，不要再埋怨我们夫妻连累你独守空房。"

花好月圆，夜深人静，认庵香茶醒酒，揭开新娘头盖稍稍瞄一眼，则见粉嫩脸蛋如红莲垂露，瘦削香肩如白玉晶莹，很像娟奴，于是低声轻唤："青天白日。"新娘启唇微笑，说："闷葫芦终于打破了！"认庵听了，一阵大喜，才知道那天尼庵中所见美人就是郁昉妻子，也就是当初的寄书人。丈夫贵后娶妻已两载，极为恩爱。娟奴在尼庵重逢认庵，才向贞璞小姐说明认庵到苏州来寻访的始末情况。贞璞马上转告郁昉，郁昉很有心，在考前竭力拉关系、通关节，认庵才得以顺利考中副榜。这一切，认庵都不知情。当初之所以没有及时将娟奴许配认庵，是怕耽误他学业。两人谈说一会儿，携手入罗帏缠绵，一番云雨，快乐至极，娟娘还是处女。第三天向郁昉致谢，郁昉也谢认庵，此刻两人才将以往种种都一一讲明。认庵说："兄台抬爱，为弟感恩戴德！"郁昉说："你我彼此，不必客气。想当初，你能拾金不昧，到如今，我也留着全璧等着归还你。"二人会意，一阵哈哈大笑。从此两家情同一家，相亲相爱亲如手足。

人逢喜事精神爽。认庵不久就援例去吏部等候选派，授官扬州司马，携带娟娘一起上任。府中任上，他从不忌讳自己过去的经历，常对同僚说："想不到朝廷黄金榜上，也会有卑田院里乞丐的名字！"

银 雁

江西某地，崇山峻岭，环境绝佳，那里有个堪舆家，名叫杜香草，人称杜大师，他精通相地看风水。杜香草曾与富二代李十九友好交往，感情极深。李的父亲亡故，杜香草为此奔走在山谷，寻觅葬地，罗盘不断架山向，鞋子几乎踏破。足足过了三年，才发现一块好地，三面环山，一面对水，沙丘流水分明，龙脉走向极深，前端极远处有数重山，水流多环绕，确实是块风水宝地。山地位置又适中，位于府城的东山，距李家住宅四十多里。山上幽深僻静，树木葱茏，游山者只听见樵夫斧砍树枝的丁丁声，与山间寺庙传出的钟声相呼应。动静相宜，环境宜人。西山在前，仿佛是道天然屏障，而且满目苍翠。杜香草得意非凡，告诉李十九说："这是块福地。令尊大人古道热肠，为本乡本土人所尊重，葬在这里算得上当之无愧。希望你们孝心有嘉，积善积德，培育福泽，子孙后代将人丁兴旺，贵不可言啊。"不多几日，吉时已到，杜香草破土点穴，鞭炮齐鸣，香纸燃烧，祭品摆放，茶酒挥洒，李家兄弟手扶棺柩下葬入穴，入土为安。事情办完，杜香草将往浙江应某贵官的聘请，李十九厚赠路费，送他出远门，这一别转眼就是两年。

天有不测风云，不料李家葬父后家道反而不如从前，不断有人死亡。李十九的哥哥李十八夫妇俩也相继去世，遗下娇女，名叫银雁。弥留之际，李十八殷切地托付照看女儿，紧握李十九的手，流泪对他说道："我夫妻俩别无所恋，只求弟弟照顾好银儿，我们在黄泉路上死也瞑目。"李十九也哭泣着接受遗言。

银雁才十四五岁，婀娜多姿，不惯操劳家务。李十九老婆翁氏，黑心黑肺黑肚肠，经常在丈夫跟前责怪侄女好吃懒做，久而久之李十九也信以为真。从此银雁多受虐待，蓬头垢面，沦为婢仆之流。起初，她经常伏在枕上偷偷饮泣，接着对着父母牌位不断啼哭。翁氏怒不可遏，用鞭猛抽，银雁奔告叔父，叔父反缚住她手脚一顿毒打。家中婢女们看得不忍心，团团围住哀哭，跪地叩头请求代替银雁受打，未被准许。皮鞭不断举起，唰的数声响，都狠狠地落在银雁的身上，雪白的肌肤一块青、一块紫，流出大量殷红鲜血，已经奄奄一息，翁氏怒气仍未消减。幸亏李十八墓地邻近一座庵堂的老尼姑这时正好来替翁氏讽诵《受生经》，见状急忙代为求情，他们这才放过银雁。

次日，翁氏要礼拜佛像，讨温水洗手。银雁不小心端来了冷水，翁氏大怒，要笞打她背脊。银雁十分恐惧，急忙奔出门外要跳入溪流打算自尽。来到河边，正准备纵身一跳，只见去世的母亲从对面树林中悠悠走出，悲哀地对女儿说："孩儿止住，不要太苦了自己，你可暂且跟随老尼姑遁入空门，就有生路。"话刚说完，银雁正要喊"妈妈"，陡然人就不见了。

银雁被婢女们拽回家，正惨痛万分，忽听得门内大声喧嚷，翁氏自打耳光，发出银雁亡母的声音责骂道："狗贱根！有什么冤仇竟要害死我女儿！"李十九闻声奔入，看妻子疯婆模样，知道是亡嫂显灵，因老婆可恶而发怒，于是代老婆哀恳求情，却被翁氏吐了好几口唾沫，并受种种数落和痛斥。李十九慌忙在门外找到了银雁，见她像要寻死，拉她入内。翁氏马上抱着女儿失声痛哭。接着又举起双拳，不断击打自己，还用木棒捣进自己阴户，血流如注透出裤裆外。李十九想禁止她伤害自己，但她力大如猛虎，阻止不得。屋里的人惊惶大叫，不知所措。隔壁邻居都爬上墙头看热闹，一时间搅得鸡犬不宁。

老尼姑与银雁亡母向来友好，双手合十，十分虔诚地说："善哉！善哉！大娘为何如此凶暴？老身作为见证，嘱她今后改正错误，好好看待银姑。"亡母不答应。"那么就及早替银姑找一个理想女婿。"她还是不答应。"要么把银姑寄养在亲戚家。"她仍然不答应。老尼姑开玩笑似的说："实在无法可想，莫非要让老身带走做我弟子吗？"翁氏听了，即忙叩头跪拜说："愿将掌上明珠麻烦大师收留。"老尼姑又问："这下满意了吗？"答道："满意了。"

经过这一番奇险，翁氏得以安宁下来。李十九知道双方难以调解，也只好听任银雁出家。第二天亲自送侄女到尼庵，求老尼姑替她削发为尼，老尼姑说："为时尚早。"说罢闭着双眼，盘腿坐在蒲团上。过了烧顿饭的工夫，老尼睁开眼睛说："溪水何妨随石转，岭云更有出山时。"李十九临走对侄女说："银儿需要什么东西，可暗托师父来取，切不要轻易踏入危险莫测的家门啊！"银雁涕泪交流，拉住李十九衣袖不放，老尼姑大喝一声说："痴姑娘！既然皈依了佛门，还做出婴儿恋母乳的俗态吗？！"这一声大喝，银雁倒也立即松开双手，赶紧送走李十九，关上尼庵大门。从此与李宅隔绝，以后银雁在庵堂扫地焚香，撞钟敲木鱼，念佛诵经，老尼姑渐渐给她讲解佛经禅理。

又过了年余，李十九家更加衰落，亲戚朋友都纷纷说是由于新造的坟风水不利。有个懂得相地的人放风说："新坟右边的沙丘太高，即便有利，也只能发女家。"第二年杜香草归来，目睹了李家败落的悲惨情状，大为吃惊，也疑心是葬地风水有问题。可是白天遍走山谷勘看，夜晚挑灯查考各种相地书籍，都没发现误差，始终不明白造成李家贫困的原因。

一天杜香草请假回家住宿，梦见来了一位仙女，鬓鬓发髻如烟雾，仪态万方，告诉杜香草说："你可知道李家坟墓不吉利的缘由吗？我是山神，特地用几句诗来指点你。诗道：'千里来龙结一匏，左根右叶长根苗。天生福人住福地，无愧惟有西山樵。'"这几句诗，似懂非懂，正欲再详细询问请教之时，突然一声晴天霹雳，震耳欲聋，顷刻间，仙女早已乘云驾雾，款款离去。杜香草惊醒，第二天天刚蒙蒙亮就起床，急忙到西山寻找一块普通墓穴，替李家迁葬，并假意说道："先前墓穴的地脉已被山风吹破，不值得宝重。"他就自带干粮，到西山去到处寻找樵夫，但找了整整一个月都没遇到。

一天，气候突变，杜香草碰上暴雨，看西山右边山脚下有几间茅屋，急忙奔去避雨。一位龙钟老太，穿着丧服，出来招呼，让进屋里。客堂内停放着七尺桐木棺材，灵帐飘动，景况凄凉。杜香草询问情况，老太说，是她老伴逝世七周年祭日。杜香草问："老人家，您有后代吗？"老太答道："有一个儿子，姓杜，名佛奴，是因为他父亲梦中见佛而生下的，才取此名。由于家境贫困，他砍柴为生，天天在东山白云深处。"说罢，泪眼汪汪，抬头望着门外说："孩儿方才可能遭到暴雨，恐怕回家又得像个落汤鸡。"接着转身入内，拿出山茶、炊饼，招待客人。杜香草品茶吃饼，茶甘饼香，吃起来很是可口。

不一会儿，一个少年挑着柴担，冒雨而回。只见得这个少年，生得眉清目秀，气度不凡，见了客人作揖施礼像个儒生。杜香草料想，这孩子就是佛奴，告诉他自己也姓杜。佛奴进入房内，与母亲讲说一番，马上又出外与杜香草重新施礼，如晚辈见长辈那样恭敬。杜香草内心很是欣喜，与少年闲聊，少年说话文雅，谈吐间从没一句粗俗话。杜香草告诉老太说："郎君文雅不俗，为什么不让他读书识字？"老太说："孩儿幼小曾到乡村学校读过点书，他父亲死去后，我又年老衰迈，他就停学回家，我们全靠这孩子打柴挣钱过日子。"问佛奴年龄，回答说十七岁。当天夜里，佛奴在地上铺上厚厚稻草，铺上被褥，留杜香草住宿。

次日早晨，少年早早起床。杜香草从腰兜里取出二两银子，递给老太，以酬谢他们茶果的招待。老太笑着说道："我们母子俩虽然穷困，但并不是卖茶果的。更何况你是我家同姓同宗的客人。"推让再三，坚持不收。杜香草知道不可勉强，也就不客气。以后多次到其家做客，始终礼貌周全，从不懈怠。

有一天，杜香草在杜家见佛奴猎获一对野鸡回家，亲自烹调，盛入菜盘，招待客人。杜香草品尝，味道极鲜美。吃了有剩余的，佛奴收进去给母亲吃。杜香草偷看佛奴吃什么，只见他仍吞咽粗粮野菜。杜香草敬意油然而生，告诉老太，打算替他找个好对象。老太太喜滋滋地说："孩儿已成年，能有本家长辈做媒，是天大的好事。只是家中一贫如洗，谁肯把娇女嫁给樵夫家呢？"杜香草说："既然我已开口，定会替老人家张罗。"他又问佛奴父亲是否有葬地，老太说："野外随便埋葬掉就算了，能不埋葬在官府办的免费丛葬地已很满足，还敢选择什么福地吗？"杜香草望了望老太，胸有成竹地说："这不难。我有一块风水宝地送给你。以后富贵显赫了，还望不忘记引路人。"老太连忙道谢称好。

杜香草连忙去找李十九，向他索取先前那块葬地，说："我有个远房亲戚，寡母孤儿挺可怜，请将你所遗弃的坟地给他们，要多少价都可以。"李十九看那块地空着也是空着，今朝不如来个痛快的，也就爽快地答应了，毫不吝惜。杜香草要他立下字据，李十九本想酬谢杜香草百两银子，于是就立下百两银子卖坟字据，送给杜香草。杜香草拿去送给老太。选择了一个黄道吉日，佛奴邀请几个樵夫抬着父亲的灵柩，去墓穴安葬。杜香草吩咐掘开五尺地，不要改变旧穴位置，深度则需加倍。刚刚掘下一尺左右，挖起一件东西，既非土又非石，形状像龟鳖鼋龙，背后刻有篆文，写着："识地者姓杜，埋葬者姓杜。有利子孙，既贵且富。缺德人家莫要贪图。"大家甚觉此事灵异。丧事完毕，杜香草又出门远行。

佛奴仍天天砍柴。每天早晨经过父亲墓地，总是看见坟上热气腾腾像开水锅上冒着水蒸气。转眼进入隆冬，天气严寒。佛奴正痴痴望着坟墓，忽然冒出的白气与天上冻云联结一片，一缕一缕的，迷迷茫茫的，浓浓厚厚的，若有若无。霎时间，大雪纷飞，浑身衣服都沾湿了。他知道山岭下不远处就有座尼庵，赶快奔去可躲避，佛奴急急奔到敲门。

刚巧，那天老尼姑提着包裹出门办事，早早出门，只留银雁独自在庵，绣着佛幡。窗外清风吹拂，庵堂内鸟语花香。银雁只顾一门心思做着女红。听见敲门声，银雁开门一看，见是一个年轻人，于是就放佛奴进庵，见他打寒噤，冷得发抖，很可怜他，引他到厨房炉灶下，点燃柴火烘烤湿衣服，先拿师父的布袍与自己的紫布裤给他替换。另外给他烧煮热豆粥吃，这才驱寒止抖。天晴衣干后，佛奴要告辞回家，但其他衣物都在，独独少了一条布裤，到处都寻不着。银雁怕师父即将回庵，催促佛奴先行离开，一再嘱咐方便的时候，就悄悄把紫布裤还来，千万小心别让师父发觉。

佛奴回到家，母亲责怪他回家太晚，佛奴向母亲详细禀告一切。老太心里很感激银雁的照应。细看紫布裤，果然是女子贴身所穿的内裤，就怀疑二人有暧昧关系，斥责佛奴。佛奴竭力分辩，否认有事。

第二天，老太不要孩子去，而是亲自到尼庵，把紫布裤送还银雁，而老尼姑已回来，恰巧看到紫布裤，便寻根刨底询问银雁这是怎么回事。得知原委后，老尼姑声色俱厉，发怒道："清净道场，淫婢怎敢大胆污染佛门圣地！"立即下令叫她滚出去。

老太再三解释无效，只得与银雁一起跪下求情，老尼姑哪管什么事实真相，一万个不答应。银雁看老尼今日性格大变，不讲人情，万般无奈，旋即对着佛像起誓保证自己清白，老尼姑不仅不理睬，反而还冷笑说："佛远在大西天，不像本方土地神会来管你什么牙疼之类的发誓赌咒的。"银雁羞愤，想一死了之，解下衣带挂在庭院树上。老太赶紧上前阻止，可是老尼姑仍怒不可遏。老太忍不住也发了火："老秃驴！你徒弟慈悲为怀，反而遭到如此责备，那么你究竟想把她赶到哪里去？"老尼姑说："随她的便。"老太知道银雁决不愿回叔父家，对她说："何不跟我回去？"银雁还在踌躇不决，老尼姑突然鼓掌说："妙哉！妙哉！快去！快去！"立即将她们赶出尼庵，关上两扇大门。

这时，正巧杜香草回来探望老太，远远地就看见老太携着银雁回家，惊讶地询问是怎么回事，老太详尽叙述了事情经过。银雁伏在地上痛哭流涕，抬头看了一眼杜香草，称呼杜香草为叔叔。杜香草喜盈盈说："先前我说替佛郎做媒的女子就是她。可见其中注定有缘分，请不要错过。"老太也就喜上眉梢。杜香草又把这门婚事情况简略地告诉一下李十九，李十九也何乐而不为。杜香草又自己慷慨解囊拿出银子，代为谋划洞房花烛事宜和费用，使小两口能顺当饮交杯酒，结婚成亲。

黄道吉日，亲友祝贺，佛奴与银雁结婚成亲。小夫妻俩极为恩爱，服侍母亲又极为孝顺。老太流泪对银雁说："我们母子俩过惯了苦日子，未免苦了你新媳妇。"银雁笑着说："孩儿从前遭到婶婶凶暴虐待，像是活在地狱里；后来到尼庵，已算得上是安乐窝；现在受到阿母与郎君的怜爱，更像是生活在天堂的最上层。"老太听了，开颜欢笑。她常常亲自牧猪，分担郎君劳苦，老太很不忍心，银雁说："我自己乐意这样做。从前牧猪，是迫于威逼虐待；现在牧猪，是心甘情愿。苦一点有什么关系？"老太也就逢人就夸，连说银雁善于操持家务，侍奉婆母。有一天，杜香草带来两锭银元宝，告诉老太说："你家娶了媳妇，又增加了吃饭人。明年谷物价格必然上涨，请拿这银子早去收购谷物，让佛郎逐渐学学做生意。"老太再三辞谢不掉，这才收下。

当晚银雁牧猪回家，见阿母给佛奴看银锭，并说："区区银子，也不过钢铁之类罢了。想不到有了它就有生路，没有它就是死路，岂不令人伤心气短！"银雁讨来一看，与日日所见的河底隐约所见一模一样，顺手抛在桌上，说："这有什么可贵！儿牧猪走到涧水拐弯处，水底下满满的都是这个。明天我取几枚来送给阿母。"老太掂了掂银子，笑道："痴妮子，误将鹅卵石当银子吗？"

第二天，银雁果然怀里揣着几枚而回，表面上虽锈斑黝黑，到石板上磨光后，晶莹发亮像镜子。老太万分惊喜，问那儿有多少。银雁说水底遍地都是。佛奴拿着黝黑银块赶到村庄集市上，向行家询问求教，有人慢吞吞仔细查看，终于说："这宝贝，可能是古人埋藏的东西。"回家与母亲商量，天亮就一起跟随银雁到溪水弯曲处，只见流水潺潺，水下尽是鹅卵石。哪有什么银两？只有从银雁手里捧起的，都立刻化为银子。最初还只是用布袋来装，后来因为搬运时不小心掉下一枚，有个牧童拾起一看，笑说："你们母子俩辛苦勤劳，搬运这种废物派什么用场？"可见这些银子一旦落入牧童手里，立刻又化成石块。于是胆子就大了，用箩筐装载双肩挑运。一个月工夫来来回回，才取尽。屋角都堆满银锭，无丝毫空隙。佛奴便掘了一个很深的地窖用以藏银，统计下来有二十多万两。

娘仨一合计，这是上天的赐予，祖上的恩荫，要还愿酬谢。于是，有一天佛奴进城，买了大量神符烧化酬谢地藏王菩萨；又去拜访杜香草，就邀请他回家，详细告诉得银一事，并提出要分赠给他。杜香草知情后，决不接受。杜香草急忙代佛奴购置近郊良田沃土，营建府第，田地纵横，楼台相望，奴仆成群，车马齐备，成为豪富之家。

第二年，银雁又生下双胞胎，取名为鸿、鸾。两个小孩都很聪明，善于读书，少年时代就进学成了秀才。佛奴也捐银成为员外郎，为母亲请到了朝廷封诰。每逢儿孙开宴会举杯祝寿，老太总是教育孩子们说："子子孙孙即使传之千百年，也不可忘记同宗本家香草先生的大恩大德。"过了很久，把杜香草请到家里住下，佛奴尊敬地待他像自己的伯伯叔叔一样。

清明节那天，佛奴夫妻腰系丧带去父坟扫墓，仆从夹道护送，丫鬟使女众多如云。半路上，忽然有一个穷汉奔到跟前，号啕大哭，叩头求援。接着一个保正手拿赶牛鞭追来捕捉。佛奴可怜他，询问情况。保正说："这家伙屡次小偷小摸，一定要敲断他的腿骨。员外郎不要袒护他。"银雁听到声音，似乎很熟悉，掀起车帘，看跪在地上的不是别人，却是李十九。银雁问他何以到此地步，李十九说："家业全完了。恶女人跟着奴仆私奔逃走，拿走了全部剩余财产。我孤单一人，有时只好住宿在野庙里，其实没有偷过东西。"说罢大哭，双手合十。银雁也悲伤落泪。佛奴笑笑，请保正离去，带李十九回府，待他如同丈人。李十九局促不安，表示担当不起。等到杜香草出来与他叙旧，更觉羞愧，执意要离开。佛奴不得已，赠送一个婢女和几百两银子，让他重整旧业。

第二年，佛奴家两个儿子都乡试中举，老太又是八十大寿生日，满堂宾客正举杯祝贺老人高寿。忽然走来一位庵内小尼姑，说："奉师父吩咐，务必请夫人到庵堂随喜。"并且随身捎来一条旧布裤，说："这是杜郎当时所穿的。"佛奴想推辞，不愿旧事重提。但银雁却不赞成，要亲自披戴珠翠乘着轿子去尼庵。到了那里，老尼姑已沐浴更衣，闭上双眼即将坐化升天。银雁苦苦哀呼醒醒，老尼姑果然苏醒，睁开眼睛，微笑着说："孩儿终于荣耀富贵了，那么当时赶走你，现在或许不认为老身做得太过分了吧？"银雁抽泣着说："老法师使死者复生、白骨长肉，我怎敢忘记大恩大德？"老尼姑说："谈不上是德，只是可以在黄泉下对你母亲有个交代了。"说完，就断了气。银雁捐资将尼庵修缮一新，添置产业。在尼庵一侧建造一座宝塔，安放师父骨殖。塔的位置在父母坟茔的东北方，形状尖耸如宝剑、画戟。竣工后，杜香草一看，呵呵笑道："后代子孙中，还应当出一个武科鼎甲。"后来，果然应验。

这则故事，是我在滋阳时听浙江人孙子任讲述的。

王大姑

　　山东齐鲁大地，峄阳西南，与丰县、沛县相邻接，台儿庄是来往交通要冲。庄里姓王的是个大族，居住的屋舍栉比鳞次。其中有老翁王某，老夫妻生一子一女。儿子名叫懋修，是个享受官办学府生活补贴的秀才，常常远出受聘当塾师，赚点生活费，攻读举业。女儿叫大姑，容貌楚楚动人，天性敏捷聪明，小时候爱读曹娥、庞娥等列女传，为书中烈女动容，没有一篇不感动得掩卷而落泪的。

　　大姑出落成大姑娘了，嫁给某秀才，丈夫一向患肺病，成天胸闷气促，咳嗽不止，结婚才半年，大姑多次割下手臂上的肉煮成汤药给丈夫喝下治病，终究未能救活丈夫。她想以身殉夫，又怕使亲人伤心。可是丈夫家又赤贫如洗，并且已空无一人。于是哥哥懋修把妹妹接回家，对妹妹说："哥哥不能早晚侍奉父母双亲，就麻烦妹妹代替哥哥的职责。"大姑虽然心里难过，但也说："好的。"早晚问候，冬夏照顾，关心老人无微不至，虽是簪钗女子，却不亚于男子。族人看在眼里，无论远近四周，都称赞她贤惠。

　　这年夏天，捻军将占领此地，每到夜晚风声鹤唳，鸱鸮啼号，格外凉心。老翁本是王氏族长，万不得已，只得号召族人远迁他乡。各家各户都赶紧收拾家中财产，忙得慌里慌张，大姑看此忙乱情景，进忠告说："仓促出逃，全靠牛车代步，载人还可以走得快，还要载物就走得慢。遇到匪贼，必定会由于财产而丧命；即使不遇贼徒，也一定会被居心不良的小人所觊觎。看重财物轻视人命，确实不是良策。看来不如掘地埋藏财物，牛车只用来乘人，才有希望逃出虎口而抵达安全区。"大家转念一想，她的话说得很对，就照着办，然后全体一起出行。

　　王氏家族老老少少约有百来人，刚出村庄十多里，一片密布丛林，突然在路上闪出一班蒙面贼徒。他们将人和车搜索一遍，毫无收获，为头的看这队伍里人的面容穿着，又不像贫困流浪者，于是举起砍刀，大叫道："狡猾呀，这些家伙！家里财宝藏在哪里？不自动献上的，一律斩首不宽赦！"大伙都惊颤发抖，面色死灰，只知道叩头而讲不出一句话。大姑含笑走下牛车，上前施礼说：

"请大王息怒。他们都是务农的，不善于讲话。我就是替他们掌管财产仓库钥匙的。黄金白银怎会没有，窖藏财宝也确实有的。那儿一排葱茏大树下有一大片房屋，是我们的家。倘若跟我前去，我一一加以指点发掘，十万两银子可不费吹灰之力而轻易拿到。否则你即使把我们都杀死在这荒郊野地，对大王也毫无好处。"贼众听了大喜，欣赏她的聪明美貌，深信她讲的是实话，于是放走众人，而跟着大姑走。大姑毫无难色地在前引路，略略回头，以目示意叫大家快走。众人才像兔子一样急忙逃脱。

众贼跟着大姑走了里许路，到一座极大村庄，大姑假说是自己家住宅。住宅内外都寂静无声，破门而入，请贼徒坐在大厅上休息。大姑十分镇静，从地下拾起一把蒲葵扇，边摇边说："大王等长途跋涉，骑马奔驰，都饥渴得很厉害了。且稍微休息一下乘乘凉，等我到里面去烧些茶水，略尽东道主情分，然后再准备畚箕铁锹，先掘我家，再掘别家。"七八个贼徒笑着点点头，以为孤单弱女子早已成瓮中鳖、釜中鱼，还能往哪儿逃？大家解松衣服，袒胸露臂，裸体休息，横七竖八，东倒西歪，躺在地下哼歌吹哨。过了很久，太阳将下山，而沏茶人还没出来。多人奔入里边搜寻，发现后大吃一惊，原来大姑已经吊死在屋梁上，身体已冰冷而僵硬。贼徒恨她欺骗撒谎，想奸淫尸体出气，刚从梁上解下尸体，一贼大叫一声"哎哟！"随即倒于地下。其余人看他的脑后，像被铁锤猛击过，一会儿七孔出血，便死去了。这批虎狼之徒，也明白贞烈妇女不可冒犯，全体跪拜后，一哄离去。

大姑的哥哥懋修，当时正解聘归家，途中歇息喝茶，听茶店老板说台儿庄有姓王的女子舍身救了全体亲族的事，大哭道："这一定是我的妹妹啊！"来到避难的地方，家里人已经将大姑尸体扛回，亲族都围绕尸体痛哭。懋修哀痛地询问了当时情形，伏在大姑腿上放声恸哭道："妹妹贞烈，苦了我的妹妹啦！"后来又跳起来大笑说："我有一个了不起的妹妹啊！舍掉自己一条命，保全了二老性命，而且救活了全族人的命。这事连男子都难以做得到，何况是女流呢！难怪妹妹当日读《烈女传》，眼泪随着朗读声而坠下，原是生来就有极好品性啊！贞节而且孝顺，壮烈而且智慧，除了我妹妹谁能兼而有之？可悲呵！可赞啊！"族中人无不痛哭流涕，深切哀悼。

雅　赚

郑板桥先生是"扬州八怪"之一，书法学钟繇、王羲之，并参考米芾、蔡襄的笔意，又像是篆隶。绘画继承了宋末画家所南翁郑思肖的家法，另外吸取了明代青藤老人徐渭挥洒自如的雄杰气概，因此独树一帜，成为大家。

话说当年，他还是秀才时，就曾三次到扬州售卖书画，却没有识货者，整日了无几个生意，生活落拓可怜。后来乡试中举，会试又名登甲榜，一时声名大振。再回到扬州，大家蠢蠢而动，争着求取先生的墨宝，门外经常客满，挤破门槛。先生原本一介贫士，这时更看重自己的声名，非出重价不肯出售，但求书画者仍然络绎不绝。他请沈凡民先生代刻一方小印，上刻"二十年前旧板桥"，寄寓了愤慨之情。

这时江西龙虎山张真人入京觐见皇帝而回，途经扬州，富商大贾争相献媚，想得到板桥先生书写的对联献给张真人。他们特地从江西定制了大笺纸，长一丈多，阔六尺多，堪称独一无二，派人婉言求先生书写，并请撰写对联文句。问要价多少，先生说要一千两银子。来人只答应给五百两。先生欣然走笔直扫，顷刻写成上联："龙虎山中真宰相。"然后停笔，自顾自消闲。等了半天，来人急得不得了，求他写下联，他笑着说："讲明一千两，你只付五百，我也只给你半联。"那人只得跑回去报告商人，不得已，如数付给他，先生立即写出下联："麒麟阁上活神仙。"笔走龙蛇，一挥而就。人人见了，无不赞叹，工妙绝伦，实在是妙。

当时富商由于盐政、盐运使都看重板桥先生的书画，于是也就争相求得先生书画，或对联，或条幅，或扇面，或单幅书法，以为有面子，竟形成一阵风。差不多每个商人都有所得，只有富商某甲，出身微贱，品性尤其卑下，先生心底里着实讨厌他，即使出重价，也发誓不给他作书画。某甲看看大厅里没有先生只字片画，私下里深感羞愧，千金难买，厅堂难以生辉，即使千方百计求取，始终未能得到。

板桥先生喜欢游览。有一天，天气晴好，和风吹拂，他便带个书童，背上诗囊，信步走出东郭城郊，兴之所至，越走越远，渐渐已无人踪。透过乱坟堆，前面隐隐约约露出屋角，屋上微微冒出炊烟，前后种花栽柳，参差不齐。先生笑道："莫非那儿有隐士吗？"刚翻过一座小山岭，坟墓更多，路径更窄，再一看，果然发现有座小村庄。茅屋数间，建造得极精雅，四周围没有邻居，也不设围墙，小桥横跨溪水上，直通到门口。白木板门上有副对联："逃出刘伶禅外住，喜向苏髯腹内居。"字迹苍劲有力，上边横额是："怪叟行窝。"一看，心想此人非等闲之辈。

进大门后，不远又是一重门，也有一副对联："月白风清，此处更容谁卜宅；磷阴焰聚，平生喜与鬼为邻。"横额是："富儿绝迹。"先生心想，此联不失情景交融，也许言为心声。

庭院里有笼鸟盆鱼，与名花药草相掩映。新种的芭蕉，才只有手掌般大小；刚栽的杨柳，略略比人高一点。朝南有两间房屋，洒扫得干干净净，没有一丝灰尘。屋里放着一张茶几，一张桌子，四把椅子，两个小凳子，木榻、藤枕、书橱各一只，琴剑竹搁也是各一只。桌上有笔砚纸墨、乌丝尺、水盂，很齐备。正中墙上悬挂着徐青藤老人的《补天图》，图中的女娲螺髻高额，抬头仰视炉鼎，鼎中热气冉冉升入空中，生机勃勃，确实是真迹。两旁墙壁则白粉如银，什么也没挂。此处环境优雅独特，先生不禁由衷喜欢，也不管主人是谁，就登榻盘腿而坐。

忽然一个短发童儿从里边走出，观察好一会儿，又跑入里边，大声报告说有客人。马上听到主人在房内问情况，吩咐立即赶走来客。板桥先生带来的书童，恳切地将先生的名望介绍一番，才见主人从里面出来。只见他头戴苏东坡常戴的角巾，身穿王恭常披的鹤氅，有羊叔子的绶带、白香山着飞云履的高雅绝俗之态。他手中拿着一柄麈尾，翩翩而来，原来是个老头。彼此交谈了几句，话很投机。先生问老头姓名，老头说："我姓甄，西川人，流寓在这儿。人都以为我脾气太古怪，因此取名叫怪叟。"看老者慈眉善目，如此介绍，先生又问："富儿绝迹，四个字是什么意思？"老头说："扬州的富人，近来也颇喜欢附庸风雅。听说老夫住处略有奇花异草，争着来窥探。可是这些人满身散发出铜臭，一到冷清境地，必然诸多不利。有的失足掉进溪水，有的被花刺勾破衣服，有的遭到看门花狗咬伤腿，有的让树梢落下的雀粪玷污了白净脸面。还有更奇的，一天一个富儿刚刚在客厅坐定，天花板上老鼠钻破的空隙处坠下一块破瓦片，正打中他的额头，鲜血淋漓，就灰心丧气离去。从此互相劝告，再也不敢进我屋，因此把这四字作为横额，这是纪实哩。先生你如果清贫就无所谓，如果是富人，恐怕对你也很不利呢。"板桥先生听罢，叹息一声说："先生此言，正中心怀。我平生也最痛恨这班为富不仁的家伙。幸亏我福命比较高，没有成为富人，能够安安稳稳进入贵斋，聆听教诲，真是太幸运了！"

不久，童儿端上清茶，老头亲自为板桥先生奏琴，如清风泠泠，分辨不清是什么曲，只见他弹得音调激越，渐渐又转为平和温煦，突然铿锵一声，乐曲顿止。老头抬起头，忽然问："先生能喝酒吗？"先生说："能。"老头说："鄙庐离市场太远，下酒菜很单调，怎么办？"忽然想起一样东西，说："锅里的狗肉已炖得很烂，但不适宜款待你这位大名人。"先生最嗜狗肉，一听说就直流口水，忙笑着说："我平生最爱吃狗肉，也是希望狗有八条腿的人之一。"老头哈哈大笑说："那就太好了。"随即一同步入庭院，在花下摆宴席，边吃边喝，狗肉之外，还有山蔬野果，风味佳美。三杯通大道，老头喝醉了，又抽出宝剑飞舞，寒光闪闪，不知道他是否有剑仙传授，可是看他舞得顿挫屈蟠，剑术不在公孙大娘弟子之下。老头正舞得白气一团，突然大喝一声跳出光圈外，依旧入座，面不改色。先生看罢，浑身血流加速，肃然起敬说："老先生真是个高士，请饮干这杯酒。我只恨与你相见太晚了！"于是二人碰杯，再次豪饮。看太阳已经下山，板桥先生才起身告辞，老头深情地送过小桥，说："我与你都是不合时宜的人，如空闲时，可随时到这儿来，小酌几杯无菜的淡酒。"先生拱拱手，说："我是不速之客，是不惜常来的。"从此每天来一次，清谈不倦，二人谈笑间，总是喝得烂醉才回家。

两人结交一个多月，先生渐渐与老头谈到诗词，老头都谈得很精辟，只是绝口不谈论书画。先生有一天忍不住了，告诉老头说："你是否知道我擅长书画？"老头说："不知道。"先生说："我自信迷恋很深，已很有造诣。当今士大夫颇有嗜痂的癖好，争着求我的书画，得到并不容易。老先生既然素壁空空，何不拿些白纸来让我一献所长，也可借此酬谢你东道主的情谊。"老头说："不急。劝你再喝一杯酒，我这就叫童儿磨墨。笺纸准备已久，实在因为满眼才子没有一个比得上你的，所以墙上至今空荡荡。现在既然相逢，岂敢失之交臂？"板桥先生甩了甩袖子，站起，见书斋里笔墨纸都已准备好，立即替老头挥毫，顷刻之间完成十多幅作品，然后一一题写落款。老头说："小泉是我的字号，请以此落款，不胜荣幸。"先生惊奇地说："你是雅人，怎会与贱商某甲的字号相同？"老头说："这纯属偶然。鲁国有两个曾参，同名有什么关系，反正有清白和浑浊的区别。"板桥先生信以为真，就书写小泉二字给了他。老头说："墨宝非常珍贵，从此蓬荜生辉。可是不能随便送给商人，那些人只懂点皮毛，不能识别珠玉，只是白白地损害你的清名。"板桥先生认为很对。之后又开怀畅饮，酩酊大醉，回家已是深夜二更时分。同住一起的要好朋友问他去了哪里，先生极口称赞老头好。大伙十分狐疑，纷纷说："扬州从未听说有这么个人，你该不会是遇上妖魅了吧？况且那里乱坟堆荒山野林，从未住人。明天我们陪你一起去拜访，以消除疑虑。"

第二天清晨，大伙果然同先生一起前往，可是茅屋已全无影踪，只有一湾流水和满地菜肴残骸而已。先生大为吃惊，怕是遇见了鬼。众人大笑。这世间哪有什么鬼？只怕是活鬼呢。板桥先生又很快豁然大悟，惊叹着说："此等商人，真是好狡狯啊。竟能模仿萧翼骗取书法珍品的行径，来赚取我的书画啊！"他们回家后，派人暗暗侦察某甲家，只见先生的书画已挂满某甲墙壁，而墨汁淋漓还没有全干透哩。

东邻墓

鸠江有个儒生，叫解必昌，是明代大学士解缙的远孙。解必昌幼年失去父母，家境贫寒，壮年还未娶妻，于是很少有朋友来往，又不善于经营产业。南山下有祖上遗留的几亩贫瘠薄田，可勉强供应喝粥糊口。

解生就近在那里搭茅屋，遮挡风雨。虽然如此，解生每天早晚苦读，求取功名的意志很是坚定。门的左边有一株古松，足有百年树龄，枝干腾挪天矫，浓荫如伞。门的东边有一座古墓，将要坍塌，墓中人不知姓名，也从没有子孙后代来祭扫。佃农嫌它妨碍进出，提出来想要铲平这坟。解生心想，阴阳一理，不忍心，对佃农说："我正苦于东边没有邻居，有这一座坟，也好陪伴我唱歌长啸。有余酒余菜尚且要祭祀它，怎忍心毁掉它？"他请来工匠镌刻短墓碑一块，题"东邻墓"三字。碑左边用小篆字体刻上诗一首：

一个土馒头，在吾门之首。下有长眠人，名姓失传久。

墓既为吾邻，鬼即为吾友。寒食自年年，歌哭奠杯酒。

吾子与吾孙，慎勿当敝帚。

完工后，解生就择日把碑立在墓门前，并为墓地增土栽树。很多人认为这个墓主人，与你非亲非故，为何如此像后人一样所作所为，纷纷非议这事，解生则全然不顾，泰然自若。

一天夜晚，解生正捧书读着，灯光摇晃，像有一缕轻风从窗子缝隙中吹入。接着又听到笃笃的几下敲门声。解生问是谁，一个女子声音答道："是你东边的邻居。"解生说："我一个男人在家，你深夜来叩门，莫非是私奔者红拂、卓文君一类的人吗？"只听那名女子答道："是的。"解生欣然拔起门栓，开门迎接。女子翩然而入，身材窈窕，艳丽无双，穿着打扮也很华贵。解生问："你是谁？"女子答："每日受你照看，因此冒着来自阴曹地府的嫌疑，来报答你的大德，郎君想来不是坐怀不乱的鲁男子，我可真是才貌双全的女校书薛涛呢。"解生又问："你就是墓中人吗？"女子答道："是的。"解生说："我为你立碑刻字，扪心自问还有些微功劳，为什么要威逼我？"女子说："我不会给你带来灾祸。我埋骨在这里已三十多年了，姓多，名络霞，原本是个妓女，才华容貌是众妓之冠。十七岁时，有意嫁给一位有情郎，却被鸨母阻挠，因此抑郁而死。生前一家骨肉已离散，只剩下这么一座荒坟，经常遭到野鬼骚扰。樵夫牧童，更毫无顾忌地来坟上肆意摧残。最近承蒙你的深情照顾，我甘心用身体来报答你。"说完，女子慢慢拜倒在灯下，以手掩面，洒泪抽噎。

解生虽然很惊诧，可是见她穿着素衣翠袖，人长得娇小温柔，不知不觉中就对她爱心加深而恐惧减小，就说："人娶鬼妻，岂不是要缩短寿命吗？"女子说："这并不相干。清静和睦相处，鬼做配偶也无妨碍；淫欲过度，即使妻子是人也照样要夭亡。"解生说："你既这样神灵，何不仿效杜丽娘重新活转来？"女子说："这也不难。可是我的尸骸已很丑陋，远不如我的魂魄美丽。倘若你只重视外表而与我订终身，那我活转来就不合你胃口了。"听此言，解生欣喜若狂，一把将她搂在怀里，只觉得她的身体比树叶还轻，散发出馥郁香气，胜过兰花。于是就上床效于飞之乐，二人恩恩爱爱，翻云覆雨，直到晨鸡喔喔才分手。

第二天晚上，这女子又来了，解生偶然将一根红丝带悄悄地系在她的发髻上，次日，果然发现坟顶上有红丝带在飘拂。当晚女子来到，笑嘻嘻说："你不相信我啊，怀疑我是狐狸变的吗？"解生连忙安慰辩解，女子也不计较。

有一天，女子正在替解生誊录杜诗，佃农突然进屋，解生急忙用袖子遮盖女子。佃农走后，女子笑道："你真是所谓俗话所说'偷女人的汉子常怕人'吗？你看得见我，别人是看不见我的。"后来试了几次，果然如此。从此日日夜夜这名女子与解生同居一室，俨然是一对夫妻。

转眼已到秋季乡试时，解生稍微攻读得辛苦一些，女子就加以阻挠，说："你能穿一袭秀才的青衫，还是靠着祖宗余荫。至于蟾宫折桂、杏园香花，要想中举人、中进士，实在是命中还未注定。"解生一心只求功名，听女子如此一说，不觉一怔，便问道："难道我一生只能戴一顶秀才的头巾吗？"女子说："你若听我的话，保证能在秋试后做一任县太爷。"解生迷惑不解，连忙看着她问："如此说来，你有什么本事能预先知道？"女子说："你不要问我，你何不先问问自己：半生的坎坷失意，究竟是为什么？"解生说："我不知道。"女子说："世上那些被称作英雄豪杰的头面人物，哪一个不是对人态度和蔼，满面春风的？你浑身都是又坚又硬的傲骨，即使万幸做了官，也必定遭人妒忌陷害，结果使全家覆灭遭殃。何况你蜷缩在家园里，能不动辄得咎吗？我很善于做出各种媚态，皱一皱眉头，露一露笑脸，都大有讲究。你若能拜我为师，经常学习模仿，直到非常逼真自然，惟妙惟肖，那你肯定有非同寻常的奇遇。"解生紧皱眉头，有些疑惑地说："媚态本是天生的，岂是东施能够效颦的？"女子连忙说："你好痴啊，郎君！枕席间的恩爱欢愉，我们的关系亲密已极。那些向老师学习的人，首先是出于敬畏，你向宠爱的人学习，纯粹出于天性的自觉自愿，所以知道你学起来将很容易。如果学不好，那说明你爱我不深，我只能离开你，实在不想看到你总是一副落拓倒霉的样子。"解生也就说："那好吧。"从此亦步亦趋地向东邻女鬼学习，慢慢地学到出神入化境界，一切言谈笑貌，无不使人感到愉快。女子终于说："可以啦！"

乡试期限将近，女子替解生收拾行装。解生说："像你之前所说的，我到老也考不出结果，现在为何这么热心劝我去赶考？"女子十分肯定地说："你落第是肯定无疑的。不过南京是官场人物荟萃的地方，让大家看看郎君的风度今非昔比，如同重新投胎做人一样，发迹的机遇或者就蕴藏在这里边呢。"

于是解生携带鬼女同行。到了南京，借住东郊一座古废院东头的房间。西头的房间，早被一个陕西客人姓金的住下了，彼此门对着门。金某胡须眉毛硬直如剑戟，衣衫鞋子穿得极其华丽讲究，出门没有固定的去向，住着也很少有朋友来往，只是随身带着一骡一马，饲养的事也由他亲自承担。解生心里很奇怪，暗暗问鬼女，鬼女说："他是个奇人。郎君如能倾心与他结交，自有好结果。"解生记在心里，注意此人行踪。

第二天，解生就衣冠楚楚前往拜访，金某意气豪爽，两人很谈得拢，渐渐地就成为莫逆之交。金某也就关注起解生来。金某偶尔深夜回来，听见解生房里有妇女声音，从窗子的缝隙中偷偷一瞧，原来解生与鬼女正在下棋。明日早晨，看到解生仍是孤单一人。解生一次偶然睡得很迟，听到金某房里有歌唱声，悄悄地去窥探，只见金某怀里抱着美女坐着。桌上摆满山珍海味，有很多童儿、丫鬟侍候，到处点着灯，满房间透亮通明。天亮一瞧，什么也没有了。解生悄悄地问鬼女，她抿嘴一笑说："凡是所谓的奇人，必定都有奇异的法术，你穷措大的眼睛里当然是从未看到过的。"次日与金某相聚，解生不禁想略略询问一下昨晚所见的事情，金某捋一捋胡子，大笑说道："我有所享乐，你也有你的享乐，何必喋喋不休地盘问？虽说如此，还是应当严守秘密，千万不要对别人说起。"从此两人的交情更深。

乡试结果张榜后，解生果然名落孙山，心情抑郁，百无聊赖，成天对着鬼女哀声叹息。鬼女说："郎君不用悲悲戚戚！且去购买些菜肴，沽些美酒，将我关在暗室里，我在里面代你烹调。你去请金某来吃一顿，借此同他告别，或许能得到帮助。"解生照她的意见办，下请柬邀来金某。二人刚刚就座，果然看到佳肴美酒接连不断从墙壁间传出来，热气腾腾，味道鲜美。金某很惊异，问其中奥妙。解生笑说："穷愁潦倒人只有这些小技巧罢了。"然后不断为落第的事长吁短叹。金某问道："你既富有才华，又怀抱奇巧异术，何必限定在考场里求出路，困死你那男儿昂然七尺身躯？"解生脸容惨然说："这不过是些小游戏，发不了大财。如果要捐钱官府而取得功名，步入仕途，那就需要大笔银子，我无法在短时间内办到。"金某一杯又一杯，菜也吃得合口味，已喝得醉醺醺，又见解生与自己将分手时那种令人爱怜的惜别之情，就豪爽地与解生订立富贵不变心的盟誓。又靠近他耳朵边，小声对解生说："我还有办法替你谋求大笔财富，但你春风得意后，望能长久地不忘记我。"解生指天发誓，并且把东邻鬼女多络霞的事一五一十告诉金某，金某方才恍然大悟。

夜已很深，金某拿一个大铜盆放在茶几上，注满水，水中央点燃一盏浮灯。然后紧闭房门，换上一套夜行短装，佩带利刀，背一只空口袋，环绕屋子团团打圈。后来身体愈走愈小，只有几寸来长，猛一下跳上茶几，再一跃，钻到铜盆水里就不见人影，只有水中那盏灯昏昏闪烁。约有烧一顿饭的时间，忽听得铜盆中传出声响，浮灯也大放光明。一个小人从水中跃出，轻快地落在地上，不久就恢复原貌，仍是金某。解生看得目瞪口呆，金某怎么陡然像变魔术似的。金某取下肩上口袋，倒出成堆银元宝，估计有六七千两银子，对解生说："这些还不够做你的晋升阶梯吗？""好！好！"解生欣喜若狂，后来马上把这笔银子捐给官府，按照捐银多少的惯例，解生得以选作真州令尹。到真州上任后，解生就把金某接入衙门，看作是自己的同胞兄弟，仆从隶役无人不知是真州令尹的亲兄弟。

解生自从得到金某帮助才做上官，得到东邻鬼女的指点才善于做官，态度和蔼柔顺，办事迎合上司心意，上司对他很赏识满意。有一个张参军，对解生佩服有加，想让妹妹珠娘嫁给解生，解生不敢同意。张参军就邀请金某喝酒，还送上许多金银财宝，请他为妹妹的事说情，并答应有丰厚的嫁妆。金某酒后糊涂，不假思索就连忙答应帮忙。回府后将此事告知解生，要他同意。解生稍有犹疑，金某就拍着桌子，破口大骂："你这个忘恩负义的家伙！头上倒插了乌纱帽翅膀，就忘了帮你戴上乌纱帽的接引佛了吗？"解生连忙认错道歉，金某这才作罢。

晚上解生同东邻女商量，她发怒说："郎君确是没有金某便不能做官，但是没有我就不会与金某交上朋友，更何况想做官？金某固然是你的功臣，但我却是头名功臣。喜新厌旧，抛弃秋扇，郎君何必如此急匆匆？郎君春心已动，我的爱心却已经死了！即使如此，我一定有办法对金某加以报复。东邻一抔黄土还在人间，请允许我从此告辞。"说罢，频频叹息，往日眉目传情，今朝变得爱恨交织，泪水涟涟，绞着两手悲切啼哭。解生挽留她再商量一下，东邻女恩断义绝，已掀开帘子走出门外，倏忽间已无踪影，只听得珮环声还在耳边叮当响。此一去，再也没有声息。几个月后，解生终于娶了珠娘为妻，花轿进门一看，容貌果然娇艳，而性格却相当骄横。幸亏解生已得到东邻女的秘密传授，倒也事事能获得新夫人的怜爱宽容。

当时京口正举行酬神赛会，百戏杂陈，鱼龙曼衍，来游玩的客人众盛如云，这是本地区一年一度的最大庆典。真州与京口隔着长江，相距不远，金某兴致很高，想去一游。解生不敢怠慢，急忙租下一条大船，锦旗灯伞上都写上真州令尹的头衔，还派遣得力仆从和好厨师跟随侍候。船稳稳行驶在长江中，江天风景如画，水波粼粼。江面上船只来来往往，十分热闹。金某忽然腹痛，急于要出恭，而到达对岸还早，肚子胀满难忍，于是他蹲在船尾舵牙上救急，船依旧航行。

当时大江南北许多富户经常被盗，众多捕役因抓不到案犯而受责打，家眷还得吃官司，深感苦恼。其间有一个老捕役叫飞鸦儿，一向以能干出名，但也无法缉捕此盗。当日飞鸦儿正在午睡，梦见一个美女子姗姗而来，告诉自己说："扬子江心有大贼，脚点舵牙正如厕，君速捕之勿使逸。恶贯满盈，行将毙命。大贼何人？是姓金的。"话毕，人已去，梦已醒。飞鸦儿猛然一惊，立即带领众伙计，怀藏利器，驾一叶轻快小舟，乘风破浪南下。刚巧遇上金某的船，只见金某两只脚尖搭在舵后，凌空不动如山耸峙。飞鸦儿仔细审视，那人模样宛如梦中所见，就尾随在大船后面。只见金某出恭完毕，弓身一跳就进入舱里，身手轻便敏捷已极。回头看船上旗帜所写的字又像是条官船，心中忐忑犹豫，只能姑且叫他一声来辨别真假。飞鸦儿对着大船高声叫道："金老公真是身手不凡呀！连累我们一伙人多次差点被板杖打死。"金某听见有人叫他，很吃惊地回过头，脸色顿时大变。飞鸦儿迅速指挥众伙计四面包围，登上船甩黑绳索套捕大盗。船上仆从厉声呵斥道："他是真州令尹的哥哥啊！"金某急忙加以制止，对着众捕役说："你们捉拿我，无非为了销官差多得些赏银罢了。想就这样缚住我老金，恐怕没那么容易；即便能拿住我，也只能得到官府些微赏银，只怕得不到我给的大量银子。"飞鸦儿心下狐疑，操着刀，瞪着眼问："照你的意思怎么办？"金某说："且让我们掉转船帆，一起去见真州令尹，自有话说。"飞鸦儿点头许可。

解生得到风声后惊慌失措，几乎晕死过去。正好金某来到，先在大厅款待众捕役，然后与解生在密室商量。金某小声说："我的罪案攫发难数，东窗事发终究难免。可是我如果在船上被抓走，恐怕要连累弟弟，因此贿赂他们来这里，咱兄弟俩得想个两全其美的对策。"解生哭泣道："弟弟之所以能有今日，全靠哥哥。哥哥死了，我也不敢独自求活。"金某举起大拇指，说："凭这话已可知弟弟一片真心。可是一起去送死非但没有好处，而且还被天下人笑话。你何不假装说早就跟踪我，但怕我本领大，动不动就会远走高飞，才假意与我结交，用以迷惑和软禁我。这次送我去京口看酬神庆典，目的是暗中通报官府缉拿。正巧在大江上与捕役撞上，因此经过一番周折，才将我抓获。这样，就不但能使弟弟免受株连，而且还有功，我看是个上策。"解生心里很不忍心这样做，金某痛快地说："男子汉碰到事情贵在当机立断。否则我可以逃走，留下弟弟怎么办？"解生没了主意，只得依计行事，与捕役商议，用重金贿赂他们，使他们照此说法。之后解生涕泪涟涟，眼看着金某穿上赭红色囚衣起程。到了讯问时，不用拷打，金某对自己所犯罪状一一招供画押，并且说："赚我上当受骗而被捕的，是真州的解令尹。我在江湖间横行半世，想不到被怯弱书生所算计，出乎意料啊！"上司本来就很看重解生，由此更欣赏他的才能。

金某在十字街口闹市被处决那天，飞鸦儿因为拿到大笔赏金，就买来酒肉替金某送别。金某边吃边喝，问道："我知道迟早会有今天这么个下场，一点不怨你。可是生平同你无半面相识的缘分，你怎能一眼就突然知道我是金某？求你告诉我，让我死也无憾。"飞鸦儿就把那天梦中所见所闻告诉他，金某非常恼怒，桌子一拍，站起身，唾骂道："淫荡烂污货，腐朽白骨精！胆敢触犯我金老公！我该死，我该死，还有什么可说的！"

解生当时在真州衙门，正惊惶迷惑间，忽然看见金某戴缨帽穿短衣，含笑掀帘进门，笑眯眯问："我弟弟平安吗？"解生惊起，连忙说："哥哥原来太平无事啊！"金某说："太平无事。"解生马上吩咐摆酒席，金某取大杯满饮三杯，对解生说："我游戏人间，不过是让那些贪污的、中饱私囊的破些财罢了。现在已经脱离肉身，登上仙界，像郭璞、谢灵运诸公一样，不是真的遭到杀戮。可是我弟弟当时与她同床的那个女人竟敢多嘴多舌，实在不能饶恕！"说完，只听得衙门外一片喧嚷声，金某起身向解生作揖道："我将去远方了，请看在手足之情上，收殓我的尸骨，免得抛露野外。我会永远感激你。哥哥留下一马一骡，请好好照料，不要过分鞭打。"说罢匆匆就走了。解生快步走出衙门，执法官正把金某的脑袋送来。打开木盒一瞧，面目轮廓还在，可是已经血肉模糊难以辨认了。解生于是用银子贿买了金某脑袋，联缝在尸体上，给以厚葬。

过了一年多，解生凭着才干，被上司保荐升任浙江观察使，在任很有政绩，珠娘也有贤内助的功劳。一天忽然从鸠江来了个老相识，一副卑躬屈膝的样子，用意是乞求帮助。解生接待了他。饮茶时，解生问："我的旧居在南山的南边，仅斗室一间，想来已被秋风吹破了？"那人说："大人游钓的故居，本乡父老兄弟都敬重爱惜，毫无损坏。只是东邻那座坟墓，突然在某日让暴风雨和焦雷所毁，震裂成水潭，墓碑也已断碎，白骨纷散，抛洒在粪坑里。只有那棵古松还幸存，真让人不可理解。"解生详细询问发生这事的日子是哪一天，来人告知，原来就是金某被处决的那一天。

解生从此又惊又怕，忧郁得病，成天在病榻上呻吟，便申请准假休养。上司不批准。上司推荐来的医生给他治病，说："他患脑风病，只有吃马脑才能治愈。"解生左右的仆人就杀金某的马取脑。解生吃下马脑稍微舒服了几天，身体又疲软无力，医生说："这是肝出了问题，只要吃骒肝就会好的。"左右仆人又杀金某的骒取肝给解生食用。打那以后，解生精力强健，天天处理大量案牍，一点不感到疲倦。

解生有玉枕、金瓶两件宝贝，非常珍爱宝重，值千两银子。他回家向珠娘要这两样东西送给医生作酬谢，并问珠娘是什么药使他的病迅速得以根除。珠娘讲出实情，解生出声恸哭。珠娘安慰道："后面马厩里有的是骏马，失去一马一骒何必太过惋惜？"解生说："不是看重东西，是痛惜辜负了老朋友的托付啊！"于是赶快请来高僧、有法术的道士，建水陆道场，讽诵《金刚经》，超度络霞与金某以及骒、马的亡灵。解生亲自撰写祭文，文中有这样一些话："感恩报德，想不到是红粉骷髅；舍己成人，真不愧是绿林豪杰。为什么一个不免遭雷轰击，一个难逃法网浩劫。是天数吧，搔头皮去问谁？至于良马珍重，骒蹄磨损，都有奇功。可怜肝脑涂地，供我服食治病，当初跟你狩猎，想必飞走摩云。你们活着不愧是人中英雄，死了也称得上鬼中豪杰。噫！问寂寂黄泉，是否还在唱'晓风残月'歌曲？叹茫茫白骨，居然会与我结为情妹情郎。"出自肺腑，尤为感人。

龙梭三娘

元代海陵有个江天石，是一个著名的大富翁。他儿子叫江璧，字玉人，刚成年就凭借关系在乡试中考中第一名。其实他天性愚笨，舞文弄墨并不擅长，可是相貌倒还文雅俊俏。老师教他书法模仿王羲之、王献之，他也没有学到真本领，不过是学得轮廓皮毛罢了。

江天石年已古稀，是个老举人。有一天，他对座上客人伤感地说："我中年丧妻，虽然满腹经史，痛苦的是没有个聪明后代能继承我的衣钵，有什么办法？"客人违心恭维江璧道："公子高中秀才、举人，转眼又将去蟾宫折桂考状元，走马长安看十里杏花，难道还愧对父子世传的事业吗？"老头有自知之明，一杯酒下肚，叹息说："我江天石的儿子，并非千里马，只是豚犬罢了！"

江天石门下有个善于逢迎的客人，从老头的话里揣测到他的心意，特意用巨金从江北买来一个逃难女子，名叫龙梭三娘，她不但容颜娟秀艳丽，而且非常年轻。客人又叫人来一番妆扮，给三娘穿上绣花衣袄，乘坐油壁车，搭上服侍她的一个小丫鬟，专程往江天石家，登门献上。老头瞄了一眼，心中乐不可支，当日就布置好洞房，备办婚宴，邀请宾客，赋催妆诗，与新人饮交杯酒。那门生内心欢喜，一切操办得稳稳妥妥。

午夜客散，两行画烛导引一对新人进入洞房。老头捋着胡子微笑，去扇揭巾，与新人定情。这时老头发现三娘愁眉苦脸，眼泪汪汪，脂粉凌乱。跟她略微讲上一两句情话，三娘不但没有情意被撩拨，反而露出不高兴的心情，马上态度生硬，面容凄惨。老头发怒说："小妮子！莫非怪我老头子衰迈无能吗？我家不愁吃穿，养尊处优，倘若你能替我生个大胖儿子，转眼你就是尊贵的太母、太夫人了，为什么要悲悲戚戚？"三娘痛苦地走到老头面前，跪倒在膝下，叙说自己的遭遇，边说边簌簌掉泪。

原来三娘是蒙古人，一直跟着父亲不花达赤达泥，来到中原，官做到淮西行省平章政事。她的母亲梦见织女丢下梭子变成一条龙，接着就怀孕了生下她，因为始终没有兄弟，父母常为此而抱恨。由于她父亲性格耿直，为官清廉，与御史莽吉兔矛盾很深。一次，她父亲偶尔由于顽皮童儿小张无礼而发脾气，在酒后用皮鞭抽打小张背脊。小张逃入莽吉兔家中搬弄是非，诬告主人。莽吉兔添油加醋，加上流言蜚语，上疏弹劾。她父亲因此蒙上贪污的罪名而被削职，皇帝下诏将他收捕下狱，判处斩刑，不久病死在牢房。皇上怒气未消，下令抄没他的家产。本已经家破人亡，三娘又被邪恶的叔父引诱离家，盗卖在这里。三娘从小就许配给父亲同僚的儿子叶子荷。子荷的父亲去世，他家赤贫，不得已，子荷流落到福建，在某刺史处当幕僚，只是很久没有他的消息。三娘说自己本是有夫之妇，请求老头怜悯体谅。说完，更是泣不成声。

老头耐心地听完这番话，傲气顿时消失，惊奇紧张，汗如雨下，喝了一口热茶，感慨万分地对三娘说："老夫不才，可也有儿子，已通过乡试成为举人。我岂敢倚仗有几个臭钱而随便夺取他人的妻子呢？小姐请安心暂住这儿，我自有办法使你像乐昌公主那样破镜重圆。"说罢，就要回自己卧室独睡。三娘拉住他衣裳哀哀哭泣。老头觉得意外，问她要干什么。她说："老人家真是忠厚长者，能不能收我做个继女，不然总避不了瓜田李下的嫌疑。"老头说："很好。"就照她所请求的那么办，派妥当婢女伴她宿夜。

第二天清晨，老头找个借口告诉人们说："那小妮子的父亲同我一向有交情，不忍心糟蹋她。"大家也就呵呵而笑。他封好银子，派遣健步信使赶往福建，足足寻访了一个月，才把叶子荷招请回家。老头看叶生是位风度翩翩的读书人，虽然贫穷，而才华胜过自己儿子万倍，只不过长久荒废罢了。当天就摆酒宴将叶生招为女婿入赘，并与他订约："结婚后你仍旧住在学馆里，不要管月中凶神在不在房，宜不宜同房，只要你有一篇文章做得符合八股文程式，就允许你与妻子团聚一次。"叶生恭敬同意。

有一夜叶生进入卧房，三娘说："郎君知不知道老人家待我们恩德如山？如果不发奋考取功名，用什么去报答大恩大德呢？！"从此以后，即使叫他进房他也不进，只知道在书房闭门埋头苦读。经过一年多的努力，荒废的学业不仅全部重新温习过，而且比从前加倍精进。不仅"四书五经"读得滚瓜烂熟，而且八股文也做得像模像样。老头欣慰地说："成啦！"赠金送行，叫叶生入京应试。临行那天，三娘流着泪对叶生说："如有闪失，你也不必回家见床头人了！"

叶生时来运转，暗地里为自己鼓劲，在京城考试顺利，殿试时也一举成功，被任命为会稽太守。他先颁公事，乘轻车前去赴任，判断刑案明察秋毫，犹如神明。老头得到传闻，欢喜雀跃，替女郎准备好行装，派遣仆役婢女送她到叶生任所，并让使者带封信给叶生，信中写道：

听说你已富贵，老夫非常高兴。你不顾家眷，先去上任，是公而忘家的表现，做得很对。可是我那继女也是有才华的女子，做你的贤内助，肯定会使你有更多可观的善政。何况你们夫妻经过患难和悲欢离合，结为婚姻非同寻常，岂能丈夫已经贵为双旌五马的太守，还不谋求如璧玉圆合、延平双剑离而复合吗？

其余一切问继女自能知道。我的境况是养老在山林泉水间，清静沉寂，很少有车马来客声，只知准备好笔，饱蘸墨汁——记上你出类拔萃的政绩。多多保重，清廉为政，心底的话一言难尽。

　　叶生获信后洗净双手再拆封诵读，读完后十分感动，对使者流泪再拜，然后吩咐备莲花轿迎接夫人进门。叶生打算多方采购浙江的土特产及古玩等，用以报答老丈人的大恩。三娘说："快别这样做！受人海洋一样深的大恩，岂能用琐琐碎碎的东西去回报？复一封简信就可以了。"从此夫妻才得以朝夕相聚，生活安乐美好，如琴瑟相和。

　　叶生勤政，凡事小心，风生水起，已得老百姓好口碑。可是三娘常常闷闷不乐，问她原因也不回答，常常背着人临风掉泪。她天性喜欢种花，浙江的奇花异卉都弄来种植衙门内宅，美如图画；又喜欢购买金线、孔雀翠鸟毛羽等针黹物品，梳妆盒几乎装满。空闲时带着婢女采集鲜花上的露水，用来酿酒，封存在瓮中，自己也不喝。另外还督促婢女将金线翠羽编织成女子穿的软甲，软甲上精雕细刻，穷极工巧，精美绝伦，编好后自己也不穿。这一切，叶生只是看在眼里，也没有问个究竟。

　　次年，老头的儿子江璧羡慕叶生富贵显赫，私自盗取库藏银子好几万两，跑到京城，贿赂有权有势的官吏，即便是皇宫内的嫔妃和受宠太监，也一一送上钱财。殿试时，雇请名流冒名顶替，一战而胜。金殿唱名时，江璧高中头名状元。当时莽吉兔的儿子哈哈木权也参加殿试，由于夹带作弊被黜落，怒不可遏。刚巧江璧的仆人夜间在街市游荡，触犯京城禁止夜行的规定，被禁军抓去审讯，审出了江璧行贿的大概情形。莽吉兔于是罗织罪名，上疏弹劾，皇上传下圣旨以科场舞弊罪逮捕江璧入狱，判定死刑。江天石知道后悲痛地说："没想到在我垂暮之年，还会眼看儿子遭断头的悲惨下场。"写信告诉叶生，江璧闯下如此大祸，该如何处理为妥，三娘猛然挺身而起，说："从今以后可以一举两得了！"连夜更换出门的便装，带着两名婢女，还携了酒和软甲，骑马远走。叶生怕走漏消息，遭外界纷纷议论，告诫家里人一定要保密，千万不要张扬。

　　三娘急急忙忙赶出关外，知道当今皇上的姑姑四公主名叫吅拉布，下嫁给锦兰国王，有饮酒嗜好，还喜欢打猎。三娘迅速赶到长城下，探听到公主经常来到的地点，捎上干粮藏身在灌木丛中静静等候。时过多日，婢女甚觉不耐烦了，看到茫茫一片风沙碛石的荒凉景象，经常唠叨埋怨，三娘不加理会，天天翘首以待。

有一天，晴天和暖，气候宜人，三娘忽然听见行路人互相提醒说："今天王妃将出宫狩猎，小心不要将牛羊散牧，以免惊动王妃车驾。"约有一顿饭工夫，果然有几十个健儿手持兵器骑马冲过。随后又有几十个装束艳丽的宫女，乘坐骏马，舞剑弄戟。接着又有几十个人背着弓箭手持枪械火器。随后只见锦旗如云，团团围裹着一位身穿黄衣的美人，看上去三十岁左右，骑一匹紫骝马，手挽缰绳缓缓行进。三娘估计她就是公主，她原先像兔子一样静伏，这时像鸷鹰一样猛然蹿出，向公主狂奔上前。护卫的将士一下子擒拿住了主婢三个，丢在公主马前，众多刀剑环架在她们脖子上。

公主见三娘和婉柔美，不忍心处死她，只是微笑着问她从哪里来，要做什么事。三娘本就精通蒙古语，此刻神色不惊，整装拜见，并用蒙古话启奏道："小女子无时无刻不受到公主的庇护，恨自己无法报答，现在以葵花向阳的忠诚，亲手酿制的千娇百媚酒和亲手编织的金翠如意通心甲，奉献给娘娘。恭祝娘娘寿比南山。"说完把礼品呈上。公主示意，婢女们呈上美酒。公主酌酒品尝，酒香芳冽，沁人心脾，满嘴甘甜，大喜说："这酒太美味了！"穿上那件通心甲，大小正合身，奇光异彩照亮云霄，骑在马上的宫女齐声高呼道："这件通心甲编织得太美啦！"公主十分高兴，将主婢三人带回王宫，三娘尽心尽意将编织技术教授给宫女，她与公主的关系也日渐深厚。

一次，三娘与公主在房间畅叙，公主高兴间，哈哈大笑。忽然，三娘哭泣着用华语向公主请求立即放她回家。公主听了，十分惊诧道："孩子，你原来是个中国人啊！为什么远道跋涉而来，对我尽一片孝心，你何不明白说来？本公主当替你尽力。"三娘跪在地下叩了几十个响头，再三自称死罪，然后细细叙说苦衷，撒谎说江璧是她哥哥，遭到莽吉兔御史父子的冤枉陷害，请求公主救援，就能揭开覆钵使含冤人重见天日。公主叫三娘起身，说："我以为有什么了不起的大事，这区区小事一桩，还值得你如此为难吗？"马上传下懿旨，率领军队入关去救江状元，命龙梭三娘先回家。

　　没几天公主的车将抵京城，皇上惊惧出城迎接。原来公主在宫中时，皇上还年幼，皇宫内外不少人向老皇帝进谗言，诽谤太子，靠着公主的调停保护，太子才安然无恙。公主容貌俏丽，心地慈善，可是脾气非常刚烈，每次回娘家对皇上有所请求，如果不能称心如意，就破口大骂，直至达到目的方才罢休。公主见了皇上，劈头劈脑就问："陛下是否知道新科状元江某是我的继子？为什么没有一点同胞手足的香火情，忍心将独占鳌头的才子关进天牢？"皇上听了默不作声。公主逼着皇上立刻下诏放状元出狱，并与皇上一起面试状元是否有真才实学。皇上身边亲信都暗中遵照旨意替江璧找好才子代笔，瞒弄得毫无破绽。一切妥当之后，举行面试考核。试题发下后，策论很快写完，有条有理，精深周详，更兼辞藻高赡华丽，皇上拍掌称好："从古至今原本没有胸无点墨的状元，莽吉兔这奴才是什么东西，竟敢胡言乱语！"降下圣旨让江璧官复原职，给他家三代人以封号，任命他出任两江监察道廉访使。皇上的亲信还告发了莽吉兔的儿子哈哈木榷考场夹带的作弊情状，皇上赫然震怒，下令抄没家产，搜获大量金银财宝。莽吉兔充军云南，死在路上。哈哈木榷在街市被斩首处决。公主这才出关回国。

　　自从龙梭三娘离开后，叶生孤眠独宿，天天想着盼着。有一夜，他对着孤灯闷坐，神情恍惚间，忽然听得庭院里有细碎脚步声，正欲起身观看，转眼间三娘已偕同二婢进了房。三娘紧握叶生的手笑道："叶郎，别来都安好吧？我回家了！"叶生喜出望外，一把将妻子拥抱入怀，问道："你是飞仙呢，还是剑侠？不然怎能如此神出鬼没？"三娘看着叶生，娇滴滴地说："不，不是嘛。实在因为除了这次机会，再也没有其他办法可以报答江家的恩德了啊！"

　　江天石老头只知道儿子已获再生，十分欣喜，却不知道皇上网开一面的缘故。当时人们正给老头祝寿，宾客济济一堂，三娘忽然身穿锦绣衣服飞骑到来，理顺衣装举杯祝寿，跪拜符合礼节，告诉老人家说："人可贵的地方，在于知足常乐。"老人高兴地说："说得有理！说得有理！老夫当然知足啦！"老头心里明白，当天就叫江璧给皇帝上书，推托身体有病而辞官。后来蒙皇上恩准，江璧得以辞官回归田园。

迦陵配

钟离有座笠乾寺，是座远近闻名的古庙。老和尚临风，常为施主、游客叙说迦陵生的故事。

早先的兰家和尚懋公，精通佛典，心地善良，特别乐于提拔人才。寿春孙主政曾赠送懋公一副对联，道是："说法鬼神环麈尾，怜才英俊集龙头。"同门师弟某和尚，就只会唱唱佛曲，喜欢拍马逢迎，品行远远不及懋公。

懋公有次偶尔拄着拐杖，来到河边，见河心漂来一块木板，板上躺着个婴儿，这小孩子雪白如瓠瓜，正在呱呱啼哭。有个尼姑到河边洗衣裙，用竹竿将木板挑近，抱起婴儿，口中喃喃自语："孩儿可怜！孩儿可怜！"看上去想收养做义子。懋公合掌敬礼说："善哉！善哉！可是一尺来长的襁褓小儿，不是尼姑适宜收养的，何不把他送给老僧？"尼姑稍稍细看婴儿一眼，递给懋公说："这个孩子骨气非凡，读书将会成为著名人才，学道将会成为羽士飞仙，只有皈依佛门，却是一生毫无出息。既然和尚要，你就好好抚养他吧。"言辞恳切，说完，尼姑突然间无影无踪。懋公抱回婴儿，雇佣奶妈喂养，取名为小拾得，这是迦陵生的第一个名字。

婴儿刚刚长大一点，就能礼貌为人，粗识文字，显出聪颖禀赋。懋公很器重，把他看成是唐代高僧辩才的后身，预先做出将来由他继承衣钵的打算。小拾得五岁时，懋公替他剃发出家，传授僧家戒律，并请了老师教他读书识字。老师勤于指点，小拾得过目不忘。不久就读通六经，钻研佛教经典，泛览诸子百家，都有感悟，有很多经典理解得一清二楚。

迦陵生十三岁那年，懋公病重，即将归天。弥留时将迦陵生托付给师弟某和尚，说："他是我留下的弱小孤儿，请你这位阿叔爱他怜他！"某和尚一口答应，懋公顿时合上双眼长逝西天。迦陵生捶胸顿足，号啕大哭，如死了父母那样。过后不久，迦陵生沉浸在失去老和尚的悲痛之中，沉默寡言，垂头丧气。某和尚渐渐忘记师兄的嘱托，每天肆意摧残迦陵生，有逐他出寺的意图，只是一时不忍心说出口。迦陵生忠厚老实，不喜欢念经诵佛，天天写字画画自得其乐，某和尚对他更加厌恶。

有一天，寺内大殿的墙壁重新修整，涂刷上白粉，殿壁洁白如银。某和尚计划请普通画师来作画，迦陵生听了不觉技痒。他悄悄磨成一斗左右墨汁，乘某和尚外出的机会，登上临时搭建的平台，挥笔成风，飒飒作响，洒墨点染成荷花，环满四面粉壁。他雀跃着，大笑着说道："这是功德池中清净菩萨的真身啊！"现场有不少香客见其作画，无不称赞说画得出神入化，妙趣横生。某和尚回寺后见他画得倒也不俗，也就没有责骂。

刚好有个李太守，被上司新近任命，前往顺昌，携带家眷从江南而来，租下笠乾寺的西厢办理公事。早晚闲暇时，便到大殿漫步，参观西天释迦牟尼佛像。他突然发现四周墙上的墨荷雅韵欲流，活灵活现，惊疑是八大山人重新降生，就问这是谁的大手笔。某和尚说是迦陵生。太守又问："出家几年了？"某和尚如实禀报，并且讲述了该生萍漂河上被拾得的一段因缘。李太守急忙吩咐，赶快把他带来，没想到眼前的这个小和尚翩翩玉立，英俊潇洒，头顶虽然光秃秃，而气度则庄重和蔼。太守问道："大厅四周荷花，是你亲手画的吗？"迦陵生双手合十，先作一揖，而后答道："是的，大人！"太守又问："能对对子吗？"答道："能。"太守马上说出上联："壁上荷花和尚画。"迦陵生脱口而出，紧接着就对了下联："月中桂子贵人攀。"太守大为惊服，于是对某和尚说："你没有必要留着他，何不用重金交换给我？"某和尚正中下怀，一口答应。太守就带着迦陵生到了顺昌，悄悄地替他留蓄长发，培养他读书，教导礼仪。由于太守没有儿子，就把他收养为子，改为姓李，取名为琛，字美玉。这是迦陵生的第二个名字。

李太守的妻子，原先是艳丽小妾，后来才爬上正位，内心里很厌恶迦陵生。过了一年多，她怀了孕，怕今后迦陵生妨碍她亲生子女的利益，更加起劲地唆使婢女小鹊在主人面前说他坏话。太守听了总是一笑了之，不计较所言真伪，只是聘请老师给迦陵生讲授应考的举子业，深情地加以勉励，迦陵生的学业因此大有进步。太守妻子知情后愈加愤怒，经常在内屋咆哮谩骂，渐渐发展到找由头就亲自操杖痛打养子，多次要赶他出门。李太守考虑到他们很难改善关系，把迦陵生叫到无人的地方，流着泪说："孩子，你从来的地方来，还回去的地方去。我赠给你千两银子，了结我们父子的情缘。这次回去不论是继续做和尚，还是做读书人，都由你自己选择，不是我所能决定的。好自为之，前途多多保重。"迦陵生也痛哭流涕，不敢接受银子。太守坚持要给，他才叩头拜了两拜，喊了一声："太守大人，多保重！"就灰心丧气地走出家门，也不知投奔何方是好。

迦陵生在路上遇见同乡某人，就结伴乘船。某人窥探到迦陵生银子很多，引诱他去做买卖，某人自告奋勇协助经营。不料几经转手，赔尽老本，迦陵生手头只剩下几个子儿。他虽然察觉出同乡捣鬼，但也找不出什么把柄。迦陵生茫茫然无所适从，考虑只有再回钟离。到了笠乾寺，师叔已谢世，新当家和尚不是原来的同门，迦陵生就只能租住西厢房，安顿好行李，摆开纸墨笔砚，仍吟诵诗书，整天咿咿唔唔，不敢松懈。有时思念太守，就合上书本，失声痛哭道："赶走我的并不是太守啊。待我优厚，期望很深，世上有像太守这样恩德如山的人吗？"

笠乾寺原本是孙主政的家庙，孙主政告老还乡，退休闲居在家，德高望重如泰斗，一次偶尔从寿春来这里，看到迦陵生俊美如玉，又阅读了迦陵生的文章，很惊奇，不但文笔优美，章法严密，而且针砭时弊，颇有见地，觉得他才华横溢，前程远大。询问迦陵生的姓名籍贯，迦陵生起初犹豫不敢说，经再三询问，才哽咽着叙说自己的遭遇，并失声哭道："身世不幸，忽而和尚，忽而儒生，独来独往，到现在还不确定自己到底叫什么姓名，活着有什么意思？"孙主政思忖良久，脸色庄重，神情严肃，说道："你的身世自己不知道罢了。我有个远房亲族某人，一向住在湖田，也是个穷书生。晚年娶了小老婆，生下儿子才满月，某人就逝世了。小老婆改嫁到远方，恐怕儿子会连累她，就把婴儿放在木板上，任它在河里漂流。那婴儿就是你。论起本家辈分来，你还是我的侄儿。"迦陵生信以为真，一下子拜倒在地，口叫"叔叔"，侍奉在膝下，像燕子依人似的恋恋不已。孙主政就替他改姓为孙，名叫蓁，字风萍，这就是迦陵生的第三个名字。

第二天，迦陵生衣冠楚楚到孙主政家去道谢。孙主政带着他粗略介绍了某某是伯伯叔叔，某某是兄弟辈，更加奖励他的文才，答应替他审阅删削诗文，让他去应考。只是当迦陵生详细询问父母坟墓在哪里时，孙主政就含含糊糊地敷衍几句，说什么不在本地，以后再带你去祭祀之类的话，因为原本是编造的谎话用来使他安心，实在无法指出墓地究竟在哪里。

迦陵生十七岁时，转眼已到了乡试年头，孙主政替他去广文廪膳处请求盖章证明。学官问这人是谁，主政粗声粗气说："谁不知道孙蕖是我同族的侄子呢？"学官也就信了，又匆匆忙忙替迦陵生补办了参加本县考试的手续，暗暗嘱咐他说："临场考试时马马虎虎就可以了，千万不要过分精雕细琢，怕要遭到怀疑和攻击，反而误事。"迦陵生恭恭敬敬同意照办。等到试题发下，迦陵生想按规定的程式敷衍成文，不料一个字也写不出来。没有办法，只能就题发挥，直抒己见，写得洋洋洒洒，不顾忌会有严重后果。

太守黄公，掌握着评定文章等第大权，很自负有眼力。读到迦陵生的文章，击节称赏，选拔作冠军。张榜后，参加考试的童生群情沸腾，疑心孙蕖这个人是从天外飞来的。第二天进行首次复试，太守威严地坐在大堂上，差役高呼孙蕖的名字，竟无人答应。再三呼叫，仍无人吭声。太守勃然大怒，看着学官说："本太守并非有眼无珠的人，这次考试的冠军竟然不来复试，究竟什么原因？其中必有冒名顶替的舞弊，由于害怕明镜高悬，难以隐藏真相，因此逃遁。这岂不是学官的过错吗？"学官推托不知情，廪膳官禀告这事与孙主政有关。太守问孙主政何在，答道最近到其他地方游览去了。太守更加怒气冲天，手下一班人齐齐跪下请求说："请太尊暂且先面试名次在孙蕖以下的考生，保证在近期将孙蕖找到，送来公庭听候裁决。"太守同意。

学官立刻带着学校中的役吏多人，乘着轿子而去，到笠乾寺侦查。只看到迦陵生房内满是书本、书箱，不见人影。墙上墨汁淋漓，留下一首诗：

一波才落一波生，旅馆频惊梦不成。白眼看他人世险，黄金散尽我身轻。
浇愁惯借杯中物，惹祸翻嫌榜上名。屈指归期应不远，八公山下有疑兵。

距钟离城西边千里处，确有座八公山，是淮南的一处名胜古迹。草木皆兵的故事，历来是个典故。学官读到这首诗的尾句，就怀疑他藏身在那里。一帮子人跟踪前往，果然发现他盘腿趺坐在山洞里，神情痴呆像木鸡。役吏将他挟持着返回，问他情况，默不作声。

黄昏时分到达公庭，衙门洞开着，吆喝迦陵生快进去。黄太守已准备停当各种各样刑具。等见到迦陵生温文尔雅循规蹈矩的模样，心知不是个轻薄无赖子弟。略加审讯，迦陵生就跪伏地下哀哀叩头，毫不隐瞒地诉说自己生平。太守问："既然如此，何必要逃跑？"答道："我小心谨慎遵照孙主政大人的吩咐，其实不知道没有本地户籍而遭到攻击诋毁，我将担当何种罪名，因此惧怕而逃逸。"太守听了恍然领悟，很怜惜他，后来丢下一张写着试题的小纸条，说："不经过面试总难相信。"迦陵生便就着烛光迅即完成一篇佳作，像是早先已构思好就立马交卷似的。太守一看，欣喜过望。再试其他题目，写得更加工巧。太守一边阅读一边赞赏道："可惜今天复试你避开了，否则你又将是冠军。国家选求的是真才实学，何尝全凭资格来限制人的进取？第二次复试你应当参加，我将提拔你。"考试全部结束后，太守本想取迦陵生为第一名，碍于有关规定，就列名第二。

孙主政回来后，带着迦陵生拜见黄太守，又给太守详尽介绍迦陵生曾当过和尚的事。太守笑道："只要他院试获得成功，我就替他玉成一段佳话。"主政面色温和，恭请太守把话说完，太守也就爽朗地说："我来上任时，途经江苏武进，内人到惠泉尼庵去烧香还愿，看上了庵中一个小尼姑，形貌娇艳，人又聪慧，并且精通音乐，还会吟咏诗文。那小尼姑也是一个老尼姑所遗留下的，不清楚她的来历。尼庵观主因小尼姑还未破身，看成奇货可居，内人不惜重金把小尼姑买下带回家，取名为巧巧。她现在刚刚成年，我想把她许配给贤侄作媳妇。他们两人不简直像佛经里所说的一对有共同命运的迦陵鸟吗？"主政笑意扬扬，拜谢道："且看他院试结果怎样，倘若不辜负你的期望，还请兑现金口所许诺之事。"

院试名次揭榜那天，黄太守在庭院里彷徨焦急，不停地来回徘徊。夫人带巧巧来到庭院，蓦然看到太守这副模样，惊问出了什么事，太守答道："为了孙家那个小和尚。"夫人听了不觉失笑。巧巧当然还不了解许婚的事，也掩住小口，暗暗发笑。突然间门口传来敲锣报捷声，太守急忙问讯道："莫非孙家小和尚考中了?"左右答道:"是的,大人,而且是名列榜首。"太守听了不觉手舞足蹈,乐不可支。

第二天,迦陵生戴着银雀顶的举人冠帽,穿着青衫,来到太守府,在庭院里向太守叩首致谢。太守喜气洋溢,说:"你来了啊!好!好!"立刻叫下人给他换上有花纹图案的彩色吉服,又吩咐丫鬟把巧巧打扮一新,与迦陵生交拜,举行婚礼。面对突如其来的大婚,迦陵生推辞说:"身无立锥之地,家无四堵墙壁,怎么能够面对芙蓉娇妻?"太守说:"早已为你安排好了!"吩咐鼓乐队、两顶花轿,送小夫妻回宅第。一对新人到家,看到房舍曲折相连,彩画粉刷一新,茶几床榻明亮洁净,新婚洞房中所需要的一切无不具备,这都是太守的功德,早先就安排好了的。

过了两日,迦陵生去懋公塔前哭告,往孙主政府上感激涕零致谢,写信给顺昌李太守表示感谢。回家画了懋公、李太守、阿叔、黄太守夫妇的肖像,天天虔诚礼拜,供奉如神。小夫妻俩恩爱有加,缠缠绵绵,和和睦睦。孙主政不久归天,迦陵生悲痛地在内心为他服丧。黄太守调任河南廉访使,迦陵生送行三百里。归程专门绕道顺昌,探望继父李太守,受到厚赠而回。

回家后紧闭双门,陪伴娇妻。迦陵生每完成一幅书画,落款署名作"风萍聚",或作"昔美玉",或又题"当年拾得子",以示不忘往事,并且心中很清楚"孙"也不是自己的真姓。妻子笑道:"郎君取名太烦琐。黄太守曾将我两人比作佛家的迦陵鸟,郎君何不取名迦陵生,我就取名为迦陵女?"迦陵生大为高兴,就照妻子的话取名。因此,这就是他的第四个名字。

两人在闺房中经常下围棋、猜谜语、搳拳赌酒、分韵斗诗,以此为乐,迦陵生有时还温习八股文等考场必须应付的制艺,迦陵女就阻挠说:"俗气极了。"迦陵生内心一笑,哼了一声,说:"我也知道这很俗气,可是读书人不借文章为自己扬眉吐气,那用什么来报答我那些恩德如山的知己呢?"迦陵女说:"这正如春蚕作茧自缚,飞蛾自投于火,幸亏你俗障还不深,急需及时解脱。我不是自我吹嘘,郎君娶我为妻,就已经胜过封万里侯了。"说完,莞尔一笑。

迦陵女一向擅长操琴,于是把琴谱传授给迦陵生,自己弹奏,让他早晚聆听领会。常奏的有六支曲子:一是《春水舣槎曲》,听时只觉得轻风泠泠,吹拂双袖和衣襟跳着凌波舞；二是《清夜闻钟曲》，听时感觉是佛王的宫殿，钟声清越，余音绕梁，就好像在枕头边；三是《穷途自伤曲》，听时令人想到风尘仆仆，游子远行，落魄的人在歧路徘徊；四是《水穷云起曲》，听时觉得其中别有天地，似乎在桃花深处打桨荡舟；五是《彩凤双飞曲》，听时仿佛云路迢迢，两人将手携着手而升上云霄；六是《仙山无恙曲》，听来像是海涛汹涌，忽然意识到相逢相识三生有缘。这六支曲子一一弹奏，妙不可言。迦陵生还请求多教一些，迦陵女说："只有这六曲可以给世上人听听。"迦陵生学了一年多，竟然也能与妻子一起合奏了。绿纱窗宁静清雅，窗外池塘鱼戏莲叶间，甬道绿树婆娑，蜂飞蝶舞，小丫鬟焚一炉好香，夫妇俩和谐奏琴，音韵奇妙悠扬，真不知道是生活在天上还是人间。

日子就这样一天天过去，一天晚上弹琴，忽然主弦断了，迦陵女大惊失色道："主弦折断，定有凶险！先前黄公把我俩看成共命鸟，现在做比翼鸟一起飞走好吗？我出嫁后还未回娘家过，郎君送我回去，借机逃避人间一场浩劫，怎么样？"迦陵生说："你从前对黄夫人说身无来历，现在怎么又有家了？"迦陵女说："嘻！世上哪有没有来历的人？只不过一脚踏进人间的尘埃，就忘记自己的真面目了。"迦陵生不很相信，犹豫不决。迦陵女取出一粒丹药，让他吞服。迦陵生服药后忽然如梦初醒，哑然笑道："咦，你真要回去吗？我也要跟随你一起走了。"召集家中所有人，告知情况，仆人老妈子等齐声问："娘子家在何处？"迦陵女说："很远很远。"那些不愿跟她远去的人都受到厚赠。第二天清晨他俩整理好行装，带着两个婢女，夫妇俩各骑一骡，从容朝着东方而去。

最近有个钟离人，刚从海岛上采药回来，说："大海里有座桫椤岛，出产药品最多。岛上岩石小道崎岖曲折，非常难走。一天刚在岛边停泊了船，忽然看见迦陵生的两个婢女蓬头赤足，在岛上奔走如飞。我赶紧上岛去追她们，只见她们隐入丛林，可惜没追上。"

刘子仪膏药

清朝开国初年,我的故乡有位刘公,名子仪,是个老书生。他以教授儿童为生,贫困难以支撑,不得已,卖掉了居住的一栋大房子,拿到钱另租下城北一户人家临街的一栋小屋,里间做卧室住家小,外间开店铺小本经营。刘公性格旷达忠厚,不善于同顾客斤斤计较,一年多下来本钱赔尽,依旧钱袋空空。看看这个新家非常狭窄,只能遮蔽风雨而已。庭院四周,生长着许多野生药材,如人参、三七等,长势茂盛,蔓延到台阶上。刘公觉得讨厌,想全部锄掉,另外种植花草,以美化环境。

有一夜,明月高照,刘公赏月喝茶,下半夜才睡着,朦朦胧胧中做了一个梦,似乎有一个穿黄衣的老翁,手指庭院里的野生植物告诉自己说:"这些都是良药。用它和上铅粉、桐油熬成药膏,能治疗各种毒疮,芟锄它干什么?"刘公醒后,牢牢记住,翻检查阅《药性编》,确如老翁所说。他心里特别高兴,急忙买来铅粉、桐油,苦恼的是没有烧药的炉灶。正巧有个女乞丐在门口,箩筐里有只小镉锅,短柄,三只脚,刘公说:"你化饭,这个碗不方便。不如我买下来,你再另寻一个方便携带的。"乞丐满口答应,刘公也就花了一百文钱买到手。又买个小铁炉,用具居然都凑齐了。于是切碎碾磨药材,细心炼煮,终于熬成药膏。先找一个患毒疮的乞丐进行免费小小试验,的确很有效。

第二年,春雨绵绵,长久不晴,城里积水达一尺来高。夏天则出奇干旱,毒日头烤炙大地,仿佛把沙石都融化了。农夫和商人无论老少,都患上湿病,医生都束手无策。只有刘子仪家的药膏能治愈此毒疮,来求医问药的人络绎不绝。他日夜熬制,加速制作,因此赚了不少钱,日常生活也宽裕得多。

只是刘公的心地善良,即使是个乞丐,在深更半夜来敲门买一文钱的膏药,他也必定起床拿给买者。有一夜他刚睡下,窗外风雪满天,忽然听到"笃笃笃"敲门声,而且敲得很急。刘公在枕上大声问是谁,对方答道:"是要饭的,来买膏药。"刘公赶紧披衣起床,门外雪花飘飘,打开双门,一个乞丐跛行而入。乞丐在左大腿上有个毒疮,如铜钱大小。刘公察看疮面大小,然后裁纸取膏在炉火上烘焊，想来肯定够贴了。不料膏药焊好，乞丐的毒疮突然扩大如盆；刘公没办法，只得重新调弄，等到弄好，毒疮又扩大如瓯；再更换，毒疮又扩大如巨盘，如冰盘，不断在变化。前后调弄膏药十多次，弄成后都无法盖住所患的毒疮。这时左邻右舍的晨鸡已喔喔乱啼，墙上一盏油灯闪烁，妻儿见刘公这么长时间不回房，几次三番催促。刘公只当没听见，低头为乞丐呵气驱寒，细心细意敷贴膏药，绝不因为只有一文钱的小生意而怨恨恼怒。可是乞丐反而发脾气了，粗声粗气说："嘻！真鄙陋，你这小气鬼！膏药很平常，何必每次算得这么精确？"刘公没吭声，仍旧重新给他换药，看看铜锅里的膏药已全部用光。乞丐忽然发出狂笑，夜深人静，笑声震动屋瓦。他从袖子里摸出一文钱，不耐烦地丢进铜锅，鄙夷地说："聊以酬谢你一夜的辛劳。"说完，出门踏雪而去。刘公心想，此乞丐虽然丢下一文钱，远远不够我的膏药本钱，还像呼人嗟来之食一样，真是不可理喻啊。又看铜锅底部嵌着一枚非常古老的五铢钱，牢粘着锅子像一起铸成似的，镶嵌其中，无法取出。锅上熬药的热气腾腾而上，结成五色香云，氤氲氲氲终夜不散。不知怎地，从此刘子仪的膏药更加灵验。人们都猜测那乞丐，莫不是个神仙。

刘公一生体格健壮，慈眉善目，乐善好施。活到八十岁，无病，偶然一笑而终。他的子孙爱读书，不少人成了秀才，仍旧行医卖药为生，世世代代保守着铜锅、小铁炉，看成连城璧一样珍贵。

我幼年曾目睹：铜锅，是古代的勺斗；小铁炉，是个小的断脚铛。

吴孝子

有一个孝子，姓吴，忘了他的名字，山东恩县东邻人。他从小失去父亲，是个哑巴，不会讲话。凡是哑巴耳朵也必聋，因为耳窍相通，都被闭塞的缘故。

他住在离城三四里的地方，因家境贫困，替城里一家典当铺挑水，挑水路程较远，要到山下河边，很是吃苦，拿到工钱就交给母亲，从不敢随便乱花一文钱买东西吃。虽然哑而且聋，可是人很聪明，能根据自己的心意猜测出母亲的意愿。母亲也早已习惯，能用手势与孝子讲话。母子间创造的手语，他俩均心有灵犀。每日母亲想吃什么，孝子总比画不停，咿咿呀呀，请母亲示意，然后到城里去买来。如四个手指围作圆圈，就知道是大饼；手指并在一起覆在手腕上，知道是馒头；手指叉开成八字，知道是水角子；手掌伸平，知道是鱼；垂手像提东西，知道是肉等，百无一失。

母亲年老多病，每次吃得少而慢，吞咽也较困难，孝子就暗地里掉眼泪。看到熟人，必用手比画，好像在说我母亲吃得很少，紧皱眉头一副忧伤的样子。母亲如果吃得多而香甜，很有胃口，孝子会对着母亲呀呀呀，像在唱歌，又张开手臂跳舞，像是模仿舞台上演戏人的动作，让母亲欢乐高兴。见到熟人，又是指指画画，好像在说我母亲吃得很多，拍手狂笑，一副快活的样子。

吴孝子已经五十岁，几十年如一日，一日三餐，天天如此，从未变更过态度。每逢严冬，总是先用自己的身体温暖母亲的被窝，被窝暖和后，又穿好衣服起床，替母亲脱下衣服让她睡下。自己则蜷伏在床脚边，听到母亲沉睡的打鼾声，才悄悄地去自己的草床睡眠。每到夏天，门口悬挂芦席帘子，母亲睡在中堂竹榻上，自己就赤膊睡在门口，用意在于代母亲喂饱蚊子。可是住处虽靠近乡野农田，而蚊子居然绝迹。本地人敬仰他的品行，就像《弟子规》里讲的黄香扇枕一样孝敬父母，争相叫他吴孝子。然而毕竟因为家中赤贫，没有谁肯把女儿嫁给孝子，孝子也绝没有想过要娶老婆。他母亲常常对人说："我宁可有孝顺的哑巴儿子，也不愿有忤逆的长舌媳妇。"

有一天，吴孝子正挑水进入当铺门，刚巧恩县梅太爷的公子穿着华贵衣服来到，让他行走的时候，反而不小心将水泼出，溅到公子的衣服上，公子怒声呵斥。当铺管事人急忙跑出，拱手向公子道歉说："公子请不要发怒，这是有名的吴家孝子。"梅公子惊问孝子的事迹，听说后立即转怒为喜，一摸身上没带银两，就向当铺借五贯铜钱赠送孝子。孝子坚决推辞不敢接受，管事竖起无名指给他看。因为凡是哑巴都以拇指代表天，食指代表地，中指代表父，无名指代表母，小指代表妻子。吴孝子一见，知道公子是怜悯他家有老母亲，这才跪倒地上叩头拜谢，呀呀指着天地，感激非常。街上行人，停足观看，拍手叫好。然而，细心的人们也注意到，之前当公子呵斥羞辱他的时候，原先他却是挺立不屈，毫无畏惧。

担水完毕，吴孝子带着钱回家，刚进村就看到母亲靠着门边等候，孝子欢喜呼叫，脚步忙乱，泥路湿滑，几乎跌倒。母亲见有那么多钱，惊问从何而来。孝子口中呀呀手指比画，咿咿唔唔讲不清一个字。母亲担心他由于贫困而误入歧途去偷窃，问遍周围邻居，都不知道钱从哪里来。母亲叱责他跪下，怒容满面说：“我宁可有残疾挑水的儿子，不愿有邪心偷盗的儿子啊！”她决心要查个水落石出。她拄着拐杖亲自到典当铺去，问过店铺里所有的人，才知道钱其实是梅公子赠送的，这才“南无阿弥陀佛”念佛而归。虽然往返只有五里多路，可是毕竟因为年老有病，步履蹒跚迟缓，老半天才气喘吁吁，返回村庄。只见孝子仍跪在地上，一动也不敢动。烈日当头，也纹丝不动。母亲叫儿子赶快起来，笑着安慰儿子，孝子也就揩干眼泪，又笑又舞，拉住母亲衣裳，眼睛盯住母亲的床铺，意思是想替母亲换一床新被，但不知从何做起。啊！当时的情景是可以想象得出的呵！

恩县县令梅公知道后，赏给吴孝子一块匾，旌表他家门户。派衙门的人亲自送来。孝子哭泣着不接受，村里人将匾悬挂在土圩门上，以为荣耀。捻军窜入该乡，见到孝子匾，马上双手合十在额头上，说：“这是孝子的故乡，不要惊动他。”后来又想瞻仰一下孝子的风采，就抬头对城上守卫乡里的人说：“假如肯让吴孝子登上城头，让我们见一面，就马上撤退。”吴孝子被邻居们带上城楼，始终牢牢守护着母亲，双手乱摇不敢离开，捻军不久也就离去。

当时有个浙江人孙怡轩，在恩县衙内做主管钱粮的幕僚，把捻军因吴孝子而退兵的事报告梅公。梅公十分感动，为本地出了这个大孝子而提议务弘扬其美德，代孝子募集资金，共凑足百两银子，存放在典当铺里，并嘱托管事人员代吴孝子购置少量田地，兼替他找一个配偶。由于梅县令不久就离任而去，后来也不知吴孝子的事究竟办得怎样。

桂林臬署三异

慎斋先生又给我讲述了桂林按察使司衙署发生的三桩怪事：

按察使劳公任职期间，居住署内，偶然雇了个女佣人蔡妪，年纪将近四十，仍有风韵。平时她干家务也挺勤快，只是晚上睡眠从不与人同住一个房间。夜深有人从蔡妪卧室窗前经过，听到她一个人在屋里自言自语。仔细一听，就听出猥亵淫荡声，疑心她遭到狐狸精或妖魅缠扰，也不以为奇。久而久之，臬署内时常发生抛掷砖瓦等事故，有时供桌上的祭祀器具会飞挂在屋梁上，有时大小便忽然在碗盆内出现。劳公言行非常谨慎小心，估计这些恶作剧，都是狐狸精作祟，虽诚意祭祀但仍无效，恶作剧事故仍然连续不断。

一天夜里，劳公家眷在内庭乘凉，忽然发现有男人穿一身黑衣站在蔡妪背后，府里上上下下的人一齐惊叫，争相驱逐追赶黑衣人。那人行动利索，逃得很快，没有追上。打这以后，署内恶作剧事故有增无减，更加肆无忌惮。劳公也不知如何是好。不久，有个女巫私下泄露秘密给劳公的管家，说闹事的是山魈，一向与蔡妪有私情。起初迷住蔡妪时，山魈化成美少年，并且常送钱送米博她欢心。时间一长就逐渐露出真相，只有一条腿，而且奇丑无比。可是蔡妪不但不赶他走，反而与他狼狈为奸。凡雇用她的主人怕鬼魅闹事，必恳求蔡妪去送走鬼魅，蔡妪因此获取大量不义之财。管家将情况转告主人，劳公姑且照女巫所说的去求蔡妪，从此以后，署内再也没发生妖魅捣鬼的事。过了一些时日，劳公也不愿深究，立即发给蔡妪许多银钱，打发她离开此处。

这个蔡妪既淫荡又贪婪，蛇蝎心肠，鬼魅配偶。但不可理解的是这么威严有权势的衙门，怎么会让这种人混入其中放荡作乱？她没有遭到公开处决，反而任由其逍遥，真可谓是漏网之鱼啊！这是第一桩怪事。

又按察使司衙门背靠城墙而且近山，各种蛇类由于地势低湿而繁衍滋长，只要不去触犯它，也没有危害。署内客厅窗后种植几株芭蕉，堆砌的假山极为嶙峋曲折。环境幽静，十分宜人。

山脚有个土洞，洞口圆如井口，只有碗盏那么大，瞧下去好像不怎么深。洞中填上土，不久就重新裂开，而且依然如初，圆滑不粗糙。老公派人看守，倒要查个究竟。原来土洞内藏有巨大蟒蛇。蟒蛇身体金黄色，头顶有寸把长的肉角，深红色。蛇身粗如水桶，十多丈长。平时难得出来，凡署内长官有升官的喜讯，就预先从卧榻后面蜿蜒游出，巨大身躯盘踞在大厅当中，眼睛闪闪发亮瞧人，但绝对没有吞噬人的意图。过了一会儿，它又慢慢从原路游走，仍从卧榻下隐没。巨蟒出现后三天，衙内长官果然升官。起初人们以为灵异，就注意衙内动向，后来发现，都是蟒蛇出现不到三天，就有长官高升，非常灵验。

只是卧榻后面的护墙板没有丝毫空隙，也不知道蟒蛇从什么地方进出。看它虽然是蟒蛇之身，还知道隐居养性，恐怕惹是生非，遭到雷击；等到官员有升迁喜讯，一定出来预报佳音，像是有护卫主人的善心。动物的灵性，到了一定的程度。可是人世间，比起那些厚颜无耻而徒具人形，却假借鬼魅要挟主人的家伙来，两者的差距不是太大了吗？这是第二桩怪事。

又署内大厅西面排列着三间小书房，对面建造一座六角亭。亭下土墩与围墙一样高，上面种植了十多株树，到处花草覆盖。这一片美景处，白天有不少人驻足欣赏，夜晚却很少有人出没。

每到深夜，巡夜敲更人就会看见一个无头人，双手捧着一只金盆立在土坡旁，有时也去亭边站一站，很快就又返回原地。他不跟踪人，也从不让人跟踪。

巡更人讲述了所见所闻，大家猜测其中原委。有人说土墩下是明末忠臣埋骨的坟墓，但所掩埋者姓名已无法查考。那么，手捧金盆是什么缘故呢？有人说好像是黄叶道人灵魂栖息在这儿。按说黄叶道人在浙东自刎殉国，并非死在粤西，而迢迢相隔数千里，留恋这儿的一抔黄土，这又是什么缘故呢？

啊！忠臣烈士，死后不变成君子象征的猿和鹤，就变为神龙，岂是花妖木怪所能同日而语的呢！这是第三桩怪事。

这三桩怪事，谁也无法说出个道道来。

应声蓝面鬼

山东济宁，有个李琳卿秀才，同我订立富贵不变心的莫逆之交。从此，二人言为心声，无话不说。

他曾跟我说起他的曾祖父当年任监察御史，住在京城，草拟奏章后哪怕公务再忙，只要一有空闲时间，夜间仍然挑灯读书，非常刻苦用功。

一天晚上，御史正持卷诵读，忽然听见屋梁上有窸窸窣窣声响。御史惊异地一看，只见是一个巨鬼，通体靛蓝色皮肤，血口大开，头上肉角锐利，十分可怕。蓝面鬼从屋梁堕落至地下，边堕落边长大，长到一丈多高，站在御史书桌旁，双目闪闪有光。御史在朝廷一向梗直有骨气，并非胆小怕事的人。他带着微笑看着那个蓝面鬼，看了好久，不作理会，十分镇静，继续低头朗朗诵读经书。稀奇的是，御史朗读一句，蓝面鬼也跟着读一句，像回声一样。御史想到传说《易经》能驱邪除鬼，就特意为蓝面鬼讲解《易经》中的"乾"卦，不料蓝面鬼仍然句句回应。只是读到"地道光整"一句，蓝面鬼不应声了，突然间隐没消失，御史也合上书卷回房睡觉。之后，也并不觉得生活有什么影响。

后来御史还是时时记起"地道光整"这句话，无论如何解释，也与那蓝面鬼的事情联系不到一起，于是曾将这事告诉同僚，他们都猜不透其中奥妙，后来御史最终在道光元年死于任上。

御史雍容有气度，碰到朝廷有重大决策敢于铮铮直言，从不躲闪逃避，也不阿谀逢迎，是个典型的清官。归天的日期"道光"，鬼神提前来预告，或许是上帝怜惜他忠厚直爽，想让他早日觉悟到应当赶紧激流勇退吧？不然的话，御史公光明磊落，如大河山岳，如日月星辰，这样的人怎么会在夜间遭到鬼的骚扰？其中莫非真有天数吗？

啊，世间事，有时候真是奇怪啊！

忠魂入梦

兖济道的公署在兖州城西，原先是明朝都督府的旧址。观察使某公到任后，喜爱公署西边那块空隙地，可莳花种草，变废为宝。于是开挖池塘，灌溉泉水，搬运石块，堆砌假山，建筑小亭如伞盖，放游鱼，养莲花，供自己吟啸或饮酒赋诗消闲，或摩挲赏玩自己收藏的古代文物鼎彝等取乐。

我在滋阳做幕僚的时候，公子某司马设宴请我去饮酒，一起登上过那个假山。看那西墙之外有一个方形土墩，长二丈左右，高五尺多，顶上宽广平整，猜想是一个瞭望台。如果根据这地形堆土垒石作峋山式，周围建造游廊屋舍，那么整座园林的地势曲折，石径小道也更迁回幽深，景观将更胜一筹。我心里是这么设想的，可嘴上没说出来。

那天，我喝醉酒，打着灯笼回家，朦朦胧胧上床睡觉。梦见一位穿红袍戴乌纱帽的贵人，面皮白净多髭须，眉毛修长，额头高宽，在庭院中踱来踱去。不久一个短发童儿递进名片，口称曹公前来拜见。我正在细看名片上的名字，而贵人已不等我邀请，就已经自己主动走了进来，毫不客气地昂然坐上主位，张眼瞪着看我好久，才说："白天你看到的那个土堆，你知道下面是我的坟墓吗？我魂魄栖息的地方，是不能作为游览场所的。当年仓促间为国捐躯，既没有墓碑记载，也没有祠堂供祭扫，年高博闻的人都已凋谢，史书上又无记录，我感到非常寂寞。你既在写作《夜雨秋灯录》，何不记叙一个概况，使以后来这里游览的人知道土堆下有英魂，不至于削平我墓，岂不是一场笔墨缘分吗？"我心里虽然答应，并且想多问些详情，可是嘴里说不出一个字。贵人随后就站了起来，我只有拜送。到门边的时候，那贵人又回头对我说："明天当派人告诉你我的姓名，据此可以知道我的点滴情况。"说罢，一边朝外走，一边吟诗道：

寒泉百尺吐长虹，多少风云在瓮中。遗蜕纵教黄土压，精灵已逐鼎湖龙。
回首燕台策马行，征途顺访绿杨营。惨闻帝抱虞渊痛，国破家亡敢再生。

爱妾随身字窗娘，一般殉节共流芳。 行人莫当胭脂井，玉虎偷窥水尚香。
千古崇窿土一台，金蚕飞出总堪哀。 年年风雨清明节，若个梨花麦饭来。
忠义光能烛九渊，闲携桃叶岱云边。 何须短碣题名字，杜甫南楼一散仙。

　　吟完，回头对我挥挥手，好像示意我止步免送。我正惶惑不安，脚底像是误踏在苍苔上，滑跌一跤就全身一动惊醒过来。在枕上默默回忆曹公吟诵的诗，一字不漏，只听得窗外风声嗖嗖，并未走远，仿佛吟咏的风韵还在耳边回响。我将这事牢记在心里，感到神秘莫测。

　　第二天晚上，刚巧道署幕僚某君来到，我问起土堆的事，某君哀伤地说："土堆下，原来是一块平地，有一口水井。那水井是明朝忠臣昆山曹公廷桢死难的地方。崇祯殉国的甲申年，曹公正被召到京都去，路经此地，到公署拜访朋友。忽然侦察人员来报告说皇帝自缢煤山的剧变，曹公抚胸大哭道：'天意难违，我不忍做两朝的臣子！'就耸身一跳，投井而死。当地人爱他重道义，就封闭井阑，用黄土掩埋。因为这位置靠近官府衙门，大家又不敢建坟造墓道，可是也不忍再去井里打水，于是就修筑成大块平整土堆。到了道光某年，某公来此做官。他的小老婆素来骄横，也属于河东狮吼之流。小老婆夏日怕热，看到这土堆横卧在绿荫下，四周凉风习习，顶上伞状绿荫，于是头上簪花，脸面敷粉，穿着短袖罗衫，坐到土堆上去纳凉。并且两只小脚高高翘起，嘴里吸水烟，吞云吐雾，许多婢女站在周围侍候，说说笑笑，打闹走动，肆无忌惮，一片喧哗。忽然间，只听那小老婆大叫一声，倒在地下，像羊癫风突然发作。她面色青紫，眼睛木瞪瞪地看人，口里流出白色唾沫，忽然用她从未说过的昆山口音说道：'你这荡妇是什么东西，竟敢如此无礼！这儿虽然高爽，可是下面是我的墓穴。你一个妇道人家，坐到我屋顶上，亵渎到了极点！而且妆扮妖艳，还吸水烟，像什么样子？你男人也是读书人，怎么毫无家教，想来是害怕你的雌威吧？我实在不能饶恕你这妖妇啊！'说完，竟然亲手狠狠自打耳光，左边一下，右边一下，不得停止。脸上白粉、口红、眉黛，颜色凌乱，花容月貌变成了丑八怪。婢女们狂叫，仆人老妈子都奔上来，也无法救助她。大伙惊惶，请来某公。某公听到小老婆的话，知道是触犯了神灵，急忙下跪再拜，承认过错，请求宽容原谅。某公还在念念有词，叩首再拜，马上听到冷笑一声说：'我家也有妇女，假如放肆地坐在你家的屋脊鸥尾上，你心里舒服吗？'某公依然跪地、抬头，面对土堆，神情严肃地说：'这确实是我家小贱人太无礼，请让我好好教训她。但你既然殡葬在此地，请告诉我你的尊姓大名。'只听到大声答道：'我是大明朝的曹廷桢！'再问已无回答，而小老婆已苏醒，不再是昆山腔调。下人们便扶她回房，经吃药治疗才逐渐痊愈。可是从此以后，那小老婆吓破了胆，雌威也收敛一些，不像从前那样放肆横行了。现任观察使某公曾问起本城父老有关曹公的情况，都说实有其人其事。至于究竟曹公做什么官，同死的是谁，死在哪年哪月，昆山还有没有后裔，都无法获得确切答案。某公曾写信给昆山县令问讯，也没有确切回音，而本地的方志上也没有记载。"某君讲到这儿，忽然看见蜡烛已将燃尽，马上起身告辞，次日清晨就前往省城而去。

我一下子想起昨夜梦见的忠臣曹公，莫非就是那位穿红袍戴乌纱背着手吟诗的人吗？玩味他的诗句，或许还有爱妾随他同死。其妾又是何时、又如何死去的？而兖州人还不知道吧？于是，我急忙磨墨握笔，恭敬谨慎记录曹公事迹，后来拿给同事看，他们都说我是附会虚构，不可十分相信。

啊！这是什么样的事，我竟敢附会虚构来写它吗？夕阳树荫下，我心有所思，曹公的英灵就进入我梦寐中，真是何其神啊！估计我命中冒犯客星，所以萍踪浪迹漂泊不定。如果有朝一日来到昆山，一定要亲自去访问曹家的裔孙，或许能知道详细情况。姑且在此记上一笔，希望能不辜负忠魂的殷殷嘱托。

玉红册

《玉红册》是阴间记录善行的簿册。不一定是什么特别的奇异善行，凡有点点滴滴的好事值得记下的，就都记录在簿册上，由地府官吏每月初一、十五奏报天庭，犹如人间地方官有月报一样。那么记载的标准是如何的呢？阴间最看重的，是不受女色引诱和怜悯贫苦人这两件事情。这个标准是如何得知的呢？又凭什么来证明这一点？有杜诗臣讲述的宝山朱君一桩案子可证明。

朱君名鉴和，是宝山罗溪世代官宦人家的子弟，长相俊美，性情磊落。只因有病，吸鸦片上了瘾，平时居家不管阴晴风雨，点着一盏烟灯，舒舒服服倒在坑上吞云吐雾。从此，好端端一个人，被弄得神魂颠倒。有一天夜里他正闭目养神，突然嘴里不停地喃喃自语。他妻子在油灯下做针线活，听得丈夫自言自语地说话，但又听不清具体是什么内容，就疑心丈夫是梦中呓语。不料一连几夜都这样，醒来问他又茫然不知。

当时有周县令的夫人某氏来听他说些什么，刚坐下，朱君对灯又进入梦乡。约有做一餐饭的时间，朱君忽然眼睛睁得圆鼓鼓的说："我到这里已好几天，你们还装作糊里糊涂吗？"周夫人急忙问他是谁，答道："我姓赵，排行第三，在世时充当衙门差役，死后在本地城隍老爷手下做勾魂使，现在奉命持票来拘捕朱鉴和。"朱的妻子一听提到朱鉴和的名字，就吓得惊骇万分，失声痛哭。周夫人连忙劝阻她，向勾魂使详细询问为了何事拘捕朱鉴和，只听得对方说："唉，这是前生作的孽啊！朱鉴和前生是殷凤鸣，寡嫂冯氏长得很漂亮，就觊觎已久，把嫂嫂强行搞上床了。两人私下订立终身，要白头偕老。后来殷凤鸣忽然毁弃盟誓，另娶新娘，冯氏郁郁不欢，上吊自尽。现在她在阴司控告，不拘捕殷凤鸣到场对质，就无法结案。"周夫人半信半疑，于是又问："事情已相隔三十余年，为什么不在他生前报冤，而要等到来世？"答道："这也有个讲究。凡自杀的人堕落在枉死城，非住满三十年不能出来报冤，这是阴曹地府的规定。"周夫人转身对朱的妻子耳语，商量用金钱买通勾魂使，朱鉴和虽然僵卧着，勾魂使早已听到她们所说，急忙摇手冷笑说："不要白白浪费口舌，假如阴间也如人间一样徇私枉法，那还有天道吗？"

朱鉴和妻子知道事情已无法挽回，号啕大哭，伏在地下哀恸叩头。勾魂使连忙禁止她，说："不碍事。幸亏他今生行了两件善事，倒是个救星。"并且问："你们知道《玉红册》吗？"两人都说："不知道。"勾魂使笑道："我也昏了头，对你们说这事。《玉红册》是阴间的记善簿，难怪你们不知道。冯氏最初在县里控告，后又到府里控告，都因为朱鉴和名字记载在《玉红册》内，官府都置之不理。后来冯氏又向本院控告，也没理会她。但她苦苦哀求昭雪，婉言劝她，听不进，反而大声呼叫道：'大人袒护罪人，不知道天外还有天吗？'都院大人憎恶她太狡诈，姑且答应将朱鉴和拘来对质。又担心其他差役滋扰生事，因为我与其他的差役不一样，我一向耿直，连人家一杯水也从不贪取，因此派我走一遭。拘捕时叫案犯安睡三昼夜，头前点上一盏灯，万万不可熄灭，等到结案后仍旧送他还魂。"得知这种情况，周夫人问道："朱鉴和有何善行能留名《玉红册》？"勾魂使答道："在苏州时邻居有个女人夜晚来勾引他，被他拒绝，又一个跛脚乞丐将在雪地中冻死，被他救活。两事细节还多，等他醒来后自己说吧。"女仆送上鸦片给勾魂使，他说："我没有这个嗜好。"只吸少许水烟，说说笑笑很自在。后来伸懒腰，打呵欠，说："夜已很深，我且回去，等你们商量定了再来请他去对质。"接着叫仆人点灯，声音突然停止，朱鉴和也顿时清醒。问他情况，仍茫然无知。进一步问他那两件善事，朱鉴和却是能够讲述，而且详细叙述了经过，并且说："这都是十年前的往事，从来没向人提起过，不料阴间竟已登记在《玉红册》了，真是可怕啊！"连他自己都觉得不可思议。

清晨会集亲戚共同商议，其中有个青年喜欢热闹多事，不相信他们所说。夜晚约了几个人来到他家，团团守卫着朱鉴和，想探个究竟。不一会儿，朱鉴和果然老毛病又发。青年骤然大喝一声："鬼魅敢如此放肆！"勾魂使一边笑一边说道："狂妄的家伙，不值得跟你多啰唆！何不仍请周夫人出来答话？"众少年羞惭而退。周夫人告诉勾魂使，虽然感谢他的盛情，但终难同意，倘若朱鉴和一去不返，那可怎么办？勾魂使说："是这样啊！昨夜返回县衙，城隍老爷张公也担心拖延时日尸体腐败，难以返魂。何不共同想个办法？"大家都束手无策。众青年也毫无办法。勾魂使好像再三考虑的模样，然后说："有办法了！租条船把朱鉴和送到苏州，借房子暂住，等朱鉴和对质完马上送还，双方都感到方便。"大家说："也好。"于是根据议定的方案预订了日期。临别时大家都恳请勾魂使多多照看，他也爽快地答应了，只是叮嘱到苏州后千万不要去庙里进香焚化纸锭，怕非但不能邀求到福分，只是白白地取祸遭灾。全家人只得依照行事。

　　朱鉴和一行人到了苏州，刚借寓所住定，朱鉴和灵魂就被勾摄去，全家人提心吊胆守候着。只见朱鉴和昏睡在床上，如痴如迷，与平日神情有所不同，他的妻子流着泪在旁侍候。女佣人恐怕灯会熄灭，守候得更加小心谨慎。

　　第二天朱鉴和忽然苏醒，睁眼说："好累啊！"急着要喝茶。又起床跪拜在地下，作一副答谢的模样，又坐着作絮絮叨叨同人交谈的模样，接着又作送客的模样，而后依然躺下。睡了一大觉才起床，这回是真正清醒了。自己叙说了刚才的经过：灵魂被拘时有个白胡子老头引我前去，就是那姓赵排行第三的人。抵达都院公署，那座建筑巍峨壮丽，壁垒森严，像是帝王的宫殿。殿上点的灯烛都是绿颜色。等两旁牛头马面站好班，城隍神就升座坐定，形貌魁梧，我不敢抬头仰视。殿下有个穿黑衣的妇女披头散发声嘶力竭号叫，我正惊惶害怕的时候，忽然听到叫我的名字，老头引我跪在公案下。我偷看四周，阴森恐怖，有点紧张害怕。神问道："你有罪知道吗？"我答道："不清楚。"神叫我看一面照胆镜，镜中历历分明地重现了前生引诱奸淫嫂嫂的全过程。我又悔恨又惊怖，在地下叩了几十个响头。黑衣妇女面容憔悴，口口声声叫要报冤，两人对质了几十句。神劝谕黑衣妇女说："殷凤鸣应当受到惩罚，但今生他有两件善事名字登录在《玉红册》上，为上帝所嘉奖，不便用刑。让他亲自诵佛经，祈祷你重新投生，行吗？"黑衣妇女不服，依然不依不饶，神发怒说："赏罚自有本院的公正判决，岂能由你纠缠干扰。再胡言乱语，法律规定要反坐！"黑衣妇女仍悲痛呼号不停，神说："你失节不贞，也不能说没有过错。这样判决还不甘心吗？"下令双方画押结案，一齐赶出。黑衣妇女走下台阶，还愤怒地盯着我看。白胡子老头带领我叩头拜谢而出，我问他："这个神是谁？"他说："是向忠壮。"我又问："《玉红册》是怎么样的册子？"他说："是每一页上都用泥金字记载善行的簿册。"

　　朱鉴和从苏州返回罗溪后，每天都念经诵佛，到城隍庙闲逛，看到东边廊庑下果然塑有赵君的像，须眉形貌果然十分逼真。

奚大瘤

奚大瘤，是山西人，人不可貌相，从小就聪颖，善于画神像，得元代擅长佛像的画家刘元嫡传。

他从小失去双亲，因为生相丑陋，身体肥胖而又面多麻点，加上贫穷无房，人们都看不起他，无人愿意与他提亲。他得到卖神像的钱就吃吃喝喝，饭量比常人大一倍，因此口袋中经常空空。他家徒四壁，到处流浪，夜晚大多住宿在古庙，夏日工作疲倦了，经常躺在烈日下。秋夜酒喝得醉醺醺，每每睡在凉月下。因此而得病，腰下长了个瘤，开始还小如杯子，继而扩展如盅，后来又大如瓮。他跟跄跟跄，或在地上爬行，走路很艰难。每做一件事，疼痛难忍，因此生活日益困窘，医治无效，自己思忖还不如早点死了干净。

一天夜间，疼痛难忍，他爬进树林里，解下腰带挂在树上，下面搬来一块大石头垫脚，踩上石头，拉住腰带，想要上吊。忽然树林后走出一个道士，羽衣翩翩，风姿神态俊秀超逸，骤然猛喝一声："快停下！堂堂男子汉，有什么大不了的事，竟然学妇女的样子自寻短见吗？"奚大瘤脚下一滑，滚下来，痛哭流涕，告诉道士自己所受的苦。道士说："你与其寻死，何不当作已经死了。从今以后去学仙，定能成就大道。"奚大瘤说："没有师父传授，怎么学？"道士说："我就是你师父，何不跟我到深山，自会传授你仙法。"奚大瘤说："好。可是跟你走可不容易，你步行如飞，跋山涉水，毫不在乎。我这样子，登高涉险，能没有痛苦吗？"道士说："这好办。"就从衣袖里取出二粒枣子给奚大瘤吃。奚大瘤刚刚吃下肚，就觉得浑身舒适，肿瘤也不疼了，他对着道士再拜致谢，跟随着道士，果然行走如飞。

转眼间，他们来到一座大山前，峰峦层层叠叠，逶迤蜿蜒，与尘世远远隔绝。走进半山腰，有一个山洞，洞里无比开阔，里面有药炉丹灶，安置得井井有条。道士给奚大瘤一个蒲团，说："你先练习盘腿跌坐，坐满七七四十九日而心里没有邪念，就获得了入道的门路。身后石瓮内有干粮，石隙中有甘泉流出，足以解决你的饥渴。仙人成兄在海上仙山等我，我去去就来，希望你不要偷懒学不成道，辜负我一片期望的苦心。"奚大瘤一一答应。道士一声长啸，迅速离开山洞，脚底下骤然飘起白云，像轻风吹起，道士身影升入高空，渐渐消失。

　　奚大瘤按照道士传授的方法趺坐。才到第三天，只听得外面有妇女的喧笑声，车马奔驰声，眼睛睁开什么也没看见，而声音越来越近。他仔细辨认，又若有若无。忽然头面上七窍发痒，好像声音从孔窍中钻了进去，渐渐进入肿瘤中，但也没有感到有什么痛苦。夜晚寂静，听见肿瘤内像有女子的讲话声，悄悄地在招呼："姐姐妹妹，我们的新居很不错呀。早知有这个好地方，就不去瞎找什么天台、蓝桥等处，误以为那是神仙窟了。既然已经找到这处秘密府第，美好光阴不可辜负，找些小事情乐一乐如何？"大家娇声嗲气，一起说："好。"

　　第四天，只听到肿瘤内有对弈敲棋声，纤手落子声，接着又有下子后悔而发生争执相骂声，还伴有两人劝解声。过了一会儿，又有读书声，拉长腔调吟哦声，开门叩门声，众人起来让座声，斗酒赌博声，赌输的人被罚唱歌来助酒兴声，唱歌的呼唤拍板、弹筝来伴奏声，抛掷酒杯声，隔窗口吐红绒声，一女子骂"阿娇太懒散，为何躲藏不见客"拉她赴宴声，问"东西绣好了吗，怎么还不快一点啊"声，架子上鹦鹉叫声，狸猫捉老鼠声，众人哄散话别声，一女子殷切预约下次聚会日期声，各种各样声音，此起彼伏，互相掺杂，连续不断。

　　第五天，第六天，肿瘤内的声音更杂乱更出奇。只听得一女子说："这所新居的主人容貌究竟怎么样？性情究竟怎么样？"一女子说："听说他也是饱受苦难的人，想来不会很可恶。"一女子说："呸呸呸！他最近跟随道士学仙，已经误入迷途，必定夜郎自大，盛气凌人。"一女子说："小妮子不要冤枉人，他之前还在空旷树林中寻短见，哪会有纨绔子弟种种恶习？"一女子说："何妨到外边偷看一下，就能识得庐山真面目。"一女子说："恐怕他见了我们姐妹便轻狂得不得了，时时刻刻离不开，将令人厌烦死了。"一女子说："看在他是我们新居主人的分上，也应当为他效劳奉献。只是我们姊妹六人，谁肯先走一遭去会他一会？"大家说："按照年龄排次序，有劳大姐姐先去。"大家七嘴八舌，聒噪不已。

　　第七天，听到肿瘤内一女子说："三妹到后花园去摘些素馨、凤仙花来，替大姐姐梳妆打扮，好出去见房屋主人。"一女子说："姐姐妆扮后更俏丽，真不亚于王母娘娘第三个女儿玉九娘子的风貌。"一女子说："论身段袅娜，还超过她呐。"一女子说："我替你们打通外出的道路，反被你们这些疯狂婢子嘲弄煞，真令人寒心啊！"一女子说："姐姐不要嗔怪生气，妹妹替姐姐预先准备好瓜果莲藕，等姐姐回来消烦解渴怎么样？"众人听了捧腹大笑。几个女子，无话不说，针锋相对，好不快活。

奚大瘤正低着头细听，忽然眼角痒痒，眼泪纷纷，将用手去揉擦。突然间一个小美人从两个眼眶中进将出来，跳落到地上，婉转片刻，就长大如普通人，风姿绰约，娟秀娇好。她对着奚大瘤看着，整整衣袖，躬身行礼说："我叫秋水，携带妹妹等人寄宿在你的体内，非常感谢你的恩德。听说主人独居，生活枯燥寂寞，因此我首先出来参拜，还请加以怜惜。"奚大瘤爱她长得俏美，神魂颠倒，不能克制。秋水善于演戏，会变幻小魔术，精通纺织裁剪，还会雕刻金石，样样都讨人喜欢。奚大瘤痴痴呆坐，只会看着她傻笑。秋水把纤手伸入他的怀里，撩拨命根，他情欲大动，就吻着秋水，脱光衣服成其好事。完事后秋水亦笑意妍妍，整整衣服，依旧缩小如指，跳入奚大瘤眼中而不见。奚大瘤立即听到肿瘤内有呼叫声："姐姐回来啦！姐姐回来啦！"妹妹们争相起来酌酒祝贺。秋水说："我们姐妹共同服侍一个主人，应当按之前规定的年龄排次序，不要互相竞争被外人耻笑。"大家说："姐姐说得对。"

第二天奚大瘤又侧耳凝听，忽然耳朵里习习作痒，一个美人从耳中跳出，由小变大如同秋水，可是容貌不同。那女子姿态妩媚，穿着可爱，对奚大瘤拜了拜，说："我叫双珠，请允许我奉献上笨拙技艺，博取主人一笑。"随后她吹箫弹琴，演奏各种乐器，无不精妙悦耳。奚大瘤聆听到如此优美的音乐，情意绵绵，无比亢奋，立即拉着双珠上床，与她交欢相配。二人交欢后，双珠目送秋波，情意绵绵，也立即跳入耳中。

第三天，奚大瘤正在细听有何动静，忽然觉得鼻子发痒，猛打一个喷嚏，一个美人从鼻中堕下，名叫玉峰。她全身都发出香味，味儿比兰花、麝香更芬芳馥郁。手捧鲜花，插入室内花瓶，不知是花儿的味道，还是玉峰身上的气味，真是花仙子，刺激得奚大瘤无比冲动，立马拉住玉峰，翻云覆雨，合欢至极。完事，玉峰也随即钻入鼻孔回到体内。

　　第四天，奚大瘤觉得嘴里痒痒，一个美人从嘴里掉落，名叫金海，她善于烹调，烧烤鳖鱼，脍炙鲤鱼，没有一道菜做得不鲜美可口。饭后，奚大瘤把金海抱上床，又是一番好事。第五天，奚大瘤浑身发痒，一个美人从皮肤毛孔中钻出，名叫千金。她说自己能随意从毛孔而出，也能随意从毛孔而入，而且善于变化。真是孙猴子一般。奚大瘤偶然想外出游览，千金就变成一辆马车。奚大瘤不习惯乘车颠簸，千金又化为一匹马。到了断桥高堤旁，心想如能骑着毛驴，才有诗情画意，千金马上化为一头驴。片刻间到了渡口，正考虑何处有渡船，千金就化为一条小艇。刚渡过对岸，他想稳稳坐着观看山景，千金立刻化为一顶轿子。她的变化都像这样神妙。奚大瘤惬意无比，当晚即与其恩恩爱爱，缠缠绵绵，变化多端。第六天，奚大瘤觉得心上发痒，有一个美人从后脑跳出，名叫随娘。她的美貌是六姐妹之冠，精通缩地术。九州大地不值得一提，九州以外的地方如东南神州，正南印州，西南戎州，正西弇州，正中冀州，西南桂州，西北营州，东北成州，正东扬州；五岳也不值得一提，五岳以外的大山如东岳广乘，南岳长离，西岳丽农，北岳广野，中岳昆仑。凡是奚大瘤偶尔转念想到哪儿，那儿的奇山奇水立刻全都出现在眼前，任凭自己游览。与随娘同床共枕，更有奇趣，令人销魂。奚大瘤于是天天与六姐妹嬉戏纵乐，不再记得道士叮嘱的话。

　　过了一年多，六姐妹都生下子女。奚大瘤果然听见肿瘤内有婴儿啼叫声，索奶声，抓梨寻枣声。子女才长大，六姐妹就替他们订婚迎娶。吹吹打打花轿到门声，环珮叮当女子跪拜声，大摆酒筵请客入座声，人在室内喧哗，马在槽房嘶跳。从此奚大瘤心情十分烦躁，日夜无法安睡，疾病顿时加剧，肿瘤也更为巨大。忽然听见六姐妹在肿瘤内喧喧嚷嚷说："本来好好的房屋，怎么一下雨就漏水，一刮风就凉飕飕，莫非这几间房屋将要倒塌？明天派遣奴仆到江西购买好木材来重新修建。"一个女子说："照妹子的愚见看来大可不必，近来主人十分衰弱疲惫，恐怕不久就要去世。不如把他杀死，各自带着子女远走他乡，另找房舍居住怎样？"大家说："很好。"奚大瘤听见后大哭，不知这几个女子为何变得这么恩断义绝，后来肿瘤内传来霍霍磨刀声，奚大瘤更是哭个不停。

　　正在这时，忽见道士悠悠忽忽从天而降，落在庭院中。奚大瘤急忙上前跪迎，道士瞅了他一眼，惊诧道："你怎么会狼狈到这般地步？何不讲出真情，不要隐瞒，或许还有救。"奚大瘤一五一十把发生的事全部兜出，道士发怒说："与其被贼徒杀死，还不如我亲自杀死。"说罢，从墙壁上抽出一把古剑，寒光晶亮。奚大瘤正苦苦哀求饶命，剑锋已架在颈上。道士用力一挥，头颅清脆落地，奚大瘤也没感到什么痛苦，张开眼睛，看见道士对着体腔内呼叫道："六贼，六贼，赶快出来！体中有丹，不容久占。"随后"呼"的一声奇响，便有一缕缕白气从体腔内冒出，像热锅上的蒸气。白气冒尽，肿瘤也已消失。道士拿起奚大瘤的头颅安放在颈腔上，位置端正后，然后敷上药屑，围上一条白丝巾，大声叫道："奚生醒醒！"奚大瘤果然立即苏醒，所患疾病顿觉消失，心地一片光明。他跪在地下听取教诲，道士说："我们教中超度凡人，有顺缘，有逆缘，有孽缘。想不到我竟然用逆缘来超度你，真是侥幸成功。六贼已去，万念皆空，从此以后你的头颅可随意放上或取下，听它自便，该有多快活。再过十年后，你可以到天地四方以外的太微山顶来找我。"说完道士又迅疾离去。

奚大瘤就拄着拐杖离开山洞，走下山坡，绕过溪流，重新回到人间。遇见从前的同伙，大家无不惊讶，争相问道："你头颈上哪来的一圈红线？"奚大瘤用手指一摁，感觉不出痕迹。从此以后他也不再画肖像，而能用神奇妙术给病家治病。无论谁受到刀斧砍伤，疮口血肉模糊，奚大瘤只要抹下一点头颈上的污垢，像玉红膏似的，往伤口上敷搽，立时止血，立刻止痛，皮肤立即生长。病家闻风而动，纷纷送上酬金，奚大瘤从不收受，只是仍旧喜欢吃喝。

有一天在酒家饮酒，酒保答应稍慢了些，奚大瘤生了气，把头摘下放在桌面上，吓得周围酒客惊审四散。酒保忙过来赔礼道歉，奚大瘤这才举起头安放颈上，像没事一样。从此以后，他常用这个绝招去吓唬人，酒家很厌恶他。一次醉后，奚大瘤又故伎重演，取头放桌上，一边仍持杯往颈腔内灌酒。酒保出其不意将桌上的头颅抢夺到手，奔到屋后丢弃在粪坑里。奚大瘤摸不着自己的头，两手愤怒挥舞，掷杯拍桌，神情非常紧张。时间一长，颈腔内血液将向下涌流。人们惊奇无比，以为他就要死去。这时突然从云中堕下一个道士，手捧一个美男子的头，按合在奚大瘤颈脖上，同时喊道："奚生，奚生，你的头已被污染，不可能再合上。刚才从富贵人家寻得一颗好头颅，特地用它来救你一命。你从今以后应当事事隐藏，不要炫露。"说毕，责骂酒保道："狗猪奴！为什么一下子杀害了我的弟子？你试着回头看看身后！"酒保猛然回头，头颈即时僵直不能转正了。再转身一看，道士和奚大瘤早已不见踪影。

到了嘉靖某年，奚大瘤还往来于山西一些地方，自由自在地高歌或长啸。有一次忽然在途中遇到一个英俊男仆，骑着快马迎面而来。见到奚大瘤，男仆立即从马背跳到路上，跪伏在路边，悲哀地对奚大瘤说："公子竟然在这里啊！"奚大瘤听了，不予理会，耸身跳入河里。过了约烧一顿饭的工夫，奚大瘤骑乘着神龙升上云霄，不知往哪里去了。

卷二

了不了道人

　　从前有个奇异和尚，名叫了不了道人，善于看相算命，门外常挤满了来求看相的人。寺庙也就香火更加旺盛，来人不断，一来烧香求佛，二来找道人看相算命。

　　道人看一眼来客，对每个人都信口开河，说得洋洋洒洒，人们也半信半疑，可总是百发百中。每天赚来的看相钱，总是花光为止。他托着个破钵，去街道酒家去沽浊酒，在闹市上站着喝，喝得人摇摇晃晃歪歪斜斜，从来不需要桌椅。他喝起酒来滔滔滚滚，一饮而下，倒入口中如长江黄河，声浪滔天，而破钵里的酒照样波光粼粼，不会枯竭。喝醉酒后，道人抬头仰天自言自语说："了了吗？了不了？"再看看破钵中，已无酒滴剩下。每醉必唱佛曲，夹杂着吴地民歌古谣，咿咿呀呀，一个字也听不清。唱毕，又呜呜咽咽地哀哭个不了，哭毕，又嘻嘻哈哈狂笑不止。身边有多余的钱，藏在袖里来到像卑田院、穷儿村一类的贫民窟，两袖朝天一拂，铜钱叮叮当当乱落如急雨，众乞丐蜂拥争抢，磕磕碰碰，像三春柳絮随风滚舞，顷刻间钱被一抢而光。和尚两袖空空，看到这一幕，总觉得是一大乐趣。

　　有时了不了道人在秃头上套个假发，梳两个丫髻，扮作善财童子志志诚诚拜菩萨。或者髻发披在肩上，扮作龙女娉娉婷婷捧着净水宝瓶。更有时盘上云髻，发髻上插满花花草草，扮作赵飞燕袅袅娜娜在掌上起舞的样子。甚至用白布裹住双髻，手里提着冥钱羹饭，扮作小寡妇上坟凄凄切切哭丈夫。因其都是男扮女装，于是有人同他开玩笑说："大师何不用白粉黑墨涂抹脸上，扮作张飞、西楚霸王、典韦等英雄好汉，而竟然都扮现女人身呢？"和尚就狠狠毒毒地回骂道："恶奴才！你自己的形骸是假的还不明了，还要强求别人扮什么假面目，真是断不了情缘的众生相啊！"那人本意无错，反而讨一顿臭骂，就想发怒，挥动老拳要揍他。和尚一转身，就飘飘荡荡如骏马奔驰下陡坡，走路如飞，无法追上。他天性喜欢与儿童一起嬉耍，所到之处，只要看到有小孩子，就与他们玩起来。那一群群小孩，也就乐意层层叠叠围绕着他，不肯散去。偶尔盘腿趺坐在芳草地上，儿童争拾地上碎瓦石片，在道人头顶上堆成小宝塔，他却坐得端端正正，一动也不动。

一天，恒禅师看见了不了道人，喝一声道："咄！做和尚的哪能这样？！"道人也回喝道："做和尚的为什么不能这样？！"禅师说："若不剃发披袈裟方可这样！"道人回说："唯有剃发披袈裟的才可这样！"禅师说："我不许你这样！"道人说："我偏要这样！"禅师说："打煞你！不许这样！"道人圆圆鼓鼓睁眼生气大喊说："打煞你！不许你容不得我这样！"禅师说："我真打煞你！"道人说："人道你打煞我，我还这样！我道我打煞你，我还这样！"恒禅师听了这一番话后，对了不了道人双手合十敬礼道："你真是大智大慧，活活泼泼的一片天机，我领教太多了！"膜拜而去。道人做了一个鬼脸，笑道："和尚喜欢打口头禅，同他说了这一半日昏昏沉沉的梦话，他反倒说领悟了。这真是近来的和尚，不是我所愿见到的和尚。"

后来，了不了道人去了浙江，游览杭州西湖，爱那地方山青青，水渺渺，石兀兀，树森森，塔耸耸，桥连连，荷碧碧，柳垂垂……恍然好像有所领悟。从此以后不再给人看相，只给各寺庙的土木神佛像看相，说那座像哪天塑成，哪天受供养等，都准确无误。也算定说哪座像当于哪年倒塌损坏，哪年没有神灵，人们一时间还无法检验他说得是否准确。有某菜圃的社公最有灵验，香火很旺，园丁请求道人给社公像看相，道人说："明天就要化去。"次日果然由于香火造成火灾，神像烧成灰烬。

道人又登上保俶塔，俯瞰大地红红绿绿，莺莺燕燕，风风雨雨，柳枝垂垂，波光粼粼，西湖里船只来来往往，苏堤、白堤、杨公堤上游客摩肩擦踵，不禁兴高采烈，一跳几尺高，坠落在塔下，几乎跌死，不久苏醒过来。打这以后就不饮酒，不高歌，不哭不笑，不装扮妇人，不与儿童戏耍，更不给神佛看相，只是整天痴痴迷迷坐在水边，欣赏水中游鱼，鱼儿游动，他亦若有所思；立在重重岩石上，数天上的飞鸟，飞鸟相与还，他随着扬起脖子，口中喃喃自语。有时也信口吟成一首诗，诗道："道人何不了，不了非道人。功名与妻子，都是前生因。何者富？何者贫？拨云一叹天下春。道人何不了，了亦非道人。钟声和梵呗，色相总非真。有时笑，有时嗔，好个蒲团自在身。道人了不了，不了了道人。结舌不敢语，自我称主宾。莫要喜，莫要嗔，空山本来无四邻。"吟罢，跳入西湖，不知去了哪里。

闺　侠

邗江戏园曾上演一出《绣囊记》，我想把它记录成故事，还没有写成，而听说《翼骃稗编》已记载了它。和风细雨的良宵，偶然与聚首的朋友谈到这出戏，我就重新加以改编，之后才发现与《翼骃稗编》所载果然大同小异。也正如《觚剩》中有《雪遘》，而蒲松龄《聊斋志异》重复载有《大力将军传》一样，内容也差不多。

北乡有个贫家女儿，名叫耿湘莲，父亲在世时已把她许配给书生范希琼。湘莲的父亲死后，两家都是赤贫。湘莲年已及笄，而又未拜堂，她的母亲就暗怀悔婚的意图。正好有西域富商窥见湘莲美貌绝伦，而且知其知书达理，于是买通媒婆去说动湘莲母亲，愿意送上一千两银子将湘莲娶回作妾。湘莲母亲说："女婿作梗怎么办？"媒婆说："只要你答应此事，范家贫无立锥之地，富商自会用银子去温暖他们的心。"湘莲知道后痛哭，不肯吃东西，几次三番寻死。母亲说："女儿即使不为自己考虑，难道不替做母亲的考虑考虑吗？我家贫苦到这地步，女婿家也是同样景况，将来天天吃糠秕度日，哪里还有多余的钱来养活岳母？"女儿流着泪说："何以见得范郎以后到老死都不能发迹？"从此日日夜夜悲哭，并私下以剪刀利刃等藏身保卫自己。

邻居有个老头叫解星，担心湘莲会酿成惨祸，急忙往见范生，劝他赶紧筹备迎娶湘莲。范生面色难堪，拘谨地告诉老头家里一贫如洗，无法娶亲。老头慷慨地东拼西借筹集到十两银子，替范生各方面稍稍修饰一番，挑选一个吉日，租一顶青布小蓝花轿，扎上大红彩绸，草草前往迎娶。湘莲母亲也无可奈何，只得送女儿坐上花轿。她见花轿抬远了，远远哭着喊着："女儿去了！赔嫁少得可怜，也出于万不得已。为娘年老活不了多久，女儿如果有亲情孝心，到时候应当与你丈夫一起来收我的一把老骨头。"女儿在花轿中听到娘的叫唤哭喊，心酸肠断，哭得更悲哀。

湘莲家距夫家二十多里地，途中一定要经过宝城茶亭。刚到那儿，天忽然下起大雨，轿夫争相抬轿入亭躲雨，并乘机歇口气。进入亭内，看见已有一座精致彩轿先停在里边。鼓吹奏乐的侍从很多，丫鬟老妈子也众多如云，原来是大商人女儿江凤卿嫁给另一个商人儿子陈钰。凤卿在彩轿里听见耿湘莲在布轿内嘤嘤啼哭不停，而且哭声凄惨，私底下问婢女怎么回事。婢女说："那也是一位新嫁娘。"凤卿说："你试着去问问她，与亲骨肉一旦分离确实很伤悲，但男婚女嫁，也是人生必经的伦常大道，何必哭得如此痛不欲生？"婢女果然悄悄去询问，耿湘莲说："娘家贫穷，夫婿家更贫穷。对娘亲的依恋，将来夫妻牛衣对泣的悲苦，种种苦难交汇心中，不能不令人失声痛哭。"婢女转告凤卿，凤卿说："这有什么为难的！"商人家阔绰，讲究排场奢侈，按照惯例凡嫁出女儿，必定放许多金元宝在女儿的袖管中，沉甸甸的，名为压喜。凤卿私下解脱挂在腰际一只亲手绣成的香囊，取出两袖中的金锭塞满香囊，并仔细包裹好，交付婢女，拿去送给贫苦新娘。湘莲接过用手一掂，觉得很沉重，一边连道"谢谢大恩大德！"一边询问对方新娘姓名。婢女说："你真痴啊！彼此都是新娘，主人不过是怜自己同时也怜你的意思。一转眼彼此将成为陌路人，你要知道姓名，莫非要在家中供长生牌位不成？"湘莲还想问问清楚，以示感恩，而天已放晴，随行人为赶路，车马纷纷上道，两家花轿也就纷纷起身，东西分道扬镳，各奔前程。

等到进了夫婿家，果然草房内四壁萧条，灶间布满灰尘。仅门前一副大红喜联，倒是增添了喜气洋洋的氛围。婚礼成后，湘莲私下问范生道："士农工商各有专门行业，郎君想想自己适应哪种行业？"范生皱皱眉头说："我并非痴聋盲哑，也发奋读过诗书，也熟悉做买卖，只不过运气太差，靠赤手空拳、单枪匹马去干，一切总是徒劳。现在一日三餐、养家糊口尚且艰难，哪里谈得上从事某种行业？"湘莲说："郎君所担心的是缺少资本。倘若你能把我母亲接来奉养，免得受冻挨饿，我有银子奉献给你。"范生不信，摇摇手说："我已成了名副其实的范丹一流穷光蛋，你难道又真能成为妇女中的大富翁范蠡吗？"湘莲笑着说："不敢当！"顺手将绣囊丢在范生跟前，铿锵有声。范生解开绣囊，睁眼一看，得到金锭五十两。范生略知娘子家也是贫困交加，何来这许多真金白银？就惊问金从何来，湘莲告诉了一切。范生十分感激，说若得知那娘子姓名，也好感恩回报。于是范生将金锭换成铜钱，迎来湘莲母亲，丈母娘十分高兴，立即跟随前往。又请地师规划风水，原地重建新宅。门前开设小店铺，湘莲母女亲自做生意管财务，叮嘱范生不要耽误读书。一年来小店铺获取厚利，范生读书也进步很快。

临到乡试的时候，湘莲周周到到替范生准备赴考用品。范生说："我还只是个童生，没有秀才资格能进入乡试考场吗？"湘莲含笑说："告诉郎君再行动就晚了，一月前我已花百两银子援例替你在学府捐了秀才。"范生大喜。乡试后张榜，范生考取了举人。喜报送至，丈母娘热情张罗，杀鸡买酒，招待客人。第二年入京城会试，又考中进士，被选派去浙江做余姚县令。

婚后一年多，湘莲生下一个胖胖的儿子，范生夫妇带着儿子一同上任。那孩子眉清目秀如画，牙牙学语逗人喜爱，因而给他取名喜官。同僚喜爱这个孩子，不但与小宝宝玩耍，还争相前来联姻，其中一家有身份实力的已与范生议定了儿女姻事。

一天夜间，范生夫妇忽然同时做梦，二人交流梦境，竟然一模一样。梦见天神来相告："你家公子的婚姻大事切莫草率，明日骑着凤经过县衙门口的，才是你真正的儿媳妇。"两人醒后牢牢记着，派仆人等候在门口，直到日落西山，一直也没有见到有这么个人。

仆人一直守候等待。后来只见一个女乞丐，肩上背着个小女孩，挂着一张卖身契，上写道："江氏凤卿，江都遇难民妇。幼年本是闺阁小姐，嫁给陈钰。家境原本豪富，不幸遇上盗贼。盗酋刘青海，掳走丈夫远离故土，现在生死不明。家中遭焚掠，触目惊心。遇到机会，偷偷逃走，讨饭讨到贵处。生路已断，好像已经看到黄泉路。有个亲生女儿，名字叫紫袖。与其母女同死，还不如将她卖掉。请求志士仁人，买下她作为后嗣。只要女儿能活命，我死了也无悔无怨。我灵魂去到阴间，遥遥替主人祝福祝寿。"仆人读了卖身契叫女乞丐停下，进去禀告夫人。夫人吩咐带进来，稍稍盘问一下情况。看那女乞丐气质并不粗俗，女孩尤其和婉俏丽，知道卖身契内容也并非胡乱编造。

夫人正关切地询问女乞丐身世，喜官出来突然看见凤卿，立即耸身要凤卿抱他。凤卿抱起他后，他更要吃奶。凤卿给他喂了奶，他就与凤卿女儿紫袖嬉耍，不肯离开。服侍的婢女上前强夺抱走，喜官就哇哇啼哭；凤卿再抱在怀里，喜官就吃吃欢笑。夫人见了大喜，就留下凤卿作保姆。夫人问阿紫今年几岁，却原来比喜官大一岁。夫人问凤卿愿不愿意以左乳哺喜官，右乳哺紫儿。凤卿表示愿意。

仆人收拾房间，安顿妥当。当晚，喜官就缠住保姆同睡，死活不肯离开。夫人没有办法，替凤卿安置了衣裙衾枕等生活用品，嘱咐她安心静养，以后会很好照应她。如果喜官长大成人，与阿紫配成夫妻，那就成了儿女亲家。凤卿说："凤凰怎能与野鸭相亲相近，野马怎能与麒麟一起奔跑？夫人一句玩笑话，恐怕要减折我们母女的寿数呢。"夫人说："姻缘天注定。"从此以后凤卿出房就右手抱喜官，左手携紫袖，进房睡觉就左手搂抱喜官，右侧紧偎紫袖。紫袖也柔顺亲热，得到夫人的宠爱，果子糕饼与喜官同吃，穿的衣服也不厚此薄彼。只是夫妇俩常私下里嘀咕，与梦中的征兆还觉得不相十分符合。凤卿自从生活温饱后，皲裂、冻疮等皮肤瘢疤全部消退，脸面重新有了光泽，大家都说容貌与夫人不相上下，但在福相的厚薄上稍有区别。

湘莲夫人每日早晚总要与丈夫一起登上客堂间后面的小阁楼烧香礼拜，并且亲自揩抹打扫，从来不要男女仆役代劳。下楼就掩上两扇楼门，无论刮风下雨从不间断。她告诫家里所有人，如有擅自登楼东张西望的，轻的要受责骂，重的要被痛打。大家怀疑小楼上是敬礼斗神、佛像和拜天神的场所。凤卿知道这规矩，也小心谨慎遵守着，从来不敢违犯。

春去秋来，喜官四岁，紫袖五岁，都能自己走路。一次偶尔在小楼下玩耍，喜官要上楼去，抱他往别处就哇哇大哭，在地上滚来滚去像头怒狮。凤卿不忍违逆喜官心意，姑且带他到楼梯脚边向上瞻仰一下。不料手腕略有放松，喜官和紫袖两个孩子竟然逗能似的抢先拾级登楼，而且一个比一个快。凤卿大惊，赶快跟随而上，心中惴惴恐怕得罪受责，可是跟到楼上，也无可奈何了。

到楼上一看，倒是很空洞，只有中央安放着一只小紫檀龛，雕镂极为精细，绣幔半遮半掩，香炉炉灰还有余温。凤卿揭开绣幔一看，没见任何神像，仅仅悬挂着一只绣花荷包，不胜惊奇。再凝目细瞧，十分熟悉，转而大为伤悲，失声恸哭。喜官与紫袖见了也跟随一起啼哭。婢女老妈子闻讯，纷纷奔上楼来，说道："婆子，你是疯癫病发作，还是胆大包天不怕死呢？"凤卿说："死就死，但哭我仍旧是要哭呵。"大伙问："为什么呢？"凤卿说："这只绣囊，悲从心来。它是我从前在闺房中一针一线绣成，当年出嫁时曾用它裹着十锭黄金，在避雨亭子里，赠送给一个路上相遇的新嫁娘。十年后，重新看到绣囊，针线依然，而今昔对比太不一样，禁不住万分悲伤。"说完，更哭得凶，泪水涟涟。两个孩子也不知所措，挂在这里的香囊，怎么竟然就是她当年的？

湘莲夫人在楼下听得一清二楚，于是飞奔上楼，紧紧抱住凤卿，哭着问道："姐姐真是绣囊的主人吗？"凤卿抽咽说："是的。"湘莲说："想煞你妹妹了！我就是当年亭子里的人啊。妹妹若没有姐姐当时的慷慨解囊，无私帮助，就没有今日。且下楼叙一叙悲苦。"湘莲把丈夫叫来，详告情况。范生立即吩咐，在大厅摆设酒宴，鼓乐齐奏。夫人又派婢女老妈子替凤卿调脂弄粉，用上铅黄，更换袍服，头戴珠翠。佛要金装，人要衣装，只见浑身灿烂闪亮，体态袅娜，依旧是一位地地道道贵夫人。

凤卿梳妆打扮完，人逢喜事精神爽，自信满满，容光焕发。湘莲扶她高高坐在大厅上面，范生夫妻俩穿上官服在地下行拜见礼。凤卿竭力想挣脱，连说："不妥不妥！"夫妻二人一定不依，说："姐姐安坐，受妹妹妹婿一拜！"然后合府家丁仆役婢媪一一参拜。酒宴畅饮通宵，人们举杯相敬，个个笑逐颜开，内外一片欢腾。从此凤卿的日常待遇一切都与夫人相同。得力仆役纷纷骑马四出寻访陈郎，寻访了很久却无消息。湘莲告诉凤卿说："紫儿有福相又聪明，已蒙天神做媒，答应许配喜儿。我们之所以没有立即下聘礼，是想等姐夫回来。姐夫一回家，马上就订婚。"凤卿也同意。每逢范郎因公外出，姐妹俩就同床共枕。凤卿更拜在耿太夫人膝下为继女，两人的手足之情，更胜过寻常的妯娌姊妹之情。

一天，有位军官持名片而进见县令，原来是参将陈裕。他说："我从云南征讨刘青海而回乡，途经余姚，乘便来拜见父母官。"范县令因为他是同乡，款留他小酌。陈裕脸庞清俊，说话文雅温顺，不像营伍武夫出身。凤卿在屏风后偷瞧来客，急急忙忙跑去告诉夫人说："堂上来客，怎会面貌与声音很像紫儿的父亲？"夫人立刻请范生入内，悄悄转告他，可是终于因为姓名不同，范生不太相信。

范生重新走出，并询问陈裕的家世和从军的原因。客人神情惨然答道："我原名钰，字子相。之所以改名字，是因为最初被盗贼掳去，后来加入军伍，每有战功，听主管人员登录名字或举荐，常出差错，等到发觉已来不及。最近虽蒙恩回到故乡，可是家产已经荡然无存，妻子儿女都已死亡，眼看自己茕茕孤影，其实已无家可归。"范县令说："将军官至三品，应当早日续弦。我有个妹妹，容貌才华双全，想奉献给将军做妻室。"客人说："高攀你家妹成亲，我感到欣幸。但糟糠妻子的生死还未确定，请允许我有确实消息后，再来听你的佳音。"范县令说："将军性情中人，真是个情种啊！不过我替你考虑，请你先在这里成亲，等寻找到结发妻子后，我妹妹情愿退居为妾。怎么样？"陈裕还在谦逊推辞，而范县令已吩咐传来鼓乐队，叫来傧相，门一道道打开，张灯结彩一片辉煌。不少仆人替陈裕更换新郎衣装，耿湘莲夫人也在内间替凤卿梳妆穿戴成新嫁娘。红巾盖在头上，艳婢搀扶走出，两行画烛引导两位新人交拜。不久送入洞房，陈裕揭开红巾偷瞧一眼，彼此都又惊又喜，正所谓先哭后笑，苦尽甘来。两人竟在此处破镜重圆，百倍庆幸，甜蜜无比。

第二天，阳光明媚，鸟语花香，一片祥和。范县令在后堂摆酒宴，请陈生夫妇坐在上座。范生与夫人耿湘莲穿着官服对陈生夫妇再拜行礼，说："愚夫妇除了一个身体外，其余一切都是你夫人所厚赐的。所有家产，愿全部归还旧主人。"说罢，呈上各种账册，凡金帛器皿，书画古玩、仆从名字一一登记，非常详细。陈生与凤卿极力拒绝，不肯接受，双方推让好几天，未能解决。

刚巧解星老头也收到请帖来到公署，参与酒宴，高度称颂这件事。他邀请了年长有德福气好的三四个县衙幕僚作为贵宾，请来戏班，演戏开宴。先替两家结为儿女亲家，然后共同商议，决定暂时还是两家住在一起，三年后将登记簿上的财产瓜分为二。这才达成一致协议，圆满妥当。而那香囊，依然被范生夫妇每日祭拜。

瓶隐子

南阳有个举人杭某，性情慷慨，家境富有，交友广泛，家中依附的食客很多，颇有东汉孔融所吟"座上客常满，樽中酒不空"的诗意。闲暇时，杭某带着小书童，骑乘小马，往来于飘扬青帘酒旗的乡村城市间。

一次郊游，杭某偶然看见一个老渔翁，形貌像古代隐士，渔船停泊在水边，穿着朴素简陋，被卖酒的人打得很厉害。杭某上前询问缘故，原来渔翁嗜酒如命，却贫穷少钱，常在那家酒店赊欠喝酒。店主向他讨账，他总是拿不出钱，因此少不了挨打。杭某豪爽地替渔翁付清了酒债，渔翁也不道谢一声，只是靠在树上放声高歌道：

连日无鱼欠酒钱，酒家抓住钓鱼船。几番欲脱蓑衣当，又恐明朝是雨天。

听罢渔翁的歌，既真切又动情，言为心声，发自肺腑，杭某感到他为人很奇特，问他姓名，他笑而不答。再问他，他说："老夫没有姓名，你只要叫我酒渔就好。"杭某带领他到近城一家最著名的酒店，与他一起对酌。渔翁酒量很大，吃菜也大刀阔斧。酒过三巡，他依然不肯告知姓甚名谁。杭某也就不再打听，只是告诉酒店主人："今后放心赊钱卖酒给这位老翁喝，由我清偿酒债，不会短缺分文。"渔翁仍旧不说一声谢，喝得微醉，拿了鱼竿就走掉了。一个多月后，杭某偶尔经过酒店，问老翁喝酒情况，才知道酒资已欠下一千铜钱。杭某即刻代为还清，仍叮嘱酒家让老翁继续赊欠酒账，自己不定期来付清结账，几个月从未间断。

一天，微风习习，渔翁提着鱼拎着酒登门求见杭举人，杭某邀他进屋。他也不谦逊，在厅中高高坐下说："老汉贪吃，承蒙公子关照，惭愧的是未能有丝毫回报。现在将与你离别，特意拿来一尾鱼，一壶酒，聊表微薄心意。"杭某吩咐厨师煮鱼温酒，与渔翁畅饮，推杯问盏，极为惬意。杭某问渔翁将去哪里，渔翁说："我像水上浮萍，不过漂往天涯海角罢了。我多次观察公子，气概不凡，只是双眉有时紧锁，不知有什么难言的心事。老汉虽然平庸笨拙，或许可以代你出些主意。"杭某说："老人家真能洞察我心事。我平生没有什么不惬意的，可是有三桩恨事，因此耿耿于怀，不能安心。"渔翁听后说："能说给我听听吗？"杭某说："我家祖上收藏一张古琴，琴身布满梅花图案。一弹它，声韵可以摇五岳，泣鬼神，召风雨，裂金石。一次我偶然携琴经过扬子江，水神派遣两条蛟龙紧逼船舷，向我索琴。我不给它，蛟龙马上兴风作浪，波涛如山，船几乎倾覆。我没有办法，只好解开琴囊，把琴投入江心，风浪立即平静，船才能安稳渡江。这是第一恨。我早年喜欢一名妓女，叫玉簪，极为聪明美丽。我与她预订了婚姻，已安排好脱妓从良的日期，不料突然被边疆将领沙婆岛抢去。我心中的女子已像唐代名妓落在番将沙吒利手中一样，当代却没有能把她从番将手中夺回的侠士古押衙。从此我这个有情郎，与玉簪竟成了陌路人。这是第二恨。我平生最爱杭州西湖，可是住的地方距杭州太远。想搬家到那儿住，而南阳的几十间屋又是祖先创建的，难以舍弃。南阳无山无水，尘俗得使人受不了。虽然想学他人葛洪搬家，但毕竟不能仿效淮南王刘安拔宅升天。这是第三恨。"因此，如鱼刺卡喉，得以一吐为快，不仅舒了一口长气，脸上也略略露出一丝笑意。

渔翁听后用手拍打脖子说："想不到啊。你这三件事，实在太难了！"他沉思了很久，端起酒杯，一饮而尽，忽然笑着说："不难！不难！我虽然没有这样大的法力，可是借一个奇异人物的法术，或许能办到。城南有一棵老松树，形状像盘龙飞翔。距离树东边一尺四寸的地下，掘开一尺左右，能得到一个古瓦瓶。瓶口贴有符箓封盖，请不要损坏瓶子，掘出后带回家，平心静气对着瓶子诵读《楞严经》一百卷，那封盖会自动脱落。瓶口打开后，异人就会出现。请你不要讲出是我在多嘴多舌，泄露了不但事情办不成，而且对我也很不利。"说完，拱拱手，告辞而去。第二天杭某再到城外去寻访渔翁，竟已杳无人影。

杭某派遣仆役扛着铁锹到城南，走了一段路，果然有棵造型奇异的古松。照渔翁的话挖掘，果然得到古瓦瓶。带回家放在桌上，天天朝它诵《楞严经》，瓶口有封盖，像是与瓶体一起长成，上面深深刻着符箓丹书。杭某并不识别丹书内容，只是一心一意虔诚地诵经。诵读完许多遍佛经后，瓶盖突然冲天而飞，掉落地下。一位披金甲的神道手持兵器匆匆走到庭院中央，猛然一声霹雳巨响，金甲神腾空飞去。杭某万分惊骇，正向着瓶内端详，忽然听到身后有环珮叮当响。回头一看，有个美貌女子，年龄约十六岁，俏丽得像天仙，她对着杭某拜了又拜。

杭某拉她坐下，向她问话。女子说自己本是个通天狐："唐朝时我得道，在人间游历戏耍。宋高宗南渡时，我还亲眼见到蕲王韩世忠的夫人住在楚州北神堰，由于贫穷而在织草席。夫人高鼻子，胖脸上微有麻子。蕲王却是美少年。他亲手擒捉方腊时，年纪只有二十四岁。后来我因为酒后使性误伤人命，被尹真君收押在瓶里，埋于松下。刚才你所见的金甲神，就是监符看守我的使者。身在瓶中像在沉闷地狱，如果没有你的大力帮助，真不知要过多少漫长岁月才能熬出头。但不知公子是听谁的指使，请明明白白告诉我，以便我同时报答那位好心人。"杭某谨记渔翁的话，便撒谎说："我在挖茯苓，偶然掘到的。"女子说："符篆除了念经是打不开的。假如瓶子破碎，我的身体也就破碎，那就更加苦不堪言。这除了仙人是决不会知道如此诀窍的。"杭某终于不敢说出真相。他又问女子叫什么名字，她说："没有名字，只要叫我瓶隐子就很好。"从此住在杭某书房里，夜晚仍回瓶中睡觉。瓶隐子与杭某赋诗饮酒，歌吟长啸，相处得非常欢乐，只是没有更亲密暧昧的关系。

很久以后，杭某与美女无话不谈，也就把自己内心深处的三桩恨事告诉了瓶隐子。她说："事情倒不难办，只是须减少我千年道行才办得成。既然你已开口，本姑娘没有其他办法，只能为公子亲自去走一遭。"第二天瓶隐子背着古瓶来到扬子江边，念咒多时，有一个有蜥蜴那么大的小龙女，浮在水面游来。瓶隐子急忙把小龙女掬取入瓶，背着瓶飞跑。忽然间风雨雷电交加，老龙王带领甲兵追赶，瓶隐子拔剑与老龙王交战。老龙王打不赢，苦苦哀求说："我与你一向无冤无仇，为什么攫取我的爱女？"瓶隐子说："你也知道无缘无故攫取是不近情理的吗？杭举人的古琴，是几代传家宝物，你为什么凭借威风抢劫？想要你女儿明珠复回，古琴也应当完璧归赵。"老龙王说："可以。"捧出古琴交给瓶隐子，小龙女也安全回到江中。

瓶隐子把古琴带回家，交给杭举人，说："第一道难题，幸亏没有辜负使命。"杭某详细察看古琴很久，才说："不对呀！我琴的背面有古老的铭文，上面写着'山深气清，万籁萧萧。古无人踪，惟石嶣峣'十六个字。"瓶隐子听说后，大为震怒，眉宇间显示一副鄙夷不屑的神色，背上宝瓶，一转身霎时不见。她迅速来到江边，对着江水不停念咒，用古瓶汲水，江水滔滔流入瓶中。不一会儿，已能看见江底。老龙王害怕了，派王子来交涉。瓶隐子没有闲功夫与他搭话，立即将它收入瓶中。将走时，老龙王奔到说："仙人又有什么要求？"瓶隐子说："还我古琴！厨子调换野鸭的伎俩，是多么可笑！"老龙王说："姑且同你开个玩笑罢了！"于是捧出真琴出来。瓶隐子验明古琴背后的铭文，才放出王子，并倒还江水。将古琴取回交付杭举人，举人仔细查看，这次真的是原物。

瓶隐子休息了几天，又投身到边将沙婆岛左右隐藏起来。只见一个少女从帐后走出，年纪十七八岁，白玉簪露出在帽边，风致极美。瓶隐子猜测这就是杭公子的玉簪，念咒使她昏迷，一下子将其收入古瓶，驾起云头急急返回。取出女子让她躺在卧榻上，请杭举人验一验美女真假。杭举人说："美倒是很美，但她并非是玉簪。"瓶隐子说："既然不是玉簪，何不送还给他们。"连忙将女子重新投入古瓶，又背着疾驰而去。

瓶隐子到了那里，只听见人声鼎沸，大伙紧张地在寻找女公子。瓶隐子在云端说："下界人不必惊恐，我是月府侍书女，女公子也是月府的扫花女，刚才奉了月府琚璘妃子的钧旨，临时带她回月府一游，现在送还了。"说着跳落地下，女子也苏醒过来。边将沙婆岛见了瓶隐子，迎上前去致谢，六军欢声雷动。沙婆岛邀请瓶隐子进入大帐，恳挚地询问月府情况。瓶隐子天花乱坠说了月府是八宝合成，桂树丛生等套话。只听得沙婆岛呼唤道："快叫玉簪娘子前来听仙人说天上故事。"

过了片刻，来了一个年十八九岁的美女，俏如天仙。她问瓶隐子道："仙人肩上背着瓦瓶，派什么用场？"瓶隐子说："这是金仙用来承接玉露的，人如能进入瓶中就可以长生不死。"沙婆岛说："瓶中那么小的地方，人能进去吗？"瓶隐子说："我自有法术，即便是将军这样魁梧的身体，进去了也不过像苍蝇蚂蚁那么小。"沙婆岛说："让我进去试试。"说完果真走进瓶里，不久又走出。于是六军兵士都争相进入瓶口，兵士进去时都小如粟米，走出来又恢复常态。沙婆岛问道："女子能进去吗？"瓶隐子说："女子乃是五恶污浊身体，入内恐怕要弄脏我宝物。"沙婆岛再三哀求，瓶隐子说："那好吧，等女人进去后我拿瓶子到天河里彻底清洗一遍，才不会出毛病。暂且先允许女公子与玉簪娘子先进去试试。"玉簪听了大喜，携女公子一同进去，瓶隐子随即也跳入，古瓶忽然不见。满营军士大声喧嚷，仰头向上，以为上了天，或许马上能回来。等了很久，终于杳如黄鹤。

瓶隐子遁身而回，对杭举人说："第二道题目，又完卷了。"将两个女子放在地上，很快都苏醒了。玉簪也即刻认出杭公子，二人一见如故，爱恨交织。杭举人既重逢旧情人，又得到了新欢，快乐无比。可是害怕沙婆岛跟踪寻访到这儿，移居的念头更加迫切，再次请求瓶隐子。瓶隐子觉得这事难办，杭举人说："瓶隐子开始勤劳，最终怠惰，三道题目少做一道，总不是一块完整的璧玉。"瓶隐子说："这第三道题目实在难煞人，请留着这一恨为天地间存一个缺陷。"杭举人一再请求，瓶隐子始终没同意。

当天晚上，杭举人终夜陪着两个美女睡觉，忽然感觉到房屋震动，不久又听到风浪声，又听到乒乒乓乓刀剑交锋声和人马厮杀声。杭举人很吃惊，起身从窗缝中朝外望去，外面漆黑一片。接着又听到远处寺庙的钟声，鸡叫声，突然所有声音都沉寂下来。第二天早晨到门外一瞧，只见灵隐寺、韬光寺、飞来峰、冷泉、断桥、三潭映月等名胜都像推门而入，原来他的住宅早已搬移到了杭州，只是瓶隐子和古瓦瓶都不见了。

第二年杭举人袋装古琴，携二位美人，在天台、雁荡山游览。看到对面峰顶忽然有云朵冉冉飞来，云朵上有仙人背着瓦瓶俯视地下说："杭公子很安乐啊！"杭举人一看是瓶隐子，他与两位美人立即拜倒在地，请求会面叙叙。瓶隐子说："为了公子的第三恨，我险遭不测之祸，你的家也非常危险。那天夜间替你拔宅飞过扬子江，江中痴龙王怀恨在心，想用武力劫夺。我用神剑削掉痴龙王一只耳朵，而你们还在美美酣睡。我把你家安置在杭州后，正要去南海朝拜，菩萨已知我事，把我抓去笞打八百棒，背上棒疮至今还未痊愈。你心肠好，请再替我讽诵《楞严经》万卷，我就受恩非浅。"同时，奉劝你一句话："游戏二字真是太可怕啦！"说完飞走。

杭举人回家后为瓶隐子如数念诵了万遍《楞严经》，这以后杭举人也修得仙术，偕同两美人不知去了哪里。

慧眼救难产

松滋县临湖有一座大村庄，居民很多，大家互相交易，于是也就成了四周人们定期赶来做买卖的集市。村庄尽处有座佛寺，依水而建，以水作屏障。寺里和尚悟轮一向精通佛典，表面上装糊涂，好像知识不多的样子。这和尚只是生性不喜欢吃荤腥，如果误食荤腥必定呕吐得要命。村里人都很钦佩他。

一天，悟轮盘腿在禅榻上闭目静坐，过了片刻，忽然张开双眼，很惊诧地叫起来："作孽啊！作孽啊！"急忙起身拿钱，叫寺中杂役跟他一起到街市去。他走到宰猪卖肉店铺前，看货架上还钩吊着半边猪肉，已吊了两天。悟轮装作垂涎欲滴的馋相，问屠夫说："夏日气温高、天气暖，这猪肉不怕生蛆虫吗？"屠夫说："先前考虑不周，误宰了这口猪。现在正是农忙季节，市场生意清淡，因此卖不出去。但你是吃素人，是无法知道猪肉味道有多美的。"悟轮说："想准备些佳肴，留着宴请嘉宾。而且佛主说'酒肉穿腹过，佛祖心中留'，吃些肉也无所谓，你肯半价卖给我吗？"屠夫爽快地把半只猪半价全部卖给了他。

悟轮给完钱，吩咐杂役肩扛着半只猪身绕街而走，碰到人就双手合十说："本和尚向来不吃荤，近来非常馋，想开开荤，要大吃一顿，不知道是受了什么感应。各位乡亲何不跟我同去，看和尚怎样吃肉？"众人听他的话说得稀奇古怪，半信半疑，因此也有百来个人纷纷跟随他来到寺庙。

悟轮关闭上寺门，与来客高谈阔论。厨房里刀砧响亮，五味调配，不久猪肉已经煮熟，厨师前来报告。悟轮跪在地上向众人膜拜说："和尚开荤吃肉，那么半世苦苦修行的成果就全部作废了。请求诸位来客代我饱餐一顿怎么样？"众人大笑说："原来和尚想做东道主请客，故意用谎话骗我们来这儿吗？管他三七二十一，这美味佳肴，真是天上掉下的馅饼啊。哈哈！"于是大家争着抓筷抢碗，一下子把猪肉吃了个精光。悟轮看大锅内连汤也没剩下一点，打开寺门拍手大笑说："善哉！善哉！假如诸位余兴未尽，可一起去前村李大户家，还可以再吃汤饼、喜酒哩。"大家听了不很相信。

有个灵巧的人飞奔去前村一看，果然有一户人家兴高采烈，大摆筵席，门内传出婴儿呱呱啼哭声。细细打听，才知道这家产妇娘临产已两天多，腹部奇痛而胎儿始终生不下来，医生用尽办法都无效。这时候，等到寺里猪肉一吃光，婴儿就顺利出生，原来那口猪是婴儿的前身。到这时，寺内杂役才说和尚动身去街上买肉时说是"作孽"所指含义了，众人也才意识到悟轮和尚有慧眼，争相前来问三生因果。悟轮平时爱装糊涂，不胜其烦，就持锡杖远游他方，朝拜九华、舟山等四大名山去了。

某年春季，悟轮从五台山回来，途经桃源，临时留住淮滨寺，顿时生重病，虚弱得卧床不起。偶然想吃豆腐，没有干净锅子可煮。寺中杂役找来一只铜锅，不久前锅烧过大蒜类食物，悟轮刚吃下用铜锅烧的豆腐，立即上吐下泻，不久即逝世。寺内和尚焚化了他，用布袋装骨灰，挂于楼上墙壁间。

我在那儿做幕僚时，见到悟轮和尚的骨灰袋，感慨万分，赶紧寻找一小块高爽墓地，把骨灰装入木龛封紧，埋葬起来，并在短墓碑上题"行脚僧悟轮禅师之墓"。

俞翠燕完贞

有一个老翁俞愚，字真愚，年近六十。他只生育一个独生女儿，叫翠燕，容貌美若天仙。俞愚因为没有儿子，所以把平生所有的文章学问全部教授给女儿。翠燕由于很有教养，看上去温文尔雅，气质超逸。幼年时许婚给本地一户人家，男儿名叫石鼎。石生天天捧着书本，不善生计，家道中落，靠守寡的母亲纺纱织布度光阴，时时露出窘迫穷相。人一到落难时，亲戚邻里都瞧不起他，石家断粮时，即便一文铜钱也不肯借给他们。俞愚渐渐萌生悔婚的意思，想用金钱买动石生母亲允诺退婚。石母从长计议，对俞家的退婚要求没有回绝。石生知道后心中愤愤不平。他母亲笑道："孩子啊，我只担心儿子事业无成，不担心没有儿媳妇。倘若托祖宗的福荫，你竟然能够发迹出头，怎怕身边没有妻妾成行？俞愚那老头一身俗气，哪有眼力来识别我们孤儿寡母？倒不如同意他的退婚要求，更加妥当。"石生看母亲态度很明朗，也就哭泣着接受母训，第二天就拿了一张退婚书去俞家，俞家也就遵守诺言，换回金钱，借此也免得受冻挨饿。

本地有个武举人张大点，字其信，家中一向富裕。闻知翠燕退婚，又看到俞翠燕很漂亮，又知书达理，就用大量钱财到俞家强行送下聘礼。嫁妆已齐备，男方期望女方早日遣嫁新娘，俞愚求之不得，欣然同意。俞愚的妻子知道此事已成定局，也无可奈何，只是不敢马上告诉女儿。对这件事私下极为担惊受怕的只有翠燕的守寡婶娘安山氏。

俞家女眷素来与香积庵尼姑阿鹦熟识。阿鹦正巧到俞家上门来讨每月的供钱，看到满座的箱笼，几案床榻样样簇新，衣裙和金钗钿盒都在加紧赶制，就笑着对翠燕说："翠姑娘大喜，牛郎织女鹊桥相会的日子不会太远了。"翠燕本来就疑虑忧愁，听了尼姑的话心中更加不安，私下询问婶娘道："阿鹦白天说的话，究竟是什么意思？"婶娘沉默不语，老半天没有回答。翠燕又追问，婶娘这才说："你今晚将要出嫁，还多唠叨什么？"翠燕两颊绯红，好久才说："女子总有一天要嫁人，这我早知道。但夫婿家里一向贫穷，不知道为什么操办得那么华丽？"婶娘笑道："小妮子太老面皮，你知道夫家姓什么吗？"翠燕说："是石郎。"婶娘摇摇头，说："石郎吗？不，是张举人。"翠燕大惊，说："我从小许配给石郎，媒妁立下凭据，神明上天共同鉴照，何尝许婚过张家？"婶娘就把事情始末详告侄女，并且说："你父亲怕你娇生惯养惯了，不能忍受四壁空空的生活。张家豪富，本地有小邓通的财主称号。你就要过上锦衣玉食的生活，不胜过依靠穷书生，亲自操劳家务还吃不饱一餐饭吗？"翠燕流泪说："婶娘素来钟爱我像亲生的一样，现在怎么忍心嘲笑戏弄我？"伤心处，哭成泪人儿，啜泣说："这个石头，铁石心肠，关键时刻，也不快来走一遭。"婶娘"呵"的一声，更是发笑了，又告诉她石家用退婚书换钱的事，翠燕更加悲伤受不了，悲痛欲绝说："死路一条，死路一条，还有什么可说的？"

安山氏见侄女立意坚决，思考很久，就断然说："你暂且安心。如果临时别无良策，我当带你逃走。"翠燕问婶娘逃到哪里，安山氏说："你有个姨妈住在城外三里左右的地方。她又是寡妇，家中连小男仆都没有一个，你忘了吗？逃到那里最为方便。"翠燕跪在地上叩头说："事情紧迫，何不马上逃跑？"婶娘说："那好吧。"两人都梳上棒锥样高髻，换上布衣，开启后门，点上灯笼而出逃。走了一段时间，翠燕脚皮磨破起泡行走缓慢，汗水从额头流下，气喘吁吁，累得支持不住，靠婶娘搀扶着才能慢慢挪步。

将抵姨妈门口，婶娘说："到了。"侄女就要敲门，婶娘说："且慢。"从门缝向里张看，只见姨妈与一个年轻和尚很抱着，二人在灯下亲昵喝酒，样子很猥亵。婶娘悄悄地说："这时候我们敲门进去，即使那臭和尚藏起来，也冲坏了他们的好事，你以后只怕也是日子难过。"翠燕哭着说："现在进退两难，怎么办？"婶娘也感到事情棘手，后来不觉失笑，一不做二不休，说："咦！这儿离石家不远，何不就去投奔他家。你们两人先草草结婚成亲，那么即使是天王老子也不能抢走你了。"侄女说："私奔行吗？"婶娘说："小妮子，你多么痴！我虽是女流，也是你的长辈。岂有长辈送新娘上门而说私奔的吗？"翠燕恍然大悟，就与安山氏另找一条小路而走。事已至此，一切只得顺其自然。迷迷糊糊中，果然看到几间老屋，透出幽幽灯火，传出织布机轧轧声与琅琅读书声，像是在一唱一和，原来正是石生在发奋夜读，而她母亲正在辛勤纺织。

婶侄二人突然推门闯入，石生母亲早就认识俞翠燕，惊骇地问她们来意。安山氏从头到尾告诉一遍，并说："请关门落锁，让一对小夫妻拜堂成亲，草草成婚。如果出什么意外，由老身一人承担。"又对侄女说："我怜爱你有志气，才做个女中昆仑侠，来成全你们。石郎不会终身贫贱，你好好服侍婆婆和丈夫，不要撒娇使性，给老身增添烦恼。"两人相对流泪。安山氏立等着他们完成结婚仪式后，送入洞房，才离去。

当夜就是张家来迎娶的日子。傍晚时分，张举人带领仆从吹吹打打抬着花轿来到俞家，而俞愚正在寻找女儿和她婶娘，一时半会寻不到，紧张至极，害怕得要命。询问女佣人和门外敲更人，才知道她们曾朝某路走去，估计是上女儿姨妈家去了。于是就和张家迎亲队伍一起去寻找。这时姨妈正与和尚酒后乱性，裸体上床，欲行好事。突然听见一阵急促敲门声，仓皇间和尚已无藏身之地。姨妈给和尚穿上一条绲裆裤，外面用被子包裹，趴在床底下。自己赶快穿好衣服走出，询问门外是谁。俞愚回答来寻找女儿，姨妈破口大骂，不肯开门。张家的人更加坚信新娘在里边，门敲得震耳欲聋，更响更急。姨妈只得开门，众人一哄拥入，姨妈脸色煞白。众人到处搜遍，都没有找到，仆人用长棍敲打床下，搜到床下大包裹，用手一摸感觉腻软，是人。张举人喜极，哪管三七二十一，立马抱起包裹放入花轿内。姨娘来不及拦截，大花桥早已起身，一路高奏喜乐，迅速回到家里，吩咐婢女侍妾赶快扶新人出轿，再迟恐怕要闷杀被子紧捂的没头鹅了。不料解开被子一看，原来是个头皮光光、贼眼灼灼、上身光光的大和尚，婢女侍妾惊叫着来不及躲避。张举人十分恼怒，叩开衙门告到官府。因为夜深，县官命令暂且将案犯锁押在门房边侧室内，等到天亮再审讯。安山氏得到消息后大为惊诧，说："那婆娘虽不贞洁，可是毕竟由于我才暴露出丧尽廉耻的勾当，我的罪业不浅啊！"连夜派遣能干仆人带着很多金银去贿赂看守的衙役，并且恳求香积庵尼姑阿鹦去替代小和尚作调包计。于是衙役放出和尚，把阿鹦塞入被裹里。

次日，县官威风凛凛高坐大堂审案，提出被裹当堂开解，头皮光光、眼目灼灼的却是一个小尼姑。传来媒婆去摸一摸，果真是尼姑。阿鹦号哭呼叫："女尼与媚妇早就相识，共同学做针线活，由于夜深不能回庵，就留我住宿并聊聊天。这有什么罪过，竟被缚来公堂？受到这种奇耻大辱，我不想活了，请把我击毙在杖下还更好过些！"县官也拍桌大怒不已，可是毕竟不知道俞愚女儿到了何处。安山氏就投案自首，详细叙述了事情的经过，并且证实那姨妈并无放荡行为。她说得慷慨激昂，绘声绘色，热泪涌流，不容半点怀疑。县官听了倒是很受感动，立即飞签将张举人、俞愚械锁带回，要动刑惩处。两人叩头如捣蒜，请求宽恕。县官才判罚张举人出百两银子作为俞翠燕的嫁妆钱，另外出百两银子，一半给尼姑阿鹦，一半给安山氏。又罚俞愚分出膏腴良田一百多亩，给石生作夜间读书的灯火钱。结案后释放了这般众人。

时来运转，石鼎从此家境渐渐富裕，读书也加倍努力。第二年考取进士，后来官做到知府，很有政绩，这都是翠燕贤内助的功劳。俞愚晚年景象困窘，像石鼎当年那样，还得依赖女婿的周济。石鼎母亲亡故后，他守孝期满，重返官场。又真诚地把安山氏请进公署里，奉养她，亲如母亲。

一次，偶然有人状告和尚犯奸淫，石鼎开庭审讯时，安山氏在屏幕后偷瞧，一看这和尚，就是当夜与翠燕姨妈乱搞的那个家伙。那家伙托钵化缘逃到此地，又触犯法网，石鼎立即给以严惩，赶出庙门，让他还俗。

东野砧娘

红砒性热，有剧毒，能毒死人。可是北方沙田瘠薄，并且虫很多，危害庄稼，当地人常购买红砒掺和在泥土里，用以杀灭田地中的虫蛆。如果有人误食红砒，就会烂断肚肠而死。

闵祝，字三峰，是汶上农民闵贤的儿子。从小聪敏，外貌温和文静像个小姑娘，很受父母钟爱。东野子良与闵贤是童年时代的好友，长大后更加交情莫逆。由于田亩相连，两家所住村庄只隔三四里，因此经常互访，话农事拉家常。东野子良的女儿叫砧娘，年龄与闵祝差不多，美貌妍丽而性格坚贞。东野子良一次偶尔与闵贤相互夸奖对方的孩子，二人都有情有意，于是就定下儿女姻亲。

闵祝转眼已十九岁，耕种田地之余，很喜欢吟诗诵文，不喜欢与牧童戏耍。邻里有个荡妇，经常挑逗闵祝。闵祝每次都是满面通红逃走，被人骂为痴呆也在所不顾。村东乐氏的老婆，尤其风骚，性情又乖张凶悍，虐待丈夫像对待狗马一样，公公婆婆看到她常吓得两腿发抖。乐氏婆娘时常偷汉子，与庄稼汉露宿田头草丛。泥地低湿，加上风露，久而久之她得了癣癞病，皮肤开裂，头发掉落，昔日花容月貌，今朝变得憔悴不堪，更加被人看不起。

邻里荡妇恨闵祝不肯上钩，想陷害他。正巧乐氏婆娘来借锄头，坐在屋檐下的矮板凳上，闲聊好久才离去。后来闵祝经过，荡妇再三请他稍微歇一歇，就拿矮板凳给他坐。闵祝身体素来羸弱，一接触板凳上的病菌就感染上了。一个多月以后，浑身奇痒，爬搔不停，比乐氏婆娘更为苦恼，医药无效。父母怕他传染给全家，把他的床铺搬到门边小房间里进行隔离，从此饮食、大小便都要依赖别人，痛苦可想而知。村里人都以为是流行病，其实不知道是被邻里荡妇所暗算。那荡妇反而讥讽闵祝说："郎君生了这个恶病，可惜砧姑娘貌若天仙，你竟无福消受，有什么办法？"闵祝无话可说，更加痛心。东野子良渐渐有悔婚的意思，但仍然期望闵祝能够痊愈。

不料到第二年，两家子女都已到男婚女嫁的妙龄，可是闵祝病情反而加剧。东野子良的老婆再也忍不住，暗中请亲戚邻里向对方传递退婚意图。闵贤还没有答复，老婆却勃然大怒说："我的儿子并非生来有病，谁能确定他会病一辈子？东野家如此急不可待，难道不能等我儿子死了再嫁女儿吗？"闵贤原想同意对方请求，只是碍着老婆，正在犹豫，来客也迟疑不决地走了。闵贤进入内房，老婆余怒未息。闵贤说："孩子早晚之间将离人世，或许与砧娘本无夫妻缘分。像这样连累她婚前就守寡，那怎么办？"老婆说："既然是凭媒妁之言缔结婚约的，能那么轻易地毁约吗？马上要将新妇娶过门，即使儿子死了，还有守寡的儿媳呢。"

闵祝病了很久，整天躺在简陋卧榻上，仆役老妈子都厌恶他。邻妇一时恶作剧造成严重后果，内心也很懊悔，反而时常来服侍闵祝，非常殷勤，一次偶尔泄露了东野子良的心意，闵祝听后悲哀地说："这是我前世作的孽啊！今生还要连累人家闺女，招致来世报冤吗？"午夜人静，闵祝抱病硬撑着写了一张离婚书，请邻妇转交。东野子良不敢接受，交给闵贤阅看。闵贤说："我儿的用意很好，何必推辞？"闵祝又爬行着去见东野子良，说："我的命太薄，辜负了大伯的厚爱。闺中女郎已过十六岁，而我却病入膏肓，请另找婿家，千万不要受原先婚约的拘束。"说完涕泪交流，跪拜着将离婚书亲手呈上而离开。东野子良惊愕，不知说什么好，吩咐将闵祝放到牛背上驮着送他回家。

不久，东野子良碰见闵贤，说："离婚出自令郎的意思，亲家翁你看怎么办？"闵贤说："这很容易。"就在离婚书后面署上自己的名字并画了押。东野子良将离婚书放入袖内而回，夜间将此事告诉老婆。不料女儿听到了，突然走出闺房对着父母痛哭说："女儿在闺房里并没有做错什么事，不知道为什么遭到闵家的抛弃？"父母回答说闵家儿子得了重病。砧娘说："生病何妨？他病了，我固然是他的新妇；即使他病死了，我仍然是他的新妇。其他的一概不知。"她父亲无话可答。砧娘回到闺房，哭哭啼啼一整夜。

过了一段时间，上门求亲的媒婆接连不断。砧娘得知后，愤愤然说："这里真是一刻也不能住了。"夜深起床，偷偷取出离婚书。黎明时分，梳着古朴的棒锥高髻，穿大布衣，一个人奔到闵家门内，登上客堂拜见公公婆婆。闵贤夫妇惊讶问讯："孩儿来做什么？"砧娘说："来做你家的新媳妇罢了。"于是哭告父母悔婚，出于无奈，只能随机应变逃出，来不及等到结婚典礼就奔来的缘由。闵贤说："婚约早已作废了！"砧娘佯装惊问悔婚的原因。闵贤说："我儿将不久于人世，即使能苟延残喘也是个废人，无法做到夫妇间琴瑟和好。"砧娘笑了起来，说："我疑心自己被遗弃，一定是新妇有见不得人的事。假若仅仅因为新郎有病就遗弃新妇，恐怕违背了女子从一而终的大义。儿来侍奉公婆，同时兼着照顾夫君的疾病，死也不回去了！"说罢，起身与家人一起操作家务。

闵贤急忙把东野子良邀请来家。正商议间，砧娘忽然奔出，跪在地下叩头说："公公、父亲都在这里，我既没有失德行为，又没有什么聘礼过分要求，要这张离婚书有什么用呢！"说完，从袖口中取出离婚书，扯碎焚烧，又发誓说："敢有人再议离婚的事，就像这封书一样！"邻里父老没有人不惊叹说："贤妇！贤妇！"东野子良无法可想，告辞而去，横下心准备与女儿断绝往来。想不到砧娘却事事得到公婆的爱怜。

有一天，砧娘跪在婆婆膝前，请求说："我来是为了照顾丈夫的病，身份既然已经清楚分明，婆婆何不带我去看看丈夫？"婆婆点点头。闵祝正在床上奇痒难耐，痛苦呻吟，突然见到砧娘来了，又吃惊，又伤悲。婆婆伤心地说："我儿没有福分，辜负了这么贤惠的媳妇。"砧娘也潸然泪下，仔细查看，接着收泪对婆婆说："这只是皮肤病，并非心腹内脏疾病，并无大碍，总能自动痊愈。我想朝夕在丈夫身边侍奉汤药，不知是否违背大义？"婆婆说："孩儿你不嫌肮脏污秽，老身感激还来不及，怎么会禁止呢？"夜晚，砧娘就在丈夫床榻上铺张草垫而睡，洗濯护理，非常周全。闵祝觉得对不起，在没有人时对着砧娘哭泣，砧娘想尽办法安慰他，装出毫无悲戚的样子。

第二年春天，田里农活忙了起来。闵贤从市场买来红砒石三四斗，将撒布在农田里杀虫除害，一时还来不及做。红砒暂时放在箱子里，叮嘱孩童千万不要入口。因为闵祝整天躺在床上，特意将放红砒的箱子放在床下叫人看守着。闵祝时时自怨自艾不想活，心想，如此拖累砧娘的一生大好光阴，不如自己一死，砧娘就断了希望，或许还会改嫁，恨的是没有适当的寻死方法。偶尔看到砒石，就想到借它来自杀。正好砧娘出外给田间耕作的人送饭，闵祝悄悄起来从箱子里摸出一小块砒石，一狠心，抹着泪吞服下去，想象中肚子立刻要剧痛。不料僵卧终夜，竟毫无反应。他疑心吃得太少，又多吃一点，仍旧没出事，而且病情反而有所缓解。于是就抓了十多块藏在枕头边，早夜放在嘴里慢慢咀嚼。不到半个月，身体皮肤渐渐有了光泽，癣斑逐渐退去，沉重的疾病霍然而愈。

83

砧娘操持家务之余，常到村西药王祠里敬香祈祷，愿代替夫君生病。近来看到郎君疾病将愈，心疑药王灵验，就秘而不宣。正巧她又去田间送食，那个邻妇嘲笑她说："你这个小娘子，偏偏投奔病汉共宿；乐家小官人，偏偏又陪伴病妻同眠。人说乔太守乱点鸳鸯谱，你们这两家，岂不是月下老人错配了婚姻吗？"砧娘知道是在笑话自己，没有计较，反而笑道："姐姐不要担忧，我家病男人终有一天会风度翩翩走出家门，那时人们才会羡慕罗敷的夫婿确实与众不同呢。"众人听了，怀疑她话中有话，抽空悄悄到她家去偷看，只见闵祝病体痊愈，相貌出众，一表人才。闵贤两夫妻出来看望，也大为惊喜。东野子良闻讯来访，见女婿已恢复健康，恢复信心，愈加惭愧。可是大家都以为是砧娘的贞操感动了上苍，实在不知道是服用砒石的结果。

闵祝到这时才拄着拐杖出来，细说病愈的缘故，大家都赞叹不已。第二天闵祝的病彻底痊愈，满村的人都传为美谈。药王祠香火和尚懂中医，得知此事后怅然感慨说："红砒原本用于杀虫去湿；现在以毒攻毒治愈疾病，道理上也说得过去。从此以后，为癣癞类疾病又增添一个单方了。"村里人感叹砧娘的贤惠美德，征得双方家长同意后，为这对小夫妻举行隆重的婚礼，张灯结彩，鼓乐喧天，乡绅官宦云集，大摆筵席祝贺。当天艳阳高照，和风送暖，庭院中的花草、枝枝都是连理并蒂；树上的禽鸟，对对都是比翼齐飞同命相依。久违的喜鹊，也飞来叽叽喳喳叫个不停。人们都觉得前日的苦厄固然是莫名其妙，很是费解；而今日的快乐也是无边无际，恩爱有加。

这时乐家那个婆娘病更重而横暴也更厉害，丈夫与公婆都怕她的雌威。婆娘听说了闵祝病愈且隆重操办婚宴的事，并且相信药王祠和尚的话，执意也要服砒石。公婆不同意，婆娘就拍枕捶床臭骂道："你们一家都希望我早点死，以便拔除眼中钉吗？不然怎会有这么好的良药而舍不得给我服用！"她丈夫实在恨死了，就悄悄地把砒石递给她。婆娘急忙一大口吞下砒石，约有顿把饭的工夫，脸色突变，七窍流血而死。

真可谓成也砒霜，败也砒霜。

田处士石驴

古有蔡勉旃坚立券，今有陆翁借贷无券，而生发出一桩故事。

这个老翁叫陆守素，东平安山人，心地仁厚，家境殷实，向来与本地一个姓卢的人是好朋友。卢某家底微薄，两家有钱财往来，卢某时常暗中侵吞，陆翁淡然处之，毫不见怪。卢某曾向陆翁借贷二百两银子，主动提出要立一张借券。陆翁笑道："我们是道义之交，相交以心，信义诚实是根本，何必还要立借券呢？"二人也就情同手足，越来越亲。

陆翁有个儿子陆骏，英俊潇洒；卢某有个女儿，眉清目秀，年龄相仿。卢某感激陆翁恩德，把女儿嫁给陆翁儿子，因此两人交情更加深厚。

没料到陆翁家后来遭到巨大变故，家道中落，男女仆役纷纷离开，门庭冷落，可张罗捕雀。回忆从前衣着鲜丽骑驴外出，现在只能徒步代替乘车，陆翁内心十分抑郁伤感，因此得了病。陆翁的病一天比一天重，而卢某来看望的次数却越来越少。眼看吃药无济于事，陆翁渐渐地只能躺在床上辗转呻吟。人常说风水轮流转，三十年河东三十年河西，陆翁先富后贫，卢某先贫后富，本乡本土知情的人，没有人不为此而叹息。

陆翁将死那天，因为缺钱，后事毫无准备。他叫来儿子，告诉他说："我的灵魂已经出窍，在坟墓间游荡，眼看已活不成多久了。家里虽然很穷，幸亏你岳父卢君曾向我借贷二百两银子，可去讨还，作为我的丧葬费。"儿子问有没有借券，陆翁说："他当时虽然说过立券，但我与他既是至交，又是至亲，还需要什么借券呢？他是老父生平最知心的朋友，尽管前去讨还，用不着顾虑重重。"陆骏还在犹豫不决，妻子卢氏催促他说："这一方的乡亲，谁不知道我父亲受过公公的恩德？即使没有借贷过，办理亲家后事也义不容辞，何况曾借贷过呢？而且公公不要我父亲立券为据的话，我也是亲耳听见的。"

陆骏无奈，就鼓足勇气来到丈人家。卢某得知来意后，奸笑着说："你父亲神志不清，是不是在讲梦话？可是既然他这么说了，你何不拿着借券来讨债？"陆骏把父亲所说没有立借券的话转告丈人，卢某装出一副哂笑的样子说："错了，错了！世上即使是亲兄弟，凡借贷也必定要写下字据作为凭证，不然所有的文书都可取消了，人们之间经济往来只需要说一句话就足够了。我并非人面兽心，何至于赖债？看在亲家即将离世，本当给予你小小资助，但既有了这样的情节，恐怕别人唾骂我卢某是赖债人，现在只能薄待亲家，这也是迫不得已啊！"陆骏听了很震惊，两手空空返回，而父亲已奄奄一息。陆骏暗暗把丈人的话告诉了妻子，两人都不敢相信谁真谁假，搞不清真假了。

第二天，陆翁就咽了气，将调换寝席，全家号哭。忽然，走进一位鹤发虬髯的老道士，脚穿芒鞋，手持竹杖，竹杖上挂一个小葫芦，登上客堂求见。陆骏出来接待，道士说："我姓田，名木，人们都叫我处士。最近因为济宁嵫山玄女庙破败失修，素来听说令尊慷慨大方，因此前来募捐，还请不要吝惜。"陆骏忍住悲伤，告诉他："老父刚刚去世，连殓尸用具也没有，哪里还谈得上捐钱？"处士闻说："我有起死回生的法术，何不引导我去看看令尊？"等到进入卧房，一片哭声顿时停止，原来陆翁断气后又开始微弱呼吸，渐渐有了生机。处士靠近陆翁，略加诊视，说："这不过内心郁结失调，何至于死？"从袖子里摸出一只寸把长的石驴，只见得这石驴雕刻得惟妙惟肖，处士念了一会儿咒语，石驴就慢慢变大，活动起来，变成真驴，呦呦鸣叫。处士喃喃与驴讲话，驴昂头向天而啸。处士说："长面公，我来居士这儿募捐，并非来治病，忘了带丹药，你何不替我往嵫山去取一粒来？"驴长鸣一声，仿佛是说同意，然后放开四蹄衔着小葫芦出门狂奔而去。陆骏说："嵫山离此地一百里，什么时候能奔到？"处士说："快得很。少安勿躁。"顷刻之间，驴已返回，仍将葫芦放在处士面前，处士从葫芦里倒出一粒丹丸，大如珍珠，灿烂如火。立刻叫人用温水调和丹丸，灌入陆翁口中，过了烧一餐饭的工夫，陆翁喉咙里咯咯作响，吐出痰块有碗盏来大，顿时神志清醒，恢复性命。

陆骏夫妻急忙向处士叩头道谢，邀请他到客厅坐下，想请他喝酒表示感谢。处士摇摇葫芦还有响声，又倒出一粒丹丸，比先前一粒小但更香。处士故作惊讶，问驴道："多取一粒，派什么用场？"驴仰天笑个不停，又呜呜呜叫。处士点点头说："不错，不错，长面公可说是比我想得还周到呢。"就把丹丸交给陆骏的妻子，说："要好好珍藏它，将来关键时刻，必有重要用途。"说完要走，挽留他也不行，只见他飘然骑上驴，茶都未喝一口，不知去了哪里。

陆骏重新走进卧房，只听得父亲慢慢靠起，喟然一声长叹，说："危险极了！不是骑驴老翁来，我的名字早已登录在阴曹户口簿上了。"他要喝水，给他吃剩下的丹丸屑粒水，喝下后精神恢复原状。他坐起身，告诉家里人说："刚才被两个鬼役引着走，走了一里左右路。忽然看到一个胡须长长的老翁骑驴而来，举起鞭子叱责鬼役说：'陆翁他一向善良，好多事还未做完，何不把他交给我。你们回去告诉阎罗王，不会得罪。'鬼役遵命而去，他带我返回。等回到家门口，跨进门槛突然跌一跤，一下子像梦中醒来。"一家人听了陆翁的话，又惊又喜，更加相信，说："田处士真是个仙人啊！"焚香叩头，感谢不已。

消息传入卢某耳中，他感到愧对亲家，准备了酒菜上门为陆翁再生庆贺，举止非常局促不安。有一天，陆翁偶然问起讨债的事，陆骏如实禀告。陆翁沉默了好一会儿，恍然醒悟似的说："这的确是我健忘了。"告诫媳妇再不要多费口舌。卢某见陆翁坦然无疑，以为他真的忘了，心里暗暗高兴而行迹上也渐渐更亲近。

偶尔有一次卢某到陆翁家喝酒，手持酒杯谈得兴致勃勃。突然间卢某捂住心口说痛得受不了，陆翁连忙派人把他送回家。陆翁一个人还在独自饮酒，忽然似乎看见卢某又回来了，陆翁喜出望外，问他病好了没有，快坐下继续喝酒，倏忽之间卢某又不见人影。陆翁正在惊异，仆人进来报告说："后院马厩中，母驴刚生下一条小驴，非常可爱。"陆翁赶去一看，果然很雄伟。驴驹见了陆翁依依不舍，好像旧曾相识。陆翁心中疑窦丛生，拿起一根棍棒，一下子就将驴驹打死。家里人又疑又怕，怎么好端端的驴驹要被活活打死呢？大家都不理解陆翁的所作所为。

原来陆翁自从服用了田处士的丹药后，内心极明朗，多少能知道些未来的事，只是不可说出来罢了。他马上走出叫来陆骏说："你岳父很危险了，何不快去探访一下？陆骏去了，卢家果然闹哄哄乱作一团。陆骏问仆人，仆人答道："主人刚才扶着墙走进家门，忽然伸长脖子发出驴叫声，叫了三声，突然倒地而死。灌药抢救多时才苏醒，现在仍哀哭不停。"陆骏进内去看，卢某频频摇手，脸面朝着墙壁说："没有脸皮见你，可替我回家谢谢你的父亲。"陆骏回家告诉父亲，陆翁一笑置之。

次日，卢某穿着华丽服装，用牛车装载着沉甸甸的银钱来到陆家，登上客堂对着陆翁再拜说："蒙你再生之恩，感激已极，还敢赖欠账吗？现在我承认错了，特来请你原谅。"陆翁推辞不掉，又请他喝酒并询问得病的缘由。卢某忸怩着说："讲出来实在要被人笑话，但不讲又不足警戒世人"。我告辞回家时心痛到极点，忽然路上遇见一个骑驴老头，笑着对我说：'我是处士田木，就是先前替陆君治疗疾病的人。'我很吃惊，向他求拜。他说：'你心痛，何不喝喝石边的清泉水？'引导我到一个地方，清泉晶莹，叫我喝个够。我看到石边有个山洞，里面储藏着银子堆叠得像山一样，我正痴痴望着，老头突然拍一下我的脖子，说：'狡诈啊！'我哑巴似的倒在地下，看自己已经变成了你家的驴驹。如果不是你当头一棒击毙驴驹，那么我变成长耳朵秃尾巴的畜生就无法避免了。"

陆翁正在惊诧，再三安慰他。忽然婢女老妈子奔涌而来，慌慌张张禀告说："老爷，大事不好了！小娘子自杀了！"陆翁赶紧奔进里间去看，只见三尺红罗，卢氏已高悬在屋梁下。原来她因为羞愧父亲的所作所为，感到无脸见人而上吊自尽。全家正束手无策，陆翁问道："田处士所赠的第二粒丹丸还在吗？"陆骏顿时想起，从妻子的绣囊中翻找出，解下卢氏，灌下丹药，过了一些时候，她也就苏醒过来。卢某愧见女儿，连忙悄悄离去。

陆翁第二天忽然梦见田处士来说："你又获得了生命，难道不能为嵫山修庙了却这桩心愿吗？"陆翁对田处士再拜说："不是不愿意，可惜我的力量太绵薄了。"处士说："卢某斗室中有埋藏的银子，可获二千两银子。"说罢拂袖而去。这时陆翁也已梦醒，牢记着，但始终不了解此话的含义。

过了一个多月，卢某由于被乡里人嘲讽，无脸再在此地生存，想卖掉住宅搬家别处，苦于一时又找不到买主。派人问陆翁是否要，陆翁豪爽地即刻答应了，就用卢某还来的钱买下了他家的住宅。陆翁搬迁刚结束，挖掘地下，果然如数掘到藏银。卢某得知自家住了数十年的屋内藏金被掘，悔恨不已，真是"此地无银千万两，自家主人不曾知。"陆翁吩咐儿子带上千两银子去嵫山布施。陆骏到了嵫山，看见山脚下有石叟石驴像，造型逼真，生动得像活的一样。询问当地人，答道："这是张果老与他所骑的驴。"这才悟出处士姓田名木的本意，这田木合起来，不就是一个"果"字。

陆翁后来活到九十岁，更加不遗余力广做好事。陆骏后来中了解元。陆家世世代代虔诚祭祀田处士。只是不清楚卢某的后代变成怎样的遭遇。

杜若香先生曾在东平做过判官，他也曾听到当地人详尽地说过这件事。

桑 儿

过去，扬州街市上有一类作恶青年，穿青衣服，梳大长辫子，身体长得魁梧，雄赳赳的，手臂上还文身，人们称之为"桑儿"。

这些人成天东市耍无赖，西市耍流氓，南市顺手牵羊，北市搬弄是非，靠横行霸道榨取当地人的钱财过日子。王法不能制伏他们，他们也就不怕王法。大店铺的富商都怕他们，逢年过节都要按常规送上钱物，进行打点。桑儿有个潜规则，或者用破头巾，或者用破草鞋，派人送到店里，店主见了就像见债券还债一样马上给钱。

有个熊毅，也是个桑儿，是个小头目，特别凶悍。他家无老小，每天一人吃饱全家不饿，无所事事，嗜赌如命，因此更加贫困潦倒。年终时满城风雪，他肚子饿得咕咕叫，打算到大街上走走，碰到乡下人中的弱者，就准备上前捞点油水。熊毅到小东门古巷口，用袖子捂着鼻子取暖走路。突然有一样东西绊了他的脚，滑了一下，几乎跌倒。拾起来细看，是个小布包袱，里面裹着十多两银子。布包袱上满是油腻污垢，而且有补丁，可见不是富人家的用品。真是穷汉意外得横财，熊毅大喜过望，这下可以过一个好年了。可后来转念又一想："我平生作恶多端，靠什么德行能够得到意外横财，莫非是神明来戏弄我吗？"再揉擦眼睛细看一遍，翘边细纹，零星小锭，千真万确是真银子。他又想道："这些银子假如是富人家的钱财，我拿到它还嫌少嫌迟；假如是穷人家有急难要用的，一旦丢失了，恐怕性命也就完了。"他想了又想，冷得毛发都倒竖起来，于是怀抱包袱，忍冻挨饿，蹲在背风的墙角，等候失主。

过了一会儿，一人像是公差，用袖子蒙着脸，勉强拖着鞋，踉踉跄跄走来，暗暗流泪，弯下腰，在雪地里四处查看，像在寻找什么东西。转到古巷口，惊异地看着熊毅。熊毅装作什么也不知道，站起来跟着他。那人走在前，熊毅跟在后，半步不离。那人怒气冲冲，叱责熊毅，熊毅一声不吭，只是冷笑。片刻之后，那人放声大哭，说："我将只有死路一条了，可怜辜负了我的妻子！"熊毅这才慢慢地问他在此干什么。

那人说："你我素不相识，告诉你有什么用处？"熊毅说："你不妨说说看。"那人说："我姓佟，充当甘泉县的催租差役。平时欠了官家的赋税，挨打挨骂还要限时限刻上缴，家里已没有一样值钱的东西。最近要求一次全部缴清，追讨得更加紧迫。我无处去借贷，不得已将妻子卖给塔院前卖酒人王老头。这个王老头起初还不肯答应，我再三苦求，才答应给了我身价银十五两。我正要带银子去上缴公庭，经巷口小便，不小心竟丢失了包袱。找来找去找不到，我将去坐牢送命，还有什么可说的！"熊毅知道了原委，说："你的包袱是什么样子的？你的银子有几块？都记得吗？"佟某一一说出，丝毫没错。熊毅就从怀里取出包袱，递给他说："是不是这个呢？"佟某惊喜万分，跪在地上叩头砰砰响。熊毅又拉他一起到县府衙门，说："你缴完赋税快出来，我还有话同你讲。"佟某说："好的。"心里猜测大约要讨谢银，但这也是自己心甘情愿的。佟不久就走出衙门，看看只剩下二两银子，打算用它来酬谢眼前这个拾银人。

熊毅一看他出来了，连忙领着佟某，急急朝塔院走去。只见佟某的妻子已愁眉苦脸，眼泪汪汪，正在替主人看管酒炉，洗涤杯盘，像女佣人和小老婆。熊毅看着佟某说："这就是你妻子吗？"佟某说："正是。"熊毅就奔进酒店，见主人正在算账。大鸣一声说："王老头，快过来，我跟你讲话！"王老头瞥见桑儿熊毅，心惊肉跳，说："大年关了，你想干什么？"熊毅恐吓说："近日来你曾私下买卖过人口？"王老头心中有底，结结巴巴说："我胡须头发都已花白，难道还要买小老婆吗？！是那人苦苦哀求，我再三推辞，不得已才接受的。"熊毅笑道："你错了！这是我的老婆。那佟某人是我邻居，而且是好友，他因为官府催讨赋税急迫，求我帮助。我想慷慨而有侠义心肠的人，头一个要数你老人家。讲明真相怕你舍不得钱财，因此他带着我老婆来你这儿，并不是真的要把老婆卖给你，而是哄你行善做好事的意思。我老婆长得粗丑，不足侍奉你老人家，何不及早让她回家。不然睡过了今夜，明天就难以分辨清白。你看我这铮铮铁汉大丈夫，是甘心戴绿头巾的人吗？"

王老头听后大怒，大声喧嚷争辩："雕虫小技，还使个美人计，岂有此理！"熊毅也发怒说："花花世界，青天白日，你敢强夺别人妻子吗？！"老头也大呼："荡荡乾坤，你要诈骗别人钱财吗？！"熊毅猛然将头撞向酒炉，血流满面，老头仍然丝毫不肯退让。熊毅冷不防抓起桌上石砚掷向老头，幸亏掷偏了，但已砸碎了酒瓮。邻里都来围观，越聚越多，都取笑老头不应该花钱买少妇图快活，又劝说老头："何必与桑儿计较？他习惯吃苦，臀部棒疮痕迹厚得像老茧。即使告到官府，衙门中不是空手可以进出的，他还拿得出分文钱吗？还不是你晦气！"老头说："那怎么办？"邻居说："不如归还他妻子，让他们快点走远远的算了。"老头说："女子还给他，银子也应该还给我。"熊毅见老头松口放人，也就拍拍胸脯说："好男儿从无赖账的道理，给你立张借券，麻烦众位画押作担保。"邻居都笑了起来，说："罢了！罢了！或许你发了横财，或许你掘到了窖藏财宝，才有希望还债。不然拿着借券去向海龙王讨债吗？"事已至此，王老头知道斗不过熊毅，深深叹息一声说："咳！八十岁老娘倒绷孩儿，难怪昨夜做噩梦不吉利，今日果然倒霉。快点带你老婆走吧，不要耽误我做生意！""那就不客气啦！"熊毅朝老头拱拱手。

于是，熊毅左手拉着佟某妻子，右手拉着佟某，稍稍向邻里道了谢，就含笑对两口子说："快回家吧！"亲自送两夫妻回家，叫来佟某四周男女老幼邻居，告诉他们这件事情的经过，并且叮嘱说："我虽贫穷，但实在不忍心眼看佟某夫妻凄惨离别。现在他俩已经破镜重圆，就麻烦诸位邻居好好照看。倘若佟某再卖掉妻子，我头颅的鲜血，可不是白流的啊！"大家都说："你说得对。我们岂敢不照你的话去办？"佟某也对天发誓，妻子更是哭泣、叩头，激动得头也抬不起来。

众人敬佩熊毅的拾金不昧，见义勇为，打算留他饮酒吃饭，熊毅笑笑说："我难道用头颅的血去换取一顿酒足饭饱吗？"佟某要把剩余的银子酬谢熊毅的恩德，熊毅说："我如果爱你的钱财，你的命早就完了！"说罢哈哈大笑着摇手而去，行走如飞。

雪地里，熊毅越走越远，想到肚子还饿着，这时已经傍晚，怎么办？他姑且漫无目标乱走，或许遇见个熟人就能吃上一顿热粥。走到三义阁旁边，经过富人家花园后面一带牡蛎墙，梅花枝伸出墙外，透出幽幽清香。受冻的八哥飞回林中老巢，啁啾鸣叫。又看到升起一钩新月，光色昏黄。只见一个少年郎，矮身材，心神不宁，在墙下蹀来蹀去，像在窥探或等待什么。熊毅想，这大雪天人们都在户内取暖，这小小少年竟在墙角躲躲闪闪，他莫非是小偷？何不耐着性子再看看有什么出奇的事？忽然听到墙内有女子召唤狸猫的"喵喵，喵喵"声，少年就在墙外学着猫叫"喵——"墙内又低声问道："你来了吗？"少年也轻轻回答说："来了。"不久从墙内抛出一只包裹，接着又扔出两只、三只。少年将包裹堆在墙根，像阶梯一样。忽然墙头出现一个妙龄女子，容貌娇媚，跨过墙脊踏着包裹，少年搀扶她下来。然后两人将包裹一一背在肩上，四下张望，见无人影，就拉着女子朝南急匆匆走去。

熊毅这时才恍然大悟，原来是富人家的婢女男仆窃财私奔。他急忙随后赶上，大声呼唤："小伙子——到哪里去？"少年惊惶，想丢下女子独自转弯潜逃。熊毅又呼叫说："留下包裹，快点逃命去吧！"少年果然卸下包裹在地上，头也不敢回，拔腿飞跑。熊毅也不去穷追，于是拖着婢女登门告诉那家主人。

主人在屋内取暖，大为惊讶，说："你个桑儿，竟能如此做好事啊！我对你有什么恩德，让你代我追捕携财逃亡者？"熊毅说："我天天在你家大门口诈骗攫取他人钱财是不假，但你每次只是加以叱责，从来没有告发或把我扭送衙门吃板子，我常常受到你的庇护。我既然发现你家有人在私逃，岂敢忘记你的大恩大德？"说罢叩头称颂恩德。主人问他有什么要求，熊毅说："求你饶恕这个婢女。倘若她因此而被拷打致死，就是我的冤孽了。"主人说："我家清白门庭，家中的丑事，自然不想张扬出去。你还没有老婆，何不就把她带走为妻？"熊毅急忙推辞说："小人家无片瓦，贫无立锥之地，顾自己还不行，哪有什么力量养活妻子？"主人说："这不难。南河下，北边有三间小茅屋，本是程佃农夫所住。现在他们都走了，让你去住吧。至于三四只包裹，是已经丢失的财产，本也不想再拿回来，其中想必只是些黄金白银等东西，数量多少凭你的福气，也一起带走吧，作为你们做小生意的本钱怎样？"熊毅推辞不掉，叩头谢恩。主人派仆人拿着小茅屋的钥匙送熊毅前往，并笑着说："便宜你了，也是天生的缘分。如果从此以后你改过从善，做了好人，倒反成了一段佳话。"熊毅双手致谢，就告辞而去。熊毅看那几间茅屋非常清雅整洁，桌椅、床榻、锅灶等家具等，也基本齐备。

第二天，熊毅邀请邻居女眷及佟某妻子代为收拾布置后，与婢女草草举办婚事成亲。熊毅虽然是桑儿中的头面人物，可是长相不恶，很清瘦，年纪只有三十岁，婢女很喜欢他。夫妻俩打开包裹一看，里面都是细软值钱东西。他们把珠翠钗钏等送进当铺典押，拿到五百多两银子。熊毅就在临河开了家小酒店，自己穿着围裙，捕鱼掌勺，妻子照管酒炉，端茶温酒，远处的人好奇，听说他的故事，纷纷前来探看打听也就客源不断，一年下来，也很能赚些钱。后来又慢慢地添置些田地房产，经常采购时鲜水果和美味佳肴送给妻子的旧主人品尝。熊毅往日那班桑儿朋友，时时来打扰一顿，酒足饭饱之后自然离开说下次还会再来看望"老大、大嫂"之类的好听话，也幸亏旧主人加以袒护，倒也平安无事。

第二年，两口子生了个儿子，取名天赐，非常聪明敏慧，两臂力气很大。佟某后来辞去差役，做生意也赚了钱。生了个女儿名意儿，秀外慧中。

佟某感激熊毅，将女儿许配给他儿子。天赐长大后参军，跟随杨将军西征有功，不断提升，官做到松桃协统。熊毅夫妻六十岁时，蒙皇恩封一品，更延伸到女方家。熊毅出门坐轿或骑高头大马，有穿着鲜丽的俊美童仆跟随服侍。人们见了他争着打招呼，称他为"熊老封翁"，而熊毅还背着儿子偷偷用金钱经常去周济扬州闹市上的那班桑儿。

血瘤中有大红宝石

江南鱼米之乡，有个富家子弟皇甫汉杰，二十五岁。正当青春年华，大有作为，皇甫汉杰突然生病不起，请医服药毫无效果，卧床痛苦呻吟，只能闭眼等待死神降临。

妻妾儿女团团围着他痛哭，殡殓的寿衣及棺木等都已准备好。皇甫汉杰只剩下最后一口气，已经讲不出话，可是神志还清楚。他看见两个穿褐衣的男子走来，手扬朱笔写成的木牌召唤道："主人传话，请你去一趟。"皇甫心想他们是勾魂使，为什么还说"请"字？身体不知不觉缓缓起来，跟随着褐衣人走，小路弯弯曲曲，山谷极为深邃，肯定不是自己家门口的道路。他意识到这是阴间，却也不害怕。

不一会儿，皇甫随他们到了一所官署，门口两旁守卫着执戟武将。皇甫问褐衣人道："到了吗？"答道："到了。"接着听见宣召声，皇甫被引进跪伏在台阶下，大堂上空空洞洞没有什么陈设。接着有四个垂髻女子下楼来大堂安放茶几床榻，又有四五位穿艳丽宫服的美女搀扶着一个老翁走出，朝南坐下。美女左右侍候，两边有捧剑的、捧大印的，拿着葫芦、麈尾、方竹杖的，都恭敬肃立不敢随便出声。皇甫偷眼瞧那老翁，不是当代人装束，须发雪白，两条白眉毛有两尺来长。忽然听到一声清磬敲响，音韵铿锵，随后就有老幼美丑各不相同的七八个人，穿着宽衣大袍，登堂跪拜。老翁命他们两厢席地坐下。

老翁骤然看着皇甫问道："你是皇甫汉杰吗？"皇甫答道："是的。"老翁说："你已得重病，本当死亡，知道吗？"皇甫流着泪，请求饶命。老翁说："老夫放你一条生路，愿意吗？"皇甫就叩头称谢。老翁说："世上行医的人，大都贪心卑污而又平庸无能。为解脱饥寒，他们早上读些医药书，晚上就替人看病攫取钱财，把人命当作儿戏，实在令人痛恨。其间也有家境富裕的医生，不急于向病家索取酬金，可惜不是资质太愚笨就是因循守旧一类人，因此世上庸医多而良医绝少。我手下的功曹夸你家底丰厚而本性清廉，资质聪敏而志向专一，你大可学医。我是药王，当解脱你的苦难。"皇甫说："弟子很愿意学医，可惜年纪已二十五，没有老师传授，恐怕很难入门。"药王说："你先学起来，自然会有老师，而且能够有很深造诣，岂止入门呢？"说完朝左边看一眼，就有一位美人呈上葫芦，倒出一粒药丸，赐给皇甫汉杰立即吞服。皇甫顿时觉得神志清爽，痛痒症状即刻都消失了。药王看着席地而坐的人说："谁送皇甫汉杰出去？"朝西坐的一位少年，十四五岁，穿麻皮裙，头发披挂在脖子旁，站起身说："门人愿意送他回去。"药王说："你们本来有缘，送他回去，胜过替他治愈疾病呢。"皇甫跪在地下请求指点，药王说："学医没有其他妙法，只是不要拘泥古方，不要固执偏见，不要贪求好名声，不要急于求成。《黄帝内经》，细心玩味钻研，能够融会贯通炉火纯青，神妙医道自然显现。你去吧，从此以后你可以称得上是良医了。"皇甫记在心上，于是再拜，告辞而出。

少年在前引路，一眨眼就回到家门口，忽然眼前出现一片荷花池，绿叶如云，丹花如粉，五色灿烂。皇甫靠在栏杆上欣赏美景，少年猛然从背后推皇甫跌入荷池，皇甫一个踉跄，手脚颤抖，急得大叫，突然如梦初醒，见家里人正在替自己换上寿衣。家里人发现主人缓过气来，大喜道："大郎苏醒了！"原来皇甫已死了一天，正在替他更换床席，现在见他清醒，而且想喝甘蔗汁，知道他已再生。仆人依旧把他抬回卧房，护理调养多时，病魔全消。一个多月后完全康复，皇甫就请画工精心描绘药王和少年肖像，悬挂起来，虔诚礼拜祭祀。每天早晚琅琅诵读黄帝《素问》等医药经典，有所领悟，并渐渐精通，大有进步。

后来皇甫汉杰忽然听说丹徒有位名医程公，就背起书箱往丹徒投拜门下学医。一次把梦告诉老师，程公不很相信。只是喜爱皇甫接受、领悟能力极强，所以悉心传授真本领。程公有一次忽然看到皇甫随身带来悬挂着的药王像，旁边还有个少年，便问这少年是谁。皇甫再次告诉他那个梦。程公掉下眼泪说："你哪里来的这个画像？这就是我的亡儿。儿活着时有神童的美名，十二岁读完经书，十三岁学医药书，一看就懂，不幸在十四岁时突然染病夭折。看到所画的像与亡儿面目相同，莫非传闻不假，亡儿已拜在药王座下做弟子了吗？"皇甫感慨不已，追忆起少年送自己回家的恩德，说："我们师徒感情深厚，鬼神早已预知，还有什么可说的呢？"于是程公更关爱有加，悉心教授。

光阴似箭，春去秋来，不觉已过了三年。程公让皇甫汉杰返回家乡，说："你的医道已学成。在这基础上继续求精，还可登上巅峰，如果给世人治病，必然手到病除。"皇甫感谢师恩，流泪辞别程公，从此名声大振。

那时东乡滨湖有个男子，三十多岁，没娶过老婆，也没有近过女色，是货真价实的童男子，仿佛根本不知有男女交接之道。他没有父母眷属，孑然一身，就靠近水面搭建个简易芦席棚，依傍小村庄，捕鱼糊口，深更半夜持竿钓鱼，往往睡在月光下，即使住宿在芦棚内，星月光彩照样洒满全身。他已经习惯了，倒也不以为苦。

近来，他的左肩忽然长出一个血瘤，开始小于杯子，不以为意，后来大如碗盏，血瘤有明亮光泽，好像表皮很薄。偶尔触动它，就痛彻心扉，两手拿东西也痛。他想一个渔夫哪有条件不劳而食，因此勉强支撑着继续捕鱼，耽搁了看医问诊。一年多后再也支撑不住，面色如死灰，呼吸不畅，哮喘兼咳嗽。他赶到城里，找遍了所有医生，都说没有见过这种病，无法治疗。

　　有一位心地善良的人，曾买过他的鱼，得知他到处求医问药，就把他带到皇甫汉杰那儿，请求治疗拯救。当时皇甫已购买大量医书，有一万多卷，放了满满一楼。皇甫看到如此怪病也还是第一次，不能不懂装懂，就翻医书寻找根源。结果也是大失所望，前人没有关于此病的记载，因此不敢鲁莽从事。皇甫租了一条船，带着渔夫去拜访老师程公，程公听了，也莫名其妙。皇甫就又乘原船赶紧返回。晚上与那渔夫闲聊，问他有几个儿子，渔夫详告实情。皇甫心想大概是因为露宿太久，受寒气太深，寒气久而久之凝结成块状物吧？又想到古代名医扁鹊破开肿瘤，内有小鸟蜷伏等奇病，莫非现在又发生了？经过三四天，一次次更换药方，都无效，皇甫就考虑动手术开刀。于是吃素沐浴洁净身心，向药王祈祷。

　　第二天清晨，让渔夫服下护心丹，其实就是麻醉丸之类的药物，然后把他紧紧捆绑在柱子上。等了一会儿，药力起作用，他闭上眼神志昏迷后，皇甫从袖里抽出薄如柳叶的利刀，对着血瘤正面直接刺入。只听得咯咯作响，刀刺不进，只有皮肤翻裂开来，露出皮下黄油如脂肪。皇甫大惊，用手轻轻按压，中间硬实而四周软虚，他换了把利刀从血癌四周一片片切割。刀刚割完毕，血癌就脆如瓠瓜，落地砰然有声。皇甫叮嘱家人好好看守，恐怕被猫狗吃掉。他替渔夫松绑，扶上床榻躺下，用药水洗伤口，血缕缕渗出。拭抹干净，敷上珍珠八宝等名贵药品，裹上丝绢，使密不通风。到了夜间，渔夫苏醒过来，皇甫连忙让他喝下补药，病逐渐好转。

　　再看看割下的东西，外表层层黄皮，像大蒜瓣一样一层层紧紧包裹着。削尽表皮，中央有碗盏那么大一块坚硬东西，不是水晶，也不是玉石，灿烂耀眼，晶莹透明，赤红如火，浑圆如球。再仔细看，一面有纹路，像滴泪的痕迹，又像是草篆体字，无法辨认。另一面有大圆圈，其中有小动物，形状分明是蟾蜍和白兔，刻画得惟妙惟肖。这些都是第一次看见，真是叫人无法理解。

　　皇甫思考很久，忽然领悟说："他以童身躺卧在星光月色下，已经十多年，星月的精华在他体内凝结成了这个圆球。他的病虽然已经根除，可是他的精力也从此丢失，他若再从事体力劳动，夜晚捕鱼，劳累过度，还能长久存活下去吗？"于是告诉渔夫，不必再操旧业了，要静养，恢复元气，劝他就留在这里看守藏书楼，做洒扫清洁工作，度过余下的光阴。那渔夫也就谢过，同意如此。

皇甫汉杰医生积下功德无量，医道又很神奇，这只是其中的一个例子。

过了几年，渔夫虽然体力有所恢复，但难以长久，果然去世，皇甫为他进行厚葬。后来把宝石给一个古董商看，商人仔细把玩，问了来由，赞道，这个可是吸取月光精华又集中人体精血的难得的宝石，可做一品官员最出色的冠顶宝珠，愿出一千两银子买下，但皇甫最终还是没有答应。

俨然齐人

汪士元，是安徽怀宁县的秀才，因为家境贫穷没娶妻子，寄宿在远郊，给村子里的儿童讲解四书五经，做启蒙老师。

一次，汪士元偶尔在同一文社的某生家喝酒，某生的一个妻子和两个小妾为争宠而产生口角，河东狮吼声直达客堂间。汪生微微一笑，说："《孟子》上的齐人只有一妻一妾，你比齐人更多一妾，遭这份罪真是活该。"某生又羞又怒，说："你不要讥讽，恐怕日后你处在这样的境地，也会像我一样踟蹰不安。"汪生说："我连一个妻子都娶不起，哪还妄想要娶小老婆？"当时在一起饮酒的座上客李万年，听了也捧腹大笑，说道："你这叫自己吃不到葡萄还说葡萄酸。"

此后不久，汪生聘定本县已故绅士杨某的女儿素兰为妻。素兰十八岁，身材窈窕，知书达理，远近出名的美艳。将要出嫁成亲时，龟江突然戒严。杨夫人住在浒溪养病，素兰赶紧入城收拾家中金银细软。正在捆扎装载，忽然传来县城北门已经沦陷的消息。素兰急忙丢下行李包裹，蓬头垢面混杂在左邻右舍逃难妇女中走出南门，纤细小脚走那么远路，其苦可想而知。又逃了几里路，迎面一座高山，妇女们都在山脚下休息。突然一个骑兵飞奔而来，大声呼告说："贼军大队人马从山南面绕过来啦！"众人惊惶，四窜逃散。

素兰孤孤单单不知该去何方，看到山的右方有棵枯死的老槐树，有十人合围那么粗，树干已是空心，于是隐藏在内。不一会儿，果然传来人呼马嘶嘈杂声，还夹杂着婴儿啼哭、老头悲号声，从午时直到申时，声音才渐渐沉寂。

素兰悄悄走出寻找路径，一个青年从草丛中探头张望，见已平静，出来与素兰作揖行礼，问她去哪里。素兰向他哀告，问："秀才可知道浒溪有多远吗？"青年朝陌生女子偷偷上下打量了好久，才说："路并不远，离山南只有五里地罢了。可是夕阳已下坠，深夜荒郊，什么样的危险不会发生？你脚小，只能莲步慢行，恐怕不死于贼倒要死在虎狼的口中了。溪水转弯的地方，隐隐露出几间茅屋，那是我亲戚家。地方冷僻，家里又没有男子，只有一个老太婆照看门户，我们何不先去投奔她。明天早晨请她送你回浒溪，不过多花费几贯钱的谢金，这是上策。"素兰沉思片刻，这青年说得也有道理，别无他法，只得涕泣涟涟跟着那青年走。

到了那里，只见不大的几间屋，果然有个老太婆，头发花白。老太婆抬头看见一对男女进门，就惊奇地说："相公乘兵荒马乱的机会，就不告而娶亲了吗？好简便啊！"青年说："老婆子不要胡说乱道，这是良家女子，住一宿就要走的。"随后老太婆与青年唠唠叨叨问长问短，说到贼军的形势，又悲叹儿子在城里充当团防民兵还未回来，流泪不止。青年谎告说她儿子平安无事，安慰她，叫她准备晚餐。老太婆草草弄好。素兰心系母亲，吃不下饭。

夜间漆黑无灯，青年住在另一间屋，老太婆伴素兰睡，关切地询问素兰姓名家世。素兰介绍自己说："我的父亲曾做过闻喜县令。我已经许配给南塘汪秀才，现在不知道他的生死存亡。"说着流下眼泪。老太婆说："刚才带领你来的也是秀才，叫李万年，与你丈夫必定同过学，何不向他打听消息。他是租借土地给我的东家，近来也聘定潘家四姑娘为妻，姑娘模样很俊，可惜还没结婚。"

两人正在一问一答讲话，听到李生在窗外徘徊，而且咳嗽。接着又叫出老太婆，轻轻耳语，听不清讲什么。老太婆重新进屋，气喘像牛，浑身发抖。大约已三更时分，老太婆催促素兰快睡，素兰敷衍着答应。接着又听到老太婆翻了一个身，自言自语说："老朽糊涂了，厨房门没有关好，野猫进来舔食剩菜，恐怕要砸破瓦盆呢。"说完披衣出门。素兰意识到将要出事，理好衣服端端正正坐着。李生果然偷偷进屋，靠近素兰进行挑逗。素兰声色俱厉地说："白天承蒙你带到这里，是恩德；现在这副模样，还谈得上恩德吗？我自有丈夫，你自有老婆，瓜田李下的嫌疑，读书人不应当轻蹈覆辙。"李生不理睬，动手动脚非常粗鲁。素兰用力抗拒狂叫，并且痛骂，声音传到门外。素兰越是大声喊叫，李生越是紧紧抱住素兰，仍不肯松手。老太婆则在远处窥伺，不来救援。

正危急万分，忽然听到门外一阵猛烈的敲门声，有人手握石块猛敲，像在擂鼓。老太婆赶紧进房叫素兰停止哭泣，说是贼军来临，走到门边从缝隙中张望，只见门外两个青年穿着短衫便装，打着一束火把，果然很像贼军的巡夜兵。老太婆对着门缝哀求说："荒村很小，缸里没有一把粮食，求大王可怜饶恕了吧。"门外人恶狠狠说："开门就有活命，再不开门，就立马放火烧光你的房子了！"老太婆无奈，刚刚拔起门栓，两人双双冲进，而李生早已翻过屋后矮墙仓皇逃跑了。

先前汪生住在远郊，听说县城被贼军攻破，由于一向豪迈不羁，也练过武，就用红披风装扮成贼军模样，来城外探访杨家母女的消息。碰到杨家邻居，告诉他杨素兰已逃难走散，汪生懊丧而回。返回的路上，遇上一个女子在路边哭泣，怀疑是素兰，问讯后才知是李万年已聘的妻子潘家女儿，也由于跟随妯娌逃难而被轰散。潘家女儿想投奔李家庄，由于不认识路，因而请求汪生引导。李万年曾经邀请汪生来李家庄观赏过桃花，所以汪生很乐意陪潘家女儿一起走。又怕女装碍人耳目，不方便，就从地上拾起男子的衣服靴子，叫潘家女儿改扮成男装。汪生钻石取火点燃一束柴薪当火炬，来到李家庄，如释重负。

等到听见屋内女子的啼哭声，又看见老太婆惊惶颤抖的样子，汪生心中疑窦丛生，拔出靴子内的短刀威吓老太婆说："你屋里藏着什么人，声音那么嘈杂刺耳？"老太婆说："这是李田主所带来的女子，因逃难离散而悲哭。"问李万年何在，答道："听到大王来这儿，刚已翻墙从后山逃走了。"汪生顿脚叹息，指着改扮男装的人说："这就是他订婚的妻子潘四姑，阴差阳错，这次又错过了，怎么办？"女子脱掉帽子，露出云鬟，老太婆一看，果然是个姣好姑娘。汪生又问："李生带来的究竟是谁家女子？"老太婆不敢明说。汪生问现在是深夜什么时候了，将辞别而去。潘四姑拉住汪生衣襟，想留住汪生，恋恋不舍。汪生笑道："我汪士元正失去了自己的老婆，要赶紧寻找，哪有空去夺取别人的妻子？"老太婆听说，吃了一惊，说："郎君就是汪秀才吗？"汪生说："是啊。"又问："前年与李田主一起来这儿看桃花的吗？"汪生说："对啊。"老太婆问："你的夫人是杨县令的女儿名叫素兰的吗？"汪生说："全是啊。"又立即问她怎会知道得如此详细。老太婆说："秀才刚刚来时，几乎让老婆子吓死。老婆子现在说明真相，当让秀才高兴死。"汪生着急追问，老太婆指指内房说："刚才在房中呜呜啼哭的人，看看是不是你妻子？"汪生进房见面询问，果真没错，素兰满面泪水，一把扑到汪生的怀中，久久啜泣。牛郎织女不期而遇，惊喜非常。于是，老太婆端茶倒水，各自叙述离别寻难一番。汪生留下潘四姑，托老太婆好好照看。天已快亮，汪生到前村雇了一辆小车，载着素兰一同到浒溪。

当时贼兵已建立伪政权，地方秩序暂时得到安定。汪生挑选了吉日良辰与素兰结亲成婚。可是贼兵孽党仍然夜间四出横行，抢来妇女，不论老幼美丑，都囚禁在一处，名叫姊妹馆。时间长了，伙食供应不上，又贴出布告准许家人来赎取，或有钱人买回去做婢女、小妾。杨素兰身体羸弱，操劳家务有困难，杨夫人由于意外地骨肉重新团聚，特别高兴，疾病顿时痊愈。杨夫人请在贼军做地方小官吏的邻居老头进城代买个婢女，代替掌上明珠的女儿做家务。

婢女买回家，汪生夫妇一看极为惊诧，原来那婢女就是荒村黑夜里见过一面的潘四姑，真是无巧不成书。四姑说："自从郎君携带素姑偕回的第二天，李生果然到老太婆家找上门。刚刚坐定，贼兵一下子包围了村庄，李生想逃跑，被抓获。贼兵索取黄金白银贵重物品非常横暴，李生回说没有，贼兵发怒，抽打了他无数鞭。老太婆出面代为恳求，贼兵没有人性，竟然将李生与老太婆一起斩首处死。逼迫我住进姊妹馆，受尽凌辱，比最下贱的娼妓还不如。想不到今天能重见你们！"大家相对着感慨悲叹。潘四姑请求汪生让她做个小妾，自己也是甘心的。

汪生一本正经说："李生即使死了，你也应当替他守寡，怎么能够另萌异志呢？"潘四姑被他说得羞赧万分，而素兰却袖子一甩，站起身来，捂着胸口而感叹说："天啊，天啊！报应真是丝毫不爽啊！我没有妒忌的癖性，郎君也不要太迂腐拘泥。请照四姑的话去做，顺乎天心，快乎人意。"汪生问她在说些什么，素兰忽泪忽笑，历历叙述当时遇见李生，李生设计陷害并逼奸的经过。潘四姑听后也怒气冲天说："丈夫如此丧尽天良，应该遭到阴间的报应！"汪生反而谦逊辞谢，警诫自己，惧怕地说："读书人没有品行，李生就是前车之鉴。"终于没有同意四姑的请求。

几天后，素兰准备一桌好酒好菜，有心给汪生灌酒，等他喝得微醉后，暗中让四姑代替自己躺在香衾里。汪生一时没辨清，乘酒兴二人欢乐一番。等到好事已了，素兰手持烛灯从另外房间走进卧房，端上浓茶。汪生酒醒，见了床上美人并非爱妻，深感不安，说："我并非爱野鸡，厌家鸡，没想到，原来竟然是中了夫人的圈套。"素兰得意地笑道："我能明修栈道，暗度陈仓，使郎君通过，怎么样？"那时贼兵的势力尚未肃清，而汪生已一妻一妾，活像《孟子》里所写的齐人了。

捆仙索

淮安有一个很奇特的人，周木斋先生，名寅，善于书法并酷爱喝酒，狂放不羁。

他的奇特之处，是他生来喜欢养蛇。不知道他是不是属蛇的，与蛇这么有缘。睡榻上、茅坑间、墙根屋角，到处是蜿蜒盘曲的蛇，与蛇相处，习以为常。夏日先生怕热，两臂盘绕着蛇，腰际围裹着蛇，赤着双脚伸进缸里，也全是蛇。不这样就皮肤热得干燥开裂，胸口烦闷像火烧，寝食都不安宁。

他一个人在家无论怎么做都可以，来客人了，他有时候也来一点作为。如果有讨厌的人来访，先生谈得索然无味时，便撮拢嘴唇一声吹哨，蛇就从四面八方游来。有的蠕动着，有的粗粗蠢蠢，有的细细长长，爬上桌椅，在床榻上绕来盘去，客人害怕得狂奔乱叫，也往往有极少数人被吓破胆的。

他的奇特之处，还在于他尤其喜欢逛妓院，可是那些油腻粉头、粗俗裙钗，一个都看不上眼。中间有稍微文雅洁净一些的，也不过同她们做做藏钩赌枚的游戏，以增添酒宴时的乐趣，绝对谈不上与她们定情交好。当时同逛妓院的名士各自都有相好，先生常在花前月下嘲笑那些名士太愚笨而炫耀自己善于控制，洁身自好。众人因此而怨恨他，想设一个圈套来让先生陷入，但始终没有妙策。

有一天，名士们聚集在鸾情凤想室闲聊。木斋先生正替人家书写碑版，未能参加聚会。室内妖艳女郎团团环坐，笙箫管乐嗷嘈齐奏，众名士乘机告诉各位妖姬说："你们都长得艳丽妖冶，是妓馆里的名牌角色，容貌技艺固然第一流，交际的辞令也非常出色，那些掌权人物的公子无不受到你们的诱惑。周木斋也是一个人，并非生成一副铁石心肠，你们为什么偏偏不能使他迷上呢？想想办法，弄他失足，也让我辈捧腹大笑，快活一场。"众姬听后，都说很佩服先生有操守，无法献媚迷住他，使他堕落。

当时坐在众姬末座的一位叫陈阿转，字双鱼，新近由盐城来此，听众姬说难，她独以为事情并不难。大家打量她姿色仅属于中等，不过妖媚中包含一股清新秀气，至于弹奏乐器和哼曲唱歌，也没有超出众姬之上的本领。众姬都轻视她，以为她说话狂妄，想看她有什么能耐能够迷住木斋先生。双鱼微微有些生气，更加自信必能成功。众名士同她开玩笑说："你如果真能迷住木斋，来他个一夜风流，我们就募捐二百两银子，替你脱出妓籍跳出火坑。"双鱼跪拜叩头，感慨地说："你们都是男子汉大丈夫，谅来不会食言失信。请允许我独居房内，十天不接见任何来客，管教周木斋梦魂颠倒。如能蒙受你们的福荫庇护，实践你们的诺言，我一定恭恭敬敬拜领你们的恩赐，让我拔离风尘苦海。"众名士说："假如你说的话没有应验，也应当受罚不？"双鱼说："如出差错，请罚我请客，让大家吃十天美酒。"大家都说："好。"他们一起谋划着，可是周木斋对此一无所知。

双鱼于第二天斋戒沐浴，卸下浓妆，闭上绣房门，洒扫卧室，清洁干净得没有一点灰尘。满屋悬挂的蹩脚书法和粗俗图画全部取下藏起，整天焚香枯坐，如泥塑木雕一般。双鱼的母亲原本是盐城老妓，曾教授双鱼捆仙索的蛊惑方法，双鱼始终不忍心采用。自从与众名士约定后，暗暗于床后辟出一小块地方，握笔画一幅木斋小像，稍有神似。打听到他的生日年月，写在纸条上与小像一起粘贴在墙上，用七根绣花针牢牢钉住，然后点上一盏孤灯，灯火幽暗闪烁，每当夜深人静时，其他众姐妹在寻欢作乐之际，双鱼披头散发走着禹步作法，对着画像叩拜并呼叫"木斋"名字。

才过了六七天，木斋先生住在家里觉得神摇魄荡，淫念缠心。每天夜里做梦，总是到同一个地方，与一位美人聚首，谈诗词，讨论书法，无不当行出色。醒来后很惊奇，私下告诉知心朋友，朋友们都猜不出所以然。

到了第十天，先生更坐也不是，睡也不是，一刻不得安宁。于是去邀请朋友一同去寻访佳人，一连走了三四家妓院，遇到的都很俗气丑陋，不能引起欢心，安慰风流情怀。最后来到鸾情凤想室，众妖姬都出来迎接，唯独不见双鱼。

先生与她们一一问答,都不是理想对象。同来的朋友问道:"你的法眼也太高了,莫非真的要巫山神女、洛水仙子下凡,才能做你的风雅伴侣吗?"先生说:"我也说不清。不过一见到她们这些人,非但没有引起爱怜之心,反而惹我厌烦。"因而又问众人:"所有美女都到了吗?"有人答道:"还有新来的一位叫双鱼,整天在房里盘腿静坐学作观音娘娘。待我们拉她来见高人,或许有缘呢。"不久后,双鱼果然姗姗来到门外,乱头粗服,只有两眼炯炯有神,秋水盈盈,进屋拜见先生。双鱼盯住先生看了好长时间,才简略地问一下姓名,得知面前这位风流倜傥的先生就叫"木斋"以后,就沉默不语。

先生一看到双鱼,内心极为惊讶,突然全身来电,原来她就是近来夜夜梦见的意中人。客人对双鱼高度赞扬先生的人品、书法举世无双。双鱼听了就整整衣襟礼拜说:"婢子从前远在海边,就已听说先生大名,不料能在这里一睹风采,内心庆幸,难以用语言表达。"先生十分开心,就要紧偎双鱼而坐,而双鱼远远站立,终于未能接近。先生问双鱼香闺在哪里,双鱼说:"近在咫尺。"先生想参观一下,说完就起身开步,原来心急火燎,脚步不知不觉挪动了。双鱼加以阻拦,说:"你是高人,下顾我的贱庐,哪能草率马虎?请允许我先去焚香扫地,更衣沐浴,然后再来迎接大驾。"先生无法拒绝,叫她快去速回。

约过了一餐饭时间,先生等得心烦意乱,迟迟不见姑娘来见面,终于克制不住,直接奔入闺房。一进房门,大吃一惊,似曾相识,原来又是梦中游历过的房间。只见房里清静光洁,使人心境纯净。陈设的物件非常妥帖,毫无女子梳妆用具,只陈列着书法宝帖数卷和茶具、鸭形香炉而已。先生问双鱼为什么四面墙上没悬挂任何东西,双鱼说:"说来让人耻笑,我生性顽固高傲,平生只爱你的书法,爱入骨髓。想方设法求取还是一无所获,因此四壁空空如洗,毫无装点门面的排场。"先生为其执着所感动,说:"这有何难?"立刻支派仆人去买金笺宣纸,马上磨墨蘸笔替双鱼书写楹联、条幅、斗方和扇面等十多种。先生越写越舒畅,越写越来劲,每次提笔挥毫,双鱼都能辨析出他的书法源流说:"多么神似蔡襄父子的笔意啊!"先生兴奋得高叫,深以为双鱼是自己的女中知己、红尘知音。

二人品茗笑谈,时间一晃而过,转眼一轮新月挂柳梢头。看时间不早,先生碍于面子,勉强起身告辞。双鱼也淡淡的并不使劲挽留。仆人已打好了灯笼,先生仍然依恋着不想离开。客人怂恿说："凭先生的才华，配上双鱼的美慧，真好比王朝云与苏东坡、随清娱与司马迁。今夜是牛郎织女鹊桥相会的良宵美景，怎么能够就此打住，匆匆虚度呢？"正中下怀，先生顺水推舟，于是吩咐摆酒宴，开怀畅饮，推杯问盏，双鱼也善于逢场作戏，一杯杯把木斋灌得酩酊大醉。木斋先生喝醉了不能回家，就留下宿歇，与双鱼翻云覆雨，好不快活，一夜风流。先生感慨地对双鱼说："生平从来没有在青楼宿过夜，今宵为你破戒了！"双鱼抿嘴一笑，说道："我与先生既然有缘，今日不但得书画大作，以慰平生慕求，而且今夜又能奉陪献身于你，实乃小女子三生荣幸。"

次日双鱼设宴，山珍海味应有尽有，邀请了诸名士来饮酒，双鱼端起酒杯说："我很愚笨，侥幸没有辜负你们期望。可是我流落在烟花丛中，实在不是出于情愿，不知道各位名士真能大发慈悲吗？今日这杯酒，我先干为敬！"诸名士说："说过的话音还在耳边响，哪敢忘掉呢？""来，干！干！干！"大家一齐起身，杯子碰得当当响。三杯下肚，纷纷解囊，当日就办妥手续，替双鱼脱籍离火坑。

双鱼获得自由后，就想嫁给木斋先生。大伙都了解先生爱蛇成癖，心想双鱼并不知道，等她嫁过去进周家门见蛇惊叫而逃，也可博取一笑。不料拜堂成亲，双鱼嫁后却丝毫不怕，而且夫妻感情很浓厚，恩爱有加。先生也最为开心快乐，还特意镌刻一枚印章，刻上"一生知己是双鱼"七个字，以示纪念。

那时，当局正要整修城池，出千两银子请先生书写"宴花楼""瞻岱门"等字，每字都要一丈左右见方。家中没有这么大的毛笔，双鱼典当了金钗，替先生购买了像屋椽那样大笔，书童扛着笔跟着双鱼回家。字写完后，就把这景象画成小像，悬挂在龙光阁下。

后来，有一个经常出入妓院的人将捆仙索的秘密告诉先生，先生爽朗笑道："双鱼有这样的绝技，不去捆富贵人而捆我，是把我当仙人，不是知己是什么？"对方哈哈大笑，引以为美谈。

盈 盈

天津卫是京城地面四通八达第一市口，一年一度的贸易集会，商贾云集，总要过一个多月才结束。本地有个刘生，名钟，字千石，是个穷秀才。长得潇洒英俊，很少交朋友，不是文人聚会不进城。从祖辈起就住在城外连柯里，由于家穷，开个小酒店赚钱糊口。刘生父亲怕儿子荒废了学业，请来儿子的表兄弟骆生担任会计。刘生年已二十，尚未娶妻。

刘生的邻居张家，很富有。有个女儿叫盈盈，年纪与刘生相仿，容貌娇艳美丽。盈盈偶尔与行帮头目田二的母亲邬氏在门口闲聊，看见刘生穿着白夹衣、青丝鞋，摇着扇子缓缓走过门前。盈盈斜眼瞧着，秋波频频转到刘生身上。邬氏窥测盈盈的心意，开玩笑说："刘学究满面疙疙瘩瘩，哪来的福气生下这么个英俊儿子。他还未结婚，倘能与你配成鸾凰，真是一对玉人哩。"盈盈满面通红，微微一笑。邬氏又说："假如酬谢老身十匹绢让我做寿衣，我就代你做媒人，准能成功。"盈盈含羞躲开，邬氏也拍手笑着离去。

第二天，盈盈母亲携带盈盈去亲戚家喝酒。路经贸易集市，许多恶少每相推来挤去饱餐盈盈美色。人多拥挤，转眼迷茫中不见了母亲。正巧路旁有个老太搭棚卖茶水，一打量，原来是卖油郎郭析子的母亲殷氏，也是邻居。盈盈急忙走进茶棚，殷氏惊讶道："娇滴滴小女子怎么单身走路？"盈盈讲了经过。殷氏说："吓死人了！如果遇上匪徒，抢走掌上明珠，你母亲不要悲痛死吗？不要害怕，集市散后就送你回家。"盈盈坐在茶炉后面，抹去头脸上的玉簪耳环后藏入衣袖，脸对着墙壁，不敢吭声。

过了一会儿，来了个男子，麻鞋宽衫，胸脯长毛如刺猬，眼珠不怀好意地转来转去，与殷氏悄悄耳语后走开。殷氏对盈盈说："有劳姑娘代我照看一下红泥小火炉，不要让茶水鼎沸溢出。我去去就来。"盈盈乘她不防备，急忙从棚后逃窜到荒草丛中，荆棘刺伤三寸金莲，血迹斑斑，但她还是忍痛往前走。

当时太阳已经落山，新月挂在树梢，忽然走来一个青年人。盈盈赶紧伏在草丛里，偷眼瞄他，原来不是别人，竟是刘生。原来今日文会散得晚，所以刘生迟归，想取捷径少走些路。盈盈见了急忙高叫："刘郎止步！"刘生本来就认识盈盈，惊问她怎会来此，盈盈告诉一遍，哭着请刘生带上她。于是两人一起赶路。盈盈娇喘吁吁，汗水淋漓，小脚挪移不便，走不多远就跌倒在地。她对刘生说："你讨厌我吗？不然怎么忍心不帮助我一下？"刘生说男女要避瓜田李下的嫌疑。盈盈说："黑夜里男女同行，谁还相信他们是清白的？何况我遭到患难，没有郎君帮助不知将落得怎样下场。即使郎君讨厌我，我也愿以身相许报答恩情。"刘生说："能娶你为妻，一向是我的愿望。可是咱们两家贫富悬殊，如果事情中途起了变卦，那怎么办？"盈盈说："我仰慕郎君风雅，想做你妻子，这个愿望在心里蕴藏了很长时间。今日邂逅，正是天赐良缘，如果中途发生变故，我只有一死了之。"说完泪如泉涌。刘生袖中取出手巾，代她揩干眼泪说："你的深情已铭刻肺腑，明天就请媒人去说亲。"盈盈向刘生讨了手巾，并将一枚玉戒指赠送刘生，两人就挽着手同行。

走到盈盈家门口，刘生告辞。盈盈看他走了，又远远叮嘱一番，才敲门。盈盈母亲失散了女儿，泪汪汪单独回家，正在家里恓惶焦急。忽听敲门声，一开见是女儿，喜出望外。问女儿去了哪里，盈盈一五一十详告母亲，并且称颂刘生的恩情。

第二天，刘家果然请媒人上张家求婚。盈盈母亲昨夜听了女儿一席话，已从心里感激刘生，但也很怀疑女儿的意图。她征求女儿的意见说："结婚是孩儿的终身大事，刘家贫穷，你嫁过去不要落到像当年司马相如亲自洗涤器皿，卓文君亲自当垆卖酒那样狼狈，那样才要被临邛富翁卓王孙所讥笑呢。能不慎重考虑吗？"盈盈说："这足见母亲对女儿的疼爱，可是穷和富都是命中注定。女儿看刘郎骨秀神旺，不像是终身做穷秀才的人。"母亲告诉丈夫，丈夫也认为可以，就同意刘家求婚。从此刘生整理打扫门庭，布置新房；盈盈准备金线，赶制嫁衣。牛郎织女虽然还隔着银河，可是都暗中庆幸鹊桥相逢已为期不远。

不料田家的邬氏心里愤愤不平，想拳头大的小姑娘竟出卖老娘，自己找对象许婚，我哪里还能得到媒人财礼？郭家的殷氏心里也恨恨的，好一块肥羊肉，眼看已经吃到嘴里，竟让她逃脱，反让她找到了好对象。两个婆娘又妒忌又愤恨，就勾结策划毒计，要拆散鸳鸯。

邬氏乘盈盈外出的机会，上门对她母亲说："大娘已选择到乘龙快婿，馋婆子来讨杯喜酒吃。但不知刘家已下了聘礼没有?"盈盈母亲说:"还没有。"邬氏装出一副想说又不想说的模样,盈盈母亲疑心顿起,邬氏手掌一拍说:"我几乎忘记,佛经上说:破坏他人婚姻的人,要堕落在拔舌地狱。"盈盈母亲更加要求她说个明白。邬氏这才说:"我经常受到大娘好好照看,实在不敢爱惜这条三寸不烂之舌。盈盈姑娘是富家女儿,享受惯了。刘家一碗薄粥还未必有保障,而且刘生天天跟荡妇睡在一起,最近又生了吐血病。找这样的人家,不是把娇女往火坑里丢吗?"盈盈母亲听后笑笑,似乎不很相信。邬氏又声色俱厉地说:"大娘还糊里糊涂吗?前天你们母女俩之所以失散,就是因为刘生伙同那班同窗朋友所捣的鬼,用来达到他不可告人的目的。"盈盈母亲听后,勃然大怒。邬氏看已经初步达到目的,赶紧说:"大娘请息怒,凭盈盈姑娘的花容月貌,何用担忧选不到才貌双全的金龟婿?这事请交给我去办。"

在这同时,殷氏也去见刘生的父亲,劈头就说:"你这老头,整天不知道忙什么去了,最近怎么昏头昏脑?"老头听这没头没脑的话,竟然吓了一跳,问她什么意思。殷氏说:"听说你儿子聘了张盈盈,有这事吗?"老头说:"有的呀!"殷氏说:"听外边人传说,你家夜里发掘地下窖藏,得到了斗大的黄金,是不是真的?"老头惊讶地说:"那倒没有。天上也不会掉馅饼。没有那回事。"殷氏说:"如果是这样,为什么突然去聘张盈盈?她美貌像月中仙子,不穿锦绣衣服要磨破嫩皮肤,不吃山珍海味就要摔碗哭哭啼啼,偶然生点小毛病,人参茯苓当药要费万钱。而且她头发蓬松还不懂事,成天跟家童踢球、斗虫玩耍。如果娶来作画中美人来欣赏,那倒不错。你家贫穷,郊外又没有田产,天天靠小酒店赚取蝇头微利。恐怕新媳妇抬进门,你这老头就要咽气进棺材了。"老头听后,信以为真,破口大骂儿子是畜生,立即叫媒人再去张家,以儿子生病为借口辞去婚约。盈盈母亲问道:"他是不是生了吐血的毛病?"媒人只得含糊答应一声,盈盈母亲更加确信无疑,于是立即毁了婚约。

过了很久,小丫鬟泄露了悔婚一事。盈盈伤心啼哭,不吃东西,整天关上门,茶饭不思,闷头睡觉。早晨起床,她母亲隔窗叫唤,没有回应声。撞开房门进去一看,盈盈已用三尺白练悬挂房梁上自缢了。她母亲痛哭流涕,极度悔恨,把女儿所有的金缎玉钏等首饰全都做陪葬品放入棺木。殷氏听到消息很快活,故意买些纸锭去吊唁。看到大殓时那么丰厚的陪葬品眼都红了,回家就与儿子商量去掘墓。

太阳落山后，殷氏让郭析子吃个酒足饭饱。郭析子趁着酒劲，红通着脸，扛着铁锹，踏着月色去墓地发掘，席卷墓中所有值钱东西。他还动手想剥下尸身的衣裳，这时盈盈忽然发出一声呻吟，并翻了个身，睁开如星星闪亮的眼睛，樱桃小口像是要讲话。郭析子一见差点吓破胆，赶紧躲伏在树木空隙处。看见盈盈袅袅婷婷走出棺外，站立片刻又仆倒在地，心想这不是走尸。于是郭析子走出来，对盈盈叫道："盈盈姑娘，复生了吗？"盈盈说："我好像从梦寐中醒来，不知怎会来到这里？我要回家，你如肯背我回家，将重重谢你。"郭析子很乐意，背起她就走，半路上哀求盈盈说："你的金玉陪葬都在我腰包里，请你不要告诉你母亲。"盈盈说："你救了我一命，我多亏你才能够重新活过来，正要感激你，怎肯泄露金玉的事？"后来郭析子又对盈盈说："深夜背着女子行走，恐怕被巡夜人发现要惹麻烦。何不暂且与我母亲一起住一宿，明晨送你回家？"盈盈勉强答应了。

刚到家门口，听到打更声渐渐逼近，郭析子急忙用拳头擂门，却没有反应。他又拣起石块捣门，仍然没有反应。他很着急，蹬脚猛地一蹹，门轰的一声倒在地下。进屋没见母亲，点亮蜡烛一看，他母亲已死在地下。原来他母亲喝光了儿子吃剩下的酒，醉醺醺靠在木板门上睡着了。板门倒下正砸在她脑袋上，脑浆迸裂而死。郭析子与盈盈商量这事怎么办。盈盈装作思考一番后说："我回家也骇人听闻，何不就嫁给你。而且我的棺材还在，就用来葬你的母亲好吗？"郭析子心花怒放，就托盈盈代为看家，自己匆匆背着母亲尸体，急急忙忙朝盈盈棺材那里而去。盈盈看他走得远了，也慢慢移动莲步外出，独自行走。

盈盈刚走进村口，就看到刘生戴着白帽，穿着素服，手持蜡烛，拿着纸钱在路边跪拜，一边哭一边吟诗，只听见吟道：

刘家有好女，婉淑贞且痴。两心心暗许，中道忽乖离。
空房鬼火暗，匹练梁间垂。卿为我死，我何生为？
英台墓，华山畿，翡翠巢，鸳鸯垿，何难相从地下，化作双双雉子飞？
家有老乌头已白，不能从死心中悲。

盈盈听了大为悲恸，急忙靠近刘生身旁，骤然呼喊道："你是前度刘郎吗？我又活过来了。弦断可以复续，镜破可以重圆，不要当我是妖怪现形会给你带来灾祸啊！"刘生陡然听到身旁一个大活人盈盈说话声，几乎活活吓死，哭着说："悔婚是父母做的主，千万不要怪罪小生。"盈盈说："我真的又活了。"刘生不相信，说："世上哪会真有还魂香？你现在化为鬼来报仇，若把我看成是王魁那样的负心人，那真冤枉死了！"盈盈凄凄惨惨走上前，想拉住刘生的手告诉他一切。刘生避之不及，急忙跳起狂奔，盈盈紧随其后，哀哀呼唤，刘生只顾潜逃，毫不理睬。

刘生狂奔回家，马上紧闭火门，并告诉骆生说："盈盈化鬼来作祟！"说完用手指着外面，已讲不出话。骆生侧耳一听，果然有敲门声，从窗中张望一下，真有娉婷女子的身影。于是拿起火器，突然从窗缝间向外发射一枪，一声轰响，鬼影倒在地上，骆生想这下鬼死了又将化成薄了。

当时，田二正与小甲在村外巡夜，听见枪声，疑是县太爷在附近。忙奔入村中，看见门口女尸，就连忙敲刘生家门。骆生以为薄来作怪，破口大骂。小甲也发怒说："人命关天，还想以秀才来恐吓穷人家吗？！"刘生开门去看，见盈盈有形有质，显然不是鬼，又因误会而被击毙，更伤心痛哭起来。田二以为刘生心虚胆怯，看管住他，叮嘱小甲去县衙门报案，自己拿张芦席盖住女尸。骆生看苗头不对，趁机溜之大吉。刘生走进屋里，独自待着。

田二肆无忌惮，将尸体拖进自家门口，点上灯烛，取来架子上的盐豉，点燃柴火，独自喝酒。田二怕尸身走动，拿一根结实的檀树棒放在身边。不一会他喝得酩酊大醉，背靠着水缸，耷拉下脑袋睡着了。田二母亲邬氏是个接生婆，刚从大户人家接生回来，进门看见儿子烂醉，上去摇他。田二蒙眬中张开两眼，举起檀树棒迎面朝摇他的人当头猛击一棒。邬氏应声倒地，立刻呜呼哀哉。田二稀里糊涂也搞不清楚击倒的是谁，依旧拖着尸体覆盖在芦席下，然后坐下再喝酒，喝醉了又浑浑噩噩再睡。

天亮后，县令前呼后拥而来，传刘生来候审验尸。略加审讯，刘生抽泣着将昨夜的事毫不隐讳地叙说一遍，并且请求由他来抵命，以了却前生冤孽。差役揭开芦席仔细查看，禀告县令说："尸体头颅骨开裂，是木器打伤，并非火器击伤。"保正也上前细看，说："错了，这哪是盈盈，是田邬氏啊！"县令问刘生是怎么回事，刘生茫然，当然回答不出。又传讯田二，而田二还在黑甜醉乡里鼾声如雷，呼呼沉睡。差役去叫醒他，他举起檀树棒要打，口中不住声乱叫"有鬼！"目瞪口呆，好像中邪似的。县令发怒，喝令鞭打他，田二这才醒过来，向县令报告刘生枪杀女子的情况，并且叙说了尸鬼走动举棍击毙的经过。县令叫他去看看尸体，田二一见是母亲的尸身，号啕大哭起来。

郭析子的邻居又来禀告说，郭家母子都已失踪，门内有血迹，请派人前去查验。县令正在惊奇，只见郭析子扛着铁锹，铁锹上挂着酒肉花烛，笑眯眯地回家，就立即将他抓住。看他肩头有血，面上沾土，询问他母亲去了哪里，他立刻浑身发抖，手足无措，讲不出话。

忽然，张家老头也带着盈盈前来，报告女儿死而复生，陪葬品被盗，请官府派人查验。差役前往掘开棺木一看，只见郭殷氏尸体躺在棺材里边。县令审问盈盈，盈盈抽泣着如实陈诉，并且说害怕郭析子施用暴力强奸，因此用自己棺材诱他去埋葬老娘。这才逃脱，又趁黑摸到刘家，不料遭受火器袭击，被一声巨响震得晕倒，苏醒后就回自己家，其实并未死去。

张、刘两个老头听后，都恍然大悟，互相告诉两家当初废除婚约的根由，都是由于两个死去的老太婆谗言蛊惑所造成。

当时围观的有一千多人，个个都甚觉惊奇，知情后没有人不吐出舌头惊讶万分。县令对着大众说："报应昭彰，丝毫不差。可是两个逆子都误杀生母，案情已白，似乎不必详细根究，拟判处棍棒打死，怎么样？"大家都说："好。"田二与郭析子于是伏法公堂。

结案后，众乡亲又叩求县令说："此地叫连柯里，美人又重新复活，想不到在天津卫竟然也发生这种事。可是两家已经悔婚，请求父母官玉成怨夫旷妇，促成一桩美谈。"县令说："大家意愿，理当如此。"于是做主传齐鼓乐队，准备婚礼花烛，亲眼看着刘钟与张盈盈行了合卺礼，而后才返回县署。

这桩事，就发生在最近，是项幼平先生亲口讲给我听的。

义仆琴轸

　　我故乡安徽天长县，有个曹生，性格慷慨，从小就有远大志向，家里养着歌舞妓，喜欢骑骏马飞驰。他的仆人名叫琴轸，老太爷在世时，派他陪年幼的儿子一起读书，因此与小主人曹生年龄相仿而情谊最重，感情最亲。

　　长大后，曹生住在秋浦山庄，是古代横山县的旧址。曹生每次骑马游历四方，琴轸总是背着诗袋书箱，跟随奔走。空闲时，替主人牧马，进入山谷；困倦时，往往枕着石块躺在草地上和衣而眠。

　　一天夜晚，放牧的马群四散吃草。琴轸正在打盹，忽然感觉到耳畔传来脚步声，他吃了一惊，睁眼四望，只见天上明月高挂，澄澈像白天，万籁俱寂，松树顶端轻烟浮动。不久来了三五个短发健儿，衣装很古老。他们提着酒壶，端着果盘，还有茶具茶炉，都安放在一块极大的磐石上，非常稳当妥帖。于是他们互相笑着闲聊："今夜良宵，风月佳美，难怪主人动了雅兴，邀请嘉宾来聚聚。"一个童儿说："宋、韩两公终是本地地主，难道是怕做东道主，仅仅两肩一嘴空手来吗？"另一个童儿说："快闭嘴！须防隔墙有耳，又要说我们经常怠慢客人了。"说完，忽然都惊看着说："主人来了！"琴轸密切关注，为他们的言行场景所吸引。

　　接着走来一位穿黄披风紫衣服的人，摆动两臂缓步而行，人清瘦，须髯修长，两眼炯炯有神，衣帽样式都是汉代制作。他盘腿坐在大石上，手捋长须四周一望，透出飒然英风。紫衣人问童儿说："客人怎么还不来赴约？"一童儿跪下禀告说："刚才送去请帖，传达了主人的邀请，见客人还有半局围棋未能决出雌雄，想来马上就会到的。"紫衣人点点头。后来仰望天空叹息，搔头感慨说："迢迢悠远的故国啊，多少次或废或兴，《诗经》上感叹国家兴亡的禾黍之悲，能不油然而生吗？"琴轸读过诗书，对他提到的这些人物典故一清二楚。

　　一会儿，又来了一位绛红头巾白衣人，一位青头巾黄衣人，飘然应声而来，像鸟儿飞至，拍掌说："纪将军高雅啊！无缘无故在这儿坐着忧愁叹息，莫非为着我们贪恋围棋玩耍，辜负了你对我们的盛情邀请吗？"紫衣人说："不是的。江山十分美好，触景生愁。可是我也太不谨慎，独坐自言自语，竟然从口中说出'国''兴'二字，犯了宋将军的名讳。"白衣人整整衣衫，接着说："将军很洒脱，为什么也堕入世俗常态？如将军忌讳'信'，我朋友韩君忌讳'成'，'取信成仁'这样的话是口头禅，是最容易犯忌的，能够全部避讳吗？"黄衣人哈哈大笑，说："朋友的名字本来就不该避讳。唐代的李白、杜甫，都在诗句中互相称呼对方名字，论诗的人反而赞赏他们的率真而不议论他们的疏忽呢。"紫衣人也是洒脱，捧腹大笑，提议说："你们妙舌生花，不可不借浊酒来乐一乐。"于是三人席地围坐，互赛酒量，非常豪放。

三杯过后，黄衣人忽然提议大声吟诗用来馈赠明月，白衣人阻止说："武夫吟诗，虽然新奇，但终嫌生硬。何况我们所熟悉的都是七言绝句，你难道不知道纪将军活着的时候还没有出现《小秦王》这样的七绝唱腔吗？"紫衣人连忙说："没关系。我最近游览天地四方六合内外，偶经五岳，看到唐人摩崖刻石的诗句，很欣赏它摇曳多姿的魅力。你们如果高咏，我一定效颦奉陪，请马上出题目。"白衣人说："可以各自四顾当时捐躯殉难时的情景直接叙写，代替在管弦声中狂歌来抒发内心愤懑，怎么样？"另两人一拍手掌，异口同声说："好。"他们共请紫衣人先吟。紫衣人毫不推辞谦让，满饮一杯酒，吟道：

荥阳血战逞重瞳，假竖降旗替赤龙。史不书名功不录，赖他公论有髯翁。

白衣人听后，十分赞赏说："将军高音古节，使金石也要震裂呢！"随后自己吟道：

南台随跸万英豪，谁舍头颅丧宝刀？槊底捐躯臣子分，笑他预赐白龙袍。

接着，黄衣人喝下一杯酒，吟道：

愿掷西江脱紫绯，登时御舰出重围。才知河伯来稽首，身有鹅黄帝主衣。

紫衣人听了，再三击节叹赏，泪沾衣襟说："我先前拜访张龙君，经过古红邑，看到韩君的祠庙仍然凛凛有生气。"

琴轸听得如痴如醉，为他们的豪情所吸引。

忽然山头出现三位丈夫，都穿青衣，手挽着手步月踏歌而来。看到三人饮酒，顿时恭恭敬敬站住，不敢正眼看三人，屏声息气非常谦恭。黄衣人笑道："我辈自以为豪情无双，不料深夜还有知音同调人！"招呼三个丈夫，问姓名。年迈的叫张威，壮年的叫胡世富，少年戴帽的叫王秋。白衣人高兴地说："都是我的同乡，久已闻名。"就把三丈夫的事迹不厌其烦地告诉另外两人。紫衣人听后大喜，招呼他们一起坐下，三丈夫再三谦逊不敢，说："我辈都是仆役，怎敢在上将面前平起平坐呢？"两位客人说："贵贱虽然不同，而忠义都相同。既然都已经离开人世，何必再分高低，要知道神仙是不介入势利场的呀。"坚持要他们坐下共谈，三人于是行礼而坐。童儿增添餐具，斟上美酒，站一旁伺候。

敬了几杯酒，戴帽少年酒量尤其好。紫衣人非常欣赏，叫他们和前面三首诗。三人推辞说不会写诗，紫衣人说："只要信口说出，出自肺腑，自有天然佳音。"三人于是互相联句。年迈者说：

"瑶洞魂飞日，山花惨不春。风云蛮触战，"

壮年者竖起一只大拇指，振作精神，说：

"斋粥秀才贫。志比当熊壮，"

戴帽者看看大家，大声说：

"功殊饲虎仁。皮肤成药树，"

年迈者故作沉思，一字一顿地说：

"血肉裹苔茵。剑舌拼奴子，"

壮年者抑扬顿挫地说：

"刀头救主人。命抛阿堵物，"

戴帽者接着说：

"职本股肱臣。"

吟到这里，苦于再也续不下去。于是紫衣人挠挠脑袋，接续道：

"贱莫嗤臧获，忠能泣鬼神。"

白衣人略作思考，也续了一句：

"井桃僵可代，"

黄衣人笑一笑，最后收尾：

"同不愧天伦。"

吟完诗，前边山峰佛寺晨钟骤响，古店荒村错落鸡鸣。这时突然间像狂风吹扫落叶，所有人物都消失得无影无踪，只听见空中传来话音："空闲时大家仍来这里相聚。"

琴轸惊惧痴迷，像做梦刚醒，只见马还在吃草，鬃毛在风中飘拂。

琴轸急忙把马带回，将昨夜事详细告诉曹生。曹生说："真是奇了怪了，你的所见所闻多么令人惊奇啊！穿紫衣的，是汉代的纪信，曾代替汉高祖而死。穿白衣的，是明朝的宋国兴；穿黄衣的，是虹县的韩成。这两人都代替明太祖而死。三位青衣丈夫，一个是张威，是明朝金事张昊的仆人。张昊征讨姚元洞蛮，战败被俘虏。张昊预先叫张威潜逃，张威不听。贼军要杀张昊，张威奋力阻挡，说：

'先杀我！'贼军大怒，肢解了张威。一个是胡世富，明朝秀才崇应第的仆人。崇应第曾外出遇上强盗，被抓住，逼取金银。胡世富骗强盗说：'金银都在我这儿，抓住他有什么用？'崇应第因此得以逃脱，强盗索讨财物，胡世富只有一个空口袋，强盗大怒，把他一刀一刀慢慢割死。一个是王秋明，王应芬的仆人。主仆游览广东山水，王应芬得病，卧床不起。王秋明日日夜夜在神前祈祷，愿以自己代替主人生病。没有效果，就抽刀割下手臂上的肉煎汤与药一起给主人服用。后来王应芬病愈，而王秋明竟因为劳累过度而死。以上这些人，生前浩气贯日月星辰，死后神魂游历在山岳间。你能亲眼瞻仰到他们的风范神采，细听他们的言谈，真是多么荣幸啊！"琴轸听了，激动得泪如雨下，悲伤不已。

第二年，曹生乡试考取解元。当权者因为曹生能干有才，品行端庄，荐举为某县县令。一上任，正逢该县内齐王氏聚众作乱，曹生奉军令解送军粮军火，向来都没出差错，名字多次记录在上司荐贤奏章上。

有一天，曹生又押解军用物资去皇帝所在地。他所骑乘的骏马名叫紫拨叱，半路上被作乱者流矢射中倒地而死。曹生悲悼伤心，用车帷车盖陪葬，并写文章祭奠。后来换了几匹马，都不如紫拨叱矫健快捷，曹生时常扼腕叹息，意气消沉。途经桃花店，遇见军妓小青，迷了心。这小青，生得眉清目秀，秀外慧中，举止端庄，见多识广。曹生与她一见如故，纵情欢乐四五天还不动身。琴轸跪下规谏，流泪劝说，曹生也不听。小青也依偎身旁，不离不弃。琴轸别无他法，只能私自缚住小青，偷偷丢弃在荒郊野地，对主人说她已逃跑，曹生到处查看，却是无人，心里大为失落，不得不动身出发。

琴轸路上希望快马加鞭，不误期限。但等到抵达目的地，经略大人果然怒不可遏，曹生误期违法，按军法应当腰斩。曹生去军营辕门将军需品交割清楚，完事后，到住宿地休息一下。琴轸看见曹生每次从辕门出来都领着小红旗，这次却领了小黑旗，知道要出事。

他关上门，悄悄告诉曹生说："主人也知道仆人服侍主人，就像臣子服侍君王、儿子服侍父亲一样吗？君王、父亲遇有大难，有血性的男儿怎敢苟且偷生？小人先前在横山牧马，深夜看见古代为主人尽忠而死的义士六人。现在主人将有不测大祸，岂不是当初鬼神显灵预先给我做榜样吗？"

曹生如梦初醒，大为惊愕地说："怎会那么严重？"琴轸语气恳切地说："主人还糊里糊涂吗？"话未说完，只听见敲门声很急，琴轸匆匆将主人藏在其他房里，自己更换上主人的衣装帽子，开门挺身而出，大声说："我是解粮官曹令尹，你们气势汹汹，将干什么？"来的是五花绑人的刽子手，应声答道："经略大人有令，送令尹归天。"说完立即将对方拿下，剥去外面官服，拦腰一刀，腰被斩断。

刽子手走了以后，曹生悄悄外出偷看，只见鲜血满地。琴轸上半身还有知觉，用两手爬到主人面前，口咬着主人的靴子，睁大眼睛噙满泪水。曹生哭泣着说："我连累你了！我能活着回家，把你葬入我家祖先坟地，嘱咐子孙世世代代在家庙里祭祀你，你心里感到满意吗？"

琴轸牢牢咬住靴子，不肯松口。曹生又啼哭说："我回家后改过从善，从此脱离官场，断绝声色，你心里感到安慰吗？"琴轸用尽精力迸出一声："唉！"口一松双眼就紧紧闭上了。

直到现在，我的家乡天长县的曹家还一直祭祀琴轸，就像对待本家的祖先一样。

以癫寄烈

江西有个年轻的儒生王官庆，娶了彭姓的女儿为妻。妻子是明朝文渊阁大学士彭文宪公嫡传后裔。

结婚后，夫妻俩感情极为融洽，生活安静和美。王生多次在考秀才的童生试中受挫折，更加发愤用功，闭门苦读，因过于辛劳而得了吐血病。彭氏经常劝说丈夫说："你有千金身躯，何必定要依靠吟咏诗文来出人头地？呕出心肝，性命将化为乌有，名还寄托在哪里？求你爱惜珍重身体！"王生认为她的话很中肯，但始终不肯改变自己的志向。过了很长一段时间，身体更加虚弱，病情严重。王生弥留时，彭氏呜咽着征求他的意见说："我奉了父母的命来侍候夫君，才过了十二年好光阴，眼看就要百年长恨，夫妻永诀。你丢下了我，又没有一男半女，你怎么安排我的未来？"王生此时已不能说话，牢牢握着妻子的手，多次紧紧拉她的袖子，眼巴巴地示意她一定要守节。

王生去世，彭氏在侄子中挑选一位作王生的继子，一同去墓穴给王生送葬埋棺。葬完回家后彭氏就发了狂，因为极度悲痛而狂哭，哭得晕死过去后醒来，醒后又大哭。该吃饭时不吃，该睡觉时不睡。有人安慰劝勉她，她就上吊自尽。被人救下。她又架梯登高楼，踏空坠下，伤而未死。躺在炉灶下，跷着脚对文昌帝君哭而且骂。有人阻止她，她就骂人。从此白天黑夜不是骂就是哭，不但左邻右舍避之不及，家中里里外外的人都厌恶她，不去理睬她。

一次彭氏离开家，疯疯癫癫地走到王生墓前去哭。她围绕坟冢看了一圈，发现墓旁有个洞，深一尺左右，她把头直往洞里钻。人们把她的头慢慢从洞中抠出，她披散着头发，脸上沾满泥巴，眼珠闪闪灼灼像个鬼。

过去受人怜惜，后来使人厌恶，现在令人耻笑。众人好言相劝，她也听不进，只得把她扛抬回家。

她拿来锅灶里黑灰，以前每天涂抹胭脂，如今用红黑两色乱涂面孔，涂成魑魅鬼怪或者古代豪侠的形状。众人心里无不害怕。或者搽上白粉扮作古代美女董妖娆、赵飞燕等艳丽状貌。哭后唱歌，唱完歌再哭。

夜晚，她又穿上亡夫的衣服和鞋子，模仿出亡夫歌啸、咳唾、读书种种声音，还有时在绿窗间学两个人悄声低语，有时候又在病榻上痛苦呻吟等声音。忽而又放声号啕大哭，哭声震动邻居墙壁。

她的房里一支孤烛，忽明忽灭，微风吹拂，像是幽灵要出现。忽而又传来满耳笑声，像在与人说话，只见灵帐晃动，悲风吹拂。

家里人怕她发疯，一致商议，就把她锁在一间屋里，从窗口递送饮食。隔着墙壁偷听，屋里白天黑夜都吵闹得沸反盈天。十天以后，家里人姑且用绝食的办法试试她会不会有所改变，而屋里声响如故，丝毫没有影响。

一天晚上，声音突然沉寂，月明如水，万籁凄清。邻居一个老太和一个女儿，看见彭氏珮环珊珊有声走出门外，抬头望着明月清辉，微微叹息。问她话，她不答，邻居很吃惊，去告诉她家里人。家里人说："房门仍旧锁着呀。"看门外那人已无踪影，打开房门用烛火一照，只见彭氏盘腿趺坐在空床上，像老和尚闭目入定的样子。丫鬟用手去一摸，皮肤已经冰凉。众人十分感慨，才明白她先前并不是真疯，而是用装疯卖傻寄托自己的贞烈。大家面面相觑，不知如何是好，细细一听，仿佛长空中还隐隐传来女子的珊珊珮环声。

千秋冥吏

我的故乡安徽滁州天长县，有个城隍庙，庙里神最有灵验。由于香火旺盛，人心敬仰的缘故，声名远播。可是最最奇异的，莫过于道光初年故乡父老所传说的一件事。

掌管道教的官吏杨丽源，当时是我县城隍庙的庙主。一天夜里，他已睡在床上，忽然听到庙庭里有击鼓吹号声，接着是随从人员前呼后拥声，两边僚属依次站班声，又听到几个人在窃窃私语："新官上任三把火。他年纪轻轻就中了进士，气度非凡，不像旧官那样冬烘迂腐，各人还须兢兢业业做好自己本职工作，不要触犯新官呵！"不久传来击鼓声，新官上座，按簿册点名。杨丽源从糊窗纸的缝隙中向外偷看，果然看见一个青年官人，穿戴着本朝的冠服，帽子顶上是珊瑚珠，帽后孔雀翎，仪容秀美，高高坐在上面，受下属人员的参拜。参拜结束，那个青年退堂，衙役传呼关门，两边办事人员鱼贯退出。霎时间景物都消失，灯火也稀少了。杨丽源知道，这是新城隍老爷刚来上任，保守秘密，不敢乱说。

一个多月后，扬州举行盛大的都天神会，商贾云集，百戏杂陈，仕女如云，这是东南地区第一盛会。恰逢那时，大明寺里平山堂的牡丹盛开，游客蜂拥而至。凡参观了都天神会返回的人必定顺路到平山堂上去观看牡丹，并且可以纵情凭眺山水美景。大明寺方丈和尚天天往来迎送贵客，没有一刻安闲。来客衣服较为朴素随便的，就让他自己游览；衣装华丽高贵的，就殷勤款待。中等客人，由寺里客堂师等迎接；只有上等客人，才由方丈和尚亲自陪同。这种接待陪同规矩，也是向来的通例。

这时，忽然来了一位贵客，无随从人员，也不见有车马，可是服饰鲜华灿烂，器宇轩昂，相比之下所有那些来这里的纨绔华贵少年，都比不上这位贵客。主管接待宾客的知客僧猜测他是掌权的达官贵人，故意微服私访侦查事实真相，于是飞奔着去报告方丈和尚。方丈和尚听说，也急忙前去恭敬迎接。邀请贵客到正厅，方丈叩头下拜，贵客却相当傲慢，懒得与方丈寒暄周旋。方丈更加惶恐，用上等的茶水果品进奉，贵客也只略微喝口香茗而已。方丈更加小心谨慎，极力讨好贵客，打探籍贯和尊姓大名，贵客一概笑而不答。

当时扬州附庸风雅的人很多，即使是盐商木商也要对着牡丹花吟咏几句诗。方丈捧上宣纸亲自磨墨，请求贵客题写锦绣佳句替本寺增光。贵客也不推辞，走近雕栏旁边，对着娇艳的牡丹凝视，略加感叹，就挥毫如飞，顷刻写成小令一首，在纸尾盖上玉印，没署姓名。方丈更加惊奇，再三留客吃素斋，贵客笑着辞谢，之后仰天微笑说："太阳已下山，我本乘兴而来，兴尽也就该回去了。"脸带笑容取出五两白银赏给方丈，方丈假意推辞，贵客也笑嘻嘻地不顾他。方丈急忙用竹剪剪下半开的极大的牡丹花，双手奉献给贵客说："这花名叫大富贵啊！"贵客收下拿在手中，一边嗅一边外出。方丈带领合寺僧众披着袈裟送贵客走出山门，跪在地上连连叩头。等抬起头来看，贵客已信步朝西而去。

路上，这个贵客遇到推着空载小车的人，贵客问道："我要回天长县，你何不推车送我去，我不会吝惜车钱。"车夫说："天色已晚，明天早晨可到，今夜权且在大仪住宿一宵。"贵客说："你只要肯送我，哪用管它速度快与慢呢？"车夫故意索取高价，说："这样就得要车费大钱二千文。"贵客说："行。"贵客登上车，车夫向西推，顿时车行速度如风驰电掣，如飞箭离弦。车夫本指望慢慢推车，半路上再敲下竹杠，抬高价钱。哪知道，车夫只觉得两脚奔跑如飞，自己都无法控制，顷刻之间天长县的城墙已出现在眼前，各家店铺还都刚刚点上灯。车夫也并不觉得累人，惊奇万分说："咦，天长已到了，何其快啊！"又问道："贵人府第在何处？"贵客说："城隍庙。"到了庙前，贵客才下车，掸去衣上尘土，整整头巾走进城隍庙，回头对车夫说："你站着等一会儿，我会派人送给你车钱。"说完，突然不见人影。

车夫等了好久，不见有人出来。他在黑暗中摸索着走进庙里的东边廊房，正好是杨丽源的炼丹室。车夫问庙内的仆役，仆役听他讲述后，回说庙里没有他所说的人。车夫不禁发怒辱骂，同时又觉得不可思议，喧闹不休。杨丽源听见，知道事情蹊跷，详细询问，车夫从头到尾诉说一遍。杨丽源听完后呵叱说："吓！你是不是疯癫病发作了？或者你有缩地法术？太阳下山刚刚动身，顷刻间就能从扬州到本县吗？"车夫也惊愕了好久，如梦初醒，不知如何解释。突然想起，看见那人手上折有牡丹花一枝，鲜艳得像在滴水，就又告诉杨丽源，要他帮助调查。

杨丽源吩咐众人拿灯烛来，带了钥匙，偕同车夫来到城隍老爷寝宫神像前，看到香炉内果然插着一枝好牡丹，香炉旁边放着二贯大钱，于是深信车夫说的都是实话。车夫兴奋地说："一点不错，花在这儿，人藏在哪里呢？"杨丽源慌忙喝住他，告诉他这位城隍老爷最有灵验，小心不要多嘴，现在放着赏钱，赶快叩头恭恭敬敬领取。车夫对神像拜了又拜，扛钱而出。第二天清晨，车夫用神道赏赐的两千文大钱全部买了香烛、神符，虔诚地来到神像前祷告，说："乡巴佬瞎了双眼，竟不能识别神仙，这赏钱我万万不敢领取。"当焚化香烛、神符和向神道歉刚结束，神座帐幔内又掷出同先前一样数目的青钱，声音铿锵，但不见有人影。杨丽源也就劝车夫说："你且拿去吧，城隍老爷不会让你白白辛劳一趟的。"

过了一年多，县里又来了一位画师池春草，是浙东人，他画的山水作品称得上是神品，画马尤其出色。由于他秉性方正耿直，不随同流俗，因此喜欢孤寂清静，讨厌喧闹繁华。他住宿在城隍庙的东房内，看见城隍老爷寝宫内的刖妖楼非常幽雅寂静，硬是请求要借给他做画室。杨丽源不同意，池春草再三恳求后，才得以携带纸墨笔砚进楼。他把楼门反锁，里面安放竹炉茶灶，自由自在地吮毫弄笔。

当时正是十月小阳春，气候宜人。池春草正铺开宣纸挥毫落墨，忽然发觉身后站着一位美男子，穿戴着貂皮袍子、帽子，身上珮玉锵锵有声，反背双手，专心凝神，静悄悄地在背后看池春草作画。池春草骤然看见那人，疑是县衙里的幕僚，就起立给他让座，那人根本不理睬。他挪动脚步环视墙壁上悬挂的已完成的画卷，突然冲着池春草声色俱厉地说："看你的画妙笔生辉，也算得上是高人。外边空闲的房舍很多，到处可以作画，何必一定要进入长官内眷的卧室呢？！"说完话人就顿时消失。池春草大为惊骇，赶快走到外面，看到门依旧锁着。他惊问庙里道士是怎么回事，道士都说："那里面本来不是强行可住进去的，既然如此，你还是赶快搬出来为好。"

池春草虽然搬出了刖妖楼，可是心里仍因为神道赞扬自己的画而感到荣耀。于是斋戒沐浴恭恭敬敬画成几幅条屏、扇面，对神拜了又拜，虔诚地奉上。当天夜里梦见神道来告诉他说："承蒙你赠送高雅作品，可是阴间与人世不同，把画焚烧后我才能获得。区区薄礼，略表心意，供你润润彩笔。"说完笑呵呵抛掷一物到床头。池春草惊醒一摸，果然得到二十多两银子。城隍爷的灵显这又是一例。

第二年，杨丽源到扬州办事，亲自到大明寺询问和尚，和尚说："确有其事。当时贵客留题的佳句还罩在碧纱笼里呢。"杨丽源过去读过这首小令词：

天涯芳草伤离绪，竹西自古繁华误。国色天香，含风带露，名花合在消魂处。凭高指遍南朝路，隔江点点春无数。有限春光，无端泪雨，山僧那得知其故。

原来是调寄《七娘子》。笔迹秀丽像赵松雪。词尾盖上小印是"千秋冥吏"四个字，那是由于我县是唐朝下阿村千秋县故址。

到了第五年，同乡有个人活着替阴间做勾魂使者，经常到阴曹地府，他对人说："我们故乡城隍神的面貌果然和传说的相同，最近由于政绩卓异已被提升为凤阳郡的城隍神了。"他说的是真还是假，难以证实。可是那首词句秀韵逸，确实具有苏东坡、辛弃疾词的风韵，不可不读，不可不传。

卷三

一声雷

明末的时候，我的故乡安徽天长县下了一场大雷雨，从空中掉下一个怪和尚，胡须蜷曲，额头宽广，眼睛碧绿，瞳孔正方，耳朵上戴着两只环，好像是西域来客。

他自己说："我托钵化缘，去五台山朝拜。路上困倦，躺在悬崖峭壁松树下，刚刚合眼，不知什么缘故会来到此地。"话虽然荒诞，可是他相貌慈祥，乡人都喜欢他，争着请他到家作客，供给美酒佳肴。人们问他："是不是龙卷风把你卷到天上，一阵风把你吹来的？"他说："也许是。"人们又问："那么远吹到这里，要多长时间呢？"他回答："就一会儿。"人们又问："是不是只吃素呢？"和尚说："素也吃，荤也吃。"大家见他忠厚诚实，更有好感，送他到真胜寺，让他在寺中寄宿。他称自己为铁罗汉，平时从不诵经念佛，只是天天与有交情的人在一起饮酒吃肉。

有一天，铁罗汉听香客说城北可帆园梅花开得很美，就约了居士二十多人同去游赏。可帆园离城有二十多里路，那时天气还正春寒，所有人都穿着厚厚的棉衣，只有铁罗汉一人穿着单破布衣。大家一看他穿得少，还笑话他等会要挨冻。走到半路上，太阳照在头顶，人人都感到很热，争相脱下厚棉衣。铁罗汉把那些居士的厚棉衣都穿在自己身上，也丝毫没有臃肿肥大的怪模样，脸上也没淌下一滴汗。走了半天，来到可帆园，果然一派梅花好风光，暗香袭人，花开争艳。梅花树下有凉亭，大家盘腿坐下尽情畅谈。过一会儿雷声隆隆，下雨如雪珠，替梅花洗去尘灰。天晴后天气转凉，铁罗汉脱下衣服，又一一归还本人穿上。因此，人们都喜欢与铁罗汉交往。

铁罗汉每次出游有个习惯，必定饮酒，而且饮酒必至沉醉，醉后就随地躺倒，鼾声如雷。深夜回到真胜寺，一定要讨水洗脚。庙里打杂的总得在山门口等他回来，等得不胜其烦，耽搁了休息，都很讨厌他。有一夜，给他端去一盆冰水。铁罗汉脱去袜子伸脚入盆，故意装出皱眉咬牙怕烫的样子。片刻之后，脚盆里的冰水果然热气腾腾，而且很烫手。

铁罗汉每听到寺内撞钟敲木鱼吹箫击鼓声，感到厌烦。只有传来雷响，才会侧耳凝神细听，听后的表情或悲伤或喜悦，或点头或顿足，或双手合十诵佛，喋喋不休地一再说："善哉！善哉！是这样，是这样。"众人笑话他，铁罗汉说："你们以为我弄虚作假吗？我是雷的知音。云是天空的面容：云层浓重如墨表示忧愁，变幻成灿烂如锦表示高兴。风显示天空的脾气：长空怒号表示暴躁，轻轻吹拂花草表示安宁。雷是天空的语言：惩罚罪恶就大声疾呼，用来声讨罪孽；褒赏善良就隆重飞扬，用来表彰功勋。"正说着，又听到天空传来殷殷雷声，大家问道："刚才那雷声在说什么？"铁罗汉说："骨隆冬，骨隆冬，烦恼煞天公，气闷煞化工。孝不孝，忠不忠，耳朵也聋，眼睛也朦。骨隆冬，忧心忡忡；云消雨霁，故态复萌。"大家笑嘻嘻的，以为他只顾自个儿在瞎说。

不久，又看到天空金蛇闪电，霹雳震耳，屋上瓦片飘飞，众人掩着耳朵问道："这次雷声又说的是什么？"铁罗汉说："胡家媳妇，不孝阿公。阿公吃素，饭有断葱。雷打雷打且从容，骨隆冬。"有人奔去询问，果然有胡家阿公与媳妇在争吵，媳妇听到头顶雷声惊怖，跪伏地上，还未起身。

有一天雷声沉沉，有时急有时慢，突然一声巨响，云层豁然开朗，天空蔚蓝如洗。人们走去问铁罗汉，铁罗汉说："做官十年，囊中空空。灵柩运来，县城之东。可叹啊王公，魂归啊王公。福传子孙富贵通，骨隆冬。"这时果然听见门外哀乐吹打得很喧闹，人马声嘈杂，原来本县乡绅王公在任上去世，他的儿子扶着灵柩回故乡，本县人士在迎请灵柩入城。

又有一天大雨倾盆，响震山谷，雷电火光发出青紫色，炫人眼睛。人们又去问，铁罗汉说："有条长虫，粗于酒瓮，灿烂像虹。时间一长，帮助旱魃化毒龙，吞噬生灵神岂容？杂杂杂，骨隆冬。"人们走去察看，果见一条大蛇被雷击毙在南岗的向阳坡上。通过这多次实验，从此人们才对铁罗汉的神通感到惊异。

铁罗汉在我家乡一住就是三年，乡中男女老少无人不知有铁罗汉其人。有一天铁罗汉洗完脚，整整衣装，召集所有与他有交往的人相聚在真胜寺，笑着说："和尚天天白吃众位施主的，从来没有做过东，怎么对得起大家？"于是裁纸握笔，画上酒壶匙盘和鸡鱼虾蟹等各种佳肴，然后点火燃烧，纸烟袅袅上升空中化作彩云。众人正在凝视，忽然如爆竹般轰然奇响，大家惊惧回顾，只见室内已摆设完好：酒满壶，菜满碗，桌椅排列得整整齐齐。铁罗汉招呼大家就坐尽情吃喝，大家品尝了酒和菜，无不风味特佳。众人兴高采烈，有豁拳的，有猜谜唱歌的。

铁罗汉也伸伸懒腰站起来，说："老僧打算招请雷部阿香下来与我们一起喝酒，怎么样？"大伙说："那敢情好，只是恐怕亵渎神灵呐。"铁罗汉说："不碍事。"又裁纸画上一望无际的水天，远方有迷迷漾漾树影，水上一只高张风帆的船，正在乘风破浪。画完后就焚烧，纸烟层层包裹像个圆球，圆球破裂化成楼台、山林，溪水潺潺流过山脚。转眼溪水逐渐变宽，像长江，像黄河。突然从上流驶来一条船，铁罗汉急忙耸身一跳登上船，身体缩小到只有一尺来高，对着大家拱拱手说声"珍重"，船上帆影飞驶，锣鼓声震天响，再一看船已消失。大家回头看室内，桌椅杯盘也统统消失。到这时大家才敬服铁罗汉确实是很神明。

此后十年，我的同乡某人有事到盐城，偶然去游览永宁寺，看到铁罗汉跌坐在廊房下，左右两边有两只大水缸，眼睛像是闭着。某人惊喜欢跃说："大师竟在这里啊！"铁罗汉没有回答。某人向他跪拜，上前摇他，他也一动不动。问永宁寺和尚，和尚说："这人来这儿已很久。水缸昨天刚刚买来，不知他做什么用。"某人于是坐在旁边守候着。到半夜三更，铁罗汉忽然大声呼诵"雷音王菩萨"不已。某人请寺内和尚一齐来看，铁罗汉已经坐化。某人就细细叙述铁罗汉种种灵验事迹，寺内和尚这才深感悔恨，就将两只水缸相合，放入铁罗汉坐化的尸身，埋葬在后花园。某人等到丧事结束，跪拜而去。

又过了二百六十多年，永宁寺多次换了方丈。由于铁罗汉墓没有塔，也没有墓碑，时间一久，大家也就忘了有这回事。

一天夜晚，忽然下大雷雨，焦雷打破土层，露出两只水缸。寺里和尚以为有金银财宝，争着去开缸，只见里面坐着铁罗汉，袈裟虽然已经腐烂，可是面貌同生前一样，只是四肢冰凉如雪，好像并不是因为修炼而使形体不坏。众和尚十分惊奇，把铁罗汉抬到佛座上，环绕着高声念佛，顶礼膜拜。夜深人静，铁罗汉身子大放光明，照耀寺院如同白昼。远近信佛的善男信女争相到寺院来布施钱财。永宁寺和尚就用这些钱财建成镶金佛龛，放入铁罗汉，供放在西廊下估计是铁罗汉生前趺坐的地方。前面竖块牌子，题着三个字："一声雷。"

我因战乱避难到盐城，是在同治皇帝登基的第二年。偶然去拜谒铁罗汉的金容，因而回忆起我故乡天长县志上载有《铁罗汉传》，其中只记载看梅花、穿许多厚棉衣和冰水洗脚两件事，询问寺里和尚，才知道铁罗汉的其他种种奇闻逸事。和尚并且说有一夜大雨如注，方丈知道酱缸未盖好，急忙呼叫手下人去盖上，可是叫声被雷声掩盖，无人听见，心想缸酱必将遭殃无疑。天亮跑去一看，酱缸早已盖得严严实实，问寺内所有人，都说不知道。等到去瞻仰铁罗汉坐像，只见他的口角和手指头上还沾着余酱呢。说得真是神乎其神的，我也不得不信。

烈殇尽孝

河北省河间县位于西边的地方，有一个节烈孝女叫柳珮，传说她事迹的人忘了她的姓，只记得她的小字。

传说山东恩县商贾某人是个武秀才，从事长途贩卖。他总是自己一个人与一骑马、一匹骡往来于河北一带。他家中的妻子一向凶悍，某人也是借经商逃避家中雌老虎施威。贼人作乱年间，河北省闹大饥荒，道路上饿死的尸体重重叠叠，传说有老百姓互相交换着吃孩子以填饱肚皮，乱世景象惨不忍睹。

某商一天到了河间，从马背上看见一个贫穷老妇走到长满蓬蒿的土丘前，对着坟墓痛哭很久，才返回破屋。一个女郎出来开门，虽然脸有菜色，而面容仍然惹人爱怜。某商下马，到破屋前讨茶水喝，女郎奔避入内，老妇出来迎接客人。某商问道："那堆黄土下埋着你的什么人？"老妇答道："是我丈夫巡检某公。"某商又问："你为什么哭得那么悲伤？"答道："家中赤贫，活的人固然挨饿，死去的人也望眼欲穿盼着羹饭，哪能不伤悲？"某商又问："刚进门里的那女孩是你的千金小姐吗？"老妇说："是的。名叫柳珮，十六岁，至今未找到婆家。我这还未死的人如果一旦像霜露一样陨落，真不知道心头这块肉将到何处安身？"说完更加悲恸，哭得抬不起头来。某商也为她悲伤叹息，就从口袋里掏出白银十两给老妇，老妇坚决不接受。某商乘她不在意时，突然将银子丢在破茶几上，然后飞骑离开，像逃跑的兔子一样快。老妇人母女俩追赶不上，遥遥叩首拜谢，心里以为那人是可怜孤女寡母，有古代侠士风尚，其实不知道那人对十六岁的娇娃垂涎欲滴。

半年以后，某商又经过那里，行装更加沉甸甸。一进入破屋门便高声询问："老太别来无恙？"老妇和女儿一齐奔出，在泥地上叩了无数头，说："不是你这好心人的帮助，就要在北邙山乱葬丛中去寻找我们了。"说完详细询问某商故乡居址和姓名，以便供养长生牌位酬谢大恩大德。某商一一细告，又笑着说："那只是区区微物，哪里值得挂在嘴上？"老妇准备了饭菜，热情招待客人。

饮酒中间，某商问老妇："柳姑娘可曾选择了夫婿？"老妇说："还没有呢。倘若老先生肯做大媒，真是小女有福了。"某商乘机请求道："我四十岁了还没有后嗣，俗话有招子一说。我愿意奉上白银五十两为老太祝寿，委屈柳姑娘做我过房女儿。只要我们老夫妻一旦生了儿子，那时就让柳姑娘嫁一个乘龙快婿，我会待她像亲生女儿一样。"老妇似乎同意，进内房与女儿嘀咕了很长时间，出来说："我女儿目前虽然衰微卑贱，但也是官宦人家的后裔，过继在你膝下固然很好，即使要嫁给你充当侍妾婢女，也请事先讲明，免得我心旌摇摇不定。"某商一本正经说："你说的是什么话？我的心老天爷可做见证！"于是旦旦信誓，老妇顿时表示同意。某商取出白银五十两，说："灿灿白银在这儿，只要你老金口允诺，就请让柳姑娘与我一同回家，不要耽搁，以便及早安慰在闺中盼望丈夫早回的妻子。"老妇紧紧抱住女儿，母女失声痛哭，哭声惊飞起树林中栖息的禽鸟。某商说："请老太暂时割爱，如果能让我妻子满意，不久当用牛车来迎接老太到我家。"柳姑娘怕过于悲怆太伤老母心，就忍痛拜别母亲。某商递给她一根鞭子，两人骑着牲口并排上路。走了一里多路，柳姑娘耳中仍仿佛听见阿妈呼叫女儿的凄惨声，于是捶胸号啕。某商告诉她事情无法两全其美，再三安抚劝慰。

一日已到达腰站，某商将柳姑娘安置在旅馆里，离开恩县也只有三十里地，忽然迟疑不决，停留不进。柳姑娘问他为什么，他说："这里有老朋友邀请我喝酒，而且有笔生意要停下来处理。"腰站妓女众多，柳姑娘并不知道。白天就静悄悄关闭两扇房门；夜晚只有墙上孤灯闪烁，流泪到眼中滴血，夜夜梦魂飞回老家。邻居马二娘经常过来陪伴闲聊，虽然在这陌生地盘，聊以打发一些寂寞时光，但她一颗思念母亲的心始终放不下。

再说老妇自从送女儿出门后，愈加百无聊赖。纵使银子能治疗眼前的疮痛，而失去掌上明珠仿佛剜了心头肉，从早到晚泪下如雨，渐渐就吃不下任何东西。过了七天七夜，正在病床上痛苦呻吟，忽然听见有女子敲门声。老妇声音颤抖地说："这里是苦窝，谁家娇女来讨东西吃？"门外答应说："是孩儿的声音，娘难道听不出？柳珮回家了。"老妇惊喜，支撑着起床去拔开门栓，女子奔入，果然不错，是柳珮。柳佩娇柔地在灯下拜着母亲说："孩儿真的回来了，母亲心里感到安慰吗？"老妇转而怀疑和惊惧说："孩儿已跟随义父同去，而且深夜很难独自行走，你莫非是鬼吗，或者是我在做梦呢？"柳珮破涕为笑，答道："他带我回家，家里那个义母像凶神恶煞，是只妒虎，怀疑丈夫娶回小妾。他竭力辩白，始终不相信，知道决难相安无事，因此暗中派人用一骑马送我回家。执鞭骑马的人已在前村住宿了。"老妇由于掌上明珠返回而欣喜，重病顿时痊愈。

柳珮虽然已经回家，却常常眉峰紧锁。看她容貌依旧，声音依旧，可是技艺增长很多而且妙绝，人们都莫名其妙。从刺绣以至书画辞赋，她样样都精通。她每次拿出亲手制作的艺术品，托村里人带到城市里去寄售，总是很快卖掉而且价钱也贵。只是艺术品后面的落款署"列火夕阳子"，不写柳珮。通过这条途径赚钱供一日三餐，再也不必去挖野菜，刨树根；又整修了房屋，再也不必用稻草堵塞房屋破洞。有人想娉娶柳珮做媳妇，柳珮说："等我母亲百年后，终归要嫁人的，难道永远独身？"老妇如果怂恿她早日完婚，她就滴滴答答流下眼泪说："我的命太薄，夫妻鱼水之欢，这一生已经没有份了！"

又过了十年,老妇病危,弥留时,握着女儿的手哽咽着说:"娘害苦了你了!"柳姵拭着泪水说:"母亲到了黄泉下自有安乐窝可住,女儿在人间也活不久长。我不过是身外身,影外影,把生当作死,把死当作生。母亲您先走吧,女儿将到黄泉下来陪伴您。"老妇咧嘴一笑,恍然有所领悟,眼睛立即闭上了。

柳姵呼号恸哭,召集村里老成一些的男男女女,购买棺材,赶制殓裳,将母亲与亡父合葬一起,墓地重新加厚土壤、种上树木。事情结束后,口袋里钱还有多余,全部散给那些鳏寡孤独的人,说:"麻烦你们代念一声佛,祝我母亲早日升天。"到棺材下葬墓穴那天,送葬的人齐声念佛,声震山谷。柳姵回家,一把火把所居房屋烧成白地。她神情凄惨地与乡亲告别,说:"我将去腰站,寻找一位老相识,了却我一桩心事。"乡亲们怀疑她无依无靠,将去寻找那个义父,都哭泣着为她送行。

柳姵飘飘然到达旧地,仍旧住宿在当日那家旅馆里。店主看见她吓出一身冷汗,十年间,时有阴魂,就问她姓名,她说:"我叫列火夕阳子。"店主说:"为什么酷似十年前来这里的柳姵姑娘啊?"柳姵说:"面貌偶然相同罢了。"看到她的人都深信不疑,啧啧称奇。

第二天柳姵出钱准备了酒席,写请柬邀来近邻十多人,坐定后觥筹交错,宾主都非常欢畅。酒过三巡,客人询问邀请来喝酒的原因,柳姵泪汪汪,端起一杯酒洒在地下,说:"当年的柳姵姑娘,是我的姐姐。听说她死后,多蒙各位可怜,捐送钱物,使姐姐得以安葬。今日聊备一杯浊酒,代替我长眠地下的姐姐感谢各位的大恩。"客人们不觉拍手说:"你和柳姑娘是同胞手足吗?难怪面貌这么神似。"因而重新讲起当日柳姑娘悲惨死去的往事。

柳姵听了也不伤悲,只请求把她带到墓地。到了墓地也不瞻仰跪拜,她盘腿趺坐在黄土上,双手合十作偈道:

贞节女儿花,安能污狭斜。殒身遭毒鸩,炼魄慰慈鸦。
不遇奸人赚,何邀上帝夸。可怜残月底,《折柳》唱无家。
咦!假即真,真即假,我与我分,是耶非耶?

偈说完,幻化的身躯顿时消灭,衣衫堆在地上像蛇蜕皮那样。来客们惊惶哗叫，无法弄清其中奥妙。

原来先前与柳姗闲聊的马二娘，是个狡猾的老鸨。看到柳姗长得美，想夺过来当作摇钱树。她把某商妻子的凶暴恶毒告诉柳姗，柳姗不信。马二娘又找机会恐吓某商说："秀才，你的灾祸不远了！你家里的胭脂虎已经砸碎了醋瓶子，你还懵懵懂懂吗？"某商吓得脸色骤变。老鸨冷笑着又说："昨日有你家东边邻居来这里卖货，说你老婆知道你买来漂亮小老婆，骂不绝口说：'等她红妆到门，就用白刀子要她的命！'"某商听后非常沮丧，向老鸨求计。老鸨说："这有何难？姑且把女子交给我，你独自回家，是非曲直还可狡辩，譬如盗贼没被抓住赃物，你还怕她什么？"而后又拿出百两银子交给某商，说："用这些钱买你一匹瘦马，还不够丰厚吗？"某商受老鸨迷惑，于是收下银子，丢下柳姗，如飞而去。此时，老鸨得计，放心大胆，依计行事。

老鸨带柳姗回家，最初爱若掌上明珠，假心假意，不久就叫她接客。柳姗死活不肯，老鸨又是骂又是打。柳姗仍倔强，拼死拼活；老鸨命人将她倒吊着，拿利刀割下她手臂上的肉喂猫狗。柳姗痛极，于是假装答应，当天包裹好创口浓妆艳抹。刚好来了一位贵家公子，柳姗欣然愿陪公子过夜。半夜三更，公子喝醉酒迷迷糊糊躺着。柳姗紧闭房门，卸下妆饰，很久都没有一点声音。房间里一盏小灯如豆，公子还拉扯着柳姗衣服，嘴上说着亲昵话，不料女子僵立着一动不动。公子把烛光移近一照，不得了，女子舌头伸出三寸长，已上吊自杀在床榻前的短柱上了。公子大声呼叫，老鸨来抢救，为时已晚。这就是柳姗敲门回家的那天晚上。

老鸨痛惜人财两空，把柳姗尸体裸身丢弃在荒郊野外。雀儿衔来树叶遮蔽柳姗身体，村里的狗团团看守着，野兽不敢走近。当地一些好心人怜悯她贞烈，集资买了薄薄桐棺将尸体埋入干净土中，他们就是柳姗重新回到腰站宴请酬谢的十多个人。到这时柳姗显形变幻，不久那十多人就与河间人传述这件事，大家都以手加额说："柳姑不死，柳姑不死。柳姑还魂，柳姑还魂。"

县令阮公，听说柳姗的事，觉得很义烈，打算替她申请旌表，但又不合惯例，所以只能私下在柳姗墓碑上刻上"贞烈惨孝柳姗姑之墓"，以资表彰。

县衙有个豪爽磊落的幕僚，善于扶乩请神，为阮公书写符箓召柳姗来。不一会儿，扶乩的沙盘上有字说："柳姗来到。"

柳珮依然气度不凡，来到堂上打躬作揖。只听得柳珮说："贤德县太爷为薄命人表彰墓碑，使我九泉之下感到光荣，特来致谢。"就详细叙述了自己生平遭际。阮公问："你怎么能够幻化人形又回家孝养母亲？"柳珮说："我自杀后，灵魂出窍遇到梁孝王，梁孝王怜悯我贞烈，教我炼形秘诀，给我吞服益智珠，使我能重新幻化成人，了却十年孝养母亲的心愿。"阮公又问："那又何必改换芳名呢？"柳珮说："重新返魂，本来就担心世俗人惊怕。而且上帝可怜我的坚贞，赐封我'烈殇真女'称号。我取名'列火夕阳子'，原是'烈殇'两字的拆字谜啊。"阮公又问："某商用计骗你出来，老鸨残暴凌辱你，你为什么不加以报复？"柳珮说："某商毕竟用钱买下我身子，救活我母亲，害怕老婆也是人之常情，因此不忍心报复。至于老鸨那种豺狼本性，野鸡淫心，狠毒是她的职业本质，因此又不值得报复。可是他们已受到阴间的惩罚，罪孽岂能逃避？"阮公再问："你父母还团聚吗？"柳珮说："已经超度父母成鬼仙，很觉得逍遥自在，永无烦恼，比起活着时真有霄壤之别。"后面还附上五首短诗，掷下笔就走了。诗云：

抗手巫咸走碧天，非人非鬼亦非仙。自从觅得淮南诀，那许精灵化杜鹃。

死死生生死亦生，死生俱是女儿身。才投孽海抽帆早，如此风波愁煞人。

紫诰新颁号烈殇，揶揄弄玉魅寒簧。九京那有埋忧窟，碧汉横骑白凤凰。

醴有真源玉有芽，无端化作断肠花。火中烧出青莲蕊，愿借罡风卷狭斜。

似此烟云亦太奇，姗姗月下报乌私。可怜阿母龙钟甚，十载何曾悟鬼儿。

扶乩时，在座的客人没有一个不甚觉惊奇，顶礼传颂。

那时，某商已死，家中凶悍的老婆已重新嫁人。老鸨遭到入狱强盗的诬告，也被逮捕，结果病死在黑牢中。

啊！即使柳姑宽恕了恶人，那上苍能放过恶人吗？痛快啊！痛快啊！

父子神枪

武夫和士兵都会使用枪和炮这种火器，连射击野鸟的猎人都会使用。而且在使用火器技能上，士兵往往不如猎手熟练高超，这是为什么呢？其实是因为士兵射击敌方时，只是掩盖别人的耳目，火绳只要一亮，硝烟爆发，就能安稳地吃军饷填饱肚子，可猎手却不一样，靠着捕获飞禽走兽为生，埋伏在湖滨时为了填饱肚子不敢动一动，全神贯注，像佝偻丈人承蜩和贾大夫射雉那样神情专注，行动起来又如兔起鹘落，速度之快令人惊讶，而且猎人中很少有技术不精、不能出神入化的。所以在猎手中，不缺乏射击高手，让人不敢小瞧他们。

在泗州关帝大圣庙前面，有个老翁，叫戈辽，儿子名继辽。戈叟丧妻鳏居，家境贫困不堪，儿子也一直没有成家。由于父子都很擅长使用火器，就每天在湖畔射击水鸟，用来换取柴米勉强为生。那时正值明朝正德皇帝在位，别人看到戈氏父子枪法高明，就称呼他俩为大戈、小戈，还劝他们去从军当兵，发挥才能。可是被爷俩拒绝了。

有一天，夕阳西下，父子两人踏着余晖，各扛着一支枪，枪杆上还挂着许多的小鸟和兔子，正要回家。经过宝积山下，看见几十个军营士兵正在殴打一个卖私盐的小贩。小贩被打得皮开肉绽，在地上不住地滚哭求饶，士兵仍不为所动继续殴打他。小贩的妻子和女儿头发蓬乱，向士兵献上银簪子、耳坠，替小贩赎罪，但士兵拿走了首饰，仍然牵着小贩走。妻子、女儿跟在后边不断啼哭，两个婴孩看见父母被抓，更是乱滚乱哭，快要滚入湖里了。

戈叟目睹惨状，很是可怜小贩一家，放胆大声呵斥士兵说："你们要把他牵到哪里去？"士兵说："捉到官府去。"问犯了何罪，回答说这人是私贩食盐的头目。戈叟说："嘿！小民百姓肩挑步行，借这点小生意获取微薄利润养家，怎么能把他们称作是不法奸商？那些富商大贾公然夹带违禁品，偷税漏税，虐害百姓，这才是真正的奸商头目，你们为何不去捉他们？"众士兵怒他多管闲事，说："这关你什么事，硬要出头？莫非你是他的同党？"戈叟倔强地说："是同党你又能把我怎样？"士兵说："一样要捉到官府去打板子！"说完，就从怀里摸出黑绳索要套戈叟。戈继辽见状赶紧打圆场，让士兵不要和自己的父亲计较，自己父亲太笨太憨，请求饶恕。士兵听后，反而殴打继辽，而且几个人一起上前围攻殴打。戈叟怒不可遏，翻身拨动扳机，只听背上的枪砰然发射，枪口冒出一缕青烟，两个士兵瞬间倒在血泊中。儿子见父亲闯下大祸，也立即点燃火药左右开火射击，士兵打不过神枪手，狼狈地逃走。戈叟对小贩说："你们夫妻赶紧上船逃命吧！"小贩夫妻赶紧带着孩子惊魂失魄地逃命而出，而戈叟和儿子一起到了本州太守那儿投案自首。

太守和军营武官都是富商家的走狗，把戈氏父子带铐上镣关押进狱中，以袒护盗匪、枪杀捕役的罪名被判处斩刑，秋后执行。父子两人只能伸颈等待处决的日子。戈继辽在狱中两次上书，是自己击毙了两个捕役，和老父没有关系，老父已年老体衰，根本没有能力去射杀，自己愿意以一身抵命。可官府并不理会。

那个小贩姓邬名义，逃脱后打听到戈氏父子死罪已定，秋后执行，很是震惊和内疚。于是夫妻两人在山神庙里面对着神仙的塑像，呼号痛哭祈祷，愿代他俩去死。又派女儿嫘娘假装是戈叟的女儿，去探监送食，托女儿带进口信："假如你们父子俩因为救我们而死，那我们夫妻俩怎么能苟且偷生？！"

深夜里，邬义夫妻俩在芦苇丛中依靠着船桨等待女儿回来。夜色越来越黑沉，突然水面冒出月光，照耀得水面波光粼粼。正呆望间，只见那亮光又忽然分散，像万颗琉璃球溅落在水波盘上蹦跳如舞。又只听"嗖蹓"一声，那亮光忽然聚拢飞入船篷下，滚动不停。走近查看，见是一颗如铁弹子大的珍珠。邬义觉得这一定是珍贵的宝物，赶紧拾起藏入箱子。不一会儿，就看见女儿回来了，语声哽咽，讲述了戈叟父子的情状，夫妻俩听后叹息不已。

第二天，听闻都御史奉了圣旨来巡察皖郡，就快要到钟离，都御史为了讨好宠妾正四处搜寻珍珠，嫘娘高兴地说："有办法了！"就穿上青衣，怀揣珍珠，告别父母说："女儿这次去或许能报答戈老爹的恩德。如果在外面多停留些日子，还请你们不要太牵挂。"说完就流泪辞别。

之后，嫘娘托卖珠婆带她登上御史官舫，献上宝珠。御史见后十分开心，大喜不已，叫嫘娘把珍珠送到内舱让宠妾亲自鉴赏。宠妾见后更是雀跃不已，问这是从哪里弄来的，嫘娘说："这是我家中的祖传。"又问珠的价钱，嫘娘说："这是我特来献给夫人的。因为父兄出远门很久都没有回家，我一个人贫苦伶仃，无依无靠，今天希望拿这颗珍珠献给夫人，还请夫人可怜我，把我收做丫鬟。"宠妾看她温顺美丽，肌肤光洁很可爱，就答应收下她，同时给了卖珠婆酬谢让她先走。

由于嫘娘非常懂得察言观色又善解人意，就连眉毛都能说话，眼神都能听音，尽心尽力伺候主人，没过几天，就超过了其他婢女，很受御史宠妾的喜欢。一天晚上，嫘娘侍候晚宴，宠妾正向御史大肆夸奖新来的丫鬟，只见嫘娘突然跪倒在地，悲伤啼哭，叩头砰砰响。御史见后十分震惊，问她原因，她抽抽泣泣地说："不瞒大人，我的父亲是戈辽，哥哥是戈继辽。"于是把开枪打死巡兵的前因后果详细地说了出来，哭着求御史能够网开一面。御史思考了好一会儿，才说："你父亲和哥哥的事我已阅读了档案记录，确实罪证如山，不容易翻案。不过念你像汉文帝时救父亲免死的孝女缇萦再生一样，明天我就去泗州，提审人犯，尽力给他平反。"嫘娘不断叩头谢恩。宠妾把嫘娘拉入怀抱，说："不过，如果你要背着我离去，我就一定处死你父亲、哥哥。"嫘娘赶紧发誓说："我愿终身侍候夫人。"

第二天，御史巡察到了泗州，太守出城迎接，恭敬请入官署。不一会儿就要求提审戈氏父子，不厌其烦，详细地盘问。御史看到继辽仍为父亲百般开脱，故作惊讶说："你可真是个孝子。"太守在旁愤恨地陈述父子俩的凶狠残暴，如果不斩首示众不足以显示法典的威严。御史缓缓地说："可是他们的罪还有可宽恕的地方。"就强令太守重写案情的奏章，写上戈氏父子正在捕猎野鸭，见有动静隔着芦苇发枪，碰巧两个士兵巡湖，正巧打中士兵，按照误杀的罪名判处，拟将戈辽父子充军边远地区永不赦回。奏章被送入朝廷，下诏同意，于是立即把戈氏父子发配云南充军，步行走到发配地，隶属在边将熊公帐下。

熊公看了公文，知道是枪击毙命的案犯，问道："你们的射击果然很高超吗？"父子耿直地回答，一点也不谦虚甚至带着一副扬扬得意的表情。熊公说："这样吧，你们亲自到武器仓库去挑选一支精良的枪支来，我要看看你们的技术。"于是戈氏父子各自去挑选了大而准的枪支，到熊公前试枪，枪枪百发百中。熊公看后拍手称赞，大喜道："西南方有座大山，重峦叠嶂，郁郁葱葱，里面有着很多的珍禽异兽。你们父子俩每天持枪去狩猎，把猎物献给军门，我会让手下记上你们的功劳，让你们功罪能够相抵，等不久，你们就可以无罪回归故乡。

不过内山栖息着巨大的毒蟒蛇，如果不慎恐怕要送命，你们千万不要闯进去。"
父子齐声应道："遵命。"第二天，父子俩就带着干粮，领取弹药，进入大山，
果然捕猎到很多虎豹之类禽兽。回营后献上，受到奖赏。一年以后，挣了不少赏金，
父子俩觉得在这里生活很快乐自由。

　　有一次，父子俩好奇谈到内山究竟是什么样子，暗暗打算去看个究竟。凭
借着艺高胆大，戈氏父子带着枪，毅然决然地进入内山，只见峰峦陡峭险恶，
大树畸形，怪石嶙峋，沙石塞断了谷底涧水，看不到任何人烟。突然一阵腥风
刮过，树叶纷纷坠落，一只大象狂奔而来，后面一条巴蛇在紧追，目光如灯火
闪烁，窜行如飞。大象看到戈氏父子，两只前腿屈着伏在地上像是跪拜叩头。
父子匆忙登上象背，迅速掏枪瞄准巴蛇，连发数枪，射中了巴蛇的双目。巴蛇
被激怒，更飞速向前狂窜，大象赶紧驮着父子俩绕小路疯逃到深谷中。而瞎了
眼的巴蛇像箭一样盲目直冲，从悬崖上坠下，只听轰然如雷响的声音，摔死在
谷底。

　　这时天已昏暗，戈氏父子见山谷的通道口有座古庙，就进内住宿，蜷伏在
神龛中。夜深人静时，只听见庭院大树顶上传来舐舌咂嘴的声响，还有东西不
断往地下掉的声音。翌日天亮，戈氏父子抬头一看，只见树梢有只长着人头的
大鸟，羽毛斑斓，翅膀大得像车盖，正在用巨大的爪子抓住死蛇吃得津津有味。
从树上掉下的，正是巴蛇的尸骨。戈氏父子惊吓不已，悄悄装满火药准备发枪。
等到大鸟起飞时，双枪同时默契地发射，打中了大鸟的胸脯，发出像传说中的
九头鸟一样的怪声悲鸣，大鸟猛拍翅膀刮起阵阵大风，盘旋在空中多时，最终
坠落而死。戈氏父子欣喜不已，赶紧背着大鸟回营献上。熊公又惊又喜，给父
子加倍的奖赏，并再次嘱咐他们再也不要进内山。

　　又过了几天，戈氏父子又技痒，于是再次冒险进入内山。刚到谷口，就见
上次救活的大象站立在那好像是在恭候光临。试着登上象背坐下，果然背着就
往山里跑。突然又一阵腥风刮过，戈叟私忖道："不会又是一条蟒蛇吧？"来
到了悬崖绝壁下，大象把父子俩倾斜落地，用鼻子拱拱示意藏身在草丛中。之
后大象到外面冒险引来一只怪兽，头像驴子，有人一样的脚，全身白毛，上有
黑色花纹，专门攫食虎豹为生，现在正追赶大象想一起吃掉。戈氏父子等着怪
兽经过时，立即双枪齐发，射中了怪兽的两乳。怪兽负痛怒吼，竟然像人一样

站立了起来，乱抓碎沙石填塞两乳伤口，拔起参天大树，痛得仰天嚎叫，声响震动山岳。戈氏父子知道大象已安全逃跑，再次向怪兽发枪，怪兽惊惶逃窜，最终掉入深壑而死。戈氏父子又把怪兽抬回献上。熊公见了大为震惊，说："你们果然神勇啊！从此你们也不用再打猎了。"戈氏父子听后不解，叩头请教，熊公说："当今的皇上十分喜爱奇物。你们上次猎获的大鸟，两翅有天然的龙凤花纹，夏日连苍蝇都不会叮，可制成宫扇。这次捕获的怪兽，兽毛又十分温暖，一盆雪中只要插入一根兽毛，雪立即就会消融，这个可以给皇上制成皮裘。我马上就进京把它们贡献给天子，天子必然会重赏于我，那我也会让你们得到恩赐回乡。"

奏章随贡品一起送入京城，皇上见后欣喜雀跃，立即下诏厚赏边将，并赦免戈氏父子的罪行，让他们乘车送归故乡，还都赐官做，在故乡邻近省份任职。戈氏父子叩头向熊公感谢道别。刚登上归途十余里路，突然一群象狂奔而来，像人一样跪伏叩头很是感恩的样子。一头象把戈氏父子背起行走，另一头象扛着一支巨大象牙紧跟身后。这样走了十天，来到了山陕地方，戈氏父子跳下象背拜谢辞别说："多谢你们的相送，我们父子感激不尽，现在已快到目的地，为免惊到行人让你们受害，你们赶紧早点回去吧。"两头象仰天发出悲伤的吼鸣声，把象牙放在戈氏父子面前，回头慢慢离去。

戈氏父子带着象牙继续前行，碰到了高丽国的使者，使者见后，惊喜万分，说："这可是万年的象牙啊！"把象牙剖开，见里面有山水人物像泼墨画成，随即拿出万两银子购买而去，从此戈氏父子既富且贵。

那时御史已出任皖省巡抚，戈氏父子正好是他的属下，对御史很是感恩，恭敬地献上很多异乡宝物。巡抚问："你还记得你的女儿吗？"戈叟惊讶不已，巡抚命"女儿"出来拜见，原来是嫘娘。于是互相道叙往事，边说边热泪滚滚。巡抚得知实情后也很高兴，马上派人把嫘娘的父母请来，亲自主婚，做主把嫘娘许配给继辽，择吉日良辰举行婚礼。戈叟后来辞去官职。而他的儿子后来做寿春参将，又升官六合镇军，把父亲和丈人、丈母一起迎进官署奉养。空闲时，戈叟还给营帐中的健儿传授枪法，直到今天，世间还都在称赞寿春的背枪人枪法天下第一，无人能比。

珊　珊

在湖南的凤凰厅，万山丛中有座石亭，亭上有匾，写着"苗姑救夫处"。有人猜测这是苗族跳月人，头戴绣帕，以墨涂面，吹芦笙的女子亲自选择丈夫的故事，然而并不是这样。

明朝有个焦生，名鼐，字梅仲，河南中州人，仗义行侠，放生行善，喜爱读书学剑。一天和友人相约，同游汴梁的上河，这时恰逢清明时节，水上陆地上，游人拥挤不断。有个健儿在逗弄老虎进行表演，被围观的人围得水泄不通。只见老虎瞎了一只眼，爪牙像钩刺那样锋利无比，皮毛色彩斑斓，无比温顺。健儿故意把头伸入虎口，用手揪虎须，用背去顶虎腹，可是无论他怎么冒犯老虎，老虎始终很柔顺地配合，符合表演人的心意。观众纷纷喝彩惊呼，拿出铜钱丢掷就像撒下雨一样纷纷不断。集市散后，健儿把虎驱入大木箱，然后扛抬离开。

焦生回家后脑海里一直闪现老虎的身影，苦思冥想，唉声叹气说："如果大丈夫不能扬眉吐气保全自己，和那只误落陷阱任人摆弄的猛虎有什么两样？"友人打趣说："你不会想同情老虎把老虎买下放生吧？"焦生说："这有何不可？"夜间熟睡时，梦见一位穿着白衣，头戴绛红帽子，年老的长者突然进来，对着焦生打躬作揖说："那猛虎被贬谪人间受侮弄的期限已到，如果郎君能够仗义行侠，把它放归山林，那日后一定能娶美妻，脱奇祸，成为仙人，功德无量。"焦生说："我何尝不想解救它？只是弄虎人把它当作敛财的宝贝，恐怕珍惜而不肯出售。"老人说："放心，自有机会到来。"焦生允诺一声就突然醒了过来。

只见朝霞满窗，焦生起床招呼仆人端来洗漱水，洗漱完毕，就再和友人一同前往。到了那里已鸣锣开场，老虎闭上眼睛摇摇尾巴，无精打采地躺在那儿。突然一个不戴帽上身袒露的老头走上前去，贸然骑上虎背，咬着虎颈，还大胆地把光秃秃的头颅故意抵住虎唇边。谁知老虎突然一声怒吼，上下牙齿一合，那颗头颅立即就像葫芦一样滚落在地，老虎嘴里鲜血淋淋。观众被吓得四散逃窜。两个健儿哭着说："被咬死的是我父亲啊！老虎一向驯顺，为什么会突然变了性情？我们要杀死它替父报仇。"握着刀就要砍向老虎。焦生赶紧上前劝阻，说："你也太迂腐不通情理！虎咬人，本就是它的本性。就算你杀了它，难道你父亲就能生还了吗？到时人财两空，损失岂不更大？"健儿哭着说："那我该怎么办？"焦生说："不如这样，你把它卖给我，然后用这笔钱收殓埋葬你的父亲，其他的钱可另作其他谋生用途，这是上策。"两个健儿商议了好一会儿，达成了共识，同意了焦生的要求。焦生问虎的价钱，答道："十万铜钱。"焦生如数交付，然后又吩咐仆人去把虎放了。仆人吓得脸色煞白，没一个敢去，都说："把它用铁索套着都能把人咬死，如果解开铁索，那我还能逃生吗？"焦生对这班没用的人十分气愤，于是亲自骑马把猛虎送入深山，说："这荒山野岭，深山峡谷里，应该不缺少食物来填饱肚子。还希望你不要去骚扰行路客人，省得罪孽深重连累到我。"老虎听懂了似的，点点头，独眼中似乎流出了眼泪。焦生亲自为老虎解开铁锁链，然后骑上马往回奔，对虎挥了下手说："去吧！"就分道而行。焦生刚刚踏上官修大道，马前骤然刮起一阵狂风，飞沙走砾，老虎突然现身。焦生见状赶紧掉头逃跑，但只见那虎匍匐在马前，叩了几十下头才离去。焦生回家后把情况告诉朋友，大家都只笑笑不相信。

这年秋天，焦生在乡试中考取了举人，接着进京参加进士会试。走到燕赵间，仆役奔跑，马匹飞驰拼命赶路。夕阳已西下，树林稀疏，峰峦重叠，顿时在岔路上迷失了方向。忽然见树林中矗起一块倾斜的石头，高一丈多，瘦削可爱。见附近炊烟缕缕，知道一定是从野外人家传来，就赶紧趁天未黑去请求借宿。到那儿一看，只见几间老屋，门前有一湾涧水。一个独眼老汉，步伐蹒跚正出门迎接客人，说："你是从何处来的贵人？能下顾草野人家是我的荣幸啊！"焦生自报了姓名，并且说明来意。老汉邀请客人在草堂坐下，也安置了仆役和马匹。老汉衣冠整洁，言语粗犷，性情十分豪爽，自我介绍说："我姓苗，一向客居在申州，这才回来没多久时间。"

忽然焦生看见屏风角上有个红妆女子在偷看，又有一个老婆婆上草堂来点灯，走路迟缓艰难。老汉说："还请你见谅，贫寒家庭请不起仆佣，这是我的老伴。"焦生赶紧起身致谢，想要叫仆人来打杂，说："有累老夫人，在下实在不敢当。"老汉阻止说："仆人都累了一天了，早已经休息了，客人不需要客气。"然后向屏风内呼唤道："大姑珊珊儿，赶快出来拜见郎君，为你母亲分担辛劳。"果然看见女子娇羞地、步伐轻盈地从屏风后面出来，向焦生施礼。焦生看她姿色貌美、羞羞答答、娇媚无比，看得眼睛都愣了忘记了还礼，好一会儿才反应过来，作揖问老汉道："这是你女儿吗？"老汉说："是的。因为郎君是贵人，所以才敢让女儿来见客。"

不一会儿，菜都端上桌，酒烫在酒壶中，老汉自己用大碗喝酒，用普通酒杯劝焦生饮酒。畅饮后，珊珊出来替焦解开行袋，安放床榻，整理床铺，十分细心周到。焦生有点不好意思，向她感谢，她嫣然一笑就走了。吃好饭，老汉回内房和老伴叙叙话家常，就不再出来。

焦生喝醉了酒，靠着茶几就睡下。珊珊摇醒焦生说："郎君现在可以上床睡觉了。"焦生说："你怎么还没有回房？"珊珊说："父母叫我来看看你是否已经安睡，也怕你酒后口渴，让我来给你倒茶。"焦生又问："姑娘今年多大？"珊珊说："十六岁。"焦生迫不及待地问："那可定亲了吗？"珊珊满脸红晕，微嗔说："夜色已深，你赶紧睡觉吧，絮絮叨叨做什么？如果让老父母听见，恐怕又要责怪我。"焦生仗着酒醉，突然大胆地拉住珊珊的红袖，珊珊使劲挣脱，远远站立，焦生见不能靠近，只好上床睡觉。一觉醒来，口焦唇燥，试着要茶喝，珊珊竟然已捧着瓷碗立在床边。焦生喝完茶，拉住珊珊玉臂不放求欢。珊珊大声呼叫说："你可真是个无礼的人！怎么动不动就想让人不顾廉耻？"老汉、老婆婆闻声在内房高声问发生了什么事，焦生吓得赶紧松开手，珊珊急急避开。焦生愧疚不已，心想这下失礼要受到责骂了，可没想到十分寂静，没有一丝波澜。

天亮了，焦生起床打开房门，见珊珊正在扫庭院，焦生忐忑不安，不敢上前搭话。珊珊却主动招呼说："郎君起床啦？看这漫天风雪，可真是天要把您留下来呢。"焦生这才把目光投向庭院外，漫天雪花飞舞，像柳絮一样在空中旋转跳跃，片片都有巴掌那么大。一会儿，珊珊捧进盥洗用具，还泡了壶茶。珊珊抿嘴笑道："痴郎子，你昨夜快把我吓死了。"焦生见珊珊似乎并不在意，说："你也真忍心让我忍受一夜寂寞！"珊珊打趣说："柔情媚骨，为什么一定要这样！"焦生迷惑不已，话越说越猥亵，珊珊眼神微怒，像又要呼叫。焦生才作罢，赶紧低声下气苦苦哀求。临走时，珊珊忽然满面绯红，好几次话到嘴边又咽了回去，最后鼓起勇气问："不知郎君娶妻了吗？"焦生赶紧回应说："没有。"珊珊眼露光彩，说："是真的吗？"焦生说："我可以对天发誓。"珊珊说："那么如果郎君向我父母求婚，一定会成功，千万不要指望非礼苟合。"

焦生说："好的。"这时仆人也已起身，问主人要不要继续赶路，焦生犹豫不决。这时，老汉出来朝仆人挥挥手说："这茫茫风雪天，怎么赶路？等天晴了再走吧，这也不会耽误路程。"焦生也就继续留下来做客。

过了一会儿，珊珊又端来早餐，煎饼还带着松子香，野鸡羹鹿肉脯的味道十分鲜美，让人胃口大开。焦生边吃边故意询问女郎年龄和夫婿家的姓氏，老汉摇摇头回答说，择偶很难，赤绳未系。焦生借机说："虽然我现在并未成才，但也是出身名门，而且侥幸乡试中举，不知您能否考虑我做你的女婿？"老汉说："珊珊脾气很倔强，不如让我回房和老妻一起问个明白，省得她日后埋怨老朽擅自做主。"老汉去后不久就走出，开心地给焦生说："真是可喜可贺！小妮子竟然同意了。我夫妇已年老，如风中烛草上霜，一旦殒谢，就会让我女儿孤苦无依。但是这深山野岭中也没有鼓乐傧相，如果女婿不嫌委屈，可在今夜草草成亲洞房花烛，明天就能带着媳妇离开。老朽惭愧没有什么好的陪嫁，还请你谅解！"焦生狂喜不已，全权听从安排。之后老婆婆也开心地搀扶女儿一起出了房门，换上了新衣，发髻也稍微梳整了下，更加光彩照人，娇媚无比。新婚夫妻行完礼仪，重新安排了酒席，一家人喜庆团聚。也给仆人在小房间安排了酒桌，赏给酒肉，欢饮至极。夜已深，二老离开。焦生持灯关上房门，就在作客的床上和珊珊成婚礼，两人如干柴烈火，缠绵恩爱，并发下海誓山盟。

第二天清晨雪晴了，老汉夫妇一齐走出说："珊珊被我们娇惯坏了，如果有做得不对的地方，还求郎君百事看在老朽面上，不要加罪呵责。你们夫妻俩赶紧启程吧，不要因私爱而耽误功名大事。"焦生行礼拜谢告别。老婆婆拉着女儿的手，老泪纵横，依依不舍，说："你已经嫁为人妇，要万事以夫君为先，不可再任性，等衣锦还乡时，顺便回一次娘家！"珊珊也泪眼蒙蒙，不舍告别。之后焦生让珊珊骑马，自己和仆人徒步，拜辞二老出门。老汉在倾斜石块下掀开一块横卧石板，下面装着满满白银。老汉说："仓促间来不及准备妆奁，就把这些作为嫁妆。"焦生说："我在客途，没有玉镜台下聘已经失礼在先，怎么还好意思领取厚赠呢？"老汉说："就当为你钱行了，再说我们都是一家人。"焦生勉强拿了三锭银。老汉认为太少，把全部的银两都放入行李，挥挥手说："快走吧。"

出山几十里，到了一座大城市，焦生替珊珊购置了发簪耳坠和各色裙服，让珊珊面貌焕然一新。又租了车马到京都，租屋住下，夫唱妇随，好不惬意快乐！会试后放榜，焦生中了进士，授官浙江的会稽县令。焦生带着夫人上任，为官清正廉洁，很有能力，受到了人们的赞誉，这也离不开贤内助的帮忙。焦生天生好客，旧朋新友都争着来攀附。

第二年焦生升任钱塘太守，来拜访的客人更多了。珊珊要求少与那么多没有关系的客人交往，焦生不予理会。客人们听说后，怕夫人从中挑拨，就凑集千金购买了一个妖艳的女子，叫窈娘，献给焦生做妾。窈娘不仅姿色妖艳，而且对乐器唱歌样样精通，房事也很在行。焦生对她迷恋不已，整天在一起依偎亲昵，早就把官事都忘在脑后，那些客人在暗中替他任意发号施令，取得了权力。珊珊每晚独宿，无可奈何但却不和窈娘争宠。可是，焦生突然得了病，珊珊总是鸡叫就起床，给焦生端开水送药，像服侍父母的孝子。

窈娘看到珊珊头发肌肤全身肢体没有一处不美的，就算蓬头乱发粗裙布服的样子，也楚楚动人。回房一看镜子中的自己总自惭形秽。随后，由爱生愧，由愧生妒，由妒生恨。于是就广泛拉拢婢女仆妪，到处安置自己的心腹，想排挤珊珊，但却始终没有一个好的机会。一次，窈娘把毒药拌在酥酪中，悄悄放进珊珊房间。焦生偶尔进房叫肚子饿，珊珊就把酥酪献上，窈娘急忙上前夺下丢在地上喂猫狗，猫狗吃了立即倒毙。于是窈娘发哆哭闹，要求离去，说："夫人这么善于妒忌，竟然想毒死丈夫。如果我不赶紧离去，恐怕下一次就不会那么好运了。"焦生也十分生气，带着窈娘拂袖而去。珊珊依然每天夜晚在庭院烧香祝祷，礼拜北斗，窈娘见状又暗中向焦生告发说："夫人放毒害人未成，现在又想用诅咒去害人，可真是太狠毒了。我最近时常感到心痛，不知是否已中了巫术。"说着装作一副楚楚可怜的样子。因此焦生更加讨厌珊珊，珊珊动辄得咎，焦生说："我们恐怕无法再做好夫妻了！"立即逼她返回娘家。珊珊伤心地哭泣说："自从做了你的妻子，我有什么过错？"焦生说："我和你缘分已尽，你是我的眼中钉、喉中骨，我一刻也不想看见你。"珊珊放声恸哭，悲恸不已。焦生心有不忍，说："你想留也可以，但一定要跪着受鞭打才可以。"珊珊立即跪地挨打受辱，婢女老妈子争相跪在珊珊身边，愿意代她挨打。

本城官宦家女眷听闻珊珊的事，都为之愤愤不平，焦生的声名变得狼藉不堪。有权势的官员罗列了焦生荒淫酒色、侵蚀库银等十多条罪状，准备上章弹劾。

焦生听后十分害怕，就向客人求计。客人们用千金买下一件古玩玉鼎，把它献给掌管监察、执法的御史中丞。又用千金买了一袭冬日御寒的貂皮裘衣，献给监察御史。玉鼎、貂裘一起被放在中堂，可是玉鼎却无缘无故碎裂，貂裘也莫名其妙被焚毁。焦生严厉追问是谁干的，窃娘死死咬定一定是夫人所为。焦生气急昏头，狂叫再也无法忍受，就亲自拿起棒杖把珊珊赶出门外。珊珊说："这下我是真的无法再留下了！"把身上以前焦生买的发簪耳坠以及裙服等脱下狠狠地丢在地下，还穿着出嫁时的衣服匆匆出门，一眨眼就不见踪影。

那些当道的官员正等待焦生前来行贿，不想却落了空，于是就上奏章弹劾，焦生被降官东鲁滕阳县丞，家中婢仆和客人闻讯都顿时星散。焦生把古玩等物典当得到一千两银子，然后带着窃娘去上任。慢悠悠地控着马，一时疏误走进山谷，只见疏林淡烟中，以前垒起的石块犹在，才知来到当年的投宿地。焦生吃惊不已，害怕老汉、老婆婆出来，没脸面见他们，就拉住缰绳不朝前走。派仆人前往探查，只见一片树林，没有任何房屋，仅有曲硐流泉，荒苔虎迹。焦生就鞭马飞快而过。

县丞官是一份很清苦的官职，渐渐窃娘无法忍受，终日哭哭啼啼，焦生也被闹得不耐烦。不久焦生得病，呼喊窃娘，可是无人应声，原来窃娘早就卷着财产和仆人私奔了。想起珊珊对自己的情意，焦生到此时才后悔不已，恸哭道："这就是我辜负结发妻苗姑的报应吧？"但是后悔也已经来不及，佳人早已不见。接着焦生又因为行贿被革职，发配云南充军，穿上赭色囚衣踏上行程。监押的差人常常对其大声呵斥，焦生行囊中的钱财早已被搜刮一空，只能把马匹卖掉徒步赶路，两脚都走得浮肿溃烂，无法继续前进。

等到来到凤凰厅，万山中人迹断绝的地方，看见一座精巧欲飞的亭子。监押差人把焦生领入亭子，怒目叱责说："这是你罪有应得，可是为什么要连累我们陪你无辜受罪。还请你赶快自行了断算了，省得弄脏我的宝刀！"焦生吓得痛哭连连，差人手握利刀一步步走近。正举起宝刀，千钧一发之际，忽然腥风怒号，一只巨大白额猛虎从悬崖上窜下，扑倒差人，把三人都咬死在路边，焦生也被吓得昏迷了过去。

一会儿后，焦生微微苏醒过来，觉得耳边有妇女哀唤的声音。睁眼一看，不是别人，正是离去的珊珊苗大姑。焦生见后喜极而泣，痛哭着说："我难道是在梦中和你相逢？"珊珊问："窈娘在哪？那些客人又到哪去了？"焦生把头往地上碰，哭泣着说已知后悔，并问："那只猛虎到哪里去了？你怎么赶到这里的？"珊珊说："郎君到此地步，就算我说出实情，你也不会害怕了。其实我并不是人，而是虎。郎君还记得在中州所买放的虎吗，那就是我的亲生父亲。父母亲很感谢你的大恩大德，就派遣我来侍候你，可没想到被你无故赶逐。如果不是大难当前，我也实在没有脸面再面对你。可是我的真面目已暴露，郎君如若嫌弃，我也能理解。"说着就要离开。焦生着急地说："夫人请留步！"说完抽刀斩断一只大拇指，顿时血流满地。珊珊吃惊急救，拇指已被砍断，赶紧倒出药末屑粒涂满创口将断指接上，又用零碎帛布包裹好，焦生一点也没感到痛感。珊珊说："既然郎君已经后悔，又何必这样！"焦生说："如果我不这样实在对不起我的贤妻。"又问："你父母亲现在哪里？"珊珊说："天庭贬谪的期限已满，两老已重回仙班，不在人间了。南山的南面还有我们的房屋，你可要去？"焦生说："逃避充军，杀死监差，如果出去被抓住就要被砍脑袋。茫茫人海，已经没有我可以落脚的地方，我愿跟随你一起隐居。"珊珊说："凭着郎君的天资素质，勘破人间梦幻泡影，仙丹可以炼成。"

说完，两人手挽着手同行，穿过白云越过硐谷十多里，怪石曲折，转弯多次，来到一个大洞府前面。府前立着三四个赤脚男仆，正抬着头在恭候。见了两人，大声欢呼道："大姑把郎君救回来了！"焦生问："这些人是谁？"珊珊说："是老父吩咐留下婢女仆人侍候郎君的。"进入洞府，只见炊器茶具、桌椅床榻等所有家具用品都是石制。里面弯曲，有好几层，像是内外分隔开。偏西一洞穴是珊珊的卧房，房内陈设古雅，门帘床帐都一应俱全。床上还坐着一个婴儿，咿咿呀呀吵着要吃奶。焦生问这是哪家的孩子，珊珊说："这是你的孩子啊！孩子他外祖父给取名为寅生。"焦生激动地抚摩婴孩的头顶。见孩子福相魁梧，心想一定是国家的栋梁之材，欣喜不已。夜间点燃石灯，珊珊从石瓮中舀出百花酿成的酒给焦生喝，烹制茯苓松花饼给焦生吃。清晨起来督促婢女仆人各自外出采药，珊珊自己则用野蚕丝织布，把家务事安排得井井有条。

日子过得很快，转眼寅生已经五岁了，很是聪明伶俐。焦生拾取树叶当纸，燃烧松枝成炭笔，抄成书教儿子诵读。寅生十岁就通了六经，知道怎么用韵。这时焦生悲哀地说："我有罪窜逃藏匿，可连累了娇儿何时能出头？"珊珊问：

"夫君中州还有兄弟吗？"焦生说："有。"珊珊又问："那曾受过你的恩惠吗？"焦生说："有个堂弟焦盉，从未到我这借过一文钱。"珊珊伸出纤纤手指占卜了好几次，说："这人是个可信的人，我们可以把儿子托付给他。"

第二天一大早，就吩咐短发童儿驾牛车过来，珊珊抱起儿子让他端坐牛车上，把焦生的亲笔信放入儿子的怀抱，脱下自己臂上的金钏束在儿子手腕上，并递给他一只玉瓶，说："如果你想吃果子糕饼，只要向玉瓶询问，就会有。"一切安排妥当，挥一下手说："赶紧去吧！"牛车立即风驰电掣，飞向云端，腾云驾雾。焦生看了不禁失声悲哭，珊珊笑他说："你离开孩儿觉得痛苦，就如当初我父母嫁出女儿的时候一样。可是为什么你一做了官，就立即冷落我？"焦生十分惭愧，伸拇指给珊珊看，说："你忘记我已后悔了吗？"夫妻两人相视大笑。

焦盉是中州名士，已四十岁，整日因为没有儿子而忧心忡忡。族人的儿子发乱齿豁，长相不好，他又不愿领养。夫人要替丈夫娶个妾，焦盉疼爱妻子，怕分享了妻子的恩爱，终是不肯接受。那天忽然家门前来了辆牛车，童儿把孩子抱进门，将书信放在桌上。焦盉赶紧拆信阅读，见果真是兄长焦鼐的笔迹，高兴不已。他读到让寅生过继给自己做后嗣一节，更是狂喜不止。转眼间，童儿和牛车都已不见，只有那孩子腕套金钏，手捧玉瓶，在焦盉膝下依依不舍。只听门外一片哄闹声："焦家门内，豹子驮着猩猩，奔出城门去了！"从此焦盉夫妻俩，把寅生当作上天给的礼物，对待他如自己亲生的孩子，睡觉时一定搂抱在怀中，吃东西也一定坐在膝上。冬天焦盉得病，忽然很想吃樱桃，可因为季节不对，没办法弄到，寅生忽然捧着灿亮的樱桃献上。问他是从哪里得来的，他只是笑笑，手指着玉瓶，告诉了母亲所说的话。焦盉试着玩玩，要其他东西，都一一如愿，因此成为大富翁。

寅生二十岁时去参加科举考试，仕途风顺，青云直上，官做到大中丞，领兵出征云南盗寇。当时焦盉夫妇已八十高寿，胃口依然十分好。寅生向继父母拜别，焦盉夫妇嘱他成功后赶紧平安回来，顺路去探访一下亲生父母的消息。寅生流着泪接受教诲。得胜凯旋时，寅生果然去父母居住的地方寻访，只看到洞口云雾弥漫，地下堆叠着零落的树叶，其他什么也没有看到。寅生在杂树野草丛中思念父母亲，伤心大哭，再看看洞口石壁上刻着一行草书道：

中州焦釜，遇虎得生。洞居卅载，修炼通神。

天降仙丹，服之身轻。水火调匀，夫妇道成。

某年月日，白昼飞升。儿读能贵，勉事圣君。

石啮流水，岭横白云。人间天上，一样看承。

麻疯女邱丽玉

淮南禹迹山，山深林密，一直是神龙藏身的洞窟，直到明朝末年才有人在此居住，逐渐发展成为一个村落。陈生，名绮，字绿琴，也住在山脚下。父亲陈栐，母亲黄氏，耕种田地，也做些买卖，家境也算富裕。陈生十五岁了，读书很努力。母亲只有一个小弟弟，名海客，在广西某地漂泊经商，赚了不少的钱，然后就在那儿落户定居。这时，母亲病危，私下拉着儿子的手腕说："为娘死后，你父亲一定会再娶妻。自古至今，后娘刻毒，恐怕不能好好待你，如果你走投无路，可以偷跑到广西去依靠舅舅。"并将自己几十两银子的私房钱给他做旅费，陈绮哭泣着收下。

母亲去世后不久，父亲果然续弦娶了乌氏，凶悍恶毒就如母亲所说，对陈绮刻薄狠毒，一天也不能容忍。于是，陈绮来到母亲墓前痛哭辞行，留下一封信给父亲，就离开家门前往广西。跋山涉水差不多半年的时间，陈绮才来到广西，此时身上的钱已花完，可仍没有舅舅半点音讯。他问遍了大街小巷所有人，都没听说有黄某人。陈绮很是沮丧，不得已到郊外乡村去寻找，孤单凄凉，渐渐只能靠讨饭为生，看着茫茫人世，开始后悔自己太冲动，希望自己能够早日回转家乡。

一天，陈绮来到东郊外，见一家柴门旁边长着一棵高高的槟榔树，绿树浓荫。陈绮正放开嗓子唱当时流行的讨饭歌曲《莲花落》，不久，一个短胡子、面色发红、头发花白的老头从里面走出，斜眼上下打量陈生，吃惊地问："小叫花子，你相貌如此文雅，为什么声音却如此悲哀？"陈生说："我从小饱读诗书，怎么能不文雅？可如今无奈落魄穷途，又怎么能不悲伤？"老头又问："那你为何会来到此地？"陈生就介绍了自己乡里籍贯，和寻找舅舅的情况。老头默默看着陈生，后来说："你的舅舅是不是姓黄名海客，白脸上有许多麻子？"陈生说："正是。"老头说："你舅父已经客死此地很久了。他活着的时候在某大财主家做会计，很善于经营，挣了不少钱，但娶了青楼女子为妻。后因病去世，妻子携带家财，伙同仆人一起逃走，最后没钱安葬。老夫曾经和他有过喝杯酒的浅交，替他买了棺木，把他埋葬在东郊尼庵旁的大柳树下，墓前立着块短石碑的就是。"陈生跪拜道谢，寻找老头指点的地方，果然找到了舅舅的墓。向庵里尼姑打听，也正如老头所说那样。于是大喊着舅舅的名字，痛哭流涕，祷告说："如果舅舅在天有灵，保佑外甥能活着回家，那我就把舅舅的遗骨背回去埋葬在祖宗坟地里。"尼姑很可怜同情他的遭遇，给他吃豆粥，对他说："你所遇到的老头姓司空，名浑，和你舅舅很有交情，你遇到困难只管求他帮助就可。但是千万不要说出是出家人在多嘴多舌。"

第二天，陈生看见老头，称呼他为司空伯。老头十分惊讶地说："后生家你怎么会知道我的姓？"陈生说："我不仅知道老伯的姓，还知道老伯的名字呢。"于是故意撒谎说："昨天夜间睡在墓下，舅舅在梦中详细告诉我，并且让我向老伯求援。"老头听了惊讶不已，说："我和你舅父不过有过一面之缘而已，交情并不深厚。不过即便如此，我还是会替你想想办法，尽尽我的心意。"

三天后，老头送给陈生一件粗布袍，脸上露出一副慷慨和给人恩德的傲慢神色，并且对陈生劝说道："我生活清贫没什么能厚赠的，想必你也能谅解。不过幸亏邻郡某山中的富翁邱子木，和我是远房亲戚关系。老夫妻俩就生一个娇女，名叫元媚，字丽玉，年龄和你差不多，容貌光鲜娇丽，挑选夫婿的眼光也很挑剔，所以现在还没有选到如意郎君。你虽然贫穷窘迫，但很有文采，品貌也生得不错，这里还没有人能比得上你。我写一封信去替你做媒，去做招女婿，邱老丈一定会有厚赠，到时就能够把你舅舅的棺柩运载回故乡了。"陈生听后，却不同意，请求再考虑其他办法。老头问他原因，他说："我本出身山野人家，穿布衣吃粗粮，恐怕富户人家的千金小姐跟着我，过不惯我的生活。更何况如果做了人家的上门女婿，入赘他家后能让乘龙快婿随意离开吗？"老头拍着手掌说："你可真是个迂腐的书呆子啊！你还真以为做上门女婿呢，这只不过是借机捞他一笔横财而已。天地悠悠，他到哪里去追捕逃亡的女婿呢？"陈生也无他法，只能满怀愧疚硬着头皮拿了老头的信前往。

到了那里，见到深宅大院，庭院深深，大门上的铜兽锁锁住了满园春色。守门人见陈生衣装寒酸，呵斥他站得远一点。等到书信送入，从里面走出两个青年，对来客恭敬地作揖行礼说："我们是奉了家父的命令，特来恭请贵客。"陈生知道这是富翁的儿子，就跟着进门，只见画栋高檐，像是世代做官的人家。在大厅台阶上，一个身材魁伟的老翁，长胡须垂过腹部站在那儿恭候，陈生赶紧上前拜见。进入大厅，招呼陈生坐下喝茶，老翁询问了司空老头的饮食起居。不久，听到仆人禀告说夫人来到，随后看见两个丫鬟搀扶着一位四十多岁的美妇人走出。老翁介绍说："这是我的妻子。既然公子和司空先生家世代交好，那么和我家的情谊也属于通家至交，所以才不让拙妻回避来相见。"陈生又起身向夫人拜见行礼。夫人打量了陈生一会儿，笑着对丈夫说："司空妹夫的眼力果然不错，这公子可真是一表人才啊！"转眼间，宴席已备办好，席间，主人很热情地劝酒。

酒间老翁也略加询问了陈生的籍贯，之后马上对陈生说："我的亲戚和郎君说清楚了吗？我老夫妻对唯一的女儿丽玉，很是娇惯疼爱，并不想让她嫁到远方。可是一直也未在附近找到一个像你一样英俊翩翩的女婿。现在有幸红线牵引，才子来临，可真是注定的三生有缘，希望今天就结婚成亲。"陈生起身离开座位，恭恭敬敬地致谢，又委婉地表白道："多谢你们的赏识，可惭愧自己是无用之才，能攀上这门高亲，我实在很是愿意。但不瞒你们说，小生来此其实是为了寻找舅舅的，婚后三四天就打算暂时返回老家，等办完事情后再来贵府。不知老人家可否同意？"夫人微笑道："公子为什么这样匆忙呢？"老翁立即忙打断夫人的话，说："难得公子一片孝心，我们怎么能过于违背？容我立即代为筹措五百两银子，作为公子回家的旅费。"陈生十分高兴，起身致谢，恭敬从命。

不久，笙箫齐奏，灯火辉煌，大厅上一片红色。仆人引导陈生来到内室，换上崭新的衣帽，出来站在红地毯上。三四个雏婢，搀扶着一位花季年华的女子，满身珠翠绮罗，迈着轻盈袅娜的步伐从内宅走出，和陈生行过交拜礼，然后一起被送入洞房。陈生挑开新娘的头盖一看，只见荷花滴晨露、桃花映朝霞都还比不上新娘的艳丽。陈生被迷得神魂颠倒，对刚才说新婚就要暂别的话很是后悔，便在心里盘算找个借口拖延，来长享这蜜月的甜美。

酒宴尽兴，灯火将残，夜已三更，丫鬟侍妾都散开歇息。陈生手靠在桌边想心事，而丽玉也时时掀开绣帐偷瞧丈夫，粉嫩的脸上透出哀楚的神色。可陈生并不知情，靠近丽玉情话绵绵，为她卸妆。丽玉伸出纤臂抗拒，再亲近就瞬间满脸珠泪纷纷。然后她慢慢起身，重新剔亮蜡烛，又查看了附近没人，关上房门轻轻对陈生说："郎君你可知道你的死期快到了吗？"陈生惊讶地说："这话怎么说？"丽玉说："郎君不如你如实告诉我，你是从何处来？又将到哪儿去？"陈生把事实和盘托出。丽玉听后不住地抽泣叹息，欲言又止。陈生知道里面肯定有什么变故，就跪伏地上乞求怜悯。丽玉说："我看郎君风采照人，实在很不忍心，因此把机密告诉你。我其实是身患麻风病。这里地处广西边境，历代都出美女，而且都天生有这奇病。女子到了十五岁时，富人家就用千两银子诱骗远方人家的子弟和女子同房，等到女子身上的病毒全部传染给了男子，这才和本地人家议婚，挑选真正的女婿。如果女子过了期限仍没有和男子同房，就会病情发作，皮肤干燥，毛发卷曲，永远也不会再有人来求婚。如果远方的人因为贪图钱财，误与女子交欢，那么三四天以后脖子上就会出现红斑，七八天以后浑身就会满身搔痒，一年后肌肉痉挛抽搐，肢体蜷曲变形，就算华佗在世，恐怕也无计可施。"

陈生听完这番话后，想起先前的事才恍然大悟，抽泣着说："小生孤身万里来此，担子很重，还望娘子可怜，让我悄悄逃跑行吗？"丽玉说："你还是别妄想了！在此地寻找一个替身男子很不容易，郎君入门时就看见外间已被壮汉团团守卫着，个个拿着刀棍，就是预防来人逃跑。"陈生听后更加绝望说："我身死不足惜，但可悲的是，故乡还有年老的亲人要侍奉。"丽玉说："我虽然是女子，但也很懂得名誉和贞操。常恨此地因为地域的限制，没有贞节烈女，我只想死不想活。郎君你就委屈一下和我和衣睡三天，等拿到了钱就马上回去。等我病发作后，也快不久于人世。还希望你回家后能为我写上个小小木头牌位，标明是'结发元配邱氏丽玉之位'，这样我就是死也瞑目了！"说完，抱住陈生隐隐哭泣。陈生又激动又伤悲，说："嘿！这可真是让人悲伤的选择：结了婚我死，不结婚你死。不如我们一起服毒身亡，来世再继续这姻缘？"丽玉说：
"万万不行。郎君请写下你的故乡地址门巷，让我缝纫在衣缝中，以便我将来
化作一缕阴魂度越关山，去看望公公婆婆，享受郎君祭祀的一碗羹饭。"陈生
满眼泪水写了地址给她，很是伤心抬不起头。同床共被，陈生屡次抑制不住激情，
但都被丽玉一次次劝慰禁之。面对美味却不能吃，几乎与天生不能同房的石女、
天阉一样令人遗憾。

第二天，丽玉的父母亲果然变了脸色，像对待陌路人一样对待陈生。当天
夜里，丽玉用舌尖吮陈生脖子，弄出三四处胭脂色，说："可以了。"私下赠
给陈生黄金、白玉手镯各一对。陈生和丽玉预订以后会面的日期，丽玉眼泪夺
眶而出说："恐怕郎君下次再来这里，我墓前种的树木已经可以合抱了。"

翌日，老翁果然守信用，如数赠送陈生银子，挥挥手叫他快走。陈生重新
回到尼庵，尼姑见他脖子上红痕一片，闭门不让他进入。陈生匆忙花钱租一条
大船，把舅舅的棺材抬出放在船上，从水路返回。想起丽玉，夜间还在船上不
停地哭泣，船家误以为他是因为舅甥感情深厚才会如此，对他越发敬重。回到
故乡见了父亲，才知继母已经去世。父亲收了丫鬟做妾，看到儿子安全回来，
很是开心。又见儿子腰缠银钱不少，猜想是妻弟赠送，也不去深究。之后，陈
生埋葬了舅舅，买了些山田。父亲陈翁善于酿酒，就种高粱开辟酒店，赚了不
少钱。于是陈生闭门攻读，不久进入县学，成了秀才。

邱翁见陈生走后，以为女儿的病毒已经去尽，正要托媒婆正式物色女婿。
不料女儿突然发病，仔细检查，竟还是麻风病。在邱翁的一再追问下，丽玉只
是含泪不语，她母亲用手一摸，发现女儿仍是处女身。父母交替大声叱骂她：
"你这下贱胚子也太没出息，莫非你是真的不想活啦？"丽玉只是不停哭泣。
一个多月后，丽玉只觉疲惫不堪，家里只能把她送进麻风病院隔离。这病院是
地方长官中好心肠的人捐资开办。因为麻风病是传染病，家中只要有一人得病，
很快就会传及全家。因此即使是掌上明珠也只能恩断义绝，送她入院，不能再
有不舍之情。

丽玉入院后，几次试图上吊自尽，但都被一位说话带南方口音的麻面老头
救下。后来又想着逃跑，老头爽快地答应愿做向导，说："老夫姓黄，淮南人。
娘子是不是要去寻找一位叫陈绿琴的人？他和我似曾认识，我们可以一起走，

我也想要到东边去。"丽玉仗着身患恶病，老头又年迈，所以并无害怕愿跟老头一起走。只见只要老头走到的地方，一道道门都会自动打开。来到郊外，老头用唾沫涂在丽玉的三寸金莲上，口中喃喃像念符咒，丽玉迈开大步能像健壮男子一样快走。丽玉非常感激老头的恩德，像父亲一样待他。不久，她把银手镯取下换来银钱充作旅费。

两人之后来到湖南，可钱已用完，两人就沿路讨饭。老头吹洞箫，丽玉自编《女贞木曲》歌唱，挨门挨户唱道：

女贞木，枝苍苍，前世不修为女娘，更生古粤之遐荒。
生为麻疯种，长即麻疯疮，衔冤有精卫，补恨无娲皇。
画烛盈盈照合卺，侬自掩泪窥陈郎。翩翩陈郎好容止，弹烛窥侬心自喜。
妾是麻疯娘，郎岂麻疯子。妾虽麻疯得郎生，郎转麻疯为妾死。
郎为妾死郎不知，洞房绣阁衔金卮。
孔雀亦莫舞，杜鹃亦莫啼，鹦鹉无言愿飞去，郎坠网罗妾心悲。
郎不见，骏马不跨双鞍子，烈女愿为一姓死。郎行依旧貌如仙，妾命可怜薄如纸。
肤为燥，肌为皱。云鬟卷曲黄且髼。掩面走入麻疯局，不欲传染伤所亲。
昔作掌上珍，今作俎上肉；昔居绮罗丛，今入郎当屋。
月落空梁悬素罗，一缕香魂断复续。
妾虽生，妾不愿，守故居；妾既生，妾自当，寻我夫。
可怜虽生亦犹死，不死不生终何如？
女贞木，枝扶疏，上宿飞鸟，下荫游鱼。鸟比翼者鹣鹣，鱼比目者鲽鲽。
生同衾，死同穴，衾穴即不同，妾心若明月。
月照桃花红欲然，李代桃僵被虫啮。
女贞木，红枝叶，悉是麻风之女眼中血！

丽玉歌声曲调充满悲凉辛酸，老头洞箫凄婉呜咽，使听到的人无不感动落泪，争相送食品给他们，不敢吆喝无礼。

半年后，他们抵达淮南，将近山村，看到一大片鳞次栉比的老屋，青布酒帘在树梢上飘卷。老头指着远处说："门口朝南，门前有黄石堆的那家就是。你自己前去吧，我要告辞了。只希望你给绿琴父子带去话语，就说海客很是感谢他们。"说完就不见了人影。丽玉震惊不已，稍稍安定一下就来到酒店门前，只见一老翁坐在炉旁，面貌很像绿琴，猜测是公公。丽玉唱起了《女贞木曲》，老翁掷给她一文钱。再唱一遍，又掷一文。丽玉哭泣道："你儿子陈绮在广西欠我一大笔债没有还，我不远万里来讨债，难道给一文钱就能抵债吗？"老翁十分震惊，问她怎么回事，丽玉就把往事全说了。老翁说："陈绮吗？他的确是我的儿子。但我也不能只相信你的片面之词。他到金陵去参加秋季乡试了，过几天就回山庄，到时见面就能知道真假。"丽玉听后，就以见公公的礼节叩拜。老翁为免闲人闲语，就把她送到尼庵暂住，派乡村妇人去伺候。村妇见了丽玉后都唾弃回避，幸好老尼姑心地善良，怜悯她，才不致让她受苦。

一个多月后，陈生回了家。老翁向他询问丽玉的事，陈生大吃一惊，问父亲怎么会知道此事。老头说："你可不能辜负了她。我家并不缺少闲粥闲饭，就算你另外娶妻，也应当终身养着她。"陈生给父亲下跪感谢，急忙去尼姑庵寻找丽玉。丽玉一见陈生，不禁满面泪痕紧紧拽住陈生的衣服哽咽说："我这次远来并不敢奢望和你结为夫妻，只希望你能把我的骸骨葬在你家的祖坟里就行了。"陈生一边哭泣一边安慰她，问她自己怎么独自前来。丽玉就把姓黄老翁的面貌和事件经过告诉陈生。陈生听后震惊不已地说："那是我舅舅啊！莫非他已成了地仙吗？"随后把丽玉带回家，在酒库里腾出一小块地方，让丽玉睡在酒瓮中间。婢女们都远远站开，不敢靠近。只有一个小丫鬟叫甘蕉，愿替丽玉做倒便桶等琐事。至于饮食和吃药，陈生都是亲力亲为。时间一长，陈生索性就把卧具搬来，带着甘蕉一起睡在丽玉的床边，并没有染上病。

乡试张榜，陈生中了举人。本地人争着要和他联姻，陈生坚决拒绝。父亲也略加劝说，但一说，陈生就禁不住掉泪说："儿子今年才二十一岁，人生还很长，但是麻疯女不远万里投奔于我且将不久于人世，我不能让她伤心，就算要成婚也要等她去世后再考虑！"父亲听后很是为儿子的仁义而欣慰，也就不勉强他。之后陈生怕自己赴京赶考，没有人照看麻疯女，就假托生病，放弃了进京参加礼部举行的选拔进士的大好机会。丽玉知道后用头撞着酒瓮，悲伤地说："都是因为我才会让郎君推迟了生育后嗣，影响了前程，我死后还怎么有脸见祖宗于地下？我还不如早一些死！"说完又去撞头，幸亏被甘蕉及时阻止才没事。而陈生还毫不知情此事。

有一天，陈生到亲戚家喝酒，因为外面天正在下雨且路又远所以借宿在此，而甘蕉又因为生病睡在内房，没有人陪着丽玉。丽玉听着外面淅淅沥沥的雨声，剪着烛芯，浑身奇痒，抓个不停。只听房梁上忽然传来嗖嗖声，一条有孩童手臂那样粗的大黑蛇，七八尺长，从空中突然窜入。丽玉最初怕得要死，后来一想如果能被蛇吞噬，也胜过自杀，也就不动声色等着死亡的到来。蛇身盘在屋梁上，蛇头直垂而下，把酒瓮的木盖掀翻，掉地声很响像被丢掷一样。大蛇使劲吮吸瓮中的美酒，发出汩汩声，一会儿就喝个饱。想要缩上去，却又僵直得像根枯藤，突然整个儿掉入酒瓮中，在里面一阵扑腾翻滚挣扎，直到力尽，顿时屋里寂静无声。丽玉感觉奇怪，点亮灯撑起身子去看，只见蛇已死在瓮里。心想蛇毒或许是很好的毒药，就用手掬酒喝了一升左右，可谁知没死，反而心头顿觉清醒，消除了烦躁不安。皮肤这时更加奇痒，又用手掬酒洗涤皮肤，也顿时止了痒。丽玉看到变化很是开心，心想这酒莫非可以治病。第二天又偷偷喝酒，偷洗皮肤，病好像全都痊愈了。干燥的皮肤变得晶莹柔嫩，卷曲的头发变得松垂如云，脸面手脚上的疮疤也消失了，变得光洁无痕，白净鲜艳得如花似月，像嫩笋芽一样。

甘蕉惊喜地把消息告诉陈生，陈生问丽玉是什么原因，丽玉说是用了蛇酒。陈生赶紧去酒瓮查看，只见一条满身黑色花纹如云彩如篆文的大毒蛇，头顶有个独角，暗红色，原来是禹迹山的蛇王，人们称之为乌风。陈生为丽玉重新购置了锦绮衣裙、花钿珠玉，让丽玉梳妆打扮后出外见公公婆婆和妯娌，大家见了她，都惊奇她的美貌和贤惠。公公说："我从小就听说蛇王在此地山上已有千年，外邦和尚想求到蛇王一片鳞甲，为人治疗癣疥病，想尽办法都无法得到。谁料得到苍天专门留下此蛇是为了替我贤媳治愈重病的呢？"说完大笑不已。当天就安排了婚礼，替两小口子圆房。这天贵客满堂，鼓乐喧天，大排酒宴，百里外的男女都奔来看热闹，能够亲眼看一下邱丽玉的容貌，回去后也感到荣幸。

又过了三年，丽玉生下了一个白白胖胖的男孩。为感谢甘蕉的恩德，丽玉让丈夫把她收做小老婆，陈生想推辞但经不住丽玉的劝说。这一年春天，陈生重新赴京参加礼部考试，考中了进士被分配到翰林院。后来又外任做太守，对流亡在外和贫苦无告的人特别体恤和照顾，人人称颂他是百姓的父母官。

后来，陈生又升官两广总督，派遣侍卫邀请邱翁，很急迫地向他索要丽玉。邱翁假意挤出几滴泪说："我女儿薄命，早已病亡，大人还想找回结发妻子吗？"陈生又索取丽玉的骸骨要葬在故乡。邱翁这下惊吓不已，害怕露馅，于是献上千两白银为陈生的父亲祝寿，可被陈生拒绝了。陈生又派人去寻访司空浑的消息，回报说他惊慌而逃，之后掉下绝壁摔死了。陈生笑笑说："他还真把我看成小人了，我怎么会忘恩负义呢。"然后又吩咐丫鬟扶夫人出厅见客。夫人身穿一品夫人官服，容光焕发，邱翁见后看是自己的女儿丽玉，十分震惊，几乎要晕倒在地不相信自己的眼睛。只见丽玉珠泪滚滚，问道："父母都还安好吗？"邱翁吃惊不已，惭愧得无地自容。陈生也不计较邱翁以前的事情，仍以夫婿之礼招待老丈。

此后，丽玉也经常回娘家，拿出乌风蛇酒制药，设立诊所治疗广西的麻疯病人，救活了无数人。陈生四十多岁时，父亲仍然头脑清楚，身体康健。陈生向皇帝请书，请求辞官回家给父亲养老送终。回乡后，就着力整修舅舅墓和尼庵，又替丽玉夫人建碑，刻上她的事迹梗概。直到如今，禹迹山的药酒仍是驰名远外，被世人津津乐道。

佟阿紫

佟阿紫，楚地人。从小父母双亡，自己孤零生活，无家可归。十五岁时，就跟着一个亲戚学经商，前往山东登州。后来亲戚生病，阿紫就日夜在床边看护，为其端水送药，十分用心和周到。亲戚后来病故，阿紫就把亲戚带在身边的所有财产，买来棺木等丧葬品，从厚埋葬。然后哭着请求回楚地的商贩让自己搭乘他的船回故乡。临别的时候，阿紫特地到坟上焚烧纸钱，对亲戚发誓说："阿紫是跟你来，但却无奈不能送你回去，您泉下有知，如果我有半点侵吞你钱财的行为，就让我遭到鬼诛神灭！"发完誓又不禁触景生情，悲痛大哭，听者没有一个不感动得落泪。阿紫也从此因为穷困沦为乞丐。多亏海滨飞来村的举人郝隐，很有行侠的仗义，就携带阿紫回飞来村。

佟阿紫本就相貌俊秀，又很聪明伶俐，也很勤快，十分惹人喜爱。飞来村的富户都请他跑腿办事，所以他可以今天吃这家，明天吃那家，也不至于挨饿。这样过了很长时间，阿紫才得到一小块空地，在上面盖了个小茅屋，外边用土墙环绕，里边种些蔬菜瓜果自给，渐渐的也不用再挨家挨户乞讨了。富户有意思雇用他在家做仆人，可是被他拒绝了。给他选了个婢女嫁他为妻，他也毫不犹豫地拒绝。他对众人说："男子汉还不能自立，怎么有颜面成家呢？承蒙各位老前辈的照顾，相信以后即使我佟阿紫不能成业，但也不至于始终孤单一人的。"众人也不再勉强。

有一天，阿紫汲水累了，就抱瓮蜷卧在井边，忽然听到雷声隆隆，知道山雨欲来，就赶紧起身回茅房蜷伏。到了傍晚，雷声更加震耳，雨点也下得更猛更急，闪电如金蛇狂舞，鼻底都能闻到硫磺的气味。阿紫吓得跪倒在地自诉说："老天，我今年才十八岁，没有做过任何亏心事。唯一没做好的就是把父母亲的墓撇在故乡，清明也没能用饭食祭上一祭，莫非上苍要因此雷击我顶吗？"突然一声霹雳巨响震动山河，就像有一件大东西咕咚一声坠落在庭园中。阿紫以为是鹞鹰，吓得闭上眼睛等候上天的安排。

等了好久，雷声停息，雨也停了，外面一片片充满湿气的云围绕着明月飘动，月光忽亮忽暗。阿紫睁开眼睛偷偷地看向菜田，果然看见有一样东西，于是黑暗中前去摸索，感觉十分腻软，好像是女子的皮肤，又赶紧点上火把照看，只见一个端正漂亮的妙龄女子躺在院里，穿得非常朴素，全身被雨打湿，鼻端还有呼吸，胸口也很温暖，昏昏睡像死了一样，叫也叫不醒。阿紫心里十分忐忑不安，他反锁了围墙的矮门，不顾泥泞的道路，赶紧走去告诉郝隐。郝隐睁大眼睛不敢相信，再听听阿紫说得有模有样，就起身，敲遍本村人家的门，邀请大家一齐去看怪事。每人都打个灯笼去看个究竟，灯光一起照耀就好像白天一样。到了阿紫家，那女子已经醒过来，正在轻声啜泣。大伙纷纷围观而来，女子看着众人，秋波闪闪，一句话也不说。

郝隐叫人把女子扶入茅屋，把她扶到阿紫的小床上让她躺下。大伙进屋席地而坐，问她情况。女子说："我姓郝，小字五铢，住在一座很宏大的村庄里面，有很多的村民，离城很远，但我也不知道住的具体城市位置。我家里面有很多兄弟姐妹，父母最疼爱我。今夜跟着母亲回自己闺房，可是忽然觉得头昏目眩，虽然心中清醒，但是只听见耳边轰响不断像是波涛澎湃，身体轻飘飘像在腾云驾雾，不久就昏睡过去。等到苏醒，不知什么缘故会来到此地。"大伙看她的装束像是江南吴地人，可听她的口音却带陕西调，问她父母的姓名，她也摇摇头不知道。问她是否已订婚或嫁人，她也摇摇头表示还未成家。郝隐高兴地说："这是我同姓同宗。可你什么也不记得，怎么替你传音讯通知你家呢？"女子听后不禁痛苦不已，轻声啜泣，郝隐怜惜地安慰她。

郝隐和大伙耳语商量了好久，对女子说："这里是佟郎的住房，既然你们两人都还没有结婚成家，天涯海角萍水相逢，这分明就是鬼神在暗中撮合，雷霆在主婚。我和你是同姓，论年龄你能做我的侄女，我就以长辈的身份遵从天意把你许配给佟郎做妻子，你同意吗？"女子抬头观看，郝隐急忙把阿紫推出来给她看，说："虽然这小伙子目前贫困，但是一定不会贫困一生的。"女子斜眼瞧了一下，似乎表示赞同。见大伙极力推荐他，阿紫此时满面绯红，额上流汗。郝隐说："你这个痴男子，还真的要一直打光棍吗？既然是天意，违抗恐怕要不吉利。"于是，全村父老凑钱替他们举办了婚事，一会就凑集了五十两银子。天色发白，村妇都闻讯赶来，纷纷拿出自己的衣裙首饰替女子梳妆打扮，穿戴整齐后，发现女子竟是如此美艳绝伦，暗叹阿紫的好运气。大家买来些酒菜，当天就给他俩合卺，结为夫妇。第二天，五铢亲自上门拜见郝隐，愿拜在膝下做过房女儿。郝隐也担忧五铢会埋怨佟郎太贫苦，可没想到两人恩爱融洽，长久相安无事。二人天天共同操劳家务，五铢用搓麻线茅绳分担佟郎的辛苦。

一天，夫妻俩扛着锄头去田间除蒿草，忽然看见庭院里有两只金色黄莺在追逐戏飞，忽上忽下，边鸣叫边舞翔。五铢见状调皮地拿竹竿去扑打，两只黄莺掉落在地瞬间就消失了。掘地一尺多，竟然收获两块金饼。两人兴奋不已，认为是上天的恩赐。阿紫想把金饼换钱买田地房子，可五铢不同意，说："穷人突然发大财，一定会招来灾祸。不如郎君远走他乡学做买卖，等几年后回家给人看，知道财富是由经商获得，也不会起疑心。我在家心甘情愿替郎君操持家务，守着清贫的生活，也不会挨饿。"阿紫觉得有道理，就流泪和爱妻道别，再去告诉郝隐，郝隐也认为这样做很理智，并答应帮忙照看五铢。

　　阿紫徒步游历江南，来到安徽的钟离，遇见了巨商甄叟。甄叟凝视阿紫的面相，大吃一惊，说："看你面相，你应当是大富大贵的人，可为什么穿破衣草鞋掩人耳目？"阿紫谦逊地表示感谢，并告诉了自己的境况。甄叟把他邀请回家，交给他白银五百两，说："这样吧，你先到江南去学贩卖，不管什么货，你只管贩运。亏本不让你赔，赚钱就去掉本钱我们双方均分利润。"阿紫对巨商感激不已。

　　之后，阿紫横渡长江，考虑到贩猪利息高，就到生猪买卖商行，用五百两银子全部买猪，孤注一掷。钱货两讫后，阿紫就赶着猪赤脚在江边泥泞河滩上行走。走到江边，正叫唤渡船，忽然听见有人放爆竹，猪闻声纷纷惊逃乱窜，全部钻进芦苇丛中。纵使阿紫声嘶力竭地呼叫，猪也不出来。无计可施，阿紫痛哭不已，想去寻死，可又不舍娇妻五铢。没有办法，只能效仿伍子胥在吴门吹箫乞讨。怎知忽然意外地遇见同乡李叟，李叟很是惊讶，说："你怎么穷到如此地步？"阿紫眼泪连连诉说缘由，李叟笑着说："你果真是第一次当商贩，贩运生猪，一定要先养狗，就是那些颈上挂着钢钉皮圈的狗，如果遇到意外，碰到猪奔逃，就可命狗把猪衔回。如果仅是依靠人力，当然无济于事。"说完就送他五十两银子，并借给他两条听话且凶猛的黄狗，当天替他代为贩卖了几十头猪，并让他渡江再试试运气。

　　阿紫很是感激，拜辞了李叟，带着黄狗重新来到江边，心里正忐忑不安。忽见天空变色，下起了大雷雨，江上波浪汹涌如山，白昼昏暗如黑夜，阿紫痴呆立雨中，任由猪四面逃窜。等到雨过天晴，哪还有猪的影子，只有两条狗还在。阿紫气愤不已，回到江边旅店里，花钱饱吃一顿，又给狗买来大块好肉吃个痛快。旅店主人问道："那你接下来怎么办？"阿紫咬咬牙愤恨地说："我这次打算深入芦苇丛中去到处寻找逃猪。"店主不同意摇手说："你可千万不要轻举妄动，芦苇丛中时常有巨蛇叫芦蟒，力大能咬死人。而且江边河滩泥沙绵软有很多陷坑，万一掉进去可就没命了。"阿紫铁了心地说："我宁可死在蛇腹中，也不愿意失去信用而活着。"于是坚定地走向江边。

　　刚到江边，两条狗就挣断绳索奔入芦苇荡，阿紫失去了狗的引导，看着眼前密不透风的芦苇荡，无计可施只能蹲着等候。不多久，传来狗吠的声音和猪叫声，响声震动江波。瞬间，群猪一只接一只鱼贯而出，鹊立等着，一动也不敢动，好像是受人拘押一样老实。阿紫十分惊喜，细细一看，只见猪的数量要比前次丢失的还要多十几倍，而且都长得肥胖茁壮，它们的价值可能要比五千两银子还要多。阿紫考虑到天快暗了，要赶紧把猪运走，这时才看见两条狗气喘吁吁，口唇上全是血从芦苇荡中出来。正巧有十多条船泊来江边，就让阿紫驱猪上船，急忙渡江，原来这些是江北猪行来江南接客货的船。最近因为皇上南巡，猪价猛涨，因此到江南岸边等货。等到了北岸，阿紫坚决不肯出售，要等着行情看涨。商行业主说："如果你再不售出可能就有风险了。"阿紫不信，果然第二天价格有些下降。三天后阿紫担心猪价会再跌，就赶紧售出，最后共得八千多两银子。把银子存入钱庄换成存款票据，然后悄悄地前往钟离告诉甄叟。

自从阿紫走后，伙计都说佟阿紫一定是携款逃跑了，可甄叟不认为他是这样的人。恰巧这时阿紫回来，甄叟设盛宴款待他。阿紫把钱庄票据递上，并且一一讲述了贩猪的始末经过。甄叟大笑道："你也真是太孩子气了，既然先前的猪已经逃散，你也不用赌气讨饭不回来，可是你所遇到的李叟，还想再见上一面吗？"阿紫说："我正要禀告主人，把借李叟的猪钱归还和酬谢他。"甄叟笑着叫唤："十八子（李）可要出来见一见佟家小郎君啊？"之后一个老头应声而出，正是李叟，阿紫惊讶不已。又看到两条赶猪的黄狗也杂在众狗之中，就像是甄叟家早就豢养的，更加不可思议。片刻之后，阿紫才恍然大悟，原来甄叟早就预知了阿紫的遭遇，因此特差遣李叟送去黄狗和银子。阿紫再次感谢甄叟的好心好意，三人畅饮欢乐。次日，甄叟把七千两银子全部借给阿紫，并委派得力仆役作副手，嘱咐阿紫再到湖南，说："还像上次那样碰到货就贩运，无往而不利。"

阿紫往返楚地两次，获数万利润，可因楚地举目无亲，就把父母的骸骨装在盒子里返回，再去拜访甄叟。甄叟说："现在可以了。"把利润分一半给阿紫，大概有五万多。甄叟想要把女儿嫁给阿紫，他辞谢说："家中早有糟糠妻，而且分别已三年，我不想当薄情郎。"甄叟问他的妻子是怎样的一个人，阿紫详说前事，甄叟吃惊不已，说："是不是脸庞圆而白，眉毛细而长，名叫五铢的女子呢？"阿紫也很惊讶，说："是的。老伯怎么知道？"甄叟说："她是我姨侄女。她的父母都是陕西人，客居在安徽，也是富翁。他的家就在本村的南面，被千棵大树围裹着的竹楼就是。某年某月某日五铢被雷雨摄去，从此没有消息，哪想到这么巧成了你的夫人？果真是缘分啊！"

　　第二天清晨，甄叟就带领佟阿紫去拜见郝家丈人、丈母，一家欢喜不已，欣喜若狂。丈人丈母急于要见宝贝女儿，于是就从淮河乘上海船，亲自送女婿带着资财返回。水路行程很是顺利，没几天就顺利抵达飞来村。骨肉相聚好像在梦中一样，不敢相信，恍如隔世，那种悲喜交集情景可想而知。郝家给了女儿丰厚齐备的嫁妆，又重重酬谢郝隐举人，同他联结家谱祖系。就这样一家人一起住了半年，郝翁打算带着女婿一家一起去安徽同住，女儿决绝说："如果不是村里人的善举，恐怕女儿早已不知身在何处，女儿忘不了村人的恩德。"于是拿出千两银子厚谢村子里贫困的人。

　　因体弱多病，五铢只生了一个儿子，为了扩大家业，就亲自为丈夫讨了几房小老婆，生了很多子女。郝夫人十分疼爱五铢，不舍离去，就拿钱出资在西花园砌上围墙，为女婿修建府第，住在一起。郝家田地广袤，阡陌连云，楼阁华丽雄伟，就好像是世代富贵之家。后来，佟家的儿子都已长大，进学读书，五铢这时已经四十五岁，但依然生得艳丽像天仙一样。一天夜里，五铢梦见一位魁伟的丈夫挑着两个大笼子，里面全是满满的纱帽。魁伟丈夫拿出纱帽在屋内到处挂放，就连屋角也几乎被挂满。细看帽端带缨绳、衔宝石、垂孔雀翠羽的，也很多。魁伟丈夫挂好后，特地看看笼内，啧啧叹息说还有剩余，于是就游戏似的把多余的官帽一一掷向西墙，笑着说："这下让他们捡了个便宜。"五铢醒后就把梦告诉阿紫，阿紫料想这梦预示着，子孙中一定有很多人都能中科举做显官，后来果然灵验。然而当时是明朝末年，还不懂缨帽是什么官场威仪。到了本朝，佟姓家族仍世世代代住在山东，多出达官贵人，因此有宝顶翠羽官帽。至于那些被抛掷到西墙外的官帽，原来是女婿家，同样富贵，不亚于佟家。

　　以上这个故事是桃源县令孙梦麟讲述的。

雪里红

　　妓院不是择婿的场所，青楼也没有贞节的女郎。但是，这也不能一概而论，有时还是有例外的。从前，京都有个姓薛的女子，貌美如花，娇媚艳丽，带着一个丫鬟和一个老妈子，租房住下。对外自称已十五岁，花了大钱买通巡街兵丁，于是安安稳稳地开设锦窝绣馆。

　　薛氏曾头插鲜花脸敷脂粉，乘牛车去城南看新戏，演木偶戏的棚车，也为她停轮不转，可想而知她是如何的受欢迎。一群游荡不羁的少年郎争相簇拥着薛氏回家，问她籍贯，问她到过哪些地方，她都含含糊糊敷衍过去。问她的芳名，她说："姓薛，排行第一。"喜欢她的人都称她为一娘。有人问她："一夜寻欢需多少钱？"一娘就伸出玉臂露出守宫砂说："六岁时遇到我师傅，就以丹药点臂作为贞节的验证。到现在还未破身，我不愿作卖身妓女。"少年们说："如果是这样，那你一定很擅长吟咏诗歌，就像你家同姓的老祖宗薛涛女校书一样吧？"一娘说："我并不擅长吟诗。"又问："那你一定善于唱《鹧鸪》曲，跳《柘枝》舞，就像唐朝宰相李德裕的家姬谢秋娘一样吧？"一娘说："我也不擅长唱歌跳舞。"又继续问道："那你善于刺绣做鸳鸯锦，就和你们家祖上的针神薛夜一样吗？"一娘说："我实在惭愧并没有这个才能。"众少年好奇地拍手说："假如你所说属实，那么你是究竟靠什么方法来博取缠头锦呢？"

　　一娘含笑不答，让丫鬟捧出一只瓷碗，只见当中有六粒骰子，把它放在几案中央。一娘对瓷碗虔诚地朝拜，安放得稳稳妥妥，说："虽然我名义上是倚门卖笑，实际上却是想找到合适的郎君。还请允许我用这些骰子，来代替撮合风月的媒婆，这也是遵从我师傅的吩咐。来的人用十两白银做赌注，不管年龄大小，也不管相貌美丑，只要一掷成六红，我就嫁他为妻，决不食言。可是十两银子只能掷一下，如果再掷就要再破费。我守信，还请你们不要吝惜钱财。"众少年说："这办法果然妙啊！这真是别树艳旗而另系赤绳的妙人。"就纷纷吩咐童仆赶快回家取来白银，赌博了一天后，都纷纷沮丧地离去。

　　远近的人听说了此事都议论纷纷，说："什么粉头，只不过是新花样罢了。

吆五喝六，这花骨头骰子怎么能做媒人，白花花的银子不断流入她的口袋。这个女人可真是狡猾啊，那些荡子也是真蠢啊！"总是这样议论，好色的人总是难以忘情。从此一娘门前，马匹不断，狗叫不已，上至王孙公子，下至贩夫走卒，都纷纷慕芳名垂涎而来，抱着侥幸的心态。又因为一娘并不像妓女的名字，她又喜欢穿杏子衫，提出六子全红才嫁人，而恰巧"薛"和"雪"同音，就称她为雪里红。

一天，有个侍御史的公子某携带百金来赌博，投了十把输了十把，沮丧不已。第二天又来，看碗中五红一现，最后一只在那滚转不定，公子大声呼"红"。等到滚动的骰子停下，仍是一黑，公子顿时目瞪口呆，痴如木鸡。雪里红见状偷笑道："真的是好险啊！一红也这么难啊！"女郎容貌虽然很是艳丽但是性格却极其生硬，客人来后只是略加寒暄就请开始赌博，赌博一结束就马上下令逐客，不允许他们再逗留一秒钟。公子想想很是恼怒，就暗中唆使三四个流氓无赖，给他们银子叫去雪里红家将她侮辱，以泄心头之恨。雪里红早已猜到他们的来意，等他们输后，银子装入口袋，就挥手赶他们走。可那些无赖起哄说："小小一片肉竟然这么昂贵？真正的赌场里面还有酒菜招待，供我们解饥渴呢。"说完就卷起袖子准备动手侮辱。雪里红不动声色，只是略微拂动一下手指，就见那些无赖纷纷跌出庭院外几十步远。然后招呼丫鬟出来棒打，等他们被打得多次跌倒爬起，最后跪在地上认错道歉才算了结。他们抱头逃窜，像老鼠一样见不得人，一副可怜相。后来的赌客也都知道那女娘是既艳丽又勇猛，不敢随意亵渎，虽然赌输了怏怏不乐，但也没有在背后讲坏话。

三年来，雪里红对来客都只是敷衍应酬，从不唱一声，陪一次酒，或者故意假装一次笑或愁，然而这香奁中的银子已经有五万多两了。她偶尔对客人说道："从前只是娶我一人，现在还可以同时得到我的财产，真是一大乐事啊。"于是门前车马更加繁多，喧闹如市。

当时江西建昌有个人，叫李崇，年轻还未娶妻，因避难来到京城，十分落魄。将前往投奔姐姐某官府第，可又一向被姐夫所厌恶。看着口袋里剩下的十两银子，也没什么好办法，就和同乡某人商议。某人问道："你听说过这里有个雪里红吗？"李生答道："不清楚。"某人就把情况告知，说："不如你和她搏一战？赢了就立刻成富翁，输了就再去找你姐姐也不迟。"李生说："好。"请同乡带领他去。

雪里红看到李生相貌清秀英俊，可是衣衫褴褛，心里十分怜惜他，说："这并不是赌博游戏，而是寻求秦晋之好，登场一掷，绝对不能反悔。我看你十两银子也来之不易，还请公子慎重考虑。"李生笑道："你也太小看了！虽然书生贫穷，但也不会为了区区十两银子就露出乞丐相。"言辞慷慨，气势十足，已让佳人打心底钦佩，暗许芳心。等到铿然一掷，座上客见状齐声喝彩，只见碗中红光灿灿投掷出六出雪花。雪里红也欣喜不已，轻喊一声，台阶下众人响亮答应，立即挂灯结彩。高烧两支如椽子粗的大红画烛，红红的地毯铺满厅堂，美味佳肴一一端进。丫鬟引导李生入密室沐浴，更换新郎衣装。雪里红也梳妆打扮，换上新娘的服饰。之后两人相互交拜，同乡某人充当主婚人主持了婚礼。

夜色渐深，客人纷纷离去，夫妻也双双进入洞房。雪里红稍稍问了一下李生的家世，就说："我今日甘心跟随着你，想听听你的志向。"李生不禁皱眉说："不瞒娘子，我现在一身落魄，进退两难。如果要我做商人，可我一向厌恶满身铜臭气。如果要我当儒生读书赴考，我又不能忍耐坐冷板凳。实在没有办法，不如去做官，或许还能为国奉献做出点大事。"雪里红整襟行礼，上前说："我果然没看错人。"就伸出玉臂给李生看红色宫砂，羞涩地说："我还是女儿身，还请夫君怜惜。"李生用唾沫去拭探，抹不掉，欣喜雀跃说："看外貌的人，一定会认为你是可以随意攀折的章台柳；可真正有艳福的人，才知道你是出污泥不染的佛池莲。我的心已为你醉了！"对新娘又爱又怜，明晨再看臂宫砂，果然红色已经褪尽好像被洗过一样。

不久，雪里红就用一张银票替李生花钱买了官，经候选得任福建某县令，了结了京城诸事就赶去赴任。雪里红不让李生带多随从，带着大笔钱财，让丫鬟老妈子都改换成男装，雪里红自己也戴帽结带，穿吉莫靴，背着弹弓，腰佩长剑，四骑登程出发。经过泰山下时，忽然遇到一群响马贼呼啸而来，李生惊吓恐惧，面色苍白。雪里红吩咐两女仆好好保护郎君，自己纵马上前迎战贼徒，发出连珠铁弹子，好像秋风摧落叶一般，贼徒纷纷落马，没有一个生还。李生看后惊骇不已，差点摔下马去。到前站，就悄悄问妻子怎么比男子还勇猛，雪里红大笑道："你这个书呆子还藐视巾帼英雄吗？聂隐娘、红线女之类的女侠仍然在人间，只可惜凡夫俗子的肉眼不能识别而已。"因而举杯又告诉了李生在京都拍打无赖的事情，两人都捧腹大笑。

到了福建参见上司，雪里红都手持名帖在旁边扮充贴身仆人，才没出差错，不致坏事。同僚看见李生的仆人十分美艳，都暗下怀疑李生有爱男宠的断袖癖，可都没想到这艳仆就是他的老婆。

上任不到半年，金陵贼党大股人马流窜来福建，一下子就把这斗大的小县城包围了。李生召集乡团准备抵御，雪里红从帘幕后窥看，笑说："如果真的用这些乡民去抵挡贼徒，恐怕会不堪一击。敌情紧急，到底该如何是好呢？"第二天，贼徒更加猖狂，在城墙外像猿猴一样攀登城内，守城的士兵马上就撑不住了。雪里红亲自指挥众兵登城，奋力砍杀一昼夜，这才让贼徒的攻势缓解，可是仍虎视眈眈不肯离去。李生上书向中丞请求救兵，可递了三次公文仍然不见救兵到来，原来是因为驿路断绝，没有能干的信使传书送信。

到了晚上，雪里红用大杯劝李生饮酒，李生担忧惧怕，一点滴酒也喝不下。雪里红笑道："喝酒是死，不喝也是死，为什么不痛痛快快醉死呢？"李生于是一连喝了几十杯酒，之后酩酊大醉，沉睡在所坐的木椅上。雪里红见状取出撕开的布帛大概有十多丈长，先紧紧捆牢李生，然后紧紧地扎在背上，就像背着褓褓儿一样。仍旧换上男装，右手提剑，左手握护身盾牌。清晨听到荒野鸡声三唱，晨月朦胧，就把乡团头领召来，告诉说："现在形势危急！我先背着你们县令前去讨救兵，三天后就回来。城里所有事情只要听我丫鬟、老妈子指挥，就可以相安无事，你们不必害怕。"于是打开城门放她出去。贼徒看她飞越壕堑速度飞快，又见她背上揹着东西像高屋顶上盛水的瓶，也猜不出到底是什么东西。开始时凝视观望，接着就四面攻击，雪里红边走边抵御，杀敌几十人才杀出重围。

县城距离省城有三百里的路程，中午时分，雪里红才背着夫君赶到。走进宾馆，解下背上的丈夫，看他依然还未醒酒，就大声唤醒李生，一起前往去拜见中丞。当时巡抚指挥的军队也只有万把人，意思是无法多派救兵。李生即将随便答应，在身后的雪里红突然插话说："只求中丞大人分给我们五百兵丁听我们指挥，但一定要让属下亲自挑选，选不中的不要。"中丞惊问李生这是谁，李生谎说这是仆人，并且报告说此仆人神勇非凡。中丞听了说："莫非他就是古代奇侠昆仑奴再生吗？"中丞立即传令击鼓，全军奔集演武场。雪里红暗中替李生物色对象，选中的都是一些迅捷如猿猴而勇猛如熊虎的勇士。

李生又前往本省首县某县令处，借了两匹马骑回。县令看见男装的雪里红很标致，就打趣李生说："贵县在这仓促危急的时刻，怎么带着像画眉郎郑樱桃这样的男宠呢？"李生神色庄重地回答说："这是我的妻子。"县令吓了一跳，急忙询问才知悉雪里红的故事，立即赔礼道歉把她请入后堂，让夫人出来拜见，请客人先好好休息一下。县令有一子一女，早闻雪里红大名，就争着跪拜在雪里红膝下求传授武艺，雪里红和他们约好等到县城解围之后就教授，然后集合部队严整出发。此时，贼徒正团团围攻城墙，雪里红率师突然从背后发动攻击，贼军几乎怀疑这将军是从天外飞来。两军打了一昼夜，杀敌无数，残余的贼军全部逃窜。雪里红抚胸叹息说："我们怎么可以把豺狼虎豹驱逐而危害邻近各县呢？"就让李生入城安抚满目疮痍的百姓，然后自己率军继续追剿贼军，直到浙江省边界，才胜利班师。

上司把李生夫妇的英勇事迹上书报告给朝廷，受到赏赐，李生以政绩卓异升迁太守，雪里红也奉诏封为成夫人。某县令遣子女来应验承诺，请求传授神妙的武艺。雪里红只教给他们一些普通招式，说："绮罗丛中的子弟有这些本领就足以无敌，用不着求深求精。"弟子又问她如何战胜对方，雪里红说："就拿赌博碗里的六粒骰子来说吧，其实是眼前的八种阵法，只有知己知彼，目无全牛，集中全力攻击对方一点，才能立刻见胜败。"又好奇地问："那您老人家是从哪儿学到的本领？"雪里红说："我自有老师，老师也自有法术，这些都不方便对你们明说。"

李生每当审判断案时，雪里红就当参谋给予建议，使得案子公正准确，犹如神明。特别是在缉捕盗贼方面得到夫人的大力帮助，很是顺利。只有在本府禁娼时，夫人就竭力劝阻，李生不同意，她就哀哭求他高抬贵手，没办法，李生只有让步。因此在所管治的百里疆域内，有着数百家的妓馆，成为锦绣城一道奇景。雪里红每次乘彩轿外出，那些莺莺燕燕的妓女，就会手捧盘匜，跪在路边，替夫人祝福千秋，人群很是庞大。

这个故事是秦鲁臣谱弟所说。鲁臣，就是金陵世代富贵人家的子弟。

邬生艳遇

邬荣典，字少华，是山东任城读书人家的子弟。已经十七岁了，还未成家娶妻。那时正当仲夏五月，天气燥热不堪，由于他生性喜欢清静，就搬了枕席到小书斋去睡，带一个老仆做伴。一天夜间很是闷热，由于怕热，他就吩咐老仆睡在外厢，自己一人掸床抹桌，剪烛烹茶。看到满窗皎洁的月光洒下，不禁顿生遐想，背着灯端端正正坐着，口中吟咏一首绝句道：

明月此时好，美人何处来？相怜唯有影，绮户为谁开？

诗吟成后，又拖长声音再次咏唱。只见这时忽有一位美人像风飘杨柳一样娉婷而来，年纪大概十五六岁，宽广的衣袖，长长的拖裙，乌黑的鬓发，深翠的黛眉，眼波盈盈像粼粼秋水，长裙下露出细巧的莲瓣，尖尖翘翘像解结的锥子，真如画中走出的美人，让邬生看呆了。邬生惊问道："你是鬼吗？"女子说："不是。"又问："那你是人吗？"答："也不是。"再问："那么是狐狸精吗？"女子笑笑说："你想念的是漂亮女子，而我寻求的是有情郎君。偶然听你高声吟咏，知道你是钟情的男子，因此不顾女儿家的羞涩，学那私奔的红拂而来，郎君又为何一定要喋喋不休追问来龙去脉呢？"邬生说："那你的大名叫什么？"答道："名叫宾奴。""有小字吗？"答道："字樊稀。"邬生听后还是以为在梦中不相信这是真实的，只是握住女子的纤纤玉手，觉得柔软胜过茅草的嫩芽，让人神魂颠倒，心醉不已。和她谈论，又觉那女子口齿伶俐，口舌生香。在谈到诗词文章上时，女子文思辞藻光采闪烁。邬生是又爱又打心里佩服。听到屋外玉漏丁丁，墙外更声敲了四下，邬生迫不及待地催她脱下衣服，女子满面绯红，约在明天晚上再来，仓皇离去。邬生也后悔自己的心急。

第二天晚上，女子果然点着灯携带被窝枕头如约而来，卧具十分华美，人间见不到。邬生就和她上床绸缪，女子受不了那种痛楚，娇啼声不断。她说："我是没有雕琢过的璞玉，还请求郎君能慢慢来，不要狂暴。"事情完后，邬生看到洁净的竹席上的一滩落红，内心狂喜不已，女子果真还是处女，邬生就更加爱怜她。邬生用手臂代替枕头，让女子枕着臂，口中即兴吟咏词一首：

郎可怜，妾可怜，一对鸳鸯一对鹣，今宵那世缘。莫流连，且流连，生怕钟鸣欲曙天，情人隔一边。

女子喜上眉梢说："郎君可真是有情啊。我虽然是毛遂自荐，但是能得到郎君如此错爱，就是死也无憾了。"于是和了邬生一首词，道：

风谁家，月谁家，妾岂当门卖笑娃，情深念转差。香辟邪，正辟邪，夜雨摧残一树花，郎君郑重些。

天亮时，女子摘下耳上两只金环赠送给邬生，并说："暂且把这当作定情信物，但一定记住千万不要给人看到，恐怕飞短流长，对我们都不利。"从此以后，两人夜夜幽会，情丝缠绵。

一天夜间，两人正亲昵依偎拥抱，忽然一个头发花白的老头破门闯入，怒气冲冲，头发乱如飞蓬，白胡子硬如剑戟。只见他大声叱责女子："你这小丫头也太不知道羞耻！"接着又指着邬生骂道："玷污人家的清白，你这轻薄浪荡子应当要杀掉！"邬生惊吓不已，用被蒙着头，讲不出一句话，只有牙齿做对儿撞击，发出咯咯的撞响声。他从被子的缝隙偷看女子，只见她低头背立着，浑身颤抖，抖得可怜。正在惊疑害怕的时候，仆人忽然在外厢转侧翻身，竹床发出扎扎声，老头和女子瞬间不见了踪影。

第二夜邬生锁上门后怎么也睡不着，而女子已经妖娆万分地出现在床边，娇滴滴羞答答的脸色惨淡，沉默不语。邬生拉着她的手问："昨夜那个老人家是你什么人？"女子说："是我父亲。"邬生说："你家父亲，险些把我吓死。我们两人的缘分，难道就到此结束了吗？一个多月的恩爱，早已如夫妻一样，我愿为你而死，绝不后悔。"女子叹息了很久，才说："郎君为何如此痴情？以郎君的一表人才，以玉镜台去做聘礼，得到艳丽佳人做妻子有什么难，竟要冒危难艰险去争一个异类，而且家父一向严厉，明天一早就要带家人搬迁到别省，我是特来和你诀别。还希望郎君能保重，不要挂念我。"邬生听后放声痛哭，女子也哽咽抽泣，从衣袖中抽出红丝巾替他揩泪，说："我也希望我们能够相爱永久，可是想不到触怒了父亲，还祸殃连累到你，从情理上说我们恐怕难以再重聚。还请郎君把我赠你的金耳环还给我，并不是我看重东西，只是担忧郎君今后看见这东西会触目伤心。如果上天可怜我们这一对苦命人，就一会让破镜能够重圆，分剑可以复合。我要走了，郎君千万要保重！"说完依依不舍，就不见了踪影。只听见门外一阵风吹，竹子敲击，像女子珮环的叮当声。邬生开箱一看，震惊女子是何时把金耳环取走。更可悲的是，邬生从此以后身体日渐衰弱，心中仍对那旧时情人念念不忘，害了相思的病。

有个女巫叫阿翠，能看见狐，而且知道狐藏身的地方。邬生因此请她来家问情况，阿翠说："你不会是喜欢那穿淡黄披肩薄罗衫，面孔圆圆像月亮，一笑两颊微微有酒窝的那位吧？"邬生高兴地说："就是她。"阿翠说："这不是别人，是骆氏小素。"邬生这方恍然大悟当初她报的"宾奴""樊徫"名字都是假名。阿翠叫邬生写封信给骆小素，她愿意做送信人。

几天后，阿翠回来传话道："小素匆忙中来不及写回信，请来人传话作为给你的答复：先前我俩情缘实在已尽，担心偷偷离开会害得郎君苦苦相思，所以就幻化成老父的样子，让郎君彻底死心。这给你寄丹砂一粒，可以消除病痛。"邬生看药小而红，闻起来喷香，吞服后，病果然立即痊愈，思念狐女的心也终于放下了。

假五通神

南方人信奉五通神，就和北方人相信狐仙一样。曾经有个靠贩卖鸦片发迹起家的客商，多次在山东、湖南间往来，赚了大笔的钱，之后捐钱买了个九品官，登记着等候入选任职。虽然他已经身穿漂亮耀眼的绣花官服，腰里佩着宝玉，腕上戴手镯，怀中揣洋表，面架一副墨晶眼镜，但是仍然不肯放弃鸦片生意，因此成了当地富且贵的人物，在当地颇有盛名。这个客商姓万，乳名叫佳儿，于是取名叫佳，字颗珠。他从小父母双亡，孤单伶仃生活，由于天性聪敏，容貌英俊不凡，气度翩翩，又善于书写蝇头小楷，得以成为官府里的文书。娶妻雍氏，她是个十分风骚妖媚的女子，时常浓妆艳抹。万佳后来辞掉文书去学做生意，由于对歌唱和弹奏丝竹乐器等技艺很是精通，每天引诱良家子弟去青楼妓院游玩，经常在外嫖宿不回家。

雍氏经常在家独宿，凝望着挑亮了的灯出神，拄着下巴颏对镜子发愣。见镜内自己身后似乎有男子的身影，就猜想是丈夫偷偷潜回来和自己恶作剧。她开心地回头一看，却惊讶不已，眼前是个未曾谋面的翩翩美少年，体形姿态很漂亮标致，就像古代乘羊车的美男子卫玠一样，从来没有见到如此貌美的男子。正要盘问，可是却不能开口说话，神志也有些迷糊，少年把她拥入怀中同坐，细腻抚摩，百般安慰。少年介绍说是五通四郎，说："看娘子每天独宿孤眠，十分不忍，所以特来和你做伴。不知娘子是否也像小生一样的痴情？"雍氏想要拒绝，但闻到四郎肌肤中透出的一缕幽香，直冲鼻内，不由自主被吸引。四郎又将舌头伸入她口里，一边挑逗，一边呟哑狂吻，把本就寂寞的雍氏撩拨得欲火焚烧，就放任四郎摆布。完事后，雍氏神志顿时清爽，见枕边躺着的美男子四郎，雍氏又羞怯又留恋，认为天底下的男子没有一个人能比得上四郎这样美。此后，四郎每晚都如约而至，来后就一定要先饮酒，饮酒一定要一醉方休，醉了就搂抱着雍氏同睡，同睡也一定要极尽欢愉才肯罢休。一次，万佳从外面突然回家，四郎仓皇逃窜躲藏。万佳发现后，怒冠冲天抽出墙上挂着的刀就砍过去，四郎立刻化为一线白光，嗖的一声从窗缝中飞出。万佳问雍氏，雍氏谎说什么也没看见。可是床第之间，雍氏对丈夫变得十分冷淡，没有甜腻情话，也没有欢乐笑容，时刻思念着四郎。

第二天，四郎找着机会又来相会，雍氏哭道："奴家本来一心想和你永久相好，可是现在完了。"四郎涨红了脸赶紧问明原因，雍氏说："既然郎君是神仙，为什么要怕他这个凡夫俗子呢？"四郎解释说："我并不是怕他。只是人和禽兽之所以有区别，是因为人有天良。我已经理亏在先，偷了他的老婆，如果再去欺凌他，恐怕连凡人都不会这么做，更何况是神呢？"

　　四郎话未说完，只见万佳拿着刀突然闯入。四郎含笑想走，看见门外已被壮汉包围，拿着弓箭等候着，原来万佳早已作了悉心的布置。四郎拉住雍氏的衣袖，婉转哀啼求救，又向万佳下跪叩头，保证永远断绝来往。万佳怒气冲冲，狂怒暴躁，举刀就砍，砍在四郎的脸上就像敲破鼓声，砍着四郎头就像击柝声，门外的人又要一哄而入围歼。这时，四郎从衣袖里甩出金钱像雨一样，那伙人见后都眼红发花，四郎趁机突然从万佳裤裆下钻出。万佳立即丢掉刀蹦跳起来，把地下的金钱怒捡起来，共得一百多两银子，分一点给壮汉们，其余统统都装入自己的腰包中。

　　过了一个多月，雍氏病重，卧床不起，头脑昏沉不清醒，说不出一句话。一夜，雍氏忽然悄悄起床，换上新衣服，把自己打扮得像个新娘，她说："四郎要来娶我啦！"万佳见状怒道："他既然是神道，那为什么还要强娶有夫之妇？"雍氏说："哈，你算了吧！你以为先前你所得的金钱是怎么得来的？那是你卖掉老婆的钱哪！"话说完，盘腿坐在床上一笑死去。许多人听到空中果然有喧闹的鼓乐吹打声，人马嘈杂声，好一会儿声响才消失。万佳的狐朋狗友都前来吊唁安慰，可万佳却拍手笑道："好男儿志在四方，妻子本来就是我的累赘，现在我自由了，要一展抱负了。"丧事结束，就把所有丫鬟都遣散，每天挟带资金四方经商。后来遇见一个道士，教给他用金针、槐角、猪皮冒充鸦片的窍门，更是钱财滚滚。

　　汉中史太守对手下十分严厉，万佳很是低声下气，曲意逢迎。只要有人触犯太守，万佳就一定找借口和他作对，进行百般辱骂。而如果有人阿谀奉承太守，万佳就会事先和他交往，巴结周旋。太守犯了错，万佳就包揽在自己身上，说："太守怎么会这样？"很是得太守的心，因此太守逢人就夸奖称赞万佳，说："老夫真是虚度这些年了，为什么没能早点认识万生呢！"一次，太守交给万佳一千两银子，叮嘱他代买一个佳丽女子。万佳说："漂亮小姐本就是姑苏地区的土产，怎么能不奉献给大人？"于是带着钱前往，花了五百两买下一个贫家女子，见女子貌美，先是暗自和她私通，不敢贸然进献。恰好史太守由于贪赃枉法而身败名裂，万佳就把女子占为己有，娶做小妾，并重新取名春花。

　　万佳有一个朋友王七，河南人，收集古董成瘾，即使是那些烂铜碎玉，书画古玩，也都视为珍宝，十分爱惜。万佳代他去搜罗古董，只要是稀见的物品且价格昂贵的，他就暗中自己赔钱，然后半价告诉王七。因此王七对万佳很是信任，曾经对人说："天底下论诚实守信，还有比万生更好的人吗？"一次王七和朋友相约过海去游玩，就把女儿托给万佳照看，说："小女已经十六岁了，到了成亲的年龄，如果我三年还没有回家，就全凭老弟作主替小女物色个好对象，有劳老弟了。"王七走后，万佳看他女儿貌美，就故意骗她说已替她物色了如意夫婿。招赘成婚那天，酒席间挪开扇子，掀起头帕一角，斜眼一看竟是胡须稀疏贼眼闪闪的万佳，她说："我原本就怀疑是你。"万佳说："那既然有佳儿，就应当配佳妇。"于是就把女子夺来收为自己的第二个妾，重新取名夏云。

一次，万佳偶然乘坐焦叟的船过鄱阳湖，他很擅长酿酒，又精于烹调，每餐都一定要拉着焦叟一起吃喝。焦叟不好意思要作东道主回请，万佳竭力阻止。焦叟还带着一些私货，万佳总是替他想法免税而且价钱成倍提高。他偷看到焦叟的女儿在船尾摇橹，十分娇艳妩媚，总是和她眉来眼去传递情愫。他故意试探着问焦叟："为什么你女儿到现在还没有嫁个好女婿呢？"焦叟发愁地说："哎，小丫头娇生安逸惯了，不想嫁给船民。可那些瞿塘富商和金马门的贵公子又岂是我们能高攀上的，所以才会迟迟没有对象。"万佳说："虽然我没成大气候，只是个九品小官。如果您不嫌弃，不知能否让我下聘礼定为婚姻？"焦叟捋着大胡子笑道："你万颗珠四十岁还没有老婆，谁会相信啊？"万佳说："你这可真是冤枉我了！我的结发妻子早已经死了，直到现在我还没有续弦。"说着就对天赌咒发誓，焦叟犹豫不决，但最后觉得此人可靠就把女儿嫁给了他。等进了万家的门，结婚已三天，看到万家的两个小妾才后悔不已。焦叟拼命大闹万家，要去官府控告，可女儿无奈地说："女儿现在已经到这地步，只怪自己太匆忙没长眼睛，我还有什么可多说的？"万佳也久久跪在地上，向焦叟求情，把头叩得砰砰响，焦叟只好自认倒霉瞎了眼，拂袖长叹而去。于是，万佳把这女人当作第三妾，重新取名秋月。

一次，万佳在楚州张眉娘家逛妓院，先和她的女儿亭亭私通，私下定下婚约，万佳答应不惜花费大量钱财，两人商议订婚。眉娘听说后，不断叹息说："想不到女儿竟比我先有了归宿。青楼女子可以享受美味佳肴，可以身穿绫罗绸缎，过得像王宫妃子宫嫔一样，但却得不到凤冠补服褂的官封服饰，这能不是一大遗恨吗？"万佳说："我是九品官呐。以后亭亭封得了绣花补服，可以赠送给你。"眉娘沉默了很久，轻轻说："你娶了亭亭，仅仅能得到人而得不到财，可能还要破财娶亲。不瞒你说，这几年来我也存了不少私房钱，不如大人把我娶了，这样你既得到财，而我也能成贵妇，这不是一举两得吗？"万佳说："可为什么一定要抛弃亭亭呢？我俩已经商议好婚事。"眉娘说："你可曾见过母女俩共同服侍一个丈夫的？"万佳立即应和说："有，有，有！"于是就胡编乱造古代小说，荒唐至极。母女俩进入万家门后，见家里早已有三位艳妇，眉娘感觉被骗伤心大哭，要寻死。万佳又千方百计柔情蜜意去哄骗，之后眉娘被说得化怒为喜。万佳把官场中调停应酬的手段，也都施展在闺阁众妾中，彼此也都平安相处，像亲姐妹一样不分彼此。于是将眉娘当作第四妾，重新取名冬松。将亭亭当作第五妾，重新取名四季。

万佳又拿钱重新修建了楼房游廊，整天乐声嘹亮，尽情享乐。曾经汉成帝把爱妃合德看作温柔乡，说："我要终老在这温柔乡。"如今万佳的快活，绝不亚于汉家皇帝了。画师柯莲擅长人物写真，万佳听说后，就邀请他来画五个妾，惟妙惟肖，活灵活现。又画亭台楼阁图，五妾或在钓鱼，或在举杯酌酒，或在出题目联诗句，或在下棋比高低。还画了万佳穿着短衣衫裤像个奴仆一样在旁烧水沏茶。这幅画题作《五美图》。画成后，万佳给了画师一文洋钱作为报酬，柯莲嫌弃太少，和他据理争辩，万佳失了耐心，无赖地说："我堂堂九品官却还不能使动一名画师，那我费尽心思花钱捐官有什么意义呢？"然后叱斥画师滚出去。柯莲忍气吞声去五通神庙宇祈祷，替自己报仇出气，万佳并不知情。

一夜，万佳喝醉了酒回家，童奴提灯引路到中门突然停住了脚步，原来这是万佳订立的规矩，不得入内。万佳一个人摇摇晃晃走入庭院，只听得五美房里笑声满耳，灯光闪亮。就好奇地悄悄地往四季那儿，竟然看见一个穿狐皮裘衣的男子正把四季搂在怀里，摸弄她的奶头，四季吃吃笑个不停。万佳立即怒骂着闯入房内，那男人缓缓站起，细看，他的面貌竟然和万佳一样，没有一丝区别。男人指着万佳对四季说："咦！这是哪来的鬼怪，竟然敢幻化成我的样子过来迷惑四季吗？我的结发妻子之前被五通神谋害，估计这次又对你垂涎三尺才会喜滋滋地进来。"说完就抽刀向前，四季也抓把剪刀在旁帮衬，气势汹汹。万佳已被气昏了头，高声大呼说："五娘千万不要相信他的鬼话。你睁大眼睛看看，虽然我们二人面貌相同，但我穿的是羊皮裘衣，这是可以区分的！"说完，顿时见那男人也穿着羊皮裘衣，而自己却穿了狐皮裘衣。众多老妈子听闻动静都挥动棍杖过来，争相敲打穿狐裘的万佳，快要把他打死。

万佳惊慌失措地逃入冬松的房间，竟也看见一个穿貂皮裘衣的男子在房里，抱着冬松，两人正一起调笑喝着美酒，手里拈着花做酒筹在赌酒猜枚。男子看见万佳突然进房，说的话和前面那个男子一模一样。万佳赶紧大叫："我穿着狐皮裘衣，这可以区分清楚。"忽然看到那男子穿着狐裘，而自己已穿上貂裘，众丫鬟又拿起扫把争着扑打穿貂裘的万佳。

万佳吓得匆忙逃到夏云房里。一个穿狼皮裘衣的男子一手搂抱着夏云，一手在桌上指着下流的春宫画欣赏，两人正讨论着笔墨的工细优劣。听到外间传来闹哄哄的声音，那男子故作惊诧地说："你不用害怕，这是五通神在作祟。早就听闻他善于变化，能变得跟别人一模一样。我先同你讲清楚，我穿的可是狼皮裘衣，如果待会看到穿貂皮裘衣的那就是五通神，你就想法引诱他进房，然后我就用锋利的宝剑斩断他的脑袋。你能做得到吗？"夏云点点头说："好的。"果然万佳进屋后，在床头看见拔出宝剑的那男人，万佳被吓出了一身冷汗，全身颤抖不已，赶紧跑到秋月那儿。秋月房里也有一个穿猞猁皮裘衣的男子，正亲昵地拥抱着秋月，两人围着火炉在爆炒栗子，边吃边笑。看到万佳进来，男子大笑说："你从哪儿来的？竟然胆敢闯入我的卧室。"后来低头一想，想出一计，告诉秋月说："想来那杀害我原配妻子的五通又来了，着实让人切齿痛恨无法忍受。来得正好，正好请君入瓮，尝一尝炮烙的滋味。"果真见秋月取出床头捕猎的网，要去套住万佳的头。万佳高呼道："秋娘怎么会这么昏头昏脑？我穿着貂皮裘衣你难道分不清吗？"忽然看见那男子穿着貂裘，而自己则一身猞猁裘，吃惊不已转身想逃。此时，秋月对他招手，他更是吓得狂奔而出。

万佳走近春花的卧房，听见春花正在磨刀霍霍说："我可不能和你家大老婆相比，不能随便让五通奸污。如果他真的过来，我就亲手杀死他！"万佳又看见绣床上正躺着一个穿松鼠皮裘衣的男子，对着灯火在抽烟，笑着说："你不要怕他，我曾经打过他，知道他喜欢穿猞猁皮裘衣，你会一眼就认出他的。"万佳此时愤恨到极点，大声呼叫说："春娘，在你床上躺着的是妖精啊！真正的万佳在这儿。"春花也愤恨地骂道："万佳乃是九品官，怎么会是死鬼所能假冒的？"穿松鼠裘的男子也应和，笑着说："假冒万佳，可让人难以理解。

你不过是贪图淫乐，我的妾有很多，你随便去选择一个就是，又为何费尽心思假冒我来混淆庐山真面目呢？"说完，春花掷出飞刀，差点砍中万佳的肩膀。万佳立即奔出外厢，抱一床被褥睡在厅堂间，看看自己穿的衣服，仍旧是那件羊皮裘衣。

第二天，万佳进内房偷听，各妾房里都在窃窃私议，有的说："你千万不要出房门，那四家都被五通占有，我们夫妻俩落得逍遥，免得有人夜晚要争宠。"有的说："自己的丈夫怎么会辨认不清，竟被五通玷污，那四家是有多愚蠢！"有的互相谩骂："你这个不知羞耻的妮子，为什么不来看看我房中有真郎君呢？"有的互相告诫丫鬟、女佣说："千万要管好自己的嘴，恐怕触犯那四家的五通不是简单的。"冬松更是伏在丈夫身上又笑又骂道："怎样？连亭亭都被五通神占有，是不是只有老娘待你的情分不薄！"不久又听到气喘吁吁，呻吟不断的欢愉声，很是猥亵浪荡。

万佳偷偷离开到厅堂仰卧着，床边徘徊着一位短发垂肩的娇小女子十分妖艳，手里捏着烟筒，笑道："我与郎君有缘分，就厚着脸皮自己过来了。"万佳大声吼叫着，用烟筒击打她，女子顿时就不见了踪影。从屏风后边传来男子的骂声："你这万佳实在很无礼！我们兄弟都是五通，占有了你的妾，为不使你孤单无趣，特意派我们的小妹妹来陪你解除寂寞。可你反而不识好意，恶语相向对待她，难道你真的觉得戴了这纱帽翅，就狂妄自大了吗？"万佳惊惶叩头，连连说"不敢不敢"。万佳问道："你既然是神，也知道凡事要讲理吗？"男子说："当然，世间只有禽兽不懂道理。"万佳说："那既然你是明事理的人，而且已经霸占强娶了我的妻子雍氏，可为什么又要占有我所有的妾呢？"男子说："你这是什么话？"接着又大笑着说："你可真是可笑，戴了一顶绿头巾，却还不知道奸夫是谁吗？先前娶走你老婆的，都是假冒我们名义的人做的。你如果不信，把那人当日来时的样子说来看看。"万佳就细细讲述了挥刀、掷金等情节。男子听了说："你还真是愚蠢！如果他真是五通，会那样怕你吗？我们兄弟都在，你的刀也在，不妨你再试一试比较比较真假。"万佳哪敢冒犯，痛哭不已，自称"死罪"，请求诸事成全。男子说："哈哈！万佳儿，如果你能诚心供养我们，我们不但不会和你作对，还能让你更富有。"万佳恭敬地答应，从此就侍奉五通神。

一天夜间，万佳梦见妻子雍氏满头珠宝翡翠，穿着锦衣玉袍，被侍从拥护进门，掩泪进入床帐内，紧紧握住万佳的手，不断流泪叹息说："万郎你现在是多么可怜的人哪！我所嫁给的四郎，其实是真五通。他的兄弟，早就被郭孝子斩杀，只剩下他一身，早已收手不再作怪害人。他的权势很大，是管领着东南一角亿万游魂的都监使，手下士兵众多。每次看见我思念你，他也会神色惨然。现在我听说占据你诸妾的是假五通，就如实告诉四郎，他愿意出力效劳助你一臂之力。明天就会带兵前来，替郎君驱除妖魅，还请你找个地方躲避一下他的锋芒，千万不要去冒犯。"万佳想拉住雍氏叙叙旧情，可雍氏害羞拒绝，起身告辞，黄粱梦也突然醒来，谨记着雍氏的话。

第二天夜晚，万佳潜藏进东邻家，果然不久就听到自己住宅内兵戈剑戟格斗乒乓的声音，四郎叱咤的指挥声，五妾环绕的号哭声，丫鬟女佣东奔西窜的惊呼声。又听见四郎誓师道："你们这些假五通，竟然假借我的名义在人间如此横行霸道。谁能抓住他们，一定重重有赏！"众士兵高声齐呼。交战声持续了好长一段时间，四郎大叫道："竟然逃掉一个，这可如何是好？先暂且收兵回报夫人，再设法侦查搜捕。"此后听到空中吹锣击鼓，替四郎演奏凯歌的声音，不久声音突然都消失了。万佳清晨带着仆人进宅探看，只见诸妾和丫鬟都昏迷不醒躺在地上，万佳把她们一一救醒，诸妾醒来还并不知道真相，还为失去的丈夫悲恸不已。再看看藏在箱笼内的黄金白银，外面虽然仍被封锁得牢固严实，但里面早已空无一物。台阶下还有四条被斩断了头的黑白小花狗，血淋淋地躺在那里，想来应该就是那些假五通。

经历了这一遭，万佳重新整顿门庭，替五妾治病，渐渐都病愈。把借出的债款讨还，共剩下一千两银子，担心由于家口众多开销大，今后的生活成难。想了一会儿又由悲转喜地说："我本是九品官，应当把做官当作衣食父母。"因此把这一千两银子拿去全部贿赂有权势的人，最终得以实授做某县的典史。刚上任，戴红黑帽的隶役为其鸣锣开道，前呼后拥，坐在四人抬的大轿里在大街上很是威风。只见忽然有一团黑气，呜呜叫着从半空中冲着轿子飞来，还未反应过来就见一只像蒲葵扇那么大的毛茸茸的手，一下子紧紧扼住万佳的颈脖，骂道："我们兄弟待你不薄，可你为什么要没有良心招引恶棍前来肆意杀戮？我确实是假五通，但我今天决不饶你！"说完，用手不断掴万佳的耳光，噼噼啪啪的声音响亮清脆。万佳拼命乱叫，之后被打死在轿内，五个妾见状也就此飞花四散。

父子同日成婚皆原配

娄生名鉴，字方壶，是湖北松滋醴芝村人。父亲名子重，靠经商成家，娶妻朱氏。生下娄鉴才周岁，朱氏就离开了人间。娄子重续弦娶了牛氏，生下了女儿娄莲。牛氏对亲生女儿十分溺爱，可对待前妻儿子却十分暴虐，是个暴戾的继母。娄生从小就与马氏十三娘聘定为妻，聘物是子午佩，马家回报鸳鸯佩。湖北的风俗：儿女都必须把聘物系挂在胸前，结婚合卺时才解开。娄生因为是幼年就聘定，所以除了知道岳父家姓马，其他一概不知。

娄生天资聪敏，喜爱读书，外貌温顺和婉像个处女一样，村学的老师都十分喜欢和看重他，认为他前途必定一片锦绣。娄生刚满二十岁时，父亲就叫他放弃读书。塾师知道后情愿不收学费，只为他不要辍学，可是他父亲并不同意。娄生请求去学武艺，父亲也不同意，嘱托妻子兄弟牛三混把儿子介绍到他亲戚开的钱庄去学贸易。那钱庄离村八十里，中间还隔了一个湖泊，娄生十分不情愿前往，父亲一再催促，特别是牛氏絮絮叨叨，娄生只好泪流而去。

到了钱庄，娄生拜见了主人，主人见他很年轻，昂然高坐接受拜礼。店里的伙计都嘲讽娄生是个书呆子。娄生每天早晚洒扫店堂房间，有客人来就端茶送水，动作稍慢一点就会挨骂，稍有差错就要被打，和在村学时的情况相比，真是一个天一个地。至于那些财务账簿，娄生打眼一看就懂，只是生性高傲，不愿受人控制，经常和主人白眼相争。

这样过了半年，娄生向主人请求回家一次，看望父母，可店主却不许。有一天娄生误收进一块银币，凿开来见里面是白铅灌入，他赶紧把自己衣服典当掉，暗暗贴钱赔补损失。伙计把这件事告诉了主人，主人破口骂道："你真是瞎了眼了，活该穷死饿煞！你还怎么有脸在这坐吃三餐呢？"娄生面红耳赤，额头冒汗，不敢争辩一句话。吃饭时，娄生刚拿起羹匙，主人又开始骂，众伙计对其冷言冷语嘲讽，娄生再也忍受不了，丢下筷子拍桌大骂说："你们这些鬼东西也胆敢放肆欺负我！我放弃读书来学做生意，是因父命所迫。你们这些放猪的奴才竟如此小看人！"主人气急想用拳头教训他，想不到最后反被他毒打教训了一顿。

刚好牛三混进来看见这一幕，就怒斥并殴打娄生，娄生连蹦带跳逃出门外。

娄生踽踽独行，走了三十多里，见树丛外秋天的烟雾忽明忽灭，长着萧萧芦苇，男女老幼放下担子坐在柳荫下歇息。知道前方是湖，就上前高声叫唤摆渡船。一条小船来到，人们争先恐后上船，船十分窄小，娄生不敢上船。之后又来了一条船，娄生独自上船，催船家快摆渡，船老大只是笑笑不说话也不走。不久又来了一个穿青鞋戴竹笠，外貌修饰得十分整洁的老头。他刚登上船，船就荡开，离岸摇入烟雾中。船老大说："我在此等候老爹很久了。这个小官人一副急色相，实在很吵人啊。"娄生发脾气，老头劝慰他。娄生因而搭话询问老人家的尊姓，老头说姓马。老头又反过来问娄生，娄生告诉了他详细情况，老头说："莫非你是娄大户子重的儿子吗？你父亲和我有老交情。"娄生肃然起敬，赶紧起身行礼。老头又问他从何处来，娄生又详细告知。老头说："青年人果然气盛啊！"

不久就登上彼岸，老头向南，娄生作揖道别要向北。老头挽留他说："夕阳快要西下，前面道路时常有虎狼出没，而且树丛中还可能有盗匪潜伏。我住的山村离这不远，不如到我家歇息一宵吧。"娄生想着无处可去，也就没推辞跟随他进入了山村，登上老头家客堂行礼拜谒。老头家以楼下为面圃轩，桌椅床榻都摆放得整齐明亮。过了片刻，童儿点上灯火，捧出酒肴，杀鸡做饭招待客人，很有"故人具鸡黍"的古风。老头举杯劝酒说："山村地方偏僻，远离市镇，没有什么美味佳肴供你品尝，还请你不要介意。不过这酒是我自家酿的，不知能否下咽？"娄生急忙称赞酒很香冽，一口气连饮四五大杯，老头还在不停地讲话，娄生已颓然醉倒。老头怜惜娄生困倦，就把他扶上床，盖上布衣，并嘱咐童儿说："等大郎酒醒后，你就送上茶水点心让他进食，不要也像他一样酣睡不醒。"童儿点头答应，之后窥见老头进入内房，就把剩下的美酒偷喝了，吃羹汤烤肉，最后也喝醉了，钻到牛棚里倒头就睡，把老头的吩咐忘得一干二净。

娄生蒙眬睡去多时，忽然一觉醒来，口渴得要命想要讨茶喝，可没有人答应。自己就起来在黑暗中摸索，此时烛光已熄灭，门也被反锁，晕头晕脑的几次跌倒，胸口火烫像烧锅一样。娄生这才哀哭道："唉！娄方壶大概要死在这里了吧！"

当时老头的女儿十三娘已长大成人，秀丽妩媚，楼上就是她闺房。不久前经过父母卧室门口，亲耳听到父亲告诉母亲说："楼下客堂间住宿的是我家未来的女婿。"十三娘听了这话，羞得赶紧逃开，由里面小楼梯登楼遮上烛光凝思独坐。她每天晚上都会泡上一壶香茗煨在地炉上，留着在刺绣疲倦时饮用，听到楼下娄生要茶喝的声音，不久又听到娄生痛苦的声音，心旌摇摇不知如何才好。替娄生叫唤童儿既然不可能，坐视不救尤其不应该，想到夜深无灯，又有外梯可到楼下，不能分辨清楚是谁，于是就战战兢兢走下楼去，暗中把茶壶递送到娄生怀里，然后又轻移莲步回到楼上。

娄生得到一壶香茗，像久逢甘霖的旱地，大口牛饮喝个痛快，顿时解了口渴，之后又昏昏入睡，把茶壶紧紧抱在怀里。十三娘此时心里忐忑不宁，顿时想起茶壶在楼下恐第二天被爹娘发现难以收场，更是惊惶不已。于是就手持蜡烛再次下楼。

娄生闭着眼假睡，看到一位美人飘飘而来，半掩着红妆，轻拢着鬓发，姿色艳丽清秀。十三娘斜瞧着茶壶要拿走，刚刚伸出玉臂，就突然被娄生一下子紧紧握住。十三娘不禁面色通红，气喘流汗，拼命要挣脱但没有成功，只好低声求告说："我只是来为你送茶水，并无恶意。"娄生说："我知道你是好意。"十三娘说："那么你可以放我走了。"娄生不予回答。十三娘顿时跺脚又羞又怒说："真是急死我了！"娄生打趣说："谁不急煞呢？"话声也在放大声响，十三娘赶紧用纤纤玉指去堵娄生的口，娄生立即趁机拥抱，十三娘一下子跌入娄生的怀里。两人成其好事，床单被染上了红色，欢愉痛快。娄生问她老头是什么人，她说是父亲。翌日凌晨，十三娘把胸前玉佩解下和娄生交换着挂好就匆匆离去。

娄生暗自觉得自己实在是很幸运，住宿在农家竟能有如此艳遇，云英蓝桥遇见裴航，刘阮天台山食胡麻屑遇仙女，和我今天的艳遇真可称得上是鼎足而三。后来又回想起自己逃归寻觅渡船的情况，遇见老头殷勤款留招待的情况，和昨夜那个女子怜惜自己的情况，又一幕幕回忆起父亲的愚昧、继母的虐待、舅舅的横暴、生母的夭折等，联想起来，这真是悲惨的命运，可我竟然丧心病狂坏了人家清白女儿的名声和贞节，如果交换佩玉的事情败露，那我和那女子的两条小命还能活下去吗？真是剪不断理还乱，愁绪如丝。这时晨钟敲响，启明星已经在门外闪亮，狗儿也在花影中汪汪吠叫。娄生是越想越怕，迫不及待地就披上衣服翻越围墙逃窜离去，也不知到底去哪里。再想想两边都不能回，就乘船渡江，沿路行乞讨饭。时间一长，只见娄生蓬头垢面，成了如假包换的乞丐。

后来娄生来到安徽的黄山地界，在重峦叠峰中徘徊不停。夕阳西下，倦鸟知返，听着猫头鹰在夜露中悲伤号泣，白猿白鹤在向寒霜示警的哀鸣，枯枝间青磷闪烁着幽光，狐狸在月光下捧着脑袋，景象恐怖极了。娄生被吓得缩成一团隐藏在松树下休憩，自怨自艾，不禁触景伤情，悲从中来，放声大哭。哭着哭着，忽然见身后山峰石壁的扇门洞打开，一个青衣童儿大声呵斥说："哪来的鲁莽男子在这儿啼哭？"娄生回答说是迷失了道路。童儿吃惊不已地说："你是娄郎吗？是不是居住在醴泉村，门口有十丈长桥，周围晾晒着渔网的？"娄生不可置信地点点头说："是的。"童儿激动地说："既然是娄郎，那就先随我去拜见我师傅吧，或许能让你在这小住一阵，总比你在闹市盲目走东走西饿着肚子乞讨要强。"

娄生答应下来就恭敬地跟在童儿身后，在黑暗中走了几十步，眼前忽然出现一轮皎洁的明月。树影中楼阁雕刻精细，台榭缭绕幽曲，厅堂下大池塘倒映明月如镜。只见一位紫髯碧眼的老叟，衣冠古朴古香，正面朝南坐着，两边的侍从都是星官装束。童儿跪下禀告说娄生来此，娄生也于花台阶下跪伏拜见，叩头有声。老叟笑着对两旁侍从说："我说这孩子英气不凡，你们看后觉得怎么样？"众人看了看娄生齐声响亮附和。老叟吩咐童儿领娄生到深邃的密室里，只见密室里由白玉砌成墙，壁上都是古字，说的全是一些兵法谋略，娄生惊讶得合不拢嘴。白天，娄生翻山越岭去砍柴，夜晚就面朝墙壁高声朗诵，遇到不明白的地方，就向师傅的高足弟子请教，很是谦逊。一天童儿忽然来传达师傅的命令说："师傅和众人要去远行，留你坚守着洞府，千万不要擅自离开否则会遭责罚。"娄生谨记正要前去感谢师傅，只见老叟已化成彩凤，另有九人头和五色的羽毛，拿着盾和斧。其余众人也纷纷化成鹤，有的白有的黑，都如车轮那样大，鸣声锵锵像是在演奏钧天广乐，翱翔着飞往远处。

娄生自己在洞府，感到百无聊赖，所以经常好奇偷偷潜入师傅宫殿，看见壁上悬挂一柄莫邪宝剑，桌上摆着十锭黄金。娄生取金背剑，又换上道家的头巾袍服，在溪水边照一照自己的身影，果然很像一个黄冠道士。一会儿自己的身影消失，溪下又出现了另一番情景，房屋如橘，人如蚕，人们在不停地来来去去，这是个村庄。又看见姓马的老头和妻子一起坐在客堂间数落女儿的过错，并气愤地把她赶出家门。她跑到自己家告诉父亲，父亲十分震惊，就去问钱庄店主，店主说那娄生已逃跑。父亲并不相信，舅舅也作证说是千真万确。于是，父亲焦急万分向马家讨要儿子，马家老头带上女儿捧着佩玉告到县令那儿。县令审讯多时，最后让父亲把那女子领回家，又通报邻近地区一起寻找娄生。舅舅又唆使钱庄店主状告娄生盗走洋钱十万贯。县令明察秋毫知道他是诬告，就重重鞭打两人以示警告，这样才把官司了结。马家女子到自己家后日夜操持家务，可仍要被继母凌辱压迫，最后在柴房内生下了儿子。儿子呱呱啼哭，父亲哀求邻家妇女代为照看。继母知道后对着父亲是又哭又闹，气势汹汹，马家女子受惊昏厥，儿子更是哇哇啼哭。

娄生看着这一切，惨不忍睹，十分痛心，放开喉咙惨叫一声，比当初在松树下的悲恸更痛苦，一时头昏目眩失足掉进溪水，自以为必死无疑。等到苏醒时，发现自己却高卧在绝壁下，黄金和宝剑都在身边。之后遇见樵夫，问后才知道此地是寿春四公山。娄生赶紧进城找一家客栈住下，裁制华丽的新衣，购买骏马，不再做道家的装束。

一次，娄生偶尔去一个大市场逛逛，看到许多人在围着一个容貌姣好美艳的女子指指点点，原来是那女子插着草标在卖身，卖身启事上写道："女子婉丽，姓甄，父亲孝思，湖北有名的儒生，在本地做幕僚。祖父祖母去世，无钱归葬，最近父亲又生病，眼看没有活路，只能卖身救父，即使做婢做妾也不后悔。"娄生见场景很是凄惨就暗中打听甄家的底细，果然是真的，就去见甄孝思，分给他二百两银子，并且叮嘱父女俩赶紧回乡，不要羁留在本地。甄孝思感动痛苦，流着泪说："你就是古代侠义郭解、鲁仲连一类的人物，老夫无能为报，还请大侠告诉尊姓大名。"娄生说："我姓娄。萍水相逢，名字就不说了。"甄孝思问他要去哪里，娄生说："我孑然一身，随风漂泊，没有固定的地方可去。"甄孝思说："你如此厚赠我，我也愿替你出力。此时长安正处于绳妓作乱时，征讨十年仍未平息叛乱。我和副将军罗公交情很深，不如我把你推荐给他当秘书，前途一定不可限量。"娄生听后很是乐意，甄孝思就抱病写了封推荐信，又叫女儿出来拜认娄生为义父，然后离去。

第二天，娄生把鞍鞯弓刀装备齐全，就起程了。抵达宝鸡，把推荐信投递进军营，罗公见后邀请娄生入内。二人抵掌谈论用兵谋略，罗公很是赏识娄生的才思，急忙把娄生推荐给统帅，统帅让娄生独自掌管一军。之后，娄生率领士兵攻击敌人，大大小小的战役都取得了胜利。在战场上，娄生割裂战袍替战士包扎伤口，抽出壶箭射向敌寇，英姿飒爽，气概豪迈，敌人见了就不战而怕。元旦之夜，娄生率领部分人马偷袭敌军的老巢，杀敌无数。贼寇被平定后，统帅把娄生的功绩奏报给朝廷，皇帝亲自任命娄生为西秦水陆兵马都统制，命令他驻地镇守。娄生上书陈情说："多谢皇上的重用，可是双亲年老，还一直未娶妻，所以特大胆要求等回乡探亲后再赴任。"朝廷下诏批准，把娄生父亲封为庸国公，娄生继母为庸国太夫人，预封娄生妻子为秦国夫人，预先让娄生儿子荫袭为翰林博士。娄生不禁回想：逃出钱庄时刚二十岁，洞府居留十四年，军旅生涯又二年，虽然已年过半个甲子，如今能衣锦还乡，也可以向村人夸耀了，于是催促车马兼程前进。

快要到村庄，娄生把所有仪仗队随从人员都退后，自己一个人骑马前行。忽然听到鼓乐声，看见旌旗飘扬，又有华丽的仆役披着红绸，簇拥着彩轿进村。村里新建了一座华贵府第，高耸入云，和旧景迥然不同。等到后面的仪仗随从到了，娄生这才迟疑地进入家门。只见大厅的主位上座着一位美少年，穿着举人的服饰。首座上的贵官，服式也都相同，细看竟是甄孝思。旁边坐的都是本村父老乡亲。

众人见到娄生突然进来，惊讶不已。原来自从娄生逃走后，父亲果然向马家讨要儿子，于是马家告到县里，县令就叫娄生父亲带回马家女儿做儿媳妇，媳妇遭继母凌辱鄙视，差点被折磨死。媳妇后来生下一个儿子，名佩，字玉根，她一边纺纱织线一边教儿子读书识字。现在继母已亡故，莲妹也已出嫁。娄佩刚考取乡试第一，成为解元。考场中遇到甄孝思，聊得十分投机。两人都榜上有名同年中举，甄孝思把女儿婉丽许配给娄佩为妻。甄孝思回故乡后重修祖坟，掘到大量窖藏金银，这时正是送女儿来成亲。马家夫妇已八十高寿，胃口很好，饭量仍然很大，眼下正和娄生父亲在玩叶子戏。众人中一半向娄生讲述各种往事，另一半向娄生的贴身侍从询问情况。娄生进内拜见父亲，同时还拜见了马家的双亲，亲人相聚，悲喜交加，场面让人无不为之动容。这时，甄孝思进来一一劝慰。十三娘突然见到娄生，更是热泪盈眶说不出一句话。娄生这时才知道摆渡遇到的就是自己的岳丈，在马家艳遇的就是自己幼年聘定的妻子，安徽救下的异姓女儿就是自己的儿媳妇，果然是惊喜不断啊！当看到老父身体健康、精神闪烁，妻子在家痴痴相等，儿子已成贵人时，娄生很是感慨。当听说继母已死，又痛哭得抬不起头。

众乡亲争着上前祝贺，就像吵架一样，看着亲人间争相辨识，娄生觉得自己仿佛又像是在梦中。热闹喧天的成亲奏乐声，又像隆隆惊雷。甄孝思激动地告诉众人，说："父子同日结婚，而且都是原配，从古至今有这样的事吗？"大家说："从来没有。"甄孝思说："可今天竟然有了！这就是天意啊！"于是请娄生把戎装脱掉换上官服，邻居妇女们也劝十三娘赶紧梳妆打扮，此时十三娘已藏在柴房内抽咽着无声而哭。众人硬是给她擦粉画眉，戴花钿首饰，穿戴金冠绣蟒袍，打扮过后，好像是一位天仙站在面前，众人都称赞不已。厅堂上供着皇帝赐封的诰命，地上铺设着大红地毯，老少两对伉俪先后拜天地，然后夫妻交拜成礼，由笙歌乐队和喜烛引导两对夫妻进入洞房。大厅里大设酒宴，大厅下演着精彩的节目，好不热闹欢快！来客们都痛饮尽欢而散。

夜色已深，十三娘背着灯光羞涩难言，不知所措，还要指挥丫鬟过来照料娄生，娄生暗暗阻止她，她也不说话。娄生带着歉意靠近她，她故意装出侧耳倾听周围有没有人的样子，还是不说一句话。娄生面露羞色，把衣襟解开，握着子午佩说："玉佩还在这里，你的和我的本就是一对鸳鸯佩。"十三娘也暗中解下鸳鸯佩丢给娄生，还是不说一句话。娄生突然含泪跪下抱住十三娘的双腿，十三娘使劲挣脱开娄生，赶紧躲开说："你怎么还是没变？都已经过去十六年了，现在还犯那口渴的老毛病吗？"娄生听后眼含泪水深情地凝望早已红了眼眶的妻子，两人深情相拥。

郝腾蛟

听枕边母夜叉悲啼，河东狮子吼叫，能使铮铮铁汉闻风丧胆，怨没有仙女杜兰香重到人间来。可是每每听到我故乡的父老乡亲谈及郝总兵的事迹，未尝不使人兴奋得眉飞色舞。

郝总兵是登州人，世代擅长习武，姓郝名腾蛟，字春霆，青壮年时进武学堂学艺然后考取武举人，对待父母极为孝敬。他力大无比，两臂能拉开铁胎弓，箭无虚发，如此高超的箭术得到著名武术大师僧耳的真传。他相貌虽文静如处女，可是路见不平就一声吼，动不动就要拔刀相助，怒目横眉那些奸恶小人。家中贫穷难耐，却不轻易开口求人，有时捕猎飞禽走兽，有时上山林砍柴，供一日三餐养家糊口。但是本地人有窘迫困难的事来求告，郝腾蛟总是可以慷慨相助。因为他东斫西斫就像三国时的侠义之士杨阿若，人们就算感激他，却也厌恶他的蛮横，因此年龄虽然已二十五岁，却没有人敢把女儿嫁给他。

那时正逢礼部已定下武举人会考时期，郝腾蛟也整装待发想前去参加比试。由于贫穷，没有坐骑，又没有仆役，郝腾蛟就用雨盖裹住被窝和弓箭刀戟一齐背在肩上，把米麦豆粟蒸馍馍等安放在腰裹里，登堂拜别父母。父母临别告诫他说："儿的功名倒不需多虑，可担忧的是你性格不够纯正，喜欢多管闲事。如果在京城地面惹了祸，严重的要丢脑袋，程度轻的要充军边疆。"说罢老泪横流，郝腾蛟也很感动，哭泣着表示已明白要痛改前非。父母帮他解开衣服，亲自在他左手臂上刺字，内容是："忠则名扬，忍则气降。好好勤职，报答君王。不要闯祸，连累高堂。"刺完后就用朱红狠狠地涂抹，让它深入肌肤，这样过后郝腾蛟就徒步远行。

走过武定接近德州地面，山雨骤然间暴下，郝腾蛟的行装被淋漓沾濡。远看山后有座古庙，慌忙奔入暂且避雨，计划等天晴后再赶路。等了很久，雨声依然淅沥，天色已暗，于是就决定在庙中住宿一夜。环视古庙，到处断壁颓垣，环堵萧然，神鬼木像都露天放着，只有当中一座佛殿还能勉勉强强遮风避雨。香炉案上堆满尘土，还夹杂着蜡烛流淌过后流下的眼泪。郝腾蛟抽刀铲削一遍，把供桌当做床，然后对着神像再拜行礼，祈祷后高坐在上，狼吞虎咽口袋里的干粮，背靠着行装安心闭目养神。夜深时一觉不知被什么惊醒过来，看到月色皎洁，两边廊下鬼判官表情狰狞可怖，像要抓人，但是郝腾蛟心里也并不觉得可怕。

郝腾蛟刚刚再次闭上眼睛，突然间听见轻微的脚步窸窣声，他微微睁眼偷看，只见一个十六岁左右的姣好女子从佛龛后面缓缓走出来，衣着妆饰方面虽然不整齐，神色也显得惨淡，穿着很朴素，可是五官极为秀丽端庄。她慢慢地走下庭院台阶，对着皓月唉声叹气，双手捧起破瓮中积起的雨水大口喝着，发出咽咽声。喝完，拜伏跪倒在神座下，口里喃喃自语，听不清讲些什么。

郝腾蛟吓得身冒汗，毛发根根直竖，心想应该是鬼魅。他拔刀跳起，大喝一声道："死鬼竟敢作怪！"那女子应声瘫倒。郝腾蛟走近仔细看了看，女子有形有血有肉。郝腾蛟用手抚摸肌肤，还略有温热，大为惊讶地说："到底是鬼呢，还是人呢？幸好没有鲁莽从事。"于是关切地叫醒她，细致地询问她的情况。女子低声地哭泣着诉说："我是海州人，小字红红。父母亲离世后，被恶毒的叔父诱卖到妓院里。我誓死不肯接客，鸨母特别气愤就毒打我。东村有个李秀才名郝字伯调，承蒙他爱怜买下我做妾，想让我替他生个儿子，所以彼此相爱。不料丈夫的妻子性格凶狠十分妒忌，动不动毒骂毒打。昨天服侍她早妆，不小心失手跌碎了玉搔头，她命令拿来烧红的烙铁，我十分恐慌而急忙逃走。所以今天藏身这里，已三天没有吃东西。刚才由于口渴，到破瓮那儿喝点水，实在是没有坏意惊动了大王。请求赐我剑下一死，我也瞑目了，比妓院里朝秦暮楚接客的好得多，也绝对不在黄泉下唱《比红儿》诗。"郝腾蛟听后捧腹大笑说："我把你当作妖魅，你把我看成强盗，双方都误会了。我不是绿林好汉，只是武举人，你不必惊慌。"就分干粮给她吃。

转瞬间天已快亮，郝腾蛟向红红细致询问丈夫家到底有多远，红红说："二十里路。"郝腾蛟客气地说："我送你回家吧。"红红听后十分感动地哭了，但是仍然不愿回去。郝腾蛟说："你是不是真的痴了？不说冻死饿死，假如有匪徒来这儿，你想保持贞洁而活命就难了。我送你回去，你暂且认我为姨父，我定能替你妥善安排。"红红这才跟随着他走。三寸小脚在泥泞路上行走，常常滑溜溜的，郝腾蛟回答说："你快点走。假如要步步生莲花那样走法，难道不要耽误我的大事吗？"红红流泪说已非常疲倦。郝腾蛟自想男女有别，搀扶她不行，背她更不行。因此将大包裹铺在地上，叫红红凑合着躺在里面，包围着兜成褓襁一掸。左肩捎着行装，右手提着红红，就像拎了个小孩，叫红红口说路径。郝腾蛟疾走如飞，转眼间来到村中，家家还紧关大门在睡觉。

红红走出来指出自己的家门，郝腾蛟敲门三四下。一个农村女佣听见声音出来开门，瞧见红红站在一个男子身后，立刻反奔入内。只听到内宅有妇女议论纷纷，破嗓音像猫头鹰啼叫道："我说小婊子行为不端，果真带着野妣头回家，反打算送你一顶绿头巾戴戴了。还以为老娘是瞎了眼吗？等她进门来就抓住，烙烫而且拷打她方才解恨。如果你再袒护她，我不如先被你杀死！"接着听到纷纷攘攘着索取木棍声，开房门的鞋声，一个男子披着大衣奔出来，睁圆了眼睛狠狠瞪着。红红悄悄地告诉郝腾蛟说："这就是我的丈夫。"郝腾蛟回应点点头。郝腾蛟同那男子稍稍拱拱手，就大步流星地走进大厅高高坐在上面，叫红红与男子坐在一旁。郝腾蛟注视男子好长一段时间，忽然问道："男子！你就是李秀才吗？"男子说："是的。"又问："她就是你的小妾吗？"又答："正是。"郝腾蛟接着问："后面房里汹汹吵闹的是你的大老婆吗？"男子就满面羞惭而且战战兢兢不敢回答。郝腾蛟先是捧腹大笑，笑声朗朗震动了屋顶瓦片，村里人非常好奇，不管男女老少都来看热闹，有的坐有的立，堂上都挤满了人。

　　突然一个蓬头老女佣从后宅颤颤巍巍地走出叫红红进去，郝腾蛟加以阻止。后来又出来一个赤脚丫鬟，不仅叫喊而且来拉红红，郝腾蛟更是加以阻止。猛然间一根木棒从里边飞出，恰好打在红红手臂上；又扔来一块砖，正好击中郝腾蛟肩膀，郝腾蛟不动声色。那个泼妇怒吼着奔了出来，面色铁青，头发乱莲蓬，凶狠可怖，一上大厅就用指尖掐红红，又用粗棒暴打丈夫，同时用污言秽语影射来客。郝腾蛟仍然若无其事。泼妇的怒吼辱骂声，红红涕泣求饶声，李秀才摇头叹气声，郝腾蛟的仰天大笑声，众人乱哄哄的劝解声，各种声音交融在一起，好像煮沸了一锅开水，以至于邻村的父老乡亲以及泼妇的兄弟、妯娌都跑过来，劝说那妇人赶紧到里边去，不要因为家事闹得满城风雨被外人嘲笑。郝腾蛟突然怒吼一声："别吵了！"这一声好像骤然降下晴空霹雳，各种声音立刻消失，沉寂一片。

　　稍微片刻，郝腾蛟和众人招呼，介绍自己的姓名和来历，接着叙述邂逅遇见红红的缘由。说完过后，嗖的一声取出亮晶晶的钢刀，把它插在桌子上，勃然大怒说："我试期将近不能久留，但要为天地间除掉一害再去！"于是先提起泼妇让她跪倒在大厅地下，然后伸出巴掌夹头夹脑上下乱拍。每拍一巴掌，就数落责备说："做秀才的不过爱面子不与你斤斤计较，你竟然如此猖狂呀？红红也是好人家的女儿，有什么错过非要鞭打甚至烫烙她？别人和你都是一样的皮肤，如果你被鞭打、烫烙那你感觉痛不痛？你由于不能生儿子，秀才怕断了香火才娶妾，妾如果有了儿子也就是你的儿子，为什么一定要置她于死地，你要眼睁睁地看秀才家断了香火绝了后嗣吗？你身为女子四德全无，七出的条件全备，还敢装憨吗？红红背后告诉我的话我都不敢相信，这时已经当面亲眼看见的恶劣行径你还敢抵赖吗？红红是我的姨侄女，我现在才找到。我应当把你送到官府鞭打，难道拍你巴掌就算了事？你丈夫你邻居你兄弟都在这里，敢把我怎样？如果袒护你，我一齐杀死，何况是你？"开始拍打时，泼妇暴怒乱骂，后来实在受不住就喊救命，再后来只能号啕大哭求饶恕，最后只能像猪就要被屠宰一样，只有长声哭泣。郝腾蛟边拍打边数落，突然一阵风吹动衣服露出手臂，一个儿童眼尖叫道："这位官人，手臂上有朱红文字！"郝腾蛟突然回忆起父母的教训，然后就住了手。

众人看到他威风凛凛的像天神，都不敢阻止，到这时才请他入座，求他通融宽恕。先前红红逃跑后寻找不到，李秀才虽然心里怜悯她，也无可奈何。现在听了郝腾蛟的话，竟深信不疑而且非常怕他，就跪下请罪。众人也团团拜求为李秀才求情。郝腾蛟说："你们要这事罢休也很简单，为何不写一张担保书签名盖章后再交给我。我从京城会试回来，如果验看红红如果头上少了一根头发丝，身上有一处伤痕，就和你们决一死战。"众人说："行。"就裁纸写好担保书给他。留他吃午饭，同时赠送路费，他全部不接受。仅仅站着喝了一大杯酒，收起钢刀，背起行装，带着担保书就走。

到都城后，郝腾蛟很顺利地考取武进士，专管豹尾神枪。他跟从皇帝到木兰狩猎，出征后英勇无比，杀敌有功，受到皇帝的赏识并提拔，后来又把父母迎接到都城奉养。在京总共五年，蒙恩授官寿春镇将。郝腾蛟先回故乡，然后再去上任。重新经过德州地界附近，在路旁旅店憩息，父母亲偶尔会说起："孩儿脾气平和后，果真贵显，当年在你手臂上刺字，不感到疼痛吗？"郝腾蛟听了这番话，突然回忆起当年的事情，惊怕地直说了那时发生的事，并且说非常后悔。父母亲也特别惊讶，就嘱咐侍从官去村里打探。

没过多长时间，来了一大队人，鼓声震天，同时携带着美味佳肴。李秀才身穿吉服背着女儿，红红身穿绣花衣裳背着儿子，都烧香过顶恭敬地跪在门外。郝腾蛟问到底怎么回事。原来郝腾蛟离村后，那个泼妇因羞愧生恨生病死了，红红被扶正为妻，生下一子一女双胞胎，现在都已经牙牙学语。李秀才夫妇也很感激，坚持要请恩公重返到山庄，郝腾蛟越是大笑着打发他们，他们挽留得更加恳切。乡村父老也一一叩拜说："相公这次衣锦回乡，更何况又有两位南极老寿星双双陪伴，定能替山野村庄驱除不祥。"后来到了山庄，李秀才让贵客住在最舒适的房间，用美味佳肴招待他，同时戏子演戏替二老祝寿，侍从官都受到优厚的待遇，村里人争着抢着宴请郝腾蛟一行。

李秀才与红红每天无论早夜都向郝腾蛟请安问好，像拜见父母的礼节。郝腾蛟就说起与红红并无一丝亲戚关系，当日假托用来吓唬人。听说后两夫妻侍候的礼节更加恭敬。厅堂上绘着郝腾蛟的小像，形神相似，生动逼真，虔诚地供奉做礼拜，总共有五年了。

村里有个女子，姓罗，长相艳丽，生下来就可以识字通读文章，但是两个拳头紧握着一直舒展不开，穿衣吃饭都靠丫鬟服侍。乡村人娶妻的目的是共同操作劳动，所以姓罗女子直到三十岁还无人与她议婚。那女子平时与红红要好，前来拜访郝腾蛟母亲，在膝下叩头。红红代她讲述了奇异情况，郝腾蛟母亲却毫不相信，仔细看那女子的手。试着掰她的右拳，一下子伸开了；掰左拳，也同样能够伸开。发现两拳中握两块像棋子一般大小的玉，一块玉上写着："罗氏女，名娇娆。"还有一块玉上写着："年三十，嫁腾蛟。"郝腾蛟母亲十分惊喜地说："这是天数啊！"立即协定婚约聘她为儿媳妇，借李秀才家举行婚礼后离开。

郝腾蛟是个武人，只是能粗通一些浅显文字，镇守寿春时，文件信函都是由夫人代为处理的。夫人曾在红烛下草拟通告，郝腾蛟在旁侍候着毫不懈怠。夫人即使替丈夫安排了姬妾，却从不嫉妒，但是每次因公事而争论，总是轻轻揪住丈夫胡须，让他穿着军装跪下道歉才能罢休。

郝腾蛟镇守寿春将近十年，父母离世，返回故乡。服丧期满时又重新外出做官，做官的名声很高，多得益于贤内助。郝腾蛟常常感叹地对幕僚说："我从今往后，方知道妻子的威风是多么可怕的呵！"马上就命令侍从官带金银送往李秀才家，替秀才的前妻做功德超度，对过去的粗暴行为表示忏悔。郝腾蛟夫人替丈夫生了两个儿子，妾生了三个儿子和一个女儿。儿子大都为贵人，多与红红所生的儿子一样登上文科。两家世世代代通婚，就如古代徐州丰县朱陈村里朱陈两姓世代通婚一样，也成为人们心中的佳话。

卷四

香妮儿

山东任城的某夫人，是金乡世代富贵人家的子女。她有一次回娘家，路上遇见一个农家妇女，年龄大约二十岁，布裙荆钗，相貌端正白净，两人相谈甚欢，很是投机。分别时，农妇和夫人依依不舍，再三请求夫人把她带去任城，说自己可以做洒水打扫、烧饭煮菜等所有的家务事，不计较报酬，只为了能陪伴在夫人身边。夫人答应了她的请求。

回到任城，农妇勤快本分，很让人喜爱。只是每天中午后，她就一定会在怀里装两个蒸饼，匆匆忙忙，神色焦急地外出到城郊附近，直到太阳下山才回来。一个多月来从未间断。夫人感到很奇怪就问她，她只是沉默不语，满眼泪花。夫人再三询问，她才道出事情的真相，说："不瞒夫人，其实我夫家也是相当富裕，我并不是为别家侍奉的奴仆。不久前跟随夫人来，其实是为了寻访老母的音讯。"说着声音哽咽抽泣起来。夫人说："你这个小妮子实在糊涂啊！女人出嫁，并非是襁褓中的婴孩，怎么转眼间会连自己家的门户都记不清了呢？母亲所住的地方，顺着老路走去就能找到，这有何难处？"农妇说："并非像你所说那样容易。我家原本赤贫，五岁时父亲就病死，母亲把茅屋里只要有点值钱的东西全都变卖了，才凑齐了钱为父亲购买了薄薄的桐木棺材，然后带着

187

我去野地埋葬父亲。后来我母亲深思熟虑一番，不愿甘心守寡，就带我来到一个地方，那里有桥有河，河里还有只船，岸上旅客来往不断，就像现在南关那儿的风景，可我当时并不认识。正准备走的时候，从东面走来一男两女，和我母亲讲了好一阵悄悄话。只见母亲泪流不已，抬不起头，接着解下衣襟上最后的五文铜钱，买了一块炊饼放在我的手里然后离去。眨眼间就不见了母亲的身影，我在地下打滚哭叫，无人理睬。于是就孤单一人走进一座城门，沿着街面店铺，挨家挨户讨饭吃。过了三四天，忽然遇上一个鲁莽的男子，偷窥我多时，问我的情况，我如实全说了。他撒谎说是我的远房亲戚，并且说：'你的母亲已经改嫁了，现在只剩下你一人生活了，不如今后就跟着我吧！'我听后很是震惊，迫不得已，只能流着眼泪跟他离去。走了两天，来到一户农村户人家，就在现在的金乡。这家有老翁、老太和一个男童，鲁莽男子和这家说了些话，并且写了一张纸给老翁，老翁收下并给了他二贯钱。男子走了，把我留下了。老翁老太也就是我现在的公公婆婆，男童就是我现在的丈夫。幸亏公公婆婆对我很好像亲生的一样，十六岁时，配对成儿媳妇。这家务农，连年丰收，生活很是富裕。可是我背着人时常哀号恸哭，发誓一定要找回母亲。公公婆婆知道我的心事后，很是同情并答应我去寻找，这才承蒙夫人带我到这儿。如果找不到母亲，我发誓绝不回家。"夫人听后很是感动，抚摩着她的背说："你可真是个孝女啊！孝女啊！当初错看你了。可是人海茫茫，你要到哪儿去寻找呢？已经不见十多年，你还记得你母亲的声音笑貌吗？"农妇说："虽然现在我母亲已年迈，服饰已改变，但是那张脸却深深地刻在我心里。只要相见我一定能看出相似处，就算有变化我也可以想象出她原来的模样。我不怕找到了认不出，只怕找不到。"夫人对女子更是大加赞赏，放任她每天出外到处行走，并且交代仆人代她打听消息。

当时正值初夏，农活正忙，乡村妇女不论老少美丑都在绿秧田深处辛苦劳作。农妇见妇女多的地方，就靠近和她们攀谈，叙说自己当年和母亲分别的情景，希望能得到点消息。人们都很喜欢和同情她，但是却不知她母亲的消息，只能替她叹息伤心。

一天，农妇走得疲惫不堪，看到路口有座尼庵，里外很清静，佛像的帷幕未卷，炉内的香还有余温，佛龛内塑着一尊女像，是水仙。农妇就对水仙跪拜叩头，发出喃喃声默默祈祷，然后就在蒲团上休息，闭目养神。刚合上眼，突然有个美丽的女子穿着风裳月帔，伴随着腰间玉佩清脆的碰撞声，从外面姗姗走来。美女叫着农妇说："你是在找母亲吗？"农妇说："是的。"美女说："念你求母之心迫切，思念很久未得，给你指一个线索，不如你去找找石佛两侧。"说完，指着里边说："你母亲来了！"农妇转身回头看，美女瞬间不见了踪影，而自己也顿时睡醒过来，牢牢记住石佛二字。恰好有个信女来到，农妇就向她打听道："请问庵里有石佛吗？"信女说："没有。"又问："那郊外有石佛祠吗？"答道："往东边过去几里路，确实有个石佛闸，但石佛祠从没听说过。"农妇恍然大悟，看庭院里松树树荫正覆盖在槐树上，太阳还在天上照耀，赶紧朝东边狂奔。一会儿就奔到闸边，果然看见石佛的古迹。可是哪个是我的母亲呢？见一位老婆婆满脸鸡皮皱纹，神情很像母亲，农妇迫不及待的，不辨真假，一下子抱住老婆婆呼唤说："娘！"声音凄厉，眼泪夺眶而出。老婆婆吃惊不已，说道："我从未生过女儿，这是谁家女子到这里来戏弄老身？"农妇听后，再细看一下发现自己认错了人，感到十分难为情，旁观者看了都鼓掌而笑，认为她太鲁莽了。

忽然又走进一位头发斑白的妇女，瞪着眼看农妇好久，突然对着农妇叫一声："你是香妮儿吗？"农妇屏住呼吸，停止哭泣立即应道："女儿正是香妮。"妇女说："既然你是香妮，那就是我的女儿。"农妇悲痛号哭道："能认得出我是香妮的，也只有我的亲娘。"妇女说："且慢。我的香妮，在她的左胳肢窝下有个小瘤，像龙眼大小，你是否有呢？"农妇听后一跳起身，自动承认并大呼道："女儿有瘤！女儿真的有瘤！"并让母亲用手摸索，果然不假，于是母女这才相抱痛哭。在暂时停止哭泣的时候，只见两位少年听到声音跑来，问："母亲怎么这么悲伤？"母亲激动地说："是你姐姐来了，你姐姐来找我了！"两少年仓促间十分惊诧。原来那是母亲改嫁后所生的两个儿子。后夫原本是小康家庭，而母亲改嫁后，从未说起有个女儿，因此两个弟弟都不知道姐姐的存在。

母女俩哭完，相互挽臂回家，互相叙述离散后的遭遇，两兄弟用见姐姐的礼节拜见，一时间几个人有哭有笑，场面感人，邻居闻讯都过来看热闹。夜深时，母女俩手持蜡烛相对，好像在梦中一样。母亲问女儿怎么会到这里，女儿告诉是本县某夫人的恩惠。第二天，母女就携带礼物去感谢某夫人，并准备了纸锭和上供食品，寻找香妮儿父亲的葬地。到了丛葬地，只见千万个坟墓重重叠叠，受惊害怕的飞禽小兽乱飞乱窜，一抔黄土早已模糊，无从辨识。直到黄昏，母女俩才痛哭而回。从这以后，母女两家的亲戚关系也更密切了。

某夫人对香妮儿的孝心很受感动，就嘱咐文人写篇传记让事迹广为流传，可因种种原因最终并未如愿。黄近午对我说了这件事，因此记下它的故事梗概，也算是完成了某夫人的心愿吧。黄近午还说香妮儿最初遇到母亲时，匆匆忙忙只讲了三四句话，就跪着从怀中取出蒸饼送上。母亲见状说："我现在肚子并不饿呀！"香妮儿说："虽然母亲不饿，但是女儿的心却没有一天不担心母亲会挨饿。只要闭上眼睛，就会看见母亲当时饥饿啼哭的画面，所以女儿时刻为母亲准备着吃的东西。"虽然这话说得笨拙，但任谁听了也都会感动落泪。

海阳李氏女郎

庚申年，粤省的逆军窜犯东鲁，横行霸道，到处乱闯肆意破坏，登州府郡都饱受蹂躏。海阳有个李氏，贼徒见其姿色貌美把她掳走，威胁逼迫她骑上马背，李氏无法反抗只能掩着袖子悲哭。她不仅相貌艳丽而且很有才华，私下藏着剪刀用来自卫。贼徒千方百计地引诱她，她不为所动并拿出剪刀疯了一样朝贼人脸部刺去，使得贼人不敢靠近，所以才没被污辱。同时遇难的女流很钦佩李氏，对李氏说："既然你无法回家，又守义不受污辱，为什么不直接一死了当呢？"她回答说："我早已视死如归。之所以含垢忍耻，苟延几天生命，实在是因为上有爹娘，下无兄妹，如果我死了，那我的双亲该怎么办？希望有朝一日能顺利脱身，回家安慰年老的双亲啊！"说完想到父母又泪流不止。

等到李氏被带到兰山，逆军突然遇到亲王僧格林沁统率的军队的攻打，被迎头痛击，吃了败仗，李氏又被乱兵所得。乱兵想奸污她，她严厉地说："你们难道比贼徒还要凶恶吗？贼徒都对我无可奈何，更何况你们？"说完，就取出剪刀刺手臂上的皮肉，一道道的血瞬间流出，溅落在衣襟上，让乱兵都看傻了眼，也不敢再轻举妄动。后来，一个老幕僚知道这件事，就把李氏收做养女，答应方便时就会送她回家乡。于是李氏就流落在刘家砦，后来也不知道她的最终结局。

在这之前，有个逃兵将返回海阳，李氏就偷偷托他带封家信，信后附上八首七言律诗。逃兵出走，在交通要道口被抓获，被判处斩首。李氏的诗从此就流传开来，现在已经找不到书信，她的名字也湮没无闻，可真是可惜啊！

最近从孟敬甫处抄录下了这八首诗，供大家欣赏，诗说：

静锁深闺十八年，何曾觌面到人前。闲将宝鸭焚香火，早向兰窗理翠钿。
蝶梦乍回春寂寂，梨云初落影娟娟。无端匝地烽烟起，骨肉惊分各一天。

亘天烈焰逼通宵，广厦连云一炬焦。惊听鬼车从昨夜，胁从被掳在今朝。
青春早值流离劫，红粉安能顷刻销。叹息剑侠难再得，谁从虎口度红绡。

高堂撒手惨如何？涕泪交垂湿帕罗。鼙鼓声中心胆裂，旌旗影里恨愁多。
香闺昨夕方停绣，逆旅今宵又枕戈。幸少菱花铜镜子，自家不识蹙双蛾。

满眼凄凉满腹酸，蓬松云鬟泪阑干。兰闺那解无家苦，蓬岛何送行路难。
硬把红巾披凤髻，强将铁甲换罗纨。乡关何处能回首，坑雨铃风彻骨寒。

哀哀画角又移兵，夜色朦胧正五更。万叠愁云连远寨，一钩残月冷荒城。
草枯木落含悲态，鹤唳猿啼带哭声。遥想父母门外望，几曾割断念儿情。

空山落日挂残霞，野店荒村噪暮鸦。前队喧呼方驻马，后军答应早停车。
疮痍满地天应泣，刁斗无声夜忽哗。闻说何缘归旧路，明宵侬又宿谁家？

梗断萍飘黯自伤，中途何幸遇僧王。雷霆一击妖氛散，杨柳千条驿路长。
滴泪可怜鹃暗泣，临书反妒雁高翔。兰山西角刘家砦，苟且偷生学豹藏。

海上登州属海阳，村名牛渚是儿乡。恨无兄弟孤生李，未嫁夫君大道王。
愿借寸丹求伯叔，好将尺素达爷娘。谁能赎取文姬返，镂肺披肝誓不忘！

长 人

有个徽州人，叫长人，一直从事制墨业。兄弟两人个头都长了一丈多，因为贫穷，吃饭穿衣都无法得到保证，天天都为此感到忧愁。每次，他们一出现在市场上，小孩子就会跟在他们后头欢叫起哄，叫道："长人来啦！"又给他取绰号"赛山魈"。

一天，有个西洋人看到了兄弟俩，觉得很是少见，就重金聘用他们，替他们定制了十分鲜艳华丽的显要官员的衣冠服饰，还挑选了两个黝黑矮小的西洋女子给他们做配偶，最后还给了他们安身之所，让他们住在楼上，只见四面的窗户都嵌上玻璃，引诱着人们前来参观。人们透过透明的玻璃，看到里面的长人，头竟然大得像五石瓮，腰围粗得像五石大的葫芦。观看的人都捧腹大笑，争着投掷金钱，像绵绵细雨绵延不断，西洋人也因此挣了不少钱财。接着又把长人装在特大的玻璃盒里，把他们抬往邻国各海岛上去展览，作为一道奇观。西洋人时常扬扬自得，夸耀说："中华有这样长大的人，也只有我能把他抬来！"那么从这可以看出，只要向人炫耀自己是长大人的，就都岌岌可危了。

又说，京都有个妇人，怀孕三年都没有生下孩子，身体也日益长大，腹部日益变粗，每一顿吃一斗左右饭食还未觉饱腹，家中也因此更加贫困窘迫。我曾经说，如果那长人兄弟没有遇见西洋人，就准备把这妇人和长人配为一对，到时可真是一道奇观啊。可是一个女子，两个男子，如果配给哥哥，那弟弟岂不是要唱娶不到妻子的《雉朝飞》了吗？这该如何是好呢？那洋人配对时故意让他们长短悬殊，莫非就是常说的"云泥之隔"吧？记载下来只供大家一笑。

谷慧儿

　　扬州西山有个美男子，叫董君，名韶秀，字梅伻。小时候以神童的身份补为博士弟子生员。他的父亲叫董晟，视儿如命。当时草贼刘海青伺机暴动，各地的村堡郡邑都组织民团联防备战，只要是世代官家的子弟在吟咏诗书的剩下的时间都练习武备，董生也加入了这一行列。董生对成亲的对象十分苛刻，时常说："娶妻一定不能俗里俗气，那样生的儿子才有可能是英才。如果娶一个蓬头垢面的女子，我宁可一辈子鳏居。如果能找到称心如意的人，我也一定不会讲究门当户对。"一时间议婚的人很多，但董生却都不满意，董晟也不忍心违背儿子心愿，所以直到二十岁董生还是孑然一身。

　　一天，有一对老夫妻带着一个少女和一个短发童儿来到此地，自我介绍说是陕西人，姓戈，善于变戏法玩杂技。于是找了一块空地敲锣打鼓，显示本领。这少女叫谷慧儿，姿色清秀脱俗，摆弄盆子，唱《鹧鸪天》曲，跳《柘枝》舞。观众被优美的歌声和舞姿吸引过来，拥挤得透不过气，观看了精彩的表演，都鼓掌喝彩。小脚走绳索是谷慧儿最擅长的绝技，按《浑脱》曲舞剑，闪闪发光，使人不禁想起杜甫看到过的公孙大娘。少女表演完走下场去，短发童儿就又接着上场表演东方朔蟠桃，栽庄子瓜，变出很多东西。谷慧儿马上就捧起金漆盘子向观众讨赏钱，获得了很多的钱财。谷慧儿一眼就看见董生在人丛中鹤立鸡群，被深深地吸引，注视着不舍离开。董生也注意到她的美貌，暗送秋波，情意绵绵。不久，董生口渴想喝水，谷慧儿见状从百步外突然掷樱桃到董生嘴里，屡掷屡中，弹无虚发，实在让人叫奇。

　　表演结束，散场了。董生孤零零走在郊外的芬芳乡野路上。谷慧儿突然出现从身后拉董生的衣裳，问他姓名和住址。董生很是惊喜，详细告诉了她。谷慧儿又拿出用绣花手帕裹了的一百颗樱桃送给董生，羞涩地说："现在天色已深，郎君不如到我住的地方来谈谈。"董生虽满口答应，但还是最终怕被人非议并未去。第二天再演出时，董生也不好意思去看。不久，有媒婆来登门，说："戈叟见过令郎，十分喜爱，愿把亲生女儿许配给他。"董晟推辞谢绝了，可董生一无所知。

第二年，老夫妻又来到，在靠近董生住的村子附近芳草地上开辟了一块场地，搭建平台，彩带交错，金碧耀眼。老头扬言说："我的女儿已到成家的年龄，可是眼光高傲，不愿嫁给卑贱的男人，所以一直未找到如意郎君，我老夫妻很是着急。现在和大家订约：老夫不在意你的美丑，也不计较家世，只要你敢上台来和我女儿比试一下武艺，赢了就嫁给他。我老夫决不食言。"每天早晨敲锣打鼓后，丝竹管弦频频奏乐，谷慧儿穿着艳丽的服装，含笑登台，春风得意，竟然看上去比去年还美。看到台下挤满了老幼人群，就现场扣槃而唱道：

怕逐杨花结阵飞，好花莫当野蔷薇。蔷薇花好刺伤手，郎若无情妾自归。

唱完就娇媚地喊叫说："不知有没有好男子，来上台赐教一下，可千万不要怕难为情而被裙钗女子笑话呀！"乡里那些恶少年很是垂涎她的美貌，又不服她的夸口，更藐视她的柔弱，蠢蠢欲试，于是一个接一个上台。可是每人和谷慧儿一交上手，就立即像瓦片从高处被抛下来一样落下，一连几天都没有人能取胜。

董生在学校中听说了这件事，很好奇，就和同泉学友一起来观看。谷慧儿一眼就看见了董生，敲击着剑柄，歌唱道：

水上清风天上月，鸟比翼来鱼比目。不为卿卿我不来，好花欲折何妨折。

董生很是惊讶原来是去年那个美女子，听了歌后更是蠢蠢欲动，可又害怕她勇猛，不敢上台较量。众人纷纷怂恿他上台，于是一咬牙就揽住衣服跳上平台，拼着被美人掷下博她一笑。谷慧儿看见董生，故意装作不认识，含笑说："小女子是风尘女子，资质浅陋，不敢奢望攀附名门大族。只能借好武艺作红绳寻觅夫婿，这并不是儿戏。如果比武时有冒犯你威严的地方，还请你宽宏大量能给予怜惜宽容。"董生说："听闻小娘子勇猛无比，那就试着比比看吧。"

众人看到站在台上的董生和谷慧儿，郎才女貌，犹如珠联璧合，纷纷在台下叫嚣。比武开始，在台上顺风翻滚舞动。不一会儿，谷慧儿突然弯下纤腰，翘起三寸金莲瓣，摆出天女扫花的招式。董生趁机，一下子托起她的小足一掷，谷慧儿已被跌出百步之外，趴在地上撒娇哇哇哭。老头老太齐出拍手称赞说："真是我们的女婿啊！"马上穿上华贵吉服来到董生家，把结亲意思告诉董晟。可董晟仍摇头不同意。老头说："先前已经预先说明，谁叫你家弄文郎君显示武艺手段，毫无怜香惜玉感情呢？谷慧儿当场出丑，她不是市场上可以任人买卖的蔬菜果品，你现在拒绝让我们的颜面何存？"董晟并不理会老头。老太见状说："如果你要毁约也不难，那就请你家闺秀小姐出来一下，让我家短发童儿抛掷一下就了事。"董晟十分气愤呵斥。老头看董晟如此倔强，就伸掌横劈庭前大槐树，大树立即断裂像被刀切过一样。老头也语气强硬地说："儿女的婚姻，是三生注定。如果谁敢再冥顽不顾，违背天意，我一定叫他像这棵树一样！"董晟这才不禁害怕起来。村里父老感到这是件风流韵事，争相赞成促使成功。

不一会儿，鼓乐声雷动，彩轿被抬到了董家门口，赤脚壮汉十多人，用车子装载来十分厚重的嫁妆。招呼董生出来，和谷慧儿交拜，完成婚礼。大堂上设置豪华筵席，就像一切都提前安排好的。老头老太上座，对村里人说："虽然我女儿容貌不出众，也没有丰厚的嫁妆，但应该还不至于让亲家难为情吧？"率先举起酒杯，略微喝了一口，短发童儿进来跪着禀告说："两头骡子已经准备好了。"两老起身告辞，董晟再三挽留不成，问去哪儿，两老说："我们夫妇很忙，之所以会花时间风尘仆仆，逢场作戏，就是替小女择良婿而已。既然现在已付托给满意的人，那我们也就了却一桩心思，从此浪迹天涯海角，没有固定的落脚点。"说完就匆匆出门，各骑一头骡，风驰电掣，一下子就无影无踪。众人看后很是惊讶，不知他们究竟是什么人。

进去洞房一看，装饰得十分华丽，都很惊奇仓促之间能置办得如此好。董生那些同窗小友都听说他娶了漂亮的妻子，争相前来送酒祝贺，也是扬州的风俗称之为送房，其实就是痛饮大吃，嘲谑胡闹，某种意义上就是种陋习。董生被众人热情劝酒，最后喝得酩酊大醉，等到客人散尽，董生已醉倒了。

三更时，董生正斜卧在绣榻上睡觉，新娘盛装坐在镜台旁，吩咐丫鬟女佣先去睡。突然发现床顶有刀光闪现，谷慧儿不作声响，手支着下巴颏假装睡着等候着。原来是"梁上君子"觊觎女家嫁妆富厚，趁闹新房时混杂掩入，心想虽然那女子勇猛，但念及是新娘也不会挺身出来捉贼的。于是，贼人一下子从床顶跳下，扛起一只大箱子，捎上肩就走出房门。谷慧儿见状淡定地抽出钢刀，尾随在贼后一跃登上屋顶，然后又登上楼顶，登上围墙。谷慧儿突然一把抓住贼人衣领，像千钧重量压在他身上。贼人被抓，防不胜防，放下大箱子不断哀求放了他。谷慧儿说："你这个狗东西！如果不留下一样切实的证据，我很难向丈夫交代。不如留下脑袋再走，如何？"贼人百般哀泣求饶，快要哭死了。谷慧儿抽刀削下他两片耳朵，才把他放走。然后提着大箱子，袖里放着两片耳朵回房，众人还在酣睡，鸡犬不惊。

谷慧儿把房门紧紧关上，脱下新娘服装，拿着蜡烛移入帏帐，替董生解脱衣服，抱入香衾。董生醒来一摸，肌肤滑腻，清香温柔，想起是自己的大喜日子，立即行男女之欢，床单上鲜血像梅花一样艳丽，原来谷慧儿还是处女，董生更是喜不自来，一夜极尽欢愉。第二天清晨，谷慧儿起身拜见公婆，从袖管拿出两片血淋淋的耳朵掷在几案上，公婆惊吓不已，问怎么回事，谷慧儿把昨夜的事详细说了出来。公婆又好奇问她既然神勇无比，可为什么武艺却不如怯弱的书生？谷慧儿不好意思地，如实说："这不过是攀龙附凤的计策罢了，而且我早已喜欢郎君。"问她父母是什么人，她只笑不答。

婚后，两夫妻感情十分恩爱，谷慧儿服侍公婆也十分孝顺。她很善于囤积货物，然后伺机抛出，自从她来到董家后，家境日渐暴富。董晟本是清贫起家，对钱财很是吝惜，可是谷慧儿却经常用钱粮救济他人急难，她的艳名和贤惠在本地被到处传颂。

过了一年多，贼军从西边攻来。情报属实，全村都要逃难躲避，可谷慧儿并不同意。村子东头原本有座刘厉王的庙宇，荒废已久。谷慧儿指挥大家把砖瓦拆下，一叠叠堆在路边，堆得星罗棋布。谷慧儿把公婆藏入密室，然后嘱咐董生带领村民埋伏在险要处，说："只要看到灯光，就起来大声高呼。"安排妥当，贼军大队人马冲到，蚁集蜂屯，疾如风雨。谷慧儿衣装华丽地站立在村门口，向贼军招手。贼军策马奔腾，奔入村里，可就像进入千岩万壑一样，越走越迷路。暗想一定有阴谋，正打算要退兵，只见砖瓦忽然飞起来，打碎了贼徒的脑袋，哀号不已，又瞬间黑风怒号，乌云压天，白天变得昏暗。贼徒们看到一个女子，正提着红纱灯在前面引路，说："我是观音菩萨香案前的龙女。跟着我走，你们还有生路。"贼徒团团跪下叩头念佛。走了十几步，看到纱灯大亮，附近埋伏的村民全部出动，扯着嗓子大声高呼。贼徒大乱，自相践踏，陷入大沼泽地中。风定云清后，官兵赶到，把贼徒全部擒获。其中一贼没有两耳，原来就是先前来偷箱子的那个。之后，谷慧儿拿出私房钱五千两银子，重新修建厉王庙，还嘱咐把事情经过刻在碑上，说这次的大胜多亏了神明的帮助，这一切都是神的功劳。又拿出两千两银子赈济乡里的贫苦人家，董生心疼，有些不情愿，谷慧儿劝说："如果不是村民一心，难道郎君以为仅凭借加强武备就能够万无一失了吗？"董生也想通了前后经过，爽快地同意了。

后来，董生进士及第，仕途风顺。而父母也相继去世，谷慧儿生了一个儿子，名庄，相貌清秀，很是惹人喜爱。他们早早替儿子聘娶了名家的女儿鹤官，把家事也都交给媳妇处理。那时村里有个寡妇，生下了遗腹女就死了。谷慧儿把那母亲殓葬了，收养了那女儿，取名弃儿，嘱咐媳妇鹤官说："你试着喂她奶，长大后一定福气满满。"

一天，谷慧儿和董生一起更换了行装，带着一个丫鬟和一个老妈子，向所有的亲戚辞别，说要去游览太行山。村里人都争先恐后，前来送行，有的紧紧拉住衣服不舍掉泪。谷慧儿说："还要托你们好好照看我的儿子，这就是报答我的恩德了，天下无不散的筵席，还请大家多多保重。"说罢，又抽出宝剑在地下一划，说："以此为界。"村人看划的痕迹像血一样，那车马已经去得很远了，很快消失得无踪无影。

董庄后来考取功名，在东浙做官。那年闹饥荒，董庄就擅自开仓赈济百姓，触怒了长官，被上奏章弹劾。朝廷委派官员来调查，董庄恭敬地朝见，可官员态度却十分傲慢。等详细查看了董庄的履历后，官员很是诧异，问董庄父母的姓名。董庄告诉了他，他忽然低身下拜说："你就是我的哥哥啊。"然后自我介绍是大梁人，是父母住在汴梁时所生，名严，也是少年取得功名。以前时常听父母说有个哥哥住在扬州，想不到竟然会在这里巧遇，并说已派人去把父母迎来奉养。于是，董严出钱，替哥哥进行斡旋，最终使董庄免于刑罚，只是丢了官帽。董严也是被新近授命的官员，随即就告辞上任而去。没多久，使者回来带来一个丫鬟和一个老妈子，禀告说："太公太母清晨动身去太行山游玩，已经几个月没有回来了。"董严听后很是震惊悲伤，派人四处寻访，但仍然没有消息。董庄就搬家到汴梁和弟弟一起居住。董严正好丧偶，董庄就把弃儿给弟弟做妻子，夫妻感情十分融洽恩爱。

为了感激谷慧儿夫妻的恩德，村里人在厉王庙旁边建立了一个祠堂，塑了两夫妻的石像进行祭祀，名为双仙庵。

白老长

保定的范叟，只有一个儿子，名希淹，身体弱不禁风，范叟对他很是喜爱。十八岁时就递补为博士弟子员，可是因为家里贫困，直到十九岁，希淹仍未娶妻。当时将要举行乡试，范生就在家闭门复习学业。

一天晚上，希淹正伏在书桌上写蝇头小楷，突然眼前出现一个貌美如花的女子，身穿洋纱雪花马夹，满头插着西洋花朵，衣襟上挂着洋钢表，身姿苗条。她看到范生写的字，拍手称赞道："真是好笔力，苍劲有力！"范生料想她一定是狐精，不予理睬。可是从此以后那女人时常过来，有时握范生的手，有时依偎靠在范生肩上，有时拉拉范生的裤子，用尽各种方法挑逗。从女人肌肤和发膏传来的清香沁人心脾，日子久了范生也被撩拨得情难自已，很快就和女人共度云雨。女人也不隐瞒自己是狐精的事实，只是劝说范生虔诚拜佛，就可不再贫困。范生并不相信，只是敷衍应付她。一个多月后，范生感到身体疲惫不堪，没有精神。范叟看到儿子渐渐落形，骨瘦如柴，就追问他是怎么回事，范生讲了实情，可无奈不能把狐精打发走，满面愁容。

一天，有个头发胡须苍白的老人来到，自称为白老长，登上客堂谒见范叟，十分和蔼可亲，说："我家住在西山，从小就学习道家法术，擅长驱逐妖魅。"范叟就赶紧把儿子的病情告诉了白老长，请求帮助消灾除祸。白老长说："这并不是什么难事。"只见他竖起手指头在一盆水上画了符，又念了一会儿咒，然后把水洒在屋里各个地方，果然不再见狐精的踪迹。范叟很感谢白老长，要给酬金酬谢，白老长不收，只是说："令郎的祸患恐怕还没有结束。"问什么原因，答道："因为我在这儿，所以狐精吓得跑掉，等我一去，狐精又要回来，而且一定会更加放肆。我又很忙碌，不能常住在人间，这该怎么办呢？"范叟请求万全之策，白老长说："不如这样，我有个女儿，年已及笄，还在闺中待嫁，不如撮合她和公子，嫁他为妻。她也有法术，这样就可作为公子的护身符，而且还省得老朽年已桑榆还要劳累，这是不是两全其美？"范叟高兴地答应了婚事。

第二天，白老长戴褐冠穿着簇新的衣服，引导好几个人抬着轿子到来。然后从轿子里扶出一位姿色艳丽的女郎，身姿婀娜，体态轻盈柔美，走路很是轻快，大方有礼地拜见范叟。范叟很是高兴，和白老长亲眼看着两个孩子完成了婚礼，琴瑟和谐，趣味多多。晚上送范生夫妇入洞房，范叟给白老长另准备了居住。

半夜时分，忽然听到门外很猛很紧的敲门声，范叟拔开门闩查看，竟是被白老长所驱逐的狐精。白老长得知也起身走出，问道："你是来寻死的吗？怎么又大胆地回来了？"狐精发怒说："你也只不过是西山的一条巨蛇罢了，竟然欺骗说驱狐，替女儿寻找老公，你是不是更无耻呢？"白老长听后怒不可遏，口吐舌头，大约有几尺长，笔挺如剑，直向狐精的鼻子刺去。狐精随即倒地，现出原形，嘴上还讲着人话，哀泣求饶。白老长说："按理不应当饶你，但看在今天是我女儿含卺大喜之夜，图个吉利。舌剑的厉害，你既然已知晓，那还不快逃，省得弄脏了我的舌头。"狐精这才惊慌而逃。范叟也被吓得不知所措。

翌日，白老长坐在中堂看女儿梳头，女婿手里捏着书，便和范叟聊天。忽然跑来一个狐精同党，化成妖僧，扬言诛妖，闯进范家，就席地而坐，闭上双眼两手合十，嘴里还喃喃念诵咒语。白老长见状笑道："你还有其他本事吗？赶快用火烧他！"随之烈焰应声而熊熊燃烧，把妖僧团团裹住炙烤，像烤猪一样，妖僧吓得抱头鼠窜而去。原来是狐精回去报告了头儿，头儿就派遣妖僧来，妖僧逃回之后又派魃僧来挑衅。魃僧刚到范家门口，就拼命号叫，声响如雷，肚子膨大像猪，手拿利刀，闪亮如霜雪。白老长已在廊庑下等候。等到魃僧入门，还没开口，白老长猛喝道："火烧他！"烈火立即从魃僧大腿间烧起，火苗一下子蹿上须眉，把魃僧烧得焦头烂额无法忍受，匆忙夺门而逃。可烈火滚滚仍紧追不舍，街市上的男女老幼看后，都争着鼓掌说："这把火烧得可真是痛快！"

狐党头儿愈加羞愤，就向某将官投诉，并且贿赂大量钱财，更用妖势威胁要挟。某将官惊惶不已，答应请求。于是飞签逮捕范叟父子，将其关押入狱，判他个妖法罪。当时拘捕者已来到了门口，范生叹息地回头对妻子说："你父亲为我驱除妖魅，现在却得罪。我死不足惜，但连累了我老父实在有愧啊！"妻子也不禁哭泣起来。白老长对着范生笑道："痴男子，不要泄气！为什么不跟着公差前往，如果受刑或刀砍斧锯，都由我来承当，不关你们父子的事。"

第二天，某将官审讯范生，要把他绳之以法。范生不言一语，只是大声高呼："白丈人快来救我！"只见白老长挺胸坦荡走进公堂，挺立不跪，看着某将官不停地哈哈大笑，舌头时时伸出嘴唇外几尺，红光焰焰就像朝霞。某将官看后知道这也是妖怪，惊吓不已说："你到底是什么妖怪，竟敢这么猖狂！"白老长说："不瞒大人，我的确是西山一千多年的老白蛇。但我进行修炼，精通吐纳长生的法术，从不危害任何生灵，因此上天不能用雷霆劈我，也不能用仙法伤我。我虽然形体是蛇，但精神实质已修炼成人，并且以后会成为神仙。我看看你虽然道貌岸然像是个人上人，其实本质不过是兽。比那些似人而实为畜生和似畜生而实为人的人，其实更加让人鄙弃可笑！"说完，从袖里取出一片鳞甲，大如盆，明如镜，呈上公案，说："这是宝物，还请你当作礼品收下。"

某将官神魂未定地拿起鳞甲照看，只见里面出现了一个长长的驴头，驴头上汗珠直冒，像蒸笼上的水气。他赶紧扔掉，铿锵落地，顿时跌碎消失。某将官明白这是老头的嘲讽，叫骂不已。白老长笑道："这就是所谓的驴子！自认为能一鸣惊人，但一看见草料，就俯首帖耳受人摆布。蠢驴的本领，也不过就这样！"说完狂笑不止，笑声就像竹子爆裂，像猫头鹰怒叫，满堂官史听后都大惊失色。后来白老长不住地叹息说："你受朝廷重用，被选中镇守一郡，但却连畜类都不能制伏，反而被畜类嘲弄，加罪于无辜良民，你说你是多么愚蠢啊！畜类来了，所干的罪恶勾当无数，只要有人心的，没有一个不想剥它的皮吃它的肉。只有你保护畜类，这是为什么？还是说你是被畜类威胁，身不由己？"某将官理屈词穷，高呼取棍棒来。白老长怒目圆睁说："你的驴性又发作了吗？火烧他！"话未说完，座上的人、衣服和鞋子都被烧成灰烬。某将官不敢再审理此案，立即当堂释放范叟父子，事后向狐党道歉。从此，白老长去了远方，不再回来。狐党十分畏惧白老长女儿，也不敢再敌视。

一天，狐精自己找上门来，登堂拜见白老长的女儿，跪伏在闺房内不肯起身。白老长女儿挽住她说："你为何要这样？是想趁我老父离开，找我夫妻撒气来称心吗？"她赶紧说："不是。婢子没有这样的法术，也没有这样的胆量。娘子是天仙，我愿意拿着手中梳篦给你当贱婢。狐党本是邪法，邪不压正，更何况狐党将要被消灭，不能在人间兴风作浪。昨天遇见火龙子，承蒙他耐心开导，让我幡然醒悟，特地前来投靠娘子来逃避雷霆的轰击。"白老长女儿说："看你那么有诚意，就暂时留下吧，但不准你再诱惑郎君。"狐婢对天发誓说不会。

狐婢时常在闺房里要弄杂技，来博取女主人的欢心一笑。有一次竟用一只脚飞行做商羊式的舞姿挑衅女主人。女主人看穿她的心思，说："你只用一只脚，那我就来以多胜少吧。"转眼间从石榴裙下伸出几十只小脚，都尖翘得像刚出头的嫩笋芽。狐婢看后佩服不已，惊拜在地，心怀恐惧不敢再萌生野心。可是仍究不甘心孤独寂寞，就暗自和仆人偷情。女主人知道后用好话打发她离开，以后再也没有发生其他意外的事。

识字魁

我家有座别墅，井东吟社。后门正面对夫子庙，场地空阔。夏天只要是学唱昆曲的，都经常在这里唱歌，并借机乘凉。一天晚上，几个人正按曲调和唱，弦管声齐奏，声音大得阻遏住了天上的行云。那南面的城墙，城头的矮墙排列如齿，突然出现了一个巨人，比古代那些驱疫避邪的神道相貌还要魁梧。巨人侧着身体坐在矮墙上，背朝北面朝南，拍掌听曲，似乎很喜欢歌曲。众人看到巨人后惊吓想逃，其中有一个姓崇的人，仗着胆大，说："请大家继续唱下去，不要害怕。让我来给他个恶作剧。"说着就去敲开一家店门，买来一大串爆竹很是巨大，又轻手轻脚像鹭鸶一样走近并潜藏在巨人身后，突然点火，爆竹劈哩啪啦响个不停，像连珠炮一样震耳欲聋。巨人来不及回头看一眼，一下子迈步轻易地跨过护城河，就像跨过阳沟一样轻巧，然后摇摇晃晃走入南山。当时月明如昼，众人纷纷登上城墙观看，只见巨人穿着一身黑色衣裳，头大如五石瓮。正值盛夏，风吹叶落，树叶在半空中翩翩起舞伴随着巨人飘动。第二天再去查看巨人的脚印，发现有六尺多长，沙地上还留下一行草书，写道："听曲正是高兴的时候，竟被无知小儿放爆竹打扰，实在很是可恶！谨防一凿。"字迹屈伸自如，像草圣怀索的字体。

八个月以后，姓崇的到南山去探亲，回家时正骑着驴在路上慢悠悠行走，忽然从空中飞来一块鹅卵石，击中肩膀，痛得要命，差点断了手臂。之后赶紧奔回去看大夫，但无能为力，导致半边瘫痪。

这个巨人也就是山魈。我听老人说过山魈很喜欢听曲子，也很怕放爆竹，但却未曾听说山魈善于写草书。山魈或许是鬼魅中的风雅人物吧？但只是可惜它肚量太小，不能容物，真是白白辜负了这一副魁伟的身躯啊！这事也真够稀奇啊！

上官生

上官生字洞卿，名箫，河南洛阳人。因为父亲在安徽做官所以从小也在此地，耳濡目染，长大后对于申不害、韩非子的刑名学说很是精通。之后就应聘在钟离太守那儿当幕宾，宾主关系十分融洽。

上官生容貌姣好，又善于整理仪容，性格慷慨豪爽，喜欢结交朋友。由于挑选对象太过挑剔，所以他年满二十还没娶妻。太守姓金，已经忘记了他的名字。金太守想送个丫头给上官生，可遭到上官生的拒绝。可是这个丫头和男仆有私情，事情被发现，还牵连到太守夫人。金太守怒气冲冲，横着宝剑盘问真相，上官生在其中极力周旋，给了男仆银子，让他赶紧逃走。又向太守讨来这个丫头，之后让她另嫁他人。本城有个富家女儿，出嫁才三个月就生下儿子，公公婆婆很是羞愤，告到官府。金太守查阅此案准备用五种酷刑审讯此案，上官生急忙上前劝阻。他暗中调查，得知女婿曾在未成婚前就偷偷翻越围墙和女方有过男女之欢，且证据确凿，最后官司也就了结，皆大欢喜。

金太守的儿子是个恶少，一直怀疑上官生收取了贿赂，就在背后非议诽谤他。太守也不禁起了疑心，常流露出讽刺的意思，上官生一怒之下拂袖而去。望着茫茫天地不知何处是容身之地，突然想起山东的某中丞是先父同年进士，就前往投奔，希望能通过中丞推荐维持生计。等到了山东，想不到中丞已经因病逝世。他没有办法，把口袋里剩余的钱全部都用来游山玩水，蓬莱的海市蜃楼，泰山的日出，孔庙的碑林，每一处景点都留下了足迹。

光阴如梭，又过了两年，上官生这才想到重走旧路。行抵蒜山、瓜步间，他遇见已退休在家的老相识，寇太史，恰巧在林泉养老，修筑了一所面临长江的别墅，景色壮阔，十分清幽。寇太史很赏识上官生的才华，就请他整理家谱，留住在东邻一所古庙里，又派仆人为他烧火做饭，处理杂务。上官生很喜欢那别墅里的树石亭台，仅仅隔开一堵断墙，耳听渔家歌唱，门无粗俗宾客，生活很是安逸快乐，就不再考虑过去的学业。

一天吃完晚餐，仆人离开了，上官生靠在交椅上乘凉。月色昏黄，流萤上下闪光，忽然看见一个手握纨扇、穿白夹衣的少年，玉树临风，风流倜傥，从西墙下的竹林里走出，来回徘徊着，眺望着，低着头在吟诵。吟诵的词是：

玉漏乍停人乍定，仲子墙边，隔着罗敷径。薄薄纱窗何故俊，依稀闪个人儿影。

少年苦思冥想，翻来覆去吟诵好几遍，也没有想到下阕。上官生见状玩笑似的替他续吟下阕，吟道：

立遍银阶谁寄信，这搭苍苔，留下纤纤印。蓦地一声花下磬，回头好月圆如饼。

少年听到后，惊喜交加，向上官生这儿姗姗走来，高兴地说：“真想不到在这深夜还有志同道合的人啊！”两人相见恨晚握手入座，相互询问生平。少年自说姓查，字琴痕，就住在邻近，有小路可通。上官生亲自起身给客人泡茶喝，少年也亲手捡树枝给灶火添薪加柴。两人相聊甚欢，终夜清谈，鸡叫三遍时才不舍离开。上官生亲自相送到小路边，又迫不及待地要预订以后的约会。琴痕说：“我谈论的鄙俗言论，实在不足以助谈兴。不过我有蹩脚的技艺，明晚就给你献丑了，还希望到时你别笑话。”上官生说：“不会不会，那是我的荣幸。”回房后，吹灭蜡烛上床休息，回想琴痕的风姿，不输于古代的美女南威。

第二天夜里上官生如约等候着，可却久久不见琴痕的身影，直到过了三四夜才出现。上官生委婉地责备他失信，琴痕说："实在对不起，我要等我妻子熟睡后才能出来。"上官生说："你还带着眷属，那一定也是绝代佳人。"琴痕脸上泛起红晕，说："多谢公子夸奖，容颜和我差不多。"说着从袖里抽出一管玉笛，说："你喜欢吹笛吗？"上官生说："不会。"琴痕说："那请你唱那天夜里吟咏的词，我来吹笛伴奏吧！"上官生听后兴致大起。于是，一个唱诵，一个吹笛，凉风吹过仿佛听到众仙缥缈步行虚空的歌诵声。

上官生突然依偎着琴痕而坐，说："贤弟一表人才，又聪明能文，如果我是巾帼女郎，一定会为贤弟生相思病而死。"琴痕笑着反问说："难道须眉男子就不会为我相思而死吗？照这样看来还算不上真正的痴情人啊！"上官生说："不瞒贤弟，自从第一眼看见你的玉容，我就已经被迷得神魂颠倒，整夜辗转反侧无法安睡已经有两夜了。"琴痕听后扑到上官生怀里，打趣嘲弄说："好男色的龙阳君是不是情急啦！可惜我天生没有阳具，不能救你的急，这该如何是好呢？"上官生恍然大悟，瞬间喜上眉梢，立即亲昵地抱起琴痕，抚摩着他的臀部求欢。琴痕面孔血红一片，匆忙用双手抵拒，说："相爱一定要如此吗？"上官生解释说："两个男的相爱，不这样怎么能真正地销魂？"琴痕说："那你先告诉我后庭戏的来龙去脉我才依你。"上官生说："民间传说是起于黄帝征讨蚩尤时，其他如春耿时卫君宠爱弥子瑕，吃弥子瑕咬过的半只桃子；汉哀帝喜欢男宠董贤，董贤熟睡压住哀帝衣袖，哀帝不忍心惊醒他，就截断衣袖而起床；一像汉文帝喜欢男宠邓通而赐给他铜山致富等，史册上记载了很多。"琴痕捧腹大笑，拼命摇手竭力挣扎。上官生哀求道："好贤弟你可怜可怜我吧，我愿意和你互为主宾。"琴痕听后更是笑得直不起腰，说："我是客，你是主，为什么你不先尽东道主的情谊？"上官生说："这样也好。"

两人走进卧室，放下帘幕，互相脱掉衣服上床。上官生担心他的阳具巨大，要受枘凿之苦，就先用手去试摸一下。一摸惊喜不已，原来豆蔻含香，莲苞带露，分明是一个绝妙的女子。上官生顾不上刨根究底，迫不及待地和她共赴阳台，满屋春色，欢愉无限。

房事结束后，上官生让琴痕的头枕着自己的手臂，这才询问她的秘密。她说："某太史为了满足淫欲喜欢用奇奇怪怪的方法，把女的扮作男的当仆人，把男的改装女的做丫鬟，共三十多人。他最宠爱的就是我和假丫鬟白娟郎。我知道这并不是长久之计，就私下带着娟郎逃来此地。因为仰慕郎君的风雅，所以心甘情愿委身给你。如果你不泄露出去，那我们就可以长期相好。"上官生又详细询问了娟郎情况，琴痕笑道："你这个痴情的人，不会是想得陇望蜀吧？"上官生说："不能这样说。你恋着我，那么娟郎就必然孤独；你恋着娟郎，那我就孤独。不如三人合在一起，这样大家也都不会感到孤独。"琴痕说："他性格倔强，恐怕不会像我一样自动奉献。你容我想想办法，再作打算。"不久，晨钟敲响，琴痕起身披衣下床，上官生极力挽留她，但被拒绝，说："我担心娟郎胆怯，醒来不见我又要娇声啼哭了。"上官生更求她向娟郎介绍自己，琴痕答应离开。

次日，上官生预先买了点菜肴，沽好绿醑酒，把房间整理得整洁明亮，早早地遣走仆人，关上门等候。一更后，琴痕果然和娟郎携手而来。只见娟郎云鬟蓬松，三寸瘦削的金莲，用红巾掩住口，神态含娇带羞，身段袅娜，楚楚可怜，看到上官生后，欲前又退，刚走上台阶，差点被绿苔藓滑倒，上官生赶紧回过神来上去搀扶她，只觉得她的身体比叶片还轻。娟郎和上官生稍稍问候后，就靠近灯台斜坐着。上官生赞叹，琴痕逗乐，娟郎只是含笑不语。应酬着互敬了三杯酒后，琴痕抽出玉笛，劝娟郎唱一曲，但娟郎不肯。琴痕说："昨天我已经出丑，妹妹不用不好意思，只不过是为郎君解解闷助助兴罢了。"上官生也在旁劝说怂恿，于是娟郎轻轻点拍着凤鞋，手里敲击象牙筷，歌道：

双蛱蝶，双双过墙东，剪彩善刻画，造化天无功，轻罗小扇扑入手，翻飞那许辨雌雄。雌耶雄耶何必辨，花须一霎精灵现，可怜压扁小书丛，犹向美人头上颤。

歌毕，哽咽着像要哭泣一样，轻轻擦拭着泪珠。上官生抱住她安慰道："昨夜连累你独睡，实在是小生的过错，还请你不要悲伤埋怨。"娟郎说："我并不是为这个。郎君如此优秀，奴婢二人能够侍奉郎君，实在是我们的荣幸！只是感触往事，悲伤就难以控制。我不能多喝酒，琴姐你陪郎君多玩玩，我先走了。"上官生上前挽留她，快要跪下，娟郎这才勉强留下。当晚三人就睡在一张床上。

　　早晨起身，上官生把琴痕、娟郎藏在暗幕里，叫仆人告诉主人，谎称："自己天性喜欢清静，能料理日常琐事，以后不用烦劳另外派人。"辞退了仆人后，两扇门每天都关得死死的，三个人不论白天黑夜尽情欢乐。上官生写字，两人就代为研墨；要吃饭，三人就下厨烹饪；疲倦了，就互相按摩；睡觉时，相互拥抱依偎。琴痕很轻佻，娟郎却贞静温婉。琴痕仅仅擅长唱歌，而娟郎又擅于弹奏乐器和书法绘画，没有一处不通的。上官生喜笑颜开地说："能够得到你们中的一位本就很难，更何况能享齐人之福呢？"娟郎笑道："真是个痴生，一箭双雕，也不怕折了你的寿？"琴痕也笑道："如果我两人是鬼是狐，时间长了趁你醉酒，把你当作糟母猪肉给吃了，你怕不怕？"上官生说："如果能葬身在美人的肚子里，也比肮脏龌龊的死要强。我不但不怕，而且心甘情愿。"

　　隔壁庙里的和尚，经常听见上官生书斋里传来喧笑欢乐声，就登上钟楼看个明白，之后就奔去告诉寇太史。寇太史转问上官生，上官生说："那是我家的旧仆人，带着妻子过江，正巧碰见我。我就把他们留下陪我，也可减轻孤独感，没有其他的事情。"从这以后大家都知道上官生有称心如愿的仆人，十分羡慕他。

　　居住在这里转眼已经两年，上官生很是快乐，愿意一直老死在此地。常常看着琴痕、娟郎说："如果卖字能卖到钱，我就和你们一起回故乡，从此一起白头偕老。"两人只是微笑不答。上官生再问他们愿不愿意，两人流泪不止说："郎君你也太痴情了！琴痕老了不过是鸡皮鹤发，毫无髭须，像太监的模样。娟郎老了脸上就会长髭须，还要裹小脚慢吞吞挪步。我们哪能配得上郎君的爱？如果老了失宠被遗弃痛哭，还不如早些分手要好。"上官生连忙进行抚慰，发誓说："如果以后我因为色衰而抛弃你们，辜负你们的情意，那就让我不得好死！"可是两人听后仍是满脸忧郁。

　　先前的金太守自从上官生离去后，后悔不已。查清了实际情况，更是深感惭愧。于是就派人寻访上官生的行踪，得到确切消息，就写信表示道歉，一再求他一定要重新光临，并寄上五百两银子的礼金。正好寇太史的家谱也已经完稿，上官生兴奋地告诉太史。太史设盛宴招待，并送上银子酬谢辛劳，并以此代替赠送的路费。车马都已经安置妥当，分别的日子也来了。可是那天早晨起来，却突然找不到琴痕和娟郎两人的身影，到处都找不到。只见砚台底下留了一封短信，信上说："如意郎君亲阅：我二人并不是人，也不是妖，而是含冤负蟇的鬼魂。郎君前生是三河的富家子弟，我二人出身贫贱，和郎君交往最久，就得到你的周济。郎君嗜好乐声和美色，生病垂危时，把幼子托付给我们照看。可我们却引诱那孤儿走上邪道，最终攫取你的财物致使破产，孤儿也因穷困而死。你向阎罗王告状，我们被罚一起投生在京江，卖在王梦楼太史家做丫头和仆人。王太史把我俩矫揉造作改造后，一起受到恩宠，可引起了同辈的妒忌从而杀死了我们，埋在花园里的假山旁边。太史知道后也没去追究。阎罗王又判决我们再投生，让琴痕做郎君妻子，娟郎做郎君的儿子。可是因为郎君今世行善无数，阎罗王认为不应该让淫荡魂魄去玷污郎君芬芳的品行，就改判我们去露水司，仅仅允许阴魂和你交欢，还清欠你的孽债。至于郎君真正的爱人，月下老人已经给你另外系好红丝，好消息就快来了。昨天叩见阎罗王，命我们投生到金陵：琴痕，孙家的男孩；娟郎，施家的姑娘。长大后就配为一对，先富后穷。本来应该亲自向郎君辞别，可不忍看郎君伤心，因此留下这封信替代见面。郎君晦气的命运就快要结束，幸运之神会渐渐光临，从此快乐无忧。还请郎君多多保重，请不要挂念着我们。"另外又有一行文字："一十四点，一十四口。两头一只脚，六口两只脚，三口四只脚。"最末写"琴娘娟郎泣白。"上官生看后失魂落魄，有人问他仆人去了哪里，他说："派他们先过江了。"草草整理好行装，就去赴约金太守那儿。老朋友重新聚首，欢乐可想而知。金太守政绩卓著，被升官至江粮道，上官生跟随着一起上任。

金太守夫人很是感激上官生的恩德，把表妹米氏许配给他为妻。那富翁也对上官生的恩情很是感激，就把漂亮丫鬟田氏赠给他为妾。最终妻子未能生育，妾生下一对双胞胎儿子，怀孕期间曾梦见天仙授与她奇书二卷，才生下儿子。大儿子名典，小儿子名册。上官生偶尔把先前的艳遇泄露给太守，还讲述了那个鬼谜，太守听后恍然大悟说："一十四点，是米字。一十四口，是田字。两头一只脚为'雙'（双）字，是说你有双胞胎儿子。六口两脚，是典字。三口四脚，是册字。"

后来金太守过世，他的儿子只顾纵情享乐，结交坏人嫖赌，把家产荡尽。又被强盗诬赖被判处斩刑。上官生竭力营救，最后得以出牢，把他养在家里。上官典、上官册长大后，都做了高官，政绩显著，声誉传扬四方。

上官生又暗中寻访孙、施两姓人家，想证实三生姻缘是否为真，没有结果。

偶然在王梦楼太史荒废的花园游览，寻找琴痕、娟郎埋骨的地点，也没有收获。从此看破红尘，觉得一切都只不过是梦幻泡影。他雕刻了一枚玉印悬挂在衣襟上，刻着三个字："看路滑。"在废园里捡到零星钗钏、残存脂粉、香扇荷包等女子用品，一起埋在一处，竖立一块石碑，上面题写"一对可怜虫琴娘、娟郎招魂合葬之墓"。

宿县刘大昌曾会见过上官生，说娟郎的书法和王梦楼太史的笔迹很是相像。

戴笠先生像

张承烈，字梧泉，是吴江县穷秀才一个。两次参加乡试都没有考中，为了维持生计，最终放弃举子业，专门靠做官府幕僚谋生。当时他已是不惑之年，应聘到了南河范司马官邸，做文书整理，宾主关系相处融洽。

范司马原是吴人，而自己却以顺天籍贯而做官，可儿子侄子辈却仍需按照原籍参加江南地区的乡试。马上就快要考试，范公子和范的女婿都很年轻，想进考场观光见见世面。范司马对张承烈说："儿辈还需先生引导，同时我已替先生卜卦，预示先生未来必将飞黄腾达。"张承烈说："可是我已荒废举业很久，腹内空空如也。连年都是他乡作客，哪有时间去吃十年寒窗的苦呢？而且囊中羞涩没有银钱，因此不想去参加金陵乡试。"范司马说："先生不必为旅费操心，请允许我赠你白银五十两，作为考场中所需用品的费用。就算真如先生所说，最终交白卷名登蓝榜，可是儿辈已受你指教眼界大开，我也对先生十分感谢！"盛情难却，张承烈推辞不了，于是拿了赠银，勉强去走一趟。

船从袁浦抵达金山，公子等上岸去游览名胜古迹，请张先生守船。张承烈自己在船上很是气闷，推开四面船窗，眺望北固山、浮玉山的风景，只见江面青山倒影，波光粼粼，顿时尘俗胸怀豁然开朗。他很想戴上竹笠，仿效杜甫饭颗山的游兴，只是遗憾没法办到。

正在感慨惆怅，忽然听到岸上有哭声，儿童的、男的、女的哭声混杂交错，十分悲苦。他仔细一看，只见一个相貌文静清雅的贫家妇女，正抱着一个五岁的孩子一起痛哭。旁边还站着一个穷苦青年，眼睁睁看着女的独自哀哭。而离得远一点的站着一个大腹便便的商人，带山西口音，嘴里在不停地嘟嘟囔囔，好像很是厌恶这哭声。青年人看上去不像是书生，也不像商人，神色尴尬懦弱，也是一边哭一边安慰妇女，还露出羞愧悔恨的神情。女的紧紧抱着孩子，盯着青年，又不时瞧瞧大腹商人，后来呆呆地看着滚滚长江水，频频点头，哭声更加的哀痛悲切，无法用言语形容。商人虽然远远站开，但却一直不停做出催逼的样子。

张承烈细看一会，不知发生了什么事，就急忙登岸问青年。青年悲伤到极点，欲言又止。一再询问，青年才说："这女的是我妻子，这孩子是我儿子。那个山西人，是我的债主。我做卖豆腐生意，借了山西人一万多铜钱做本钱，不料时运不济，本钱耗尽，加上利息一共欠下五万多铜钱，无力偿还。那山西人要回老家，催讨得很急迫，没有办法，只能写了张卖身契用妻子抵债。协议订好，又害怕邻居嘲笑，就把妻子带到江边来交接。妻子不忍心丢下年幼的儿子，去留身不由主，带着孩子或丢下孩子都不行，伤心不已。"说完，他更加悲伤难忍，哭声随着江涛呜咽。

张承烈于是询问商人说："你到底是想要女的，还是想要钱？"商人说："我当然所需要的是钱。即使他把老婆抵债，我还要继续转卖换钱。"又拿出卖身契给张承烈看。张承烈说："我愿意为他还债，请销毁这张卖身契。"商人稍有迟疑，张承烈大声说："欠钱还钱，他又没有向你借老婆，王法都在，你敢强娶有夫之妇吗？"说完转身回船，拿出范司马送给他的五十两银子，全部送给青年，说："还债后应该还有剩余，你不妨继续做豆腐生意。卖身契已撕了，不要再颓丧没出息，动不动就抛弃糟糠妻啊！"两夫妇收泪止哭，感激地跪在地上叩头，叩头声很响亮。商人也被张承烈的仗义所感动，愿意照办。

青年问救命恩人的姓名，张承烈说："你用不着知道我的姓名，只要把你的姓和地址告诉我。我是参加秋试的秀才，等我回来时会顺路拜访你家，到时能够到门前喝杯茶就已经足够了。"青年说："多谢恩人，我家住在西坞，姓窦。"女的更是流泪道谢说："先生义侠，一定能蟾宫折桂考中。奴家回家后，一定天天焚香为先生祈祷祝福！"于是再三请求考完回家一定要来家的诺言，张承烈点点头，挥手叫他们赶快回去。不久，范公子和范女婿回来，船家匆匆解开缆绳驶离，张承烈对刚才发生的事一字不提。

到达南京后，一起草草参加录遗补考然后出去游玩，各人为采购考场用品忙得不亦乐乎，只有张承烈好像什么事也没有。试期已逼近，他依旧冷淡淡的没有兴趣。范公子问他考场用品准备得怎样，回答说没有。范公子说："既然你有嵇康那样懒散的癖好，为什么不派仆人去代买？"张承烈说："我是局外人，要这些零碎的东西做什么？"范公子听后很是着急，兴师问罪。张承烈这才说："不瞒你们，承蒙令尊大人送我银子，不料心神慌乱上船时就已经丢失在袁浦的路上了。"范公子说："哎！世上还有像我们张先生这样粗心大意的人吗？"连忙拿钱替他购买了必需品，说："这样看你怎么做门外汉？"张承烈推脱不得，想进场大不了交白卷敷衍塞责，最终收下了公子的好意。

等到进了考场，在没有封上号门前，张承烈果然找到范公子等两处号房，替他们经营构思一番，然后帮着整理了用品，就回到自己的号房。三道试题发下，张承烈看后感到很是棘手，一个字也写不出。再三思考后，已是汗水淋淋，接着自己笑道："我可真是自寻苦恼，是多么愚蠢啊！"于是把酒温温，一杯接一杯痛饮，醉醺醺地靠在三块板上酣睡。

正睡时，张承烈仿佛看到一位古貌古心，须发雪白，穿着褐色衣裳和棕鞋，神态非常闲逸的戴竹笠的老先生走来。张承烈暗自思忖山林隐士也来参加考试，这大千世界真是无奇不有。老先生走到张承烈号门前，突然停住脚步说："你就是张梧泉吗？"张承烈答道："是的。"又问："你为什么不写文章？"回答说题目太难。老先生说："我是尘世外人，无意功名。有寒窗下三篇草稿，碰巧是这个题目，还请你看一下。"说着丢给张承烈一张纸，张承烈摊开一看竟是煌煌大文章，发挥切实，文采了得。张承烈大声朗诵了一遍，赞叹不已，老先生说："如果你不嫌弃的话，我就把这文章送给你了，一定不会和别人的雷同，你一定能够高中。"张承烈谦逊推让，可那个老先生依然戴着竹笠，已经飘然远去。张承烈从梦中猛然惊醒，发现果真是一场黄粱梦。再回忆梦中的文章，心里记得很详细，急忙把文章写出来，读起来音节震震如有金石声，确实称得上是佳作。第二天出考房，也不向他人透露。

等到第二场考试开始，范公子对张承烈说："我辈已尝到了其中的滋味了，先生如果再推托，我们也不再勉强。”张承烈说：“不劳你们劝驾，我还要再去寻找梦境呢。”范公子以为是他文章写得太差，故意说出这种颓丧的话，而张承烈也怀疑戴笠老先生会不会再来，就抱着再去碰碰运气的心态。想不到老先生果然又来了，这次送五篇经文，都典重畅达，华赡绝伦。醒后挥笔直抄，很是庆幸自己的好运，可是梦中始终没有问一下老先生的姓名。如果真的高中，将来拿什么来报答供养老先生呢？这可真是个遗憾！

到了第三场，老先生仍然来到，五篇策文都逐条对答，条理清晰十分详尽。然而又忘了问老先生的姓名。誊写完毕，去交卷，不料此时昏倦想睡。看时间还早，就暂且靠在墙上打盹。一会儿，隐隐约约的看到老先生奔过来，掀着竹笠告诉张承烈说：“先生你再仔细检查一番，你忘记添注涂改了！”张承烈忽然想起并答应了，于是拉着老先生衣袖问他姓名，而且表达自己的感谢之情。老先生笑道：“先生不要多说了，先完成正经事要紧，我和你还会在京江市上重新见面的。”再三问他，他就随口一说：“我是戴笠先生。”松开手一下子就不见了踪影。张承烈梦醒，看卷尾，果然遗漏了端书字数。离开考场把文稿给其他考生看，看过的人都纷纷称奇，惊异他有如此才华，但也不敢肯定能否通过考试，也不敢预料名次的高下。

考完乘船返回，又重新来到当时的停泊处，张承烈独自悄悄去拜访西坞窦家的豆腐店，看到那两夫妻已不愁衣食，面露笑颜，出门欢迎说：“张经魁来了！张经魁来了！”然后恭请他进入后面的小草堂，把准备好的酒菜端上，一起叩头拜贺说：“祝贺先生高中经魁了！”问他们怎么会知道，窦氏说：“我夫妻俩自从得到先生的救援，把剩余的钱做资本，渐渐获得蝇头小利，让我们虽然辛劳但不再受冻挨饿，生活得到了很大的改善。我妻子富氏，她父亲生前曾是儒学教官，通经学，善于八股文，只有一个独生女儿，就是我妻子。昨夜妻子梦见她父亲来告诉她说：‘你的夫婿没有出息害你差点失节，还要多亏了张先生的大恩大德。我一定要感谢他，梦中，报答他三场考试的文章，中举名单已经在刻印中，张先生考中了第十八名经魁！’”张承烈问：“你父亲长什么样子？”富氏整袖礼拜说：“您可还认识戴笠先生？”双手捧着一幅画过来，说：“这是我去世的父亲的小像。”展开图画一看，只见一老叟头戴竹笠笑拈髭须，和梦中见的人一模一样。张承烈对着画像拜了又拜，把考场中的事情经过详细讲述，富氏听后十分感动，想起了自己的父亲不禁哭出声来，坚持要请张先生留下小住一两天。由于赶路，张承烈没有答应，看窦氏的儿子很英俊不凡，就勉励两夫妻一定要让孩子读书，好继承外祖父的遗志，问了姓名后告辞离去。张榜后，张承烈果然考中了第十八名，可是此后进士考试仍是未能通过。

过了三届科考的时间，张承烈被选授湖南某县令。正巧遇上同年某太史从湖南去江南担任学使，两人相谈投机，张承烈说起了往事。某太史详细询问了窦家儿子的年龄相貌和名字，张承烈一一告知。那时窦家儿子才十四岁，十分聪敏，已经能够阅读外祖父的遗稿。邻居纷纷劝他进考场观摩，可他母亲由于儿子年龄太小不同意。大家又都怂恿他去试试，最终竟受到某太史的赏识，录取他为童子试的冠军。

张承烈是道光庚子年的经魁，他和陆子英是很好的朋友，子英之后告诉了我这些事。

鹿女泉

有关鹿女的故事在佛经里就有记载，而在江北的古迹中，也有鹿女丹泉，我曾去寻访过。鹿女丹泉其实是在人家院子里的一口井，也没有碑记可考证。

一次遇见甓湖钓叟，他说在五代时，此地是优钵罗庙。庙里有个和尚，叫大楞，到处募捐化缘钱财然后把庙重新修饰一新，在庙中焚香修行。虽然这里离城市不远，可是幽静得却像深山老林，四周各种名花盛开，还点缀了嶙峋怪石，修行闲暇时欣赏确实让人赏心悦目。大楞早晚亲自从井中汲取甘泉，浇灌花草，饲养盆鱼，喂哺笼鸟，每天过得十分充实忙碌。一个陕西客人送给和尚一头雌性白鹿，说："这头白鹿十分驯顺，我不忍心杀害它，还求和尚收容在法座下，或许能够因为受到佛的荫庇而获得长生。"和尚也十分喜爱白鹿的呦呦鸣声，尖尖的角，想来如果能放在松石间也是景色绝妙的点缀，因此对白鹿的豢养照顾很是细心周到。

　　不久，有个福建的和尚叫真悟，长相怪异奇特，衣装邋遢不堪，从五台山游玩回来，在本庙挂褡暂住。真悟和大楞一起讨论佛经内典，参悟佛教机锋，都点头赞许。只是真悟在看到花花草草动植物时，总是挥挥手，说："赶快拿开！赶快拿走！"大楞说："如来佛虽然谈空说寂，但也并不是禁止生机，不然的话，那些狮象龙虎不都成了赘疣了吗？"真悟说："佛之所以能够做到空寂，是因为对一切无牵无挂。虽然有狮象龙虎，但又像没有狮象龙虎，这才能有狮象龙虎。我等道行尚且浅薄，如果留恋生机，就会形成欲望、爱心等魔障，到时一点点尘心就会化成无限痛苦了。"大楞并不赞同。第二天，真悟拂袖而去。

　　时间一长，白鹿更加的温驯，时常衔来落叶供烧火，咬吃庭院的杂草为庭院锄草。大楞外出时，白鹿就守候在庙门口等候。等回来了就侍立在大楞身旁，大楞敬佛时也弯曲前两脚像跪拜，大楞诵经就竖起双耳像在倾听并且发出鸣叫声。最为奇怪的是，大楞早夜小便处有块白石板，表面微凹，白鹿每天都用舌头去添小便残留的痕迹。虽然和尚很是讶异，可终因喜爱白鹿的驯良，就没有对它发脾气。

　　又过了两年，白鹿的肚子忽然增大，还喜欢睡懒觉，不再像以前那样勤劳。时间一长，肚子更大。大楞和尚怕它受风露清冷，就替它收拾了一间耳房，在耳房幽暗处铺上厚厚的像褥毯似的稻草，让白鹿在上面睡觉。大楞每天早晚亲自喂养它。

　　一天大楞打起背包到神居山去，一路踽踽独行，心里在想白鹿肚子很大像是怀孕，可又想那里根本没有雄鹿，怎么能怀孕呢？心里很是担忧。第二天晚间就匆忙赶回寺庙，打开窟门，只见一缕缕五彩云气，一阵阵香风四溢，从白鹿的耳房处飘出。点上灯笼进去查看，见白鹿正在分娩，样子十分痛苦，大楞不敢看。可是心里又不忍，就跪在佛前替白鹿祈祷，求佛慈悲，代替白鹿忏悔。过了一会儿，雏鹿堕地，呱呱啼哭像婴儿的哭叫声。大楞再去察看，果然是个漂亮的女婴，皮肤雪白像葫芦子，眉清目秀。白鹿正在舐清女婴身上的血迹，大楞见后惊吓不已。他又害怕女婴被冻死，就赶紧撕裂袈裟裹住，然后抱给白鹿喂奶。天亮后，锁上庙门，偷偷从典当铺里买来旧褓褓，替鹿女裹上。害怕被外人发现后吃惊而胡编乱造，混淆黑白，就把耳室的门堵死，使内外不通。又凿一个洞和自己卧榻后面的墙壁相通，亲自替白鹿母女送饮食，打扫房间。

一年多过去了，鹿女渐渐长大，天天依偎着鹿母嬉耍，从没听过她哭一声。见了大楞和尚就牙牙像要说话似的，大楞也疼爱她如掌上明珠，常常拿果瓜糕饼给她吃，还替她缝制衣衫。只要是鹿母鞠养所欠缺的，大楞都代为补上。

一天鹿母生病了，和尚去看望，白鹿头撞地像是在叩头，并且多次嗅着鹿女，又泪眼满眶抬头看着和尚，似乎是在托孤。和尚明白白鹿的心意，就点点头，白鹿突然闭上眼睛死了。鹿女眼泪汪汪，但也不啼哭。和尚就把白鹿埋葬在耳房的地底下，念诵佛经超度亡灵。周围邻居有问起白鹿的，大楞就说："早就逃走了。"

从此，鹿女依靠大楞和尚就像父亲一样，天天住在暗房里，趺坐在鹿母葬地上，闭着双眼。夜间当庙门关闭后，鹿女就外出做洒水打扫等杂务。大楞偶尔在灯下教鹿女识字读书，鹿女天资聪慧，有着超强的记忆，能够过目成诵。有时也领悟佛教语录，会心玄妙真谛。大楞有时在缝补破僧衣，鹿女看久了，也能够缝制好看的衣服，于是常常在灯下绣佛像前的幡盖，技艺精湛，比古代针神薛夜来的刺绣还要高超。转眼间，鹿女已经十三岁，还没见过一个人，有天忽然对和尚说："孩儿并不是人间的人，我将飞腾上天，成为王母娘娘的青鸟使者，为什么要每日锁闭在暗室像蹲地狱一样？"和尚听后，止不住泪流说："孩儿是白鹿所生，如果外出见人，恐怕我老僧要招来祸害。最近我更加担心，如果有一天无常来到把我带走，那到时你还能依靠谁呢？"鹿女说："不用这样。师傅去把所有的施主、和尚和善男信女等都邀请来庙举行佛会，到时孩儿出外见人，自有话说。"和尚不赞同。

又过了三年，鹿女这时已经十六岁，貌美如花像天仙一样。廿四日是浴佛节，庙里一向惯例在这一天，大众会聚集在此朗诵佛经忏悔，本县的无赖汉也手叉腰际站在庭院里看热闹。大众正在击磬祝告，烧香诵佛，乐声诵声嘈嘈杂杂。鹿女突然破门缓步走出，礼佛结束，双手合十和大众打招呼。大众吃惊地看着她不知如何是好，无赖汉趁机起哄说："咄！和尚房间里竟藏着娇娃，是散花仙女呢，还是摩登女郎？多亏神佛显灵，让它自行败露，不然巫山神女庙的妖火，岂不是要蔓延焚烧了邻居家吗？"和尚听后面色尴尬，狼狈不堪，不知该如何辩解。大众在窃窃耳语，对着和尚指指点点不断，无赖汉们见状挥动双拳，狠狠敲击大楞和尚的秃脑瓜。和尚哀呼说："孩子，老僧为了你快要被打死，你怎么还不救救我？"鹿女听后，慢慢地竖起一只纤手指，说一声："停止！"那些无赖汉立即痴痴站立在原地像泥塑，像木偶。后来鹿女又竖起一指，说："翻滚！"那些无赖子立即在地下打滚如怒狮，乱蹦像跳神。鹿女又竖一指在空中乱画一通，喝一声："打！"只见那些无赖汉顿时自打耳光，自揪头发，或互相谩骂殴打，相互惩罚。大众见状很是害怕，向鹿女跪下哀求，鹿女微笑着说："就看在众菩萨的面子上，暂且饶恕你们一遭。"无赖汉瞬间豁然清醒。

鹿女亭亭走上佛座盘腿而坐，对大众讲述了白鹿母亲舐尿受胎怀孕，蒙师傅大楞豢养等种种因缘。演说完了立即说道：

众香国里来，众香国里去。但是有因缘，誓不随鬼趣。

井中一瓮水，清澈碧玻璃。中有众香国，误者成泥犁。

咦，哓哓作么生，一梦此时醒。南无西方游戏宝胜佛菩萨。

诵声还没结束，鹿女就一下子跳入井中，发出咕咚的落水声，井泉迸溅如碎珠。大众大声呼救，想要把她捞上来，可是已来不及了。墙外邻居家也有一口井，地脉相通，鹿女从此井投入，忽然从那井走出。身穿五彩衣裳站立在云头下看庙里大众，说声"珍重"，然后飞入云空，人影越来越小。大众立即跪拜高呼仙人，欢喜赞叹而离去。

大楞和尚拆毁了鹿女所居住的耳房，露出白鹿的坟墓，并围起竹栏杆保护，墓周种植兰花桂树。后来忽然在墓地生长出一株紫色的灵芝，大楞把灵芝吃了，顿觉身体轻快，心里更加明朗，修行功夫也更加精进。转眼又过了十多年，庙里的香火鼎盛，和尚云集，喝了鹿女跳入的井中甘泉无人不生出勇猛心。一次，大楞和尚在庭院里赏花，看井底照见自己的身影，笑道："咦，时间到了吗？"然后走进卧室更衣沐浴，敬礼佛像结束后，就趺坐在禅床上，不说不笑，问他也不回答。第二天房门未开，众和尚叫他也不回应，听听阒寂无声，众人破门进去一看，见大楞和尚已经圆寂。

一年多后，有客人在太行山游玩，看到这个大楞和尚正骑着白鹿，手里捧着经卷，行走如飞，一个梳髻的女子，手托钵盂，背负禅杖，在后面紧跟。

铁簪子

　　涡阳有位农家子弟名叫郑鸿，妻子官氏。年过四十，才有一对孪生子，面貌举止都十分相似，为了便于区分只能让两人穿青衣、绿衣来分别代替哥哥弟弟。哥哥名瑶，弟弟名玙。郑瑶任颍州刑案吏时，娶妻殷氏才满月，就整装出发去颍州任职。郑玙由于未婚，就留在家侍奉父母，整天砍柴担水，于是荒废了读书。但是由于他神情态度文雅端庄，人们都把他看成文人学士，忽略他是农夫之流的人。郑玙偶尔扛锄出入，一次，郑玙在山石缝隙中拾到一枚古代铁簪，簪上刻着文字："莫子做铁簪，熔入金精。涤除邪秽，百灵崇尊。可避水火，能御刀兵。绾我短发光日星。"郑玙非常喜爱它的光洁质朴，于是就把它藏在头巾里，回家请教村里有学问的老先生，老先生回答说："这是仙人莫月鼎的遗物。"

　　郑玙在家正玩弄古铁簪，忽然间接到哥哥郑瑶一封家信，信内陈述被仇家一件案子牵连受控，因为舞弊罪而被收押在狱，求弟弟来颍州，分担哥哥的苦难，就虽死也没有遗憾了。郑玙读后大哭，含蓄地告诉了父母亲，后来家人出售家产筹措到一百多两银子，徒步前往颍州。到那儿，见哥哥果真羁系牢狱，最后贿赂狱卒才得以入内，兄弟两人唯有抱头失声痛哭。郑玙走出牢狱后就在当地官绅家做帮佣，拿到工钱供哥哥在狱中的饭食费。哭着求诉有关主管人员，但官司一直不能了结。

　　一天郑玙带着酒肴安慰哥哥，郑瑶对弟弟抽泣着说："父母倚闾期盼我们回家固然足以使人伤心，但与妻子新婚别离也特别难熬呵！"郑玙想了好长时间，略有感慨地说："此案量刑还不至于死，只不过关押然后拖些日子吓唬人罢了。幸好我们兄弟面目一样，我愿代替哥哥坐牢。"最后以一半银子买通狱卒，另一半交给哥哥，官府便释放出哥哥来关押弟弟。临行之际，郑玙告诉哥哥说："回家致意父母亲与嫂嫂珍重，保重身体不要常惦念我。假如我病死狱中，在梦中我们也还可以相见。"郑瑶回家后，谎称弟弟由于特殊事故身亡，已选择地点埋葬掉。一家人听说都痛心哭泣，邻里不论老幼都感觉十分悲哀。郑瑶从此天天在家与娇妻共享团聚之乐，不再做幕僚文书工作。

郑玙天性非常勤快，就算监禁在狱中，每天早晨起来必定要洒扫神堂，使各个地方没有一丝灰尘。狱中官吏爱怜他，并且多少听到一些他代哥哥坐牢的风声，更觉得他是很有义气的人。于是把郑玙的镣铐解脱掉，同时让他当囚犯头目，负责狱内巡夜敲更，这才不至于吃大苦头。郑玙对分内的事更加勤快，每夜牢狱下锁后，他就环绕巡夜，一直到很晚还声声高呼提醒大家赶快入睡。

有一夜郑玙感到微微疲倦，准备靠在墙上闭眼休息一下，突然间感到心惊。张眼斜视东面墙壁古槐树下，有一团毛茸茸的东西慢慢钻出，随后像蛇一样蜕下外皮，化成一位身穿雪白衣衫的美女子，云鬟漆黑下垂，肌肤皎洁如白雪。女子把蜕下的皮顺手卷起来，把它压在石砌下，然后望着皎洁明月跪拜，口里吐出玻璃丸五粒，然后抬着头轻轻吹气，五粒玻璃丸团团上下不停转动，光怪陆离十分闪烁，映射月光最后变成五彩祥云。大约有一顿饭的工夫，女子将玻璃丸纷纷吞下，仍然披上皮钻入槐树根下。郑玙心中明白这就是狐精，只是没有把这秘密告诉别人。

第二天夜里月色更加明朗，郑玙思忖狐精一定会出来，一片寂静后埋伏起来注视着。不久，女子果然像昨夜一样把皮安放妥当，缓步走下台阶像昨天一样戏耍玻璃丸。郑玙快步窜出，攫取那张皮然后坐在身体底下，等那女子玩得兴致勃勃时，便抽出更柝慢慢敲击，发出登登声。女子大为吃惊，赶忙收丸找衣服，无法找到，便向郑玙请求，郑玙不为所动。女子勃然大怒想要动武，但看见郑玙头上的铁簪发出如电一样闪亮的宝光，惊慌失色，跪下哀求道："我是九尾狐。大丹早已炼成，飞升上天也为期不远，但是那张毛皮还未能一下子去掉。请求你赐还给我，我能够满足你的愿望作为报答。"郑玙说："我听说你们已经修得一粒丹丸，一定要把一名少年蛊惑死，有这回事吗？"女子说："的确有的。但是我从小遵循希夷《五禽经》的修炼方法，不会蛊惑人。但凡蛊惑人炼成的丹丸，光色略微冷淡如青磷；运气所炼成的丹丸，光色灿烂犹如宝珠。这是特别容易分辨的。"郑玙说："你只要不蛊惑害人，我倒是不需要这玩意儿。"说着说着就把皮扔向女子，女子非常喜悦，再次拜谢说："你是个仁义人。想问你有什么要求？"郑玙说："我别无所求。只是每天困守在监牢里，像笼中鸟、井底蛙，想追求修道者来去自由的生活。"女子听过后，就吐出一粒小丸，让郑玙吞服。郑玙把一粒小丸放在掌心凝视，小丸红得就像粒火珠。刹那间，小丸就飞入口中，好像一碗热汤浇灌到胸腔内，有种难以形容的奇特的感觉。郑玙想作揖拜谢女子，女子已飘忽离开。第二天清晨开始，郑琦得了一场大病，皮肤一缕一缕的像要裂开，浑身骨节震震有声，上吐下泻把人整得精疲力尽。医生诊断说："病很严重怕是好不了。"狱吏报告地方长官，就让郑玙出大牢，派在驿站服役，指示等他病愈后就当差。

郑玙被困处在驿馆中，在土床上辗转反侧不能歇息，荧荧一灯如豆。忽然有个女子悄无声息地偷偷进来，说："二郎疲倦了吗？先前送给你的百年之物，是星月之精。凡人吞下后，四肢百节一节一节要脱胎换骨，千万不要误以为是生病。"然后从袖中取出一粒丹，小得像豆，给郑玙服下，果然立刻清醒。郑玙就伏在枕上拜谢女子，并问她何日可以活着回家。女子说："岂但活着回家，还有意外的惊喜。可是我还要向你请求一样东西。"郑玙问什么东西，女子说："时间未到，不能提前告诉你。"郑玙问她姓名，女子说："你有急难时，只要呼叫花吉祥云娘子，我就立刻到来。"说完急速走出，郑玙的病霍然而愈。

郑玙每天早晨的第一件事就是喂养驿马，虽然辛苦，但比起牢狱生活来舒服得多。而且郑玙炯炯的眼神像清晨的启明星，凡是没有浏览过的书本，一看就懂。偶然一次侍候太守游览颍州西湖，遇见一个道士传授给他一册朱文丹篆的秘籍，写的都是风禽奇遁的学问。郑玙问道士姓名，道士回答说："回去问云娘子自然明了。"一个多月后，女子偶尔来到，郑玙向她询问道士的事，云娘子说："我们有缘分啊！他名叫古丈夫，是不随意将秘密法术给人看的。"

第二天清晨太守府公署意外发生火灾，火烈鸟噪呼追逐，烈焰团团围裹房舍。太守仓皇逃出，仅仅独身免灾。手下官吏窘急，都惊慌大喊道："大印放在内衙的桌子上，金光灿灿的就是。谁可以冒险将印抢救出来？"郑玙正跟从大伙汲水，听到云娘子在耳旁小声对他说："二郎，可先将太守印取出，这是个难得的好机会。"郑玙说："火势汹涌怎么办？"云娘子说："你发髻上的铁簪抗热是不怕火的。"郑玙听后，就飞身跳起来奔入，火焰果然一一避让，郑玙双手捧着官印出来献给太守，现场千万人见了无不伸舌头表示诧异。太守哭丧着脸说："大印取出来了！可是我还有闺女住在楼上化妆呢，有能够救出我娇女的，就给他做妻子。君子一言既出，驷马难追！"郑玙说："好的。"于是再次飞身入火海。大火已逼近楼面，只远远望见两个身穿红衣的人夹坐在太守女儿两边，手里拿出铁索想要套在太守女儿脖子上。郑玙进内大声呵斥，红衣人说："铁簪真人来救她了，暂且放她一次。"郑玙背起女郎赶忙奔出，回头看梳妆的楼房已被大火烧为灰烬。

大火被扑灭后，郑玙倦卧不愿起床，夜深人静时云娘子来祝贺说："你既脱牢狱，又将要做新郎，真是人生大喜事啊！可是太守烧毁了公署，总不能了事。后花园有块像舞鹤形一样的岩石，岩石下藏有金银，你可取出替你丈人解决问题。"郑玙随意地应了一声。

第二天太守聚集众人商讨赔补损失的办法，很担心钱不充足。郑玙进去把云娘子的话转告诉太守，太守派人去试试看，挖后果真满坑都是黄金白银，足足有几千两。没过几天动工重建，太守公署面目崭新。

太守帮助郑玙赦罪释放，设酒筵为他饯别，但是绝口不提婚姻的事情，神色尴尬而说话吞吞吐吐。郑玙猜测出太守的意思，爽快地说："我是戴罪的人，能够赦免被放归故乡与亲人团聚，心愿已够，还敢有其他非分之想吗？"太守说："你是个明事理的人，不妨坦诚相告：我女儿在家娇生惯养，只恐不愿意嫁给乡下佬，而且女儿从小已许配给和我同年考取功名的同乡的儿子，我在火灾中慌急所说的一句话，难以令亲家相信。不知所措，愿奉上一千两银子来替你家双亲大人贺寿。"郑玙谦虚辞谢极力推却，不敢接纳。次日太守备了车马送郑玙回家乡。

郑玙下了马车走进家门，一家人狂奔大叫，惊慌得认为见了鬼。郑玙娓娓道来讲述了往事，家人才得知先前郑瑶在撒谎。入内拜见二老，都精神抖擞。突然间车夫捧来木匣把它放在庭院里，说："官府留下送给你的。"要追上去询问，车夫已扬鞭走远。看那木匣封锁得非常牢固，打开一看全都是金珠，大约合一千两银子的数目。郑玙把金珠奉送给父母亲，一家人都喜笑颜开，只有郑瑶羞愧逃跑，不知去了哪里。父母亲悲伤地对郑玙说："你能够活着回来，我们心里感到安慰；但是你哥哥逃走了，我们心里没感到安慰。该怎么办？"郑玙说："哥哥在外面转转就会回来的。"就讨了一碗水，抽出铁簪在水面上画了多次，接着沿碗口旋转一番，然后把碗水泼在庭院地上。没过多久哥哥果然糊里糊涂地回转家门，两兄弟见面握手心酸，悲喜交加。原来哥哥出逃后，正在寻找摆渡船，到了河中央突然船儿团团打转，没有固定方向。上岸路过一座小桥，一个儿童给他引路，说："夕阳将要落山，大郎要寻住宿地方，前面就有家客馆很干净。"郑瑶跟他进门，倒像是家旅馆，再一凝神细看，竟然是自己的家。心里很恐慌，不敢说，可是内心更加愧疚。

郑瑶看到有如此多金银，打算独自鲸吞，于是在饼里放上毒药，拿给弟弟吃。郑玙吃饼后，立刻肚子剧痛，面色青紫，呼吸急促粗短像是牛喘。父母前来看望，万分窘急，毫无办法。郑玙突然间想起什么，马上大呼"花吉祥云娘子"，云娘子应声而来，掀开门帘从容进屋，笑着说："二郎生病了吗？赶紧把铁簪含在嘴里，病马上就好。"郑玙急忙拔出铁簪衔在嘴上，稍停一小会儿，云娘子从后背狠狠地击上一掌，郑玙就剧烈咳嗽起来，哇地吐出毒饼，还在地上突突地乱跳。云娘子辞别，郑玙就想要挽留她，她娇媚地笑道："二娘的事非常烦人，媒人不容易做哦。"迅速外出，转瞬间失踪。

云娘子所说的二娘，就是筝娘。筝娘，就是颍州李太守的女儿。李太守是洛阳人，妻子离世，留下二子一女。太守留下二子在洛阳打理家业，带着妾和女儿做官上任。女儿看见父亲背约，而且听说将与大户人家订立婚约，气冲冲地去劝说父亲道："女儿听说女子服侍男子的是身体，现在我自己的身体已亲附在郑郎背上，为什么又要另嫁于别人？再说郑郎对我家有大恩大德，违背诺言只恐不吉利。请求父亲可怜女儿，依旧实践先前的允诺。"太守发怒说："他只是一位农夫，难道你希望跟着他到田间去送饭助耕吗？"筝娘说："父亲认为农夫是卑贱的吗？郑郎就算穷得是个乞丐，女儿也要跟随他走，更何况到田间送饭，还有古代高士冀缺的遗风呢。"太守自始至终听不进去，筝娘悲伤流泪道："父亲读书成了进士，难道忘了楚女季芈嫁给钟建的故事吗？"于是痛哭不已，愤而绝食。

夜深人静时，筝娘打扮成男子装束，偷了一匹马，带一个丫鬟，无目的地跑到了荒郊野外。突然看见一位穿白衫的女子骑着黑驴奔跑在前头，频频回顾。女子问道："官人打算去哪里？"筝娘回应说："涡水。"女子问："你认识涡阳人郑二郎名叫玙的人吗？"筝娘："我正要找他，我俩是文字之交。"女子说："太好了，郑玙是我的中表兄弟。我裙钗女子单独行走不方便，求官人带我一起走好吗？"筝娘高兴地说："好吧。"

走了大概四五天，直接赶到村口。白衫女子指着这家说："这是郑二郎家，你先去，我还有事要绕道先到西边姨妈家去一次。"等筝娘下了马，丫头扶着小姐进门时，恰巧与郑玙相遇。郑玙惊问何处来的贵人光临草野农家，筝娘放声哭泣道："我就是颍州李太守女儿李筝娘。"登上客堂娓娓道来离家的经过。郑玙听了长声叹息说："我最近已经勘破世事如梦幻泡影，正打算断绝人间情缘。你不用担心嫁不到金龟佳婿，为什么要来苦苦纠缠？"筝娘说："郎君是自己在踌躇，哪能怪我筝娘呢？凡做女子的，都是应该远离男人的。郎君从烈火中把我背出来，是上天要我死而郎君却让我活，既然要我活而又为何抛弃我，能说得上是仁吗？从道义上说我可能不能再嫁他人。吃尽千辛万苦才赶到这里，如果郎君嫌我长相丑陋，我心甘情愿做妾或者女佣，也不愿改变我的节操。"

郑玙带着筝娘去拜见父母，父母看到她长得如此美艳，差点疑心见到天仙。筝娘便拜伏地下叩头道："你家贤郎曾经背过我，请公公婆婆怜惜明鉴。"二老说："能得到你这样的儿媳，我们无话可说！恐怕令尊大人侦查而来，要牵连我的儿子。"筝娘下定决心地说："南山的岩石可以腐烂，北海的波澜也可能枯竭，头可以断，但此身却不可回转。无论遭受多大的罪罚，全都由我承担，决不牵连到你家贤郎。"老头吩咐老太替儿媳改变妆容，夜间跟着婆婆睡。老头与郑玙睡一屋，说是等到风声平静后，再择吉日成亲。

郑瑶得知筝娘事后心中窃喜，骑马到颍州向太守报告，要以此陷害弟弟。郑瑶的仇家听说官司已了结，还咬牙切齿地怀恨在心，常常想对郑瑶实施报复才称心。仇家忽然间在路上遇见郑瑶，就唆使仆人前去殴打。郑瑶破口大骂，仇家就挟持郑瑶强行带回家，把他关在土房里，吃的苦头比关在牢里受的罪更多。郑玙得知后，仗剑前往救助，未达到目的，就向太守投诉。太守正不见了女儿，寻访也杳无音信，听了郑玙的话，猜测已结婚成亲。无可奈何，就派遣士兵到仇家要出郑瑶，交给郑玙说："小女已让她服侍你，令兄也已从陷阱里救出，你的大恩大德已经报答，今后请不要再来往，免得使太守门第受辱！"郑玙说："我是向父母官呼吁，而不是向岳父母求告！"气冲冲地带着哥哥回家，当晚就与筝娘洞房花烛，拼着与太守决裂。

筝娘侍奉公公婆婆相当孝顺，一点也没有贵族小姐的习气。与嫂嫂相处得也很融洽。每天督促丫头仆人纺织耕种，一切安排得有条不紊。郑玙对妻子说："古代有神仙的眷属，你知道吗？葛洪搬家移居，裴航找到玉杵蓝桥遇到云英，伯阳拔宅飞升，在史册经典上都有记载。不明白你的意思是做俗人配偶呢，还是做仙人眷属呢？"筝娘笑着说："我听说有句谚语：'嫁鸡随鸡，嫁狗随狗。'夫唱妇随。独活的草难以散发芬芳，同功的茧才可以缫丝治理。郎君既然那么仰慕白云仙道，我也绝不是眷恋温柔红尘的人。"郑玙说："这太好了。"于是就传授她仙法，明里是夫妻，暗中却是道侣。

次年，郑瑶有了一儿一女。郑玙欣喜若狂地告诉筝娘说："我已经没有了后顾之忧！"又过了一年多，父母先后离世，郑玙悲伤欲绝，一一尽礼。父母亲的葬礼刚刚安排妥当，郑瑶唠唠叨叨闹着要分家。郑玙说："二老尸骨未寒，立刻瓜分家产，是不是不好？"郑瑶怒骂而且要动手，他的老婆殷氏也时常在闺房里恶言毒语伤人，郑玙都强忍着。筝娘说："我与郎君之所以还混迹在尘世，是由于要侍奉高堂。现在双亲已离世，还留恋什么？"郑玙说："不错。"早晨起来拜祭了父母亲的木牌位，就辞别了哥哥嫂嫂，驾驶着一辆空车，带着一仆一婢，车声辚辚向西而去。

几年过后，李太守最终因为贪污而身败名裂，被抄没家产削职返回故乡。那时他的妾也去世，吊影自怜孤孤单单。路经一处高山，遇上马贼拦路抢劫。危急万分间，一个穿着古装的道士，仗剑从高峰绝顶处飞身而下，盗贼众望风披靡，惊慌四窜。仔细看那道士不是别人，正是郑玙。郑玙见到岳父大人就恭敬地在车下揖拜，严谨地按照女婿见岳丈的礼节。对岳丈说山上住宅离此处不远，再三请求去看看。

到了岩壑幽深奇特处，有相当大的一片楼房。大门上装钉着一排排水泡似的金色圆形浮钉，金碧辉煌，草木繁盛。大门内的宫殿建筑以及画栋雕梁，伟丽深邃。仆从也众多，往来如织。侍奉主人的女子，个个美艳如花。登上厅堂，只见围棋茶具、彝鼎图书等样样齐备。东边墙下放置一只有瓮大小的白玉缸，缸内浸泡着绿玉莲叶赤玉莲花，长大概七尺有余。西边墙边摆设着一只水晶瓶，瓶内插着一株珊瑚树，九尺多高。珊瑚树内映衬着一条鸟的尾羽，金翠灿烂的，不是凤凰，也不是孔雀，说不上叫作什么鸟，尾羽长七尺多。水晶瓶更是晶莹剔透，里外都看得清清楚楚。厅堂中央横摆着一张瑶琴，上面镌刻着四个大字："钧天清閟。"厅堂四壁画着六合内外以及七十二个洞天福地图。

郑玙与岳丈尽情寒暄，突然各位侍姬传报夫人回来了，只听得到珮环声珊珊，彩霞一样的衣裳明月形的花纹图案，太守凝神细看，果然是筝娘。筝娘先是向爹爹拜问饮食起居状况，接着哭泣道："女儿不孝，背着父亲偷偷逃跑，今天实在没有脸面再次相见。"太守沉默不语难以对答，只有泪如泉涌最后沾湿衣襟。刹那间灯烛辉煌，满堂通明，郑玙让人大摆筵席，劝客人多多品尝。山珍海味并列错杂，里面多有奇品，味道香美得难以说出滋味。跟随同来的仆人车夫，也受到重重的犒赏，开怀痛饮，欢乐至极。

没过多长时间有个美丽丫鬟前来报告："花吉祥云娘子来到！"恭敬迎入一位美人，郑玙夫妇让美人高高坐在上面。美人对太守稍微行了一下礼，说："平时都依傍在老先生门墙下，没想到会在这儿会面。"又看着筝娘大笑道："妹子还记得那日并排骑着牲口我帮你引路的情景吗？太翁到来，是否要兴师问罪呐？"筝娘欣喜地回答说："姐姐的恩德，愚夫妇一刻也不忘，有什么罪可问的？"美人笑着说："妹妹既然不忘恩情，请求妹夫把铁簪借给我绾发三四天，用后立马璧还。不知能否允许？"郑玙问："干什么用？"美人说："我辈功德修成后，获得古代圣人、神仙、佛等一件遗物佩戴，才能够去朝拜东王公、西王母。三次到太行山寻觅尧琴，两次赴湘江寻找舜鞋，而且又四次登会稽山拜求禹剑，都由毒龙牢牢看守着，无法得到。不知所措，因此前来求借。"郑玙听后，就把铁簪抽下后亲自送给美人道："这作为回报你的琼瑶，不用归返。"美人起身，拜谢后离去，飘飘忽忽行走到庭中，一声霹雳巨响猛然失踪。

客人离开后，看太守已醉醺醺地睡在卧榻上。郑玙也随后进入内房，留下筝娘坐着等候。晨光透窗而入，东方的暖阳升起，太守醒来，筝娘已筹备好了一切洗漱用品，告诉父亲说："你女婿还在睡眠，来不及为丈人饯行。派女儿在这儿专门伺候，送上黄金百镒，还有一丸丹药、古锦百端等替父亲祝寿。"太守依依不舍，问筝娘什么时候能回娘家。筝娘回答说："对女儿来说，天涯海角都近在咫尺。只是我踪迹不定，很难预订日期。"太守问她有何叮嘱，筝娘说："父亲日后一定要摆脱做官的念头，了清孽债，多积盛德，这样才可以光耀后代。"马车夫催着出发，父女在悲伤中就分别了。行走了大概四五里路，登上山岭回头眺望，还能望见筝娘痴痴站立以及各丫鬟指指点点的形状。

又过了两年，太守的长子也已大富大贵，很想念妹妹。正好领旨去祭嵩山，细细寻找深涧幽谷，每每遇见樵夫牧童或过路行人，就打探郑玙消息，但都说不知道。突然间碰到一位道士，也像先前一样询问。道士惊讶地说："快住口！怎么如此大胆，狂妄直呼郑真人的名讳？我辈只敢称呼他是铁簪子罢了。筝夫人关系要好的云娘子明天回来，天帝提拔云娘子为昆仑第五耕福洞天都总管。不久前有书信送来，招郑真人一家拔宅同去住在仙山。贵人你还去何处寻找姻亲？"太守长子寻问道士的姓名，道士说："我是古丈夫。"说完人就消失不见。

郑瑶的后裔也还有住在瓦梁的。郑岫乔秀才，就是郑瑶的八世孙，从军在江上时，曾对我细细说起往事。

海滨古铁

我在盐城居住时，看到东街有七块古铁板，像是铺街石，光灿灿，形体很大。县衙仓库中因为还有一块，加起来共八块。当地人认为这是盐城的古迹，没有比四义八铁更古老的。义就是井，盐城的井水都顾名思义苦中带咸味，而只有四义里的水十分甘甜清冽，相传是汉代孙坚在盐城做官时挖掘的。铁板则相传是唐代薛仁贵跨海征东时，用来压住战舰，防止波涛颠簸而铸造的，胜利返回后留在此地。传说得好像真有那么回事似的。

可是我时常翻阅古代笔记丛书，上面记载着前人误掘古代陵墓，墓穴中堆满了牡蛎壳，上面画着春宫画，更多积压着大铁板。注解说是用来防备蛟龙的。盐城靠近海，难道不是前人用这些铁板来防止蛟龙侵凌咬啮的吗？而且盐城又名瓢城，又是不是风水先生觉察到城的形势怕它飘走，特地铸铁用来镇压此城的呢？等到游览了范公堤，发现堤上也时不时有古铁，有的曲折如磬，有的相交如剪刀，有的如圆璧之半，圆规曲尺，形状千奇百怪，大小不一。如果通过这些就更能确信是防蛟龙的说法。就如运河的堤岸上，铸有铁的犀虎，用以镇辟潮水，也可增加证明。

最为奇怪的是，同治二年春间，捻军窜入阜宁，第二年骚扰乡村，烧杀抢夺很是悲惨，之后来到范堤边想渡河，被雷神港所隔开。捻军看到射阳湖滨也有大块古铁，就想把它熔化制成炮弹。几十个人用尽全力才把铁块掀起，竖立不动。许多捻军士兵上前查看，发现铁块背面有唐懿宗咸通年号，就欣喜雀跃认为这是个宝贝，谁知铁块轰然倒下，压死了十多名士兵。头目愤怒不已，命手下积聚柴薪焚烧了三天，才把这铁块彻底熔化，之后制成炮弹带走。不久，在濮州一带遇上官军，双方开火交战起来，就把炮弹填入炮眼。谁知炮弹反而向反方向轰击，当场炸死了捻军伪王一名。啊！或许古铁是通神灵的吧！那么它的作用也就不再仅仅能够防蛟龙御潮患了。

金奴玉液砚

　　福建有个收藏赏鉴家，叫闵士奇。一次，他偶尔逛宁波的一家古董店，看见一方古砚，砚石既不是端石，也不像是歙石，纹路质地很是细腻，磨墨试一试也不粗涩。古砚的顶部有个大水池，池上平面大概有半寸来宽，刻着两只脚印，像八字分开排列。闵士奇很诧异，不知道它的来龙去脉，就去问古董商，可也不知道。就用一贯铜钱把它买回去，装在海梅匣里，藏在小箱子中。他查遍了《博古图》和《砚谱》，上面都没有找到记载这种款识的古砚。

　　不久，闵士奇在山阴鸳鸯湖游玩，临湖人家形成个小村庄，居然也成了集市。一户酒家门口摊列着几十件烂铜碎玉，一个又瞎又聋的老头子在旁边守摊。旁边还侍候着一个短发童儿，作为老头子的眼睛代替问答，就和水母上寄居着虾相互依存一样。闵士奇看上去像个碧眼的西域商贩，每到一个地方就驻足停下。他看见铜玉之类的古董，担心乡村会把这些奇珍异品沦没，就到处看一看搜寻一番，希望能搜到一些。他的朋友硬要邀请他去喝酒，可闵士奇默不作声，只是弯腰专注凝视，一件一件细细过目察看。忽然眼前一亮，看到一个二寸左右高的小铜人，眉目端正姣好，赤着双脚，丫髻朱唇，穿着短裤，一只手指着天，另一只手画着地。闵士奇心想："难道这是太子佛吗？"可是看着也不很像。可是很喜欢它澄黄如金的铜色，酷似孩童的面貌，神情态度天然风趣，想买回安置在案头的盆山上，就询问价钱，童儿高声问老头子，老头子说："是铜人吗？真是太奇怪了！昨夜我梦中和铜人小孩一起戏耍，醒来就在枕头上摸索到这个小铜人，其实我并不想把它卖掉。但既然客人那么喜爱，就请给一两银子拿去吧。"闵士奇很高兴，爽快地解开腰包取出碎银，如数交给老头子，旁边的朋友都埋怨价钱太贵。

闵士奇把小铜人带回住处，在灯下细细赏玩，看铜人两只脚的指爪纹理，清晰分明，就像活的一样。突然想起古砚上首还有两只脚印，如果把铜人放上或许符合，既能站立而又不至于仆倒。急忙从小箱子里取出古砚试一试，果然很吻合，一点也不差。原来铜人和砚本就是同一件东西，现在算是分而复合了。但是古人这样制造的用意确实让人费解。

第二天清晨刚起床，他想写字，就叫童儿取来纸砚。童儿正有事走开，闵士奇就用墨蘸上唾液，先试试古砚的质地是否良好。墨刚刚接触砚台，铜人口中忽然吐水入砚池，正好符合磨墨所需。闵士奇惊喜不已。中午时再磨墨，还是如此。百试百验，百思不得其解铜人口中的水从哪来。闵士奇内心狂喜不已，把古砚珍视如同连城璧，不轻易拿出来给朋友看。他欢欣鼓舞地带着宝贝回家，然后包裹了几重锦盒，藏在密室里。

一天晚上，闵士奇酒醉而睡，梦见一个红衣小儿在面前游戏，对他作揖行礼，告诉说："我是金石的精灵。山灵积聚了星月雷电的精气蕴藏在巨石中，就快要成形，准备献给天庭做玉清宫的文房四宝之一。谁知刚刚成形，就被采石人误碎了璞玉。山灵厌恶沾染了人间恶浊秽气，就抛弃不顾，从此，我和砚石就流落人间。宋代，我在贾似道家，明代，我在魏忠贤家，都被他们秘密收藏不敢泄漏。之后就散失，分开两处，不久前被你带回。宝剑复合，合浦珠还，本是天下第一美事，但是收藏我的人大多时运不济。最近听说，伽蓝寺监斋神像快要落成，不如你把我送去，让工人把我藏入神像腹中，我一定感激不尽。不然的话，如果你被灾祸殃及，到时你可千万不要后悔哦！"闵士奇醒后并没把它当回事。此后的两夜又做了同样的梦，而且红衣小儿在梦中语气嘱咐得更加坚决，他这才感到事有蹊跷。就到寺里打探，神像果然只造成一半，腹中还空洞着，更觉得奇怪。可是他仍是舍不得放弃铜人。

第二天早晨，看砚盒像往常一样被封锁得严严实实，可打开一看，却只有石砚而不见了铜人。到处寻找也都无所获，赶紧再到寺里去探询，只见铜人正系在塑像工人的腰下。闵士奇问工人这铜人从哪来的，工人说："这事说来也真稀奇！昨夜做梦和一个小孩讲话，小孩求我把他藏在神像腹中。醒来就在被窝内得到这个小铜人。就暂时系在腰际当作小玩具。"闵士奇想要用一两银子买回，但工人不同意。哀求再三，工人一定要五两银子才肯出售，闵士奇如数付钱，然后带铜人回家，更加珍藏起来，又请道士画了五雷符镇压住。夜深听到锦盒中铜人发出的啾啾声，像讲话又像在骂人，声音尖细犹如苍蝇叫。

一天过湖，古砚在锦盒中封锁得很牢固。水面平静没有风浪，可船却突然被掀翻，闵士奇差点丢了性命，幸亏靠了渔家救起才得以活命。他不惜花费重金，招募善于潜水的人打捞沉物，一件一件放在岸上，都没有被损坏。只是锦盒中的古砚还在，可铜人又不见了，原来道家的五雷符碰到水浸就被破了。闵士奇十分懊恼，一定要找到铜人后再回家。一连搜索了三日，湖水都被搅浑，还是一无所获。闵士奇像发痴一样，天天对着古砚上的两只脚印长吁短叹，甚至哭泣流泪。

第二年的清明，闵士奇的仆人来到湖边扫墓，遇见一个渔夫拉起渔网而网到了铜人，连忙用高价购买拿回家安慰主人。闵士奇一见，就好像把天上月亮摘下，欣喜若狂，激动流泪，立即拿出赏银二十两给仆人。他怕铜人再度化去，就牢牢捏在手掌里，请道士在铜人背上用朱笔画上符篆，又在古砚底部刻上八卦图，在观盒上刻出五岳真形图，外加一层层包裹，于是铜人再不能遁逃。可是从此磨墨时，铜人口中不再吐水。闵士奇知道铜人通灵，就认为是小家伙撒娇或者含怒，等它气消了后或许仍能吐水，也说不定。从此藏十天，才取出磨一次墨。使用时也一定先点上异香，供上清泉，自己还要正襟危坐，像是面对神明一样。一个多月后再磨墨，铜人的脸色果然由阴转晴，口内又吐出像泉水一般的涓涓细流。闵士奇惊喜不已，更加珍爱它，把它看作自己的性命一样。

次日，有位龙钟年迈的女道士登门，请求见主人谈一谈。闵士奇热情接待了她，略为询问一下她的行踪，她说得玄妙飘忽。突然间她沉下脸瞪着眼大声说："老道有块顽石寄放在尊府上已多时，还请你赶紧恩赐璧还。"闵士奇奇怪地问："我和你一向从未见过面，哪有什么寄存的顽石？"女道士说："不就是那铜人古砚呀。"闵士奇说："铜人和石砚同一条命，我和铜人同一条命，道人如果要拿走就先把我的性命拿走吧！"女道士捧腹大笑道："我只是和你开开玩笑罢了。既然你这么宝贵这方古砚，那你知道这砚叫什么名字？"闵士奇摇头说："不知道。"女道士说："你连名字都不知道，还想据为私有？此砚名叫金奴玉液砚，乃是山川灵秀星月精华凝结而成。担心流落人间太久，会遭到造物者的妒忌，到时免不了要受灾遭劫，真是太可惜啦！还请你布施给贫道，把它送回原处，这样阴功不浅啊！"闵士奇听后惊慌不已，几乎要失声痛哭，女道士见状仰天大笑道："铜人有幸而成形成质，可又不幸首先遇上石匠凿破了璞玉，再遇上痴男子禁锢其身。真是天数所在，还能逃避吗？"说完，拂袖出门，不见了人影。闵士奇赶紧奔回内房，开启锦盒见铜人还在，只是眼眶间隐隐约约有泪痕，可真是神奇莫测。

一天，天上忽下雷雨，闪电缭绕闵士奇的住房，烈火像金蛇游走，轰雷接着震响，像击破了屋柱。闵士奇正惊惶失措，突然一声焦雷，像有妖鬼穿窗入房，室内烟雾一片。闵士奇被震得耳朵发聋，心胆俱裂，蜷屈着伏在床下，不敢动一动。很快雨收天晴，雷声止息，闵士奇起身检查房内的东西，什么也没缺少，只有藏石砚的锦盒被一层层破损。打开一看，只见石砚被击碎成二段，铜人的脑袋也断裂了。铜人背上朱笔书写的符篆像被水洗去似的，改换成了神篆，像是滴下的泪痕，弯弯曲曲没办法辨识。闵士奇哀泣痛哭，急忙用虎皮胶粘合石砚，联结上铜人的脑袋，不舍地埋葬在花园假山后的石缝中。

夜晚，闵士奇梦见一个小孩来到，头颈有血痕，埋怨他说："就是因为被你禁锢，所以才会遭致雷击。还请你聘请高僧为我念诵《妙法莲华经》解劫咒万遍，或许可以把我颈上的创伤治疗好。不然，我一定要和你玉石俱焚！"闵士奇被惊醒后，牢牢记住，售卖良田，招请得道高僧替铜人吟诵经咒，做水陆道场。四十九日功德圆满，埋葬石砚的地方忽然破裂。仔细一看，原先断裂的地方都已被续上，完好如初，看不出一丝痕迹。只是磨墨时再也不会吐水了。

后来，闵士奇活到八十高寿，病重弥留时，把子孙召集过来，留下遗嘱要将石砚殉葬。可他的子孙担心有如同唐太宗昭陵藏有宝物遭人发掘的祸患，就违背了父亲的遗命，拿斧子把石砚敲碎，用烈火熔解掉铜人。此后再也没有其他怪异的事情了。

冰炭缘

在我的家乡天长县，有个程禹山举人，著有《冰炭缘》小说，但在战乱中丢失了手稿。我幼年曾有幸拜读过，内容让人不禁发噱失笑。我大概记得它的故事梗概是这样的：

在大瀛海的北面，有一个冰国，国内到处都是雪海雪山，到处都种植着雪白的琪花瑶草。南面有个炭国，国内到处都是火山火井，到处种植着光灿的火树银花。两国之间有一条像线一样的长堤连通着，堤北是净土，堤南是劫灰，修筑成堤，取名为缕堤。堤上有座桥是两国分界，桥下清流浊流都通过，名为垆桥。还有一座雄关镇守着，砌关的砖瓦用的是温暖玉，名为鼎关。两国相距大概有十二万里，很久不通音讯。

炭国国王突然得了一种奇病，胸口烦闷狂躁，向炎帝祈祷也没有半点好转。于是召见国医亚利鹁鸪进宫看病，亚利鹁鸪诊断后眉目紧皱对国王说："大王龙体违和，是因为面热而心冷，阴虚而阳盛，必须服食冰桃才能治愈。只是冰桃是冰国的特产，路途遥远并不容易得到，这可如何是好？"于是，国王颁下诏书，宣召聪明伶俐、善于辞令、能够不辱使命的人充当本国使者。诏书张榜国门三天，没有人揭榜响应。于是，亚利鹁鸪拜手叩首送上奏章说："臣虽然是冷面，但却有热肠。承蒙大王看重，委托我赤心重任，把我从边远荒凉地方提拔重用，让我住在有温泉的温暖舒适房屋里，每夜我都扪心自问，想着报答大王。既然有机会对大王有万分之一的报答，还请大王相信微臣。请给我绥山的仙桃作为贡礼，到冰国去请求支援。臣虽然无德无才，但愿意带上火枣十斛，火鸟一对，火齐明珠百颗，再写一封国书，凭着臣的三寸不烂之舌前往游说冰国。或许能够依靠那瑶池硕果，像张骞出使西域，折来大宛国的奇异香花，让汉武帝延年益寿一样。果真如此，那真是普天下的幸运！"国王看了奏章十分欣喜，立即批准。于是，亚利鹁鸪装载着宝物出发出使冰国。

冰国的老百姓正登上凉观，靠着爽阁，在冰碗里洗涤霜毫笔，口里唱着《白雪》歌相互逗趣。忽然看见天边红云飘飘悠悠，薰风温温暖暖，从天外而来，便上前扣押住，原来是炭国的使者。把使者送到朝堂，冰国国王在冰清玉洁似水晶宫一样的玄武殿召见炭国使者。亚利鹁鸪恭敬跪拜后正要呈递国书，贡献宝物，舒展笑颜，说动听的话，可国王早已洞悉一切。原来冰国的人们浑身就像素色玻璃一样，肺腑晶莹透彻，不能隐瞒一点，尤其国王最为透明。国王于是手拈冰髭微笑着说："你这次来是为了求冰桃的吧？这可是本国的土产，在市场上一文铜钱就能买上一箩筐。从前先王晚年喜欢求仙学道，曾向贵国求取火浣布炼丹药，可是被你们小气拒绝。现在有急需就厚着脸皮来求人，不怕被天下人笑话吗？礼物还劳驾你请带回，冰桃在我国遍地生长，你想要就随意采摘吧。"国王的话寒冷侵骨，让使者冷汗直流，就再拜告辞。

使者后来拜见冰国的士大夫们，都十分豁达大度，热情诚恳，还设酒宴招待。亚利鹁鸪趁机贿赂内监，谒见衷羌氏，才把进贡礼品留下。他亲自采摘了冰桃、雪藕、雪蛆等各种珍异果品，归献给国王。炭国王吃了冰国奇味果品，脆甜如蜜梨，口齿清冷，烦心稍缓，疾病逐渐痊愈。国王很是高兴，大大奖赏了亚利氏，把他提拔为上大夫平章政事，还下诏将冰桃的核种在御花园里。可是种下后很久，仍没有动静萌芽生长，挖开一看已经枯死。国王很担心无法再吃到这样的美味。

当时炭国王子温蕊倪婴，相貌魁伟英俊，还没有娶妻。获悉冰国公主琼枝尼姹，容貌娟秀妍丽，也还没有嫁人。炭国就准备财宝作为聘礼，仍旧派遣亚利鹁鸪前往冰国替王子求婚。亚利鹁鸪依旧贿赂衷羌氏托其做媒人，留下了聘礼。朝廷里官员们都纷纷讨论说不能结这门亲，可是国王受到衷羌氏的迷惑，同意建造女婿宫馆，举行王姬下嫁的婚礼。亚利鹁鸪飞递奏章禀告炭国王，并预先进贡给冰国王长明灯、自然鼎、照乘珠，作为玉镜台一样的聘物。

等到温蕊倪婴王子来临，火树照亮天空，火城密布地面。随从人员穿着绣花衣裳，燃烧宝炬，拨动朱弦，簇拥着王子登上火轮车。驾车的有一条火龙，二匹火马，控制住辔头缓缓而行。登上厅堂恭敬地拜见冰王老丈人，王子很善于辞令，对答如流，国王很是欣喜，于是在小广寒清虚之府赐宴盛待。宴席中，冰国的乐师弹奏冰瑟，叩敲冰盘，嘈嘈杂杂的音乐声，让听者心肺凄清悲凉。一大群宫嫔，拥挤着簇拥着公主出来。王子刚和公主交拜，就浑身打寒噤，频频颤抖，自己也无法控制。不久有内侍宣读国王的旨意："吉夕良辰，人间天上，女婿是雀屏妙选，两小是牛郎织女奇缘。恩准驸马公主在冰壶殿合卺成亲。吁！

琴瑟钟鼓更加协调，双双宁静欢好，不要辜负了朕的美意。钦哉！"小夫妻跪拜谢恩领旨毕，画烛照耀通明，宫漏声渐趋沉寂，已经夜深人静。

温蕊倪婴王子揭开琼枝尼姹公主的头巾，斜着眼睛偷偷打量，只见双臂洁白如玉，发髻高耸入云，美妙绝伦再也找不到第二人，惊喜不已，对公主爱到极点，迫不及待地就把她拥抱在怀里。突然间觉得一股冷气，从公主的头发肌肤中冲出来，王子顿时牙齿咯咯作响，汗毛森森直竖，皮肤颤抖不已起了鸡皮疙瘩。第二天王子就病倒了，冰王得知后，赐给驸马一件冰蚕所织的冰绡让他披上，谁知病情更加严重。于是赶紧召来亚利鹈鸪，请他诊治，他说："我的主人生病时吃了冰桃就痊愈了，这是丈人家的果品，不如吃吃看？"王子刚刚吃了一颗冰桃就暴毙了，公主哭得很是凄惨，流下的泪水成了红冰。亚利鹈鸪愧对大王，畏罪自杀。冰王回想此事，觉得衷羌氏罪大恶极，就下令把衷羌氏活活打死，丢在雪窖中，变成一只老乌龟。

炭国王听说王子死在冰国，悲愤交加，立即派遣大将火牛奔德冲，以火鼠屈德通为副将，率领大批甲士，布下火云阵，兼程行军前往冰国征伐。冰王早已得知消息，亲自登上城头，当看到敌军旗帜上都画着蚩尤喷雾的形状时，惊恐不已。勉强召集一批穿方巾道服文弱的人去应战，结果三战三败。冰王紧急下令关闭城门，坚壁清野。炭国火牛攻城像一锅滚汤，火鼠掘地洞像快速增加的行军灶。冰王束手无策，只好深夜向神祭文祈祷，祭文说："因为臣德行浅薄，才会招致灾厄。每天焦头烂额，后悔不已。釜内游鱼，烈焰腾烧，瓮中之鳖，炭火烤炙。还请求上苍，有好生之德，俯赐怜恤。不再燃箕，停止煎熬；釜底抽薪，沐浴恩德。凶顽炎威，立予清除，臣一定感恩戴德，喜极而泣。"于是焚烧纸帛，频频叩头，不断求拜，失声大哭。公主看着父亲的烦恼也很是悲痛，但也只能干着急，无计可施，于是也拔刀砍断纤细手指供神享用，求神保佑。当时刁斗声很森严，可忽然从半空中传来道家唱曲声，接着出现一位姿色美艳的仙女，骑着白虎降临到祭坛上。仙女挽住公主的手臂说："你还认识我吗？为可怜你的孝心，所以特来救你。"

第二天一早，选派壮士埋伏在城门边。仙女打开城门拍着白虎颈项说："神奴儿快去罢！"只见白虎咆哮而出，毛孔出水像下雨，口中吐冰雹如打炮，敌军频频大败。白虎忽然在地下打个滚，化成一个小孩，雪肤玉貌，笑容可掬，从袖子里拿出一个短笛吹奏起来，敌军听后个个如痴如醉，像木偶一样受人控制。仙女又指挥壮士冲出攻破敌军，白虎亲自缚住火牛大将，绑缚后向仙女献上俘虏。仙女说："万万不可伤害他。"副将火鼠逃回，把这情况报告给了炭王，炭国听闻仙人降临，卑辞厚礼请求讲和。于是冰国把火牛大将放回，炭王问道："你这条火牛能敌万人，为什么会败军辱国？"火牛说："小臣死罪。本来打算踏碎丈人峰，填平玉女盆。不知从哪来的牧童，口吹短笛，使我顿时气短。这确实是微臣的疏忽！"此战胜利后，炭就不再燃烧，冰也更加坚固。

仙女辞别要走，公主紧紧拽住仙女的衣服，流着眼泪说："我命薄，差点连累国家倾灭。既然镜已破，弦已断，也就没有再嫁的道理。我愿意跟仙女而去，供仙女差遣服役。"仙女点点头，抚摩着公主的背部说："善哉！"只见公主就地一滚，化成一只凤凰，对国王说："不瞒殿下，我原本是秦楼吹箫女弄玉座下的一只凤凰。因为差遣不当，所以逃到下界做你的女儿。吴家阿姐把神奴借给我，我又能借此珠还了。还请殿下留下神奴镇守鼎关，等到一百二十个甲子转头时，缕堤消失，垆桥断裂，两国不通，到时赐神奴回来。"冰王惊吓万分，再拜道："一定谨遵仙人嘱咐！"只见仙女揽起衣裙，跨上凤凰，天风浪浪，彩云缕缕，瞬间飞入天空。冰王封神奴为虎臣和气将军。炭王听说后吓得变了脸色，叹息说："难道对那个国家真的没有任何办法了吗？"

卖儿田

桃源河北岸有个叫众兴的市民居住点，规模很大，那地方主要是阿剌伯人，有很多酗酒赌博的无赖汉。一老叟姓哈，专门从事宰牛，开设饭店，供应过客。生个儿子，名烺，娶了个妻子姓马，小夫妻很是恩爱和睦，媳妇侍奉公公也很孝顺得体。女方家住在崔镇，离众兴大概有二十里。当时正值十一月，马氏女忽然想回娘家看望双亲，哈烺不忍拂她的意，就告诉了父亲。父亲吩咐拿来牛肉和牛肝、牛肚等零星腌制品，装成一包交付媳妇，让她带去送给亲家，作为度过寒冬的储藏食品。媳妇十分感激。公公不便送媳妇，而哈烺读过些书，认识些字，天天坐在店里管理财务账册，也没时间去送妻子回去。所以在哈烺送她出门后，马氏女就一个人踏上熟悉的道路独自回去了。

马氏女走了一半的路，这时天突然无征兆地下起雪来，刚开始她还冒雪赶路，可后来雪花片片大如手掌，看不清前方的道路，迷失了方向。她想到附近村庄去借住一宿，可举目四望，一片雪茫茫，没有发现人烟，想勉强继续赶路，可此时天色昏暗下来，雪又下个不停。无奈中，她看见路旁有个土地庙，门开着，就赶紧奔进庙内暂时避一避，只见里面有个推小手推车的安东青年已先在避雪了。青年坐在地下背靠东墙，马氏女就靠西墙坐下，两人稍稍问候应酬一下，然后互相安慰对方。马氏女瞧见青年郎容貌俊秀，英俊不凡，比自己的丈夫要更风度翩翩，心里很是爱慕。

一会儿，青年想要推车到别处去，马氏女竭力挽留他和自己做伴。青年说："我已经到这里很久了，现在肚子很饿，怎么办？"马氏女说："这很容易解决！"就把自己包裹里的腌熟食给他吃。夜间她就悄悄过来和青年睡在一起，说："我们都没有带被窝，天又这么冷，让我们互相抱着可取暖吧！"青年一脸严肃说："神明在上，我可不敢冒犯。"马氏女强求他，这才同意。青年本就是个正常健壮男子，禁不住马氏女的挑逗，很快两人滚在一起，欢愉不断，马氏女很是畅快淋漓。完事后，两人相互搂抱酣睡。早晨雪晴，青年告辞离开，马氏女见状为表示好意，把袋中的腌制品取出分赠给青年，说："你就把这个当作干点，这是我的一片心意，还请你不要拒绝。"青年欣然接受了，互相顾不上询问姓名住址，就匆匆分手。

马氏女向西走，青年向东行。青年抵达众兴时已经中午时分，看到哈氏老叟的饭馆十分清洁雅致，就停车在门口，进内喝酒吃饭，拿出马氏女送的腌货，向店主借了一把刀片片切开，当作下酒菜。店主偷瞧客人所吃的菜，好像是本店出售的熟食。再仔细一看，千真万确，心里很是怀疑和奇怪，就有意接近客人，献殷勤，趁机问："客人携带的熟菜从哪弄来的？"客人一边吃一边得意地笑着说："这可是娇娘子送的！"就把昨夜的艳遇津津乐道地详细叙说。店主听后脸色大变，却又强装笑容说："客人一个人喝酒，也不怕寂寞吗？请你先慢慢喝，等我去沏杯香茗来给你解渴。"说完，就赶紧去告诉父亲，详详细细复述了客人的话。哈氏老头走出店堂到青年桌前一看，果然是真的。再和客人搭话，客人所说也完全一样，哈氏老头十分震惊。哈氏儿子也是怒不可遏，但又没有良策应对，他的父亲说："不要急躁！不如把客人留在我店住宿，你去把老婆叫来，然后把这一对奸夫淫妇杀了算了。"他的儿子点头赞同，说："很好的办法。"这时看见客人已喝得酩酊大醉，加上昨夜太过辛劳，样子疲惫不堪。哈氏老头说："客人还要继续赶路吗？"客人说："还要赶路。"老头说："太阳已落山，就算再赶路也不能到达目的地。不如在我家小店将就住一宿，客人是我们店家的好朋友，我们不会计较宿费。"客人不好意思说："萍水之交，这样打扰你们好吗？"老头说："这是哪儿的话呀！你难道没听说过四海之内都是兄弟这话吗？"客人很是高兴。

哈氏父子把客人带到后宅的小房间里，四面墙壁都用芦苇编成，外面涂上泥墙加以粉饰。房里有一张单人床，哈氏儿子抱来被褥枕头，十分热情周到。客人正谦逊道谢，哈氏儿子一下子把房门反锁住，说："客人还请早早安寝休息，这儿盗贼很多，不得不谨慎小心以防万一。"说完就径自离开。

客人因为疲倦倒头酣睡，心满意足。不久酒醒，看房间黑暗如漆，灯早已熄灭。街上打更声传来，无法入睡，心头一幕幕闪过白天店主父子好客的情景。摸出身边带着的钻火工具，钻火点灯，照亮了四壁，只见房间四周重重叠叠挂满牛角牛骨。又想到主人是卖牛肉为生的，不禁大惊莫非昨夜和自己私通的是他的儿媳妇？如果是事实，那么我醉后把秘密泄露，他们现在把我幽禁在这里，是不是要对我不利？越想越害怕，万分惊惧。知道门已被反锁，无法外出。四周巡视，发现芦苇墙不是很坚牢，就赶紧把灯吹灭悄悄挖了一个壁洞，像蛇一样爬出，惊慌失措窜逃到荒野中去了。天亮后辨明方向，捡了一条命狂奔而去。

哈氏儿子在青年客人睡下后，就衣内裹刀，辞别父亲直奔丈人家。拿着灯赶走夜路，早晨才到那儿，进门和丈人丈母稍微寒暄一番，就叫老婆赶紧回去。丈人丈母感到奇怪并要留下女儿，说："昨天才回来，怎么又急着催她回去？"女婿说谎称："我父亲昨夜突得暴病，在床不能动，进餐服药都要有人侍奉照看。"说完，直接招呼妻子要走。妻子想等早妆后再和丈夫一起回去，可丈夫不同意，拉着她就大步往回走，十分匆忙。中午，才抵达众兴镇。妻子走在头里，刚刚进屋跨越门槛，哈烺立即把门关上，猛然抽出利刀从背后向妻子颈上狠斩一刀，脑袋瞬间滚落地上，尸体倒下靠在门板上。哈氏老头见了，急忙砸破小房间的门，寻找客人，但是已经杳无踪影。看见芦苇墙上有壁洞，雪光透入房里，知道客人已经逃走了。哈氏老头这时惊慌不已，说："杀奸必须杀双，现在只杀死了你的老婆，这可要怎么收场？"儿子也无计可施。

哈氏老头叮嘱儿子紧闭大门，坐着守候尸体，然后自己从壁洞中爬出前往镇上某先生家请求对策，原来某先生熟读《邓思贤》这本书，一向很有谋略。哈氏老头登门哀求先生说："事情已到此地步，希望先生能给我们一条妙计，只要能保全儿子一条命。河口有二顷肥沃土田，正正方方像印章一样，是我积蓄了几十年杀牛赚到的六百两银子买下的，我愿意把它奉献给你。田契我都带来了绝不吝惜。"某先生费尽脑汁思考了好久，突然说："有办法了！镇上那些无赖子弟喜欢夜赌，常常到五更才回家。你夜里把家门半开半掩，稍微露出些灯光。你们父子袖里藏刀躲在门后，无论进来的是谁，如果看见灯光进来，就出来抓住并杀掉他。只有两个骷髅头，头颈的血溅得满脸都是，血肉模糊，有谁能够分辨得清？官府就算验出新旧血迹不一样，可是为了赶快结案，也不会苛求深究。除了这个办法，我想就算诸葛亮再生，也无计可施。"说完毫不客气地拿走地契。哈氏老头听了点点头表示赞同，回家果然按照某先生的计策在家等候着。

刚到四更天，就有一人戴着毡帽遮盖着脑门，眼睛近视看不清，在门外犹豫不决地徘徊，后来又悄悄进门。刚取出短烟筒对灯点火，哈氏儿子的刀已飞快砍去，只见那人的头颅随即像瓜果一样滚落在地。哈氏父子把尸身移到马氏尸体旁，挑着两颗脑袋进城向县令报案。县令马上派人到现场勘察，连行刑的差役都出动了，涌来观看的人也组成了围墙，水泄不通。大家看到女尸果然是哈烺的妻子，而男尸不是别人，却是某先生的长子。大家虽都知道某先生的长子行为不正，但是从没见过他和哈烺的老婆有说笑过，再看看血迹新旧不一，心里疑心重重。某先生被叫来认领尸体去埋葬，大家认定他一定会大吵大闹。出乎意料的他竟服服帖帖领回尸体，只是偷偷挥泪痛恨儿子平时不学好。

县令回衙门后本打算细细追究此案，可看门的差役早就摸清了此案底细，说给大人听。原来某先生心贪哈氏老头的肥田，授予杀人计，但自己儿子却一无所知。也万万没想到自己儿子那天夜里正好在外聚赌，回家经过饭店门口，就成了刀下鬼。县令听后震惊得合不拢嘴，认为一切都是报应，也就没再深究，案子就这样了结了。

如今，河口的二顷田还在，仍旧很肥沃，但田主却已改了几次姓。路人路过无不指着这块田地叹息，还称呼它为"卖儿田"。

北极毗耶岛

有位乘海船航行在大海上的旅客，看到波涛汹涌中岛屿时隐时现，那些岛上有时长松古柏参天，有时好像有月榭风台，有时只见荒烟蔓草，变幻莫测，猜想其中一定有奇异的风景，就很想去海岛游览一番。可船上水手阻止说："不行。海上一点也不能疏忽大意，否则就会有生命危险。"这是因为风景越是奇特，说明毒虫就越多，那缥缈万变的海市蜃楼，其实是引人上钩的诱饵。最为神奇的是海上旅客讲述的一个松江举人朱笏岭经历的事。

道光年间举行会试，朱举人到京城参加考试，可是落榜而归。于是从天津乘海船回南边，行程较快。刚出海，船就遇上飓风，被无情的风浪掀翻吞没。水手全部葬身鱼腹，只有举人因为死死抱住一段烂木头在海上免于一死，随风浪四处飘荡，不知漂流了几千里。两天后，漂到了一座岛屿，岛上怪石嶙峋。参天古树长在岩石缝隙中，树根缕缕像藤萝一样苍劲有力，穿透岩石直达海边。举人丢掉烂木头，攀住树根，像猿猴似的往上爬，这才顺利登岸。山岭阴深，天气肃杀，岛上杳无人迹，白天怪鸟号叫不断，夜晚蛟螭乱舞。举人此时又饿又怕，后来一想，反正饿死也是死，不如大胆拼命闯一闯，最多被喂食虎狼，却有可能找到出路。于是就沿着岩石一步一步登高，路径盘曲幽深。经过一条涧，只见泻下潺潺飞瀑，两壁夹立。石壁光滑如镜，可照出人影。岩石上有火，像天上的星星。举人小心地绕着潭水扶着石壁慢慢行走，忽然发现一个山洞，半掩着门，十分惊喜。细看洞口上方还刻着蝌蚪文篆书："北极毗耶岛琼云洞天"。

举人从洞口，进入到另一个世界。道路渐渐平坦，远远的地方看到有人家，像是个小村庄。走近看到用乱石子堆成的屋子，以巨大蛎壳作为门。举人看见一个砍柴樵夫路过，赶紧向他讨吃的。樵夫上下打量着举人问从哪里来，举人把经过详细叙述。樵夫说："可真是有缘分啊！这洞门只有在阴极阳生的日子，也就是三年才开一次，正巧被你碰到这个机会。不如你和我一起回去吧？"村里人听闻纷纷赶来，听说客人来自天朝，争着前来问讯，并且热情地替客人烘湿衣，安排睡床，十分周到。举人大受感动，并询问这里的情况，村人说："岛上物产丰富，土地肥沃，能自给自足。只是近岛有大大小小沙滩一百六十多处，会把船胶住，不通外面。你随着水飘荡而来，可该如何回去呢？"举人听闻眼含泪花说："我死倒也没什么可惜的，只是家里还有白发老母、娇妻幼子，实在是不舍啊！"众村人听了，也很同情举人的遭遇，有的甚至眼泪汪汪，安慰他说："我们都归阿罗伊尼霍道人管辖，不如明天我们带你去见他，你向他哀求，或许还有办法。"

第二天清晨，村里人来叫醒举人，并送来松子饼、藤花糕。早餐后，一起进城，街市上人们熙来攘往热热闹闹，和天朝古都并没什么不同。到道人门前，众村人对看门的解释了好久，又等了好久，才听见里面的传呼，举人弓腰进内拜谒。道人答拜，请举人入座。只见那道人黄冠朱履，穿着鹤氅，翩翩飘动，左右两边的侍从人员，也都面如冠玉，清秀不凡。道人亲切地询问举人的行踪，举人细说一遍，并请求帮助。道人说："机会未到，我也暂时无能为力。茫茫孤岛，忽然降临文星，而恰逢我有所请求，这难道不是天意吗？中原地区的才子，一定熟悉六经，还劳烦你能为这里没有开化的人每天讲授几句，我们将十分感激。"举人一再谦逊，疑惑地说："道人你超凡脱俗，广泛阅读修道秘籍，怎么还需要学习人间的诗书吗？"道人说："此言差矣！仙佛都是从儒家圣经中修炼出来，何况其他人呢？"

道人带举人到了一个地方，那里有三间石堂，十分宽敞。另有斗室一间，供日常饮食起居，道人又派遣两名童子来当差，每天送来两餐丰盛的饭菜，安排得十分周到。举人问道人读书的弟子在何处，道人笑笑指着石堂后面墙上的一个古洞，洞门被锁闭得非常严密坚固，说："在里面呢。还请你每天早晨隔着墙壁口授，让那班人跟着声音学习，犹如春风化雨，必将功德无量。"举人迷惑不解，也未细问，就暂且试试看。于是把洞内所有弟子招呼过来听口授，里面高声答应：“是。”举人念一句，里面就传出各种跟读声，声音有的苍老，有的稚嫩。

转眼间，时光飞逝，举人已在岛两年多，每天重复着一样的生活，很是烦闷。一次好奇去察看古洞门，发现原来是用巨石浇上铁汁制成。师生虽然一直未曾谋面，可是时间一长，也能根据声音辨别是某人，名字都佶屈聱牙很难读，不容易让人记得。主人事务太忙，也不经常过来。举人私下问童子，童子说：“请老师耐着性子守候着，或许有希望活着回家，有些事还是不要究根追底问个不停为好。”

一天，道人忽然翩然而至，说：“明天就有机会送你回家了。”举人听后欣喜不已，表示感谢，之后又乐极生悲说：“就要告别了，但师生两年却好像隔开万重山，这到底是为什么？还请你明白告诉我，来消除我胸中的疑团。”道人说：“这座海岛在大海的最北面处。连得横斜的北斗星，还遥挂在海岛的南方天空上。阴极反而阳生，地土温煦，人们语言清楚，和中华十分相似，但其实却又有所不同。因为岛上有些像地狱的幽暗窟穴，上天就命令在此禁锢关押古今凶恶的邪物，如魍魉闷尸等，叫我主管。每逢红羊赤马遭劫的年份，就允许那些家伙去中土降生，给人们带去灾祸。老夫之所以恳请高人教他们读经书，是想能替他们稍微改变一些气质，也好将来能稍微轻一些荼毒民生。”举人说：“我国现在有尧舜一样的明君掌管天下，士农工商四民安居乐业，哪会遭什么劫？”道人说：“阳极生阴，乱极思治，就算在黄帝时还有蚩尤作乱，尧舜时还有苗氏反叛呢。但都很快被扑灭，幽禁在这里。”

举人素来好奇，听道人这么一说，又想亲眼确认一下，就再三请求能否暂时开启一下洞门，让自己窥探一眼。道人用手拍着脖子说：“这事很不好办。”接着又转念一想：“如果让这些恶魔见一见文人的面，也许是大好事。”说完就走入内房，换上了华阳巾，足蹬登云履，穿上锦袍玉带，看上去像个帝王一样，旁边有披着金甲的武士跟随，还有穿着羽衣的美女侍奉，武士执戈持刀，美女手捧香炉，哀哀仙乐奏起，音韵凄凄。道人手持玉笏举行祭奠，匍匐在地禀告天帝，嘴里喃喃有声好长时间才起身。只见道人手拿麈尾朝西站立，举人朝东站立。

一个瞪眼武士登上石堂，用金斧敲击古洞门三下，洞门轰然打开，一团团黑气腥风滚滚翻腾，从门内出来，随之道人念了许多遍咒，黑气腥风才褪尽。这时有一线亮光，大概能辨识洞中的恶魔，只见有的长着人头却能飞翔，有的是野兽身体却讲着人话，奇奇怪怪，穷形极相。忽然一条长着九个人头的大蟒蛇，眼睛闪亮，企图趁机往外窜，道人见状大喝一声，赶紧用麈尾朝洞门上的铜兽镮一拂，门顿时合上。道人又向天帝再拜，然后在洞门口封上符篆，像原先一样牢牢锁闭。道士对举人笑笑说："你看见了你的那些高才生了吗？"举人惊魂未定，不知该说什么好。

没多久，主人摆下盛宴款待，桌上全是美味佳肴，替举人饯行。又劝了几遍酒，道人从口中吐出一粒大赤珠，悬浮在空中，满房间瞬间像火城一样明亮，也不用点灯烛。欢快畅饮美酒，高谈阔论，宾主都已醉醺醺。道人此时拔出两把铜剑起舞，左盘右旋，跳入云际，如龙在云中翱翔，忽隐忽现，举人看得是眼花缭乱。舞剑结束，道人又起兴扣击盘子歌唱道：

金乌玉兔如晶球，茫茫六合如浮沤。六合以外究何物，问天不语呼阎浮。
自顾平生亦莽荡，何幸海峤司羁囚。我有古纯钩，倒插昆仑山上头。
谁言山苍苍，我有飞红梁。谁言海茫茫，我有青雀舫。
以舫送子休踟蹰，家有白头啼老乌。

歌完，仰天长叹，举人也感慨泣下。

不久，天已大亮，道人送举人到山下，海上横着一条枯木船，上面竖着碧绿色的布帆。举人见没有船家，不敢登船，道人催促后才胆战心惊地上船，船的宽度刚好够容纳一个人。道人叮嘱说："你只需闭上眼睛睡觉，不要去管它路途远近，等醒来就自然能到达你的家乡。"又递给举人一个口袋，袋口缝上了线，袋里鼓鼓囊囊的，道人说："这是给你两年教书的酬谢。"举人不客气地收下了放在身旁，正要拱手道谢，道人突然用羽毛扇一扇，只见枯木船像离弦的箭一样，顷刻间就过了万余里。突然嘈杂的人声传来，好像是家乡的语音，正侧耳细听，忽然木船触撞岸边，顿时停止不动。举人起身一看，却是家乡海宁。背着口袋跳到岸上，回头再看，枯木船顿时缩小，变成了当年落水时抱住的那段烂木头，上面被折断的芦苇粘住些树叶，仍在水面浮来浮去，忽然间又消失不见。举人急忙租了条船回家。

回到家，家里人见了都吓得惊叫不已，纷纷逃开。举人叫唤着和他们说话，才知道家里人疑心他早就死了，还替他在客堂间中央立了木主牌位进行祭祀。举人的母亲身体健康，饭量不错，妻子孩子也都平安无恙。把口袋中的东西拿出一看，竟是珍珠，变卖后成了巨富。

到了咸丰十年，粤寇作乱，窜入江苏松江一带进行扰乱。这时朱笏岭举人已去世，留下遗嘱叫儿子带着全家赶快搬到其他地方去住。粤寇某王率领党徒攻城，路经朱举人的墓，神情专注凝视墓碑上的记载，惊叹着说："咦，原来是朱先生的墓啊！"招呼士兵一齐下跪叩拜，又把坟进行了整修，培土种树，然后才离去。

神　灯

明世宗时，倭寇在沿海肆虐猖獗，从古未有。嘉靖三十八年夏天，倭寇从吴淞到狼山，准备窜犯山阳，淮人惊恐不已。江北巡抚李遂挥师急行军，从小路赶来，由我乡天长到宝应，连夜进入淮安城，做了周密的部署，安排了一支部队埋伏在姚家荡。第二天和倭寇交战，倭寇稍稍败退，奔逃庙湾，李公率领王师赶来大破敌寇。李公的儿子李材，是名举人，年方二十几岁，看到军势紧急，未禀告父亲，就自作主张取出库藏金银，招募三千名敢死军，亲自挂帅进攻倭寇，最终倭寇大败溃退。

李遂巡抚料定倭寇一定会从泰州窜向江都，侵犯天长，妄图窥探凤泗。李公知道扬州都阃司沃公名田，勇猛无比，就飞传军令叫他出兵堵截。沃公奉命带领部分军队大张旗鼓待敌。次日，倭寇果然来犯，沃公奋勇抵抗，给了倭寇迎头痛击，杀敌无数。倭寇被逼得走投无路，直奔向天长，沃公继续率师追剿。过了秦栏，天色渐深，两位低级武职军官下跪请求说："穷寇勿追。何况天长是邻县，现在已不关我们的事。"沃公大义凛然地说："我受李巡抚之名，杀贼救民，怎么能做出把贼寇驱赶到邻县去危害邻县的不义之事？"叱令继续进军。而倭寇早已在天长东面的崇家冈，挖下了几十处陷马坑，埋伏着等待追兵。沃公抵达天长时，四面阴云遮天，昏昏雾气充塞，分辨不清路况。正要钻石取火点燃火炬，只见贼军突然杀出，战马受惊狂奔，纷纷堕落在坑洞中，沃公也因此英勇就义。两位下级武官也同时殉难。

天长县修筑了外城，建造起挡军楼，成立了民团防御倭寇，严阵以待。敌寇来到后正要攻城，侦察到李公子带领追兵快要到此地，于是赶紧把兵力转移到宣家河，企图从龙冈、东阳等处向西窜逃。当时我的二世祖是文士，但也学习武备，所居的乡村就在河边。听说倭寇将至，一家人全部上船，悄悄撑入后湖芦苇深处。二世祖看见屋壁悬挂着很多咸猪腿、腌鸡、咸鱼等，储备着用来过严冬，笑着说："如此美味食品，怎么能便宜了贼寇！"就亲自下厨烧火烹调，蒸了满锅米饭，热气蒸腾，鸡猪也都烧熟。刚刚拿起汤匙，就听见前村骑马的铃铛声，出去侦看，只见海贼们怒马如飞，斜背雕弓，手握佩刀闪亮如霜，大队拥来。二世祖急忙拿着手边的两只锅盖出奔后湖。贼徒见状射箭杀之，二世祖用锅盖作盾牌安全逃到水云深处，只见锅盖中箭多如猬毛。倭寇进门看见锅内食物，欣喜不已说："这个人竟然为我们烧了食物招待我们，我们怎能像仇敌一样对他？"于是就肆意吃喝，留下一柄佩刀，数百个鬼脸钱，在墙壁上写道："留下这些报答贤惠的东道主。"

二世祖回家后，看那佩刀的刀鞘是镂金制成，上面镶嵌八宝，刀刃锋利如雪，把它当作宝贝。听说沃公殉倭寇难，就集合本乡父老乡亲，按照葬礼把沃公埋葬在龙冈的南坡，两位武官埋在其左右两边。上告请求地方官员把详情奏报朝廷，后来沃公得到封号，墓碑上题"敕封镇远将军某某之墓"。又在龙兴集上为沃公建立了祠堂供人敬仰祭祀，就在我家西面五十多米的地方。

沃公神灵显现，年年放神灯，满山谷晶莹闪亮。神灯或随风飘舞，或挂在树上，或像战阵图，或像仪仗队，有时缓慢，有时急速，变幻莫测。当地人用它来预卜丰收或歉收，虔诚祭祀。战乱以后，我回到故里，大街小巷已全成废墟，一片荒凉，遍地都是毁坏的瓦砾。可只有沃公的墓道安然无恙，沃公祠堂的石碑也仍岿然不动，可见是有鬼神在暗中护佑着为国牺牲的英灵。

宓 珠

莫镕生公子，浙西人，英俊不凡，十分讲究衣着仪表，常自夸自己是像晋朝乘羊车的美男子卫玠一类的人物。幼年父母双亡，依靠他的叔父某翰林。十七岁时，因为未找到生辰八字合的女子，所以还未订婚。翰林在京城做官，公子住在家乡，渐渐懂得和丫鬟私下偷情，而这一切翰林夫人并不知晓。

浙江的大户人家大多雇佣贫家女儿来家做针线活，所以一些生性放荡的都和男主人有私情。翰林夫人知道西边顾某的老婆叶氏十分贤惠，就托佃农郎前去招募。叶氏来时还带了一名幼女宓珠，荆钗布衣，身体袅娜多姿如杨柳迎风，让人看后喜爱不已。宓珠十五岁，就能拈针线替母亲分担辛劳。莫公子看见宓珠的第一眼，就双眼直愣，含情脉脉，可是宓珠却经常躲避，因此找不到机会和她交谈。一次，叶氏生了小病，公子替她出钱买药，十分殷勤。叶氏病情稍有好转，就叫女儿出去拜谢，公子紧紧拉住宓珠的手，这才有说话的机会。公子三番两次想挑逗引诱她，但一直找不到好的时机。

一天，叶氏侍奉翰林夫人在花园里赏牡丹，莫公子袖里藏着荔枝翩然来到宓珠房里。那时宓珠正独自在赶裁缝活儿，看见公子进来就立即想跑开，却被公子拦住。宓珠问："公子你想干什么？"体香传来，公子面色红涨，心跳加速，一个字也说不出来。僵了好久，才小心翼翼把荔枝送给宓珠。宓珠看也不看，公子情急，抱着豁出去的决心，说："小生已为你害了相思病，骨瘦如柴，神魂颠倒了！"边说边想拉住她的衣袖，宓珠试图要叫嚷，公子十分害怕，就赶紧离开还回头看着她说："你可真是狠心啊！"

后来有一天，莫公子又找到机会溜入宓珠房里，仍然和先前一样，宓珠这时放下剪刀，慢慢站起身说："虽然我贫穷，但却不是唱《陌上桑》任人任意调戏的人。还请公子多多自爱！"公子洒下眼泪说："小生不敢有非礼之想，不过想求你说一句话，咱俩订立三生之约而已。否则我如果因你而死，死了恐怕也不能容忍你独个儿活在人世。"宓珠低头思考好久，说："公子的深情，我已铭刻心底。只是不知道你是想把我娶为妻，还是做妾做婢？"公子道："当

然是妻子。如果把你当作妾，不怕折短我的寿命吗？"宓珠相信了，说："能
攀上大贵人家，确实是我父母所殷切期望的。如果有媒人前去说亲，一定会成
功的。"莫公子说："那你也要先和我定下山盟海誓，省得反悔。"正说话间，
翰林夫人突然到来，见宓珠与公子在说话，以为两小无猜，没生疑心。

　　一天夜里，宓珠坐在空无一人的庭院里望月，公子见旁边没有人，就哄骗
宓珠来到自己的房间。两人一起拜双星，立下百年好合的山盟海誓，然后扶着
宓珠坐上床。公子想和她发生关系，她就娇声嗔怪说："先奸污后出嫁，今后
洞房花烛时，郎君还能相信我是清白的吗？"公子听后对宓珠更加敬重，想赠
送佩玉为定亲之礼，宓珠说："我的一身都已属于郎君所有，又怎么会看重信
物呢？"抬头看到窗外花枝影动，疑心有人，因害怕马上分离。

　　叶氏完成了针线活，就要告辞回家。宓珠再次私下叮嘱公子说："前天夜
晚的盟誓，你还能否守信呢？"公子说："那是对着天日发的誓，我怎能当作
儿戏？"宓珠流泪说："公子是豪门子弟，恐怕不是贫寒之家能相配的，也必
定会受到家里的阻挠。如果你不敢违背长辈的心意和我结为夫妻，就算像柳枝、
桃叶一样，做你的爱妾我也心甘情愿。但如果你背信弃义，那我只有一死了之！"
公子拿出手巾为她擦泪说："这也是小生日夜在冥思苦想的事，我马上婉转求
告夫人，请她促成我俩的事。夫人心地慈善，你是知道的。如果事情真有什么
意外变化，那小生也用死来报答你。"宓珠听了破涕为笑，整袖行礼说："郎
君真是有情人。从前有个瞎子替我算命，说我有做夫人的命。现在看来果然不
错啊！"再三叮嘱后不舍辞别。而公子最终也没敢向夫人说出自己的心意。

　　当时莫翰林已放外任，做成都太守，于是派遣仆人把家眷接来巴蜀，莫公
子也同时成行。翰林见侄儿身如美玉，仪表堂堂，钟爱地抚摩他说："阿侄你
要好好努力读经史，我已聘定了吴侍御的女儿名叫晨香的做你妻子。吴家这样
的大家可不会允许有胸无才学的女婿。"莫公子假装拜谢，可心里却始终对宓
珠恋恋难忘。后来转念一想："危险啊！幸亏没有玷污了那女孩子的清白！"

　　一朝两家结亲，莫公子把新娘晨香娶回家，见她长得美艳动人，而且又善
于吟咏诗词，就连陪嫁的丫鬟也长相端丽，再和宓珠相比，发现以前的自己真
是见识太少。公子私心也自我嘲笑说："从前眼界太低，可笑见识多么不广啊！
真是危险啊！幸亏没有交换佩玉作为物证。"当时新雇佣的女佣刘妪，针线活

和叶氏不相上下，只是平时白天喜好关门睡大觉，大家都以为她有病，也不以为怪。晨香叫丫鬟小鸾拜刘姬为师学手艺，笑着对公子说："以后就让她做郎君的小妾。"翰林夫人也笑着说这丫鬟很像顾某的女儿宓珠，只是没有宓珠聪慧而已。

那时宓珠住在乡下，已到了及笄出嫁的年龄。夜晚以灯花占卜，早晨以喜鹊鸣叫卜卦，可是很长时间过去了，仍没有公子的一点消息。每夜枕上印满了泪痕，暗自伤心。她的父亲顾某，将和东村某大户家联姻，宓珠着急万分，私下告诉阿姨。阿姨怀疑她已经失身，宓珠抽泣说没有。阿姨查验后发现她仍是处女，就把这事去告诉宓珠的母亲。她母亲茫然不知所措，转告了丈夫顾某。顾某听后愤怒不已，依然坚持要按目前的婚事安排实行。宓珠哀泣着说："莫公子的誓言犹在耳边，如果背弃他怕不吉利。请求父亲前去问问他，如果没有其事，那我甘心嫁给农家子弟。"她阿姨也在旁怂恿说："如果真有其事，那不是为门楣增光的好事吗？"正好郎当将去四川，顾某就请郎当去莫家传话。郎当到了莫公子家，看见府里上上下下都在称赞娘子的美丽贤惠，就没敢启齿传语。回来后把情况告诉顾某，顾某讥笑女儿说："怎么样？你怎么不对着镜子照照自己，头发蓬乱，还要想嫁个贵家公子金龟婿吗？"宓珠沉默无语，暗自伤心。

东村某大户于是送礼定亲，财礼十分丰厚。当夜宓珠还和母亲絮絮叨叨拉家常，可第二天早晨卧房门紧闭，家人撞开门进去，只见宓珠已悬梁自尽。大户急迫地索回聘礼，顾某气愤不已，怒骂老婆："有你这行为不端的婆娘，才会生出这不像样的女儿，我要用斧子砍断你脖子，让你瞧瞧厉害！"叶氏既悲痛又受侮辱，痛哭到半夜，犹豫一阵后，也自缢身亡。顾某见丧了两条性命，想和莫家打官司讨说法。邻居说："势力悬殊太大，又没有什么证据，怎么打这官司？"顾某只能自认倒霉，把母女俩草草收殓，埋葬在荒山野地。由于两地相隔数千里，莫公子对这些事还一无所知。

一天，莫公子在闺房内和小鸾戏耍，刘姬看着公子直笑，吃吃声持续不断。公子觉得奇怪，说："这婆子是不是疯癫病发作了？"刘姬说："并不是我疯癫，而是公子太狠心了！"公子十分惊讶，请求单独交谈，于是把其他人都打发走，问刘姬原因。刘姬说："公子是否记得曾经戏弄过一个垂髫小姑娘？"公子说：

"我的娘子美若天仙，难道还会得陇望蜀吗？"刘妪说："是住在家乡故里时的事。"公子说："没有这事。"刘妪说："那顾宓珠是什么人呢？"公子听后惊惧惶恐说不出一句话。刘妪说："这可真是冤孽啊！因为公子背弃海誓山盟，害母女两个都丧了命，如今在阎罗王那儿告状，阎王准许她报冤，向公子索命抵偿。我是本地的勾魂使者，不久前本地神已经批准了浙江神的公文，知道宓珠过关渡河到此地还需要一些日子，就先签给我一份勾魂传票，上面写的就是公子的名字。你到现在还要装作不知吗？要不是夫人待我恩厚，我才不会泄露秘密，你就准备好接受冥王的责罚吧！"公子直挺挺跪着请求救援。刘妪说："你先去告诉夫人。"

夫人听后也很悲哀。刘妪说："事情还有一线希望，就是不知道娘子是否同意。如果把顾氏宓珠的木主牌位写上结发妻供在中堂，宓珠来到一定要凭借一个人才能说鬼话。到时，一家人安慰怜悯她，哀伤敬重她，她本就心肠软，解铃还需系铃人，或许她会撤销诉讼。"夫人于是和晨香婉转商量，晨香说："只要能救丈夫，让出这虚名有什么问题？"翰林也急忙请来僧侣替宓珠诵经念佛，祝祷她早日升天。

正在忏悔诵经，刘妪忽然奔进来说："来啦！"只见小鸾突然倒地，又霍然跳起，拉住公子衣袖，愤怒地说："你这个薄幸郎，在这里快乐得很啊！"晨香急忙抱住丫鬟大腿大哭道："姐姐请息怒，我们也是最近得到消息，很是悲哀，这不把姐姐的木主牌位供在中堂早晚祭祀吗？这不是原配夫人姐姐的名字吗？堂上常乘坐贵妇车被称为夫人的，不是令堂大人吗？此邦俸禄二千石称为太守的人，不是令尊大人吗？自从得悉姐姐自尽的消息，一家人为姐姐哭得几乎昏死过去，姐姐知道这些吗？虽然是郎君不义在先，姐姐难道不能可怜妹妹的苦痛吗？妹妹现在已怀孕两个月，往后也就是姐姐的儿子，还请姐姐能放过夫君！"边说边泪流不止。

小鸾怒目圆睁看了晨香好久，说："咦，我没想到妹子竟这样通情达理讨人喜欢。我现在也懊悔一死，而且懊悔太冲动向阎王告了状。"翰林夫人也对着她哭道："你死了就不认识我了吗？当日你在我家喜欢咬嚼荔枝，我常常留着让你吃，你忘了吗？你喜欢绣牡丹花枝，我就教你在张开的画幅上作画，也忘了吗？原先确实是我太糊涂，并不是公子忍心背弃，你能不能原谅我这个老人？现在佛门正在超度你，你能消受吗？"小鸾也哭道："孩儿怎么敢忘掉夫人的恩德！"一边和从前相识的几个人交谈问情况，一边详细叙说自己自杀的痛苦。宓珠生前喜欢用手背托着下巴，现在还和从前一样。夜间，晨香把公子藏到别处，自己和小鸾联床而睡，关系十分友爱。围棋吟诗和晨香比高低，夫人问："儿以前并不会这些，现在怎么技艺倍增？"小鸾说："鬼比人灵喔。"

宓珠的鬼魂住了三日，忽然叫唤公子过来，哀哭着数落他的罪过，并说："我现在原谅你，然后自己去解除诉讼。我之所以这样做，是看在吴家妹子的情面上。你一定要好好待吴家妹子，别再忘恩负义！薄幸啊，郎君！"又回头看着晨香说："我替妹子送一个儿子来，也用来报答夫人的恩德。"说完就倒在地下，小鸾一下子苏醒过来，昏昏沉沉像是久病才愈的人。马上寻找刘姬，发现刘姬已昏昏睡去，到晚上才醒来，说："刚才替宓娘子送行，一路上话讲个不停，想必是一去不复返了。"莫公子听了，这才放下心来，深深感到庆幸。

晨香分娩时，果然生了一个儿子，相貌十分英俊。儿子满三天，家里开汤饼筵招待亲友，小鸾突然又倒地，作宓珠的语声说："妹子赶快为薄幸郎准备后事，这次恐怕无法挽回了！"晨香说："姐姐上次不是已经宽恕夫君了吗，怎么又反悔了？"宓珠说："我已不再追究。可是无奈我母亲死得太苦，仍在不断上诉，我极力劝阻但无济于事。浙江神道也因为郎君太轻薄十分愤怒，就允许把郎君拘来对质。地下已准备了一栋小房子，案子了结，可能要判郎君在阴间同我成冥婚，也不会受什么大苦。"小鸾不久后苏醒，可公子已倒地而死。

晨香守节教子，二十八岁时，忽然生了小病。夜间起来梳妆穿戴得整整齐齐，写了一首七律，趺坐着离开人世。诗道：

鸾孤影只剧堪哀，眉锁双峰镇不开。原为槁砧甘篷室，依然冤狱赴泉台。
九原早有司香伴，七字虚抛咏絮才。寄语人间裙屐辈，慎毋薄幸累金钗。

白话 夜雨秋灯录 ²

BAIHUAYEYUQIUDENGLU

【清】宜鼎·原著

徐赟·编著

广东旅游出版社

GUANGDONG TRAVEL & TOURISM PRESS

悦读书·悦旅行·悦享人生

中国·广州

图书在版编目（CIP）数据

白话夜雨秋灯录：全4册 /（清）宣鼎原著；徐赟编著. — 广州：
广东旅游出版社，2017.10（2025.1重印）
ISBN 978-7-5570-1102-4

Ⅰ.①白… Ⅱ.①宣… ②徐… Ⅲ.①笔记小说 – 小说集 – 中国 – 清代
Ⅳ.①I242.1

中国版本图书馆CIP数据核字（2017）第219198号

白话夜雨秋灯录 .2

BAI HUA YE YU QIU DENG LU .2

出 版 人 刘志松
责任编辑 李 丽
责任技编 冼志良
责任校对 李瑞苑

广东旅游出版社出版发行

地　　址 广东省广州市荔湾区沙面北街71号首、二层
邮　　编 510130
电　　话 020-87347732（总编室）　020-87348887（销售热线）
投稿邮箱 2026542779@qq.com
印　　刷 三河市腾飞印务有限公司
　　　　　（地址：三河市黄土庄镇小石庄村）
开　　本 710毫米×1000毫米 1/16
印　　张 64
字　　数 940千
版　　次 2017年10月第1版
印　　次 2025年1月第2次印刷
定　　价 280.00元（全四册）

本书若有倒装、缺页影响阅读，请与承印厂联系调换，联系电话 0316-3153358

范小仙

范小仙和我故乡天长县城隍庙当家的白道士十分友好。白道士面貌清癯，性情恬静，十分敬慕道家法术，但可惜没有得到真传。他徒步走到江西龙虎山拜谒道教泰斗张真人，在玉真观住下，跟随法官叶某朝夕炼功，法术进步很快。

翟仙石

　　翟君就带上一些干粮走路前往，耗上几天的脚力才抵达。越往山里走那景色就越幽清，他攀援藤萝，踩着虎豹留下的足迹，满山的野花，微风习习吹过，传来阵阵幽香。

序 言

　　志怪笔记体小说是中国古典小说形式之一，以记叙神异鬼怪故事传说为主体内容，产生和流行于魏晋南北朝，与当时社会宗教迷信和玄学风气盛行以及佛教的传播有直接的关系。汉代以后，儒教、道教和佛教逐渐盛行，鬼神迷信的说教广为流布，所以志怪的书特别多。历朝历代作品中就有不少以"志怪"命名的，如祖台之的《志怪》、孔约的《孔氏志怪》，乃至清代蒲松龄的《聊斋志异》。（"志怪"一词出于《庄子·逍遥游》："齐谐者，志怪者也。"）

　　鲁迅就在《中国小说史略》中说："中国本信巫，秦汉以来，神仙之说盛行，汉末又大畅巫风，而鬼道愈炽；会小乘佛教亦入中土，渐见流传。凡此，皆张皇鬼神，称道灵异，故自晋迄隋，特多鬼神志怪之书。其书有出于文人者，有出于教徒者。文人之作，虽非如释道二家，意在自神其教，然亦非有意为小说，盖当时以为幽明虽殊途，而人鬼乃皆实有，故其叙述异事，与记载人间常事，自视固无诚妄之别矣。"志怪小说的内容很庞杂，大致可分为三类，一是炫耀地理博物的琐闻，如托名东方朔的《神异经》、张华的《博物志》；二是记述正史以外的历史传闻故事，如托名班固的《汉武故事》《汉武帝内传》；三是讲说鬼神怪异的迷信故事，如东晋干宝的《搜神记》、曹丕的《列异传》、葛洪的《神仙传》以及托名陶潜的《后搜神记》等。

　　志怪笔记体小说多以人物趣闻逸事、民间故事传说为题材，具有写人粗疏、叙事简约、篇幅短小、形式灵活、不拘一格的特点。另外不同的作者在这类小说中也倾注了自己的思想、智慧和情感，例如在《聊斋志异》中，蒲松龄"用传奇法，而以志怪"，将生命力和"孤愤"注入其中；而在《阅微草堂笔记》中，纪

昀则是将智慧注入其中，以"测鬼神之情状，发人间之幽微，托狐鬼以抒己见"为核心，目的在于益人神智。大多数的志怪笔记体小说更高超的地方在于对人性的把握，鬼怪皆有人性，甚至比人更为生动真实，可敬可爱。

志怪笔记体小说在明清时代达到了一个新的高峰，为后世树立了一座中国古典小说的丰碑。本着品读经典书籍，弘扬优秀文化的思想，我们首批选取了明清两个朝代中比肩《聊斋志异》的四本志怪笔记体小说，严格遵循原文，编写了这套白话志怪笔记体丛书——《白话夜雨秋灯录》《白话夜谭随录》《白话剪灯新话》《白话萤窗异草》。本系列书所述均系当时社会之旧闻轶事、神鬼狐怪、烟花粉黛一类故事，情节离奇，生动有趣，文笔简洁朴实，颇有艺术造诣，流传甚广，是明清笔记小说中的佳作。

总之，志怪笔记体小说作为中国最传统的文学形式，用的是中国思维，写的是中国神怪鬼狐，讲的是中国故事，这些都渗透在我们每一个国人的骨子里。悠闲时光，品一杯茶，读读这些经典之作，聊发怀古的幽思也是一种极大的精神享受。

出版者语

　　《夜雨秋灯录》的作者宣鼎，字子九，又字素梅；号瘦梅，又号邋遢书生，金石书画丐，安徽天长市人，生于清道光十二年（1832年），卒于清光绪六年（1880年），是我国晚清著名的小说家、戏剧家、诗人、画家，对书法、篆刻、词曲、赋等亦能精通，史书称他"工诗文书画"。他是清代一位不可多得的多才多艺的文学艺术家。

　　宣鼎少年时期家境丰裕，后来遭逢晚清社会动荡，穷愁潦倒。坎坷的经历为其后来的文学创作奠定了底蕴。40岁时，宣鼎开始文言小说《夜雨秋灯录》的创作。光绪三年（1877年），《夜雨秋灯录》由上海申报馆刊行，共八卷一一五篇。光绪六年（1880年），又出《夜雨秋灯续录》，仍为八卷一一五篇。《夜雨秋灯录》及《夜雨秋灯续录》深刻反映了清末动荡不安的社会状况和普通老百姓的命运，其中，有的抨击了封建礼教和婚姻制度，有的揭露黑暗吏治、讽刺时弊，有的歌颂豪侠。成就最高的是以男女爱情为题材的作品，如《麻疯女邱丽玉》《邬生艳遇》《雪里红》等脍炙人口的名篇。

　　宣鼎的《夜雨秋灯录》《夜雨秋灯续录》情节曲折，文笔丽而不绮，前人评它"书奇事则可愕可惊，志畸行则如泣如诉，论民故则若嘲若讽，摹艳情则不即不离"。在模仿《聊斋志异》的众多文言小说中，可以说是最好的一部。

　　《夜雨秋灯录》被誉为清代小说的压卷之作。

目 录

卷 七

卷 八

卷五

卓二娘

　　江西彭泽有个举人叫宋景玉，字东墙，喜欢逛妓院寻花问柳。仗着家境富有，天天拿着大把钱去做缠头锦，嫖妓开销。年轻时就娶妻吴氏，是个姿色貌美的女子。结婚两三天，夫妻十分恩爱甜蜜，相处融洽和睦。不久，宋生就开始去伴荡妇宿夜，只要吴氏稍微婉言劝说，宋生就会生气拂袖离开，并发誓说和吴氏在黄泉路上才会再相见。吴氏后来郁郁寡欢，最终含恨而死。

　　宋生虽然回家为妻子办丧事，行祭奠，可是心里很不是滋味。知心朋友某君心里疑心满满而且抱不平说："尊夫人相貌端正姣好，比那些章台柳的妓女要好过百倍。你到底着了什么魔宁可丢掉山珍海味而去嗜好疮痂臭物？我今天抱着和你割席断交的决心，也请你说清楚。"宋生说："我也讲不清，只要我一进妓院，无论妓女长相多么丑陋，仿佛都成了西施、南威一样的绝代佳人。近来就算是写文章，也一定要在那里才能构思佳作，否则搜肠刮肚也写不成一点东西。离开了娼妓，我吃也吃不好，睡也睡不安稳，即使受刀锯油煎的酷刑，也没法改变我的习惯。"朋友听后不断叹息道："今天我是彻底了解了你的为人。"离开后就告知所有熟人，告诫本地同乡不要和宋生结成婚姻。

　　宋生看家里缺少主妇，急着想续娶，可媒人都纷纷躲避走开不来上门。宋生怒气冲冲，就花了一千两银子买了个美艳无比的女子做妾。起初生活很是和睦，可不久就不再宠爱娇妾，一个多月后故态复萌。妾劝说他，宋生满面怒容说："你这贱婢也敢放肆！"开始只是谩骂，后来又动起手敲打，妾也受不住侮辱和打骂含恨死去。乡里人都相互警告说："生女宁做娼，也不嫁宋东墙。"宋生听到后也惭愧后悔，看看空床和妻妾遗下的衣物，更觉寂寞，又去青楼嫖宿。不到两年，家业已被挥霍败去十分之三。

本乡有个谢氏，卓二娘，新近守寡，相貌一般，体质羸弱，愿意嫁给宋生，让媒人给宋生传递信息。宋生早就被这鳏夫的独居生活折磨得空虚寂寞，连忙点头允诺聘娶。人人都替二娘捏一把汗，而二娘却泰然自若。

二娘嫁入宋家后，像个贫家妇女一样，亲自操劳家务，绝口不提宋生过去的事情。就算丈夫很晚回家，也只关心他身体是否安好，不干涉其他，即便夫妻在枕上情意浓厚时，二娘也不去问丈夫意中人怎么样。宋生每次面对二娘都愧疚不已，说："我有奇特癖好，是普天下的女子都深恶痛绝的，你听说了吗？"二娘故作惊讶道："虽然男女身体有差异但天性却相同，床笫间的男欢女爱，都共同享受到欢乐，不知道有什么事会有好恶悬殊？还请夫君明白告诉我。"宋生止不住叹息说："我素来喜欢风月，已病入膏肓；迷恋烟花，已成痼疾。恐怕不能治愈了。"二娘拍手笑道："我这次改嫁可真是幸运啊！我前夫每天坐在家里忧愁叹气，看到粉头脸就满脸通红。我经常劝他去逛逛妓院，可他死也不肯，最后得肺痨而死。现在后夫喜欢嫖娼，我也算心满意足了！"说完，从袖子里取出金钱绢帛，逼宋生去青楼，宋生从此更加放纵寻欢作乐。

一次宋生正巧碰见姓马的老媒婆，问道："姥姥整天像花蝴蝶一样奔波四处，如果另有奇葩异草，还求你带引我开开眼界，到时我一定不会亏待于你。"马婆说："大郎又娶了床头生菩萨第三尊，不怕家中的醋瓶子翻倒吗？"宋生得意地告诉马婆，二娘十分贤淑。马婆说："陶公祠畔枣花门内新搬来一位江南姓白的老娘，携来四名小娇娃，生得貌美如花，都是摇钱树。第一个女儿已被西域富商买去，其中第四个女儿最为貌美。不如让老身替大郎执鞭引导。"

宋生听后雀跃不已。

于是，马婆陪着宋生一起来到枣花门前，进门只见庭宇雅洁，笔架茶灶样样俱全。架子上的鹦鹉大声呼叫说："郎君来了，姐姐烧好茶啦！"马婆掀开珠帘，拉着宋生进入客堂，众丫鬟都微笑着迎接来客，乌黑发髻，翠绿夹裤，娇媚绝伦，让宋生看直了眼睛，心魂都已被勾去。白老娘问马婆说："这就是阿姆先前所提到的大财主吗？"马婆说："正是。"白老娘说："果然一表人才，恐怕我家四官见到这位财主要害相思之病了。"又问四官在哪里，白老娘说："已跟随王天官公子去看花，晚上才能回来。"然后带引宋生进一间小闺房，说是四官的闺房。墙壁上粘贴着诗笺，极力夸赞莺莺燕燕。床头绣鞋，妆台脂粉，镜边钏钗，可见居室主人的情趣和平常女子无异。

过了一会儿，阿二阿三都已回家，相貌纤嫩婉丽，对宋生十分殷勤。宋生神魂颠倒，大叫说："就把我终老在这温柔乡吧。"马婆见状赶紧踩宋生的脚，对他低声耳语说："阿四大美人还没出现呢，不要一下子就把馋相露出被她们小觑。"接着丫鬟送来美味佳肴，都是稀见的山珍海味。又奏乐唱歌，声音鼎沸，阿二阿三各献所长，厅堂一片喧闹。宋生趁机问芳名，得知阿二叫巧云，阿三叫倩云，阿四叫停云。阿二稳重，阿三风骚，常常在宴席上暗送秋波。宋生虽然早已被迷惑，可是一心想得到龙头，所以对她俩仅仅含笑应酬一下。

耳听更声传递，忽然看见一丛灯火，一顶花轿如飞而来，丫鬟搀扶出一位美人，就是阿四。醉眼蒙眬，神情疲惫，丫鬟把她扶入香帐，抱着被头就睡。宋生斜眼偷瞧，果然真如马婆所说惊艳无比，因此宴席结束后仍不愿回去。阿三见状娇媚地说："如果郎君不怕老婆河东狮吼，不如今夜就委屈玉趾暂留此地？"马婆说："这事说来也真稀奇！他家娘子竟能纵容郎君随意挥霍放荡！"宋生也顺机夸耀妻子贤惠。阿三说："阿四已经沉醉，怕她待你失礼，妾又丑陋不足攀附龙凤，这该如何是好？"马婆说："可千万不要错过大好佳缘！郎和三官也真是一对鸳鸯伴侣。"阿三说："不如我暂且替四官掌印管事，等四官酒醒后，郎君再兴师问罪，如何？"宋生恐怕拂了她的美意，就拉着到她闺房，依偎着并排而坐。见阿三房间清雅曲折，书桌上陈列着文房四宝，宋生说："你是女学士吗？会书写吗？"阿三说："也是为了打发无聊寂寞偶尔涂抹一通，其实写不成字。"又问她善于吟咏吗，她谦逊地说："略微懂些，只是登不上台面。"

良辰美景，两人宽衣解带钻入被窝，宋生本来只是打算借红娘解解馋，不料竟发觉另有一种奇趣，好不让人销魂，以前从未经历过如此欢愉。宋生大为迷惑，对着阿三海誓山盟。阿三笑着说："按理说郎君一表人才，恐怕只有四官才能与之相配。一碗左右的米汤，请你留着待会去灌四官吧，我只不过临时越俎代庖而已。"宋生更是沉沦在柔情惬意中，极力和阿三缱绻温柔，直到日上三竿还未起床。丫鬟进房叫醒，并送上茶点。宋生急忙询问阿四，说是又被李侍御公子召去陪玩。此时宋生的心意全在阿三身上，也就不再追问，也不再说起要回家的话。鸨母派丫鬟来讨取夜合钱，宋生写了张纸条在上面签名画押，让仆人回家向二娘取钱。二娘见条如数交付，十分爽快。

一天，宋生吟成一首绝句，粘贴在墙上。诗曰：

魂被香笼魄粉熏，此中温暖更谁分。从今莫忆秦淮月，笑倚花前看白云。

宋生偶然带着阿三外出游玩回来，见阿四正坐在书桌旁看自己的诗，啧啧称赞，搦着毛笔扯下一张诗笺，立即和诗一首道：

温台荀席异香熏，饱满恩情已十分。无怪阿三狂欲死，宋郎辞藻艳于云。

宋生从窗缝中偷看，阿四觉察后急忙把诗稿捏成团，宋生执意索取后才给他，宋生诵读后，更加情意绵绵，目光荧荧似火，但碍于阿三在场没有说出来。阿三早就窥破他的意图，笑着说："代庖人时期已到，应让主角来取代了。"当晚就送宋生到四官房里歇宿，亲昵欢爱胜过以前的女子。可是虽然四官美艳第一，但是她的骄傲怠慢、贪得无厌也是无人能比。但宋生迷恋太深，也就不计较费用，只是每日派遣仆人回家向二娘要钱。一年多后，阿三生下一子一女，阿四没有生育。阿二也偷偷和宋生勾搭上了，也生了两个儿子。三年多来，宋生一直沉迷于此地。偶然回家，也不常常见到卓二娘，家里人均回说回娘家去了，宋生自以为很得意。

又过了一年多，再向家里讨钱，渐渐拿来金钗玉钏来抵钱，后来又拿来衣服鞋子，甚至拿书画古玩来变卖典当换成钱。再过一年，向二娘要钱，拖拖拉拉，甚至不给，宋生因而骂仆人。仆人踌躇犹豫多次，带来一册账簿，说：“娘子传话说，家产已经罄尽，只有孑然一身，实在不能去作娼妇赚钱来满足郎君的欲望。”宋生问田地和住宅呢，仆人如实回答说：“早就卖掉了。”宋生此时惊讶得说不出话，细看账簿，上面清楚地登记着凭条子取钱的年月和数目以及田地住宅的售价，十分详细。二娘并且说：“宝山早已被挖空，我现在每天在尼庵讨口饭吃。”宋生急忙回家找二娘，门户依旧，可主人全变了。宋生询问，新主人拿出他妻子卓二娘售屋的文书，宋生问妻子在哪，却问不出一点消息。寻找仆人，竟然也不见踪影。宋生感到局促不安，无计可施，再返回白家，只见所有的东西都已被搬运一空，玉人也早已离散。主人指挥仆人清扫房舍，下逐客令。宋生只能孤单单和自己的影子做伴，找不到落脚的地方，只能厚着脸皮向亲戚求依靠混口饭吃，劣迹斑斑，都被拒之门外。迫于无奈，只能寄宿在一座古庙里。

时间一长，宋生就在城乡间讨饭为生，衣衫褴褛补了又补，求爷爷告奶奶乞讨了两年。西风骤起，浑身鸡皮干裂，想寻死但又没有适当的方法。于是就在窘迫无望中想着去做贼，如果偷到钱财就能苟且偷生，可万一不幸被抓住，也就会因为触犯法律被官府活活打死，总比自杀强。深夜就偷偷翻越富家的围墙，谁知惊动了仆人，全都出动，蜂拥而来把宋生围住殴打。这时主人出现，也就是从前的知心朋友某君。某君吩咐仆人住手，把偷儿缚送衙门治罪。宋生大喊道：“立刻把我打死我才高兴。”某君说：“不如你写张纸条承认自己做贼，我就放你走。"宋生无奈，只得写给他。某君拿到纸条后，仍旧不给宋生松绑，把他送到一个地方，关锁在斗室中，每天给他吃两顿冷粥冷饭，夜间睡眠在湿草铺上。虽然不加任何刑具，但外面监守十分严密，无法逃脱。

不久，听到长官坐在大堂上呼喊着自己的名字，接着一个差役带宋生跪伏在台阶下。堂上人叫宋生抬起头来看看，原来是自己家里的大厅，东西两边坐的都是亲族。卓二娘也穿着鲜衣丽服站立在廊庑下，白家的三个美女在二娘左右侍奉。宋生见状害怕得要命，不禁耷拉下脑袋。妻子卓二娘说："嘻！郎君丧廉寡耻竟然到这种地步了吗？各位老长辈都在，你还有什么可说的？我当日如果苦苦劝谏，要不是直接把郎君驱赶走上死路，要不就是我要重蹈覆辙而死，我才不会如此愚蠢。于是我就租了一幢房子，买下三个漂亮女子，引诱郎君陷入八阵图不能自拔。你也不想想，如果白家真的是销金窝，那你住在里面四年，可曾见过鸨母和其他嫖客的面？郎君继承祖上的财产已经被挥霍一空，而且已沦为乞丐和盗贼，亲笔证据在此，看你如何抵赖。我忍受着独守孤枕的寂寞，狠心设计了丑恶的陷阱，这才保全了家产，而且督促男仆女佣耕种纺织，财富比以前还多，可这些都和郎君没有关系。如果郎君能够悔改，那你回家仍旧做主人，白家美姬都给你，我也不和她们争夜。但是你的手不许再拿一文钱，脚也不许跨出门槛一步，整天要坐守在家，安静享福，度过余生。如果不愿遵守，那就请郎君自便。我已有了儿子，也可以光宗耀祖，不必依赖丈夫。长辈都在，还请郎君赶紧作出决定！"宋生此时眼泪横流，后悔不已，指着天日赌咒发誓，愿照二娘所说的办。众亲戚都对二娘的智谋赞叹不已，成其事后都纷纷离开。

卓二娘亲自为宋生盥洗沐浴换上新的衣服，把他羁留在内室，每天在妻妾之间周旋。看着宋家房屋越来越华丽，田地更加宽广，三个儿子也受教育已经能写文章，原来这些都是二娘在苦心经营。宋生这才恍然大悟，才知道原来马婆的勾引，白家女儿的吟诗，富户把自己抓获，都是二娘一手安排的。从此以后，宋生改过从善，目睹儿子成名，办了婚事。八十岁高寿时，宋生抱着孙子仍不敢踏出门槛一步。

丹青奇术

皖人鲍打滚，是个画师，能够召来亡灵画出肖像。即使死者已死了十多年，只要鲍躺在墓地上打一个滚，苦思冥想一番，起来用笔一勾勒，然后敷色渲染，把肖像给死者的子孙亲戚观看，没有一个人不惊叹画得酷肖。为人儿子的总是对逝世的父母万分思念，只可惜不能重见容颜，而鲍打滚有替死者画肖像的才能，因此许多人都乐意和他交往，对他倒屣争迎，十分看重。由此鲍打滚的名声传扬，画的价钱也随之增高。常穿的一件黑色大布衫破旧了仍不肯扔掉，原来是因为打滚次数太多已无法缝补了。可是赚到的钱却大都用在妓馆开销缠头费，而且嗜酒如命，狂放不羁，被君子所不齿。

皖北有个谢君，父亲早已过世，哥哥在京城做个芝麻绿豆官。谢君偶然遇见鲍打滚，便热情把他邀请到家里，嘱他替亡父画张传神的肖像。鲍打滚按照老办法画成，神情很像，只是下巴下面有红红血迹形成的一个八字，让谢君无法理解。谢君询问了母亲，才知晓原来他父亲是因为公事关押在刑部牢狱，害怕吃官司，就自己用黑绳索勒住颈部自杀身亡，因此留下这八字痕迹。看到父亲画像上戴的是三品官的蓝顶子，而谢君父亲生前只是个八品官，又感到无法理解。结果第二天收到京城哥哥写来的书信，才知道哥哥替亡父申请，已蒙皇恩批准加级晋封为三品官了。谢君对鲍打滚很是钦佩。

兴化有位孝子陈嘉谟，是清朝成立初期的增广生员。他的父亲某某与盐商因争海地而引起诉讼，最后盐商败诉，怀恨在心。某天，遇上某某去海滨，盐商就唆使煮盐工上前殴打，并将自己的儿子踢死，然后到官府告状。官府去现场勘查，盐商诬陷儿子是被陈父踢死。这场官司一直打了两年之久，盐商上上下下到处贿赂，势必要陈生父亲为把持盐务殴杀人命罪被判处斩刑。陈生也痛哭号呼向各上司衙门喊冤，最后都被无情地驳回。想上京城告御状，可是秋天斩决日期已近，怕来不及；于是虔诚地向神祈祷，可也没有反应。陈嘉谟日夜仰天哭泣，双目红肿。听说巡按御史将到扬州，陈生赶紧刺破肌肤，在神像前用血写成两份申冤书，一份藏在怀里，一份捧在手上，都用油纸封牢并写上标题。文章很长，列举控诉了商人这两年的横暴、官吏贪赃、父亲抱冤等内容，结尾有"与其父亲死了儿子也是死，还不如儿子先死而父亲或许能有生路"两句话，令人看后酸鼻。

申冤书写成后，陈生就身穿公服立在河畔。等到巡按御史的官船敲鼓奏乐从上游驶下，两岸官员跪地迎接时，陈生趁人不备，突然从人丛中跳出大声呼冤，把手中的状子摊开放在官船上，然后自己跳入江中淹死。巡按悬赏募人捞救，水下大搜索三天，一直捞出瓜洲口，也没有捞到尸体。第二天清晨，巡按穿着素服在浮桥口亲自祭奠，忽然狂风大作，天色昏暗。这时众人看见水面上竖着一只手指，原来尸体还直立在逆流中。尸体被捞出水，只见面色如生，紧握拳头指爪穿透拳外，咬牙切齿牙齿深入牙龈，放在岸上仍僵立不倒。巡按立下誓言要为其昭雪伸冤，尸体这才仆倒。巡按浏览了尸体怀中的状词，写得具体且悲切，立即升堂审讯，传唤当事人、人证进行审讯，动大刑严逼真相，最后盐商低头服罪，于是判决斩决盐商而放陈生父亲无罪出狱。巡按为陈生的孝心所感动，关照本地地方官好好照顾陈生父亲，从厚殓葬陈生。然后上奏章弹劾上上下下审讯此案的官员，请朝廷旌表孝子，入乡贤祠受人们祭祀，在县志上记载此事传扬后人。皇帝看后也十分感动，下诏准许当地人替孝子在学宫西边建立祠堂，春秋两季官祭、私祭的礼节一直不断。

到道光某年，鲍打滚来到兴化，当地人痛惜陈孝子没有遗像，就恳求鲍打滚替孝子画肖像。鲍打滚认为这个事情离现在已经成百年了，时间太久远，感到很为难，人们更恳切地再三请求，鲍打滚勉强答应下来，就前去墓地试试，可是一连在地上打了五个滚也画不出来。他怕自己的名声受损，就自己修剪了头发和指甲，刺血书写告神的疏文，和符箓混杂在一起在城隍庙焚烧，又是跪拜又是行着做法的禹步，持续了很长时间。然后怀揣纸笔，宿息在神像座位下，并嘱咐庙内祭司不要窥探。

半夜三更，万籁俱寂，鲍打滚见神龛的灯突然变弱，阶下像有很多人影来来往往。两边廊下各走出一名鬼卒，一个高长像山魈，一个短小如古代矮人僬侥，互相作揖出门而去。不久就听到击柝声敲鼓声，取来钥匙开门声。又有四个褐衣人跪伏阶下出声禀告，就看到公案上安放了符剑印信，阶下站满了执戟横刀的武士，像大官衙门的摆设。乐奏三通，一个戴金冠穿蟒袍的神仙被人簇拥着走出，升堂坐下，一副古人的相貌，须髯浓密，两鬓已经花白。公事处置完毕，问褐衣人说："孝子怎么还不来？"褐衣人答道："孝子现在是崆峒山都总管，云路也有二千里，路程实在太遥远，还请大人再耐心等一下。"不久，鼓乐震天，排列着火炬熊熊燃烧，吏属禀告孝子驾到，神下座躬身出迎，很是恭敬，请孝子进入大堂，宾主分东西坐下。孝子衣冠华丽，神采奕奕。两人寒暄一番，喝过茶后，神把当地人的心意和画师的疏文呈上，孝子看后眉头紧锁，说："为何要这样呢？"神说："可见家乡父老情深，想求得你的音容笑貌作为后学的榜样，好让人们能够时刻瞻仰罢了。"一个穿朱衣的吏属请孝子到西厢更衣，很快回来重新入座，孝子这时已经穿上公服、乌靴，没戴帽子，相貌十分俊秀不凡。又过不久又重新换上来时的服装，向神拜别告辞。神小心谨慎地送孝子登车离去，多次作揖后才返回。

神龛前的灯火骤然又大放光明，满堂鸦雀无声，鲍打滚顿时如梦初醒，马上掏出毛笔在神龛灯前画成孝子的肖像。天亮后给人看，众人纷纷称赞和孝子的曾孙气质神情相同，鲍打滚从未见过那位曾孙。只是头上未戴帽，颈上没有圆领，原来大清建立初期，官员的公服上都用一尺布围住颈部，可陈孝子投江时，圆领和帽子都随波漂流，找不到踪迹，因此冥冥中显形依然是当年的模样。从此，人们更加佩服鲍打滚神乎其神的画技。

后来鲍打滚和扬州营李游击交情很好。李游击有个雏婢小玉和李游击钟爱的美男子施某私通，李游击撞见后怒发冲冠，誓要严惩他们。小玉和施某惊吓不已约定好一起私奔，李游击到处都找不到两人的身影，急忙把鲍打滚请来，恐吓他说："你有神术，一定能知道他们在哪里。如果你能如实说来，那我一定给重金酬谢。可如果你有所隐瞒，那我就以施展妖法的罪名把你逮捕坐牢。"鲍打滚迫不得已，只好硬着头皮为找人而地下打滚，之后马上摊纸落墨，画长堤浅水，堤上数行疏柳。一个渔夫在门口晒渔网，屋后有倒覆的小艇，艇下微微露出男女的脚。李游击派遣兵丁照图搜捕，果然抓获了私奔的两人，略加审讯，然后被双双活埋。

鲍打滚拿了赏金匆忙逃跑，走到仪征，正要过江，夜晚和荡妇同宿。刚登床榻，就看见雏婢和美男搂抱着从帐后出现，笑着向他招手。鲍打滚万分恐惧，阳精虚脱，最后死在荡妇的身上。

范小仙

范小仙和我故乡天长县城隍庙当家的白道士十分友好。白道士面貌清癯，性情恬静，十分敬慕道家法术，但可惜没有得到真传。他徒步走到江西龙虎山拜谒道教泰斗张真人，在玉真观住下，跟随法官叶某朝夕练功，法术进步很快。

三年后，白道士突然思归心切。叶某劝说："你现在已经修炼得离成功不远了，你可千万不要就此功亏一篑啊！"可白道士却连一天也不想再逗留。叶某无奈，赠送白道士一头巨腹大雌驴，用草绳牵着，说："骑上它只需两天你就能到达贵乡，但一定要记住中途千万不能给它水喝。直到到家后再进行喂养，也可以做代步之用。"白道士拜辞，果然两天就到了天长。从城隍庙后门进入，把驴拴在斗姥阁下，进房打开行囊更换衣服，参拜师长，并拜会道侣。大家都问："你是什么时候离开的真人府？"白道士详细诉说，大家惊诧不已，问："你怎么跋涉如此神速？"白道士笑说骑了一头神驴。大家争相走去看驴，可驴已经没有了踪迹，只有青草绳拴住的一只大虾蟆在原地。白道士恍然大悟，解下绳索，大虾蟆跃入水中就不见了。白道士从此能做召唤亡灵和求雨等法事，但是至于飞升吐纳等精妙法术，仍旧懵懂无知。

一天范小仙从别的地方来到，指名要会见白道人。宾主见面互相问讯，高兴得就像是分别很久的老朋友重聚，彻夜长聊。见范小仙吐语玄妙，白道士很高兴地把范小仙留在庙里住宿。白道士吃素，可范小仙不但吃荤而且嗜酒。白道士批评、嘲笑他，他不理会照样吃喝，若无其事。空闲时，范小仙和本地士大夫交游，他的豪迈俊爽很受人们喜欢，不把他看成道士一类的人物。范小仙善于书法，精通相地看风水，可是却从不轻易开口，而一旦开口就必然说中。

一晚，范小仙和白道士一起在庭中饮酒，看月色皎洁，如冰镜高悬，满地树影，如藻荇交横。白道士欣喜雀跃，对范小仙说："这么美的良宵，如果再有灯戏看，这才不会辜负了这一轮明月呢。"范小仙拍手说："还正巧有个地方正在灯下演戏，也并不太远，现在刚刚开场，不如一起去看看？"白道士问在哪里，范小仙说："等到了就自然知道了。"说完用庭院中的长木凳当坐骑，自骑一半，另一半给白道人骑，嘱咐他紧闭双眼，用双手抱住他的腰说："你可千万不要随意睁开眼睛，否则就要堕地摔死。"白道士答应晓得。于是范小仙念动咒语，大喝一声："起！"木凳腾入空中，耳畔只听飕飕的风声掠过，又听见长江波涛澎湃声，又听到嘈杂喧哗的人语声，不久又响起钲鼓齐鸣声。范小仙说："到啦。"木凳已落在地上。白道士睁眼四望，只见是个规模很大的戏院，台下坐着多如蚂蚁的士女，都专注地抬头仰视戏台。而台上正演出新戏，满场灯火闪烁照出不夜天。

范小仙和白道士同立在木凳上看戏很久，忽然一个短发童儿、一个垂髫美女、一个白发老叟、一跛足乞丐手挽手边走边唱，在月下欢唱着走来。见了范小仙，瞧着他笑，好像有什么话要说。范小仙匆忙把袖中的钱袋取出递给白道士，说："你如果感到饥渴，你可随意使用袋里的钱，我要和几个老朋友叙叙旧，等会就回来。"白道士说："好的。"范小仙轻快地跳下木凳，走入四人行列中，边说边笑，踱步而行。转眼间，就不见了这一行人的身影。

白道士在戏院痴痴等候，直到乡村鸡叫声传来，戏台上也已撤下乐器，熄灭灯火，观众也四散回家，范小仙仍没有出现。白道士就露天坐着等到天亮，一直等到中午，仍旧没见人影。白道士扛着木凳向过路人询问，告诉说这里是毗陵城，距离故乡有五百多里路。白道士听后后悔不已，痛骂范小仙失信，让自己受奔波的苦。就打算沿途乞讨回去，突然想起那个钱袋，摸摸钱袋里面大概有二三两碎银，换成钱当路上的盘缠。当时因纳凉身上仅穿着短褐衫，于是徒步扛着木凳过长江，再由竹西直到故乡。进庙就问庙里的佣工，佣工奇怪地说："范公一直都在庙中，并没有出门一步。"白道士不信前去探看，只见范小仙还酣睡未起。白道士把他叫醒并埋怨他，范小仙只是含笑问道："你把木凳丢掉了吗？"白道士说："这是自己家中惯用的旧物，怎么能随意扔掉？"范小仙听后哈哈笑道："我就知道你一定不舍得丢弃的。"

那时白道士所掌管的是城隍庙的东房，多楼阁，绵延三四间。由于贫穷，一直没有能力建造楼屋，里里外外都是平房。范小仙认为西方太低塌，如果没有楼阁，那庙一定要破败，对本地也很不利。观察到庙西王姓的住宅还有堂楼五间、串楼五间，因年久失修就快要倒塌。王姓正准备把楼房拆毁，且已和人签订了协议。范小仙神色慌张去告诉姓王的，让他千万不要毁房，说："神是一县的冥官，庙关系到全县百姓的风水。庙的西边，全靠着你家的楼房作为靠山，如果毁楼，那么对彼此都不利。"姓王的说："可楼就快要倒塌有什么办法？"范小仙说："我有办法。"就用一根木头从上面支撑楼房，主人不解地说："楼往西倾斜，你拄撑在东面，这不是在加速楼房倒塌的步伐吗？"范小仙说："这能维持几百年，怎么会加速它倒塌呢？"主人不信他瞎说，谁知那根木头撑得非常坚牢，无法摇动。楼房一向危险，每逢风雨就摇摇晃晃，可自从撑了木头，一直安然无恙。

范小仙在无人时就告诉白道士说："你知道我远道而来的用意吗？"白道士摇头说："不知道。"范小仙说："我是前生和你有缘，特来邀请你一起去到深山洞壑隐居，修炼妙道，如果大功告成，就能登上金殿，朝见玉真子。可看你仍留恋尘世，没有离开的志向，实在让人费解。"白道士说："我原本就是因为耐不住寂寞，才从江西回来的。不然我现在还在龙虎山，更不用说能舍弃家园跟你去流浪飘泊了。"范小仙也不勉强，每次总拉着白道士一起观测星辰，登绝顶，涉危桥，白道士认为这都是幻术，并不深信。

时间荏苒又过了三年光阴，范小仙忽然对白道士说："既然你不肯去，我也不勉强，现在我要回去了。"第二天就告别所有有交往的人，问他去哪里，他只说："很远，很远。"当时有位陈君熟悉医道，和范小仙交情友好，听说他将要远去，就设宴为其饯行，并请求他说："既然你有奇妙的法术，那一定有很多好医方。现在就要离别，不如拿出几个送给我，将来也可以济世行方便。"范小仙笑着看厅堂西畔的一围土墙，指着说："这座墙就是催生良药。"

当时接连下了几十天的雨，南山洪水暴发，滔滔巨浪围困住了城上矮墙。范小仙回庙，拉住白道士登上城头，俯视大水很久，说："这里面一定是美妙的境界，我和你一起跳入去看看，怎么样？"白道士不肯，范小仙叹息说："你就是人们常说的有仙缘而无仙骨的人。就算这样，我先用法术坚定你的信念，也可以。"说着就从袖中取出一匹长十多丈的布，朝空中一掷，就成了一座高耸的桥梁，好像连接到天上。范小仙说："我要带你游月宫去了。"白道士死死站着不肯登桥。范小仙无奈只得向他作揖辞别，然后登上布桥，纵身一跃上了空际，人影依稀。突然布掉下了，范小仙也堕入水里，狂风挟着巨浪波涛汹涌，人和布都没了影了。白道士大声呼救，可已经来不及。回庙后泪流不已，认为是范小仙玩弄左道邪术，自食其果遭到报应了。

第二天有客人从扬州回来，拿着一柄扇子寻访白道士说："昨天在东门浮桥遇见范小仙，他说走时不小心把你的扇子也带走了，就嘱托我把扇子带来还给你。"白道士细细一看，果然是自己的扇子，这时才悟出范小仙是真的成仙去了。

又过了十多年，姓王的没有遵守和范小仙的约定，硬是把楼拆了。工人用石杵打掉那根挂楼的木头，只见突然出现一道金光，并伴着如雷的巨响。楼主人在串楼上突然摔下来，差点被摔死。熟悉医道的陈君遇到难产的女子，没办法就想起范小仙的话，用墙上的泥土给她试试，结果十分灵验。可是只有免费使用才有效，如果要索取钱财就会无效。远近的人听说后，都争着前来讨墙上的泥土。不到两年，土墙就被索取得一撮土也没有了。

我童年时还在城隍庙的东房看见正中悬挂着丰千禅师骑虎的像，也看见楼上悬挂着的《白鹿衔芝图》，笔墨秀逸，超凡脱俗。据庙里道士说这是范小仙的遗笔，也不知道是真是假，无法考证。

郁线云

来安山中有位富翁名叫郁道生，有千顷良田，奢华房屋上百间，猪牛成群，但是胸无点墨，是个文盲。娶了歙人鲍十姑作为妻子，鲍十姑不仅外形姣好，而且精通书史，只是暗暗抱怨丈夫太鄙薄太俗气。鲍氏这个人物很神奇，怀胎十五个月才生下一个女儿，取名线云，由于她出生时有一线彩云，这彩云从北斗星边飘来降落在庭院中。线云完全不同于父亲，刚生下来就识字，浏览书籍一目十行，加上从小得到慈母的教诲，五六岁时就才华横溢，精通书史，能挥笔写文章。母亲乐滋滋地说："这可是我家的女学士啊！古代女才子曹大家、管仲姬果真有继承人了。"

郁翁由于鲍十姑生下女儿后很久没有怀孕，所以纳了走绳索的女娼妓金关为妾，对她极其宠爱。鲍十姑晚上略有留下丈夫之意，金关就想尽办法撒娇啼哭进谗言，然后再无中生有地颠倒黑白。郁翁虽然受美色迷惑，但是还怀念着结发夫妻的感情。金关又偷偷埋木人在后花园里，趁郁翁种花时再故意挖出，木人上刻有郁翁的姓名和生辰八字，刻的符篆字样弯弯曲曲好像蚯蚓。郁翁见了怒不可遏，认为是用巫蛊法暗算自己，心想一定是鲍十姑干的。于是把鲍十姑禁闭在自家的暗房里，将设谋把她害死。

当时的线云才十二岁，侦查发现母亲所在，深夜伺机钻挖墙洞，把母亲救出，藏在东邻家，自己仍然回闺房休息。郁翁见鲍十姑不见踪迹，最初还乱叫乱骂，后来发现了底细，也怜惜女儿的孝顺，就置之不管，仍然叫鲍十姑回家。但是从此以后夫妻反目，一刀两断，见面也一句话不说。鲍十姑恼怒抑郁，时间一长得了重病，无论如何都不肯吃药，时间一长病情加重就去世了。线云心痛至极却不敢放声大哭，只是枕头上有许多泪痕。

鲍十姑去世后，郁翁又将宠妾金关扶正为妻，胁迫线云要像对母亲一样侍奉继母。线云容貌行为都极其温柔，但是一举一动却都不符合继母心意，于是开始毒骂线云，接着再毒打她，郁翁想袒护也很为难。都翁后来更加荒唐糊涂，由于房事过度，弄得骨瘦如柴。自己考虑身体病得很严重，将要毙命，想想同族中仅有一个堂兄弟玉生是至亲，就邀请玉生来家辞别。郁翁躺在枕上低声哭泣说："哥哥没有儿子，仅有一个女儿，求我弟好好照看她。我家田地房产非常丰饶，妻子与女儿都是女流之辈，哪能管理？请求我弟替女儿找一个好女婿然后入赘我家，当我的继承人，然后把家产一分为二，一半给弟弟，另一半给他们。"玉生很感动，一一恭恭敬敬答应，郁翁就放心地闭上了眼睛。

线云见父亲去世，痛苦不已，而金关如同原来一样涂脂抹粉吃山珍海味。线云对着牌位失声痛哭，金关带着怒气说："整天哇哇啼哭，真是让人讨厌！"接着立刻将她卸装毁容，让她掺杂在佣妇中一起干家务。线云私下悄悄向叔叔诉苦，玉生一脸气愤，说："她是你的母亲，母亲教训女儿是理所当然的事。"后来继母对线云的辱骂更加严重，线云再一次向叔叔诉说，玉生说："这是因为你不能安分听从母亲。做母亲的纵然真的虐待你，你就算控告到官府，又有什么用呢？"金关打探到这些情况，更加欺凌孤女并且感激玉生。从此家中所有事务都听从玉生的安排。金关抹净床榻清扫厨房让玉生住在家里，供给丰富饮食。夜晚与玉生絮絮叨叨，常常到半夜才分开。

一天，金关给线云一条鞭子，命令她去放猪，线云抹泪而去。清晨出去傍晚才回来，一日只提供她吃一碗糙米饭，久而久之水灵的皮肤变成了鸡皮皱纹。她路上遇见叔叔，就伏地叩头泣诉，玉生却充耳不闻，置之不理将要走开。线云实在无奈，牵着他的衣服才让他止步，线云含泪说："叔叔啊！为何你竟忘却我去世的父亲赠遗产托孤儿的遗嘱呢？"玉生勃然大怒："小妮子真该用鞭子狠狠地打。你父亲赠我遗产，又不是赠你的财产。托孤这句话虽说有根据，但是你那么执拗，我又有何办法？另外，我家祖辈几代都没有分过家，又怎么谈得上是赠送遗产？尚且虐待你的是你母亲，不是叔叔我。你如果再多言多语，我就直接去告诉你母亲。"说罢扬长而去。

那时金关还有个表兄弟王禽，经常来往，后来与玉生结成酒肉朋友。王禽看到线云娇艳漂亮，要想办法强奸侮辱她。东边邻居白七姑察觉到王禽的不良企图，私自把消息透露给线云，线云十分恐慌，说："此地真是不宜久留啦！"

后来郁线云扔下放牧的猪，逃到东山峰峦茂密处，垢面蓬头，衣衫破旧，住宿在山洞里。饿了就吃野果子，渴了喝附近的泉水，得以保命。一年过后，看到山谷底部有两种草，亭亭树立像笔管，草根结成团像姜芽一样，尝尝味道甘甜，就收集好多留下准备过冬。洞穴仅能住一个人，她就用石块支撑当成门，铺草做床，来阻断洞口前的小木桥，那境界更加高雅清幽。过了很久一段时间，线云感到身轻如燕，健步如飞，能越过大山谷。山中没有日历，转瞬间又是春光明媚。线云心想既然无拘无束，大可出去游玩一下东南面的群山，于是不停地到各处登览游眺。

偶尔来到都梁的牧羊山，就是民间传说《柳毅传书》中的龙女牧羊处，线云于是仰面向天，大哭道："龙女得罪于公公婆婆而牧羊，我得罪于继母而牧猪。可是龙女能有柳毅替她传递书信，还有返回龙宫的一天；我的遭遇如此悲苦，想寄书给九泉下的父母，怎能办到呢？"说完大声恸哭，烟霭满林的宿鸟听到哭声鸣叫着嘈杂惊飞。

突然，山崖对面有一位垂髫女子提着竹篮子，手持鸦嘴锄，如同画上走来的采药仙童，向线云招手。线云猜测她不是人，但毫不害怕，抹去眼泪走到对山，两人就相对着坐在岩石上。垂髫女子笑着说："刚才听到你说的话，应该是位闺阁小姐，但是你的知识还算不上真正精通。《柳毅传书》中的泾河距离此地特别远，跟龙女的事有什么关系？此山取名为牧羊，是因为这是楚怀王的孙子熊心牧羊的地方。项梁找到他尊奉他为义帝，建都盱眙，但没过多长时间就被英布所杀害。祸难涉及义帝的长公主，公主最后堆积柴薪纵火自焚。我的真实情况是姓毕，名岫芙，字女须，是三阿亭长的女儿。白天在闹市把我父亲的仇人给杀死，义帝因为可怜我，赦免我的罪过，我最终沦为宫奴。我常常得到公主的怜悯，所以就以身殉公主，一同烧死。上帝怜惜鉴照，敕封公主做此山之神。都梁、石梁两地的红颜薄命的女子都归公主掌管，各司其职，我是专管采药的。"线云疑问道："这样看来，姐姐是鬼吗？"岫芙微笑说："哪能还会是鬼呢？"线云说："那么是仙人喽？"岫芙说："也谈不上是仙人，不过羽化登仙的日子经常会有的。刚才听见你的哭泣，想来也是伤心人，为何不把事情的前因后果说给我听听？"线云泪水直淌条条细述，并且哀求拯救。岫芙说："你接下来如何计划的呢？"线云说："如果姐姐不嫌弃我身份卑微，就收我做婢女，或许也可以替姐姐分担辛苦。"岫芙仔细打量她并思索很久，说："先同我一起回去请求公主，或许你与公主早就有主仆缘分。若要做我的徒弟，我哪担当得起呢？"线云笑了笑，尾随岫芙而行。

　　夕阳西下，树林深处突然间现出一座宫殿，规模宏大，雄伟壮丽。殿里有几十个美女，风裳月帔，都不是现代流行的装束。她们有的手持拂尘盘腿趺坐，有的靠着树听淙淙流泉，有的鼓动凤凰，有的调弄鹦鹉，有的独立高处远眺，有的就几人聚在一起娓娓清谈。岫芙说："这些人都是侍奉公主的。"众美女看到了岫芙，争相迎接道："岫姐为何这么晚才回来？"岫芙说："忽然拾到一个下界的平凡人，她虽有慧根却遭受极大的苦难。"就代线云陈述她的经历，而且介绍线云与众美女相见相识，然后领着去拜谒公主，说明线云的来历。

　　线云在台阶下不停地跪伏叩头，偷偷地看见殿上坐着一位身穿黄衣裳的美艳女子，两旁的侍卫就是刚才进殿门所看到的那些美女。公主微笑说："来了很好，姑且跟从阿岫住下，清晨起来采药，但是不能偷懒。"线云恭敬叩谢后，就赶向岫芙居室，二人同桌吃饭，同床睡眠，相亲相爱就像同胞姐妹。岫芙对线云特别好，又暗自传授给线云健步丹药一粒，吞服过后很神奇，走山路像飞一样。但凡山川古迹，线云一问，岫芙都能精准回答，线云因此更把她看成自己的师傅，如果看作同辈姐妹都觉得是有失礼貌。

两年过后，公主另派遣人采药，让岫芙管理小琅环的图书典籍，线云就做副手。那里面还有奇特的书籍，例如《鸿文宝书》，人间根本不存在，线云无论早晚都阅读研究，加上岫芙替她讲解，因此就精通了内典，她还开始学习遁禽的法术。其中有《剑诀》一书，最适合她的口味，就偷偷地学习。岫芙发现后笑说："妹妹要学那妙手空空儿吗？"线云说："正是。"岫芙说："妹妹心中有幽恨，学剑术只恐不适合吧。但是没有神仙传授秘宝给你，学也学不会，只是打扰了日常的清课。"

有一天庭院前木苓花开，花开旺盛，灿烂如火烧。公主摆开盛大酒宴赏花，侍候的美女各献绝技，有的歌舞，有的弹奏，有的献上书画。岫芙献上亲自采摘的都梁香草祝寿。线云当时也站在阶下，公主看着她微笑道："女学士怎么没有一技之长呢？"线云被公主点名，就走上前去，然后拔出正挂在墙上的雌雄宝剑，接着就挽起袖子翩翩舞剑，仿佛狂风疾雨，寒气逼人。公主正凝神欣赏，突然一个美女跑来报告程太夫人双手捧着天庭诏书来到。公主起身后更换了朝服，执笏焚香并且恭敬迎接。岫芙私下告诉线云说："这就是东阳程婴的母亲。"

没过多久见程太夫人骑鹤下降中庭，公主恭敬地跪伏在地。程太夫人大声宣读诏书说："九霄灵宝天尊玉清帝主下诏曰：下界前义帝女儿楚姑，生前淑均静贞，死更惨孝英烈。风声叱咤，青史留名；火海埋身，红颜有泪。那殉难的吕后，淫荡的虞姬，同你的模范行为相比，真有天壤之别。从前敕封你为牧羊山神，又能感动当地百姓，忠于职守，实在为皇室的后裔感到愧疚，怎忍心让你长期羁留在地神的位置上？今敕程安人隆重地来迎接你升金阙，朝玉妃，贬谪期已满，重返仙班，重建功勋，封赏爵位。啊！衔投前山的木石，可惜精卫含冤；观看云路下的旗帜，聊以取代女娲补恨。钦哉！"公主谢恩完毕，与程夫人相见，嘘寒问暖。摆开龙肝麟脯、洗净佳肴，款待天使。

岫芙眼泪汪汪对线云说："我们都将随从公主上升天界，妹妹还是平凡身，怎么办？可是欢快团聚的日子也不会很远，其实自有上天安排。"这时线云突然被公主号召进去，公主说："你有仙骨，但气性未平，还不放心把大道传授给你。而今要与你离别，聊以一物赠送。"说后，从袖中拿出两粒白丸让线云吞下，说："这是剑丸。刚刚看到你舞剑，所以投你所好。可是要牢固记住：不要滥杀无辜。以后山阴道上，有个潇洒跛足少年背着葫芦的，是你的夫婿。你功德立满后当再次来见我。"线云方依依不舍，程夫人跨鹤，公主仍骑凤，其余人都乘锦禽，黄巾力士在前面指引开道，一阵香气随风远飘，刹那间都飞入云霄。线云抬头仰望，直到看不到影子，再回头一看宫殿全都消失不见，只见乱石流泉，不觉号啕大哭。

当时滁阳知府高公命人迎太夫人来任处所奉养，历经牧羊山，看到道家装束的线云在路边痛苦哭泣。太夫人一向慈悲心肠，把线云带到车前，关切地询问详细情况。线云谎称孑然一身，孤独无依，投奔亲戚，后来迷失道路。太夫人就把她带回滁阳，让她做个赤脚小丫头。线云周旋侍奉，处处招人欢喜，太夫人对其尤为宠爱。线云家东边邻居白七姑寻找丈夫来到此地。说她丈夫最近同朋友一起从塞外流落本县，因此投入县衙为女佣。线云见了白七姑十分惊喜，暗暗地问她家里发生的事。白七姑说："自从你走后，金关先是与玉生发生不正当关系，后来又和表弟王禽淫乱，导致所有的家产都用来偿还堆积的赌债，令尊大人的遗产早已荡然无存。不知最近怎样眉目，还记得我离开家门时，见金关所交往的都是一伙下流之辈。"线云听了痛哭流泪，再三请求白七姑不要泄露秘密。

恰巧遇到滁阳知府把娇女下嫁给邻郡某县令的儿子这事，彩轿吹吹打打，好不热闹，刚过清流关，随从人员忽然骑马飞回，气喘吁吁着报告："中途遇上盗贼，小姐被抢到山上去了！"全家惊惶焦急又不知所措，一会儿说传令衙役去逮捕，一会儿说派遣营兵去围剿。线云听后高声大喊说："这些都不是好计策。女儿家最看重的是贞洁，如果拖拖拉拉过了今宵，即便用西江水去洗涤污垢，也来不及了。"众人说："那该怎么办？"线云说："我这个没用的人，希望为小姐去走一趟。"说完就像鸟儿张开翅膀一样，刹那间消失不见，众人愈加惊恐，语无伦次。

夜深人静，一轮新月挂上树梢，金锣木柝齐传更为响亮，衙内众人痴呆相对犹如木偶。突然听到屋檐上有人说话："幸好不辱使命，把掌上明珠给迎接回府了。"接着跳下地面，一看果真是线云，而且背上背着小姐，当时鸡犬不断，夜漏传声刚好三更。众人围住小姐问讯，小姐回应说："贼徒最初把我抢上山，关闭在一间小房间，没过多久来了个男子，企图强奸侮辱我。我万般阻挡抗拒，大声喊叫，苦于无法寻死。猛然间有一线白光从窗缝透入，凉风瑟瑟，看强盗已脑袋落地，丫鬟赶忙也来到，立刻背着我，像驾驭着风一样急速飞行，我才能够活命回家。"众人这时方才知道丫鬟并不是普通人，以前太没有眼光看准人，这时对线云大加恭敬，但是线云并没有一点骄傲自得的神色。

太夫人问线云有何本领，线云沉默不语。询问再三，白七姑才陈述她因为受继母恶叔虐待而被逼逃入深山的过程，可是实在不知道她怎么会有如此高超的神术。太夫人听了，就替线云鸣不平，说："儿的剑术高超比得过古代女侠红线女与聂隐娘，深入虎穴救出凤雏尚且易如反掌，悄悄返回故乡亲手杀死恶贼还能有什么困难呢？"线云说："像太夫人所说的确实很容易就可以办到，可是假如不是由于他们的逼迫凌虐，那么我不过成为一介农妇终了此生，哪能有现在这样的一丝本领？因此我将要酬谢回报他们，何必定要玷污我的刀剑？"太夫人愈加佩服她的宽容胸襟，打算为她做媒，意思是让她嫁给自己家的孙子。线云知晓后，连夜告诉白七姑说："我已暴露了底细，难以长久住下去，可是此地不久将有盗贼，太危险啦！"白七姑急忙问："怎么抵御？"线云慢慢脱下指上的铁箭环递给白七姑说道："那时祸难殃及姐姐，就用铁环远远扔去，强盗就将被俘获。"白七姑问她去哪里，线云说："不过是天涯海角罢了。"白七姑问她还有什么吩咐，线云说："姐姐赶快回乡，劳烦你代为照看我离世父母亲的坟墓，将要终身铭感。"说完后与白七姑抵足而睡，清晨一看，线云已杳无踪迹，寻觅不到。太夫人更悲伤感慨叹息，但也无可奈何，时间一长也就不再想了。

白七姑的丈夫最近也从塞外回来，路过滁阳，夫妻相会，正好辞别太夫人回故乡。几天后的一个夜晚，果真有一伙强盗大胆地翻墙进入内宅，强盗头包锦帕，身穿短衣衫，手持利刀，脸戴假面具，总共四十多人。知府守护着母亲潜藏在男女仆佣房间，剩余的人也都躲藏起来。强盗计划登楼大肆劫掠，白七姑的丈夫抽刀准备挺身而出，白七姑赶忙阻止说："我有郁线云姑娘给我的珍宝，今夜可算是派上用场了。"白七姑照线云所说的把铁环掷向强盗，铁环突然间发出耀眼光芒，像一团火焰往下扑，又如捕兽的猎网四面垂下，把强盗全部套牢套紧而不能逃出。

白七姑的丈夫打开门大声呼喊，众差役都一哄而进，给每个强盗的颈上套进黑绳索，如牵犬羊，而铁环也竟然一起消失。知府立刻高坐大堂严加审问，问道："你们这班强盗气势汹涌而来，为何一下子不加一点反抗就被缚住？"强盗回答说："小人等正拟登梯上楼，刹那间有一团火光从头顶落下，好像身陷牢狱，不容再移动一步。"再加审讯，才发现前面抢劫小姐也是这伙强盗所干。问强盗头目是谁，众囚徒害怕地跪伏向前，指着三个人，放声哭道："我们都是赌场中无所事事的无赖，因为受他们三个的诱惑才沦为强盗，所以无话可说。"问三人姓名，发现一个名叫郁玉生，一个名叫王禽，最后一个名叫金关，其实是女扮男装的。最近因为经济窘迫，金关因此重操旧业。知府听说大惊，让白七姑夫妇鉴定一下，白七姑夫妇看了说不错。知府然后录取口供，叠成文案详细申报上司，最后将三名盗魁斩首东市。白七姑夫妇告别回乡，知府听母亲叮嘱厚谢他们。

几年过去了，知府罢官回福建，仆人车马行进在乱山丛中，正有戒心。忽然发现线云一副剑侠装束，随从的还有一位背着葫芦的跛脚男子，线云拜伏在车前，说："我已嫁了夫婿。知道大人路经这儿，特地来问候太夫人是否别来无恙？前途虽然有很多强盗匪徒，但都已被我清除掉了，请大人安心前进，不用害怕。"知府还要问讯，线云急忙说声"珍重"，就化成一线彩云徐徐向西飞去，背葫芦的跛足男子也立马消失。正好太夫人的后行车队也接着来到，知府慌忙向母亲报告刚才所见所闻，太夫人更是惋惜长叹不已。

白七姑夫妇回到来安，用知府的赏银稍加经营，就买了田产，从此过着小康生活。一天晚上，夫妻俩正在闺房中对饮欣赏秋月，忽然空中落下一样东西，声音铿锵。不久听到云端有女子的声音，说："我是毕岫芙，奉公主命令祭扫义帝陵墓。路上遇见线云妹妹，极度称赞你们夫妇没有辜负她的嘱托。请我顺路带给你们一点薄礼。"接着就驾着彩云东去，悄无声息。白七姑俯身小心翼翼拾起地上物，却是一只彩色包袱，里面还裹着二锭黄金。夫妻俩因此前往郁家二老的墓地叩谢，大规模增土种树。每年清明寒食节，夫妻俩总备下羹饭茶酒纸钱前往墓地，嘴里叫着线云的名字，流泪祭奠郁家二老的亡灵，几十年从未间断。

樟柳神

张大眼，是催租的差役。一日五更早起，天刚蒙蒙亮就进城去交纳秋租。当时正值酷暑，赶路只觉晨风清凉。走到秋稼湾，太阳渐渐升起，阳光火辣辣地照下，酷热难耐。路旁有户人家，茅屋门还紧闭着，主人还未起床。门外搭了个豆花棚，枝叶蔓延和光秃秃的柳树相接。豆棚下有两只石凳，十分干净，上面还有未晾干的露水。张大眼热得受不住就用布巾拭去露水，坐下歇息片刻，钻火吸烟。忽然听到豆棚上有歌声传来，啾啾声很细，像秋后的知了长吟。张大眼屏住呼吸，侧耳倾听，只听得那东西唱道：

郎在东来妾在西，少小两个不相离；自从接了媒红订，朝朝相遇把头低。低头莫碰豆花架，一碰露水湿郎衣。

　　张大眼听后，十分震惊。忙着去四处搜寻是何物，只见一个木雕的小婴孩，白面朱唇，眉清目秀，长二寸左右，在豆花上跳来蹦去，笑容可掬，十分可爱。可是颈部却被一缕头发缚住，牢扣在豆棚缝隙的芦苇叶子上，无法逃走。张大眼心里明白这就是樟柳神，而茅屋中一定有懂法术的人住宿着，晚上把它系在外边吃露水。一直传说樟柳神灵妙，能够预知未来的事情，张大眼立即把头发扯断，将樟柳神捏在手中，然后戴上竹笠继续朝西进城。

　　快要看见城墙的时候，樟柳神在手里跳啊跳的好像不安宁，张大眼匆忙把它藏在竹笠内，这才稍稍安静下来。不久，竹笠内传出细声细气的话语："张大眼，你真是大胆，竟敢来捉我，一千铜钱三十板。"一直讲个不停。张大眼心想我去交租又没有亏欠，为什么会受责打？听后也没放在心上。

　　刚进城，正好县令王公被手下簇拥着外出烧香，看见张大眼神色慌张的样子，怀疑是匪徒，就下令随从人员把他抓来，叫他跪伏地下。问他是什么人，张大眼结结巴巴地回答，不停喘息着流汗，急切间也说不清楚。王公大怒道："连话都说不好，一定不是什么善良之徒，先打他三十大板！"张大眼伏在街上，边受刑边放声大笑。王公奇怪地问道："是不是打得太轻，你竟还有心思在这大笑？"张大眼说："小人早就预知会有三十大板的晦运，现在竟然成为现实，所以才会忍不住笑。"王公觉得事有蹊跷，就和颜悦色地问个究竟，张大眼详细禀告自己是催租差隶，路上得到樟柳神，预告我将受杖责等情节。王公命他把樟柳神献上，张大眼当即从竹笠中取出献上。王公在轿里仔细察看，知道确有灵验一说，很是高兴，立即吩咐赏给张大眼一千铜钱来慰劳他冤枉挨打。

自从得到了樟柳神，县令王公只要审讯案件，就一定要把樟柳神放在官帽中才坐大堂，替原告被告预言是非曲直就好像目睹过，从没有审错案。人人都争着称颂王公如神明，好比高悬在公堂上的明镜，明察秋毫，却没有想到是樟柳神在县令帽子里预报。王公后来去世，因为生前查案有功，死后被授职为家乡天长县的城隍神，人们在这求神拜佛一直很灵验。

木孩童

诸妹子不知是哪里人，少年时无赖且嗜酒好赌，生活贫穷潦倒，最后竟以后庭勾引喜好男色的市井浪荡子弟和他交游。后来二十五岁了，色相衰退，人们都很唾弃他，可他依然饮酒赌博，不理会他人的眼光。平时为了生计，也小偷小摸度日。

夏日的一天，诸妹子戴着草帽走在田埂上，发现禾苗深处好像有男女的脚交缠在一起。他悄悄地躲藏到旁边，果然发现一对男女正在野地欢爱，满地是被丢弃的紫的白的罗纱衫裤，裸体相抱，情兴正浓。诸妹子把衫裤抓攥在手中，对他们进行威胁。男女二人神色慌张起身想跑，向诸讨衣服，可诸却不肯还，二人跪在地上不断苦苦哀求。诸妹子看那女的姿色貌美，就说：“如果你愿意和我像刚才那样欢好，我就把衣服还你。”女的不肯，男的就劝她说：“不如你先受点委屈从了他，省得丑事张扬开去。”于是女的含羞和诸妹子交媾，男的就坐在旁边等着，十分局促难堪。

事完，诸妹子又威胁那个男的说：“这样也太便宜你了，你把你腰袋里所有钱都给我做赌本，我才还你衣服。”男的说：“我们本是暗地偷情到这里，实在没带分文，还请你高抬贵手！”后来又考虑了好一会儿，说：“虽然我没有钱送给你，不过我可以告诉你一个地方，一定能获得一笔大财。"诸妹子赶紧问他在哪里，男的说："你从这儿向南，会看到树林里有所古庙，荒废破败，里面没有和尚，你只管进去。到中殿去看，地上有数十枚堆作一团的鹅卵石，你就在庙外的石块中拾一枚添加在上，然后到佛龛后躺着。一会儿就会有十几个男子来瓜分钱财，到时只要你拿出几枚石子，也会分得钱财。"诸妹子犹豫地说："好吧。"就把衣服掷给他。男女穿好衣服急窜逃跑，绕过一座古墓，突然不见人影。诸妹子也起身进入树林，果然看见有座庙，也真的没有和尚，地上也果真有一堆石子。于是就按照那男的所说而做，然后躺下等待。

　　等到天昏黑时，有两个男子进庙，数一数石子共有十二枚，惊讶地说："怎么多了一枚石子？难道有新来的不速之客吗？"不久，又陆续来了几个男子，都长得豹头环眼，腰下横着刀。先来的人和后来的寒暄，并且说了多一枚石子的怪事。众人说："我们已有十一人，如果再添一位佳宾，正好凑成十二阑干的数目了。不如我们细细搜寻一下？"这时诸妹子从佛龛后面昂然起身，走出和众人施礼。众人说："你既然来了，也是缘分。不如我们一起去黑夜打劫，如果得钱财就分一份给你，不过要订立生死与共的誓盟。"诸妹子说："好的，我也希望如此。"于是，大家就在神前歃血为盟，祈祷拜叩完毕后，众人拿出带来的酒菜，围坐饱吃一顿。众人问诸妹子："你是第一次做这种抢劫勾当，还是早就会？"诸妹子说："我不敢欺骗大家，不瞒大家，如果说是翻墙钻壁洞偷窃，我是能手，可其他的我都是外行。"众人说："这样也好。你到那里，只需要先进去探听虚实，把门户打开，然后就出外藏身暗处，防备外来人员。"诸妹子说："好的。"

　　夜深人静，传来村里三更的敲锣声，众人说："是时候了。"各人手拿锋利的武器，也给了诸妹子一件，蜂拥着鱼贯而行。翻越过几层小山冈，来到一座很大的孤村，一重重门户锁得严严的，没有一点灯火。左右两边是山岩和水滨，根本没有什么邻居，可是屋舍鳞次栉比，一看就是大户人家。众人说："新来的同盟者，你先进去看看情况。"

诸妹子灵巧地翻过几座墙，直达内室，每个房间都漆黑一片，只有西厢门窗里时时露出些灯光。诸妹子潜伏蛇行到西厢，用唾沫沾湿糊窗纸，弄破成小洞，朝里偷窥，只见床上坐着一个四十岁半老佳人，正在摇扇纳凉。一个二十多岁的佳人穿着轻柔丝衫碧纱裤裙，正照着镜子抹粉霜，卸晚妆。还有一个十六七岁小姑娘长发飘垂，艳丽绝伦。三个女人都柔弱得禁不起微风的吹拂似的，娇媚无比。小姑娘怀里还抱着一尺左右的一个小孩子，洁白如雪，晶莹如玉，呱呱啼哭不停。小姑娘边拍弄边埋怨说："最近一些天，阿官都不乖，夜深了还呱呱哭吵不肯睡。"照镜的女人笑着说："孩子被你这个姑姑娇惯了，你现在该怪谁呢？"床上女人说："把阿官抱来给我。"小姑娘果然把孩子抱到床上，老的和小孩调笑。

照镜女人忽然唉声叹气说："莲姑你也不要埋怨阿官。你的两个哥哥到现在还不回家，害得你两个嫂嫂寂寞，多亏有这个襁褓小孩可逗笑要乐打发时间。"床上女人说："莲姑，两个哥哥不在家，你可不要贪玩忘记关锁门户。"小姑娘说："我难道是傻子吗？这荒野孤村，我也很担心有绿林强盗光顾，所以夕阳刚要下山时，就把重重门户锁闭了。"照镜女人说："如果真的有恶人来，我们妯娌大不了一死，只不过苦了妹妹和阿官。"小姑娘急忙摇手说："千万别乱说，别乱说！嫂嫂这大半夜的，你不要说这话来吓人。再过两三天，即使大哥有耽搁不能回来，那么二哥也一定会回家的。灯花结成像红豆子，已有征兆了。"床上女人说："小妮子，你就只记得你二哥，难道不想念大哥吗？不如今夜我们三人同睡一床，也能稍微壮壮胆。"小姑娘说："不要，二嫂睡态太不雅，动不动就用小脚压人肩头。"照镜女人已理妆完，又笑骂一回，然后关上房门，移灯近床，落下帷帐同睡。大人鼾声渐响，小孩的哭声也停了。

诸妹子窥探多时，心中喜悦，急急沿着厅堂出去。要拔门闩，可都装的是暗闩，机键十分牢固，没有办法，只得仍旧越墙而出，对众人陈述了所见，众人都很高兴。于是嘱咐诸妹子在外等候，各人都窜登屋顶朝里去，飞行在鸳鸯瓦上，经过几道曲折，看见灯光就耸身跳下地。伏在诸妹子窥视处偷看，果然听到床上有妇女婴孩的酣眠声，满房间上锁的大大小小箱子很多。

　　众盗心想这几个女流之辈的没有什么大本事，不把她们放在眼里，放大胆子拔刀破窗入房，瞬间屋内灯光齐明。把床帐掀开一看，空无一人，搬箱子撬开，都空无一物。屋内外到处搜遍，都没看到人迹。众盗觉得事有蹊跷，赶紧逃跑。仍旧跃登屋顶，刚过楼角，那先走的人就突然无缘无故堕地而死，陆续往前走的一人也重复同样的命运。其他的人看见楼角有刀光，赶紧转身往北逃窜，看下面有个小花园，就打算从那里逃跑。刚跳下，突然从屋后飞出一人，一看是照镜女人，手起刀落，一连歼杀五人。剩下的四人，被突来的惨状惊呆了，惶惶不知到何处，大叫着跳落到庭院里，而那个年纪较大的女人从后面挥刀砍落四颗脑袋。

　　诸妹子在外面痴痴守候着，直到天色发白也不见众人出来，细听也没什么声息，心想这伙人一定钱财抢到手，各自拥抱着女人在美睡哩。心怀忌妒，愤愤不平，就登上墙外高树偷偷朝里看，只见满院十一人都已身首分离，没有一具完整的身躯，惊吓下来。想进屋，不敢；想逃跑，又因为早就歃血同盟而不忍心。就潜伏在草堆中，观察有什么变化。

　　过一会儿，太阳出来了，听到小姑娘打开庄门，两个妇女也都走出四面看望，笑着说："恶贼大胆前来送死，这又要连累老娘亲手埋葬他们，真是倒霉。"小姑娘问："埋在哪里呢？"有的说水边，有的说林下，商量多时，最后决定在南冈头。小姑娘带着锄头先去，两个妇女陆续抬出尸体，鲜血淋淋，染红了田间小道，诸妹子见了更是心头凄惨。等到见她们把尸体抬尽，就考虑娘子军现在全在田野，屋里还有个婴儿，不如偷偷进去把婴儿杀掉，也算尽力替同盟的人报仇。

　　诸妹子下定主意就翻墙而入，拾起地上的刀，奔进绣房。看婴儿还仰卧着，呼吸均匀，诸妹子猛地一刀砍下，满以为一定会斩为两段，谁知声音像破柝，仔细一瞧，原来是用木头雕成的婴儿。诸妹子惊吓不已，想要沿原路逃走。突然进来一个白发老太婆，老态龙钟，用拐杖支着门，问道："你是从哪里来的？

胆敢闯入人家闺房，是想要杀害人家孩子吗？"诸妹子藐视她年迈体衰，举刀相加，老太婆说："胆大的贼，竟敢欺侮我老衰无能，如果不给你点厉害瞧瞧，你一定不会心服。"于是并拢双指敲击诸妹子的肩头，诸妹子立即痛得像遭斧劈一般，跪在地上痛苦号叫。看见老太婆身后又站着一个丫鬟，抱着孩子走来，正是昨夜所见的那个呱呱啼哭的婴孩。

不久，两个妇女携着小姑回来，老太婆、丫鬟争相报告刚才发生的事，妇女说："噫！这么没有用的东西也学人做贼，真是不自量力。你以为，我没发现你躲在草堆中的两只贼眼吗？暂且念你是为同盟兄弟报仇，还有义气，省得玷污了我的宝刀。就把他捆绑起来，等我丈夫回来后再发落。"说完，丫鬟把婴儿递给小姑娘，取出粗黑绳索套住诸妹子的脖颈，像牵狗羊一般，把诸妹子反锁在一间小屋里。每天供应他两顿饭，菜肴也十分美味可口，倒也没吃什么苦。

到了第三天，忽然听到小姑娘兴奋雀跃的话音："大哥二哥回家啦！"又听到两个妇女高兴地说着："郎君又带了个妹夫回家了。"接着听到男子慰问妇女和妹妹的话语："我兄弟两人出远门，你们杀贼杀得好痛快。"说完都哈哈大笑。一家人开宴欢庆团圆，笙箫管弦齐奏，乐声嘹亮，直到半夜才停止。

第二天，听到大郎坐在中堂，命丫鬟带诸妹子出来跪伏阶下，就好像囚徒等待斩决一样，诸妹子不禁浑身颤抖。偷偷看堂上坐着的三人，都是面如冠玉的美男子，只有大郎稀稀疏疏长着些胡须。大郎朝下骂道："我以为是谁？原来是市井上的无赖，诸妹子啊！虽然那次夜间抢劫罪不在你，但你万万不应该企图绝人后嗣，这岂是男子汉的所为？怪不得虽是男人却做了女人的事。再说我朋友偷邻居的妇人野合，关你什么事？经被你威胁并奸淫了他的娈头，还要诈取他的钱财，像你这样无耻的人真的是一刻也留不得。"说完就掷下一把刀，让诸妹子自杀。诸妹子跪在地上不停叩头哀求饶命，满堂人看后都不禁失笑。二郎说："暂且饶了你这狗命，但活罪难逃。"就吩咐两旁健儿，让他做个阉人，大家都拍手附和说："好主意。"两个健儿果然将诸妹子绑缚在柱子上，取出像纸一样的薄刀，把他的布裤脱下，让他受宫刑，鲜血淋漓流满一地，诸妹子昏晕后又苏醒过来。健儿笑着替他敷上药，顿时止了痛。大郎笑道："如今真成了个女子啦。"接着掷下几两银子给他，命人赶紧送他出村。

诸妹子慢吞吞走在田间，走走歇歇，两天后才回到原地。看见之前遇到的一对男女，正在远远看着自己在发笑。诸妹子怒不可遏，拾起地下的鹅卵石就朝他们扔去，两人瞬间都化成白狐窜去。

一年后，本地有一大户人家遭盗匪抢劫，到官府报案。诸妹子悄悄告诉捕役某村是强盗窝，手段高强。官府就派捕役会同营兵一百多人，由诸妹子带路，重新来到旧地，可眼前根本没有村舍，只是一片荒山野岭。众人在草丛中拾到一个木雕的孩童，诸妹子在木雕孩童上看见了自己之前刀砍的痕迹依然如故。

古剑头

象牙、美石、竹根，都能被篆刻家用刀刻成印章，只有宝玉印章质地坚硬，如果看到刻宝玉都会畏惧不已。有人说在宝玉上涂上癞蛤蟆的脂肪，质地就会软得像蜡，再用金刚石去雕刻宝玉，就软烂如泥。篆刻家也试过，但却没有什么效果。

歙县有个书生叫方雪莲，篆刻刀法得自家传，技艺高超出神入化，可是刻宝玉时也深恨没有坚利刀具在手。一次在扬州市场上游览，看见古董店家有一方古铁出售，苔花斑驳，上面隐隐还有篆文。用秦代的尺去量一量，长五寸左右，宽一寸左右，知道是件古物，方生不露声色地用二百铜钱把它买回家。试着拿古铁去削磁玉，纷纷削落。可是由于体积太笨拙，没有锋芒尖角，无法用它来雕刻强劲尖细的字体。于是就放到石上去磨，可是竟然把磨刀石损坏，而古铁丝毫无损。送到冶炼师傅手里求改成铁笔，在熔炉中烧了三天三夜，看上去像红莲花瓣。但一取出火就立刻坚硬得无法剖开，也无法卷曲。寻遍所有的冶炼行家，都不得真相。

不久，方生游览苏台，访问当地行家，听人说："杭州西湖边有位姓仲的老头，世代相传铸刀剑，或许他能有办法。"于是，方生满怀希望去西湖边寻访，果然看见一个老头，须眉雪白如霜雪，温文尔雅如儒生。方生把古铁拿给他看，并告诉他种种情况，求他玉成。老头说："真想不到我垂暮之年竟能看见这件稀世珍宝，可真是眼福不浅啊！"方生说："这到底是什么东西？"老头说："这是古代昆吾宝剑的剑头。我从小就听我的祖父和父亲说起过，可一直未能看见。今天我也是第一次看见。要冶炼它也有妙法，不过需要工价二百两纹银才行。"方生认为工价太贵，还价至五十两银子，老头不肯。加至一百两，仍然不肯。老头笑着说："这是宝物，五金的精华都凝结在里面。又被埋在土里很久，得山川秀气，已是通灵的宝物。炼得得法，可获得三支铁笔，用不着雕琢。一支用来刻石章，比寻常的钢刀不知锋利多少，无可匹敌；一支用来刻铜铁之类的印章，另一支就用来刻水晶宝玉之类印章，都如刀砍木，十分容易。这些铁笔运用自如，可谓是无上的珍品，一旦出售就会得千两银子，你还会为这点工钱计较吗？"方生很不高兴，带着古铁走了，老头说："郎君你可千万不要错过机会。我已年老体衰，行将就木，如果错过这次机会，天地很大但恐怕也没人能炼成它，到时可就要辜负了这件宝物了。"方生不听他的，还是走了。

方生东奔西走又过了三年，还是没有遇上高手，不得已，只能再去西湖边重找老头，愿如数付给工价。老头说："郎君既然已经去了，又何必再回头？按照我的倔脾气，本应该拒绝你的要求，可是我想为人间多增添一件宝贝。你先把工钱付清，明天早晨就坐着看我冶炼，大约一顿饭的工夫就能炼成。"

第二天清晨，方生就取了银子前往，先兑清银子给老头，老头邀请方生坐在店门口饮茶。童子打开炉灶，火苗猛蹿，异常炽热。老头也坐下，和方生闲聊。忽然来个女乞丐，满身污秽，脸上的污垢可满把抓。老头招呼女丐坐在矮凳上，给她二百铜钱，愿为她梳头。女丐拿了钱也不问老头缘由，就乖乖坐着让他去梳。

老头高高坐着，从袖里拿出一把小梳子替女丐梳理脏发。等到发垢已满两捧，叫女丐离开。不久又叫来一个男丐，用同样方法处理，取得更多的发垢。

老头取完发垢，对着炉灶端端正正坐好，口中像道家念咒语那样，喃喃多时，然后在古铁上涂上发垢，放在火上烧灼。灼后再涂垢，涂垢再灼，这样反反复复十多次。直到发垢涂尽，古铁忽然放出五色光芒，蓦然听见发出奇响，一看已经分为三段，端正笔直。老头取出炉膛略加锻炼，在上面刻上文字：第一支为"切玉"，第二支为"断金"，第三支为"镌云"。又拿出块像玛瑙的红石头，拿三支笔在红石上磨了一会儿，立即变得深青发亮如碧芙蓉，成了捫刀。老头擦拭干净，交给方生说："还希望郎君能世世代代珍藏，不要遗失和丢弃。"

方生宝贝地把三支笔带回家，急忙取出最坚硬的玉材进行试验，果然无坚不入。于是仍返回扬州，每日专门替人雕刻篆体玉章，一字取银一两。来求刻玉章的人时常挤满门外，方生也因此成为大富翁。只可惜咸丰三年太平天国军到来，扬州城被攻陷，不知方生的结局如何呢？

痴兰院主

诗臣讲了朱君还魂的故事之后，又讲述了朱君的妹妹朱贞生死的经历，更值得让人称道。

朱家本是个大家族，他的父亲寻到近郊一块清幽的好地，买下建筑别墅，供自己吟诗歌诵，悠闲度日。别墅里种满了各种奇花异草，其中有一株极品牡丹，是名种姚黄，可以称得上是花中第一。其中最多的品种是兰花。园丁姓谷，他老婆叫盆婆子，两人一起灌溉管理。花开时常有游人来赏花，夫妻俩就借卖茶赚取些蝇头微利。兰花的品种，素心是上品，紫心稍次，并蒂的兰花尤其难得一见。别墅里只有一株素心兰，十分珍爱。这一年兰花刚刚开放，奇异馨香比往年更加胜之。一天夜里，紫心兰忽然都变为素心兰，而且每株兰花都开成并蒂，像夫妻蕙一样，让园丁和老婆子十分惊讶。三四天后又变回原来的模样，狂风猛吹，兰花凋落满地。盆婆子爱花成癖，就前去报告主人，十分惋惜心疼。

一天夜晚，盆婆子从邻村饮了社酒回来，微醉踏月经过矮墙外，听见别墅中传来女子的说笑声。盆婆子好奇地朝里偷看，只见一位黄披风的美妇人靠石而坐，一白衣美女子坐在苔茵草地上，左右侍立着三四个娇美丫鬟，说话声很轻听不清。忽然听到妇人说："小妮子故弄狡狯，难怪封家丫头会妒忌得要死。"女子笑道："确实是儿太幼稚不懂事，偶尔替各位姐妹袒护一下表表心意，可想不到竟受到如此残暴的虐待，近来自己也很后悔。"妇人说："你真是太过分了！这样把生物弄得颠三倒四，是犯上天的忌的，更何况颠弄自己的形骸呢？封家丫鬟本就多嘴多舌，这可如何是好？"女子听后掩袖而泣，不欢而散。盆婆子回家把见闻告诉丈夫，都弄不清其中的奥秘。从此经常在墙外伺候，希望能弄清原委，可是却再也没见仙人的踪迹。

一天夜里，盆婆子正在熬夜纺织，忽然听得从别墅中传出丝竹音乐声和泣别声，赶紧放下手中的活跑去窥探，远远就看见黄披风妇女手持白玉杯，盛满清泉正在浇灌素心兰，祝祷说："你自己不注意蕴藏，过于炫露，果不其然被封氏上奏章弹劾，现在奉上天诏旨将你推入闺秀情痴劫中。当在十六年后早证仙果，千万不要迷失本性啊！"祝祷完，流泪不止，丫鬟们在一旁劝慰着，她这才含泪走入牡丹丛中不见。盆婆子十分惊诧，次日凌晨把这事禀告朱夫人，而夫人正巧在昨晚生了个女儿，梦见兰花而生。彼此相互讲述，恍然大悟原来生下的女儿是素心兰的投世，于是取名为纫兰。夫人共生了四子二女，纫兰排行第五，人们又称她为五姑，很受父母的疼爱。

第二年，纫兰的父亲朱秀才逝世，母亲亲自坐丝帐教子女读书识字。纫兰天生聪慧，不仅容貌漂亮，而且品性贞静，在学习刺绣之余还喜欢吟诗诵词。夫人逢人就夸自己的女儿，说："这是我家的女学士，像梦幻中的潇湘神女，巾帼中的谪仙李白。只可惜你父亲走得早，不能亲眼看到你有古代才女谢道蕴那样的咏絮才华，真是太让人遗憾了！

纫兰一次咏秋海棠，诵诗道：

秋雨又秋风，苔阴瘦一丛。如何人不寐，泪洒可怜红。

母亲听后面露不悦，说：“你这孩子怎么说出这样不吉利的话？”于是把她的书籍纸墨收藏起来，不让她再学习吟诵诗文，督促她专心学针线。纫兰不敢忤逆慈母的训导，可是仍常常靠着窗逗玩鹦鹉，卷起湘帘放进归来的双燕，在池水边数那自由的游鱼，口中常喃喃有声。细细去听，纫兰口中所吟咏的都是些绝妙好词。

纫兰天性最喜兰花，看到兰花就会娇滴滴哭个不停止。别墅里的一株素心兰，自从纫兰降生那天起就萎谢了。盆婆子一直用竹栏杆围护，勤劳浇灌，希望哪天它能再萌芽开花。七岁时，纫兰就被许配给成都太守家张公子，公子和纫兰本来就是表兄妹一辈，两小无猜，曾一起读书识字。到了十岁时，两人就避开不见面。公子身体娇弱，随父亲上任到了蜀中，书信联系也中断了。

又过了六年，纫兰忽然持斋吃素，早晚叩头礼拜观音大士像，念《心经》。母亲问她缘由，她只是流泪不止不说原因。当时正值早春，旭日照满半窗，纫兰拥着绣被不起床，泪如雨下快要把枕席湿透。丫鬟禀告她母亲，母亲急忙来问缘由，纫兰呜咽着说：“孩儿不孝，恐怕要先永远辞别阿母，不能报答母亲的养育之恩了！幸好有兄妹在，还希望母亲保重身体，不要过多挂念我这薄命儿。”母亲悲伤地说：“孩儿怎么说出如此不祥的话？”纫兰哭泣道：“孩儿昨夜梦见张郎来到我面前，掷下一株枯兰于地，对我再拜后辞别而去。孩儿知道张郎一定是被天府召唤去升天了。”母亲早知公子有病，听了女儿的话，心痛如割，打起精神劝慰女儿。可是纫兰从此以后却不再梳妆，饭量也突然减少，整天萎靡不振，没有生机。

一个多月后，蜀中传来讣告，公子果然已死。母亲隐瞒消息，背着女儿痛哭。纫兰忽然清晨起床，照着镜子梳妆，问丫鬟道："盆婆子来了吗？"丫鬟答道："还没有来。"纫兰又问道："那别墅中的素心兰复活了吗？"丫鬟答道："不清楚。"纫兰再问："亭子旁边的黄牡丹没事吧？"丫鬟答道："没事。"此后纫兰面带笑容，说："从来的地方来，到去的地方去。自己苦苦追问，实在怕被封姨笑话。"接着又悲恸流泪说："真是后悔没认真听姚夫人的话，否则也不会到此地步。"丫鬟见她或哭或啼，情况有点像疯癫，赶紧去禀告夫人。夫人匆忙带着兄妹来到。纫兰笑着对母亲说："我只不过是和丫鬟嬉闹罢了，没想到惊动了母亲大人。"说完，言谈举止像平时一样，家里以为她有了好转，对她的防范也就逐渐放松。可是每天夜里，纫兰总是扶病挑灯誊写诗稿，集成一函，题名为《别鹄吟》。诗稿誊写完成后，哭着拜她的母亲说："还请母亲一定把此诗稿寄到巴蜀，在张郎的亡灵前焚化，用来当作同穴埋葬。"

当时盆婆子并不知道小姐的事情，看见已凋谢的素心兰忽然新生重发，含苞怒放，香气更加沁人。这一夜又听到弦管呕哑声，人马嘈杂声。打开两扇柴门，只见灯火灿烂像城市，旗帜如云，许多侍从骑着花骢马，身穿古装，簇拥着一顶彩轿从门外冉冉经过，彩轿中的美人正是五姑纫兰。盆婆子赶紧攀着彩轿高呼道："五姑，你要去哪里？"仪仗队见状动怒，要鞭打她。纫兰说："万万不可惊吓到她，这是我家守园子的人。然而你来得正好，麻烦你转告我的母亲，说我应诏前去天上做痴兰院主。从此脱去尘世烦恼，毫无痛苦，姚夫人还比不上我高贵，还请我母亲不要过度伤心。"说完，车马如飞，转眼就不见了踪迹，只觉得香风习习，彩云纷纷。第二天，盆婆子匆忙来见张夫人，才知道五姑已于昨夜死去。

如今《别鹄吟》争相被士女传诵，异邦也很看重。人们只是单纯地欣赏她美妙的文采，却并不知道她节操的贞洁和生死的本末。到底是花，还是人？应当是仙人吧！确实是仙人。

沉香街

　　江南某地处交通要道的大城市中有条沉香街。向当地人询问这条街取名的由来，当地人说有个本地区首富家的子弟姓金，名不换，蜀人，英俊不凡。年龄二十，偶然看到江南的画卷，十分向往江南的风土人情之美、金钗红粉之丽、青山绿水之秀，于是就带了巨款去学经商。

　　一次，金不换在这条街游览，路经一家妓院门口。忽然肩头被一只荔枝壳砸中，抬头一望，珠帘绣阁，一个美女正靠在栏杆上对着他微笑。金不换打听后才知道这户是娼家，那个美女是第十三女素乔，钗光鬓影，让人神魂颠倒。于是进入院内，素乔满面笑容迎接，请他到自己的绣房，茶壶水沸，金鼎香烧，一会儿下棋，一会儿弹琴，棋子声和乐声相互交杂让金不换头晕目胀，差点忘记自己身在何处。不久，宴席摆好，美酒佳肴都是上品，更有五六个雏妓来劝酒助兴，有的喊素乔姐姐，有的喊妹妹，争相献媚。金不换不为所动，低低吟诵诗句"除去巫山不是云"，众妓明白他意在素乔，就轰然散去。酒已喝得尽兴，夜深人静，两人解衣上床。素乔拿出一本仇十洲画的春宫册，两人照谱行事，满屋春色，无比欢愉，让金不换销魂。

　　从此金不换就住在素乔家，也不再做买卖，资金渐渐耗尽。素乔很是担忧，金不换说："你不用忧虑。我家虽比不上邓尉、石崇那样的豪富，可是在西蜀也算得上是有名的富家。买卖对于我来说也只是当作游戏罢了。不如我先暂时回去，带更多的钱来，重访天台山的仙女。"素乔满面泪水，依依不舍地说："我已把全身心都献给郎君，发誓不再作章台任人攀折的杨柳，如果郎君失信不来，我该何去何从？"金不换对天发誓，素乔说："双剑要重新会合，破镜要重新团圆，请你留下一件信物作为日后的凭证。"金不换笑道："我所有的钱财都已流入了你家，身上哪还有什么值钱的东西可赠送给你？"素乔说："请你把你的一颗牙齿凿掉留给我，用来表明你会实现金口许诺的誓约。"金不换怕痛不同意，素乔就撒娇啼哭道："郎君你果真只是随便许诺而已，并不是真心爱我。"金不换怕她伤心，就忍痛敲下一齿给她。素乔十分高兴，把它收藏在梳妆台里，设酒宴替金不换钱行，千叮咛万嘱咐别忘记婚嫁大事。临别时，素乔悲恸痛哭，泪水把金不换的衣袖全湿透了。金不换也不禁落泪。船家多次催促，两人才分手依依惜别。

金不换回蜀后，花费大概二万两银子来布置和装修洞房，又准备包租一条船去江南迎娶那位中意的名妓。有朋友劝他说："娼家的摇钱树大多无情无义，她喜欢你无非是喜欢你的大堆金银财宝，并非爱你有潘安那样的美貌和真心。"金不换不相信，整理好行装就从长江三峡往下游出发，过了将近一个月就到了江南。

金不换刚刚登岸，猛然记起了朋友的告诫，也不知道素乔是否真心诚意对自己。于是就换上破衣烂衫，蓬头垢面，拎一只讨饭篮，撑一根乞丐棒，来到素乔家。素乔正坐在大商人的怀抱里拿着酒杯劝酒，突然看见金不换，未能认出，责骂老妈子说："姆姆你瞎了眼吗？还不快把这个乞丐赶走，否则叫恶狗来咬断他的大腿骨，到时可不要后悔！"老妈子果然拿着木棒赶走。金不换哀呼说："姐姐别打，我是金不换啊！"老妈子和素乔细看确认后，问道："你怎么会到如此地步？"金不换回答说路上遇到强盗抢劫。素乔问："那你还来这里干什么？"金不换说："我谨记诺言，这次来就是来实践当时许下的誓约。"素乔大笑道："我生长在金玉锦绣窝中，还得三天两头要生病，我这身子如此娇弱，难道能去当乞丐的老婆吗？还请你快快回去，不要痴心妄想！"金不换哀哀哭泣说："我知道现在和你成婚没有可能了，但我快要饿死了，还求你看在往日的情谊上，可怜送我一些钱，让我能买一口薄皮棺材不至于抛尸野外。"素乔冷笑说："你什么时候看见妓院变成施材局了？如果是这样，那恐怕市场上的棺木早就卖完了！"金不换又皱起眉头哀求说："小生两天来没吃过一顿饭，饥肠辘辘，求你赐我一餐饭，让我做个饱鬼死也瞑目。"素乔并不理睬，老妈子有点可怜他，就把剩羹拌饭盛在陶器里，折断麦茎当筷子，拿给他吃。

金不换边吃边请求道:"既然誓约已废除,小生还请你把我的一颗牙齿还给我。"素乔叫老妈子捧出一只大箱子,只见里面有很多人的牙齿。金不换见了怒不可遏,掷下陶器拂袖而去。正跨步出门槛,听见素乔在内大笑说:"叫化郎好大的脾气!"

第二天,金不换把带来的所有物品,叫人陆续抬到素乔家门口,绣花衣裳珍珠鞋之类不算外,其中有一张沉香木做成的床,精雕细刻,玲珑剔透,要值几千两银子。金不换毫不怜惜地放火把所有东西焚烧了,烈焰冲天,香飘十里。素乔得知真相后懊悔羞愧,就上吊自缢。老妈子哀求金不换,金不换便厚葬了她。唉!像《李娃传》中荥阳生那样的人难道还少吗?只是世上并没有李娃,可千万不要轻易充当为贪看李娃而故意坠落马鞭的荥阳生啊!

又听说姑苏曾有一个娼妓名叫香侬,住在繁华的闹市,红漆门洞开,墙上悬挂着虎头牌,门口粘示着条屏,缝缄丹封,手拿蛇鞭,头戴雉帽,赫赫威风向人夸耀。看门人高大魁梧,坐着观看往来行人,怒目圆睁像恶鬼一样吓人。香侬很有才情,只要嫖客过来,就必须先坐下和看门人交谈很久,问清了来历,然后递进书面禀帖。有一次,看门人的书面禀帖这样写道:"敬禀姑娘妆台边:敬禀以下情况:刚才来了一位贵客,比古代大美男潘安还貌美,比古代大财主陆贾还富裕。身上衣冠楚楚,家中囤粮重重。脸面和狸猫一样柔顺,财货一定如张驴运载之丰。请姑娘摇钱树上再添钱,不要蕴藏起盒子里的宝玉。拜求查验后执行,准予赏给云雨,将不胜感激。"等等。不久,这份禀帖被香侬丢出,上面批示说:"根据禀帖,已知道情况。仔细研究了来人,发现容貌既不佳美,衣服也不华丽,钱财也一定不多,不准所请云云。该老头不得妄自乱奏!此覆。"

小癞子

现在有这样的人，能在光天化日之下，四通八达的大路上，公然攫取财物，却又能使路上行人耳朵像听不见，眼睛像看不见，这是谁有那么大本领呢？那就是北方称作剪绺，南方称作扒儿手的人。

在扬州东门就有个小癞子，在扒儿手这门行当中可称得上首屈一指。他的癞母，本是学习猴婆技的。他的癞父，也靠骗术在江湖上混，遇到猴婆两人臭味相投，于是结为夫妇，不久生下小癞子。十五六岁时，他的父母靠着混骗之术已经能吃得饱穿得暖，也算得上是小康之家。不想让儿子走老路，就出钱送癞子到乡村教师那儿去读书。可是小癞子本性聪敏，咿咿呀呀读书后的闲时间，总是练习和摆弄好身手，害怕丢掉了行骗的家风。

一天，小癞子的父母庆贺六十岁大寿，满座客人正举杯祝福，小癞子突然跪下请求仍然从事父亲的事业。父亲叹息着说："孩儿能继承父业，本是件大好事，可是这行当学起来容易，但要精通却很困难。所谓精通，就要像佝偻丈人捉蝉一样十拿九稳，像匠石运斧砍掉郢人鼻尖上的白粉一样万无一失，又如神箭手甘蝇射箭一样百发百中。要做到胸有成竹，目无全牛，做起来轻松得像是游戏，能够左右逢源，俯拾即是。正所谓像宋代大画家文与可画竹，落笔迅疾，兔起鹘落，美妙意境稍纵即逝那样。否则拖泥带水，就会动不动遭到辱骂，甚至会被捉到官府去，断送性命，很是危险。从事这一行要炼目炼心炼手，用眼睛去盯住对方的眼睛，用心去印对方的心，用手去扒对方的手。要做到对方迟钝而我灵敏，对方疲劳而我安逸，对方下垂而我挺起，这仅是下等的手段；对方灵敏而我故作迟钝，对方安逸而我故作疲劳，对方挺起而我故作下垂，这算得上是中等的；对方灵敏我就应之以灵敏，对方安逸我就应之以安逸，对方挺起我就应之以挺起，这才算得上精妙绝伦的上等的手段。你还没有学到真传，就妄想胜过你老父，轻举妄动，这不是徒增我的担忧吗？"小癞子说："孩儿也在认真领悟真谛。还请大人看看行不行，然后再出门去取行路人。"

癫父犹豫迟疑，众人在旁极力怂恿，小癫子更不禁自我吹嘘。癫父说："那就让我试你一试。"癫父癫母登上厅堂侧边的小楼，倚靠栏杆朝下看，叫小癫子骗他们下楼。小癫子故意做出搔头挠耳，无奈徘徊的样子，对众人说："从高到下确实不简单。如果二老走下堂，我就是骗他们登上顶峰也易如反掌，更何况是区区的一层楼呢？"癫父听说，就一级级踏着楼梯而下，说："这不是一样不容易吗？又为何要骗老人上楼？"小癫子再拜说："既已骗下楼了，那为何还要上呢？"父母和众人都大笑不已，称赞小癫子的手法灵妙。反复试了多次，小癫子都有奇巧应付的办法，于是就任由他去，每日收获很多。

当时有个盐商江某，年老好淫，喜欢在外广泛搜寻大脚女人陪他睡觉。一天，江某穿着华丽的便服坐在小店门口，在眺望街上来往的行人，泡一壶茶自得其乐。小癫子在店前嬉耍，看见江某，一下子跪倒在地请安。江某笑骂道："你这秃贼两只眼睛像尖椒一样，是不是在打我手上东西的主意？"小癫子连称不敢，可是也不走开。正好店里伙计在清点元宝，江某笑着举起一锭元宝对小癫子说："我早就知道你神通广大。现在我把元宝放在桌上，我亲自坐着看守，众人眼睛也都瞧见，如果你能在一顿饭的时间内公然攫去元宝，而让我和众人都不知不觉，我就把元宝赏给你。否则让我以后再在店门前看到你，一定用大棍子把你的狗腿敲断。"小癫子笑称不敢。江某又重说一遍。小癫子稍微观察了一番，突然屈膝跪下抬头说："你真能慷慨惠赐小人吗？"江某说："我说话算数。"小癫子说："那如果是这样，我就预先谢谢你的赏赐。"说完就走得无影无踪。

江某端端正正坐着，眼睛时时瞄着元宝。忽然见一个妖艳美丽的大脚女郎，年龄才十六七岁，里面穿着绮罗，外头罩着素色布衣，头上插满了花朵，鬓发乌黑如云，裙下是一双崭新的绣花鞋，上身套一件雪青背心，缠一条月白绣花汗巾，挽着一只柳条篮筐，里面盛着一斗左右的面粉，从东边姗姗走来。只见她走得粉汗淋漓，樱口喃喃，好像在埋怨柳筐太重。走到店门口，看见江某手搁在桌上坐着，大脚女郎故意止步笑道："我先稍微休息片刻，估计也不会耽误午餐吃汤饼的时间。"不久，又有几个妇女陆续从店门口经过，问女郎道："巧姐竟然亲自操劳，也不怕闪坏了嫩腰肢，让主人心疼。"女郎嗔怨道："没有办法。阿六官突然想吃汤饼，幸好我大脚能走，就算踏破了大街也要找到。"

江某看到女郎容貌妖艳已经被迷得神魂颠倒，又听到她娇声柔语更加心动，情不自禁，突然发问道："小大姐，你的主人是谁啊？"女郎收敛笑容，庄重地说："兜兜巷东首罗大官。"江某说："哎？那是我的至亲，怎么从来没有见过你？"女郎笑道："奴婢可是记得您的面容，只是不知道姓名。您老是贵人，怎么会把眼睛朝下看看贱婢呢？"江某谦逊一番，渐渐地就和女郎调起情来，女郎也不生气，只是含笑小小应酬几句。

江某叫女郎辞去罗家，到自己这儿来干活，女郎似乎同意了。稍后女郎问道："奴婢有个疑问不知当讲不当讲。还请你不要生气。您老是发痴了吗？这么打开门坐着看守元宝，是想向过路人炫耀吗？"江某说："不是的。"于是就把和小癞子打赌的事情讲出来。女郎听后嗤的一声笑道："您老还是不要逗人玩耍，我猜这一定是假元宝，不然即使您老再富有，也不会用它来孤注一掷。"江某极力辩解这是真元宝，并拿起元宝让女郎亲自鉴定。女郎果然靠着桌子捧起元宝仔细察看，江某笑道："这东西我家里面有很多，如果你愿意来，何愁没有几十个。"女郎听了大笑，一失手把元宝误落在柳筐面粉中，大惊失色道："糟了！"赶紧从面粉中捧出元宝，取袖中罗帕擦拭干净，然后放在江某面前说："幸好没有跌损，不然我就要罪大了，可把我吓死了。"说完拍拍胸。江某笑说："你这个傻妮子，你什么时候看见元宝会跌损？"女郎说："光顾着在这贪看元宝了，我已经在此停留多时，恐怕六官要着急了，我还是快走吧。"说完匆匆挽起柳筐向西而去。

江某正和众人对大脚女郎评头品足，相貌如何，说话如何，衣饰又如何。小癞子忽然含笑而来，直接走到江某面前，跪在地下拜谢厚赠。江某不明所以，说："我的元宝还在呢。"小癞子说："您老的元宝现在已变成铅的了，还要多谢您的真元宝赏赐，小人的父母已经把它牢牢锁在箱子里了。"江某细看桌上粲粲发亮的元宝，果然是铅铸的，惊问小癞子是怎么办到的。小癞子说："刚才来的漂亮女人其实是小人的妻子，和您老喋喋不休时已从面粉中把真元宝调换去了。"江某这才恍然大悟，只得尴尬地干笑着说："真是太便宜你这秃贼了！"

到咸丰四年，太平天国军攻占扬州时，小癞子的父母已经去世，妻子和妹妹都送到乡下躲避。小癞子经常孤身潜入城里探听虚实，企图趁机刺杀杨秀清，可最终没有达到目的。多亏小癞子设奇计，许多富贵之家的眷属也都逃出扬州。他了解到杨秀清差不多是三江人，就和他们普遍结交，稳妥地设下里应外合的计谋。他出城投奔清军大营，向营中主将详细报告计划，当权的人不相信，反把他骂出去，又说："如果你再敢乱说，一定砍你头颅。"小癞子大惊逃走，仰天大哭道："都怪我小时候不学好，学做扒儿手。现在年纪大了，想粉身碎骨为国捐躯都无门。我还有什么脸面和三江人共同生活呢？"于是带了家眷去到遥远的地方，也不知结局怎样。

嵇耸殁为文信国公冥幕

《宋鉴》上记载：宋恭宗时，柳岳出使回来，陈宜中又上奏再派遣宗正少卿陆秀夫、吕师孟等同囊加歹一起出使元军，请求宋皇帝向元主称侄儿，并年年赠送银子，如果对方不同意，那么称侄孙也行。陆秀夫等在平江拜见了元军统师伯颜，诉说了意图，伯颜不同意。陈宜中就上书太后，准备表文向元军求封为小国，太后同意。学士院当值的高应松不愿意起草这份辱国表文，于是陈宜中就改命京局官刘袞然起草。之后柳岳等带着表文出发，到了高邮嵇家庄，被义民嵇耸所杀。而那嵇耸只不过是一个普通百姓，没想到竟那么忠愤，这么英勇敢作敢为！我的故乡，天长县北乡临近大湖有城门乡，当地人说这就是宋代的天长关，至今人们还称之为小关，城墙公署的地基还在。隔湖三四里，大概在水中央的位置，有块地方，几百家人生活在那里，就是嵇家庄。里面住着许多姓嵇的人，都是嵇耸的子孙。这就能够证明宋代时候到嵇家庄还有陆路可通，一定是柳岳过了长江，由真州至天长，由天长通往高邮，路过嵇家庄，才被嵇耸所杀。

最为奇异的是前明枢密院罗万象，为人清廉耿直，刚正不阿，秉公办事，宽厚大度，曾任天长县令。政绩卓越，受到本县人的称赞，都爱他像慈母。明清换代后，他隐居在城门乡，给自己取号叫湖滨旅客，以卖黄帽草鞋为生，走在团埂小路上，泥腿子农夫见了他，早已忘记他是旧县令了。罗公依然劝人种桩农桑，在义学教人子弟读书。

忽然有一晚，他梦见一个青衣人来招邀说："主人传话，特派我来迎接您大驾光临。"罗万象就跟着青衣人走，走进一家红漆大门，只见里面宫殿雄伟壮丽。主人出殿迎接，作揖后各自坐下。看主人的相貌像是王者，绿袍珠鞋，长须飘飘。主人对罗公说："我在此地受祭祀血食，庙中求签的签诗实在是粗俗鄙恶，像是牧童小儿的无知语言。敬知先生是一代才人，屈原、宋玉都比不上你，特请你赐教一番，替寺庙增添光辉。"罗公谦逊地答应，起身拜辞，正跨过门槛时一下子被惊醒。认为是梦幻没有凭证，就没当回事。第二天晚上又入梦，那位王者又出现并恳切地再次请托，罗公醒后觉得很奇怪。

一次，罗公去城里的城隍庙游览，庭院台阶曲折，好像在梦中到过似的，看墙上的签诗果然俚俗不堪。可是罗公一向仰慕王阳明的理学，并不把诗当一回事。当夜打瞌睡时，梦见两个侍者到来，样貌和古时的虞侯一样，向罗公招手说："快去，快去，主人已经等候你很长时间了！"罗公赶紧在他们身后跟上他们的脚步，看宫殿上仍是先前那位王者，满面怒气，说："先生为什么这么吝惜文采？这不过是区区几首诗，难道还要效仿《东都赋》《西都赋》，要费尽心思花上十年时间吗？"言语严肃犀利。罗公再拜说："实在是鄙人笨拙迟钝，心中充满忧患，在战乱中逃命，哪还有闲情舞文弄墨？可是既然承蒙隆重委托，我又怎么敢再忌讳自己的笨拙呢？还请容我马上拟稿求教。"王者的脸色依然怒气未消。旁边有个冠带济楚的客人，长胡子，白面孔，像是幕僚，也在旁替罗公殷切说情，王者的脸色才稍微缓和一些。王者就让这位客人送罗公出殿，拱手作别。罗公问客人籍贯和姓名。客人说："不知先生还记得在宋代杀掉拿着投降表文的柳岳那个人吗？正是在下。湖对面大村庄里的读书人，都是我的子孙。"罗公惊讶地又问："那这王者是何许人？"客人说："嘘，小点声！"用手指在罗公手腕上书写道："信国公文天祥。"罗公更是一脸不可置信的表情。

罗公被惊醒后，赶紧梳洗沐浴，挥笔写了三十首签诗，签词清丽缠绵，温柔敦厚，把诗稿工整缮写后在雕像前焚烧，然后在木板上书写好，挂在城隍庙的大殿墙上，其中还详细讲述了自己得梦的经历。并说文山先生和他的门客杜浒等人逃亡到真州，苗再成设计骗他出真州，然后他们连夜逃到扬州，而此时已是四更天。听到等候在扬州城门外的义士说："制台下令捕捉文丞相！"文山先生无计可施，素来听说嵇耸的好名声，于是掉转马头访问嵇家。嵇耸把他们安置在家中，侍奉得十分细心周到，文山先生十分感动，不禁落泪。之后嵇耸变卖所有家产，招募健儿，又派遣他儿子和客人一起把文山先生送到泰州，接着乘船航海到达福建。因为文丞相生前路经此地，而死后就成了此乡的神明，按常理来说，是很难解释得通的。至于嵇公死后，成了文山先生的幕僚，这难道不是建立了生死之交吗？

我曾游览过我县的城隍庙，进入恭敬瞻仰，只见信国公文丞相像在殿中央塑着，旁边穿着儒生衣冠，正襟危坐，英风侠骨凛凛如生的塑像，就是嵇公的像。听当地人说：罗公死在此乡，葬在长事下，被孤坟包围，一个一个矮而平像浮在水上的野鸭子。我听闻后，曾经打算出钱替罗公的坟墓加土种树，竖立巨碑，记载他的事迹，并且把塑像树在信国公的右边，正好和嵇公像对峙，千秋受祭祀血食。但无奈，囊中一直差涩，无钱可筹，哎，还能有什么办法呢？

丧事演剧

　　某县某官因进士身份在广东做县令，就把父亲某翁接来到官署养老。某翁过世后，某官扶着老父的棺枢回故乡。当时他的兄弟辈都是科甲出身，官位显赫，权势熏天。因此灵车回乡时，阵势十分豪华气派，办丧事的随从人员和仪使队在两边陈列大概有三里路。本地的乡绅不论老少，一律穿着公服出城恭迎。

　　第二天拜灵，夜晚举行招魂仪礼，虎头牌，皂罗伞盖，魂轿香亭，全部是按照城隍神出巡时灯会上的五色琉璃灯改换文字而成。而每家又各拿出两盏明角灯，高挑在竹竿上，派遣仆人挑灯走在队伍前面。龙虎狮象各种灯又错杂在仪仗队中，火树银花，远远望去就像座火城，名义上是招魂，其实是张灯。敲锣打鼓各种乐器声震耳欲聋，士女云集，彻夜绕街缓缓行进。各家门口又摆放了祭筵，摆满供献物品，金玉花草，异宝奇珍，香风扑鼻。

　　魂轿抬到哪家门口，哪家主人就在门前拱手参拜，某官答拜。拜完，戏子就立即唱戏文，用来取媚亡灵，名叫献曲。正在喧哗嚷闹的时候，突然一个穿着华丽的某秀才被挤落到路边的茅坑里，差点被淹死，大声呼叫救命，众人七手八脚地拉他出来，顿时臭气冲天，秀才狼狈不堪。满街的人见了都哄笑哗叫。秀才的朋友在旁捂着鼻子安慰他，秀才的仆人也在一旁干着急，秀才说："真是个蠢才！还不快回家把新的衣帽取来，这一跪三叩首的礼节是万万不能少的！"我的一位朋友在旁边冷眼嘲笑，只听到鼓吹声，人马嘈杂声，孝子假哭声，和尚道士诵经念咒走动声，落粪坑秀才着急声，秀才朋友安慰声，路人相戒要小心声，各种声音混杂。

　　招魂回家，把太翁的遗像悬挂在后堂，客人和主人以及各种办事人员、奴仆立即脱掉白衣丧服，换上吉服，鼓掌欢跃说："太翁回来了！"然后在大厅大开宴会请客，厅堂下开场演戏。一会儿大花脸登场，锣鼓欢呼声震天响。有个客人拟题大厅的匾额是："吊者大悦。"两旁的对联是："吊者在门，贺者在室；哀不可过，乐不可支。"

谷於菟

明朝末年，青鲁山中曾有虎患，有个山里人家的十二岁女孩，带着斧子入山打柴，用以补贴生活开支，不小心失足堕落在山谷中，底下有厚厚的一层落叶，才得以侥幸没摔死。可是看看四周都是百来丈高的陡峭山壁，没有任何可攀缘的阶梯，高声大叫救命，空谷传响无人应答，不禁号啕哀哭。女孩看到东壁有个山洞，里面很宽敞空阔，像间大屋，伏着两只小小的乳虎，像猫狗一样温驯。女孩进入虎窟，更加恐怖，知道这次必死无疑，暂时放下担忧，和乳虎一起戏耍享受最后的乐趣。

夕阳西下，突然刮起一阵腥风，原来是母老虎回了洞。看见女孩，十分惊讶，然后看见女孩抱两只乳虎在怀里，嬉笑逗乐毫不惧怕，又瞪眼看了很久，接着坐下招引乳虎过来吃奶。喂完奶就躺下睡觉，女孩激动地叩头跪拜说："承蒙大王可怜，没有伤害我，不知大王能否分些奶给我救救我的饥饿？"母虎凝思了好一阵子，点头似乎同意了，女孩就迟疑地走近母虎去吮奶，吃完奶感觉倦了就在母虎的嘴下睡着。天快亮时，虎母舔乳虎，同时用舌头轻轻舔女孩的脸面，然后跃出洞外。到晚上回窝，衔来果子等食品放在女孩身旁，女孩高兴得手舞足蹈，虎母看后也不禁快活无比。

一个多月后，乳虎渐渐长大，虎母一下子背着乳虎跃出洞外。女孩不舍大哭大叫，虎母俯看谷底很长时间，重新跳下，把女孩负在背上，纵身一跳升上高处。看着熟悉的场景，女孩很庆幸自己能重获新生。虎母把女孩带领到大路上，女孩向虎母拜辞，虎母频频回顾，然后离去。

女孩回家见了爹娘，兴高采烈地把遇见老虎得以生还的经历一一讲述。谁知她的爹娘说："真是怪事，还从没看到碰到老虎能活命的事？这一定是被虎吃了，死后化为伥鬼，为虎作伥，回来迷惑人的，想把全家引诱去葬身虎腹。你这是伥鬼来作怪，哪还是我的女儿？"女孩听后号哭，一再辩解，竟无法说清楚。爹娘把她锁在房里，不给她吃东西。女孩回家后反而挨饿，快要被饿死，任她呼天抢地呼救也没有一个人愿意理睬她。她声嘶力竭，只能等待死神的降临。

有一夜，女孩的爹娘同时梦见来了一个黄衣婆婆，怒目圆睁看着他们说："你的女儿也就是我的女儿了，如果你们敢把她给饿死了，我就要杀掉你们全家！"爹娘顿时惊醒，还能感到虎啸怒吼声在树林里回响震荡。这时才赶紧解除了对女儿的囚禁。

自从吃了虎乳，女孩长大后容貌更加艳丽，勇猛有力。少年将军某听说了女孩传奇的经历就聘她为妻，她屡屡协助丈夫建立战功，被封为夫人。

丐　癖

天台县儒生家昀子弟，花根云，排行二十，是位翩翩美少年，特别喜爱读书。从小失去双亲，十四岁就补博士弟子员，同乡亲戚都推崇他是国家栋梁之材，要把女儿许配给他做妻子，他都笑着含蓄推辞。问他为什么，他回答说："我命中虽没有注定拥有十二金钗美女的福分，但也绝不是乡下佬抱着丑婆娘睡一辈子的人。"家境贫穷，但是每日手不释卷，绝不考虑无米下锅，任由灶头烟囱堆满灰尘。

朋友偶然拉花根云去东城外看戏，只欣赏一二出就大为赞叹。又见演出《李娃传》中乞丐荥阳公子教歌的那一段，使人觉得戏中手脚不灵身躯残疾以及鳏寡孤独的众乞丐，弄蛇牵犬，被刻画得淋漓尽致。花根云喜洋洋地说："妙啊！这就是天上菩萨现出宰官身，作为形象说法的啊！大家都以为他疯疯癫癫。花根云说："乞丐没有知识，无拘无束，以天地作为住房，以日月作为灯烛，以江河为自己的衣襟飘带，以树木石头为自己的朋友。想什么时候唱歌，想什么时候哭泣，没有特定的时间，想什么时候呼号、叫喊，都随自己的心意。这确实是把诸侯看轻而不愿做，同散仙相比可以毫无逊色，是多么令人快乐啊！"

花根云当时有同辈的远房亲属同胞四兄弟，他们一半经商贸易，一半读书做官，家产相当丰厚。四兄弟都有贤惠端庄的妻子，但都没有孩子。偶尔一次染上秋季流行的传染病，四兄弟相继殒谢去世，家产丰厚，都属于四个寡妇支撑掌管，商讨要挑选一个继承人，但事关重大，迟迟不能裁决。族中的无赖小人之辈于是如苍蝇般聚集在一起，计划瓜分遗产。厅堂里的家具等物件，都不胫而走。租赁田地的佃农，被无赖小人们胁迫后都逃散了。流言蜚语到处传播，发现不止是家产被盗。寡妇们稍加整治，那些无赖就胡搅蛮缠说："这是族人的财产，我们谁没有份的？"

寡妇都愤怒已极，上诉到县令那儿，县令只是传下口谕迅速确立继承人以便继承宗世的地位。寡妇们纷纷叩头说："族子都是些如猪狗一类的蠢货，我们与其留下无儿无女侍养之忧愁，还不如看成上天注定无子的邓伯道为好。现在请求贤德县令出示一张告示与族人约定：但凡花家子侄辈，无论关系远近亲疏，秋试只要能够中举，就可以作为继承人。否则，我们这些未亡人宁可做叫花子也不埋怨！"县令说："那好。"就出告示张挂在乡里门口与花氏宗学里。族人都焦躁不安，期望能够成功，可是临时掘井，又都懊恼自己用功已太迟。

秀才花根石为富不仁，很早就垂涎寡妇的巨额财富。他恳求花根云冒名顶替他去参加秋试，假如成功定将酬谢千金。花根云正苦于囊中羞涩，就赶到了钱塘，与花根石同住在一起。花根石时常外出在妓院过夜，留花根云一人住在馆舍。突然有一个穿褐衣的人贸然来到，问道："你是花秀才根石吗？"花根云暂且随意答应道："是的。"褐衣人说："为何不试着说说你长辈的名字以及发生在他们身上的事迹。"花根石的父亲原来是花根云的叔父，因此他冒充陈述得很正确，后来有一人从袖中取出一封信递上说："这是我家主人让我拿来送给你的，请保守秘密，不要轻易给别人看。秋试揭榜时来讨喜酒喝。"花根云私自拆阅，原来信中有试场舞弊的环节。原来花根石的父亲也是贡生，十分富有又非常有名声，考官某与他平时就有交往，因此通关节谄媚以求获取丰厚报酬，刚刚来的就是考官某的仆人。

花根云怀揣关节进入考场，草草替花根石代写成作文，自己的文章却略为下了点功夫打理，把关节巧妙嵌入文内。等到公示榜单那天，花根石名落孙山但是花根云却名列前茅高中。花根云衣锦回乡，车马满路，只是自己愧疚破草房低湿，等进入乡里大门时，四个寡妇已把他簇拥着带了回家。家里早已装置好，满堂铺就了红地毯，墙上涂刷得闪闪发亮，光芒耀眼。恰巧县令也前呼后拥到来祝贺，花根云惊讶得不知说什么是好。寡妇们出堂前不停叩头感谢县令玉成此事，花根云则再三委婉推辞，县令说："这是有协议的，为何要推辞？"立刻叫花根云端正冠服进去拜见四位母亲与亡父的牌位，直到完成礼仪县令才离开。

寡妇兴奋地对花根云说："有你这样的人做我们家的儿子，足够替孤孀扬眉吐气。家中钱财很多，任由你挥霍而且决不吝惜。"花根云激动地下拜说："各位母亲现在已经有了儿子，我若是过度挥霍钱财，这与遭受外人鲸吞又有什么区别？只是孩儿年已二十仍未娶妻，计划着娶两个女人，一个服侍照顾各位母亲，一个替我料理饮食起居。"寡妇们欣喜地笑道："我们原本打算替你娶四个媳妇，现在据你这样说，就娶五个媳妇怎么样？"花根云连连拜谢。他每天早晚向继母请安，寡妇们也爱他如同爱自己的亲生儿子。但凡是给花根云做衣服，不论葛衣、裘衣一做就是四件，不然怕他心里会产生高低亲疏的错觉。但是花根云却将来到时的那套破旧衣服独自锁在一只箱子里，久久不肯丢弃。

某日，有几个亲戚坐在厅堂里，大声呼喊花根云的名字，寡妇争相走出屏风破口大骂道："狗奴才！还敢如此嚣张狂傲吗？现在我们拥有了举人儿子，花家的财产都还很丰厚，何不再抢走呢？"说完命令仆人："把他们用绳捆绑起来，送到官府公庭去，敲断他们的狗腿骨！"众仆人一一答应，声音如雷，瞪着眼露出臂上青筋，拿着绳索将上前捆缚。那些亲戚慌急摆手说道："哪敢这样！我们是来帮你们的好儿子做媒的。"寡妇说："姑且让你们先把话说完。"

亲戚们都说道："本乡有个财主刘叟，年老膝下无子，只有五个女儿，全都是各房小老婆所生，年龄十分相近，又极为友爱，曾经在闺房中许下诺言，希望共同服侍一个丈夫。现在发现你们的儿子有条件享受五美，好事就要撮合，所以请我们前来说合。"寡妇这才息怒，换了温柔脸容谦逊致谢。但是等到婚约议成，最终还是请来本乡里一向德高望重的人代替月老，那些亲戚只是简单地酬谢他们酒肉。

大婚那天，新娘的陪嫁极其丰富。一队彩轿，像乌鸦衔结，像鱼儿连贯，像凤凰翔集，这本已相当奇特了。但是寡妇们又请来优伶表演唱戏，花根云就请求在这天搭建敞棚来接济穷苦难耐的流民。婚礼当天的鼓乐丝竹的喜悦声与讨饭的念佛救济的声音交融在一起，真是尤为特别。洞房花烛时，见五个姐妹都惊艳绝伦，有的丰满如杨玉环，有的苗条如赵飞燕，都有惹人爱怜的神态，香温玉暖，互相争奇斗艳。五姐妹的名字也很有意思，老大叫璧月，老二叫香月，老三叫好月，老四叫琼月，老五叫今月。五姐妹孝敬体贴服侍婆婆和丈夫，一年来毫无争风吃醋之事发生。

花根云自从成为四寡妇的嗣子后，眼不看八股文，手不握毛笔，脚不踏进校门，只是鼓弄筝琶，放量饮酒，与有同样爱好的人在锣鼓繁响中串演戏剧。起初还用心孝敬母亲，穿彩色斑衣，模仿孝子老莱子哭笑颠仆的行径来娱亲；后来逐渐在闺房中扮演乞丐，学习古人韩熙载的做法；时间一长，即便是乡村里迎神聚会，花根云也化好妆扮粉墨登场，上台演出。歌喉一打开，其他优伶都自愧不如，观众都赞赏是人间绝唱。寡妇们略加规劝，鼓励他准备上京参加会试，花根云则大笑着说："孩儿命里虽然注定有些福气，现在被闺中的艳福围绕都已抵消尽了。如果再有过高企图，恐怕要促短寿命，母亲对短命儿子哪会感到快乐呢？所以不想去会试。"

一年过后，璧、香、好、琼四姐妹纷纷生了儿子，试听啼哭声最响亮，可见将来都是英雄人物。但是五娘今月还未怀孕。花根云诧异道："难道老天爷还不想让我放松放松吗？"从此以后天天与今月在一起嬉闹打乐，对今月兴奋地说："今后你一定留心凝视我的眼睛，如果是目光巧妙流盼，这就是我俩妙合的好时光。"今月开玩笑回应说："我想要领养一个乞丐的儿子做继儿，免得郎君笑我怀不上胎。"

两年过去，四个儿子都已经牙牙学语，今月也怀了孕，但不知道是男是女。花根云到伍子胥相国祠去求签，签上卜辞道："巧巧巧，心事了。回头宜早，俗尘宜扫。"花根云仔细体会，哑然失笑道："到时候了吧？"第二天一早起来庆贺次母寿诞，丝竹演奏声响彻行云，传杯送酒就如流星泛月。花根云忽然进来跪下禀告四位母亲说："孩儿之所以能生下这么多的儿子，是凭借父亲在天之灵的荫庇，依靠了各位母亲的福分，并非孩儿自身独有。各位母亲今后就可以各抱孙子，各自教训自己的媳妇，比天天面对着不争气的孩儿要好得多。孩儿的事情已了，孩儿该走了。"接着向五个媳妇恭敬作揖道："你们都有了儿子，好好努力做人家，千万不要多怀念我。"大家都惊奇花根云在胡说八道些什么，花根云说："讨债捧腹大笑而来，偿了债离去，哪是什么胡说呢？"当晚还向四位母亲请安问好，清晨就悄悄换上来时那套破旧衣服，飘飘然远走高飞。仆人四处寻找，踪迹全无，一家人失声悲哭。这年夏间五月，今月也生了个儿子，悲喜交加，但也不知所措。

时间不久有同乡人从河南赶来，告诉说花根云参加了一个戏班，衣服破败，坐在后场敲击腰鼓，神色淡然。又有从山东回来的老乡，说花根云近来更加落魄，每天都困守在乞丐救济院里，拍板摇铃唱送葬的《蒿里曲》来混饭过日子。但按线索去追寻，没有发现什么，只是都说前一晚逃跑。想来就是他当日所谓快活的事，现在可以尽情享受这种快活了。

花根云有五个儿子，长子叫环，次子叫琅，三子叫琥，四子叫珊，五子叫玖，都聪明过人，他们都很小就入学宫读书成了秀才。几年过后，花琅补本县明经，花琥考中明通榜进士，花环、花珊都中了举，花玖成了吃皇粮的廪生。四位太母，整天吃斋念佛，把一切家政都交给媳妇管理。大太母已经高龄八十五，孙儿们在庭前纷纷围住看望老人家，寡妇眼泪汪汪地说："你们都已夺取功名，还知道有个父亲吗？"孙儿们听了以后，很感动，哭泣得抬不起头，跪下强烈请求祖母教训。老太说："昨晚做梦，蒙菩萨指点，说你们的父亲在潇湘水边乞讨。你们应当上前去见上一面，了却父子情缘。"花环等人于是整理行装匆匆前往。到了湖南湘水边，但凡有城镇村庄的地方，无不暗暗进行寻访。

一日偶尔来到飞琼村，有姓张的行帮头目，凡流亡的人员都归他管理，花环等穿戴整齐前去拜访问讯。张头目若有所思地说道："公子们来了吗？奇怪，大奇！他三年前从河南、山东来到此地，照顾乞丐都给予恩惠。昨天他们正偷鸡宰狗，在度寺中一起欢快饮酒。那人突然朝东面看了老长时间，接着扔下酒杯大哭。众人惊问，他说：'我是天台县花举人，明天我的儿子如果来这里抓我回家，怎么办？'众乞丐听了都向他额手称庆，他貌似没有一点愉快的意思。众乞丐说：'我们了解你的心思了，恐怕有朝一日你重新穿上官服，一定要遭到我辈的骚扰。现在我们愿对神明起誓，决不来打扰你，你为何不就回家去吧。'他说：'很好。'最终一起痛饮到天明。众乞丐打鼾声正浓而他已消失不见了。众乞丐现在正各处寻找，而公子等人竟真的来了吗？"兄弟们放声哭泣，请张头目带领到饮酒的地方，只见短竹棒靠着门，破瓢挂墙壁，行迹依旧如故。兄弟们寻找守候一个多月，毫无结果，才重谢众乞丐，痛哭着回家。

第二年四个寡妇先后逝世。服丧期满，花琅外出到邻县做了学官。花环、花珊均做了县令，一个在山东，一个在河南。花玖住在老家守护墓田，花琥官安徽布政使。花环、花珊的生母都多病，就各自把母亲接到官府赡养。花琥住在安徽，一日车骑外出，忽然有一个青年乞丐冒犯了仪仗队。左右卫兵正在责备，乞丐含笑抛扔一个纸团在地下，声音铿锵，并且说："乞丐宝藏这东西没任何用处，请回家送给太夫人。"说完走得飞快，追也追不上。花琥拾起来细看，原来是一支金钗，镶嵌着一粒巨大闪亮的珍珠。回府呈上母亲，母亲流泪说："那乞丐就是你的父亲。金钗原是我的旧首饰，丢失了很久，现在你父亲特地来送还的啊！"

另外花环手捧檄文前往山东，借此机会看望弟弟，花珊走到东郭门迎接哥哥。两人铺荆枝坐在地上，刚刚坐下，突然看见一个少年乞丐背靠着墙正在捉老白虱，并且高声唱道：

雪中人是将军种，口角莲生极乐花。

两兄弟心里感到十分诧异，快步上前对着乞丐打躬作揖，乞丐吐着口沫不予理睬。再向他询问一些东西，他就搓下皮肤油黑污垢然后团成两粒大丸，分给两兄弟说："不必多说，宝藏这东西能够治疗妇女病。"说罢瘸着腿离去，眨眼就消失不见。回家后各将大丸献给母亲服用，病果然痊愈。

花玖由于家务事前往邻县同哥哥花琅商讨，路上巧遇一个贫穷男子插着草标在卖画幅。花玖接过画轴看画，只见好几重白云树林，有一个少年道骨仙风，飘飘然行走在山顶上做采药的情状。花玖问他画从何处来，他说："我母亲死了，贫穷得无力殡葬，痛苦万分之际只想以身殉母，突然有一个道士之类的人向村学校借了纸墨，自画一幅小像送给我，并说：'持这画去出售，可出售二十千铜钱，还不够买棺木吗？'我正要叩头致谢，那人却消失得无影无踪。"花玖看画的笔法不俗，也不还价就买了下来，哥哥花琅看了这幅画也没看出什么名堂。只有花琅的生母知道这是儿子他爸的肖像。不久花玖把画带回家，呈给母亲，并且讲述了买画的经过。母亲低声抽泣着说："你离开后，你父亲也在当天背着包裹回家，儒气衣冠，穿得非常华丽有气派，并不像是什么乞丐。我正惊喜，你父亲说：'二十多年都没回家了，暂且先去墓地祭奠，然后再细叙久别相思情。'我因此收藏好他的包裹，同往墓地。祭奠毕，猛然间大风扬起尘土，日色昏暗。我紧紧抱着他，怕他跑了。只听见云中大声疾呼说：'我不是乞丐的命根，只是有乞丐的癖好。劳驾你传话给儿辈：宁愿有乞丐的父亲，不可有当乞丐的儿子、孙子啊！'天晴朗后，阳光明媚，发现我所抱住的只是一棵枯松树。回家拆开包裹，发现是你父亲离去时所穿的一套旧衣服。"

同是第二年，五兄弟偶然有机会团聚一起，相互叙述先前发生的事情，原来在安徽、山东和家乡遇到乞丐父亲，都是很巧妙的在同一天同一时刻。兄弟们把那幅画像悬挂在厅堂中央，行礼哭拜，画像的神情与兄弟所见的酷似。然后向各位掌权的父执请求品题，他们无不敬佩地说："这是由儒生变成乞丐，由乞丐化为神仙，天台县的花举人。"可是花举人所在的地方遥不可及啊！

路九郎

新秋凉夜，男孩女孩提着灯笼在台阶下捕捉秋虫，又名叫蟋蟀和促织。有时捕到出色的，就喂它莲粉，采集花上的露水让它喝，住入上品的陶器中。拿出去和共同爱好的人赛斗比胜负，提着翠笼，携带钱财，常常千金孤注一掷。吴地少年对此特别热衷，大有南宋宰相贾似道的遗风。

姑苏铜井农家孩子路九郎，他家原是小康之家。父亲去世后，又屡遭荒年歉收，因此逐渐赤贫。他的母亲经常叹息，郁郁寡欢，幸好九郎天性孝顺，白天替人家帮佣，晚上一定回家照顾老母睡眠。老年人不能安然入睡，九郎就坐在床头不厌其烦地讲述通俗的故事，唱山歌，来让老人家眉开眼笑，舒展笑颜。

这年夏天，九郎被人家雇佣，远在两座山峰外替人家插秧，收工回家时已经很晚了。老母亲就时常拄着拐杖背靠柴门痴望，逐渐感受风寒生起病来，一天比一天沉重，整日昏昏沉沉的。九郎就辞了活儿回家，主人十分感动于他的孝顺，就把雇佣的工钱全部给了他，让他可以买药。九郎侍奉病母，衣不解带，常常暗自流泪。他割下左臂的肉和药煎汤给母亲吃，没有效果；又割右臂肉，可依然没有效果。挣的工钱也快要用尽，可母亲的病依然未痊愈，路九郎背地里放声恸哭。早晚到村口的小土地庙烧香祈祷。江南地区乡下人往往用破缺的大水缸倒覆在地上作为神祠，祭祀起来很是虔诚。

九郎早就听说城里有位神医叶天士，享誉天下，无奈价格太高太重。只要病家邀请他出诊，就必须承担轿子随从等费用，还必须有"新丰美酒斗十千"的买酒钱才行。九郎想自己哪有能力请他来看病？想背着老母去门诊，可又怕被叶医生家看门人阻挡，还担忧路远母病加重，不敢轻举妄动。可是既然有叶医生这样的神医，如果现在不尽人事，那么将来"树欲静而风不止，子欲养而亲不待"时就会更加遗憾。请叶医生的念头就时时刻刻堆积在心中，像中了邪一样，还向神灵祈祷说："土地菩萨灵，叶公来！土地菩萨灵，叶公来！"日夜都要祈祷数千遍。

一夜，母亲小睡一会儿，刚刚合上眼，九郎又溜出到村口土地庙祈祷。后来憋不住想如厕，就用斑竹管烟筒对着香火吸旱烟，坐在茅坑上，嘴里还在喃喃不停地祈祷。吸完烟，把烟筒在地上敲灰，一边祈祷一边涕泪涟涟。谁知铜烟头脱落，弹到草丛里，九郎起身系好裤子，在草丛中摸索，最终没有找到。赶紧回屋打个火再去找，仍没有找到。这时听见一块拳石下有秋虫的啼叫，声音铿锵有力。九郎觉得奇怪，掀起石块，秋虫一下子跳到九郎衣襟上，试用手捕捉，已稳稳地在手心中。就把它带回家养在陶器里，拿近灯火细看，身躯虽然纤小，可是金色长须，蝴蝶翅膀，雄杰刚健。九郎又到田野去捉来一二只蟋蟀，和它比试，最后都败死在它的钳牙下，而且被掷出盆外。九郎突然想到叶公最喜欢斗蟋蟀，正在家里请各家公子哥儿相聚作秋声会，如果自己把这头蟋蟀进献，或许能如愿。于是就开心地把蟋蟀供在茶几上，焚香再拜说："虫！我母亲的生死全系在你身上。明天见了贵人，你可一定要大显本领，为我争气啊。"夜里在床上辗转反侧，一夜都没睡好。

天亮后，九郎就邀请邻居老太来陪伴母亲，说自己要进城抓药，暗中携带着陶器，飞一样地奔去。进了姑苏城，来到叶家门前，此时刚日上三竿，门前车马纷纷，来来往往的人络绎不绝。中午人散，见三四个大肚子男子，衣帽光鲜，嘻嘻哈哈坐在门口，原来是叶家的仆人。九郎并不知道，就上前作揖和他们搭话，求他们引自己去见叶医生面献异宝。仆人看他衣衫褴褛，用布巾裹着陶器，嘲笑说："快走吧！你这样的痴弟子如果能扑到一头幺麽小虫当作宝贝，那岂不要被我家主人笑死？"突然间仆人都恭敬肃立，原来是叶公穿着盛装出门来。叶公正要乘轿，九郎赶紧趋前跪下，双手捧起陶器献上。仆人呵斥他快离开，叶公阻挡说："不要惊吓到他。"又对着九郎说："你带来的是什么货？"九郎支支吾吾说出此虫的奇异。叶公笑道："那不是蟋蟀，恐怕是油葫芦吧？"九郎还来不及回答，那虫在陶器内锵然一声长鸣，叶公听了大吃一惊，说："快把陶器拿过来。"揭开盖子凝视很久，说："还交给你保管。不如你先在门边稍微等候一下，等会儿我回来要当面试一试。"

不久，叶公果然回家，坐在厅堂间，叫九郎进去。叶公把虫取出换放到瓷盆里，看了很长时间，叫仆人取来蟹壳青和它斗，灰溜溜地败下阵来。又把麻头辣取来斗，又大败。叶公十分震惊，急忙把金翅玉顶大将军取来。这只玉顶金翅大将军，是隔年黄蜂化成的蟋蟀，性格暴烈而且钳牙有毒，格斗所向披靡。九郎看见它，忐忑不安担心会大败。看看自己献上的虫像鸡一样伏着，一动也不动，反观玉顶则雄赳赳气昂昂像怒狮。两虫斗了大概十个回合，小虫突然跳起一尺多高，落下停在玉顶的背上，死死咬住它的颈项。叶公见状赶紧取蟋蟀草想隔开二虫，可是玉顶已颈部出水僵死。

叶公很是惊诧这是奇珍异宝，问九郎："你从哪找来的？多少钱肯出售？"九郎跪下告白说："小人并不是卖虫的人，只是偶然捕到，特拿来贡献给贵人，略表一片赤诚心意。"叶公说："你是条穷汉子，一定有所求，不如直说。"九郎就跪着告诉所求的事。叶公说："这并不是难事。"就详细问清姓名住址，九郎一一详告，并且告诉了家境贫困的事实。近来替前村乐大户家守道，就在枯藤缠顶的冬青树下三间老屋中居住。叶公拍手应和说："你我可真是有缘。最近乐大户的妾素妆娘子正有病，邀请我午后前往。"因而留九郎吃午饭，把小虫捧进内宅，笑得合不拢嘴。

饭后，叶公乘轿，九郎跟在后面回家。叶公被九郎的诚意所感动，先到他家替老母诊治。九郎赶紧麻烦邻居老太烧水沏茶，揩抹床榻，清扫地面，忙个不停。叶公叫不必忙碌，就去看病人。再三诊治，笑道："你母亲的病还不至于死。"就拿出四颗丹药给九郎，叫马上给他母亲服下，并且约他一起跟随到乐大户家。

乐大户衣冠楚楚出门迎接，十分恭敬，茶水瓜果美酒佳肴都早已准备好。叶公进内房诊看病人后，出来对大户说："夫人的病确实十分棘手，这该如何是好？"大户听了十分担忧。叶公说："不过多亏是我在，还不至于会香消玉殒，让你难受悲伤。"把药开完，大户呈上细丝纹银一百两，先作为替长者贺寿的礼金。叶公收下了，递给九郎说："你的母亲并非是真的生病，是因为突然家变变穷承受不了，闷气郁结胸中所致。这银元宝汤要比中药苦水强万倍，你把它拿去做日常开支。"九郎大惊不敢接受，叶公一定要他拿着，才罢手。叶公离去后，九郎把银子呈献给母亲，到夜间，母亲就唤人要喝米汤，顿时神志清醒，精神矍铄。

三天后，叶公又来到，乐大户大叫"九郎"，九郎赶紧奔到乐家向叶公叩首致谢。叶公笑着挽起他，很殷勤，原来这些日子把蟋蟀拿出去和吴中富儿斗输赢，赢了差不多一千多两银子的彩头。叶公问乐大户道："我想在尊府附近购置肥沃田地二十亩，不知有没有？"乐大户殷勤地说："我族里人有些零星田亩，正好和你所说的数目相符，就在九郎家的屋后，正要出售。"问他价格，乐大户说："听说要卖五百两银子。"叶公笑着拿出三百两银子，说："这一些先做定金，余数以后再补交可以吗？"乐大户说："老先生不必多费神，我会促成此事来报答你的恩德。"就进内房取出二百两银子，邀请族人来家，当场写好卖田文书。叶公吩咐买主署九郎的名字。写完后，叶公把文书交给九郎，说："这下能博取你母亲的欢心了吧？"九郎受宠若惊推辞，说不能这样，叶公已乘轿如飞而去。从此九郎搬离了潮湿狭窄的小屋，侍奉母亲借房而住，十分宽敞。

五天后，忽有乐大户家派老妈子送来一个美貌的婢女慰娘，穿着艳丽服装，来到九郎家门口，说："叶公写信向我家主人讨一个婢女，赠送给你家做媳妇。"说完，老妈子匆匆离开。九郎高兴得不知所措，慰娘也十分孝顺，尽心尽意服侍婆婆，晚间就睡在九郎母亲的脚后。第二天叶公又派人送来嫁妆枕被之类的东西，传话让九郎赶紧选择良辰吉日成婚。原来乐大户的姜病已经治愈，而叶公又赢到彩头，连同先前的差不多共五千两银子。九郎带着新娘前往两家致谢，都收到丰厚的馈赠，从此家境暴富，比父亲在世时还繁盛。九郎母亲的病魔更是早已飞得无影无踪。

一天，九郎母子夫妻正合计怎样报答叶公的恩德，忽见叶家仆人来叫九郎，神色慌张，九郎赶紧跟仆人进城。到了叶家，只见叶公坐在大厅上，神色颓废。九郎很是惊恐，跪在地上表示歉意说："是斗蟋蟀输了吗？"叶公说："不是。你的蟋蟀到底是从哪里来的？"九郎于是把向神祈祷、坐厕所寻铜烟头时捕获蟋蟀的经过如实相告。叶公说："那铜烟头还在吗？"九郎说："到现在还没找到。"叶公说："我把铜烟头还给你好吗？"就在袖子里摸出掷给九郎，九郎一看正是自己的旧物。叶公说："真是太奇怪了！蟋蟀昨天还在猛斗，可今天突然倒在盆内化成了这个。听了你这番话，或许是你的纯孝感动了神明因而得到荫庇。"九郎愿意把叶公所赠的一切交还，叶公笑着摇摇头打发他走，他这才拿了铜烟头回家。九郎对着铜烟头叩头，把它像神一样供奉着。

又过了两年，农田庄稼大丰收，九郎学经商又赚了不少的钱，家境更是富裕。于是他就把买田的银子拿去还给叶公，叶公怎么也不肯收。

那时九郎的老母亲已年逾古稀，可是胃口还很好，慰娘生了个儿子。九郎就出钱兴建土地祠，殿堂雄伟壮丽，请求叶公写文章记叙此事，镌刻在石碑上。九郎服侍叶公像自己的父亲一样，只要是叶公想要的，九郎就会千方百计找来贡献。叶公嗜食斑鸠，九郎就每天跟随猎人到北山张布罗网，捕捉斑鸠孝敬叶公。后来叶公得了一种怪病，像哑巴似的发不出声，十分痛苦。他的儿子忧心忡忡，就四处遍请名医诊治，可都不知病源，无法对症下药。不久，叶公病重奄奄一息躺在床上。

九郎前去土地祠祈祷，夜宿庙中，梦见好几个人挑着生姜来在庭院里烧煮。烟气蒸蒸上腾，化作斑鸠飞去。九郎醒后记着，就赶紧前去告诉叶公的儿子，儿子觉得很荒唐。九郎就自己买了满担生姜，用大锅在住房门外煮生姜，火旺锅沸，人人都被辣得要打喷嚏，可是叶公闻到生姜味道后却觉得十分香甜。于是又把锅移近卧房，移近在床边烧煮，一顿饭左右的时间，叶公忽大声呼唤说："真是憋死我了。"说着吐出饼状痰块，怪病也顿时痊愈。叶公问："是谁想出这种医法？"九郎就把梦见的情景相告。叶公凝神思索很久，突然问："斑鸠在田里吃什么东西？"九郎说："吃生半夏。"叶公恍然大悟，说："土地神也是精通医道的吧！或者是被你的精诚所感动的吧？我经常吃斑鸠，中了半夏的毒，只有生姜能解毒，才能获得再生。"于是出钱替土地神建造寝楼，更加厚待九郎。从此以后再也不敢吃斑鸠，可依然很是喜欢蟋蟀。现在姑苏的古董收藏家手里还收藏着叶公亲手制作的蟋蟀盆，做工十分精致典雅。

发绣佛

东海掠网寺藏有一帧绣佛，绫本，长二丈四尺，横八尺。佛像露头披发，面如满月，胸前璎珞像蛛网一样垂下。左手放在胸口，仿佛在抚摩胸前的卍字。右手拿一柄羽毛扇。水纹袈裟下垂着，袒露着右臂。赤着双脚，高高站立在龙头上。大龟背上好像有鼍龙伏着，鼍龙半身在海涛中，四只脚在摆动，昂起头张开嘴吐出白毫光，毫光升上空中化成楼阁台榭，日月山河。绣佛的下方则是飞蛇飞鱼，蟹虾水母，争相前来向佛朝拜，形态各异，奇奇怪怪。佛的眼睛微微睁开，慈悲地瞅着苦恼的众生，流露出怜悯的神色。绣佛的顶部是《金刚经》全文，蝇头小楷，字迹清晰好像人的眉毛。经末注道：嘉靖某年，信女弟子叶苹香洁身清心发绣。绣帧左边空白处是她的亲戚丁尚书用草隶序写绣佛的始末情况，文章很长，已经记不清写的什么内容，只能记下个大概。

　　浙江人，叶公大钟，因翰林做侍御官，秉性耿直刚正，时时上奏章弹劾当朝权贵。宰相严嵩给他送去很多名贵书画、古董鼎彝，想拉拢他。可叶公大声斥骂来人，坚决不收，反而更加起劲弹劾奸臣。不久，果然祸难临头，被抓获的海盗受人指使，诬陷曾经贿赂过叶公，叶公因此被革职，处以廷杖之刑，差点死去。后又下诏把他收押刑部牢狱，等待斩决。

　　叶公的两个儿子都是知名人士，但也都无计可施。叶公的女儿号苹香，容貌温柔婉顺，十分孝顺，听说父亲陷入绝境，就日夜在神佛前跪拜祈祷，终于得到感应。她年龄只有十四岁，善于刺绣，就去买了一块巨绫，摘下自己头上的长发，用薄如稻芒的金刀把每根头发劈成四缕，绣佛像和《金刚经》全文，日夜忙碌两年才完成。功德圆满的那天，他的父亲也蒙受天恩，被大赦出狱。叶公看透官场，从此弃官不做，退居林泉养老，不再参与朝政。

　　由于日夜忙碌，自从绣佛像以后，苹香的视力衰竭，两眼和瞎了没什么区别，当地没有人愿意和她成婚。叶公六十岁时病死，苹香才二十五岁。叶公弥留时涕泪交流，握着两个儿子的手，反复嘱咐一定要好好照看瞎子妹妹，千万不能让她贫穷而流离失所。两个儿子哭着接受父亲的教诲。虽然哥哥能小心遵行父亲的遗命，但家里两个嫂嫂主持家政，经常在丈夫面前进谗言，说小姑好吃懒做，渐渐地两个哥哥也对苹香恶言相向。苹香委屈得日夜啼哭，两个哥哥更对她深恶痛绝。

　　一天，忽然一位昆仑女郎，丫叉髻，绿夹裤，举止娴静文雅，翩翩来到门前，对苹香说："姑娘眼睛生病，只是因为过度耗费精神损害了肝肺，并不是真瞎了。妹妹能盗来些天河水，为姑娘洗眼重见光明。只是治愈后姑娘要如何酬谢妹妹的恩德？"苹香说："妹妹神灵，如果真的能让黑暗地狱里的人重见天日，一切都听你安排。"女郎说："姑娘擅长刺绣，向你求绣双凤，一红一白，好为天孙织女下嫁增添些嫁妆。只是绣好后千万不要忙于给凤凰点睛，我怕它会飞走。"苹香点头答应说："好的。"于是，昆仑女从袖中取出金篦，稍稍刮了一下眼球表面，泪水就像铅水一样泻下。然后又从袖里拿出一只小玉瓶，里面盛着如人乳一样的甘露，滴在苹香眼眶中，叮嘱她一定要闭目静坐。差不多一顿饭的时间，苹香眼睛中又长出了双瞳，目光清澈无比。女郎又给苹香服用神膏，苹香顿时觉得心胸宁静舒适，郁闷怨愤立即消失得无影无踪。

　　第二天，女郎果然买来了巨绫，目睹苹香在绣帧上刺绣，女郎每天来进行指点，五彩丝线综合搭配，花样翻新。双凤绣成的那天，女郎就来替双凤点睛，只见双凤忽然栩栩如生，活了起来，飞落在庭院当中，鼓动双翼好像在等待什么。女郎就携着苹香的手各骑在一只凤凰上，腾云驾雾，向高空飞去。家里人都仰头呼叫"苹姑"，得不到回应。昆仑女郎拨开云层看着下面说："下界人用不着惊讶。苹姑的孝顺感动了上天，特派我来迎接她，补天上针神的缺。从此化去，也不用再拖累嫂嫂照看了。"全城士女看见苹香冉冉升上云霄像图画一样，大家焚香祈祷诵念苹姑，响声如雷。两个哥哥羞愧得无地自容，两个嫂嫂却见怪不怪，依然无动于衷。

卷六

太容第一洞天

温州镇军公署十分雄伟杰出。有个孙镇军相当儒雅，刚刚上任，就把公署重新修葺一番。在台阶下掘到一柄古剑，细看是明朝末年戚继光大将军守卫温州时的旧物。剑上铸有七星花纹，还有戚继光的名字，上面还详细地记载着铸剑的年月日。孙镇军素来好奇，更加广泛搜罗。当时有个精通金石的和尚六舟，是镇军的幕僚，看到堂下有口古井，就说：“井中有古砖，如果采掘出来雕琢成砚台，其名贵一定和北齐香姜阁瓦制成的古砚不分伯仲。”孙镇军相信了，就借口要浚通古井，实际是要采挖制砚的材料。选了吉日，招来民工架设辘轳，不停地抽水，把水抽干了，却无人敢进去。孙镇军重金悬赏，招募壮士缚着绳索手持火炬下去，说：“如果有紧急情况就马上摇铃。”人们靠在辘轳上，俯看井底，一片漆黑看不到底。灯光幽幽不明细小如豆，由此可想井的深度到底有多深。

本地有个贫民张小六，天生胆大，又垂涎招募的银子不薄，就前去应召。当时正值酷暑，张小六却穿着羊皮短衣入井。一顿饭的工夫，井上人忽然听到铃声，赶紧拉起绳索一看，却不见张小六的身影。人们吃惊不已，赶紧再把绳索坠下，高喊张小六的名字，可却得不到任何回应。在井边守候了一整天，也毫无消息，可井里的泉水也没有一下子涌出。再用巨烛垂下照看，一片昏蒙蒙看不清有人无人。张小六的母亲呼天抢地而来，说：“我只有这个独子，这下一定被潜藏在水底的蛟龙给吃了！”孙镇军派人告诉张小六的母亲说：“如果你的儿子真的遇难，我会替你养老。”张小六母亲听后更加号啕大哭。满城士女，都涌来看热闹和打听消息。

这件事一直沸沸扬扬传了十多天，忽然张小六从邻县回家来，满面笑容，而且衣上有奇香，像兰花，像麝香。孙镇军赶紧派人召他进公署，问他去了哪里，他说：“我刚下井时，看那如铁一样的井底，它的面积可放十块五十两重的银板，上面凿着七个洞，我赶紧用木屑、破棉絮等把泉眼塞住，不让它往外涌水。举着火炬四面探照，只见东面井壁上有扇很大的石门，封锁严密像铸成一样。门的上方有横额，用篆文刻在石上。我曾读过些书想看清写的是什么，可因为门太高而无法辨认。突然刮起一阵风，石门轰隆隆开启，伸头探看只见门内别有洞天。殿堂楼阁高耸巍峨，走廊栏杆迂回曲折，庭前的大树像水晶一样透明，开的花像紫玉。我正在门外偷看，忽然几位美人从树后走来，古代装束，看着我微笑，并且悄悄耳语。我受了迷惑，没多想就一下子跨过石门进入，才走了十多步，石门一下子紧紧闭上。我惊慌无措，哭着向美人叩头求救。美人叹道：‘你也不看看这是什么地方，能让你自来自去做屋梁上的燕子吗？既然你来了，那就跟着我去见见主人吧。’

“不久看到面前一重重门洞打开，珠帘高高卷起，有个美男子，穿着龙袍，戴着王冠，手拿青苍珪玉，高坐堂上。美人进殿禀告，随即传呼我进见。我跪伏在阶下，自报姓名，叩头数百下。穿黄衣美人捧着簿册奉上，穿白衣美人接来，略微翻阅一下，呈上主人。主人看后，面露喜色，询问我从哪里来。我告诉了浚井的事由。主人正要说什么，忽然紫衣美人进殿禀报说：‘天符到了。’主人下座，迎接一位戴纱帽穿绛红衣服的贵人进殿。贵人双手捧着横木，上面写着朱红色的字，弯弯曲曲像蚯蚓一样。主人焚香跪拜谒见，恭敬领受天符后，贵人就告辞离去。主人下令执行天庭指令。诸美人都换上软甲佩剑，手捧瓶炉杯盎，形制古朴，以前从未见过。甲士随后进入宫殿，头戴金兜鍪，身穿锁子甲，手执兵刃戈戟，锋利如霜，分站两边，侍候主人出殿，登上宝辇端坐，宝辇四周遮护着珠翠璎珞，顶上覆着金宝盖。宝辇左侧有力士侍卫，右侧有美人服侍，各十多人，宝辇仍很宽绰。我缩在最后伏在宝辇角落，力士发现后大怒不已，要鞭抽杖笞，美人代为说情才侥幸免责。

"一会儿云雾腾空而起，两条龙驾驭着宝辇在天上飞行。我偷看下方如一片汪洋大海，心里十分惊慌一下子变了脸色。主人偷偷看着我的举动发笑。很快来到一座大山顶上，看见一个白衣老叟拉着一辆极大的牛车，车上排列着数十只木桶，都大如能盛五担水的大缸。老叟手执赶牛鞭拜伏在道路左侧，听主人指挥。主人传令叫老叟在前面带路，宝辇行走得更加遥远。老叟忽然报告说：'到了。'牛车的头忽然下垂浸入江中，车尾忽然高高矗起与宝辇相接，重重叠叠像山又像云梯。

"老叟停车后牵着牛在江中沐浴，只见那牛翻腾滚动，激起巨浪，如涌起的山岳，可荡涤星辰。老叟一扬鞭，那牛就回头吐水入木桶，如瀑布悬挂在山岭，如白练横亘天空。一收鞭，那牛又翻滚入江。随着鞭子一扬一收牛一吐一吞，好像踏着乐曲的节奏在跳舞，又好像交战时士兵谨遵将军号令伺机行动，果真是奇异的景象！我心想木桶就快要灌满水了，果然轰隆隆雷声大振，耳朵差点被震聋。再看牛车和宝辇都升腾在空际，好像在赶时间。

"忽然雷声又猛烈震响，我心胆俱裂，似乎昏迷了。等到苏醒后，我的身子已堕落在邻县的旷野中。雨过天晴，我把衣服晾晒干，在乡村城市中沿家讨饭。人们闻到我衣上有异香，就问我情况，我把自己的奇遇说了出来，人们争相请我到家里做客，供给我酒食，还赠送我路费，我这才能活着回来。"

孙镇军听后，惊喜交加，想彻底弄清楚这奇闻的真相。依然派遣张小六做向导，带引人再进入古井，只见石门仍在，可却坚闭无法开启，门额上篆书写着"太容第一洞天"。古砖嵌在井壁间，无法凿下来。还有凸出的宝塔和如来佛像，没有字迹。于是点火烘干水痕，用纸和墨拓取门额篆文和古砖上花纹，出井后呈交孙镇军。孙镇军见后大喜，就把它张贴在衙门书斋内，补入金石文字中。第二天，井泉大涌，更加清澈甘甜。孙镇军重赏张小六。想着张小六能有此奇遇是否有过人之处，就调查其为人，可发现并没有什么特别出众的地方，只有服侍母亲至孝而已。衣上之所以有奇香，可能是由于意外地沾上了龙的津涎。从此，当地人都称呼他为孝子香张六。

秃发张

太平天国军占据姑苏、松江一带时，境内被焚烧抢掠一空，村庄城郭都变成一片废墟，军中只要是日常生活必需品都要以高价从江北弄来。于是贩卖军食的人接踵而至。

在江北高邮的时堡，有个渔夫姓张，是本地有名的奸猾之徒，由于鬓发稀疏，人们又叫他秃发张。他的老婆蔡妪，最为阴险狠毒。夫妇俩驾船撒网，暗中用银钱买通水路渡口巡查人员，所以能够公然来往于大江南北，接济太平天国军。不到两年，家里暴富起来，购买田亩，修筑住宅，渐渐成了富翁，可是贪欲却更加炽盛。邻居薛某和秃发张向来不和，就把他的违法行为向县令控告。秃发张得知后，用重金贿赂县令，结果反判薛某诬告遭受棒责。薛某含屈，怀恨在心，细密观察，想找准机会报复。秃发张对此无防备之心，仍天天弄潮航行在大江上，依然肆无忌惮。

当时京口有个女子姓乔，身材娇小，姿色貌美，是个娼妓，出生在淮安，从小父母双亡，被卖给姓乔的鸨母，老鸨把她当成摇钱树。城里的公子哥儿争相献媚，亲切地称她为小乔。山西有个富商周某对小乔情有独钟且情比金坚，直到钱袋空空，还是痴情恋恋不肯离开。老鸨变脸整天白眼相待，可小乔却待他很好。之后小乔生了周某的儿子，取名阿周。年龄还只有四岁时，聪明伶俐惹人疼爱。不料周某突然得病而且病得很重，小乔日夜服侍端水送药，背地失声痛哭，割下臂肉煎汤当药给周某吃，依然没有任何效果。周某弥留时，紧握着小乔的手，哭泣道："你对我的情意就连结发夫妻恐怕也不能做到。我流落在外无家可归，无地可埋，几根枯尸骨不管是火烧还是丢弃，都任凭你处置。唯一让我挂念的是阿周这一点点骨血，是我的后代。你一定要好好地抚养他，这样九泉之下，我也能瞑目。"小乔抽泣着应道："放心，我一定会的。"周某死后，小乔就叫阿周一起服丧。

第二年，太平天国军队人马进入京口。小乔背着阿周搀扶母亲将要投奔江北避难。正好有一只渔船在离江边百步外，船上夫妇俩都靠在桨上睁大眼睛直瞧。小乔呼叫说："还请你们大发善心，帮我们这逃难人登上对岸，我一定不会吝惜渡费。"小乔虽然心急火燎可船上人却十分悠闲，哓哓不休计较钱多钱少。双方正在问答间，太平天国军的骑兵蜂拥而来，渔夫赶紧撑船远去。骑兵下马当场斩了老鸨，胁迫小乔和阿周跟他们去，献给姑苏太平军首领某王。

某王一见小乔欣喜雀跃，打算把孩子杀死而留下他的母亲，小乔见状痛哭连连，在阶下叩头嘣嘣有声，说："妾只有这么个儿子，儿子活我也活。既然大王喜爱妾，也应当爱屋及乌兼爱我的儿子，否则妾宁死不从。"小乔睫毛沾泪盈盈像秋水，娇啼声呖呖像清晨黄莺的啭鸣，某王看后也于心不忍。某王唤出府里众多姬妾，一个个和小乔相比较，没有一个能比得上小乔，于是将小乔纳为王妃，将阿周立为王子。小乔善于装饰打扮，又能言善语，某王深受迷惑，对她宠爱有加。可是小乔的梦魂却时常萦绕在江淮故乡间的白云绿树中，只是苦于没有机会可逃跑。

秃发张刚好又泊舟在姑苏城下，蔡妪时时携带鲜鱼入城，走遍各公馆和各衙门，借以兜售私货。听闻小乔貌美且富有，就贿赂关系进入王府求见王妃。她被带领到后堂，见王妃面南而坐，左右两边的侍女都满头珠翠，满身绮罗，屏声息气小心侍候，一点也不敢松懈倦怠。蔡妪对王妃叩头跪拜，极尽献媚诣谀之能事，和停船江上索取船费时那种穷凶极恶相迥然不同。小乔听她说话全是江北口音，问："婆子是江北人吗？"蔡姬回答："是的。"小乔说："你明天再来，我有重要事情托你。"说完，赏给蔡姬很多金帛，她再三拜谢离开。

第二天，蔡姬果真又来王府，立即有心腹丫鬟引导她到一间密室。蔡姬见王妃盘腿坐在绣床上，十分威重，可是睫毛上却盈盈闪光有泪痕。小乔见到蔡姬，就招呼她坐下，赐茶和水果，问她家里的情况及地址，问得十分详细。蔡姬一一细告。小乔听后更加悲泣。

蔡姬趁机低声问王妃："娘子在这里深受王爷宠爱，怎么还不快乐呢？"小乔摇摇手叫她不要出声。丫鬟到门外察看并无一人，小乔然后垂泪哭泣道："我也是江北人。被掳来后虽然得到王爷的恩宠，但也有难堪的地方，有的事情甚至连娼妓也不愿意做。王爷又生性多疑，常常醉后在红烛下亮出白刀子，让我心里战战兢兢，忐忑不安，时常苦闷。我也想过一死了之，可是我膝下还有小娇儿，因此才隐忍含辱直到如今。这伙人并非良善之辈，最后一定会崩溃失败，到时我们母子俩也不知哪里才是真正的归宿。"说完泪流不止，淡黄衫子的衣袖都被泪水打湿，蔡姬安慰王妃说："娘子不要太悲伤，老身有救你出去的手段，只怕娘子不是真心想逃呢。"小乔对天发誓，蔡姬说："我有小船停泊在城下，只要遇到顺风，逃走又有什么难？只是娘子的家已破，如果空手逃到江北，母子两个靠什么生活呢？我家又赤贫，没能力供养你们母子俩吃闲饭，这点实在让人担忧。"小乔说："不瞒阿姆，王爷积蓄了几万两金银，库藏的钥匙都由我掌管。只要运出一部分，过了江就和你瓜分，到时还愁什么没饭吃？"蔡姬高兴地说："好。"计划就这样商定。

从这以后，小乔就设法从仓库偷运出珍珠四升，白银百锭，黄金十斤。小乔又把绣金的小黄旗给了蔡姬，说："用它行船过水关，只要说真人想游览内河，我人先探路，就能通行无阻。"原来军中称呼贵妇为真人。姑苏城原本有河环绕，蔡姬果然撑船入城，就系缚在王府后门的河岸下。

一天，某王奉命要去松江办事。临行，小乔设宴给他饯行，预订回来日期，反复叮嘱珍重，某王十分高兴，毫不生疑。某王去后，阿周常在船旁游戏。一天午后，小乔让各丫鬟开怀畅饮好酒，个个都喝得沉醉不醒。然后她把全身裹满层层金叶，还有无数珍珠宝玉，招呼蔡姬入内，运出锦绣包裹十多只，赶紧换上良家妇女的衣装，上船逃走，用锈金号旗赚出水关。船日夜不停地航行，又遇上顺风，如箭一样地飞快前行，不到两天已到了京口江面。当时风平浪静，江天如画，金山焦山历历在目，小乔心里很是舒坦。这时，秃发张和蔡姬常常在低声耳语，语声细微听不清内容，小乔疑心忧虑可又无可奈何，只是依偎着儿子枯坐着等待。

忽然听到京口方面高声急呼，把船篷推开察看，太平军的船如蚁集，如蜂聚，钢刀如林。立在船头的太平军头目大叫道："老婆子！把真人留下，免你一死！"原来太平军党羽发现王妃逃跑，知道一定是蔡姬带走无疑，因此一路追来。秃发张和蔡姬听到警告后吓得不知所措，那时风力微弱，夫妻俩拼命摇橹，边摇边对小乔发怒说："我们可都是无辜的，因为你们母子两人丧命刀下，你能安心吗？你还不赶快投江而死，还等待什么？"小乔跪在船舱里痛哭道："确实是我连累了你们夫妇，如果我能生还，我就把所有的金银财物都给你们，即使我母子两人讨饭也不埋怨。"秃发张暴怒，催促她快死不要拖延时间。小乔又悲泣道："如果追兵临近，我自会跳水自尽不会拖累你们。只希望你们夫妇能大发善心，带我儿子过江北。周家最后的骨肉不能丢弃啊！"秃发张大声说："要死就赶快死，谁和你喋喋不休拉家常。"小乔紧抱儿子大哭，泪流下变成了血，可是秃发张催逼得更紧。幸好追兵见船离开太远，而对岸瓜洲的军营中铮鼓声不绝于耳，便没敢再追，突然转舵调头。

秃发张的船将抵长江北岸，却又迟迟不肯靠近，突然把船停在芦苇洲边，把小乔身上所带金银珠宝全部取下，然后将她单身推上岸说："不让你淹死，就是老爷子我的阴德了。"小乔还在哀哭，可秃发张的船已远离而去。小乔看四周全是茫茫江水，知道已到了绝路，加上眼前只有青芦白苇，水鸟哀啼，内心更加酸痛，泣不成声。没有办法，饿了只能嚼嫩芦芽，渴了只能喝泥水，这样吃了几天还没有死。一天，清军巡逻船听到隐隐约约的妇女哭泣声，就循声而来，十分惊诧。只见小乔衣衫褴褛，脸容憔悴，满面泥沙，简直像鬼一样吓人。巡兵问她从哪里来，小乔如实回答，巡兵就慷慨地送她干粮，赠给一百铜钱，带领她到了大路，让她讨饭回家。

小乔抵达扬州后，幸亏遇到邻居大妈某氏，可怜小乔而留下她。休息一个多月后，小乔面色逐渐恢复光泽，因而请求大妈和她一起去时堡，寻访儿子阿周的消息。

当秃发张返回时堡时，拥有雄厚的资财，立刻成了巨富。正苦于没有儿子，就把阿周收为义子，一切都感到很得意。小乔来到，在阶下叩头哀求："我能够捡回一条命，也多亏你们一对好夫妻。往事不要再提，现在只希望能把我儿阿周赐还给我。"秃发张故意装出惊奇的模样，十分惊讶地说："这是谁家的女郎？我们并不相识，你又到哪去寻找你的儿子呢？"小乔以姑苏的事情质问，秃发张拍手大惊说："如你所说，那你是贼首的婆娘了。我如果告到官府，还能得到上赏，你还要诈骗寻找你的儿子吗？"小乔没有想到秃发张竟如此无耻，四面环视，竟没见到阿周的身影，而秃发张又狡猾抵赖，立即吩咐庄奴把小乔和大妈赶出，并锁上大门。小乔仰天大哭道："我千辛万苦，只为了怕辜负故人所托。现在完了，我活着还有什么意思？"说完，就要耸身投河自尽。大妈急忙劝阻她，说："傻孩子你是糊涂了吗？江北有地方官管辖，不如我们前去告状，告状无效再死也不晚。"于是二人满怀希望一起到县令那儿控告，秃发张贿赂当权的乡绅，此案最后因证据不足而不予受理。

刚开始，秃发张见小乔到来，把阿周藏得很严密，现在看到小乔已离去，就渐渐放松了警惕。一天，阿周走在田埂上，邻居薛某看见，就把孩子引诱到自己家，给他糕饼果子吃，问道："好孩子，你是跟着亲娘快乐，还是跟着义父快乐呢？"阿周说："我愿意跟着亲娘。"薛某说："好。"就把阿周藏起，不让他外出。当时小乔正在漕督某公衙门递状子哭泣诉讼，正好薛某又送阿周来投案，母子两人交相诉述，薛某也极力作证，某公重新审理此案。漕督大怒，立即命令手下将官率领壮士百人，趁夜去时堡逮捕秃发张。

秃发张住在村里，正因为不见了儿子苦闷不已。入夜又做梦，梦见自己和蔡姬登上了岩顶的最高处，俯瞰底下有一船一桥，风景美极了。片刻后，大风怒吼，雪花飘坠如掌，忽然电闪雷鸣，霹雳下击，秃发张和蔡姬惊俱堕在山岩下。被梦惊醒后，秃发张心里很不是滋味。这一夜正剪灯煮酒，和蔡姬讲述了梦中的情景，忽然搜捕者来到门口，呼声震耳，火光照耀如同白昼。蔡姬一出门，就被墨黑的绳索套上脖颈。秃发张惊恐万分，翻上墙头想逃跑。看见昏黄凉月中，有个巨鬼，头和屋檐齐平，伸开像畚箕样大的巨掌，"啪"的一掌把秃发张扑倒，掉落在地下，然后就被捆绑起来。然后官吏把家财一一查封而去。

秃发张到案后仍抵死狡赖，用极刑拷打后才服服帖帖如实招供，夫妻俩被判处一起斩首。漕督把秃发张的一半财产判给小乔，让她抚养孤儿。当漕督判定秃发张斩刑时，秃发张大叫道："我只听说杀人的才会被判死刑。可现在乔氏还活着，阿周也在，为什么要判我断头罪？"漕督笑道："就凭'私卖贼食'四字，你就死有余辜了，难道还不够消受一个'斩'字吗？"秃发张受刑时，围观的人群拥挤不断像筑起了城墙。五花刽子手讨厌秃发张头发太短，就戏弄地在秃发张的头颅上套上用绳子做成的发套。秃发张仰天长叹说："我已活到五十岁，还保不住脑袋。到今天才明白，穷人暴富并不是福分，而是灾祸啊！"

陆季真

明末时期读书人想要功名傍身，资格非常重要，因此登第科甲的人大多出身于名门世家。乡野中具有贤能智慧的有才之人，也常常因为贫贱而失去了攀登向上阶梯的机会，真是让人叹息。在江南地区有一位普通人家陆季真，他的父亲陆应夔，常年在乡下种田，被乡里衙役塞进名字上报而充当了催缴税赋的差役。由于催租征税很困难，陆应夔经常被官府杖责，两腿上留下杖刑的痕迹。

季真从小嗜好读书，通晓经史，虽然没有机会去应考童子试，可是他在种田时总是随身携带一卷书陪伴自己。偶然得知父亲又将到衙门查审挨打，立马奔向县衙，趴下身子伏在地下代父受杖，回家后仍旧反复诵读古书，并不因此哭丧着脸。

一天，季真又顶替父亲的身份去代父受查考而被鞭笞，县令见他意气慷慨，大吃一惊问道："你是什么人哪？"季真回答说："里正原来是个读书之人。"语气委婉地陈述了自己一直以来的情况，态度从容大方，丝毫没有摇尾乞怜的丑相。县令于是出题试探他的文才，他拿起笔一气呵成。县令劝慰鼓励他，免去他催租差役的差事，并且在专管考生的学使前对他加以称道赞扬。学使来查访后证明季真确实有才华，要补录他成为博士弟子。季真婉言谢辞不愿意接受，流着泪说道："我怎么能借老父的棒疮变成向上攀爬进取的阶梯呢？"他的父亲听了这话，也含泪说："是我做父亲的太穷了没有本事，让我儿跟着受连累了。"季真听了反而微笑安抚劝慰父亲说："孩儿本来就不愿做官求取仕途。读书不过是用来修身明理，改变个人气质，如果把它用作当敲门砖，就称不上是真正能读书的人。"父亲听了他的话这才露出笑容。

季真从小下了聘礼娶了石氏，石氏也生得十分美丽动人且为人贤惠，在家小心侍奉公婆，是季真的好内助。季真去各地到处闯荡学着经商，家境渐渐富裕起来。又过了很久，购置田地，开起了店铺，于是不再闯荡，但是名声传播得更远了。一时之间有名人士，大多喜欢与他认识结交。石氏却因为过分操劳，身体有问题而不能生育孩子。季真直到三十岁还没有儿子，常心情郁结不得排解。

简里有个举人单蓉埔，大肆装修花园和亭台楼阁，每天邀请宾客在花园里聚在一起饮酒，高谈阔论，吟诗作乐。因为对季真精于草书、古篆感到钦佩仰慕，也经常用请柬邀请他来参加宴会。季真想拒绝，而他父亲却劝他前往，这样可以方便广交朋友。可是单举人生性轻薄，喜欢讽刺讥诮别人，于是别人送他一个"惊蝴蝶"的外号。同他交往的人又为人不正经，就像吮痈舐痔那样卑劣地奉承人，谄媚至极，互相一吹一唱，把诽谤讥笑他人当成乐子。

一次季真偶尔喝酒喝醉了，对单举人郑重地说："季真曾听到一句古话有云：'俗语接近市侩，巧语接近娼妓，戏语接近尤伶。'有华丽的羽毛嘴巴尖刻前抻的鸟，鸟儿们见了害怕；大张着嘴巴，垂着涎沫的鱼，鱼儿们见了害怕；说话尖利，强词夺理的人，人们见了害怕。读书人之间互相交往应酬，难道宁可不让人感到高兴而使人害怕吗？举人是个雅人，应该不至于以为我的话迂腐不讲道理吧。"众人听他唱反调都很惊讶，只有单举人听了面子上装作惊恐向季真致歉，可是心里却从此不能不有所介意了。蜡烛也快要燃烧完了，季真向众人道别，踏着月色独自返回。

返回路上遇到一群恶少年夜间打猎回来，很多飞禽，毛羽丰满肥壮的猎物都被抓获挂在马背上，体积比较小的挂在戈的末梢，鹰犬都显得欢欣，少年们高声谈笑着声音错杂。季真停下身子大致看了一眼，听到笼子里两只狐狸还活着，呼叫说："陆先生，救救我！"季真感到十分惊讶询问猎人，他们回答说："这只狐狸已经具有灵性了，一直藏在南山石人洞，常到水边一边照着自己的影子一边哀愁叹息，即使受攻击也能很快逃跑。今天晚上趁它熟睡在鹰涧大石上，放松警惕，没有在意，因此才能活捉到它。先生询问它的情况，难道是想买下它回家补皮裘吗？"季真说："是的。"于是他给猎人十两银子，放狐狸出笼。狐狸奔逃窜出，突然间就不见踪影。

季真孤单单一人回到家中，总觉得衣带上很重。走进自己屋内，刚刚点上灯，就有一样东西掉落在地上，定睛一看，是一个俊逸潇洒的男子，衣服帽子华丽光鲜。男子伏在地上向他拜说："陆先生是宅心仁厚的长辈，救了我的余生。从今以后我当结草衔环，一定会来报答先生的恩德！"季真听闻此言并不感到有所害怕畏惧，引他进房坐下，慢慢地询问他事情的经过历程。男子说："我姓胡，名天玉，出生在陕西。一百多年来一直隐居在此地，如今大丹已经炼成。原本今日注定要有这一场劫难，过了这一关自此之后就没有任何妨碍了。"季真喜爱他十分风雅，就把他当成朋友来对待。胡天玉登堂拜见季真的父亲，关系融洽如彼此世代，交谊深厚如同一家。

恰逢这年秋季是季真父亲的七十寿诞。季真与胡天玉商量，只计划举办家宴来为父亲庆祝，不通知乡亲邻居。胡天玉说："不好。谚语说：'人生七十古来稀。'你近年来种田丰收，读书成名，夫妻恩爱。正是应该好好筹办宴会，广接贵客，高举酒杯，大张旗鼓替父亲祝寿，怎么能同普通农家子弟那样草草了事呢？至于房屋内外的摆设，酒席上的佳酿美食，我早早就替你准备好了。"

临近寿诞那天，胡天玉十分忙碌到处走动，安排得妥帖适当，门庭焕然。为了增添喜庆气氛，胡天玉更想了许多办法，弄来一千多盆秋菊，盛开的菊花，争奇斗妍。厅堂中央堆叠成菊山，贴墙两边排成菊屏，庭院里装点成菊海，铁丝弯曲缠绕，彩丝扎捆成菊灯，酌清泉酿成菊酒。里里外外繁花似锦，连厕所里也摆满菊花，真是蔚为大观。

第二天，本地名士争相前来祝寿，其实是为了喝酒赏看菊花罢了。季真对他们的到来一一谦逊表示感谢，殷勤款待他们为众人留座。众人边饮酒边写下几句寿诗献上，无非是敷衍一下的陈词滥调。临到单举人时，独能与众不同，提起笔蘸满墨，大笔一挥写成匾额：

天保正逢。

接着就写下一副对联，道是：

鼻祖定茶神，无怪殊荣邀杖国；头衔书菊隐，正拈好句怕催租。

众人读了都赞赏他写得工整切合，可是季真见了却满脸羞惭，脸色通红默不作声。原来匾额内嵌着"保正"二字，上联嵌着"杖"字，下联更是直接用了"催租"二字，都在隐喻讽刺季真的父亲曾做过催租差役，并且为此受过杖责。

待宾客散去后，胡天玉把菊花收起，运送归还到原地。季真对着胡天玉忍不住悲从中来叹息流泪说："我扪心自问生平从没有得罪过乡亲邻里，为什么文人恶作剧，动不动耻笑我们父子的短处！今日这场祝寿活动，原本是想增添荣耀现在看来反而受到侮辱了！"胡天玉笑道："难道是为了单举人题写的那副匾额、对联？"季真答道："确实。"胡天玉道："近来的社会风气把尖刻轻薄当作能干，把讥讽嘲弄当作专业，飞短流长，颠黑倒白，无中生有。何况令尊过去贫穷没有地位，在当地的人都知道，就算你每天对他们不停地作揖叩首，尚且不能禁止他们不加侮辱；但你反而对他们教育批评，这更会加速了他们对你的报复羞辱。虽然如此，我也来与他恶作剧一场，让他也尝受一下侮辱他人的侮辱，你觉得如何？"

那时单举人在背山靠水之处修筑一座小台榭，引泉叠石，环境极为清雅幽静。建成后，单举人邀请众人来园中小聚喝酒，季真也在受邀宾客之列。陪客某君给新落成的景点画了一幅同林图，某君写了篇园记，单举人吩咐季真将宾客所作园记代为誊在图画上。但因为厌恶他家世太下贱而不许他署名。事成后，众人正在传看新作，忽然雪白的台榭粉墙上，显现出一幅水墨画。画中有亭台草木，景物曲折幽深。亭子内有一张石床，石床上有一个美女子正赤身裸体仰卧之上，一个面容俊俏的男子正在蹲着行奸，美女子张开大腿来回迎凑，两人眉目传情。众人仔细辨认，大吃一惊，原来画中美女子是举人的女儿，俊男子正是举人的贴身书童。

正当众人惊愕不已的时候，在西墙又出现一幅图，屋内烛台幽暗，明明灭灭，床上有个睡得很熟的男子，一个女子悄悄起床挑亮灯火，一个小男孩站着就在床帐外与女子通奸。女子背对着床，警觉地在听床上男子的动静，情态逼真。众人看了更为吃惊，原来那女子是举人的爱妾，小男孩是举人的儿子，床上躺着的就是举人。面目画得十分相像，可以明白无误地指认。众人开始还只是惊奇，但见到举人竟然面如死灰，便心中明白原来画上的都确有其事，只是从来没有人知道罢了。

单举人花园里来了狐狸精，对着空中狠毒地咒骂。只听见屋梁上大声笑道："单蓉埔！你也知道被人道破丑事十分难堪是吗？不好好想想怎么悔改，还要对人像狗一样狂叫么？如果这样还不能让你感到满足，我将把这些丑事画在繁华的十字路口，使路上的人都能看到此画看到饱，帮你四处传扬。何况你家里的男女丑事哪只这些？你曾与嫂嫂私通，你妹妹同他人有私约，你老婆曾私奔。你认为别人都不知道，难道我也会不知道吗？你若再敢骂，将一桩一桩事情全都画出来我才肯罢休。"众人相信确实是狐狸精施法作祟，都替举人求情，狐精不答应。举人亲自哀求，也不答应。直到举人跪在地上一再谢罪，才答应罢休。再看看墙壁，却已经景物全无，不留痕迹了。

过了一会儿单举人走进内房，众人只是端着酒杯呆等，不知他有什么举动。后来听见屋梁上有悄悄说话的声音，告诉众人说："诸位还不快走吗？单蓉埔已回房上吊自尽，只剩一口气了。如果你们再在此地逗留，恐怕马上就牵扯到人命案子中。"说完，果然听到内房有吵闹的声音："举人又羞又怒，拿着刀要杀了妻子和小妾，却找不到人。接着他就在屋内房梁上吊自缢，幸亏丫头看到及时把他救下才幸免一死。"众人跑进房间里，略加慰问后赶紧逃走。季真回家后虽然觉得稍微出了胸中一口恶气，但想来还是怪胡天玉报复得有些过分了，打算等他回来时责备他，可是胡天玉竟然从此消失了痕迹再也没有来过。

半年后胡天玉忽然跛着一条腿回来了，季真惊讶地问他原因，胡天玉眼泪簌簌落下说："从那件事以后才知道恶作剧非但没有任何好处，相反有很大害处。单家发生的事，园神知道后报告了我的师傅，师傅立即派出童子飞下绳索把我捆走了，抽打了八百下鞭子，还追去了我的金丹，把我囚禁在狭窄的瓮洞里，算得上几乎不能与老朋友再见面。不久前找到机会逃出，还有琐碎事求你帮忙。"季真问他什么事，他说："炼丹很耗费时间，一旦有所放松懈怠就会堕落以致辛苦白费。你如果能多积阴德，多做好事，虔诚忏悔，那么原来金丹回到他主人这里还是有希望的。"

胡天玉说完，带领季真到矮墙西边，挖了一尺左右的地，找到埋藏地底近千两的窖银，说："明年本地一定会有瘟疫流行。你替我合成良药救助众人，这是无上的功德，但药里面必须说明'陆某人代胡天玉敬送'方可以。"回屋后还开了药方，置于砚台下，一再反复叮嘱而后才离去。后来果然如他所说的话一般，本地靠这药救活了近万人。人们争相询问"胡天玉"究竟是谁，季真只是微笑而不回答。之前的银子还有剩余，季真更把自己的水田卖了凑成一笔大数目，开设育婴堂、养老所，几年来不间断地广施善缘，家业却更加兴旺发达。但唯有生育儿子一事一直毫无动静，始终难以安慰殷切盼望的老父。

风雨交加的一天，白昼昏昏如同夜晚，打雷的声音震动了季真的住宅。季真正陪着父亲闲坐，一声炸雷使他几乎惊倒。突然有一样毛茸茸的东西钻入床榻下，发出啾啾声，不停地啼叫，雷电闪光在床榻下来来回回进出好几圈，这时巨大的响声才渐渐沉寂。季真觉得事情有些古怪，想询问胡天玉，可是胡天玉再也没有来过。偶然有一次请求朋友扶乩召请仙人来解答疑惑，乩笔在沙盘上大书道："孩儿是胡天玉。近年来的功德已被上苍所知，天帝已允许我到陆翁家投胎，我即将降生在百日后。日前一场大雷雨，是雷火烧掉了我的尾巴，我痛极而大喊大叫，你们不必感到害怕惊讶。我出生时自然有人来赐给我名字，可留下那人吃汤饼。"再要叩问，已寂然无声。当时石氏已经怀孕，经过百日果然生下一个儿子，圆颅方额，确实是个壮小子。只是生下来后一直不知什么缘故不停地啼哭。

忽然有个方袍朱履的老道士，行动飘逸地来到门口，还没等看门人通报，就昂然而入。对着季真略举举手，就讨着要看看公子。季真将儿子抱出，老道亲自抚摸着婴儿的头顶，从袖里拿出一粒如豆大小的红丸，塞在婴儿的嘴里，祝道："胡天玉是我徒，索我金丹啼呱呱。名叫仙转，字为丹壹。富贵寿考能体现，忠厚报应真不虚。"祝完，婴儿竟停止啼哭。老道怀抱婴儿突然奔出门外，边走边说道："居士要这孩子有什么用，不如仍交给我做徒弟。"季真大惊，急忙跟在道士的后面追赶他，只见老道行走起来像飞一样，不用一会儿已经走出了村门，奔上了大道，季真不禁大喊说："妖道！为何抢走我的娇儿？"老道也回言说："居士绝口不提邀请我吃汤饼，难道我能白白地替你儿子医治好病痛吗？何况这孩子长大后一定有独立见解，不能继承父祖的事业，留着他对你们实在没什么益处。"说完跑得更远，夕阳堕入山林之间，老道的人影也突然消失不见了。

季真一边大哭着一边独自回家，家中男男女女都过来，以为他疯了。季真把这一切详细地告诉他们，众人笑道："公子正在熟睡，哪里曾被道士抢去过？"季真进入房内细看，婴儿同先前一样在吮吸母乳。季真逗他哭笑，他目光灼灼盯着季真，像有话要说。季真开玩笑地呼唤道："你是胡天玉吗？你师傅送丹还你，并且赐名仙转，你知道吗？"婴儿呀呀又好像要笑，季真知道这孩子有宿慧，爱得如同掌上明珠。孩子的祖父更是整天笑着逗弄小孙子，无比快乐。

仙转长大后，十分聪颖悟性很高，看书一目十行。后来因为遇上李闯王、张献忠作乱，全家逃往深山中，仙转还是整天手握书卷不废诵读。那时单举人也携带家眷逃入深山避难，季真讨厌他，但也没有办法。忽然有天起哄说贼徒大队人马已经来临，季真登楼四处看，见贼徒如漫天的风雨，很快就占领了山谷。不久，单举人全家被贼徒搜捕，全带上了马背。季真害怕侵入自己住宅，正惊惶焦灼无计可施，突然空中落下一个道士，用宽阔的道袍袖子遮住大门，顿时门前烟霞缭绕。贼徒看见云中竖着一幅金色天王佩剑像，纷纷跪下罗拜，不敢进门，仅仅携带单举人全家向西离开。季真回头再看道士，也已然消失，知道他是仙转的师傅，焚香叩首祷告，表达内心的感谢。

到了本朝，仙转已十四岁，入县学读书。二十一岁中了进士，后来出任浙江布政使。那时祖父高寿已九十多，父亲五十多岁，身体康健能吃能喝，受皇恩封赏。每次遇见单家那些漏网幸存的客人，祖父总是照顾接济他们。酒后捋着须髯，总要亲自给他们讲讲当年做里正催租的事。

巫 仙

宗教中有一种巫教，流传已久，有时称端工，有时称香火，有时称童子，叫法虽然有所区别，其实都是巫教，不过是古代腊月时驱除疫鬼仪式留下来的意思。古代的巫师，仅仅驱逐疫鬼，防御干旱水潦。近来的巫师却是越来越出奇，打着腰鼓，吹起画角，口里唱着秦腔，弟子敲击着铜锣等乐器应和，像发了疯一般地跳舞。更有甚者，像优伶搭台演戏，像死人闭眼到阴间。乡民愚鲁不知这些巫师的荒诞谬论之处，每到秋季丰收之后，总是杀猪烤羊，聘请巫师们来跳神，不知疲倦地连续跳上几天几夜。青壮男丁和媳妇们围坐在一起，听巫师唱九郎官、水母娘娘各种故事。然后大吃一顿祭神的胙肉，不喝得酩酊大醉不回家。即使有贤明的地方官三令五申严禁此事，但这种愚陋的风俗始终不能被彻底革除。可是我听家乡各位父老说，很久之前有个巫仙，他与旁人不同，更不能拿现在的巫师同他作比较。

巫仙姓金，名鼎，齐地人。父亲去世，母亲立志不再嫁人，生下这个遗腹子。家里非常贫穷，靠母亲纺纱织布过日子维持家用。金鼎五岁，像女孩子一样面庞白皙娇嫩。他有天偶然路过村庄的学馆，听到琅琅读书声，心生羡慕。回家对着母亲撒娇哭啼要求读书，母亲勉强把他送到学馆读书求学。三家村有位学究喜爱怜惜金鼎天资聪慧，也不在乎收取他多少费用。到了九岁，就已经读完一种经书。母亲流着眼泪对他说："你能这么用心地读书，我心里很是欣慰快活。可是家里实在太过贫困潦倒，你能天天抱着一本书而不急于去谋求解决生活问题的办法吗？"金鼎听了也流下了泪水，愿意听从母亲的谆谆教诲。

他的邻居王翁，是个老巫师，十分乐意传授巫术，母亲叫金鼎拜他为师学习巫术。一年多一点，金鼎就能唱歌跳舞娱神，看了的人都很赞赏。于是但凡邀请王翁来的，必定也要一起邀请金鼎。王翁也时常给徒弟分部分收入，金鼎就转交给母亲，而且偷偷把供奉的果品放在怀里让母亲品尝。富人家觉得这孩子既孝顺又懂事理，经常先预备好珍贵食品等他来时赠送。又过了很久，母亲眼睛已经全部看不见了不能纺织，全靠金鼎奉养母亲持家。

可是从事巫师业的有条俗规：刚刚成年，就要请师过关。过关的办法是在村庄里搭建一个台，四处召集巫师来这里驱散鬼神三四天。拿一把利刀，刀口向上嵌在一根横木上，过关者的师傅口念咒语保护他，引导徒弟赤脚立在刀口上。两个村民抬起横木在乡里游行一周，然后才算正式取得巫师的资格，能够在赛神的事务上独当一面。这就好像儒生必定要入学、僧道必定要具足才被人认可是同样的道理。王翁可怜徒弟没有支付这笔开销的钱，大方解囊表示愿意代为解决。到了过关那天，金鼎心生害怕转而逃走，众巫师拿着叉子将他抓到。金鼎直挺挺躺在地上，不敢站上刀口。师傅王翁生气地呵斥他，金鼎哭着说："父母给了我身体，敢轻易让它去冒不测之险吗？"师傅说："我有法术保护你。"金鼎说："如果当真，也必须让我母亲来吩咐我过关，否则我宁可死也不过关。"众人果真扶着他的盲母来到，金鼎这才泣涕涟涟让旁人搀着登上刀口，浑身颤抖，面无血色，过了很久才逐渐镇定下来。

自此之后金鼎能在巫师事务上独自承担，获得酬劳以供母亲日常维持家用，每当稍有多余就分一部分酬谢王翁。有空时用舌头去舔母亲已经瞎掉的瞳仁，渐渐有了光彩。母亲夜不能寐，金鼎为了博母亲高兴，便每日夜间坐在母亲床头为她哼唱各种巫曲。母亲偶然想到要吃某种珍贵新鲜的食物，即使远在百里外，金鼎也一定会匆忙赶去买来。明年金鼎已有十八岁，母亲突然病危，金鼎端汤送药日夜不离身边侍奉，私底下还割下了臂上肉煮汤给母亲吃，也毫无办法。母亲好像已有所觉察，对儿子说："孩儿不要太苦了自己。我命不久矣气数已尽，能够与你父亲在地下团圆，很欣慰了。只是我儿因为家贫娶不上媳妇，未免让我到了九泉之下仍有所遗恨。"天亮时，母亲突然告诉儿子说："你父亲果然来招我去了！"微微一笑就咽下了最后一口气。金鼎号啕哀恸，甚至要以身殉葬，他的师傅王翁来看护，这才保命，到处东拼西凑筹钱为母亲办理丧葬之事。金鼎就住在墓旁，出外必定先做禀告，回来必定先面对母亲墓站立，就像母亲在世时一样侍奉。

没过几年，他的师傅王翁又病危，金鼎又割右臂肉合药给师傅吃，也无效。师傅知道后说："噫，你多么愚鲁啊！上天已然注定了人的生死呵。"到了深夜，师傅的儿子、侄子一辈守夜的人都耷拉着脑袋打瞌睡。师傅开启枕边小箱，取出一函书告诉金鼎说："这是我年轻时从繁无间山中得到的。上面都是古代神巫巫咸的真诀，我那些无能的子侄不能掌握其中奥义。我怜爱你有赤子之心，才把这卷书函传给你。努力学习，将能达到最高境界。"金鼎拜谢接受，放进怀袖中。师傅半夜去世，金鼎像自己的父母去世一般哀伤自毁竭尽礼节。

金鼎已有二十二岁，仍独身一人。风雨交加天，三更灯火夜，金鼎在破陋小屋里经常翻阅师傅传授的书。凡是擒拿、遁逃和画符念咒种种巫术，无不了然于胸，掌握了奥妙。邻居有女子来私奔，金鼎总关着门并不理睬，路上发现有别人掉的金子银子，也一定放弃不拾。金鼎的良好声誉，就在乡里间传扬开了。当时有本县绅士奚元华，是观察御史退休养老林泉的，非常喜爱金鼎的忠厚聪颖，婉言劝道："凭你的才能，如果想要改职业一定会成功的，何苦一定要拘束自己于巫术蛊惑人贬损自己呢？可以先替我做会计，我可以逐步设法替你找个媳妇。"金鼎辞谢道："我的职业虽然下贱，但是是师傅亲授，母亲叮嘱的。现在师傅、母亲都已去世，如果一下子改行换业，那么对于老师是不义，对于母亲是不孝，我怎么敢呢？"奚元华听了倒也无话可劝了。

一天，一个仆人牵着两头驴来到金鼎处，说："湖边某府第邀请你去酬神。"金鼎认为路途遥远想要推辞不去。仆人笑着拿出两锭白银，铿然一声放在几案上，说："这是定金，酬神之事礼毕后还有更丰厚的赏酬。"邻居见了很是羡慕，都劝他去看看。金鼎没法，托邻居照看家门，自己带上神轴法器，怀里暗暗藏着师傅传授的遗书，骑上驴跟仆人而去。

二人到了湖畔，不骑驴而改乘船，船撑入了水云深处。水路遥遥数十里，芦苇稀疏，水鸟呕呀，茫茫万余顷水面。忽然从蒲苇丛中一座螺形土墩显出，周围几家茅屋竹篱聚集着，四周皆水域。许多雄赳赳的壮健汉正临水眺望，问道："来了吗？"仆人说："来了。"就登上岸。进门见屋宇深邃，树木繁密茂盛，屋堂之上摆设有戈矛等武器，金鼎猜想是用来防备盗贼的，并没有觉得有什么奇怪之处。少顷，主人走出，是一个五十多岁的男子，衣帽华丽像个富翁。虬须碧眼，气宇魁梧，看上去威风凛凛而说话倒挺温和，见了人总是脸带笑容。主人向金鼎略略举手打招呼，笑着对他说："一直对你的法力钦佩仰慕，这才派人迎接你来，只怕路途遥远你多辛苦。"金鼎谦逊表达谢意，并问主人做什么道场。主人说："敝村如图在水中央，一年安然平静，希望你替我们祭祀水神感谢神的庇佑。"金鼎说："遵命。"说话时，各种饮品佳肴已端上摆开，花样丰富，味道鲜醇。夜晚留宿的床铺被褥也安排得妥当舒服。

翌日晨，金鼎沐浴梳妆后，对着花圃设坛作法，金鼎登坛对钵口里喃喃念着咒语，瞬间开出莲花，娇艳无比。用空的器具取酒，只听酒如泉水淙淙流进，盎满才自动停下。又招来天上鹤在庭院里舞蹈，抓蛇蟠居在烛花上，变出种种幻象。然后唱迎神曲，神情激越，观看的都很欣赏，主人更是满意欢喜。当天晚上，主人亲自送金鼎到卧室，安放好床位，接着叫来两个女子替金鼎铺床叠被，并吩咐伴宿。金鼎极力推辞，但是主人转身即去，房门已被反锁上。

金鼎看那两个女子，一个年龄刚刚及笄，一个垂髫尚未成年，都举止文静，形容秀丽，娇柔美妙。叫她们走也不听，金鼎没有办法，只得熬着不睡觉举着蜡烛听敲更漏声。女子反而主动请客人脱鞋上床，还问要不要喝茶，金鼎都不出声，呆坐地如同一尊木菩萨。只听见两个女子悄悄议论说："这人真是铁石汉，如此相貌堂堂，怎么来到这里，真可怜啊！"金鼎听了此话心中惊慌害怕，但终究不敢追问根由。过了很久他实在疲倦不堪，便和衣卧倒床上。两个女子又絮絮叨叨说了一番话，这时移过来贴着金鼎说："妾等二人奉主人命来陪你卧寝，如果不被你所眷顾疼爱，那我们就要获罪了。"金鼎笑道："主人贤惠倒是很贤惠，可是从来没听说过还有如此待客之礼的。而且巫师是上通神灵的，晚上在床上男女交欢，早晨却登坛祝祷，神灵不将要唾弃和离开我吗？你们同我应当保持距离，不要再来打扰。"二女忽然珠泪扑簌落下，嘤嘤哭泣起来，低声说："你固然是正人君子，我们也不是淫奔荡女。然而我们之所以毛遂自荐，也有不得已的苦衷，只是不敢告诉你罢了。"

金鼎一听便知不妙，再三盘问，女子说："你认为主人是什么样的人呢？"金鼎说："不知道。"女子附在金鼎耳旁悄声说："主人本是大盗，藏在此地把这里当作自己的巢穴，以闯荡江湖抢劫盗窃为业，手下有百来号人，犯下的案卷都有数百宗了。我们都被从远方劫来，被关在内房。幸亏主人是个天阉，因此毫无玷污。可是他的嗜好太离奇，喜欢吃牝甘。"金鼎问："什么是牝甘？"女子脸上红了许久才缓缓道："他用大枣塞入妇女阴户中，放一天然后钳出，开怀大吃以为甘美。又喜欢合成心脆美餐。"金鼎又问："心脆又是什么？"女子说："他诱骗少年来这儿，派女子夜里陪睡。男女事完之后，男子必然心花初开，三四次以后就心花怒放。然后趁此时将男子杀死，临杀时，先用冷水浇淋，而后剖开凶膛取出心，这时心脆如梨子，主人当作美餐大嚼。我们是到此地后第一次被差遣，怕是对你的心必有企图了。"金鼎继续问："那又为什么祭祀神灵？"女子说："他每年盗劫四方，每到秋天必定邀请巫师酬神保佑自己。怕巫师暴露他的机密，因此赛神活动一结束，就杀掉巫师祭神，并且活生生挖取他的心下酒。"金鼎听完，一时惊惶恐惧不知如何是好。

两个女子也跪倒在地上一再叩头请求救命，说："我们见你庄重严正，必有后福，才敢冒死将秘密相告，如有泄露，那么彼此都将惨死。如果蒙你救出牢笼，当生生世世结草衔环报答大德。倘若不嫌我们丑陋，我二人愿意仿效舜帝二妃女英、娥皇，共同伺候你。"金鼎问她们姓名，那及笄的是金陵杜秋鸿，垂髫的是京口俞螺娘，都有家人，很久没有音信。秋鸿和螺娘本来就是姨表姐妹。

金鼎思考良久，欣喜地说："有生路啦！我明天早晨搬演法术，你们预先扮上浓妆，听到我吹海螺，就装成疯癫的样子跑出来，我自有办法带你们一起离开。"二女惊喜叩谢，之后劝他同睡。金鼎说："现在身处险境，性命尚悬一线，还敢玷污你们的清白之身吗？"女子说："你不知道。他天性多疑猜忌，凡做这样的事，恐怕女子泄露机谋，因此清晨起床一定要来给男女双方检查脉搏。如果心脉如旧，那么死得更快。"金鼎说："那可怎么办？"女子说："刚刚与你所交谈的连淫秽的事都说了，从道义上说我们二人也不能再嫁他人。你如果已有了正妻，我们愿意做妾相从。"金鼎还认为不行，女子说："现在为了活命，还能拘泥于迂腐教条吗？"金鼎没法可想，愿共枕同被一起睡，表示已经有污染。女子说行。钻入被窝互相偎抱，女子肌肤腻滑如脂。金鼎本是童男，到这时竟再也难以克制，就成其好事，而那两个女子也一点不假还是处女。三人鸳枕上互订海誓山盟；倦极才睡，忘了东方已晓。

朦胧中觉得有人掀起帐帘，招呼他们起床说："多美啊！巫山云雨高唐梦游乐不乐？"金鼎吃惊一看，正是主人，忙起身感谢。主人果然搭脉检查，脸上喜色溢出，嘴角流出一尺左右的口水。金鼎心里虽觉害怕但仍面不改色，盥洗梳妆完说："吉时已到，今日将迎接水神。"向主人索取芦箔一张，苇柴三茎，送至门外漂扬在水上。主人问他有何用途，他回答说："用作神舟祈福。"

不久金鼎就散着头发，穿着彩色的衣服，拿着笏板跳舞。一会面貌拧做一团可怕如魔女，一会勇猛如军队的先锋，有时翘起一只脚做商羊舞，有时趴在地上模仿老虎跳起来，并且呜呜吹着海螺像狮子吼叫一样。二女果然按照预先说定打扮得浓妆艳抹狂笑奔出，叉着手斜着看，二人像有点疯癫似的对舞。主人要赶她们进屋，金鼎说："不行。马上就要迎接水神，需要两个女子做前驱。水神状貌可怖，其他人恐怕要惊恐害怕，只有这二人昨夜与我睡在一起，我已将定符咒暗中写好贴在她俩背上，因此听到海螺声就自动出来。"说完摇着铃画着剑，两女也跟着翩翩起舞起来。金鼎猛然喝道："咄！你们是神女吗？"两女说："是的。"金鼎说："你们是神女将军吗？"两女又说："是的。"金鼎说："河伯我亲自迎接，河伯夫人你们去迎接。遵从我的命令，否则剑下死！"两女齐声回答应和。金鼎就拉着她俩左右手，三人一起做旋风舞，一边舞一边唱，锣鼓也敲得震天动地。金鼎忽然耸起身子朝东方远望，说："水神到了！"众人都回头去看。金鼎趁机拉两女，突然一跳登上芦箔，很快芦箔像箭一样离弦发射，冲破风浪，一会儿已离开很远。

众人回过神才意识到巫师用了法术逃走了，急忙放船拼命划桨追赶。正快要追上，金鼎让两女拉手团坐，自己折断一寸寸苇柴。向水面抛掷寸苇，强盗船碰上，就有一道巨堤横亘水面。绕道刚越过巨堤，金鼎又抛一段寸苇，盗船又像之前一般遇到巨堤。等到盗船绕过一道道障碍，巫师已带着两女逃到别处了无踪影。强盗只好悔恨而回，气愤至极。

金鼎三人登岸，返回住地需要找代步的车马。两女忙阻止说："郎君逃走了，强盗头能善罢甘休吗？恐怕今夜就要派人到你宅上刺杀郎君。妾二人事先缠了些金银附腰际，先到别处暂躲，直到他们伏法受诛后，再出来也不迟。"金鼎担心说："家中只有四面墙壁，没什么值得留恋。但唯有父母亲的墓，怕从此无人做伴了。"两女说："郎君太痴了。究竟是去受祸算孝顺，还是避祸算孝顺呢？"金鼎觉得她们说得有道理便听从了，可是人海茫茫无处可藏身，不得已就偷偷翻看秘书。只见里面有师傅的吩咐："金郎金郎，折芦渡江。遭死者再，获美者双。望东急窜，有马无缰。渔家艇子，大好潜藏。"金鼎看完，心里虽然佩服师傅能预先知道，可是语言实在很难懂。忽然看到来时骑的两头驴子，吃草徐徐走近，背上鞍鞯已丢失。金鼎解下衣带系牢镊嚼，交给二女共骑一驴，自己骑乘另一驴，暂且向东出发行驶。原来这两头驴子是那个仆人偷来的，正好到这儿换船，以为湖边隐蔽不会有人，所以放任驴子吃草。金鼎碰巧赶上也正因此解除了辛劳的赶路。

金鼎三人走了很久，转过一座小山冈，突然看见宽阔的平野林间隐藏着一座极大的村庄，花木繁密浓翳，黄昏炊烟缕缕。一老人拄着拐杖在柴门边，督促农夫秋收。金鼎仔细一看，是本县绅士奚元华，原来此村是他的别墅。奚公看见金鼎急忙招呼询问，金鼎从驴上下来喘气，将情况一五一十相告。奚公问二女从哪里来，金鼎又讲了事情的来龙去脉。奚公听后大喜，以为这是金鼎纯孝的报应，欣然邀请他们进屋，指着大厅东边厢房说："这儿可以作为你们夫妻的落脚之地。"并且摆下酒席为他们压惊。金鼎看大厅前高悬的匾额，题作"仿渔艇屋"，心里高兴应验了师傅的话，能够再次活命了。二女到厢房里休息，有农妇来服侍饮食和睡眠。

夜间奚公与金鼎正在饮酒谈天，忽然听到很猛烈的咚咚的敲门声。从门缝往外瞧，只见灯火通明像是把天照亮，钢刀长矛像林子里的树木密密麻麻，人都用锦帕缠头。金鼎以为是强盗侦查到踪迹循迹而来，大惊失色十分害怕。告诉奚公说："请奚公一早把我捆住献出去，不要连累你们。"奚公说："这个贼人简直无法无天了！"登上门楼手上拿着宝剑，高声问来者是谁。下面回答道："你怎么连你的老朋友都不认识了？我是程镇军，夜间在湖上巡哨，顺路来看看侍御公。"奚公拍手说："大驾光临寒舍，差点把老夫惊杀。"于是打开大门欢迎他们，互相说笑着。

程镇军仪表俊朗潇洒，南方口音，问客人是谁。奚公告诉他是金孝寻，从事巫师业，并细细讲述遇到强盗那件事，程镇军听后感叹惊讶。忽然那两个女子从厢房内窥视程镇军，看了好久，哭着跑出来，外边三人都很惊奇，原来二女都是程镇军的表妹。两个表妹自从遇盗被掳掠后，两家骨肉多次来信求程镇军代为寻访。现在二女遇见表兄，直接告诉他她们遇难的始末，并把出逃的功劳归于巫师金鼎，还说："我们已经以身相许服侍金郎了。"程镇军说："金郎纯孝，神灵和凡人都钦佩敬仰，所以能克服险境如同平地一般。他不是一般的巫师，不可与巫师相提并论。"即刻请求奚公做媒，使他们结成连理。奚公招呼金鼎拜谢，程镇军也答拜。程镇军再次询问盗窟地点路径，金鼎详细说明。到天亮才分手。

没过几天，二女家的父母果然接到程镇军的书信，从江南赶到奚公庄园，与女婿见面后回去，留下丰厚的陪嫁钱。程镇军不久也率领水师夜间直接捣毁了贼人的巢穴，亲手捉拿了盗贼的首领，把余孽全部歼灭，逃窜落水淹溺而死的不计其数，盗匪之祸于是被平定。

金鼎这才携带二女拜辞奚公，返回自己的破屋。到家只见一栋小屋已被烧成灰烬，周围一片萧瑟。邻居告诉说："真是惊奇！自从你那天跟随那人同去，没几天就来了许多贼人，他们着急想要抓住你，到处搜遍都没有发现你的踪迹，于是放火烧了你的宅子。可是你又一个多月没回来,真使我们十分忧虑怀疑,对你放心不下。"金鼎看到父母墓道没有毁损,就感到欣喜,带领二女向墓叩拜。然后花钱修建漂亮住宅,购买良田,居然成了有钱的人家,就不再从事巫师职业。可是每逢遇到旱灾、水灾或疫病流行,金鼎仍然欣然应募为百姓祈福。奚公要阻止他,他笑着说:"这是我一直以来的职业。本地发生了重大事情,怎敢推诿责任?"程镇军将巫师的言行告诉了县令,县令赐匾表彰金鼎挂在门额之上,并且免除他家的差役。

金鼎住在乡村,仍旧嗜好读书,凡堪天舆地、吐纳导引的道教书,无不博览。二女善于囤积居奇,批量收新丝、籴新谷,以及茶笋竹木之类,预先蓄积,适时卖出,都能成倍乃至五倍获利。没过几年,家有数万银子,成了巨富,秋鸿生下两个儿子,老大叫慰慈,老二叫念慈。螺娘生下老三,叫孝慈。三个儿子都英俊豪迈。请老师教课,三个儿子在学校读书都有声誉。第二年秋天,慰慈考中举人,两位夫人喜悦地对金鼎说:"我们夫妇在盗贼中促成婚姻,那是上天安排有缘。人贵知足,希望替儿子们娶上媳妇,家事都由他们掌管,我们姐妹俩都跟你修道学长生好吗?"金鼎说:"很好。"明年慰慈出任邻省司马,有政绩声誉。三个媳妇也极为温和孝顺。

金鼎夫妇都已年逾四十,还像二十多岁的人,吃素绣佛,足不出门。偶尔出去扫墓,乡里人见了依旧叫他金端工、金香火、金童子,金鼎听到总是答应"是我",毫无受皇恩封典老翁的骄态。只是螺娘脾性喜过问家事,金鼎有一天问螺娘道:"你风尘仆仆往来,不怕烦琐吗?"秋鸿说:"有我终日陪郎君坐在蒲团上,也可算香洁道伴,何必要双双苦苦厮守着你?"金鼎叹息说:"唉!人间茫茫红尘,终有撒手之日。从来之处来,仍需到去的地方去。还有很重要的事情没做完,赶紧采取一劳永逸的措施。"秋鸿明白他指的是什么,马上拿出一千两银子替去世的婆婆修立贞节牌坊,又拿一千两银子抚恤金鼎师父王翁的后代,另用一千两银子救济贫穷乡里周邻。做完这些事,金鼎夫妇斋戒沐浴,向邻里一一拜别,说:"我们一起去南海朝拜。"儿子媳妇流着眼泪挽留他们,但是金鼎不听，驾着马车，带着秋鸿、螺娘，一个男仆、一个婢女跟随，此后再也没有返回家乡。

十八鹤来堂

开国初期在江苏高邮有个人夏翁，真名据不可考，是九二公的后裔，一直居住在乡野，人品如美石圭玉，行为如精金美玉，尽一己之力做了许多善事难以尽数，也难以用常理去估测。可是家境却越来越富裕。

夏翁刚刚建立宅邸之时，大厅上梁那日，他穿戴整齐向喜神所在方向揖拜。许多亲戚朋友穿着吉庆礼服站立围着他侍候，等待他礼成后表示祝贺。建宅子的工人拿着斧头，丁丁一爆竹震耳，鼓乐喧天。突然从云际飞来一只仙鹤，白衣黑裳，红顶绿爪，仙鹤在天空飞翔审视，最后栖落在正梁上。放开喉咙长嘶一声，许多仙鹤都接连而来，细细数来正好有十八只，几乎停满梁上，望上去像一幅图画。直到工匠们上梁结束，众人向夏翁拜揖道贺的时候，仙鹤一下子前后衔接着一个个先后飞将起来，发出铿锵的鸣声，向湖天空阔的地方飞去。高邮此地向来不出产仙鹤，这次出现这么多仙鹤，算得上是桩异事，于是就将这座厅堂命名为十八鹤来堂。

算卦者为此占卜，认为夏翁的子孙将出现十八个翰林学士，后来果然应验了。目前的夏銮坡先生，两次出任大主考，声望显要清贵，他与我叔叔生在同一年，就是夏翁的远孙。总计夏翁后代出入翰林院的，竟有八九人之多，至于进学的秀才和学业优良的由公家给予膳食的生员，更是多得数不胜数。后代的兴旺昌盛还方兴未艾哩。

我曾避乱居住盐城，偶尔见过一次海滨富户夏某，他的两个儿子温文尔雅，卓尔不群。虽然仅仅是博士弟子员的功名，可是家中的财富比高邮的夏翁更胜一筹。我见夏某所携带的行李袋上书写着"五鹿至堂"，惊讶地问他缘由。他说："高邮夏家，与我们本是同族同根。我祖父有侠义心肠，更喜欢做善事结善缘。临到祖父过世下葬那天，突然来了五只鹿，呦呦地鸣叫着，环绕着看墓穴，直到葬礼结束才散去。因为这个缘故故而命名厅堂。"海滨虽然出产鹿，都是鲨鱼变化而来，像驴一般大小。而参加葬礼的鹿体型很小如麂，性情特别温驯善良，这都是难以用常理解释。

噫，真是太稀奇了啊！两家本是同根生，一家在高邮，一家在海滨，都以做善事而得到善报。一家飞来十八只仙鹤，一家到来五只鹿，一家贵一家富，多么不谋而合啊！高邮夏翁的事迹各家的果报录有所记载，而海滨夏某家来鹿的事尚无多少人知晓流传，因此记下。

玉牌殉葬

东河河道总督栗公，名毓美，谥恭勤，山西浑源县人，住在东河总督府。平时主要以抛砖填河为最紧要事务。十几年间在河岸之间往来，轿内一定要放一块样砖。直到现在造砖收益丰厚，人们都十分怀念他。

传说栗公少年时家中贫苦，可是气概不凡才华出众，英姿挺拔，不同一般之人。县城有富翁某人，对儒学精通。一见栗公白夹衣上有缝补痕迹，大感讶异地说："你如同司马相如那样有才华，肯定不会终身贫贱的呀！"于是请他到家中，将科举考试学业传授给他，让他与爱子同睡一起，在灯火下陪伴读书。富翁有个女儿，年龄与栗公相近，才貌双全，美名传遍周围邻里，富翁当面将女儿许配给栗公。过了几年，栗公即将娶妻成婚。

一晚栗公与富翁儿子正准备睡觉，门已经关闭，忽然听到窗外飞鸟聚集在一起发出鸣鸣的叫声，突然又寂然无声。心里又怕又惊，两人都辗转难以成眠。

富翁儿子说："我们换一张床或许可以入睡。"栗公不忍让他失望，就照办。过了片刻，富翁儿子打鼾声响起，而栗公还是未能入睡。忽然耳边又传来一阵飞鸟声，正要问个究竟，富翁儿子已经大叫几声惨死。栗公赶紧起身招呼众人到屋内查看，窗户紧闭，里外门也从未打开，富翁儿子腹破肠露，床上流满鲜血。众人怀疑是栗公谋害性命，栗公也不能辩白。富翁失去爱子心中很是悲痛，向官府控告。官员一时也难以辨别谁是主犯，但见栗公沉静温雅，知道他必定不会是杀人犯，就暂且将他关押在狱中，姑且作为疑案处理。

这之前县里有个姓王的，家财雄厚，也是富翁的门生。王某曾向富翁求婚，富翁说："我选择女婿已经找到了对象。"拒绝了他的请求。这时王某又来再次求婚，富翁不得已，将女儿嫁他为妻。结婚一年多，夫妻相当恩爱，生下一个儿子，眉目清秀如画，夫妻都万分疼爱。富翁终于因为爱子惨死悲痛无度，到上级衙门再去鸣冤控告。主管刑事的某按察使生性粗暴，立马判决栗公抵罪，并确定好斩首示众的日子。

一次王某偶然与妻子一起坐在绿纱窗下逗弄儿子玩乐，忽然斜眼看着儿子叹息道："唉！为了这点骨肉，耗费掉我多少心思。"女的听他话里有深意，再三追问，王某说："你已是我妻子，告诉你也无妨。你知道你弟弟是谁杀的？"女的说："当然是栗某喽。"王某说："你错了。我因为恨你爹拒绝我的婚事，花了许多钱雇请有真功夫的强盗去杀死栗某，没想到误杀了你弟弟。现在栗某即将伏法，我如愿以偿得到儿子，只是可怜你的弟弟，不能不感怀伤心呵。请你千万不要泄露真情！"女的听后，神情自若平常。待第二天清晨梳妆打扮完以后，说是回娘家一趟，抱着儿子一下子到县官衙门，捡起地上的砖块敲鼓鸣冤。县官出来，女的哭着把王某的话重复一遍。县官非常惊讶，马上下令追捕王某，放栗公出狱。王某被抓到，一审问就伏罪。女子看着栗公说："女子应当贞洁宁静，即使有性命危险也不该随意走出闺阁。现在我之所以抛头露面，是因为你的冤案除了我无人能证明呀。王贼心狠残忍，和盗匪劫贼没有什么不同，不能算作我的丈夫！"说完，倒着提起儿子向台阶石板上猛摔说："我不能替仇人生儿子！"只见儿子已经脑浆迸裂而死。女的又看着栗公说："我已失身于匪徒，不能再和你在一起。你要自爱，将来奋斗腾身青云就算是安慰我黄泉下的薄命人了。"话音刚落，抽出怀里小匕首，猛然刺向喉管自杀而死。县官衙役围观者没有不又惊又叹，栗公号啕大哭，几乎失声。从此努力读书考中进士，做官做到高位，但一直难忘富翁女儿，也没有再娶正妻。

后来栗公得到一方美玉，洁白无瑕晶莹剔透，请玉匠雕琢成小的木牌位样子，一面雕琢富翁女儿的小像，另一面刻上端正楷书：烈女某氏之灵。左边另刻一行小字：受恩栗某泣志。玉牌位刻成那天晚上，富翁女儿来至栗公梦中，拜说："我在黄泉也感受到了你的深情，可是那块玉牌还望你片刻不离身边。"于是栗公进出都把玉牌系在衣襟上，按照梦里嘱托的做。

栗公担任东河河道总督，曾又做一梦，梦见自己走进一座古庙，大殿上塑着三尊神像。居中一位长须髯古衣冠，左边一位白髭须山野服饰，右边一位平顶尖靴穿一品补服，绢蒙盖着头面。转眼有道士出来，栗公请问长须髯神是谁，道士说："是谢大王。"问白髭须那位，答道："是黄大王。"问右面的，道士不肯回答，只是说："大人千万不要到冯官屯去。"栗公醒来感觉很不痛快，就发誓不去那儿。

这年正好钦差来巡察，深深觉得冯官屯是河道的要害地区，先到那儿，一定要请栗公来共同商议。栗公没有办法，只得乘轿匆匆前往。当时天气正热，栗公与钦差会面不过才说了几句话，就头发晕说得了病，赶紧返回驿馆，病已昏沉。召一名武士进来，武士见栗公僵坐在椅上，舌头僵直发木已经不能再说话了。栗公用右手握住武士，左手指指自己。武士明白他的意思，说："需要为大人更衣吗？"栗公点了点头。打开一看行李箱，仅仅带来一袭纱补褂。栗公又指指衣襟上的玉牌，武士说："这块玉是大人的殉葬品吗？"栗公连连点头三四下，面有笑容，像是赞赏武士通情达意。不过一会儿栗公就合上了眼睛。但因天气炎热，就在工地旁草草入殓，衣装简单，竟以平顶尖靴而入土。这才知道两个梦都是命中注定的。

此后十多年，河水在中州泛滥，汴梁城很危险。官员百姓男男女女，都跪在城墙上大呼救命。突然看见一位金甲神灵，裹挟着汹涌怒潮乘流东下，高呼道："快抛砖可免灾！"众人照他所说的做，刹那间潮水退下四五尺，这才得以保城平安。直到现在东河经常出现一种栗色小蛇，地方官跪在地上伏着身子叩拜说："如果是恭勤公，请求登上官帽顶上。"小蛇果真一跃而登帽顶，很快就隐去。

以上故事是听邹君说的，有些是从各家记载中收集而来，把它们合在一起写成一篇故事，以便使女子的节烈、栗公的忠义并垂不朽。

邓龙君

琼州有一座萨摩岛在南海中央，岛上生活着数百家居民，大多是渔夫船民类。一户姓秦的有个很漂亮的女儿，三十岁还没有嫁人。每当有人来下聘礼想娶她为妻，合卺那天夜里，总是有金甲天神用锋利锥子敲击新郎脑袋，说："猪一般的奴才竟然敢侵犯神婆！"新郎头上肿起如坟头大小，有碗口大，魂魄迷乱好像痴呆，没有办法，只好仍将新娘送回。因此她虽然还是处女，大家都称呼她为婆。秦女乌黑的头发像云朵飘垂，冰肌玉骨像雪一样亮纯鲜艳，看到她的人都忘了她是滨海渔家女郎。

秦女有一天在水边洗衣服，一个紫衣少年划船过来，两眼深情凝注，情意绵绵，说："美丽的姑娘，可惜没守寡就成了活寡妇！"秦女丢下洗衣木棒满脸生气地走了。岛上居民见了争相骂他："你真不怕死，难道是忉利天王的儿子吗？"少年把船靠在岸边上了岸，作揖问秦女情况，知道后慨然说："我正没有老婆，虚空中有神作怪，我才不怕！"从船篷下取来酒菜，说："请先收下这些替我做媒。"又从衣袖中摸出金子珠玉，说："如果同意我下聘礼，再给你这些。"居民说："可以，可以。"于是跑着去告诉秦女的父母。

老两口见他服饰华美风度翩翩，年纪比女儿还小，心中很爱怜，只是碍着天神的警戒而有所犹豫。于是邀请少年到家，少年作揖叩头，礼数恭敬周到。自我介绍说是赤道南边的人，姓邓，名无耳，排行第四，大家都叫他四郎。从小没有父母，海啸吞噬了房屋财产，河神冯夷指引，同意我到华夏寻觅伴偶，今日登门求妻，原谅我的唐突。两老听后说："唉！风烛残年，既没有儿子，理当招女婿做半子。可是神明的责备，有前车之鉴，心里实在咄咄不安啊！"四郎很有自信地摆摆手。岛上媒人看到丰厚酬金起了贪心，又要试试他是否真有勇气，所以极力怂恿。二老说："果真可行，老身哪希望爱女没有一个丈夫？"第二天四郎果然送来聘礼。女婿新房重新修缮焕然一新，四郎穿着盛装来秦家入赘。翡翠鸟在兰茎上嬉戏，也没有这对新人光鲜。岛民见两人珠圆玉润，又艳羡又担心。等到夜半，新郎新娘背对银烛，互相解衣宽带，竟然平安无事。

夫妻俩感情融洽，四郎叫她姐姐而不称她为妻子，秦女叫他弟弟却不称他为丈夫。四郎绿纱窗下与常人一样静静陪伴妻子，只是空闲时就绕着房间到处走，登到山上就放声大哭。秦女问他原因，四郎一再用手指在空中指画，并不回答。四郎晚上坐着从不点灯烛，做午餐也不请人砍柴，而是从嘴巴里吐出一粒大赤珠，悬在房内一片通明，烧煮食品很快就熟，人们都以为这是海客幻术伎俩罢了。从此四郎用船舶运载珍奇，与碧眼洋商做生意，于是家境渐渐富裕起来。

经过一年两老先后逝世，四郎十分悲痛哀伤竭尽孝顺的礼数。服丧期满，秦女生下儿子，落地哭喊的声音隆隆像怪兽蒲牢。四郎提起儿子说："孽畜！"把他丢在地下，从袖中抽出短剑，将儿子一只耳朵割下，说："这一割是为了给你留个印记呐！"接着在海岸上将儿子活埋。秦女悲伤地哭着，觉得腹中还在震动，不久又生下一个孩子，却没有声息。四郎抱儿子到海边洗了澡，给他裹上绣花的褓裸，抛到妻子怀里，流着泪说："这才是姐姐的儿子哩。好好哺乳，不要太过悲伤，我就从此告辞。还请努力多吃饭，不要因为思念丈夫让自己心神俱损。"说着流下眼泪。

秦女问他去哪里，他说："我父亲在世时行侠仗义，充当捕头，有个吴公子为恶造孽，长官命令我父亲前去捉他，不料父亲中了吴公子的奸计，因为眼睛受伤而去世了。母亲哀痛难以自持跟着父亲一起去了。吴还企图害死我，幸好鲍姑带我远走汉皋，才能偷偷活命。现在我已经有了儿子，按道理更应该上天入地到处去追寻仇人，不报完仇绝不再回来。"秦女眼泪簌簌道："我身为妻子实在不敢因为儿女私情损害你的复仇大义，求弟弟给儿子起个名字然后再走。"四郎说："儿子生时的年月日时辰都在辰字上，又是次子，辰仲便是他的名字。"说完，整理下衣服就此拜别。他随身带着短剑，立刻撑开来时的船，飘然消失在海上。然而从此房内没有灯就乌黑一片，锅下没有火就一片冰凉，原来大赤珠也是四郎随身携带的宝贝。

十年前闽郡某乡的槐井里，居民和萨摩岛一样繁荣昌盛。其中有枯井长出一棵老槐树，树根弯曲盘错，遮盖住井口，树腹空虚，中间有个巨洞。夏天的夜晚，农家人坐在树下乘凉，看见一串串灯光像上百个琉璃球，弯弯曲曲像蛇一样从巨洞里鱼贯冒出，慢慢升上，高高耸立荡漾连接银河，过一个时辰才坠落，如水银泻地，如瀑布飞垂，飒飒有声，仍投落巨洞中，此情景很多人都看见过。村里从此鸡断了种，很多人也因为脑裂病死，大家都知道是井底有怪物在作祟，可就是不知怪物是什么东西。

初秋时分来了一老翁一老妇，头发都已斑白，另有一童儿也俊美。与村里人问这问那，自愿捕捉妖物。村民问妖物是什么，老翁说："是吴公子。"请村民从邻村购买百只鸡禽作为诱饵。老翁老妇各自背着长剑，童儿头顶巨石，石上有字像蚯蚓，都埋伏在草丛中，毫无声息。足足等候了两夜，灯光出现，有吃鸡声，喷出羽毛如飞舞的雪花，喝起鸡血犹如流淌的泉水。吃饱肚子，蜿蜒将回老窝，童儿已投掷臣石阻住洞口，像泥巴封死。妖物跃起，挟黑雾逃遁。老翁老妇齐出大呼，化为两条神龙，与妖物战斗。妖物喷吐黑雾，神龙口吐宝珠，互相攻击，声音响亮。童儿也化为小虬龙助战。神龙追击败逃的妖物。当地距离鲁地某郡三千余里，郡城上的敌楼已改作火药仓库。这天人们都看见风雷震吼，屋上瓦片纷飞，阴云忽然燃烧，潮湿火把也成了火炬。只见一个长五丈多的黑物钻入火药库。一条龙接着飞到，愤怒地吐出像金蛇样的火苗，也射入仓库。火药轰然爆炸，威力掀动山岳，巨声响彻重泉。龙的眼睛正对着爆炸处，顿时瞎掉，剧痛难忍，龙爪抓起街面青石板掷出三十里外，受创流血成小河，哀痛的呼号声直达远郊。另一条龙挟着如幕如甑的黑云下坠三四次，才捧住受创的龙腾起，而黑物早已偷偷钻出仓库，似在追逐空中的小虬龙。此刻宛然有个女道士挟着小虬龙逸去，黑物才往回飞。

这桩怪异，从闽到鲁，只不过发生在很短的时间之内。吴公子，就是蜈蚣。受创的龙，是四郎的父亲。救起受创龙的，是四郎的母亲。小虬龙，就是四郎。女道士，就是鲍姑。四郎之所以与秦女辞别，就是想报这血海深仇。槐井里村民那天晚上仍见灯光慢悠悠钻进洞穴，像没事一样，这才知道妖物非同寻常。神龙尚且战胜不了，农夫又能有什么办法？于是一起背井离乡去寻找别的可以生活的地方，槐井里渐渐成为了废墟。

十多年后，有个相貌丑陋可怖的褐衣人，去告诉槐井里原来的居民，说："我是吴公子，在槐井潜藏很久了。近来有个独耳小儿掘开地海的水灌我，小儿十分狡猾抓不到他，海水汹涌难以阻挡，老夫准备去别的地方了，你们都可返回故里了。"临走，他又叹息道："老夫也没有什么别的过错，只是曾偷偷到天河里洗了几次澡，被河鼓星神上报给玉帝，恐怕最终不免为他们所算计。但是我用计杀害了邓龙君夫妇，今日就怕是死也晚了。"说完就消失不见了。

秦女从四郎走后，儿子渐渐长大，请老师教他读书，表现得十分聪慧。夏天某日，儿子去大海洗澡，一直没有回来，秦女哭得死去活来。第二天，儿子含笑手捧两块石板回家。秦女十分生气地问他去了哪里，儿子说："我在洗澡，忽然有巨爪抓我入水底。细看是个童子，左边缺一只耳朵，相貌与我相同，他叫我弟弟。引导我到达一座大山的石洞中，床榻上坐着一位手握宝剑的少年，童子跪着说了三四句话，我也跪下。童子要我称少年为父亲。父亲说：'这是你哥哥，曾记得吗？'我说：'曾听母亲说哥哥刚生下来就割耳埋掉，现在还活着吗？'父亲说：'他是龙，因此让他入海，你是人，因此留下哺乳。我与你哥哥一同在此修炼剑丸，将替你祖父祖母报仇。仇人去投靠海州朱道人，你哥哥化作樵夫，前去说服朱道人下逐客令。仇人没有别的活路了，到了秋天一定会来找你们母子出气，所以把你找来，给你们符箓自卫，到时候我与你哥哥来援助。'说罢，吩咐哥哥背我走，叫我闭上眼睛。不一刻我刚睁眼，就已经到自己家门口了。"递上符箓，却也是像石头上刻着的篆书，弯曲如蚯蚓，母子分别佩戴。

一个多月过去了，秦女的东边新来了一位扛着锄头的农夫邻居，问他能干什么，他说："不仅能开垦荒地，而且能开挖沟渠，一个人干，每天可以进展一百多丈。"西边新来一个养鸡牧童邻居，问他能干什么，他说："善于养鸡，一鸡生两个蛋，一个蛋孵出四只鸡雏，雏鸡再生蛋，蛋再孵雏鸡，真是收益颇丰啊。"岛民都笑他吹牛，可是言辞豪爽，辰仲很高兴同他一起游玩。

辰仲带着农夫、牧童登堂拜见母亲，农夫称母亲为姐姐，牧童叫母亲为娘。母亲因为农夫的轻浮而生气，又奇怪牧童叫得那样亲。农夫说："我跟您差不多大，应该像姐姐一样对您。"牧童说："我从小陪着父亲过日子，不得不把辰仲看成弟弟而把您当作母亲。而且孤儿寡妇好可怜，仇人看你们如同砧板上的肉，能随意宰割。你们多结交一些假姻亲增加势力，不也是很好的办法吗？"母亲听了只得含糊着答应了，含着怒意表示感谢。第二天中午，农夫、牧童买来桑落酒与辰仲一同饮酒，辰仲因为秋天来了抒发心中感情，敲击瓦盆打着节拍，随口作歌唱道："秋气烈，秋声悲。仇未复，父不归。欲上天无路啊，呼唤长者帮助心意莫违。只恐覆巢下无完卵啊，身有翅膀也难飞。"唱完了哭得声泪俱下，母亲听了哭得更厉害，说："糊涂啊，儿子，娘的心痛如刀割，你还有兴致唱歌吗？"农夫、牧童也拂动衣袖站起来，以鲍姑所创作的《刺促行》应和，唱道："天有通道，地有洞窍。九头鸟叫仇人将到。"

歌刚唱完，一个鲁莽道士突然出现在门口，秦女护着辰仲进房躲避。从窗缝偷偷看道士，只见他眼睛巨大仿佛能跟天上的明月争斗，弯曲像弓一样的驼背，嘴唇边露出像钳子的双牙，满身排列着像梳篦的小剑。道士高声严厉吆喝：

"我只来取邓氏母子二人的性命，其他人快滚开，不要挡在我的前面！"农夫、牧童笑着问他与邓氏有什么仇，一定要残害这对孤儿寡妇，道士被问得说不出话，反问农夫是什么人。农夫仰着头看向天空，继而大哭，接着又大笑："嘻嘻！你方才从哪里来，突然出现在此？实话告诉你：我就是邓氏遗孤邓四郎呀！"道士怒吼一声，剑还未来得及出鞘，四郎已挥动锄头化成利剑，像弹丸，飞掷空中，与道士一阵缠斗难分上下。化成牧童的辰伯，急忙取出笼中鸡，拍着羽毛念起咒语道："羿羿羿，星啊星。速飞鸣，莫留停。助吾父，诛虫精。"鸡应声飞入蓝天白云之间，伸长脖子不停地鸣叫，雝雝喈喈嘹亮声，叫声能让金石裂开。一瞬间鸡侧着翅膀直接扑将过来，啄着道士的头顶。四郎高呼"着着"，辰伯高呼"者者"，天空忽然响起了猛烈的霹雳雷声，道士立马现出原形，有毒的身子僵死在地上，原来他就是那只大蜈蚣，如先前鲁地人所见到的一样。从云层中伸出无数鸡爪，争先恐后地撕裂蜈蚣的厚皮，攫取体内珍珠，多得数不清，其余的皮革纷纷扔在地上。一瞬间扫清了乌云之气，天地四方清平安宁。

秦女母子从屋内跑出来向恩人叩头拜谢，抬头望空中，那只鸡大得像九苞凤凰，正在低头整理羽毛整治长翎翩。四郎身穿绣服，头戴金冠，旁边立着一个背上插剑的孩子，就是辰伯，虽然已经见过辰伯但是秦女却不认得。四郎满眼含泪道了一声"珍重"，命令云彩迅速升入高空。秦女母子为报仇成功感到高兴，又因为自己没有辨认出农夫、牧童的真相而心内痛悔。那蜈蚣皮比漆黑，比瓮粗，坚硬如铁的钩爪弯曲着，骨节中还有一些零碎的珠子，秦女于是把余下的珍珠捡起来，用火烧掉皮革。

郡守古春月因为萨摩岛属他管辖，于是派人向秦女讨要珍珠，秦女爱惜而拒绝了他，郡守怀恨在心。正好第二年夏天酷热难耐，像烧着的石头煮着的沙子，田中禾苗干枯得如同黄色头发一般。郡守迎来蛇师，搓清鲜答石，讽请木郎，民间各种求雨的迷信办法都用光了，仍旧毫无起色。郡守告诉百姓说："你们应该都知道从前有暴晒巫男巫婆来求雨的故事吧。"于是非要将秦女、辰仲捆住抓来，把他们放在高高露台顶端受烈日炙烤。岛上百余居民围聚在一起烧香，在衙署门口哭着说："虐待神婆，恐怕要给我们招致灾祸。"郡守不以为意嬉皮笑脸说："世人都知道心疼爱惜自己的妻子儿女，我想即便是龙君也应该如此。龙君如果来救他的妻儿，我也能因为这个事情而获得充足的雨水，这其实是在为你们寻求生路，怎么能就此放弃呢？"于是挥手让百姓们都回家去。

秦女、辰仲实在熬不过烈日炙烤，仰天大叫了好几声。这时火云一团团一缕缕从太阳旁边向下飘落，千羽神鸟鸣叫着，闹哄哄突然飞到露台上方，坠下一丝红线，将秦女母子缚住高高地飞入云层里。回首秦氏住房，已被大火焚毁都变成灰烬，而郡守始终没有得到珍珠。不过至今在海滨仍然保留祭祀神婆求雨这个风俗。

翟仙石

浙江医生翟君喜爱收藏石头近乎成癖，到山谷游历，看到晶莹润泽玲珑剔透的石头总捡在衣袖里带回家中，几乎桌上床上堆满了。更有两块特别喜爱的卵形石，他早晚佩戴在身上，一刻也不舍得。自己说这卵石是仙界产出的，因而以仙石作为自己的字号。

当翟君在京城时，有会稽某君，做农部郎中官，夏天得了传染病，命悬一线，他的爱妾也染病在身。多亏服用翟医生的药才痊愈，用金钱作为报酬，翟君不肯收。又一年的秋天已到，翟君匆匆整理回家的行囊，在准备离开京城前，去农部郎中那儿告辞。只见某君手拿着一封信，封套上书写着"吾弟紫霞髓道人手启"九个字，就说："没有什么能够报答先生的恩德，只有我弟弟从小在会稽某山间学仙，别有洞天，深邃难测，四周都是陡峭的悬崖，用手去摸一点都没有门的痕迹。下面有两株槐树，相对矗立如龙如凤的就是。但我有隐秘偈语三四句，对着峭壁一念，石门马上就会打开，这是我弟弟入山修炼时偷偷告诉我的。偈语是：'天门不开，地门不开，白云何处金银台。哥哥有字来，石门开，仙门开。'先生是忠厚之人，也请你不要泄露给其他人，这听起来确实有些难以置信呐。我把这信委托于你烦请你做信使，你或许可以借这个机会尽情观赏洞天的妙不可言的景色，我想先生应该不会推辞吧？"翟君回答说："非常乐意。"

翟君回浙江处理完家事，问当地人，人说："确实有这座山，只是向来深远僻静很少有人去那里。"翟君就带上一些干粮走路前往，耗上几天的脚力才抵达。越往山里走那景色就越幽清，他攀援藤萝，踩着虎豹留下的足迹，满山的野花，微风习习吹过，传来阵阵幽香。忽然看到峭壁插立在空中，山色浓粹像是要滴下水来，白云悠悠飘来荡去，两株槐树分明就在眼前。翟君整理下自己的服饰，捡起地下小石块边敲边扣石壁，边扣边念偈语。只听轰隆一声巨响，敞开两扇石门，有童子突然来到面前，问他从哪里而来。翟君说："我是你家长兄的寄信人。"童子引导他进洞，嘱咐他站在树下等候，自己先登上厅堂禀报来客的话语。翟君在洞中到处看看，有池塘台榭，有泉石花草，也不过像有钱人家的花园果圃那样。只是许多鸟儿相互争着鸣叫，有风有日，两厢和美，碧桃绣球等花刚刚破萼盛开，看上去像是人间的二三月的景象。

不久主人出来迎客，头戴竹篛冠，朱红道衣凫形仙鞋，手握尘尾，一身风致洒脱出世。看他年纪不过才二十多岁，但是修道的灵气却在眉宇间充溢。翟君走上厅堂与主人作揖，主人也作揖请他入座。翟君从袖中取出书信递给他，主人站起接过书说："感谢你远道而来送信，心里很惶恐不安，可见这是极大的缘分。今晚我师傅带客人来夜饮，先生也可借此机会瞻仰一番仙道人物的风范哩。"翟君看着厅堂上的摆设，都是平常世间很难见到的。最让人感到惊奇的是正中悬挂的一幅画，是用工笔细细描绘的一个赤身裸体美女，四周围云气缭绕，形体半隐半露，美女手上拿着金簪，故作媚笑的姿态。翟君感到很意外，可也不敢多问。童子接着端来两碗茶给客人品尝，一碗温一碗凉，翟君选择饮用温茶而放弃了凉茶。童子似乎流露出一些惋惜的样子，于是便将凉茶献给主人，主人叫童子代为饮茶，童子跪拜后饮下，显得非常恭敬。

不多久一轮月亮升上来，厅堂上点起用桦皮做的蜡烛，整个房间如同白昼一样亮堂。一个童子奔进报告说："师尊来了！"主人站起，拜立在庭院中。果然看见空中降下一个老翁，长胡须高个子，面庞瘦削，后边跟随两位客人，一壮年一青年，都古衣古冠，昂然来到。他们见了陌生人翟君，一下子停住脚步。主人告诉说是家兄派来捎信的，他们才入座。主客稍稍寒暄几句，马上送上各种珍膳美肴，芳香袭人。上面摆一桌，老翁与壮年客共同坐一起。下面摆一桌，主人与年轻客共同享用。旁边摆一桌，翟君专用。翟君酒席上的菜肴还是人间食品，只是味道尝起来十分甘美。有两壶酒，仍是一壶温一壶凉，如进茶一样。翟君终于因为患有隐秘疾病，不敢喝凉的，微微品尝了几小口温酒，就感觉芳香清冽无比。而主人与来客所吃的食品，很多是翟君从来没见过的。主人起身，用巨盆盛满酒，跪着献给老翁祝寿。然后靠近翟君轻声说："你是我的同乡，到这里来一趟不容易，希望你能吃饱喝醉了再回家，不用客套更不用腼腆不好意思。"翟君点头答应。可是主人与来客清谈，妙语不断，令人不可思议。翟君贪着聆听仙家言论，几乎快忘记喝杯中的美酒。

转眼时间飞逝，远方晨钟响起，月亮渐渐西沉，老翁掀动长须站起来说："诸位还能够痛饮吗？"大家答道："敢不听从您老的吩咐。"老翁叫一个童子把四支竹管插入地中，主客四人各吸一管，发出一阵咯咯吸酒声。吸完，客人告辞，主人送他们到庭院前井边。老翁与二客都跳入井里，主人再三作揖然后返回。问翟君道："醉饱了吗？"翟君说："十分感谢盛情款待了。"主人说："我自己将回信寄回去。天色渐亮，请同乡人马上回家，路上一刻都不要耽搁。"说完，作了一揖送客。

翟君跟着童子走得很快，出来看见庭院地下用鹅卵石铺地，在月光下，尤为惹人喜爱，偷偷藏一枚在怀里。等到走出大门，再回头却发现童子已然不见踪影。晨光朦胧中，手摸石壁，依旧天衣无缝，心情有些怅惘沿路而回。一天就回到家中，完全不像之前入山那样艰难。再取出卵石一看，洁白如玉，光华灿烂，而且有天然纹理。石上有一幅书法一幅图画，一面画着嫩绿柳枝，枝上栖息着杜鹃鸟，一钩残月，月色昏黄似在浮动；另一面有金色篆文，有"叫月子规喉舌冷"七字，分作两行。翟君十分惊喜，而后又后悔在洞中为什么没有多取数枚，可以向周围人拿出来炫耀。

第二年翟君有事去京城，腿力出乎意料地好，步行千里不须乘车马。前往拜见农部郎中，郎中已欢跃出来相迎，说："先生做人讲信用，幸亏没有将信丢弃，履行了约定。可是先生是个小偷，难道不怕仙人嘲笑你吗？"翟君说："没做小偷。"郎中说："我弟弟来信说得很明白，先生带走鹅卵石一枚，有此事吗？"翟君感到惶恐惊讶。郎中说："我只是跟你开玩笑罢了。弟弟来信向我详细转告先生人品忠诚老实，可惜没有仙根，然而一席晚餐享用后本就可以对身体大有裨益。您既然喜爱石头，为什么不取走一对，拿走一枚留下一枚，何必如此廉洁？现在寄来第二枚，让我转交给您。"说罢从袖中取出一石，大小果然与自己洞中所得没有两样。石的一面画着一丛野花，花蕊底下斜斜地掩映着一只蝴蝶，另一只蝴蝶侧躺在花须上，如同活物一般。另一面篆书是"宿花蝴蝶梦魂香"。翟君收下石头心里十分高兴，一再拜谢说："仙人给予我的恩惠真是太多难以回报啊！"郎中说："山中奇石很多，外人有他缘的或可得到一二枚，如果仙洞中人将奇石寄给家里人，那就要遭到山神的弹劾。"翟君问："复信怎么来的？"郎中答道："有时是白鹤，有时是鹦鹉，衔着飞来丢下信便回返。"翟君又问："你弟弟仙师有名字吗？"农部郎中只笑笑并不回答。

翟仙石后来又将偈语逐渐告诉给浙江人，有些多事之人寻到峭壁下，偶尔敲扣壁石口中念着偈语，石门也会打开。但是童子看一眼立即抽身返回，石门马上也会关上。现在那对槐树仍旧在山里，樵夫牧童还能辨出那个地方哩。这是我在兖州时听幕宾张吉入同我说的，大约发生在明末嘉靖时期吧。

离魂婿

蜀地的李生横塘，自幼父母双亡，孤苦无依，长大也是孤单一人，在荒僻乡村教书谋生。但他天性喜欢施舍，常以自己力量太小感到遗憾。乡里有个孟全真，原本是江西龙虎山张真人手下法官，因错误地施行符咒，被逐出江西，生活日渐艰难，时常来荒村哀叫乞讨。李生可怜他，分自己的食物让他吃饱，他也不说声谢谢。

忽然有一天孟全真和李生说："我即将离开人世，想要把自己陈腐污浊的躯体拜托你照看。"李生问他什么时候去世，他说："就在今天。"李生看他须发飘飘，神采飞扬，不太相信。但还是拿出身上所有的钱，去村子中买来酒和他同饮。孟全真持杯畅饮。到黄昏时，孟全真忽然把酒杯扔在桌子上，说："时间到了！"然后就咽了气，身子不倒，面带笑容，可是身体已冰凉。村里其他人劝李生找些村民将孟全真的尸体抬到野外草丛中丢弃了，李生不同意，说："朋友死了，求我殡葬，我怎能辜负朋友所托？"于是请求预支了教书钱五两银子，买来棺木等葬具，将孟全真埋葬在高岗。

待丧事处理完，李生动了远游的念头，放弃教职游走四方，靠替人抄写和代写书信赚点钱。后来甚至游历到了京城，可是京城柴米价格高昂，常住不起。而且李生秉性洁身自爱，不愿意随便求人，一日三餐食不果腹，又无处可依。一天，漫无目的地走在大街上，正巧遇见同乡聂芝仙，两人是老朋友，马上打招呼。李生竟然没看见也没听见。聂芝仙急忙拉住他，他已是气喘吁吁汗流不止即将虚脱，看出老朋友十分潦倒，问："你是不是饿了？"连忙将他扶进饭馆，先让他吃些粥，之后再吃些美味佳肴，李生这才慢慢能说话，可是神色却更悲伤。聂芝仙说："你既已沦落到如此地步，还不打算依靠别人吗？"李生回说没有门路。聂芝仙小声说："秋季科举考试马上要举行了，宰相刘公有个儿子，正在寻找名士代笔。如果你想要结识，我为你做介绍好吗？"李生说："行。"

第二天聂芝仙果然向公子推荐李生，说："李生是人中龙凤，不是我胆敢随便推荐介绍的。应当讲究礼节加上丰厚聘礼，不能草率失去了高人。"公子相信他，与李生一见面就很满意，订立交情。又引他见父亲，刘公更是另眼相看。于是李生就做了宰相府的贵客，不再身无分文穷途痛哭。

不久接近大考，刘公备好酒菜款待李生，酒兴浓酣时刘公摸摸胡须笑着说："穷书生也知道老夫不拘礼节同你交往的心意吗？"李生说："招揽贤士正是宰相的重要职务。可惜我才疏学浅，辜负大人美意了。"刘公说："你错了。我的儿子不成才，恐怕他不能继承我的事业，想借你的手笔，替我儿子代为作文应考。"李生以荒芜已久谦逊推辞，刘公说："你不要担心！只要能填满篇幅，不交白卷，那么就绝不会落空，没什么可忧虑的！"考前一日，刘公暗自告诉李生二处关节，说："你把关节分别嵌在文字内，肯定能够一箭双雕。"

进入考场，李生正巧与公子联号靠近，左侧是一个山东考生名叫欧阳镜明。李生用心写了三篇文章，嵌入关节，起承转合嵌得天衣无缝，然后传递给刘公子。自己的文章却草草写完，不愿运用刘公所赠的暗号，打算仍然将关节之一携带出去。然后打起了瞌睡，梦见神灵和他说："欧阳君是个孝子，为何不将不用的关节赠送给他？"李生醒来就将其赠与欧阳君。看他的文章写得太平实，还替他稍加修饰。二三场考试与欧阳君都是隔号近邻，两人就约定成为好友后离开考场。等到张榜公布名单，三人都中了举。明年春天会试、殿试，三人又同传捷报，李生进入翰林院，刘公子与欧阳君都被授为各部官员。

与刘公子一同做官的人都知道李生还没有成家，又看他俊朗帅气，争着要给他提亲。李生与刘公商量，刘公说："世态人情多么可笑！你没有及第时，谁肯放下架子看你一眼？我有个侄女，名叫婉娩，容貌与她名字一样美丽。才刚刚成年，我愿意把她许配给你为妻。"于是，选了黄道吉日，将李生招赘入相府。李生看到婉娩果然秀慧娇美，两人十分恩爱。

李生和丈人居住在一起，也根本不计较俸禄的少和官职的清。只是刘公天性多疑猜忌，喜欢隔着门窗偷听，暗中布置奴才侦察动静。恶仆几乎是挑拨进谗，诡秘乖僻出人意表。因此刘家即便是家庭骨肉间，也终日像是泥塑木雕死气沉沉，女婿是外姓，更加不能疏忽大意。每日早晨起床后，刘公派遣得力仆人送李生到翰林院，晚上回家，又吩咐宫中内侍护送女婿回到府中。李生请求回家乡探望，刘公不许，希望去四方游历，刘公也不肯。甚至不能随便交一个朋友，也不能随便走一步路。李生婚后，反而成了羁押的囚犯，即使是知心好友如欧阳君，也不能经常见面叙旧。他感到很不耐烦，可是毕竟因为刘公的恩遇使自己跻身青云，因此不敢有所表示，只是常在枕边窃窃私语愤愤不平，婉娩劝他说："郎君既然已经步入仕途，敢与宰相对抗以卵击石吗？暂且住一阵子，等有机会再离开，才能保得万无一失。我身子多病，怕是不能生儿育女，还想前往蜀地，替郎君另找个卓文君那样美女为伴哪。"李生听了稍稍感到了安慰。

刘公除喜欢大谈八股文外，还酷爱下棋。刘公子听说新来一个云游道士精于棋道，邀请来家，刘公与道士下棋投机，宾主相得，十分高兴。道士沉默少言，无所请求，更符合刘公心意。李生偶然从内房出来，发现道士不是别人，竟是孟全真，声音笑貌无一不像。道士见了李生，故意点头微笑。李生回忆往事，心里疑惑。一日道士找着机会对李生说："李先生已成为入赘相府的贵婿了，还想着老朋友吗？"李生说："您莫非又活了？"孟全真急忙摇手示意不要再说，小声说："我只是灵魂升天成仙，上次并不是真死。小心不要泄露告诉别人，恐怕那些人听此奇闻会受惊呢。"李生告诉他自己的苦楚，孟全真笑道："其中有定数在，有什么办法？尽管这样，还是要替你想想办法。"

第二天，李生又偷偷向道士诉苦，道士仰天捧腹笑道："你何不弃官而隐居乡间呢？"李生说："与新娶娘子感情深厚，我不忍心丢弃她。"道士抬头望天很久，低头看地很久，突然间将李生扑倒在床上，又拉着他，飘飘悠悠飞越围墙而出。两人共同坐在一支竹杖上，道士嘱李生紧闭双目，耳边风声呼呼，刹那间飞行千里。

竹杖不久坠落在河南紫阳东乡山中。仙家古刹高耸，是鬈砧道观。孟全真拉着李生一起进入，有老女道士出门迎客，作揖将二人请入观内。孟全真说：

"这是李翰林，想借福地养病，空闲时就让他任意游览，千万不要怠慢客人。"
女道士点头答应，引导李生到卧房。书桌床榻明亮洁净，出房眺望满山林木，
景物幽森。李生兴奋雀跃，以为终于卸下镣铐脱离牢笼了。孟全真却说："还
早着呢，还早着呢。"说完就要告辞。李生问他去哪里，他说："你家丈人与
我下棋，还有半局没有结束呢。"李生请把情况悄悄告诉婉娲，孟全真说："马
上就会见面，何必请别人传达？"话音刚落，飘然而去。

　　李生吃了素斋后，感到困倦，便进房横卧床榻入睡，又一下子醒来。觉得
身边有佳人相偎依，一看是婉娲。看到李生醒来，婉娲悄声问道："郎君是累了，
还是生病了？为什么突然跌倒不省人事？刚才把你从厅堂抬回来，快要把我吓
死。"李生起身与婉娲一起用晚餐，夜间抱住婉娲而睡，眼皮刚合拢，人又在
道观中，听到公鸡的啼叫，女道士起来早课吟唱道家仙曲，磬声泠泠。从那以
后李生只要躺下睡着，就身在道观，张眼醒来，就身在相府。孟全真时时在相
府向李生索讨金钱，然后送入观中做旅费。李生私下询问是什么法术，孟全真
笑而不答。

　　一日李生又在观中，听到大殿上有女子的声音。出房前去瞄一眼，却是个
贫家女，虽然衣着朴素，然而秀发披肩，翠眉欲滴，容颜美过婉娲，正在神座
前焚香叩头祈求仙方。李生私下询问女道士，她说："她是道观东边白家的女儿，
名石华，父亲哥哥都已去世，遗孀孤女靠纺织谋生。近日她母亲生病，所以来
求神方。"李生问："订婚了吗？"女道士答："还没有。"签子落下，李生
将签上仙方抄写给她，还尾随她同行。女子频频回头，恼怒他的轻浮。等到了
山村，只见几间老屋，门前流着溪水，紫藤花攀上缠住橘树，洁白芳香的花四
周垂下。女子进屋，李生偷偷绕到屋后偷听，果然听见老太婆的呻吟声，心里
很可怜她们。

　　次日女子又来道观，等到她刚要离开，李生抢上一步问道："石娘，阿妈
的病好了吗？"女子神情戚戚，摇摇头立刻就走。李生悄悄去那山村，碰巧女
子前往山村集市配药。李生进屋去看，老太婆躺在绳子做的编床上，气息微弱。

李生撒谎说："我与阿妈本来是远亲，最近从京城回来，不料老人家竟病得这样厉害。"老太记得不太清楚，只是气喘吁吁说自己病得好苦。李生留下一锭银子，放在老太床头。

明天李生又去，听见老太颤抖着声音告诉女儿说："昨天来了一个亲戚，我很失礼。他丢下一件东西放在床头，你去看一下是什么东西。他如果再来，要仔细问问他是谁。"李生进屋，女子赶忙奔出来，归还他的银子，说："哪来的郎君，频频来走动？我虽然贫穷，可不是任人攀折的章台柳。昨日留下银子在这里，难道是要以此炫耀引诱我私奔吗？读书人，不要妄想！"李生说："小生实在别无他意。从小没有父母，这几日看见你母亲就像自己母亲一样亲哩。"女子听了感动得热泪盈眶。老太在里边，问女儿与谁说话，女子说："糟糕啦！"李生恳求女子请她暂且说是"亲戚"。女子说："我还不知道你姓什么，能谎说是亲戚吗？"李生因而告诉了全部情况。女子进房告诉母亲说："这就是昨天来过的李亲家。"老太说："问问他是不是李十二秀才的第二个儿子呢？"李生忙赶上前答应道："我正是这人哪。"老太说："已经多年失去音讯啦。"一桩一桩问起家事，李生都含糊应付过去。李生临走想留下银子，女子坚决不接受，李生也不敢过于勉强。

第二天女子忽然奔到道观，碰上李生正在午睡，再三将他叫醒。李生问："你来干什么？"女子哭泣道："这次确实是不能不向你求救了。"李生问究竟出了什么事，女子只是哀哭着急，女道士代她告诉说："乡里有个无赖见他们孤女寡妇，经常来挑逗，姑娘只能用刀自卫。最近无赖扬言，要乘她母亲生病时劫她去成婚。"李生怒道："无耻鼠辈竟敢如此妄为！"打听了名字，骑坐道观中的白驴，亲自来到衙门向县令控告，把无赖羁押狱中。县令是李生的同年进士，惊问为何来此，李生谎称来访问朋友。回到道观，女子来伏地叩谢，接着哭道："母亲终究由于生气，病更重了，怎么办？"正好孟全真到，李生代女子诉苦求援。孟全真说："让我先做医生，再做月老。"欣然前去治病，开了一帖药病就治愈，几天后老太轻松地起了床，能喝稀饭。女子仍然坐着纺织，李生也不常到山村，可是心里总是牵挂着。

一日，女子来告诉李生说："郎君的深情已铭刻在心中，不过应当派媒人前往说亲。我母亲不会不同意。如果偷鸡摸狗，我实在羞愧难从。"于是，李生央求孟全真做媒，成了白家女婿。县令听说这喜事，备下花红喜酒来祝贺。李生取出孟全真从相府取来的银子，修葺房屋，购买奴仆。一年左右，石华生下一个儿子，非常可爱，取名为梦生。女子问为何取这名字，李生笑而不答。过了很长时间，李生在相府渐渐将真情泄露给婉娩，孟全真知道了很生气，拂袖而去，音讯全无。李生偶尔懒懒地对着婉娩支起下巴颏发呆，婉娩就笑着说："郎君快去吧，不要让二娘盼望哪！"可是李生心里总怀疑是梦，不很相信。后来梦生渐渐长大，李生每日到山村教儿子读书。老太去世后，李生按礼节下葬。梦生能写文章，渐渐有了声誉，李生带儿子去拜见紫阳县令，县令称赞这孩子将来是国家的栋梁。紫阳县令不久由于政绩优异而升官到了京都，忽然遇见值完班回府的李生，惊问道："你什么时候进京的？"李生搪塞了过去。县令再问问别人，都说："他从来没有离开过京城一天。"

再说刘公终究由于过于刻薄待人而招致罪名，朝官解侍御上疏弹劾刘公有十条大罪。还取到刘公卖官鬻爵的确凿证据，再次上疏奏报，就奉旨抄没家产，刘公父子削去官职发赴云南充军，永不赦免。解侍御久已风闻紫阳县令叙说李生的怪事，便打算以妖法惑众的罪名将李生连坐。幸亏欧阳君这时已在礼部做大官，极力保全李生，就推荐让李生出任河南开封府尹。临行时，欧阳君厚礼送别，使李生与婉娩能置办行装去开封府上任。

经过紫阳县时，李生笑眯眯地对婉娩说："与爱妻访问一次梦中人行不行？"婉娩笑着答应。后来了解到那里果真有座砧道观，并且果真有那个山村。派仆人去山村打听，仆人大惊而回，报告说："村中也有一个李太守，睡在绣床上，左边偎抱着娇妻，右边侍立着佳儿，面貌姓名，没有任何差错。"李生听说害怕到极点，脸色骤变。幸好婉娩熟读古典书册，深知古代本来就有离魂的女子，现在的事莫非即属此类。就从车中牢牢抱住李生，说："郎君不必害怕。"说完，催促车夫前进。

　　将到山村，石华听见众多的车骑声，躲在门边偷偷看。婉娩下车，立即进门直入内房，瞧见睡着的人果然不错，就来不及同主人客套寒暄，直接与婢女扶李生下车。石华看见李生模样吓人，正要号哭，婉娩急忙阻止。扶李生入房，缓缓推他与床上人睡在一起，盖上被子。过了一会儿，听见李生打呵欠伸懒腰说："奇怪啊！"一看两人已合为一体，可是脸上全是汗，面色惨白如纸，仿佛是久病刚愈。婉娩这才代替李生详细叙述经历，石华也异常惊喜庆幸。石华比婉娩小一岁，称呼婉娩为姐姐，二人极为亲热。梦生也来参见嫡母，婉娩高兴地说："我有儿子了，还担忧什么呢？"就带他们母子一起上任。后来，梦生娶了欧阳君的女儿珠缨为妻子，梦生亲自进京迎亲，顺便花钱买功名参加礼部会考，考中了进士，携带新妇回开封府，一家人欢天喜地。

　　李生有了二位贤内助，政绩斐然，声誉鹊起。一年多后，升官任粤省布政使，贺客满堂。突然看门人报告说孟全真求见，李生招他进来，果真是他。孟全真再拜说："山野之人不懂规矩，这一切也不知道能不能报答你的恩德？可是贪恋栅棚的马是驽马，贪恋俸禄的宦是蛀虫，贪恋世俗的人是蜉蝣。只有急流勇退，才能免蹈你老丈人的覆辙。"说完要来一钵水，直竖一指念咒，端着给李生饮用。李生喝完，觉得心田空澄透明，尘世间一切都如梦幻泡影。他与孟全真耳语许久，随即上书朝廷请求辞官。梦生告诉婉娩，母子俩同来劝阻，看石华却面带笑容，李生更是大笑。片刻间庭中云烟弥漫，看不见人，等到烟消云散，却是道士消失，李生与石华已不见。母子俩痛哭很长时间。清点做官所得财产还有几千两银子，一同侨居在紫阳县山村旧宅。一年多后，梦生又外派到河南省做官，迎接母亲到衙门奉养，而且生下一儿一女，供嫡母享受天伦之乐。

　　婉娩四十六岁时，得了小病，突然看见李生站立在床榻前说："我与石华一同隐居仙山，连累你独自孤寂，未免无情。现来度你为鬼仙，就不用受苦啦！"梦生与妻子急忙入房，牵住嫡母衣服哀哭求告。李生说："孩儿能做好官，父亲心里觉得安慰。孟道士在昆仑石室等着你父母，怎么能久待呢？"说罢霹雳声骤起，震动得屋顶瓦片要飞，再看李生已没了踪影，婉娩也在床上含笑而去。

鬼神报施各别

浙江的一个村落中，有富户名叫端木伯仁，长于理财经营，家中有广袤的田地，豪华的住宅，家里黄金白银充足，是乡里的首富。家中有非常多仰仗吃饭的客人，都是一些代端木记账管事的人员。村子西边有座祠山大帝庙，向来特显灵验。原来塑有泥像，乡里人为逢迎讨好于神，就在殿后修建寝宫，并请技艺高超的工匠雕刻成大帝及其夫人的木像，为了在举办庙会时可将彩轿抬着木像来巡游田亩间。庙内的香火很旺盛。

从大帝庙一直到达端木的住所，里面全是水田，其中与一条像羊肠细线的小道互相融通，幽深曲折。每当日落的时候，端木就穿着短衣拖着芒鞋，惬意行走在清幽的田间小道上，他会把欣赏庄稼长势的茂盛作为人生的一大乐趣。在这一过程中，他时常看到有个非常奇特的人物，方形脸、宽大的额头，衣帽非常奢华，也在背着手向远处眺望，每当听到群蛙吹鼓沸声贯耳，总会拍手叫绝。仔细看那人的来头，才发现他不是本村里人，就想上前与他搭讪，但是一转眼突然不见人影。正好见他朝大帝庙中走去，打听庙祝，也不知道他是什么人，心里很惊讶，但嘴上不说。

有一天，端木回家，因为刚从别村饮祭神酒，所以步履歪歪斜斜、踉踉跄跄走在田间小路上，突然与陌生人当面相遇。只见两人肩擦着肩而走，因为端木是富翁，身体长得横胖，腰围粗得都能装下五石米的大桶，稍微用手臂一挡，只听见"咕咚"一声响，异人就已失足掉进田水当中，一双锃亮的皮靴好像被泥水所污。端木心里有点愧疚又惶恐不安，心想对方一定会破口大骂，没想到这陌生人竟含笑不语，自己拖着泥水上岸，穿着脏脏的鞋子仍旧走向大帝庙中去。端木回家后把发生的事情与办事伙计以及儿孙细说了一遍，因为酒醉而犯了不该犯的过错，深感愧疚并责备自己。

当天晚上，庙祝做了一个梦，他梦见大帝宣召，双手举起泥靴让自己看，泥浆一副淋漓乱滴不已的样子。大帝好奇地问和尚说："你知道我皮靴为什么变成这副模样吗？"和尚回答说："不知晓。"大帝回答说："我每晚都会贪着眺望乡间美色，猛然在窄路上遇到东村的大财星端木官人，眼看两面都是汪洋，已经无路可走。我正准备转身奔回，想不到他竟然趁着酒醉，与我搞了一个恶作剧，把我挤得堕落在水中，弄湿脏污了我的两脚，实在让人难以忍受。你应该给他传话，只要帮我换上新的干净的皮靴，除了不给他添些新灾祸，反而还要给他赐福。只不过是一双皮靴，本不该斤斤计较，但是我既然能够得到一方百姓的供养，穿着这双脏皮靴也太不雅观整洁了。"和尚在梦中就问话说："他竟然敢轻慢欺侮你，大帝如此神通广大，想要治服一个守财奴又有什么能难倒他呢？"大帝回答道："你这是说的什么话呢？只要是大富大贵的人运气旺盛时，头上都会有一丈来许红光，神灵撞见都会让道。这本是我一时糊涂，他哪有什么过错呢？"和尚还要说些什么，大帝夫人听了以后在帐幔内发作，骂端木太过无礼。大帝听后急忙加以阻止，只听到两人互相指责批评，最终快要打了起来。和尚这时一惊而醒，耳边好像还听到殿堂上有谩骂争吵的声音。点灯一看，真见大帝以前锃亮整洁的皮靴脏兮兮的，就正如大帝梦中所说的。

晨钟刚刚敲响，和尚就大步流星地赶去敲打端木的家门，见面就问道："你昨晚是不是挤一人落水，有非凡逸事吗？"端木说："真的有这回事。莫非是贵族房客派你来索讨赔偿费的吗？"和尚激动地回答说："那人不是凡人，而是祠山大帝啊！"然后细细告诉端木他在梦中的所见所闻。端木急忙拉着和尚赶往庙里打探，果然是这种情况。端木发现后就感到非常懊恼，心里也有些许害怕，赶忙购买新的皮靴帮大帝更换好，然后又烧香叩头祈祷，小心翼翼，一阵歉愧惊惶之感，后来也的确没有发生任何灾祸。可是端木因为过了此事，就已放心，每次与门下客人在一起饮酒聊天时，总会叙说此事用来助兴，夸耀自己的财富，炫耀因为那事产生的奇迹。

端木有个姓江的客人，听了东家这次奇遇非常羡慕。再讲他从进端木家办事以后，就已私自侵蚀，逐渐填饱私囊，私下特别希望自己成为像陶朱公一样的百万富翁。他也时时行走在村落田野当中，希望能够奇遇。

有一天，夕阳西下，新月才逐渐升起，江某还在田间散步。因为那条路是狭道，左边是特大的深塘，右边又是极深的水渠，所以蒲草芦苇长起来也显得密密丛生。不巧的是江某肚子疼痛难忍，此时正要去厕所，看着草丛就赶紧顺着坡下草丛去方便。突然听见在很远的地方传来一片前呼后拥的喝道声，心里诧异此时怎会有官长在此经过。他偷偷一瞧，吆喝声渐渐地接近了自己。前面开道的二人长得大概有二尺多点，后面紧随着穿绣花红袍，戴圆翅的乌纱帽的官人，正坐在宽敞的轿上。只见两个小人都抬着他走，官人坐在轿子里拈须含笑，左瞧瞧右看看志得意满。汪某猜定他们是鬼，大可按照东家的故事，因此从坡下猛地狂叫，突然跑到小路上去顶撞他们。这时官人和喽啰一大堆人全部都堕入道左的深塘中，他们大声号叫着在水中挣扎浮沉喊救命，十分着急，没过多大会儿，水就浸湿了头部并且遭到没顶之灾。江某傻傻看了好长时间没有做任何动作，心里十分惶恐，然后就悄悄回了家，绝口不提刚才发生的事，即使是在妻子跟前也从不泄露此事。

事情貌似结束啦，但从这以后，每天晚上全村人几乎都会听到一个妇女的哀哭声，边哭边诉说着："我的丈夫命太苦，刚办成功差事，大帝也很称心满意，要提拔他做土地神。还是刚刚上任，竟然遭到水淹溺水身亡呀！丈夫做了土地神就死了，我却不能够做土地神婆而活着，我是形单影只的孤孀，我憎恨自己没有跟随丈夫一起死呵！"接着又听见几个人好像是差役，围绕着村庄侦查追捕犯人的模样，拿着绳索边走边小声说道："太冤枉了啊！如果土地神手下真的有一个人还活着，就可知道到底谁才是正犯。这种无头案就像大海捞针，无法寻找凶手啊。"夜夜像这样，吵闹声断断续续，一个多月后才逐渐消停。村民们一向都敬畏大帝，即使知道事有猫腻，但却不敢说出口，害怕受到一点牵连。

那时乡里有个秀才姓阮，字咸叔，在端木家做一名专职家庭教师，经常教他儿子读书。平生精通有关阖濂洛以及宋代四大理学流派的著作，为人规矩，也从不相信歪门邪道。每次旁听东家讲起那件奇怪的事，总要据理力争。由于不相信鬼神，他就夜晚挑灯写成《续无鬼论》，然后再高声朗诵。

春去春又来，转眼间又过了三年。端木有一次与阮秀才远望晚色闲聊桑麻，江某也正好凑热闹陪在他们旁边。端木有所感触地回忆起往事，不知不觉地扑哧一笑说："这里可就是我那时挤神落水的地方啊！"阮秀才有点恼怒道："你赶紧住口吧！如若再喋喋不休，我宁愿被关在房里做一位闭户先生，也不愿来听你胡说八道。即使如大帝那样，名姓记载在野史上，也要学问高深，威力无与伦比，化豕开山道，感鹊堕金鼓，才能得以成神，几乎与夏禹化为熊，打通轘辕险道两千余里的神迹一样。你只不过是一个农家富翁，不过铜臭熏天，只能在穷酸的人面前傲气十足，难道还敢对神灵施显傲气吗？"江某听过后，迫不及待上前一步说："先生你也真所谓少见多怪了！东家本来从未说过谎，就拿我来说也曾亲眼在东边小路上见到神鬼。"接着就细细叙述官人当时含笑拈须状，两小鬼喝道状，接着被撞入水中叫着求救的状况。

端木听过后正得意扬扬，阮秀才也正怒气冲天，突然路旁草丛内听见有声音大呼道："呸！三年前淹死了土地神，原来就是你干的呀？我被连累着遭上头敲打已很长时间了，且拉你去吃一场官司！"端木与阮秀才这时也只听见声音却看不见人形，看江某脸色骤变，眼睛直瞪瞪，口中也流唾沫。当扶他回到屋里时，也已经手足弯曲抽筋，号啕大哭终夜而死。

稽查天下五岳四渎香火使

明末江西有位陆主政，名昉，字秋坪，妻子是秦氏，名字叫希玉。因为在水曹衙门做官，就租赁某胡同住宅来居住。陆公对应酬请托非常懒惰，所以一直做冷官，也不被提拔重用，就萍寄京华。凭借陆公长于绘画，夫人擅长刺绣，来换取一日三餐并作为开销。当时陆公年已过四十，夫人年也到三十，但是还没有孩子，于是他们就虔诚地信奉佛教。禅床上两人一心信教，鬓丝飘拂，最后竟然成了道伴。他们每天晚上朗声诵读《法华经》，相对坐在蒲团上探讨佛经妙谛。

突然有一个白发老头拨开帘子入房，衣帽很奢华。后面紧随一位垂鬟少女，年龄大约十六七岁，风姿婀娜动人，掩住嘴微微含笑，可爱非凡。陆公很好奇他们从哪里来，老头不予以回答，只是向上作揖。陆公与夫人只好一起答拜。双方拜罢，老头叫少女跪下拜见，像是见父母的礼节一样。夫人把她拉起来，就依依不舍地依偎在夫人胳膊底下，眉目相对，如同老相识。陆公给来客让座，少女就依偎在夫人旁边而坐。老头于是拱手态度恭敬地自我介绍说："我是一只通天狐，姓骆名秋槎，有事想要拜托。我已看遍人间，发现世间没人比得上贤夫妻那样诚实厚道的，所以请不要因为我不是人而起疑心。"陆公听了感到惊悚，但是觉察到来客是古貌古心，一定是有道行的，因此也不需要过分恐惧。就吩咐童仆剔亮灯烧茶水，指派婢女拿新鲜果子给少女吃，然后询问老头所托何事。

老头回应说："下界末路，一片鬼狐横行之景，有许多凭借奇木怪石来显灵，谎报是神仙，有的蛊惑愚昧百姓，打算攫取人间香火供养。这是上帝所最憎恨的，因为我还比较耿直，因此上帝颁下诏令封我作为稽查天下五岳四渎香火的使者，并且赐给我斩妖剑、照鬼镜，并允许我相机行事任意处置。天书规定好起程期限，迟了就要受到惩罚。我的妻子早已经离世，留下一个小女儿，是个累赘，就是这个女孩。这一离开要五年才能够行完差使返回到这里，如果是腾云驾雾奔驰，带着一个女孩子总是很不方便的。于是我想托你们照看，等我回来，定会亲自当面感谢并领回小女，请求你们金口答应。"

陆公很爽快地就答应了，一边问道："古代也有这样的事，托人照看妻子儿女是可以的。只是您老人家既然是神仙，那就一定有居住的洞府，不难帮助女儿找一栋房屋住下，却反而委托凡人照看吗？"老头说："只要是智慧高超的人，学好上进很容易，学坏堕落也很快。道家最怕的是一个'欲'字，假如堕落欲海，百劫遭遇也别想翻身。我少年时没好好学习，偶尔有失足的地方，纵然我修行了千年龙虎鱼蛇的道法，认定水火调匀，道路不偏差，但仍然只是个地行仙，不能够立马上升到九重天金阙上。这女孩子非常聪慧，思维活跃属于智慧高超类。假如让她独居，唯恐要重蹈蒋家小妹嫁夫婿那样的覆辙。我正希望她能守住真元气，以后能与麻姑、藐姑射等仙女一起做事，或许还能帮助我一把呢。"陆公点点头说："您的意思我听得很明白了。女公子的确颖慧非凡，我们两夫妻又那么平庸愚笨，如果有照顾不周的地方该怎么办？"陆公回答说："那不难。"于是从袖中摸出一支玉戒尺，上面刻着古篆文："龙可鞭，凤可笞。戒轻佻，警憨痴。功成返瑶池，功败堕地狱：宜牢记。"老头笑着说："玉戒尺就敬存在您这儿。我来介绍一下这女孩，他名叫惨翠儿，只要把她看成婢女一般使唤就行。如她片刻见不到人影，就拍打玉戒尺呼叫惨翠儿，如果初犯略加责罚，如果再犯重重责罚，以后她自会听从你们管教的。"陆公觉得这有点为难，犹豫不决，不知所措，而老头已告辞离去，看着女儿说道："你一定要好好服侍主人，我去啦！"女儿想挽留他，也已不见人影，只听得云端上有鼓乐声，以及前呼后拥的吆喝声，没过多大会儿就变得寂静无声。

陆公转头看少女已经在沏茶添香，竟然干得很让人称心如意。嘱咐她需要靠近夫人床边搭铺睡觉，生活中不要与两个婢女嬉耍，但是婢女与仆人老婆对她异常喜爱。少女十分善解人意，看见夫人正在绣花，就赶紧跑来讨来花样学着拈针走线。一看到陆公画画，就帮他调颜色，临摹彩画，都画得极为巧妙，真是所谓青出于蓝胜于蓝。后来两夫妻渐渐地非常喜爱她，待她也如待自己亲生女儿一样。少女的绘画、女红日日都有进步，也特别能分担一些劳苦的活，她的作品卖得尤其快。

一天晚上偶尔没见少女，陆公试着拍拍玉戒尺呼呼她的名字，少女马上气喘吁吁地赶到，伏在地上请求原谅。陆公问她为何害怕得如此厉害，她说："这是鞭龙笞凤的珍贵宝贝，拍一下我就特别心痛，打一下就要消减我十年的道行。"夫人怕少女偷走玉戒尺，就偷偷藏了起来。少女见到如此行径就笑道："奴婢实在不敢做偷窃的事情。倘若真的要偷，岂是木柜木盒所能掩藏得住的？"

少女有一次意外发现花径上有些碎石，很讨人喜爱，捡回十余块极为玲珑剔透的，用斧子把他们敲成零星石块，把药材和上面粉捣烂，并将碎石黏接成假山，层峦叠嶂，上有瀑布垂挂，下有流泉涓涓，非常有意境。同时种上小树就像松柏，缠细草如藤萝。整个假山都浸在巨盆当中，把它放在佛几上做清雅供品。陆公眯眼仔细看，岩角上刻着像蚂蚁般的小字，并配有字迹写着"幻觉方归"。不过陆公只是爱她的聪明，让假山留着作为观赏而已。

少女偶然一次听到灯花爆裂的声音，喜洋洋地说："明日定有降恩诏书到来。"到了第二天早晨就提前起床，梳妆打扮、洒扫庭院，又焚烧香蜡等候着。果真有显贵宦官的到来，他们骑马持节，宣读孔贵妃的懿旨召见夫人。夫人很高兴穿上朝服，戴上珠翠环珮正准备登车，少女就又提请求让她也跟随过去。夫人认为她是狐精，把她带进宫里恐怕有灾变，于是不同意。少女由于特别想去，就潜伏在夫人的衣袖内，比拳头还小，比柳絮还轻。到了宫门后，宦官停止了脚步，接着就有内宫嫔嫱引导夫人进内。经过几处蜿蜒曲折才到达一座殿前，画栋上挂着珠帘，映入眼帘的是贵妃穿着淡黄袍，容貌端庄大方，年纪约二十出头。夫人向贵妃行礼跪拜后，贵妃赐给夫人坐锦墩雅座，并且赐上上等好茶，茶味极香美。夫人拜谢一番，贵妃由袖内取出一块香囊给夫人看，说："据听说它出自你的巧手，你测验一下，真不真？"夫人仔细打量一番，果然是家里的少女所作，于是含蓄奏道："臣妾愚钝，粗粗学着挑针弄线，竟也没想到会玷污贵妃娘娘的天眼，真是获罪太重啦。"贵妃笑着答道说："你的针线活真是太神奇了！古代就有神针之称的薛夜来，与你相对比也不能独享美名在你之前。想邀请你住在宫中一年多点时间，向宫娥辈人传授针线活好吗？"夫人听后大吃一惊，诧异得不知如何回答。少女依偎在夫人乳房间，用手指指向夫人的心，夫人突然感到异常心痛，脸色也顿时变得惨白，于是就趴倒在地下奏道："臣妾薄命，身体抱恙，素来有难治的顽病，目前正在到处寻访医生，不能天天侍奉在娘娘身边，真是罪名太重，敬请娘娘原谅。如果娘娘能够赐我刺绣活儿，请允许我带回到私宅，我定会如期陆续呈上。"贵妃说："既然身体有病，我就不好勉强留你。"就传命护送夫人回府休息。

过了第二天，贵妃果然派人过来，请求夫人为她绣一件罗浮百蝶舞衣。回去后，少女代为绣成，呈进宫去。后来突然看到佛前点的香烟飘荡成篆字，少女说："明日如有加恩诏书来府宣读，定会比上次更好。"第二天果真如此。原来贵妃看了舞衣非常满意，怜悯夫人有病，赏赐十分丰厚；又叮嘱父亲奏报陆公的政绩，陆公后来得以升侍御官，俸禄愈加厚官愈加位显，从此以后就不必靠十指干活谋生了。

一天晚上，陆公与夫人相约坐在庭院中赏月，二人十分惬意。少女看见殒星纷纷如雨的情景，又见一道白气贯穿银河，大吃一惊说："红羊赤马是灾祸年，大难将要来临，该怎么办？"陆公询问情况，她一声不响。让夫人向她狠狠追问，才说："这就是定数哪。我父亲离去了四年多，屈指一算，也该回来了。如果父亲真的到来，就请两位老人家向他哀求，必能得到帮助。"

两个月过后，老头果然坐着马车归来，身着盛装出席，侍从如云，好不气派。老头登上厅堂，同时请夫人也出堂，恭敬拜谢道："才复旨交差，就赶忙来拜访。"相互寒暄一阵过后，就送上白玉莲房一枚，说："这是玉海中所生产的东西，捣碎后如果服下便可延年益寿。"接着又送上书一卷，朱红色的簿册，和锦缎函套，说："此书从人明洞天中取得，所记录的都是长生不死的秘诀。"说完过后才见女儿，老头先是嗅嗅女儿面孔，说："小妮子以前去过皇宫内殿吗？"少女笑着一一作答。老头说："太危险了，幸亏守卫宫门的神将与你的父亲素有交情，要不然你的头颈就要断了！"话音落后，就又向陆公夫妇伏地拜谢道："贤惠的夫妻俩果然言而有信，做人很忠实，怎敢不深深向你们致谢。"陆公也用衷情相告，拜求拯救。老头回应说："小妮子多口舌。"忽然看见盆山，斜睨很久一段时间，笑道："小妮子也是有情义的人，五年养育之恩情，原本应当重重回报，可是这必须五天以后才能给予答复。"于是又向陆公索取玉戒尺，陆公对戒尺珍惜不肯还给，老头也就笑着离去。

又过了五日，老头果然又一次来到，非常高兴地说："有办法啦！"于是从袖中取出百两黄金，把它递给陆公说："请把它换成银两，然后拿一百两给房子的主人，另外把老仆老妈子等佣人的工钱给足。但凡日常所需要的生活用品，如豆米油盐布帛等将近十年的用量，赶快买来放在储藏室内。事情都结束后告诉我女儿一声就行啦。"陆公于是恭敬地领教，同时设立酒宴留老头饮酒用餐，老头吃得很高兴，也很豪爽，在这之后就又辞去。陆公又去问他去向何处，他不停地说："忙得很，忙得很。"陆公最后就按照老头所说做了，房主得到巨大的财富，佣人也提前得到了充足的工钱，大家都不知什么缘故。

到了约定的期限，少女很有感触，所以匆匆忙忙地大大张罗了一番，明月刚刚升起，就请陆公夫妇赶紧回房安寝。直到听到他们熟睡鼾息的声音才放下心来，又为他们合拢帷帐。不仅对陆公夫妇特别好，还嘱咐两个婢女赶紧睡下，同时又抱起夫人心爱的猫躺在婢女的旁边，无微不至地替猫盖上衣服。少女又检查了鸡已进笼，狗也已系柱，所有储藏的珍贵物品都一一加上封条记号。在佛像前先把佛像擦拭干净，又剔亮灯焰，添加新的香料，然后端出酒菜，让男女仆佣都来共享美酒美宴，叮嘱他们痛饮饱餐后再睡个美觉。

离别这天少女偏偏起得特别早，不同于以前喜欢早晨赖床的习惯。等到陆公与夫人醒来，发现少女早已穿着华丽服装双手捧着丰厚的果盘，来让老两口晨起洗漱过后享用。陆公出房后诵经拜佛，夫人看那两个婢女还处于酣睡状态，少女就从从容容递上茶水供陆氏夫妇用。陆公外出拜访朋友换好了衣服，命令仆人驾车，无人应答，只好亲自去叫仆人。刚刚从台阶走下，就看见屋边众山突起，高达霄汉，山花五彩斑斓十分浪漫，后来纷纷飘落到屋檐上，宿鸟在树上歇息还没醒来。陆公赶快召唤夫人来同看，都感到非常惊讶。夫妇两人携手走出大厅，进屋看男仆女佣，没有一丝人影，连被褥也消失不见，只剩下一片空屋。走出门外，只听见泉声涓涓流淌，老树参差不齐，石桥又有几丈长，直通山下，山中周围怪石丛生，杳无人迹，十分荒凉。远远望去大海连天，旭日像车盖一样大。回头再看看，又是另一番特殊的景象，两个婢女像是痴迷一般，鸡狗猫以及储藏的杂物都在眼前，一样也没少，墙上挂的画轴也完好无缺。环境一片清静幽邃，与盆山塑造的形势没有两样。陆氏夫妇很好奇，想找少女问下到底什么原因，奇怪的是少女也失踪了。

十多天过后，见一樵夫经过桥下，故意叫唤着与他搭话，才发现这里是幻觉方归岛。隔着大海向南望去，有黑影如线，原来就是山东登莱地界。忽然有几个山野上的客人，穿戴黄冠野服，慌忙前来走访，见了陆公很惊讶地问："你满面都是做官的模样，怎么会有如此神通广大？"陆公把通天狐老头的事细致地说了一遍作为答复。客人方才明了说："这就是骆秋槎先生呀，哪里是通天狐？通天狐得道已久，常常在人间游戏，谎称是狐罢了。"陆公取出老头给的一卷秘籍给他们看，客人惊叹说："这里是琅嬛至宝的秘籍啊！"客人感到新奇，请求抄录一遍离开，并传授陆公一种修炼方法，说："你家房后有座大山岭，大山岭后的一块园圃中有一种奈枣，如樱桃般大小，如果与豆类谷类一起食用，时间长了不能吃米谷。要不然十年以后，你哪还有人世间的米粮可用呢？"陆公因为看了秘籍就与夫人一起照着书上所写东西修心养身，容貌始终保持得像三十岁的人，两个婢女也经常向主人学习，保持十六七岁的模样。

到我清朝雍正三年，海上出现事故，有航海客在途中遇上飓风，巨浪汹涌，力量足够掀动颠簸海船，船上一片漆黑，风黑如暗夜，船夫惊慌失措唯有呼号哭泣。忽然看见一位神仙，高立云端，星冠鹤氅，手拿玉戒尺稍稍一挥，飓风立马平息，然后引导海船到一座岛边，这才靠岸泊船。众人非常高兴能够度过苦难，都向神仙拜谢作揖。神仙好奇地问道："现在是什么朝代？"众人把全部情况都告诉了他。神仙说："有圣人在位，苍生有福。"众人跪拜请求神仙告诉他们姓名，神仙说："我只不过是明代的陆主政。"话音刚落就耸身飞去。众人登上幻觉方归岛一览幽奇景色探究胜景，只见房屋井臼厨灶等物看得清清楚楚，也都已经幻化为石头。屋后有一块石壁，石壁上刻着陆主政平生所写的文字，叙述自己的遭遇。后来有爱好多事的人乘海船再去探访那个岛，却好像船靠近蓬莱三神山时，就被仙风吹走引开一样，只可远观而不可亵玩了。

妾薄命

《妾薄命》题目很吸引人，原来是乐府诗题，是颍上司马秦珍因为喜爱秦淮名妓王楚楚所创作的。

楚楚本是有很有名望人家的千金小姐，后来遭遇变故，家道中落，被流氓无赖引诱卖入妓院。楚楚容貌端庄秀气，身上有大家闺秀的气质，其本人又精于写诗绘画，又有高尚素雅的林下风致。在妓院里，她身价很高，是名妓中的头牌。过了一段时间，买她养她的鸨母去世，楚楚十分伤心，更加珍惜自重。她住的地方在弯腰柳畔，水榭上挂着点缀花瓣的珠帘，楚楚在内焚香煮茶。游船从楼下经过时，情不自禁地听楚楚吟诵诗歌声，船也不觉为她停住划桨，歌声也被吟诵声所遏止。

三河那地方有贡生傅君，名莘，字秋野，舞文弄墨词藻华丽，青春年少又风度潇洒。秋季考试到白门，听说楚楚香名，想要一览其芳华。因为口袋内银子太少，不敢前去。和傅莘同住一起的名叫白君，名获，家道资财雄厚，刚好由于自己才华不足要麻烦傅莘代笔应考，正要想尽办法去讨好他。于是就鼓动傅莘前往楚楚家，说："妓馆缠头锦等一切花费，都由我来解决。"傅莘欣然偕同白袷一起前往。

画舫行到了门口，他们便看到了楚楚，楚楚身穿着藕丝衫，梳整齐发髻，凭靠在栏槛处握着毛笔正创作《水榭词》，因为没有完篇所以神情忧郁。傅莘走进去看到诗笺上写的起句是："东风揉碎小垂杨，影落红桥水尚香。"傅立立即为她续成全篇，提笔挥写："底事弯腰常不起，让开明镜照红妆。"楚楚读后神情大喜，对傅莘很感兴趣，情意绵绵问傅莘籍贯等。白袷本来就和楚楚相识，一一代为回答，而且说傅君情谊恳切地向往仰慕楚楚姑娘。楚楚好奇地问道："台城西边有位方氏三姑姑，号秋鹄词人，也是位女学士。最近因守寡而回到娘家，住在花园中。我经常进见慈颜，听她吟诵妙词好诗，她与郎君什么关系？"傅莘回答说："她就是我的叔母呐。"楚楚恭敬拜道："仰慕公子的风度名望已经很久了，今日能够见到尊容，实在让我欣快无比。"说过，娇音一声呼唤，临河摆设酒筵来欢迎傅莘，酒菜的味道新鲜可口，顷刻间开席欢乐无比。楚楚由于太过激动就唱上一首雏娃唱曲，自己又拿出一支玉箫倚腔附和。傅莘此时被楚楚迷得神魂颠倒，不知道自己身子是在凡间还是在天上。夜深了才告别离开，但这并不意味着结束，他们还约定了下一次相会日期。

第二天，傅莘高兴前往，楚楚愈加显得殷勤，呈现亲手创作誉写的《金粉留香稿》，嘱托傅莘代为稍加斟酌并做修改。傅莘稍微加以润色，诗作便韵味满满如弹奏的琴弦妙音，楚楚看到改动就更兴奋，私自叮嘱说："公子明天晚上见到水榭上悬挂起的连环漏纱灯，望不带白君独自来，我有知心话要跟你说。"第二天晚上傅莘刚看到暗号灯，便欣然独自前往，二人就在当夜偷偷定了情。

一个多月过后，张榜发布了考试结果，白袷中举而傅莘竟然名落孙山，傅莘由此感到羞愧汗颜不敢见楚楚面。楚楚来到傅莘住所抚慰他说："凭借着公子过人的才华，一定能够平步青云。现在暂时失利的原因，未尝不是老天要练就你成为大器的一番美意，何须长唉声叹气？还当保重身体，加强学业。我自信不会识错人，请求公子鉴定这一切。"仆人送进来一只装饰着丝缕的金箱，打开箱子，里面装有珊瑚笔管、端溪砚台、宝墨之类的文具，自己画的一些玉扇，亲自刺绣的扇套鱼袋各有一只，更有足够的银子二百多两。楚楚接着说："把这些小的东西作为资助你的读书费，同时表达我对你的真情厚意，希望郎君笑纳。"傅莘见了这种情景，不禁大笑说："我作为一个须眉男子，为何见识还赶不上一个裙钗女呢？今后如再抑郁沉迷，就不得好死！"说毕就重开筵席欢饮到天明。船家催着要离开，傅莘与楚楚离别时对诗句说："从今灯火蓬门底，每忆卿卿不敢眠。"楚楚也紧跟着和诗，和着有这样句子："梦魂岂为长江隔，夜夜来听郎读书。"流泪分手。知道的人都很欣赏这风流韵事。

白袚高中后，很是高兴，逐渐发迹，童仆成群，生活富庶，车马往来，整天趾高气扬，邀请一班中举的同学在楚楚家举办宴会，他非常想让楚楚做自己的小老婆，楚楚哭泣着推辞，白袚就痴心地回应说："你见识过的人那么多，对那个迂腐的书呆子你爱他爱得那么执着？他一个穷苦的书生，还要跟随他吃糠过苦日子吗？"

当时颍上有秦君，名珍，也因为考试落榜，缺乏上路的盘缠，不能返回自己的家乡，重阳节还穿着一件又薄又透风的葛衣。他与白袚有点旧交情，知道白袚在楚楚处欢愉，便前来拜见。秦君扮相令人爱怜，又流泪请求援助，话讲得婉转而悲哀。白袚不作回应，一个劲夸耀自己文章写得好，说："我做的文章典贵华丽，真是神来之笔，却仅仅安置在三十名以后，虽然是考中了，仍然是感到委屈的。那糊涂的主考官，真是不明事理的汉子！"说毕，得意地轻吟慢唱起来，秦珍听到后面红耳赤，勉强地称赞几句。又过了一段时间，再次诉说来的目的，白袚吞吞吐吐地说："大家都在外乡做客，爱莫能助，怎么办？"这时厨师送上一份鱼羹，白袚与客人共享鲜肥滋味，也没有问一声老朋友是否饥饿。楚楚看到此情此景很是不平，说："你怎会一点也不珍惜同窗好友的感情？他是你的同学，又是同乡，并非无缘无故来打秋风的人。"白袚大为惊叹，说："不料小妮子专门可怜落魄人士，太稀奇了！"说过话便靠在椅子上闭眼休息，对楚楚有不屑之意，轻轻吟诵"我醉欲眠君且去"的诗句，秦珍又羞又愤，认为白袚太过分就拂袖而去。

又跨过一个门槛，一个小丫鬟呼喊道："秦官人止步。"于是带引秦珍到一个小阁中，极为清幽荒僻，说："这是娘子写诗作赋的地方。你稍歇息一下，她很快就来。"说着楚楚就迎面走来，端着菜肴壶酒而到；秦珍用完餐后，楚楚给秦珍泡上茶；秦珍喝了茶，楚楚关怀地递上丝袄棉袍等御寒的衣物，请秦珍换下身上略微单薄的旧衣。秦珍深感羞愧就想推辞，楚楚力劝说："郎君如此清瘦，还禁得起西风的搜刮吗？"终于劝秦珍换了暖和的衣装。

秦珍单独待在小阁，起身看门窗外初生的月亮挂在树头，饮酒唱乐的客人也乘画舫丝竹弹唱着愉悦地离去。只见楚楚已经淡妆微笑而来，马上抱有歉意地说："被俗客打扰纠缠，几乎疏忽了高人，得罪！抱歉！"楚楚又端来茶水与秦珍品茶清谈，关切地询问了解秦珍的情况。秦珍自我介绍说："家里本来就赤贫，回去也没有好处，但是总不愿意流落异乡冻饿死。"楚楚问："有几个知心朋友？"秦珍说："京都有个最为相知的朋友在枢密院衙门做官，前去投奔他既可以解决温饱问题，而且可以参加北闱顺天乡试。但是路途太远，能够讨饭走到那里吗？"楚楚说："我已为你准备好了。"说着就从袖内摸出足色纹银二百两，送给秦珍说："你是贵人，这儿只是污秽住处，不敢委屈你留在这里，愿你早早起程，有朝一日能飞黄腾达。"就叫童仆人打灯笼送秦珍回到寓所。

到了第二年，傅莘妻子去世，他很悲伤。正巧这年有恩科考试，楚楚发快信邀请傅莘来南京考试，又留他寄宿在水榭。但凡是饮食起居日常用品，以及考场内所需物件，无不打点得妥帖周到，更替傅莘代为打通关系，傅莘于是考试中举。所有的报酬金及应酬费用，都由楚楚提供。于是楚楚专门备下丰厚酒宴为傅莘贺喜，席上全是山珍海味。饮酒正在很有兴致的时候，楚楚激动地投入傅莘怀抱说："我流落风尘，作为凡尘女子，终不是好结果。然而没有马上嫁人的原因，是害怕做小老婆，不然来来往往那么多客人难道没有一个显赫官人？郎君已成为贵人，又计划重新娶妻。我虽然不是上等美女，但特别能操劳家务，同时这些年来已有不少积蓄，一定不会使你房里面对芙蓉却家中只有四堵墙壁的。"傅荪大喜说:"小生没有能力,幸亏有你才有我的今天,哪敢不听你吩咐。但是我一定去参加会试,成功与否,都应回来兑现诺言。"楚楚担心地皱眉说:"恐怕你殿试高中后,像蔡伯喈一样成了牛丞相的女婿,还会回到自己前妻身边吗?"傅荪赶忙对天发誓,决不忘恩负义,楚楚听后就高兴起来。

第二天清晨,二人起得很早,乘轿同去三姑姑那儿道喜,三姑姑也极力赞成二人的婚事。为傅荪饯行那天,笙箫并吹,二人互相吟诗唱和,在岸上观看的人把他们看成是天生一对的神仙配偶。酒宴结束,楚楚有些不舍,举杯劝傅荪再喝一杯,拨动琴弦动情唱歌,歌道:

桃叶渡,瑟瑟生菰蒲。秋风起,水萦纡。郎买棹,妾闭庐。
妾身飘泊如萍梗,浪打风欺郎不忍。江天高,山月冷,中有婵娟望郎影。
郎行去似风中蓬,妾身化作山头石。郎若封侯不肯归,丹枫林下呜呜泣。

歌声结束,声泪俱下。傅荪也不舍离开楚楚,就紧紧抱住她,用手抚摸楚楚的额头并劝慰她说:"我的离去正是为了与你共享富贵,为什么歌唱得如此哀伤啊!"但最终仍得两下分别。

第二年,傅荪果然不负众望成了进士。喜报到门,傅荪所认识的一班名士全都载酒载礼前来向楚楚道贺,有的称她为夫人,有的称她为嫂子、县君。楚楚非常兴奋,大摆筵席,恭恭敬敬拜谢道:"我想说一句话急于表达,斗胆说出来请各位听一听:我是个身份卑微的女人,承蒙秋野爱怜,答应由我扶持他。如果还在歌舞升平中过生活,怎么对得起秋野?请从今以后,紧关枇杷门巷白板门。今日的相聚,正是与诸位名士告别啊!"众人听了,争相夸耀她贤惠识大体。

第二天晚间,楚楚前往三姑那儿道喜,伏地跪拜说:"婢子与大郎已有婚约,三姑是明了的。如果事情发生变化,我只有一死了之。"三姑说:"我侄儿并非薄情郎,何必多虑?更何况有老身作为证人,想必他不至于做负情郎。"

园中有习惯：凡歌妓是不能进入内堂的。但是三姑却叫楚楚坐下，并挽留她吃饭，楚楚略有推辞，三姑回应说："你马上就是我家新媳妇，何必推辞？"说着就立刻取出金玉两只凤头钗把它赠给楚楚，说："就把这个作为订婚礼物。"楚楚喜极而泣，拜谢后高兴地收下，回到家后关闭家门，想着以后不再接客，私下也很高兴，想着五花封诰、七香车，很快就能来到家门了。不料是人情乖张多变，出了意外事件，外面忽然纷纷传言傅莘出了翰林院被提拔到河南省做太守，后来又回原籍祭扫祖坟，并且与富贵名流家订了婚姻。楚楚听后只是微微一笑，起初不信，后来传闻越来越确切，愤恨已极。楚楚心中很不安，就将娇女阿巧寄养在小姨家，变卖了自己的住宅凑足了一笔钱，请求三姑亲自写封书信，带到三河当面质问傅莘。

楚楚果真行动起来，租赁了一条船，携带一童儿一丫鬟北上，到达扬州，病倒了。离船上岸的时候，先派童儿向往打探，自己就在借住旅馆服药休养身体。童儿打听到消息后回来报告说："傅相公与妻子已双双上任。"楚楚听了，忽然间停止了思维，神情呆瞪瞪地直看前方，口喷鲜血，欲哭无声。昏厥后接着苏醒，想带病去追赶傅莘，童儿说："一千多里陆路，哪是一个弱女子所能追上的？"童儿认为跟楚楚姑娘也不是方法，夜深人静时，偷走银箱逃跑，钏钗首饰也被盗一空，楚楚知晓后病情愈加严重。等到三更半夜时，油灯一点如豆，楚楚就上吊在后院马槽上。

这时有位贵官从京都归来，以进士的身份被授官河工做司马。天天把在集市上收购烂铜碎奇珍异作为兴趣，将在渡过长江后送给楚楚，报答她的大恩大德。他究竟是谁呢？原来是秦珍。秦珍无意中和楚楚住宿在同一旅馆。清晨猛然听见后院有大声喧闹声，说是有女子在马厩中上吊，秦珍跑到后院去察看，认出了那女子正是楚楚，赶忙扶起抢救她，可是为时已晚，楚楚一缕香魂早已经飘散了。秦珍向丫鬟仔细询问情况，丫鬟还是从前招待他的那一个，经她叙述后才知道事情发生的全过程。秦珍听后号啕痛哭道："正盼望报恩，哪里料得到会失之交臂？楚楚死了，这是我的天大的过错啊！"秦珍决定要好好安葬楚楚，给楚楚换上绣花的衣装，用彩绘棺木殓尸，安葬在风水特别好的地块，并且请高僧诵经追荐。出殡的过程十分庄重，当换装收殓时，秦珍抱住楚楚的尸体大哭，头撞棺木失声痛哭，将要到墓地下葬时，秦珍身穿麻衣丧服手执哭丧棒走在前面哭，在高僧诵经追悼时，秦珍就一早一晚上香哭悼，供茶供饭也忍不住痛哭。

　　丧事办完，花费了将近千两银子。秦珍把楚楚的丫鬟纳为妾，将楚楚携带的书画古玩放在身边，还亲自送还给阿巧，又替阿巧挑选了一个好人家出嫁，像对待亲生女儿一样疼爱，而且嫁妆丰厚，大概又花费千两银子。后来秦珍上任经过扬州，又把楚楚墓重新修理一番，把周围种满梅花，亲手题字写在墓碑上：巾帼知己的薄命女子秦淮王楚楚之墓。并且画了一幅《感旧图》，创作了《妾薄命》诗。一时之间题诗唱和的人特别多。秦珍的同事听说了楚楚的事，都怒发冲冠，切齿痛骂傅莘薄情寡义，秦珍却说："这是我迟缓拖沓的过错啊，与傅君有什么干系？"

卷七

大脚仙杀贼三快

宋氏是半截美人，是扬州附近的甘泉人，丈夫是某甲。某甲是粗鲁蠢笨的人，穷得连自己的母亲也赡养不起，靠宋氏替商人家做保姆赚钱，再买些好吃的献给母亲。宋氏天生美丽，一向不喜欢不涂脂抹粉，也不穿时髦衣装。由于裙子底下的双脚没有裹成弓月样的小脚，因此人都称她为"半截美人"，其实就是近来人们所说的"门槛里""黄鱼"，也就是"大脚仙"。

盐商某人看中宋氏的天性漂亮，用高价聘用她，她哺乳的孩子都是又胖又白。宋氏又善于洞察主人的心思，主人喜欢和感激得要命。主妇有时有所察觉，就想要把宋氏赶走，而儿子总是呱呱地啼哭，当宋氏回来时，儿子又大喜嬉笑起来。所以宋氏所得报酬常常比一般人高出一倍。某甲有个坏习惯，生性嗜赌，输了钱后还常常向宋氏索讨，宋氏也没有埋怨过什么。

咸丰三年，太平军占据金陵，扬州撼动，人心惶惶，异常紧张，有主张抵抗的，也有主张投降的，议论纷纷未能下决定。宋氏有自己的想法，私下劝说主人道："投降和抵抗都非良策。扬州奢侈淫逸，定有重大灾祸，何不类似狡兔三窟，日后早做打算？"后来扬州城被攻陷，宋氏就在前一夜逃出回家，并侍奉着婆婆去远方避难。

一个贼军头目身穿黄衣，突然闯入宋氏家，杀死了婆婆还有丈夫，抱起宋氏放到马背上，把宋氏封闭在大房间里，想要玷污她。宋氏微微含笑，甜言蜜语谄媚说："郎君在天朝做什么官？"头目竖起大拇指骄傲地示意，说："占天侯。"宋氏回应说："你官那么大，已做到侯爵，见到的美女如云，难道还没享受过男女交欢之乐吗？长夜漫漫，我们应该饮酒互相取乐。如果在大白天还演出这种活把戏，岂不会被将士们讽刺嘲笑吗？"头目听过大喜，就把宋氏放下，开宴会奏起音乐。

不久明月皎皎升起，宋氏穿华丽的服装出场，唱起当地民谣以助酒兴，韵律悠扬能让人销魂荡魄。突然又看见兵士们拿着兵甲武器，宋氏害怕得手发颤大腿发抖。贼军头目醉醺醺地斜睨着说："美人害怕什么？"宋氏回答说："我是小家女子，没见过大场面，看见兵器能不惊惧吗？"头目立即命人撤掉各种兵器。顷刻后，宋氏又抱住头目悄悄地说："你麾下的将士死死盯住我，霎时间我俩赴阳台云雨，这些人凿壁偷看，岂不太扫兴了？"头目马上传令各将士归营伍，离得远远的，未经传唤不准入内。

头目喝得醉醺醺的，宋氏就帮助他脱光内衣内裤。头目裸体仰卧着，亲昵地鼓动美人快来睡下和他一起亲热。宋氏说："稍等一下。"于是又亲自把水倒入浴盆中，一丝不挂，慢吞吞地用水洗涤下身，水声滴答滴答响。宋氏已有十多次听见头目打鼾声，怕他假寐，故意说些挑逗的话，逗弄着试试他，头目毫无知觉。然后宋氏就粉脸上充满杀气，柳眉倒竖。看窗前一片月明，打更声还在远处，赶忙寻取剪刀在鞋底上反复摩擦，迅速地跳上床，骑在头目身上，对准他的咽喉猛戳下去。头目怒目而视美人，想奋力而起，但是却被宋氏压得紧紧的无法动弹。头目的咽喉伤口血液喷涌而出，流满染红了床褥，霎时间就断了气。宋氏又拔剑朝他的腹部狠狠刺去，直到肠子都淌出来才停止，接着又把被子覆盖在头目的身上。听更鼓声已到四更天，悄悄把手洗干净又理好衣服出外，静悄悄地锁上门户连夜逃跑。发现野外有人家居住，就敲门投宿在那里，不敢说出实情，只是谎报是逃难的。贼军后来把画像张挂在城墙上，到处追捕，最终没抓到。

我曾读《元史》，记载至正年间濮州薛花娘杀贼一事，像玩活秘戏，又像窥看谗鼎。半截美人宋氏所做的事，与《元史》所记载，多么相似啊！因而又联想到扬州的女仆如果长得娇艳美丽，在商人家做雇佣工人，由官媒出靠身证明，必定预先写上自身现已身怀六甲，是为了以防后患。最近宴请客人，全都招半截美人来陪酒，不然赴宴客人会毫无雅致。大脚仙所得的陪酒费，竟然比缠足女人还要多得多。

还有一个女子姓陈，名阿脆，是真州人，为人十分放荡不羁。贼军攻陷真州时，她孤独一人逃到西山。白天躲避，晚上赶路，又将赶到大仪去寻找小姐妹辈帮忙谋求生路。

阿脆匆匆忙忙赶到了秦栏镇，认为离开贼军已远，就大胆地在白天行走。偶然想要方便一下，就顺着一条大溪边走，想钻进芦苇丛中方便方便而且歇歇腿。忽然一个黄头巾贼军头目佩钢刀背洋枪动作矫捷地从大溪右边走来，两边都是浩瀚的溪水，根本躲避不得，阿脆没有慌张反而坐下等待头目过来。

那头目看见阿脆长得如此美好，就拉住她要强奸。阿脆正愁没有路费，看见头目腰间包裹沉甸甸，钱财很多，就笑意吟吟地迎合他。头目很兴奋，将阿脆衣服脱得一丝不挂让她仰卧在溪边的岸上，自己则只是褪下裤子。阿脆大笑着说："大色鬼太可笑！男女交欢，全靠肌肤摩擦裸体相抱才有感觉，像你这样做，也只能是隔靴搔痒罢了。"头目笑着顺从了她，也把衣裤脱光。刚刚近身，阿脆就故作放浪形态，趁头目还没意识到，一下子就搂抱住他一起滚入溪水中。阿脆原本就生长在溪水边，素来熟悉水性并且擅长游泳。头目掉入水中，四肢漂浮不听使唤。阿脆就努力按捺他下沉，冒出三次，就按捺三次，头目最终呛死在溪水当中。阿脆抽出钢刀把他的头颅斩断，又将取他臂上的金手镯，席卷他包裹中的黄金白银等贵重物品，穿好衣服打好包，淡定地背了就走。临走时还转头对水面痛骂道："狗贼，快乐吗？"

后来阿脆奔到了安宜，一个少年郎看上了她，把她娶回家，夫妻二人很相爱，称得上是小康之家。后来又搬迁到高邮，最近已替儿子花钱买了功名称为太母了。

又传说有个姓周的妇女，是我的家乡天长东郊人。凭借着大脚走得快，兵祸将到时，先叮嘱丈夫携带子女私自逃跑。自己却在家里收拾好值钱易带的物品，刚刚一切准备完成，郊外已被贼军骑兵占据。实在想不出办法，周氏就在怀中藏一把利剪出门，突然一个贼军头目从不远处发现了周氏好像有点姿色，就快马加鞭追上来，命令周氏止步。周氏丝毫也不恐惧，微笑相迎，好像他们是老相识似的。头目见到此景顺势将女人推倒在地，想要奸淫她。周氏佯装要解开裤带，露齿而笑，却嗤之以鼻。头目问为什么以这种状态相迎，周氏说："我嘲笑你太愚蠢了。你们烧杀抢掠全靠有快马，如果你与我交合时，马突然飞跑了，那你将依靠什么？"头目想想她的话有点道理，同时又想要满足自己要求。可是放眼望去四周一片荒郊，并没有一树一石可以系马缰绳，很是忧愁。周氏说："我给你献上一计，然后你可以为所欲为。"头目听了慌忙求计，周氏大声回应说："急煞鬼，为什么不把缰绳系在你的大腿上？"头目拍手叫绝。于是弯腰低头，把缰绳牢牢缚住脚毫不松动。

这时周氏已动起手来，拿着剪刀，趁头目毫无防备时，忽然把剪刀刺入马腹。马痛得突然咆哮，就拖着头目狂奔。但是剪刀还在马腹中，越摇越痛，越痛越摇，痛了更加狂奔，快得已经超越闪电，追赶疾风，奔跑十多里路还没有停下，而头目早已皮肤开裂、额头碎烂，骨头被折断呼吸停止，不像人样了。周氏缓缓整理好衣裙，取下头目遗下的包裹，遥望飞马拖着头目奔离，找了条路才离开，直到寻见丈夫，相聚在一起剪灯说了整个通宵，笑声吃吃不断。

南郭秀才

东鲁这个地方是十分讲究礼仪的，婚姻的民间风俗是：只要是男家娶亲的花轿抬到女家门口，女家一定先要誊写好一篇书简，名叫启书，这份启书随着新嫁娘将要一起送到夫家。启书中无非是说些吉利话头，如祝愿有郭子仪的福分、苏东坡的才华、周文王姬昌那样的儿子、寿星彭祖的年寿之类。

有位南郭秀才，本性就放荡不羁，因为贫穷，在乡下佬某甲家教书谋生，做了一位教书匠。某甲有个漂亮女儿已许婚给某乙的儿子，同时订下结婚日子。某甲请求秀才说："我生性粗鄙又不识一个文字，关于启书的事将拜托给先生代笔。我本来粗俗，但是亲家也并不有学问，请先生一定去掉陈词滥调，另寻新鲜花样，说说庄稼人的原来面目，道道农民家的老实因缘，这样才能够避雷同。敬求大笔挥洒起来。"秀才回答说："好的。你应该备下黄鸡白酒请我，等我饱餐烂醉后，你看我是如何挥毫洒墨的怎么样？"

某甲大办宴席，果真让秀才如愿以偿吃个醉饱，秀才于是就作文道：

听说咬文嚼字，秀才在行；笨口拙舌，是农民本色。帽子既然平顶戴，礼仪不必太过尖酸。敬念亲家哥哥，以耕种为业，为朴实人家。修建蜗牛屋庐，用黄泥权充砖瓦；铺成牡蛎小路，绿柳竟然成行。陈谷烂芝麻，真是小囤尖且大囤满；肥葱嫩韭菜，不减南园枣而北园桑。槽头喂板角青牛，力能耕地；门前拴粉嘴白狗，称作惊天。而小弟却空守清贫，难望浊富。身穿四块瓦衣，露后遮前；头顶一盏旧灯，缺棱少纬。伸出去两只红手，缩回来一对空拳。

据说你家令郎才读诗书，就识一点之字；惭愧我家女儿刚了解针黹，难堆满面之花。幸好逢月下老人，成人间佳偶。祝愿女的明了贞静和好，男的懂得爱护怜惜，孝敬公婆，团结妯娌。养儿子做大官员，改门换户；生女儿编织许多布匹，生财肥家。趁此良辰吉日，圆其好事。

看到左邻右舍，牵来送礼活羊；还有黄酒白烧，醉倒奔泉渴骥。五百年冤业，棒打不开；肚皮抱怨，写来好笑。临写书启，欣喜赞颂，欢心雀跃，兴奋莫名。

秀才书写结束，很觉得意自大。某甲听他朗朗诵读，也为他拍手叫好。

没想到某乙将书启递给贺客传阅，大家都认为书启是在嘲讽，而且以为"渴骥"句把客人当作畜生，"冤业"句把某乙看成鬼，某乙听后恼怒不止。两亲家见面时，某乙挥拳动武，就导致两家打官司，对簿公堂。

正巧县令也是花钱买官做的蠢蛋，大字没识得几个。只见两家争相诉讼很急，就狠狠追问执笔写书启的是谁。某甲告说是南郭秀才。县令飞签派差人给秀才戴上刑具来，用棍棒暴打。秀才丝毫不服气，讲话很冲又侵犯长官，县令非常恼怒就把秀才交给学官禁闭，据实申报上司，大家都认为要兴起一场大狱了，又要有好戏可以看了。

但是上司看了书启和报告，狂笑不止，在报告末尾写上批语道：

联缀俗语成文，只不过是秀才游戏，竟然小题大做，足见县令糊涂。棍棒敲打枉及无辜，头脑冬烘是其本相。而两亲家兴讼，只为不通；一县令申报，何其多事。只是启书另出心意，妙趣横生。当交付学宫，作为诸生逞才之警告；且惩罚你薄俸，安慰文人遭打之冤刑。双方赶回，一批绝倒。

县令接到批文非常恐惧，而南郭秀才也大摇大摆被放出牢笼了。

驴化为履

东台县某镇有个名声很大的富翁朱某，拥有雄厚的资金，家财万贯，但是小气吝啬得很严重。他全身生癞疥疮，与人交往斤斤计较，还常狡猾耍无赖，所以乡里人一致给他取了个外号：癞狗皮。

朱某替儿子聘请家庭教师，教师住在家里。朱某常常用生僻的字去问教师，教师稍微有些迟疑，朱某就说他学问不精通，同时对老师进行冷嘲热讽。教书先生因此也多裹足不前，不敢前往应聘，也不想自取其辱。

县里有个秀才名叫佟生，性情滑稽风趣，穷得都揭不开锅，才降格到朱家教书。刚刚走马上任，就大字书写一"乚"字在墙壁上，下面小字备注道："如果有人能认得此字，才能够用冷僻字寻问我。"朱某收集六书八法以及各种各样的字典，广泛询问有学问的前辈，还是无法念出该字的读音。暗示性地询问佟生，佟生笑而不答。

朱某在市场上选购物品，一定会精心选择其中价格最便宜的货色，买鱼做菜，不是快过期的从不买回家。有人问他这是为何，他回答说："买活鱼烹饪，我怕会伤害生灵呀。"有一日，邻居家的猪生瘟疫死去，大家都认为有毒，不敢妄自食用，只有朱某用半价的价格买回死瘟猪回家食用。他找人剖开猪肉，然后一块一块用盐腌渍，而且每天都要吃这道菜。佟生有一次意外地吃了这碗咸肉，恶心得直想吐，因此拿出"瘟猪肉"三个字叫学生对对子。学生皱着眉头苦苦思考了半天，都无法对上，转而又请求老师。佟生笑道："愚才！现成对句低下头就能找到，何不直接对'癞狗皮'，还不够精巧吗？"正好碰上催租差役赶到，朱某有些害怕就勉强留差役吃饭，并且邀请他与佟生同桌共餐。菜盘里盛有猪头肉，佟生吟诵道："盘中尚有猪头肉，座上何来狗腿差。"催租差役听了，惭愧得马上跑了。

有一天，有位陕西客人牵着一头驴来到集镇上，在市场上到处乞讨，说是没了盘缠就不能回到家乡，于是他请求众人来帮忙，却无人响应。这客人唉声叹气说："我实在太饿了，现在已经是山穷水尽。本打算骑驴回到自己家乡，现在想把驴卖掉来换取盘缠。一时心急又害怕没有买主，何不把它杀掉卖驴肉，比较容易赚钱。肉价卖得非常便宜，只收取平时价格的一半。"因此借了屠刀然后朝驴用力一挥，驴首被砍，血液如泉涌出，染湿了街市尘土，也染红了整个街道。客人又将驴斩切成块，缚上草绳，挂在墙上。人们争着抢购，不一会儿就卖掉了一大半。富翁朱某听到这个消息，急忙跑到街上，带钱将驴肉剩货全部买下回家。客人清点卖肉钱，只得到十竿青铜钱，叹息着徒步离去。

朱某回来后，将驴肉掺上盐存储在酒瓮里，用刀割得一块一块，然后下锅烧煮，那欢欣鼓舞的兴奋的心情无法用语言表达。厨娘烧柴煮了好一会儿，想去揭盖看看牛肉是生是熟，非常惊讶，原来锅内驴肉忽然间已经化成一双烂草鞋。接着就赶紧报告主人。朱某大为诧异，看酒瓮中满满的都是烂草鞋。问买肉的邻居家，也是同种情况，但是邻居家买肉买得少，不像朱某买得那么多。原来是游方的人士用障眼法来破吝啬鬼财的，朱某并不知情，至此又愧又悔，又叫又骂，又气又无奈，也是难以用言词形容。

佟生听说后捧腹大笑，戏仿《月令》的句式写了些话悬挂在墙上，内容是这样的："此月也，骗子到。钱囊破，铜钱去。驴肉入锅化为破履。癞狗此时也无声。"朱某见了，更加气愤佟生无礼。

年底把佟生解聘，朱某叮嘱人示意佟生另请高就，佟生说："这是极好的事。"立即解除聘约。朱某备下丰厚酒宴为佟生送行，桌上全是新鲜肥美的滋味可用，但刚开始动筷进餐，朱某便不顾身穿华丽服装，跪倒在地，叩头声嘣嘣作响。佟生问他还有何要求，朱某卑微地说："先生所写的'牜'字，老汉竟然不识，几乎闷得要生肿瘤。请求先生明白指点，救我残喘。"佟生说："这是'牛'字。老人家不识得吗？"朱某好奇地问："为什么缺少一笔悬针？"佟生笑道："它太执拗，喜欢用生僻字向人夸耀自己；又本性贪婪，用钱吝啬。执拗在于筋骨，因此抽去它脊梁筋啊！"听到这事的人，没有一个不捧腹大笑。

树孔中小人

　　广东省澳门岛有位姓仇的居民，名端，经常随海舰出外洋到全球各国贸易。一日遇到飓风，船上老大吓得面色苍白。波涛巨浪中若隐若现出现一座古岛，因此急忙驶向岛边泊船，得以安然无恙。没过多长时间海上风浪平息，船老大等撑篙弄桨已没有丝毫力气。仇端登上古岛散步，看见岛中枯树极多，树干大约有十围粗，树上却有很多洞，洞中有小人住在里面。小人有七八寸，也有美丑尊卑、老幼男女的区别，皮肤颜色就像栗子皮。每人身上配有小腰刀弓箭等武器，大小与人的身体相匹配。看到仇端在窥视，齐声说："嘈渠三咿唎。"

　　仇端想解手，就解开裤子蹲在地上，并对着石块钻火抽烟。忽然听见人声喧闹，就像秋水池塘里小鸭子一样成群结队而来。仇端惊讶地观看，只看到枯树最多的地方有小城郭，城高大约到膝部，全用黑石砌成。城门打开，大概有一千多小人有序而出，摇旗呐喊，各树孔中都有小人出来迎接，拱手服从号令。小人中有个年轻的，戴束发紫金冠，插两根雉尾，面目端正，身穿银锁甲，骑着还未成熟的雏鸡，指挥如意，口中喃喃不知说些什么。接着听到众人一起响亮应答道："希利。"手执锋利兵器向仇端相拥而来。仇端大吃一惊，知道他们为驱赶自己而来。可是藐视他们生得矮小，不很害怕，依旧蹲在原地。年轻人又喃喃自语，仇端不予理睬，年轻人就号令大众与仇端开战。小箭、小戈小枪刀、矛钻刺两腿上，很痛。仇端厌恶他们，用手中烟筒敲打着年轻人闹着玩，没想到一击他就马上翻身倒在鸡背上，死了。众人赶紧抢回尸身，把城门牢闭，剩下的都窜入树孔中。仇端也再一次回到船上。

　　夜深人静，没有人烟的吵闹声，只听得岸上小人大队人马蜂拥而来，抛掷泥沙而高呼道："黎二师四咿唎。"直到天亮有了鸡叫才寂静无声。仇端在枕上独自思考，如能领取一两个小人回故乡，倒可以向俗人夸耀一番而赚钱。次日大清早，仇端刚起来就假说去砍些柴禾，携带斧子与布袋来到昨日地方。才砍破一树，树洞里小人很多，还有酣睡未醒的。仇端一一拾起而装入布袋中，估计一家眷属没有一个漏网的。回到船上，偷偷用饭喂他们，他们也吃，而特别喜欢吃的是松子果品。仇端正计划着再去一次，可是岸上小人太多如恒河沙数，如蚁集蜂屯，口中喃喃自语像在辱骂，而且小箭如雨一样向船射来。船上人害怕埋怨，都解开缆绳离去。

一个多月过后回到广东，拿小人的事请教饱学名士，学士们都认为是僬侥国的矮人。问洋人，洋人说："这东西能腌制成腊肉，它们的味道极为甘美。小人不会独自行走，怕被海鸥衔去哩。"仇端听了特别高兴，在集市上设置布帐幕，把小人放入盒子，四周镶嵌上水晶玻璃片。观看的人像是看西洋画，仇端也因此赚到好多的钱。

有个盐运使某公喜欢这些小人，授意盐商，把这些小人用一千两银子从仇端手中买去。盐商用紫檀木雕刻成小房屋，前后三进，两旁是走廊。房屋中间还摆放着衣箱食具、几案床幔等器物。当日就献给盐运使，盐运非常珍惜它们，把它们当作一件价值连城的宝贝。

小人内部是年幼的尊贵，常常见到年老的向孩童弯腰打躬作揖。而且妇女的地位会比较重要，不时会看到须眉男子向巾帼女屈膝行礼。它们一昼夜睡三次觉，后来发现他们是把一日看作三日。男女都在一处地方住宿，每次睡觉都要交欢，可是不许别人偷看，被人偷看了就会恼羞成怒，然后拔刀自刎而死。它们又最怕雷，听到雷声一定要把他们装入瓮中，深藏在地窖内。

小人被豢养久了，渐渐懂得人的礼节，懂得了人的意思，每次看到盐运使所养的妖童艳妾，一定叩首行礼。如果见到龙钟老长辈和道学先生，就躲藏在内不出外。他们喜欢穿着奢华艳丽服装的人，见了必定舞刀弄枪献出各种技艺。如果看见穿破帽烂衫的人，一定会争着抢着挺身而出，指着他大骂道："蒜平咿啊。"本性又喜欢妒忌，稍微看见有些技能的人，必定要模仿学习他的本领，模仿不成，又要肆意开骂："苛二乌三咿啊。"天性又喜欢多疑，对于人们窃窃耳语总会小心提防。可是又怕人们高谈阔论或大声疾呼，每次一听响亮的声音，必然要恼怒大骂："饭平饭平师二唧唧。"盐运使特别怜惜小人，于是就阻止家人对着小人说话，如果开口说话，盐运使一定会代小人骂家人，用这取悦小人，因而小人更加蛮横。

盐运使叮嘱工艺像生店给小人制作小纱帽、玉带袍笏、小兜鍪、铠甲兵器等，小人都争相穿上，跪拜叩头像官员样子，或大摇大摆装出学者样子。渐渐指导小人学着串戏，小人天性又非常灵巧伶俐，还没几天就能演出五六折戏，只是舞蹈虽刚刚合格而歌唱却辨不出是什么腔调。有时盐运使又给小人铜钱，拿到铜钱就爱不释手，口咬脚踩但铜钱不能碎裂，就又装作嘤嘤啼哭的样子。仆人偶尔吵骂开玩笑又互相扑打的，小人看到后，手舞足蹈又乐不可支。由此知道小人喜欢人们打打闹闹。小人有时情绪悲伤思念岛屿，盐运使总要命令仆人扑打吵骂，来博取小人欢心。

盐运使对小人们非常贴心但又替小人制作小匾额悬挂在木盒上，匾额上写"罔谈彼短"或写"犹傲鹪蟭"。亲自制作小楹联悬挂盒门上，楹联道："槐帮能游，芥舟可渡；壶天不远，橘隐非诬。"小人见了，也知道向盐运使鞠躬致谢。一年多后，盐运使深知小人已很温顺，就为他们打开盒面玻璃门，小人有时会跳出盒子而在文房四宝周围游玩。

有一天盐运使有要事到别处去一下，红顶花翎帽被遗忘在书桌上。小人看到后觉得很高兴，摘下帽顶，然后两人把帽子当球踢来踢去。接着又摘下孔雀翎毛，两人扛着，打扫书桌上的灰尘像用扫帚一样。正嬉笑间，盐运使回来了，小人争着抢着丢弃红顶花翎而逃。红顶坠在地下被摔碎，花翎落入火盆烧尽，可是盐运使非但不生气，反而看着他们哈哈大笑。

第二天有同年的儿子衣冠楚楚前来拜望盐运使，偶尔来到书房游览，正撞见小人在书桌上又蹦又跳又叫。他不知这是什么东西，大为惊讶，不觉狂呼道："怪哉！"再看看小人如同人一样的动作，两个已经当场惊吓而死，其余都赶紧潜藏入盒中，恶狠狠骂道："娇三尼二师二唧唧。"盐运使从此深深记恨这个同年的儿子，不再理睬他。

楠将军

我的故乡在天长县石梁镇，在元代末年那里有座古庙，是梁武帝下令建成的。殿堂规模相当宏大，寺院物产尤其丰盛，秃头最后成了豪富，不知道念经修身却酷喜干奸淫之事。平时喜爱将美女藏在地窖中，外面人却不知晓。

据说古庙正在修理，工匠处处都是。有漆工某人正涂抹朱红颜料，突然看见梁上有一道亮光，转瞬间一块砖坠落在地上，有壁虎二只，雪白的鳞和爪，须髯苍白，眼睛血红，一眨眼间已长到一尺多。漆工正呆呆凝望着，心想这是什么东西，突然听谁大叫了一声："这是龙啊。"说着说着壁虎飞腾而起，众人争相逃窜。漆工还没来得及奔逃，就伏在供桌下。正巧童蒙老师在桌上供着至圣孔子的木牌位，漆工就慌忙拿来戴在头顶，惊惶紧张得一动也不敢动。刹那间又听见雷声巨响，闪电飞驰，云雾中隐隐约约还看见门外一条青龙来到，青龙头上横着尺木，木上刻有朱字，像符咒一样难以辨认。龙角上包裹着两块黄绢。庙门很小，龙头受到阻碍，因此只好侧着角蜿蜒缓缓进入大殿。门内壁虎一瞬间变成小龙，像欢迎头戴尺木的青龙的到来。青龙稍微一转身，庙宇内瓦砾飞舞，屋梁乱晃。只见青龙奋力攫取大殿屋脊宝瓶中的闪亮珍珠，有碗一样大。两条小龙各自挟着楠木屋梁，打打闹闹像在争斗，房屋楼阁刹那间热闹起来。

不久过后雨过天晴，烟雾消散干净，漆工从昏晕中苏醒过来，头上所顶的木牌位依然岿然不动，但是庙宇已经化为乌有，更不用问和尚在哪里。当时的庙宇已经化为遍地积水，浸满瓦砾。漆工感到非常诧异，急跑去告诉市场上的大众，大家奔去争相去看，却只剩下正殿殿基旁留着的女子便桶、绣花莲鞋等几样东西。

远村大雨倾盆，人们看见黑云如山，一大片一大片向古庙扑下，接着又腾空而上，还大致能见到龙伸着巨爪抓住大殿横梁飘舞。事发之后听罄湖边的渔夫说："当日龙用双梁空中相斗好长一段时间，猛然将双梁抛落湖心，漂浮一小会儿就不见了。"后来每逢阴雨天湖边居民就会听到两木相撞的登登声，撞声一停歇就天晴，有人去实地考察，丝毫不错。

从明末至本朝，木梁在湖中吸收了日月星辰等天地精气，逐渐化为妖魅肆虐。客船假如碰到一段木头像箭一样飞速追来，碰到船船就支离破碎，所以开船时一定预先呼喊"大楠将军""二楠将军"，然后献上香帛，按礼节行祭，才能免于祸患。当时湖底下还有一只巨瓮，不了解哪年沉入水底，每当深夜听见瓮口汲水吐水的汩汩声，就会下起大雨。人们就将木头和巨瓮看作湖中二怪。

一直到道光某年，有渔夫父子俩正在一起拉丝网。天快要亮时，渔网过于沉重，轻易拉不到岸上，于是就认为网到了很多大鱼。父子俩拖渔网拖了很久，越拖越重，心里就更加着急，想丢掉渔网割断缆绳却舍不得，若要继续拖网那么可能很危险。渔夫有些恐惧就大声呼救。官船接近渔船，相互缚结缆绳，官船上的人就帮助渔夫一起拉网。渔夫忙得不亦乐乎，在两只船上跳来跳去竭尽全力，一不小心落下一只草鞋在官船上，也没来得及捡起。人多力强，网果真轻松了许多，后来没过多长时间就将网拉起，放在岸上。官船忙着还要赶路，解开结缚的缆绳。渔夫觉得过意不去将烧茶烙饼酬谢他们，对方却不肯接受，匆匆离去。

渔夫父子吃过饭后，天已大亮，暗暗地感觉庆幸，以为收获必定超过以往。等到打开网一看，却发现并没有一条鱼，有的是一段极大的楠木，满身长着好像毛似的绿苔，隐隐还有鳞甲纹路，一头双孔像眼眶，并且有眼珠，知道马上就要化为龙。渔夫父子也不知楠木为什么会钻入网中，这才明了渔网特重的原因。回忆起刚发生的危险，渔夫急忙前往岸上金龙四大王庙，焚香顶礼膜拜，感谢神灵的眷顾。猛然看见墙壁上悬挂的神船，船身都湿透，满是淤泥和水，当时一只草鞋也在，更恍然发觉是神灵在暗暗相助。所以将楠木梁送到庙庭。远近的人听说发生的这件事，没有一个不感到奇怪。

有一天，楠木梁托梦给庙里和尚说道："我们兄弟俩于隋代开皇年间成材，在元代末年落入水中，现在即将转化为龙。因为虐害湖上行人而使上帝暴怒，受罚被贬在此地。我弟弟吓得已逃走，不敢再肆意妄为。但是我的躯体还应该享受三百年香火，但愿不要使我受到亵渎。"和尚把这事告诉大众，于是大众请匠人给楠木梁雕成大王像，雕纹很细腻，雕刻得也很好。从此鼊湖中再也没发生过梁木撞沉船的事情，只有瓮声依然如故。

昙花记

昙花的原产地是佛国印度，光明放大，生自在香，每听到佛教歌的赞美声总会婆娑起舞。无奈的是朝开夕落，生命过短，佛祖慈悲，见昙花而伤心落泪。

翰林有个戴公奉命往西秦督察学政，他所做的事就是科举考试时把试院大门打开，然后按名册依次唱点考生名字。当时有个七岁童子章节，脸白净光洁如冠玉，丫髻上缠着红丝，携着笔袋登上台阶来接考卷。戴公鄙视他幼稚，说："咄！试院应当是比赛文章的场所，并非孩童跳荡玩乐的地方。你来此做什么？"章节作揖恭敬对答道："童子无知，太过幼稚，有志见见世面。"戴公说："你可以作文吗？如果交上白卷，我可要打板子惩罚你。"章节说："即使不敢说稳夺锦标，但也未必忽然会被打受教。"戴公认为他在说大话，于是询问学宫先生，先生回答道："此儿素有神童的美誉。他父亲名叫九如，也由于久困童子试而未成秀才。"戴公以为是九如携来，考试时会用余力替儿子代笔。为了杜绝考试弊端，戴公让随从把章节送交内庭各位老幕僚。

等到再次点名，在鱼贯考生中果真出现了章九如，年且四十，生性朴野颓唐，只是个平腐的村学究。戴公就开始询问："章节可是你的儿子吗？"九如答："正是。"戴公又问："如此年幼，带他来此做什么？如果你代儿子作弊被发现，法律不会饶恕你。"九如答应"是是"而退去。

　　试院大门被关闭后，戴公坐在高高的公堂上，过了中午，又回到内庭观察。刚刚跨过门槛，就听见孩童的喧闹笑声，中间还有与诸老先生的激烈的辩论声，同时看见那七龄童章节脱了帽子，露出头顶，正高兴地在床上翻筋斗取乐。戴公突然闯进屋，稍加呵斥，章节感到恐惧敬畏，于是就慢慢起身端整了衣帽，侍立着在旁边听取教训。戴公哈哈大笑道："我固然就知道你是不会写文章的。太阳已经移过八砖，你不在构思而在喧闹，此地岂是三家村的村学堂吗？"章节说："我没有收到试卷，又从何写起？"戴公猛然间醒悟，自己也不禁捧腹大笑。询问各幕僚道："这童儿本领技巧怎么样？"大家都说："聪明得很，只是顽皮太不听指挥。可是书读得很熟，百次提问也不会答错一次。"

　　戴公听到后，于是给他张题纸，让他坐在小桌椅上，还给他备好了果品糕点，提供给他吃。章节见题后稍稍皱了皱眉头，就飞笔不止地写起来，就好像预先构思好了似的，洋洋洒洒，写得相当出色。写完后就跪着呈交上考卷，说道："童子章节，没有如椽大笔我感到很惭愧，暂且写成急就文章。实在因为时间已太晚，夕阳下山，不过为了免于交白卷罢了。"戴公接过阅读，多次拍手叫绝。

　　恰巧墙上粘贴着王羲之《兰亭集序》的墨帖本，戴公拈出其中"此地有崇山峻岭，茂林修竹"句，叫章节试着对对子。章节马上挪用《西厢记》中句子说："怕你不雕虫篆刻，断简残编。"诸老先生听了，又连连拍手叫绝。戴公佯装怒容说："孩童也能读懂《西厢记》吗？"就以此为句，出上联道："童子读《西厢》。"章节随口不加反应对出下联道："大人应东井。"戴公听了怒气全消，又指着庭院中树说："老树千年。"章节机智地对道："香昙一现。"戴公听后害怕这句话是不祥的预兆，可是心里非常佩服他的敏慧。正在此时，左右的人纷纷点上蜡烛，章节马上就要离开，戴公带着温柔的眼神，又轻抚他的背说："好自为之，一领秀才青衫就让你占尽便宜了。"

　　章节突然面色凄惨又有些悲戚，跪倒在地涕泗横流，叩头叩得嘣嘣响，极力推辞戴公让他考取秀才的盛情。戴公大为诧异，问："你既然志存高远不把秀才放在眼里，那又何必辛辛苦苦来此一行？"章节大声哭泣道："童子有苦衷不敢妄自发言，说了肯定会被惩罚。"戴公说："你只需尽情地说，不必有所顾忌。"章节回答说："我父亲被童子试所困已有好多年了，最近这次我来参加考试的原因，是打算替父亲代笔。没想到却被隔绝，而且先获得成功。然而我父亲此科本来没有希望，即使下科又能有何作为呢？请求大人重用我父亲，录取我父亲，把我的名除掉，您的恩德，我将终生不忘。"

戴公嘱咐把九如的考卷拿来，却是荒率作品，与雏凤的文章相比较而言真有天壤之别。因此让章节看九如的文章，说："你父亲的文章写得这么水平欠佳，我能有什么办法？"章节只是在那里一直叩头。戴公怜悯他的志向，同情他的孝心，欣赏他的才华，就答应了他的请求，说："我鉴别文章优劣是很有自信很高明的，这次我就为你而暂受委屈。但是你下科考试必然报捷，鸿飞青云就为时不远了。"章节兴奋地欢呼跳跃再拜而出。

第二天一早张榜揭晓，第一名是章节还，也是个杰出的人才。九如的名字就勉强地附在末尾。戴公督学结束，将启程返回京城，秀才都前往送行，九如也带儿子章节伏地拜在戴公车下。戴公对九如说："你能够被录取，是你儿子的功劳。乌鸦巢里出凤凰，有稀出种吗？"临走前又打听章节道："这次考试的冠军章节还是你的同宗吗？"章节答道："是同宗。"戴公微笑说："好的，那我走了。何不送我一副对子，上联是：章节，章节还。"章节机智应声对下联道："吕蒙，吕蒙正。"戴公看着学宫诸位先生，然后手指章节说："这孩子智慧非凡，能不把这孩子当作无价宝吗？"然后解下衣襟，把自己珍贵的玼玉送给章节，说："你只要自己珍重，明年的现在一定会把秀才还给你，这块佩玉就是今后的证据。"章节感激涕零，号啕大哭，直看到戴公车影遥远，才跟随父亲回家。

半年过去了，戴公突然梦见章节手持昙花晃晃悠悠前来道谢，口里吟诵一首绝句道：

身本优钵罗，托身植瑶岛。入世偿宿逋，昙花依旧好。

等到戴公又一次来到西秦，就慌忙想见章节，却发现踪迹全无。惊问学宫先生，先生由于说不出口就叫章九如自己说。九如双泪涌流，悲痛地答道："章节儿自从受您指教后，归家不久因为出痘而悲惨天殇。临死前紧紧抱住您赐予的玉珮，后来就用玉珮殉葬。"戴公感到诧异又惋惜无比。九如又说："孩子在降生时，他母亲做了一个梦，梦见一个老和尚亲手赠送昙花，醒来就生了他，也是命中注定不能长寿啊。"戴公刹那间明白过来，才悟到昔日的对联下句"香昙一现"是个预兆，后来的梦暗示他离开尘世重返仙班了。后来就奋笔写了《昙花记》记叙这件事，以让人们知道有这样一个神童。

博山两贤妇

博山钟十六，他的父亲凭靠跑单帮起家，他也决定辍学继承父业。十六岁时，聘定当地李家女子耐姑为妻。娶妻之前，十六偶然一次去村中集市办点事，碰到看相算命先生蝛叟，老态龙钟，鸡皮鹤发，但是双目清澈，炯炯有神。前来求看相的人也特别多，门庭若市，是因为他的话很灵多被应验，没有一点差错。

十六非常崇拜蝛叟相术神妙，摸出腰际二百枚铜钱想要请他看个相。蝛叟说："来求相的人双亲都健在，是弃学经商者。"其余所说也都很精准。只是他说到十六"一生中会娶两个妻子，相约相伴白头偕老"，十六就捧腹大笑，说："我只是个乡巴佬，只要求有一个床头人，我这生的愿望就已满足，有什么福气去消受两个老婆呢？"

那时钟十六父亲的好友陈老也在蝛叟那儿，高兴邀请看相先生到家里，纷纷给家属看相。看到陈的女儿让姑，蝛叟问："定亲了没有？"陈老说："没有。"蝛叟说："有一句话不大中听，请勿责怪，你家这位小姐以后定是人家的小老婆。"陈老听过后很不高兴地说："我虽然算不上有才华的人，但是有幸在本地称得上有声望，何必要把爱女去做人家小老婆？"嫒叟说："但愿我的相法不准确不应验才好。"说完就拂袖直接离开陈家，人们都认为这老头说话是胡说八道，他人八成有点疯癫。

一年多后，十六举行迎娶婚礼。耐姑美艳端庄而不轻浮，聪慧却不放肆，孝敬公婆，夫妻间也伉俪情浓。没想到结婚不到六个月，耐姑竟然生下一个儿子。十六怒不可遏，深度怀疑耐姑未婚前有不正当的行为，也怀疑她婚前与别人通奸，从早到晚对其指责辱骂。公公婆婆也讥讽训斥。耐姑无法辩解，只能面对着墙偷偷哭泣。十六恨得想杀死儿子，灭去耐姑秽行的痕迹，婆婆不忍心这样做。孩子刚刚满月，十六就强迫耐姑赶紧回娘家。耐姑刚到娘家，男方的一张离婚书已让人送来，很是及时。

耐姑父亲李翁得知此事后，气得呼吸急促，很是恼怒，进内房训斥耐姑的母亲李媪。李媪思忖我女儿一直在闺中安分守己，每个行为动作都符合礼节，但是那婴儿也确确实实地抱在怀中，女儿出嫁到现在只有六个多月啊。李媪想到这儿便非常郁闷，整天垂头丧气，母女两人只有相对哭泣。家族中女流之辈听到此消息就在背后议论讥笑，男佣女仆在耐姑前动作缓慢有意怠慢，同族中更有人直接指责李翁说："像耐姑这种人，实在有辱门楣，还不如让她去死，或者让她重新嫁人，不然就扫地出门。但是现在养在家里一辈子，是要做有丈夫的寡妇吗？襁褓里的孩子以后长大了到底算是谁家的后代呢？"李翁说："我也深思熟虑已久，如果她再倔强，当用刀斧杀掉她。"

到了第二天，果真有不少媒婆上门来提亲，有的说某县令家二郎贤能有才，有的说某主簿家四郎开朗俊美。耐姑知道家里已经容不得自己，可是也不知所措，无处可投奔。清晨耐姑起身抱着儿子快步奔向雨香庵，贱卖玉簪耳环等，然后租借尼庵一处清静的房间打算永久居住，凭借纺纱织布来养活自己和孩子。雨香庵庵主大悟，是女尼中相当有修行的人，相当怜悯耐姑，常常照顾周济她。一天夜晚，婴儿一直啼哭不肯入睡，耐姑深感孤单凄凉就不觉伤心起来，也哀哀地悲哭。大悟从蒲团上惊醒，呼喊道："耐姑，你这么一个没有耐心的人啊！

一时遭到覆盆之冤，冤业也有前因后果。总有一天你能返回夫家，有圆满后果。寡妇暂且耐着心不夜哭，况且你是有夫之妇呢？"耐姑听了只是抽泣不出声而已，不敢相信也不会相信大悟的口头禅。

十六自从把妻子赶走后，十分害怕岳父提起诉讼。后来事情也就无声无息地过去了，知道不会有后患，于是另外与陈家女儿让姑协定婚姻。让姑长得美艳贤惠，但十六总感觉比不上耐姑。续弦的吉日良辰，十六想想蝪叟说他命中应有两个妻子的话虽有一点准确，可是离了一个又娶了一个，总算不上是一箭双雕。陈老更由于娇女已经有了丈夫，虽然属于填房，但毕竟不是偏房，于是就打算去挖出蝪叟的两只眼乌珠，训责他像瞎子那样狂言乱语。

这天大悟偶尔从别村走过，看见钟家贺客众多，吹吹打打好不热闹，知道是十六再娶新妇。她急忙赶到雨香庵，把消息告诉耐姑。耐姑伤心痛苦也只是默不作声。大悟问道："娘子有什么规划？"耐姑说："一死了之。"大悟仰天大笑道："前些日子你的奇冤尚未昭雪你反而活着，现在委屈将要解除，你却选择去死，你真的如此傻？"耐姑知道她话里有话，就下跪拜求指导。大悟说："娘子应该乘此机会前去踏进夫家的大门，死也不离开。神佛菩萨，都会有情，自会玉成你。请让我用二十字禅言送给你，于是就喝道："但得灶下养，重燃狱底灰。香闺联二美，此去莫低徊。"耐姑恭敬领教，然后就背着襁褓儿子，忍辱含垢登上钟家的客堂。

婆婆看见耐姑后就很慌忙，打她耳光赶她走，她就不走。婆婆后来十分恼怒，亲自到厨房霍霍磨刀，想要恐吓耐姑，耐姑也不走。招呼丫鬟老妈子一起拿着棍棒暴打耐姑，打得遍体鳞伤，一身乌青，她仍然也不走，只是跪在地下苦苦号哭，说自己犯了死罪。看到婆婆怒气稍有消退，才叩头请求让她替代女仆，供主人任意使唤奔走，不计较一点佣金。白天只求吃两餐饭，夜间只要求一席地能睡觉，如果因懒惰而再被驱赶，就毫无怨言。公公与十六见了已有怜悯的意思，邻居又纷纷求情说道："不正经的妇女也是非常可怜的，阿妈何必在乎一碗闲粥闲饭，更何况也可让她代替新媳妇的操劳。"婆婆不得已而只好点头同意，规定耐姑只能住宿在东边厨房间的空余地方，打个地铺睡觉，不允许她擅自进入卧房和中堂，不允许她蛮横地与新媳妇分庭抗礼。耐姑连连答应。

从此以后，耐姑负责打扫庭院，淘米煮饭，挑水洗衣，操劳家务杂活。即便是新媳妇不干净的衣裤，耐姑也帮她清洗。婆婆在耐姑刚来时，很是苛刻，后来见她勤劳干活又不肯稍稍休息，渐渐地态度也缓和下来。耐姑不叫婆婆而是称呼太母，不叫公公反而称太翁，呼新媳妇就称娘子。见到原先的丈夫就赶快躲避，唯恐不及，亲戚邻居也不能经常见她的面。幸好让姑能怜惜耐姑，而且非常怜爱她的儿子，背地里就叫耐姑为姐姐，时常照顾优待她，不忍心把她看作女佣人。

时间过得很快，耐姑重来夫家转瞬间已有一年多。正巧碰上公公婆婆庆贺诞辰，十六仿效老莱子彩衣娱亲，到时候设立宴席欢庆，亲戚朋友相聚一堂。忽然雨香庵大悟派小尼姑送来了礼品，打开盒子一瞧，不是祝寿的用品，却是庆祝小儿诞生的汤饼。众位来宾都不鼓掌笑话老尼姑太过荒谬，几乎与蠛蠓狂言乱语相仿佛。不久宴会正式开始，乐声奏起，敲锣打鼓，举杯祝酒，觥筹交错，一片其乐融融。

突然听见灶头间有呱呱小孩的啼哭声非常刺耳，烧火丫头赶忙奔进来向主人报告道："李氏又分娩了！"满堂宾主都很诧异。婆婆怒不可遏，迅速赶到耐姑跟前训责说："淫妇一定不想活了吧！以前已经玷辱了你家，现在又想来玷辱我家吗？"耐姑含笑说："婆婆淡定，不要生气，孩儿今日可以伸冤了。赶快请我丈夫来，哪有两个儿子却不认识他们父亲的？"十六还不知道发生了什么，糊里糊涂从外面跑了进来。耐姑忽然站起拉住十六的手，涕泪交流说："我自从进入你家，服役劳苦，但那是女人的本分，不值得一提。但是我从未外出去眺望一回，也从未和外人讲过一句话。你在某日非得挑逗我，我不予以理睬，你夜间又乘醉来逼我在草铺上勉强同房，到现在有几个月啦？还不仍旧是六个月吗？公公婆婆如果不相信，有他头上的柳花可以作为凭证。"在这之前清明节那天，那里民间习俗不论男女都在头上插少许柳花，新媳妇为取媚丈

144

夫，用五色丝线缠成彩缕，各有自己的花纹，非别人所能替代。原来从清明到现在，又快要到中秋节。

大伙正在发呆惊讶的时候，突然通报说李家老夫妇听到这消息怒气冲冲赶来兴师问罪，十六父子俩在路旁迎接。李家翁媪刚进门就对众宾作揖行礼说："我那不肖的女儿也有今日，要不然的话，天网也有疏漏的了。"李翁于是就滔滔不绝地讲道理辨是非，但是李媪却脸色铁青，怒发直竖，叫骂万端，毁坏杯碗器皿多个。李媪突然揪住十六的母亲，挥拳暴力殴打，当场撕碎她的衣裤，几乎要露出隐私，但没有人敢上前阻拦这种暴力行为。十六赶忙跪在地下，头碰得嘣嘣直响，也被李媪气得撩起一脚踢倒，抓住他头发，狠狠地提起掷出。李翁夫妇最后扬言道："今日的事情，一定要告到官府让他们倾家荡产不可！"众位来宾稍稍劝说一两句，李翁就反唇相讥道："当日我女儿被赶出门时，各位为什么不吭一声、不拉一把？"宾客们顿时无话可说。

当时让姑的父母也在现场，知道这桩事必然要导致决裂，急忙高声对众人说："耐姑的贞节，她那含垢忍辱的精神早已感动上苍，这才送来儿子替她辩白。现在要息事宁人，圆满解决而免去诉讼，似乎非我女儿说一句不可。"让姑果真从屏风后缓缓走出，拜见了各位长辈说："耐姑姐姐的沉冤如果能够还其清白，是上天有灵，也是我家的福气啊。请姐姐恢复正位，我做偏房。像姐姐这样高尚的贞操，我就算服侍她洗脸梳头也心甘情愿毫无怨言。让姑父亲也乐于如此安排。

突然看相先生蹑躞来看热闹，从陈老背后拍了拍肩膀，说："陈君，陈君，我的两只乌珠能否开恩得以保全？"陈老发觉后吓得一大跳，但过后又感到非常好笑，于是就和众人互相叙说当初看相算命等种种奇怪的事情，才发现命中注定的事是完全出乎意料的。只有大悟能够预知耐姑必定是今天临产，也不知道她掌握了什么法术。后来钟家张灯结彩，请两家父母高高坐在上座，钟十六带着儿子恭敬地叩拜服罪。李家、陈家也互相认对方女儿为自己的过房女儿，大家一片和谐，满堂宾客极欢而散。到了第二天，大家就在钟家正门口竖起两根表彰孝义的木柱，用来表扬博山的两位贤妇。

后来耐姑又生一个女儿，依然是怀胎六个月。让姑生了两个儿子，就同普通人一样。以后四个儿子做了贵官，只不过是先封嫡母，后封庶母，的确如蝬叟所说的那样。耐姑六十岁时，出钱替雨香庵修建一座神灵佛塔，就是为了报答大悟的大恩大德。

珠江花舫

邹子在《乐生笔记》中记载《江山船》写道："江山县近水的人家，都购置一条大船，华丽宽敞，彩画船板，窗明几净。父亲划着桨，母亲掌着舵，兄弟掌握缆绳，女儿担任烹调。他们的女儿都从小就学习丝竹歌舞，到了破瓜妙龄之时，特地安排让她去接待客人。临风挤眉弄眼，像是有意而又像无意，挑逗得客人心痒痒的。有的一两位妹子，有的是三四位妹子，她们都穿着鲜亮华丽的服装，用来引诱过客，借此机会钓取重金。富商大老板往往把钱财消耗尽才能离船登岸，可恨啊！"可是邹子不知道广东还有珠江花舫，它的可恶程度比江山船更加严重。

一个老幕僚名叫沈翁，是江苏宜兴人，他从小就住在广东。一向都憨厚老实，平生从不跨进妓院的大门，也不娶妻子，从壮年一直到老年，都还是童子身。每每看到年轻人喜欢逛妓院的，总要对他们的行为嗤之以鼻。喝醉酒以后又特别喜欢自我欣赏吹嘘，认为如来佛的忍欲妙谛，自己已获得筒中三昧，修养已经十分高超，没有能赶得上的。这个老幕僚多年积下的薪金已将近数万两银子，包裹箱子都撑得满满的，而他为人苛刻，对待仆人却又尤其严厉而又吝啬，一分一厘也要时常斤斤计较。

有一天，沈翁将计划返回故乡，打算买些良田，然后再修建幽雅有品位的别墅，作为日后隐居养老的长久的策略，不再辛苦忙碌地为别人作嫁衣裳了。一向听传闻珠江花舫名声很坏，害怕中其设计的圈套，于是费尽心思地选择归程船只，务必没有一个女眷的船才放心包租。一日沈翁十分高兴，因为终于挑选到一只称心如意的船，于是就先搬运箱包，安放好图书，然后再向老朋友告别，这才解开缆绳启程。沈翁的心思细密，一条船自己乘坐，另一条船装载仆从。船不很华丽，船上也没有什么陈设，供应的饮食也不很丰盛精美，但都很合沈翁心意，因而可以放心无虑前行。

船缓缓行驶了三四里路，沈翁突然看到一个美丽的女子，蓬松头发，淡妆素服，梳着鸦髻，但是风韵气质却非常动人。只见她动作轻柔，打开舱后的小窗，徐徐弓身在河里洗着那白嫩的手，玉镯碰到船板时，锵然有声。沈翁神态上有些发怒，于是高声召唤仆人，但是没人应声。然后他又高喊船家，问道："这女子从哪里来？"船家惊恐万分，脸色苍白，跪在地上。女子慌忙走出后舱，对沈翁恭敬行礼拜道："老爷息怒，请让我细细报告，只要是合情合理就收留我，不合情理的话就可以赶我走，这一切都由老爷决定，为时不晚。"沈翁微笑着说："你不妨说来听听。"

女子神色黯然流下眼泪说："我是宜兴人，姓刘，乳名小玉。从小就跟随父亲在广东做官，不幸的是错嫁了一个无赖青年，嫁妆后来都成了赌博本钱，输得一干二净，最后丈夫也死了。回到娘家没多长时间，父母在做官任期内又不幸身亡，我想尽办法才办妥了丧事。自己现在已经孑然一身，现在不仅是孀妇而且孤单一人，但是害怕遇上恶棍被卖到娼妓院馆，只想回到故乡，剃发出家最后皈依佛门。想单独包租一条船，但我既身无分文，又没有丫鬟女仆，迢迢千里实在难以独行。想搭乘别人的船，又怕遭到别人的算计。我平时也听说过有关老爷的事情，明白老爷品行清高，真是世间奇男子，我想你一定能可怜我悲苦无依，完成我的心愿。再说我的邻居姆姆又与船家非常熟悉，所以想附乘在老爷的宝船上回故乡。倘若蒙受老爷照顾，我定生当结草、死当衔环图报，每天在佛像前念诵禅经，祈求老爷能健康长寿。如果老爷竟不允许，我便走投无路，只能跳河自尽，因为除了这次机会，我将永远不再有回乡的日子了。"
说完后就哀哀戚戚悲哭，她的话说得那样辛酸悲凉。沈翁发呆了好一会儿，但
好像又被说动了心，说："乘搭我的船一起走也未尝不可，但不许进入我的中
舱。"小玉非常欣喜，答应一声，就立即起身快步走到后舱，用悦耳的声音念
诵佛号。船家也向沈翁拜谢。沈翁问几个仆人是怎么一回事，仆人都训责船家
不该自作主张私自带人，沈翁就相信了他们的话。

没过多长时间，船家每送进一杯饮品或一餐饭，沈翁都赞美做得香甜可口。
船家说："这些都是小玉的烹调技术啊。"仆人送来洗净的衣衫、毛巾、袜子等，
沈翁都称赞洗得光洁匀整。仆人说："这全部是小玉亲手洗涤的。"第二天早
晨，船到达一个小村庄，沈翁想吃早点，召唤仆人，仆人还在酣睡。突然船家
掀起舱帘送来刚做好的麦饼，味道十分鲜美。沈翁问饼是谁做的，船家说："这
是小玉亲自上岸，替老爷买来的。"沈翁其实内心相当感动。

有一天清晨，由于天还算清凉，沈翁围裹着被窝坐着，忽然听得"咕咚"一声，
船家高喊道："不好啦！小玉替主人买早点时，上跳板时一不小心掉入河里啦！"
沈翁披上衣服慌忙起身，打开舷窗向外一望，果真有几张饼正漂浮在水面，沈
翁又看到众人果然七手八脚地从河里捞起小玉。幸好小玉还活着，只是她的衣
裙全部湿透，浑身冻得瑟瑟发抖。后来船家把小玉挟上船头，将要把她送回后
舱。只听见掌舵船工唉声叹气地说："小玉只穿这一身衣服也只有这身衣服，
又没有可以替换的，不是真的要把她冻死吧？"沈翁听了马上吩咐其他人将小
玉扶到中舱，小玉一声不吭，众人也充耳不闻。沈翁看到此情此景，就又放开
喉咙说了一遍，众人说："老爷曾说过不许小玉住在中舱，小人真的敢忘记吗？"
沈翁解释说："她为了我而落水受罪，我于心不忍所以一定得救她！"于是对
小玉照顾有加，招呼小玉进舱，让她躺在自己的被窝中，点火帮她代烘湿衣服。
烘干后，小玉起身穿上衣服，含羞回到后舱，像先前一样干活操劳。沈翁从此
在心里感激小玉，小玉也对老爷产生了好感。

一天晚上，夜深人静后，好像有老鼠钻入箱内在咬啮鞋帽衣服，沈翁就命

令仆人捕鼠，但是无人答应。沈翁于是想亲自起床捕捉，当时只见小玉睡眼蒙眬，从后舱走出。她穿着绿绸短袄，步履缓慢，手里拿着蜡烛，问道："老鼠在哪里呀？"沈翁就指给她看，小玉就替沈翁驱赶老鼠离开后才离去。又有一晚，江上刮起特大狂风，船桅震震作响马上就要断裂，桌上烛台上的火也突然被风吹灭。沈翁很焦急，就召唤仆人去点烛，但是无人响应。这时又看到小玉轻轻盈盈不慌不忙地笼着蜡烛出现在眼前，她披着淡黄薄袄，在烛光的照耀下身材显得婀娜多姿，靠近烛台点火，手指纤细如春笋，三寸金莲又好似嫩芽。沈翁稍微出神凝视了一会儿，已被小玉迷得神魂颠倒，但此时小玉已离去。又有一天晚上遇到暴雨，雨水从船篷缝隙中渗进中舱，沈翁卧榻的枕头被窝正好对着漏水处，但是移到干的地方，不久也被漏湿。沈翁呼唤仆人，仍无应声。只看见小玉再次出现在沈翁的面前，她一手回提着短袄一手擎着蜡烛缓缓来到，登上沈翁的卧榻，小心翼翼从他身上跨过去，代他塞住篷隙漏缝，小玉手到之处漏水都被堵住。小玉额头上挂满汗珠，气喘吁吁地像上气不接下气似的。沈翁因此心里更加感激她也更喜欢她，想挑逗她讲讲话，小玉就又动作轻快地携着蜡烛离去。

第二天沈翁突然得了痢疾，仆人懒惰常常很早就睡下。沈翁因腹泻得有气无力而独自忧伤，一面叹息一面偷偷落泪。小玉知道后，就赶紧跑到中舱代为调理药饵，照料沈翁盥洗和洗濯衣物，非常殷勤。几天过后沈翁的病已痊愈，夜深人静，小玉还忍着寒冷侍候在床边不回舱去睡。沈翁很怜爱她，挽她手臂说："小妮子的衣裳过于单薄，又帮助老汉照看病情，我实在于心不忍。何不暂时睡在我脚后跟？"小玉没有回应，催促她回去睡，她也不吭声。沈翁说："我年岁已大，你年龄那么小，论岁数你都可以做我的过房女儿了，睡下有什么关系？"小玉听了后微笑地点点头，就躺在沈翁脚后边。

小玉安然睡下后，沈翁感觉特别温暖，胜过汤婆子。又有一种异香钻入鼻眼，刹那间心内欲火旺盛，不能克制自己。先是犹犹豫豫坐起身，然后就缓缓地爬过去与小玉共睡一个枕头，接着对小玉浑身轻轻抚摩，嘴里支支吾吾要求交欢。

小玉说："不行。我现在是寡妇，又把你看作我的父亲，你也当面答应我做你过房女儿。如果干出这种事，我会很羞愧，还有比这更耻辱的吗？"沈翁不想就此放弃，再三哀求，小玉说："既然蒙你相爱，为何定要在这方面。"沈翁说："你倘若能使我真正销魂，我今生今世定不忘记你。况且我孤身一人，悲惨情景与你如此相同。如果能满足我要求，我所有的一切也就归你所有；不然的话，你即使回到了宜兴，能够饿着肚子活下去吗？"小玉听了一声不吭，沈翁就与小玉当晚定情，尽情欢乐一整夜。过后沈翁喜滋滋地说："从今以后才发现枕席间的欢乐，要胜过封万里侯啊。"小玉说："我的清白全都被你轻薄尽了。"

经过这夜以后，沈翁与小玉相处得很亲密犹如夫妻，沈翁的一切钥匙都交付小玉保管。突然听说两个仆人逃掉，没过多长时间一个短发童儿也逃走。小玉很诧异也很害怕，可是沈翁却不大追究。算算日子，自从解缆启程到现在已费时八个月，还没有到宜兴，小玉独自屡屡催促船家，可是沈翁好像一点也不介意。很久以后，沈翁打开银箱，发现箱内空空。问小玉，小玉回答说："老爷忘了吗？仆人盗偷若干银两，童儿也偷走若干宝物，每日伙食柴米开销，你的医药费，又花费不少，加上船家支取的租船费用又有好些。"后来沈翁打开衣箱一看，衣装也已被清空。问小玉，小玉回应说："老爷不知道吗？银子已用尽，不把衣服送入当铺又有什么办法来维持开销？用去的钱难道可以飞回来吗？"沈翁迷恋于小玉的娇美，整日神魂颠倒，昏昏沉沉地也不去多加盘问。

有一天，船家非常兴奋地说："到目的地啦！"沈翁于是想登岸，小玉却阻止他说："老爷将去哪儿？常言道家无片瓦，能露天住宿吗？你家乡的人听说你带了巨资回来，一定会围着向你借钱。你说自己钱已花完，又有谁可以相信呢？等到那时你再向别人求助，谁肯帮助你呢？岸上有我的阿姨家，住处非常幽雅整洁，还不如就到那儿养病。我承蒙你的错爱，既不愿意另抱琵琶，也不能够树立贞节牌坊，暂时就穷苦一点住下。家中即使空无一物，但是我能够做针线活，这样一来还不至于向人借债吧。"沈翁想想银山已倒，囊中空空，毫无办法而听从她。进入她家，果真像她所说那样。沈翁住在干净优雅的房间里，饮食起居也还安好。小玉时常匆匆进出，有时也回来陪沈翁睡觉，有时就宿在别处。沈翁心有疑问也不敢多问，更不敢走出家门。

忽然有两三个老朋友来拜访，他们都是广东相当有名的幕僚。他们看到沈翁就十分惊讶地问："为什么那么快就返回了？"沈翁微微一笑说："返回到哪里呢？什么时候返回的呢？"原来沈翁在船上待了整整一年，天天和美女相对，船家扬帆前进数十里，又逆流倒退了数十里。不要说是浙江，甚至从头至尾都没有出过广东省。眼下所住的原来就是小玉家，船家也就是小玉的兄弟辈人，原来小玉是个名妓。到这时沈翁才恍然大悟，只能与老朋友相对干笑，于是仍住在广东做官府幕僚。

还有一个显官，上任时登上珠江画舫，前后共花费掉五千两银子。回家告诉夫人，夫人嘲笑他，显官说："你不要发笑。以后你到任所去，倘使见了船上这班女人，只恐也会使你销魂呐。"夫人仰天大笑说："我身上又没有淫具，那些女人能成为我的情郎吗？"显官说："话可不能这样说。我们一些人爱上戏子，何尝不是同性双雄相爱？只恐两雌相爱，也同样扑朔迷离让人说不清呢。"夫人更加捧腹大笑，以为丈夫在胡说八道，而且隐隐的有吃醋的意味。显官后来果真包租一条船，派女仆去迎接夫人。船家的女儿聪慧秀丽，特别精致，人见人爱，她的眉毛可以说话，眼睛能够听声，举止行为，一言一动，无不令夫人十分喜欢。夫人于是就认她为过房女儿。早上有赏，晚上还隆重宴请，花掉金玉、珠翠、锦绣、古玩等不计其数。船故意徐徐前进，每天仅行驶十多里路。等到抵达丈夫的任所，夫人已是钱囊空空了，而且还欠下租船的花费一百多两银子。显官发现后，连忙派遣仆人拿了银子去赎取夫人回到公署。夫人缓缓走出轿子，登上后堂。显官猛然跳出，拍手笑问道："如何？"

金竹寺

　　我小时候就听说过扬州地下有座金竹寺，但无人知晓它的来龙去脉。前年拜见了长辈亲戚屯田司马杨慧生，突然谈到金竹寺，他说明末某年，有个皖人名叫萧灵威，年轻时行侠仗义，效仿古代名侠鲁仲连、郭解的所作所为，每次都因为小事而与人结下冤仇。后来仇家记恨，遭到仇家报复，几乎被他们毁了性命，只好逃到别的县，销声匿迹将近两年。

　　某日，灵威偶尔在月光下漫步，忽然听到一间茅屋中有凄厉的哭声。他走进探望并询问情况，原来是孤孀和一个女孩两人，整天靠纺织谋生。邻居有富豪魏虎儿垂涎少女的美貌，强行送来聘礼要与其订婚。少女感到又羞又愤不肯同意，所以已好几次要自杀。她的孀母对此很担心，早晚严加看管以防意外。可是魏虎儿已选好吉日，实在不愿意就来抢婚，所以母女俩相对痛哭，整天以泪洗面。灵威听完详细情由后说："你们母女俩就算哭到天亮，也不能阻止他抢婚呀。"

　　灵威回到旅馆，袖内藏利刀，打探了魏虎儿具体的住处，迅速跳上他家围墙。围墙走尽，就跳登上屋顶，脱掉鞋小心翼翼地行走在屋瓦上，没有一丝声音。后来听见声响，于是就向灯光多的地方走去，瞧见魏虎儿坐在绣房内正拥抱着艳姬，饮酒作乐，同时有狎客作陪，兴致甚豪。只听得狎客大声笑道："东邻那家女子假惺惺，整天哭哭啼啼，明日销金帐中她一尝到别样的美味，恐怕撵她也不肯走了。"魏虎儿接着说："她如果再执拗，就将她投到冰窖里活活冻死。"狎客说："虎郎如此怜香惜玉，情感细腻风流旖旎，莫非故意说这惊悚的话吓破小鬼的胆吗？"魏虎儿只是笑嘻嘻的。灵威确信无误后，就跳入房里，挥刀奔向魏虎儿，一下子把他杀死。美人惊吓得昏晕倒地，像死过去似的。狎客惊慌失措，灵威把他斩了。童仆闻声进门来，灵威又连斩二人，最后逃走一人。看见桌上有酒，灵威站着痛饮三大杯，然后用手指蘸着鲜血，在墙上写道："杀人者是萧灵威。"写完，仍旧飞身跃登屋顶，四面一望，到处乱窜，不知来到哪里。

在深夜中，突然有个白衣人手中拿着花灯，在灵威前面引路。灵威跟着走，只觉得行走起来很轻盈，就像飞起来一样。等到天亮看看所到达的地方，离昨日杀人的地方已有五百里地。灵威想寻找白衣人，但是已不可得，只有那盏莲花灯丢弃在荒草丛中，灯焰摇晃感觉像即将熄灭。灵威快步上前一瞧，很是惊喜，原来不是灯，竟是一锭细丝足色纹银，估计约有四十两，他就迅速俯身拾起用它做盘缠。每日住在旅馆里，听到捉拿逃犯的风声越来越紧，灵威就怕被捕役跟踪找到，变得更加小心谨慎，急忙改装更换姓名渡过长江。他听说浙江天竺山菩萨最为显著灵验，就虔诚地前往那里焚香朝拜，寻求忏悔，希望得到原谅。到了那里，只见俊男靓女如云，和尚如蚁，然而大多装模作样，却无一个道行精深的。灵威进香后，就在山寺中暂时居住，立志要悔改，默求菩萨神灵庇护保佑。他学着佛门弟子的样，每天十分虔诚地讽诵佛经。

灵威有一次偶尔独游山岭来打破内心的寂寞，但看见山洞中有个老和尚盘腿坐着，眼睛又像是闭着。老和尚见萧灵威到来，突然猛喝一声道："富豪强娶抢亲，与你有什么关系？"灵威听见如同冰水灌顶，又觉得相当恐怖，害怕老和尚泄露秘密，心中一个念想要打死老和尚灭口。老和尚大声呵斥道："呸！白衣人拿着莲花灯指引你，你还把他看成仇人吗？"灵威又惊讶又感激，一下子跪倒地下说："弟子知罪了，大菩萨法力宏深，肯定能有始有终帮我渡过难关。"老和尚说："这儿不是你待的地方，不如就替我寄封信到扬州金竹寺，把它给铁方丈。你在金竹寺潜藏三天，灾难就会离你远去。"说着就从袖中取出一封书信，严密封固，然后交给灵威说："不要回头！快走！"灵威叩了几百个响头，拿了信赶紧就离开了。

经过大约十日旅程，过了长江，又到达扬州，灵威到处打听，却并无金竹寺，心急如焚。他不敢在城里长时间停留，就偷偷寄宿在乡村。夜里出来在东关浮桥上散步赏月，突然见一个和尚提着包走过，有个小和尚拎着灯笼在前面指路，灯笼上大字写着"金竹禅院"。灵威稍微凝神细看，灯火飘忽已朝东而去。他快步追赶，尾随着走了四五里路，才赶上他们，已经在山谷中。和尚见灵威便问："这位男子看到或听到什么却要追赶我？"灵威气喘吁吁地说出天竺山遇到老和尚的事，并把信拿出来让和尚看。和尚见信说："我当是谁，原来是白衣豁棘尊者。居士既然那么远的路来送信为何不跟随我一同前去？"

没过多久就抵达一处大的寺庙，月色朦胧之中，只见钟楼、藏经阁嵯峨耸立、瑰丽壮伟。巡夜人已在寺内唱着佛曲，敲梆打更，声音凄清却引人入胜。提包的和尚进房禀告方丈，灵威已经拱手站立在竹丛旁敬候，烟笼翠篆，风敲竹韵，文秀玲琮，画面音韵。提包和尚出来告诉说方丈已经入定歇息，将信留在桌上，请客人到寺内寮房住宿，明天方丈会相见晤谈。说完带引灵威到一间很窄的房间，无比清幽高雅，不久又端来晚餐，也非常香甜可口。第二天，灵威并没听说被方丈召唤。他看到来来往往的僧人都长得古貌古心，丑美各异，也有老有少，明显的各有差别。可是比较天竺山那些皈依佛门的大众，却觉得与众不同。

灵威住了三天，那天夜里突然听到寺内传来的诵经念佛声以及撞钟敲木鱼的声音，像是在开大道场。他披上衣服拖着鞋子悄无声息地走出去想打量一番。等到走进正殿，那各种各样的声音顿时沉寂。只看见大堂上没有一尊佛像，满地铺着好看的地毯，灯火辉煌，男男女女都赤身裸体横躺在地上，浓情蜜意进行交欢。灵威看到此等景象，起初非常诧异，后来怒不可遏，禁不住大叫道："如此昏乱污浊，还算什么世界？！"突然听得背后有人很不屑地向他大喝一声道："呸！天地四方之中，天地四方之外，天地四方所成，还不都是男欢女爱。俗子愚昧无知，竟来大惊小怪！"灵威转过头看那人紫衣袈裟，露着光头，脸色白圆如满月。提包的那个和尚在旁侍候着，招呼灵威说："这是本寺的铁方丈，萧居士前来叩见。"灵威心里虽然非常恼怒，可是身体却情不自禁地倒下，双手合十跪在地面。铁方丈挽他起来，带他进入方丈室，略微询问了天竺山老和尚的情况后，对他说："刚才你所见到的，不是真实的，是佛家的幻景。有智慧的人见了，会大彻大悟；愚笨的人见了，会勃然大怒。其实不值得大惊小怪。"

灵威沉默无言。铁方丈接着指示提包和尚说："为何不带他去重看一下刚才所见的水晶领域，让他萌发菩萨的善心肠。"灵威告辞走出，重回大殿，只见满堂灯火俱灭，一众人物全都消失，只有三世佛像，佛龛上方的油灯忽明忽暗闪烁不已。

忽然听到雄鸡鸣晓，铁方丈传话把客人送走。提包和尚亲自采摘一丛竹叶送给灵威说："把这些竹送给你以壮行色。"灵威收下把它藏入袖中。提包和尚送他出门，灵威一看，与来时所见景象截然不同。一脚高一脚低奔走离开，到天亮才能辨识到路径，却已经来到甘泉山下。回首往事，顿时发现恍然如梦。袖中的竹叶已掉了一半，看剩余的那部分，都是金竹叶。再入城打听，刹那间已过去三年光阴，而他在金竹寺中才过了三天。灵威就将金竹叶卖掉，经营起了小本生意，获利良多。又开设了一家古董铺，家境渐渐富裕殷实起来。

某天，灵威看见了走在路上的一个女乞丐携带女儿，女乞丐见了萧灵威叩头说："恩公尚好？"灵威认真辨认，却发现就是当日将遭难的孤孀和少女，赶忙带她俩回到家中，在密室中打听详情。孤孀说："魏虎儿死后，他儿子告到官府，官员派人到处抓人，后来抓到一个凶手，跟你长得一模一样。凶手被斩首，头落地然而尸体竟然消失不见。我感谢恩公大义于是盗出人头埋葬，刚刚破土，那人头猛然间变化成一盏荷花灯。官府听说了这件事，也不很深入追究。我恐怕株连受罪，携带女儿逃跑，在这里讨饭已将近三年。"灵威也转告了遇见和尚的种种事，互相感慨惊叹不已。后来灵威就娶那少女为妻，竭尽全力奉养丈母娘如亲娘。

不久灵威参军当兵，立了大功，依旧用经商时改用的姓名，后来被引荐至朝廷，做了崇明守备。两夫妻对佛十分虔诚，灵威每次遇事发脾气，夫人总是小声呼祷说："金竹寺。"灵威总能转怒为笑。灵威平常与人相见温婉含蓄得就像个害羞的处女。后来丈母娘离世，灵威举办盛大礼仪开丧祭奠，送棺入土。骑马回府时，好多人前呼后拥，突然在人丛中发现有魏虎儿家的仆人，慌忙弃官不做，带着夫人不知奔向了何方。

石郎蓑笠墓

崇明岛滨海的地方一向烟波浩渺，经常有仙灵往来。有个石大郎，从小就是无父无母，年龄十六，没有任何家产，经常替人家放牛为生。绿蓑衣织破烟景，青竹笠映照月色。石郎不时吹着短笛自得其乐，精神上也感觉悠闲舒适。只是那石郎喜欢玩闹嬉戏，生性非常勇猛，与许多牧童角斗，无人能及，好多人也害怕这一点。但是石郎碰到海中贝壳类动物随海潮冲上海滩，总扫拢拾起，然后投归大海，不忍心戕害这种小生命。石大郎的主人农夫某翁，对他的宽厚仁慈很是欣赏。

一天中午，牧童们徜徉在绿树间，有的掷骰子赌博，有的捉迷藏，相当有趣。只有石大郎一人缓慢地抽出短笛，坐在避潮墩上，不根据曲调随意吹奏，悠扬却有十足的韵味。有时会吹出古调《关山月》《折柳》等旋律，有时停下不吹指着农家茅台边的美丽的桃花，自得其乐。没过多久，海潮愈加汹涌澎湃，天与地都浸透着青碧色。一只大海蚌随着一线海潮滚滚而来，想游也游不去，好像是被优美笛声吸引住了似的。海潮骤生骤落，大蚌就胶滞在沙滩上，无法动弹，两片贝壳多次一开一合呼吸，散发出闪闪光芒。

牧童们看见大蚌壳内有闪亮的光芒，猜测其中肯定有夜光珠，商议要劈蚌取珠。石大郎想到戕害神物将会带来不利，于是就哄他们说："大海里的动物都比较通灵气，刀斧是砍不进去的。为何不用滚开的水去浇它，这样大蚌就会自然张开。"牧童们觉得他说得头头是道，很有道理，于是竞相起身去拾柴提水，同时又找附近的农民家借锅灶。石大郎趁牧童们走得远了，就悄悄起来推动大蚌缓缓移向海边，祝祷说："苍茫水晶宫，很多地方可以纵情游赏，但千万不要再登上陆地，那些贪财的人会打你的主意。"大蚌得水后逐渐活络起来，飘飘悠悠地向深水游去。忽然卷起像山一样的巨浪，忽高忽低像对着石大郎叩头的样子，海风也立刻狂暴起来，转瞬间大蚌如飞而去。等到牧童们费力拿来开水，石大郎就假装睡觉，大蚌已经化为乌有。牧童们把石郎吵醒，问他大蚌在哪里，石大郎佯装很惊讶，一副懊恼的模样，说："神物已变化而逃去，怎么办？"众牧童恍然大悟知道受他蒙骗了，唾他的脸，他也不放在心上。

第二年夏天，不时出现一头青牛伤害海边的稻田。那头牛很像是石大郎所放牧的。大家去问石大郎，石大郎不服气，白着眼与人争相辩论。后来大家去报告石大郎的主人，主人责备石大郎没看管好牛。石大郎低头不语也不作任何辩白，只是心里在想：我放的牛从未轻易放纵过，又怎会践踏人家的农田？恰巧碰上又有人来告状，石大郎悲愤至极，黄昏时赶到海边，悄悄地等待青牛出现。

第二天黎明，果真有一头牛从海岸边冒了出来，毛色非常纯净，与自己放牧的牛确实非常相似，只是它头顶上长有一角，和放牧的一头略有不同。后来牛在稻田的水沟里尽情游戏，大肆踩躏稻田。石大郎突然蹿起，将要擒捉海牛去塞住众人的口。没想到牛已惊觉，回身逃入海中。石大郎也忘了眼前是惊涛骇浪，尾随着穷追不舍。只看见海水向两边分开，仿佛两堵墙壁，牛路过的地方露出一条白色的平坦大道。

赶了一里路左右到达一处地方，是一座大宅院，楼宇高耸，一片金碧辉煌。牛跳入，石大郎也跟随跳入，只听见宅院内管弦弹奏出哀怨的乐曲声，里面正在开宴会。办事人员忙忙碌碌来回奔走，没有人注意到他的到来。走廊下还有些空隙地方，石大郎掩身在柱后，想饱看一下这海底壮景。只见大殿上有个客人外貌穿戴上像是个王者，又佩着一柄长长的宝剑，颔下白须飘动。另有一客又像是大夫，穿古代衣冠，沉默少语，忧心忡忡的像有心事。还有一客形象气质很像儒生，可是星冠羽衣却是道家装束，英姿勃勃，显得很尊贵。还有个美女长得像天仙，宝玉耳坠加上翠鸟羽毛，容貌极为艳丽，但是神情却冷若冰霜，凛然不可侵犯。坐在主位殷勤地劝大家尽情吃喝的是位少年郎，穿着相当华丽。台阶下面唱着吴歌，跳着楚舞，舞女身子轻盈能在掌上翻跹起舞，歌声高扬能阻止行云。客人好奇问道："这究竟是什么节奏？"那人微笑回答道："《水殿抛球》，是新续的第二曲。"白须人也跟着拍打宝剑作歌道：

鞭平王兮，吾非不臣；云黯黯兮，奇冤莫伸。吴市萧吹欲裂，潮怒不可折，心死不可说。

穿戴古代衣冠的客人说："相国到现在还有余怒啊！"他也紧锁眉头唱歌道：

天之险，不可升，地险山川与丘陵；人心之险更巨测，朝为变兮夕为更。珠宫在水兮何其晶莹，坦荡荡兮日月自明。龙伯召我兮，佩菊与之兰襟。吊汨罗之万丈兮，臣心同清。

儒生听了大笑道："大夫唱出自己的心声，同时又改变了《离骚》的旧韵，却也哀伤动听。请允许我用下里巴人曲调来唱和。"他唱道：

当年臣本寄书邮，谁信三生结并头。怜煞秀才康了辈，水天漂泊几沙鸥。

大家听了都很激动，都起身用巨杯斟美酒敬贺道："洞庭湖上的艳福，的确令人羡慕啊。但是你对读书人还有同病相怜的感情吗？"说完，看那美女却沉默不语，大家都问："贞姑能否按照曲调，唱唱新声呢？"美女说："请让我用珊瑚毛笔、白玉诗笺写上二十八个字，叫乐师演唱给大家听怎样？"大家说："那简直太好了。"美女快快就书写完，台阶下乐师们唱道：

蓬莱清浅几成尘，门外野风愁煞人。三十六湖凉月里，珠光长照女儿身。

石大郎仔细倾听歌曲后，情不能已又脱口大喊道："真是太美啦！凛然风韵，多么婉约而悲伤啊！"众人听了感觉非常奇怪，惊诧怎会有俗人来触犯王宫禁忌。少年郎下令武士将石大郎捆绑起来送交鳖丞相惩罚。武士迅速拿出绳索，接着反绑石大郎双手，临走时，石大郎大声呼喊说："捆绑得太紧，好痛苦啊！"接着又捧腹大笑着说："没想到我石大郎会死在这里，太稀奇了。"少年郎睁大眼睛盯着石大郎看了好长时间，说："你是海边放牛的石大郎吗？"石郎说："正是本人。"少年郎回应说："这么说来你就是我的救命恩人，哪能当作阶下囚犯？"于是让武士赶快松绑，亲自走下台阶，又恭敬地向石大郎行礼，说："我如果没遇上你，可能早被牧童们戕害。这儿是龙宫，我就是龙王太子。先前曾化为大蚌出玩，去聆听你优雅的笛韵。险遭受不测之祸的，就是我啊。你的大情大义，许久未能报答。现在你来临，我太激动了，真让人大快心意。"说着带引石大郎登上金碧辉煌的殿堂，与诸位客人一一恭敬作揖行礼，并介绍说："这就是伍子胥相国，这是洞庭湖传书的柳毅，这是高邮露筋庙的真妃，这是楚大夫屈原。"石大郎听了有些茫然，不知少年郎说的究竟是些什么人。伍子胥相国说："这位郎君原来是天上水星之精，经常喜欢与农丈人争斗，幸好得到牵牛解救。不久遭弹劾，天帝惩罚他下凡遭罪。他回归仙班的时候，王子还应当多加照顾。"客人都一一与王子告别，石大郎也起身告别，王子阻止他说："你先安心在这坐一会儿。"

　　王子送走客人后重返入座，问道："你怎么来到龙宫？"石大郎告诉了实情。王子说："你能来却不能回了。刚才你追赶的是分水犀牛，如果您没有分水犀牛带路，你迈出大门一步就得淹死。"石大郎听后着急得几乎掉泪。王子说："让我向家父汇报一下，或许还有办法。"说完就走了。片刻后王子拿着如一颗龙眼一般大的明珠回来，说："这是辟水珠。家父非常感激你救了我的命，所以把它送给你。有了这颗珠，你入水用不着担心被淹死。请不要拿给人看，不然怕有杀身之祸。你走吧，多保重自己。我会继续报答你的大恩大德的。"王子恭敬地把石大郎送出龙宫外，果然一片汪洋大海没有立脚之地。石大郎对着海水摇动着辟水珠，奔腾浩瀚的波浪中突然露出一条大路，平坦并且笔直，好像分水犀牛走在前面的光景一样。石大郎刹那间就登上海岸，牧童们见他从海底走出，都十分惊讶。

可是石大郎还是不太严谨，经常手握辟水珠出入于惊涛骇浪中，既想向农夫炫耀用来恐吓愚民百姓，又不能自已，想驾驭河伯驱赶海神作为嬉乐。某日，石大郎从海底抱出一只古钟，上面刻着篆字："秦皇塞海之宝。"又有一块古玉，上面刻着奇字："大禹驱山之铃。"其他如能够照出魑魅魍魉的铜镜，能斫杀蛟龙鼋鼍的宝剑，珊瑚树也有六七尺那么高的。人们对他说把这种东西卖给碧眼洋商，就可以成为超过石崇的大富翁。石大郎捧腹大笑说："我不可能成为龙宫的贼。"趁看的人不注意，又把东西全部弃入海里，人们都憎恶他太痴呆。曾有一只巨鼋缓缓浮出海面，翘起头目光闪亮，石大郎就跟从巨鼋下海。过一段时间，石大郎酒足饭饱而出。人们问他去了哪里，他说："龙宫太子庆祝诞辰，命令甲士来邀请我去喝酒。"众人很羡慕，商量要抢夺他的宝贝。

有一次石大郎偶尔因吹笛久而疲惫，就躺睡在海边，六七个人忽然聚集起来，搜索他的腰带。石大郎猛然惊醒，害怕失信于龙王太子，因此把辟水珠藏入口中，奋然起身与众人博斗。众人虽然一一惊退，但是辟水珠也滑入喉咙，吞也吞不下吐也吐不出来，石大郎就被鲠死。乡里人怜悯他，用桐木棺材收殓尸身，安置在海边。这天夜里风声瑟瑟，到第二天放棺材的地方就已变成了一座巨坟。第二年又遇海水上涨，巨坟下又簇拥起一片沙冈。凡盐碱地大多塌陷，只有石大郎的坟地毫无影响，而海潮也只涌到坟下而止。石大郎死后经常显灵，人们就在坟地上修筑了祠堂。

离开崇明百里外的浏河平时多受海灾，居民为躲避海浪侵蚀而纷纷不安。后来经常梦见一位神道，仪仗队赫赫生威，神道就戴着高高帽子，自我介绍说："我是石大郎。怜惜此地将被大海吞没，赶快把我的棺材迁葬到这儿，应该可以免灾。"同一天做这梦的有一百多人，都感到非常诧异。到崇明去问，果真有石大郎坟。向当地人请求迁葬，当地人不允许；想掘坟盗走尸骨，更是不可以。浏河祝祷的人住宿在祠堂神像下，夜间听到天上的乐声响亮，石大郎车马来到，召唤浏河人，告诉他们说："我有一顶竹笠、一件蓑衣还悬挂在我的主人某农民家，将它迎请到浏河埋葬，也可免受海浪冲击。"第二天他们前往某翁家中恳请，看见东墙后有间小屋，多用来摆放破败旧物。拨开灰尘寻找，果然有一些用具，供石大郎遮风挡雨用的，是石大郎生前所制作。所以鼓乐齐奏将一笠一蓑迎归浏河，埋葬在海口，如同古代名臣的衣冠墓，并且像崇明一样建造庙宇。工程刚刚告成，海水涌到这里立马退回。

崇明、浏河石大郎两处墓地神祠，春秋两次庙会，参加的男男女女多得数不胜数，香火旺盛如云，人人称颂受到神的恩惠又受到神的庇护。每当月白风清之夜，居民还隐隐约约听见石大郎的笛声与海潮声一起呜咽伴奏。

马 姓

金陵有位林秀才，贼寇到来时被陷在城中，后又被羁留在某馆，威胁恐吓下担任贼寇书记。夜深时分听打四起更，不觉悲伤不已，不晓得自己最终结局如何，也不知道亲属是死是活。于是林秀才默诵《金刚经》，一刻也不停，念久了觉得浑身轻松、遍体清凉。

一天晚上林秀才正在虔诚诵经，忽然听见窗外一老头召唤道："林生，林生，此时还不跟随我去三更吗？"三更，是贼寇中语言"逃跑"的意思。林秀才出房门远远一望，只见一个白发老头，穿布衣戴布帽，胡须眉毛都略有几分古意，他与这老头从来没有见过面，也不敢多话。老头凝视着林秀才说："你难道有痴呆症吗？"说毕，径直上前拉住他衣袖急步前行，飘飘然像驾驭着风一样飞了起来。当时城门口与大街小巷鸣锣击柝，贼军号令相当森严，而老头所到之处，巡逻的兵丁好像无所见闻。两人来到狮子山，老头拉着秀才猛地跳出城下，像走平地一样简单。林秀才心里默默想到长江口时怎能迅速飞渡，突然一艘满江红的大船停泊在下关口。两人兴奋地登上大船，老头赶忙解开缆绳高挂布帆，风声瑟瑟，布帆迎风飞舞，大船直指江北进发。原来老头就是那个划船人。

林秀才这时才进入船舱，看到有一男一女已坐在舱中。男的是秀才的同窗同学，女的是秀才邻居的美女子，秀才向来爱慕她的美貌但自始至终不能弄到手。林秀才见到他俩后，稍微寒暄几句，就闭目养神静坐在床上。那女的向秀才频频暗送秋波，像是已经心许，只是碍于秀才的同学而不敢明说罢了。当晚夜色一片昏黑，山月堕入江中，秀才听得自己的同窗同学与邻女不时有调笑声，逐渐有猥亵淫秽声。秀才听了心中欲火更加旺盛，急忙收敛精神，堵上耳朵，正襟危坐默诵《金刚经》。听见老头在后梢敲击船桨高声唱歌，歌道：

天风浪浪兮，江水粼粼；刀山剑树兮，雪窖火坑。

懦懦蠢蠢兮，虫虫情情；何者因何者果兮，絮絮萍萍。

夜何其，夜向晨。人鬼有关兮，祸福无门。

林秀才听后了更加小心警惕。远村鸡声报晓，江面上有曙光晃动。老头说："到了，林生！这儿上岸就是真州地界。你从此地可到扬州东乡，作为你的一条生路，好自为之吧。"说着就从袖中摸出一封信递给秀才，说："你走了十多里路以后方可打开看。"林秀才跪在地下一直叩头，流泪询问老头尊姓大名。老头笑而不语。秀才起身看那风帆像风一样飞驶起来，顷刻间已越过金山、焦山到海门外了。

林秀才慌忙赶到仙女庙，突然遇到一位老友，就相约一起到淮安和一家眷属团聚。秀才打开看那封信，信上说："我本姓马，生平十分喜爱在苦海中救人。你能品行善良平正，不辜负我的心意。两个小痴虫故态复萌，相当可恶，我已把他们带到东海波涛中去了。"

林秀才后来在袁端敏公临淮大营中参军，由于有军功，被推荐做官，俸禄有二千石。秀才常把老头的信拿给别人看。一天晚上信纸突然随风飘飞，如蝴蝶，如落叶，如纸风筝，刹那间飞得无影无踪。

独角兽

　　兴化县有个要饭的正在市上乞讨，围观的人很多，就像是一面围墙。我也曾很费劲地挤进去看过，原来那乞丐长得很怪异，头上生出一角，矗起在头顶正中，根部束着短发像刺猬毛。角的顶端略尖却有点朽缺，好像被虫咬啮过。观看的人争相问其原因，那乞丐可怜巴巴地说："我天生是没有角的。因为年轻时品性不端，动不动忤逆父母，偷取家里的钱去嫖娼。家里贫穷至极，父母亲每日吃秕糠充饥，只有我独自拿着酒肉到娼妓家去大吃大喝，尤其喜爱吃煎炒脆炸浓汁厚味。父母去世，我就用芦席包裹尸身埋在东郊外。刚回到家，只见家中正遭火灾，火焰熊熊，房屋家具杂物等都让一把大火烧光烧净。我家贫穷难耐，亲族朋友之间喜欢搬弄是非，挑起殴斗，最终闹出官司。这样以后我出面假装调停，其实是鹬蚌相争，我攫取渔翁之利。那年我三十二岁，突然就生了场大病，自己想着命已至此，必死无疑。几天后头颅上痒得厉害，我拼命搔挠头皮，抓得皮肤开裂，导致紫血淋漓。夜里突然间一只角挺了出来，像竹笋破土而出。我窥视镜子，看自己已像是独角神羊，但是剧痛难忍，在床上打滚号叫了十多日。后来梦见一位神仙告诉我说：'你细细想想自己的病根何在？角为什么在头上生？如果当众说明真相，痛苦就会减少甚至停止。'醒来后扪心自己反省，试着将自己的罪恶在大庭广众面前姑且说一说，疼痛果然就消失。现在我已经六十岁，还像以前一样，一天不说自己的罪恶，一天就要疼痛难忍。"说完就低声哭泣，泪下如雨。人们怜悯他，大多施舍一文铜钱给他，所以乞丐得以不挨饿。乡下小孩，有时会抚摩他的角而且摇动它，乞丐就悲哀痛叫大声念佛，自己说是兴化东乡人，没有姓名，只有外号叫"独角兽"。

　　我开玩笑似的帮他画了一幅小像，像上题写赞语道：

　　彼何人斯，乞于东郭；身未披毛，首先戴角。

春笋怒芽，上指寥廓。其身犹人，其心则兽。

兽耶人耶，峨峨穿透。地狱人间，黄泉白昼。

非獬豸冠，亦非角端。铙鼎不铸，山经不刊。

好角逐者，蓦见心寒。

离垢园

离垢园是浙东贾氏的花园。贾氏名云章，字天孙，从小就聪明机智。考中秀才后多次参加考试，最后都名落孙山。从此以后就修建花园，种花植树自得其乐。久而久之，渐渐形成了洁癖，屋里屋外床上桌上没有丝毫灰尘，即使是厕所也经常不断冲洗。他用"离垢"二字命名花园，用"襄云"二字命名住宅，写了一副对联说：

米襄阳爱洁成癖，倪云林嫉俗如仇。

贾生对鼎彝书画等古董和艺术品，对花鸟虫鱼，全部都珍爱如性命一样，倾家荡产去收购也在所不惜。至于亲戚邻里有急难来请求帮助，他就把大门紧紧关上，根本不予理睬。他生有一个儿子，名浑，字许桥，弃儒经商。儿子每次极力规劝父亲，贾生根本听不进去。儿子哭泣着向神祈祷说："父亲有洁癖，百般规劝心也不能回转。父亲被世人嫉恨，怕要生祸灾。跪请神灵暗中保佑，感激万分！"贾生知道后非常生气，开始是谩骂，后来就用棍棒痛打，于是父子之间平时不是很亲近。

贾生有一天清晨起床，督促书童擦拭书桌茶几。童儿打扫时不小心把一尊定陶瓷器打碎了，贾生怒不可遏，用鞭子乱抽。童儿痛得钻入书桌下，书桌被掀翻，砚台又跌碎了。贾生愤怒暴躁，拿起一把刀，童儿把刀夺过来自杀而死。童儿父亲向官府控告，许桥在官府上上下下花钱买通，私自献上秦代古董凤爵，厚葬书童，并且答应终身赡养书童父亲，这才了结官司。一天晚上，贾生和妻子蓝氏小酌，丫鬟捧上热羹，碗烫手，丫鬟偶尔失手，碗掉在地上摔得粉碎。贾生大怒说："这个碗是供春制的精品，你这是断我的命根子！"大喊大叫拿棍棒来，丫鬟害怕极了，就去跳井自杀。许桥厚葬丫鬟，而且叫来僧侣给丫鬟诵经超度。不久有贾生的同窗好友前来拜访，问起贾生收藏些什么古董。贾生取出宋代的眉子砚向好友炫耀。好友拿着砚石呵了一口气，想要试试砚台是否温润。贾生厌恶他太不卫生，叽里咕噜不停地埋怨。好友略加劝说，贾生发怒生气，用砚台狠狠地砸好友，几乎砸碎他的脑袋。一次贾生又用烧红的火炭煮汉代的玉珮；不小心失火，火灾蔓延到邻居家里，风大火烈，顷刻间好几家被烧光。许桥背着父亲赔礼道歉，并且厚加赔偿，才得以平安无事。

妻子蓝氏委婉劝告贾生说："古人把清洁作为修养身心的一个规范，你却把喜爱清洁变成缠身的魔障。如果你再不改悔，恐怕随时随地都遍布荆棘，寸步难行，哪里还称得上是离垢园吗？"贾生听了发怒，打她耳光，妻子痛哭。贾生每次想和妻子同房，总要检看是否是吉时良辰。如果没有忌讳，就准备了温水，同房后洗涤身子，换衣熏香，做出各种各样的恶劣的行为。当晚妻子被打耳光后哀哭到深夜，有一个漂亮女人从外面进来说："姐姐好冤枉啊！这种男人毫无一点感情，我看到他几乎要向他吐口水。"蓝氏漫不经心地答应着。女人又说："我和你一起游玩花园找点乐趣。"说着从袖管中取出一个环圈，拿给蓝氏看，说："这圈圈里面很好玩。"蓝氏朝着圈内一看，果然有楼台花木，金碧辉煌。于是蓝氏对着镜子涂脂抹粉，仔细装扮，端正好衣衫。女人把一条罗带系在屋梁上，对蓝氏拜了又拜。蓝氏回头看看桌上灯光如豆，门外丈夫的鼾声正浓，心里凄凉万分，徘徊一阵后上吊自尽。丫鬟发现后，急忙跑着告诉许桥，已经无法挽救了。许桥扶着尸体悲痛呼号，哭得死去活来。贾生知道这件事后，仍然用衣袖在擦拭宣德炉，只是掉下几滴清泪罢了。

讣告传到岳丈家里，岳丈蓝叟跑到县衙控告贾生。县令派遣差役来到贾家门口，气势汹汹，凶恶如虎，进门后就大声吆喝，尽情地吆喝。邻居也乘机涌入离垢园，乱摘花果。贾生看着花木备受蹂躏，痛苦极了，失声悲哭。蓝叟看到了，误以为他还有妻子死去的悲哀，又因为许桥给了重金贿赂，这才忍痛撤诉，官司才算了结，可是从此贾家家道中落。烂铜碎玉，从前用高价买来，现在都廉价抛售。贾家渐渐缺粮断炊，仅仅剩下一座荒园。贾生成了鳏夫。许桥还没有成婚，父子两人时时相对哭泣。

一天，忽然有一个客人带着筐儿来拜访贾生，仙风道骨，风度翩翩，站立门外。贾生邀请他进门说话。客人自称姓张，没有字号，人们都叫他张老相公。张某知识丰富，博古通今，讲得头头是道，天花乱坠，贾生只遗憾和他相见太晚。许桥打算把他留下安慰老父，把一身破裘衣送当铺换钱，亲自买酒菜，点上灯烛，暂且留他住下。自从贾生有了洁癖后，君子厌恶他，小人欺诳他。富贵变成了穷困，朋友都断绝往来。现在有张某来做伴，贾生不禁狂喜了好久。可是张某讽刺随便，他的痰吐在墙上，贾生心里一定发怒；他在庭院内小便，贾生脸色一定难看。

一天，贾生勉强和张某一起坐着，张某的童儿又把架上的鹦雏给弄死了，于是贾生怒不可遏。张某说："别发怒！别发怒！我带你游览一处胜境，用来赎罪，怎么样？"不知不觉中贾生跟随张某到了假山后面，遇到一个石洞，弯下腰走进去。又爬行了几十步，山洞渐渐宽敞，路渐渐平坦，到达一处花园，天地顿时豁然开朗。眼前只见苍松挺立在道路两旁，流水涓涓，白玉雕成桥梁，野花作为画屏。两面石壁上都是摩崖石刻，都是蝌蚪文样子的奇字，很像是秦汉以前的书体。翻过一重山岭，又见到一个古洞，洞口有五色薜荔，下垂着五彩的丝线，像是门帘。进入内室，插在架上的都是夹着象牙书签的图书，还有一些丝竹乐器。炉内还有点燃的香，帘幕上有漂亮波纹，矮桌上横放着琴，古锦制成琴囊。贾生想解开琴囊看看，张某说："不行。这是我师傅弹的琴，如果别人的手指触动琴弦，一定会有天神下降，风雨大作，轰雷滚滚。你既然来到这个地方，我不能不做个东道主。"说完向内里一呼，许多美女出来忙碌，盛宴已经摆好了，美酒也已经温好，不仅品味佳绝，而且那些器皿特别古朴珍贵。张某用大杯子劝酒，说："这里和你家的离垢园相比，怎么样？"贾生结结巴巴答说："远远胜过我家！"一会儿美人上来献歌献舞，柔情似水，使人心醉神迷。张某也抽出古剑给贾生看道："这是鹿卢七星剑。你会舞剑吗？"贾生说："我不会。"张某从容不迫地扎紧衣袖，随即起身左盘右旋舞剑，寒光闪灼。美女还拨抚瑶琴，声音的节奏和舞剑节拍相应。

忽然听见急迫响亮的敲门声。一个美女从门缝张望，说："师傅回府了！"众多美女霎时惊散。张某也变了脸色，说："你赶快随我从后门离开。"出了后门，路径弯弯曲曲，绝对不是来时所走的路。贾生看见楼阁众多的地方，上面着写"琅嬛秘府"，收藏金石古董的地方称"证古斋"，收藏经史图籍的地方称"辩理窟"，收藏诗词的地方称"游艺轩"，收藏书法绘画的地方称"怡情馆"。又看到一栋三层巍峨高楼，向上矗立云霄。高楼的第一层称"与天为友"，第二层称"与古为友"，第三层称"与今为友"。还有小的村落，田亩参差错杂，都有标记说明。一是清田，二是心田，三是福田。田里盛开富贵花，种植吉祥草，浇灌功德水，培育净土。两人行走翻越了几十座高山，峰峦叠翠，山路平坦开阔，看到的风景有种种名字，什么心头方寸地、欢喜园、水晶域、光明藏等，楼台金碧辉煌，奇丽风景炫人眼目。突然转到另一个路径，景物顿时全都变了，贾生凝神端详，已经是在自己家园中了，原来他根本没有离开家门一步。张某说："今日游览得愉快吗？"贾生说："我们游览的不过是空中幻景罢了。"张某说："什么是真？什么是幻？你认为真就真，认为幻就幻。真或幻都由心生，却不受地域的限制。"

从此贾生把张某奉为神明，家中所藏稀罕古玩都拿去向张某请教。张某都非常轻视，没有一件是赞许，贾生认为他太过分了。张某说："如果你不相信我，那我反而要问你，眼前架子上放着的六尺高的古铜像，你以为是什么东西？"贾生说："铜像满身铜绿，斑驳陆离，不仅形象制作工巧，雕刻也是充满了吉祥如意，是货真价实的秦代铜器。"张某说："秦铜倒确实是秦铜，你知道秦代人打造这个做什么用吗？"贾生说："不知道。"张某说："是女子用来小便的器具。这种不干净的东西还要高高供养在上，难道不是要把人弄得污秽死了？"贾生说："你说的有什么证据？"张某说："象的背上都有钢盖下嵌，象的四脚都有小洞，点火烧烤一定会闻到骚臭气。"贾生用火烧烤，果然闻到了骚臭气。张某说："秦代造阿房宫五步一楼，十步一阁，楼阁的门口都放上这个东西，象的脚就连通着暗沟。宫女要小便时，就揭起铜盖，解开裤子骑在象上撒尿。否则重重楼阁高耸云霄，宫内嫔妃众多如云，哪有这么多的尿器，只有用这个才方便啊。"贾生从此稍稍有些觉悟，把收藏的宝贝都看成粪土。

一天，贾生对张某说："山洞中风景非常奇妙，和人世间景色迥然不同。可是楼阁虽然已经稍稍看了一眼，但是其中钟鼎摆设琳琅满目，必然又多又贵重，不知能否允许我这个俗人一饱眼福？"张某说："这不难。让我们先喝点酒，然后和你再去游览一番。"刚刚喝了三盅，贾生就昏昏沉沉地想睡觉，张某忽然拉着他快步走去，说："上次从正门进，后门出。现在正好边门开着，机不可失，为什么不快走，现在还来得及进去。"两人果然抵达一个地方，此时日色惨淡，道路也很狭窄，岔道很多。张某忽然遇到一个老朋友，叙谈了很久，告诉贾生说："你暂且略微散散步，我跟着老朋友去去就来。"

张某走后，贾生孤孤单单地行走，走得越远，路越窄。偶尔一个失足，掉落在土坑中，很多鬼从地下钻出来，聚集在一起说："姓贾的家伙来了吗？"它们带着贾生游历地狱，十八层地狱，俨然像吴道子所画的那样，分毫不差。贾生见到妻子蓝氏脖子上拖着罗带，舌头吐出嘴唇外二寸左右。丫鬟仆人被自己折磨死的也都跟跄着过来，齐声呼叫着，要讨还性命。贾生正处在危急的时候，忽然听到阎王召唤，鬼兵把他带进殿，俯伏在公案下。阎王略加审讯后，拍桌大骂说："狗猪奴！外表风雅而内心刻薄，假装清洁而本质污秽，所谓狂妄、虚伪、卑鄙、俚俗、痴癫、放荡、迷惑的家伙，说的就是你！"说完就命令两旁牛头鬼兵押贾生到畜生道中投胎。

鬼兵驱赶着贾生到了一座小花园内，环境十分清雅，遍地都是芭蕉。茅屋矮小，仅仅像斗一样大小。屋内有一个红妆女子，用手捧住心口娇滴滴啼哭。贾生略略凝神，鬼兵从后面一推，贾生惊醒过来，此时身体已经变成小猪，和老母猪、众小猪一起卧倒在粪水中。耳畔听人喊："母猪生了猪仔啦，共生了六胎。"贾生心中清醒明白过来，就用头撞墙壁，不停地狂叫。忽然听到耳边有人低声呼唤道："醒醒！亮天白日的，大人就做噩梦吗？"贾生张开眼睛四处望望，身子还在座位上，客人张某和童儿已经消失不见了，只有他的儿子和有病的仆人守候在旁边。架上的小鹦鹉还是老样子，叫道："端茶来，主人醒啦。"贾生于是流着泪告诉儿子梦中的经历，又派人到邻居家猪圈中去查看一番，果然有老母猪生下六仔，其中一仔生癫痫病很快就死了。所谓的芭蕉，只是庭院里的一畦白菜。贾生说："地狱的门已经出现在眼前，为什么还不醒悟呢？"于是把家里事都交付给儿子，自己则长年吃素皈依佛门，每天诵读《金刚经》，哀哭呼号忏悔以往过错。

许桥迎娶恽氏为妻，恽氏美貌贤惠，堪称贤内助。生下两个儿子，都十分聪明伶俐。过了四年，家境逐渐好转。不久又在地下挖出了窖藏的金银，即用它做善事，建立种种功德，二十年善心始终不衰。贾生两个孙子参加乡试中举，金喜报报到门口，贾生还在捻珠诵经。和孙子同时中举的同年，都争相买来花草古玩献上，让贾生高兴。贾生都退还礼物不接受。这时贺客满堂，官绅云集，贾生忽然拄着拐杖走出堂来，呜咽着说："我的幡然悔悟，你们儿孙辈才有今天，我不能忘记张公的恩德。我打算在离垢园内塑一尊张公像，让子孙供奉祭祀，你们都同意吗？"大家一起响亮答道同意。于是立刻召集工匠营建，很快就建成了。贾生有一次偶尔和孙儿辈扶乩请仙，张某忽然降临仙坛，和贾生叙说之前的旧交情。贾生请仙人告知尊姓大名，乩笔旋转写下三个大字："张邋遢。"

陶　庄

　　天长县龙兴集的北边有一个湖，名叫感荡。湖水烟波浩渺，水鸟啁啾，很称得上是佳景。湖的中央有个土丘，大小大约有十亩地，东面是贝冈，蜿蜒起伏。田沟的水四通八达，涓涓细流从东向西流入湖中，中间一定会经过土丘。登上土丘一看，只见横亘许多山峰仿佛都在桌上和坐席之前。而后面还有几十个小山头可以作为依靠。县城城楼台榭，在西边远远地作为屏障，双桥仿佛彩虹，如张扬旗鼓，这真是一块风水宝地。可惜一直以来无人知晓，仅仅被农民用作散放牲口的地方。

　　忽然一位从江西来的客人，姓毛，名峤，字方壶，称自己是察看风水宝地的行家。他在卢龙陶家暂住，宾主关系十分投机融洽。毛峤为人很少谈笑，喜欢趺坐，偶尔也给人预卜吉凶，全都神奇言中。可是他每天午餐后，一定会穿芒鞋戴竹笠，纵情在山顶或水边游览，独来独往，直到日落才回家。还经常独自划着小艇在湖上游览，一定要到了烟水深处才愿意返回。一次，他忽然得了小病，主人陶翁亲自送汤端药侍候他。转瞬间西风突然兴起，陶翁立即赶制新衣赠送给毛峤，毛峤不肯收下。陶翁等到客人熟睡后，悄悄把他的破旧衣服换下，毛峤没有办法，才穿上新衣。丫鬟仆人伺候毛峤，礼节上一旦稍有疏忽，陶翁一定要用竹杖加以责打。毛峤感动极了，忽然对陶翁说："旅居的人四处漂泊，承蒙您的盛情恩德，想有所回报。不知老先生心意所在是要贵呢，还是要富？请告诉我。"陶翁说："能富也就能贵了。"毛峤说："感荡湖中有个好地方可作为住宅，子孙搬去居住，可以富裕几百个甲子。"

　　第二天，毛峤偕同陶翁一起划船入湖中，为他指点，就是那个土丘。陶翁回家后就用重金买下土丘，四周水田也一并买下。命令工匠准备材料，请毛峤选定吉日点明建造的方位。毛峤紧皱着额头说："老先生知道我毛遂自荐的用意吗？"陶翁说："不知道。"毛峤说："我自己知道命中注定此后会有三十六年磨难苦运，恶星照临，这是命中定数，不能逃脱，如果住在家里尤其会遭殃。现在替老先生择地修建府第，建成后老先生就会富裕起来，富了地下神灵就会发怒，我一定会双目失明。我整天在黑暗中摸索，谁为我供给衣食？老先生是好人，能告诫子孙不要失去信用吗？"陶翁说："这是什么话！即使我闭了眼，也会立下遗嘱，违背的人要下地狱。"毛峤听了很高兴，就替陶翁营造新宅。上梁那天，毛峤还在和陶翁闲聊："某处开辟一条竹径，某处建造一座荷亭，就不会辜负诗情画意了。"话未说完，忽然看到太阳边有黑子，铮铮有声，从西边飞来，像子弹一样。倏忽间黑子大如鸱鹰，一下子扑上毛峤眉眼间，毛峤大叫着倒在地上。把他扶起来一看，两眼已经盲了。从此毛峤坐卧行动，经常在一间屋里，陶翁对他的饮食供养，比平时更精美。

　　陶翁的长子、次子都在这年秋天考中文武举人，陶翁更加信任毛峤。陶翁时常在柴门旁边挂靠手杖观赏湖天水月，十分悠然，有超脱尘世的念头。忽然看见前面岸边有火光，很像青磷在乱舞，可是火有焰而光有芒，于是就去问毛峤，毛峤说："你可以试着去有火光处挖掘，一定会有收获。"陶翁按照他所说的，带着畚箕前往，果然挖到地下窖藏白银十二瓮，立刻就成了巨富。陶翁长子、次子要去京城参加会试，毛峤却很是阻挠，两个儿子不听他的。他俩北上应试，竟然双双考中进士回来。陶翁还像从前一样，然而他的儿子显然不能不从心里对毛峤有所怀疑。长子不久做了太守，次子也做了绿营军官都司，出外上任五六载。

　　陶翁病危，呼唤两个儿子弃官回到原籍，两个儿子做官所得财富都很丰厚，骡子驮载的累累行李陈放在庭院中。陶翁抽泣着问："你们知道从哪里开始才有今天的吗？"两个儿子一起回答说："这是父亲大人德行荫庇，才会这样。"陶翁说："不对，这是毛先生的功劳。我死后，你们要积德积功来报答毛先生，像父亲一样服侍他，要比父亲的普通朋友更看重，只有这样，择地建宅的利益才能够长久保住。如果礼节有所衰减，就按不孝论罪。"两人哭泣着接受了父亲的教训。陶翁还向毛峤托付，拜托照看两个儿子，宾主二人依依叹息。

陶翁死后，二子在家守丧，非常追求声色和享乐，作威作福。毛峤规劝再三，二子不听，他也就不再多说，可是二子从此对他也就渐渐怠慢起来。毛峤枯坐在蒲团上，听见客厅里经常传来亲酣歌舞的声音，鞭挞辱骂奴仆的声音，很不耐烦。忽然又听到三四个儿童唱道："瞎子瞎零丁，吃了多少死苍蝇；瞎子瞎鹿渎，吃了多少钻蛆肉。"心里更加厌恶了。

一天，两鸡相斗，一只鸡误落粪坑内淹死，次子吩咐弃掉。长子立即命令把鸡装在陶器内放在火上烧熟，作为毛峤的午餐。毛峤用完餐后，小丫鬟来问道："先生吃鸡，汤汁鲜不鲜？"毛峤说："味道还跟平常差不多。"小丫鬟说："尝到其他的味道了吗？"毛峤知道其中有蹊跷，婉转询问小丫鬟，小丫鬟细细说了大少爷的恶作剧，并且嘱咐毛峤不要声张，收拾碗筷离开。从此毛峤顿时寒心，可是还是不露声色，只是吩咐两人环绕府第四周多种植桑树。二人询问种桑树有什么用意。毛峤说："普通相地师只知道这个地方是横冶山入湖的正脉，沙岸回环，辅幽道向，却不知道这名叫龟跌穴。种上桑树就会绿荫参天，像龟背上生绿毛，贵不可言。"两人相信，就听从他的话。

种上桑树刚刚一年多，大地忽然震动，全家人都惶恐不安。毛峤用手抚摸着舒适的床，呼叫道："出错啦！"两人询问，毛峤说："我乱说，不是公子愿意深信的，为什么不掘开中堂的地面，深挖二尺，就可以得到一块断碑。"二人照他所说去做，果然挖出一块断碑，上面有文字写着："形状像乌龟，本体是只瓢。葬它的是汉将军，破它的是江西毛。"字是隶体，苔藓如花绣，颜色暗涩，短石碑像砖块。两人告诉毛峤，毛峤说："公子不必恐惧，有我在，祈祷消灾为时还不晚。"于是拄着拐杖在府第左右走来走去，口中嚼着青苔，辨别滋味，选定四处地穴，说："一定要根据穴位赶快打深井。"毛峤又在府第后方用拐杖画地，像是一个人字，说："赶快开凿小曲池。如果可以这样，那么老乌龟就有希望永久相守，可以富贵一万年。"小曲池刚刚凿通，毛峤的双眼突然复明了，于是向两人作揖告辞说："二十多年不做事，承蒙收养，内心很不安。幸亏苍天保佑瞎眼得以复明，从此天涯海角或许还有再见的日子。"

两人想挽留他，他已经飘然徒步离开了。

　　毛峤孤零一身，钱财空空。走到来安山，山中有一座小庙，离城比较近，庙已经破败了，神像佛像风吹日晒，庙中住着许多乞丐。毛峤对乞丐们说："你们如果供养我，我能为你们改变命运。"众乞丐争着抢着答应说："行。"大伙把后殿的一块地皮打扫得干干净净，让毛峤居住。各人都外出到乡村集市上去讨饭，回到庙里把清洁的食物献给毛峤，非常恭敬殷勤。一年多，乞丐中有只黄耳朵小狗生癫痫病死了，毛峤吩咐凑钱买个小棺材和小衣帽，收殓小狗，众乞丐都披麻持棒，号啕痛哭，像哀悼父母一样。毛峤在庙后选定一个地穴，埋葬了小狗，没想到埋葬狗后众乞丐心里顿时明白清醒过来，渐渐懂得了羞愧和耻辱。忽然都哭泣着说："低声下气乞讨，还要忍受别人的吆喝白眼，多么难堪啊！"于是分别改行学习编织蒲草做器具，或者做小买卖，渐渐赚到利润。不到两年，众乞丐都成了小康之家，各自在靠近村庄的地方盖起了房子。他们没有忘记毛峤的恩德，争相供养他。毛峤说："你们过去由于小庙破败，狠狠亵渎了神灵，大家为什么不再凑钱把小庙稍稍修整一下，我可以使这座庙重新兴旺起来。"大伙都说："行。"毛峤替小庙开了两扇大窗，接纳南山秀气；又挖掘一个土窟，宣泄北方阴寒恶煞。添置签筒收集签诗，从此以后神也开始显灵。经常车马纷纷，许多人前来还香许愿和集会，卖茶水卖烛的人都围绕在庙边居住，渐渐形成了一个村庄。又请来一位高僧主持庙务，披黑色袈裟的和尚不少于一百人。小庙扩展，画栋雕梁，早晨撞钟黄昏擂鼓，很快就成了一座大寺庙。

　　这一天，高僧正集合许多善男信女在开设道场，毛峤也合掌念佛，忽然有一位香客说自己是从龙兴集来到这里的。香客凝视毛峤，惊讶地说："您莫非就是陶庄的毛先生吗？"毛峤说："是的。"香客就把陶庄发生的事原原本本地说了出来：陶家自从毛峤走后，不到两年就被强盗抢劫，遭到火灾，又受陷害吃冤枉官司，顿时倾家荡产。两个儿子也被削职，已经先后去世。庄园现在又荒废成丘墟，子孙衰败，不知去向。毛峤听后流着泪说："我因为一念之间的愤怒，真是辜负了我那死去的老友吗？"众人听了更加领悟到毛峤看风水本领的神奇。财主和大户人家都争着来邀请毛峤，可是毛峤已经失踪了。

到现在陶庄的那块土丘还是没有人居住，四口井也渐渐湮没。耕田的人翻掘土地，常常得到古砖，砖上有古钱花纹凸出，并且还刻有造砖工人的姓名。细细推敲，果然是墓砖。唉！有道术人的神奇，也正是有道术人的可怕呀。陶家的儿子忘记父亲的遗言，就是凭天理也不能够昌盛，哪里是等到有道术人的穿井凿地后才衰败的呢？

十丈莲

战乱以后我出卖书画，常常在古淮阴市上做客，总能听到街坊妇女孩童啧啧称颂吴贞女的事迹。最近又在嵝水作他人幕僚，会晤太学生胡少瑜，他详细叙述了吴贞女生死的情景，总是说得凿凿有据，眼泪汪汪。

吴贞女是清河人，她父亲叫慎裕，是个儒生，由于贫困替官府干点抄写誊录的事。母亲一向遵守妇女规范，夜间做梦口中吞下莲花，之后就生下贞女。父亲去世的时候，贞女正处幼龄，整日寡言少笑，拿着刀尺学习女红。从小许配给同乡里徐家的儿子，而夫婿家也十分贫困，而且家庭遭遇灾难，甚至她到了二十八岁，还没有举行迎娶婚礼。

徐家儿子不久由于痨瘵病死了，撇下了堂上头发雪白的老娘亲。贞女母亲一向了解女儿贤惠，对女婿的讣告只字不提。贞女早晨起床忽然哭着对母亲说："徐家郎君恐怕已经离开人世了吧？"母亲问："为什么说不吉利的话？"贞女说："梦见有穿戴儒生衣冠的人在门外拜我，难道不是他吗？"母亲早已经知道了噩耗，忍不住失声哭道："的确像你所说，有什么办法，有什么办法？"

贞女自己起来更换了麻衣丧服，急忙要去徐家门庭尽哀哭吊，母亲不忍心阻止她，就让她去了。婆婆见了儿媳，更加凄怆惶惑，不知道说什么好。贞女先拜见婆婆，然后才哀哭夫婿，行动举止都符合礼节，哀恸哭泣痛不欲生。路人经过门口听到哭声，没有一个不停下脚步，为之掉泪。

婆婆等她哭完，忍着眼泪告诉贞女说："我没有福气，辜负这么好的媳妇，这是天意，是命运，还有什么可说的？可是孩儿的哀情已经表达，还是赶紧回到府上去吧。"贞女大声说："孩儿无礼，不能侍候去世的夫君，给他收殓送终，罪过已经很深了。今日既然已经登堂拜奠夫君的亡灵，我的身份也已经明确了，还要回到哪里去？"婆婆说："我已经是赤贫了，没死的人即将成为饿殍，再添一口新媳妇，难道要喝西北风过日子吗？"贞女说："孩儿不敢用口腹连累母亲，好在十个手指还能挣钱糊口。因为夫君骤然凋落，母亲早晚无人照料，在九泉下也会觉得自己罪孽深重。孩儿既然还苟延残喘，怎么敢不替代夫君的职责，弥补夫君九泉之下的遗恨呢？"婆婆又说："孩儿确是贤惠极了，可惜你的母亲也是无依无靠的孤孀，那可怎么办才好？"贞女说："这就全靠婆婆您的慈悲了。"婆婆于是体谅贞女的报母之情，让她早晚来往，两家兼顾。

贞女刺绣、雕刻、绘画，形象无不栩栩如生。人们得到她制作的玉珮、香袋等物件，总是珍藏起来作为宝贝。有人出于怜悯，要给她双倍的价钱，贞女一定拒收，并且说："我不幸做了女人，又失去了丈夫，这是前生没有修好福分，怎么还敢获取非分之财，来遭致罪过呢？人们更敬重她的道义，想要得到她手工制品的人在门外接连不断。可是贞女因此过于劳累，眼睛几乎失明了。一天晚上，贞女梦见天上的神女冉冉降落在庭院中，授给自己一颗仙丹，说："我是天孙织女，可怜你贞洁孝顺，又有病在身，携带神丹送给你，你可以吞下。"贞女看到那仙丹十分浑圆，如珍珠一样，灿烂如火，再拜行礼，然后才吞服。神女去后，贞女感到心情安定，疾病顿时完全消失了。第二天，再买丝线来刺绣，效率比从前加倍。

过了几年光阴，婆婆又病倒了，贞女衣不解带服侍了好几个月。婆婆弥留时，笑着对贞女说："我不幸有个夭折的儿子，又多么幸运有你这个贞洁的媳妇啊！我几年来得到你照顾奉养，远远胜过儿子在的时候。现在好日子要完结了，我即将去黄泉告诉你公公和丈夫。吾儿，我希望你依傍母亲一起生活，不要再考虑我。"说完立刻闭了双眼。贞女哀毁骨立，悲号惨痛，眼泪掉下都成了冰。她母亲担心贞女以身殉婆婆，提前去做防备。贞女哭泣着邀请四周邻居来家里坐在客堂上，请母亲坐在屋角，叩头说："我丈夫去世，我婆婆又死了。同族没有可以继承的小辈，家内没有服丧一年的亲人，留下这几间屋，还有些杂物，有什么用处？我打算恳求各位高邻代替我全部出售，作为我婆婆丧葬的花费使用。"来宾都说："好。"贞女就把所有卖物钱都用在开斋祭奠、修坟埋葬上。丧事办完，贞女向母亲拜别，意思是想要上吊自尽。母亲急忙抱住她，悲痛地制止，说："孩儿虽然失去婆婆，可是还有母亲在。孩儿再一死，那我这几根穷饿老骨头要交付给谁呢？"因此贞女才返回娘家，打算永远和母亲相依为命。清明寒食节，贞女总要用一碗麦饭在徐家墓道拜祭痛哭。贞女每次悲苦号哭，长河的水总是呜咽不流。

贞女的堂叔某人，时常劝她再嫁，贞女大声把他赶走，不容他喋喋不休。居住很久的老屋被秋风刮破，修葺非常困难。当时河北中有座大王庙，某尼姑也是名门闺秀出家为尼的，向来精通佛门戒律，曾经发誓永不再沾世俗红尘。贞女和某尼姑很熟悉，还有先前有一个寡妇刘嫂，也由于前妻儿子不孝，携带自己所生的一幼子一幼女居住在庵庙里。贞女一直以来苦度光阴，于是侍奉母亲一起在庙内居住。某尼姑对贞女说："一日三餐素斋决不会缺乏，你暂且跟着我一起向佛忏悔好吗？"贞女和庵中女伴做针黹女红，剩余的时间还学习唱经念佛，双门静静掩上，只有灯火相照，一片寂静。

到了咸丰十一年，捻军猖狂，从东鲁席卷而来。当时正是元宵节，衙门长官正在饮酒赏灯，聆听美妙音乐，没有丝毫的防备。捻军万余铁骑突然飞奔过来，官吏这才作鸟兽散，县百姓遭到焚掠虏杀，惨绝人寰，不可形容。过了三天，贞女等人还关在门内，对这件事不是很了解。正巧乡里人有被捻军威胁的，登上墙头告诉庙里人。某尼姑出门探看，果然旌旗漫山遍野，锣鼓画角传出悲哀的音响。某尼姑回庙，急忙紧闭大门，说："贼徒来了，怎么办？"贞女从从容容地穿整齐衣服鞋子，跪下请求母亲训导。母亲瞪眼看了女儿好长时间，才缓缓地说："那些贼徒是狗羊一类，肆意奸淫作恶，我尚且不忍见到他们，更何况是你呢？一起走吧，我很赞同你的志向！"刘嫂听见，也携带着幼女出来。大家一同走到池塘浅水处，刘嫂看到幼子正在岸边徘徊，她呼唤道："儿过来，儿过来。儿活着一定也会被俘虏，即使幸免，依靠哥哥嫂嫂也不能长久地过日子，为什么不跟从我一起到地下去？"幼子果然跑了过来。某尼姑见了，拍手道："善哉！善哉！这才不愧是清净佛门的女信徒啊。"于是六个人一起投水自尽，这是乡里被胁从的人目睹的。捻军逃窜后，本县人士听说这件事，虽然没有向上申请旌表，但没有一人不赞叹着说贞洁女子、贞洁女子。

又过了几年，一个皖南读书人偶然来到吴贞女投水死的地方，对着流水远眺，忽然见到一位美女站立在水面上，风鬟雾鬓，仪态万方。她手中捧赤莲花，边走边唱歌，姿态轻盈袅娜，歌唱说：

采莲复采叶，骨似寒冰心似铁；犹记湘垒毕命时，鱼不敢吞龙不啮。
采莲复采根，生为贞体死贞魂；既与茕独又寇乱，生之杀之天地恩。
采莲复采藕，缨络垂珠大如斗；精卫衔冤不敢啼，犹向重泉携母手。
采莲复采干，苦海苦海有彼岸；生亦死兮死亦生，太息重呼诸女伴。
采莲复采花，彩云一片唤朝霞；金银珠宝有宫阙，帝许贞魂去作家。

读书人正在痴痴地听着，忽有一个认识贞女的当地人，猛然高声呼喊："这是吴贞女啊！"美女丢下赤莲花，瞬间就消失了，赤莲花亭亭地直立在水面上，大约有十丈高，莲花的光彩照耀云霄，整整过了一个时辰才消失。

古泗州城

　　我家乡的泗州城沉入洪泽湖已经很久了，当地人说是大禹命令庚辰所系缚的水怪巫支祁，逃跑出来才造成的灾害，这是无稽之谈。州城的沉没是明末才发生的事。那时画家恽南田正借住在僧伽禅寺。寺门前一水环绕，进出都要靠船。当时已经下了四五十日的雨，淮河七十二道山溪的水流全部汇合在这里。童谣早就有"石龟滴血泪，要命上东山"的说法，恽南田很担心。夜深人静，挥南田偶尔听见满堂神鬼在私下议论，鬼说："时辰已经到了，请求实施计划。"神说："还有一个和尚一个道士没有回城，一主人一仆人没有出城，姑且再等片刻。"恽南田披上衣服起身，殿堂漆黑一片，空无一人，知道水灾要发生，急忙叫仆人起来，携带随身文具，仓皇拔开门闩跑出来。乘小船摆渡，看见庙里和尚带着庙祝打包返回。和尚问："先生去哪里？"恽南田说："我有急事，必须登上第一山啊。"所谓第一山，就是盱山。主仆两人一脚高一脚低地走着，刚刚越过山岭，天也顿时亮了。回头一看，却已经是白茫茫一片水乡泽国，成了汪洋大湖。

　　从明末到本朝，泗州城沉没已经几百年了，从来没有出现过。只有在阴雨天，常常有城墙排列在水面上，也有楼阁台榭和人物，很像是海市蜃楼，那是幻象。咸丰六年大旱，湖水干涸，城基露了出来。喜欢多事的人系了船步行走进城，只看到官署庙宇旧址，还觉得依稀可辨，街上青石板，城上小墙还有一半都存在。又有半座塔矗立在高处，只是塔身残缺得厉害，听说就是僧伽禅师塔，也就是唐代南霁云将军向主帅贺兰进明请求救援，却万分失望时射箭发誓的那座塔。有人取出塔砖雕琢成砚台，非常古朴雅致，可惜的是砖的材质还不够细腻。

　　有个陕西客人乘船经过此地，傍晚见到大沙滩，就系船停泊，在此住宿，其实他并不知道这儿是从前的泗州城。夜深人静，明月如昼，客人离船登岸，独自散步想要消除寂寞。忽然看见高处有城墙门在半掩着，就凝神眯眼仔细看，城中有灯火，有来来往往的人在贸易，似乎是夜市。客人本是商人，看到了心中高兴，就偷偷入城。

陕西客人迈着步子闲闲地走在路上，看到各家门口悬挂着灯彩，开店设摊做买卖，商业活动特别纷繁热闹。可是客人接近店铺和商人，人们却好像没看见他。他试着抓取货物，人们也似乎没有发现，他很吃惊。客人挑选那些优质茧布，攫取径直放入怀里，急忙向西走去。又看见一家的大门微微开了一条缝，里面孤灯要熄灭的样子。客人悄悄潜入，只看到一家夫妻两个人都用手托下巴瞌睡着，叫也叫不醒。看到那女的相貌酷似自己老婆，那男的容貌又和自己一模一样，客人心想面貌不过是偶然相同罢了，也不觉得奇怪。瞧见木架上藏银的木箱并未上锁封闭，客人打开箱盖，箱内满是银子。客人心中羡慕极了，急忙取出二百两银子放在怀里、衣袖间，其余的仍然关上箱子藏好。他走出门外，还替主人关上了两扇门。

客人出来看见人家灯火渐渐零落阑珊，集市渐渐散去，恐怕城门快要关上了，不敢再逗留。他急忙走出城外登上船，靠在枕上惊异不止，不久熟睡进入梦乡。等他醒来，船家早已经先起来开船，早晨已经抵达盱眙。他看看昨夜偷来的茧布，已经变成一摊淤泥，淤泥夹杂水草成了泥饼。再看看怀里藏的银子，却是翘边细纹，是货真价实的财宝，只是银色有些暗淡，水花苔绣痕迹几乎布满银子的表层。他私下询问船家昨夜住宿在哪里，船家说了个大概，并说那里并没有人烟。客人听后心里更加惊慌了，不知道说什么好。

秋季后客人回到陕西，偶尔和妻子说到那一夜的事情。妻子说："真奇怪！我在某月某日夜里梦见自己来到一城市，和你睡在一起。刚闭上眼睛，你忽然起身，打开箱子把银子藏在怀里出了门。我非常惊讶，就悄悄跟着你，你忽然就不见了。我心里焦急，不小心掉入泥潭中，然后就惊醒过来，额头汗水淋漓。"原来他妻子做梦的那个晚上，就是这个客人进城的时候。客人又默默回忆那夜的经历，竟然和妻子所说丝毫不差。

另外盱眙向来没有大圣窟，能称得上大圣的，就是僧伽。太平军逃窜后，地方官员通知捐钱修建考试院。工程竣工的时候，还多余三千两银子，大伙商议好建立大圣庙。上梁那天，正好朱学使所主持的考试结束，亲自到大圣庙上香。一时间鼓吹喧天，名人云集。忽然一个渔夫手捧一只古铜鼎，送入庙里来供奉，说："昨夜看见湖心透出亮光，撒了一网就捞起了这个。"说完把古铜鼎洗涤干净细细察看，鼎口内沿刻有篆文，原来是唐代僧伽庙中的器物。朱学使非常高兴，亲自写了一篇文章记叙这件事情。

卷八

刑房吏

扬州有一位受皇封姓秦的老翁，名愚，字不愚，担任甘泉县刑房吏，在县衙中称得上是老资格了。但是秦愚的禀性却是最善良清廉，从来都不从乡里小民身上搜刮钱财。五十岁了，还是囊中空无一钱。娶乐某氏作为妻子，也是非常慈祥婉淑，年龄和丈夫相同，夫妻俩没有子嗣。二人住的地方低湿狭隘，靠近街市，外间仅仅只有一个小客厅，环墙摆着公文架。另外还有些桌椅，供小吏誊抄公文，秦愚则盖上自己的印章。后来生活逐渐艰难。当时已经是除夕了，看看缸里没有一粒米，灶头没有一缕烟，夫人暗自拔下头上金钗送入当铺，换点钱置办些过年所需物品，秦愚并不知晓。他皱着眉头紧蹙着额头坐在客厅里，深深地为贫穷而忧虑，一双空拳有劲没处使，没有丝毫的办法送走穷鬼。

忽然听见"笃笃"的敲门声，秦愚去开门，一个客人冒冒失失地走进来。后边跟着一个小书童，背了一个布口袋，看起来沉甸甸的。秦愚平时从来没有见过这位客人，心里很纳闷。客人作揖行礼后坐下，直截了当问道："老先生是秦翁吗？"秦愚答道："是的。"说完又反过来问客人的姓名籍贯，客人大致说了一下。坐了一会儿，秦愚突然回想起这位来客的面貌和衣着，似乎曾经在茶馆里见过很多次，但是从来没有交谈过。暗自猜测这位客人来到扬州已经一年多了，于是问他大老远地赶过来，有什么指教。客人说："老先生掌管刑科事务，我听说有某年某事某卷宗的档案，应当还储存在贵府，有没有呢？"秦愚从袖中取出小本子，翻看多时，说："有的。"客人说："能够赐给我看一下吗？"秦愚说："这需要好好找一找，至少要花费半天时间。"客人说："我一直都知道老先生品行高尚，不愿意收受贿赂。可是到了年终，很快要过年，也少不了孔方兄，请您把这卷档案让给我，我愿意献上千两银子为您老祝寿祈福。"说完他从口袋中倒出银锭，全都堆积在桌上，皎洁灿烂像雪一样，接着又说："这是五百两。另外一半请等到你找出案卷后，我再带来奉上。"秦愚说："好吧。"客人作揖，和秦愚约定好，再三谆谆叮嘱，带着童儿走了。

秦愚关上门看着成堆的白银，内心思量："是什么重要案件，值那么多钱？于是开启木柜锁，照着册目寻检出案卷，把桌子移到门边的光亮处翻阅查看。原来开国初期扬州人某某，曾经被吴三桂胁迫叛变。吴三桂灭亡后，某某的子孙逃到皖省，改变了姓名。朝廷诛灭吴党，地方长官传达文件给甘泉县令，命令他查访某某的子孙。县令已经斩钉截铁结案，向上司某某报告说已经没有后代了，可是仍然有许多内容，都很不利于某某子孙。秦愚看到这里，恍然大悟，自言自语地说："看来这位客人想要挑起官司，必然和某某子孙有深仇大恨，想购买此宗案卷告状。将族灭一门，后果不堪设想。秦愚暗想，得到大笔财富可以过个舒坦年，但是必定会损坏阴德；想要阴德不损坏，那就一定要把银子还掉。"秦愚拿不定主意，把案卷放在桌上，在小客厅来回踱步，踌躇不决。

秦愚的夫人从内室走出来，看见了银子和案卷，就向丈夫询问事情的始末，秦愚不回答。夫人又看见丈夫踌躇徘徊、心神不宁的，于是就拉住他袖口，婉转地开导他说："丈夫为什么要这样？贫穷，是很平常的事。如果钱多了，那么饮食起居和休息活动都会扩大范围和增加消费；如果钱少了，那么一切日常开销和礼仪往来都可以减省从简。更何况每年的大年夜，不过都是这么过的，鸟啼叫说'得过且过'，丈夫难道没有听到过吗？"秦愚说："钱倒是不难获得，桌上堆着的不就是吗？只是要把它取走不容易啊！"说完，把案卷丢给夫人看，自己又来回踱步，眼睛瞧着地面，更加踌躇不决了。夫人本来就是大家闺秀，阅读完案卷，吃惊地说："这是闹着玩的事情吗！怎么可以因为铜臭去害人性命呢？桌上的阿堵物显然是案卷的价值。丈夫既然下不了决心，我替你做个决定。"说完立即利用香炉中的余热，把案卷撕碎，投入炉中，火起烟灭。秦愚见了，拍手高兴地说道："妙啊！我的一颗心直到现在才算是安定下来了。只是我堂堂男子汉，却比不上巾帼女子有果断决绝，为什么呢？"两人相互欢喜赞叹。

过了一会儿，客人又带着五百两银子来到，向秦愚索要档案。秦愚故意装出懊恼的样子，说："我的命太薄啦，不能享受千两银子，到处都找遍了，都没有找到，估计早已经被老鼠啃啮了。"客人看见桌上有纸灰，吃惊地说："完啦！我仆仆风尘来到扬州，仅仅只能看看扬州的二分明月罢了。"说完拿走先前放的五百两银子，懊丧地离开了。秦愚关上门进入内室，看见那断脚的酒器中已经装满了香喷喷的热酒，桌上略微有几样菜肴果品，神像前准备下了一点点香烛，才知道夫人已经暗中提前做好了过年准备，心里很高兴。夫人说："不是我不想富贵。只是我俩一对老夫妻，年龄加起来已经超过百岁了，还要这种不义之财，反倒去触怒神道，何苦这么做啊？"秦愚认为妻子说得很对。

夫妇俩点好香烛礼拜神之后，相对小酌，然后睡觉。秦愚梦中仿佛看见一位金甲神，戴着高高的帽子，脚蹬皮靴，身边彩云浮动，侍者随从都很神气。金甲神手里捧着如斗大的金元宝，对秦愚说："上帝察觉你清正廉洁，把天库正式饷银赐给你，从此以后你的财富可以和古代富豪邓通、石崇相媲美了。"秦愚笑着说："这不是我的愿望啊！"金甲神大为惊奇，说："这个男子难道疯癫了吗！简直把金矿铜山看成破鞋一样，莫非你有清贫自守的癖好吗？"秦愚不加理会，侍从说："我们暂且走吧，不必和他计较，他就是个穷骨头。"金甲神果然捧了金元宝离开了。

过了一会儿又来了一个朱衣神，长长的胡须雪白雪白的，随风飘拂，手里捧着官帽官服献给秦愚说："上帝察知你善良，把这个赐给你，可以做百姓的父母官，不要再做下级刀笔小吏。"秦愚说："这不是我的愿望啊！"朱衣神说："你是因为不会吟诗作文，才推辞不愿做官吗？最近目不识丁的人，只要花了大钱，援例也能做大官，为什么一定要靠着毛笔，才能成为敲门砖呢？"秦愚闷闷地不说话，朱衣神说："你放弃这个机会，那么你死后，盖棺定论也只是一个识字的农夫，以后难道不懊悔吗？"朱衣神的背后有一个美人，手捧着雉羽扇，笑着说："他要学严子陵做隐士，不愿做官，就让他穷困饿死，走吧。"朱衣神果然也走了。

又过了一会儿，只听见云中传来隐隐的笙歌声，飘来一阵阵浓烈的香风，灵芝车盖，鸟羽旌旄，像云彩银缎垂下来，一位披着羽衣的美人驾驭麒麟到来。跟随侍候的人都是著名神仙，比如王子登、魏寒簧、许飞琼之类的人。美人怀里抱着一个可爱的娃娃，皮肤洁白如玉，头上束发戴金，颈上挂着金锁片，眉目娇妍秀丽。美人还没来得及说话，秦愚看到了喜上眉梢，说："嘻！如果能得到这个可爱小娃娃，我也算是万事称心满意了！"美人笑道："天上仙人习惯清静，害怕听到孩子呱呱的啼哭声，这娃娃暂且在你家寄养行吗？"秦愚猛然起身把孩子抢到怀里，高兴极了，根本舍不得放开，美人驱策着麒麟，腾升云霄离开了。秦愚正在惊讶万分的时候，突然怀里小孩大哭，秦愚顿时惊醒，原来是黄粱一梦。看到窗外晨光熹微，左邻右舍已经敬神鸣放爆竹，秦愚再也睡不着，就唤醒夫人告诉她梦中的事情。没想到刚刚讲到推辞官帽官服的情形，夫人就笑着说："你怀里的小孩儿，我真是太喜欢了！"秦愚吃惊极了，原来夫人做的是同一个梦啊。扬州习俗清晨是很忌讳说梦的。现在正是大年初一，邻居家仅仅隔着一垛草墙，听到秦愚夫妇在说梦，在暗地里唾骂，却又不敢高声说出来。

寒冬腊月过去，春风暖融融的。二月间，夫人重新有了月经，老夫妻一同房就怀孕了。这一年，秦愚觉得碰什么事都能称心如意，家境也渐渐好转，修葺了所住的房屋。十二月，夫人果然生了个男孩，呱呱坠地。二人一看，果然就是梦中那个可爱娃娃，于是给他取名叫梦玉。秦愚乐呵呵地说："想不到老蚌还能出产明珠。"从此之后更加修身行善。

梦玉非常聪明，样貌秀美，善于读书，某太守见了很喜爱，就招他来家陪伴公子一起读书。梦玉十一岁就是童子试的第一名，十九岁进入翰林院，太守把女儿许配给他做妻子。那时秦愚夫妇已经是古稀之年，却都精神矍铄，秦愚仍然充当刑房吏。甘泉县令请秦愚来，慰劳他说："你已经是受皇封的老太爷了，不必再为案牍劳神，还请除名隐退吧。"秦愚叩头说："我并非贪恋禄位，不过是想着在公门多待一年，多积一点德留给子孙。"县令说："您老的心意已经向上传达到九重天庭，请不要过于拘泥。"于是立即吩咐用自己的轿子，吹吹打打送秦愚回府。

塑少陵像

桃源巡捕厅的吕君说：四川总督某公，准备修葺百花洲的草堂寺，其中一直都有一座泥塑的杜少陵像，相貌粗俗，而且已经倾倒了，某公要趁着修葺的机会重新塑像。全省官员都捐上清廉银子，凑足了万两银钱，亭台水榭、游廊厅房都修建一新。只有塑匠塑的少陵雕像落成后，成都太守某公请总督到草堂寺进香。总督看见了少陵像，就发怒说："这怎么可以成为子美先生的塑像？为什么不毁掉重塑！"工匠说："我们这些人又不是读书人。至于神佛鬼判的塑像，只能依照着前人塑好的样子依样画葫芦，还觉得仿佛相像。如果想获得少陵先生的真面目，恐怕即使是大雕塑家刘銮复生，也是全然塑不像的。"成都太守说："你试试重塑一个。"工匠先后更改了十多次，总督看到了都不能符合心意。工匠于是就问他到底想要塑成什么样子，他说："我也说不出。只是你所塑造的少陵像不是有富贵气，就是有尘俗气或者拘谨气，都不足以成为忠君爱国诗人的塑像。为什么不再重塑一下？"塑匠无能为力，丢下雕塑工具逃跑了。太守到处招募工匠，招到十几个人，都是四川雕塑名家。他们都塑造了少陵像，都不行。为这个原因停工了一年多。

忽然有一位某先生前来应募。问他是什么人，原来是科举考试长久考不出头的失意老书生。他曾经见到塑匠捏沙泥塑造成神像，心里很羡慕，学塑匠的方法塑成睡着的嵇康像，很不错。从此钻研技巧，工艺日益精进，最近替乡里人捏小像赚点钱糊口。太守请他进屋，和他谈话，非常喜悦，就先让叫他替自己捏个小像。某先生很快完工，塑像长五寸多一点，红色的，坐在小楠木的龛中，手里执着麈尾，披着纱头巾，很像是维摩居士的模样。太守叫家里人来仔细观赏，全都笑起来，真是太惟妙惟肖了。第二天，太守就送某先生到草堂。某先生嘱咐草堂内的人全部离开，关上大门，盘腿坐了两三天，安安静静的没有一点儿声息。忽然间某先生大叫着跳了起来，然后三天工夫就完成了少陵先生的塑像。

太守到草堂来细细审查，觉得和从前塑的像果然不一样，可是还是不知道是否符合总督心意。姑且进衙报告总督，总督问塑像的是什么人，太守回答说："是个乡下人。"总督笑着说："不知道是不是塑成了牛鬼蛇神，什么样的恶形象？"太守说："还请总督大人屈尊前去，姑且看看行吗？"总督亲自来到草堂寺，刚刚走上台阶，抬头一仰视，一下子高呼起来，说："成功啦！"急忙走进殿堂，跪伏地上叩头说："这才真是饭颗山头戴着竹笠的少陵先生的真面目啊！"

总督召见某先生，看到他只是老态龙钟的一位布衣书生，就问他塑像的技术为什么会如此神奇。他说："我也不知道少陵像是什么样子，只是我从幼年到壮年和老年，已经熟读浣花翁杜甫诗集。每每读到'野哭千家闻战伐''长机长机白木柄'等句子，往往掩卷深思，眼泪夺眶而出。心中思虑久了，又往往在睡梦中看见有脸色白皙，长着长长胡须的人站立在桌椅间。这尊少陵像，就是梦中人啊！"总督听了非常高兴，撰写文章记述这件事，并且把它刻在石上。又厚赠某先生，并且让他做官，他不愿意。某先生经常在总督僚属中捏塑小像，因此非常富有。子孙读书中了进士，某先生已经多次受朝廷封诰，被称为封君了。

血炬照银

　　邹洛生说：咸丰十年，太平天国的军队攻陷杭州，大多占据世代富贵人家的住宅作为王府。有一所宅子极其宏伟宽敞，是前代明朝宰相钱坤的故居。后来子孙渐渐衰微，宅第已经换了很多次主人，只有一块老匾额悬挂在正厅，屹然不动。一个贼军头目住在府里，厌恶这块匾，就把木匾砸毁当柴薪。忽然有一只小铜盒随着木匾一起坠落在地上，声音铿锵，封锁得很牢固。打开铜盒一看，其中藏着一本小账簿，用端端正正的楷书记载着某房窖藏银子若干两，某屋窖藏金子若干两，距离地面若干尺，崇祯某年某月某日记，都是钱相国亲笔书写。贼军头目按照账簿记载的挖掘，果然得到金银一百多万两，气焰更加嚣张了。咳！相国为子孙的长远利益考虑，怕他们穷困，住宅纵使出售，但是匾决不会售卖。哪里能想到二百年后会替贼军资助军饷呢？在崇祯当朝时，烽烟四起，国库空虚，钱宰相没想到过这笔巨金献给皇上，却自己私自藏起来留给子孙，狠心眼看着甲申年崇祯在煤山自缢的惨变，那么钱某做宰相的人品作为，是可想而知的了。

　　由这个我不禁想到贼军骚扰我皖省的惨酷情形，比别的省尤其厉害。除了焚烧奸淫抢掠外，最看重挖掘窖藏。即使是千年古窖，藏主的子孙都无法知道，住在此屋的主人也无法知道，可是贼军却能知道。我常常不能理解这是什么缘故。后来有从贼军中逃出来的人说："他们的办法是用人的鲜血拌入料豆喂马，时间长了以后马的眼睛发红，见了人就咆哮想咬。用人的血浸染藤条芦苇，用来做火炬，点燃后照亮房屋。屋下如果有古窖，火苗就弯曲，向地下直钻。朝火苗向下钻的地方发掘，就一定能挖出窖藏。大约是因为人性都爱金银财宝，所以染血的火炬如此灵妙。"

　　我想，钱阁老即使不把这本账簿藏在匾内，那百万两银子也绝对不可能漏网。真是可叹啊，窖藏的人是多么愚蠢！留给子孙安全，还是留给子孙危险这句名言，还不能使守财奴猛然惊醒吗？

玉蟾蜍

江南祁秀才，名篯。他的父亲在陕西甘泉县当县令，带他上任，在县衙内主管文书工作。从小就聘定了吴氏的女儿，还没有迎娶。祁篯偶然去碧鸡观游览，遇见道士，道士送给他一只玉蟾蜍，说："郎君只管佩戴着，可以驱除不祥。如果露出在外，则会失灵。"祁篯收下，回赠给道士银子，道士看也不看，笑了笑，一去不回。

第二年祁篯十九岁，他父亲叫他回江南原籍，娶妻成婚后再回到陕西。因为原籍住所里空空荡荡，什么东西也没有，父亲又写信给他，嘱咐他在堂伯父家暂住。等到祁篯回到故乡，堂伯父某翁很高兴，堂伯母尤其钟爱他，留他住下，并且代替他料理结婚的种种事务。某翁生了一个儿子叫磬，嫡亲侄子叫夔，都快要二十岁了，还没有娶妻。二人在学校里跟着老师读书，傍晚就带着书本回家，也很乐意跟祁篯一起谈笑。堂伯母把西厢房提供给祁篯居住，派遣丫鬟纤纤服侍。一个多月后，结婚的好日子到了，乐队吹吹打打，轿子抬着新郎入赘，住在丈人家新房内。可是祁篯懒得进新房。入赘吴府以后，婚礼过后才三天，祁篯就偷偷跑回堂伯父家看望堂伯母，直到太阳落山才回到吴府。又过了十天，祁篯直接回到堂伯父家，仍然到西厢房住宿。伯父伯母逼着他回丈人家，可是他去了又回来。问他究竟为什么，他眼泪汪汪地说："侄儿依恋伯母，就像婴儿依恋母亲哺乳一样。"过了一个多月，堂伯父叫他回陕西，他不说话。他父亲不断来信催促，他的堂伯父将要发脾气斥责，他才怏怏不乐带着新娘准备动身。临行的时候，仆人车马都在路上等着，可是祁篯还是对着伯父、伯母流泪，即使对着家中的男仆女佣也是神色凄惶。大家都不知道究竟是什么缘故，反而同情他有孩童依恋长辈的真情。

祁篯离开以后，季节交替，丫鬟纤纤独居一室，忽然间肚子大得像怀了孕。别看纤纤相貌虽然美丽，却从不和人随便说笑，再说某翁治家严厉，却单单赞赏纤纤行为端正。两位老人看到纤纤这副模样,对她有些怀疑。请医生来给她诊治,医生说:"喜脉已动,怀孕啦。"某翁非常生气,疑心是儿子祁磬干的好事,严加盘问,祁磬即使受到棒责也不承认。某翁又询问侄儿祁嶷,祁嶷说:"晋代阮咸曾经和姑妈的丫鬟通奸,汉代陈平甚至和嫂嫂通奸,这也不是什么大不了的事。如果伯父一定怀疑是侄儿,为什么不把这丫鬟赏给我!"某翁说:"像你这样的刁猾家伙说的,难道丫鬟怀孕的事和你毫不相干吗?"于是拼命追问祁磬,祁磬窘急得只有高呼冤枉,想要寻死,某翁方才罢休。

夫人悄悄询问纤纤,纤纤也不承认干了坏事,只是说不知道什么缘故。过了一个多月,纤纤竟然临产,生下一个男孩。某翁要把婴孩丢弃在冷僻小路上,夫人不忍心,就用襁褓裹住孩子,送到育婴堂,让保姆给孩子喂奶。夫人私下施舍给育婴堂五万铜钱,作为男孩的衣食费。某翁问起男孩下落,夫人就回答说丢弃了。夫人关照儿子和家里人不要泄露消息,不要家丑外扬,然而纤纤从此以后被大家瞧不起。纤纤撕毁抛弃了漂亮服装,干粗活脏活,蓬头垢面,虽然很苦,却毫无怨言。祁磬兄弟见了她,总是对她恶毒咒骂。

忽然有一个亲戚乐生,名臼,是有名的风雅人物,偶然从福建回到江南,住在某翁家。偶然看见纤纤,非常怜惜她。乐臼私下询问祁磬,祁磬告诉他这丫鬟曾经生下私生子,是个下贱货。第二天早晨,乐臼婉转请求某翁,愿意备下聘礼娶纤纤为妾。某翁告诉夫人,二人都很满意,于是不要聘礼,立即叫乐臼把她带走。纤纤临走时,涕泪交流,向夫人拜辞说:"孩儿得到夫人大恩,杀身也不足以报答。"说着从袖中取出一只玉蟾蜍献给夫人说:"这是孩儿从小佩戴的。我的私生子如果夭折就算了;如果私生子活了下来,六岁后,请求夫人把这玉珮给孩子佩戴。我死了也要衔草结环报答夫人,永不相忘!"夫人接过玉蟾蜍仔细打量,不知道纤纤从什么地方得到,收下后姑且答应了。

纤纤跟随乐生到福建,二人伉俪情深,彼此敬爱。一年多后,乐生的大老婆去世,纤纤就升为正室,生了两个子女。乐生也从幕僚的职位节节高升,做了知州。纤纤也居然受封,着冠戴珮称作命妇,祁夫人听到消息觉得很安慰。

夫人派遣仆人去看望私生子，孩子已经五岁了，长得很清俊。夫人忽然病危，在病床奄奄一息时，对祁罄说："我不能辜负丫鬟纤纤托付的事！"立刻叫人去育婴堂把私生子领来，把玉蟾蜍珮给了他，就逝世了。第二年某翁也去世。祁罄服丧期满，和祁毂都考取秀才入学。

自从祁篪去了陕西到现在，倏忽间已经度过了十六年的光阴，一直都没有音讯。偶然听说祁篪夫妻俩不和谐，吴氏郁郁寡欢死去，祁篪的父亲也在任上病故。过了一个多月，祁篪果然哭泣着扶着父亲的灵柩，同时带着妻子的灵柩，回到故乡来安葬。坟墓造好以后，祁篪走到堂伯父、伯母的墓道，哭泣尽哀。考虑到自己快要四十了，还没有儿子，住宅已经长久荒废，时常还会出现妖魅。于是把住宅卖掉，和祁罄住在一起，兄弟间很友爱。故乡父老听说祁篪回来了，还继承了他父亲做官时所得的大量财富，都争着抢着想把女儿嫁给他，让他续弦。媒婆把门庭都塞满了，祁篪都极力推辞。媒婆再饶舌，祁篪就声色俱厉，拂袖离开。人们都感到奇怪，也不知道其中原因。

祁毂、祁罄偶然准备酒宴，要替哥哥庆祝生日，兄弟对坐饮酒，十分欢乐，当夜就风雨联床，睡在一起，互相倾诉衷肠。弟弟问祁篪："哥哥正当壮年，为什么拒绝做媒，却要情愿独身，难道你要为嫂嫂守男子的贞节吗？"祁篪不回答，弟弟再三追问，祁篪一再支支吾吾。弟弟又问哥哥娶妻十年，为什么始终没有怀孕生孩子？祁篪悲叹哭泣着说："自己作孽，又有什么可以说的！"祁罄更加疑心了，就继续盘问。

祁篪忽然睁大眼睛说："弟弟家的丫鬟纤纤到哪里去了？"祁罄告诉他纤纤已经嫁人了。祁篪长叹一声，泪水滚落。祁毂就告诉他，纤纤嫁给乐臼到了福建，生了儿子做了夫人，以及种种琐事。祁篪听了就不再伤心，又像是很安慰的样子。两个弟弟就更加坚持着追问，过了很久，祁篪才坦诚相告说："我告诉弟弟实情行。哥哥因为丫鬟纤纤才没有生儿子啊！当初我寄宿在西厢房，趁机会和纤纤同床共枕，时间长了感情很浓，两人订下山盟海誓。等到入赘吴家，看看新娘远远比不上纤纤可爱，所以常常回到西厢房来住宿。一天清晨起来，偷偷溜进纤纤房间，上床和她欢好。两人感情正处于高潮时，忽然伯母起来，走进房间，大声责怪纤纤懒惰。我十分害怕，钻入床下躲藏，从此就得了阳痿病。现在虽然还有男根，却同太监一样，求医服药也没有办法治愈。我的妻子也因此抑郁而死。现在阳痿病还是老样子。所以不想再娶妻子。只是四十岁没有子孙后代，恐怕要斩断了香火，这实在是奸淫的恶报，我实在是没有脸面在黄泉下见到祖宗。"说完放声恸哭。

祁磐、祁鼗听后拍手大笑，不能自制，说："十六年前的悬案破啦！"又说："祝贺哥哥有了儿子。"祁篪说："我哪里来的儿子？如果是继子，总不足以祭祀祖宗。"祁磐说："哥哥连累弟弟遭到痛打，你准备怎么报答我？"祁篪迷惑不解，询问原因。祁磐就详细告诉他纤纤怀孕生下儿子，送入育婴堂等往事。祁篪不是很相信，怕是弟弟和自己开玩笑。

第二天早晨，两个弟弟拉着祁篪一起去育婴堂，把那个男孩喊出来，男孩头发蓬乱，牙齿稀疏，像秃发童儿，可是透过外表仍然可以看出面容清秀俊美，粗俗的外观是做杂务而不加修饰造成的。祁磐呼唤男孩说："这是你的父亲，怎么还不磕头？"男孩果然跪下叩头，不停地哭泣。祁篪非常犹豫，不敢相信这是真的。男孩解开衣襟，取出玉蟾蜍献上。祁篪猛然一看，知道是自己的东西不小心掉落在纤纤那里的，忍不住失声大哭，说："苦了我的孩儿啦！"说着紧紧抱住男孩痛哭。两个弟弟要把男孩带回去，祁篪说："暂且慢着。"他亲自前往乡村，献上十万铜钱，央求族兄祁圆先把孩子带回家，撒谎说是他生的。然后立下文书过继给祁篪，用这些来遮掩人们耳目。

祁篪给儿子取名为玉蛉，字曾弃，亲自教儿子读书。玉蛉非常聪明，一个月就读完一种经书。二十岁成为秀才，三十岁成为进士，任部曹官。皇帝对臣下进行普遍封赏时，玉蛉请求封典，反而首先封了名义上的生身父祁圆。祁圆乐不可支地说："既得到了钱财，又得到了封典，这样大便宜的事，恐怕古往今来是独一无二的呢。"王蛉奉养父亲极其孝顺。后来娶了名门家的女儿作为妻子，生了两个儿子，都很聪颖。由于父亲年老，想要替父亲添个小妾照顾，祁篯不准。

玉蜍在京都做官时，和同龄人乐桐交往最密切。王蜍偶然到乐桐家里，在大厅设宴，两人交谈很久，乐桐母亲在屏风后也悄悄地听了很久。随后就召唤乐桐进里边，说："孩儿去问问客人，曾经佩戴过玉蟾蜍吗？"乐桐出来问到这件事，玉蜍听后大吃一惊，马上解下玉蟾蜍交给乐桐献给太夫人看。太夫人见了，一下子走入厅堂，呼喊道："孩儿富贵了，不认得母亲了吗？"玉蜍突然想起，豁然醒悟过来，抱住母亲双膝哭晕过去，经过抢救才苏醒，互相诉说前后经历。乐桐小于玉蜍，是弟弟，从此二人亲如手足。

我听说这件事后觉得很惊奇罕有，后来听京江人说，祁篯父亲在陕西做官时，曾经平反一宗冤案，救活了十多个人，等等。

葫芦生

神居山中有一个张十三，年近古稀，由于贫困，靠教书谋生。可是他天性好客，羡慕豪爽好客的孔北海，但是力量比不上，曾经自己写下一副对联说："销磨升斗狂彭泽，慷慨交游穷孟尝。"从中可以料想出他的气概。这一年，张十三受到安宜县某富户的聘请，去教那家的孩子。来去的路都要经过高邮，因为宝应湖可以直接渡过，比较方便。这年年终，张十三教书告一段落，主人和他预约明年继续聘请，准备酒宴替他饯行，对他说："一年的事都已经结束了，为什么不用我家做生意的船送先生回家？"于是张十三就乘船渡过宝应湖，半天工夫，船都是沿堤岸行驶。

忽然有一个过路的客人，一把伞一只包裹，赤脚站立在浅水边，哀求船夫让他搭乘，答应付出丰厚的酬金。船夫扬帆前进，置之不理。张十三看到他瑟瑟发抖，相貌文雅清秀，讲话带北方口音，在请求船家，料想一定不是暴徒，很不忍心，于是代他向船夫求情行个方便。船夫就近靠岸，让客人登上船头，说："这是张先生的好意。不是先生说情，总归是不敢随便带客的。"客人向张十三道谢，张十三问他去哪里，他说："有急事去扬州。新年快到了，想走捷径渡湖，没想到水天一色，竟然没有一条船。没有先生，我到了湖边也只能返回。"接着又问船夫说："我十分饥渴，有多余的粥饭给我吃，我不吝惜花钱。"船夫满脸尴尬相。张十三就送他茶水果品，又叫他和自己一起吃饭。

吃完饭后，客人靠在船舷上晒太阳，解开包裹把青色的鞋子、布袜拿出来穿上。腰下露出一个葫芦，表面非常光滑。客人又伸进口袋取出花骨头，也就是北方所说的骰子，实际上就是赌具。他借了个碗，捋起衣袖，一边呼喊一边掷骰子，骰子每种颜色都跟他所呼喊的一模一样，张十三心里感到非常奇怪。问他籍贯，他说："南越北燕漂流，我是水上浮萍那样的人。"问他姓什么，他说："姓葫。"张十三说："想不到宋代胡安定公后代竟然还有这样俊妙的人。"客人说："我不是古月胡，因为常常喜爱宝贝一只葫芦，人们多称呼我为葫芦生。"张十三说："你老兄可算得上是仙人壶公了！"客人说："先生不要过分夸赞我。如果我有壶公那样的缩地法术，哪里还有今天的麻烦？话虽然这么说，我的葫芦中也还有其他法术，让我献技博你一笑，请等到以后的日子，好吗？"

天色渐渐到了黄昏，张十三不忍心客人露宿船上，饱受风霜，就叫他进船舱休息。他谦让一番才进来。拨旺炉火，烫温浊酒，二人对饮。客人谈古论今，对于《汉书》尤其熟悉。张十三说："仙壶腹中本有《汉书》。"客人说："这不过是用来蒙骗世俗之人罢了，不是真的敢自称博学文雅啊。"张十三十分钦佩，大有相见恨晚的意思。第二天遇上逆风，二人继续纵情谈论，于是结为好友。白天抵掌而谈，晚上床并床一起入睡，都希望有逆风阻挡船行。

第二天早晨即将登岸的时候，客人忽然悄悄对张十三说："你能不能过家门而不入，先和我去扬州游历一趟？或许你可以得到一些好处。"张十三问原因，客人出示骰子说："这是我的绝技。扬州是富裕大商贾云集的地方，可以借骰子获取他们吝惜的钱财。"张十三说："我最近几年教书收入微薄，不够充当赌博的本钱。"客人说："不用担忧。"他从葫芦中抽出蒜条金、瓜子金等，堆得桌上满满的。张十三吃惊地说："葫芦一点点大，怎么能藏入那么多金子？"客人说："这就是法术。而且还远远不止这些呢。"等到他收入金子，葫芦中仍然旧空无一物。张十三原本就豪放不羁，就随客人一起登陆，叫船夫返航，并代自己向主人致谢。另外吩咐仆人挑着行李先回神居村，嘱家里人不用担心盼望，到了新年自己自然会回家。

事情处理完毕，张十三和客人携手徒步抵达扬州。进了城，租下一座极大的空闲住宅。天已将近傍晚，客人从葫芦中倒出小的桌子、床榻、帷帐、盘盂等物，念念咒之后就变大了。又倒出小的男人女人二十多个，都是丫鬟男仆、厨师轿夫之类，也念咒使他们变成真人。客人说："葫芦内无所不有，只是吃的喝的，却仍然要到市场购买。"一瞬间，酒在炉子上沸腾，香在炉中燃烟，灯火通明如白昼一般。厨房里刀砧响亮，眼前满是做各种差使的仆人，住宅内布置得井然有序，俨然成了富贵世家的样子。

张十三非常惊喜，大叫道："葫芦生真是神人啊！"客人急忙摇摇手说："葫芦生，这三个字不是可以随便告诉别人的，我已经借了贵人的名姓了。"说完从葫芦中抽出一张名片给张十三看，名片上写着赫赫几个大字，张十三依稀记得名片上的姓名是京城里某位大官的公子。客人就笑着说："张禄并非是子虚乌有先生，这也是仙家夺舍法术啊。"接着吩咐摆酒，替张十三洗尘，山珍海味，都不是普通菜肴。

葫芦中人有一个中年妇女，相貌非常迷人，名叫解人怜，善唱弋阳腔。两个小丫鬟也非常窈窕，名字分别叫筝筝、瑟瑟，善于管乐器和弦乐器合奏。还有的女人善于歌唱，乐器伴奏，张十三快活到了极点，渐渐地就酩酊大醉。客人说："先生请去休息吧。"就叫筝筝、瑟瑟选择大厅西边，替张先整理出房间，安放好绣被角枕，陪伴他一起入睡。张君起身，客人也拥抱女人到其他房间宿歇。

张十三听到仆人们关门落闩，来来去去打扫，一顿饭的工夫才寂静无声。两个小丫鬟给张君按摩身子。张君开开小玩笑，只是淫念微微一动，丫鬟的脸色就变得像夜叉一样可怕。张十三收敛心神，不敢怀有丝毫轻薄的念头。第二天天亮，筝筝、瑟瑟都已经不见了。又有两个丫鬟捧着紫貂皮袍和帽子、朱红靴子，给张十三换下旧衣装。两个丫鬟一个名叫袅袅，一个名叫娜娜，比昨天两个更漂亮。等到客人进来，俩丫鬟像对待长辈、上司一样，礼仪非常恭敬。客人也是衣服亮丽、鞋帽光鲜，原来也是从葫芦中取出来的。客人对张十三说："昨夜两个丫鬟很可恶。我已经把她们赶走了。这两个丫鬟，或许能稍微好一点。"又有三四个小奴仆分别送进来盥浇用具，每个人都俊美得像后赵君主石虎所宠爱的童儿郑樱桃一样。进来关照进早餐的老仆，不少长得像长须昆仑奴的模样。

一会儿，客人站起来，表示要暂时告别，说是要去拜见扬州的政界要人，果然穿着华丽衣服外出。凡是显赫官员，比如盐政、府道、令尹，客人才会亲自进门拜访，其他杂次级官员等如丞簿、盐商，只是传递一张名片进去，根本不屑于去看他们出门相迎的那分殷勤劲。张十三独自在家，偶尔带着小书童去门口张望一会。他只看见拿着蛇鞭、戴雉帽的差役排成两行，多个大腹便便的男子，都毕恭毕敬地站立着。门条闪闪发光，朱红的颜色鲜亮耀眼。张君正要仔细看清客人的官衔，而看门人却已经传报说主人回府了。张十三果然看见四个壮汉抬着大轿飞一般过来，两三个秀美的童儿鞭打快马在后面追随，显出不可一世的气势，满街市的人都十分吃惊。张十三急忙退避，而客人已经坐在厅堂中，随口吩咐三四句话，台阶下应答的人声就像旱雷一样震耳。

不久听到鸣锣声，前呼后拥吆喝声，渐渐传到了门口，这都是有地位的官僚过来回拜的。客人随意出外迎接，毫无低头哈腰谦卑的姿态。稍稍寒暄以后，来拜访的官员说："你家长辈先前来过书信，说公子已经出京城，为什么年终才到了这里？"客人说："在山东逗留了好多天，打算明年春天去两浙好山水处观光游玩，因此先到扬州，暂且过年。"接着从衣袖中取出几十封书信，分别递给各位官员，都是代为叙述朝廷显官的话语，向各位官员问候。各位官员离开以后，又有许多衣冠楚楚的商人来到，客人只是敞开外套，趿着拖鞋接待，略微打个招呼，然后就连续不断地炫耀自家乐队歌伎的佳妙。商人们做出媚态，说："请允许我诚心诚意地领教你家丝竹的妙处。"客人笑着答应他。商人们走后，又有人拿着信带着书画屏幅来求客人赏赐墨宝，客人都肆意挥洒，在末尾盖上玉印，就是名片上贵公子的名字。对别人的称谓也极为斟酌。

从此之后，天天或赴宴或请客，每天没有宁静的时刻，客人渐渐感到厌恶，非常苦恼。打秋风的客人也乘机而来，以为可以看一看贵公子的风采，作为荣耀，客人都有财物赠送，毫不吝惜。客人忽然私下叮嘱张十三说："先生在客人们来到时，必须要怒骂童仆向他们炫耀威风，必须打官腔，一定不要用土话。"第二天，商人云集，张十三果然像客人叮嘱那样大肆宣扬威风，商人们敬畏地听着。客人故意装作唉声叹气的样子，说："这位老先生还是不能平心静气，可是奴仆也太不听话了。"说完立刻命令另外一个仆人去侍候老先生。商人们问老先生是谁，客人说："你们都不知道吗？这就是张侍御的令尊大人。他素来羡慕扬州的风景，家父命我跟随服侍他一起来，实在是迫不得已啊。"商人们说："可以让我们瞻仰一下老先生吗？"客人说："很不容易，让我替诸位介绍后再决定是否相见。"于是就前往张十三房间，说了很久的话，才出来说："有缘分啊！可是这老先生素来有点戆，请多多包容，希望你们千万不要招惹他生气发怒。"众位商人跟随客人恭敬进入张十三房间，全都拜伏在地，张十三只是伸出手请他们起来，略微表示礼貌罢了。彼此倾谈，看到烛光快要燃烧光了，商人们方才告退。从此摆酒宴也同时邀张十三，把能看一看这位老人作为祥瑞。

正月初一互相拜访，贺年结束，客人渐渐开始和商人们赌博，常常用千金孤注一掷。商人们暗中高兴地说："这毛头小伙子嫩得很，我们可以把他的口袋掏光，让他去两浙游览的计划落空。"只是张老先生十分碍眼，心想只有引诱他一起参与赌博，才可以避免他多嘴。从此之后，张十三也被迫加入赌局赌博，客人暗地里给他银子，让他尽情地输，毫无吝色。三四天下来，客人和张十三一共输掉万两银子，张十三私下对客人说："只看到银子飞走了，没见银子原璧归来，怎么办？"客人也只是笑了笑。

有一天，众多商人携带大量的赌资前来，对客人说："公子退避三舍，估计是气馁了吧！"客人笑着回答说："看来诸位君子显然是不想让我回都城的了。虽然如此，张老先生还有两家当铺在山东，或许能让我通融借钱。"说完就立即取出骰子摆开战场，客人和张十三又是大败。客人忽然推说上厕所，暗地里对张十三说："是时候了！你应当看我的意向，然后照着办，能够一仗就赢。"

用完午餐以后，客人又输了，故意做出搔鬓挠耳干着急的样子，说："奇啊！奇啊！"接着进内房，召唤童儿抬出五六块黄金出来，每一块都大得像砌台阶的石头。客人说："拼着把这些送给你们，可是我一定要看看诸君的现金不可。"商人们的眼睛都花了，也都大喊："去把银钱取来！"顷刻间黄金白银堆满了庭院，说："这些还不够作为替公子送行的礼金吗？"客人说："行了。"于是众人再次开局赌博，渐渐反败为胜。商人正在吃惊，客人已经摆下夜宴，倒出葫芦中所有的美妓，唱歌跳舞助酒兴。座上来客都醉意蒙眬，客人故意约定好明天再赌。商人们不服，坚持请求通宵夜战。客人向张十三使眼色，对众人说："张老先生年纪大了，恐怕不习惯熬夜。"张十三听了后，也掀动胡子大声打趣说："这是什么话啊！我即使输得精光，也要替诸君管理筹码做个旁观者。"众商人说："那太好了！"等到通宵赌完，客人竟然大获全胜，清点筹码计算所赢的数目，正好和堆积在庭院里的金银数目相同，于是全部留下，点滴不归。商人们四散离开，客人紧接着招呼金店中办事员把金银搬到店中预先储蓄起来。一连赌了好几天，客人赢得的钱财无数，除了本钱外，前后已经赢得了十多万两白银。

一夜赌博的人走后，客人急忙召唤金店有关人员过来，把赢来的钱全部换成金条，念咒后藏到葫芦内。再念咒把许多男女以及各种器皿都收进葫芦里面。他拿出零星白银酬谢房屋主人，堂屋里的锦绣装饰也全都消失一空。客人和张十三仍然穿着来时的衣服，两人连夜携手走出扬州城，慢慢向西山深处走去。日上三竿时，抵达岔路口的一家酒店，两人进内买酒同饮告别。张十三请求和客人继续交往，客人说："那就不必了。"张十三问他法术为什么如此神奇，客人说："这是鹅笼教。想来先生高义入云，不会满足于教学的清苦生涯，请让我献上五千两白银为你祝福，使你能够过上小康的生活。"于是大约估估价值，从葫芦里倒出几锭黄金，给张十三放在腰袋里。张十三再三推辞，客人都不同意，说："区区小数目，不过是酬谢先生同船一顿饭的恩德罢了。"张十三又询问后会的日期，客人说："天涯海角，无法确定啊。"于是拱手说声珍重，分路告别。张十三回家后就发财致富，辞去了安宜的教职。

当时有个人叫郭孝子，从金齿卫万里寻找亲人回来，张十三偶然对他说起客人的故事，还没有说到客人姓名，孝子已经很了解，说："莫非是葫芦生吗？"张十三问他怎会知道，孝子说："他曾经在大梁赠送给我几百两银子做路费。他曾经说过："对于贪心的人，我就破他的钱财；对忠孝义侠的人，我就资助他们。我并没有其他的法术。"张十三更加深信客人是一个非同寻常的人物，只是不知道盐商们在次日重新到了门口，看见门内人物全都消失的时候，又会做出什么丑态啊。

来不得

吴慎斋是金陵人，我和他在东鲁偶然遇见了。有一次，我和他说起金陵的栖霞山，慎斋说："我幼年跟随先父在桂林担任地方长官的时候，知道府城外也有一座栖霞山。山上有洞，洞中镌刻'来不得'三个大字，事情非常离奇。"说完还把一篇游记给我看，所以我略加删节，大概描述，当作一次寻胜探幽的游览吧。

素来桂林的山水，奇特天下第一，而这座栖霞山距城只有三四里路。山腰是寺庙，寺后是山洞，寺和洞的名字都是栖霞。当地人说："山洞中别有洞天啊。"虽然是无稽之谈，可是看那山洞非常深邃曲广，本来不需要问，人们也能知道那是鬼神的洞窟住宅。洞口广阔有一亩多，进洞一里左右，出去就是李家的板栗园。西面有一方小潭，三面环绕着石栏杆，池又数尺深，却没有水。再向前走半里，还有一个极深的潭，游人丢下一文铜钱，半刻才能听到叮当声。石钟乳滴成一条鲤鱼形状的样子，鱼鳞鬐鳍活灵活现。再前进，就有一些石像，有童子拜观音、卧佛、子母鹿、灵芝、螃蟹等，都是怪石形成的，惟妙惟肖。可是游人都摸着石壁提心吊胆地前进，小路很狭窄，不敢向下看。遇到一个小洞，必须像蛇一样爬行一样才能过去。旁边有个大洞，像城楼一样高大，估计就是当地人所说的洞天了。爬过小洞，道路渐渐平坦，日光照进来，这时才抵达李家板栗园。可是游人必须买火炬，还要请当地人导游才能往里走，否则恐怕误入大洞要出意外。

听说从前有丁、刘两个青年，是本城幕僚的儿子，少年气盛，竟然要点燃火炬独自进洞。当地人愿意做向导，两人拒绝。二人到达小洞，认为不值得观赏，就向大洞走去。还没走到百步，四面洞口多得像蜂窝一样。丁某胆怯，刘某说："为什么要气馁啊！火炬足够供我们夜游，姑且让我们游览一遍其中奇异景观。"于是两人携手同行。看到两面石壁果然有生成的石塔、石菩提树、石罗汉、天人菩萨等各种形象，千奇百怪，更不是洞口石钟乳结成的形象可以相比的。两人正在肆无忌惮地窥探，忽然有一声像山崩石裂的巨大响声，火炬顿时熄灭，黑暗如漆。二人顿时觉得有无数鬼怪向自己扑来，有一顿饭的工夫才停止。二人钻木取火重新点燃火炬查看，原来是像扇子那么大的千年白蝙蝠在空中飞来飞去。

两人努力向前走，山洞更加巨大。忽然有一块大石直插在地上，迎着二人的面，很像是一面镜子，上面镌刻三个大字"来不得"，这时两人心里才有点害怕，可是还互相鼓励着前进。再走几步，当二人想要寻找回去的路的时候，却已是到处高耸着怪石，森森林立，竟然无法辨清来时的脚印了。再过了半日，火炬已经燃尽，两人用衣服鞋子燃烧着代替火炬，后来衣鞋也烧光了，仍然不能出洞，两人后悔极了，相对着哭泣。想要解下腰带上吊自尽，又苦于无处系带。没有丝毫的办法，两人互相搂抱蜷伏着趴在地上，瑟瑟发抖等待毒蛇来吞噬。

时时看到青磷火在眼前飞舞，忽明忽灭，又有鬼影来来往往，魍魉奔窜。身体左右手所接触到的都是白骨，也分辨不出是人骨还是牲畜骨。

过了很久，只听见像雷一样震响的锣鼓声，两人才受惊苏醒过来。原来两家家长看到儿子两个月没有回家，询问儿子的交往朋友和妓馆妓女，都不知道踪迹。接着了解到儿子到山洞游览的事情，前往询问洞口的当地人和李家园丁，才大概说到两人误入大洞去了。家长急忙找到二十多个有胆力的人，敲击锣鼓，燃烧着火炬，高高举着，分几队进入，呼唤两个儿子的姓名。很久才听到遥远处有应答声，循着声音向前走，突然看到那两个青年身上一丝不挂，面目黑乎乎的，像鬼一样，声音微弱极了，只剩下一口气。众人急忙把他俩背回家。病了一个多月才痊愈。咳，危险啊！

传说山洞中向来有丝竹管弦的音乐声，像仙乐一样。前明朝有一个小道士从别处过来，对当地人说："这里边有洞府通往九嶷山，我奉师父命令前来打扫。"说完就走入山洞。当地人日夜守候在洞口，小道士始终没有出来。等到本朝初期的时候，有一位按察使某公，有探奇的癖好，包裹干粮提着水，捆束芦苇当作火炬，准备了大约供给一个月所需的用品，带着多个侍从，徒步进入山洞。走了三日，却终于还是没有见到仙境。直至到了洞的深处，像山洞口的石鱼，山洞中的石塔等像，也全都没有了。正当竭力踉跄前行时，忽然听得头顶上有篙工撑船的声音，争渡和集市散去声。侍从非常吃惊地说："这不是护城长河的下边吗？"某按察使也惊愕极了，想要止步。再深入就看见石笋森森耸立，尖利如齿，几乎没有插足的地方。所燃烧的芦苇火炬顿时变成惨绿色，随从的人吓得面如死灰，最终还是不知道小道士所谓的洞天究竟在何处。于是某按察使只好懊丧失望地回去了，叹息说："仙境原本就是虚无缥缈，能够在重泉之下找得到吗？"出洞之后，命令石匠在石镜上镌刻"来不得"三个字，用来警诫后来的人。从此洞中再也听不到丝竹管弦声，一百多年来也再没有人敢冒险深入。想不到丁、刘两青年竟然能够冒险前往，虽然几乎丧命，可是游兴也豪放极了！当地长官于是封住洞门，石块上刻上告示，用来禁止游客入内。

慎斋曾经也去游览过，从洞口直到李家板栗园，可惜不能进入大洞去追随某按察使的足迹，难免有一些气馁了。我们饮茶畅谈到这里，我的游兴也被激起来了。

金虾蟆

六合董翁，是一位非常善良的人，传言他事迹的人反而忘记了他的姓名。董翁家很富有，两个儿子都已成家立业。董翁手里拄着拐杖，有时含饴弄孙，逍遥自在极了。其他空余时间就把行善作为自己日常的任务。

本县有一个无赖子弟叫作金虾蟆，光棍独身，没有房产，每天居住在城区空隙地的草棚里，衣服破破烂烂，手肘都露在外面，鞋跟也裂开来。金虾蟆整天在商业区闲荡，诈取老实巴交的乡下人的钱财，供自己赌博的花费，赌资花光了就再去诈骗。弱者惧怕他强悍，忍气吞声躲避；强者稍微有些反抗，金虾蟆就取来碎瓷片划破头颅，鲜血淋淋，拉对方上法庭，这时就有同伙出来打圆场，一定要攫取那强者的钱财才能够完结。乡里人被他们害得很苦，把他比作长桥恶蛟、南山猛虎，可是虾蟆脾性始终不改。有某个绅士带着名片把虾蟆一起送进官府，官府就责打了虾蟆。虾蟆释放后，握刀到那绅士家门口，脱光裤子污言秽语不停地谩骂，甚至辱骂他家祖先。他家奴仆轰虾蟆出门外争相鞭打，虾蟆就在地上打滚，嘴里却依旧痛骂。虾蟆屡次受到官府痛打，甚至带枷示众，都不能改变他的品性。

一天，县令前呼后拥外出，虾蟆正好醉卧在街上，含含糊糊在骂人。县令有些生气，略加审讯，就下绳圈套住并用黑索捆绑牵他回到衙门，打了上千下鞭子，昏死过去又苏醒过来。第二天早晨，县令下令让虾蟆站在木笼里，戴重枷锁要取他的性命。董翁知道后，出钱替虾蟆收场，从牢房中把他救出来。虾蟆回来后就顶礼奉香，登门道谢。董翁正好倚着柴门，虾蟆看见后就立刻跪倒在地叩头，董翁把他拉起来，问他说："你的肢体不是父母留给的皮肉吗？还是你的皮肉感觉不到疼痛呢？"虾蟆流泪说："并非不知道疼痛，只是为了填饱肚子，就不能顾惜到皮肉了。"又问他为什么到这种地步，虾蟆就抽泣着说："我家本来小康，父母一向钟爱我，放纵我为所欲为。父母去世后，我陆陆续续卖掉田地家产，家产耗尽后就不能自己谋生，从此就再也不知道什么叫廉耻。"董翁又问："救你活条命，今后你准备怎么办？"虾蟆哭道："我已经身败名裂，天地如此狭小，自己早已经没有了立足之地，想逃奔外方，死在异乡罢了。"董翁问："为什么不学做小生意？"虾蟆回答说没有本钱。董翁问："士农工商四种人当中，难道就没有一种事是你会做的？"虾蟆说："幼年曾经学过蒸茯苓糕，自己吃了觉得味道非常甜美，除此之外实在没有其他的本事了。可是我既没有资本，也没有寸土片瓦，难道能站在旷野中做蒸糕吗？"董翁看着他，暗自思量了很久，说："我给你资本，并且给你地方，你要不要试试看？"虾蟆说："好的。"董翁就把街左边三间草屋送给他，又为他大致准备齐锅子捣臼等器具，又给他铜钱十吊，说："以后做好人，不要再重蹈覆辙啦。"

虾蟆从此以后卖糕，味道虽然很好，可是没有人敢买。然而虾蟆每天清晨一定"笃笃"敲着竹筒经过董翁家，用瓷碗放上茯苓糕送到董翁的床头，热气腾腾又香又软。董翁尝后觉得甜美，就叫他天天送来，买糕的钱从借他的本钱中扣除。时间长了，人们渐渐知道虾蟆的蒸糕不错，吃了果然觉得美味可口，大家就争相购买食用。无奈虾蟆想传扬自己的名声，卖糕得利微薄，本钱不久就渐渐亏损，两个多月下来，十吊钱赔个精光。虾蟆惆怅极了，又没有办法。董翁知道后，又借给虾蟆二十吊铜钱，从此以后虾蟆经营得法，不再亏本。董翁考虑到虾蟆既然已经悔过自新，天天去市场走来走去卖糕，家中谁替他照看门房做炊事？于是又给他一个丫鬟做妻子。

一年多以后，虾蟆赚了很多钱，不再挑担叫卖。竟然扩大所居的住房，增盖衡门茅屋，临街开辟门面卖糕点，兼卖小菜茶水和酒。经过的人停车驻足，店里常常客满。可是虾蟆每日清晨仍然给董翁送去茯苓糕。三年后，算算送给董翁茯苓糕的价钱已经全部抵消了借来的三十吊本钱，虾蟆还是照送不误。董翁叫他不要再送，虾蟆指着青天说："虾蟆活着一天，就送一天糕。如果有间断，我一定遭到天打五雷轰！"从此以后董翁反而喜欢上他，往往携带孙子到虾蟆糕店中坐坐。虾蟆夫妻俩一定会沽好酒，采摘新鲜菜蔬献上祝福，还去买果饼给董翁孙子吃。两家人一天比一天亲密友爱，倒像是亲戚。

又过了两年，董翁七十岁，饭量还很好，胡须头发雪白，像是画上的人物。偶尔生小病躺在卧房里，吃各样东西都不合胃口，只爱吃虾蟆的茯苓糕。可是虾蟆突然好几天再也不来了，丫鬟也一样，董翁就捶着枕头骂道："没良心的东西！难道忘掉在台阶下挨受棍棒痛打的时光了吗？久病床前无孝子，他为什么要这样！"立刻吩咐人去把虾蟆叫来，结清买糕的钱。仆人去了好一会儿，回来说："太稀奇了！太稀奇了！"董翁问他什么事，他说："刚才看见虾蟆僵卧在床上，好像死了，只有胸口还有点热气，已经三天了。丫鬟守着尸体哭，糕店的门没开过。"董翁听了也觉得非常惊奇。

第二天，虾蟆夫妇俩仍然像从前一样送糕来，并且补上了前几天没有送的糕。董翁问虾蟆发生了什么事，虾蟆不说话。董翁问丫鬟，丫鬟说："他新近充当阴曹地府的勾魂使者，每月一定有三四日僵卧，差事完了才会苏醒。"董翁于是再三询问阴曹地府的事情，虾蟆隐隐约约透露一点，不敢和盘托出。董翁问他勾什么人的魂，虾蟆说："或远或近，善人恶人没有确定的。"

有一天，虾蟆送糕来，神色惨淡，好像要掉泪的样子。董翁骂他说："小子为什么做出这样的模样，叫我纳闷烦恼。"虾蟆回答说："小人不敢说，也不忍心不说啊。昨日接到阴曹地府掌权者的勾魂符牌，您老的名字已经被列在符牌上的第三位，我不能不悲伤啊！"董翁说："真的吗？"虾蟆说："千真万确。"董翁的儿子、孙子围着虾蟆叩头，求他救援老人家。董翁说："唉，生死都是天数，他能有什么作为！"接着问虾蟆："哪天要勾我魂去？"虾蟆说："小人还要到滁阳勾取一个旅客的魂，往返需五日，第六日的午时三刻，就是老先生辞世的时刻。"董翁说："很好。"

虾蟆走后，董翁就赶制寿衣寿帽，清扫棺木，把亲戚老友全部邀请来家，喝酒咏赋挽诗。董翁趁自己还活着，撰写哀祭诔文，又预先穿上殓尸时的衣装，端着酒杯听着歌曲，闭上眼睛等待。到了第六天，全家老幼齐集，董翁面对棺材坐在大厅上，子孙环绕着他痛哭，亲戚朋友看着他，有的觉得好笑，有的羡慕，有的惊奇，有的怀疑，神态各不相同。派人去看虾蟆，虾蟆正僵卧着。将到正午的时候，董翁还是谈笑自如。不久已经过午时，董翁仍旧无事。转瞬间天色已经到了傍晚，而且又到了深夜，董翁更加精神健旺。众人大笑着轰然散去，董翁很羞愧，只是拍着桌子骂虾蟆。还想着天亮或许会来勾魂，没想到过了两天也不再来，于是很惊奇。

第二天虾蟆一瘸一瘸地过来了，笑容满面，董翁责怪他说："小子为什么失约？戏弄长辈，该当何罪！"虾蟆就跪伏地下祝贺说："我不会再勾您老的魂了。地府掌权者这天出城迎接天界使者，经过你家门前，探知老先生在等死的种种情形，因为小人泄露机密而发怒，我被棒打一百下。打完，小人哀告由于感激老先生厚恩才预先通知的缘由，掌权者脸色由阴转晴，查阅老先生的登记簿，果然有很多的善行，天界使者看到了很高兴，已经回转报告东岳大帝，替老先生延长寿命，享高龄了。"董翁问："延长寿命到几岁？"虾蟆说："不敢说。"虾蟆褪下裤子给董翁看，两条大腿上果然青一块紫一块，都是棒痕，董翁从此更加厚待虾蟆。

没过几年，虾蟆生了儿子，非常聪颖。又过几年，虾蟆死了。董翁高寿已经活到一百二十三岁，当时两个玄孙已经入学成为秀才，虾蟆的孙子也进入武校成为武秀才。董翁高坐后堂，领受宾客祝贺，忽然向外凝视，笑着说："咦，虾蟆来啦！"说完就一笑逝世。

铁锁记

明末浙江天台山有一位儒生兼经商的欧阳批，和本地的李诵芬是好朋友。欧阳批娶妻子郁氏，三十五岁上才生下一个儿子，名杞。不久又生了一个女儿，名如玉。李诵芬娶妻子戴氏，也生个儿子，名招哥，生了个女儿，名春娘。两家儿女在襁褓中，双方家长为子女互相订婚，把如玉许给招哥，把春娘许给杞。

崇祯年间，盗贼到处兴起，欧阳批担心有战乱流离的灾祸，想要用一种物品作为儿女的标记。考虑到金玉比较贵重，很难保全下来，就购买优质铁块，铸成两副铁锁片，一面刻下儿女的出生年月，另一面刻着住址姓名，牢牢系缚在儿女脖子上。李诵芬知道后，非常赞赏老友的远见，也模仿着铸造两副铁锁片。

这年秋天，贼徒果然来到了，攻占城市，又到乡野间来抢夺粮食。有一天，突然进入欧阳家，郁氏正抱着女儿在廊庑下吃饭，贼徒一下子把她们掳上马，向西驰去。欧阳批抱着儿子隐藏在麦仓内得以幸免。贼徒走后，欧阳批外出一看，屋宇已经荒凉极了，像废墟一样，仆人婢女死的死，逃的逃，被掳的被掳，几乎全部都空了。欧阳批徘徊不定，抱着儿子不停地流泪，孤孤单单无处可以投奔。又想到住房靠近公路，没有地方可以潜藏，就去依傍李家。到李家后，却看见全家被掳，并没有一人。刚出门，又遇上大队人马，贼人头目看见杞儿生得眉目姣好，要抢走。欧阳批不肯，几乎丧命于刀枪之下，儿子终于被夺去，自己也被掳走。从此漂泊转移无定，父子夫妻以及亲戚不能相见了。

杞性格温和，相貌美丽得很像处女，贼人头目带他到了西蜀，非常疼爱他，如同亲生儿子一样。长得稍大一点，就教他学书法、算术，还学习征战，技艺很出众。杞的父亲批受贼人威胁，迫不得已当了文书，兼会计，时间长了，很受信任，只是没有办法逃出。杞的母亲郁氏被贼首威逼做了伪妃，很受专宠，珠翠宝玉任由她根据需要索取，贼首曲意迎合她。批跟随贼军到了河南，郁氏却陷在贼军老巢内无法脱身。李诵芬和戴氏受不了贼中生活的痛苦，身体日益衰弱死了。招哥、春娘成了贼徒的义子义女，分在两地，不能见面，但即使见面也不会相识。

杞在贼营里，转眼间已经十六岁。贼首要授给他伪官，他不干。在没有人的地方，他私下解开颈上的铁锁片看，自己的名字、住址知道得清清楚楚，于是就暗中下定了离开的念头。正好碰到贼军中瘟疫流行，贼首吩咐杞带着一些人乔装改扮，到外省市购买药材。杞得到机会就逃跑了，再也没有回去。他拆下帽冠上的珍珠宝玉，褪下手腕戴的金镯，换钱做些买卖，在荆楚间来往做生意，赚了大钱。有人想要替他商议婚事，他总是用战争尚未停息，不想组成家庭为由，不想很快订婚。

又过了三年，天兵南下，贼寇兵火被扑灭殆尽。官兵从各处凯旋，掳来许多贼军营垒中的妇女，互相争抢。官军主帅恐怕酿成事端，通知将妇女都领到郊野地方出卖，卖得的钱财大家瓜分，各自回到原籍耕种。又害怕老幼俊丑面目不同，买的人挑挑拣拣，各种女人的价钱悬殊，于是用布袋蒙住每个人的全身。每名妇女十多两银子，买者只许在布袋外暗暗摸索，不允许打开袋子看清头面，挑拣定了就付钱，就连布袋一起用车马运走。

杞当时已经十九岁了，定居在黄陂，在闹市开设店铺，闲暇时间还吟诵诗文。偶然因为访问朋友来到汉口，就住在黄鹤楼下的旅店里。对面房间原先有个老头住着，外貌看起来像个军官，口袋里银子很多。但是杞讨厌他粗鲁，不大搭腔，见面也点点头而已。听说老头要到人口市场去买妻子，也有点动心，旅店主人又从旁加以怂恿，于是杞就在袖子里藏好银子前往。他心里暗自思量："虽然不让挑挑拣拣，可是价钱很便宜，买到漂亮女人可以做妻子，丑陋女子也可以做婢女。"他来的时候原本带着两条健驴，于是就骑驴过去。进入市场只看见许多布袋，人声鼎沸，老头也在那儿，彼此相视而笑。付了银子，各人随意驮着一个布袋返回。

回到寓所时，太阳已经下山。老头解开布袋，竟然是一个娉娉婷婷的美女子，年龄约十八九岁。女子娇羞地哭泣，楚楚可怜，姿色神态艳丽极了。老头狂喜，忍不住手舞足蹈。杞解开布袋，却是一个龙钟的老太婆，年龄将过六十，鹤发鸡皮。杞非常懊丧，想叫她离开，老太婆笑着说："郎君买我来，教我去哪里呢？我和你老幼悬殊，怎么敢奢望和你匹配，幸好家务和缝纫活我还能做。郎君如此一表人才，何必可惜一碗闲粥闲饭救一个老妈子呢？"杞思考了很久，悲伤地说："我从小因为战乱，失去了父母。大妈又无家可归，为什么不就做我的母亲，来弥补天伦的缺憾？看大妈的面貌，估计也是大户人家的闺中典范，做我母亲，也不会辱没我。"老太婆说："胡乱做他人的母亲，恐怕要折短寿命。虽然郎君的话说得太重，但是郎君的心意使人感动。我将竭尽犬马之能，报答您的大德。"

对面房间的老头此刻已经带着女子进入自己房里，再次仔细端详，美貌真的是无与伦比。老头带足了钱，想要去市上买酒买菜，来准备今晚成亲喝交杯酒的需要。临走时请老太婆好好照看姑娘，用晚上请吃喜酒表示酬谢。老太婆说："你暂且去吧，老身自然可以和娘子一起闲聊，暂且解除寂寞的。"

老头走后，老太婆进那间房，却看到女子粉面上通红通红，珠泪滚滚。老太婆大概问了几句，女子就放声大哭，自言自语地说："我虽然遇上了贼和兵，却时常用剪刀自卫，不致遭受污辱。刚才被人家买来做媳妇，幸好有了归宿，但不幸的是又偏偏是个老翁，满头白发，使人难堪至极，想想还不如死了的好。"说完，就拿起剪刀给老太婆看，说："他还在做梦，如果胆敢侵犯我，我就会乘他酒醉时先杀死他，然后自杀。"老太婆劝慰她，但是女子已经下定了决心。老太婆就悲叹着说："姻缘簿也有搭配错的时候吗？我家小官人也很不快乐。按说他的人品，如果可以和娘子相配对，真是一对玉人呢，偏偏又错过了。谁敢稍微挪移一下，替女娲娘娘弥补上天遗恨呢？"女子听了，更加哭得伤心，哭声凄惨极了，动人肺腑。

老太婆忽然高声呼唤道："娘子不要哭！官人快来！"杞听到叫声就过来了，老太婆说："你们俩自己看看想想，彼此感到称心满意吗？"两人互相瞅着对方，目光莹莹，柔情似水。老太婆笑着说："我是虎口余生，只是孑然一身而已，也乐意替你们做个大方便。请官人立即携带小娘子，逃到远方结为夫妇，难道不快乐吗！"杞说："那老头回来怎么办？"老太婆说："他大不了就是恶闹一场罢了，无论是刑受刀锯，老身一人担当。新月渐渐升起，官人快跑，再耽搁就来不及啦！"杞和女子跪在地上磕了几十个头，就起身骑驴出门。杞用布巾罩住女子的头，然后向店主撒谎说："我有急事，先带妻子一起走，趁便寄养在亲戚家。房钱回来时再付。"店主相信他，听任他走了。

老太婆看到一对小儿女已经去远，自己就脱鞋上床假装睡觉。傍晚老头回来，叫人点上灯，把酒菜放在桌上，看到床帐已经垂下，床下横放着两只女鞋，想来是新娘害羞的老习惯。老头隔着床帐亲昵地招呼女人出来喝酒，老太婆捏住鼻子，故意哆声哆气地回答说："妾头晕昏昏沉沉，先躺下了。郎君独酌，请早点安歇。千万不要怪罪我啊。"老头听了，更是高兴坏了，也不再勉强。他对着蜡烛自斟自饮，菜吃光酒壶已尽，不由觉得身子软绵绵的。

老头吃完后，关上房门爬上床，甜言蜜语，动手动脚抚弄新娘。老太婆用被子蒙住头，笑着说："哪里看到这一把年纪了，还这样急色相。红烛高烧，如果有人从窗缝中偷看，很不雅观。"老头听了果然起身去吹灭蜡烛，然后钻入被窝，和老太婆云雨，恩爱非常。

后来晨光透入窗棂，老头在枕上突然看见一个老太婆，大吃一惊说："你是谁？怎么美丑顿时全变了？"老太婆说："我已经委身于你，为什么还要追问？只是已经做了你妻子，就得为你打算。我和你的年龄共有一百二十多岁，哪里还能再生儿子？因此昨日替你做了一件大方便大功德，使两个年轻人成为一对夫妻，此刻已经潜逃。或许苍天可怜我们，赐给一个好儿子，也可以消磨残年有人送终了。不然那个女子袖里藏有剪刀，打算对你不利，我怎么能不替你担心啊？况且老的配老的，少的配少的，才能成为合适的一对，又为什么要大惊小怪？"老头发怒，急忙起身告到官府。

官姓诸，也是浙江人，最近也是由于没有婢女服侍夫人，正好也在人口市场上买来个小丫鬟，极为窈窕，于是对买人的事情非常了解。方才看了老头的状纸，几乎笑得要喷饭，想着不予审理，但是老头竟然大声喧嚷，老太婆又唧唧咕咕，感到很麻烦。官迫不得已，就为老头派出差役，拿着公文带上绳索前往追捕。差役询问店主，店主说他们朝西去了。中午，差役果然在江边找到他们二人。杞正好停留在村中用午餐，打算用餐后找条船开往黄陂。差役给杞看过公文，杞就同女子一起跟随差役回去拜见官长。

官长稍微加以审讯，两人都供认不讳。官长问："女子究竟愿意跟着老头，还是愿意跟着青年？"女子说："虽然我和那男子一起潜逃，毕竟还没有成婚。我既不愿意跟老的，也不想跟少的。我从小曾经许配给人，由于战乱才离散。请求判我当尼姑，等到寻到原定的丈夫，才是好的办法。"官长又问："你丈夫家姓什么？"女子自己解下脖子上的铁锁片呈上，官读了上面的文字："李氏女，名春娘。年周岁，配欧阳。天台县，有故乡。宝藏此锁勿相忘。"杞听了顿时哭着说："我就是姓欧阳，也有铁锁哪！"说完正要解下自己的铁锁片呈给官长，老头听了，跳起来紧紧抱住杞，悲伤地说："你正是我的儿子啊！"杞不是很相信，老头说："我清楚地知道你铁锁上的字。那文句是：'欧阳氏，名叫杞。家天台，仙人里。幼聘妻，春娘李。他日相逢知父子。'"老太婆在堂下听到这些话，也一下子叫了起来："老家伙！你还要打官司吗？自己的儿媳妇差点收纳作为自己的妻子，不是长着人头的畜生吗？你以为我是谁？我就是郁氏呀！"因此互相一一叙说离散会合的情由，悲喜交集。

官长正在惊讶的时候，他家的小丫鬟从屏风后忽然大哭着跑出来，呼喊说："我是如玉呀！一家团圆了，父母为什么要独独抛弃女儿不管不顾呢？"官长问她有什么凭证，小丫鬟也从脖子上取下铁锁片作为证据，锁片上的文句是："欧阳女，名如玉。家天台，清溪曲。父名玭，母姓郁。幼配李招哥，宝此多福禄。"杞验看完全吻合，就说愿意当堂还钱，赎取妹妹，官长觉得他很有义气，就叫他领回去。还吩咐鼓乐队送他们回寓所，让他们一家团聚，同时让两个年轻人成婚。

五人正在叩头道谢的时候，忽然堂下有一个年方十六七岁的马夫，也放声大哭，官长问他原因，他眼里含着泪水说："我也有铁锁呢！只是父母都死了，既没有兄弟，又没有亲戚，更有谁可怜我而带我回去呢？"官长命令他解开铁锁来看，上面的文句是："李氏子，名招哥。父诵芬，母戴娥。聘欧阳女，岳父做媒。两姓永结亲，宝此寿命多。"官长高兴地说："今日的事情，功劳一定要归于欧阳家的郁氏。如果不是她一念调停，暂时成就两个年轻人，那么两家人就会有旷夫怨女，破镜再难圆了。一夜间糊涂成亲，父娶子妻的丑闻就很难避免了。这一切莫非真有鬼使神差吗？还是说欧阳家的祖先积下了大阴德呢？不然遭遇重逢怎么会这么巧妙！趁着今宵良辰，成就三对老小夫妻。我这个长官啊，仅仅做一个现成的媒人。"

蚌　珠

　　孙秀才名㟤，住在三十六陂，人品非常高洁，容貌格外英俊。他的居住环境更是脱俗，四面轻烟弥漫，翠绿环绕。孙㟤搭建几间茅屋，读书声和周围的渔桨声、樵歌声相呼应。他因为贫穷没能娶妻，而且选择妻子的要求也很高，所以二十岁了还是光棍一条。家务和缝纫活，大多是自己动手。屋门前有几株杨柳，系缚着湖上小艇，像蜻蜓一样。可是他的天性非常善良，常常用卖字画的钱，购买鱼虾螺蛤之类水产品，亲自送入湖中放生。他写《湖干杂咏》诗云：

　　门前老树胃枯藤，戒杀年来胜野僧；多谢绿蓑人识我，到门不敢挂渔罾。
　　手采湖鲜与涧毛，笋芹风味亦陶陶；笑他咒鳖生重肪，何苦头衔署老饕。
　　雨雨风风怕出头，书丛人拜小诸侯；忽听划楫呼生物，又欲抛书泛小舟。

有一天，孙邕正在解开缆绳，忽然走来一位老妪，说："孙秀才去哪里？"孙邕说："去放生。"老妪说："你暂且等一等，我打算替秀才做大媒。"孙邕皱皱眉头说："这很不容易，你姑且说给我听听。"老妪说："人人都说秀才古板，果然不假。老身受人托付，一句话比九鼎还重，并非只是想着讨杯喜酒吃吃啊。釜山的神女夜光娘子十分羡慕你的文雅才望，派我来做介绍人，请你答应。"孙邕急忙掩住两耳，笑着说："痴婆子，戏弄书生！阴间阳间是两个不同世界，你的话怎么不伦不类？"老妪拍着手说："人说秀才知道天下事，洞庭湖柳毅传书，蓝桥边裴航遇仙，难道你天天看书却不知道这些故事吗？"孙邕说："那是才子凭空想象出来的，怎么能深信呢？"老妪说："秀才如果不信，为什么不随老身去见一见夜光娘子的面？"孙邕说："那好。"

孙邕撑船行驶了三四里，看见万顷的荷花，都是五彩颜色。花瓣和荷叶上布满了花纹，都像网上了金丝。湖面上鸥鹭水禽，来来往往如织的布一样。荷花间还有几十个年轻女子，头上梳着鸦髻，像村姑的装束，正在采菱藕，唱歌道：

采菱复采菱，莫惊翡翠禽；采藕复采藕，唯美鸳鸯偶。

雄鸳文彩如凤雏，雌鸳浑朴如鸥鸟。雄但怜雌交颈宿，下眼何曾觑野鹜。

可怜野鹜不知愁，亦复双飞古渡头。

唱完，女子看见老妪与孙秀才一起过来，叫道："解姥姥带了玉郎来，难道是夜光娘子的夫婿吗？"老妪说："没错。"年轻女子们说："我们虽然看着蓬头粗钗、粉面油腻，可是我们却自信容貌也不会比夜光娘子差，姥姥为什么太偏心？"老妪还没来得及回答，孙邕笑道："算了吧！如果把这些人也算作神女，真是羞愧死人了。请让我离开，我还要去文会赴约。"老妪说："秀才不要被表象迷惑，夜光娘子放在她们当中，才真的是鹤立鸡群呢。"孙邕说："由此及彼，可以想象得出。我走啦！"立刻叫老妪改乘菱藕小船，自己划桨一笑离开了。

　　一个多月后，老妪又来到草堂，说："夜光娘子当真是国色天仙啊。东海龙宫三太子从泾阳回来，偶然看见夜光娘子，都说比东海神女还要美，近来要用白玉床珊瑚枕下聘礼。夜光娘子怨恨郎君无情，想要答应，老身极力阻挠，现在还有一线希望。"孙卨说："随他去吧。"老妪说："难道你以后不后悔吗？"突然一个又黑又胖的男子从门外经过，老妪指着那人说："这是夜光娘子的弟弟。"孙卨大笑，说道："怎么样？俗话说：'娶妻看阿舅。'弟弟像这般粗胖，就可以知道他姐姐的模样了。"老妪羞得面皮发红，悄悄溜走了。

　　不久到了中秋佳节，湖心的鉴园里桂花盛开，游人云集。孙卨也撑船前往观赏，湖面荷花已经只残留下荷叶，风景十分萧条。回头看到花园小亭，桂花金灿灿的，仿佛阵阵黄雨，香气扑鼻，浓烈极了，沁人心脾。孙卨走入鉴园，只看到各处都被游人占了座位，茶烟酒雾，夹杂着喧闹，非常讨厌。只有近水的地方有一座茅亭，没有经过任何加工雕琢，亭中非常安静，空无一人。看到亭子泥墙上有题写的诗，墨汁淋漓，还是湿的，诗道：

　　嫦娥明镜古今持，照尽人间好影儿。多少断肠痴女子，可能高眼判妍媸。

　　诗后有跋语，写道："此晚携解姥在此眺月，偶尔闲话题壁。夜光。"孙卨吟诵再三，好像丢失了魂魄一样，惊讶地说："是夜光娘子的诗吗？是真是假？"他对着诗坐下，轻声吟唱，几乎忘记天已经快要黑了，离开时回头再看，笔迹秀媚，心中很是动情。回去的路上遇见一两只画舫，当中坐着一个二八女郎，白衣翠袖，鬓发如云，金莲一般的小脚像勾一样。女郎边上坐着一个老妪，正是解姥姥。孙卨赶紧招呼道："是解姥姥吗？"老妪看到了孙秀才，急忙放下画舫的帘幕，撑船进入花丛，玉人顿时消失不见了，也不知道那女郎是不是夜光娘子。孙卨回家后对女郎昼思夜想，吃饭睡觉都不安心。

　　第二天，孙卨看到老妪隔着堤在划小船，急急跑过去和她说话，并且邀她到家。老妪笑道："老身夜夜都在织冰绡，又要替夜光娘子督促丫鬟刺绣，几乎忙死了，实在没有时间和秀才闲聊天。"孙巤说："夜光娘子的样貌究竟怎么样？"老妪说："鬼子脸夜叉头，伸开十指像蒲葵扇，秀才你怕不怕？"孙巤说："求姥姥原谅小生，不要开这样的玩笑。"老妪说："中秋夜你遇到画舫，目光灼灼发亮地盯住狠看的那个女郎，不就是夜光娘子吗？"孙巤说："相貌果然美艳得很啊。茅亭墙壁上题写的诗句，是美人的真才实学吗？请你消除我的疑虑。"老妪说："秀才真是井底之蛙啊。"说完匆匆忙忙走开。

孙巤从此以后非常思念悔恨，迁怒到采菱藕的年轻女子身上。听到她们唱歌的声音，就赶她们走，说："恶冤孽，真是要害死小生我了。"一个多月下来孙巤竟然病倒，一天比一天颓唐不振。童仆请来医生诊治，总也治不好。孙巤在床上痛苦呻吟，气息奄奄。童仆哭着说："秀才这么痛苦，如果有心事，请明明白白告诉我，或许我能竭尽犬马之力。"孙巤悲叹说："解姥姥。"童仆明白了他的心意，就向湖神去祈祷，果然找到了老妪，拉着她来见孙巤。老妪说："我又不是古代的哪个名医，能治愈重病，求我有什么用？"孙巤说："夜光。"老妪说："痴秀才还是请你断了这个念头吧，她已经嫁给了龙王三太子，有什么办法？"孙巤听了放声恸哭，晕死过去。

老妪走后，童仆呼喊主人，却喊不醒，正在流泪打算办后事，忽然老妪偕同一个美人来到房内，用手抚着孙巤尸身说："郎君快醒醒，夜光在这里！"孙巤微微睁开双眼，一口气顿时缓了过来，看见老妪和美人，抽泣着说："咳，来了么！"随着这一声又死了过去。美人口中吐出一只小白球，像弹丸一样，俯身吻孙巤双唇，唝吸着送入他口中，只听见孙巤腹中一阵咽咽声，顿时苏醒过来。

过了好一会儿，孙巤神志清醒了，问美人说："你真的是夜光娘子吗？"美人说："是的。"孙巤说："你为我吟诵墙上写的《望月》诗，我才会相信你。"美女用动听的声调唱吟了那首诗。孙巤说："小生并非不能区分美和丑，只是因为眼界太高所以耽误罢了。今后的生与死，全凭你和解姥姥安排。"老妪笑着说："痴秀才，之前居高临下，装模作样，几乎害死自己，为什么反而要埋怨媒人？"说完拉着美女说："他已经活过来了，娘子为什么不回家呢？"美人甩甩衣袖就要离开，孙邲伏在枕上哀求着说："等一等，小生已经知错了。"说着就牵住美人衣裙，死死不肯放开。老妪说："娘子不记恨旧恶，救了你一命，你还妄想和她结婚吗？"孙邲只是伏在枕上叩头。老妪又笑着说："太荒谬了！乡巴佬娶妻还有小小礼仪，更何况娘子是神女，难道能这么屈尊苟且？穷秀才刚刚捡得一条命，怎么就这样纠缠人哩！"说完拉着美女一下子挣脱走了。孙邲大哭大叫。童仆怕主人再次死去，急忙撑船追去，想恳求她们回来。

孙邲哀哀恸哭不能自制，忽然身后有人抚摩他说："痴心郎君你不要装腔作势！为什么一定要像小孩一样傻傻地哭？"孙邲吃惊，回头一看，竟然是夜光娘子。他说："你是可怜小生吗？"夜光娘子说："我和郎君有缘，愿意来服侍你。又害怕郎君不是钟情专一的人，动不动会导致秋扇被弃等种种离异的事情，所以特地来试试你的真心。我是神女，不像人间的婚嫁，奇丑无比的女子出嫁也要扭捏做作一番。我原本就打算与你百年团聚，怎么忍心立刻离开你呢？"孙邲高兴极了，亲自起来关上房门，好像根本没有病一样。回头看到床上被褥光鲜整洁，桌椅整齐，帘帐全都像是新做的。孙邲也来不及询问，马上就和夜光娘子同床共被，缱绻欢爱。

童仆追赶老妪，一直到了芦苇荡中，走进一间小屋，里面只有老妪一个人，童仆向她哀求。老妪说："娘子已经回到神仙洞府。你为什么不在此住一宿，明天早上我和你同去。"第二天清晨，童仆发现自己睡在湿漉漉的沙滩上，哪有什么房屋，哭泣着骂死老太婆欺骗自己。掉转船头回家，进门只看到美女已经在对着镜子梳理早妆，主人替她调匀脂粉，俨然已是一对伉俪。

从此以后孙邲和夜光娘子日夜猜谜游戏玩乐，不思进取。夜光娘子督促丫鬟纺织刺绣，能高价卖出，家境顿时富裕起来。又把一个名叫小青的丫鬟许配给童仆，夜光娘子说："补偿你露宿沙上一夜的辛苦。"并且替孙邲找了一个小妾。孙邲说："我每日对着芙蓉如面柳如眉的你，即使是百年还感到不满足，为什么让别人来争夺美好的时光？"夜光娘子说："我是不会怀孕的，如果因为我却断了你家的香火，罪过怎么能说得清呢？"孙豳虽然勉强同意，每天只是依偎着夜光娘子，一刻也不愿意分离。夜间恩爱欢好时，仔细一瞧，竟然是小妾，心里虽然有些感慨惊异，却不忍说破。原来夜光娘子早已经从箱子里翻拣出一件青马甲给了小老婆，对她说："每天晚上把青马甲穿在衣内，与郎君面对面坐着。"小妾穿上后就很像夜光娘子，说笑的声音，妩媚的姿态，都一模一样。第二年，小妾生下一子一女，夜光娘子特别喜爱他们。

一天夜里，夜光娘子忽然泪光晶莹地对孙豳说："你我缘分已经尽了，怎么办呢？"孙豳非常吃惊地询问原因，夜光娘子说："实话告诉郎君，龙宫三太子很恼怒我假借了他的名义，而且爱上了我的美丽，要来强夺。"孙豳说："他纵然是龙王的儿子，抢夺他人妻子难道能没有罪过？明天我就写文章提前向上帝申诉。"夜光娘子说："这件事只能用武力解决。明天郎君应当带着小妾抱着儿子坐在楼上，一顿饭的工夫灾难就会过去。"夜光娘子又把童仆叫到跟前，画了一张符粘贴在童仆额头，给他弓箭，说："你站在门口，听到我战斗激烈高呼'破块子'的时候，你就朝着白衣人放箭，万万不能忘记！"

当夜三更左右，雷声隐隐，雨声淅沥。五更时分，孙豳找不到夜光娘子，迫不得已，至好关上门，派遣童仆像夜光娘子吩咐的那样站在门口。童仆张着弓箭等待，只看到夜光娘子身穿软甲绣衣，和白衣人在湖上大战。白衣人吐出黑雾迷漫天地，漫天的冰雹砸下来。夜光娘子从口中吐出大赤珠，如斗一般大小，照耀整个天地。魑魅水怪从湖底冒出，汹涌的波涛像山一样，争相涌到孙豳家门口。巨浪见到童仆就立刻消落，很像是惧怕童仆粘贴的灵符。不久，童仆果然听见夜光娘子高声呼叫，他拉弓射箭，正射中白衣人腰胯间。雷声猛震，白衣人化作一条龙向西窜逃，夜光娘子也化成大蚌，收起大赤珠进入蚌壳。那蚌非常大，足足有车盖那么大。孙豳随时随地都在思念夜光娘子，幸好面对小妾就像面对夜光娘子一样，离别之情才稍稍得到一丝安慰。

到了本朝道光皇帝登基那年，有一个叫戴湘圃的人居住在湖滨，修筑望湖轩。当时正是下弦月，月色惨淡，夜色更暗。忽然从湖中涌出一弯新月，渐渐地像初三日弯弯瘦瘦的眉儿，渐渐又像十三那样透亮的明月。霎时间飞起湖面，高有一丈多，已经是一轮饱满的圆月，荡漾在空中，银光非常晶莹，照得望湖轩中茶几床榻都清清楚楚。看看银白色书桌上的蝇头小字，了如指掌。当时我的祖父正在厅堂，叫全家眷属都来观看，没有一个人不感到惊讶难得。忽然一轮圆月一样的东西堕入湖中，声响隆隆，溅水很像是跳珠，顿时满湖都是星光闪烁。第二年戴君状元夺魁，才知道这是蚌珠。有人说宋朝孙莘老年的时候就曾经看到过这样的蚌珠，是否就是夜光娘子的化身，不敢轻言断定。只有《天长县志》记载说：大蚌出产在山谷间，可以和龙相斗。

莽头陀

故乡县城里有两座年代久远的寺庙，位置一前一后，前面的叫真胜寺，后面的叫罗汉寺。很小的时候就听当地父老乡亲说，寺庙的地下有一条古代地道，可以使两寺相通。地道的入口处是一个石洞，就在罗汉寺佛座石台的台基下面。但是，洞门常年紧闭，没有谁敢去把它打开。

据说，每到夜深人静的时候，寺内的和尚就会听到地下有敲木鱼念佛经的声音，诵道："佛说《般若波罗莽王龙德经》：在阎浮劫里，毗耶国王得病将要死去，他卧在龙榻上，只感觉身体内五脏六腑沸腾，他闭上眼睛，等待死亡的来临。一旁，两个梳着丫髻的童儿手执拂尘替他驱赶苍蝇，不当心拂尘扫到他的脸上，国王受惊，张开眼睛略加叱责。突然间魂丧魄飞，国王发现自己陷落在一大泽中。再低头看看自己的身体，已变化成异类，鳞甲似白雪，身体如素绢，一副人面蛇身的模样，但他又不肯像异类食用生物，只感觉饥火烧心。听说释迦牟尼佛在孤独园向众生说法，他便爬行着奔到那里，在佛祖面前呼号忏悔，问自己为什么会变成这样。佛祖慈悲，阐说万物无生无灭之道：'我听说如此：万物一旦有嗔责怨恨的念头，就会堕入恶趣。'佛祖说完，国王就醍醐灌顶，大彻大悟，感觉遍体清凉，非常舒适。佛祖亲自为其抚摩头顶，即使没有东鳞西爪，也能腾云驾雾飞去。因此成了龙相而非龙相，非龙相而无往不成龙相。没有无龙相，始成非龙相。就说咒道：'波谛呢谛，求脱离谛，娑婆诃，南无龙德王菩萨摩诃萨。'"这种说法，让听到的人都感到很惊奇，人们都似信非信。

明朝末年，有一天，几个人又聚在洞口附近，议论起此事。这时，奇怪的一幕发生了：一个形容枯瘦的和尚突然间从洞门口处走了出来，他看起来病恹恹的，身躯十分矮小，就像一个三岁儿童。人们正惊异时，只见他从容不迫地买了几块豆腐，边吃边走，一路回到洞口，一转眼又不见了。这件事一传十，十传百，一直传到县令耳朵里。县令也很好奇，就想要弄清事情的真相。于是，他精心挑选了几名壮士，准备了一些火炬，命令他们进入洞内察看究竟。壮士们举着点燃的火炬，进入洞中，只觉阴森森的，冷气逼人。洞里看起来十分宽敞，他们四处查看，有人突然发现洞内有一扇朝东的石门。石门紧紧地关闭着，走到跟前细看，原来它是由熔化的铁汁浇灌而成，几个人试着想把它打开，可是没有成功。石门口端坐着一位肉身和尚，只见他面色冷如冰霜，衣服已经腐坏破败。壮士们把肉身和尚从石洞里背出来，仍旧堵上洞门。他到底是什么人呢？有人认为他是有道行的高僧，有人疑心他是炼太阴术的道人，众说纷纭，没有定论。人们给肉身和尚披上金装供奉在台基上，看起来像是一座狮隐佛。众人都认为这个老和尚一定就是那个石洞里的诵经者。可是，事情不是人们想象的那样。因为，没过多久，地道下又像往常一样，传来神秘的诵经声。人们感到很恐惧，也没有人敢再提到洞中一事。

到了清朝康熙年间，县城发生一场大旱，到处石熔沙煎，许多井泉也都枯竭了。奇怪的是，北城外有一潭沙泉，泉水依旧清澈丰盈，县城的居民都到这儿汲取饮用。有一天，天刚蒙蒙亮，一个放猪娃赶着猪路过古寺，一抬头，突然看见寺庙大殿上一条白色的大蟒蛇，蛇的身体粗大，好像一口能盛五石水的大缸，蛇身盘旋，也不知有多长。放猪娃十分惊异，只见白蟒蛇身子一腾，一下子翻越大殿的屋脊，越过矮矮的围墙，然后把头垂在沙泉上喝水，发出"咽咽"的声音，而它的后半截身子还在寺庙中。放猪娃看到这一幕，害怕极了，吓得拔腿就跑。他一边奔逃，一边狂叫，叫声惊动了住在寺庙旁的居民，大家纷纷起身出看，只见白蟒蛇顷刻间收缩身体进入大殿中去，不见踪影。

当时寺院有位方丈，人称大了禅师。他也听说了此事，但他听后即刻叮嘱众人一定不要到处乱说。当天夜晚，月色如洗，大了禅师静坐蒲团之上打坐。他刚刚进入禅定，便做了一个奇怪的梦。梦中，有一个男子，身着一袭白衣。只见他款款来到禅师跟前，对着禅师行了一个叩拜礼，说道："我隐身在这里已经很久了，没想今年遇上大旱，此处地脉枯竭，我只有出外找水饮用。不料今天被一群凡夫俗子所惊扰，他们喧哗吵闹，使我的道行遭到毁坏，再也无法在此地长留。我将前往蜀地峨眉山，披上缁衣，剃发出家。峨眉山是中国第一名山，在那里，我定能充分接受戒律，结下清静缘。今日多亏你的庇护，特此来合掌敬礼道谢辞别。"说完就飘然而去。大了禅师醒来，在墙上记下此事，说也奇怪，从此地下再没有了诵经声。

转眼间三年过去了。南山有位姓袁的富翁，人称袁叟。袁叟年纪大了，却一直膝下无子。他发愿要到峨眉山朝拜以求取子嗣，不想此行艰难，道路崎岖，长途跋涉，半年后才到达蜀地。袁叟带着骡夫，用高大的骡马驮着许多茶米布帛之类的物品，一路上，只要遇到在山洞里修行的和尚，就送给他们。等到携带的物品布施完毕，他就吩咐骡夫带着骡马先回去，自己却穿着布袜黑鞋，独自步行去峨眉寺烧香拜佛。到了寺庙，他先一一拜见各位管事的和尚，最后他请求拜见方丈。方丈第一眼看到袁叟，就非常惊讶，问道："老先生来自何地？"袁叟一一作答。方丈说："我寺的莽头陀也是贵乡同籍人，在本寺落脚已经很久了。客人何不前去拜访一番，叙叙同乡之情？"袁叟表示同意，方丈就吩咐当差和尚带他到香积厨寻找莽头陀。远远看见一位烧饭和尚，相貌古朴，头颅呈方形，碧眼蜷须，看起来显得极其粗俗。当差和尚指着他说："这就是你的同乡。"

　　袁叟于是走向前去，向莽头陀合十行礼，头陀丢下拨火棍站起身来，与袁叟热情地握手，那情形好像他们很久以前就相识。莽头陀带着袁叟来到他的住处，只见到处几明榻净，瓶雅钵洁，与他的外貌极不相称。袁叟问道："你在故乡时，是住在城里，还是住在乡下？"头陀说："我没有家，一直寄住在罗汉寺里。"袁叟说："可我每次进城交纳秋税，为什么从来也没有见过你一次？"头陀笑笑没有作答。莽头陀对袁叟进行了热情的招待，他端来素斋、蔬菜、笋脯等许多出家人的食物，这些食物味道都十分鲜美。袁叟像平常人一样吃着，可是莽头陀却完全不同，只见他卷起袖口，大吃大嚼，等到最后，他竟然拿来一只巨碗，把剩下的羹汤全部倒在饭里，连同糕饼之类的点心一起狼吞虎咽，边吃边笑着说："穷饿大肚皮，饱餐常住饭。居士请勿见笑。"袁叟喜欢他的豪迈，也不觉有什么奇怪之处。黄昏时分，按照寺里常规，僧人们开始诵佛经，全寺的僧人敲起木鱼齐声吟唱，唯独莽头陀和人不同，他只诵读《龙德经》，声音也很奇怪，就像鸠鸟啼叫，别人也听不清他在吟诵什么。

　　到了夜晚，莽头陀带着袁叟从寺门外登上舍身崖，放眼远望，只见崖下星星点点全是佛灯，满山晶莹，随风飘舞，袁叟觉得非常惊奇。突然，一盏佛灯向两人飞来，莽头陀急忙伸手一把把它抓住，送给袁叟，叫他吞下。袁叟吞下后只觉得一股寒意像深秋寒霜，冷彻肺腑。莽头陀笑道："居士大喜，明年的今天你将会得到一个宝贝儿子，而且顺顺利利，生得容易，长得也快，但是如果想大富大贵，还要广行阴德，否则孩子资质平平，仅仅是博得袁氏的香火不断罢了。"

　　袁叟在寺内一连住了四五天，每夜都与莽头陀睡在同一张床上。虽然隔着被窝，袁叟常常感到一股冷气侵入皮肤，他很是奇怪，但是也不敢多问。有一天，莽头陀忽然问袁叟道："后寺方丈大了禅师身体还好吗？"袁叟说："大了师身体还很清健，只是终日闭目静坐，不大吃东西，感觉像是缺少生机。"莽头陀笑道："这就对了。"袁叟问莽头陀道："师父究竟打算何时回故乡看看？"

莽头陀说："等大了禅师圆寂时，我或许会回故乡一次。"

次日，袁叟告别回去，莽头陀很是恋恋不舍，一直送到庙门外很远。临到分手时，莽头陀拿出二百枚青铜钱赠送给袁叟，铜钱斑驳陆离，个个长满铜锈，都是汉朝的半两古币。莽头陀说："这些铜钱如果佩戴在小儿身上，可压住不祥之气。"莽头陀再三叮嘱："居士下山约走四五里时，可纵目远眺，但千万要记得，一定不能回头看。"袁叟牢牢记住莽头陀的话，重新打好包裹，作别莽头陀。走了四五里，来到丈人松下，他心里奇怪刚才莽头陀的话，忍不住试着回头瞧一眼，只见山顶大枯树上挂着一条巨大的白蟒蛇，身子向着云天，鳞甲雪白，头顶上长着一只颜色殷红的独角，口中吐出像朝霞一样灿烂的神光。袁叟害怕极了，狂奔前行，他一口气跑了一里左右，再回首就不见了大白蟒的踪影。一路到了夔府，他乘上一艘小船，船一路经巴峡顺流而下，一个多月后，袁叟终于抵达故乡。到家之后，他第一件事就是去寻找大了禅师，想告诉禅师他此行的所见所闻。可是让他没想到的是，大了禅师已经圆寂了，他细算一下时间，居然正是莽头陀在峨眉山问大了禅师情况的时候。

第二年，袁叟果然生了一个儿子，取名袁光，字佛山，十分聪明可爱。袁叟非常高兴，也感激莽头陀的恩德，便出钱给大了禅师买了块墓地来安葬禅师的遗骨。大了禅师遗体火化时，舍利子成五色。人们惊奇不已，袁叟便告知大家他在峨眉山的情况，特别提到莽头陀说他会在大了禅师圆寂时回故乡之事。

众人听了袁叟的话，都翘首盼望莽头陀回来，可是一直毫无动静。送葬之日，众人都穿着整齐，一路捧着骨灰，前往墓地。半路上，忽然出现一个身穿白衣的小孩，手里托着一座石塔来到大家跟前，说："把这座石塔作为和尚葬身的塔，可以吗？"众人看他是个黄口小儿，都觉得他信口雌黄，不予理睬。队伍正欲前行，突然狂风大作，飞沙走石，转眼间白昼不见，一片昏黑。众人正惶恐时，风竟停了，一切如常，白衣小孩却不见了踪影，只见一座六丈高的巨塔，端端正正压在了大了禅师骨灰葬地的上方。塔身雕刻精致，塔上刻着"紫衣大师衍派五十世行僧大了灵塔，峨眉莽头陀遣工造送"的文字。

童年时，我经常到罗汉寺游玩，那时还能看见台阶上有一块长方形的石板，石板宽约二尺，长约五尺，正当中凿有一个方洞，旁边雕刻着两条游鱼，当地百姓都称呼它为千鱼池。据说，每到下雨天，石板的方洞中就会积满水，两条鱼就跳入水中游泳。但后来，石板被雷电击断，失去了灵验，其实那块石板就是当时的塔基。再后来，大了禅师埋骨的地方也湮没而无法确认了。

赚渔报

相地看风水的方术最初是在越地开始流行，但最为盛行的还是皖省。歙县监生胡潜义，原本是殷实人家。长子叫希郊，年纪二十岁，学习武艺；次子叫希祁，只有十五岁，专门学习儒学。监生的父母去世已经十几年了，灵枢一直拖延着没有安葬，整天带着风水先生走进山谷寻找风水宝地，由于选择的条件太过苛刻，找到一处符合心意的地方很不容易。

监生家有个姓周的门下客，来拜见胡监生说："我听说龙口村有一片地块，谚语道：'龙口村，水清清。有人来葬此，代代出公卿。'老先生为什么不去谋求这块地呢？"胡监生请求风水先生去龙口村，四周详细勘察，风水先生看完后说："妙啊！这块地沙水环绕，的确是安葬的风水宝地。可是有家渔民在这块地上住着，不知道他愿不愿意卖地呢？"胡监生询问周某，周某非常自负地说："我愿意凭借我的三寸不烂之舌，替老先生去做说客。"

第二天清晨周某就迅速赶往龙口村，看到村庄尽头的地方有一座十丈长的桥，桥南边有座老屋，屋门口晒着渔网。稀疏的柳树仿佛人一样站立着，柳枝上挂着丝丝缕缕兔丝草，景致非常幽寂。门内有一位头发斑白的老妇人，和一个青衣丫鬟的女子面对面坐着编织渔网。周某正打算上前搭话，忽然有一个白发老叟从上流远远地撑船到来，手里提着一条大鱼，在树根上系牢船，进门和妇女说话。

　　不久，老叟就提着酒壶准备外出打酒，周某急忙上前对他打躬作揖行礼，老叟边还礼边问道："你是来收渔税的吧？"周某说："不是的。""那难道是来买鱼的？"周某说："也不是的。现在有件事要劳烦您，特地来拜访，请允许我把话说完。"老叟听了就热情地邀请周某进入茅屋内，在绿蓑衣上坐下，稍作休憩，老妇和少女都回避了。老叟自我介绍姓包："祖上都从事渔业，居住此地已近百年，从来没有与体面绅士打过交道，不知道贵客来到这里究竟为了什么事？"周某说："为了这块土地。我的东家胡监生想购买这地方作为他上代的祖坟，即使高价也在所不惜。"老叟掀动长须笑着说："我的生活全都寄托在一条小船上，家里也还没有落到没有饭吃的地步。这是祖上传下来的一小片土地，实在不敢出售。话虽然这样说，贵客来到这里也不容易，让我这破旧的房屋都增色不少，请你喝杯粗茶，稍稍表达我作为主人的情谊。"

　　老叟立刻吩咐珠儿泡杯茶来给客人喝，少女应声捧着陶壶走上前来。周某看到那少女眉毛修长，脸颊丰腴，举止大方，虽然穿着朴素但却透出清艳的气质。周某对老叟说："这是你女儿吗？"老叟道："我没有儿子，只有这个女儿，名叫珠娘，也算有个安慰，聊胜于没有子女吧。"周某问："已经找了婆家吗？"老叟说："找婆家还早着呢。之所以迟迟没有许配人，是我想依靠未来的女婿度过余生，所以既不敢高攀富贵的金龟婿，也不愿意许嫁给农家青年啊。"周某问："刚才看到的鬓发苍白的女人是谁？"老叟说："是我的妻子。"周某因为没说成此事，心中非常惭愧，就起身告辞，回家后在枕头上筹划了一整夜，说："有办法啦！"

　　第二天清晨周某去见胡监生，告诉他买地很难。胡监生再三拜托，期望他一定要办成。周某说："那老头有个女儿，和你第二个儿子的年龄相近，如果聘娶那女儿为媳妇，答应养育两个老人，那么他们有了安身的地方，就有希望得到那块地了。"胡监生说："我的儿子倔强不愿意怎么办？"周某说："答应他多讨几个小老婆，这样子可以吧？"胡监生又考虑娶渔家女会不会有后患，周某笑道："你太傻啦，老先生！渔夫只是贪心，想着有利可图，事成后主动权掌握在我们手里，合得来就养他们，合不来就赶走他们，有什么后患呢？"胡监生说："那好。"仍然恳求周某办成这件事。周某去了三四次，姓包的渔家夫妇才同意。

第二年春天胡家娶了珠娘回来，刚开始的时候很受公公婆婆的怜爱，小夫妻也情投意合，两个老人另外住在一所住宅，饮食起居起初也还安适。胡监生选定了吉日，拆毁渔夫茅舍，请风水先生选择落葬地穴。工人动工破土，掘出一块小石碣，石碣上镌刻着篆字，内容是："桥南水，九曲流。桥北土，葬公侯。仁义者，葬无愧。强暴者，葬必殃。"胡监生看到后高兴极了。丧事结束，在墓旁建造一间守墓房，把那块石碣镶嵌在墙壁上，向乡里人夸耀。

一年多后，希郊果然由于立下军功而多次受到上司推荐，官做到潼关将军麾下的参将，胡监生也居然也光荣地受到了朝廷封典，成了封翁。希祁也逐渐恣意放纵，每天参与赌博，和不三不四的人混在一起。珠娘稍微劝说一点，希祁就拍桌子破口大骂："下贱的渔家婢多嘴说些什么，你竟然敢限制我只做个腐酸的秀才吗？自从娶你为妻就被乡里人讥笑，贱婢真是害人不浅啊！"珠娘又羞又惭，悲哀啼哭，公公婆婆反而袒护儿子，所以希祁更加横暴，天天在房里咒骂。周某知道他俩相处不和睦，急忙花很多银子买来县里公差的女儿给希祁作妾，为的是兑现先前的诺言。包渔翁知道后也无可奈何，他妻子要兴师问罪，老叟说："我女儿已经失身，如果拼命吵闹，这反而给女儿添麻烦，让她更加遭罪，还是忍气吞声算了！"胡监生看到他们懦弱可欺，饮食待遇渐渐菲薄，终日只供应两餐，就像豢养监狱中的囚犯。

胡监生死去的父亲常常托梦回家说："葬我在龙口村，我心里很不安；但既然已经葬了，就应当遵守石碣上所说的，否则就会有灾祸到来。"第二天夜里，胡监生又梦见老父说："石碣上的字千万不能藐视，还希望不要虐待珠娘。如果忘记老父所说的话，你定会后悔莫及！"过一天夜间又梦见老父来说："龙口村这块地另有主人，为什么不改葬呢？珠娘的父母应当敬重礼待，千万不要使他们对着墙角悲哀哭泣。"胡监生醒来，总觉得梦中虚幻不值得作为凭据，不很相信，依然和以前一样，继续虐待包渔翁一家。

希祁自从娶了红儿，看见她长得十分妖艳，贪恋极了，珠娘房里竟然再也不去，而且把珠娘的梳妆盒、箱子里的东西偷偷全拿走了。一天，珠娘遇到红儿的讥讽嘲弄，十分气愤，告诉婆婆说："孩儿虽然丑陋，却是大老婆；她纵然美貌，仍是小妾。怎么竟然敢这般无礼呢？"婆婆冷笑着说："你的确大，只不过是你裙子底下的脚比她大罢了！"珠娘反而遭到污辱，大哭着回到房里，想要上吊自尽而死，又因为老父老母还在，不忍丢下他们。包渔翁知道事情的详情之后，对妻子说："我的土地虽然已经丢失，而渔船还在。我们为什么不再到水云深处去寻一条活路，免得低头对人！"于是夫妻抱头痛哭，和女儿诀别，从此断了音讯。珠娘既悲痛和父母离别，又恨丈夫凶恶，就自缢身亡。胡监生用薄棺收殓，葬在北山野地里。

一年多后，希祁每次都喝得醉醺醺回家，总看到红儿身旁有人依偎坐着，在抚摸红儿乳房，嬉戏玩弄的模样，那人的面目好像是珠娘。再仔细一看，又像是个戴貂皮帽的男子，突然间又不见了。希祁怀疑红儿有私情，就辱骂她，红儿发怒说："我又不是渔家女儿，可以听任你随意作践。我父亲是公门中的猛虎，一发怒就会立刻让你家倾家荡产。"希祁也非常恼怒，不肯相让，从此互相整夜争吵谩骂，常常打扰双亲睡眠，无法安歇。有一天希祁又看到红儿身旁有人在猥亵，急忙抽刀大叫着朝红儿砍去，鬼影顿时消失了，看到那头破血流倒在地上死去的人不是别人，竟然是红儿。红儿的父亲向官府控告，要求杀人者偿还性命，胡监生倾尽家产贿赂当权者，最后才能够按照误杀定罪判决，胡希祁发配云南充军。胡监生又惊又痛，还希望长子希郊做官发财，能使家业再次兴旺发达。

忽然有一天天降大雷雨，飞沙走石，龙口村的坟墓被震裂开来，棺材被抛出到十里外的地方。一道白气矗立，直插云天，地底门户再次闭上。石碣上的字已经改变成朱红篆文，像判决书，写道："居者渔，赚者胡。胡背义，遭天诛。

地虽裂，脉未枯。后有来者休妄图！"胡监生知道后慌慌张张赤着脚前去探看，不小心跌落在一只大茅坑里，几乎没过头顶。几个月后潼关有公文发来，说是希郊也在雷震坟墓的当天，因为坐马忽然发狂，坠马而死。胡监生哀苦痛哭，可是此时懊悔，却也已经来不及了。

后来果然有个穷秀才李十三，父亲死后没有一处地方可葬老父，听说龙口村雷击事件和篆文内容，就用低廉的价钱买下那块地皮，用来埋葬父亲尸骨。服丧期满，李十三就乡试中举，而后又成了进士，就在渔翁茅屋的旧址上修建家庙，也把石碣镶嵌在墙壁上，用来记下异事并且记住警告。

过了两年，李十三担任浙江督学使，官车避雨，偶然在古庙借宿，遇见一个老和尚说着家乡话，知道他是同乡，询问之后，才知道老和尚就是姓包的渔翁。渔翁向他诉说了当时撑了船远远离开，妻子因为悲痛女儿，哭泣而死，在某山安葬。自己一身孤单落拓，不想再重操旧业，于是就披着缁衣剃光头，遇到恒禅师，答应度他做和尚，最近才在这里落脚。李十三告诉他胡家发生的事，包渔翁双手合十说："善哉，善哉！是这样，是这样！"

李十三后来返回原籍，就带着包渔翁一起回乡，让他住在家庙里主管香火。包渔翁请示李十三后，收拾起妻子、女儿的骨殖埋葬在李氏家庙空隙地上，建造成两座小坟，竖起一块石碑。石碑最后附上短短偈语道：

嗟我妇兮，此生可哀，自嫁黔娄，百事皆乖。
嗟我女兮，此生何苦，生适匪人，死归故土。
咦，前世因，今生孽，菩萨慈悲，一齐解结。

先前做媒的周某，偶然来到此地游览，还没有读完碑文，突然就倒在地上，衣帽像蛇蜕皮一样掉落地上，身子却已经变成一只小花狗，不停地狺狺吠叫。歙县的人前来观看的很多，那里热热闹闹的，很像是集市。

耍字谜

泸州刺史刘公，是一个清廉的官吏。老夫妻已经六十岁了，只有一个女儿，美丽聪明，无与伦比。当初有个保姆戈嫂，本来是名将家衰落的后代，暗地里教那女儿学习击剑刺枪武艺和攻战守卫的兵法，女儿学到了真功夫。戈嫂死后，她又在父亲辅导下，学会了填词赋诗、猜谜对对子，算得上是典雅精切。女儿刚刚进入童年，就怀有奇志，每每读史书，总说出豪言壮语道："天生女子，也是一样的人，为什么都要把簪花抹粉作为漂亮，刺绣做菜作为能干？那《汉书》上记载的冯燎冯夫人、《明史》上的秦良玉才算得上能替蛾眉增光添彩。"就在卧室题诗，写道：

巾帼何曾限，女流当自强。牝啼原可惧，雌伏亦堪伤。
枉逐牵萝伴，安寻磨镜郎。红闺非桎梏，心在白云乡。

刘公看到这首诗后，非常欣赏女儿的磊落情怀。可是刘公的性格非常忌讳别人说他孤独无子，常常对手下官僚说："家里也有不成材的儿子，不想让他来沾染上官场习气。

二位老人诞辰，女儿在内房摆了一桌精致的酒席，向父母跪拜举杯祝寿。刘公悲叹地说："老夫做官三十年，确实做到了不敢搜刮小黎民百姓的民脂民膏来中饱私囊，为什么眼前只有一个能分辨琴音的女儿，清白官吏的身后却没有挑柴的儿子？莫非是我狠狠得罪上苍了吗？"随后就和夫人一起流下眼泪。女儿也泪流满面，急忙穿上彩衣起舞，模仿孝子老莱子那样娱乐亲人，替双亲祝贺生日。

当时幕僚很多人争相猜春灯谜，形成一道风气，刘公戏说"千金之子"四字叫女儿拆一个字，女儿答道是"婉"字，刘公点点头。女儿也想了一个"耍"

字谜语，请父亲猜一个美女的名字。刘公摸着胡须很久，猜不出，女儿说："是花木兰呐。"刘公问："这是什么含义？"女儿说："花木兰是真女却是假儿，不是'耍'字吗？"刘公微笑着说："你是当今的女才子黄崇嘏一类人，却也要仿效花木兰去从军吗？"女儿对道："这样的事不可以有，但是却不能没有这样的志向。

第二天有同宗的亲戚把五岁的儿子过继给刘公，刘公喜欢那孩子聪明伶俐，重谢了亲戚。他带了孩子回家，孩子向继母叩头，向姐姐揖拜。刘公叫女儿替弟弟更换新衣。女儿照办后，自己也戴男冠，穿男服。三寸金莲太瘦削，就用帛布把小脚包裹起来，里面塞满破棉花，外面套上小乌靴，然后携着幼弟一前一后走出房门，在父母膝下一起跪拜。两位老人又惊又喜地说："这是谁家的女才子哪？只是'侄子'的'子'，不如'比儿'的儿。女娲补恨，伯道移情，从今以后你们就该这样来慰藉老人的暮年呢。"刘公对待婢仆一向非常宽厚，所以没有一个下人对外说出事情的真相。

第二天刘公出来向同僚炫耀说："两个儿子留恋父母，从故乡来到这里。应当带他们来拜见诸公，还望不要因为蓬头缺齿、样貌不雅而笑话。"等到把二人叫出来，两儿揖拜合礼，说话得体，同僚都纷纷称赞二人是难得的一双好儿郎，谁也没有看出其中有一个是女子假扮的。刘公于是给女儿取名为世璜，给小的取名为世珩，从此两个儿子同进同出。刘公便给女儿传授做官治理百姓的各种知识。

等到刘公去世的时候，世璜已经十六岁。世珩才七岁，不能担当大事。于是世璜挺身而出，扶着父亲灵柩回到故乡。服丧期满后，世璜就援例可以担任县令，经过选拔被授予蜀地的纳溪令。世璜把母亲、弟弟接到县衙住下。世璜在政务上声誉极好，执法特别严。本县的豪强恶霸害怕县令的威严，闭门不出，不敢到处惹是生非。

纳溪东部有大盗占据险阻的地形，揭竿造反，纠结了许多强徒四出抢掠。世璜接到报告，亲自率领公差捕役，直入贼人的老巢，亲手从马上活捉盗首。

其余三四个贼徒，一直都和捕役有勾结，捕役为了开脱他们的罪责，就让他们去诱捕立功赎罪，从而成了漏网之鱼。当夜世璜床头轰然一声巨响，世璜叫人点上蜡烛，看见一把短匕首刺入枕边木床，足足有一寸左右深，心里很清楚是盗贼做的。可是她并不畏缩，捕盗反而更着急了，抓到一个就亲自杀死。于是强盗全部逃出境外，百姓全靠她能够安居乐业。世璜审理案件不过夜，用刑一定要使犯人供出实情，因此当地大盗相互间说着这样的口令："宁逢虎狼，不遇纳溪刘世璜。"

可是世璜在办公之余，只是侍奉母亲欢乐，教弟弟读书识字，年复一年，像没心事一般。有人奇怪她为什么不娶妻，她就回答说家乡有糟糠结发妻。问她为什么不收个小老婆，她说："我喜欢清静。"一时在做官而称得上能干的，头一个就数纳溪刘太令。

经过十年，世璜做官所得俸禄已经积攒下几万多两银子，上司正要提升她去重要的地方做官。有个布政使公子某君，一直听同僚有私下里议论刘世璜的，实际上是由于她细腻光滑的脖子上没有棱棱喉结，樱桃口唇上没有鬈鬈胡须的缘故。这天正好有事来到纳溪，在县衙内设宴，世璜作为陪同应酬，饮酒豪爽，非常痛快。三更的梆子响起，公子借着酒意嘲笑说："县令你青春年华，既不去寻找故妻，也不另外寻找新欢，堂堂县令难道一辈子都做鳏夫吗？"世璜笑着点点头，伏在桌上打瞌睡。公子素来狂放不羁，想乘机弄清真相。公子犹犹豫豫的时候，刚刚靠近世璜的身体，世璜就立刻惊醒，马上飞起一脚，皮靴脱落，小脚绣鞋露了出来。世璜于是伸一下懒腰，大声叱责说："你这个粗俗的家伙，唐突我应当去死！我自从少年直到做官，在官场沉浮已经将近二十年，想不到竟然被你这小子看破！即使这样，我报国安民，做官严正，是巾帼女子，却成为须眉男子汉，可以说是一个奇女子。像你们这样的家伙只知道画眉毛洗头发，玉貌翩翩，是须眉男子而成为巾帼女子，实在是贱丈夫啊！"说完大声呼喊，立即挥手叫他滚。公子气得魂神郁结，乘着微微的曙光，策马奔回。布政使知道后，连忙用别的事情为由弹劾，罢免了世璜的官职，并派遣媒婆上门说亲，愿意聘娶她作为儿媳。世璜怒气冲冲地说："这老头真是糊里糊涂，他那不争气的儿子是败落家门的小畜生啊，就喜欢坏别人的事。就看他那轻薄这一个品性，怎么能成为我的配偶呢？"本县某绅士，仰慕世璜的才华美色，想替儿子选择她作为对象。世璜叹息说："我不能在这里做父母官，再在这里做人家媳妇啊。"

辞官那天，世璜外出辞别各幕僚说："我已经是那倦飞而要返回家的鸟，如果成为只能借权势吓人呼吓的鸟儿，那是多么可笑啊！"又进入内庭，跪拜母亲说："以前孩儿进一个'耍'字的谜语，现在才应验了吧！请让我侍奉母亲返回田园，只看弟弟成就功名。母亲努力多吃饭，欣赏自然秀丽景色，没有儿子也算得上有儿子了，还有什么必要斤斤计较儿子的真假？"母亲说："很好。"于是当天就租下一条船南下。本县的百姓焚香来到岸边，口中高呼慈母或称赞神君的人要用万来计数，都忍不住流泪，不知说什么好。

船经过巴山，溪水险恶。一夜就到了三峡，月色昏黄，山上草木像人晃动，猿在哀啼鹤在鸣叫，声音凄厉极了。世璜受惊起身，用纤指卜卦，然后说："这里恐怕有算计我的人。"连忙呼唤母亲、弟弟和丫鬟女仆都起身，自己只穿一身短衣，手里握着一把铁针，嘱咐大家只要关闭舱门坐着，不要说话。然后世璜像猿猴一样爬上桅竿顶端，睁大眼睛往远处看。

不久，果然有一帮人呼啸着直奔世璜而来，双桨划动飞快。一个盗贼看见世璜，厉声说："刘使君的好男儿！从前不肯为我们这些人网开三面，今日就该在此地放下装了千金的行李袋；如果吝惜，那就别怪我们白刀子见红！"世璜笑着说："我怀中有一升左右瓜子金，正要犒赏你们这批人，有胆量的只管亲手拿去！"接着双方就互相叫骂呼喊，母亲和弟弟伏在舱底浑身颤抖，怕得要死。忽然听到"啊呀"一声，接着是咕咚声，声音接连不断，有片刻时间，余下的匪徒突然一哄而散，说："使君真神勇啊！我们暂且退避。"

世璜笑着走下中舱，安慰母亲说："阿娘不要害怕，孩儿已经把鼠贼都诛杀了，从此一路平安了。"母亲问她怎么杀贼，原来世璜身在最高处，贼徒要抓获她本人才甘心，必定会仰起面孔，口里衔刀，由下而上手脚并用攀爬上来。世璜等待贼徒渐渐爬近，突然用双针钉入他的双眼。后面贼徒看到世璜手无寸铁，不知道前面的人为什么忽然颠落水中，于是更是接连向上爬来，都眼瞎而死。这是以逸待劳的方法，都是戈嫂所传授的秘诀。一家人都很高兴，只有世璜洒泪，非常思念保姆。

抵达钱塘后，世璜才亮出如云发髻，重新穿回女装。在西湖边上购置田地房产，整天陪母亲在天光云影间泛舟游玩，寻访苏堤六桥名胜古迹。弟弟世珩读书出色，很快成秀才，中举人，世璜就替弟弟娶名家女儿为妻，让母亲高兴。世璜却长期吃素，面对绣佛，焚香修行像尼姑一样。母亲体谅女儿的心意，反而觉得女儿守贞不嫁，是很幸运的事情，二人可以长久相聚在一起。

有一天，有个老尼姑背着长剑到来，没有等门房通报，就直接走进世璜房里。两人互相双手合十行礼，老尼姑就说："我想用哑谜让女县令参透机锋，大彻大悟，怎么样？"世璜说："行。"于是两人在蒲团上相对坐着，互相比画着深奥的禅理，丫鬟莫名其妙。老尼姑忽然问起纳溪时的往事，世璜笑道："这不过是一次耍笑罢了，师父不要笑话！"老尼姑也捧腹笑着说："用女人身，显宰官相。璞玉不雕，恩泽无量。耍笑一场，自家供状。直等到蛇年尾羊年头，当在妙高峰上等你呐。"老尼姑去后，世璜非常神速地领悟了佛典妙义，双眼瞳仁忽然变成紫碧色。

到了午马年，母亲去世。世璜穿着孝服，带着弟弟、弟媳送完葬，仍然改换成男子装扮。世珩问为什么，世璜笑着不回答。回家路上车声辚辚，顿时阿姐的踪迹消失了，不知道去了哪里。有个老妈子说老尼姑的样貌很像戈嫂，怀疑戈嫂有灵魂不死法术，来寻找自己的高足弟子随她离开。

公道娘子

扬州西山有个叫叶槐的富翁，是一位商人。他的同胞弟弟名叫叶葵，是一位儒生。两人共同继承了先人的遗产，也因此一直生活在一起，没有分家。叶槐的妻子董氏是一位贤内助，每当叶槐与店内伙计核算财务，董氏总在屏风后锱铢必较，也因此赚得不少钱财，可他们从不用这些钱财去买田地或者扩建住宅。叶葵在学堂读书，勤奋刻苦，学业出众，很有名气。但他爱好音乐美色，也因此结交了不少朋友。每当这些朋友有急难向他求告，他都慷慨解囊。钱财用尽了，他就从家里偷拿兄弟的共有财产帮助他人，乡里都把叶葵称作二善人。可是哥哥嫂嫂却非常厌恶他的所作所为。

乡试的时候到了，叶葵要去赶考。哥哥很不情愿地给他三十两银子做盘缠，叶葵请求再多给一些，哥哥不愿意。叶葵的妻子郝氏一向贤惠，在内房安排酒菜，替丈夫饯行，她叹息一声："郎君晦运未退，这次去恐怕会运气不佳，倘若不遂所愿，还希望早早归来为好。出门在外，千万不要浪费钱财，不然，苏秦落魄的情景也许将成为你的前车之鉴了。"叶葵笑着点头答应。

次日清晨，天朗气清，叶葵辞别妻子，动身出发。一路江风浩荡，船顺风而行，很快就抵达燕子矶。他泊船岸边，到江岸上闲步。站在江岸远远望去，只见背山面江有一带村落，风景秀丽，富有诗情画意。细看一面青旗酒帘挑出树梢，随风摇晃，他知道那是一家酒店，便想沽酒小饮。进入酒家，只见众人正缚住一只狐狸，狐狸酒气醺醺，闭着眼睛像在昏睡。叶葵感到奇怪，便上前询问，店主说："这狐狸行踪很诡秘，常到此偷酒喝，可是总抓不住它。正巧，刚才看到它沉醉倒在酒瓮边，才把它缚住，我打算剥下狐皮用来缝补我的裘皮大衣，让它偿还欠我的酒债。"叶葵觉得很不忍心，急忙从腰包中掏出二两银子，请求交换狐狸，店主也十分高兴。狐狸被解开绳索后便醒了过来，它眼睛盱盱地看着叶葵，目光中充满感激和不舍，过了许久才窜入竹径中，不见踪迹。

第二天，叶葵顺利抵达金陵，安顿好住所后，便同友人出去闲逛。在市上，看见有人要出卖妻子儿女，就拿钱救济他们。朋友们笑他太迂腐，自己被骗了都不知道。叶葵说："我做我觉得心安的事情，何必计较对方的真假呢？"结果，还未入考场，他的盘缠已经用光，考试发榜后，正像妻子先前所猜测的一样，依然名落孙山。回家后，哥哥嫂嫂也像以往一样白眼相待，然而，妻子郝氏却能给他很大的安慰和支持。

董氏对叶槐说："阿叔是个不成器的人，我们夫妻日夜操劳，含辛茹苦，他却大手大脚，不知节俭，长此以往，家道非败落不可。何不分家另过，任他去做什么也与我们无关了。"叶槐听信妻子的话，就召集族里亲戚，当着他们的面立下分产文书，自己得到家产十分之九，只分给叶葵十分之一，还说自己已经对弟弟仁至义尽。这些亲戚因为事前得到叶槐的贿赂，自然都不多说话，但其他乡邻背地里都为叶葵抱不平。临搬离时，叶葵与哥哥告辞。叶槐说："从今而后，吾弟应好自为之，无论富和贫都不必告诉我。"叶葵默默对着父母的灵位祭拜一番洒泪而别。

虽然仅得到十分之一财产，还是足有五千两银子。叶葵用这些钱财修造房屋，添置器具，日子倒也安稳。但他最爱与风雅文士交游，更爱做些好义救急之事，自然不少花费，时日久了，渐渐入不敷出，后又因嗜酒得病，最终穷困潦倒。幸亏妻子郝氏贤惠，日夜操劳，靠纺织的手艺，勉强维持生计。

叶葵有个儿子，名叫叶麟，相貌文静，且聪敏好学，喜爱读书。叶麟年近二十，也到了谈婚论嫁的年龄，可是人们见他家贫穷，没有人与他家议论婚事。于是，叶麟进入县学，立志刻苦攻读，希望能博取功名替父母亲扬眉吐气，光耀门楣。在他独居的小楼上，经常书声琅琅，彻夜不停，小楼上的灯光更是通宵达旦。

十余年过去了，两兄弟也没有通过音信。叶槐已经两鬓斑白了，还手握筹子每天算账。赚到黄金白银就藏在瓮中，锁闭在密室里，这个密室被他私下称作库。叶槐有个女儿，在族里排行第八，名叫萼仙，比叶麟年龄略小，还未许配给人。一天夜晚，天气潮湿闷热，叶槐夫妻俩小饮后醉卧在竹席棕床，不想刚刚合眼，就听到床下传出"窸窸窣窣"的声音。伸头一看，床下发出一缕光亮，只见一个女子像蛇一样伏着，拈纸做灯在照蚊虫。叶槐很是惊惧，忙问她是何人，可是一眨眼女子竟不见了。第二天夜里这一幕又出现了，叶槐又怒又气，大声叱责她，没想到那女子竟然不知从哪里弄来砖瓦，直往叶槐抛掷，全家人都很害怕。

董氏是北方人，猜到那个女人定是只狐狸，于是告诉叶槐，并说只要恭敬祀奉，定能不再受侵扰。叶槐照着妻子的说法进行一番祀奉，夜间果然见那女子立在床下，靠在茶几边微笑着，她穿着白纱的短汗衫，带褶皱的绿裤子，两只脚纤细得像笋芽一样。叶槐夫妻问她道："你是仙人吗？"女子说："是的。"又问："既然是仙人，为何躲藏在我家床下？"女子说："我出生在河南，自幼便没有名字。因前世我与葶妹本是同胞手足，得知她在此地，故从远道前来拜访她。"两人半信半疑，董氏叫葶仙起来与女子相见，果然两人欢欢喜喜像老朋友一样。他们于是请女子在葶仙房里住下，女子也非常高兴，愿意拜在叶槐夫妇名下做继女。女子比葶仙大一岁，便称呼她为七姑娘。以后，她日日与葶仙形影不离。每天，她都偕同葶仙早晚向父母问候，空闲时就刺绣，不苟说笑，举止大方，俨然是个大家闺秀。时间一长，大家也就忘记她原本是一只狐狸了。

七姑娘尤其善于在日常生活方面占卜，如果照她的话去做必定获利；谁丢失了东西，照她的话去找，定能找到。但是，七姑娘怕见到男子，经常闭门不出，即使是内门外服侍的五尺童儿，也极少能见她一面。她说自己身无分文，若是身边服侍的女仆小有劳绩，她一定要向二老讨少量钱给予奖赏。她和葶仙的衣鞋经常互相交换着穿，虽然有些衣服又旧又破，但是一穿到七姑娘身上，就像刚刚清洗过一样干净，而且带着一丝芳香。叶槐夫妇要与她更换新衣，她说："孩儿只是替葶妹了结一段缘分罢了。葶妹出嫁后，孩儿就会离开，岂敢长久劳烦你们照顾呢？更不必添置什么新衣了！"因此两人更加深信七姑娘，还派人向叶葵夸耀此事。叶葵得知后很是惊骇，妻子郝氏要前去看看，叶葵坚决不同意。

　　叶麟虽然埋头在楼上苦读，也偶然听到了伯父家奇异的传闻。一天晚上，他读书读得疲倦了，口干舌燥想叫仆人端杯茶来。但侧耳倾听，织布机的声音已停，知道父母已睡下，此时，街上传来三更的梆子声。正犹豫着要不要大声唤人，只听见楼梯上传来女子莲鞋的轻微走步声，叶麟忙问是谁。"是太夫人派我为公子送茶水果品来的。"叶麟顺着声音细细一瞧，却是个芳龄十六的美妙女子，亭亭玉立，叶麟从没有见过。他心里很是吃惊，脸都变了色。那女子却绽开樱桃小口，笑着说："公子很少下楼，所以不认识我。我是管家李嫂的侄女，今天早晨来此看望婶婶，蒙夫人关照留下住宿。婶婶昨日中午浇灌菜园，不小心踏在青苔上摔了一跤，到现在骨头还酸痛，因此让我给她帮忙做些事情。"叶麟一想家里确实有个李嫂，也就不再害怕了。叶麟接过她送来的茶，只喝了一口，便觉口味清洌沁人心脾，但转瞬间忽然情意荡漾，不能控制，行为也不觉放肆起来，他勾住女子的粉颈，轻佻地说："能有你这样的红袖添香人，才不辜负这半窗明月。"女子面色顿时艳若桃花，她微笑着，收了茶盒便要离开。叶麟拉住她说："你知道我还是个童男子吗？"女子说："谁愿来辨别公子的童男子是真是假呢？"叶麟说："如今你且来分辨一下吧。"于是行为不由就亲昵起来。女子面带羞涩说："公子固然是童男，我也还是处女，咱俩如新芽嫩叶，还望公子不要狂暴。"两人相拥着到了床上，耳鬓厮磨，欢乐无比。

　　一番温存过后，叶麟剔亮红灯，抱着女子端详道："李嫂整日头发蓬乱，皮肤像鸡皮一样毛糙，哪来福气有你这样青丝如墨、肌肤若雪的侄女？小生虽然贫穷，若能倾尽家产娶你来做我的妻子，死也无憾啦！"女子推开枕头坐起来，笑道："公子明天要问李嫂吗？"叶麟说："容我暗暗查访，定要请人上门提亲。"女子说："错啦！我与公子开玩笑呢。公子肯定想不到我是谁。我是大伯家的七姑娘啊！你想想，如果我真是奴仆的女儿，公子又是成年而未婚男子，太夫人岂会让我来为你送茶靠近烈火呢？"叶麟一听，顿觉又惊奇又害怕，更因为兄妹的名分而悔恨不已。女子笑道："书呆子，何必如此！我与公子有夙缘，之所以先到大伯家后到公子这儿，也有重要缘故。如果公子能小心保守这个秘密，我们就能长久相好。"等到雄鸡啼唱，女子才飘忽而去。

此后女子每夜都来，来了就坐在书桌旁陪伴，叶麟读书时，她就用毛笔在另一盏灯下替叶麟抄录八股文，字迹娟秀明媚就像她本人一样悦目。有时她也带来些酒和菜肴，两人猜枚射覆玩乐一番。但床笫间男女之事，她只许叶麟一月三次。叶麟常常坐着发愁叹息，女子问他为什么，他说家里拮据，又揭不开锅了。女子说："这有什么为难的，堂堂须眉男子值得为铜钱而发愁吗？"第二夜她带来锄头，叫叶麟一起来到一个地方，掘开地上苍苔，在泥土下一寸左右，露出一个大瓮，瓮内装满了白银。女子离开后，叶麟告诉了父母发现大瓮一事，他们合力把瓮掘起，细查里面居然有数千两银子。打这以后，凡是女子所指的地方，掘开来必然有银子，叶麟很是奇怪。女子说："这是上天奖励公子的孝心啊，我岂是真像碧眼洋商那样能看到地下藏金吗？"从此叶葵家暴富起来，再不必为衣食而发愁。

一日，叶葵病危，医治无效，奄奄一息，叶麟下楼照顾父亲，那女子也不再来了。叶麟侍奉父亲，想到古代有孝子割下大腿肉煎汤制药医治亲人的事情，就也想一试。到天快亮时，他偷偷到楼下先烧香向上天祈祷以告诚心，然后解开衣服。他拿出刀子正要割下臂上的肉，女子忽然来到，一把夺下刀丢在地上："公子是读书人，难道也模仿这种可笑的愚孝吗？你这样做，我的心也碎了！可惜我们两人的关系没有确定，我没有名分，实在难以去见公公婆婆。"叶麟听了急忙前去告诉母亲，说出了家里致富的缘故，并把女子的本领说得更加神奇。母亲恍然醒悟，说："有这样的媳妇，我们怎能因为她不是人类而抛弃她呢？况且七姑娘是仙人，必能想法子救你的父亲，我正打算请香火供养她，她为什么要隐藏？"正说着，那女子也姗姗而来，母亲急忙上前，一把把她抱在怀里说："孩子啊，你是我家的福星啊。"

女子以礼拜见了母亲，母亲答拜。礼毕，女子从衣袖中取出一粒如豆的赤丹，交给叶麟说："可以口对口化开，让父亲服下。"服药片刻，叶葵腹腔内发出震震声音，像打雷一样，喉咙口也咯咯作响，后来居然吐出一碗左右的寒痰。

一会儿，叶葵居然坐起来，就像没病人一样。女子就拜见公公，公公问她医术怎么如此神妙，女子说："公公长久贫困，内心很忧郁，现在突然暴富，顿时心花怒放，一时间心理极不平衡，所以就病了。这丸药叫散郁丹，正可医治您那病症。"这时正好有女仆进来，女子急忙躲在一旁，并附在母亲耳畔小声说："母亲注意保密我的身份，泄露出去我就不能来了。"从此只有叶麟才能看见女子，其他人都看不见女子。女子自从遇见叶麟，两人频繁来往，然而萼仙却没有一天不与七姑娘共餐共眠，想来女子必是采用分身之术。

第二年乡试，叶麟赶考前与女子告别，很是恋恋不舍。临行前，女子赠予他一份厚礼，其中凡考场中所需物品一一具备。叶麟榜上有名，泥金喜报传到家里，女子私下用价值万两银子的珠玉作为贺礼。叶葵家顿时豪富起来，儿子又大富大贵，叶槐很惊奇，他不知其中缘由，也对从前的刻薄感到很后悔，便想趁此多送些贺金来挽回一下兄弟的感情。

他打开银箱，发现箱内银子荡然无存。他心里一惊，急忙去看银库，只见外面封条照旧，但瓮中的银子却正好少掉半数。叶槐又害怕又疑惑，赶紧统计所有剩下的银两，也恰好只剩下一半。他怀疑这事和七姑娘有关，询问七姑娘，但七姑娘不承认。叶槐仍是心疑，就依俗在银库上用茶米镇压，还请道士加贴了道家符箓，然而过了几天，银子照样损耗如故。

后来叶槐也听说了叶麟家发生的种种怪事，感到不妙，急忙派遣一个得力奴仆，日夜兼程到江西龙虎山请天师帮助斩妖除妖。天师发出符命召来神将去办理此事，神将经过一番了解调查，回复说事情关系到恩怨不公平，很难驱逐妖魅。仆人苦苦哀求无论如何一定要试试，并且献上重金，天师才派遣法官带着神符前去走一趟。而七姑娘在家里也已知道法官要来，笑笑说："想让我走很容易，何必费那么多事。况且我的奶妈已经亲自来接我了。"果然，门外有一位白发老太带领十多口骡子来到了。一进门，老太太就与她絮絮叨叨不停地说话。七姑娘穿戴一新，进厅堂与叶槐夫妇告别，二人仍怒气冲冲也不搭理她。她仍旧含着笑，转身握住萼仙的手说："妹妹贤淑善良，我实在是不忍心和你离别啊。"说着解下手臂上的金镯子赠给萼仙，告诫她："这个镯子你要贴身戴着，以后若有不测，你只要敲击它呼唤七姊姊，我便会赶来相助。"说罢匆匆出门，与老太太各自骑上一口骡子，其余骡子虽没有驮背任何东西，但它们的背都弯弯的似乎快要断了，仿佛有很重的箱子压在上面，一路铃铛震响，骡队向西而去。

叶葵夫妇听说七姑娘跟着骡队走了，深深惋惜。叶麟更是懊丧，若有人来向他家提亲，他必定推辞不答应。众人都笑话道："难道你真要做个痴情男儿，为一只狐狸精守贞节吗？"叶麟也不理会众人言语。不久叶麟到京城参加会试，行到黄河边，正要渡河，忽然感觉帽子里很重，心里奇怪。他试着问："是七妹吗？"有人回答道："是的。"叶麟说："为何不藏匿在我的袖子里？"话音刚落，他就感觉帽子一轻，袖子却重了不少。渡过黄河，女子与叶麟一起坐在车上，但马夫却看不见。傍晚，他们投宿在旅店，叶麟问女子说："我心想再也不能见到你了，没想到你竟然会来？"女子笑道："有好事情还在后面呢。"

会试发榜，叶麟竟然落第了，他很是悲伤感慨，正打算整理行装与女子一同回家，忽然门口一阵喧哗，出去一看，吏部有报单报到门前，说是被授予湖北某郡的知府，细问详情，原来已有人替叶麟出钱捐官。叶麟感到莫名其妙，便问女子，女子说："公子命中只能获得一次乡试上榜，这还是公公积德所致。你风尘仆仆来京华参试，只会自寻烦恼，不如趁着壮年做一个太守，还能及早得到俸禄奉养老人呢。"叶麟说："捐买一个太守没有万两银子是不行的，岂容易一下子凑齐这么多银两呢？"女子说："我上回离开的时候，骡背上驮的东西就运到了此地，昨日才派人把它们兑付给吏部。"叶麟更加佩服狐女的神奇。叶麟向皇上辞行谢恩后，和七姑娘一起回家乡迎接双亲，全家一同前往湖北叶麟任所，从此狐女再不施用隐身之术，她的容貌人人都能见到。

女子聪明贤惠，她对待公公婆婆极为孝顺，还能帮助丈夫博得仕途声誉。一天早晨，女子在后花园赏芍药，偶然遇到一个姓谢的老幕僚，谢公奇怪她的容貌竟然与自己的女儿娟娘酷似。女子故意迟迟不走，谢公看得更加真切，如果不是有两个婢女在旁边侍候着，他几乎要误呼女子为女儿了。谢公实在惊异，就把此事告诉了叶葵。晚上，女子侍奉两位老人进餐，叶葵把话又转告女子。女子流泪连拜两拜说："实话告诉公公吧，我就是当年江边酒馆里被人缚住的那只狐狸啊。伯伯分家产不公平，孩儿暗中重分使它变得公平，这样既报答了您的大恩大德，又体现了上天的意愿。现在事情已了，孩儿也要告辞了。"全家人都很吃惊，正要挽留她，可是一转眼她就消失了，再也没有回来。叶麟心中思念，目睹七姑娘残妆零钗，日日痛哭得死去活来。他父亲猛记得谢公所提之事，急忙请人到谢家提亲，替他聘娶娟娘为媳妇。新娘和狐女容貌极为相似，叶麟面对新娘却又像对着狐女，多少缓解一些思念之苦。

再说蓴仙自从七姑娘走后，就嫁给本乡的举人程某。这一天，正好孩子生产，没想到竟然难产，蓴仙痛苦得几乎要送命，情急之中想起了女子临别时说的话，蓴仙急忙脱下手镯边敲击边祷告说："七姊姊救我！"不想应声便从空中坠下一粒丹药，蓴仙吞服后，儿子呱呱啼哭着坠地了，一看还是个大胖小子呢。叶槐并不知晓此事，当夜仍旧向往常一样与妻子一起辱骂狐女作践其家业。忽然发觉房外有很响的声音，赶忙出门去看，并无一人，却见墙壁上留下一行毛笔字："七姑娘告诉痴翁痴婆知晓：分去你们的财产，是分给你家弟弟。你们原本一家人，何分彼此。我不过做个公道人主持一下公道罢了。如果你们不知悔改，再污言秽语辱骂，我就会把你们的财产全部拿走，到时不要后悔就好！某年某月某日。"叶槐见了非常恐惧，也不敢再造次，等到听说蓴仙难产遇救之事，就更加吃惊。于是夫妇俩清洁了木龛，把狐女木主牌恭恭敬敬安放在那里进行祀奉，木主牌上题着"公道娘子之位"。

叶葵夫妇八十岁时，在叶麟官任上去世，当时叶麟已生有三个儿子。叶麟趁此机会辞官，扶着双亲灵柩回家乡安葬，并长居于此。不久，叶槐夫妇也相继亡故，叶麟以叶家长子的身份继承了伯父的家产，并厚葬了伯父伯母，他的三个儿子后来也都成了贵人。叶麟将两所宅院合并为一，并把自己曾经居住的小楼题为"仙云如昨之楼"。叶麟感念七妹，常常登楼独酌，娟娘偶尔前来同他说话，他都会吃惊地起身欢迎道："七妹来了吗？"

除三孽

在沧州的西郊，有一个规模很大的村落，到处都是青山树木，村落都被隐藏起来了。这个村落是姓孙的合族在这居住。族长是一个种地的老头，也是一个儒生，名百药，字邈孙。家中十分窘迫，但性格很率直。从小就和某氏女儿定亲，但是还没嫁娶女孩就夭折了。亲戚们看他太穷，所以没有人和他介绍续弦的事。于是老头一生一直像个野和尚孤苦伶仃地生活五十多年，被寒枕冷，连睡觉都不香。他在村庄的空隙地段盖了三间茅屋，用竹篱当围墙，用竹箔当门户。农种之后，老头还会利用闲时唱歌消遣，声音震响超过开采金石。

一眨眼又到了除夕，外面风雪满天，连夜晚也都在下个不停。姓孙的后生子弟有的拿来面粉、猪肉等贺年品给老头送来，老头就把它们夹杂着野菜做成饼，放在明天大年初一招待客人的盘内作为点心。自己也向泥火炉中不断地烧柴块，然后在炉子上煨上一壶浊酒。老头一边做饼一边饮酒，十分悠闲，自有乐趣。正在自得其乐，突然听到庭院外有清脆断裂的声音，担心是大雪把竹篱压垮了，抬头一看只见有人踏雪掀开竹箔走进茅屋来。老头细细打量，眼睛都直了，只见一个约十六年华、姿色貌美的妙龄女郎，翠袄外面套着锦缎背心，下穿绣鞋和绿裈褶，此女真是美得无法用语言形容。

她进门后就径自把外罩紫披风脱下，挂在泥墙上，说："老先生你这么忙，这么冷的天也不怕手生冻疮和开裂吗？不知我能否帮你分担劳苦？"老头想来想去也没想到是村妇中的哪个人，可是这女子也不像是大户人家逃亡的女子逃到这深夜荒村，心里很是奇怪，但并没有说出来，只是笑着点头。女子慢慢走近炉子把纤纤手指略微暖一暖，然后就在桌上做了一两只饼，十分精致。老头看后称赞道："娘子的手可真是巧手！这饼的样子是在模仿御品红绫饼，十分精致啊！"女子只是笑笑并不回答，双眼朦胧，遍体清香，还向老头要一杯酒来喝。老头赶紧斟满一杯酒送上，说："这是自己酿的酒，还请你不要嫌弃不够清甜。"女子含笑，二人欢乐对酌。不久，女子喝酒有了深深的醉意，此时女子的醉态像一株倾倒的玉树，又像一株娇美的海棠，睡在桌子上怎么叫也不醒。老头站起来去喊她，手一碰到她的香肩，就发现女子的皮肤都起了鸡皮疙瘩，再一看女子穿着很薄的棉布衣服，老头十分怜惜她，想着把披风拿过来。可一看墙上挂的东西，哪还见紫披风的影子，只是一张毛茸茸的破狐皮，口鼻尾爪都在上面。老头急忙把自己的破裘衣给女子盖上，然后怀疑地把狐皮拿到灯下细看，确实是货真价实的狐皮，细想一下，大胆猜测这个女子应该正是狐狸所变的。正好打算要去做点饭，可是只有湿柴，就把狐皮做点火物去烧，只见瞬间迸发灿若金星的火焰，一瞬间狐皮就被烧成了灰。

老头再回到座位，这时女子已经稍微清醒了，打着哈欠，伸了伸懒腰就起来了，看了看四周，嘴里还含含糊糊地说："真是太失礼了，竟然喝醉了。"接着把背上的裘衣掀开，见不是自己的，赶紧四处寻找，可不见披风的影子，此时她面露窘迫，向老头行礼说："老先生您是宽厚的长者，还请你不要对我恶作剧。如果能把披风还给我，您的这份大恩小女子一定铭记于心。"看着女子如此紧张披风，老头不敢告诉真相，起初还不断推托说自己不知道，后来看到女子哀痛流泪，可怜的样子，实在不忍心就直截了当告诉她。女子听后更是大哭道："可真是冤孽啊！告诉你真相吧，其实我是上界天狐啊！修行了千年才能把毛皮脱下，但是修炼的功夫还不够，所以还不能马上把毛皮丢弃。刚才因为贪酒，毛皮就遭火焚烧，那我以后就没衣服了，我这样一丝不挂，该到哪里去呢？"老头不断地向女子道歉自己的过错。女子又问："我身上的这个破裘衣，是谁替我盖上的？"老头说："这儿哪还有别人？当然是我，因为怕你被冻着所以给你披上。"女子说："你把裘袍给我披上，呼出热气给我送暖，这也算是肌肤的爱，也算我们有缘。那按照儒家书上所说，我就要嫁给你，老先生你这可真是害人不浅啊！本来我这女儿身嫁给你一个老男子，我也不会太在意，只可惜我半世修道的苦行，一日之间就化为灰烬了！"说完还嘤嘤地哭了起来。老头再拜说："现在门外雪泥太深都到膝盖处，娘子你这样的小脚怎么能受得了？如果你能不介意我的庸俗污浊，能委身嫁给我，那么以后这小茅屋就是你的家，你就可以在这待下去。"女子叹口气道："这一切都是上天早已经安排好的姻缘，既然这样，我又怎么敢违背天意？"于是自己介绍说了自己的情况，没有姓，叫花欢喜，同伴都称呼花娘子。从小就失去了父母，自己孤单一人，竟和老头一样孤单。

不久听到外面的鸡啼声和邻居们迎新年的爆竹声，声音大得震耳。女子把柏子焚烧了，并把桦树烛点燃，就和老头一起跪下拜天地神祇，然后喝下交杯酒。花娘子又说："我要和郎君约定个事情：本来在元旦不适合举行合卺婚礼，所以即使你宗族里的小辈也不能让他看见我。暂时把我私藏在斗室中，等百日后再公开我的身份。"老头说："那我能预先告诉同宗的亲属吗？"花娘子说："虽然我们之间没有媒妁之言，但是已经拜了天地有神明为我们作证，这还有什么要忌讳的呢？"说完就走进内室，并且锁上了门闩。墙壁的缝隙也都用幕布遮住，连一线光也透不进来。但只要老头问话，女子总会回应。

阳光温暖地照耀在茅檐上，老老少少一大早就聚集在一起欢乐热闹，老头手舞足蹈笑着，向同宗的亲属细细讲述了昨夜的事。众人听了后都觉得荒唐可笑，怀疑是老头自己凭空编造，可之后听到屋内的咳嗽声，这才相信老头所讲的。小辈们说："既然老伯娶了仙女，她就是我们的婶婶或叔祖母长辈了，我们怎么这么无礼，不向她叩头拜见瞻仰一下慈容呢？"老头说："现在还不行，等一百天后才可以相见，这也是神仙配偶所嘱咐的。"众人又都半信半疑，可是一眨眼间，只见桌上昨夜做成的汤饼都变得热气腾腾了，屋内根本没有仆人传餐送给客人，老头反问道："这是你使出神力弄的吗？"女子隔着门应答道："既然现在我已经是你的妻子，当然要照顾你的饮食。今后你有什么需要，只要郎君高声说出，就什么都会有。"众人看后都纷纷相信了。从此远近都在传说这件稀奇的事，那些急于想开开眼的人都怪时间过得太慢，于是之后的事情就发生了。

先前的邻村有臭名远扬的马氏三孽：其中一个叫马时。夜间他躺在人家屋脊上，一动不动就像死了一样，可等屋内一有什么声响，就立即变化成猫狗迅速跑掉，可再看屋里的箱柜，所有的钱和物已经被偷盗一空了。发觉的人从屋内大声吆喝，有的拿起器械追赶，这时马时就从屋脊滚向外面。如果有人从外面大声辱骂并丢掷瓦片石块，马时就滚向里边，像鬼一样自由来去从不被别人抓住。其二叫马安，是马时的弟弟。他偷盗时就披上狗皮去学做摇尾乞怜的模样，和真狗一样。深夜到人家盗窃货物财产时，碰到人踢他，他就像豹子一样吠叫。如果打他，他的身子就像猿猴一样敏捷。他站着挥动拳头时，十分勇猛无敌。其三叫马菊花，是马时、马安的妹妹。生性放荡，在夜间偷汉子奸淫时，一定要把男子的精液吸完，直到男子死了才会作罢。又时常埋伏在黑夜的旷野中，放开喉咙哀叫，只要有人在睡梦中误应一声，灵魂就会被她摄去，然后装入傀儡的腹中，之后又让傀儡去演杂剧，赚取路人的赏钱。此女为给两个哥哥炼迷药，还堕孕妇胎，剪小儿的生殖器，真是恶毒无比。官府用尽各种缉捕的手段去捉拿三人，可是就连一孽也无法逮到。三孽本都在远郡为非作歹，不敢在近村扰乱。可是在最近听说孙家发生的怪事后，就趁机而来扰乱本村，然嫁祸给仙人。在这一百天内，果然孙家村中常常夜惊，但老头却对此一无所知。

百日时间已经到了，老头就把请帖预先写好，准备邀请村人过来。第二天大伙都穿戴新的簇衣帽来到老头家。只见茅草未剪，而门外环围有十多亩锦缎屏幕，满地覆盖着红地毯，屋内陈设着各种珍宝，众人都未曾见过。而且仆人婢女全都在站满在眼前，乐队在热闹地鼓吹演奏。主人一旦发话，婢仆就会大声地应答，声响如雷。老头和花娘子一起到外面见人，只见花娘子身穿华美的服饰，抹着艳丽的容妆，众人都为眼前天仙似的人物所惊讶不已，不知不觉就低下头跪倒在地向女子跪拜。只见女子谦逊得体，高傲而又宽容。堂上堂下摆下了几十桌珍贵筵席，堆满了山珍海味在桌面，全族人一起都开心地共享欢乐，好不热闹。可是在举杯饮酒间又听到有人在窃窃耳语，惊讶老头为什么会突然如此富贵。联想到村里夜惊的事开始怀疑是花娘子所为。夜深了，两行画烛把一对新人送进洞房，真是在天愿作比翼鸟，也不能把他俩洞房花烛的欢乐比喻出来。可第二天客人再上门来，就依然恢复了原先的模样，茅屋仍是低矮要碰头，门前空地也恢复了原样。

老头外出听到别人的议论，回家就开始埋怨起花娘子说："我确实贫困，家徒四壁，也确实愧对你。可是在古代贫贱夫妻牛衣对泣，仍然是一样恩爱。如果你过不惯贫穷的日子，你大可远走高飞，可千万不要去学那爬墙挖洞的盗贼，让我这一个农夫担忧啊！"花娘子早已知道发生了什么事，但仍是假装问他在说些什么，老头就把村里人的怀疑一五一十告诉花娘子。花娘子听后说："哎！我已经被情丝牵缚，已难飞越。如果我要再破杀戒，恐怕更要沉沦。只是现在的形势就如骑上虎背，难上下，到现在还不能不做出结断啊。"

又过了三天，花娘子把村里的老长辈召集过来，对他们说："荒村最近接连发生贼情，外面有疑心说是我新媳妇干的，新媳妇正打算拿出嫁妆钱来购置新土地，重新修筑宅第，如果不弄清楚此事，我岂不是要白白承受这奇耻大辱？今夜贼人还会来到，那我就略用些符咒法术把贼定住，这样就能还我清白，同时惩治他们。"众人听后以手加额感谢道："这样不仅可以替新娘子申冤，还能为本地除害，真是大幸啊！"

夜晚时分，马时、马安二孽果然又来了。只是马时才刚刚上屋，就突然发现屋脊鸥尾上有只巨手来抓。马时一时心急，赶紧变成一只猫准备逃窜。这时只见从空中忽然撒下猎网，罩住了要逃跑的猫。马安要掀掉狗皮逃走时，也像被胶水粘住，怎么也剥不下来狗皮，成了真狗。马安听见哥哥在网中呼号，使出力气要咬破网救他，不料自己却被吸入网中。当时北斗星横在西天，村里打更声也逐渐消歇了，可是受花娘子遣派的两名牧童擂打一只巨鼓，围绕着村庄高呼打贼。众人闻声赶紧起来看，看后说："这不过是猫和狗罢了，为什么要这么张扬？"牧童说："花娘子传话，这就是贼。立即把猫狗抬去逼他口供，以服人心。"

只见花娘子在茅檐下把蜡烛点燃，端坐着审理俘虏，竖起指头大声咒骂马时、马安道："身为人类，却把人身抛弃，甘心化为兽体，还藏着兽心，绝灭人理。

今天遇到我这仙人，也该惩治你们几个了。"之后猫和狗就说着人话，对自己所做的贼事供认不讳，村里人听着声音知道他们身份，说："真是大快人心啊，这是马家的二孽啊！"花娘子又问众人该怎么处置二人，众人求新娘子对他们处以死刑，花娘子说："那就烧死他们！"马时、马安惊恐不已，道："娘子你也是兽类，为什么一定要把我等虐到死？"花娘子笑道："宁可是兽而有人心，不可是人而有兽心。我可没有汤王的恩德，能对你们网开三面呐！赶快点火，不必多言！"众人响亮地答应，赶紧挑来柴薪，像山一样堆着，烈焰冲天，孽骨一会就化成灰。众人拍手称快。之后马菊花听到这个巨变，伤心大哭，咬牙切齿地说："我一定要报复这个狐狸女人！"

花娘子经常对住处的狭隘低湿感到不满，住起来很难受，老头每次都说穷嘛。花娘子笑道："穷有什么可担心的？江海中无主物品到处都是，但只有仙人能很容易地取到。"于是从床底下陆续运出白银二万两，然后去购买田地，毫不夸张地说，宽广可接白云，大兴土木，气派比做官人家还豪华。从此住宅内人声喧闹，马槽边骏马嘶跳，和以前的房子相比简直就是天壤之别。

第二年春天，花娘子有了身孕，快要分娩时，就预先悬挂一只瓮在门上，把瓮口朝外。人们问她做什么用，她只是笑而不答。这天夜里，花娘子正在临产，只见马菊花披头散发穿着丧服，手持利刀突然闯进来。正要跨过房门，只见嗖的一声，飞下了一只瓮，正好把马菊花的头套上，此时头顶像压着一座山丘，无论用什么方法都不能把它掀开丢掷。人们正奔去看，这时候听见屋内传来老头的长子呱呱的婴儿啼哭声。此后村里人听见马菊花在瓮内像苍蝇一样的说话声，她招供说："我本是为哥哥报仇，一定要害死花娘子才甘心。谁知现在已遭毒手，我认罪，还请你大人有大量饶恕我。从今我一定远走他方偏僻地区，不会再来触犯夫人的住地。"无论村中的男女，没有人不拍手称快，但不敢放出，怕马菊花逃出，仍对产妇不利。于是大伙就用巨炭烈火在水瓮四周炙烤，马菊花一孽也顿时被烤焦消灭。本来当地正因天旱苦不堪言，可第二天就甘雨普降，沟渠水满，农民都松了口气，都认为这是由于花娘子除孽而获得上天的好报。

一年多后，花娘子又再次生下老头的次子。长子名叫伯雍，次子名叫叔和，两个儿子都十分聪明机灵，都中了秀才，娶了名家的女子为妻。更让人们羡慕的是，虽然花娘子一直忙于相夫教子，督促安排纺织耕田，十分劳累，但是风姿却仍像二十岁左右的人一样。但是老头却已经是鸡皮鹤发，老态龙钟，常常问花娘子："既然你现在已经成仙，就有抗老的仙方，如果我先死了，恐怕你以后要孤单寂寞了。"花娘子说："你不用为我担心，等有一天我回娘家，为你采一棵凤麟草来。"老头说："你从前不是说自己是孤身一人，怎么又有家？"花娘子笑道："怎会没有家？只不过是路程太遥远罢了。我和姐妹妯娌，也分开很长时间了。"中午，花娘子携着老头走入山谷中，不见了人影。第二天中午，两人又携手从门外回家。儿子媳妇争相来询问情况，花娘子大笑，可绝口不说去过哪里。只见老头容颜焕发，健步轻快，精神十足。

又过了五年，伯雍、叔和同榜考上了进士。报喜的队伍来到门前，老头正和花娘子在吃饼喝村酒，听到捷报，老头哑然一笑，突然闭眼咽气，死了。可是花娘子却丝毫不哭泣，收殓完毕后，也因得了重病卧床呻吟。伯雍、叔和听后赶忙回家奔丧，哭得十分伤心。花娘子把儿子叫到身边，对他们交代说："为娘本不该死，但是因为从前除掉三孽所以被阎罗王所讨厌，要我的性命。你们赶快准备好棺木，我也好和你们的父亲在黄泉聚首。"说完，起身坐着，只见鼻中流下两条玉柱，含笑而死。出殡那天，连官绅都赶来送老头、花娘子的灵柩到墓穴下葬，大约有上千人来送葬。但人们发觉花娘子的棺材特别轻，就商量着打开看看，除了一枚玉簪和一面古镜，已不见尸体的踪影。

过了一年多，长媳生病，梦到一个仙境，只见山水楼台，金碧辉煌，桃花万顷，水神天吴和五彩凤鸟来来往往。忽然看到被前呼后拥而来的金碧色灵芝车盖的车上，端端正正地坐着一个美人。长媳仔细一看，正是死去的婆婆。她赶紧下跪拜见，婆婆说："此山是我奉上帝的旨意主管，我也被封为除孽真妃。你阿公也连带着成了鬼仙，没有什么痛苦。你们小夫妻好好地积善过日子，不必太思念我们。"接着又拿出松花饼给媳妇吃，媳妇咽了三口就醒了过来，不久病就好了。伯雍后来做官做到侍郎，叔和最后也官做到布政使，儿孙满堂，其中还有不少是贵人。

这个故事是丁树亭君所讲述的。

白话 夜雨秋灯录 ³

BAIHUAYEYUQIUDENGLU

【清】宣鼎 ◆ 原著

徐赟 ◆ 编著

廣東旅游出版社
GUANGDONG TRAVEL & TOURISM PRESS
悦读书·悦旅行·悦享人生

中国·广州

图书在版编目（CIP）数据

白话夜雨秋灯录：全4册 /（清）宣鼎原著；徐赟编著. — 广州：
广东旅游出版社，2017.10（2025.1重印）

ISBN 978-7-5570-1102-4

Ⅰ.①白… Ⅱ.①宣… ②徐… Ⅲ.①笔记小说－小说集－中国－清代

Ⅳ.①I242.1

中国版本图书馆CIP数据核字（2017）第219198号

....

白话夜雨秋灯录 .3

BAI HUA YE YU QIU DENG LU .3

出 版 人　刘志松
责任编辑　李　丽
责任技编　冼志良
责任校对　李瑞苑

广东旅游出版社出版发行

地　　址	广东省广州市荔湾区沙面北街71号首、二层
邮　　编	510130
电　　话	020-87347732（总编室）　020-87348887（销售热线）
投稿邮箱	2026542779@qq.com
印　　刷	三河市腾飞印务有限公司
	（地址：三河市黄土庄镇小石庄村）
开　　本	710毫米×1000毫米 1/16
印　　张	64
字　　数	940千
版　　次	2017年10月第1版
印　　次	2025年1月第2次印刷
定　　价	280.00元（全四册）

....

本书若有倒装、缺页影响阅读，请与承印厂联系调换，联系电话 0316-3153358

绿蓑钓叟

第二年，吕道南病入膏肓，到处请医求药都无济于事，眼看着病情加重，大家都很焦急。有一天夜里，吕道南抱病坐着竹轿，又命令精壮小伙抬了两只木箱，打着灯笼一路来到王家。

　　一天，从临清县来了个客人，送给某翁一只狮猫，说："这是金银眼雪狸，非常难得。"看看那雪狸，果然十分乖巧听话，买鱼来喂养它，一家人对它怜爱极了。女儿偶然回到娘家，看见雪狸，把它抱在怀里，爱不释手，逗它玩耍。

序言

　　志怪笔记体小说是中国古典小说形式之一，以记叙神异鬼怪故事传说为主体内容，产生和流行于魏晋南北朝，与当时社会宗教迷信和玄学风气盛行以及佛教的传播有直接的关系。汉代以后，儒教、道教和佛教逐渐盛行，鬼神迷信的说教广为流布，所以志怪的书特别多。历朝历代作品中就有不少以"志怪"命名的，如祖台之的《志怪》、孔约的《孔氏志怪》，乃至清代蒲松龄的《聊斋志异》。（"志怪"一词出于《庄子·逍遥游》："齐谐者，志怪者也。"）

　　鲁迅就在《中国小说史略》中说："中国本信巫，秦汉以来，神仙之说盛行，汉末又大畅巫风，而鬼道愈炽；会小乘佛教亦入中土，渐见流传。凡此，皆张皇鬼神，称道灵异，故自晋迄隋，特多鬼神志怪之书。其书有出于文人者，有出于教徒者。文人之作，虽非如释道二家，意在自神其教，然亦非有意为小说，盖当时以为幽明虽殊途，而人鬼乃皆实有，故其叙述异事，与记载人间常事，自视固无诚妄之别矣。"志怪小说的内容很庞杂，大致可分为三类，一是炫耀地理博物的琐闻，如托名东方朔的《神异经》、张华的《博物志》；二是记述正史以外的历史传闻故事，如托名班固的《汉武故事》《汉武帝内传》；三是讲说鬼神怪异的迷信故事，如东晋干宝的《搜神记》、曹丕的《列异传》、葛洪的《神仙传》以及托名陶潜的《后搜神记》等。

　　志怪笔记体小说多以人物趣闻逸事、民间故事传说为题材，具有写人粗疏、叙事简约、篇幅短小、形式灵活、不拘一格的特点。另外不同的作者在这类小说中也倾注了自己的思想、智慧和情感，例如在《聊斋志异》中，蒲松龄"用传奇法，而以志怪"，将生命力和"孤愤"注入其中；而在《阅微草堂笔记》中，纪

昀则是将智慧注入其中，以"测鬼神之情状，发人间之幽微，托狐鬼以抒己见"为核心，目的在于益人神智。大多数的志怪笔记体小说更高超的地方在于对人性的把握，鬼怪皆有人性，甚至比人更为生动真实，可敬可爱。

志怪笔记体小说在明清时代达到了一个新的高峰，为后世树立了一座中国古典小说的丰碑。本着品读经典书籍，弘扬优秀文化的思想，我们首批选取了明清两个朝代中比肩《聊斋志异》的四本志怪笔记体小说，严格遵循原文，编写了这套白话志怪笔记体丛书——《白话夜雨秋灯录》《白话夜谭随录》《白话剪灯新话》《白话萤窗异草》。本系列书所述均系当时社会之旧闻轶事、神鬼狐怪、烟花粉黛一类故事，情节离奇，生动有趣，文笔简洁朴实，颇有艺术造诣，流传甚广，是明清笔记小说中的佳作。

总之，志怪笔记体小说作为中国最传统的文学形式，用的是中国思维，写的是中国神怪鬼狐，讲的是中国故事，这些都渗透在我们每一个国人的骨子里。悠闲时光，品一杯茶，读读这些经典之作，聊发怀古的幽思也是一种极大的精神享受。

出版者语

《夜雨秋灯录》的作者宣鼎，字子九，又字素梅；号瘦梅，又号邋遢书生，金石书画丐，安徽天长市人，生于清道光十二年（1832年），卒于清光绪六年（1880年），是我国晚清著名的小说家、戏剧家、诗人、画家，对书法、篆刻、词曲、赋等亦能精通，史书称他"工诗文书画"。他是清代一位不可多得的多才多艺的文学艺术家。

宣鼎少年时期家境丰裕，后来遭逢晚清社会动荡，穷愁潦倒。坎坷的经历为其后来的文学创作奠定了底蕴。40岁时，宣鼎开始文言小说《夜雨秋灯录》的创作。光绪三年（1877年），《夜雨秋灯录》由上海申报馆刊行，共八卷一一五篇。光绪六年（1880年），又出《夜雨秋灯续录》，仍为八卷一一五篇。《夜雨秋灯录》及《夜雨秋灯续录》深刻反映了清末动荡不安的社会状况和普通老百姓的命运，其中，有的抨击了封建礼教和婚姻制度，有的揭露黑暗吏治、讽刺时弊，有的歌颂豪侠。成就最高的是以男女爱情为题材的作品，如《麻疯女邱丽玉》《邬生艳遇》《雪里红》等脍炙人口的名篇。

宣鼎的《夜雨秋灯录》《夜雨秋灯续录》情节曲折，文笔丽而不绮，前人评它"书奇事则可愕可惊，志畸行则如泣如诉，论民故则若嘲若讽，摹艳情则不即不离"。在模仿《聊斋志异》的众多文言小说中，可以说是最好的一部。

《夜雨秋灯录》被誉为清代小说的压卷之作。

目　录

续录卷三

续录卷四

续录卷一

晁十三郎

晁豫是浙江人，年过四十岁才得一子，按照族中诸子侄辈排行为老十三，所以取名为十三郎。待十三郎长到十四岁时，他的性情温文尔雅，像个姑娘家，同时形貌昳丽。众人看见以后都认为十三郎生得一表人才，都羡慕地夸口称赞说："没想到一个做买卖的人却生了这么一个大有富贵相的公子。"十三郎非常喜爱学习，每天从书塾中归家时，就一定要经过叶画师家的门口。叶画师的女儿叫霞姑，与十三郎同岁，见到十三郎走过来时，都特别激动，总要关起门来通过门缝偷看，心里滋生爱慕之意，却又无法用言语表达。有这么一次，十三郎又一次经过叶画师家的门口，在那儿停下脚来，突然看到有一个美丽的女子，那就是美貌如花的霞姑，这时十三郎惊呆了，因为从未见过如此的美女子，心中就止不住地怦怦直跳，心里暗想：日后如要娶妻，也必定要娶像霞姑这样的温婉美丽的姑娘。但是，他自己也不敢大胆地说出来。那一天恰是清明节，老师们放假归家了，十三郎也从塾中准备归家，这时他又经过叶画师家的门口。很巧合的是霞姑正在家门口缲丝，缲丝机轧轧作响。这时的霞姑身穿藕花图案衣衫，很是雅致，翘起尖尖的小脚，就好像白嫩的笋芽；脸上抹了淡淡的脂粉，在阳光的照耀下美艳极了，好像画中的女子。十三郎看得神魂颠倒，就禁不住想和霞姑说话，于是就走向上前搭讪说："这正值清明佳节，妹子真太辛苦劳累了，难道你就忍心辜负这清明佳节吗？"霞姑有点害羞，脸上泛起了一片淡淡的红晕，笑着说："小鬼头，快回去吧！我爹爹马上就要回来了。"于是起身停下手中的活关上了大门。十三郎感觉很惆怅，但也只得离去，刚走了几步，就又回过头留恋地看看，感到无可奈何，十分无助。从此，十三郎就把霞姑记在了心里，对霞姑朝思暮想，久久不能忘怀。

以前，村里有一个叫张阿虎的无赖，因为他觉得晁豫性格温和就常常欺负他，每次向晁豫借钱都不归还，时间长了，也就习以为常了。一看见到晁豫，他就开始伸手要钱，就像一个讨债鬼似的。晁豫也拿他没有办法，所以阿虎来借钱时只得时常给他点钱。可是张阿虎越来越贪心，从来没有满足的时候。最近，张阿虎当上了营卒，变得更加蛮横；当晁豫拿钱给他时，只要动作稍有迟疑，阿虎就会痛打他一顿。乡邻提到阿虎也非常惧怕，没人敢站出来说一句公道话。十三郎曾多次见到张阿虎向父亲晁豫蛮横要钱的情景，就非常生气，哭着对父亲说："爹是真的欠阿虎的债吗？要不是这样的话，他怎么可以这样蛮横！"晁豫说："你作为小孩子家又懂得什么！你父亲还从来没有进过衙门，也不想进衙门，与阿虎这种人打官司，也只不过是肥了那些公差们的腰包，对我们来说是没什么好处的。"听到这话，十三郎也就无话可说，只好退下不再提及此事。但是他磨了把小裁纸刀，没有告诉家人，这把小裁纸刀足有五寸多长，磨得锃亮，把它藏在怀中。

第二天，张阿虎又来到了晁家，摔桌子扔板凳，又叫又骂。晁豫和以往一样唯唯诺诺，不敢做任何回应。张阿虎又开始蛮横起来，这时他站起身来，打了晁豫一个拳头又把他顶到墙边，大声骂道："你这条老狗，当然是不欠我一分钱，但我是老虎呀，老虎可是要吃人的，你要是不怕被老虎吃了就赶紧给钱，快快解开钱包把钱给我，如果仍是迟疑磨蹭的话，今天我就要你的老命！"晁豫的妻子魏氏也是个胆小怕事唯唯诺诺的人，一见到如此情形，吓得要命，就赶紧跑上前来救护，又急忙把头上的钗环拔了下来，把它恭恭敬敬地递给张阿虎，张阿虎这才松手，骂骂咧咧地离开了。

十三郎回家后，乡邻们就把刚才发生的事告诉了他，这时十三郎非常伤心，就向乡邻中的有头有脸的人物及里老痛哭告说："我爹一向都是个忠厚老实的人，是那个张阿虎欺人太甚，这也是天地神明都可以看得到的。可是你们却对此不闻不问，这到底是什么道理，是什么情况？"这些人统统都说："是因为你父亲太过于懦弱，任人欺负，因此才受他欺侮，张阿虎为什么不欺侮我们呢？你现在还是个小孩子，你能有什么办法？"十三郎十分愤怒，大声说道："我非把他杀了不可！"众人听了这话都哈哈大笑，认为十三郎太幼稚，简直是疯了，就拍拍他的头颈，对他嘲笑说："这孩子真是初生牛犊不怕虎啊！"十三郎于是就恨恨地扭头回家，他就又经过叶画师家门前，很巧的是他看到霞姑正站在大门边。他看了一下旁边没有人，于是就上前把自己家里的冤苦告诉霞姑，说着说着就哭了起来。刚开始霞姑感到十三郎的举止有点冒失，不该有这样的举动，后来发现十三郎真的很伤心，就发现他真的很可怜，于是开始安慰他说："你不要太伤心了，还是赶快回家吧，也别跟这些人过多计较。你现在所要做的就是努力用功读书，日后如果能够飞黄腾达，不怕没有报仇的时机。"十三郎则说："我真是迫不及待了，我想马上就报仇，那该怎么办呢？我就实话对你说吧，我非常喜欢你，我第一眼见到你就爱上了你，我爱你爱得就快要深入骨髓，现在我马上就准备与张阿虎拼命，生死未卜，所以特此来与你诀别。"十三郎说罢，就地呜呜咽咽哭了起来。霞姑听了以后非常吃惊，说："你是发疯了吧，你是疯子吗？我现在再也不敢再和你说话了。"说完后，就快步地回身进屋，立马关上大门。十三郎回家后，有时发呆发愣，有时彷徨独行，有时自言自语，终日惶惶不安。他母亲以为他生病了，心中十分不安。

一天，张阿虎又一次来到晁家，气势汹汹的。当时晁豫正和店里的伙计算账，看到张阿虎上门，甚是害怕，就想赶紧逃走。张阿虎上前跑去，突然一把揪住晁豫的头发，破口大骂，就连他的祖宗十八代也骂上了，气愤地说："老狗！一点小事你竟然向乡绅们告状，能把我怎么样？你竟然向里长告状，你又能把我怎样？我看你今天非得拿十千钱出来不可，不然老子是决不放过你的！"说罢，又气冲冲地打了晁豫几记耳光。店中伙计都上来相劝，晁豫的妻子也在旁向张阿虎苦苦哀求，乡邻们都前来解救，可是一点用都没有。正闹着闹着，张阿虎突然瘫倒在地，腰间血流如注，原来是十三郎暗自带着雪亮的小裁纸刀，趁着张阿虎与众人缠在一起时，猛然刺向了张阿虎的肋骨，深度达二寸多。只见张阿虎在地上滚来滚去，大声号叫，拼命挣扎，不过一会儿就死了。十三郎将小裁纸刀抽出，跳起来大声说道："死了！真死了！张阿虎是我所杀害的，我立刻就到县官那里去自首，决不连累乡邻的每一个人。"此时，晁豫与妻子在家中哭泣、乡邻也还在惊讶不已，十三郎就已奔到县衙，在述说自己是如何杀死张阿虎的了。县令平原公是个有名的清官，他通过各种各样的渠道了解到张阿虎生活中的种种劣迹，于是召来张阿虎妻儿，并对他们开导说："杀人偿命，这是法律所规定的明文条例。但是作为一个十四岁的小孩，因为迫切地想要救助自己的父亲，无意间杀死仇人，就不能按照一般的杀人案的情况来判罪，因此我不得不稍微变通一下。如果我现在就要十三郎抵张阿虎一命，恐怕真的要得罪苍天了。"于是，平原公将此案按实情上报，结果很好，十三郎被从宽处理，也没有被判定死刑。

第二年的春天，十三郎被从狱中提了出来，减刑发配到了四川丰都县。他穿着赤褐色的因衣上路，路人见了都替他感到难过。临行之前，十三郎哭了，悲伤地向父母告别，说："孩儿不肖，因一时激动愤怒而杀了人，还要让父母为我担忧。但孩儿也要说一个好消息，我夜来梦见过一紫衣神对儿说：'你如果充军到边地，三年就定能回乡。'因此还请父母保重，努力吃好喝好，千万别挂念孩儿，千万别费神劳心，以致损害了自己的身体。当然孩儿还有件心事，只是不敢说出口，望父母体察。"晁豫痛哭着说道："因为我的懦弱无能，还连累了你，你如果真有什么要求未能满足，就尽管说吧。"十三郎回应说："画师叶老先生有个女儿霞姑，孩儿很喜欢她，想娶她为妻，父亲何不请媒人定下这门亲事？如果三年后孩儿仍旧不能回乡，就让霞姑改嫁，我决无怨悔。"晁豫说:"好吧,我都答应你!"一家人哭着送走了十三郎。后来十三郎到了充军的目的地后,因为他为人非常谨慎纯朴,得到长官的怜惜,所以不让他干粗重活受苦。

十三郎在那儿住了整整两年。有一天,跟随长官从东边回任所。这时天色很晚,他骑着一匹劣马,缓缓而行。当经过一处住宅时,看到一青衣小婢正在门外恭候,对他说:"小伙子,天色那么晚了,月亮和星星都早已悬挂在天空,长官的车马想来也早已进城了。前边已经没有村店可住宿,山路上多虎狼,很不安全,你难道不害怕吗?这里是你姑母的住处,可以供人歇息,何不请进来住下?"十三郎感到非常奇怪,下了马背,将马拴在了树上,跟着小婢一起进了那所住宅。只见房屋很宽阔,装饰又非常华美,俨然是个富贵子弟之家。十三郎接着往前行,来到厅堂去拜见主人——原来是位很美丽的女子。他们开始相互道及家事,方知她竟然是十三郎的姑母,十七岁上吊死去的。十三郎貌似还有点印象,就说:"真的没想到姑母竟还活在世上?"于是就以子侄之礼重新拜见姑母。姑母很高兴就又仔细询问了十三郎父母现在的情况,于是很感伤地说道:"侄儿到此,我们的相见真是天缘凑巧。"过了一会儿的时间,门外似乎有贵官到来,这时只听得到一片侍从们的大声吆喝声,姑母说:"你姑父回来了,你暂且去帐幕后回避一下,我没有叫你时你就先别出来,免得冲撞了你姑父。"十三郎疑惑地说:"姑母,我好像记得您还未嫁过人,怎么会有姑父这个人呢?"姑母说:"你这个傻孩子,世上哪有女子长大了以后不嫁人的?"没过一小会儿,就听见有托托托的皮靴声进入了家门,众丫鬟争先恐后地拿着桦皮卷成的蜡烛出去迎接,没过多久,那人就到了厅堂,与姑母见礼问候,貌似是分别了很久很久才回家。紧接着,酒席准备齐备,两人落座对饮。随后童仆、丫鬟也上前参见。

十三郎很好奇,于是就在帐幕后偷偷地东张西望,只是看见那人面孔黝黑,容貌凶神恶煞让人看了有些害怕,胡子是火红的,迎风飞舞,心里非常害怕。突然,那人手一伸又轻轻地摸了一下面颊,面皮就脱落下来了,就像演戏时演员脸上所戴的假面，然后又叫底下人将面具收起。这时候再去看看那人，却分明是一位潇洒非凡的美男子，年纪也与姑母相仿，也正好与姑母相配。然后又过了一会儿，那人忽然把酒杯拿开，用鼻子嗅了好几下，惊奇地问："怎么这屋子里面有生人的气味，这屋子里有其他人吗？"姑母慌忙站起身来，提起衣襟恭敬略带紧张地回答道："我有个侄儿叫十三郎，他被发配到此地，夜太黑，赶路也找不到可以住宿的地方，因此我叫他暂且在此歇宿，以备明天上路，希望您能顾怜顾怜他。"那人听了以后大笑说："夫人何必太过客气，太过见外了，难道你的骨肉之亲来了以后却叫他躲起来不见礼的？"于是就叫十三郎出来。十三郎来到了堂上，恭敬地伏地参拜姑父。姑父恭敬地还了礼，夸赞道："这孩子长这么好，大舅能得此佳儿，也真给他生着了。"于是立即传厨子另外摆上酒菜，好好招待十三郎，让十三郎坐在他右边，并且说："我与你姑母共饮，你就自己独自吃喝，因为我们双方吃的酒菜是有所不同的。如果有做得不够恭敬的地方，就请多原谅。"姑父很关切十三郎，同时也问起家事，十三郎把自己家的事都陈述了一遍。随即便有一个属吏过来呈上簿子来，姑父就让十三郎自己随意翻阅。簿上清清楚楚地记着十三郎的姓名和一切行事；其中"为父报仇"这四字，金光灿灿，十分醒目。过后又记着官至总兵，后面还剩有一页多小字，十三郎还未浏览完，姑父就命令属吏将簿子藏好。

看完簿子以后，十三郎突然就叹了口气，姑父疑问道："侄儿为何不高兴了？"十三郎回答道："侄儿犯过错，是一罪犯，抛弃了父母，罪孽很深重呀。"姑父安慰他说："没事的，你父母身体都很硬朗，况且不久就能见到他们，和他们团聚了，你又何必伤心难过呢？"说着说着，他抬头招呼一个小丫鬟说道："去叫个歌伎来，唱支新曲，好让十三郎开开心。"没有多大会儿，就见众丫鬟们簇拥着一位穿着紫衣的女郎出来，女郎袅袅地来到席前，窈窕温婉，扬起长袖，拉开嗓门，一边歌唱，一边跳舞。她唱道：

如年夜，如年夜，夜漫漫兮风露下。

6

桐叶翠飘，蓼花红泻，此中有佳人，正碧玉芳年，深闺未嫁。

你为底伤心？为何瘦损？为谁牵挂？

团团靥儿，蓦地娇羞，星星胆儿，无端害怕，无端害怕。

今夕相逢，似雾里看花，水中玩月，梦中搭话。

十三郎听那歌声时听得很入神，又顿生伤感之意，等到真正看到歌女的美妙脸庞以后，竟然止不住掩面伤心痛哭起来，因为那亭亭玉立的歌女正是霞姑。此时，姑母说："这歌女来此时间不长，侄儿莫非真的与她熟识？"十三郎就问："她果真是霞姑吗？"姑母说："正是霞姑。"十三郎接着又问："她怎会突然到这儿，她又是何时到此处的？"姑父说："你暂且不需要问她的来历，且说说你们之间的关系，我有方法成全你们的。"十三郎赶忙跪下叩头，叩得实心实意，说出了自己的心里话。姑父说："这事本来真的不容易做到，但是你们一个孝子，一个节妇，就连天上神仙也是十分敬重的。如果能够稍加调停，即使做得不妥当，也不会遭到谴责。"他斟上了一大杯带有绿色的美酒，说："侄儿你来喝一半，另外一半就烦请夫人递与霞姑喝。"霞姑满面通红，害羞至极，怎样都不肯饮酒。姑母便笑着劝说道："你真是傻孩子，不久就要做我们家媳妇了，这就是订婚酒啊，赶紧喝了吧。"霞姑听了以后就恭敬地喝下那半杯酒，喝完后双颊顿时映起红潮，眼神迷离，姿态变得更加娇艳动人。姑父对姑母说："侄儿的眼光真不错。"随即又唤来属吏，打探道："此事容易办吗？"属吏答道："此事简单。"于是就命人驾着牛车把霞姑送了回去。霞姑起身与姑母握手道别，同时又与其他众婢告辞，因为不舍，彼此都哭得很伤心。临行的时候，十三郎又一次哭泣，拉着霞姑的手对她说道："你顺利到达后就对我父母说，不孝子十三郎目前一切安好，为时不久就可以回来。"霞姑想让十三郎拿件东西给她作为信物，十三郎就解下衣襟上的佩玉送给她，霞姑带着怅然的心情出门离开。过了一会儿，筵席散去，有人来请十三郎去安歇。卧房内帐帷、卧榻都准备好了，被褥华丽而柔软，睡在上面十分舒服。十三郎安心地睡了一觉，醒来后，天已微微明亮，睁眼一看，不禁吓了一跳，原来自己是睡在一座大坟堆上。耳边又传来杜鹃凄惨的叫声，心头更是伤感不已；再一看，自己的那匹马还在路边香香地嚼草呢，于是自己觉得很是荒诞。回到衙署后，也没有把这事告诉别人。

这年冬天，皇上得了皇太子，一高兴之下，大赦天下。大赦的诏书下达过后，十三郎则告别丰都县县令，准备返回自己的家乡。县官怜惜他是个孝子的分儿上，送了他许多财物。当十三郎回到家中时，就看到了霞姑，这时霞姑已在晁家父母身边，样子很亲近。十三郎靠近霞姑，和霞姑相互对视，仿佛是在梦中一样，朦胧又美好。父母便问十三郎："我儿你可知道霞姑的事？自从你发配之后，我们就依照你的意思去叶家求婚。叶画师是不允许的，便质疑地说：'谁知道你儿子什么时候才能回来，再说我的女儿也不能嫁一个囚徒，这样就太失我们的身份了。'这事只好就此作罢。但过后霞姑很伤心竟然日夜哭泣，凡有别家请媒人上门来提亲，她都不同意，她就要寻短见。叶画师因为此事时常恶狠狠骂她。霞姑毁妆僵卧断气了，死后葬在屋后的枣花树底下，至今已有一年多时间了。说也奇怪，在今年夏天的一个晚上，突然狂风雷电大作，就把霞姑的坟墓劈开了。她父亲慌忙赶去一看，看到霞姑的尸体没有任何的变化，走近后听到霞姑鼻子里还有呼吸声，有些活气，她父亲很是惊喜，就请来了村中妇女围在坟旁守候，过了一夜，她竟复活了。复活后固然可喜，但她却执意不肯回到自己家门，只求再死一次。只好问她为什么，她说：'我早都是晁十三郎的人了，有佩玉为我们做凭证，这是神仙做的媒。'叶画师见这块玉很好奇，认为并非自己家中所有，也不是什么殉葬品，就拿来让我们看。我们说：'这的确是小儿平时随身佩带的玉，但奇怪的是怎么会到你女儿的墓中？'叶画师认为这就是上天的安排这才下定主意将女儿许配给你，如今霞姑过门已有一段日子了。是因为得到上天的恩惠你才回家的吗？这事情该告知叶画师，让他好好地为你们举办一场隆重的婚礼。"十三郎就把遇见姑母的事，一一讲给了父母听，父母方始明白。以前，晁豫有一小妹待嫁，十七岁那年夭折，这样想来她死后才真正嫁了丈夫。

霞姑成了十三郎的妻子，她性情温和柔顺，小两口和和美美感情很好，恩爱程度超过一般的夫妻。霞姑本人品性也很善良，因侍奉公婆孝顺而得以闻名乡里。张阿虎的儿子常与坏人为伍，渐渐地做了盗贼，为人所唾弃。他知道自己父亲的死与十三郎有关系，手持利斧扬言说一定要为他父亲报仇。有一天，霞姑对十三郎说："大丈夫屈身隐姓埋名，也终非长久之计，为何不投身军旅，去为国家效力呢？家中的两位老人，我会切实负好责任好好替你照顾的，你就勇敢地闯荡，不必有后顾之忧。"于是十三郎就和爹娘告别了，慷慨从军。十三郎在条件艰苦的边疆沙漠地方守卫战斗了三年，官升至凉州总兵。后来晁豫夫妻亡故时，霞姑因为丈夫在外，不能回来，就一手承办丧事，哀泣尽孝程度超过了亲生儿子。后来又遇大事，李自成、张献忠起事，十三郎当时已任中州总兵，历经了大小百余场战争，杀得李自成、张献忠的部队大败而逃。后来又经历了一次夜战，十三郎一不小心落入敌军陷坑，不幸战死。霞姑在家中闻到噩耗，先是很伤心，痛哭了一场后又大笑，说："我的事情也终于可以结束啦！"也自缢而亡。这时方想到当日所见到阎王簿上的最后几页内容，上面记录着十三郎夫妻二人死于王事的事迹，因此不想让十三郎看到。阎王簿上是否真就是如此记载的呢？据说听十三郎、霞姑故事的人都把他俩所居郡县乡邑的地名给遗忘了，也不知道他们是否有后代，很是可惜。

绿蓑钓叟

天长县的边界，在下阿村的西面；高邮县的边界，在它的东面。天长县南山有这样一个人，他姓王，名叫王十一，与同县吕道南自小关系甚好，长大后两人的关系就变得日益亲密。吕家家境很富裕，王家则生活贫穷，常靠吕家资助才得以度日。吕道南五十岁时，妻子离世，王十一前来悼念，看吕道南儿子欣郎面目忠厚老实，虽然在热丧中哭得泪流满面，但是气色很好，所以就有意要将自己的亲生女儿蕙娘许配给他作为妻子。吕道南听了以后，甚是欢喜，本来早就看中蕙娘性格品德善良平正，又能做到勤俭持家；老妻死后，他正为家政无人主持而忧愁，听到王十一愿将蕙娘相许这个消息，异常高兴，不禁破涕为笑，立即请来亲戚做媒，从此两家结成亲家，关系变得更加亲密。

第二年，吕道南病入膏肓，到处请医求药都无济于事，眼看着病情加重，大家都很焦急。有一天夜里，吕道南抱病坐着竹轿，又命令精壮小伙抬了两只木箱，打着灯笼一路来到王家。两人客套问候一番之后，把其他人打发开，后来吕道南控制不住自己的感情，哭着对王十一说："我与你关系情深义重，最近又刚结了亲家，亲上加亲，从此以后，我的儿子就是你的儿子。即使你不疼我的儿子不爱惜我的儿子，难道你还能不疼爱自己的女儿吗？我的病情很重，是个快要辞世的人了，但我的儿子年仅二十，他不知道财物的来之不易，不懂得珍惜，就是给他万贯的家财，他也会随手花光，不剩一点。另外，我们族中的情况你是知道的，有很多贪婪的虎狼之徒，家里虽富有，但恐怕遭此辈暗算，遭不测之祸。因此我今天带来了白银五千两，把他们预先存在你这里，等到我儿子真正能自立了，你才能陆续将银钱给他。希望你能暂时保守我们之间的秘密。"说着吕道南就顺手打开木箱给王十一看，只见满箱光灿灿的足色纹银，闪闪发亮，正值五千两。王十一收到后当面发誓一定不会辜负老友的嘱托，并收下了这批银子。蕙娘当时已十六岁，她当时正暗藏于屏风背后，把吕道南的话听得清清楚楚，心里对公公虑事周密的做事态度很是佩服。

正是二月十五，天气晴朗，在大厅左边王十一为吕道南设下座位，王十一叫蕙娘前来拜见公公，蕙娘很是恭敬地拜见了公公，吕道南心中非常喜悦。酒席上大家欢笑一片，互相敬酒，吕道南由于身体原因勉强饮了一杯。第二天，吕道南回转到家中，病情越来越重，拖了四五天就离世了。听到消息后，王十一赶到吕家伤心痛哭，并替女婿料理事务，一切都很妥帖。欣郎在居丧期间，异常伤心，每天都哭得昏天黑地，对家事的料理也不知怎么办才好。当然也有疑虑，心下怀疑父亲原本是个很会攒钱的人，那么他的钱一定会锁在柜中，当他偷偷打开柜子看时，柜子里也只有些衣服、鞋子、书籍等杂乱的东西。对此不禁非常吃惊也不敢想象，慌忙告知岳父王十一。王十一为了配合欣郎，就召集了吕家所有的仆役及族中亲戚一同搜寻，但也只是在床头藤箱中寻得几百两银子，大家也都感到非常奇怪。对此人们都做了猜测，有人怀疑吕道南另外挖地窖藏着银钱，问欣郎，但是欣郎却一无所知。无奈之下只得将藤箱中的钱一半办了丧事，一半给欣郎度日。一时间，因为家中破落，仆人也都走散了，另觅了新主人，族中亲戚对吕家也冷眼相待。

三年过去，欣郎家境变得困顿，他只好把屋子西边的小园子卖去，卖了白银五百两，委托媒人到王家请求，计划在花朝后两天（二月十七日）举行婚礼。王十一装作很为难地说："欣郎卑贱至这个地步，我女儿如果嫁过去，怎么生活，是叫她喝西北风过活吗？"听了此话，媒人就把欣郎卖小园子的事告诉了王十一，王十一这才爽快地答应了婚期。这时候的王十一已渐渐地置办了许多田地，建造起大屋，家中也有许多仆役侍候，出门工具有车马，像个富户一样；并且田里收成很乐观，经商又赚了一笔大钱，显出一副阔绰的样子。待蕙娘嫁到吕家后，和气温柔，勤俭持家，夫妻情真意切。但是情况也不妙，欣郎卖园所得的一点钱渐渐花完，先前他们开始卖桌榻，后来卖衣服鞋子，终至一贫如洗，连借贷都无处可寻。欣郎感到生活的不如意，常常对着蕙娘哭泣，蕙娘说："你实在没有办法，可向我父亲去借。以前，我父困难时曾得到过你爹的不少帮助，这事是大家都了解的，他一定不会吝啬不借。"欣郎迫于无奈也只得怀着羞愧和试试看的心情去借钱，最后果然借得十多千钱回来。但是只维持了一段时间，不久又到了揭不开锅的程度，于是就又去借，还好又借得几千钱，后来再去借钱，情况不好，仅得数百钱。最后又去借钱，岳父王十一态度发生了大转变大骂说："小子！我家可不是你的摇钱树，我们老夫老妻不久也要离开人世，也就靠这点儿钱养老了。你们小夫妻不想法自谋生计，总是靠借钱为生，我们又哪能填得满这无底洞呢？"

对于岳父的大骂，欣郎垂头丧气地回到家中，生气地往床上一躺，肚子饿得咕噜咕噜叫也只得坚持忍着。这时的蕙娘正非常渴望地盼着欣郎借钱回来买米做饭，看到他这副失望的样子，就仔细地问了情况，欣郎说了，蕙娘不相信，还怀疑自己父亲是故意为了激励欣郎才这样做的，于是就再一次劝说道："你再去向我父亲求借，我想他一定肯借钱给你的。"欣郎略带失望地说："你父亲本就不欠我债，我怎能屡次上门没脸没皮地向他告借？"蕙娘听了这番话，呆呆地伫立了很长一段时间，说："饥饿难耐，还是让我去找父亲商量一下；或许可借得少些，但也是说不定的。"

蕙娘说过后就去往了娘家，对父亲哭诉说："您的女婿没有能力，也只指望爹爹能帮他、能疼他。"王十一见此情形，把刚才回答欣郎的话又重说了一遍，训斥了蕙娘一顿，对她唠唠叨叨，最后十分绝情地说："我不是不疼爱自己的女儿，不是不帮助自己的女儿，假如吕家的那小子被饿死了，我最多也是养你一生一世。"蕙娘听了以后，叹了口气，说："如果我的丈夫饿死，我也会随从，绝不会独自苟活人世！"王十一听了以后说："傻丫头，我们家中财力雄厚还少你吃的吗？"蕙娘低声回应道："爹爱我的心情真是尽心竭力的，但是眼前的燃眉之急仍需要解决，那又该怎么办呢？"王十一就说："照你来说，究竟要怎样才行呢？"蕙娘想了一下终于说："从前公公放你这儿五千两白银的事，我始终没向欣郎提到过，不然的话，他早来向您要钱了，可是他如果真拿到这笔钱，却又不知怎样的乱花呢。"王十一听很是吃惊地说："五千两银子是怎么一回事，为什么不拿来使用？"蕙娘说："爹，您难道真的忘记了？还是装作故意不知道？那年我公公去世的前几天，他亲自来到我们家，将两只大木箱的钱放您这儿存放，将来解决我夫君贫困挨饿的难题。您难道真的忘记了？我可记着呢。"王十一听了这番话，大声叫道："你这丫头真是喜欢胡说八道！你公公去世时，床头不过留下银钱数百，这些大伙儿都是有目共睹的，怎么可能又会有那么多钱存放在我这里呢？若论父女之情，我是应该供养你，但倘若你打算来要债，我可是不怕你的。"说罢，就立即要将蕙娘赶出了家门。蕙娘气愤地大哭，向母亲哭诉这件事。蕙娘的母亲这时也病得很厉害，只能以叹息回应，况且她是真的不了解这事的究竟。过后，王十一又大声叫道："就照你所说的，就算吕翁曾将钱放在我这儿，那么你的凭证又在哪里？"至此蕙娘方知父亲是一个奸猾的人，想要有意赖账，辜负了老友对他的托孤之心。她强忍着腹中的百般饥饿，气冲冲地离开了娘家回到自己家中，才将过去的事对欣郎一五一十地告知。欣郎听了也是异常愤怒激动，请讼师写了状子到县里去控告自己的岳父。可是县令也是受了王十一的贿赂，置之不理。欣郎非常不服气，就赶到县里，当堂告状。县官问他有没有证据，欣郎就拿蕙娘的话当证据。县官此时命人叫蕙娘到堂上作证。蕙娘将当日吕翁寄放银钱的事在堂上细细叙述一遍。判到最后，县官还是因欣郎拿不出充足的证据，而蕙娘所言又不足为凭做理由，最后命差役将欣郎赶出去。欣郎激动地大声骂道："身为父母官，应该主持公道，竟然有这样的昏昏然之徒！世上怎么可能会有做人儿女的忍心去诬告他父亲？那样的话，老百姓都不敢来告状了。"县官看欣郎胡乱说，就喝令人掌欣郎的嘴；但欣郎还是高声叫骂，而且气势更加猛烈，于是县令又命人打了他一顿屁股，把他赶了出去。

从此以后，这对小夫妻俩生活依旧贫穷，被逼无奈只得卖了房屋，住进破旧茅草棚里，就连一日三餐也真的难以维持。后来遇上荒年，他们实在没有了生活的办法，只得带了一对儿女逃荒到甓湖边上，那里四围一片濛濛的绿水，真的是到了走投无路的地步。生活的无奈，让欣郎与蕙娘经常相对哭泣，一双儿女也饥寒交迫。面对这种情形，两人低声商量说："我们忍受着这生活之苦，又何不面对面上吊自尽，我们死后化为厉鬼再去杀死这没良心的人。"于是松解下衣带结在道路旁的干枯树枝上，准备把头伸进环中。

忽然，芦苇丛中传来一片划水之声，这对夫妇定睛一看，只见一位渔翁身穿绿蓑衣站在小船上从不远处划来。他生得面色苍老，但是仪容不俗，一看都知道是非凡之人，他手持钓竿很娴熟地投入水中；船尾有一个帅气的童子，一个美丽光鲜的丫鬟，荡桨的声音呕呕哑哑，荡桨的速度不快不慢，正从港汊中摇出。那老头猛然看到岸上一男一女要上吊，就大声喊叫道："真是一对傻男女！世间到底有什么为难事要让你们自寻短见啊？"赶忙让小童、丫鬟们赶上岸去把他俩从吊环中解救下来，再把他们放在地上。没过多大一会儿，两人才苏醒过来，都以为自己已在阴间，后来发现自己还活着，于是就伤心地哭道："我们怎么还活着？我们根本就活不下去了！"老翁看到这种情形，放下钓竿来到他们身旁，同他们一起坐在绿草地和他们温和地聊聊天。欣郎这才把自己的冤苦从头到尾地说了一遍。老翁听了这番话，捋着胡子仰天大笑说："难道这也值得去死？这样死去就太不值得了。"接着就用船把欣郎夫妻和他们的子女载回到老翁所居住的村子里。村子十分美好，就像世外桃源一样美好，村中杨柳依依，竹篱茅舍，又有良田美池，交通四通八达。室内的彝鼎、瓷器、图书等物，都摆放得整齐有序。老翁待人很热情，命小童、丫鬟端来香喷喷的鱼羹和独有的香稻米饭，欣郎一家狼吞虎咽，吃了好长时间才吃了个饱。居住几天过后，欣郎一家十分高兴但又感到十分过意不去，老翁看清形势，把欣郎叫来，说："你还能经得住责打吗？"欣郎说："我已遭受过折磨和侮辱，还有什么磨难是经受不住的？"老翁就说："我这老头子能把这件事妥善解决。"他指着那小童和丫鬟说："他们当然也可以把此事处理好，但恐怕会把众人吓坏。现在我们不如设一计策，让王十一自己主动招供，让神道与世人都心满意足，你们看怎么样？"欣郎听到以后，高兴地点着头说："我一切听从您的安排。"说过，老翁就从袖中拿出一张状纸，写上一些字迹，把它交给欣郎，说："高邮县有一位县官叫邵阳公，他是一位非常能干的官员，但是性情刚愎自用，比较喜欢争强好胜。你若能真心说服这个县官让他来帮助你，那么这没有良心的大骗子王十一就可抓到，叫他把属于你的东西乖乖地双手捧还。"说完计策后，就叫这对夫妇俩搭船去往高邮县城。欣郎夫妇就听从老翁的话，他们穿着十分破旧的衣服，一同赶到了县衙，在石阶上坐等。

具体情形是这样的，县官邵阳公升堂刚开始处理案件时，欣郎夫妻俩就故意装作吵架的样子，他们刚开始先是小声地争吵，然后大声叫骂，最后双方闹得不可开交。两人还是骂骂咧咧的不肯罢休，直到差役过来阻止才停止。邵阳公看到此情景勃然大怒，于是就命人把他们抓来罚他们跪在堂上，并加以训斥。欣郎大喊大叫道："我是天长县人，只有天长县的官才能管着我，你高邮县的官是管不着也不该管的。"邵阳公听后更是怒气冲天，丢下竹签，命令差使暴打欣郎屁股。欣郎接着高声大喊道："大人只顾打我，如果小人真的有冤枉，也可以为我申冤吗？"邵阳公答道："到处官可以治到处民，我既然能打你，当然也可以替你申冤理枉。"欣郎听完此话便伏下身来忍受挨打之苦。暴打完毕，欣郎忍受皮肉之苦，从袖中取出状纸，边痛哭边泣诉冤情，越说越气愤，声振县衙大厅。邵阳公把欣郎的状纸翻阅了一下，对欣郎的经历十分哀怜，就让他暂时住在廊屋中，并天天为其供给饮食。邵阳公认为这也是一件值得斟酌的事情，就起身到幕僚办公的地方，与众人一同商议说："邻县的一个没有罪名的人，我们需要什么办法才能把他抓来呢？"大家议论纷纷，在幕僚当中有一位很有谋略的人，挠着头皮冥思苦想了很长一段时间，说："有方法了！"于是到大半夜时，这位幕僚从牢中找出一名强盗，并且暗自地教他说："明天，县太爷如果审讯你，你就把天长县南山王十一给拉上，说他家有窝赃的罪行，我们就想办法开脱你的死罪。"那强盗听后十分高兴，说一定把这事给做好。

到了第二天过堂审问的时候，那强盗果然是按照着幕僚所教的招数一一做到，县宦听后立刻发一道十万火急的公文，派一位干练的捕快渡过氾社湖赶到天长县。天长县县官做事很谨慎，因为事关系到盗贼要案，所以不敢过多祖护，于是将王十一抓来后就立马交给高邮县的捕快。事情办得效率很高，捕快看到王十一就把他装在一个木笼中，连天赶夜地带回高邮，投入高邮县的牢狱。这时王十一已被吓得魂飞魄散，心想自己平时从来不与盗贼来往也不想进入衙门，而如今却被关进牢笼，低头屈尊服从牢中差役的管制。怕什么来什么，刚到牢笼，那差役就开始骂道："王十一，你可是个大富豪，作为大名鼎鼎的人物，竟然和盗匪勾结，真是让人意想不到，鬼使神差。今天你要是不拿钱出来，看我怎么收拾你，我可就要打断你的狗腿。"王十一听到后很害怕，想到也只有钱可以解决问题，就写信叫家人拿钱来上下打点这些差役，上上下下足足用去了好几百两银子。

第二天，刚到天明，县官则开始升堂审问，王十一见到此情形害怕得要命，大声呼喊道："小人无罪！"县官则笑着回应道："你不要过于紧张，我也知道你无罪。"于是就让强盗来当面对质。殊不知，欣郎夫妻俩却早已暗藏在县官座位内。之后没过多久，那强盗就被带到了堂上，面容憔悴，蓬头垢面，又不停地眨巴着黑少白多的眼睛，简直像个活鬼，看上去都会觉得可怕。见到王十一以后，强盗装作认识王十一，哈哈大笑说："老王，最近你过得怎么样啊？"王十一见到此人很是惊讶地说："我与你素不相识，你怎么会问这样的问题？"强盗就破口大骂："你这个没良心的狗才！真是发了财做了财主就忘了老朋友！你要问我对你了解多少，那么你家住在哪里，你有几亩田，房子住得好不好，家中有什么东西，东西又值多少钱我都清清楚楚，竟然还说素不相识。再说了你还记得吗？那一年花朝的第二天夜里，我把装有五千两白银的两只木箱子亲手交给你，你怎能忘了？"王十一听后大笑说："咦，你简直是胡说八道！再说了，那银子是我亲家存放我那儿的，日后留给我的女婿，哪里说是你的东西？"事情发展到这里，县官当即拍桌质问王十一说："你女婿、女儿现在身在何处？"王十一回答道："他们不听我的教诲，不学好，早已双双去世了。"话说到此，县官觉得已经到时候了，就让欣郎夫妻出来与王十一对质，同时把那强盗都关进监牢，并给予减轻刑罚。王十一才最终明了这只是安排的一场戏，但是又躲躲闪闪的不肯招供，后来被掌了嘴，又受到严重的刑罚，直到打落了门牙，他才说出实情。县官命令王十一把本金五千两赶紧交出来，同时又把数年来的利息也一起算上，把王十一在释放前又重打了三百刑杖，让王十一痛苦不堪。

终于真相大白，欣郎高兴地领回银子，叩谢了县太爷，就计划回到自己的天长县。邵阳公询问他说："你确定以后能够自己谋生？"欣郎坚定地回答："能。"邵阳公又关切地说："如能自立，不如就在此地做个小本买卖，实在不会的话，我来调教你。"欣郎十分感动，连连说道："多谢大人帮助。"邵阳公有疑虑地问："这事很巧妙，究竟是谁来替你出谋划策的？又是怎么想这样做的？你何不对我说清楚呢？"欣郎先是微微一笑，觉得事情是得揭晓了，就把自己遇到绿蓑衣老翁所发生的事一五一十地说了。邵阳公听后立刻派人去寻访。听了欣郎说的地方之后，则只见烟雾茫茫一片，而那老翁却是无处可寻。不久过后，欣郎便在高邮县安家落户，他们夫妇脚踏实地，逐渐发迹，最终成为了富户。王十一的结局则不太好，他回到家后，全身生疮溃烂，把所有的钱都花在看医买药上，最后穷得还不如他女婿最破落的时候，更严重的是他遭到乡里人的鄙视，最后慢慢死去了。

珍珠襦

在淮阴地方有个小商人，名叫章楸，在城北大道旁经营了一家酒店，供过往的客人饮用。酒店紧靠青草滩，有很多杂草和坟地。屋后大河环绕，种了不少榆柳，绿荫一片，环境很是风雅沁人。店堂中的桌椅、柜台等布置很是干净整洁，店中还兼卖盐豉、豆腐之类的东西，味道很鲜美。但由于小本经营，所以利润微薄，只能够一家人喝口米粥，要过上小康生活实在很难。他的老婆儿女住在店后面的三间屋里，章楸的妻子范三娘风韵犹存，很有古代卓文君的风致，也会偶尔到店堂来帮忙卖酒，店中还雇着伙计来干活。章楸十分好客，只要碰到文人学士到店中饮酒，如果钱不够来付酒账，也很大方地不计较。

有一年的端午节，五月初五，天已正午，各家的酒店都已关上大门，只有章楸的酒店门还开着。章楸让店中的伙计在大门守候迎客，而自己到厨房中掌勺烧鱼烧肉，准备过节的饭菜。忽然，省里司法部门的差役押着五名犯人看像都是匪首，被脚镣手铐锁着来到店前，一窝蜂似的拥入酒店坐下，催着要酒要菜，很是着急。伙计回说酒已经卖完了。只见他们粗鲁地拍着桌子、摔家伙，对着伙计就破口大骂，气势汹汹。伙计们都被这阵势吓怕了，都缩着头躲了进屋，不敢出面。章楸和三娘不得已出来走到前边来查看，装出笑脸来安抚他们，说："你们赶路，一定很饥渴了。又碰巧今天是良辰佳节，怎么能就这样度过呢？如果各位不嫌弃，我家已经准备好了丰盛的酒食，大家可以一起高高兴兴开怀畅饮过节。"说罢，就赶紧让伙计把热酒拿出来，摆好餐具。三娘回到屋内，把厨中刚烧好的菜肴也都端了出来，味道鲜美，又搬出汤饼等面食供这些人吃，说："看样子你们应该是北方人吧，怕粥饭之类的食物吃不饱，所以给大家供应了面食。但时间紧促，如果味道不好，还请各位多谅解。"众囚徒满意地说："好，可真是个贤德好客的主人。"这些人的食量很大，把每个盘子都吃得空空的，桌子上杯盘狼藉。见客人吃好后，主人又送上香茶，不久又端来盛着热水的大木盘，供囚犯洗澡。众囚犯见状很是高兴，虽然并未洗上。但最后没有说一句感谢的话，只是低声询问了店主的姓名，记住后就被押着离店而去。这时，闻声围观在店堂前的村夫牧童都嘲笑店主。章楸自己也觉得自己做得好笑，也笑了起来，之后和妻子一起洗碗筷器皿，打扫卫生，安放桌椅。

到了这年的秋天，店里忽然来了三个人，穿着粗布的衣服，问道："酒店主人章楸在哪儿？"章楸回答："我就是。"只听哐啷啷一声响，章楸的头颈已经被套上黑铁链。家里人都惊讶不已，不知所措，范三娘见状大声地哭了起来。那些人随后把章楸带到山阳县衙，投进公文说："有匪首招供，说章楸家窝藏盗窃的赃物，现在已将章楸捉拿到案，以便质对。"县官命人把章楸捆绑起来，然后关进木笼中，派兵丁看守着押送走了。范三娘赶来送行，哭声震天。章楸也哭道："我这一去恐怕生死未卜，你们赶快把酒店关起来，等候我将被如何处置的消息。"并暗中让大儿子带足路费，跟着自己启程，一家人掩泪告别。到苏州时，省里的长官梁大人有事到南京去了，章楸被暂时关入大牢等候审判。当夜就把章楸和那些盗匪关在一起。牢中黑灯瞎火的看不清人，只能清楚地听到四周啾啾鸣叫的虫声，章楸心中很是害怕，担心无常鬼来把他抓走。

　　半夜，章楸听到牢外有摇铃、打梆子的声音。忽然，耳旁也传来叫自己名字"章楸"的声音，喊声有的苍老，有的稚嫩，南北口音混杂不清都有。章楸细听这声音好像曾在哪里听过，很是耳熟，但又不敢贸然答应。忽然又听到一声低声的叫唤，说："老章，你忘了我们啦？我们是老朋友啊。"章楸很怀疑，低声回应道："我确是章楸，可你们是什么人？"这人接着说："我们就是端午节那天在你店中叨扰一顿酒饭的弟兄们啊。"章楸想起来了，但是情绪悲伤地诉说道："唉，想不到我们在这鬼地方遇上了！但是，我自己都很好奇到底犯了什么罪，你们知道吗？"这时，只听得那些人嬉笑哄闹起来，说："其实是我们邀请你来的。昨天省里管刑法的大人审讯我们，用尽了各种刑罚，我们都咬紧牙关不说，最后说我们的窝藏主儿是章楸，只要能把他抓来，我们就认罪。所以你才会这样稀里糊涂地进了大牢！"章楸说："我记得自己和你们这班人并无什么仇怨，甚至好酒好菜招待你们，可你们为什么要陷害我呢？"他们说："我们和您不但没有任何仇怨，我们还记得端午节那天我们在您那儿吃得酒醉饭饱，并想着要怎么报答您的大恩大德呢。我们这些人本都是强盗头子，像老大林黑儿，是剡城人，老二囤奴，会稽人，老三张豹，海陵人，老四王子禽，沭阳人，老五小饮飞，大梁人。我们都是大盗，身子矫健，行走敏捷如飞，多次拒捕，犯了王法，都是死罪。虽然如今被捕，但是如果想要逃出这牢墙并不是什么难事，可自知大数已到，马上就要丧命了，所以就没出去。您到时出狱那天，就是我们受刑毕命之期。希望您能把我们的姓名牢牢记住，每年能叫着我们的姓名按时烧一串纸钱，奠一杯酒，盛一钵麦饭来祭奠我们，即使在九泉之下，我们也会深深地感激您的。"章楸这时才恍然大悟出他们叫自己进大牢的原因，就说："原来是这个原因，我差点被吓死了。但你们是侠义之士，我一定尽力按照你们的嘱咐去做。"不一会儿，天亮了，阳光从窗洞中射入，这时候才把这些人的面貌都看清。大家相互对望，一边抹泪，一边笑着，就像很早就认识的故友重逢一样。

　　第二天晚上，牢中的人听到外面有仪仗队鼓吹声、开路的呼喝声和车马喧闹声，知道梁大人已经回府了。林黑儿赶紧把贴身的小短袄脱下，和章楸对换穿上。囮奴与张豹各自脱下短袖布衫交给章楸，并附耳低声说道："这里面有重要的东西，可千万别丢了，也别跟人说。如果泄露了秘密，这里面的东西就不属于你了。在你家对门杂草丛生的坟堆中有一棵枯了的白杨，上面有两只鹊巢的那棵下面有一座古墓，古墓的石板盖着两口大瓮，里面有宝物，等到了深夜没有人的时候，你出去把它们挖出来。你一定要谨记！"说完，竟流下了热泪，章楸此时泣不成声。不久，就听见衙役大声喝骂的声音，审案的官老爷上堂了，接着就见牢中来了一群如狼似虎的差役，把五人都带出牢门。不一会儿，又听到有人来叫章楸，随后也被带出大牢。在审问时，看着堂上的阵势，章楸止不住地全身发抖，控制不住地痛哭失声。林黑儿此时放声大笑，又对章楸骂道："你这猪狗样的东西，我可忘不了你！端午节那天，你竟然不拿出好酒好肉招待我们，活该你到现在！"因而招供说："这姓章的确实无罪，只是因为有一天，公差押我们去取出赃物，正好从淮阴经过他家，便向他要酒肉吃喝，但是他并没有给我们，而且他还用榴花树枝打我的头，所以我才怀恨在心，污蔑他，把他抓到牢里，其实他也并非真是个窝主。至于我们，本就没了活路，犯了死罪，所以我们请求画押认罪，了结此案。"于是，审案官安慰章楸说："你确实是个良民，只是无罪被牵累进来的，这次进来也算是对你不好好招待顾客的小小的惩罚。"于是命令捕快当堂打开枷锁，释放了他。章楸感激地磕过头，就赶紧走出衙门，在旅店里找到了随来的大儿子一起回家。后来听说这五个强盗果然在当天就被处斩了。章楸私下让儿子买了棺材，把五人的尸体都收了，还买了块地，把他们都埋了。

章楸回家后，拆开那件短袄、两件短袖衫，只见里面是黄闪闪的金叶和一粒粒的珍珠，价值一万多两白银。到夜半时，又携带铁锄，找到那棵白杨树下，把石板挖开，果然如盗匪所说，有两只大瓮，原来这儿是个藏物的地窖，瓮中藏有十几万两银子。从此，章楸成了大财主。后来，他们搬迁至苏州，命子孙在附近另找了一块坟地，每年来祭祀这五个强盗，从不间断。章家也改了行，不再开酒店，经营了其他的大买卖，生活富裕。直到今天，淮阴地方章楸的事迹还被人津津乐道。

王大肉

有一个山东青州人，在江西省行政长官秦大人的家中当厨子，叫王大肉。此人长得很魁梧高壮，力气十分大，而又正当血气方刚之年，食量很大，所以被人们称为王大肉。秦大人初到江西上任的时候，由于他是由状元公外放的地方官，加上善作文章，说话又很风趣，因此家中慕名而来的客人很多。那年正当芍药花开得鲜艳，秦大人就写了请柬邀集幕僚，举办了一个赏花宴会，席间众人饮酒作诗好不热闹。来客中有人说起信州张真人的事，秦大人就问道："张真人是否真的有道术？"有一客人回说："那只是骗人的，卖卖符咒黄纸，和一般的道士没有什么不同，就算发个掌心雷，也和街上儿童燃放的爆竹一样没有什么威力。更可笑的是，有一次他去某村看戏，回来时，被村中的狗汪汪大叫地追着不放，他扔石块抵挡，可是群犬见状更加残暴，争先恐后地追他，他吓得逃得上气不接下气，大汗淋漓，十分狼狈。"秦大人听后想见见此人，就写了请柬去请张真人。

第二天，张真人坐轿来到秦府，身后骑从簇拥，就好像大官出巡。轿上插着两面印旗，随身带一名道士，没有其他什么异样。张真人非常诚恳地前来拜见，礼貌且恭敬。秦大人事先让王大肉藏在厅堂左边的空屋中，还在门上贴上盖了印记的封条，故意装出很慎重的样子，并让王大肉要随机应变。之后再邀请张真人来厅堂赴宴。张真人入席后，酒菜上了好几次，他总是斜着眼睛看左边门上的封条，好奇地问秦大人说："这屋中是不是藏着什么东西？"秦大人说："您没听说吗？这屋中以前经常有鬼怪出来吓人，所以把它封了。"

张真人感到很奇怪，说："我怎么没听前任长官跟我说这事呢，到底是怎么回事呢？"刚说完，就听见屋内突然有飞沙走砾的声音，得得得地怪响。秦大人笑着说："现在您还有什么怀疑吗？"张真人面露出羞愧的神色，立即就在桌上面用竹筷画了道像符咒样的图形，大声喝道："赶紧快去把它捉来！"马上就听见从空屋中传出两人在打斗的声音，砰砰作响，像是拳击。而这时张真人像什么事都没发生一样，谈笑自若。可不一会儿，又听得屋内有登登登拖拉桌椅的声音。秦大人笑道："这鬼怪可真是可恶。"张真人也说："确实可恶。"随即又用筷子向空中画了起来，喝道："快制住它，快制住它！"之后又听见屋内的打斗声变了样，好像是木器的撞击声。再过了会儿，声音就没有了。此时张真人才和秦大人开怀畅饮。当他正向大人仔细地打听江苏吴地一带的风光时，突然又听见屋内传出撒灰土的声音，秦大人无奈地笑道："这老鬼可真不怕死，一次次作恶，它还有没有把正乙道教的道法放在眼里？"张真人此时已经坐立不安起来，从座上立起身来，向空中把手一举，口中咄咄叫了两声，然后入席重新坐下，不再说话。这时，从屋内又传出打斗的声音，像是铁器挥动的声音。只是这声响才刚停下，又突然听见呜呜的大叫声，好像是牛在瓮中嘶鸣一样，又突然，声音一下子全消失了。

秦大人觉得情况十分诡异，就从座上站起向张真人拱了拱手，道歉说："还请道士原谅我们的恶作剧，刚才屋内的声响是我命人藏在里面故意弄出来的，来测验一下道家法术是否真的灵验。"张真人听后大吃一惊，说："现在那人已死啦，这可如何是好？"秦大人听后向他苦苦哀求，几乎要磕下头去，张真人这才说："快把门打开！"开门后一看，只见屋中忽然多了一只大瓮，大约能装下一石东西，只是瓮口小得像碗盏。此时王大肉蜷缩在瓮内，露出发辫在瓮口外，叫他也不答应。张真人说："赶紧快离开这屋！"于是，赶紧把门再紧紧关上。张真人让随来的道士把印旗取来，放在庭院中，口中又喃喃有声，念了两次，突然听见王大肉在屋中哼哼的喊痛声。又把门打开一看，刚才的那只瓮已不见踪影。只有躺在地上的王大肉，全身青一块紫一块的。把他救醒后，问他发生了什么事，王大肉说："起初来的那个人是从墙上挤进来的，大头矮个子，走起路来摇摇摆摆。张开两手，样子看起来臃肿不堪。我觉得他身材矮小，就用拳击他，谁知他竟然十分勇猛。我用脚去使劲踢他，只见他翻了个筋斗，挤进墙壁离开。过了一会儿，又来了一人，进来的方式和前面那人一样。只见这人面孔白白的，像是个书生的模样，手拿一根短木棒，一进来就对我大打出手，我尽力去抵挡。之后他朝我点点头，笑了笑，然后也挤进壁中走了。过了一会儿，又来一个身子长长的，赤裸着上身，腰里围着虎皮大襟的人，面孔一半白一半黑，整个身体也是一样半白半黑。手里拿着两件好像是铁器的武器，顶端装两只大铁环，每只大铁环又套着五只牵牵连连、累累赘赘的小铁环，我一见到这人，就和他对打起来，不敢有任何松懈。可就在那人刚落下风时，忽然又来了个长着满脸长毛，像插着鹅毛管的大黑人，但嘴上却没有胡子，挺着个大肚子，面貌十分凶恶。他左手拿一大瓮，张着像簸箕那么大的右手，突然狠狠猛击我头皮，之后我就昏死过去，好像进了黑牢一样。"秦大人向张真人询问其中的道理，张真人大笑，说道："这些来的人其实都是神仙，只不过前面的几位只是上下四方巡游的天兵之类的仙家，而最后那位挟着大瓮的，他是巨灵神。这位天将一到，就算鬼怪再凶猛也难以脱逃。"众人听后，都从心底对张真人的道术钦佩不已。

大宴结束后，秦大人诚心邀请张真人又小住几天，虽然两人身份完全不同，但却成了至交。后来，秦大人在宴席上折了一枝芍药花送给张真人。张真人用盆子将花盖上。过了一会儿，掀起盆子，可竟不见芍药花的影子，只留下一张青色小笺，笺上写着："大人寄来的芍药花已被插入花瓶中供养起来了。"原来竟是张真人家中儿子的回帖——这一去一回可真快啊！

过了三年，秦大人被调任到浙江做官，临去时和张真人告别。张真人送给秦大人一张符纸，并说："用它可以为大人来镇宅消灾。"秦大人之后将符纸带到浙江官府，但并不见它有什么灵验。有一天，秦大人用烧剩的香火把符纸点燃，符纸突然烧起来，烈焰飞腾，怎么也无法扑灭。一会儿，就看见一只彩色小凤慢慢地飞向空中，朝西北方向飞去了。第二天，又收到张真人寄来的一封信，信上说："上次送给你的符纸，使者已经带回销差了，大人为什么这么性急呢？"

翠 绡

　　在安徽这个地方有位姓傅的公子，名字早已经被人遗忘，记不得叫什么。这位公子十五岁时，长得风度翩翩，穿着华美的服饰，一举一动都风流倜傥，常常自认为将来一定能出人头地。那年正巧省里举行科考，可他却没有考好，没有取得到京的乡试资格，心中十分恼恨。于是傅公子决定按例纳资来买取考试资格，去北京参加明年的乡试。他父母平时十分宠溺傅公子并把他视为掌上明珠，从来不忍心违背他的意思，只好去大肆张罗车马行装，让他进京应考。这时恰巧碰上同样去上京赶考的一姓骆的与一姓牛的两位秀才，于是傅公子父母就赠了一笔丰厚的盘缠给两位秀才，把孩子托付给他们照顾，临走前反复叮嘱说："你俩带我儿上京都去，一定要把他好好带回来，至于功名成败我们不计较这些。"两位秀才郑重其事地答应了。之后一行人到京城后，看见路旁有座古庄，就进去稍作休息。进庙中，就看见僧房壁上挂着一轴绢画，上面画着一位姿色貌美的美女，手拈红豆，笑口微启，音容相貌和活人一样。傅公子看着美女的画像入了迷，恋恋不舍不愿离去，于是就把僧房独自租下，住了下来，那两位同来的秀才见劝不动就另觅一个很近的旅店住下，仅相隔一里多路。三人时常聚首，一起谈文论艺，不亦乐乎。

　　一天，傅公子在庙中等候两位秀才，左等右等不见他们的身影，为排遣无聊寂寞，就打算到秦楼楚馆逛逛。但是一出庙门，看到纵横交错的道路，惘惘然不知该往哪儿走才好。这时，忽然看见一群人拥着车马走来，前边还有人吆喝开道。傅公子见车中应该是一个贵官，是个长着长长的眉毛和一把大胡子的白发老翁，穿着宽袍大袖，衣带轻飘。那老人向公子问道："年轻人，你是谁啊？"傅公子答道："我姓傅。"老人大惊，说："你就是傅公子吗？我已经找你好几年了，今天差点和你错过啊！我希望现在到你府上坐坐呢。"之后从车上下来热情地挽着公子的手一起朝僧房走去。老人说话非常慷慨豪迈，性情俊逸不群，神采奕奕一点也不显老态龙钟。公子和老人交谈十分愉快，请求和老人结为忘年交。老人也十分高兴地说："好！"随即命人摆上酒菜，准备和傅公子彻夜长聊，放怀畅饮。席间为增加乐趣，做了一些游戏，但老人却都很在行。老人自我介绍说："我姓胡，原籍陕西，已经迁居北京有好多年了，和公子有前世之缘。如果公子不嫌弃我年老昏庸，那么我们今后欢聚的日子还多着呢。"不久，鸡鸣，应经五更了，老人起身作别，并和公子又约定了日后相见的时间。说完，就出门上车走了。庙门外，肃立等候的仆役手拿火炬在前边开路，熊熊的火焰，把周围照得像火城一样明亮。从此以后，两人经常往来，有时一起去城南看戏，有时一起去酒楼饮宴听乐。老人很大方每次玩乐后都抢着付钱，有时傅公子想请客，当一回主人，老人也总是笑着不愿意。

　　不久，才发现试期快要到了，这一段时间只顾着和老人玩乐，忘记了正事。于是傅公子就打算来一个临时抱佛脚，温课迎考。而这时那老人也不来相见了。有一夜，老人突然敲门进入傅公子的书斋，把其他人遣开后，就和公子交谈起来，并从袖中拿出十四篇写好的应试文稿，文采极好，写得合乎规范，实在是一篇篇妙文，说："这些文稿来得很不容易，费了我很大的功夫，你一定要严守秘密，将来把它们带入考场，可能会有用处。"傅公子就怀疑这些文章是否是前人的旧文，老人就说："你这个傻瓜，你照抄就好了，不会有事的。"一再反复叮嘱，然后就不做打扰告辞走了。等傅公子进入考场后，惊讶地发现三场考试的试题都在十四篇文稿之中，于是就把内容照抄下来，然后很快就交卷出场了。刚出考场，就看见老人气喘吁吁、汗流满面地奔了过来，悄悄问道："我给你的文稿，你抄了没有？"公子说："我这次竟然当了一回文抄公，真是惭愧不已。"老人说："那这次你一定能高中！一定不要泄露此事，否则被人知道后就要惹大祸了。"一个多月后，结果揭榜了，傅公子竟中了第四名举人。和他一起来的牛、骆两位秀才就名落孙山。他们读了傅公子在考场写的文章，都十分惊诧，说："这真的是你写的文章吗？这样的文章可不是一般人能写出的！"傅公子之后去拜见主考老师，老师对傅公子的才华很是欣赏，认为他是少有的天才，真诚地劝傅公子在京中留住，然后准备参加会试。牛、骆两位秀才却劝公子先回趟家乡，于是傅公子就把主考老师挽留他的话说给两人听，其实呢，是不舍离开老人。两位秀才日夜催促公子早日回家，老人像早就知道此事一样，就私底下对公子说："这事也不难解决，我有的是钱，送一点旅费给两位秀才，让他们一起住下就是了。"傅公子把老人的话说给牛、骆两秀才，他们也就安心地在京城留住，也不再提回乡的话了。

有一天，老人突然拜访，问公子说："傅君是一个杰出的人才，又新考中举人，人又不凡，我正巧有位远亲，他们愿意把小女嫁给公子为妻，还让我做媒呢。"公子答道："承蒙老丈错爱，将高亲之女相许，可是婚姻大事我自己不能做主，老家有父母，我要先写封家信商量一下才适宜。"老人似乎看出了他的担忧说："不如你和我一起到他家中，先看看小姐才貌怎样，再定亲事，怎么样？"公子觉得这主意不错点头答应了。两人就一同出门。这时门外早已停着两辆车子，老人和公子就各乘一辆。前边有健骡奔驰，后面有俊仆相随。经过几条大街，来到一家宅第，外观十分华丽，一看就是大户人家的住宅。老人先在仆人的挽扶下下了车子，然后请公子下车进屋。进门后，只见回廊曲折，房舍明亮，不知走了多少个重门，路经多少美丽的花圃竹篱，穿过曲曲折折的小路才来到大厅。大厅里的摆设焕然一新，光华夺目，两旁的桌上点着成对的龙凤蜡烛，地上铺着红色的地毯，看上去好像主人家在办喜事。两人落座后，见门前的仆役穿着新衣，站立整齐，可是却一直不见主人出来迎客。傅公子走到老人前低声说："主人怎么还不见身影？"老人笑着说："我就是主人啊！"公子十分惊讶，来不及细问，又看见一位头戴珠翠、身穿华服的老妇人在漂亮丫鬟们的簇拥下走了进来，老人介绍说："这是我的老妻。"老妇人行礼见了公子，笑道："公子果然风度翩翩，俊容不凡，真有大家风范。"傅公子当即款款下拜，道谢夸奖。三人落座后老人就说："其实是我有位爱女名叫翠绡，希望能和公子结为婚姻，也算了结了前世的缘分。只是老妻爱女情切，不愿意把爱女远嫁，所以才把你骗过来，你能光临寒舍，实在让寒舍蓬门生辉。"公子听了，感觉很突然，赶紧起立，说："能和冰清玉洁之人结为婚姻，我是很高兴的。但我已经和你说了原因，父母在堂，我怎么能不禀告双亲就娶妻呢？"老人笑道："没想到公子如此迂腐！"就命仆人先带公子到密室去沐浴。浴毕，换上举人穿的礼服，走进大厅。过了一会儿，新房前帐幕一新，乐队奏起欢快的歌曲，女仆这时拿着红烛，捧着喜香，拥着翠绡走出。翠绡盛妆丽服，佩玉戴珠，温柔娇媚，貌若天仙，公子在旁偷偷观看，被迷得不能回神。如此美的人，如此美的天地，在这温馨喜庆的气氛中，傅公子和翠绡拜了天地，成了夫妻。婚后，两人十分恩爱。

婚后三天，傅公子偶然翻看翠绡的镌刻花纹的妆盒，看见其中有一卷《香巢吟稿》，字迹秀媚玉润，很像女子的笔迹，就笑着问翠绡："这么美的字是你写的吗？"翠绡不好意思地说："是的。"傅公子又把诗稿读了读，惊觉其中的才思和古代的女才子曹大家、左芬相比较都不相上下，因此更加欣赏妻子的才华。闲暇时傅公子偶然乘车路过自己原来的住处，下车看看，见他回来，寺中和尚都问他到哪儿去了，他随便讲了个去处。有一天，翠绡对公子说："我父母没生儿子，只有我一个女儿膝下承欢。家中的左库里面堆放着很多白银，库门钥匙由我掌管，如果您有什么需要，随您拿了去用，不必向二老禀告。"

几个月过去了，牛、骆两秀才来访公子，但每次都见不着公子。向和尚打听，和尚也说不知道。有一天，两人就藏在僧房中守候，准备等公子来了，就出来询问。正巧公子来此，就赶紧出来询问，公子也知道没法再隐瞒此事，就把实情告诉了他们。两人听了觉得十分奇怪，但猜不透到底是怎么回事，准备打探清楚，于是悄悄尾随。等公子之后回到岳丈家时，两人就在后面偷偷地跟着，见公子下车后走进一家废弃的住宅，进入破院门后，就不见人影。回过头来一看，门外的车子也没了踪迹。两人就赶紧进入废宅中寻找，只见一片荒废，路上杂草丛生。一片荒凉，看不到人迹，就觉得事有蹊跷。第二天，又遇见公子，两人就把昨天所看见的一五一十地告诉公子，说："这人家一定是什么鬼怪，你最好早点与之断绝关系，否则你有什么危险，那我们回乡后也无法向你的父母交代。"公子坚持说："那儿是一处豪门贵宅，是大户人家，怎么可能会像你俩所说的那样！而且他家很有钱，可你们所说，那里荒凉破败，可是他家有许多白银呢。"说罢，公子就从袖中拿出一块银子丢在地上，发出哐当的声响；又把银子拿去给店家看，都说："亮闪闪的，是足色白银。"两秀才也很惊讶，就替公子出主意说："你既然常去他家，不如你多带些银两出来藏在此地，看看有什么变化。"公子沉默不语。两人就多次进行劝说，第二天，公子果然照他们所说的办了。两个多月中，竟取来两千多两白银，取来后都拿给和尚收藏起来。有一夜，翠绡对着灯火双眉紧皱，脸上挂着泪水，问公子道："我都是你的人了，本来这没什么可计较的，但是这两个月我常见你带着银子出门，却又不见你买什么东西回来，你是否对我心怀二意了？如果真是这样，那我也只能以一死了之。"说完，泪水就像开了闸的河水一样不受控制地涌了出来。公子见妻子可怜的样子也觉得很惭愧，多次安抚解释，可翠绡仍是怏怏不乐，公子也不好意思面对她，心里也开始害怕起来。从此以后，公子就时常回到自己的居所小住几天，翠绡家的仆人来请他时，他总是推三阻四的，他心里也真有点害怕遇上了鬼。一天，忽见老人来到，对公子严肃地说："我本觉得与公子意气相投，所以才把唯一的爱女相许给你，我自认对你不薄，这番心意真诚可鉴。如果你真对我们有什么猜忌，那你就赶快离开吧，也不用像这样躲躲藏藏，惶恐不安。"公子被说中心事，支支吾吾，沉默不语。此后，公子又断断续续地和岳丈家来往了一阵。但是翠绡却常常流泪，枕边不干，公子也总是唉声叹气，神情凄婉，日子失去了以前的欢乐。

过了不久，有一天公子又回到僧寺寓所，正斜躺着和两秀才闲谈，这时，天气突然阴云密布，暴雨挟带着冰雹像箭般落下来，雷电交加，轰隆轰隆像山崩地塌了一样。不久后，雨又突然停止了，这时门外有一个女子带着丫鬟走进寺来。这两人都披散头发，满面血污，衣衫破败，拖着鞋皮，狼狈不堪。一进门就急促地喊道："傅公子在吗？"两秀才急忙将公子藏起来，然后出来回答说："这里哪有什么傅公子？"那女子就说："唉，这冤家啊！"说完，就放声大哭。大哭了好长时间，才边哭边诉说道："这个公子以怨报德害了我全家，没想到读书人的心是那么狠毒啊。如今他躲起来不肯见我，看来我俩的夫妻之情到今天就结束了！我父母因为科场作弊，触犯了法律，导致全家遭到杀害。只有我和这丫鬟逃过此劫，由于本质未亏，仅被老天追回金丹，罚我们到雪山服苦役，五十年后才能获释。今天特来和公子告别。现在金甲神就在门外等候，我是一刻也不能多待了。"说完，嗷了一声，就不见了美人的踪影。牛、骆两秀才听后这才松了一口气，原来三天前正是他们私自替傅公子写了状纸去关帝庙焚烧，上告天神。

第二天，傅公子再上岳丈家，只见到处鲜血淋漓，连石阶都被染红了。面对此景，公子不禁黯然神伤，好像失了魂一样。第二年春，公子勉强参加会试，没有考中，最后只得携带藏起的银两回乡。之后三人把银子瓜分了。从此以后，傅公子一次也没敢到京城去了，直到老仍仅仅是一名举人。

草龙真人

有个姓徐的真人，是苏州洞庭山人，父母务农。据说，徐真人降生的前夜，他的母亲梦见一个英俊的道人，跨着青龙来到他家门前，在她膝前下拜请求说："我前世还有未了的事，愿跟随阿母住上十一年。"他母亲推辞说："我们家境贫寒，冷冷清清，怎是供仙养道的人家呢？"那道人说道："既来之，则安之。"

不一会儿，只听见有龙大声吟啸的声音，他母亲一下子从梦中惊醒过来，这时，只见满屋异香扑鼻，一个婴儿呱呱而泣，徐真人诞生了。

徐真人小时候面貌清秀如善财童子，但性格愚蠢粗鲁，且十分顽皮，不爱读书。徐真人三岁时，父亲去世。徐母便让大儿子随着商人去四川学习经商做生意，但这一去，一直都没有回来，也没有任何音信，徐母心中很是牵挂。徐真人六岁那年，一个夏天，他在大树下乘凉，见到佃农们踏水车灌水浇庄稼非常辛苦，就闹着玩把草扎成人的形状放在水车的辘轳上。没想到水车居然转动起来，不一会儿田垄里就灌满了水。邻居便求他帮忙扎草人踏水车，但要趁他高兴才行，强迫他做他就不乐意。他虽然愚劣顽皮，但生性孝顺，每天晚上总要唱些农村小曲给母亲听，以慰母亲寂寞，让母亲高兴。偶然他也结草做成三四个小草人放在地上，他口中叫唤几声，那些小草人就能站起来跳舞，或者做各种表演，有时翻筋斗，有时荡秋千，有时两人抬起一个人，有时一人背着两人行走，好像牵线木偶戏。母亲看到这一切，心中烦闷自然也消除不少。渐渐地，乡里人都知道他身有异禀，但也有人疑心他是在变戏法，感觉并没有什么值得奇怪的。

徐真人八岁时，他大哥终于来信了，也能稍稍寄点钱回家赡养母亲和抚育弟弟。那年将至年终，他母亲开始做汤饼，准备过年时食用，就命徐真人在灶下烧火。母亲一边蒸一边做饼，徐真人就在灶前叽叽呱呱地与她拉闲话，同时手里扎着草龙玩耍，那草龙有一尺多长，龙头、龙角、龙爪、龙尾齐备，惟妙惟肖。母亲见了，笑骂道："傻小子，又贪玩啦！忘了烧火，饼要是蒸不熟，看我怎么打你！"听了母亲的呵斥，徐真人吃吃地笑个不停。等到前两笼汤饼蒸熟了，徐真人就站在盛汤饼的缸边缠着母亲要饼吃，说是要尝尝味道。母亲就骂道："小傻瓜，一天到晚只晓得玩耍贪吃，你就不想想你大哥在外面四处奔波，多么辛苦。这么好吃的东西，你大哥可能有口福吃得上吗？你却在家独自快活，不想学大哥自立。"徐真人笑着回答道："这又有什么难的？我马上就送汤饼给大哥尝尝。"母亲说："又说疯话，你哥哥离此地好几千里，你怎么送去？饼能自己飞去吗？"徐真人就说："这个容易。"母亲权当疯话，便没有放在心上。没想到，晚上睡觉时，徐真人竟然不见了，母亲十分吃惊，再看看房屋的门窗都没有开过的痕迹，而屋中连个人影子也找不到。奇怪的是，灶边的草龙也不知哪儿去了，她哀伤地哭了整个晚上。第二天，邻居们得知此事，纷纷前来安慰，正是日上三竿，忽然看到徐真人笑嘻嘻地从门外走来。他从怀中取出两件贴身内衣交给母亲，说："大哥在四川很好，他要我代他向你请安问好。我临回来时，他拿出这两件内衣，叫我带回家，当作表记。"母亲又当他说疯话，不想见这两件内衣果然是当日大儿子离家时自己亲手为他缝制的，不禁有点将信将疑。

原来昨夜徐真人真去为哥哥送汤饼，他带了五枚汤饼，偷偷地骑上草龙凌空飞行，顷刻之间便到达蜀中。到时天还没有破晓，正值四野鸡啼，他大哥正打着灯笼骑着马从别处店家核账回家，在路上两人相遇了。大哥因离家多年，起先并不识来人是谁，只听他大叫自己为哥哥，经过一番仔细讯问，才知是自己的亲弟弟，但他对弟弟如此到来，感到非常奇怪。徐真人说："我每天与老母亲相依为命，非常想念哥哥，今天特意来看望哥哥，并送来母亲刚做的汤饼给哥哥吃。"随即将汤饼奉上。大哥感到十分惊奇，接过那汤饼，那汤饼竟还热乎乎的，又香又软。大哥吃着汤饼说："这真是故乡汤饼的味儿，可是故乡距离此地千里之遥，你是怎么过来的？"哥哥将徐真人带至店中，想留他暂住几天，一叙别情。可是徐真人低声告诉兄长说："我是靠了法术来此地的，倘若太阳升起，我就回不去了。何不拿件东西给我带回去给母亲做信物呢？"哥哥就将两件母亲亲手缝制的内衣交给弟弟，徐真人骑着草龙就回家了。此事之后，乡里人渐渐疑心徐真人是仙人，但有些人还是认为这小孩不过是要点小戏法，不信什么仙人之说。

又过了一年，真人九岁了。元宵节那天，徐真人与邻居家的孩子们一起玩耍，他们坐在烧树根的炉子边一边煨栗子，一边说笑。他忽然打了个瞌睡，但不久就醒来了，笑着同伙伴们说："山东历城的灯火真好看！"孩子们都嘲笑他说：

"你是在梦中去过的吧？"徐真人说："真要去历城，又有什么为难的呢？"孩子们想到有关他的传闻，就想对徐真人的仙术了解个究竟，纷纷说一定要与徐真人同去。徐真人说："你们要去的话也不难，但一定得听从我的吩咐。"众人忙说："当然可以。"于是，徐真人取出他的草龙，把它拉得有一丈多长，然后叫众人闭上眼睛，一起坐上草龙。这五个人中有一人年纪较大，已十九岁了，生性狡猾，徐真人略知其禀性，特别关照他千万别睁开眼睛。过了一会儿，徐真人摸出一个铜钱交给此人，说："你对它呵一口气，丢下，就会得到好几个钱。"此人将这枚铜钱摸索着放在腰袋里。五个孩子坐在草龙上觉得稳稳当当，并无任何摇晃之感，一瞬间只听得耳边风声响动，就像战士口衔竹筷急行军时的声音，又像波浪汹涌入海的声音。不一会儿感觉风声停了，徐真人叫大家睁开眼睛，果然看到一座火城，到处灯火辉煌，火树银花，用龙形装饰的架子上挂满各种花灯，还有用灯火扎成的桥，让人目不暇接。街上一片欢声笑语，年轻姑娘们踏着节拍唱着歌。游人众多如群蚁排衙，听他们说话声都是山东口音，大家确定这确实是历城。大家徜徉游乐，兴趣正浓，忽然听得更鼓声声，徐真人说："天色不早了，大家赶紧回去吧！"然后众人仍旧闭起眼睛，听从他的指挥坐上草龙。不想半途，那位生性狡黠者心生他意，自言自语说："现在真的是在腾空飞行吗？"他悄悄睁开眼睛想偷看一眼，不料刚睁开眼，就立即跌下地来，却不知是何处，再三询问，原来是在扬州城里了。他想起徐真人的话，不禁心生悔意。等到天明，他掏出徐真人给他的那枚钱，试着呵一口气丢在地上，果然得到好几个钱，就用来买了食物充饥，一路步行着走回家乡，等他到了家门口，再去找徐真人给他的那枚钱，竟然不见了。后来家乡有去历城做买卖的人回来，说起历城那夜元宵节灯市的情景，与众人所见完全相符。此事传开之后，乡里人更觉得徐真人是奇人。

这年冬天，他母亲因思念长子，寝食不安。徐真人说："让我去把大哥接回家。"母亲虽然知道徐真人有特异功能，但还是不很相信，只当他说疯话。转眼间，徐真人不见了，到第二天，徐真人的哥哥果然回到家中。母亲很是惊奇，询问他回家的情景，他说："昨天傍晚，弟弟突然来到四川看望我，我很奇怪，问他：'你怎么又来啦？'他说：'我这次是来接哥哥暂时回家看看母亲的。'我说路远难回，而且今年没有多少积蓄，回去一次的确不容易，否则我早回家了。弟弟笑着说：'别担心，我们马上就能到家。'他叫我骑在他的背上，再三嘱咐要我紧闭双目。当时已四更天了，我只觉得耳边风呼呼作响，皮肤如同沾了冷露一样凉凉的，自己就像飞奔的马，又像疾飞的鸟，眨眼间风停了，我们就降落在地上。弟弟就叫我睁开眼睛，对我说：'兄长暂且先回家，我顺道去拜访一位好友，随后就回去。'说完，他就手拿草龙向西而去。我当时还心中不满，便自己寻路回家。现在见了母亲，还疑心是自己在做梦呢。"

几天之后，一个晚上，大哥正与母亲闲聊，忽听得传来急促的敲门声，开门一看，原来是徐真人回来了，他说："哥哥的行装及其他杂物都在门外，我们赶紧把它们搬进屋来。"东西搬进屋后，哥哥一一清点，果然没错，一件也不少。大哥说："弟弟真糊涂，我在家不过住上个把月，还打算寻了客船回到四川去做生意呢。现在你把这些东西都带回来了，让我在家坐吃山空，今后我们一家子怎么生活呢？"徐真人说："这容易得很。"第二天，徐真人秘密地教会了哥哥一些弄钱的法术，并叮嘱哥哥说："用此法术，顶多不过弄来二十来万两银子，让一家子生活温饱就够了，钱财太多会招来灾祸。"后来徐家逐渐造起楼房，购了田地，吃穿也很丰厚，老母安享晚年，一家幸福生活，大哥也不再外出经商。但是，徐真人行为却发生了变化，他整日闭门不出，常常独自坐在一间房中，呆若木鸡，静静地一动也不动。有时乡里人有人来向他卜问吉凶，他也只是拍手狂笑，一句话也不说。

第二年秋天，太湖地区盗贼猖獗，他们集结起来为非作歹，盗贼的战船来往如飞，沿湖一带地方的百姓几乎都遭到了焚烧劫夺，邻近的乡村就打算准备组织乡团进行武力戒备。这一天，徐真人刚走出房门，乡里即有人来请他帮助训练乡团，他说："我不过是个小孩子，哪懂什么练兵之事？"来人知他有法术，便苦苦哀求，有一个甚至急得哭了起来。徐真人笑道："我也知道办乡团是防盗贼的老办法，但是你们这班种田人本来就不懂得兵法之道，往往是还没见到强盗就惊慌失措，一见到盗贼就四散逃走，这简直是招盗贼来进攻。究其原因，是大伙不听命令、不遵守赏罚严明的军纪所致。这样的乡团训练它有什么用呢？"大家觉得徐真人说得有道理，就竭力请求他想其他办法来防御盗贼，他说："这倒不难。"徐真人就扎了五百个草人，每个草人约三尺长，都手拿着竹竿。他吩咐众人把这些草人分别摆在各个交通要道关口，然后命令大家各自回家关门睡大觉。半夜里，盗贼果然又来了，人们也不出门，只听得外面传来一片打斗、喊叫的声音。天亮时，起来一看，盗贼都逃得无影无踪，但见那些草人的竹竿梢头上都沾满鲜血，再看湖面上盗贼的浮尸如麻。说也奇怪，从此以后，盗贼再也不敢到这儿来行歹事。

一天早上，徐真人早早起来，洗浴之后，先拜见了母亲，又将大哥请来，对着他们恭恭敬敬地作揖行礼，哭着说道："我们母子兄弟阔别数年之后，现在终于一家团圆了，正是尽情享受天伦之乐的时候。想不到神灵却召我回去，而且一刻也不许耽搁。怎么办呀，怎么办呀？"话音刚落，他就躺下来一动也不动，哥哥忙上前查看，他的身子已经变得僵硬，也没有了一丝气息，母亲与哥哥顿时悲痛欲绝。细算一下，这年徐真人正好是十一岁，与当年母亲生他前夜梦中所见道人说的话完全相符，便知天意难违。徐家隆重地给徐真人操办了丧事。这天，正好邻居家有人从扬州回来，带了只草笠送来给徐家，听得徐真人已去世，若有所悟。他说："徐真人恐怕真是成仙了。前天他与我在扬州雷塘相遇，他正在路旁编织草笠，卖给小孩子戴，那草笠大小尺寸恰与小孩们的头颅相符，我便又笑他顽皮，他远远见我大声招呼我说：'你要回家吗？劳驾你把这草笠带给我哥哥。'难道他会真的死去吗？"大家细看这草笠，果然出于徐真人之手，就赶忙去挖开徐真人墓穴一看究竟，棺木打开，只见衣帽完好无损仍在那里，尸首却不翼而飞，那情形就像知了脱壳似的。

又过了几年，苏州一带遇到了大旱，徐真人的哥哥将弟弟留下的草龙取出，对乡里人说："我们且对这草龙祈祷一番，也许会有灵验发生。"他们将草龙带到祭坛上，祈祷一番，就看见从草龙口中源源不断地冒出不少云气，越来越多，一会儿满天四野浓云一片，顷刻之间一场及时雨从天降下，地上的雨水积有三尺来深。众人欣喜若狂，大叫："够了，够了！"只听一声霹雳，草龙忽然腾空而起，驾着云气飞得不见踪影。

石翘翘

　　某城中东乡有个姓甘的武秀才，一次，偶然应西山一家亲友的邀请赴宴，宴会结束回家时已快到了傍晚。此时夕阳西下，洒在林梢上，大地也都暮霭沉沉，他骑马缓缓而行，向城西壕沟走去，可桥已被山洪冲毁。甘生就用马鞭测试一下水的深浅，看水仅到鞭梢，料想能够骑马淌沟过去。他忽然一抬起头来，就看见一位年轻女子站在前面，衣着朴素，但是身材窈窕，姿色楚楚动人。甘生眼睛眨都不眨地注视女子，那女子也举目相迎，含情脉脉。甘生带着挑逗的口吻说："请问是从哪儿来的美人，怎么会上这儿来？"女子不在意他的挑逗说："我姓石，名叫翘翘，不久前刚死了丈夫，家住在城东贝冈的南面，门前有棵野梨树，树下有一幢黄茅草屋，那就是我的家。我刚从娘家回来，正好走到这里，看到河水当前，十分害怕，只可惜没有驾着漂亮船儿的情君子来渡美娇娘。"甘生听出其中的意味笑着说："我的马儿腿壮背阔，如果美人不嫌弃，那就请上来和我合乘一马，以马来当船，渡过河去。不然，荒野之中不仅有豺狼虎豹，还有为非作歹的匪徒，我真为您担心哪。"女子笑笑说："您倒真是个多情的君子，只是两人合骑一马实在不大雅观。"甘生说："天色已晚，谁会认得出咱俩？"女子听后上马，只见马从激流中冲驰而过。甘生从后面紧抱着女子的腰，那腰真像捣衣的棒槌一样细，只是身上冰冷，寒气侵骨，就问道："您穿得那么单薄，不冷吗？"妇人嗯了一声。

不一会，两人就从城中穿过，来到女子的家。那儿北面靠冈，前临河水，中间造了间小茅屋。两人下马，把马拴在野梨树上。女子说："前面就是我家，公子不嫌弃可以进去休息一会儿。"甘生很高兴地随女子进屋，只见茅屋的两扇门是用白板做的，女子把头上的簪子拔下做钥匙，启锁开门而入。进门后，打火点燃了灯，只见屋里床桌干净整洁，床上的席子被褥完备。女子让甘生稍作休息，亲自下厨烧了鲜鱼羹，煮了香米饭，然后还打开封闭的酒瓮，倒出清香的村酒，摆下酒菜杯筷，两人欢畅对饮起来。妇人在桌上殷勤地频频向甘生劝酒说："我是新寡，就和古代的卓文君一样，想不到因为被大水阻挡，恰巧遇上了您这个司马相如，这可真是天缘巧合。假如您能忠贞专一，不再娶他人，那我就和您结百年之好。"甘生笑着，点了点头答应。女子陪甘生连饮数杯，之后站起身来挥舞双袖，手敲碟子，唱起歌来，唱道：

秦汉文章得未曾，可怜幼妇貌倾城，

风流学士知多少，剔薛摩挲最有情。

这首歌词中还有个典故，说三国年间，曹操的幕僚杨修读《曹娥碑》，见碑的背面题有"黄绢、幼妇、外孙、齑臼"八字，字谜谜底为"绝妙好辞"。这女子用此典，是在述说自己的身份。歌声一会儿低一会儿高，时断时续，韵律美妙。之后她笑着问陶醉了的甘生："您知道歌词的意思吗？"甘生又笑着点了点头。女子再次给甘生倒上酒，自己也随之把剩酒喝干，说："我还有一支新歌献给您，您可千万不许讥笑。"甘生说："怎么会呢，洗耳恭听。"女子把鬓发掠了掠，提起衣裳，斜着双眼，侧着腿，拖着腔调唱起来。声音柔美和缓，又装出各种娇媚的样子。歌词是：

一自业台化劫灰，高山日日望夫回。

芳心似铁谁能转，不在山隈在水隈。

一曲唱完，只见那女子满脸通红，就像三月的桃花沾了春雨的样子娇艳，鲜艳欲滴。甘生见状说："我心中实在是干渴难忍，现在眼前就放着比美酒还解渴的尤物，我们还是早点休息，让我尝尝这仙露琼浆的滋味吧。"女子听后一边娇笑着，一边把杯盘收起，然后关上门，放下帷帐，脱了衣服就躺上床来。甘生如疯魔了般地和女子欢爱，快活得像升天一样飘飘欲仙。那女子也激动得呻吟声发颤，说："还请郎君怜惜我的身体，慢慢儿来，本就身子娇弱，恐怕承受不了你这狂风暴雨般的举动。"好事完了之后，两人顿时感到无比的融洽畅美。妇人又在枕上吟诗一首，诗云：

> 今夕知何夕，得遇风流子。
>
> 三生精魄中，一片斜阳里。
>
> 郎肯抱妾眠，妾愿为郎死。

忽然她停止吟诵，请甘生顺着诗意接下去，可是甘生只是摇头。女子便娇声嗲气缠着甘生请他续诗。甘生忽然心里又痒痒的，又动了做爱之心，就把身子挺着靠近，让妇人知觉，并戏用妇人姓名"石翘翘"三字，说起下流话来："你看它又翘起像石头一样硬了。"妇人听后十分恼恨，说："真想不到你外貌堂堂，内里却无点墨！虽然眉目能传情，但却和一字不识的文盲没有什么不同，也就只配摆在村头做个系牲口的木桩，怎么能比得上为汉代扬雄守坟三年的侯芭？你这人语言粗俗，又不懂得温存，可真是个十足的淫棍。"说罢就把甘生用力推下床，把他一丝不挂地赶出门去。甘生还想赖一会儿，女子就伸臂阻拦，甘生全身就痛得像骨头都要断了似的，快要昏倒在地。

等到天明，甘生醒来就发觉自己睡在荒林野草丛中，衣服、鞋袜被抛了一地，拖泥带水的，一看马还在吃草，并没逃走。附近房屋全无，面前只是多了块古碑，高高地伫立。碑上的字迹已经看不清楚了，碑下有个洞，湿漉漉的在淌水。甘生回想自己的经历，惊吓不已，赶紧启程回家，回家后就大口呕吐绿水，装满了一小盆，之后病了一个多月。第二天，过路的人见到石碑都十分吃惊，纷纷纳闷这原在西郊的碑，怎么移到此地了。他们都不知道这块石碑曾是甘生的相好呢。后来这块石碑经常化作女子来诱惑村上的年轻人，当地人就堆了许多柴草把这块碑烧毁，这才没有了怪异的现象发生。

碧　云

东海边上有个市镇，叫作饭浦，那里盐商聚集，周围一带都是商店，是一个大镇。商行中常常有很多鬼怪和狐狸精，赶也赶不走。某商行中有一个姓姚的会计，是镇江人，性情豪爽旷达，善于吟咏诗词、唱曲子。他住的地方的对面有间屋子，常常大门紧锁，问是什么原因，别人就说："曾经有狐狸精在那间屋子里寄居，害怕它出来害人，所以锁上大门，不让它出现作祟。"姚生笑笑，走过去从窗缝中向屋内看了看，也没看见什么。姚生每夜在房中经常有新的诗词作品，写在绿色笺纸上，放在桌子上。早上起来，就看到纸上用丹铅涂满了字画，遇到好句子，旁边就会增加密密的圈圈点点，遇上有小毛病的诗句，就加以删改。字迹娟秀，确是出于女子手笔。姚生心中非常得意，就把它收藏起来，从来都不拿出去给同事们看。有一夜，姚生写了一首绝句：

杜鹃啼澈月儿弯，红烛频烧泪未干。
玉磬凄凉翠袖薄，那堪消受五更寒。

第二天姚生起床，看见诗笺上把"翠袖"改成"罗袂"两字。姚生非常佩服改诗之人的才情，就独自拿了支香，走到门外祝告说："我才质庸陋，写的诗十分粗鄙，承蒙仙人为我修改雅正，真的就好像起死回生的化骨金丹。我愿意诚心求教，希望您能传授给我生花妙笔，把写诗的窍门教导给我，我会在您的门下恭敬地供奉，来表达我的心意。不知道您愿不愿意为弟子写一首诗示范？"祝告后，四周一点声响也没有。

一天夜里，姚生正在唱汤显祖《牡丹亭·游园》一折，忽然听见对面房中传出声音，那是用女子的玉指代替拍板的按板声，随着唱腔击打着拍子，叩在桌面上的指甲声清脆悦耳。姚生如果唱得不合拍子时，指甲声就会中断，要让姚生再从头唱起。从此以后姚生每个晚上都要唱曲，他唱曲时，对面房里必然会有人为他按拍，声音就像檐头小水滴声，断断续续，节拍正确无误。姚生心里更加得意了，当然更不愿意告诉别人了。晚上，姚生备下鲜花、香茗、果子，在门外祝告说："我只能唱唱下里巴人的俗曲，真惭愧死人了，幸亏仙人愿意为我审查音节纠正错误，像三国年间的顾曲周郎；我则好比唐代时倚墙偷曲的笛师李暮，真是令人惭愧。我的歌唱并不高明，可您却情深意重，您和我可说是亦师亦友。请您展露您的芳容，满足我对您的仰慕之情。"祝告结束，四周还是悄然无声。

一天晚上，姚生从别处商行中赴宴回来，喝得醉意浓浓，这时感到十分口渴，燥热难忍，刚巧仆人不在，就自己脱下衣衫，连声叫唤仆人点灯送茶。忽然看见到一位身穿绿色衣衫的女子，年轻美丽，整个人瘦瘦的，怯生生的，十分动人，裙下小脚像尖尖的嫩笋。她缓缓地从门外走来，打火点灯，把姚生的衣衫接过来并且挂上衣架，煮好浓茶捧上，为姚生放下蚊帐，殷勤极了。她小嘴微微张开，笑起来漂亮极了，只是微笑却不说话。不一会儿，她拉起帘子出门离开，只听到她身上佩玉碰撞的声音，似乎并没有走远。姚生被那女子的美艳惊呆了，还怀疑她是主人家的小婢。但当时姚生嘴巴紧闭，一句话也说不出来，手脚好像被捆起无法动弹。等仆役到来的时候，他才问人刚才自己遇到的是谁，并说了那女子的情形。仆役回答说："主人家确实没有这样的小丫头，即使有这样的人，她也绝不会走出闺房一步。"姚生明白其中一定有异常情况，但是他把这件事瞒着，不愿意对别人说。

这年秋天的一个深夜，姚生正打算上床睡觉，忽然听到对面房中有很大的响声，似乎是巨石从梁上坠落下来。过了一会儿，听见有女子低声说话，声音非常娇美，好像笙笛的声音，呼喊姚生说道："别怕，别怕，姚生啊姚生，我和您马上就要分别，只是情深，舍不得分离。我姓张，名叫碧云，住在这里已经多年了，从来都不和凡夫俗子搭话，遇上您这位风雅的人，确实可以排解我的寂寞。只是最近奉文昌帝君的命令，即将要到南京办理科场差事，这件事做完以后又要调往北京，从此天涯海角，永远和您分开了。再要想诵读华章，聆听唱曲，恐怕也很难再有机会了，所以特地来和您告别。"姚生又惊又喜，走近房门回答说："我在这里和您近在咫尺，却好像隔着河山，如今您仙驾即将启程，我也知道难以挽回，但我私心祝颂您已经很久了，只是恳求您能展现玉貌仙姿，我好请画工画出您的玉貌，我要把它当作南海观音一样常常朝拜。"说完，姚生又下拜致敬。只听见佩玉铿锵之声，好像是女子提襟致礼时发出的声响，又听见她嘻嘻的笑声，说："我曾经在您面前展现过真容，这件事才过去个把月，您就这么健忘吗？"姚生说他没有见到过她的芳容，女子就说："那天晚上您大醉归来，是谁替您点灯、接衣，做那些零碎活儿的？就是我呀！"姚生这时候才恍然大悟，一时捶胸顿足，后悔极了，哭了起来。女子说："我和您就只有这么点缘分，再近一步，就会招来灾祸。请您保存这段情分，留着以后追忆、思念吧。我要走了，请千万珍重。"姚生还想和她谈谈，可那女子已经走远了，声息全都消失了。回到房里，看见桌上笺纸上端端正正写着六个字"碧云裣衽辞行"。姚生把小笺装裱成册，请了很多名士题辞，这才把他和碧云相遇的经过和别人详细说出来，不久，姚生辞职离开。

在姚生之后，在这商行担任会计的是安徽人邬三，为人非常轻佻，也住在姚生房里。他偶然听到同事们谈起姚生和碧云的事情，心里羡慕极了。有一个晚上，邬三在房中设宴请客。他擂拳呼叫，满口粗言脏话，说："狐狸精挺惹人爱的，如果真的生得美丽，就该叫它来陪咱们睡觉，只要让它多吃点春药，就能使它变形。"同事们都不让他胡说八道，说："别说了！仙人是不能冒犯的。"邬三更加轻狂了，众人都为他担心。夜深了，撤去酒席，众人都离开了，邬三一人醉醺醺地爬上床，同事们还在别院里摇扇乘凉。忽然听见邬三大叫救命，声音急促痛苦。众人跑去查看，只看见邬三屁股上鲜血直流，面色灰白，像死人一样，昏死后又苏醒过来，不停地叫唤，好像要死的样子。原来邬三上床后刚闭上眼睛，忽然看见一位红衣丽人走过来，把他摇醒，自我介绍说是狐仙，愿意陪邬三睡觉。邬三顿时起了欲念，把美人抱在怀里，替她脱下内衣。忽然，美人变成一个铮铮铁汉，身形人高马大，脸上长着浓密的短胡子，大眼睛一闪一闪，力大无穷，和猛虎一样，把邬三翻过身去，跨上身背，掰开双腿就干。那大汉阳具奇大，把邬三弄得痛苦极了，肛门就像裂开了似的。众人朝邬三下身一看，只见一根大铁锥插在肛门里，足足有七八寸长，锋利无比。众人好不容易才把铁锥拔出。邬三疼痛难忍，急忙请医生来医治，医药费用了近百两银子，才总算把病治好。

绛州生

河北省河间县有个职业是走阴差的老头，虽然生着人眼但却能看见鬼，对鬼的性情很了解，和鬼时常打交道。山西的绛州有个喜好怪异的秀才，就暂且把他称之为绛州生，平时常说："日月在天运行，江流在地上奔流，其中天上飞的、水里游的、地上的动物、植物，我都看过，可却从没看过阴间的鬼魂，虽然早已耳闻，但还是没见过。"于是就备下礼物，整治了衣帽，准备到河间县去拜见那位老头向他请教法术。绛州生见到老头后，只见他两眼碧绿，炯炯有神，满脸鬼气。绛州生赶紧低头拜见，说明来意后说："我听说天地之间，阴阳混淆，世上不会没有鬼，而地下不会没有人，鬼有时成人，人有时也会成鬼，这是死生的区别，是盈虚消长的道理。可是为什么晋人阮瞻还要写《无鬼论》呢？

恐怕世上本就没有鬼吧？"老头答道："《易经》上说富贵到了极点，鬼也要来偷窥让其覆灭；《诗经》上又说鬼能把耳朵贴在墙上听壁角，这是不是说世上是有鬼的呢？鬼如果获得了正气就会成为神，获得了清气就会成为仙，得虚无之气就会成为佛，但要获得了邪恶凌厉之气就会成为山魈、鬼魅、山精、怪物。但就算是鬼，样子也有美丑之分，态度也有正派和势利之分，品格也有高有低；它们本就是一团阴气，花样百出。如果拿人间赏心悦目的事来相比，怎么能比得了鬼呢？"绛州生又问道："那么能用什么法术可以见到鬼呢？"老头说："不用念咒宣敕，也不用大声呼唤。有时只要你对着北斗星啃乌鸦头，或者有时藏在荒野中炸猫头鹰，或有时拿着女人的头发挥舞，或有时抛起和尚的头巾，或有时伏在地上学乌龟爬，又或者双手捏着大脚女人的鞋子边爬边喊，凡此种种怪异的行为，都会引来鬼，那时就能听见啾啾的鬼叫声，然后看见鬼火一闪一闪，东一堆西一搭的鬼影了。"绛州生又问道："那么把这些鬼招来之后，又要用什么法术把它们赶走呢？"老头说："鬼的身子是虚无的，如果用拳击它就像打在棉絮上，用脚踢它就像踹在软云里，所以对鬼拳打脚踢是赶不走的，不过用男子的鼻涕扔它，用女人的狐臭去熏它，或者对着鬼念八股文，或者见到鬼后和它打官腔，那么它就会远远地躲开了。"绛州生很感激老头的相告，拜别而去。老头送他出门，还提醒说："鬼是很阴险的东西，和它交朋友可以，但一定不能去戏弄它。可以记着它的好处，但不周到的地方就不要太计较它，希望你能领悟出其中的道理。"绛州生回到家乡后，就立即用老头所教的方法试验，果然很灵验。于是他很得意自己悟出了大道。因他能见鬼，所以很快就出了名，曾对人说："我只恨自己不像吴道子那样擅长绘画画出来，不过幸好还有李贺的诗才，用诗代画，刻画描摹也十分得心应手。我看鬼和人差不多，即使有时对它不礼貌点也没什么关系。"

那年秋天，绛州生不小心进入了鬼国，看到了许多鬼，因此还写下了很多有关鬼的诗。例如他看到一个鬼在吹洞箫，另一个鬼在吹短笛，还有个雄赳赳的大鬼背着手，慢慢地走，歪着头在倾听两鬼奏乐，就作诗道：

箫管吹残惜别声，梨花开过几清明，

可怜残月朦胧夜，常有闲情忆柳卿。

他之后又看到有鬼搭着帐幕在演木偶戏，底下的一群鬼一边看戏，一边在指指点点，那长得高高的像只高脚盘似的是只小山魈，就写了两首诗道：

月黑天边鬼车叫，幔内鸣钲傀儡跳。

人间袍笏也如斯，竿木随身君莫笑。

此时郭秃转优游，庙钱戏向群奴收。

散场前村买一醉，枫林夜抱粉骷髅。

他又看到一个鬼拿着胡笳，一个鬼打着拍板，在黑雾中走，又写诗道：

每到晓风残月时，喁喁低唱鲍家诗。

何如明目还张胆，飏看阴云舞柘枝。

又看到一个穿着宽大的衣衫、戴着高帽的鬼，像个大财主一样，身后还有一鬼仆替它拿着算盘。这时有一鬼向那财主要求资助，财主听后立刻被惊跑了。他又写诗道：

周鞞算法何太精，彪鸾刻画王戎惊。

老悭高视复阔步，袖中庾铴分重轻。

一钱不舍亦细事，辜负游魄追随行。

噫嘻，阴曹乃亦判贫富，阎罗老子多不平。

又见到一个鬼官随带家童、清客数人，前边跪着一个年少的鬼迎接，原来这个是鬼官的女婿。他又写了两首诗道：

> 头上乌纱间不整，依稀幻出官人影。
> 奴子狎客苦追随，不到黄泉心不冷。
> 鬼雏跪白何所求，青猿银鹿非其侪。
> 裙边袍笏尔莫羞，请筑裔婿鸳鸯楼。

他之后又偶然见到几个两寸来长的小鬼，真是小得一丁点儿，在树梢上安家。听到树下雌雄两个身披树叶、遍身长毛的大鬼，举手招邀这群小鬼跳《柘枝》舞，可是树上的小鬼不予搭理。他见状写诗吟咏此事：

> 众鬼啾啾啼鬼窟，密雾浓云何太湿。
> 窜身树杪上巢居，跳跃飞腾密如织。
> 一寸二寸小么麽，只愁海鹘来吞食。
> 夜深踏月两鬼雄，任尔狂呼不相识。
> 除非钟老大吆呼，各鸟兽散遁无迹。

之后又看见一个一丈多长的鬼，像根枯树枝一样瘦，用条长绳把十几个小鬼系着拖走了。又见一大胖鬼，头大如瓮，在路边跪倒。他写诗道：

> 侨如之骨可专车，平仲或许狗门过。
> 一体孱弱一痴肥，一体昂藏一短挫。
> 一朝邂逅幻绝伦，俯仰云泥人两个。
> 君手攫得蠕蠕俦，为君祈颂为君贺。

系颈以诅可怜生，置之笼中恐掀簸。

君不闻，黍民做腊其味鲜，餐入腹中寿千年。

见两个小鬼戴着假面在跳外国舞，把大鬼吓得不轻，他就写诗道：

> 猱然而人冠，傀儡而人衣，
> 摇摇如学者，亦复知威仪。
> 形态非不似，其如心跡漓
> 况此假面目，戴之将胡为？
> 噫嘻，见子之面见子心。面不可见，心则莫寻。

又见到雌雄两个色鬼，亲密拥抱缠绵，爱得分不开。一个鬼撑伞相送，一个鬼提着灯笼来迎接。他写了两首诗道：

> 色心浓到此时难，鬼手馨真彻骨寒。
> 嫣室从容偕老否，鬼雄来与报平安。

> 衣香人影太缠绵，地下新开色界天。
> 一树棠梨花下月，低徊犹唱想夫怜。

见一无常鬼拿着雨伞缓缓而行，腰间挂着布袋，袋内装着许多干儿子小鬼，累累赘赘就像装了一袋跳蚤虱子。一个皮肤像干枯的树皮、头戴红缨帽、留着八字胡的鬼在前开道，应该是个公差，拖着杖棒很安闲地慢慢地走。他写诗道：

> 似此形骸亦唾余，出君跨下漫揶揄。
> 许多夹袋香名姓，一样提携到宦途。

又见一强鬼在路上欢天喜地弯腰把见到的好大一块银子拾了去。他又写诗道：

八卦炉中铸横财，财神威力到泉台。
不知续命符抛后，还卖痴獃还买獃？

又见到两个酒鬼，一个手拿破伞笼头，一个手提酒罐买酒，两人互相搂抱，在凄风苦雨中行走。他写诗道：

色槁形枯入冥途，游魂为变尚提壶。
任随若辈沉沉醉，不向东风问鹧鸪。

像这样的咏鬼诗还有很多很多，这里选录了其中最传诵人口的几首。给诗稿取名《黎丘杂咏》，人们读后都为这些诗的仙气和文采赞叹不已。绛州生因此十分得意。过了不久，绛州生双眼突然变成了碧绿色，目光凄惨，一闪一闪的，能看到任何阴暗之处。

绛州生的隔壁住着一位生性凶顽奸刁的秀才，十分妒忌绛州生的才能，曾当众扬言说："我隔壁那小子因为有点小才便骄傲自负，放着康庄大道不走偏要去鬼域，舍弃了朋友却偏要和鬼为伍，还看不起乡里尊长，魂灵儿偏偏跟随鬼婆娘，我看是个白日见鬼的家伙。不如我们想个办法来吓吓他，试试他的真假。"于是此人就趁着一个漆黑的深夜，剪纸糊了一顶八寸长的高帽，又把破毡剪下制成丧服，制成后像件毛边的重孝服装。又把头发散披在肩，脸上涂了厚厚的白粉和口红，偷偷地朝绛州生的房间走去。这时绛州生正在窗前挑灯独坐，手中握笔在寻诗觅句。此人便悄悄走到绛州生的房前，只见窗外团团围着低头朝里张望的人，有的头上长着尖尖的角，有的头发一晃一晃，有的口中生出两只獠牙，有的牛头马面，多得数不清。此人被吓得大叫道："鬼，鬼！"顿时瘫倒在地。绛州生听到叫声，赶忙跑出门来，但什么也没看到，只看到邻居的秀才装成鬼的样子躺在地上，也大叫说："鬼，鬼！"也被吓得倒在地上。家里人蜂拥而至，只见这两人面色青紫，都快要断气了。邻居赶紧把那秀才抬了回去，请医生抢救了一夜，之后才渐渐苏醒过来。那绛州生被扶进房后，却突然发起病了，无论怎么请医吃药一点效果也不起。家里人派人前往河间县老头那儿请求帮助救治，老头说："绛州生以前所看见的都是鬼身人形，所以相处时间长了也都习以为常，并无什么祸害。而那邻居秀人却是人身鬼形来吓他，所以怎么会不被他吓破胆呢？你快快回去吧，我听了这事都觉得害怕，恐怕今夜也要睡不安稳了。"

这天晚上，老头进房掸掸席子准备睡觉，这时听见门外有从鼻中发出嗤嗤嗤的笑声，偷偷一瞧，只见一个鬼有两个头，从头颈起剖面为两，每个头上都有口眼耳鼻舌五官。又一个鬼有九个头，是环绕着肩并生的。其中有老有少有男有女，各自发出嬉笑怒骂的不同声音，有的在闭目沉思，有的在仰头旁观，有的在暗处，有的在明处。又有一无头鬼，颈口冒出火光像玻璃球，在随风跳舞。又有个鬼有身体也有头，只是没有五官，也没有四肢，无棱无角，圆滚滚的就像只井上的辘轳。老头感到十分怪异，关上门长叹一声，说："你们这些东西也是人假扮的吗？真是日有所闻，夜有所见，我还从来没有碰上过这种事呢。"于是他弃家上了太行山，到死也没敢再回到家乡。绛州生之后也带了粮食出门寻师，踪迹不详。

槐相公碑

山东济宁官路的边上栽着一棵千年老树——古槐树，枝干像铁铸般一样坚挺，枝叶繁茂，绿荫一片。明朝初年时，当时正值战火纷飞的年代，有一个开国大元帅某公曾在此驻军，看到树后就打算把它砍了当柴烧。有一位姓黄的老妇在树下住宿，年老守寡，没有子孙。她看到士兵拿了斧子到门前要砍树，就紧紧抱着古槐痛哭不已，泪珠此时都化成了鲜血，将士们看她可怜，就打消了伐树的念头。这天夜里，妇人梦见一个戴着方巾的少年前来道谢，说："多谢您的大恩大德，如果不是您的阻止，那我可能被砍了。我愿意做您的儿子，日后一定会重重报答您的大恩。"醒来后，老妇时常深情地抚摸着老槐树，说："这就是我的后代根哪。"

南京有个姓李的药店老板，只有一个独生女，名叫婉姑，文秀清雅，节操贞洁，性情温柔娴静，虽然平时穿戴很朴素，但女子却貌若天仙，已经十七岁了，但是还没找到如意郎君，所以还没婚配。一天，忽然来了个操着山东口音的秀才，人看上去风度翩翩，自己介绍说姓槐，随从称他为相公。他很诚心地备了礼物来拜见，请求寄居在药店中开业行医。李老板这才知道他不仅仅是个只会读书的相公，还是一个对医道很擅长的人，很是欣赏就答应下来。槐相公医术很高明，即使遇上顽症、绝症，只要他仔细研究后开了药方撮药，病人服下后就痊愈了。如果遇上一些疮疖之类的小病，他只需按摩几下，就可以手到病除，不久，就在当地颇有盛名。因此这一带地方不论穷的、富的、老的、少的、贵的、贱的都称他为相公，把他当作华佗再世。一年多时间就挣了一千多两银子的医金。后来就和李家合作开业，利润更是成倍地增加。

槐相公所有的缝补洗涤、饮食起居杂事，全由婉姑操持，所以心中对她很是感激。李老板一次设酒款待槐相公，说："您也年龄不小了，已经二十岁了，也应该成家了。我有一爱女，就是您常见到的婉姑，您觉得怎么样？我想托人做媒招您为婿，我这把老骨头也可终身有靠。"槐相公听后赶紧起身拜谢说："多谢您的赏识，愿意把蕙兰玉人下配不才，老丈对我的恩德真是天高地厚，难以回报。但只可惜我并非珠玉，恐怕以后会有负于老丈的赏识。"邻居有位柏举人，听说了此事，愿做大媒，于是挑了一个正月吉日举办婚礼。婚后，槐相公在岳丈家住了三年，一家子生活和睦融洽，夫妻间也很恩爱。后来岳丈忽然得病去世，槐相公以女婿身份尽半子之礼，披麻戴孝，悲痛不已，比亲生儿子还要尽心。丧事结束后，只剩下槐相公独自经营药店。第二年，婉姑生下一对双胞胎，真是一对锦秀佳儿，玉树一双，夫妻俩的生活更是乐趣不断。就这样又过了九年，一天，槐相公忽然对婉姑说："我本是山东济宁人，这些年在此生活很幸福，几乎要乐不思蜀了。可是家里还有老母，我准备收拾行装回家去探望，省得她挂念担心自己。而你现在已有佳儿，有人陪伴，家里的生活也还算富裕，假使我过了三年还不回来，你就改嫁吧，不要再苦苦等我。"婉姑对相公依依不舍，接着就哭着说道："夫君住在济宁的什么地方？如果来年桃花水起时仍看不见你乘船回来，那我就带两儿去济宁找你。"槐相公说："好，娘子保重！济宁城外层曲城南边官道东面，有个黄老太搭了间草屋，那就是我的家。"说完，两人就匆匆告别。互道珍重，就狠心踏上了征途，从此夫妻二人两地相隔，思念不已。三年过去了，可是不见任何音信，婉姑愁绪万千，时常求卜问卦，但也总不见槐相公回转家门。

这时，黄老太已经七十多岁了，年老体衰，穷得快要讨饭了。这天晚上，她忽然梦见从前那个戴方巾的少年到来，跪在她面前，说："儿子因为出远门，在外多年所以没来看您，还您大德，而明天就来报答母亲的大恩，还请您在家等候。"第二天，婉姑果然携带两儿，雇了两只船，装了各种杂物和贵重物品来找寻丈夫。来到济宁市上见人就打听，人都说："你是否找错了？这里的秀才、文人中没有姓槐的相公。"婉姑很是失望。不一会儿，婉姑就按着地址找到了黄老太的家门口，在外打听说："请问这里有个姓黄的阿婆吗？"黄老太答道："我就是的。你是谁家的嫂嫂，来到我家有什么事吗？"婉姑说："我的丈夫槐相公，三年前分别时，告诉我说他家和您家相邻，还请您告诉我。"黄老太听后明白了一切，笑着指指槐树说："它就是你的丈夫。"老太话刚说完，只见有衣帽靴袜从槐树洞中扔出，婉姑拿起一看，看见上面有自己熟悉的缝纫的针线痕迹，知道是自己的相公。细细打听才知道原来槐相公已得道离开，婉姑听后抱树痛哭，眼泪滚滚流下，哭得像当年娥皇、女英一样。黄老太不忍心看此样子，又将从前梦中之事告诉婉姑，婉姑当即停止啼哭，重新以礼拜见，说："阿婆既然是我丈夫的母亲，那也就是我的婆母，今后愿照顾您一生一世。"立即把两儿招呼到前来，拜见祖母，随即又从囊中取出万两白银，在槐树旁购置了很气派的房舍，侍奉黄老太一起生活。

两年之后，有一个客商从长安捎来一只竹箱，说："槐相公是那儿医术高超的医生，救活了很多人，不久前随高明之士学道上王屋山，就托我捎回茯苓一斤、丹药一粒回家让你们服用。"婉姑和黄老太听了，知道槐相公还活在世上，又是震惊又是高兴。她们一家把茯苓和丹药分着吃了，吃后就见惊奇的变化，黄老太的白发瞬间变黑了，婉姑的容貌更加年轻艳丽，而两个儿子读书也更加聪明。后来黄老太活到一百零二岁才去世，生前还看到两个孙子高中了进士，做了官，光宗耀祖。槐相公的二子后来就跟祖母的姓改姓黄，承继黄家香火。

我到山东游历，刚到济宁时，就遇见芙蓉生，被邀去逛街，看见古槐树还在那儿。芙蓉生指给我看，说："这就是传说的槐相公。"我好奇地在树的周围细细查看了一会儿，只见树的周围都用红栏杆护着，还配有青石来装饰，竖着一个高大的石碑，上面刻着三个大字——"槐相公"。我本以为来来往往经过此地的众人都看到了此景，可等我到了兖州，和府中那些师爷们偶然说及此事，我说："树果真是千年老树，石碑上的字也写得十分棒。"大家听后都感到很奇怪，都说没看到，认为我在胡说八道。我仍极力描述，但他们都嘲笑我。第二天，我又怀着好奇的心去济宁，再一次来到古槐树那儿，见古槐树还在，可是碑却不见了，连红栏杆、青石也都不见了踪影。回想初来济宁时所见的，好像一切都是在做梦。于是有人就说："槐相公是有神灵的，或许他是想假借你的口把他的事迹传扬出去，所以才把幻象展示给你看。"可到底是不是这么回事呢？直到现在也无人知晓。

柴秀才

柴进明秀才是山东济宁人。三十岁时，娶了一位姓顾的夫人，生了个男孩。柴家本就是贫寒的读书人家，遇上这年年成不好，没有人家找他教书，自然更是一贫如洗。柴进明在家闲着无事可做，关上门待着，情愿饿死也不去胡乱求人。靠着妻子纺纱织布，每天喝粥度日。一天，柴进明吃完饭午睡，躺在北窗下的破竹榻上，凉风习习，一会儿就进入了梦乡。只看到两个下人打扮的仆役突然走过来，一直到睡榻跟前，说："您是柴进明秀才吗？"他应了声："是的。"两人就说："教书生意也丢了，真是快要把人饿坏了。这里阎家的五相公，敬重您是个风雅之士，愿意聘请您当家庭教师，教他的两位公子，薪俸多，待遇好，一般小户人家根本无法相比，望您能够答应。"柴进明说："这一带从来都没有听说有姓阎的大户，请让我了解了解情况后再给你们回信吧。"两人说："您去了自然就知道了，保证您样样满意。"说完，两人上前拉柴秀才起身，抱着就要走。柴秀才说："真是一点也不讲礼节，请人有这么强硬的吗？"两人也听不大懂他文绉绉的语言，拉起他就飞跑起来。出门没几步路，柴进明就感到道路很陌生了，只看到遍地都是黄沙，天上日色也非常昏暗。一会儿工夫，就来到一座城门口，只见路上车水马龙，街道纵横，人声嘈杂，不像济宁城的情形。不久，他们来到一处官府，衙门前陈列着一排排仪仗队用的器具，钟鼓的声音震耳欲聋，警卫森严，也不像是济宁官府的样子。这时两人才告诉柴秀才说："这儿是阎王殿。只是因为您寿数已经到了，所以我们把您骗来。您生前没什么过失，我们就没用绳索拘捆。先生暂且在这里休息一会儿，千万不要跑了，等我们进去禀告主人。到堂上随便讯问几句之后就会把您放了，随您自由自在快活，比在阳世要好得多了。"柴秀才到这时才明白自己已经死了，悲痛极了。他非常想念妻儿，泪流满面，感到痛彻肺腑，但又无法可想。

两差役进去了。柴秀这时看到左面一排放着许多大瓮，瓮内盛着暗绿色的茶水，稠得像泥浆一样，有个老婆子在管着。凡是从里边走出来的人，无论男女老少，都必须要舀起茶汤喝个饱才能出去。殿上东西两边放着两只大瓮，里面也盛着茶水。东边瓮的旁边站着一个眉毛很浓，胡子很短的人；西边的瓮边旁站着一位脸庞很俊的人，眼睛很漂亮，胡须长长的，二人都是头戴乌纱帽，身穿红袍的贵官。这两位也像那老婆子一样守着大瓮，只是没看到有谁前来饮水。柴秀才挪动脚步，微微来回走动，悄悄走到老婆子身边。两人互相看了一下，大吃一惊，原来她竟然是已经死去多年的，自己孩提时的奶妈。老婆子就问："您怎么会突然来到这里？"柴秀才无话可说，默不作声。他就问那茶汤是怎么回事，老婆子说："这叫迷魂汤，是给平庸的人喝的。殿上放着的，东边的叫元宝汤；西边的叫智慧汤，不能轻易给人喝，所以有神管着。"两人正在絮絮叨叨谈话时，忽然听见大殿屏风后面有人大声叫喊，说："错了，错了！阎王要捉的是济阳人柴精敏，不是济宁人柴进明。像这样的错误，真应该打死！"那两个差役似乎在争辩，那大声叫喊的又拔高声音怒骂，气势汹汹。殿上守瓮的神灵也很着急，走到屏风后面去张望。柴秀才趁此机会赶忙走到西边瓮前，迅速把盖子掀开，拿着玉瓢舀起智慧汤大喝一通，喝饱后仍然把盖子盖好，赶快离得远远的。智慧汤非常清澈，可以照见人影，又清凉醒神，甘美极了，使人口舌生津，非常解渴。他还打算去喝元宝汤，猜想用金瓢舀，一定能发财的，就急忙走向东边大瓮，可这时两位守瓮神已经从屏风后走出来了。

不一会儿，殿上钟鼓喇叭一起奏响，衙役仍然站得整整齐齐，阎王头戴金冠，身着绣服上堂就座。柴秀才听见判官叫自己的名字，就上前按礼跪拜。阎王开始审问，柴秀才一一根据实情回答。不久就看到有人用黑链条缚着两个差人来到堂上，阎王拍着桌子大骂，传命剥去两差人衣服，用大棒责打，打得两人腿上皮开肉绽。柴秀才代两差人向阎王求情说："他俩不识字，有可能是因为勾魂票上音同字不同吧？请原谅他们的过错。我虽然被错捉死去，但也不怨他们。"阎王这才面色和善起来，安慰柴秀才说："从这件事上，可以看出你是一个心地宽容的人。"就另外命令差役送柴进明还阳。柴秀才又行了大礼，告辞出门，还听见阎王指示说："盛夏酷暑，如果柴秀才还没有腐烂，那么你俩还有生路，否则决不宽恕！"柴进明和两位解差从另一条路回转家中，进门就看见妻子身穿孝服，拍着棺材号哭，亲朋们都穿着白衣白帽聚集在灵堂中。他带着哭声告诉在场的人说："我在这里哪！"可是没有一个人搭理他。一个解差钻进棺材，好像棺材里有洞似的；随即又钻了出来，懊丧地说："糟了，您的尸身已经腐烂，怎么能复生呢？"另一解差就说："这不关我们什么事，为什么不仍旧带他去回复阎王？"三人只得懊恼地出门离开。

于是三人又从别的路走到荒野地方，柴秀才走得双脚疼痛，嘴里不停地哼哼。看看天色已经昏黑，道路旁边有一间小屋，很是整洁，一个老婆子正背对灯火搓着绩麻。两解差就说："为什么不在阿姨家休息一下。这次公差竟然没有喝到一杯酒、吃到一碗菜，真是晦气极了！"柴秀才跟着他俩进了屋，看到老婆子，就是先头在阎王殿前看守茶汤的奶妈。她见了柴秀才就问道："您怎么又来了？"柴秀才把经过情况告诉了她。老婆子对柴秀才说："这是我姐姐的两个儿子，并不是外人。我这里姑且到街上去买些酒菜，略微表达我作为主人待客的情分。"两个解差听了很高兴，一个马上就到灶下去烧火，另一位则提了酒壶上酒店去打酒。柴秀才就问那老婆子说："姥姥是看管茶汤的，怎么可以擅离职守？"老婆子说："我们管茶汤的人一共有四十多人，要一个多月才能轮上一次。刚才我已交班了，所以无事一身轻，就回来了。"柴秀才又问："做人快活呢，还是做鬼快活？"老婆子说："人经常会处于饥寒交迫的环境，长年操劳损害身体，爱欲迷乱本性，忧患又会伤神；鬼却没有这些烦恼。"柴秀才说："听您这么一说，我明白啦，那我情愿做鬼了，即使有绛雪丹、返生香，我也不服用了。就是不知道阎王能不能同意我做鬼？"老婆子想了好一会儿，说："碰见了阎王，这事就难说了，但是偷偷溜走也不是不可以。"过了一会儿，那个打酒的解差拎了酒回来了，于是全家团坐一桌一起喝酒，劝酒上菜，十分客气。吃饭的时候，老婆子说起柴秀才愿死不愿生的问题，两解差说："阎王明天要去拜会灵显郡王，要待几天才回来。柴秀才可以趁着这个机会偷偷地前往东郊乐乐城。那儿街市十分繁华，就像苏州城一样，我们也将出门远行，我猜测这事不会出什么问题。"吃完饭，老婆子整理床铺，大家安息。清早鸡啼的时候，柴秀才告别了老婆子，按照两解差所说的话，向东方逃走。到了乐乐城，那儿的人家才起身开门，早饭还没有做好呢。

路边有一座大庙，柴秀才就进去游览，寺中佛殿十分高大，园林曲曲折折，亭台楼阁应接不暇，庭中百花盛开，百鸟在树上鸣叫。柴秀才闲庭信步，觉得处处赏心悦目。他在一座亭里坐下，亭上有匾额，写着"娇春"两字。两边有一副对联，写着：

> 是事要随缘，看寂寂黄泉，尚有晓风残月；
> 得闲还买醉，叹茫茫白骨，可怜碧海青天。

柴秀才看完，忍不住也想来露一手，恰好亭中台上放着笔砚，就立刻挥毫在粉墙上题诗一首：

> 境僻居然隔软尘，幽泉谁与唤娇春。
> 只愁蟾魄昏黉夜，绿惨红愁看不真。

柴秀才刚题好诗，忽然一个少年到来，头戴方巾，脚着白鞋，纸扇轻轻摇着，模样俊俏，风度儒雅，在身后称赞说："您真是一位高士。"柴秀才赶忙自谦不才，在此胡乱涂抹。两人互相寒暄。那少年自我介绍说复姓第五，名诚，是青州人，也在这里客居。说完，就拉着柴秀才来到街市酒楼上，互相对坐喝酒叙谈，十分欢快。过了一会儿，第五诚叫来一位歌伎。那女子乌黑的发髻上插满珠翠，裙下微露美丽的小红鞋，脸如朝霞，姿色无双。她露出纤纤玉手，拨弄琵琶，声音清脆悦耳，唱着销魂蚀骨的动人歌曲，情意缠绵，娇媚极了，为柴秀才劝酒助兴。第五诚说："她是这里的名妓张阮阮，您对她中意吗？"柴秀才说："在温柔乡中寻欢作乐，是我们名士本色，只是我是个穷困的人，缺少夜度的钱，怎么办呢？"第五诚说："这事好办。"说着，就从身上取出银钱塞进张阮阮袖中。这时，柴秀才诗兴大发，信口吟出一首七绝：

镜里眉弯画未成，春山蹙损不胜情。

鸾漂凤泊何曾惯，偷下巫山山月明。

第五诚对柴秀才的才情很钦佩，也和了一首七绝：

琼壁雕镌粉琢成，柳腰纤瘦动人情。

夜深踏月迎苏小，一点流萤不敢明。

柴秀才随即要过笔砚把两诗写在扇面上送给张阮阮。张阮阮在席上也时不时眉目送情，纤指轻轻抚摸柴秀才手腕。柴秀才神魂颠倒，几乎就要控制不住自己。第五诚在旁也有所觉察，就陪着他们一起回到张阮阮家中，关照她好好照顾客人，所需花费由他代付，有空时再来这里相会。柴秀才就这样在张阮阮家住了一个多月，两人情深意好，如翡翠戏水，鸳鸯双宿，非常欢爱融洽，风情万种。柴秀才私下问张阮阮关于第五诚的身世，她说："他是阎王的五少爷，说姓第五，那是假的。您上次游览的地方，就是阎王家的悠游的地方。阎王对五少爷管得很严，五少爷背着他父亲把我养在这里，请不要把这些秘事外传，泄露出去会招来大祸的。"柴秀才又问她的来历，张阮阮说："我本来是县令的女儿，因为父亲贪赃，受到阎罗王惩罚，并且连累到我，沦落成为妓女，老鸨的狠毒、嫖客的羞辱让我无法忍受。"说完，珠泪洒落在衣服上，柴秀才就用衣袖替她拭泪。这时，忽听外房间声音喧闹，众婢女都来到房内说："范太守公子因为几次招张阮阮去，都没有前去，大发雷霆，亲自赶上门来，等着立刻要人。答应得稍慢一点就摔打桌椅。"柴秀才劝张阮阮出房迎接客人，但她害怕极了，藏在帷帐后面想要躲避范公子的气焰。忽然一个牛身虎面的家伙冲了进来，命令一个如狼似虎的家奴把张阮阮拖出去，而且打了柴秀才。柴秀才无法忍受这样的气，指着范公子大骂。范公子命人把柴秀才捆起来送进衙门，柴秀才说："我是秀才，不是你能够胡乱捆绑羞辱的。"范公子冷笑着说："好一个秀才，在娼家流连，霸占妓女，还算个守法的生员吗？"正在嚷嚷之际，公差已经赶来，把铁链套上了柴秀才头颈。

柴秀才被拉去见了阎王，阎王审问他，问究竟是谁放他逃走的，是谁带他去嫖娼的。柴秀才一口咬定这些都是自己的主意，最终也不肯供招出奶妈和五少爷。阎王说："你本是受了冤枉到这里的，今天饶了你，暂且进我府中，有什么法令、文书之类的事，就请你代劳。"说完就叫一名书童带路，走进一间小屋，床帐被褥等一切起居物件都准备齐全，也比较讲究。柴秀才在房中满心都在念着五少爷的深情厚谊，张阮阮的痴情相恋，时刻在心，抹也抹不掉。有一天，柴秀才百无聊赖，感叹自己身世凄凉失意，浮生若梦，就写了一首词道：

谁能补，娲皇遗恨三生误。三生误，依香人影，红颜黄土。泉台冷落闲宾主，琵琶宛转相思苦。相思苦，彩云飘泊，画筵歌舞。

忽然家童走来大声说道："先生还有闲情在这里写词，王府中起火了，马上就要烧到这里啦！"柴秀才大惊，只听到房舍着火的噼啪声，眼看着已经烧近门窗前，急忙带着家童冲出房门。他们看到屋后有一座高台，巍巍数万尺，高耸入云，就登上高台避火。柴秀才上了高台，刚刚倚着栏杆俯视，家童突然从后面抡起他身子就往下扔，砰的一声巨响，柴秀才立刻昏厥，不知身在何处。

过了七天，柴秀才顿时觉得神清气爽，低头一看，只看到自己已经变成了个小手小脚的婴儿，睡在被子里，原来他已经投胎到邠州的一个农民家中。随即就大哭起来，说："我是济宁柴进明呀！"生母就恐吓他说："你再说话就杀了你！"柴秀才这才闭口不敢乱说。这户农家主人姓李，是世代积善之家，给柴秀才转世的婴儿取名叫言，字叫勿言，小名叫秀。当时他的祖父还在世，须发都白了，调弄孙儿，十分欢乐。李秀三岁那年年底，他父亲进城买来红纸，请当地读书人写了一副春联。当时他祖父正背着他，看父亲用糨糊在门上贴春联。可是他父亲不识字，把上下联贴反了，联语就不连贯了。李秀看到了，忍不住笑出声来。大人们问他笑什么，李秀就说父亲把春联贴错了。李家就请来教书先生纠正，果然和李秀所说的一样。教书先生考问了李秀几句，不由得大吃一惊，认为他是个天才，说："小儿远远胜过他的父亲，这是您家的千里马啊！"李秀十一岁考中秀才，十七岁中举人，十九岁成进士，被外放到陕西某县任县令。后来娶了一位名门闺秀作为妻子，妻子美貌端庄，生下二子一女。祖父一直活到百岁，父母康健，李秀把他们接到官府中供养。到了第二年，李秀派人前往济宁寻访自己前世（柴进明）的妻儿，都还在世，只是儿子不学好，就把妻子接来，另外安排房屋居住，家里人都叫李秀前世的妻子是柴阿姥。李秀把在前世所作诗文结集出版，写了前言。过了没多久，因为李秀政绩突出，被升为御史。后来，祖父去世，父母也相继亡故，李秀辞官回乡。在家以赏玩山水为乐，对仕宦并不热心。到了六十岁临终之际对妻子说："我厌弃做人，情愿做鬼，但终于没如愿。现今又将要到太原，到一姓武的人家投胎去了。两世光阴真是快啊，仿佛弹指一挥间。又会是少年科举得意，和第二世时一样飞黄腾达，和第一世时的穷愁潦倒不同。十六年之后，你们可以前往太原找我相聚，来了却两世的姻缘。"后来终究也不知道李秀家人有没有去太原寻访李秀的后世。

五　升

从前，海州有个姓李的人，在六十岁时生下一个儿子。婴儿出生那天，家里面闯进来一个脸面肮脏、络腮胡子很长的道士。李家给了他八斗白米，还是不能把他打发走。那道士说："我知道您家今日喜得贵子，不如您把这位能光宗耀祖的佳儿抱出给我瞧瞧，或许我能料知他一生的福禄。"家人听后半信半疑，就把婴儿抱出来给他看，道士看后说："这真是个杰出的人才，将来一定会成为国家的栋梁，可官至四品知府官呢。可是你们打算给我八斗米，那就给他取名为八斗吧，使他的才华能高于屈原、宋玉这一类人，像曹植一样。但是将来做官后千万不要说升，不然在五次升官后就要走向反面了。"说完，也不要那八斗米，很不满地出门而去。老来得子，李老头对八斗很是溺爱，只要是八斗想要的，都一一加以满足。家中的仆役只要敢有一点触犯他的，就立即把他们责打驱逐出门，奴仆只能默默忍受。成年之后，八斗的脾气更是骄纵跋扈，淫欲失度，无耻到了极点。十九岁时，弃文习武，考了个武秀才。后来父母相继去世，李八斗交结了一批匪徒为友，和奸猾役吏为伍，戏场妓馆时常能看到他们的身影，行为放纵不堪、肆无忌惮。

海州灵台山脚下有座方家园林，经常闹鬼，人们相互告诫，都不敢去那儿居住。当时有位歙县的举人端木正好游历到此，看到方氏园林后苑"梅坞"阁，十分宽敞美观，苑中百花盛开，枝叶繁盛，就和方家协商，想租来避暑。方家本来就对端木举人很敬重，就同意了，还命人替他把阁门打开，认真地打扫清理了一番，把床帐都铺设整齐。这天夜晚，端木就睡在阁中，并不像人们传说的那样，一夜平安无事。第二天晚上三更时，端木举人正身倚宝剑，手里拿着拂尘，在烛光下读着史书，忽然，只觉身边香气袭人，传来了笙笛之类的乐声，又听到门外女子走动时衣上玉器碰撞的响动声。不一会儿，就见几十位年轻貌美、婀娜多姿的女子，簇拥着一位绝色美人从外款款而来。端木此时觉得情况怪异，就急忙问道："请问来者何人？"那美人说："我们是天上管理图书的仙子，你是何人竟敢进入我们的闺房？"端木举人听后立即行了拜礼，又把自己的来历说了，美人摇手说："端木先生是有道长者，我们怎么能贸然打扰您呢？还是我们走吧！"接着在一阵女子如莺燕娇啼般的笑语声中，四散而去。端木举人觉得事情诡异，早晨起来后，就携带行囊搬往别处去了，并把自己的经历私下里告诉了别人。

李八斗听说此事后，笑着说："这可真是个书呆子，一点都不开窍，如果让我碰上了如此艳遇，早就已经和美人进入温柔乡了。"众人听后也都纷纷怂恿他，于是李八斗偷偷住入梅坞阁，希望能有如此艳遇。这天夜半时分，果然听到了打鼓奏乐的声音，吆喝声，靴子的托托声，绣鞋的踏地声从楼上传来。李八斗从窗格中偷偷探看，见许多男女聚集在大厅，其中在榻上端坐了一位美人。不一会儿，奏乐声停止了，站立两厢的护卫人员，一个个神情严肃。只见那美人忽然大怒，说："端木先生已经远离此地，从哪儿来的狗才，竟然敢到此偷看！而且这人浑身邪气，龌龊不堪，快快给我把他抓来，别让他跑了！"只见两个虎头人身的大汉拿着铁链立即破门而出，之后把正在偷看的李八斗揪入厅中，喝令跪下。美人骂道："即使像张载、左思那样的名人名士，效仿潘岳，乘车招摇过市，都要遭到妇女扔瓦块，吐唾沫；现今像你这么个无赖无耻之徒，好大的胆子敢来偷看仙女，应当按律斩首，决不赦免！"下边的人大声答应，就把钢刀架在了李八斗的脖子上，冷得像冰，李八斗被吓得丢了魂，嘴里不停喊着饶命。美人不屑地笑说："杀你，我还怕把我的刀弄脏了呢，但如果处罚得轻了，又怎么能抵得了这罪？"于是喝令把李八斗拖下去重打一百大板。果然就有两个豹头人身的汉子把他衣服剥下准备行刑。正要举捧打时，一个穿红纱的美女忽然摇手说："别打，别打，刚才我查看了一下簿册，他还得享受坐官轿——轿的四面是雕花栏杆——出头露顶的日子哩。"美人笑了笑，站起身来，众人簇拥着她上楼而去，声息渐远。李八斗吓得赶紧把衣服穿上躺在堂下打盹，直到村中鸡啼，晨光照进，这才蹒跚着走回家中。每当向人细说这一夜的遭遇，他还是一脸扬扬得意之色，认为自己虽然被当成囚犯，但仙人也不敢怎样难为自己，认为自己将来一定会有飞黄腾达的一天。

后来遇上荒年，几乎已经到了人吃人的地步，这时李八斗在众人前大发厥词说："只要有我李八斗，你们还担心会做饿死鬼吗？"众人纷纷请教他有什么办法，他说："有钱人家的粮仓充实，但却吝啬不已，囤积居奇，他们家的粮食不就是咱们的粮食，我们去拿不就行了！"众人被饿得都响应他的号召，纷纷拿了打斗的武器到富人家去借粮，虽然名义上说是借，实际上就是去要挟。那些富裕人家知道这帮人蛮不讲理，所以为保性命，任由他们借粮，不敢违背。李八斗有个寡妇婶子姓戚，家中很有钱，囤积了很多粮食，李八斗上门去硬借，但是遭到严厉拒绝。李八斗在心里冷笑说："我现在可是饿得快死了，你我同是亲戚竟不可怜我。如果今后对你家有什么冒犯，到时你可千万别后悔。"第二天，李八斗就带领一群匪徒，手拿火把，在戚家门口聚集，之后把戚家储藏的粮食都瓜分干净了，粮仓被抢一空。他的婶子气愤不已可又不敢言语，只得偷偷进城向县令告状，说："如果不替我做主，不把这帮强盗杀了，我就死在衙门前！"县令答应她的要求，马上出钱物色内线，商议怎么把李八斗捉拿归案。有一位很出名的捕快叫黑风，平时和李八斗很熟识，因此李八斗对他也无戒心。一天，黑风带了丰盛的酒菜到李八斗那儿，等李八斗喝醉后，黑风就告诉他说："系狗村乔家有两个貌美如花的女儿，我们不如趁向乔家借粮的机会，把她俩设法抢来，那年纪小的一位就给你做老婆，谁不知你这风流少年对于女人是多多益善的，怎么样？"李八斗拍手说："好呀。"于是在半夜时带着刀跟随黑风前往乔家，在经过一片密林时，早已经等候的捕盗公差一齐涌出捉拿李八斗，把他捆绑起来。李八斗说："你们凭什么抓我？我犯了什么罪？"众人说："县官已等你好久了。"他又问："是谁状告我的？"大伙又说："你家婶子下了请帖叫你赶紧去呢。"这时，李八斗才恍然大悟。

天亮时，众人把李八斗带着回到县衙，县官开堂审问，可是李八斗却死也不肯讲出实情。县官下令用细荆条鞭打他，把他的背打得血肉横飞，他也只是哭着不断哀求："武生求求大老爷，武生求求大老爷！"如雨般的荆鞭继续抽打下来，他还只是嘴里不停地连叫"武生武生"。其中一个差役打趣说："你究竟抢了多少石谷子，为什么不老实交代告诉长官呢？这样'五升五升'的一点一点招认，要招供到什么时候，还白白挨了皮肉之苦？"在场的人听后都哈哈大笑起来。最后李八斗实在受不了鞭打，这才把自己一次次抢劫的情况如实招供：共抢过十次，共抢谷子二千石。县官听后怒不可遏，就把李八斗的条条罪状写在木板上，敲锣打鼓，把李八斗拉着游街，边走边大叫自己的罪行，然后又把他放在木笼中号枷示众，结束他的狗命。到这时，李八斗才对那道士和梅坞阁绛纱女子所说的真正含义恍然大悟，原来他们都早已经预见到了李八斗的下场。从此，听了李八斗的情况，乡间那些样子生得雄赳赳，读书人打扮的无赖子弟，对平日的胡作非为才稍稍有所收敛。

哑　泉

　　扬州是个人杰地灵的地方，当然也少不了人才，有这样一个秀才姓言，名本虚，字乍合，天性狂放傲慢，浪荡不羁，为人刻薄无比。有这样一个传言，言秀才是她母亲在梦中与山膏（神话中一种喜欢谩骂的野兽）交配后才生下的，这就让人感到很好奇。言秀才成年之后天天说读书做八股文的人，如果不用大话把元稹、白居易之类的大才子给压倒，轻而易举地让那些肚里没多少墨水的人就能够成就功名，那么谁还愿意把那些真正的读书人像对待天帝一样去阿谀奉承呢？当时与他在一起交往的人，即便是十分有学问的老先生，他也不正眼看别人一眼，都遭到他的贬低讽刺。他一有时间就开始讽刺挖苦人，有时背后议论他人的缺点，有时当面批评别人的过失，有时考据知识去贬低别人的才华，有时甚至用流言蜚语诋毁良家妇女的名声。每年大年初一，言秀才总是会烧香拜佛，并且虔诚地对着佛像立下誓言说："我言某人在一年三百六十日当中，哪怕有一时一刻破口骂人，或者做了轻薄的举动，那让阎王爷来没收我的魂灵，天打五雷轰，我也不悔！"但是情况并非所说的那样，他只要见到有钱人就对人拍马奉承，唯恐做得不到位，见到美妓以后就垂涎三尺，想方设法要把美女给弄到手，这样的举动在外人看来又显得那么卑鄙无耻。

有一次，言秀才准备当一个官职，于是就去应聘盐官府中的幕僚，可是不了解什么原因，这事却迟迟没有结果被拖延下来。这时正值盛夏季节，傍晚天气稍稍有一丝丝凉爽之意，言秀才就去西城散步。只见晚烟绕树，夕阳也已落入山头，他漫无目的地闲走，也不知自己到底走了多远。不久发现一项小轿飞快地赶来，轿中坐着一位十五六岁的女子，面容姣好，脸上不时露出一丝红晕，一阵风吹来，美女子拉开轿帘往外瞧看，露出了洁白如玉的纤腕，一头乌发，绾了一个蝴蝶似的发髻，言秀才看了如此美妙的女子以后就在轿子后面紧紧跟随。天色渐渐暗下来，不知不觉到了西山。忽然间刮起了一阵狂风，道路顿时变得模模糊糊难以前行。言秀才不知所措就想停下脚步，正当进退不得的时候，几个青衣小婢提着红色灯笼来到言秀才面前，询问道："您是言先生吗？我们知道您离开官场的目的就是愿与山野之人为伍，您已经厌弃城市繁华而迷恋山林生活，正好我们这里建造了归隐的林园，整体还算雅洁。我们深知言先生是扬州名士，所以打算劳您大驾光临我们的寒舍。"说着就拉着言秀才一起走了，林壑幽深，道路偏僻，不一会儿就走进一幢住宅。房舍其实并不怎么高大敞亮，但是非常有意境，走起来曲折有致，构建得也相当精美雅致。整个小院鲜花开满阶前，草色青葱映入眼帘，竹枝轻拂栏杆，真是一番美好精致呀。往前看去有亭台、有阁子，墙上的颜色既不刷白，也没有涂红，发现这原是为隐居者构筑的优美居所。定睛一看，一位老妇立在灯光中，用块绿纱把发髻盖住，头上可星星点点看到白发，很有点道家风范。看到言秀才，老妇便施礼说："名士能够大驾光临，真是令寒舍蓬荜生辉呀。"言秀才也回了一礼，并询问主人门第。老妇一一答道："我姓白，祖籍陇西，夫君生前在朝为一小官，因为揭发奸人的罪恶这一桩事，遭到仇家杀害，最后死去。不幸的是，只撇下我们孤儿寡妇天天对望，形影相吊，最后不得不隐居山林，过上隐逸生活。幸运的是我家剩的资财尚多，还能勉强赖以糊口。"讲到这里，伤心得潜然泪下。很快的时间，老妇便命人摆上精致的饭菜，都十分清新可口，言秀才吃得很香。饭后，有人专门带领言秀才到一间深宅中去，让他安然入睡。这间卧室房内摆满了图书，文房四宝也十分考究。一个长相秀丽的婢女来房中铺设卧具，言秀才就问她这儿是什么地方，婢女回应说："这里便是小姐的书房。"又问她说："你们请我来是干什么的？"婢女则回应说不太了解，就施了一礼退出去了。

言秀才在这居住得很是舒适，到了第二天早晨，他起身后来到厅上准备到处看看，只见先前那位老妇人已在那儿了，旁边几个小婢环绕，行事作风全是大家族气派。老妇人准备好酒席后对言秀才说道："家中小儿调教得不够，准备请先生前来当家庭教师，关于报酬我们是会给得很丰厚的。他们如不听从管教，可以任你处罚，不要有太多顾虑。还望先生好好管教，不要嫌弃我们孤儿寡母，敬请施教，我们就深感您的大恩大德了。"言秀才听完后非常有把握地回答说："教导这些后生小子，我一定尽心尽力，不过话又说回来，除了我还有谁能担当？但是我不清楚你家到底有几位学生来学习，希望老太太告知。"老妇人回应说："我这有一女，名叫辨才；另外又有一甥男，他是秦家公子，比辨才略微大一岁，名叫仍吉。今天就趁这个吉日良辰，教他们读一部经书，别让他们歇息，别让他们贪玩，以致最后忘了读书这件正事。"等到酒宴结束以后，大家吃喝得都很高兴，老妇人这时候叫辨才与仍吉出来，恭敬地拜见老师。辨才的头发梳在侧边，装束异常漂亮，姿态也婀娜美丽，望着言秀才后微笑一笑，两者都觉得好熟悉，好像是以前认识的样子。后来发现，原来她就是昨天遇见的轿中的娇媚少女。秦仍吉正当少年长相端正，一阵风吹来，头巾飘飘，衣服华美无比，容貌如玉，仔细瞧了瞧，言秀才又怀疑昨天在车中是否也曾见到过他。学了一段时间，发现辨才与仍吉的天分都相当高，只要书一经过目就理解得非常深入透彻。相比看来，那言秀才就略显笨拙，他终日捧着讲章咿咿呀呀念个不停，天天装出一本正经的样子，两个学生见了后都在一旁偷偷嘲笑他。辨才与仍吉因为自幼在一起生活的，小时候也一道嬉笑玩乐，二人天真烂漫，同吃同睡也都习惯了。老妇人对此常笑着说："这还真是好一对会说话的鸟儿，又像能懂人言语的可爱小花儿。"从此以后，两人吃饭同一桌，用碗也用同一个，相互之间也更加爱怜，看上去就是一对小夫妻的模样。言秀才也早有觉察，因为十分喜欢辨才，所以心里十分妒忌仍吉。有一天，言秀才私底下想向辨才要一个婢女来服侍自己，辨才只是微微一笑，没有做任何回应。过后又与仍吉谈天论地，谈古论今，可怎么也说不过仍吉，因此言秀才更是把仍吉怀恨在心。所以每次见到两人在一起说悄悄话，相互依偎调情时，言秀才心里气愤表面就装出正经人的模样，加以训责，两人就总是一笑了之。

那天正值中秋节，老妇人出门有事，顺便带了丫鬟仆妇去隔壁邻居家喝满月酒。仍吉趁着这个机会进入了辨才内房，对她眨眨眼睛，眼神交汇，辨才领会了意思，就假装在屋里待了一会儿，然后小步快走就出了内房。言秀才在一边假装不知，就轻手轻脚地偷偷跟在辨才之后，找到一个隐蔽的地方，站到一间房外偷看。房内仍吉与辨才早已进入房内正交颈欢爱，二人又搂又抱，屋内传出一片气喘之声还不时传来低低的情话，两人欢情正浓。言秀才侧耳倾听，只听辨才颤抖着手说道："仍吉，您何必那么心急，放心吧，我终归还是您的人，是不会落到人家手中去的。"仍吉根本听不到心里去，却只是尽情欢乐，又小声快语说道："我太爱你了，实在是等不及了。"这时户外的言秀才听了以后气愤得心怦怦直跳，故意咳嗽了声，把两人惊吓开了。等言秀才走进那间屋时，两人也顺势跟着走了出来，脸上没有一点惭愧的意思，反而变得更自然了。只是因为太过激动而脸色泛红，香汗满腮，一片春情喜色之意还未完全褪去。言秀才这时才开口说话，对他俩狠狠地责备，但是仍吉却不以为意，就笑笑说："男女欢爱，纯属正常，无所不至，与您有何相干？"言秀才怒气十足地说："我把刚才发生的事去告诉辨才母亲，看你还敢嘴犟！"听此番话，二人都非常害怕，这才赶紧跪倒在地一齐恳求老师把此事隐瞒起来，而且又十分讨好，并问先生有什么要求尽管提出来。言秀才窃喜但又不知从何说起，支吾了半天，才大胆地厚着脸皮说："如果辨才与我为妻，仍吉做我的弟弟，我就什么也不说。"仍吉听后微微一笑，起身说道："既然先生这样说，今天的事就从我这儿开始吧。春秋时期，宋国有位公子朝与卫夫人南子私通，人们都称他为老公猪，同时遭到别人的嘲笑，当时算得上天地间的一大丑事，对于同性之爱，不知您存在什么样的意见，可问满意否？"言秀才微笑地点了点头，仍吉接着说："那好吧，今晚三更月上，与您就在园中木樨亭上相会，不见不散。"

　　暮色已深，皎洁的月亮东升，月下花影一体，像在说悄悄话，言秀才走进园中，看见仍吉梳着美丽的发髻，身穿绿罗衫仙气飘飘，脚穿绫罗袜，手执轻罗团扇边走边扑萤火虫，微微一笑。仍吉刚见言秀才来到，就赶忙扑上去拥抱，二人一同躺倒在青草地上。前面发生的一切都顺其自然，正当两人要脱衣寻欢时，仍吉突然大喊有贼，说着又对言秀才拳脚交加，猛烈踢打。言秀才大吃一惊，认真一瞧，那人却是夜中经常打更的乌大。乌大认为自己受到了莫大污辱，死活不要饶了言秀才，言秀才也只得磕头赔罪，但是他仍然大喊不止。吵闹之声震惊了整个院子，传入深闺，最后不得不让婢女出来制止，这才停了下来。言秀才当着这么多人的面，不知所措，又是害羞，又是恐惧，简直像失了魂灵，胆也要吓破了，最后逃离了人群。第二天早晨，言秀才看见辨才与仍吉双双来到，好像什么事也没有发生。又隔了一段时间，仍吉有事出去，辨才这才走近言秀才身边，对他低声说道："吉郎搞了一个恶作剧，这让我心中深感不安。这里有我自酿的上等的美酒，先奉上一杯替先生压压惊，请先生原谅我们。今晚上好日子就快到啦！"言秀才笑了一笑，答应了。傍晚刚到，辨才把婢女叫来，果然捧进了上等香醇美酒，她娇滴滴地把酒端来，将酒献给了言秀才。酒杯中酒色碧绿，可以照见眉毛胡子和自己清晰的脸庞，言秀才一见这酒就高兴得忘形，将酒一饮而尽，味极甘醇可口。但是情况不妙，喝完酒后，他忽然感觉好像有块东西塞在胸口让他难受至极，他痛苦得大叫，又感觉到那东西已经跳到了喉咙口，就此发不出声。辨才目睹了这一切，大声笑了笑，迅速跑了出去，回去后背地里在老妇人面前说："人们请老师的原因，是想让弟子学习到老师高尚的品行，增进他们的学业。我们的那位老师品行不正，又是位哑巴，怎么可以教导人，又有谁见过在教师的队伍当中有像登徒子那种好色之徒和萧坦之那种哑巴呢？"老妇人点点头说："你说得很对。"就想请言秀才回去，老妇人备下丰盛的酒宴，请言秀才出来并为他隆重饯行，恳切地说："您到我们这儿已经很久了，对孩子们的学业也有一定的指导，为何不先回故家去看看自己的父母呢？"言秀才听此话后不知如何对答。临走前老妇人送给他好多钱作为酬劳，又送给他一匹劣马让他骑上。言秀才刚刚走出西山，只见那匹劣马突然大叫一声，把他摔倒在地，弄得言秀才头脑发昏。再次回望美人所居住宅，眼前什么也没有，只有一片荒凉的青苔以及青苔上老虎的足迹，耳中也只听得野鸟啼鸣声。言秀才费尽千辛万苦才赶回家中，家里人也已经等他等了好久，见他回来后都很高兴。但言秀才用手指指嘴巴，只会咿咿呀呀地乱叫，已经说不出话了。他又气又恼，生起一场大病，整天躺在床上，生命垂危。江湖上有一道士，自称自己的医术比古代名医还要高明得多，好多人也都非常信任他，于是言家派人请他给言秀才医治。这位道士看了看言秀才对他说："你所碰到的是鹦鹉，秦吉了的精灵，你喝的酒是破坏人神经、导致人发疯癫病的哑泉，如果喝了观音菩萨玉净瓶中的杨枝水，你的病就会好的。"言秀才听了，心里大骂佛菩萨，认为看得不靠谱，立刻让家人把道士赶出门去。因为言秀才当时的那种情况，众人都以为他也接近残疾人了，都不把他当正常人来看待，所以他妻子也已私底下与邻人之子私通。如今言秀才卧病在床，什么都不能做，他的妻子就将笔砚、刀棍之类的东西全都收藏起来，光天化日之下公然带了奸夫在自家帐中乱搞。言秀才看到只能大怒，但也准备亲手捉住奸夫法办。奸夫十分惊讶又十分生气，从床上爬起，忽然向言秀才狠狠地踢了几脚，言秀才被踢得口吐鲜血，瘫倒在地上，鲜血直流，染红了整个地面。家中人都跑来询问详情，可他无法说出奸夫是谁，却只能支支吾吾地张口形容，用手捶着胸口，边捶边叫就死了。没过多长时间，他的妻子就改嫁了。

张侍御

在明朝末年的时候，我们家乡有位姓张的先辈，官至侍御史。他是我母亲的四世祖，名字我已经忘了。只知道他幼年时就很会读书，天性聪慧，还长着一双能见鬼的眼睛。一次，他进厕所，看到有一个尺把长的小鬼，又矮又臃肿，像个冬瓜一样，可脑袋尖尖的，像橄榄一样，在他面前不断翻筋斗、跳舞。张公被逗笑了，用手摸摸小鬼的头说："这小孩竟是个小头。"那小鬼立即回嘴说："你大人真是大胆。"张公六七岁时，白天到塾中学习，晚上则回家侍奉父亲。那天他父亲口渴，就让张公提了茶壶到店中去泡茶。这时已经三更天了，张公很不想去但又不敢违背父命，只得在月光下一路走去。他忘了带灯笼，所以过了好长时间才回家。他父亲责问他为什么回来得这么迟，张公并没回答，只是满脸怒气。他给父亲倒过茶喝后，就关上门又出去了。他父亲很奇怪就跟在后面看个究竟，看他往哪儿去。只见张公走到家门口街上的一座土地庙前，拾起碎瓷片用力敲红漆庙门，并大声痛骂说："你受这一带地方百姓的祭祀，却纵容恶鬼来欺侮书生不管不问，我要烧了你这庙，把你的塑像毁坏，弹劾你的罪行，罢你的官，灭了你的香火。"他父亲赶紧出面阻止并骂他不懂事，把他拖了回去，细问原因。张公说："刚才我从茶店中泡茶回来，在月色昏昏中看见一个大鬼，面目十分狰狞，体形高大，两耳戴环，穿着豹皮裙，长着白森森的牙齿，长长的头发，目光忽闪忽闪，比月光还亮。铁塔似的坐在人家屋瓦上，把脚跷起搁到对面的屋檐上。脸上却贼兮兮的，伸出手指，要我从他裤裆中走过去。我大声骂他，可他却没有反应，我用石头打他，他还是一动不动，没办法，我只能委屈自己从他裤裆中走过，我越想越气所以才有了此事。"他父亲听后哈哈大笑，把他拖回家，安慰几句哄他睡下。之后张父暗中来到土地庙，打算替自己的儿子祝告请罪。只听庙中正传出敲打的声音，还有人被打时的呼叫之声，声音凄惨至极。又听得土地神拍桌大骂道："任何人都不能欺侮，更何况你竟然还敢欺负到张侍御头上？"张父回来，心里觉得这事很奇怪。后来果然如土地公所说，因为张公的聪慧，年轻时就考中功名，官做到侍御史，为人刚直不阿，曾多次上书弹劾奸人魏忠贤，因此朝中的一班奸臣对他十分忌恨。

有次张公骑了匹劣马上南山，在日暮昏黄中看到两个青面血口的鬼，长发披散在肩，手挽着手，踏着轻快的脚步，唱着小曲朝他走来，两鬼见状对张公嘲笑一番。张公故意用手遮住脸，装成自己受到惊吓的样子，观察两鬼还有什么花样。只见两鬼来到面前，顿时觉得寒气逼人侵入肌肤，泥沙纷扬，那匹劣马被吓得嘶鸣起来，快要伏下身来。这时，张公突然把手拿开露出真容，两鬼见后大叫逃开，呼叫说："是张侍御吗？快逃！"两鬼拉扯着急忙逃走，一不小心被草茎泥块缠上了，一连跌了好几跤，头撞在石头上砰砰直响，逃出很远后，仍是七跌八撞地奔逃。张公见了，笑得合不拢口。

续录卷二

银变虾蟆

元末时期，红巾军起义造反，乡里人听闻乱世都纷纷把财物丢弃逃命，那一堆堆金银财宝，有的被扔在河里，有的被抛入井中，有的被埋在土里……等大乱被平定后，乡人回家来寻找却发现都不见了踪影。有一人，就把他叫作某甲吧，曾被红巾军捉了去，之后又逃了出来，夜晚时分，在逃到董稼桥时，看那桥已断了，又查看了下桥下的水深浅，发现才到膝盖，他就准备蹚水过去。才刚进水里，就忽然觉得脚趾碰到了什么东西，于是弯下腰去摸索，感觉好像是银子，从水中捞起一看，果然是银子，十分高兴，就继续在水中摸索，把水中的银子都捞起放入腰袋中。渡过水后，他开心地刚走了五六里，就忽然觉得腰下有什么东西在爬动，而且还咯咯咯叫个不停，就赶紧解下腰袋细看，只见腰袋里装着几十只癞虾蟆，大吃一惊。这时月光淡淡，只见一只只虾蟆都纷纷跳出腰袋，跳进乱草泥塘中了，不一会工夫，都不见了踪迹。某甲此时已经被惊得说不出话来，不知道怎么回事。

某甲继续走了半里路，远远就看到路旁的地上几个男女在喝酒，他担心自己是遇上了红巾军的巡逻队，就偷偷躲在破坟后面，查看情况。只听见有一个人说："今夜月色皎洁，甚是美丽，再加上美酒，三两好友畅谈，真是好不惬意啊。不如我们用本地风光每个人说一酒令，增加乐趣。"众人和道："好主意。"就听有人先说道："我是风水先生，天有天盘，地有地盘，盘上有二十四种节气。一种一种，看得仔细。邵康节，袁天罡。六一早，我姓章。"又一人说道："我是酒店老板。天有酒星，地有酒泉，坊中有二十四缸美酿。一缸一缸，卖得妥当。唐李白，晋刘伶。三人禾，我姓秦。"接着一女子说道："我是烟花娼妓。天有女仙，地有女妖，房中有二十四套春宫。一套一套，玩得情浓。关盼盼，李师师。方人也，我姓施。"一个穿着破衣的少年说："我是个无赖清客。天不生无禄人，地不长无根草，脸上有二十四层厚皮。一层一层，剥得整齐。言而狂，马其扁。哭无头，我姓犬。"众人听后都不禁哄笑起来，说道："你这算什么啊？要把字合拢来才对。"只见那少年悲戚地说："我们这些人还有头吗？"说完就大声痛哭起来，那哭声好像狗叫的声音。又有一人说："别哭，别哭。虽然身处在这郊野地方，但可以捕猎飞鸟走兽。如果能侥幸遇上仙人魏伯阳，舔舔他炼丹药的鼎，说不定就能得道成仙了。"

某甲细辨这些人的口音，觉得他们并不是红巾的同党，就从坟后面悄悄地走出来，众人见后面露喜色，说："竟然又来了个不速之客，快过来和我们一起畅饮。"赶紧送上一杯酒。某甲接过酒杯，只见看那杯中酒色像血一样鲜红，喝下后，觉得十分美味，接着聊天就把银钱变为虾蟆的怪事说了出来。那首先提出行酒令的人就说："你本就天生命薄如纸，最多能在十五里庙获得三贯大钱做小买卖的本钱，怎么还妄想捞取别人的东西呢？"其中有一人说道："夜已深了，欢乐的时光总是过得很快，欢乐相聚时间本就不多，怎么还有闲工夫去谈论银钱的事情？趁着这好月色，咱们跳一会儿刑天没头舞，然后再告别吧。"众人都拍掌附和说："好极了。"于是众人纷纷起立，每个人把头从肩上取下，就像摘瓜似的，拎着头发，跳起《浑脱》舞来，身子不断回旋转折。某甲见后惊诧不已，早已被吓破了胆，赶紧逃走。他一边大叫，一边狂奔，到十五里地方，又被一样东西撞了脚，绊了一跤，差点要跌死。过了一会儿，醒来一看，果真是三贯大钱。他把钱带上，来到甓社湖，就把捡到的三贯大钱作为本钱在市镇上贩卖水果，以此谋生。从此，他只要见到跳跃的虾蟆，目光就很专注，老是疑心它是银钱变的。啊，既然银钱和一个人的福分相关，那又怎么可能无缘无故轻易取得呢？

匕首千将

淮阴地方有个人某甲，酷爱读史书。一天，他和宾客欢聚畅聊，当众高声说道："战国时荆轲未经思考就轻举妄动，手中虽然有徐夫人的七首，但是最后却未刺中秦王，有什么办法呢？"原来他将匕首误读成七首了。当时有一狂放之徒很委婉地应声说道："七首虽然好，可比起千将的锋利实在无法与之相比。"原来这狂士又故意把干将读为千将了。这样看来，七首和千将可真称得上是绝对了，可真是有趣。在场的人听后都不禁哄堂大笑。因此想到了《笑林》上的一则笑话：有一个人某乙，因为自己读书不多，腹中空空而自卑不已，有人就劝他读《三国演义》。一段时间之后，某乙对《三国演义》称赞不已，逢人就说："书不可以不读，这句话可真有道理。所以孔大圣人才生下像孔明这样聪明的子孙；可这样看来孟子就差点了，不过也生了像孟德这样的子孙。"听到的人无不哄堂大笑，笑得直不起腰。又有一个妄自菲薄的人，因侥幸得了功名，心里十分自豪得意。有一天出外游山，正好口渴了，就向山村中一老妇人讨茶喝，还顺带着在妇人面前把自己的功名大肆吹嘘了一番。可老妇人哪里听得懂这些，就说："既然您说自己是贵人，那么就请给我写一幅扇面，沾沾光吧。"某人欣然同意，可是结果，他却把"茶灶"两字误写成"茶龟"（繁体字"灶"写作"竈"，"龟"写作"龜"），老妇人见状大笑不已，说道："酒鳖两字有了绝对啦！"顿时羞得这家伙红着脸跑了。这三件事的可笑程度是一样的，真是既有趣又够损的。这里特意把这三件事集在一处，供后人谈笑。又听说有一知州去谒见长官，长官劝诫他对待百姓一定要有仁爱之心，一定不能乱杀人。知州欠了欠身子，恭敬地答道："下官着实不敢草管人命。"他把"草菅"误读为"草管"。长官听后也故意把"荼毒"读成"茶毒"笑着对他说："本官又怎么敢茶毒生灵呢？"此后听说这件事的人都大笑不已。

九　郎

　　浙西地方有位家境富裕的老翁，姓程，直到四十岁时，才得了个儿子，十分溺爱，为之取名九郎。当时他正在店肆担任主管，一年到头为生意的事情忙得到处奔走，根本没时间去督促九郎读书。有一天，他来到苏州，把船停靠在青溪河边。半夜时，忽然听到从岸上茅屋中传出的哭声，声音凄惨哀伤，使他不能安然入睡。于是程翁披上衣服走到岸上，偷偷地靠在茅屋后听，这时又听到有许多哭声传出，其中有老有少，有男有女，有在凄凄哀哀诉说的，也有叫着姐姐劝说的，好不热闹。仔细听了一会儿之后，才把这家人哭泣的缘由弄清：原来这家一位老先生因为贫病死去，家里没钱买棺成殓，导致尸首至今仍停放在屋中，凄惨的是，他的儿媳也刚死了丈夫，家里一贫如洗，根本无处可以借钱埋葬两人。于是邻居们都在劝那儿媳卖身安葬公公与丈夫，然后把剩下的钱留给婆婆及儿子过活。这些人正在那犹豫不决。程翁听后对他们的遭遇很同情，就立即返回到船上，从箱中取出三百两银子，然后上岸敲门而入，把钱交给他们，说："我和死者是旧友，这一点钱请你收下，就算我的奠仪，不知够不够用？"这家人都对他磕头谢恩，询问他的姓名。只见程翁把衣裳一拂，笑了笑，并没说出姓名，起身告辞。到了船上后就吩咐开船走了。程翁为人一直很吝啬，而单单在这件事上很慷慨，且是出于无心。后来时间一长，他也就把此事忘了。

　　第二年，程翁做完生意回到家中，准备好好地督促九郎读书，常常对孩子叹息说:"我因为没有好好读书,又经了商,所以没法跻身读书人中,这对于我来说是件很遗憾的事。不过如果我儿子读了书,那么家里就会又风雅又有钱了。"这时九郎已七岁了,容貌美得像娇女,可是生性却十分愚笨。在三年前,程翁就已经为九郎挑选了一位来自无锡的十分博学的老先生当家庭教师,还备了丰厚的财礼请他来教,对先生更是诚心诚意,恭敬有礼。那先生也很感激程家的礼遇,所以教得特别认真,千方百计地去诱导启发,无奈九郎真是笨得出奇,不得学法。先生教他读启蒙读物《兔园册》时,一字一句地详细给他讲解,初时他还能照着学舌。可让他自己回位读,就唔呀唔呀读不清了。仔细一听,竟是随口乱读、瞎念一气。先生生气责打他,九郎的母亲听见哭喊声,在窗外哭着说道:"我老夫妻已经年老体衰,只有这个小娇儿,如果把他打坏了,我们可怎么办,还请先生手下留情。"先生听后只得放下棍棒,无奈叹气。程翁来到书房,询问九郎学习情况,先生怒不可遏,随即写了一副对联贴在壁上,对联是:

挟三年之志而来,望凤子飞腾云表;

糊一月之差而去,放鹦哥逃出笼中。

然后整理好行装离开了。后来程家又聘了别的教师,但也都没有办法把九郎教好。程翁实在无计可施,只能在清理账目后的闲暇时间,自己亲自教他。有一夜三更天,程翁让人备下火烛、果品,打算陪伴九郎读书,而果品是打算慰劳他的勤苦攻读。后来,程翁对九郎呵斥了几句,再看他时,他竟然已经昏昏沉沉地睡着了。程翁这下可被气坏了,说:"有这样猪狗一样蠢笨的儿子,还不如没有的好!"实在气不过,就把九郎痛打了一顿。九郎被打得哭得声嘶力竭,这时正值半夜时分,其他人早已入睡,浑然不知九郎挨打,九郎被打得奄奄一息,最后昏死了过去。程翁打后就离开了书房。

回到房中,程翁把此事隐瞒了起来,没有告诉妻子。程妻五更醒来后,摸身边不见九郎，十分诧异，问道："九郎怎么还没回来？"程翁恨恨地说道："不讨人喜欢的孩子，还不如让他死了算了。"程妻听后感觉不对，赶紧命人掌灯，亲自到书房中去看九郎。推开房门只见九郎正身靠桌子，点着灯，满目愁容，抚摸着伤处，哼哼着喊痛，见了他母亲进来，就问道："您是谁呀？"母亲说："我是你娘，你怎么不认识了？"九郎又问："那我父亲在哪儿？"母亲说："已经睡下了，你难道不知道？"母亲看见旁边的棍棒和九郎脸上的血痕，顿时恍然大悟，说："这老东西太狠了，自己的孩子也下得去手。他一定因你读书笨，打了你。孩子，你是不是被吓坏了？"说着，就体贴地安慰了九郎几句，让他回到房中休息。九郎回去见父亲睡在床上，走近床边，呆愣愣地看了好长时间，才说："这人难道就是我父亲吗？"母亲说："是呀。"九郎行了一回礼，说："孩儿不读书，父亲为何如此大怒呢？"这时全家看到九郎的怪异都很吃惊，怀疑九郎是不是犯了疯病。九郎向在场的仆妇丫鬟仔细看了一遍，好像没有一个认识的，大家看见九郎空洞的眼神，更加怀疑了。程翁见状不禁后悔不已，心想即使儿子读书再不好，也不至于要痛下毒手责打，可又不好说出，只是教训他说："你没死掉，也算你的运气，你难道还想装疯卖傻吓我们吗？还不快去睡一会儿，到明天如果再不认真读书看我不再打你！"九郎答应了一声，就上床休息了。第二天早上，九郎早早起床，一个人在那儿呆头呆脑，喃喃自语，不知在说些什么。他母亲见状哭着对丈夫说："咱夫妻俩可只有这一块肉，如果因为读不好书，被折磨而死，那我们不是要绝了后代？等我们死了，还有谁做羹饭呢？"程翁听不下去，从房中走出，但心里想想，也十分伤心，哽咽着说不出话来。

又过了几天，程翁的气渐渐消了，爱子之心渐长，就时常到书房中去看看，只见九郎正趴在桌上写字，字迹端正漂亮，文章思路清晰。让他背诵书本，竟然能倒背如流，一字不差，而且都是他未曾读过的。程翁十分高兴，就像得了珍宝一样。让九郎和那些博学人士辩驳，谈论历朝的成败得失，没有人能说过他。写的诗文和文章，无人能比。众人都称赞九郎是位天才，不是普通人能够达到的。

从此以后，当地的文人学士都争着要和程翁认识，大户富商都争着要把女儿许给九郎，可程翁都对此婉言谢绝了。程翁曾好奇地私下问九郎学业突然长进的原因，九郎自己也说不出个原因。二十一岁时九郎中了举人，第二年就中了进士。捷报传来，杏园宴，走马游街，衣锦荣归，在乡里一时风光无限，程家的门头高超几丈。程翁高兴得手舞足蹈，喜极而泣，不知不觉地泪流满面。不久，九郎又娶了一个望族叶家的女儿为妻，女子才貌双全，婚后生下了两个像九郎一样聪明的孩子。

九郎三十岁时，正打算到安徽某县去任县令。忽然生了一场怪病，生命危在旦夕，命人请来父母与之诀别，说道："孩儿其实并非真的九郎，他已经在那年被责打后死去，投生到别处某家为女了。"程翁听后十分诧异，就问："那么你究竟是什么人呢？"他说："孩儿是苏州老先生郭子瞻，您还记得那年到苏州做客，曾给一个年轻寡妇赠送了三百两银子，使她保全了名节，安葬了她公公。而我就是那寡妇的公公，就是当时停放在屋中的那具尸首。非常感激您的大恩，我在阴间到处打听您的来历，然后在天地间东飘西荡。我一直找机会想感恩图报，那年正好看到九郎死去，所以借尸还魂，悠悠苏醒。还阳后重见天日，就把旧文温习了一遍，既想报答您的大德，又想一吐前世未能得志的怨愤。现在目的已经达到，真是件幸事。此事以前我一直不敢说，害怕惊吓了世人。您现在有孙子可以继承家业，也就用不着孩儿了。"程翁当年赠银完全是出于一时的侠义行为，之后走得匆忙，根本没时间问那寡妇家名姓，经他这么说，才恍然大悟，就说："既然孩儿来到我家，为什么现在就要走，不多住些日子，也能让我们老两口度过安乐的晚年？"九郎说："孩儿是奉上帝的命，要去当社神，现在仪使队已经正在家门口等候，我不能在此地久待了。"说完，就伏在枕上朝二老磕了个头，闭上眼睛死了。程翁夫妻俩放声大哭，为九郎举行了隆重的葬礼。

叶夫人之后也守节不嫁，把两个儿子精心培养长大，很有晋代贤女钟夫人、郝夫人的治家风范。到了程翁夫妇八十大寿时，还亲眼看见了两个孙子有了大气候，一个是秀才中的佼佼者，一个中了举人。浙江一带人提起程家无不称赞，认为他家的两代功名是程翁用三百两银钱做了善事得来的。九郎名苏，字更生，他的事迹可在《程氏家乘》中找到。

雪　狸

清河县某翁家的大门靠着大河，两旁绿杨环绕，很像隐居的人家。某翁有个女儿成年后，嫁到夫家，正好是处在娘家的下游，乘一小舟就可到达，所以回娘家非常方便的。

一天，从临清县来了个客人，送给某翁一只狮猫，说："这是金银眼雪狸，非常难得。"看看那雪狸，果然十分乖巧听话，就买鱼来喂养它，一家人对它怜爱极了。女儿偶然回到娘家，看见雪狸，把它抱在怀里，爱不释手，逗它玩耍。但是这只雪狸经常欺侮某翁，常发生这样的情况：某翁烧一只猪蹄或煎一条鱼，或者是炒点蔬菜野味，还没有来得及装盘，猫就先偷吃了，弄得一塌糊涂，只剩下猪骨鱼刺。还有一个大热天的晚上，某翁浴后乘凉，渐渐困倦起来，就进房钻入帐中。刚躺下，只觉得背上有东西，冷冰冰、黏糊糊的，而且十分腥臭，拿近蜡烛一看，竟然是猫粪。某翁连忙叫来童仆洗涮，折腾了半夜。一天早上，某翁起身后，穿上簇新漂亮的衣服，戴上崭新的帽子，轻快地走出门去，准备到朋友家中去道喜。刚跨上门槛，忽然门上有水浇在头上，淋得满身都是，那骚臭味令人无法忍受。抬头一看，那猫正伏在上头撒尿。某翁只得再换好衣服出门，可是只有旧衣服了，一点也不光鲜，不像刚才那身衣帽漂亮。从此以后，某翁对雪狸恨之入骨，就把它转送给别人家。可是没过多久，它又自己回来了。后来，又把它送到十几里远的地方去，但是等到送猫的仆人回家时，就看到它已经在灶头下吃饭菜了。想了种种办法赶它走，就是赶不走它。

一天，雪狸又惹了某翁，某翁气愤极了，命令家人把它的四只脚钉在一块木板上，然后抛进门前急流中。雪狸随水漂荡，像一只野鸭子，一会儿工夫，就向东流去，再也看不到了。家里人虽然认为某翁的举动有些太残忍了，但都庆幸这害人猫从此以后远远离开了。过了几个月后，某翁偶然乘船到女儿家中去拉家常，才进门，就见雪狸好端端地在女儿家，小外孙正拿着一根上面扎着破棉絮的竹竿逗它玩。雪狸来回跳跃翻扑，样子很温顺。他女儿笑着出来迎接父亲。某翁就问："这只猫是哪儿来的？"女儿说："说起来真奇怪。几个月前有一天，河中漂来一块木板，到了门口就停住不走了。出去一看，有只猫钉在上面，仔细辨别毛色，才知道就是我娘家的雪狸。于是把它救下，拔去钉子，给它鱼吃。它对我很依恋，不肯离开。我正打算捎信告诉你们呢。"某翁就把这猫干的坏事一五一十细说一遍，大家听了都感到非常惊奇。大家正在絮絮叨叨地说猫时，雪狸忽然跳到某翁怀中，喵呜喵呜地叫着，又在怀中蹭来蹭去，好像是认识旧主人似的。某翁也对它爱怜起来，用手去抚摸它。正当某翁偶然往别处看时，雪狸突然跳起来，死死地咬住某翁的喉咙不放开。家中人都来抢救，用棍棒打它，结果猫被打死了，某翁也断了气。对父亲的死去，女儿痛心极了，也在半夜里上吊死了，以身殉父。唉！这只猫和某翁前世里一定有大冤仇。但猫如果要报复，又有什么必要做得这样离奇和恶毒。

苏州地方有一个人，穷得连锅也揭不开，又没有地方可借钱，只有妻子养的一只雪狸还依恋旧主人不肯离去。有一夜，夫妻俩相对痛哭，雪狸在旁紧靠着他们取暖。这人说："你受我们豢养，却没有办法替主人发财致富。"第二天，雪狸突然不见了，二人都认为它是挨不了饿逃走了，夫妻俩更加伤心悲叹。过了一个多月，一天晚上，两人正在床上躺着，忽然听见屋顶瓦上有猫的喵呜喵呜的叫声。妻子说："这是雪狸的声音。"于是就爬起身来看，果然是的。这时门已经关上了，屋檐太高，雪狸无法下来，这个人就架着梯子把它接下来。只看到雪狸口中衔着一样东西，它一边叫着，一边把东西放在妇人怀中，暗中摸索，好像是女子的鞋子。打火点灯，仔细一看，原来凹凸的花纹都是大大小小的粒粒珠宝镶嵌制成的。再看雪狸身上汗津津的，好像刚洗过澡似的，躺在那里直喘气，原来是从很远处跑来的。夫妻俩大喜过望，把鞋上的珍珠拆下来去变卖，卖了好几百两银子，从此，这家就成了小康之家。又长期经商，逐渐成了非常有钱的人家。他们始终不忘雪狸的恩德，奴仆们都把雪狸称为"猫太太"。产下的猫崽才小得像锥子的时候，就称之为"猫相公""猫小姐"，从来不敢放肆地直呼其名。用最好的食物喂它，铺了锦绣的被褥让它睡。雪狸们在屋中到处跳跃戏耍，即使猫粪弄脏了桌椅床榻，这家人也不敢骂一声，打一下。到现在已经三四代了，子孙们还是守着这样的家法。这样报答猫，好像又太过分了，和清河县某翁家的做法相比，怎么可以相提并论呢？

婷　婷

东粤有一个叫陈继祖的大乡绅，字少常，曾经在城外建造了一座小方山别墅。别墅内亭台池沼，曲折围绕。娶了妻子柳氏。不久，陈继祖年纪很轻就中了进士，担任浙江地方长官。他妻子柳氏生得非常美丽漂亮，但生性很嫉妒，调教婢女很有一套。当时正巧年成不好，农家生活贫困。遇上卖小女孩的，柳氏一定要想方设法购买，然后为她按摩肌肤，洗发，画眉，裹小脚，这样原本枯焦的容貌就变得丰腴了，顿时光彩照人。到长成后，少女长发蓬松，露出一副多情娇怯的样子，柳氏就把她卖给大户人家为妾。女孩买来时面有菜色，卖出去时已经变成花容月貌，靠着这些小丫头的身价，柳氏逐渐积累了数千两银子的私房钱，但是她还不满足。

陈继祖很厌恶柳氏的这种行为，却不敢说她。他觉得做官后得了不少钱，就请病假回乡，只有三十岁，就寄居在小方山别墅，想着凭借这样避开尘世的嘈杂。别墅中亭台池沼算得上是露天福地，昔日萧史弄玉、刘纲樊夫人夫妻双双成仙，白日飞升，陈继祖和柳氏的境遇也和他们相似。这时柳氏身边还有几个婢女供他们差遣，其中特别出色的有三个，一个叫婷婷，一个叫袅袅，一个叫端端，都是绝色佳人。每当柳夫人和陈继祖坐在一起，同桌吃饭的时候，柳氏一定要叫这三名婢女站在陈继祖的身后，生怕她们背着自己和丈夫眉目传情，所以特意防范。所以陈继祖身边虽然有美人侍候，但他只感觉到自己仿佛身处牢笼，从来不敢偷试着和婢女调情。

在夏日，沙石滚烫，赤日炎炎，城市中热得像蒸笼似的，唯独山中别墅十分凉爽。于是陈继祖召来一班演员在紫藤荫下演戏，只是自家观赏，不请任何宾客。当时乐器声喧天，各种美味佳肴摆满一桌，陈继祖穿着礼服，装扮一新，坐着看戏，借着看戏打发漫漫长日，意态十分闲适。这时三位美婢都梳着苏州髻，下身穿着红裙，上身则穿着翠绿衣襟，纤足很像削玉一般，穿着高底凤头鞋，走路时发出咯咯咯的声响。那些演员都在偷偷看她们，心醉神迷，几乎唱错了节拍。

忽然，婷婷伸着如笋芽一般的玉手，捧着一杯香茶向前走来，想递给陈继祖。地上很滑，婷婷一不小心，身子歪了一下，眼看就要跌倒，险些把杨柳细腰闪折了。陈继祖见状，忍不住忘情，连忙伸手握住婷婷手臂，把她扶起来，说："危险啊，小丫头，怎么这样不小心呢！"婷婷羞红了脸，迅速退开，很快回到原地。柳氏看见了，默默地不说话。过了一会儿，柳氏突然站起身来，把婷婷带进入内房，把她钗环拔去，扒下她的衣裤，喝令她跪着，说："淫婢真是不要脸，你是存心想勾引主人吗？"婷婷回答说："小婢不敢。"柳氏说："刚才看到主人伸手拉你，想来你们俩的私情一定已经有很长时间了。"婷婷哭着说："主人伸手拉我，是在众目睽睽之下，这是我没有想到的。万望夫人可怜我，详细考察。"柳氏非常生气，鞭棍棒混杂着打下去。袅袅、端端都磕头求情，甚至流血，请求代替婷婷受刑，柳氏不答应。婷婷开始时还悲啼呼喊，不久就呼吸急促，最后声息全无。于是就把她抛在空房里。婷婷奄奄一息，躺在地上，全身血迹斑斑，像一点一点的红胭脂。袅袅和端端守着婷婷的尸体痛哭不止。

距虚与蛩蛩二兽相依为命，兔死狐悲，三个婢女的关系和他们很相似。一旦婷婷死了，袅袅、端端的悲痛也就可想而知。

柳氏又回到戏场上，就像没事人一样。当时陈继祖还被蒙在鼓中，不知道有这回事。忽然一个傻丫头奔过来，对着柳氏耳边低声说："婷婷死啦！"柳氏吃惊地站起身来，一句话不说，轻轻移动脚步，重新走进后堂，打算收拾一下，掩盖自己的罪行。当时陈继祖心迷神乱，又疑又怕，不知道说什么好。

这时太阳正是非常炽热的时候，天上一片云彩也没有。忽然远处空中响起霹雳的声音，一股硫黄烟味直冲鼻子。闪电像金蛇游走，雷声像山崩地裂。戏场上身穿官服，手执牙板的演员都匆匆忙忙逃走了，锣鼓声也哑了。忽然后堂里人声像潮水般汹涌而出，一名婢女走来报告说："夫人被震死啦！"仆人们在阶下呵斥说："刚才还听说是婢子死了，怎么又说是夫人死了？"陈继祖走到后堂去看，只看到柳氏所穿衣裙还是原来的样子，容颜还像平时一样，直挺挺躺在庭院里，肢体软得像棉花一样。其实一缕嫉妒的魂魄早已经随风而散了。

忽然，又一个婢女跑来禀告说："婷婷被震活啦！"陈继祖走过去一看，就看见婷婷眼睛微微睁开，小嘴微张，气息断断续续的，发出娇滴滴的呻吟声。香魂一缕，好似远去的客人回来，仿佛大梦初醒。陈继祖详细询问了事情的原委，丫鬟们都一五一十诉说了来龙去脉，他这才恍然大悟：泼妇突然死亡，娇婢死而复生，原来全靠雷神这一击，真是一件大快人心的事。于是赶快把杨氏收殓，请医生为婷婷调治。

柳氏丧事办好后，婷婷身子也已经调养好了，不需再服用人参、茯苓之类药物。陈继祖就选择一个吉日良辰，纳婷婷为妾。婷婷梳妆打扮，鬓发上金钗翠翘闪闪发亮，像仙女一样漂亮。新婚之夜，陈继祖把婷婷的伤痕抚摸了一遍。两人絮絮叨叨说了一夜。婷婷在枕上对陈继祖说："我和袅袅、端端本来是闺阁里的好朋友，情同手足。我死的时候，姐妹们都围着我痛哭，情真意切，从感情上我不忍心让她们另外嫁人。请求您把她们都收在身边，我也不会与她们争夺床笫之欢。"陈继祖答应了她的要求，把袅袅、端端收为妾，但最终还是偏爱婷婷，认为是上天降下返魂香，让婷婷复活，又是天神做媒，才结为夫妇。

后来婷婷生下两个儿子，都点了翰林。袅袅没生儿子。端端生了一个儿子，也是贵人。两个儿子把情况禀报皇上，皇帝下诏封婷婷为夫人，当时陈继祖身子还很清健，夫妻二人白头偕老。

有人传说，婷婷原是名门之女，是因为家贫才被卖给陈家的。

铁箫缘

海宁县有个姓严的读书人，叫严湛，字露文，他家世代都是名士。严湛性情放荡不羁，不喜欢与人往来，再加上家里贫穷，到了二十岁还没有娶妻。他曾经独自带上干粮前往天台一带游览，观赏石梁瀑布。看那瀑布飞流直下如雪似帘，轰鸣声如雷霆万钧，动人心魄。严湛不觉慷慨赋诗：

美人不来云不住，万古长桥蠹苍雾。青松翠黛挺瘦枝，云意欲凝山骨露。
不知何日饭胡麻，洞口桃花渺无路。夜深环珮或来游，忆否刘郎采药处。

严湛用乡音商声悲凉哀怨地吟诵此诗，遥向山灵致敬。

吟诵罢，忽然听到"砰"的一声，但见山崖旁一块大石裂开了，里面竟横着一根铁器，严湛奇怪，走近用力拉出来一看，原来是一支箫，上面满是斑驳的苔纹。他把铁箫放在水里清洗了一下，顿时光灿灿地现出了本来面目。严湛本来就擅长吹箫，就随意吹奏一曲，只听那箫声婉转，可以使鬼神感动泣下。他十分高兴，认为这一定是山灵对他的无穷恩惠，就把铁箫带回寓所，装进锦囊，藏在一只檀木盒子里。此后如若不是奇人高士侠客仙道，他从不轻易取出让人看。

第二天，严湛整装骑马前往钱塘一带游览，半路上遇到一位老翁，银须白发，容颜苍老，戴着一顶斗笠，穿着宽大的衣服，脚下却时时生出云气。严湛感到好奇，但也没有和他交谈。中午时分，两人一前一后进旅店中休息，老翁恰好坐在严湛身边，只见他目不转睛地注视着严湛。严湛问他是否要吃点什么，老翁点了点头；又问他要不要喝酒，他又点了两下头。严湛命店家摆上猪蹄羊腿之类肉食，又端来竹叶、梨花之类的美酒，让老翁自己吃喝。老翁性情豪放，食量惊人，抵得过好几个人。严湛也不吝啬，中途让酒家添了好几次酒菜，老翁都吃光了。吃饱喝足，老翁似乎非常惬意，拍拍肚皮说："真痛快，在尘世中漫游几个月，未曾像今天吃上一顿饱饭。您是个很有情谊的人，赐我这个山野之人一顿饱餐，我一定会报答您的。"严湛问他姓名，他笑而不答，一会儿便告别严湛离开了。

次日，严湛一个人继续走上漫漫长路，忽然遇上山洪暴发，只见波神怒号着，推波助澜，一时间如小山一样的波涛汹涌着直奔严湛而来。严湛非常惊恐，赶紧逃奔到一个高地，可是水波还是不断涌上来，几乎把严湛所处的高处也要淹没。他慌得四处张望，突然看见昨天那老翁赤着身子在惊涛骇浪中跳跃着，一边还大声吆喝。不久看他似乎斩杀了一样东西，狂浪也慢慢地变小停止了。只见老翁提着那东西的头从水中跳了出来，还滴着鲜血。这东西身上长有一片片的鳞甲，形状看起来也很怪异。老翁告诉严湛说："这是一条恶蛟，它知道您行囊中装有宝物，想把您吃了，把您的宝物抢走。现在我已把恶蛟消灭了，您放心前去吧。"严湛急忙作揖拜谢，并邀请老翁同行。老翁说："若有机会，我们定会再相见！"就分手而去。严湛看他手提着恶蛟的头，赤脚在泥泞地上行走，那快步如飞的样子，一点也不像一位老者。

到了钱塘，严湛便去拜谒太守钟君。钟君与严湛上代就是旧交，他坚持请严湛入幕府。幕府中人才济济，钟君都热情款待，他们每日饮酒高会，相处十分融洽快乐。一日，严湛在西湖中荡舟观赏六桥烟柳，兴致所起，便取出铁箫吹奏，箫声响起，一霎时，其他一切声响都寂然无声。忽然看见以前途中相识的老翁闯了过来，大声说："知道您不小气，今日为何不请老夫吃喝一顿？这几天我来此办事，忙得几乎要渴死饿死。待我当完月下老人，就回归那空无所有的地方，孤身一人，逍遥自得，再也不用向人乞食，麻烦别人了。"严湛说："好！"就赶紧叫仆人取钱买来蒸饼、肉食、蔬菜、村酒等物，摆放在老翁面前。老翁便吃喝起来，像残云卷雨，又像大海中鲸鱼吞食，顷刻之间，所有饭食一扫而光。严湛说："真爽快啊，老人家！"于是，取出铁箫吹奏娱乐，箫声呜呜咽咽，悠悠扬扬，仿佛仙人戏海的乐曲。老翁侧耳倾听了好一会儿，然后拿过铁箫，放在手中赏玩，对严湛说："这支铁箫是仙人收集了铁洲的铁，由雷神煽风，风神烧火，熔炼铸造而成的。如果是用一般的马蹄铁、汗渍的盔甲铁铸造的话，可要把嘴唇弄得脏死了。"

刚说到此，只听"叮咚"一声，那铁箫竟然从老翁手中滑落掉入湖水中。严湛知道老翁是有神异的人，因此一点也没有表现出惋惜的神态。老翁拍手大笑说："公子如此雅量高致，就像东汉的孟敏一样，瓦器堕地而不惊。我应当将宝物完璧奉还。"随即老翁伸出一根手指，对着湖水念动咒语，叱叫了几声，只见水面上露出一只像畚箕一样大的青蓝色巨掌，高举着铁箫露出了水面。老翁见此怒骂说："一丁点儿的小神，竟敢一只手拿着宝物而不用双手捧着献上，真要如此，看我把你的头斩了！"随即就见水中双手举起像合十的样子。老翁笑着说："念你机灵，暂且饶了你吧！"取过铁箫，老翁叱退了水神。严湛接过铁箫一看大惊，原来已不是先前那支，以前那支铁箫上面刻着篆文"石华"，而这支上面刻的是"琼液"两字。于是他对老翁施了一礼，问道："用那支箫换了这一支，有什么说法吗？"老翁说："以前那支铁箫是雄的，现在换成的这支是雌的。它们质地虽然一样，发出的声音却大有不同。总之，宝物终究是要回到天上去的。现在人世间只不过暂时寄身名流，用它来撮合好事罢了。"说罢，老翁告辞，飘然而去。严湛试着吹奏一曲，果然乐声和前者截然不同，但也能感动深水蛟龙，让人如沐春风，非世俗之箫所能比，于是就把它放入囊中收藏。

再说太守有一女儿名叫葆瑛，年方十六，才貌非凡，随父到任所，住在钱塘，因喜爱西湖美景让人心旷神怡，就向父亲请求，想让父亲为她在云水深处建一座馆舍，可以让她时常来此游赏休息。太守对葆瑛非常钟爱，不忍拂她的心意就答应了。葆瑛原本最善吹箫，就把这处驿馆取名为箫楼，每当清风徐来，葆瑛便临风奏上一曲，箫声悠扬，动人心魄，足以使善歌的黄莺也停止了歌唱。箫楼的书架上放着清绮诗词万卷，道书百函，葆瑛平日最爱穿着盛装，焚上一炉香，打开书阅读。每当山雨初晴，水边浮起轻纱似的雾霭，正是西湖景色最美时，葆瑛就命人备下画船划入湖中红荷花丛中，在那儿一边吟咏，一边观赏，整夜不休。有时在晴朗的夜晚，她也会换上男装，身穿紫衣，头戴乌帽，骑着良马出游。身后几个十六七岁的美婢，都穿着绿色衣衫，身挂短剑，骑马随行。有时行至丛林深处，就下马登高放怀长啸；有时在秀美峭削的山峰上，就背倚山石尽情吟咏，然后又拔剑起舞翩若惊龙。一时之间众多游人纷纷聚拢来观看，还以为是天仙下凡，甚至疑心是杜兰香、许飞琼这样的仙女尚滞留人间，没有人知道她是太守的女儿。

葆瑛生性厌恶烦嚣，一天夜里，她换上布衣荆钗，带了一名赤脚婢女，乘上一条小船，划入浩渺无边、风声萧瑟的芦苇丛中。葆瑛有一支竹箫，随身携带，上面刻着字道："月无赖，箫可怜。谁制此，仙乎仙。美人名，才子谧。纤手擎，葆瑛氏。"月色如水，她便取出竹箫吹奏自己新作的曲子。此时正值深秋，荷花已残，鸥鸟鹭鸶之类的水鸟也已经栖息睡稳，月光皎洁，朗照万物，一湖碧水澄澈如镜，其余渔舟酒船都在茫茫夜雾中一只挨一只停泊在岸边。葆瑛拿起竹箫，刚吹了几声，那优美的曲调引得月亮和云彩好像为之停止驻听。

过了一会儿，葆瑛听得远处水面上传来隐隐唱歌声和轧轧的摇橹声。那歌声愈来愈近，摇橹声也愈来愈响，葆瑛心想：这地方如此隐蔽，难道还有人尾随而来吗？夜色中，只见一老翁神情严肃，驾着小船缓缓驶来，说："小姐好有雅兴，可否将箫借我一吹，以抒发胸中激昂之情，也许还有一两声能入小姐尊耳。"葆瑛笑笑，把箫递给他。谁想老翁刚将箫放上嘴唇，正待吹时，箫身却突然裂开了。葆瑛并不恼怒，反而微微一笑说："不过是根废料罢了。"老翁说："小姐真的不后悔吗？"葆瑛说："这是人世灶间烧火用的材料，只能用来煮茶而已，没什么可惜的；只有天上的凤尾竹，才让人怜爱，值得长期供养。"

老翁说："老夫做事莽撞，自己想想也真是难为情。幸好，昨夜打鱼，收网时出乎意外得到一金属物件，仔细察看后，竟然是支铁箫，我愿把它送给你以赔罪。"葆瑛按过铁箫试着吹了一下，但怎么吹也吹不响，葆瑛疑心是哑铁所制。老翁就教她运气、按指的方法，并做示范随意吹了几段曲子，随着曲声，只见湖中鱼儿跃起舞蹈，晚风拂拂，起于浮萍之末，水鸟悲鸣着，月光也顿时暗淡下来。乐曲结束时，余音袅袅，这时风平浪静，云破月来，看来，箫确实是一支好箫。葆瑛听得心醉神迷，深深向老者施了一礼，说："老丈箫音高妙，真是我的师傅啊，我愿将珠花作为见面礼，拜您为师向您学习。"老翁直摇手不肯接受，说："你能够学会刚才的这些技艺，在世上已是无人可敌了，至于还有其他的技法，自当有多情种子与你一起探讨。这是枚雄箫，他那里还有枚雌箫，两箫也终究要相聚的，你自己多留心着罢了。"说完，老翁便掉转船头摇橹而去。

葆瑛临水惆怅了好大一会儿，就听烟波浩渺之际传来楚地的民歌声音，唱道：

赠子石华兮饭熟胡麻，雌雄必合兮宜尔室家，掉头去兮将寻吾槎。

唱毕，声音就突然消失了，一切就像没有发生一样。葆瑛带了铁箫回到宦署，像获得珍宝一样喜爱它，终日用它练习吹奏，一旦忽然悟到要妙，就像得了仙人传授一般高兴。葆瑛是大家闺秀，整日闭门不出，此时，她还不知道幕府中有位擅长吹箫的严湛。

这一夜，太守举行家宴，葆瑛创作了一首新词，前来为父祝寿。她拿出铁箫吹奏新曲，太守很奇怪，详细询问铁箫的由来，葆瑛把经过都一一告诉了父亲，太守认为此事很是神奇。当时严湛正独自住在府中，听到随风飘来的仙乐，觉得很耳熟，心里疑惑："奇怪，这分明是用石华箫吹的乐曲。可它已经被河神拿去了，怎么会回到这儿来了呢？"再仔细倾听了一会儿，的确是用石华箫吹的，但他一时也弄不明白其中的缘故。严湛听了葆瑛吹的这首曲子，不觉神往，就依《壶中天》词牌填了一首词，词云：

谁家仙韵，遏行云，惊起栖鸦眠鹤。不是吴门行乞惯，不是东坡游躅。琼液新收，石华旧隐，冰茧蚕抽独。一声声慢，余音到耳根触。

知否剑返延津，珠还合浦，灵物雌雄逐。如诉似愁难觅耗，鸾驭乍停弄玉。璧月凉生，兰膏彩匿，小度参差玉。情人何许，按谱应来商略。

词填好后，他把它写在青纸笺上，早晚吟诵，以寄托自己的思念之情。

当初太守留下严湛时，款待的热诚，供给的讲究，是超过一般幕僚规格的。太守严湛两人惺惺相惜，主客之间词赋唱和，堪称棋逢对手。一天，太守偶然来到严湛房中，见到书几上《壶中天》一词，十分赞赏，随即命人摆上酒宴，并传呼善解人意的乐伎按照节拍用乐器演奏起来，太守亲自打着拍板助乐。乐声袅袅动听，引得严湛技痒难熬，就叫书童将琼液箫取来想吹上一曲。一见此箫，太守便觉得眼熟，他歪着头看了好长时间，问："你的箫也是用铁铸造而成的吗？"严湛说："说来话长，晚生先是偶然从山上得来一支铁箫，后来又在水中被调换过。"于是就将得箫换箫的神奇经过详详细细向太守叙述了一遍。太守说："奇啊，真是一件神物！"

次日，太守派人将严湛请来，对他说："我有一小女，年方十六，待聘多年，愿与您结为夫妻。"严湛十分惶恐，认为太守是在开玩笑，嘲弄自己，就施了一礼，推辞说："我这个落魄之人，怎敢有非分之想！"但太守坚持要将爱女许配给他，严湛不好再拒，就打算请一位年高德劭的人提亲做媒，太守说："不必了，我已预先请下大媒，即可择日成亲。"于是挑了个好日子两人成了亲。严湛一进洞房，如入梦中一般，只觉得眼前一片光辉灿烂，令人心醉神迷；再看新娘，更是美丽非凡，使人神魂颠倒，恐怕当年刘晨遇仙女的艳遇还比不上他呢。葆瑛悄悄问严湛："郎君知道咱俩是凭什么结为夫妻的吗？"严湛说："不知道。"葆瑛说："我父亲是见了你写的《壶中天》词才定下这门亲事的。当初你来这里时，我父亲就对你有意，待看到词后，就把此事决定下来。"于是两人在花烛下互相讲述各自的神奇经历，并说及石华、琼液两支箫的事。严湛就问："那老翁是什么样子？"葆瑛就将老翁的形容服饰细细描述一番。严湛笑着说："这就对了。仙翁确实成了我的大媒人了。"只是夫妻俩还不知老翁的名姓，只好恭恭敬敬地并立着，齐向空中焚香致礼，来表达他们对老翁做媒的谢意。

第二年严湛中了举人，接着又考中了进士，但他对做官不感兴趣，就告假回到岳父任所钱塘居住。可时日久了，葆瑛的脉象一直不见有孕，她担心自己不能生育，就劝严湛纳妾，以续严家香火，严湛笑着谢绝了。

太守府中有一幕僚擅长扶乩，一天，他又举行扶乩之事，只见沙盘上写道：

一尺二寸鲈鱼弄一条，美酒斟一杯。在夕阳时分痛饮狂歌乐开怀。昔日驾着小船天上去，如今又到人间耍一回。我是阴长生。快叫严湛进士、葆瑛夫人薰身沐浴后来此，与我话别。

严湛夫妻两人听说高兴极了，十分虔诚地拜礼祝告。沙盘中又写道：

你们夫妻俩恩爱欢合，就不想到我这大媒人了吗？石华、琼液两箫不相上下，应为我合奏一曲，让我听听雅韵。

于是两人忙命人取来铁箫，严湛吹奏《仙山跨凤》曲，葆瑛吹奏《仙偶乘龙》曲。只见沙盘上又写道：

妙啊。我与你们早有缘分，只是不便明言。但为人必须脚踏实地，早早脱离红尘，才是大丈夫奇女子。蓬莱仙山高人聚集时，后会有期。不要让人说萧史、弄玉以后就无人为继了。千万珍重自爱，我去了。

正要细问究竟，沙盘上的笔却不动了。

次年太守在任上去世。严湛夫妇护送灵车回原籍安葬，并将他们将来死后准备用的棺木也一道带了回去。没想到半路遇到响马贼，刀枪密布，来势汹汹，拦住了他们的去路。随从的侍卫心里恐惧，不敢抵抗，正打算溜走，却见严湛与葆瑛喝住贼人，取出石华、琼液两支铁箫来迎敌。只见他们手一扬，每支箫中各自飞出两条小青龙，它们或伸或屈，凌空袭击，所到之处，如冰雹横飞，贼人非常惊恐，认为是天兵天将降临，都纷纷跪拜求饶，转眼间都逃散而去。再看时，小青龙也不见了，而铁箫仍旧完好无损地在他们手中。严湛夫妇回到原籍，妥善处理好丧事，就遣散了仆人，各自换上一身道服，骑着驴子直上天台山，他们在石梁西畔选了个地方，搭了间茅屋就此住下。每当月白风清的夜晚，两人便取出铁箫，齐向虚空吹奏几声，就有黑鹤飞来与他们聚合。

三年之后，茅屋无缘无故自己焚烧起来，转眼间化作灰烬，严湛与葆瑛双双含笑，如黑鹤一般飞入云霄，不知往哪里去了。

海棠词

秋天，雁阵如线一般在高空中横飞，美人眉目间满是哀愁，繁霜即将落下，百花枯萎。有一天，沈秀才百无聊赖，一个人在荒山岩石间慢走，只顾着在弯曲的山溪边闲步，到傍晚时还不回家。远远看见树梢后出现华美的楼房的一角，就向着目标奔了过去，打算请求借住一晚。楼对面有一条山溪，溪上有一座红漆的小桥，他渡过小桥来到楼前，门上装着铜兽模样的金环，椽子十分精美，檐角微微翘起，好像将要飞起的样子，似乎是富贵人家的住宅。

进门后，他咳了一声，想要引起楼中人注意，但没有人答应。他沿着曲折小路走了好远，只看到东一丛西一丛栽着花木。刚走近长廊时，忽然听到内房中有女人说话的声音，就藏起身子偷听。只听见有一女子说："前夜一盘棋还没有分出胜负，就算了不成吗？"另一女子说："算了。世上没有得到仙人麻姑真传的弈棋高手，人们往往说成是臭棋。在这深山良夜中，我们在这里论棋，别让那位曾经偷听孤姥寡媳谈棋的国手王积薪又来偷听，让他笑痛了肚皮。"一女子就说："那么来练书法好吗？"另一女子说："娟秀灵动的书法，世人反而认为怪异，龙飞凤舞的草书，几乎被人认为是鬼画符，一定要写得方方正正才能誊到试卷上，那些能够借此糊口的字，世人才认可，这怎不叫人丧气呢？还不如学学晋人崔君苗，把笔砚烧毁了的好。"

一女子又说："那么来弹琴好吗？"另一女子说："昨天听到一段笑话，现在我就说出来让大家大笑一场。从前有一士人很喜欢弹琴，号称自己弹得好极了。有一天正弹着琴，听见门外有人在叹息，就请进门来，问道：'想必你也是个懂音乐的人，所以有些感动哀思吧？'那人答道：'我亡父也很精通弹琴。'士人高兴极了，说：'您受到家庭的熏陶教导，一定是真的知音了。'于是取过琴来再弹，意思是想展现炫耀自己的本事。那人听了好一会儿，脸上现出不以为然的神色。士人问他为什么，那人就说：'先父可不是这样弹的，声音虽然大致相近。只是他只用一根弦，而且多一根木棒敲击（指弹棉花）。'"众人顿时大笑。其中有一女子就说："弹琴的人估计要被你嘲笑死了。"一女子说："那么来画画怎么样？"另一女子说："在灯光下作画着色，恐怕色彩会很枯涩。我也有一个笑话，讲出来可以让大家笑一笑。"众人说："你先说说看。"

那女子就说道："从前有一个山西商人，在江南游玩，听说那儿的风俗大多喜欢画亡人的画像，画出来和在世时一模一样，心里非常羡慕。有一天那商人准备返回故乡，就到画师家里请求为他死去的父母画一幅真容，就把父母容貌怎样，仪态怎样一一告诉画师，请画师照他所说的情况画像，并给了钱，约定什么时间画好，他到那天来取画。到了约定的日子，山西商人来取画时，刚巧画师到别处去了，画师的妻子错把一幅春宫画给了他，他也不打开来看看，就放进包里带走了。回到故乡后，把所有亲族好友请来，向他们展示画像。卷轴一打开，他赶忙把画遮盖住，笑着说：'想不到二老在阴间还是那么贪欢作乐！'众人哄堂大笑了好久。有一女子就说："你这丫头真该打嘴巴！这话难道是我们女儿家能说的吗？"那讲笑话的女子说："深夜无人，还不能嚼嚼舌头高兴高兴。"又一女子说："漫漫长夜，怎么打发消遣呢？"一女子说："还是叫婢女烫酒，大家一起尽兴喝酒，这是最快活不过的事了。"

接着就听见有叫唤婢女的声音，有邀请客人的声音，有摆弄蜡烛的声音，有支锅的声音，有摆汤匙筷子的声音，有安放搬动桌榻的声音，有彼此客套让座的声音。席间有时猜拳，有时藏钩猜枚，有时猜谜，什么游戏都有。有一女子说："我们也应当耍耍笔杆子，学学文人。"就有一人问道："那么用什么做题目呢？"有人立刻回答说："台阶下面的海棠花盛开了，鲜艳美丽极了。这花是古代一位害相思病的女人死了以后变幻成的，又叫断肠花，所以这种花哀艳纤细，随风摆动，就好像在哀诉似的。我们就借花言志，来借此寄托表达自己的情怀，好吗？"又一人说道："很好。那么就请大姐先作，然后大家接着写。如果写不完，是要罚酒的。"其中又有一人说："这不适合用诗歌咏，似乎还是做小令词比较好。"众人说："对极了。"于是听到有人拖着长腔吟道：

碧梧金井芙蓉院，红妆翠袖依稀见。小妹正梳头，一枝开晚秋。

颊痕娇粉浣，不管人肠断，犹幸说无香，三生还断肠。

一女子说："写得真是哀怨。"就接着吟道：

春人性格秋娘命，春韶无福三生定。索性再迟迟，与梅开一时。

檀心如豆大，中有情丝在。莫道此心酸，心酸人乍看。

一女子说："二姐暗用梅花聘海棠的典故，真是出神入化。"接着也吟道：

夜深清梦依然好，恼人那有莺啼搅。遮莫卷帘瞧，防他烛泪抛。
一般篱菊瘦，颜醉何须酒。人远隔天涯，西风珍重些。

一女子说："三姐此词着意在一秋字，多么高雅，妹子甘拜下风。"接着吟道：

托根喜傍牵萝屋，避寒也怕严霜酷。一穗嫩胭脂，夕阳残照时。
前身思妇泪，粉蝶偎他睡。不管可怜侬，泪痕如许侬。

众人听了都说："这丫头该罚，故意写这些哀伤词句，那么惹人伤心。"那女子不服，说："我是脱口而出，真情自然流露。那么姐姐们也有触景生情的绝妙好词吗？"她才讲完，众人都很觉伤感，好像还听到有人在帘子旁边抽泣。过了一会儿，又听到房中杯筷碰撞的声音，估计是在举杯痛饮，非常尽兴。一女子说："夜深了，妹妹我想去睡了。"又一女子说："这样的欢会不常有，还请多坐一会儿。"另一女子说："我本来就知道这丫头不能熬夜，昨天才点灯，她就裹着被子睡着了说梦话。"一女子就问："她说什么？"回说："我可不敢说，我害怕惹她发火。"众人都竭力要她讲出来，那女子就笑着说："她在想汉子呢。"果然就听见有一女子站起，好像是在举手打人，手镯叮叮当当地响，众人笑着劝开，好一会儿才安静下来。那被嘲笑的女子说："像你姐姐一睡就睡死了，才是真不雅观，还常把小脚搁到别人肩上。"大家发出一阵大笑。真好像一群莺莺燕燕，叽叽喳喳的声音一整夜都没有停止。不久，听到鸡啼的声音，众女子才起身回房准备休息，响起了一片环佩碰撞的清脆声响，渐渐消失了。沈秀才蜷伏着不敢动。

不一会儿，晨光渐渐透出白色，听到内房中鼻息浓浓。沈秀才走进厅堂中张望，看见墙的正中间挂着一幅水墨山水画，落款是"冰壶老丈嘱迁叟写《蓬壶清阅图》以疥壁"。左右一副对联写道：

数百岁陈人酒胆诗魂随月古，
一二声清磬鸟啼花落送春归。

又有一副对联写道：

百岁光阴如过客，
一家儿女尽诗才。

桌上放着书籍信笺，壁上挂着琴和剑，炉内香已经烧成灰烬，胆瓶内插着一簇秋海棠，鲜艳美丽，一切都布置得十分妥当。沈秀才没有时间从容漫步赏玩，只想偷一样东西回去向人展示。看见石阶上有一双女人穿的绣鞋，好像是这家人放在那儿晾晒，还没来得及收起，就弯下身子拾了一只。看那绣鞋窄窄的，还不满手掌大，鞋面绣得很精美，上面嵌着很多明珠，大小有的像小米，有的像豆子。鞋底铺着香屑，散发出如麝香似兰花般的香气，令人心醉。沈秀才把绣鞋藏在怀中，拔去门闩，顺着来路出门离开。回望山上房屋，那楼角的一抹红色还在绿树梢上显露出来。

沈秀才回到家中，心里还是一片迷惘，他不知道自己遇到的究竟是仙，是鬼，是人，还是妖。他偷偷地把绣鞋藏在锦盒中，偶尔也拿出来给别人看，见到的人都感到非常惊奇。有人笑他说："既然偷她们家东西，为什么不把琴、剑偷回来，还可以值得十几贯钱，竟然单单只偷这样一只鞋子回来！"于是大家约定一起来到原先沈秀才去过的地方，只看到山中云雾弥漫，根本没有什么楼阁，周围树木阴森。他们非常怅然地待了好一会儿，只听到隔山有人在唱山歌的声音：

云茫茫兮仙人所居，石齿齿兮谁识其途。

鹤归来兮之子回车，可望不可即兮何有何无。

泥和尚

西岳华山，层峦叠嶂，山林叠翠，涧深谷幽，岩奇峰秀。据说，这儿以前曾经是南齐陶弘景隐居栖息的地方，后来成为佛地，保存了很多灵迹。

山中寺庙中的住持叫东海大梵澈律师，他在此苦心修行了好多年，道法高深。每年来这里同他进行斗机锋悟道、听棒喝闻法、与澈律师同道知心及供奉僧职的和尚有好几千人。

寺庙中有一个管理总务的知事和尚，长有蜷曲的胡须，眼睛碧绿，形体魁梧，相貌倒也堂堂。只是他不修边幅，衣上经常沾满尘土，脸上也十分肮脏，甚至终年不洗澡；他穿的衣服没有领子，鞋子也没有底。而且行为奇特，有时他见人就嬉笑，但不知他为何而笑；有时他见人就大哭，也不知他为何而哭；有时他见了人就下拜行礼，也不知他为何如此多礼。所以大家都称呼他呆子，他也自称呆和尚。但是，让人奇怪的是，每当澈律师来到禅堂，他就收敛呆状，一声不响恭恭敬敬地站在他旁边，不敢在长老面前露出丝毫疯疯癫癫的样子。呆和尚最爱到山下买酒买肉吃，经常醉醺醺地兴尽而返，澈律师也知道他的行为，但是竟从没有斥骂过他。

有一天，呆和尚去山下挑水，发现溪岸边有一条赤蛇，好像是被鹤啄伤了，蜷曲着躺在沙堆中，身体还缓缓蠕动着，看起来已经奄奄一息了。赤蛇抬起头看着呆和尚，似乎是求他救自己一命。呆和尚念了声阿弥陀佛，把赤蛇小心翼翼地捡起来，轻轻绕在手臂上，看起来就像一段绳子缠着臂膊。他把蛇带回住处，睡觉时他与赤蛇同席而眠，吃饭时也和赤蛇一同进食。人们都劝他把蛇扔掉，可他不加理会。

又有一天，呆和尚去山上砍柴，半路上遇到一条狗跟在他后面奔走。那狗全身长满了癞疮，发出一股腥膻的怪味。成群的苍蝇在狗的周围飞来飞去，还有很多叮在狗的身上，发出嗡嗡的声音。呆和尚觉得狗很可怜，就把它牵了回去。就像对待那条蛇一样，晚上他与狗一起睡，吃饭也与狗一起吃。人们劝他把狗赶走，他也不加理会。

每天，当寺中规定的仪式做完之后，呆和尚的蛇与狗就会嬉戏打闹，狗汪汪地叫着，蛇则窸窸窣窣地到处游动。呆和尚也和它们一起嬉戏，有时他高兴地手舞足蹈，好像得了什么宝贝似的。每当呆和尚外出时，他一定要把蛇安放在被褥中，把狗安放在床上。有一次，他又外出，别的僧人等他刚走出大门就去张望，打算把他的蛇给扔了，把狗也给赶出去。可是，等他们走到屋里一看，大吃一惊。只见那蛇的身子变得比屋梁还粗，遍身红色的底子黑色的花纹，张着血盆大口，吐着烈焰，似乎要把人的胡子眉毛烧着了。那人吓得大声呼叫，转身欲逃，又见那只癞狗从床上"呼"地跳下来，身子一下子变得比牛还大，满身花花绿绿光灿灿的，它突然一声怒吼，把那些闻声而来的香客、善男信女都吓得连连倒退，有的还跌倒在地。呆和尚心里牵挂，还没走远，也听到了动静。他急忙折身返回来，先用手抚摸赤蛇，说："咻咻。"又摸摸狗头说："呶呶。"不一会儿，赤蛇又变得像原来一样，狗也变回原形，还是满身癞疮。

不久，华山一带发生大旱，禾苗枯瘦得像黄头发，人们饥不择食，连树皮都被剥光了。各地纷纷设坛求雨，连当地县令也光着脚，手举燃香，一步一拜地祈祷，但旱情依然如故。

县中有位作法的神道叫张四喜，他搭了座高台，又在台下四周堆满干柴，然后他登上高台，一边摇铃，一边打鼓，又唱神歌，又跳神舞，百般讨好天上神灵，并对台下的人们发誓说："如果三天后再不下雨，你们就把这些柴点着把我烧死，我死而无悔。"过了三天，还是一滴雨也没有下。众人正打算把柴点燃，那道士在台上又是哀哭又是磕头，说："请原谅我的胡言乱语吧。"众人大笑，让他逃走了。

又有一位年长的学者叫顾守经，他翻遍了各种秘籍，寻找求雨良计。他对众人说："龙能致雨。天不下雨是因为龙得了重病，如果用药物治好龙的病，天就会下雨了。"他先堆了个土坛，然后用泥捏成龙的形状，把泥龙肚子掏空，将蚌壳排列在泥龙身上，算是龙鳞，把两只鸟蛋嵌在龙头，算是龙眼，又削了根柳枝插在龙头土，算是尺木，以备泥龙升天而用。最后又找来一堆荆芥、防风之类的发散药草，煎了满满一大罐汤药。他把汤药从泥龙口中灌入，整整灌了一日一夜，汤药也灌完了，泥龙也没有升天，老天也没有下雨。

又有一个从西方来此地经商的商人，据说，他游山时得到一枚圆圆的沙石，形状像只气球，他拿出沙石对众人说："这个东西叫鲊答，是龙与驴交配后产下的。按西域的法术，可以用它来求雨，没有不灵验的。"于是，人们就按他所说，在土坛上放了一个很大的盘子，里面倒满水。那商人整天用那圆沙石在盘中滚弄，结果三天后，圆沙石破碎了，天还是没下一滴雨。

还有人建议请人披散着头发举着剑去斩杀招致旱灾的神怪，或者请人在水边念动咒语迎接能抵抗旱情的蜥蜴精等。这些稀奇古怪的说法还未实行就遭到了人们的嘲笑和否定。晚上，祭坛上便粘着一张帖子，上面写道：

神巫真可哀，为求雨，发誓不下台，弄得几乎身子都烧坏。顾守经，不知羞，为求雨，四处来把药龙求。乱开方子枉称医龙手。西来客，太不良，为求雨，蛋滚伤，此蛋原是驴子生，从此欠了驴儿帐。

一时间，这都成为人们谈笑的话柄。但赤日炎炎，似乎比以前更加炽热了。

县令一向敬重澈律师高尚的道德风范，便轻装简从，亲自到山寺中来请他挪移贵步，大展法力，迎接雨龙，以拯救灾民，使百姓感念佛法无边。澈律师说："贫僧实在没有什么法术，但寺中有一个呆和尚，倒有些法力，请他去作法，也许会有灵验。"于是便派人把呆和尚叫了过来。只见他傻乎乎地笑着，身披一件长长的破烂不堪的袈裟，腰上还围着一条没盖过腿肚儿的短围裙，县令见他这副样子，顿时显出一副不信任的为难神色。澈律师说："请大人让他试一试，如果法术不灵验，就只管降罪贫僧好了。"县令不好推辞，只得暂且将他带进城去。一路上，呆和尚左手抓着赤蛇，右手牵着癞狗，嘴里叽叽咕咕的不知念着什么，一直跟在县令后面。到达县城，已是黄昏，县令先送呆和尚到客馆中休息，打算第二天清早搭台让他作法。人们听到这一消息无不感到荒唐可笑，认为这样一个又愚蠢又粗鲁的呆和尚，能有什么好办法求得上天降雨呢？

再说呆和尚在客馆中并未安歇，他命令服事的差役点起明灯，把房中照得雪亮，又吩咐他们去弄一坛老酒、一盘牛肉来供他吃喝。因为久旱不雨，城中正禁止屠宰杀生，所以差役们不敢答应他的要求。呆和尚说："如果你们不照我说的话办，我就走了。"差役中有人就说："不如我们随便将就着给他送些酒肉，看他还有什么花招。"酒肉送来后，呆和尚赤着胳膊大大咧咧地坐在那里，竟信口唱起山歌来，一边唱一边吃喝，同时还把肉去喂他的蛇与狗，嘴里念叨着说："蛇儿你吃饱，狗儿你吃饱，蓝蓝的青天，深深的黄泉，走路不容易，别饿了肚子干不成公事，你们尽量吃啊吃，快去快去！"蛇与狗果然拼命吞吃起来。过了一会儿，呆和尚拿出一张纸，在上面画了个符，放在蛇头上，又拿出一块一尺见方的丝帛，在上面也写了符，系在狗颈上，大喝一声说："蛇儿升天去，狗儿钻地去。阳气上升，阴气笼罩，阴阳交合，雷霆急迫。谁敢违抗命令，杀你头，穿你腹。急急如律令！"话一落音，只见那蛇嗖的一声已飞到帘子外面，狗也嗷嗷地叫着紧紧跟在蛇的后面奔出，转眼间就都不见了。和尚一边狂笑着一边拍手，后来就躺在地上睡着了，不一会儿就鼾声如雷。帘外众差役看到这一切，莫不目瞪口呆。

当天晚上，县城的东南方向突然升起层层小山一样的云块，西北方也升起了团团如墨色一般的乌云。霎时间，整个夜空一边漆黑，忽然，一道电光闪过，照亮了天空，几乎同时就听得霹雳一声，如山崩地裂，接着雷声阵阵，大雨倾盆而至。绿色的原野普降雨水，老农们欣喜若狂，急忙连夜向县里报告说，城外降雨三尺，庄稼都有救啦。

第二天早晨，雨过天晴，一切都恢复了生机。县令十分钦佩呆和尚法术灵验，穿上官服前来客馆道谢。却见呆和尚还在熟睡，桌上残菜剩汤一片狼藉。县令上前把呆和尚叫醒。他看也不看县令一眼，就起身朝门外走去，边走边说："为了大人的官声，致使我的蛇儿、狗儿都逃走了，真太可惜了。"一路痛哭着向山寺奔去。这时澈律师正在山门口迎接，呆和尚走上前去施了一礼说："侥幸没给您丢脸，完成了差使，但可把我弄得太狼狈了。"说完就丢下澈律师，独自走进寺中，直奔自己住处，爬上木榻倒头就睡，这一觉就是三天三夜。

过了两天，澈律师忽然生了点小病，他自己洗了个澡，盘膝坐在榻上，口中呼叫说："谁带我去？谁带我去？"众僧都不明白他的意思。有人就大胆问道："师父想到哪里去，急着要寻找引路人？"澈律师斥责他说："你又不能为我带路，问我做什么？"到了第二天，澈律师叫唤得更急了，而且声音很悲哀。这时，呆和尚忽然惊醒，一骨碌爬起身来，大声答应说："呆和尚送师父去！呆和尚送师父去！"澈律师大喜，双手合十，说了一偈道：

妙叶莲花国，清净如来藏，刀下斩千魔，水上打一棒。

归路认分明，直闯何多让。咦，赤脚担簦，送我归还，是弄蛇牵犬呆和尚。

澈律师说罢偈语，微微一笑，眼睛就合上了，再没有醒来；再看呆和尚，也身体僵硬，气绝身亡。到这时，众人才真正敬服他们确实不同凡俗，于是众僧人把两人的尸体装入缸中火化，每具尸身余灰中都获得一百多颗舍利子。

又过了十天，寺庙的神堂中忽然发生了一件怪事，鼓不敲而自响，钟不打而自鸣，众人还听到大声嚷嚷的叫骂之声，可是只闻其声而不见其人。执事僧人问："谁在喧闹？"那声音回答说："是呆和尚回来了，快还我躯体，快还我躯体！"执事僧说："你登仙界已十天了，哪里还有什么躯体？"那声音继续说："真是冤枉。我送澈律师到西方佛地后，吞鸠尊者邀我到大雪山看琼瑶、喝智慧汤戏耍，才不过一会儿的工夫，难道人世间的光阴竟过得这么快吗？我还有许多未办完的事情要做，没有躯体怎么能行呢？若不还我躯体，我将要扰得大家不得安宁，到时别怪我呆和尚要无赖。"众人就说："你送澈律师还要回来，预先也没对大家关照过；你又好酒贪杯，贪玩忘归，这一切都是你自己造成的，怎能怨得了别人。再说，你的躯体十天前已经和师父的躯体一起火化了，让我们如何是好？现在只能为你雕一尊泥像，好吗？"呆和尚听了，好大一会儿没有作声，过了一会儿才慢慢地傻里傻气地回答说："也好，也好，快去办来，快去办来！"于是众僧请来雕工按照呆和尚生前的样子，塑了一尊泥像，安放在佛龛近处，并把他火化时的舍利子都塞进泥像的腹中。雕成后的泥像，手支着下巴颏，脸上笑容可掬。

当地的男女老少都来瞻仰祭拜泥像，一边下跪，一边叫道："泥和尚，泥和尚。"寺院中这才安宁下来。据说，每当深夜时分，泥像前的油灯昏暗时，泥像还常常把手臂伸到一丈来长，凑近油灯，把灯剔亮。有人说，当人们祭拜他叫他泥和尚时，听到泥像的肚中还常会答应说"在"。还有人说，如果用酒去祭祀他，有时还会听见他说"妙"。总之，关于泥和尚的怪异现象还有很多。

又过了三十年，寺庙中后任的长老突然告知众人，说呆和尚托梦给他："呆子要去啦！"说也奇怪，从此泥像真的就不灵验了。不久这一带地方遭到战乱，泥像也被毁掉了。

世事真是奇妙啊！唐代僧人慧能禅师说过："菩提本无树，明镜亦非台，本来无一物，何处惹尘埃！"呆和尚的故事真叫人对其中所说的妙理有了更深的领会呢。

一裘报恩

    大梁府有一个守城门的人，叫秦钰，是江南人。一天吃过午饭后，他沿河往上游散步，见三四个光头小孩用长绳拴着一只狐狸，在地上嬉笑地拖着玩。只见狐皮都被磨破了，流了一地的血，睁着大大的眼睛，还流着眼泪，无声无息的，像已经对生不抱任何期望了。秦钰见着可怜就问那些小孩："你们是从哪儿弄来的这东西？"他们说："刚才在吕洞宾庙中废纸堆里看到它正直挺挺地躺着睡大觉，睡得如痴如醉，像蚕眠，身体软得像棉絮一样。我们拿东西打它，把它弄醒，可它也不逃，也不动弹，于是我们就把它系住拖着玩耍。"秦钰说："你们别伤它，不如我给你们钱买鲜枣，你们把它解开给我怎么样？"小孩们高兴地齐说："好。"于是秦钰给了每人二十枚铜钱，然后自己抱着狐狸回去，觉得它就像猫一般的温顺。

    秦钰把狐狸抱回后，就在床后的小房间里给它安置了一个地方，然后替它铺上席，盖上被，让它躺着。一夜过后，它忽然醒来，眼珠子不停地转着瞧着秦钰，眼里情绪复杂，似乎有一点恋恋不舍的样子，不肯立即离去。秦钰天天买糕饼喂它，而这个狐狸也很奇怪，对肉类的食物只闻一闻就走开了，可一看见素食就用两只前爪捧起来吃，给它水喝，它也捧住盛器吸饮。后来来看狐狸的人越来越多，它只是闭目躺着，不予理睬，听凭人家指指点点地谈论。忽然有一天，大梁太守的爱妾派婢女来传话说，让秦钰把狐狸送至内房让女眷们看看。可狐狸怎么都不愿合作，双爪抱头，在房中乱跳乱窜。秦钰对它祈求说："太守是我的主人，能否请你为我勉为其难一次呢？"它听后这才伏着不动了。小使抱着狐狸来到太守府中，只见它用两爪掩住面孔，浑身不停抖动，十分害怕不安。太守之妾是个脾气温和的人，见状也十分可怜狐狸，于是让人买来果品、蒸饼等食物，让秦钰的小使把食物和狐狸一起带回去。这天晚上，狐狸仍是吃秦家的食物，对太守爱妾买来的东西连碰也不碰。

一天夜里，狐狸忽然不见了踪影。秦钰很是伤感。两个月后的一天晚上，秦钰正点上灯在桌上认真地看公文，忽听有弹指的声音从窗格上传来，秦钰从窗纸洞中往外张望，就见在屋檐下站着一位风度翩翩的美少年，身穿白绫衫，脚上穿着黑鞋白袜，气度不凡。秦钰问他是谁，少年回答说："秦君别害怕，我就是那天河边的病狐狸。当时神志不清，差点死于小儿之手。我也预先算到这是一场劫难，想躲着避开，可仍没有逃脱，被人捉住。如果那天不是您相救，我恐怕早就死去。我马上要动身到燕台去，事情办完后就到月宫仙姥处应考，我的成功，都是出于您的恩赐。我为您准备了一点菲薄的礼物放在窗外，还请您笑纳，您不要觉得承受不起，只不过是我的一点小心意罢了，和您的大恩大德相比根本不值得一提。"秦钰正想出言谢绝，只见那少年已很快地走出门去了。秦钰赶忙点上灯到窗外照看，只见那儿放着一个大包裹，拎起来却很轻，在灯下打开包裹一看，原来是一件簇新的绿绸面白羊毛底子的男皮袄，穿在身上，十分合身，就好像是为秦钰量身定做的一样。再看衣襟角上还有一张寸把长的小纸条，上面有某成衣铺的印记。第二天秦钰拿了皮袄到那家成衣铺去给他们认看，那店铺主人说："这确实是我们做的。昨天中午，有一个少年用了五十两纹银买下了这件皮袄，怎么今天竟在您手里呢？"秦钰这才明白，虽然狐狸是兽类，但也不愿意把偷盗的恶名连累正人君子。

次日中午，秦钰正在与同事们喝茶，谈论前天那少年的仪表容貌，只见忽然从星檐上掉下一只盒子，砰的一声，落在桌上。众人打开一看，盒里装着两串马奶葡萄，数了数共有一百多粒，紫皮绿蒂，像一杯杯玉露琼浆，个个透明晶亮，新鲜滋润。还有一张精美的信笺，上面写道：

秦君阁下：昨夜相会，从此后就天各一方，令人伤感。

我到了燕台，刚巧外国使者来进贡葡萄，进贡后剩余的葡萄还满满地装有一大筐。我花钱向使者买下了它，不敢一人独吃，就命仆人送至尊处。我在去燕台的路上试着填了几首《子夜歌》，未必合乎节拍，只是聊表思念之情而已。

词是这样写的：

凭无情骊歌，在道催我一程程远。望千里漳水东流，铜雀暮云几点。神马奔疲，飙轮驰逐，病体轻于燕。

大梁城里看苍烟，下有故人庭宇，落花帘卷。忆前番神迷魄倦，官廨整宵相伴。脉脉无言，殷殷问讯，调摄情非浅。

此时才识我翩翩，妍秀岂幻。燕市为家，天涯作客，彼此萍飘惯。寄将来一穗葡萄，露痕如浣。

笺的末尾写着"樗卿顿首"四个字。细想一下，信件之所以来得那么快，可能是因为狐狸行走很快，几百里的路程只需走一天就到了的原因吧。

过了没多久，太守被罢官，秦钰也不得不搬出官府，寄居在吕洞宾庙内——就在小红楼下租了间屋做卧室。一天，秦钰闲着无事把信笺取出来，在靠窗帘处展看欣赏，准备把它装裱成册，然后请一些当地有名望的人在上面题词奉和。可是忽然一阵大风吹来，把信笺吹到空中，在上面不停地旋转。过了一会儿，信笺落在地上，可奇怪的是，纸上的字迹却全没了。秦钰正在惊奇怅惘时，只听楼上有人娇声说道："樗卿是我的哥哥，他赴月宫仙府应试得中，成为通天狐，做了仙官，此后可以自由自在到处游走，得免劫难。这以前的信笺落在人间，必定会引来各种流言蜚语，恐怕会让哥哥遭到游方神人的弹劾，所以还是给我收去为好。您请再待一会儿，我也要走了。"秦钰很好奇就问："神仙府中的考题是什么样子？"那女子答道："第一道是《拟加女娲皇帝封号敕》，第二道是《天河真源考》，第三道是《月府扫花歌》。"秦钰想再问时，却已不见了女孩的踪影，似乎是一场未醒的梦一样。

冯铁丸

河北地方有位大侠，姓冯，没有名字。据说，他的袋中常藏着两枚铁丸，用它打飞禽走兽，百发百中，路上遇到强人，也常用它抵御，就是神箭手甘蝇的射箭本领，剑术精奇的猿公舞剑的技艺，也比不上冯君打铁丸来得高超利索，所以人们便称冯君为冯铁丸。

冯铁丸七十岁时，头发胡子都白了，少壮时的锐气逐渐消减，打铁丸的技艺也大不如从前，因此常被卖菜的、仆役、放牛娃等人捉弄。冯铁丸不肯受辱，听到有人谈长生不老术，心里就很向往，捋着须髯得意地想："人的生命受之于天，所以只得听任自然安排。如果生命短促的能继续绵延不绝，年限短的能延长，那才是绝妙的真仙术呢。"他很想得到长生不老的真传，于是就带着铁丸云游四方，只要遇到面貌稍微奇异的道士、炼丹师，他便下拜恳求他们收他为徒弟，但那些人都只不过会些烧水银炼丹，或是做些豆人纸马之类的幻术，以假为真骗人罢了，并没什么真本事。冯铁丸只有一笑而去，不加理睬。

冯铁丸七十二岁那年，听说山东崂山一带有很多神仙洞府，就毅然前去寻访。野风肆虐，他的手皲裂了，长途跋涉，他的脚底也起了老茧，但仍然持着瓶钵，独自一人，四处寻访，不知疲倦。

一路风尘仆仆，终于到了崂山。只见山下有座道观，观中有个炼丹炉，但炉中无火，祭祀坛上冷冷清清。冯铁丸在道观里见到三四个年长的道士，须发飘飘，颇有些仙风道骨，就请他们指示学道的门径。那些人说："这里是下清宫，在这里您修炼到能不吃五谷，不食烟火之食时，那么才能进到半山腰的中清宫；再修炼到能食气身轻时，那么才能进到山顶的上清宫；在那里继续修炼，就离脱胎换骨升天成仙之期不远了。但是我们这些人在上清宫修炼快有三十年了，还未见到有能到中清宫去的人，更何况是上清宫呢！"冯铁丸说："我若越级直往上清宫，又有什么不可以的吗？"那些道士连忙摇手斥道："别胡说八道。

一旦进了深山，到处林木阴森，没有一个人影，豺狼虎豹横行，鬼怪现形作祟，恐怕你还没进得了上清宫，就已体无完肤，灵魂出窍了，怎么还可能见到仙人？"冯铁丸说："休要吓人，我冯某是不怕这些的。"道士们看他神情坚决，知道无法强加阻止，只有任由他去。

第二天五更时分，冯铁丸便起身沐浴，一切准备停当，就背着干粮，挂着手杖进山了。他孤身一人，走在高低错落的乱石丛中，一会儿是羊肠小道，一会儿又树密路曲。也不知走了多长时间，他见到路边有块六盘石，石质滑腻得像人的肌肤，而且又光又亮，像面镜子，冯铁丸就坐在石上休息了片刻，又提起精神继续赶路。抬头看看前面的山峰，似乎更加高耸，路也更迷茫了；再听那鸟鸣啾啾犹如鬼叫，有时还会看到老虎的脚印，几乎有巴斗那么大，冯铁丸心中不免有些胆怯，但若是回头，也难寻归路，再一想脱胎换骨升天成仙之术，便努力克制着，继续前行。只见迎头一处石壁拔地而起，无法攀登，但壁上有树，他便爬上高树，见上面是山岭，就跳了上去，这样盘绕攀登着，连续跳了好几处，终于见到一座石屋，石屋上方写着"耐死处"三字，门上镶嵌着一副对联，写道：

三间老屋烟霞窟，
一个蒲团铁石人。

字是青绿色的，它与石屋的窗楞、门窗一样，都是雕凿而成。石门关着，侧边露出一点缝隙，约有二指宽。冯铁丸隔着缝隙朝门里张望，看见屋中端坐着一位老和尚，一动不动，但形容生动，面色光鲜，不像枯槁的样子。

冯铁丸想推门进去，但用尽力气，想了各种方法，门还是推不开。他就下拜施礼想把门叫开，可是叫了很长时间，才见那老和尚微微闪动碧眼，问道："你来这里想干什么？"冯铁丸连忙施礼，很虔诚地禀告了自己的心愿。老和尚说："学仙太辛苦，不是蠢笨冥顽如石的人是不能学会的。你快走吧，这山里确实没一样东西不是毒物，一不小心你就会丢了性命。"冯铁丸说："这里是什么地方？"老和尚说："中清宫。"冯铁丸请求说："大师为什么不把门打开呢，暂且先让弟子进来，您若觉得我这人可教，就收我为徒，若不可，我再走不迟。"老和尚说："既然你意志坚决，能进来自己就进来好了。"冯铁丸说："这是扇石门，我一个凡人怎么能推拉得动呢？"老和尚说："我也是凡人，既然你不能进来，我又怎能出去呢？"冯铁丸听了，觉得很惭愧，在门外百般求告，老和尚也不再理睬他。再一听，里面已鼻息如雷，鼾声大作，冯铁丸知道这事是勉强不得了；但转念又想，既然已经到了这儿，为什么不直接到上清宫呢，或者有缘巧遇真仙。于是便继续向山顶前行。

白云深处，只见一条石道仅六七寸宽，上面青苔遍布，看起来很是滑溜；再往下一看，山雾弥漫，苍茫茫一片，一失足跌下便会粉身碎骨。冯铁丸胆战心惊地向上登攀，又走过了几处地方，只见两边山岭重重叠叠，悬崖陡峭如刀削一样，他也不知走了多少路。走完石道，又遇两边峭壁夹道，中间如一条又深又窄的巷子，只能弯腰而行。再往前走，又来一横空石砌的栈道，如万重天梯，道旁藤蔓攀缘，阴森森一片，遮得栈道暗如黑夜。冯铁丸只得像猴子一样攀越，像蚂蚁一般爬行。忽然一阵腥风吹来，风过处随即来了一只狗头豹，模样凶猛，冯铁丸慌乱中摸出铁丸打了一丸，那铁丸却被狗头豹一口吞进肚去，冯铁丸惊得不敢再打，忙跳上身旁一棵巨树，在树上躲了一会儿，狗头豹才摇着尾巴离开了。忽然又一阵腥风吹来，却见一条长着人头的大蛇正盘踞在石崖上方，吐出火焰一样红红的舌头。冯铁丸急忙打出第二颗铁丸，那铁丸也被人头蛇张口吞了。冯铁丸无可奈何，只得跪拜祈祷，过了一会儿，蛇也飞走了。

冯铁丸心惊胆战，好大一会儿才回过神来，他慢慢地从树上爬下来，继续朝上攀登。山路稍稍平坦了些，再往上行，只见山顶地势平整宽阔，像一个大平台，还有一个大池子，池水湛蓝清澈，许多红色小鱼色如丹砂，在池中游来游去，不下万头之多。池子四周尽是骸骨，那骸骨惨白如霜，堆得像小山一样高。一个毛发皆绿的人，约有二丈来高，正手执钓竿蹲坐在白骨堆中，背对着冯铁丸，在池子里垂钓。冯铁丸故意咳了一声想去惊动他，不想绿毛人突然回转身子，盯着他看了看，目光如石火一闪，举起钓竿直向冯铁丸头顶打来。冯铁丸即刻觉得昏头昏脑倒跌入云雾之中，但神志还算清楚，暗想这次非死不可。过了一会儿，他苏醒过来，却见斜阳挂在山头，再看看自己，竟直挺挺躺在下清宫门前，身上却没有丝毫伤痕。此刻冯铁丸才相信是真遇到了神仙，但此番遭遇离奇恍惚，非常情所能猜料。他羞于将此事告诉下清官住持，就私自在山凹间搭了间茅屋，早晚焚香施礼，却再一无所遇。

到了第二年，冯铁丸便离开崂山，北上幽燕，南走吴越，继续孤身一人，漂泊江湖，寻仙问道。后来，他忽然改变初衷，皈依了佛门，便前往南海，发愿要见到观音菩萨。到了南海，只见万顷波涛，来往船只如蚂蚁攒动，那些前来求拜的和尚、尼姑、善男信女，都是有佛面而无佛心，冯铁丸觉得与他们这班人不值一谈，就掉转船头，折回家去。

归途中见到一个女子，服饰虽然很破旧，但容貌娇美，身条纤细，走起路来若风摆杨柳。她面带忧伤，叫着冯铁丸哀哀相告说："我是浙江人，姓项，名银筝，刚去南海朝拜回来，没承想半路上遭到强徒抢劫，仆役婢女都逃走了，钱财被抢夺一空，衣服包裹也都被沉入水中。我知道您心地慈悲，想搭您的船回归乡里，希望您能不计较男女有别而应允，我将万分感谢您的大恩大德。"冯铁丸说："那么请上船吧。"那女子在船上照料冯铁丸的饮食起居，十分殷勤。船到码头登了岸，女子似乎很依恋他，不肯离去。冯铁丸打发她自己回家，她说："您是老成持重之人，跟着您一起行走很放心。"于是继续同行。

第二天，两人来到浙江地面，那女子对冯铁丸说："前边大树丛中的红楼就是我的家，一路旅途劳顿，请您屈尊前往，到我家暂时歇歇脚，洗沐一番，如何？"冯铁丸推辞不去，那女子再三请求，只得跟她进去。

只见一幢高门大户，红漆门上装着虎头铜环，白粉的墙，绿纱的窗，看起来像是有钱人家。一个家丁远远地见女子进来，就高声报告："银姑回来啦！"然后引领冯铁丸坐定。不久，又听得婢女传呼："开大厅迎客！"转眼工夫，便见数名婢女簇拥穿着盛装的银筝从里面走出，向冯铁丸躬身下拜，说："能与长者同路，又蒙你肯来寒舍，缘分真不浅啊。"冯铁丸赶忙回礼，口中谦应了几声。又过一会儿，忽听得传报："太夫人到！"只见一位老太太，满头鬒发如霜雪，衣衫光彩照人，她见面便朝冯铁丸施礼，道谢照拂银姑之情。过了片刻，筵席开张，菜肴丰盛，制作精美。银筝亲自给冯铁丸酌酒致礼，席中众人只是谈论南海风景如何，绝口不问冯的身世乡族，也没人询问银筝所述在回南海路上遇盗的事，冯铁丸觉得很奇怪。宴会结束后，家丁就带他进房安寝。许是长途跋涉之故，铁丸一夜睡得很是香甜。

早上起来后，银筝进房对他说："我家还算富足，老母亲一向重视修行，听得您一心求仙事佛，想留您小住一段时间，以免除奔波之劳。希望您能不嫌弃，同意我们的请求。"冯铁丸此时也确实想休整一段时间，就客套地说："我年岁已高，有如风中残烛，又像草上待日之霜，这把老骨头怎好连累你们呢？"银筝说："客气啦，权当报答您的恩情吧。"于是差人将大厅左侧一间居室收拾一番，作为冯铁丸的养息之所。冯铁丸日日在那儿焚香修行，枯居独坐，饮食起居自有人安排。这样过了一年多，银筝一家待他一直礼数周到，热情不减。

一天晚上，老太太把银筝叫来问话："那冯先生来这里时间也不短了，不知究竟怎样，你何不试探一下？"两人低低地说了好长时间。于是，一天夜里，银筝精心打扮一番，换上漂亮的衣衫，鬒上装饰着璀璨的珍珠，容貌美艳，遍体生香，万种风情，令人心醉神迷。她悄悄来到冯铁丸的住处，这时冯铁丸正学着观音大士的模样，盘膝而坐，鼻息平和，习练禅定。银筝进入房中突然抱住冯铁丸的头说："怎么样？"冯铁丸睁开双眼，看了好一会儿才回过神来，怒斥道："成何体统！快出去！快出去！别以为老子的拳头是吃素的！"银筝还是装出千娇百媚的样子，不住地诱惑他，冯铁丸一把把她推开，说一短偈道：

> 古井之波，沾泥之絮，波澜不生，轻狂何惧。

银筝出门后便直奔老母亲去处，把冯铁丸的表现一一告诉了老母，老太太大怒说："这是死板的修炼法。"第二天早上，老太太便差人把冯铁丸叫来，对他说："如今年景不好，家道贫寒，我们也无力供养您了，您还是另投别处吧！"冯铁丸十分羞愧，不知怎么办才好，只好若有所失地离开项家。

后来他独自漂泊，寄居在福建某地，这时他已年届八十了。一个冬天，大雪纷飞，冯铁丸孤独地待在寓所，回想一生遭遇多少坎坷失意，再忆起当年辛辛苦苦攀登深山云岭的情景犹历历在目，再暗自思忖项家对自己招留、弃逐，似乎并非无缘无故，于是就冒着风雪回返浙江，想再回到项家。

一路找寻，终于再见到那扇高大气派的红漆大门。一进大门，便见银筝正侍候着老母在屋檐下晒太阳，冯铁丸倒身便跪拜在地，说："我这衰朽的匹夫不能早早消除妄想，学习修道苦无名师指点，以致在江湖上不停地奔波寻求却一无所得。愿太夫人怜悯垂教，成全弟子，使我有始有终。"老太太说："客官又来了吗？你这人还可教得。"说罢，仍命人带他到原来的住处，让他住下。

某个晚上，银筝又浓妆艳抹地来到冯铁丸房中，像上次那样抱着冯铁丸的头问道："怎么样啊？"冯铁丸万分惶恐，不敢像上回那样斥责，但又不知如何应对，只好下拜不停地磕头，地被磕得砰砰直响，额头似乎都要碰碎了。银筝又将冯铁丸的情况如实禀告老母，老太太说："这还是死板的法子。"又要把他赶出门去，但因银筝再三说情，才把他留了下来。

过了一年多，银筝又像前两次那样来试探冯铁丸，此次，他突然有所触动，顿时领悟，就微微一笑，说："不要想，连'不要想'也不想；无知，连'无知'是什么也不知道。一切本没有法则，地水风火一切都有情。咦，桃花在隆冬大雪中盛开，西方世界有美妙的春天。"

银筝把情况禀告老母，老太太笑道："这客官可加以教诲了。"就差人把冯铁丸叫进后堂，老太太端坐在上，接受他的跪拜。拜毕，老太太说："三次朝拜东王公，九次拜谒西王母，不能超度一个老徒儿，对这道教怎么办呢？"她交给冯铁丸一套秘籍，说："这里面载录的都是道家修炼的要诀，你如能认真学习，遵照其中所说的去做，就不怕达不到最高境界。"银筝又拿出两枚铁丸，说："还记得这两件东西吗？"冯铁丸连忙下拜恭恭敬敬地接受了秘籍和铁丸。

银筝与老太太大笑着站了起来。她们又大声喝叫了几声，忽见天上飞下两只黑鹤，落在庭院中，母女俩各自乘上一只，过了片刻，又见一蛇一豹从云中降下，项家的婢女们争先恐后地爬上蛇和豹的背，转眼间都飞入云层。老太太拨开云头对冯铁丸说："越级而进，是学道的大忌；您在崂山跌过一次，前车之鉴，应该吸取这一教训啊。"说罢，人就不见了。冯铁丸再看看四周，屋舍都不见了，也没有一个人影，周围只有荒林、残雪、冻僵的鸟儿和蜷曲的树枝罢了。

冯铁丸带着秘籍和铁丸重回崂山，只是安心地住在下清宫内，踏踏实实地做些极普通低贱的事务：到外面去耕种、打柴、担水，在观中则打扫、烧饭。他虽然年岁老迈，但身体仍很强健，几乎没生过什么病，也不怕劳累。九十一岁那年，有一天，他忽然起身洗澡，朝土地神连拜两拜，说："冯铁丸今日有归宿了。"然后便向下清宫的道士们一一作揖告别，走进房中，笑了笑就归西了。他的尸体被众人封在石龛中。

又过了三十年，有个打柴人说他见到冯铁丸。他仍和生前一样穿着，只见他动作轻捷，飞快地登上高冈，满脸微笑地在掇弄铁丸，一边弄铁丸，一边奔跑着。问他他也不回答，叫他他也不应声，一会儿工夫影子就隐在茫茫云海中了。打柴人回来后，将自己所见告诉了众人，大家都感到奇怪，就把石龛打开查看，只见其中衣冠还在，人的身体却如蝉脱壳那样不见了，衣冠内裹着一座小小的石山，清秀挺拔，玲珑可爱，可以当作观赏的盆景。

鳄公子

琼州有一座岛屿，那儿的居民在岛的四周造了茅屋，以捕鱼谋生。家门前是活水，通着大海。岛上有一户居民，姓鱼，名某，在福建某大帅属下当差。他妻子水氏，容貌美丽，而且很有风度，可以主动向丈夫献媚。他儿子叫作比目儿，也很聪明，能接受父亲的教诲。他们这一家在岛上已经住了好多年了。

水氏因为丈夫远离家乡，家中又穷，所以一切家务事都只能自己做。一次，她到门前溪水中淘米，准备烧晚饭，忽然见到一条鳄鱼在水边游来游去，不肯离开。水氏非常惊慌，害怕它咬人，想丢下米篮逃走。看那鳄鱼的眼睛转来转去望着自己，嘴巴一张一张的，好像很有情的样子。水氏也就含情脉脉地看着鳄鱼。这天晚上水氏睡下后，梦见一个生得很俊俏、身材高大的男子来和她欢好，并且说："我的好人，你别害怕，我就是你在白天见到的那条鳄鱼。从前韩愈在潮州写了篇《祭鳄鱼文》，我随即就奉命迁居。到宋代，我的儿孙辈又猖狂起来，被陈尧佐杀败。我率领众鳄鱼向东游去，上帝嘉奖我，准许我变成人身，能够享一次夫妇间的乐事，命中注定你要成为我的对象，你应该要保守秘密，别因为我不是人类而感到羞愧。"妇人说："这事只可以有一次而不可有两次。我丈夫非常凶悍，持剑能斩蛟，拿绳索能捉鳖，别以为海岛上的人不会降龙伏虎。"那男子说："好，好，请你多保重，我这就走了。"说完就披衣下床离开。妇人醒来，只看到残灯还亮着，窗外月色洁白。过了不久，妇人觉得腹中震动，肚子渐渐大了起来，医生诊断是怀孕了。邻居们暗地里嘲笑说："世上难道还有没丈夫而怀孕的吗？否则就是鬼胎了。"但又看到她平时一向很贞静，从不轻易和男子交谈，所以都非常疑惑不解。

怀孕怀了十五个月，才临盆产下一只怪物。邻居一些老太过来一看，只见那怪物龙身虎爪，蟹的眼睛龟的甲壳，尾巴像钩子似的，牙齿像锯子似的，仔细辨看，竟然是一条鳄鱼，都非常吃惊地说："这是祸种，留下它恐怕要害人，为什么不杀了它？"水氏很不忍心下手，看到它在盆中泼剌剌跳动，好像求救的样子，就用大瓮盛满水把它养起来，叫它儿子，取名忽雷，字骨雷。鳄鱼听到妇人叫它名字就点点头，好像听懂了的样子。过了好些日子，鳄鱼渐渐长大，肚子鼓鼓的像头猪。瓮太小了，已经无法装下鳄鱼，妇人就把它抱出去，放进门前的溪水中，并祝告说："你虽然是妖孽，但并不是无父之子，沟渠流水，大海河汉，全都是四通八达，你为什么不去四方游动去寻你的父亲呢？"鳄鱼听了，在水中上下沉浮，苦苦地依恋着妇人，不肯离去。妇人又祝告说："你真不肯离去的话，就在此附近江河中游动，隐身潜形，当心别去捕食邻居家的牛羊牲畜和池塘中的鹅鸭家禽，让我为你操心，每天不得安宁。"祝告后，鳄鱼又点了两次头，好像表示懂了的样子，保证不残害生灵。妇人每天用剩粥剩饭及豆麦之类的东西喂养它，只要一听到妇人呼叫，它就摇头摆尾跃动着来吃食。邻居们看到它性格温顺，而且能懂人说话，也就没有生出再杀害它的心思。而且他们也知道鳄鱼名义上的父亲大小是个官，亲生父亲奇诡不测，所以两处都讨好，叫它鳄公子。只是鳄公子的肚子越发大了，一顿要吃好几人的食量，妇人因为这个感到十分苦恼为难。

有一天晚上，妇人快要入睡的时候，听见门外有敲门的声音，开门一看，见鳄鱼愣头愣脑地爬过来，忽然又匆忙地走了，而门边堆着许多海鱼。当时正值腊月寒天，市面上鱼的价格非常高，妇人就命令大儿子挑了去卖，赚了好多钱。从此以后鳄鱼每夜总要把海鱼或虾蟹蛤蚌之类的海鲜堆放在家门口，妇人一家靠它吃上了好菜，各种生活必需品也都渐渐充足了。水氏的丈夫本来是个卑微的人，在军队中当差所赚得的一点钱，仅仅只够他喝酒赌钱用，实在无力赡养妻儿。到这时她才逐渐有些积蓄留给大儿子去学习经商。大儿子十七岁时，妇人哭着对他说："你没有兄弟，虽然有个鳄公子，其实是异姓之子，不能一直依赖他。你已经成年了，到了娶妻的年龄，如果像现在这样守在家中，无法施展身手，也不是长久之计，为什么不到各地去奔走经营，赚些钱来呢？"大儿子拜别了母亲，带上银两，登上海船，远到厦门一带，做起了买卖各类珍奇海鲜的行当。妇人还是掌管家事，有时登山望夫，几乎望穿双眼；有时倚门盼子归来，不停地泪流。幸好她每天去石头上坐坐，还有鳄公子伴着她度过朝朝暮暮。

过了三年，对丈夫的久久不归，妇人非常痛心，又十分思念儿子，那天正巧来到河边，就对鳄鱼说："我虽然生下你，但终究不能指望你做羹饭祭祀祖先继承我家的香火，这重大责任只有靠你的大哥这根独苗，就好像千钧（古代三十斤为一钧）的重担都系在一根头发上。如今他经商到了远处，三年来没有音信，阿妈怎么可能不悲愁？你既然有神灵，有没有什么法术去探望大哥呢？大海茫茫，到处都是惊涛骇浪，水速飞快，不像是一般小河静水。"祝告后，鳄鱼点了两下头，一眨眼就消失不见了。

当时大儿在厦门经商已经收获了很大的利益，货物堆得像山一样，不能回归故乡。曾经写过几次信，只是因为拜托不到合适的人，无法抵达琼岛。这时正巧到广东寻找佘氏办事，途中遇到台风，所乘的船突然翻身落入大海中，所携带的资财全落入水中，生命危在旦夕。忽然水面之下有一大鱼把他背起来，在大风浪中游走，即使是战马、鸥鸟也没有这么快。终于到达岸边，他从水中钻出登上陆地，正暗自庆幸获得了新生，看到那只大鱼还没有离开，仔细一瞧，竟然是鳄公子。这才大吃一惊，说："我弟弟真是怀有神功，救我脱险的时候是多么神速啊！"鳄公子把头点点。大哥问："母亲平安吗？"鳄公子点点头。又问："是母亲叫你来看我的吗？"鳄公子又点了点头。又问道："弟弟，你为什么不赶紧回去呢？"可那鳄公子就是不肯离去。大哥说："弟弟难道想得到一件东西作为传信见证吗？"鳄公子又用力地点了点头，好像很赞赏大哥能够懂得它的意思似的。大哥说："这时非常匆忙，在这没有人烟的海边，也没有纸笔可以写信，你可以把我左手指上戴的金戒指衔去，上面刻着'鱼氏内省'四个字，这是母亲认得的。你衔着它去给母亲大人过目，让她知道儿子平安无事。我很快就要结束到处漂泊的生活，好好地回家了。请你快驾着风雷，御着海神乘风破浪回去吧！"鳄公子果然衔着金戒指离去了。

过了十多天，水氏有一次正靠着水边，忽然看见鳄公子回来了，在水中上蹿下跳，吹浪花，像是很高兴的样子。水氏带着开玩笑的口吻对它说："你这几天游到哪里去了？真的是寻找你大哥去了吗？"鳄公子点了点头。水氏又问："找到你大哥了吗？他还好吗？"它又点点头。"那么你大哥很快就要回来了吗？"鳄公子不停地使劲点头。水氏说："你大哥有没有家信啊？"鳄公子慢慢地游近钓鱼石边，嘴里吐出一样黄澄澄的东西，啪的一声落在水氏身边。水氏拾起一看，大吃一惊，说："你这孽子怎么把你大哥害死了？"说着就止不住号哭起来。鳄公子不知道出了什么事，只是痴痴呆呆地吹起浪花，发出嘶嘶的声响。水氏一边哭一边骂道："你没害死你大哥，那么这金戒指怎么会从你腹中出来？我哺育你三年，怎么这样没良心！"鳄公子伤心地流泪，无法为自己辩白，忽然窜起一丈多高，口中发出呜呜的叫声，把头撞向岩石，竟然把岩石也碰碎了。邻居过来一看，只见鳄公子脑浆崩裂，已经死了。水氏更加伤心了，擦去眼泪，想办法把鳄公子弄到小溪边一块地方，把鳄公子埋了，上面立了块短碑，碑上刻着"鳄公子之墓"几个字。水氏感伤丈夫远行在外，虽有夫君实则形同寡妇；又哀痛两子突然去世，祸不单行。她哭得很伤心，几乎哭瞎了双眼，精神恍惚如梦，认为这一对难兄难弟先后都身赴黄泉死了。

一天，忽然有艘大船从远处驶过来，旗帜高扬，鸣锣声声。刚收起船篷，随后把缆绳系在大树上。船刚靠岸，有一人就赤足先跳了上来，一进水氏家门就拉住她衣裳，急切亲近极了。水氏一看，正是大儿子。原来他已经成了富商，把店面收拾停当后回来了。又见一位花容月貌、光彩照人的美人，在年轻婢女的簇拥下，由体面仆妇导引，向水氏下拜，起身后立刻呼唤婆婆，又轻盈地转身，偎依在大儿身边，真是天生一对璧人。原来大儿已经娶了佘氏娇女为妻。真好比足智多谋的范蠡载得西施归，极尽孝道的曾参欢跃来堂前。大儿回家后花钱建造楼阁，购置良田，纳资捐了官。邻居们十分赞叹羡慕鱼家中兴鼎盛。

有一天，大儿打算去拜见父亲，却找不到鳄公子，就跪着问母亲兄弟的去处，水氏很悲伤地说："鳄公子已经死了好久了。"大儿非常惊奇，忙问鳄公子怎么死的，水氏伤心得低着头说不出话来，邻人就把鳄公子死亡的情况详细地说了。大儿十分哀痛说："不是弟弟害死我，是我害死了弟弟啊。"于是把鳄公子怎样在珠江中把自己救起、叫它带回金戒指等事详细说了。说完就出门找到鳄公子坟上去哭祭。忽然看到有一缕云丝从天边升起，紧接着电闪雷鸣，冰雹交加；又听到霹雳一声，鳄公子的墓突然裂开了。真是亲人才洒悔恨的泪水，尸体立刻就消失，大哥对弟弟的死，感到无穷的遗憾。

第二天，鳄公子托梦给母亲说："我已经仙去，请娘亲别想我了，免得影响吃饭和睡觉。"说完，就变成一位美男子，再次拜倒在母亲身前，容颜如玉，风度翩翩，很像它父亲当年来梦中和水氏幽会时的样子。这个时候，村鸡啼叫，打破了好梦，只听到远处有箫鼓声音和开道吆喝的声音，渐渐升向空中。这一夜，岛上趁着月色打鱼撒网的人都看见一位戴着鱼皮帽的仙人，手执白羽扇，骑着青龙，在旌旗簇拥、仪仗开路中，在水面上游行，转眼间就升到空中去了。后来，鳄公子的兄长也把父亲接回家中。

洞房花烛问东西

有一位皮秀才，祖上给他留的田产非常丰厚，但他生性吝啬而傻，多疑而自大。曾经夜晚读书，小偷已潜伏在窗下，听见秀才一边读一边自语："如此刻苦，定中乡魁。今晚会有魁星出现吗？"于是，小偷退出去用粉墨绘面，随后左手握着纸银子，右手拿着干枯的毛笔回来，悄悄地站在座位后。秀才猛一回头，震惊而大叫起来，这个假的魁星顺势一跳，用袖子扑向屋里的油灯，灯光突然熄灭，秀才害怕得赶紧躲到床上去睡觉，不一会儿就鼾声大作。小偷就大胆地在屋里四处搜寻，把值钱的东西都偷走了。

这位秀才到了而立之年，也不知道男女之间的情事。一次，走在路上偶然看到狗在草地上交合，他问旁边的路人："那只狗为什么骑在它的同类背上呢？"路人讥笑他说："你不知道吗？春意足，万物育，狗性发，就像男人与女人交媾。"秀才又问："男人与女人为什么要交媾？"路人无语地说："你自己从哪里生出来的呢？男女交媾，才会生出人来啊。"皮秀才于是恍然大悟说："《诗经》上说：亦既见止，亦既觏止。这里的觏应当是交媾的意思。不然既见又觏（遇见），不是重复了吗？"皮秀才春心大动，萌生了娶媳妇的想法。于是皮秀才娶了一位老儒的女儿，容貌很美丽。新婚之夜，脱衣上床，皮秀才坚持让新婚妻子作狗伏的样子，以便他为所欲为。妻子生气地说："丈夫是我仰望而终身依靠的人，没想到你竟然是这样的人！人怎么可以和狗一样呢？"于是皮秀才大声辱骂妻子，很生气，没多久就休了妻子。

过了一年，皮秀才不能忍受鳏居的日子，于是想请人做媒。媒人说："你不知道娶妻有多难，如果娶了不贞洁的妻子，实在是自找其辱，稍有不慎，就会戴绿帽子。"皮秀才说："什么叫不贞洁？"媒人说："如果女孩子太漂亮，就会有人尝试翻墙去挑逗她，导致女孩子失身。"皮秀才说："如果女孩子不贞洁，怎么才能看出来？"媒人说："这个容易，用面相术就可以看出来。现在，某某人有一个女儿美丽而且贞洁，但是要娶到他的女儿必须要丰厚的聘礼才行。"皮秀才于是给了媒人丰厚的礼金让她帮忙办成此事，媒人接受了他的请托，一番巧舌如簧之后撮合了此事。把女子娶回家后，皮秀才私下想，这女子是贞洁的吗，如何才能验证呢？想了一会，他显得非常高兴，情不自禁地手舞足蹈起来，心想：有办法了。这天夜里上床，新娘含羞不说话，皮秀才突然露出私处给新娘看，问："这叫什么？"新娘俏皮地回答"这是某某"，不料皮秀才生气起来，认为他的妻子知道此物的乳名，一定不贞洁，就把这个妻子休了。

第二年，他又娶渔家女为妻，也像以前一样问。渔家女回答"这是某某"，秀才又很生气，认为她知道事物的官方名字了，又把她休了。这一年秋天，又娶了玉工的女儿为妻，问题和以前一样，答"这是某某"。秀才非常生气，认为她知道事物的别号了，又休了她。因此，皮秀才就一直独身，转眼到了三十岁。他到处托朋友，代为物色一个贞洁的女人，至于报酬，自己是不吝啬的。

他的朋友中有贪图钱财的人，替他找了一个中年妓女，名叫黑牡丹，有些妖艳，而且略有文采。正好她已到了柳花败残、车马冷落的年纪。听说有人想娶她为妻，非常高兴，恨不能立刻嫁给皮秀才。朋友于是把皮秀才之前发生的事告诉了这个妓女："新婚夜里，如果他不问你某某就作罢，如果他一定要问你某某，你一定要用模糊的话糊弄过去，不要轻易道出它的名字。"妓女说："好吧。"不久皮秀才下了聘礼，把这女子娶进了家。等到结婚典礼当天，妓女的风姿还在。秀才走到她的身边，看着她的容貌，闻着她的体香，已经神魂颠倒，骨头都酥了。等到酒席散了，客人走了，皮秀才急忙进入帷帐，把私处展示给妓女看，请问这是什么东西？妓女瞪着眼看了很久，说："这是什么呢？一个东西吧？"皮秀才听了非常高兴，认为这个女子很贞洁，不然为什么只说东西，但不知道他们的称号呢？于是两人云雨起来，非常快乐。一会完事之后，命令妓女为他擦拭云雨之后的精液。妓女说："哪有闲情为你擦鼻涕。"秀才听了更高兴，没想到她居然把精液误认为是鼻涕。就直挺挺地躺在被子里，口吟一首绝句：

三十余年娶一妻，洞房花烛问东西。

而今才识于飞乐，一阵酸麻流鼻涕。

皮秀才是北方人，涕字作平声罢了。妓女听了拍手大笑说："你连'未成人'都不认识，还好意思写诗吗？？"原来人们一般称人的精液为"未成人"。秀才于是懊丧不已。早晨起床，有一个好事的无赖写了一帖子贴在皮秀才家的门口：

> 笑柄无如皮阿呆，洞房奇计巧安排。
>
> 误将涕字平平读，好把精儿缓缓揩。
>
> 才既秀兮何太怪，妓而老矣况能乖。
>
> 明年呆物生呆种，喷嚏连连滚出来。

皮秀才终归是才疏学浅，一直考取不上功名，整日坐吃山空，慢慢家业就衰败了。于是妓女对皮秀才说："你担心贫穷吗？"他说："是的。"于是妓女说："一顶绿帽子，难道真的能压死人吗？我不是贞节妇，真是妓女。如果夫君不因此感到羞愧，喝上热粥是没问题的。"皮秀才居然高兴地说："我虽然没有工作，但你能抵御贫困，鼻涕也不是白流的。"于是妓女逐渐开始引诱良家少年来自己家，而皮秀才则成了帮手。有不齿于皮秀才为人的人就给他家的房子题名为："免鞑轩"。

小报应

桂林群峰的奇特，可以说是天下第一，在翠峰山脚下有孔有德的旧宅。旧宅中四处都是断石破瓦，上面盖着长满蓬草的泥块，只剩下两尊大石狮，面对面立在旧宅大门前。还有两尊稍小一点的石狮子，摆放在旧宅的二门处。这些石狮子长年受星月照耀，已经变成精怪，每到夜里就出来作祟，村里的小孩常惊叫哭闹，有很多夭折的。在小孩死去的日子里，那些石狮子的嘴上都有血迹。有一次打雷，毁了两尊石狮，只剩下一大一小两尊，人们称它为太师、少师。

京江（今江苏镇江市）有一位姓鄂的老翁，瞎了一只眼睛，幼年读书时老师因为他眼斜，就给他取名为斜，字勿斜。鄂翁年轻的时候做小生意起家，后来发了大财，家中像堆着铜山那样富有，可仍然还是粗茶淡饭，平平常常；钱财山积，仍旧穿得破破烂烂，样子像鬼一样。吝啬是他的本性。每天早上吃一小碗麦片粥，盐拌豆腐就算好菜了。有人劝他说："你何必跟自己过不去，虽然不一定要吃大鱼大肉、山珍海味，但是咸鸭蛋不过五文钱一个，味道既鲜美，价钱又便宜，去买点吃吃吧。何至于贪吃鬼会遭雷打呢？"鄂翁说："对。"于是就照邻人所说去买了咸鸭蛋，但终究还是舍不得一下子吃个满足。每只咸蛋要用刀切成四块，每餐只吃其中的一块，而且还是很小心珍惜，剩下的就盖在碗里，留着等晚饭再吃。有一天，鄂翁正在用餐，一个生病的乞丐带了小女孩上门来哀乞，两人眼泪直流，很凄惨地叫唤着。鄂翁的儿子珍郎很怜悯他们，就拿出一文钱给了乞丐。鄂翁看到了大怒，就狠狠地鞭打珍郎，打了不知多少下，认为儿子不学好，不知道经商赚钱的苦处，积蓄钱财的艰难。过了一会儿，鄂翁自我安慰似的说："噫，我死后这家里财产终究是你的，现下我为什么要为你这么节省呢？"于是就把咸鸭蛋连连放入口中吃起来，把中午吃剩的鸭蛋都吃光了，出门对别人说："我今天真是穷奢极欲了。"听到的人都暗自发笑。

光阴似箭，珍郎很快就长到成年，鄂翁给他几千两银子，慎重地叮嘱说："家中日渐贫落，怎么能让你坐吃山空？为什么不到大都市去做生意，看看有什么土产是我们这里没有的，贱价买下，回来卖出，可以获得大利。从前你祖父六十岁时候，仅仅只交给我一千两银子，让我到河北、山东地方。那年正值饥荒，我把所有的钱用来买穷人家的年轻女子，大的五六十两一个，小的二三十两一个，也有十几两甚至一二两买一个的，要看女孩生得美丑确定价格的高低。这些女孩买来时，面黄肌瘦，经过调理，肤色逐渐白嫩起来，涂脂抹粉一打扮，丝毫也不比王昭君、西施逊色。然后把这些女孩都用大船运到苏州，有的卖给妓院作为娼妓，有的卖给官宦人家作为妾，赚了十倍的大利。从此我家开始富裕了。现在我慷慨地给你几千两银子，你如果有点人心，一定要好好继承父业啊。"珍郎说:"我牢记你的教诲。"珍郎离家经营,心中非常茫然,不知往哪儿去好,听说桂林物产富饶,就乘船来到那儿。不久,他穿着锦绣华服,骑着骏马,风度翩翩,居然成了大商人,生意做得很大,无往而不利。

有一天,珍郎散步到了孔有德旧宅,看到两尊石狮,十分羡慕,不禁高兴得跳了起来,说:"这威风凛凛站着的是什么东西呀?形状十分魁梧雄奇,雕刻也很精美细腻,我还从没有见过,恐怕大江南北也没有这么珍奇的石雕呢。"因此不断地用手在石狮身上抚摸,口中不住地赞叹。边上有两个无赖子弟,姓言,哥哥名叫犬王,弟弟名叫禾乃,听了珍郎赞美的语言,就小声商量起来,一个说:"这是个有钱却刚刚出门的小子,你没听他那说话是南徐口音吗?那地方多大商人,我们姑且和他瞎攀谈,又不费一个小钱。"另一个说:"好。"犬王就说:"你假装是石狮的主人,我假装成中间介绍人。"

于是弟弟假装对哥哥发怒说:"牙郎(介绍人),几天不见,这石狮有买主了吗?如再拖延,我就要把它打碎。石狮腹中有十八粒夜光珠,是我祖上珍藏的,每当风雨夜深的时候,一亮一亮闪出五彩光芒,这就是石狮腹中有珠的明显证据。我得到夜光珠后也可发财致富,还有什么必要一定把石狮整个儿卖出?"大哥犬王上前施礼说:"张太史心中只想买那小的,出价三千两银子,价钱可说是很高了,无奈你不肯单独卖出,又有什么办法?"弟弟禾乃说:"我出身世家大族,就是嫖妓的花费、赌博的本钱,这区区三千两也不够用,你算了吧!"珍郎在旁听了高兴极了,心里暗自庆幸这石狮人家愿意卖出,就走上前来问道:"这宝物究竟叫什么名字?"禾乃说:"您问得太奇怪了!大凡天地之间的奇珍异宝都在名山大泽中珍藏,感天地灵气而生,世上没有张华这样的大才,谁能称得起博学之士?我们把这石狮称为神兽,也不过是想当然罢了。"珍郎同意他这说法,打算把那尊小的石狮买下,回去向乡里人展示,并借以向老父夸耀。那犬王暗中明白了珍郎的意图,就对他说:"你没听到吗?三千两银子他还说是一点点小数目,这事真太难办了,不如走了算了。"珍郎相信了他的话,立即添了五百两。犬王和禾乃低声说了很长时间,又一个人嘟嘟囔囔了半天，这才拍手说道："真稀奇，那公子竟会同意了，客官，你这可是一本万利的大买卖啊。可是公子不愿意把单个出卖，而愿意把两石狮一起出卖。这对石狮当地人又称它们为石父子，如果将它们拆散卖出，岂不叫它父子俩害相思病吗？为什么不一起买了呢？而且大小价钱相同，也可算是便宜的了。"珍郎很高兴，道了谢，但担心海船装不下。犬王说："这好办，先把小的载去，再来载大的，来去不过一个多月罢了。"

珍郎就请言家兄弟到船上，写好契约，给了银钱，这时囊中渐空，银钱剩下的也不多了。到第二天，言家果然请了很多民工把石狮扛到船上。于是珍郎命令船家起锚扬帆，得意扬扬返回家乡。一路鸥鸟相逐，海船向着金山、焦山、北固山驶去。那儿的人们见珍郎船头上放着块庞然大物，虽然是用石雕成，但光彩照人，形象栩栩如生，而且很高大，方圆十围，一丈来高。顷刻之间，岸上来观看的人就多得人山人海了。

鄂翁听到儿子回来，以为一定得了珍奇异宝，要不然，为什么外边会那么人声鼎沸，人头攒动呢？于是就赶紧就出来观看，只是看到儿子身上钱没了，只有船头上放着那尊神兽，就问儿子："你买这东西打算干什么？"珍郎说："父亲不知道吗？儿子捡了个大便宜货，仅花了囊中所有的一点钱就买了它；要是别人，即使出二万两银子，还不知道人家肯卖不肯卖呢。"鄂翁大惊，非常愤恨地说："这不是报应吗？"珍郎恍然大悟，说，"这东西叫'报应'，儿子还没听说过，我可实在比不上您博学多闻哪。但这一尊是'小报应'，还有'大报应'在后头呢。"

鄂翁气愤极了，也雇了上百个民工把石狮扛下，沉入江水中，把儿子绑起来，打得半死，然后锁在一间屋中，每天只给些糙米饭吃。珍郎蓬头垢面，像一个活鬼。孤灯昏暗，整夜吞声哭泣。夜来梦见一个生着蜷曲大胡子的人，进来自我介绍说："我来自龙伯宫，是阳侯使者。水晶宫殿摇晃了多年，自从得了你从桂林载来的石狮镇住后就好多了，这真是一份重礼。你父亲刻薄起家，积攒了很多怨愤，命中注定他的家财要遭到火灾，他的后代要沦为娼妓，这样才能还清孽债。刚才接到水官的命令，准许仅仅剥夺你父的财产，其他灾难一律免除。赦免你个人的处分，准许你贫困终老，不会最终横遭惨死。明晚就可出去了，你就不要悲哀哭泣了！"说完，那人摸着络腮胡子大笑，珍郎也惊醒过来。听见鄂翁果然在寝室中躺着哼哼，形势很危急，就命令家人过去询问，鄂翁说："病啦。"问得病的原因，说："不肖儿耗尽资财买来块大山石，真是送了我的老命了。"医生说："鄂就是恶，斜就是邪。石能镇恶，狮能吃邪，遇上了都很危险，还有什么药可以医治呢？"医生下了诊断后就走了。

鄂翁在临死之前，家人请求他打开房门的锁，叫珍郎出来和鄂翁诀别，并领受遗言。鄂翁说："不行！如果放他出来，一定会偷钱去买大石狮了。一定要困住他一生一世！"过了一会儿，鄂翁眼睛一闭，顿时死了。珍郎被放了出来。珍郎热孝在身，就让美妓睡地铺，自己居丧守孝，又让俊童陪着他，每天晨昏向父亲的亡灵行丧礼。没几年工夫，鄂家就破落了。

再说桂林那头剩下的大石狮，孤单单的，不敢再为非作歹。尤其可笑的是，那石狮虽是无主之物，但因众人看着，倒成了一件古迹流传下来。忽然有一天，石狮不知去向。当地土人喜欢说一些荒诞无稽的话，都附会说石狮成了仙飞去了。

王西楼仙画

吕洞宾学习道法，学得了长生不老之术。之后偷偷云游到高邮县北面甓社湖一带，栖息在寺庙中，以教村童读书为生，室中布置着笔墨几案，看似书房其实是他借此来烧炼丹药。来入塾的几个学生都是附近穷人家的孩子，都是些蓬头露齿、不可造就的蠢材。其中只有一个叫王西楼的，虽然年纪不大但很是聪明。经常见老师独处一室，烟囱里从没冒过烟，可他脸上毫无饥饿的面色，就偷偷地观察老师。看见老师从袖中拿出一粒丹，红得像玫瑰珠石，圆得像明月之珠，把它放在嘴上吮着，不一会儿似乎就真填饱了肚子，而且脸上容光焕发。又看到老师室中只有一张床，没有席子和被褥枕头，王西楼很是好奇老师的行为。

一天傍晚，夕阳西下，红霞满天，暮霭还带着一点紫色，几个学生拜别老师后，抱着书包，一个接一个地回去。王西楼也装着要回家的样子，实际上是躲在暗处偷看老师的举动。只见老师起身掸了掸桌子，紧关上大门，从袖中取出一块青毡布把它铺在房中地上，然后把头钻了进去，就不见了人影。王西楼把书塞进袖中悄悄地推门进房，也偷偷地跟着老师的踪迹像蛇一样爬行，弯腰钻进青毡，只觉得里面像个很窄小洞，只能容得一个人的身躯。他在昏暗中爬了好长时间，突然看到眼前的亮处，豁然开朗，别有一番天地。看见老师还在前面，缓缓而行，还没走远，就继续跟着。里面有露台，月形的屋子，美丽的假山石，清香的泉流，弯曲的小路，好一片清幽的境界。美丽的鸟儿对月啼鸣，好像是演奏天上的音乐；仙鹤站在门前，像是在迎接故人。沿着小桥向北走去，一会儿又绕过树林朝东而行，只见怪石矗立像野人一样，幽香的花儿争艳开放，静若处女。花丛中有座白屋，好像是炼丹的丹房，房前还写有一副对联，上写：

喝石连云走，

驱山带月归。

一看就知道是老师的笔迹。

当老师走进丹房，只见两个垂着短发、生得美貌、肌肤光泽滋润的童子，赶紧捧着香炉，拿着拂尘前来迎接。老师进房刚入座，正要盘膝做功课时，对于王西楼的出现，大惊不已，问道："你是怎么到这儿来的，来这里有什么事？"王西楼知道瞒不住了，就跪下请求原谅，并把自己所见的一切说了出来，并诚恳地向老师请求说："我知道先生是仙人，还希望您能可怜学生的痴蠢，能为学生指点迷津，日后能免一死我就满足了。"老师低着头思考了好一会儿，说：

"你人生并没有大福气和大根基，气清却不充足，骨秀却不丰润。别人的缺点在于太过愚笨，可是你的缺点恰恰在于不愚笨。我看你来到这里也不容易，话就不多说了，我就赏你一样糊口的本事吧！"说完，就从袖中拿出一支笔来给王西楼，说："你以后用它来作画，画就会有灵异的。"然后就命道童把王西楼送出去。王西楼取过笔，再次下拜感谢，虽然还想有所请求，但看见屋后一只飞奔而至的老虎，吼叫着突然向前扑来，就赶紧跟着道童逃走，一直奔出了树林。道童开门催王西楼赶紧出去，说："快走吧，你可真是个幸运儿。"王西楼出门后回头一看，原地竟什么都没有了。看看自己所在的地方竟是在北城墙下。摸摸袖中，发现笔还在那儿，幸亏没有失落，把它视若珍宝一样珍藏起来。

第二天，王西楼来到塾中看老师，不见老师的身影，只见香炉内烟消火息，想必老师早已不辞而别了。

王西楼用那支神笔为人作画，只见画面上一只麻雀栖息在梅树枝头。更为奇怪的是，每天早晨起来就总见麻雀从画中飞走，而到了晚上又飞回到画上蜷宿。王西楼很是得意，于是他对神笔格外珍惜，不轻易把它拿出来挥毫作画。家中常吃不上饭，妻儿都埋怨他，为此还吵得把脸都扭歪了。王西楼非常擅长写乐府诗，又善作古文，写了很多著作，但也只有《野菜谱》被印成书流传开来，甚至连妇女儿童都会诵读。《野菜谱》第一章写道：

白鼓丁，白鼓丁，丰年作社鼓不停，凶年罢社鼓绝声，鼓绝声，社公恼，白鼓丁，化为草。

王西楼所写乐府，曲折多姿，大多如此。

王西楼家居处破败，缺椽少瓦，就寄住在县的西城楼，仍每天不废吟咏，怡然自乐。穷得就连女儿的嫁妆也办不起，他在前几天晚上预先与女婿相约说："某天晚上你准备点酒菜，我想到你这里和你谈谈心。"女婿答应了。到了那天晚上，王西楼叫女儿好好打扮一下，换件漂亮的衣裳，对她说："我带你到亲戚家串串门，过一会儿就回家来。"女儿没有什么怀疑，就跟着爹爹出门去，之后来到女婿家门前敲了敲门，亲家开门出来见了，就问："怎么现在就把女儿带来了？"王西楼说："今晚仙女还下嫁哩，又何况人间的少男少女呢？"之后看着小两口交拜成婚后，笑了笑，饮了杯酒就离开了。小夫妻婚后感情十分和睦融洽。到了第二天，女儿要回娘家要嫁妆，王西楼说："这事容易。"说着把前天晚上画的十几幅画拿出来给了女儿，说："你拿着这些画，你一世就可吃用不尽了。"后来这些画果然被来自高丽的使者花了一千两银子买去。

乡里贾某，家中藏着一幅水墨画钟馗缘，是王西楼的真迹，画上题着：

有时悲歌叱咤，有时嘻笑怒骂。只因衣履不华，只为文章减价。
虽然进士风流，贬入穷神流亚。公曰：怪哉，怪哉，鬼却见我害怕。

画的角上署"珠湖磐笔"四字，因为王先生名磐，字西楼。

贾家把这画珍藏了百年，把它当成宝玉一样看重。恰巧县中有户人家家中闹鬼，时常往家中扔瓦石，骚扰男女，常使人整夜无法安睡，到处找办法对付鬼，之后偶然听说贾家有钟馗的图像而且从不示人，就来求告说："大家都知道西楼的画有灵异，请求借给我家驱鬼一用，等完事后，我一定点起香烛奉还。"贾家主人十分不愿意，经过再三乞求，这才郑重其事地把图拿出来交给来人，并交代好好珍惜。回家后，他们把画挂在中堂，焚香祈祷。到晚上，借画者好奇这画中钟馗究竟能不能捉鬼，于是就起来到中堂的窗子上戳了个小孔，屏息凝神往里观望。只感觉一阵阴风轻轻吹来，钟馗从画上忽然嗖的一声跳下，缓缓走着小步，鞋底在地上发出托托托的声音，正如画中所画的一样，生着又浓又长的胡子，又圆又大的眼睛，高高的鼻子，气度非凡。过了一会儿，只见钟馗靠着房门四处小心翼翼地查看，好像很害怕的样子，接着提起衣裳小便起来。这时在窗边偷看的人就向里边说道："进士大人（钟馗曾考中进士），你的行为似乎太不雅观了，为什么不到门外来撒尿呢？"只听里面低声回答说："我是怕你家门外有鬼啊。"那人听后不禁哑然失笑，再一看，竟不见了钟馗的踪影，原来已飞到图画上去了。第二天，他把这情况如实地告诉了贾家，贾家主人听后十分生气，一怒之下把画烧了。王西楼的图画也从此绝迹了。

柳建雄石椁

高邮知州有一个白公，是位很有能力和才干的官员。管理治河的上司发来一纸公文，命白公监督众人疏浚河道。于是就看到这样的现象：像蚂蚁一样扛着铁锹的民工，犹如蚯蚓钻土一样挖河的劳役，一起挥汗如雨，干劲十足。河道转弯处有座高高的古墩，当地人传说里面有很多稀奇珍宝，里面还有个金柜，但不久就没见踪影了。又听说曾经有人从那儿得到过玉的器皿，但之后也突然消失得不知踪影。还传说有人曾经听到从古墩中发出兵器相互撞击的声音，很多的桌榻屏风之类，虽然能看得见但摸不着。

白公对这些附会传说很讨厌，于是向下发布命令说："有胆敢造谣惑众的人，就重罚打他板子。"正当众人恭敬严肃地听白公发布号令，忽然在河底触到一块似乎是长方形的大石，硬得无法凿开，大得无法搬动，就来向白公报告。白公说："那就把它搬开！"但即使派上百人来搬动，用尽了全部气力，仍然没法移动大石一步。白公亲自前去监督，最后发现是一口古代的棺材，用石制成。棺的头上还刻着篆字写着"大将军柳建雄之椁"。旁边还有小篆一行，把上面的泥沙刮去，上面刻道：

> 若遇白知州，送我上高邱。
>
> 问我年和代，寄住一千秋。

白公看了，十分吃惊，还虔诚地准备了牛羊等祭礼和酒，前来跪拜祭告，祭文说：

将军古人，下官儒生，古今异代，生死异途。虽然情趣不同，但是感慨相同。您把姓氏刻于石柜，遗文垂示石椁，似乎是早就预知会发生今日之事。将军对身后之事的安排，可以说得上是尽善尽美。我也是堂堂男儿，又怎么敢不遵将军之嘱！披沙经在，却月图成。今准备让您离开深水，为您迁至高岗。幽出坟穴，墓门永闭；茫茫荒原，长夜千古。还希望您别见怪，永得安息；这样滔滔巨流，就能得以畅通，您的深明大义一定会让后人赞颂，希望您能体察民情，不要劳苦民力。那么将军的精神，必能千载永存。呜呼，墓地草木茂盛，夏侯婴棺椁的铭文犹存；长夜漫漫，阮瑀所作哀歌的境界宛然在目。尚飨！

祭告完毕，随着一声挽歌的响起，十几个农夫就一起用力把石椁抬起离土，慢慢抬向高处。白公原本打算把石椁迁葬到墩的顶上，但是刚抬到一半高的时候，突然却发现石椁变得十分沉重，把抬椁人的肩胛都压碎了。石公赶紧把这些人撤下，又再换上十几人，最后增加到上百人、上千人，可是仍然不能动它分毫。石公笑笑说："将军认为这里是发祥地所以不肯移动吗？那我也不敢再违背您的旨意！"于是便将石椁寄放在此，椁上也用土掩埋，这墩名叫周球。白杨悲风，棠梨暮雨，萧萧瑟瑟，使人愁绪万端。

一年国家突然发生变乱，皖东有个姓祁的书生从海边归来回家乡探亲。傍晚时分，他冲风冒雪，经过周球墩下。只见一青衣童子在路上向自己发出邀请，说："我家主人热情好客，比战国时的平原君还要过之。主人看先生冒雪夜行，雅兴不减晋人王子猷，所以特派我这小童半路迎接，请您到家驻足歇息。"当时祁生正苦于找不到住宿的地方，所以没加怀疑很高兴地跟他走了。不久来到了一座高高耸立的大宅，十分宏伟壮观，门前卫队衣饰鲜明，戒备很是森严。

童子进内报告贵客临门，就见从屋里掀开毡帷走出来一位身材魁梧的老人，头戴乌帽，身披貂裘，施礼说："先生如此名流，能光临寒舍，真是我们前世的缘分。"祁生谦虚地回礼感谢。互相作揖后坐下畅聊，略表仰慕之情。老人说："老夫是河东人，一向出守塞北。当绿杨春暖，犹构营筑垒；穷冬雪夜，角声哀鸣，刁斗声声。风雷助我声威，草木知我名姓，那一番豪情壮志，今日回想，还仍在眼前出现。可是自从解职以来，失意归隐到此，还常被小人肆意羞辱，对我这个前任的将军哪还有半点尊敬之情。"说完须髯随风飘动，豪气似乎还一时难以平息。祁生又施了一礼，尊敬地说："还请将军大人莫怪小人愚昧，不识将才，真是肉眼凡胎。也很感谢老元帅邀请我来做客，实在是我的荣幸。"老人也谦逊了一番，随后命人设酒款待，十分高兴。仰望天空，只见天空中出现了一颗斗大的星，棱棱有角，光焰灿烂。老人说："这是天狼星，它的出现，预示人间会有战争发生，人民将遭受刀兵之灾。"说完愤怒地从箭筒中抽出箭向天射去，可是忽然箭杆像朽烂似的折断了。老人见状笑笑说："这是天命注定，怎么能被违背呢？不过你和我曾经有一段交情，我一定要好好地保护你。"祁生忙问什么原因，老人说："先生前世姓白，是这个地方的父母官。他曾经对我有乔迁之恩，福泽连长眠泉下的鬼都惠及，所以如今我要把躲避兵灾的信符送给您，让您能够脱离浩劫。"

这时只听村中敲更声断，鸡鸣不断，东方也渐渐发白。老人说："山村之地本就荒僻简陋，也不敢多留贵客再次怠慢，门外大路平坦，无往不利。"他从袖中取出七枚铜锈斑斑的古钱，上面还有一点一点的红点，把它送给祁生，说："这铜钱其实是几百年前的旧物，您分给宝眷带在身边，以后就能化险为夷。"祁生接过铜钱赶紧拜谢，匆忙之间还想问些什么，可这时童子已拿着火把开门送客了。刚跨出大门，祁生就听老人在里边说声"珍重"，然后又听到门上的铜环发出砰的一声，门已经关上了。祁生回望，瞬间连那房屋都消失了，只见荒墩一座，石椁一方，还有山鸟在对月啼鸣而已。他惊恐不已地踏上旅途，后来在湖边店中吃早餐时，把自己夜里的经历说出，向当地人打听，人家听后就把从前石椁搬迁的事前前后后说了一遍，祁生这才明白，原来那位老人就是石樽中的死者。幸好老人所赠铜钱并未被丢失。

祁生回到故乡，打听到全家老小已被陷在乱军之中，只是可以进出自由。于是他想起老头的话赶紧把铜钱分给家中人，然后都逃了出来，获得了新生。之后祁生再次来到石樽那儿，虔诚地献上香花，以答谢神灵的救命之恩。这天夜里，祁生又在梦中看到老人到来，只听到他背着双手吟了首诗，诗道：

石虎铜驼没草莱，幽宫曾荷吉人来。子规啼老三更月，一树棠梨花乱开。

鞭石祈雨

兖州郡东面有个黑风口，群山涧水汇集后，就会从这里奔泻而出，然后注入南阳湖，形成一片清水，这也是蛟龙的藏身之处。它上方有一座青莲阁，传说唐代诗人李白曾在这儿居住。青莲阁下有个石人，长七尺左右，头被雷劈掉了，成了无头石，在那儿矗立着，就和《山海经》中记载的无头刑天的形状一样，沉在水底，连身上都长满了毛茸茸的绿苔。这一带地方只要逢上干旱的时候，石人就会自己现身于水面。兖州太守见状派人把石人拉到岸上，然后在炎炎烈日之下暴晒，这时石人身上就会淌出水来，像出汗似的。不久，天边就会出现一缕乌云，随后雷声滚动，下起雨来。如果有时晒了一天还不下雨，太守就会命马夫抽打石人，边打边骂。一天雨不下来，就打它一天；三天不下雨，就连打三天。至今还从没有超过五天而不下雨的。这也算古今最奇特的求雨办法了。

曾经有个牧童在石人附近过夜，半夜睡眼蒙眬时，看见一位头戴乌纱帽、穿着红袍的官员自己把头摘下，放进水里洗脸，然后又从怀中拿出小木梳理头发，盘成像螺钿一样的发髻，梳理之后又拎着耳朵把头重新安在两肩之间，和原来一模一样，一点痕迹也看不出来。牧童看后，惊恐不已，正想大声开口呼救，只见那贵人向牧童拱拱手说："你可知道我就是石人的精灵？"牧童点点头说："嗯嗯。"贵人又说："我本是这里的地方官。由于生前很贪婪，喜欢金银财物，所以死后化为石人，之后天雷把我的头打掉了，这也算是给以后贪赃的官吏做个警示。但是上帝对我的惩罚还并没有结束，为了经常警告我这具石头躯体，只要遇上旱灾，就一定会借凡人的手，对我横加鞭挞斥骂。如今已一个多月没下雨了，那些低贱龌龊的差役不断地羞辱我，我实在忍受不了了！这次现身特请你帮我的忙，下面我告诉你旱情的原因：在南阳湖清濿东面有座古墓，上面有红色的鸟围着古墓飞来飞去兜圈子哀鸣，不肯离去。墓中有一具僵尸，就是这僵尸在作怪。它仰天一笑，龙就会降下来把它的脑子吃掉。如果能把僵尸挖出烧掉，那么大雨就会下来，不过事前还需要找到守贞节的妇女的眼泪然后洒上坟头，以防掘墓时僵尸飞走，那么到时情况就更加无法控制了。如果你能帮我把这情况报告给太守，那我一定对你感激不尽。"说完，贵人伤心地哭了，之后就不见了踪影。牧童突然醒了过来。

到了第二天，牧童把此情报告太守，太守照他的话去做，果然在清濿东面找到古墓，而且墓上有红鸟哀鸣绕飞的怪异现象。又听到一所老屋中传出呜呜的哭声，就问："谁在里面？"当地人说："这是为亡夫守孝的妇人上官氏。"太守立即派人把那妇人请来，让她在古墓上洒了几滴眼泪，坟土上立即泪痕斑斑。众人赶紧挥动铁锄，掘出了尸体。只见尸体上生着长长的毛，眼珠还在脸上来回闪动。人们赶紧把尸体焚烧了，顿时大雨倾盆，连一些沟沟壑壑都储满了雨水。农民们十分欢喜，备礼酬谢牧童和那妇人，又吹吹打打地送太守回转衙门。可是人们仍然不愿意祭祀石人，恨它生前太贪婪。虽然如此，但是以后再也没在水面上看到石人了，大概是因为上天对它的善念的表彰吧？兖州一带还流传着石人的传说，有的百岁老人们还亲眼见过石人，说石人乌黑得如墨。

幽芳娘子

有位医生宗二泉，在当地颇有盛名，身穿轻软的裘皮大衣，好一副贵官的派头。常坐着蓝呢大轿出入士大夫家，后面跟着一些面容俊俏的仆人，晚上就有人打着两盏灯笼在前边开路。

一天晚上，有个骑着一头白驴的人到宗二泉家敲门，打开门一看，原来是老乡，拜见后说道："我家主人身患重病，特命我请您去诊治，酬金一定会高于一般小户人家，还请先生能过去诊治。"宗二泉问："你家主人姓什么？"老家人回说："姓因允。"宗二泉说："据我所知，这儿好像没有这个姓。"老家人说："您去了就明白了。我替您带路，想来我还熟识道路。"宗二泉怀着好奇答应了。一行人走出城门五六里路，只见天上星月皎洁，前面密密的松林中有灯光闪亮。老家人说："前面就是因允氏的府上，我先去通报一声。"说完，扬鞭飞驰而去。

宗二泉在后面慢慢跟着，走过溪上红桥，就见一座华美的大宅，金色的门环，红彤彤的大门。说过来历，就看见两列打着红灯笼的人从屋里出来，身后跟着一位穿戴整洁大方的青年男子，见宗二泉说了些"久仰久仰"之类的客套话。进门后请宗二泉就座，仆人送上香茗，宗二泉喝了，感觉十分解渴。主人把嘴巴咬咬，只见仆役立即把酒菜端上桌面，款待客人。宗二泉问道："不知府上是哪位病了？还是让我先诊看一番别耽误病情，然后我们再聊天饮酒。"主人说："很感谢先生的大驾光临，先生路途辛苦了，还是让我先为您接风。"宗二泉再三感谢，主人这才说："女流之辈本就容易得病，近日时常感觉行动不便，所以就请您来诊治。"之后就叫小童把火烛拿进内房。不一会儿，一位少妇在几个小丫鬟簇拥下羞答答地走出来。宗二泉替她把脉诊治后问道："不知她是您家什么人啊？"主人说："是我的小妾。"宗二泉说："恭喜公子，从脉象来看，她有喜了，应该是个男孩，不久就要喝小少爷的满月酒啦，可喜可贺！"

主人听后满脸笑容。宗二泉让仆人捧出文房四宝，开了一剂安胎调理的药方。

这时，从屏风后面又传来嗤嗤的嬉笑声，如一群莺莺燕燕啼鸣，足以见这人家姬妾众多。主人大声叫道："幽芳娘子，这几天你吃睡不怎么好，宗先生是当今的华佗，你也趁此机会让先生好好诊治一番，解除疾苦。"说完就见一女子缓缓走出来，宗二泉定眼一瞧，那女子年纪二十四五岁，两颊如画，双眉又细又弯，略施脂粉，衣饰素雅，但却如出水芙蓉一般，美得自然而不矫作。她在宗二泉身边坐下，轻轻地伸出洁白的手腕，玉指鲜嫩笔直，像笋芽一样鲜嫩。宗二泉接触美人那冰清玉洁的肌肤，不觉神魂颠倒，随口出语调笑说："这位娘子好像也是怀了佳儿的征兆。"话还没说完，那女子就怒不可遏，起身狠狠打了他一耳光，又四处寻出木棒来追打。这时，房中所有的人都喧闹起来，主人赶紧拉着宗二泉逃出门外，说："先生您确实太冒失了，这是我守寡在家的女儿，性情十分贞烈，您怎么能用下流话去污辱她呢？"宗二泉听后羞愧不已，脸上早已经汗如雨下。又听得门内大声喧闹，几个婢女手拿白杆棒跑出来骂道："你这奸淫贼人怎么还有脸待在这里，是一定要挨我们一顿打才走吗？"宗二泉这才惊吓不已，差点失足跌进茅坑里，又匆忙爬进轿子，黑夜里在山谷中摸黑前进。这时前面开路的火把也都灭了，轿夫都埋怨他胡乱说话，情况很是狼狈。

正在狼狈不堪的时候，一个村姑打扮的婢女打着灯笼走了过来，到轿跟前打量着，说："请问是宗先生吗？"回答说："正是。"婢女说："名医来了，就有救了。我家姑娘抱病在床，还请先生移步到那儿去诊治，也可以在那儿小住一晚，省得深更半夜，在这荒山野岭中迷失方向，遇到什么危险。"宗二泉听后很是乐意，满心欢喜，就跟她进入一村庄，道路弯弯曲曲，院落房户清幽僻静。一棵棠梨树斜盖着茅草屋子，屋内一位头发斑白的老婆子出来迎接客人，说："和先生您真是有缘分，小婢误打误撞碰上了您，这下小女的小命可算能保住了。"接着让婢女拿着蜡烛把宗医生带进内房。

婢女把帐子高高撩起，只见床上斜躺着一位十七八岁的佳人，脸色蜡黄憔悴，但眼波却十分清澈，高鼻如白玉，实在是一位病美人。她喘息声急促，咳嗽不断，问老婆子说："先生来了吗？"老婆子说："来了，我儿千万别担心，先生医术高超，定能够妙手回春。"诊脉结束后，宗二泉就坐在床边，研墨开药方，老婆子在一边絮絮叨叨地讲述情况。宗二泉好奇地问："她是您的女儿吗？"老婆子回答："是的。老身姓魏，只有此独生女陪伴左右，可是她却一直病魔缠身，我时常担心她活不长，所以还请先生费心诊治，您的大恩我们永远都不会忘记。"宗医生说："您也不用太担心，这病并不难治。"说着就从包中取出一些像米粒大的红药丸，交给老婆子，说："只要每天服四五粒，一定会让她受的风寒散尽，到时身体就痊愈了。"

老婆子听后十分高兴，为酬谢宗二泉的大恩，立刻让仆人摆开筵席，连和宗二泉一起的仆役都伺候得十分周到。老婆子见宗二泉不时向姑娘这边看过来，顿时心领神会，说："如果小女能够病愈，而先生不嫌弃，那就把小女许配给你吧。"宗二泉听后正中心意，内心狂喜不已，当即下拜，改口称岳母大人，说："多谢岳母大人的成全，我岂会嫌弃？可不瞒您说，我在家已有妻子，如果您不介意，可否让姑娘做我侧室呢？"宗二泉小心试探地问，见老婆子点头答应了，赶紧商量婚事，把婚约落实写定。之后老妇人又拿出银子给宗二泉，说："这是酬谢你的。"宗二泉说："不久我就是您女婿了，自家人为什么要这么见外呢？"老婆子说："话虽如此，但是礼数不能少。"又拿出铜钱赏给宗家的随从。宗二泉又向女子说起因允氏家寡妇失礼的事情，姑娘在床上微笑着说："郎君所说的应该是因允氏家的幽芳，她一向娇懒惯养，脾气很坏，听不得半句污言浊语，郎君被打骂是情理之中的。"宗二泉听后也笑着摇摇头。

这时村鸡啼叫，天快亮了，宗二泉告辞出门，因逢喜事，所以把在因允氏家所受的侮辱都忘记了。回到家中，打开银子一看，惊吓不已，原来竟是一包纸钱灰，再一看跟随人所得的赏钱也是一样。立即派人去打听魏家的住处，得知那儿根本不是人住的地方，只见一座古墓，上面撒满了昨天自己给的红药丸。宗二泉心想自己是遇上了鬼，怕被人耻笑，不敢把这事对外人说。又过了一个多月，自己突然病倒，自己给自己医治，但最终没逃过死劫，重病而死。

续录卷三

白云仙

庐山有个魏真人，他在深山空谷中盖了一座茅屋，在那儿专门修心养性，炼制丹药。魏真人孤身一人，没有家人，也没有仆从，只养了一只白鹤衔着根柴枝为他守门，一只猿猴为他烧火做饭办些杂事。时日久了，他的精气渐纯，丹药也渐渐炼成了。一日，只见那炼丹炉发出了纯青纯青的火焰，再经过九次烧炼还原，终于炼成了两粒金灿灿的丹丸。他自己吃了一粒，把另一粒交给了鹤与猿猴，对它们说："吃了这丹药，我将要推开天门，晋见主管天门的神仙，从此担任仙职，获得非常的荣耀，这都是靠着灵丹的力量。我不忍心抛弃你们，想让你们也能像刘安的鸡犬一样随我一同升天。只是这一切都要忍耐和克服莫大的痛苦，你们一定要记住，服了丹药，千万不能喝水，因为一喝水就会死去！"

魏真人交代完毕，就换上早已备好的五彩云霞图案的衣服，戴上八宝彩色野鸡毛装饰的帽子，穿上纳有九层鞋底、鞋面绘有山水花纹的鞋子。这时，只听到天上笙箫管乐之声飘飘入耳，一只翅膀像车轮一样大的青鸾，嘴里衔着诏书从云中缓缓飞下，落在魏真人面前。魏真人抱着象板朝天上拜了拜，飞身跨到青鸾背上。青鸾腾空直上云天，不一会儿，就无影无踪了。

看到这一切，白鹤头上的羽毛高高扬起，猿猴也显出欢欣鼓舞的样子。它们并立着，恭恭敬敬地向天拜了两拜，感谢魏真人照拂之恩，然后把丹药分开吃了下去。过了不久，果然感觉内脏中如烈焰燃烧，全身也像着了火一般痛苦不堪。白鹤实在受不住了，就飞到山涧中想饮些清水以缓解痛苦。谁想，刚喝一口，只听"嗖"的一声，它浑身的白色羽毛顿时全剥落下来，撒了一地，血肉之躯也顿时化为一股胭脂色的水，斑斑点点一直溅到崖石上，颜色极其鲜艳。

猿猴见了，吓得心惊胆战，担心会有同样的遭遇，就强忍着没敢喝水。痛苦得实在难以忍受，它就捧着头在地上打滚，任凭全身像烈火蒸腾似的。神志不清中它忽觉魄门处冲出一团火，一下子蹿到几十步以外的地方；喉咙口也堵得难受，只听"啪"的一声，一下咳出像杯子那么大的一口痰掉在地上，它不禁"呀"了一声，说："苦啊！"说也奇怪，突然间顿时全身轻松，它爬起来睁开眼睛再看，周围一片明亮，天、地、云、日、山川、人物，如同五色彩丝，鲜艳夺目。这一刻，它就像盲人第一次睁开眼看见东西，又像大梦初醒，神清气爽。从此以后，这猿猴就能说话了，渐渐地，它身上皮毛也全部脱落了，完全变成了人的样子，更神奇的是，无论老的、少的、美的、丑的，它想变成什么样子，就能变成什么样子。但这猿猴极有耐心，它寻了个清静的洞穴，天天在洞中蒲团之上打坐修炼。

到了第十六年，猿猴忽然有所顿悟，心想："由动物修成人，由人再修成仙，这是很不容易的，如不积些功德，多行些善事，恐怕最后还是要被阎罗王勾去，难免一死。"于是它变成一个身材高大的男子，白发如雪，长髯飘飘，穿戴了一身道家装束外出云游。

到了镇江，一日，天朗气清，他登上浮金、浮玉两山，极目远眺，晴空万里，翠岚如画。他豪情顿起，不觉撮口长啸，并在山上寺庙的墙上戏题诗一首，说：

> 铁笛倚云横，断肠三两声。烟云开画本，草木作疑兵。
> 巫峡古时月，匡庐旧主情。此心拴不住，何以慰生成。

　　题罢就掉头不顾往南而去，直至苏州一带。到了苏州，他四处云游，广施善行，只要碰上寡妇、孤儿、老弱、残疾的人，凡是有病的，他就用法术给他们医治，还另外给钱让他们养病。人们感激他的恩德，问他名姓，他自称姓袁，名叫果然。他还擅长讲述古今，谈论玄妙的道理，一时之间，那些文人、学士、和尚、平民都乐于与他相交，听他讲经论道。

　　一次，袁果然偶然来到狮子林云游，看见一乘彩绘的轿子像飞一样来到他跟前停了下来，轿子中坐着一个美人，乍看很是眼熟，像是在哪里见过。不觉走近去细看，只见她身材苗条，体态轻盈，看样子十六七岁。那姑娘下轿后，由两个容貌娇美的婢女扶着向一个亭子走去。人走在烈日下，身后的影子却毛茸茸的。袁果然顿时恍然大悟，知道这女子是白鹤的后身，赶忙上前施礼，对她说："小姐还认识我这个道人吗？"那女子娇羞腼腆，脸上绯红，忸怩着也不说话。她的随从却走向前来，斥责袁果然无礼，嚷嚷着要赶他走。袁果然不理他们，只是伏在地上跳跃着，并搓起手指，尖着嘴，做出种种猴子的形状，希望能引起那女子的感悟和回忆，可她终究还是没能领悟，转眼间竟转身又乘上轿走了。袁果然想知道究竟，就在后面远远地跟着。

　　那轿子一路不停，来到一座气派的大宅子前，女子下了轿，倚着婢女直向里面走去。袁果然紧紧跟着进了门，那些随从便对袁高声喝骂，说的话很难听，袁果然就停下来。没想，等那女子进入闺房，竟见袁果然却已端端正正坐在房中了，对着女子一笑说："自山中你我分别，并没有多久，你怎么一下子就失了灵性？尘世纷繁，无非幻象，你何不随我云游学道呢？"女子惊吓得要哭了，她父母闻声赶了过来，大惊说："哪儿来的疯道士？到这儿都胡说些什么啊？太让人害怕了。别以为我们官宦人家就不能打你！"袁果然忙说："且慢，听我细细道来。"就将自己和那女子生前的事详详细细地说了一遍，她母亲听了，若有所思，说："你这样说，倒让我想起一件事。这孩子出生那一夜，我曾梦见一只白鸟飞入帐中，可突然就不见了。但她在我家出生后，我们爱她如同掌上明珠，平时锦衣玉食，娇生惯养，怎么可能跟着你过吃山果、饮山泉的生活呢？"那女子自然不同意，袁果然就开导她说："你能投生人身不容易，若能及早修炼，一定会比我先到达觉悟的彼岸，那时还希望你能带带我这师兄弟呢。"但女子仍不记得前世之事，也不想云游学道。她哥哥觉得他胡说，就想率领家丁殴打袁果然，袁果然却已折身飞快地到了门外，随即不见了。

此后，袁道士便常常来到女子家中，也从不通过守门人通报，一眨眼工夫人已在房中了。女子也已知晓袁道士有神异的法术，但毫无离家学道的意思。无论袁道士说得多么唇焦舌燥，她也不为所动。

这一天早晨，女子起床梳妆的时候，忽然在妆奁旁发现一张花笺，上面写道：

袁道士近日内去山东访一故人，来回得有一段日子。你迷恋红尘，将来所受到的困苦一定会超过当年之苦，恐怕会弄到求生不得、求死不能的地步。照此看来，一定要到了困极而通、死处求活的时候，才是你入道之日吗？后会不远，请多保重。

女子读后，心里惶恐，很是闷闷不乐。

再说这女子，姓白，名云仙，她父兄均在吴地做官。白云仙温柔贤惠，一直受到父母的钟爱，兄长的呵护。又过了一年，白云仙十九岁了，头发高高绾起，梳理成成年人的式样，更是美得无与伦比，而且又擅长写字作画、作诗赋词，被称为苏州第一美女。

一日，她兄长从江西回来，说已为妹子与尚家的儿子订下婚约。父母赶紧派人为她盖了新房，又商议派仆人到江西去迎接新女婿上门入赘，这倒并非怕延误了婚期，只是恐怕袁道士知晓又上门来干扰。

几个月之后，仆人带着白家书信到尚家拜见尚太夫人。太夫人伤心地说："天意无常，自上次白公子走后，没承想一场意外竟要了我儿子的命。距今日已有三个月了，使你家小姐成了望门寡，心里实在不安。我有一个侄儿李郎，很小时父母就去世了，一直由我抚养长大。才貌双全，一点也不比我儿差，若将李郎替代小儿，可否？"仆人支支吾吾，不知如何定夺。太夫人又说："这也完全是为你家小姐着想。不如这样，你们暂且将李郎带去，先藏在船上，到苏州后你们先下船去与主人商量，如主人同意就让他下船成亲；如果不答应就暗暗派人再把李郎送回来。"仆人想了想，说："临来之前，我们主人已把小姐结婚用的床帐被褥及其他一切物品都置办得妥妥当当、漂漂亮亮，如今却夫妻两离，实在叫人难办。事已至此，也是万不得已，就按太夫人的意见办吧。"

太夫人忙命人传李郎来见，果然是一位风度翩翩、玉树临风的美少年，像卫玠一般才貌，仆人心中暗喜。船到达苏州，仆人便先上岸向主人禀告此事，并出示尚太夫人的书信，信中说得很委婉。白家老夫妻不知李郎形容气度到底怎样，不敢立即答应，便暗中命儿子前去船边察看，儿子回来极口称赞李郎的好处，老夫妇大喜，于是就在当夜派了鼓乐仪仗吹吹打打前去迎接，簇拥着李郎回到家中。阖府上下都很高兴，认为虽然费了点周折，白云仙最终还是嫁了个好丈夫，并非是再嫁之女。结婚之夜，两人恩恩爱爱，用比翼鸟、比目鱼都不足以形容两人的相得之欢。

一个多月后，忽然有一个仆人进入内房传话说，请李郎去赏花饮酒。白云仙听了非常生气，斥责他说："你疯了吗？谁不知道我丈夫是尚郎，而你竟称呼他为李郎！"仆人笑着回答说："小人没有疯，实在是小姐糊涂了。姑爷姓李，谁不知道，怎么能说姓尚呢？"白云仙大吃一惊，便逼问真情，李郎知道此刻事情无法再隐瞒下去，于是很婉转地说了其中缘故，最后感叹说："我真是替人做女婿。可你这么一位佳人，我该把你怎么办啊？"白云仙听后伤心极了，立即痛哭起来，发誓要自杀。父母与兄长闻听急忙赶来，动之以情，晓之以理，恳切地加以劝慰。白云仙埋怨说："我们家中还算富裕，难道就没有一碗闲饭养活我这薄命女吗？让我做这等羞愧之事。"说罢就奔到妆台前拿起一把剪刀向咽喉刺去，众人手忙脚乱地夺过，但也血溅衣袖，只是喉管还没割断，呼吸起来发出丝丝的声音。李郎跪在她身边，"咚咚咚"地磕着头，又惭愧又痛苦地说："你这样做，真得叫我无立足之地了。"白云仙抽泣着说道："这不关你的事。你不能再做我的丈夫，但又不得不承认你是我丈夫，请你再娶一房小妾吧，而我从此只有独处一室，来了结残生。如果你答应，我就活下去，不然的话，我只有一死了。"李郎连忙"是是是"地应着，所有要求都同意照办。白云仙又伤心地哭着说："我真后悔当初不听袁公的劝说，以致造成今日的悲剧。"从此以后，白云仙与李郎分房而住，各自鸳鸯独宿，形单影只，回想当初，更增添无限哀怨。

当时袁道人正在山东与一班名流登泰山游览，一抬头，忽然见江南地方一缕愁云直上青天，就顿脚说："白云仙果然堕入孽障了！但是，念在师兄弟之情，我仍要尽一份力量去挽救她。"于是急忙作别众人，乘车南下，直奔白家，见到白云仙，他安慰说："你的身子虽然已经受辱，但心不可受辱，千万要保住本性。上天有道，丧失你的肉体，便会成全你的志向。若失了本性，恐怕用整个西江的水，也无法洗清你的名声了。"白云仙又向他拜了拜，流着泪请求他指点帮助。袁道人说："以前我三番五次地来接引你，好比是让客人回乡，现在来周全挽救你，就像帮助你寻找替身，你看哪一方面容易，哪一方面难呢？"说罢，就一口吐沫朝白云仙脸上吐去，她立即打了个寒噤。袁道士离开不久，白云仙就患了重病，直挺挺躺倒在床上，不吃也不喝。医生来为她治病，她只是用被子蒙着头，坚决不肯服药医治。

正巧白家西边的邻居寇贡生家有个女儿弄玉，年纪与白云仙相同。这一天突然得暴病死了，寇家非常伤心，正要举行大殓，袁道人忽然走来对寇贡生说："您女儿是可以复活的。"于是就举起衣袖对那女尸拂了拂，寇家女儿竟立即坐了起来，说："我是白云仙，怎么会在你们家里？"说着起身就直往外走，众人拦也拦不住，只见她脚步轻盈地走出门去，直接来到白家，一直往后房去了。突然就听到轻轻的哭泣声，原来白云仙已死了三天，这时正在送棺材出后门。女子流着眼泪，拉着父母的衣袖伤心地说："两位大人不要悲伤，我已夺得邻家寇氏女儿的身体，重新得见父母，不久又能侍奉两老了。"那女子把袁道人所为原原本本地告诉了父母，白家人无不惊诧叹息，赶忙派人寻找袁道人，但已不知他到哪儿去了。

寇家的长辈们都来到白家院里，说那女子是自己的女儿弄玉，要带回家去，白家人当然不答应，两家争着认领那女子为自己的女儿。那女子虽是弄玉容貌，却是白云仙魂魄寄身之处，也不肯回寇家，只说愿奉寇家二老为长辈，寇家也不好强求。

第二天，白家赠给李郎很多财物，打发他回江西去，请他不必对再生的弄玉恋恋不舍，就做一个因丧妻而时时怀念着的潘郎吧。

那女子此后就独居一室，很少言语，也很少出门，静默得像尼姑一样。她请人用檀香木刻了一尊袁道人的像，供在房里，早晚礼拜祈祷，虔诚地求他超度自己。过了三年，白云仙的父母相继亡故。女子知道，再依靠兄长生活下去也不是长久之计，就向寇家在宅外求得一处地方，筑了间小草屋，只带了一个赤脚婢女独自生活。她不禁感伤命运多舛，不做林和靖豢养的白鹤，偏偏误入尘世，使自己受到了玷污之辱。虽如此，仍心念袁道士的嘱咐，日日修炼，不失本性。

没承想，人尚未化为沙虫猿鹤，用铅汞炼金丹也刚刚开始，那女子三十三岁时，竟修成正果。一天晚上，那女子房中突然充满异香，户外彩云弥漫。女子便起身焚香沐浴，盘膝而坐，仰望云空，说："咦，是袁道人来招我了吗？"然后笑了笑，就辞世了。当晚，左右邻居们都看到有几十只白鹤在空中盘旋，像在等待什么，转眼，又见一只巨大的白鹤冲进鹤群，群鹤簇拥着它，一起朝着庐山方向飞去了。

王母阁

在济河一处弯曲的地方，长湖的湾畔，有一块城镇和乡村交界的地方，风景美丽极了。那儿有一座高高的亭阁，紧靠着碧波，里面供奉着西王母的塑像，衣裳飘拂，戴着圆月形的玉佩，气质高雅美丽，丝毫不像一般传说中长着虎牙、豹尾，蓬头乱发那种丑恶的样子。王母像边上塑着许飞琼、王子登、魏寒簧等仙女，面容也十分姣好。凡是来济水游览的人，都要登上王母阁眺望，来引发吟诗作赋的兴致。

癸子那年，湖边有一个渔人夜里起来撒网，看到一个蓬头发的男子拿着长竿灯笼在前边走，中间是一个戴花女人，手中拿着叉，后面是个白发老人，手里拖着根棒子，跟随在后面。他们一边走，一边呼喊说："一人两只眼。"走到那王母阁下，就消失不见了。

县里有家姓李的，家里非常富裕，有一百多幢楼阁，大多数都空闲关着。李家太夫人在渔人见到怪事后的第二天晚上，正在盘膝坐着，学观世音坐禅的样子拜佛的时候，忽然有一个老妇人掀开帷幕进入房中，向李太夫人施礼后说："我家里家眷很多，在这里居住已经有好多年了。所居老屋不久以后要遭到大火，听说贵府有很多空房子，所以想借十二座小红楼临时给我们寄居，请老太太垂怜体察。"太夫人打量一下这老妇人，看到她身材颀长，鬓发雪白，发髻用绿纱套着，穿着锦绣裙袄，举止很有修养。只是裙下双脚像男子的脚，尺把长的红鞋头上绣着艳色的凤头。李太夫人说："夫人光临，我们可不像汉代皋伯通家，不能做出马马虎虎的把廊庑租给像梁鸿这样的大贤这样的事情，请稍稍等几天，总得派仆人去打扫打扫，再迎你们来我家。"妇人又施了一礼，说："我们只求讲信义的人一句同意的话就够了，好比孟母迁居佳地。现在事情非常着急，怎么可以再等些时日呢？"接着又不断地苦苦哀求。太夫人笑着点点头，说："好吧！"妇人立刻飞快离去，转眼消失不见了。

李家人正在因为此事感到惊讶时，忽然听到门外锣声铠铠，人声鼎沸，老仆妇来报说王母阁着火，已经烧成灰烬了。太夫人派人到自家后园观看，只听到园中有很多女子的声音，十分嘈杂，像是全家人都已经迁来。楼窗自动打开，好像还挂着绣帘，焚起了香炉，煮着茶，剪烛剔焰，奇怪的事还有很多。但他们很少和人接触，只有那恳求借屋的老妇还常常来到前边，算是拉拉关系。

这家人很讲究闺门的礼仪，吃用方面也很阔气。他家的大小姐芳名叫雨中花，是一位大家闺秀，生得很美，性格稳重温顺，喜欢读书吟咏。有一天，窗帘边上放着一张小小的绿色花笺，一看就知是姑娘家新写的诗，墨汁还没有干，拿出来给人看，内容是怀念旧居的，诗说：

> 高阁枕湖漘，朝朝暮暮云。魂销青鸟使，气接紫虹文。
> 雷雨地中出，笙歌上界闻。至今余断础，脂粉迹犹存。

啊，当仙人流离落难的时候，还知道大地上物各有主，一定要以礼相告后才肯搬迁。事情仓促，还能保持从容的态度，真是太讲究礼仪了。所以仙人家中才会有知书达理的女学士。为什么世间那些安享荣华富贵的人家，却常常要巧取豪夺算计呢？《诗经》上说："喜鹊有了窝，斑鸠去强占。"可恨那些笨鸟，还比不上狐仙，我忍不住丢下笔发出声声叹息。

又听说邗江边上的张家，曾经有狐仙全家向他们租楼居住，前后住了十五年，主客相处十分融洽。有一天，狐仙从楼上传下话来说："在他乡住了太久，十分思念故乡，我们就要回老家山东去了。多谢你们借屋给我们住，我们一定要报答这恩情。"到了晚上，果然送来一条白毡毯，卷起来放在房门外。毡毯洁白如雪，轻如丝絮，展开来只有一丈来长，如果再把它拉长，却可以睡得下一百多个人，非常温暖。张家主人仍然把白毡毯送到楼梯边上，焚香祝告说："你们用重礼相赠，我们心领了。只是像我们这样的贫穷薄命人家，恐怕有了奇珍异宝只会招来祸患，现在仍然恭敬地把原物归还。"明天上楼一看，狐仙全家都已经搬走，楼上空荡荡的。接着听见狐仙从远处传来话语，说："楼下有块突起的大砖，在那儿掘下去一尺多深，就会掘到银子。房租是一定要付的，不敢亏待你们。"狐仙们走后，张家按它的话去掘，果然在地窖中掘得上千两银子，于是成了富户。啊，人难道还比不上狐狸吗？

呜呼者者

高邮有一个人某甲，大年初一起来，就穿戴整齐雅洁，奠酒焚香，祭祀天神，一切都按照祭神的礼仪有序进行。他妻子接着端着一只猪头、一只鸡、一条煮熟了的鱼祭祀上天。这时某甲正手烧纸钱，小女儿正要跪拜，可谁知盘子中猪头忽然跳了起来，发出"呜"的叫声，煮熟了的鱼在盘中不断滚动，发出"呼"的声音，鸡也抬起头来不断啼叫"咯咯"。全家见状惊恐不已，不敢吃这些祭物，把它们都扔到门外。恰巧被门外一个乞丐捡起来，十分开心，回去把猪头、鸡、鱼好好地大吃了一顿，后来也并没生什么病。可是某甲却在这一年中接连死了三位亲属。

由此，我想起了某年科举考试，试题是《父母之年》一章，有个举人写的文章曾有一句"连乌鸟都无不感动哀泣"，对上一句是"即便鸡猪也要长啸悲歌"。当时读后，纷纷感到诧异，用来祭祀的鸡猪，都是煮过的，又怎么能荒唐地长啸悲歌呢？可现在听到某甲家中发生的事，现在想想这举人写的文章其实一点也没错呢。此事也供大家听完笑一笑。

棒头神

中州上河有个姓余的叫花婆，是个老寡妇，一个人住在草屋中，常常穷得揭不开锅。忽然她渐渐富裕起来，成了小康之家。邻人们有些疑心，不知道她的钱是从哪儿来的。

一天，有一个小孩趁余婆外出时，偷偷地进了草屋，睡在草床上。刚闭上眼睛，就听见屋中有"舂舂舂"和"登登登"的声音，不知道发生了什么怪事。

稍稍睁开眼睛，就看见一只怪物，没头没尾，没手没脚，浑身都是肉，身体长长的，从墙壁中顶出来，走起路来一跳一跳的，过了一会儿，又回到墙壁中去了。小孩很害怕，不敢喊叫。余婆回来后，小孩就问她看到的情况，余婆说："你不要多说话，这是我家的棒头神。"接着拿出果饼给小孩吃，叮嘱他别跟人说，不然恐怕要触犯神灵，神会发怒的。

事情的经过是这样的：在一个风雨交加的夜晚，余婆困坐在家中，又是哭泣，又是叹息，认为自己最终有一天要饿死，到那时谁来收自己这把老骨头呢。忽然有人在耳边对她说："姥姥真可怜，你如果能祭祀我，我会帮助你的。"回头看又看不到说话的人。到了深夜，有声音从墙壁中传出来，情形和小孩所看见的一样。第二天，余婆果然在市上讨得几文钱，买来香烛祭祀。后来耳边又有声音说："你别害怕，也别再悲苦哭泣，你床边有钱三百文，可以买米供日常生活费用。"按照这话去找，果然找到了钱。余婆很惊奇，问对方是什么神仙。说："我是棒头神。"余婆又问："你是用什么办法成了神的？"棒头神回答说："《诗经》上说我曾经为吉公室父砌墙出过力，《易经》上说到用大斧砍木预示着吉凶，我在月宫也捣过上千年的药，李白有诗写道'长安一片月，万户捣衣声'，增添了秋的气氛。我上能顶天，下能掘地。我的祖上玉杵，曾经帮助裴航和云英联姻，而我则是木制的，也曾寄托过孟姜女的幽恨。上天很嘉许我，才给了我很大的荣耀，答应让我接受香火，在平民村子里寄居。"余婆知道棒头神并不害人，就用香花、酒肴等东西，每天膜拜，虔诚地祝告。从此以后，有时是钱米，有时是布帛，每天送到床底下，也不多余，也不短缺，只是取之不尽，用之不竭罢了。余婆很感激神灵的照应。

邻居中有一个东里生，为人很幽默，就为余婆写了一首迎神送神的曲子，亲口教给余婆。余婆在祭神结束后，吃了剩下的食物，喝了祭神用酒，吃得又醉又饱，就常扭动身子跳起舞来，口中咿咿呀呀唱着小曲：

神之形兮长且直，神之行兮躅且踯，

神之来兮东壁出，神之入兮西壁入，

神寄吾居兮我荷神德，棒头棒头兮何灵爽之芒且。

又歌唱道：

歌哭相闻只自伤，宗门禅喝意深藏。谁持别驾金刚杵，午夜丁东声激昂。

当天晚上，棒头神又出现了，在庭中跳跃，在空中飞舞，好像是感谢余婆的虔诚祭祀。

过了好些日子，邻居们听到了小孩见过棒头神的传说，知道余婆家中有神灵，就去她家观看，却没有办法见到。不久之后，就听说地方上的富户家中常常无缘无故少了东西，大家都知道是棒头神偷的，送给了余婆，但是邻居家中的东西却一点也没短少。众人对余婆祭神盗物的行为很愤怒，有一天男男女女许多人拥到余婆家中，准备把她捆绑起来。余婆叫喊说："我一个叫花婆有什么罪？"众人说："你用妖术进行偷窃，凡是富家失窃的东西都在你这儿，你还想抵赖吗？"余婆大叫说："棒头神连累我了！"忽然听到墙壁中传出话来："这又有什么罪过？我不过是损有余而补不足罢了。你们要这么捆绑她，对你们是没有好处的。"话音才落，这些男女都弯腰曲背，撅着屁股退了出去。因为男人都觉得好像有什么东西顶着大腿，女人觉得好像有什么东西在两腿之间鼓捣，只感觉火辣辣地热，那东西尖得像锥子，非常疼痛，就吓得逃走了。这件事发生后，不论远近都传说着这件怪事。

一天，有个狂放的秀才，喝醉了酒到了余婆家，拍着桌子破口大骂说："你家那个妖精敢出来和我秀才斗一斗吗？再胆敢做出下流的动作，我就把它扔进粪坑里，就是把它当柴烧，都还算抬举它呢。"在那儿骂个不停，但棒头神竟然一点反应也没有。秀才大笑，把笔浸饱了墨汁，在壁上戏着题诗一首，诗说：

何物神名棒头？想是千年阳物。司马长卿所遗，寺人孟子所失。

伶仃血肉之躯，堕地潜形，永蛰厉气，钟而为妖，到此犹居媪室。

题完后，拂袖离开。余婆私下问棒头神："大仙你既然有灵通，怎么还会怕一个穷秀才？"棒头神回答说："他要自取其辱的。"

这天晚上，秀才的妻子忽然觉得有什么东西附在身上，无论用什么办法，都不能摆脱。每晚一上床就好像在和人交欢，哼哼唧唧，全是淫荡的声音，那种交欢时畅美的样子，实在是不能入目。她暗地里和家中的女长辈说："我今天才算尝到了男女性爱的快活。"又说棒头神戴着方巾，穿着道服，风度潇洒，做爱的本领特别高强，从此以后就有些嫌弃自己的丈夫。秀才非常后悔，就虔诚地准备了香烛、纸钱到余婆家请罪，请余婆为自己说说好话。棒头神发怒说："他无缘无故骂我，和疯狗有什么不同？我和他妻子原本就有姻缘，不是道歉几句就能解决问题的。"

秀才回来后，发誓要不惜重金请人除掉棒头神。听说西山有个女巫叫章小珠，擅长降妖捉怪，就请她来家。那女巫身穿花衣，头上戴着花儿，在秀才家里口中念着咒、手舞足蹈的，过了一会儿，拿了把刀朝四处砍杀，说："妖怪在这里！妖怪在这里！"棒头神从后面突然用头撞女巫，把她冲出百步远的地方。女巫自己撕破裤裆，几乎要把那见不得人的地方露出来了。秀才又听说南郊有个会画符的道士叫张见鬼，一直以来都善于招神呼灵，就请他到家里来。张见鬼在秀才家布置了个神坛，坛上挂着天上灵官的图像。他头发披散，手里拿着宝剑，口中念念有词，随后整盆炭火都燃烧起来，张见鬼说："这是焚烧妖魔的神法。"棒头神在他身后猛击他的头，张见鬼的头立刻缩了进去，阴火从两条大腿中窜出，顿时烈焰腾腾。只听到空中有大笑的声音，并说："见鬼见鬼，缩你的头，烧你的尾。神灵真稀奇，道士后不后悔！"张见鬼果然非常懊悔地逃走了。秀才又听说邻县大庙中有位姓阴的大和尚，能用降魔杖飞斩妖怪，就把他请来。阴和尚刚念经卷，才笃笃地敲响木鱼，棒头神马上就用女人用的小便壶套到了他头上，和尚在急忙之中摆脱不掉。随后棒头神化作白木棍，胡乱地打和尚的身体，和尚痛极了，疯狂地叫，就像牛在瓮中叫唤似的。最后和尚戴着便壶在地上磕头求饶，棒头神才饶了他，还大笑说："狂秀才把我当作男人的生殖器，我看你这光光的秃头，不就是像那件东西的样子吗？"从此后棒头神在秀才家经常吵闹折腾，弄得秀才非常心烦意乱，却又无可奈何。

一天晚上，棒头神匆忙回到余婆家中，很哀伤地向她告别，说："平阳治都功要来了，怎么办，怎么办？"余婆说："你为什么不逃走呢？"棒头神说："上天入地罗网密布，恐怕插翅也难飞呢。"说完就伤心地哭了。第二天天亮时，果然有好多人领着道士到来，原来是秀才拿出几百两银子到江西去请来的。那领头的道士进到余婆家后，朝四处角落看了一遍，就命人把墙砸毁。于是锄头铁耙一齐往墙上砸去，墙马上就塌了，里面果然横着一根白木捣衣棒，是百年前的旧物。道士把它用火焚烧，还流出一滴滴血来，这才使妖怪绝了迹。但是余婆这时生活已经达到小康水平，不需要再靠着挨家乞讨度日了。她常常面对破壁叹息说："你送我粮食，这样的生死之交，从今以后却再也见不到了。"

老鸦嘴

有个山西人，叫熊十五，家里穷得实在无法生活，就带着老母亲流落到东海一带，靠每天在盐场上摇唇鼓舌替人算命糊口度日，赡养母亲。平时，他主要是靠着邵雍作的梅花占卜法为人测字，但往往凶险的事他测得很准，与结果相符，而吉利的事就测不准，所以人们都讨厌他，称他为老鸦嘴。每晚测字收摊后，他就用所得的钱买酒买肉，给母亲享用。人们很赞赏他的孝顺，都夸赞说："他真像反哺其母的小乌鸦呀。"所以又叫他为老鸦。

一天，有个人来请他测字。那人随手拈了个"凸"字，熊十五把"凸"字的上部写得长长的，看起来就像块牌位，问道："问什么事？"那人说："问病。"熊十五说："完了，牌位都成形了，还能活吗？"后来果然如此。

又有一个小商贩，夫妻俩以摇船贩运豆子和粮食为业。有一回，带了很多钱，觉得不安全，就打算把钱寄存在丝店里，恰巧遇见熊十五。熊十五看了看小贩的气色，说："你走过来，随便拈个字，让我测一下，看这钱寄存得稳妥不稳妥。"小贩笑道："暂时寄存罢了，随即就要取回的，有什么要紧？"熊十五说："姑且试试看，不要你钱。"小贩随便拈了个"缐"字，熊十五见了立刻哈哈大笑起来，说："看吧，钱没啦。泉，就是钱的意思，'缐'字，说明钱将被丝束缚住，看来你的钱终究要到别人口袋里去了。"小贩也觉得可笑，认为他胡说八道，不再理睬他，又到别处去做生意了。

正巧，小贩在路上遇上了一个卖唱的，唱的尽是下流淫秽的词句和浪声浪气的曲调。他听了后心里不禁痒痒的，也想按唱曲中的一试，就匆匆赶回船中，把舱门关上，让他老婆仰面躺着，把她的双脚用带子高高地系在篷顶上，然后自己蹲着行周公之礼。这时突然刮来一阵大风，呼啦一声把船篷上的芦席掀去了，结果，他俩此刻的情形全暴露在众目睽睽之下，两岸见到的人都拍手狂笑。匆忙中，小贩找不到可以遮羞的东西，也来不及将带子解下，急忙举篙把船撑到远处去，以避开人们的羞辱。此后竟远离此地，也没有脸面再回来，那十几贯钱真的落入了丝店主人的腰包。

一天，熊十五在当铺门口闲坐，不觉打了个盹。当铺的主人和伙计都是安徽人，其中有一位偶然出门，见熊十五正在门口低着头打瞌睡，就想玩笑一番，拍拍他说："渴睡虫，替我测个字。"熊十五问他要问什么事，回答说："没什么事。"就随口就报了一个"徽"字。熊十五知道他在戏弄自己，先写了个"山"字头，把中间一竖写得长出一寸来长，左右两竖亦稍长，成了叉的形状，说："贵处多山，真是新安地方好风光。"又写双人旁，把一撇撇出有寸把长，说："贵处人材又好，真是人上人啊。"接着又在下面写个"系"字，把最后一竖写成挂着的针的形状，也有寸把长，说："贵处人才好，当有做宰相的份，身穿丝袍官服。"又写了个"攵"字，把一捺拖出一寸来长，说："总之贵处自古以来文风就很盛啊。"说完又用笔连连画圈，一边画一边说："万圈，万圈。"接着就装出吃惊的样子说："呀，真奇怪。你们离家好久了，想不到竟画出原形来了。"在场的人看了都哈哈大笑。那安徽人恼羞成怒，要把他痛打一顿，熊十五不想计较，便跪着求饶，周围众人纷纷求情，才算了事。他的滑稽幽默又是如此。他曾对人说："我自有发财致富的本领，只是没有富贵命罢了。与这帮势利鬼有什么好计较的，总有一天我会遇上志同道合之人，倾心相交，到时再为穷人扬眉吐气。"大家都不相信，便嘲笑他说："老鸦还妄想变凤凰呢。"

没过多久，熊十五的母亲去世了，他捶胸顿足，很是哀伤。安葬了老母亲，他心灰意冷，觉得在这里无法再生活下去，就搭乘一位商人的船，毅然到四川去了。船经过明月峡、空舲峡时，他越发觉得离开母亲的坟地一天比一天远，竟对着滔滔江水，流泪不止，伤心得无法抑制。

到达成都之后，他就在闹市中摆了个摊，专门替人测字。同来的客商都替他向路人吹嘘，说："老鸦嘴是地行仙，刚刚到达此地，若问本事，可称得上神算严君平第二呢。"这样一来，当地连女人和小孩都知道熊十五的大名。靠这个小摊子，他倒也可以勉强度日，安于这清贫的生活。有人问他："你既然如此神算，可知来来往往的人成千上万，其中还有可与刘濞、邓通相比的富人吗？"他说："有的，只是你们这些人不能识别罢了。"正巧，有一个乞丐路过，他正穿着破破烂烂的衣服，拿着大勺喊叫乞食，然而看其容貌，却鼻正眼方，天庭饱满，须髯飘飘，气概非凡。熊十五手指着这乞丐说："这个人本是贵人，眼下虽然讨饭，最终一定会富贵的，只是时候没到罢了。"大家都不相信，只笑他胡说。

一天，那乞丐又冒着风雪跌跌撞撞地走到熊十五跟前，双手交叉圈抱，扛着肩，鼻涕拖得尺把长。熊十五朝他打量了好一会儿，走上前拱了拱手，作了个揖，说："您暗中做了什么好事，请给我说说吧。"乞丐说："唉，我走村串乡的，每天能讨得一顿饱饭就不错啦，也许明天就会饿死，还有什么能力去做积阴功的好事呢？"熊十五说："不对。积阴功就如同耳鸣，只有自己知道。上次相见，见你脸上布着死纹，今天再看，眉宇间则隐隐透出黄光来，看来十天之内你就要成为富人了。请把你的姓名告诉我吧。"乞丐自我介绍说："我是安徽北部人，叫马如鹏。前几年曾经跟随经略使出征讨伐红娘子农民军，立了军功升至总兵。后来部队解散，兵士们纷纷回乡耕作，我不善农桑，以致穷困落魄到这个地步。昨天偶然从夔州府经过，见到一个妇女怀抱着三岁小孩在江边行走，不小心滑落入水中。我不觉动了恻隐之心，一时竟忘了冰水奇冷，纵身跳入水中，将他们母子救起。路人说他们是某村的寡母孤儿，得救叩谢之后，他们就走了。难道这就是你说的阴功吗？"熊十五说："是啊。"乞丐说："上次你和人说过我能发财，不知道你算得灵不灵。"熊十五说："放心吧！准能应验。如果应验了，你有什么打算呢？"乞丐说："如果我真的富贵了，就与你一起分享这些财富。但如果算得不应验，你又怎么办呢？"熊十五说："如不应验，我就养你一生一世。"马乞丐听他这样说，拍手大笑着走了。他认为这不过是熊十五胡言乱语，自己只当笑话听听罢了，便没有当真。

又过了五天，马如鹏的境遇并没有任何变化，还是讨饭如故，他又走来问熊十五。熊十五仔细瞧了瞧他的脸色，沉思很久，说："快成了。"就拿出测字所得的几百文钱，先请他喝酒，说："壮壮你胆子。"又请他吃饭，说："给你鼓鼓气。"然后又取出一道符，烧成灰化在水里，让马如鹏喝下，说："安安你的心。"过了一会儿，又问他道："你以前做总兵时的委任状凭证还在不在？"马如鹏说："还在，我没舍得扔掉，一直把它用油纸包着，系在裤带上，累累赘赘的，很是烦人。"熊十五说："那就好，现在你赶紧到大街上躺着，很快将有一位大官经过，你也不要害怕，自会有你的好处。"

马如鹏按照熊十五所说，赶紧跑到大街上找了一处躺下，果然听得远处传来仪仗队喝道的声音，顷刻间，便见两差役直奔过来，宣布总督驾到，并拖马如鹏起身躲避，可任凭两人如何用力，马汝鹏也不起来。正吵吵闹闹间，旗牌官也奔到跟前喝骂，马如鹏只是睁大眼睛瞪着他，并不起身，旗牌官便用马鞭抽打他的头。马如鹏大怒："老子也曾官居二品，岂是你这种小人也能鞭打的！"这时总督大人的坐轿已来到跟前，他端坐在轿中，喝问情况。旗牌官忙下跪禀报说，一个乞丐挡在道上，驱之不去，冲撞了大驾，请示依法处治。总督心想谁敢如此大胆，便打开轿帘，对马如鹏上下打量了一番，不觉叹道："这个人容貌非凡，气概雄健，看样子是条硬汉子，怎么会沦落为乞丐呢？他一定是个奇人。"就把马如鹏叫到跟前，和颜悦色地问他事情原委。马如鹏起身向总督深深施了一礼，未开口，眼泪就流了下来，待情绪稍稍稳定，便把当年如何征战沙场如何立下军功以及后来又如何沦为乞丐的前后经过叙述了一遍。说罢从腰中掏出油纸包，取出当年的委任状、凭据等献上，总督审阅后，知道不假，感叹说："唉，想不到叫花子队伍中竟藏着这么个昔日的大将军！那么，你有什么要求呢？"马如鹏说："我一个叫花子拿了这些东西也没什么用途，情愿把它上交给官府。"总督考虑再三，说："按照朝廷规定，凡战将不愿做官的，可根据职务和战功折合银钱以示奖励。既然你曾任总兵之职，又立过战功，照例能折合银子三千两，从此还担忧挨饿受冻吗？你暂且安下心来，别急躁，我来替你设法办理此事。"马如鹏赶紧倒身叩头谢恩，把头磕得咚咚响，再抬起头来时，人马声混杂成一片，总督一行已经走远了。

过了一个多月，马如鹏的请求批了下来，地方官如数发给他三千银两。他拿到这笔钱后，生活顿时改观不少。熊十五前去祝贺，对众人说："我这个老鸦嘴也有叫出吉祥声音的时候。"

马如鹏打算用这笔钱做生意，但他自知出谋划策非武夫所长，就想请熊十五帮忙，熊十五一口应允："这些事全靠我了。"此后凡是生意场上买进卖出、盈利亏损需要算计的事，都先听听熊十五的建议后才执行。后来他们带了点钱财来到夔州府，在大街上选了一处设店经商。有人问熊十五说："为何不到成都去做大生意？"他笑笑说："这就是俗话所说的，择树老鸦知地利。"几个月时间，他们就赚了很多钱。熊十五谋划计算，一刻也不停。马如鹏只是好吃好喝，坐享其成，他什么都不会，几乎连乌鸦是雌的雄的也分不清楚。

一天，熊十五对马如鹏说："整日局促于一个角落里，这不过是飞不高的小鸟所为，老鸦是不屑的。我愿学鸿鹄高翔一飞冲天，不知主人您是否同意我出去试一试？"马如鹏当然同意。第二天，熊十五便带上银两，乘上大船出发了，船经过夔门峡的时候，一群老鸦在上空盘旋着，发出"呀呀"的叫声，好像在欢迎客人。熊十五拿出随身携带的饭团喂这些老鸦，并念叨说："你们也知道招呼伙伴吗？以后倘若经过这儿，我再来喂你们。"老鸦们在空中飞舞着，好像很高兴的样子。

此后，熊十五南到吴越，北至幽燕，只要遇到富商都尽心去结交，并常向他们称道自己的主人就是当代的陶朱公、郭解（古代的富商和轻财好义之士）。一时间，凡是那些经商、宦游在外的人都知道四川有个马如鹏。时间长了，来到马家存钱、托运的人络绎不绝，前来投靠马如鹏的人也多得不计其数。

熊十五在外五六年时间，用赚的钱又开了金珠、海鲜、绸缎、盐铁等各种店铺，这些店铺都设在重要的码头、城市，但这一切并没有告诉马如鹏知道。于是，有小人就在马如鹏跟前说熊十五的坏话："老鸦成了黄鹤，一去不返啦。"马如鹏笑着说："你哪里了解我家熊十五的为人？"又过了一年，熊十五果然车载马驮带着许多资财回来了，他把账簿交给马如鹏验看，说："蒙您信任，在外多年，侥幸完成了使命，共获利息三百六十余万。"马如鹏对在座的人说："我吹箫击筑当叫花子还是没几年的事，自从遇上好友熊君，才成如今大富。我有何福气，却能得到吉祥之鸟的降临！我绝不能忘记熊君的大恩大德啊。"此时，马如鹏早已成家娶了美妇生下娇儿，他暗中差人打听找寻，花了一千两银子从一户穷人家买了个贤惠的姑娘，打算送给熊十五为妻，他对熊十五说："好自为之，管保你们像乌鸦一样一年生九子呢。"说罢开心地大笑起来，熊十五也笑了。忽听门外花轿来到，然后吹吹打打之声响起，当夜就为他们举行了婚礼。

第二天，马如鹏与熊十五商议，要将所有资财一分为二，两人各半。熊十五大吃一惊，施礼后说："我虽然有些才能，但是却没有好命。如今能借您处安身，为您尽心竭力，也是我的运气。如果能使肉眼凡夫的俗人得知我并非只是个会卖卜算命的人，就心满意足了。倘给我很多钱，一定会折我的寿的。"
因此坚决不肯接受。马如鹏听罢，也不好勉强。但是从此熊十五住华屋，拥娇妻，
家居时则玉杯银盏，座上来客不断，出门时则穿着新衣，骑着骏马，很是体面。
全城人都很惊羡，也知道了他在马如鹏心目中的地位，人们要奉承马如鹏，一
定要先拜见熊十五。

后来，熊十五因事到了成都，见市上有一处所，前面挂着块白牌，上面写
着"决疑处"三个字。他心中好奇，便想一看究竟，但见中间坐着一位老者，
须发雪白，一副仙风道骨的样子。熊十五看他不像是普通的人，就抱着开玩笑
的心理拈了个字请他测。没想那老者见熊十五衣服华丽，便极口奉承，粗俗不堪，
连测什么方面的事情都没问，熊十五很不高兴地走了，冷笑着说："这老者本
领比我差得远了。"

第二天，熊十五办完事，归途中遇到个美丽的女子，请求搭乘他的船同行。
熊十五与那女子在舱中相对而坐，目不斜视。船行到夔州峡神女庙时，突然不
知何处飞来一群乌鸦，围着船飞翔鸣叫，声音喧嚣，像狂潮澎湃。熊十五正欲
驱赶，却看那女子忽然不见了，熊十五心知情况异常，就下船虔诚地备了香花
进庙礼拜。没想到，他拉开帐帏，见那披着洁白披风、裙带飘舞、满脸情意的
神女正是与自己同船的女子，不觉惊诧，于是磕头请求指点，求得一签，上面
写着：

丈人屋好任栖迟，辛苦年来只自知。漫学雄飞伤倦羽，秋灯还读蓼莪诗。

熊十五看罢，又磕了个头，说："神仙对我指点得很明白了。"

回去后他与马如鹏又欢聚了个把月，找出所有的账簿，把所有漏载的以及
记载过但未写明白的地方，都重新一一记录清楚，然后交给马如鹏。一切妥当，
回到自己家中，他对妻子说："我从哪儿来，就要回哪儿去，如今兴致已尽，
就想及早归去，不能辜负神仙的指点。您能跟我一起归隐吗？"他妻子说："我

愿意跟着您。"于是熊十五找了个借口跟马如鹏辞别,说到别处去经商,就带了妻子一起回到东海,在母亲坟边住了下来。

从此,两人开始了隐居的日子。熊十五穿着种田的衣裳,拖着木屐,像个老农;他妻子头戴木钗,穿着粗布衣,看起来就像一位村妇。有时,两人一起回忆过去的日子,感觉真像一场大梦。后来,马如鹏得知实情,专门派人送来一千两白银到他家中,说:"您不能自己做君子,让别人做小人啊。"熊十五笑笑也没推辞,但他只受了其中五百两,把其余五百两又退了回去。这年冬天,有预示祥瑞的白乌鸦来他家中筑巢。

狗　儿

巍巍的霍山,和嵩山、华山一样都是庄严宝地,和天地并存。龙湫、岳井等名胜地方,都有仙人的踪迹。山中盛产苦茶,其中黄金芽、嫩碧、月团等品种被列为香茗中的最高品级,因此四方商贩都在这里聚集,来人多得摩肩接踵。每年二月,鸟啼叫声像"春起也"的时候,山中就开始做茶生意,到了夏季五月,鸟啼叫声又像是"春去也"的时候,集市才结束。在这段日子里,姑娘们也成群结队在晴山翠绿中出没,名义上她们是采茶,实际上和娼妓一样。那些带了几千金前来做生意的大户,一定要叫四五个女子替他们打扫做饭,即使是普通的商贩,也会招几个女子陪伴。再说想要挑选上品云雾茶,剔除劣质茶,没有姑娘家灵巧的纤手是不行的。这些女子白天为客商守门,晚上陪客商睡觉,很像夫妻,可以安慰客中的寂寞,比起妓院里的人,更是风情十足。

过去凤阳地方有个姓柘的大富婆,四十岁,丈夫已经去世,有个遗腹子,是戌年生的,所以取名叫狗儿。人们都笑话这名字不雅,柘氏就说:"我的儿子能够像司马相如那样,我就满意了,像这样的四川大才子还用狗儿做小名呢,更何况是我们这样的人。"狗儿十六岁时，容貌美丽极了，像美女似的，村里的姑娘们都喜欢勾引他玩。但是狗儿眼界很高，从来都是不屑一顾。东边邻居家有个姓刘的妇人有个儿子，名叫贵六，也是美男子，比狗儿大两岁。两人自幼一起在塾中读书，长大后一同游处，成了贫富不移的好朋友。

刘贵六很小父母就去世了，刘贵六就把狗儿的母亲当作自己的亲生母亲一样看待。他比狗儿先娶了妻，妻子名有娘，夫妇感情很好。有娘有个小妹也生得端庄美丽，愿意跟着姐姐有娘一起过日子，所以刘贵六就暗示狗儿派媒人去求婚。狗儿觉得那小妹容貌平常，不能和像卫玠一样美丽的自己相配，就回绝了这门亲事。时间一长，狗儿渐渐察觉到无妻独居的苦楚。这时正巧有一位从霍山来的茶商，对霍山采茶女的美丽赞不绝口，说："旗枪队里的出色美女，锦泥窠中的有情人，人见人爱，醉心荡魄。山中的锦鸼鸟啼叫说：'拣茶人有情，拣茶人有情。'有个歙县士人根据这些话写成一首词道：

英霍山岳何青青，拣茶美人何多情。有钱作贾访娉婷，胜在蓬莱顶上行。

你从这词中就可以想见了。"

狗儿听了这茶商的话，心中难免波动，就向母亲请求说："我仔细想了想，人生坐吃也不过是百来年的事，所以想放弃学业去经商，贩茶获利丰厚，打算试着去做做生意。"母亲劝他说："你难道没听得鸟叫声吗？叫着'节节''足足'。是说吃用应节约，心愿要知足。我们家富足有余，为什么还要去学经商呢？"但最终因为溺爱，不忍心拒绝他的心意，但又怕他年轻，就请刘贵六随着一起去。母亲对刘贵六说："你年纪比狗儿大，阅历也比他广，为什么不带着本钱一起去，将来得了利和你平分，我是不会吝惜的。"刘贵六就与妻子有娘告别。这时，听见门外柳树上鹡鸰鸟向着青天啼鸣道："行不得啊哥哥。"有娘因此就劝刘贵六说："那地方的谚语说：'年少男儿莫进山，进山容易出山难。'野草闲花都是能绊人的，你又是个多情种子，只害怕狗儿一去不返，你也不能回乡呢。"

刘贵六笑道："我娶到你做妻子，一生也就满足了，难道还想得陇望蜀吗？如果在家待着不去，恐怕要被大家嘲笑，说我恋着你呢。再说男子汉也不能甘心老是屈身在家，不能伸展抱负。到了那儿，或走或留都决定于我。狗儿虽然糊涂，我却是明白人。"狗儿的母亲就备了一桌丰盛的酒席，为刘贵六饯行，千叮万嘱把狗儿托付给他，流着泪送他们动身。有娘更是背着人偷偷地痛哭，她不敢当着大家的面哭泣，生怕刘贵六伤心。

他俩一路前进，快到霍山地界时，只看到群山翠碧，杜鹃正要吐红。到处是红袖歌舞，酒旗高挂，使人游兴倍增。这天，正好遇上风雨交加的夜晚，两人在旅店中联床睡觉，觉得十分无聊。忽然见到对门有一个白面少年，一个微有髭须的中年人，二人风度翩翩，修饰极其华美，所乘车马也很有气派，只是讲起话来像鸟叫似的，说的话也很难听懂。两人撩起门帘朝刘贵六作了个揖，问道："你们准备到哪儿去？"刘贵六说是到山里去，那少年高兴地说："我们也是进山的，只是第一次踏上安徽地方，道路不熟。你们也是初到这地方吗？"刘贵六骗他们说："这是我们从小就做的行当，年幼时就跟着父辈们往返了。"少年说："能碰到你们引路，就像有了指南针一样，缘分真是不浅哪。"中年人又向狗儿施礼，接着询问起来，狗儿所说也和刘贵六一样，并说："我们俩是异姓兄弟，一同做茶叶生意的合伙人。"

于是双方相互说了姓名，那少年自称姓迮，中年人自称姓寇，都是陕西人。随后那两人出钱买来好酒，搬进一道道菜肴，请刘贵六和狗儿饮酒。刘贵六借口有病推辞，迮姓少年笑着说："您难道没有听见提壶鸟正在鸣叫吗？我们相逢就是有缘，不能辜负大好春光啊。"姓寇的也说："门外鸟鸣叫说道路泥泞，无法赶路，姑且只能喝点酒打发日子。我们喝酒，你们怎么可以不喝呢？真让人不高兴。"一定要他们一起喝酒。刘贵六朝狗儿看看，用眼神示意，就互相客气着谦让座位。于是红烛照得亮堂堂的，几人一边喝酒，一边划拳猜物，姓寇的和姓迮的对这些都十分内行，而刘贵六与狗儿也不弱。姓迮的少年忽然离座起身说："老喝闷酒可太乏味了。"就问店主："这里可有倚门卖笑的妓女吗？"

店主笑笑说："这儿靠近茶市，怎么会没有供客人寻欢作乐的妓女呢？昨天来了一个妓女叫青青，色艺双绝，保管你们见了要神魂颠倒呢。"姓寇的立即传言把她请来。

过了一会儿，果然有一位十六岁的小妓女来到阶前施礼。看她的模样，虽然不怎么动人，可是伸出纤纤玉指，搂弹琵琶，丝丝入扣，唱《梅花落》《杨柳枝》，全都声声入耳。又边弹边唱《归燕》小曲道：

呢喃复呢喃，何怕风雨寒。郎去泪酸涩，郎来心喜欢。
不重金万镒，不重锦百端。重郎一片心，神魂聚分骨肉团。
愿如双双燕，呢呢复喃喃。

狗儿对刘贵六咬耳朵说："初次出门经商，不要露出市侩气。"刘贵六应了一声，狗儿从袖中摸出白银，往桌上一丢，作为给妓女的花费。姓迕的少年硬是加以阻止，私下对狗儿说："这里的妓女不值钱，你有什么必要白白糟蹋资财？我已经代你付过了。"

喝完酒，青青向众人拜别，要走了，向姓寇的中年人问道："按您行程估计，明天就能到小岘吗？"回说："是的。"青青说："我有两位姨表姐妹，一个叫窈娘，一个叫一妹，容色都是美丽绝伦，也很善于应对，我有一封问安的信给她们，请您帮忙捎寄。"问："她们住在哪儿？"青青说："门前有十五株枣树，两排像笋一样的假山石，好像人一样站着，那就是她们家了。劳烦您传话告诉她们，我不久也要来了。"姓寇的笑了好一会儿说："我是替你传递信息的元处士吗？"青青走后，寇、迕两人抱被前来同睡，一直喋喋不休地谈论，诉说路上如何辛苦，做生意如何艰难，山里的女子如何虚情假意。句句都是经验之谈，字字是金玉良言，刘贵六也很相信他们为人忠诚。

天亮后，四人起身赶路，在路上吃了午饭，也不让狗儿花钱。那两人说："大家是要好兄弟，没有必要分什么彼此。"太阳落山时，车马抵达小岘，果然看见有四五间茅屋自成村落，门前的枣花、石笋，景象和青青所说的一样。姓寇的便说："我们为什么不稍停一会儿，顺便当一次邮差，也好不失信于青青这丫头。"刚说到这里，门内有个穿得很艳丽的美人探身出来查看，圆过头去娇声喊道："一妹，一妹，刘晨、阮肇两位来天台啦！"四人听了，都忍不住笑起来。进门后，只看到庭院幽静整洁，花草长得很好，四人被邀进屋里坐下。又看见一位身穿素淡衣裳的美人，掀开帷幕从里面走出，说："天上掉下来的贵客，还不赶快备酒洗尘！"阶下仆妇高声答应，随即就听到厨下刀砧板上切菜声响动，一会儿酒已经温好。姓寇的问两人芳名，那穿艳妆的名叫窈娘，穿淡妆的名叫一抹红。姓寇的就微微一笑，从袖中取出一封信交给她们，说："我这个邮差总算尽到了责任。"窈娘把信拆开，和一妹同看，看后又施礼道谢。刘贵六起身说："天色快要晚了，我们还要找寻旅店，没时间再耽搁了。"窈娘立刻脸上飞红，说："我们姐妹俩生得粗俗鄙陋，不够资格侍奉贵客，但是挑选茶叶是很细心的。请你们暂住几日，等到另外找到了更香美的住所再搬迁吧，为什么要这么急忙就走呢？"刘贵六看看狗儿，睁大眼睛，不说话。姓连的在旁怂恿说："这里很不错的，可以卸下行装安歇，住下算了，还有什么必要另觅住处呢？"姓寇的又对窈娘说："刘、柏两人是钟离地方的大商人，你们可别错过了机会。"窈娘高兴地说："怪不得今天早晨喜鹊报喜说：'错，错，错，贵人落。千金囊，错，错，错。'"大家都大笑起来，很赞赏窈娘的机灵。

没多一会儿，四面点亮了灯火，筵席已经摆好了，一妹请客人就座，窈娘来来往往督促仆妇铺床安席，一切都是井井有条。跟随的下人也有酒菜吃喝。姓连的拉窈娘坐下，说："连累你如此辛苦，客人会感到不安的。"酒席中众人做着各种游戏，斟酒递杯的很热闹。狗儿到了这个时候，已经把老母的嘱咐全忘了。刘贵六虽然保持沉默，但也只是强装正经，也是几乎到了无法控制自己的地步。窈娘唱曲，一妹弹筝，都是新的流行曲子。

姓连的忽然笑着说："两女四男，这该怎么安排客人呢？"姓寇的笑笑说："应该有个占卜的方法，免得你争我夺，不然的话真要写成一个'嬲'字了。"

于是就从袖中取出一只玉盒，里面竖着几十根象牙筹子，说："这是酒令。每根筹子上写有一首禽言诗，长长短短的插在笔筒里，抽到哪一根，照上面所写规矩喝酒。然而我们用它来联络婚姻，也算是月下老人手中的红绳吧。"姓连的说："好！"就先抽了一根，名为"婆饼焦"，上面注道：

婆饼焦，莫唠叨。吃不怕，怕盐椒，另找胡麻过石桥。（刘晨、阮肇曾在天台山石桥逢仙女，仙女取出芝麻饼给他们吃。）自饮一杯，轮到下家。

他看了，故意装作恼怒的样子，说："想不到此地竟然没我的缘分。"接下去轮到姓寇的，抽了一根筹，名为"莫摘花果"，上面注道：

莫摘花果，五月榴红似火，遇潘安，掷车左，君宜别觅樱桃颗。饮一杯坐，左者轮接。

他看了，笑着说："我们真是一对难兄难弟，要不然为什么我也没有姻缘之分呢？"窈娘恰巧坐在姓寇的左边，就抽了根筹，名为"脱却布裤"（布谷鸟）上面注道：

脱却布裤，莫顾莫顾，溪水寒，玉肌露，遇刘郎，花深处，从此天台容小住。自饮一杯，敬对坐者饮。

姓连的大笑说："这真是有媒人在监酒了。"因为对面刚巧坐着刘贵六，姓寇的笑着说："一对璧玉般的美少年相逢，真是天生奇缘。只是在深夜风露中，既脱布裤，又露肌体，就不怕冷吗？"说得满座人大笑起来。一妹抽了一筹，名为"割麦插禾"，上面注道：

割麦插禾，禾麦何多。蚕娘老，谷雨过，策秧马，凌清波，柘枝对舞歌婆娑。自斟一杯，敬身右者饮。

刚巧狗儿在她右边，一妹大笑，说："这可真奇啊，上面竟然还注明姓氏，想不到柘郎代了阮郎。"说着就望着狗儿微笑。姓寇的说："一妹别高兴得太早，最终还得看看刘、柘两人抽的筹子上面写的是什么，才知道你们两个谁给了谁呢。"狗儿抽了一筹，名为"凤皇不如我"，上面注道：

凤皇不如我，我比凤皇伙，锦绣窠，羽毛裹，趁朝阴，随意可，海天一抹红如火。饮一杯，轮下家。

一妹从鼻子里发出嗤笑声说："迮君，难道我胡说了吗？"姓寇的笑道："这小丫头心花都开了。"刘贵六抽了一筹，名为"情急了"（秦吉了），上面注道：

情急了，情急情急人谁晓？别玉京，辞蓬岛，自有佳人名窈窕。自饮一杯，不敬他人。

这时，姓迮的怒气冲冲地把筹子举起，狠狠地摔到地上，骂道："这东西真该把它烧了，你们得了情人还要急不可耐，像我们兄弟俩没有情人，难道要不干着急得要死吗？"一妹说："别急，别急，青青明天就来了，她有个姐姐叫红红，容貌也是不相上下，已经在西峰下搭了房屋，刚布置结束，我替你们两位做媒，保证让你们称心如意。"姓寇的笑笑说："人家已经心急如火了，我们还在这里干什么？"随手又抽了一筹，一看，上面写着"得过且过"四字，姓迮的顿时不停地大笑，过了一会儿才说："我们就在今夜到西峰去'得过且过'算了。"说完就起身施礼告别，说："后会有期，两丫头好好侍候贵客。"说完就命令仆人点起火把，出门上轿走了。这里男女人等送客人离开后回来，刘贵六和窈娘宿在东房，狗儿与一妹睡在西房。四人各自背对银灯，两两相互脱去衣裳，双双对对男欢女爱，同心结成，鸳鸯比翼齐飞，好鸟和鸣。欢好结束，双方山盟海誓。从此刘贵六、狗儿在这里流连忘返，而连、寇两个人也不见了踪影，私下问起两人不来的原因，窈娘说："猜想是和红红她们没缘分，另到别处去住了。"

过了一个多月，狗儿竟然丝毫没有归意，天天和美人相对，绝口不问茶价。一妹对狗儿十分迷恋，也忘了她的爱人是为贩茶而来的。刘贵六偷偷地对狗儿说："门外鸟啼似说'不如归去'，你听到了吗？"狗儿很迷恋，不肯舍弃一妹而离开，说："最多不过把这点本钱花光罢了，况且她姐妹俩又是那么多情，干吗要走呢？"刘贵六常对窈娘说："我没有母亲，妻子又贤惠，你和我一同回去，不会有什么家庭争端的。"窈娘只是嗯了声，却不说什么。狗儿也常对一妹说："我的母亲很慈祥，你为什么不和我一起回家，想来也不会听到婆母的恶言恶语的。"一妹笑笑，口里答应，却也没有要走的意思。又过了两月，来山中的客商都在匆忙整理行装，打算回去了，一妹哭着对狗儿说："郎君也要回去吗？"狗儿说："回去的。"又问："那么什么时候再来呢？"狗儿说："明年今日吧。"一妹说："等到郎君明年再来时，恐怕我已不在人世了。"狗儿就问她为什么会突然说这个话，一妹说："其中内情难以说清。"窈娘也是哭哭啼啼的，求他们别急着回去，刘贵六就问："那么究竟要住到什么时候呢？"窈娘说："这儿是临时住房，我家住在鹰寨城北，那里环境清幽比这里好很多，郎君为什么不一起去同住？明年春暮买了茶再回去，然后用七香车把我们姐妹俩迎接回家，这是个十全十美的好办法。"刘贵六还正考虑没有表示时，狗儿却已经应允了。于是就搬起行李，四人一起回鹰寨城北了。窈娘的假母头发雪白，却满面春风，拍手欢迎他们说："娇儿们自己挑选的好丈夫，真是家门之幸。"

又住了几个月，他们所带资财已用去了一半，但是还剩下一千五百两银子可以做本钱。这时已经是农历五月，瘟疫流行，刘贵六见狗儿完全没有回去的意思，很焦虑，不知何时感染了时症，竟然卧床不起。窈娘天天在床边侍奉汤药，哭得嗓子都快哑了，可是神巫下凡来召他，刘贵六病情一日比一日严重，气息微弱像游丝一样，便叫来狗儿诀别，说："我的名字已经上了阎王簿了，窈娘待我一片真心，我也没有怨恨，只是可怜妻子有娘，年纪轻轻守寡，各种事情都难办。希望老弟好好照应她，我就是死也瞑目了。"到这时，狗儿才惶恐起来，可也毫无办法可想。三更时分，满室昏暗，勾魂的九头就像鸟啼鸣，刘贵六竟叫着"惭愧啊惭愧"死去了。狗儿大哭，替他料理丧葬，担心有娘怨恨自己，更不敢回到家乡。看到窈娘日夜啼哭，好像真的死了丈夫一样，更是怜惜她的一片真情，觉得她究竟和娼妓不同，所以更爱恋一妹了，同时也常常安慰着窈娘。

又过了几个月，狗儿所带资财渐渐耗尽。一天晚上，他梦见刘贵六前来握着自己的手，哭着说："阴间寂寞冷清，怎么能一人独处，希望你也来相聚。"狗儿心中一惊，醒来看怀中一妹正在沉沉睡着，就口吟一首绝句道：

文鸳交颈白蘋湖，不及情人如意珠。甘为卿卿不归去，那堪月夜听慈乌。

这时一妹也醒了，对狗儿百般劝慰，也在绣被中应和了一首诗，诗说：

阿侬曾住莫愁湖，月斗波心小蚌珠。我有情人无价宝，画楼莫唱夜栖乌。

狗儿听了伤心哽咽，说不出话来。

从此以后，狗儿身子日渐衰弱，吃不下饭，睡不着觉。一个多月之后，竟然到了病体沉重得无可医治的地步，那临死前的状况和刘贵六当日一模一样。一妹身子素来柔弱，这时幸亏有窈娘在旁代替她料理汤药。狗儿在弥留之际，叫窈娘前来对她说："您虽然是刘贵六的人，但也是我的知己。我死后求您把我葬在刘贵六坟的右边，我母亲来时请你指给她看。你们自己多多保重，好好侍候后来的人。"说完就抽泣起来。窈娘也哭着说："郎君如果在黄泉见到我的刘郎，说我终身为他守志不嫁，即使死后不能同坟，也要像关盼盼为张建封守志那样生居燕子楼。"一妹号啕大哭，两次割下臂上的肉和着药一起煎了给狗儿服用，但最终也是无济于事，无法治疗重病。天色渐渐发亮时，狗儿含着眼泪即将死去，忽然又睁开双眼，问道："我是活不成了，你们应该把连、寇两人的情况告诉我了，他们到底是什么人呢？"一妹说："唉，您还在痴迷不悟吗？他们不是商人，是假扮成商人的，实际上是为我们这些女子拉皮条的。"狗儿一笑，就突然去世了，但双手还握着一妹的玉手。窈娘哭着打开行囊，里面还留大约一百两银子，就取来买了棺木、寿衣，隆重地下葬，都照狗儿的嘱咐办理。请了文人撰写碑铭，立在墓前，一块碑上题写"刘君贵六"，一块碑上题写"柘君狗儿"。

到第二年，狗儿母亲盼望儿子却不见儿子回家，四处打听也毫无消息。有娘哭着对狗儿之母说："我早晨起来听见山鸱鹃啼叫，好像是'郎不还'三个字，恐怕是预兆凶信的。我们为什么不一同到霍山去看看他俩还在不在呢？"于是就带了有娘随着茶商进山。车声轧轧，经过墓边。有娘认识字，吃惊地跳下车来，用头撞着石碑，哭着说："我的夫郎在这里了！"狗儿母亲也下车，跺着脚向天而哭，说："我儿在这里了！"她们跳脚号哭，声音震动山谷，孟姜女哭长城也没有她们哭得伤心，秦娥在雍门乞食哭泣也没她们那般怨恨。精卫女含冤，化而为鸟。从此后每年霍山开茶市时，山中一定会出现两只怪鸟，绿色的羽毛，尾巴上毛色青红，上下双飞，一边飞，一边鸣叫，一只鸟啼声为"刘贵六"，另一只鸟啼声如"狗儿"，原来它们是狗儿母亲和有娘死后魂魄变成的。万山重叠掩映中，鸟声凄楚感人，旅人静静听着，忍不住眼泪洒满了衣衫。

联报三则

从前有个某甲，中了乡试的副榜，但家里穷得无法过活，只得出门去做幕僚为生，实在是落魄可怜。

他来到山东一带，听说当地的郡守是举人出身，心想，虽然考试的地区不同，但学历与自己一样，于是便去拜见。拜见时，名片上特意写着"同年"的字样，意思是希望长官同情自己，能给予一点资助。这位郡守一向为人刻薄，就在名片下端批道："乡试认同年，本省的可以，隔省的不可比照。"某甲很羞愧地走了。

时来运转，不久某甲进入军队参赞军务，按照标准得以推荐，晋升为县令，授职到浙江某县。没想到山东那位郡守就是该县的人，这时已被罢官回家。某甲到任未久，那位郡守的弟弟误击他人，快要把人家打死了。某甲痛恨这人蛮横，便发下传票派差役带了锁链去抓他。这位郡守也听说某甲到任此地，万不得已，只得厚着脸皮递上名片拜见某甲，想为弟弟求情从宽处理。某甲还记得当年之事，就在他名片下端批了几句话，扔还给他，上面写道："绅士说人情，现任的可以，卸任的则不可比照。"

又有两位秀才，一位姓娄，一位姓薛，两人很友好，可算得上是莫逆之交。两人曾经设鸡坛发誓说："天地作证，日月担保，自愿结盟，富贵不相忘，有难同当。即使海枯石烂，也不背此盟。"过了不久，娄秀才当了官，出任福建地方长官。薛秀才还是蜗居茅屋，常常一日三餐都不周全。想到当年盟誓，他便多次写信给娄长官请求帮助，可是一直没有回音，薛秀才认为可能是由于路远，信件没有到达的缘故。亲友们便劝薛秀才亲自去一趟看看，都说那姓娄的应该不是无情之人，一定不会忘了老朋友。

于是薛秀才辞别妻子，一路靠讨饭填饱肚子，步行着到了福建。又一路打听，来到姓娄的府前。可是，连续两次通报，都没能相见。直到第三次，门上才通报召见，坐定后，两人相互客套了几句，姓娄的便出了一道上联："南方地暖难容雪。"要薛秀才对出下联，薛秀才一听，知道这姓娄的已背弃盟约，就拂袖而起，说："明公确实佳句，况且难南是双声字，下联很难对，待以后慢慢再对吧。"第二天薛秀才就打算离开福建，他身无分文，便恳求客商让他搭乘便船回故乡。

回家后，他闭门不出，发奋苦读，不久竟考中了进士，入了翰林院，没几年时间，又升为山东巡抚。

而此时，那姓娄的却因为贪污被告发，官被罢了，家也被抄了，一家妻儿老小将沦落到乞讨的地步。无奈之下，便到薛巡抚处去告借。薛秀才见到他后，也是不冷不热地随便应酬一番。待娄秀才向他诉说了自己处境的困难，希望能在薛巡抚处充当一个幕僚时，薛巡抚微微一笑，没有作答。第二天派人送给娄秀才一箱银子，里面放了一张花笺，上面写道："北地风高不用楼。"

以上两则故事忘了记载在什么书上，也想不起是听谁说的。我们安徽一带刚巧有一件事，情形与它们十分相似。

六安县有位陈秀才，年纪很轻时考校秀才就常中优等，在学堂中很有点名气，他也以此自负。他家中还算富裕，但他对待妻子却像使唤奴仆似的，接待地位低微的小吏却像接待兄弟似的。他平时爱喝酒，腹中没有多少才华，还自命为风流多才。曾经写了个纸条贴在门上，上写"富贵通"三字。邻居有个秀才与他不投机，夜里在他门上写道："富，妻儿哀叹没有裤。贵，乡长来拜会。通，三天才出恭（大便）。"可见他的为人多么被人瞧不起。

有一天打秋风，一个运气不佳的钝秀才正好来六安游学，听说陈秀才的名号，便写诗拜访他。接谈之后，陈秀才觉得很投机，就将他留下教自己的幼子，钝秀才欣然答应。但时间长了，陈秀才常常开玩笑羞辱他，挫折他的锐气，钝秀才总是忍着，不予理睬。

秋天到了，家家忙着秋收。一天陈秀才邀请钝秀才一起到田间去看收割庄稼。豆田中有一种草，草根的形状像太子参，俗称鸡腿子，放在嘴里嚼一嚼，味道甜中带点苦涩。陈秀才想了一句上联道："豆叶荒田鸡腿壮。"命钝秀才对下联。钝秀才说："'鸡腿'一词粗俗得很，又没有什么典故，何必去浪费心思对它？"陈秀才认为他没才情对不出，就贬损他。钝秀才很不高兴，因而与陈秀才发生口角，并夸口说："你以为自己很了不起吗？区区一个优等秀才我也能考到的！"陈秀才大怒，"呸"的一口唾沫朝他脸上唾去，说："等到你秀才考校得优等，我已入阁拜相了。"钝秀才不忍屈辱，就辞馆走了。

又过了六年，陈秀才还是老样子，而那位他不屑一顾的钝秀才却已从翰林外放安徽学政。这一年钝秀才莅临六安视学，陈秀才不按规定推病不去拜见，学政大怒，命教官将他捆绑前来，陈秀才来后向学政大人哭着拜见，学政笑着对他说："陈阁老，还认得我吗？从前你那句上联，我今日方对出下联，何不对上'杏花归路马蹄香'呢？"陈秀才十分惊恐，趴在地上"咚咚咚"地不住磕头，不敢有一句言语。不久后考校发榜，陈秀才竟是第一名，但他更感到羞愧难当。

阎王断

听说有个地方在龙冈北面，矍社湖以西，那儿水鸟白帆，蒲苇垂杨，风景十分美丽清幽。从前有个名叫田尔买的人，以捕鱼为生且富了起来，原来住在又小又矮的茅屋里，一旦之间变成了高楼大厦，画阁庭院，但仍不丢本行，不肯把捕鱼的器具丢掉，还在门前的大河中设了拦河大网。每当河水春涨时，大网里就会收获大大小小的各种蚌类鱼类生物，原本它们是有着奔向大海的志向的，可谁知触到拦河大网就不能脱身飞渡了。那拦河大网的形状像竹筏一样，十分厉害，当地人把它称为"阎王断"。

一天，一个身披黄袈裟的僧人云游到此，胡须卷曲，眼睛碧绿，盘膝在田家门边打坐，"笃笃笃"地敲着木鱼，说要化缘。田尔买问道："大和尚是想要钱呢，还是米呢，还是要柴？我对布施从不吝啬。"和尚说："你说的这些都不是我想要的。"田尔买好奇地问："那么你想要什么呢？"只见和尚双手合十，施礼说："还愿施主能大发慈悲，积无量功德，选择别的行当为生，别再捕鱼了。"田尔买听后十分不解和为难。和尚说："施主逮到的是一条条鲜活的生命，还请您能在明天午时三刻把大小渔网收起，暂缓投置，那么和尚我会很感激不尽，连老天也会很感激您的。"田尔买说："这事不难办，那我马上就照大师的话去做，也算是结个佛缘。"之后他又热情地邀和尚进屋做客，硬是挽留他吃夜饭。和尚见推辞不得，就留下吃了饭。田尔买十分殷勤地招待，唯恐招待不周，和尚吃饱这一顿素斋后就告辞离开。临出门前，和尚又再次向田尔买确认说："还请居士一定要谨记诺言。"田尔买大声发誓说："大师请放心，假如我有半点违背诺言，那就叫水神发大水把我的屋子沉没！"和尚才放心地离去。

第二天早晨，田尔买起来，早就忘记了昨日的诺言，心想那秃驴是什么东西，竟然要阻止我设网，这里面一定有什么秘密，我倒要看看。到中午时分，还将三四丈的鱼断放置在河中，过了一会儿，将网收起，只见一条很大的金鲤鱼在网中泼剌蹿跳，目光闪闪，口一开一合，似乎在请求饶命。田尔买见后十分开心，赶紧叫来厨子，吩咐把鱼肚剖开，取出内脏，做成酱，供晚餐用，想来味道一定比寻常的鳊鱼要鲜美。可是厨子把鱼腹一打开，却看见昨晚和尚吃的菜、笋之类的东西，里面还有一张用红朱写的篆体字纸条，上面写道：

三次入龙门，五次谒真宰，许尔化头陀，拼命走东海，谨防阎罗王，命尽田尔买。

田尔买见了大惊不已，但仍装作不知此事。命人将鱼下锅烹了，加了些调料，烧好后美美地大吃了一顿。此时别人知道事后都很为他担心，可他自己却像没事人一样。

这年秋天，忽然家中又来了个小和尚，青头皮，穿着绉纱的僧衣，容貌清秀。到了田家门口，就喊田尔买出来，说是有话要说。田尔买问他从何处来有何事，他说："我是来自洞庭湖边的小和尚，到此地寻找师父，我本擅长看风水。刚才见到你的住宅风水不好，可能不久就会有不祥之灾，幸得我佛慈悲，所以才上门奉告。"这时田尔买也恰巧生了点小毛病，扶着手杖哼哼唧唧，因此对他的话很相信，就请他设法补救。小和尚朝门庭四处东指指，西划划，故意说些惊怪危险的话。晚上，田尔买请他用餐，他却不吃。田尔买请他在厅上睡下，小和尚顺从地睡下了。可谁知听到村上的更敲三下时，小和尚忽然手拍床板，声音严厉，大时说：

咄！伙飞亡，澹台死，世无周处长桥圮，交眉裂山神龙子。阎王断，断流水，且报赤鲤仇，无匿盘涡底，吾子吾孙掉厥尾，取虎之智乌能已。急急如律令！

话没说完，只见外面风雷大作，哗啦一声，地面裂成一片大潭，田尔买家的男女老少都陷落潭中，没一个存活的。可家中奴仆的一个寡妇老婆子，在前几夜看见田尔买吃鱼头这个事情，当时就觉得不好，所以今天一听到小和尚说的话，就赶紧翻墙逃走了，也成了唯一的幸存者。田尔买的邻居们在当夜就看见一条黑色的虎头蛟龙，带领着三条小蛟龙飞向天去，遨游在江湖之中。

鲤鱼腹中藏有写明它的死期的丹书，但蛟神的报复却又如此狠毒。怪就怪田尔买靠残害生灵获利，黑了良心胡乱立誓却不兑现誓言，导致最后招来全家灭顶之灾。这也是前代明朝时发生的事了。

刖妖楼

我的家乡以前是南唐李后主的属地。新任县令江梦荪的车马刚到达县境时，县中役吏就请他先在驿馆中居住。江知县问原因，役吏说："官衙中一直都有妖魅作怪，且时常出来害人，担心大人受到伤害。"江知县捋须大笑说："这不能算理由。"命令继续驾车前进。到官府一看，只见满院荒芜到处长满了杂草，绿色的青苔都长满了石阶，真是"苔痕上阶绿，草色入帘青"。江县令命人把院子的杂草稍作处理后就解下了行装，命人铺好床席，打算之后好好休息一下来消除旅途之苦，明天好能有充足的精神处理公事。跟来的仆从听说闹鬼后都很惶恐不安，偷偷离开到百姓家中借宿。

夜中寂静无声，江县令举烛执剑，坐下查看了一些公文案件。到一更多的时候，他感到有些疲倦，就准备上床休息，刚躺下，就听到门外咚咚的敲门声，叫道："江梦荪，快出来！"连连喊叫。江县令答应说："我这就出来。"没多久又听得鬼啾啾的叫声，见到一簇簇鬼的影子，灯光也好像被故意为之，变得昏暗了，光焰摇摇晃晃快要被熄灭。这时又听得像刚才一样的喊叫声。江县令顿时大怒，掀开被子就起来，穿袍戴帽手执象板走出房中，在厅堂上焚香而坐，拜了两拜祝告说："官有官府，是用来了解民情审案的地方；而鬼也有庙宇坟墓，是用来让它们避开日、月、星三光安顿灵魂的地方。如今下官是奉天子之命来此地镇守治理，本就不能到外面去借馆。此时外面的鬼怪竟直呼江某之名，叫江某出来，这是在公然藐视我江某吗？不也是在藐视天子吗？今和你们诉说，还请你们赶紧搬离此地，使人鬼分隔，邪正有别。假若仍抗拒不走，我江某可绝不是任你们愚弄而忍耐的人，一定会严惩你们！若你们能遵奉我说的话，那么对于你们以前的事情我也就既往不咎了。"祝告结束，又虔诚地拜了拜才起身，这时听见从房梁上传来嗤嗤的窃笑声，阶下有托托托乱走的脚步声，窗槅无缘无故自己打开合上反复不断，铜锣、号角也自己发出声响。江县令此时怒不可遏大声说："看来你们这些东西是真要和我作对？即使这样，也休想吓到我！"说完用力地关上大门，吹灭火烛，靠在枕上任由这些鬼怪骚扰。不一会儿，只听县令鼾声如雷，睡熟过去，而鬼怪们也都觉无趣纷纷离开了。第二天，大家都替江县令担惊受怕，进来一看，只见他还是像平时一样端坐着，没有一点害怕的样子，人们都很好奇和奇怪。

江县令办完公事，拿笔写了一道疏文，投到县的城隍庙中，向神叩拜后，神色郑重地说："地方官是专治凶顽之民的，庙神是专治邪污之鬼的，可如果都不加管理惩治，那就是自己的失职。昏庸的官吏，本应被弹劾；可是神灵的疏忽，也应加贬谪。江某是新来的，夜中被鬼怪来官署公然骚扰，请问这是谁的过失呢？民吏没办法治鬼，可神又不管不问，如果我上疏上告天帝，我要看看你是否还能安然无恙？"祝告完就把手中的疏文烧去。当天夜里，江县令住在室中，又听到庭中有铁棒的撞击声，还有斥责叫骂声，有哀叫求饶声，过了一会儿，又恢复了寂静。早晨起来县令听差役报说，县中神庙阶前死了三只狐狸，还都被砍去了左脚。江县令知道是神灵听到了自己的祈祷，十分感念神灵的大德，就命人替神造了三间寝楼，匾额上题了"刖妖"两字，并刻了碑文来记录此事。

江县令在任期间多行善政，体察民情，爱民如子，对奸猾之徒恨如仇敌，由于治理有效，不久就被升官调任。临走时，百姓们纷纷攀轿卧路进行挽留，一片真心天可鉴，绝非装样子。县城东关外，也有一百姓家中鬼怪不断作祟，大家就凑了些钱到几百里远的江县令任所禀告此事。之后他写了张纸条给来人，上面写着"八风山海镇石敢当"几个字。老百姓看不懂是什么意思，拿回家把它贴在壁上。鬼怪见了，纷纷哀号失声叫道："又是此公来了吗？"长长地叫了一声便没了踪迹。于是百姓们把江县令写的字刻在了石碑上，直到现在还完好地竖立在大路上呢。

秦二官

周朝康叔的故乡河南定昌，有个姓秦的书生，在家排行第二，人们都叫他秦二官。虽说是个农家子，但身上却一点也没有种田人的样子，神采清秀俊逸，貌美如玉，风度翩翩，气度不凡，不知道的还以为是哪家公子。他十分喜欢穿着白夹衫，村中一些风骚的妇人，又称他为秦白风。虽然长相姣好，但是秦二官却生性胆小，不敢追逐女子欢好，直到十六岁了，自己仍没娶妻。失学后，又不想种地，自己就打算去学经商，想着这一生总不能老是捏锄头柄、赶牛犁地。

秦二官的东邻是个演杂技的，名叫寇四娘，时常包着头巾在大都市士大夫家中来往。她丈夫也会一点杂技，能吐旗吞剑，卖拳头卖狗皮膏药，比种田的要获利百倍，两人以此为生。他们有一个独生女名叫阿良，十四五岁时就对画眉、施脂粉等颇有研究，把自己打扮得十分漂亮，再加上梳掠云鬟，簪珠花，又学人轻盈地走路，一点也看不出是一个村姑。阿良有空时也会随母亲坐于演出的广场上，等待表演完毕后，就会手持百折扇向观众要钱，大眼睛不停地眨呀眨，好不娇媚风骚，那些早已经失魂的疯魔浪子和富家子弟都纷纷把钱拿出来毫不吝惜。阿良天性聪敏灵巧，她母亲也教了她一些练气轻身的功夫，如小脚走绳索、舞绳、顶缸、爬梯、转碟子等杂耍技艺，仅一个多月就把各种技艺学得精熟，就好像穿花的燕子，脚步十分轻盈，至于掌中舞之类的玩意，更是熟透于心。他们曾到中州巡回演出，就在上河边搭了个敞着的大布幕，击鼓鸣锣，伴奏着胡琴、阮咸琴之类的声音。一群群男女观众都争着让阿良唱一曲，她也不推脱，娇羞地唱了起来，歌词是：

> 陇有青苗防岁歉，案有黄金防盗劫。不及花间雌蛱蝶，到处飞来到处歇。
> 飞栩栩，还翩翩，歇上枝头香可怜。情人莫唱古离别，太息韩凭欲化烟。

一曲作罢，观众都听得入了神，好久才反应过来鼓掌称赞，认为这女孩是锁子和尚的化身，真是个无价之宝。

等演出的收入把腰包装满后，她们就结队返回家乡。一天，阿良偶然来到田埂上，见秦二官生得如此俊俏，也被勾去了目光，不舍得离开。秦二官被看得不好意思低下头来，羞红了脸。阿良笑着迎上前去说道："真没想到才不见三年，你竟然长得如今一表人才的模样，差点害我认错了人。"二官听后十分难为情，转移话题问道："阿良妹子是什么时候回来的？你现在也不是以前那个相约着去扔毛球荡秋千的黄毛丫头了，已经变成一个亭亭玉立的大姑娘了。"阿良听后十分欢喜，仍是含情脉脉地看着二官，女子的心恐怕已经丢了。

有一天，秦二官换上一套新衣，身靠大树在看野景，阿良躲在背后用纤纤玉指搔他手腕。二官知道是谁，回头嫣然一笑，笑得美极了。阿良笑着说道："二郎的容貌真好比那美丽的女儿红，娇艳鲜美。如果到我们队里，稍稍施点胭脂，画上眉毛，男扮女装，可真要叫那些小女戏子甘拜下风了。"说罢从怀中掏出绣花手帕，只见里面裹着樱桃脯、蜜枣干，把它们拿到二官鼻子底下，笑问："你闻闻看有汗香吗？"就把手帕塞进二官的袖中，还趁机抚摸了二官的手臂，喜爱之心如此赤裸裸。二官笑着接受了，低声说："妹子对我的一片深情，已刻印在我心上，但还是要庄重一点，不然让父母见到，你我可要被责罚的。"阿良从鼻子里不在意地嗤笑出声，说："你又不是个木头人，我很讨厌你说这样的痴话。如果妹子在中州时，见到像你这样的美男子，那我早已不是处女了。你几时看到玩杂耍人家的女儿，能坚守住贞操的呢？"如此赤裸裸地挑逗让胆小的二官心中也怦怦直跳，不知所措。没多一会儿，又有邻居家女孩前去打趣，两人就分开了。到晚上，熄了灯，二官仍靠着枕头回想白天的事情，忽然听到檐头上好像掉下了什么东西，随后又见窗外光影一闪，就听到细手指敲窗的声响。二官正感到诧异时，就听见女子如黄莺鸣叫一般美妙的说话声："秦二官睡了吗？"听声音，二官知道是阿良来了，就赶紧披衣下床去开门，阿良快速闪了进来。只见她提了个白纱小灯笼，身穿碧罗纱短袄，一搦搦弓鞋，窄窄的衣袖，把美妙的身段映衬得恰到好处，更显出美艳无比。二官问她怎么这么晚还能出来，阿良说："父母一直坐在床榻上拉家常不睡觉，叽叽咕咕说了好长时间，等他们睡了我才赶紧出来找你，刚才我在瓦上行走，你没听到响声吧？"秦二官听后内心狂喜不已，一把把阿良拥入怀中，说："妹子的轻功，连聂隐娘见了都要自愧不如。"阿良说："只不过是一点小技，这有什么稀奇的？我对你前世是怎么修来的，不花一文钱，就能让妹子自动投入怀抱的功夫很感兴趣呢。以前在中州时，那些富家子弟对我大献殷勤都没得逞，你怎么有这么好的福气呢。"说完两人就迫不及待脱衣上床，大胆放纵，彻夜欢愉。直到鸡鸣啼叫，东方天色发白，阿良才赶紧不舍地穿上衣服离去。从此由于两家相隔不远，两人往来更加密切，有将近半年之久。

好景不长，一天深夜，村里的牧童起来喂牛，见二官房屋中灯烛仍没熄灭，亮堂堂的，好奇这么晚怎么还没休息，就偷偷从窗子朝里张望，见到一男一女正搂抱着互相饮酒，手中敲击象牙筷子，低声唱着山歌，关系十分亲密。牧童看到两人的面目后，十分吃惊，回来后就把所见的情形告诉了伙伴，逐渐将此事传开，这时外面人才知道这两人好上了。后来四娘也听闻了此事，很是生气女儿的不检点，但也只是对阿良稍微规劝了几句，阿良只是沉默不语，也不发火。一天晚上，她父亲又找不到阿良，就大声呼叫。这时阿良就忽然像老鹰一样从檐上飞落，其父怀疑阿良又去找秦二官了，就站在屋边空地上放话说："秦家这放牛郎如此胆大包天，竟敢来撩虎须，总有一天我要让他尝尝拳头的厉害，看看怎么死的。"

这时秦二官父母都已去世，只剩下自己孤单一人，依靠叔父过活。他叔父生性忠厚老实，本就对寇家惧怕，私下流着泪劝二官说："是阿叔没出息，田地又少，没能让你娶上亲，才发生现在这样的丑事。可是侄儿本就生得清俊，像个书生相公，将来一定会发迹光耀门庭的，怎么可以和虎狼之女厮混在一起呢？她的父亲本就是不好招惹的人，不如你离开此地去学经商，躲避一下吧？"秦二官也知道叔父的为难，哭着答应了，并发誓再也不会做出这样的事让叔父为难。他叔父连夜给镇江的朋友写了封信，托他照应这没了父母的侄儿。二官离开时，叔父一直送到十里之外才回去。秦二官依依不舍地告别了叔父，自己一个孤零零地赶路，好不凄凉，流下了伤心的泪水。之后来到镇江，以晚辈之礼拜见了父亲生前之友某人。某人就把他留下学习经商。

阿良听到二官走后，就经常打听二官的行踪，打听了好几天，才知道二官去了哪儿。并没有责怪他的薄情寡义，反而十分怜惜二官生性软弱，身子单薄，自己一个人在外谋生的辛苦。从此朝思暮想，时间越久思念之心越浓。他父亲把阿良当作摇钱树，所以见到女儿这个样子也不忍心责打她，只是说："我们这玩意是门死功夫，只要有了男女之爱就会把功夫减损。咱们卖艺不卖身，是前辈留下的规矩，你也别怪我狠心。"从此后阿良对父亲十分怨恨。那年八月，寇四娘一家准备上山西演出，让阿良骑在马上一起前往，一家子整理好行装就连夜赶路。走到钟离地方时，阿良突然在半夜时，换上男子的衣衫，偷了匹马，带着钱逃走了。

当时秦二官正在镇江，还不知道发生了什么事。有一夜，他正要熄灯睡下，突然听见开门的声音，还来不及喝问，就看见一个人影来到面前，耳边响起带着口红香味的声音："秦郎，我的好夫君，你怎么就忍心撇下你的情人离开，你可知道我想死你了。"声音听得清清楚楚，二官赶紧离枕起床，打火点灯，一看之下，惊诧不已，竟是一位高挑身材的美男子立在床边。看着二官傻愣愣的样子，只见那人笑着说："秦郎不认识妹子了吗？"说着就把帽子摘下，露出秀丽乌黑的头发，又把靴子脱下，露出玉笋般的小脚。秦二官这才知道是阿良女扮男装，十分惊喜就问她："你从哪儿来，怎么找到我的地方的？我不会是在做梦吧？"阿良笑着说："你个呆子，这不是梦，妹子真的来啦。"随后又吹灭了灯，上床相拥而眠，阿良把分别后的事情一一都说了出来，向二官倾诉："我实在爱你，这才大胆偷偷地来到此地，我在古庙中借宿已经三天了，打听好你的住处，才找寻了过来，仍从屋上翻下，你不要害怕。"二官听后十分激动，惊喜交加，彻夜欢好。事毕后，听到他不时发出叹息声，阿良知道他害怕遭难，就说："你不用担心，我已经想了一个好办法了。"天快亮时，阿良就飘然而去。

第二夜，阿良又来了，还带着点下酒的小菜，绿酒一瓶，像竹叶般青碧。阿良百般劝酒献媚，让二官喝了一盅又一盅，之后不胜酒力，顿觉醺醺然，头昏目眩，迷糊不已，就直接在桌上睡下了。阿良见状起身拿被子把他裹好，然后用带子扎紧，随后伸出手指念动咒语，只见二官的身子就比婴儿还轻了。阿良不费劲地把他背在肩上，吹灭了灯，拉开门闩走了出去，仍跳上屋面，如旋风一般越过一座座高楼，穿过小径，进入古庙。之后把二官放在床上，解开被子，拿出药朝他鼻中吹去。只见二官打了个喷嚏就悠悠醒来，茫然地朝四壁看了看，说："这古庙也不是我俩的藏身之处啊。"阿良说："我们当然要走得远远的。不然的话，随后我父母就要追来了。"天刚亮，晨钟才敲，阿良仍旧换上男人的装束，叫来道童，给了房钱，从马棚中把马牵出吃了点草，喂饱后，两人就同骑一马离开了。

之后他们来到了浙江的西湖，看着口袋的钱快要用完了，二官又不禁担心起来。阿良说："郎君不用担心，妹子随身带着吃饭技艺，还怕把你饿着吗？"之后找了家旅店住下，换回了女儿装的衣服，涂脂抹粉把自己打扮得很艳丽。第二天，选了一处宽敞的地方，用灰画了个方圈，让二官坐在场角上压阵。之后阿良使出绝技，表演了各种精彩的杂技节目，观众纷纷叫好，两人挣了很多钱。从此两人和正式夫妻一样住在一起，吃好的，穿好的，二官对这样的生活很满意，愿意就这样过一辈子。一天，阿良忽然对二官说："过去咱靠演技赚了些钱，但是如果以后用法术赚钱，一定会挣得更多。等我们有了足够的钱，就买一匹宝马，从此和郎君骑着，谈笑过钱塘江。"从袖中拿出一卷书给二官看，说这是一本道家的秘书，说："这书是我从父亲那儿偷来的，当中奇幻百出，可以把人灵魂都取了，给人观赏取乐。有了它，我们就不用再担心过穷日子了。"二官有点担忧说："我昨夜做了个不好的梦，醒后仍是担惊受怕，我们还是别再继续冒险了。"

可是阿良不听，中午时分，她就带了演出道具来到城隍山下，找到了块空地，然后从袖中取出青色的绸幕，围了约有十来亩地一块场地。两人坐下后就敲起锣来吸引人过来。不一会儿工夫，就聚集了蚂蚁似的人群，都快把全城的人都招来了。阿良口中嘟嘟叫了几声，幕布忽然分开，里面有门，有窗，有房舍，密密层层，曲曲折折，像蜂房一般。从房中走出一个身形苗条、穿着红衫绿裤的小丫头，梳着堕马髻，鬓边插着一朵鲜艳的牡丹花，花像碟儿一样大，小脚尖尖上翘。小丫头见到阿良，下跪问道："姐姐要让我做什么？"阿良笑笑说："我身体抱恙，你姐夫又是个文人，这样下去我们恐怕要坐吃山空了。知道你有绝技在身，能否请妹妹随意表演几个节目，让观众开开心，也给姐姐挣点吃饭的钱。"于是小丫头就举袖跳起舞来，一边唱道：

> 茫茫兮，匆匆兮，翩翩跹跹兮，柔若无骨兮，金银楼阁仙人栖，
> 愿为仙人梯长梯，仰视碧落神迷离。

唱完，又从袖中取出十几丈长的绿绸带，在带子头上打了个结，然后向空中抛去，只见带子直上云霄，笔直笔直，就好像空中有人拉着，众人此时已经被惊得张开了嘴。小丫头又对阿良施了一礼，禀告说："我打算到天上去，邀请王母身边诸位侍奉的仙女都过来献艺，姐姐你认为怎么样？"阿良说："唉，湛湛青天，如果不小心失足跌下来，恐怕就要粉身碎骨了，你不怕吗？"小丫头说："我有本领，不用担心。"说完就攀附绸带，手拉脚盘，像猴子爬树一样向上攀爬。过了一会儿，人影就比燕子还小了，随后又听见从高处传来仙乐，乐声美妙。只见有六个仙人，身穿彩凤流云图案的衣衫，蝴蝶莺花图案的裙子，戴着夜光珠的耳环，穿着凤头鞋，一个个从云中相继出现，然后沿着绸带降下地来。她们对阿良略略施礼后，就有的吹笙，有的吹笛，有的弹筝，有的弹箜篌，有的奏着琵琶，声音铿锵，好不动听，令听众神往，都认为"此曲只应天上有"。一时间，五光十色，天花乱坠，让人眼花缭乱。可再细细一看时，已不见绿绸带的踪影，不禁好奇。

这时阿良起身，用白绢承着向观众要钱，观众纷纷叫奇，都拿出钱来，顷刻之间，十万贯钱就堆满在二官面前。这时又听到阿良忽然娇声骂道："这个死丫头，去迎接客人可自己却忘了回来，不会是逃走了吧？"请各位仙女席地而坐后，自己就提起嗓子唱道：

> 遇子兮山阿，期子兮银河，凉飔习习生微波，飞琼赠我青雀舸。
> 劝子且倾金巨罗，白邱山下冢何多。

人不学仙可奈何？

正要变换节奏时，她向帐帷中唤出两个鬼仆，一个头大身矮，一个头小身长，行动十分缓慢，但步伐却很大，只走了三步就来到阿良跟前，慌张地朝四处张望。阿良在后面狠狠踢了一脚，两个鬼就老老实实地，垂手听候号令。阿良说："你们把梯云术的本事露一手，赶紧把各位仙人送回天上去，到晚上赏猪肉给你们吃。"二鬼听后点了点头。阿良又从帷帐中一个个地叫出来十几个小鬼，只见大头鬼在底下垂头丧气地站着，小头鬼把脚踏在大头鬼肩上，一个接一个都按次序登上去。重重叠叠像叠着十二颗泥丸而不掉下来，叠得高高的。这时阿良起身送客，仙女们向阿良施礼后退在一边。过了一会儿，都也按着次序搭着鬼的肩膀，攀登上去，没多久都不见了踪影，而那些鬼还在一长串叠在那里。

还未结束，只见闯进来一个老头和一个老婆子，一把揪住阿良的头发，骂道："骚丫头可真不要脸，竟然私自逃到这里！"二官见状可被吓坏了，赶快从人群中逃了出去。原来是阿良父母跟踪而来，只顾着责骂阿良，没看见正在要钱的二官，才让二官溜走了。二官害怕阿良父母的威严，之后沿路讨饭步行回到镇江，来到主人家中。自二官走后，主人正四处找寻，见到二官，问了详情，说："可真危险啊！这全是魔术啊。如果一不小心你死在她手中，我怎么向你叔父交代呢？你先住些日子，定定神，之后再给你安排事情。"

阿良的父母这时已参加了白莲教，担心女儿在外泄露秘密，所以就把她捆绑回家。阿良父亲私下对他妻子说："如果不杀了这孽种，我们家的脸都要丢完了，怎么办呢？"寇四娘于心不忍，说："阿良是我的掌上明珠。从前在中州时，也算是还了前世欠你的债，现在你怎能如此翻脸无情呢？何况女儿已经长大了，早晚要嫁人，不如我们把她嫁出去，也去了你的眼中刺。"其父认为此话有理。刚巧他想到家里有个姨侄，袁三小，也住在甘泉山务农，三十岁了，仍没成家，就派人把他叫来，让他洗澡换上衣帽，逼着他当了上门女婿。婚后三天，又拿了百两银子给他，说："婚礼举行得太匆忙草率，也没准备什么陪嫁礼品，这百两纹银就算陪嫁吧。"袁三小感谢着收下，之后拜别了岳父母，带了阿良骑着毛驴走了。这事二官一点也不知道。第二年，二官乡里有人到镇江客居，在路上偶遇二官，二官十分开心见到家乡人，硬拉着他到茶店聊天。听到那人说阿良已经再嫁，但不知嫁在哪里，她父母也忽然神秘莫测地弃家外逃时，秦二官心里终于放下了一块大石头，就起了回乡的念头。

当时正值岁暮，二官去向主人拜别，说是想回去看望叔父。主人给他结算了工钱，叫他把其他行李都留在店中。二官只背了个小包裹，乘船渡江。走了三天，来到了扬州竹西，这时已夕阳西下，他还在不停地赶路。刚匆匆出了西城门，就碰到了袁三小，因为两人从未见过面，所以就结伴同行。路上两人相互攀谈，互道姓名，讲述旅途况味，谈话十分投机，成了无话不说的知己。这时西风刮个不停，天色也渐渐昏黑，快要到袁三小家门了，二官拱手作揖，和他告别。袁三小见天色太黑，拽住他衣袖，说："这深更半夜的你能到哪里去？路上盗贼众多，不能冒这个险！我家就在附近，如果你不嫌弃，可以在我家睡一宵，等明天早上，我送你到江都大仪镇，之后路途就很好走了，就平安无碍了。"二官推辞说不好意思打扰。袁三小说："你这说的什么话？咱俩能够遇见还能投机，这就是缘分，这一餐一宿算什么呢？"热情挽留。二官这时听到村中敲更声起，狗朝着行人乱叫，便不再拒绝，爽快地随袁三小进入家门，到屋中坐下。之后听到袁三小进入内房对妻子说："我回来了，今天有客人来此借宿，你赶快去温酒，备些洁净菜看来，不能怠慢了客人。"他妻子从屏风后面窥探，十分惊讶，可二官还不知自己现在身在阿良家中。过了一会儿，袁三小提了盏灯到来，随即捧上香茶，又带来杯盘酒菜，来来去去里外奔走，十分热情殷勤。两人坐下欢饮畅谈，十分开心。之后两人都喝得有点醉了，眼睛也有点睁不开了。袁三小起身为二官铺好了床，把被褥枕头放好，看着二官脱衣摘帽，这才道了声"珍重"，回到内房去了。

二官把油灯剔亮，只见房舍院落十分整洁，便摊开被子躺下。正在想着庆幸遇到此朋友，得到了这样丰厚的招待，忽然觉得有人推门进来。细细一看，竟是从前在西湖边上分手的情人阿良，惊诧不已。阿良搂着二官坐下，流着眼泪把她父母如何逼她嫁人的详细情况讲给二官听。二官这才恍然大悟，原来袁三小就是阿良的丈夫，就说："既然你已经有了好的归宿，只要田中收成好，就是一个富户的家主婆。那么就别再留恋过去的事情了。说起来惭愧，在下东西漂泊，年轻不懂事，蒙你错爱，才害你受苦。你赶紧回去吧，省得招致瓜田李下的无端猜疑。"阿良听了怒不可遏，骂道："你这没良心的东西，和你一起，我挣钱养你，哪一点对不起你！我为你吃尽千辛万苦，当初我找你时跑得连脚底也碎了，后来又遭父母羞辱，至今身上还有鞭打的伤痕，一到阴雨天就要作痛。我被逼嫁给袁三小，即使你不来，我也要逃往远方。今夜相逢说明上天也被我的痴情感动，是注定的缘分，可你怎么能说出这样无情的话，让人寒心。"见二官惊吓不已，阿良又说："没事。他喝醉了必定就睡着，睡着时鼾声如雷，即使打他也不醒，你怕什么？"二官见劝不动阿良，声色俱厉地说："你不走，究竟要怎样？"阿良说："我想和你一起逃走，以了百年之情。"二官急忙摇手说："你快别说了，你已经有了丈夫，而我也终究要娶妻，你就死了这条心吧！你丈夫对一个陌路相逢的人都如此有情，更何况待自己的妻子呢？有这样的好丈夫，你应该好好待他，千万不要起坏念头。"阿良听后和他大吵大闹，二官十分害怕，赶紧起来寻找行李，打算夺门而走。阿良见后冷笑说："你这胆小如鼠的小耗子，你觉得能在我面前顺利逃走吗？"说着就并起两根纤纤玉指，向二官肩上一击。二官顿时觉得像是挨了一斧子，人立即就瘫了下来，怎么也爬不起来。之后阿良慢慢拿出条白花腰带，把二官捆绑好，脸上布满了杀气，拿出火烛就向外奔去。

过了一会儿，阿良衣袖上鲜血淋漓，跑过来对二官说："好啦，你不用再担心了！"说着把缚二官的腰带解开，拉他进内房去看，只见袁三小肢体已断裂，躺在血泊中。二官见状失声痛哭，身子不住地颤抖，阿良吆喝着加以制止。随后她用锄子在床下挖了个坑，把袁三小的肢体掩埋好，把血迹清除干净，然后把家中的资财席卷一空，拉着二官逃走。这时家中的雇工还在睡梦之中，没有人知晓发生了什么事情。阿良挟持着还在惊吓之中的二官出门，把火种扔在茅屋里，向东走了里把路，回头一看，只见火光冲天，村落已化为灰烬了。二官不得已，闷闷不乐地跟着阿良，改了名姓，在扬州城中租了间屋子住下，二官总是胆战心惊的。阿良每夜总要求他欢好，可是二官却瘫在床求饶。阿良取出一颗红丸，和他嘴对嘴吞来吐去，这其实是一种春药，逼迫二官欢爱。此外阿良还对二官早晚防范，不许他随便出门。

有一天，阿良喝酒，有了几分醉意，二官趁机逃出家门，来到县中击鼓鸣冤，向县太爷哭诉了阿良杀夫的惨状。县令在三天前就收到袁氏族中的诉状，还未查清缘由，听了二官诉说，立即命捕快把阿良抓来。开始，她死不承认罪行，即使用鞭抽打，她也不哭。二官说："她头发里藏有盖印的符咒，只要把它拿掉，即使不用刑，她也就老实招了。"阿良朝二官骂道："你可真狠毒，我哪里对不起你，你却要置我于死地！"因为二官并非此案的同谋，而且是首告，所以县令对他很同情，想替他开脱死罪，但袁三小的死是因为他和阿良的奸情所致，最后就把他从牢中提出，打了一百棍，发配到辽阳充军，永不赦免，到了冬至就动身。

一天，二官听到市上有人叫喊说："寇阿良今日在扬州市上就被凌迟处死了。"大快人心，又请来画工画了袁三小的图像，扎在长竿上挑着到市中心去看。阿良的皮肤如雪一样洁白，行刑刽子手看后也不自觉地颤抖着，迟迟不能砍下。这时二官在旁斥骂说："好男子，多砍她这个毒妇几刀，以慰问袁三小的在天之灵。"之后刀口落下，行刑结束。之后二官夺过大刀，跳着叫道："好友是因为我而死，情人也为我而死，我不能一个人活着。"说完举刀向颈上抹去，刽子手赶忙夺下，可仍没有救下他，只见身首分离。扬州市人把他当作有义气的人，纷纷集资为他买了棺木，大殓后寄放在寺庙中。二官的叔父听说后大哭不已，来扬州把棺木运回故乡埋葬了。

当阿良被捆绑着走向刑场时，要先经监狱官点名核对身份年貌，这时阿良斜着美目朝他暗送秋波，对他嫣然一笑。监狱官回家后痛哭说："寇阿良果真是绝色美人，不能和她寻欢做爱，我情愿身死殉她。"行刑当晚，只见阿良迈着轻盈的步伐，走到他办公的地方来，觔斗虎跳，表演各种杂技，身姿妖艳风骚。过后就和监狱官做爱，他全忘了阿良是个已经被砍了头的鬼。从此以后，阿良夜夜都前来欢会。一天晚上，阿良自己把头摘下来，放在桌上用木梳把头发梳成一个盘龙髻。监狱官在帐中不小心往外看，惊吓不已，暴毙而亡。

剔灯银

　　我们乡下北城边有一座桥，名叫锁冈。当地人传说桥下有一个大孔穴，很像仙洞，里面藏满了白银，就像金库似的。但一定要等到有胡子的女子和没胡子的男子碰到一起，并且都赤身露体，洞口才会打开，但这件事显然是办不到的，的确是一桩离奇的无稽之谈。

　　高邮地方有一个人，生性非常贪婪卑鄙。他从出生开始就不记得父亲名字，也不知道母亲叫什么，只有看见到了白花花的银子，才会耸着肩无耻地嬉笑。虽然自小就读书，但胸无点墨，就改学摇船。这一年，他摇船渡过长湖，船上贩运红莲稻、山稀荟。船在江口停下，自己有事进城去了。月照当头时，他从城里回来，从桥下经过，忽然看到高岸边有一所红漆大门的房子，门半开半掩的，上面装着兽头铜环，用手一摇叮当直响。他心想：我好几次从这儿经过，从来没有见过这里有这样的大户人家，或许是因为从前没有留心注意的缘故吧？把门推开，砰的一声，他赶忙退开，然后又悄悄地走进屋去。他试探着咳了一声，想引起屋中人的反应，结果没有人应声；他又大声喊叫，也没人答应，这时候才大着胆子走了进去。看见正西堂屋的匾额上用大金字写着"地不爱宝"四字。旁边有白色木牌，上面用绿字写了一副对联，那联上写着：

钱纵如山岂半点得填贪壑；

源真似水许千年永镇横流。

他默默记住了，朝四面看了一圈，见到的情形果然真的和当地人所描述的一样，白银高高地、静静地堆在那儿，有的和巴斗一样大，有的小得像杯子，横七竖八到处堆放着，实在是数也数不清。左右两间屋中也藏了许多白银。他弯腰去拾，得了个小元宝，约重十两。他打算替这间屋子的主人把门关上，然后赶快把船摇来，把这儿的银子陆续运回乡里，到那时，自己立刻就会变成石崇一样的大富翁了。他又见屋中有三只大瓮，里面都装着点灯用的油脂。屋中一灯如穗，一闪一闪的暗淡下来。他走过去把油灯剔亮，顿时一片光明，室中宝物更加灿烂了，光辉夺目。他心花怒放，腿脚不停，仍然从原路跑出来，到船上告诉妻子。取出元宝看时，只见它白亮如霜雪。两人急忙摇船前往，这时天已大亮，再寻那朱门大屋时，竟毫无踪影。只是在桥边沙滩上看见如用锥子划出的一行草字，道：

锁冈桥，锁白镪，天所留，神所掌。

秦邮某，心莫痒，赏汝剔灯银十两，幽阖深深毋妄想。

琼琼紫霞贞姑

金陵（南京）地方有一个富家子弟，气概非常豪迈，曾经用几万张金纸在金陵城楼上临风放飞，就好像几万只金蝴蝶在空中飞舞，灿烂夺目。这时正是春天，巷子里儿童成群结队在放纸鸢，俗称风筝，小孩子只是凭借着手中线，依仗西风的力量把风筝送上青天，看它一颠一颠玩耍取乐罢了。他见了觉得不够满意，认为这么小的风筝不能和雄风相称，就命工匠制了一只极大的风筝，有东厅墙壁那么高，糊上了厚的绢绸，上面画了图画，用薄铜片、空葫芦做响器，把它装在风筝嘴上。大风筝乘风直上，响起一片呜呜声，就像锣鼓齐鸣，又像腊月里驱鬼跳傩舞的演出声音。全城的男女都抬头翘望，竖着耳朵听。但是放风筝时，一定要用几百丈长的粗绳缚住，由几十位身强力壮的人拉着。如果用大石压住，大石会被拉得旋转，如果把绳绕在大树上，大树几乎被它拉得摇晃。

这富家的门客中有个姓阴的书生，怀有异能，讲义气，力大无比。曾经在调解佃户斗殴时说："暂且住手！我就这样直立站着，你们尽管拉，我身子移动一步，老子就是缩头乌龟，从此以后再也不敢在富家门下滥竽充数。"佃户们都争着去拉他，果然他稳如泰山，岿然不动。这一天，阴生跟随主人出外游玩，看到几十名壮汉正拉着风筝的绳，汗流浃背，气喘吁吁，就冷笑了一声。众人说："你别袖手旁观，看人挑担不吃力，站着说话不腰疼。"他立即发怒说："你们这班人只配得上听家中的黄脸婆娘支使，有什么力气？像我，只要一个人就足够拉住它了。"大伙很惊讶，想看看他究竟是不是在吹牛，于是把粗绳末梢围在阴生腰中，打了个死结。开始时，他还挺得住，时间一长，加上狂风怒号，阴生就两脚离地，一眨眼工夫，已经被拉向空中。众人赶忙上前救护，他已经到了云端，人影越来越小。即使大声喊叫，但由于风筝响器鸣叫声的干扰，地上的人也没有办法听到，即使听见了也没有办法够得到，把他留住。

当时，阴生分不清楚风向，看不清云的颜色，心里想着必死无疑，只能随风筝摆弄，飘到哪里算哪里。他试着睁开眼睛往下看，只看到下面茫茫一片，一团团全是白色。江、河、山脉都辨认不清了。过了一会儿已经是傍晚时分，飞倦的鸟儿都回到林子里，夜里没有月光，更显出漆黑一片。阴生只感到一团团绵软的东西像芦花，又像柳絮一样擦过身旁，拂面而来，纷纷密密，他心里明白，这就是云。风筝带着他整夜飞行。天亮时，晨风吹动，风筝越飞越高。飞行途中看到骑着独角兽的大汉，乘着九尾凤的美女，还有坐着劣马的老头，跨在鹤背上的小孩。他们有的有仪仗队在前方开路，有的身后有旌旗簇拥。阴生大声哭喊，可是他们都昂首经过，好像根本没瞧见似的。阴生也不知道这些人是神还是仙，只是怨恨自己到这种地步，结果是求生不能，求死不得。中午时，风力渐小，但还是有几万尺高呢。向下往人间看，还看不清东西。这位老兄平时食量很大，此时只觉得饿得饥火烧心，肠子咕噜咕噜叫得像雷响似的。不久之后，夕阳西下，而这时风又大了起来。他想用牙把绳子咬断，拼着跌下一死算了，可是苦于绳子太粗，咬得两颊的肌肉力气竭尽，皮破肉烂，腿疼得像要裂开似的。于是只好紧闭双眼，不再动别的念头了。

忽然，阴生耳边听到女子的声音："奇怪，哪儿来的陌生人的味道？"另一女子回答说："按照你说的，下面真的有人会飞升上天吗？"一个就说："我已经百来年没见过地上的人了。"另一个说道："我已经看到了，那是一个被绳子拉来的人。不知道他穿的是什么衣衫，样子可笑极了，为什么不叫虮子去把他拉住，正好趁这个机会问问人间的事情。但事不宜迟，慢一点就会向西飞走了，遇上大风就危险了。"阴生很高兴自己终于遇到救星，就睁眼观看，只看到面前是一座高耸入云的大山，猿鹤都不声不响，万花缤纷，楼阁金碧辉煌，森林幽静，山谷深邃。山崖石边围着红色栏杆，站着两位美女，在谈笑指点。忽然一个童子张开双翅向阴生飞来，用手抓住绳子，把它挂在大树枝上，阴生就紧紧抱住大树。两位美女拍手，大笑不止，笑得弯了柳腰，绽开了樱桃小口。再看那童子，梳着双髻，披着锦绣马夹，围着豹皮裙，赤着双脚，十三四岁，肤色洁白，嘴唇红润，这会儿收拢翅膀，盘屈在树上，替阴生解开绳子。然后一只手拎绳，十分轻巧，好像拈着丝线一样；一只手提着阴生，轻松得如抓着婴孩，从高处跳下。阴生向两女子跪拜，感谢救命之恩，并诉说自己肚子饿了。女子命令童子入内取冰枣儿饭给他吃。说完，两美女手挽手进去了，说："这事该告诉我家琼琼紫霞贞姑，看看这人间凡夫，让她开开眼界，听听新鲜的趣闻。"两人离开后，童子果然端着小小的石碗送冰枣儿饭来了，颜色像胭脂般绯红晶莹。阴生心想这么小的石碗，能装多少饭呢，怎么可能吃饱肚子？他三两口就把饭吃完了，要求再添，童子不愿意，但是这时肚子倒也不饿了，只觉得味道香软甜美，知道这不是人间有的食物。口中分泌唾液，就像嚼生莲子一样。

过了一会儿，两位女子出来，向他招招手，带他进入小园。台阶下面有一方大水池，四周用白石砌成。池中游着五色红鱼，在水面自由自在地蹿上潜下。台阶上靠着房子的地方种着一棵树，花有碗口那么大。花瓣掉下时落地有声，原来都是玉片和珊瑚片。有十几个美人在花树下聚集宴会，她们穿的袍服光彩照人，台上琳琅满目，酒肴芳香浓烈。旁边有五六十名身穿丽服的侍女伸长脖子站着，各人管各人的事。女子把阴生领到桌前，命令他向坐在上座的人行礼。那上座的美人高傲地让他站在石阶下行礼，似乎是嫌他身上有俗气，不愿意靠近的样子。其他美人们都微笑起来。那坐在上座的美人估计就是紫霞，却安稳地坐着不动。她好像预先知道阴生是随风筝飞来的似的，所以认为他无足轻重。给阴生一本绿色金字簿册，叫他跪着将它读完，就下令召唤童子过来。

两个女孩对童子说了很久的悄悄话，童子笑笑，就拉着阴生出来，指着风筝问他："这东西在下界叫什么？"阴生说："纸鸢。"童子仍不明白纸鸢是什么。阴生问："紫霞姑是什么仙，这儿是什么地方？"童子说："你别问，问也不会知道。但让你吃了顿饭就算是你的造化了。贞姑传话说，命令我送你回去，你还这么傲气十足，不向我拜谢吗？"阴生看他只是个小孩就有点小看他，只是朝他略略拱了拱手。童子知他有意怠慢，就说："总得让你吃点小苦头。"在树上拉下绳子，随手把它一寸寸掐断，说："烂掉了。"说完就把它扔了，再回身到里边。一会儿工夫，童子拿一根短带出来，系在阴生腰间，说："你把双眼闭上，途中别轻易睁开，否则就要粉身碎骨。"阴生答应了。童子带他到山崖边，把他提起来朝下扔去。

阴生这个时候心里还明白，只听见耳边又响起了呼呼的风声，一会儿工夫就快到地面了。此时离地还有八九尺高，那带子突然从身子上脱落下来，只听见扑通一声，阴生跌落在人家的屋瓦上。那屋子的主人正要发怒，儿子媳妇也觉得很奇怪，把他揪下要打一顿。阴生苦苦地告诉他们自己从什么地方而来，他们都不信，但阴生屁股几乎碎裂，腿骨也快要骨折了。再抬头看天上，只看到一条长带，很像彩虹，又像是悬空挂着的丝带，在空中飘动。不一会儿，晚云密布，才看不见带子了，这时主人才饶恕了阴生。阴生问这是哪里，才知道自己已经到了陕西延安府城北面地方。

第二天，阴生把自己的遭遇告诉别人，大家听了都大笑，认为这样的事从来没有听说过。阴生从此以后就不敢向人多讲自己的经历，只是借口说自己长久地客居他乡，落魄到这种地步，一路乞讨返回金陵，重新去拜见主人。主人见了他大声吆喝，认为是鬼来了。后来听阴生说了自己的经历，又非常高兴。因为阴生家属正在和主人家打官司，闹个不停，阴生一回来，诉讼自然平息了。

阴生后来果然享受了高寿，步履矫健，能一天行走百里路远，连拐杖也不用。别人问他那本簿册上写什么，他说上面写着：

阴某人于某年某月曾经在大风雪中救活了一个临产的女叫花子，上帝嘉赏，准许这一天来到这个地方，赏赐给他美食，可以延年益寿。

筝　娘

杂技班子中有个叫筝娘的，已经忘了她是何方人氏，只知道她生着西施般的眉毛，南子般的容貌，体态婀娜多姿，温文尔雅。富门大户子弟看过她的表演，都被她深深地迷住了。筝娘虽然出身戏子但是为人端庄自重，只要别人对她说话稍有轻薄，她就赶紧走开，更别说对她有什么非礼之举了。父亲教她运气吐纳等种种气功，使得她能翘起一只小脚，单足跳舞。又能突然飞身立上杨柳梢头，不掉下来，下来时也从不用手去攀细柳条借力，翻跃三次就下来了，身手十分敏捷，这是因为她将全身的力气均匀地运用在两足的缘故。筝娘十七岁时，已经凭借自己的本事为父亲挣了万贯家财，可以和乡中的富户相匹敌。有一次，筝娘私下问父亲："我这样还要多久呢，难道终身不嫁人了吗？"父亲迟疑了一会儿，说："这事我做父亲的时刻记在心头，但是官宦子弟我们高攀不上，乡村农家子弟我们又不屑一顾。这也实在难为了我，我们走南闯北，去了很多地方，不如让你自己挑选女婿怎么样？"

有一天，父亲带她到袁江地方表演，听闻来的观众有河道官员，也有看闸的小吏和各种吏役小民，都带足了赏银来观看筝娘的表演，其实是为了一睹芳容。于是之后的日子里，不管是在官府宴会上，还是茶楼酒肆中，甚至小巷子里，无人不说筝娘，艳羡筝娘。一天中午，树影略斜，大堤上车水马龙，河面上舟船相结，游客络绎不绝，好不热闹。父亲又带着身穿艳丽服装的筝娘，骑着小马出了城门，找寻了一块空地，也不搭什么帐篷，就露天成了演出场所。他叫筝娘立在场子中央，只见筝娘亭亭玉立，衣饰鲜明，比赵飞燕的苗条和杨贵妃的丰腴还恰到好处，众人都纷纷感叹此女只应天上有。突然只听嗡的一声，人群像蚂蚁一样聚拢来看热闹。筝娘的父亲站在场角上，敲着锣对众人宣告说：

> 儿大终聘妇，女大终适婿。有缘即相逢，无缘不能遇。
> 踪迹千里遥，姻缘一线聚。权虽月老持，茸阉那轻觑。
> 窭人亦不妨，富儿亦不惧。但有赤绳牵，不要七香御。
> 请即鞠跋场，手攫文鸳去。江南多芳春，早赋河洲句。

宣告完，又镗镗镗敲起锣来。众人这才明白过来，原来是老头要相女婿，这一下子让那些单身的男子蠢蠢欲动。老头说："我女儿笔直地站在场中，你们众人中不论贵贱，不管老少，不分美丑，只要有人能用双手把她抱起离开地面寸许，我就把女儿嫁他为妻。我老头说话算数，绝不食言后悔。但我女儿还是黄花闺女，不能让人轻易接近，如果要来试试的，请先出五两银子。不能抱动的，银子就归我。如果有好男儿请上场比试，千万别错失良机！"说罢，又敲锣。筝娘独立场中，脸上一片绯红。老头说："虽然我儿容貌比不上仙子，但是到处被贵人赏识，至今还是处女，臂上的守宫砂可证明她的贞洁。"

当时堤上绿营兵中多是武夫，游击将军哈四虎，守备将军笪一龙，一直都是因为力大而闻名，是河道官手下的头等大力士。哈四虎曾双手提起两只每只重一百斤的铁狮子，笪一龙曾两手抱着一只两百斤重的石龟，在堤上飞快地奔了八百步，然后轻轻放下，跑到河道官面前下跪，高呼万岁，脸不红，气不喘，这两人都是人中豪杰。这天在场听了老头的话，二人心想，这轻盈得像随风吹得动的嫩柳条般的女子，还需要甩手挟抱？只需一根指头一点就能把她推倒，这事不能再简单了。得手后，就让她当婢妾，或者是送朋友。二人就命身边小兵去取银子来，走到筝娘跟前，回身对老头说："老丈不会后悔吧？"老头大笑说："我为女儿择婿，如能得到像你们这样的人做女婿，可算是无上荣耀了，还后悔什么呢？"

两人听了大喜，用尽全力去抱筝娘，但筝娘始终稳如泰山，他俩简直像蚍蜉撼大树，小鬼扳金刚，最终使尽全身力气也没有搬动一点儿。观众见状哄堂大笑，两人羞愧不已，又尝试了一会儿仍不见动，就羞愧地逃走了。但还是常有些平时练习拳棒的富家子弟时常出现，总是油头粉面打扮一番，想取得筝娘的好感。过了一个多月，这里的人都纷纷知趣地退走了。一天老头对众人说："这些日子已得到你们的白银有千两之多，我儿出嫁时，我也不担心没有嫁妆了，多谢各位的捧场，但很可惜可能缘分未到。"第二天就走了。

又过了一年多，老头又带了筝娘来到这里，仍像上次那样说了一番话，设场选婿。一时手头有钱的人，又纷纷带着银两前来，那样子就好像蚂蚁闻到膻气似的。有个河北来的客人，见了筝娘父女后，私下对众人说："你们还是算了吧，别浪费钱了，前一些日子，我在北京亲眼看到几个大名鼎鼎的武状元、侍卫官，都没得手。似乎这姑娘的两只像莲花瓣、玉笋芽般的小脚，是有贴地法术，不能撼动半分。"众人听后纷纷垂头丧气地失望地离去了，都认清了自己的福分。

堤下有个读书人，叫宓云郎，年幼时父亲就去世了，从小跟随着寡母生活。十七岁时考中了秀才，但因为贫穷，被人瞧不起，没有人愿意把女儿嫁给他。

所以虽然他是个风度翩翩、玉树临风的公子，但在世间仍一个人孤孤单单，和母亲一起生活。偶然看见筝娘，宓云郎整日在狭窄的书房中日思夜想，爱慕之心溢于言表，但也只能深深埋藏在心里，只因惭愧自己的力量微薄。宓家东面就是一座佛寺，寺中长老如是公是个有道高僧，慈悲为怀，常闭门静修，从不轻易外出。一天，长老忽然持着拄杖来到河边，瞧了筝娘好一会儿，然后回到寺中，就把宓云郎召来，并把宓母也一起叫来，说："公子如今已经二十岁了，男大当婚，怎么可以老是孤身一人呢？"宓母也很无奈，道出家穷无力娶媳的现实。长老说："如今你儿媳妇就在眼前，还哀叹什么呢？"母子俩听后都摸不着头脑。长老说："我看过了，大堤上那女子就是你家媳妇，这女子命中注定要嫁给公子，而且多福多寿，有帮夫之运。你可千万别另眼小瞧风尘女子，她有成为诰命夫人的福气。"宓母笑笑说："大师父洞悉一切，稳操胜券，可是家贫无钱没法去担风险移动女子，况且有力之士都没有办法，何况我儿这文弱书生呢？就算有钱，还要留下几个月的口粮钱，不然我们以后的生活可怎么维持？"长老微微一笑，让侍者把香火钱拿来，刚巧是五两银子，就说："就当施舍给你们吧！如果真的输了也不要你还了。"说完凑近宓云郎耳朵说了好一会儿悄悄话，边笑边抚着他的肩说："去吧，秀才你好自为之。老僧遁入空门六十年，想不到临近圆寂时，还能成就一对佳人，也算是僧人队中一段佳话。"

宓云郎暗暗谨遵长老的教诲，留下母亲和长老说话，自己带上银子前往。老头见到他笑着说："秀才是个文弱书生，劝你还是去抱抱三尺婴儿罢了，抱我家女儿，怕闪折了你手臂。"宓云郎也笑着说："我试试看，最多不过是白扔五两银子罢了。"老头嘲笑说："秀才家钱来得不容易，千万不要把教学生的辛苦钱，作为讨老婆钱乱花了，要爱惜着用才好。"宓云郎说："老丈又何必拐弯抹角嘲笑我这个酸秀才呢？"他慢慢地走到筝娘面前，两眼注视筝娘，含情脉脉。后来弯着一条腿跪在地上，用手去微微抚摸筝娘裙下的双脚，只是来回抚摸，好不温柔，然后美目向上斜视筝娘，表达爱恋的情意，筝娘起先还能保持镇静，之后被秀才的举动弄得女儿心乱跳，脸上渐起红晕，接着樱桃小口突然一嘻，控制不住地笑了出声。这时宓云郎突然一发力，把她抱了起来。观众见状都喝起彩来，闹哄哄地说："想不到这么一个俊美劲悍的雌雏，竟会败在穷秀才的手下。"老头很是丧气，但也认了这姻缘，或许是天注定的，他并没想到这是长老的神机妙算出的主意。

这时宓母还坐在冷蒲团上认真听长老口中喃喃念《妙法莲华经》呢。忽然邻居来报说宓公子得了个漂亮媳妇，宓母听后赶紧拜别长老，回到自家破屋中时，只见草榻上坐着一位如花似玉的美娇娘。筝娘见宓母到来，起身盈盈下拜，接着就叫了声婆婆。宓母说："我们家情况你也看到了，新媳妇你在江湖上行走多时，经常出入富贵人家，穿绫罗，吃山珍海味，今天突然嫁给我家这穷书生，恐怕过不惯这贫穷的生活。"筝娘说："婆婆您多虑了，新妇能够嫁给宓郎，就好像乌鸦和凤凰相配，这清贫生活，是我心甘情愿的，你们不用为我担忧。再说我自有办法过活，不会拖累你们的。"

过了一会儿，筝娘的父亲也来了，要求就在当夜简简单单地把婚事举办了。看了他俩的婚礼，筝娘的父亲就告辞离开了，临走时，和筝娘说了好一会儿悄悄话。筝娘看父亲离开也没什么悲伤的样子，只是朝父亲拜了拜，并叫宓云郎一起同拜。老头笑着答了礼就离开了。早晨起来，到老头所住旅馆一看，他已带着伙计离去，谁也不知他们上哪儿去了。

从此后筝娘改成良家妇女装束，虽然穿了粗布衣衫，但仍挡不住筝娘美丽的姿态。左右邻居的妇女们看后笑着说："筝娘生得可真俊俏，即使给她穿上叫花婆衣服，也还是绝顶漂亮的大美人。"试了一下，果真如此。而且性情十分孝顺，侍奉婆婆十分贴心周到，不敢有丝毫马虎。在风雨茅庐中，还时常陪伴勉励丈夫勤奋攻读。家里实在过不下去时，就和宓公子一起来到院中，用纤细的手指一个个轮番向空指去，口中叱叱叫上几声，这时一定会从空中掉下一只纸包，打开一看，里面包着几钱银子，够一时的吃用所需。

这年秋季，如是公长老快要去世，宓云郎在身边日夜守候侍奉，比孝子还尽心。筝娘很好奇就问："这老和尚是我们家的什么亲戚吗，你竟然这样殷勤侍奉？"宓云郎没有回答，宓母就把长老借银子的事情告诉了她，筝娘这才恍然大悟，觉得长老是个善解人意的高明之士，就也到方丈室中伺候，好替丈夫分担一些事务。长老听到筝娘到来，笑着说："筝娘真是好胸襟，能娶到筝娘这样的妻子真是好福气。"说完，就口诵佛号含笑去世了。小夫妻俩哭得很伤心，直到长老火葬后才恢复常态。

过了三年，宓云郎高中了举人，喜讯传来，宓母却愁眉不展，因为无钱上京赶考。筝娘笑道："郎君考上功名确实不易，又怎么能因为钱财担忧呢？"到了夜深人静时，在床下挖了一寸多深，掘得一瓮，里面都是白银，约有好几百两。从此以后生活稍稍宽裕一些。又过了两年，宓云郎考上了进士，筝娘又在一天晚上掘开床下土，共得十二瓮，里面的白银不少于二万两。于是之后买了一处华丽的房屋，和婆婆一起搬迁新居。墙壁上涂着金屑，十分华丽，楼房高大巍峨。宓云郎并不知道此事，得空告假回乡探亲，仍走到原来的住所，邻居告诉他已经搬迁，亲自带他前往。宓云郎到那儿后十分惊诧，心想家中一向贫穷，哪有钱财买这样华丽的房子？筝娘笑着出门迎接，宓云郎到堂上拜见母亲，这时前来庆贺的宾客已是济济一堂了。夜半时，丈夫好奇地问起筝娘致富的缘由，筝娘笑笑说："我嫁过来时，父亲用幻术把银子运来，埋在你家床下的三尺土中。当时之所以没将此事告诉你，是怕你产生依赖之心而耽误读书，变成个恶俗的豪富而丢掉好名声。现在你已经凭着努力考取了功名，我们也就不用再担心了。枉你这么聪明，也不想想我父亲就我一个女儿，怎么会真的没有给我准备陪嫁呢？"宓云郎知道后对老丈人和娘子的用心良苦十分感激。

宓云郎后来官至陕西抚台，为官清廉正直，官声很好。那时白莲教中有一罪犯，全家入狱，将被处斩，宓云郎暗里一打听，发觉原来就是筝娘的父家。宓云郎拿出所有的身家，去向执法官行贿，才买回岳父家一位幼子的性命，使筝娘得到安慰。之后筝娘生了两个儿子，后来都做了官。她被救下的幼弟也改姓为宓，投入军营，当了个百夫长。筝娘教了他些枪棒的真本领，没教他幻术，后来一直官至守将，直到去世。

续录卷四

樊惜惜

宣化有一个靳秀才，因为贫穷，到官府当幕僚为生。一次，他跟随主人进京，路经腰站，因事耽误停留此地。加上天气风雨交加，屋内寒灯寂寂，虽然宾主相对，但靳秀才内心总是感到寂寥寡欢。主人见状对靳秀才打趣道："来到这烟花之地，如果你不嫌弃，可以叫一两个美人来替你解闷。只是北地女子比不上南国佳丽，不知先生有没有闲情？"靳秀才笑笑说："喝几杯葡萄美酒，听一听《杨柳枝》小曲，是旅客常有的事。客舍凄凉，能借此消遣情怀，也实在惬意。"主人略略歪歪嘴，就听到玉环玉佩碰撞的清脆响声，只见几个头戴粗劣钗环、抹着铅粉的女子迈着轻盈的脚步，缓缓来到面前。有名叫大乔妹的，有名叫小云姐的，有名叫随意绿的、可怜红的。其中长得最为亮人眼球的，是一个樊家的女孩，名叫惜惜。这惜惜芳龄十七，善吹玉笛，能唱《小促刺》，是当地妓女中的佼佼者。

过了一会儿，摆上丰盛的酒席，点起雪亮的红烛，席间酒杯酒令筹码杂乱交错，载歌载舞欢乐畅怀。众妓争相向前献媚，唯恐照顾不周。但是她们都争着向主人献媚，讨得他的欢心，希望能获得赏钱，摆脱贫穷。只有樊惜惜对靳秀才一往情深，眉目传情，不时朝他耳边说几句悄悄话。碍于主人在场，靳秀才只是略作应酬。惜惜又私下拉拉靳秀才的衣袖，用纤细如玉的手指在他腕上写了个"宿"字，靳秀才早已经被弄得神魂颠倒，无法控制自己。主人本就生性风流潇洒，被围在众人中开着玩笑。靳秀才喝了一大杯酒，酒水淋漓不小心把衣衫袖口都弄湿了，主人见状大声说道："看这小子狂态毕露了，'我醉欲眠卿且去'吧。"众人哄堂大笑，秀才一阵尴尬，樊惜惜立即指着庭前大柳树说道："树犹如此，人何以堪。"主人很赏识她的灵敏，笑着喝了一杯。靳秀才口中吟出一首词道：

饥驱午后逐牛佣，落拓负春风。折得一枝柳色，绾人别恨匆匆。

不待他吟诵下去，樊惜惜接着应声说道：

文魔秀士，抒词若锦，吐气如虹。一任东皇冷落，尊前且复怜侬。

主人原是捐班出身，不懂词中文意，但也胡乱地称赞了一番，以博取幕客的欢喜。樊惜惜勉励靳秀才说："郎君你要多珍重，虽然今日落魄游幕，但相信不久就会成为贵人，你一定不要灰心。"靳秀才哀叹地说："像我这样的落魄之士，不知何时能成为贵人呢！"

这时将敲五更，村鸡开始啼鸣，主人笑着命他起身，仆人也起来催促，挟他上车。靳秀才在车上沉沉睡去，等到醒时才发现自己已经在前边路上了。想起樊惜惜，心中不觉一阵失落。忽然觉得身底下腰间有样硬东西，摸索取出一看，原来是一只白玉佩，雕作同心结形状，薄如藕片。猜想一定是昨晚惜惜依偎在他身上时暗中系上，表达情意的，不禁心中一阵感动。

第二年春天，靳秀才随主人南归。半路上遇见一个同乡人，要去投奔军营大帅当部下，靳秀才就向主人告辞和他一同前往。在军中起草文书，才思敏捷，大帅十分重视喜爱他，称他为难得一见的奇才，事事都和他商量请教。靳秀才在那儿待了两年，后因军功显赫，被写进保荐的奏章，授职县令，不久又升为府台，但这些都是候补官，并无实授，所以干了不久，就去到浙江省署中去供职。浙江省抚台某中丞也是风雅之士，对靳秀才的才学很是欣赏，认为他一定能胜任地方官，就派他上京师去活动一下，说不定可以被委为大州的府台，但靳秀才因为囊中羞涩拒绝了提议。抚台捋着须髯笑笑说："杀人见血，救人救彻，我又怎么能不送佛送到西呢？"抚台准备借钱给他，这时恰巧省中管文书来呈文请示，要选一位能干的吏员解十万两白银进京。抚台把发令交给靳秀才，并备下酒席为他饯行，很严肃地对他叮嘱说："这一趟差事很辛苦，任务很重，还请你一定要谨慎从事，千万别疏忽大意，不然要犯大罪的。"靳秀才拜辞后，驱车北上，又重新来到腰站。

这时正当夏末秋初，天气仍是酷热难耐，靳秀才带着俊仆，骑上骏马，衣饰很是华贵。他在马上不禁想起樊惜惜，似乎从未分开，但却不知道昔日情人，是否像唐代崔护所吟诗那样"人面不知何处去"，能否再相逢呢？吃过饭，他身穿白夹衫，脚着乌靴，摇着鹅毛扇，在矮桌边乘凉，坐着监督差役把银匣陆续搬进来，层层叠叠几乎把房中堆满，只留下房间东面角落的一块地方安放床榻。那匣子是用一块木头制成，把中间剜空，然后将银子放入，外面再用铁丝层层扎紧。一匣按规定装银一千两。

搬运结束后，靳秀才笑着向店主人打听说："此地有个叫樊惜惜的吗？"店主人还未来得及开口，就见一个美人已进入店中。她穿着绣着荷花图案的纱衫，下身红裙绿褶裤，梳着堕马髻，鬓上插着茉莉花、夜来香，脸上略施脂粉，眉目含情，面含春色，盈盈下拜两次。靳秀才一看大吃一惊，果然是心心挂念的樊惜惜！和旧爱重逢，就如同和巫山神女相遇，怎么能不让人欣喜若狂？靳秀才内心高兴不已，不禁手舞足蹈起来，说："惜娘可比以前更美丽了！"樊惜惜听后害羞地说："靳郎也非同往日了，今日也大贵了。"两人手挽手入房，靳秀才取出白玉佩给惜惜看，感谢惜惜的情意，惜惜笑着把它佩戴在衣襟上。随后两人边喝酒边叙旧，十分欢愉。酒席结束后，靳秀才悄悄对她说："如果惜娘对下官真有意，不如趁此新秋凉夜，和我真的销魂一番？"惜惜掩面笑笑说：

"你这穷秀才也太猴急了。从前你随上司来这，即使我主动要求和你红罗帐中春风一度，你也有所畏忌。如今靳郎成了贵人，在此良辰夜景，我又怎么不愿和心爱的人寻欢作乐呢？"靳秀才听后更是狂喜不已，也接下去说："您错了，相爱的两人怎么会爱够呢。"于是起身亲自将房门关上，与惜惜脱衣进帐。只见惜惜不着寸缕躺在床上，玉香肌呈露，满床生香；在银灯的照耀下，更是诱人，靳郎怎么也看不够这美色。

两人正在相偎相抱之间，忽然听得堂屋中银匣作响，就像燃放爆竹一样，声音震得令人惊心。靳秀才将惜惜推开，赶紧爬起身子，从床头抽出宝剑过去查看。惜惜也起身举着烛火，走去观看。只见是一只银匣从堆上滚到地上，但匣子总数没有少一个，虚惊一场，于是又关起门来抱着惜惜上床。刚亲近惜惜玉体，还没有来得及重新解带，突然又传来很大的声响，不一会儿又静了下来。侧身细听，也没什么声响。于是两人不管不顾，只顾纵情寻欢。但好事还未结束时，响声又响起，靳秀才不得不赤身坐起，惜惜也仅穿一条绿纱裤，如雪的胸脯上套着红肚兜，如带雨桃花，鲜艳欲滴。他们掀开门帘拉开门闩出房，只见银匣已位置错乱，有一只银匣还在地上不停地旋转。惜惜见状跨上去把它骑在身底，这才大呼叫人，仆役店主听闻动静，纷纷前来，这时惜惜已把所有的银匣都骑了一遍。靳秀才对众人说了银匣作响的怪异情况，然后逐个检验，只见铁丝还是捆扎得好好的，响声也停止了。大家都觉得事有蹊跷，却也不知道原因。这时街上的更鼓已敲三下，众人也纷纷回去睡觉。靳秀才和惜惜也重新睡下，行尽男女之事，得到了极大的满足。

早晨起来，靳秀才对惜惜说："两年的相思之苦，昨夜才算了结，只怪银匣作祟，让美人虚惊一场。我打算在此再小住一宵，以满足我俩的情意欢爱。"惜惜说："千万使不得。郎君是新任官职，不能因男女私情耽误功名大事，这里向来有不少会使法术的人，昨夜银匣作响的事，估计应是他们所为，今早起来，我的心里仍忐忑不安。还请您马上前行，别误了大事，等今后我们再相约。"

靳秀才觉得有道理，说："好吧。"然后出门叫来差役，取架大秤，把银都称了一番，分量都相符。惜惜送他上车，车声响起，两人就此分手。

靳秀才到了京城，把公文投入户部衙门，部里负责此事的长官到大堂上公开验收，小吏差役都伸着脖子站着。只见三名壮汉手拿利斧把银匣一一劈开，银两都符合数目，但其中有一只银匣里面多了一张用红字写的黄纸符咒。长官惊问："这是哪儿来的？"靳秀才不敢隐瞒，把在腰跕夜间受惊的情况一一说出。长官听后笑着说道："你可千万别辜负了那个美娘子。多亏了她的提醒，如果国家的钱银丢失了，恐怕到时你不但要被削职而且还要杀头呢。道路艰难，真是可怕啊。"靳秀才听后也不禁冷汗层出，作了个揖就告辞退下堂去。第二天拜见皇上，皇上很温和地和他谈话，他口呼万岁，拜领了皇上的教诲。事情结束后，他立刻离京南下，又来到腰跕，重访惜惜，但谁知惜惜已被豪门娶走。靳秀才十分沮丧，说："想不到来晚了一步，佳人已属沙吒利了。"（唐代诗人韩翃娶一女子柳枝，后韩翃在军中任文书，暂时与柳枝分手，待韩归来，柳枝已为武将沙吒利夺去。）

靳秀才来到竹田地方，听说这儿的府台和他是同乡，而且还有点亲戚关系，于是就登门拜访，那同乡留他住在官府里。靳秀才一时之间也不能起身告辞，就接受了好意。他偶然翻阅办公桌上民事诉讼的文件，看见一张大老婆告小老婆的状纸，见小老婆的名字正是惜惜，就拿来细看，又恐怕是同名同姓，却没法打听。第二天审讯时，靳秀才就站在屏风后面偷看，见女子果然是她，但是已经今非昔比，面容苍白憔悴，早已不见以前的光鲜亮丽。他急忙写了张笺条给府台，上面写道："惜惜本是我情人，因事错过，还希望大人能手下留情。"府台就问惜惜："你可知道有个叫靳大人的？"惜惜听后不由得悲从中来，流泪答道："他是我从前的相好。"随口吟成一诗道：

柳条攀折损柔枝，风雨摧残异昔时。未识西湖贤刺史，多情还赎旧樊姬。

府台对惜惜的才情很是欣赏，告诉她说："既然你识得靳大人，那你现在想见他吗？"惜惜哭着磕头说："这是我一直日思夜盼的事情。我被鸨母骗到此地，被卖给商人为妾，大老婆吃醋不肯接纳，就造谣诬陷于我，还希望大人明察。"第二天府台按官价付给商人家赎身的身价，帮惜惜赎身，然后派了一顶小轿把她送到靳秀才的船中，两人相见好不伤感，情意绵绵，之后一起回到了浙江。

惜惜初时也是做侍妾，后来靳秀才的夫人亡故，就被立为正室。当时官府中的宾客和幕僚都说靳秀才政绩卓著，少不了樊夫人的帮助，都称赞靳秀才娶了一个好妻子。不久，靳秀才被升任浙江布政使，仕途顺利，官运畅通。只可惜，惜惜身弱多病，无法生育，便流泪愧对丈夫说："因为在腰趾当过妓女，以色事人，所以受到很多的折磨，才致使疾病缠身，这也是上天对我不自爱的惩罚，承蒙郎君不嫌弃我的身世，还立我为正妻，这份情谊，惜惜永记心里，但不能因为我让夫君没有后代，所以我同意郎君娶妾，为你家延续后代。"后来，小妾生下孩子，惜惜像对待亲生子女一样十分疼爱，一家人也相处得幸福融洽。到六十七岁时，和丈夫告老退处家园，看着孩子们一一取得功名，她也被封为诰命夫人。靳秀才在任上对幕僚很好，很能体会幕僚的处境，常常设酒招待，而惜惜也只是常劝他别难为妓女。

唉，半路上嫖娼宿妓，本就是龌龊的勾当，懂道理的人是万万不会做的。而靳大人竟因为嫖娼保住了乌纱帽，保全了脑袋，这是多么离奇的事啊！至于娼妓惜惜能在英雄困顿时慧眼识人，也是个有侠义心肠的人，和一般的娼妓还是有区别的。这样看来，腰趾那个行法术让他俩惊吓不已的人，也算是他俩的大媒人了，真是太离奇了。

唐玉环

渭水河边有个姓乐的秀才，名古春，字子雅，在一户姓裴的人家家中做家庭教师。院子里池水清碧，翠竹幽兰，环境十分清幽，正对着书房的窗口。乐生教书闲暇时，常在园中散步吟诗，常常撮口长啸，气势惊鬼神，裂金石。

一天晚上，皎洁的月光洒下大地，倦鸟入巢，乐秀才远远地见到有一对人影在绿杨树下徘徊，走近一看，竟看到两个美貌的女子正在挽手散步。两女子鬟发如云梳着高高的发髻，并不是大街上流行的装束；眼如水杏，朱唇小口，姿态风韵别有一番风情。其中一女子穿着浅红色的生丝轻纱衣衫，另一个女子穿着一条深红色蝴蝶形的裙子，衣裙上锈着整幅梅花和龙鳞的图案，龟背格子，更加衬得两人娇嫩光鲜，艳丽非凡。乐秀才故意咳了一声，让她们惊觉。但两女子仍像没有听见似的，攀着柳枝顾影自怜，并唱起婉转动听的歌来。只听穿浅红衣衫的女子唱道：

产峄阳，生空桑，能引凤，工求皇，响泉寒玉铿繁霜。　山自深，水自长，一朝捐弃守空房。薜荔墙，芙蓉裳，锵锵锵，黯自伤。

乐秀才听后感到歌里充满愁绪，说："为什么会是这样凄苦的声音？"又听得穿深红色裙子的唱道：

粲梅文，逼松云，傲漆吏，名桐君，朱丝绿绮碧玉裙。　电母雷氏知我心，弃而不御逸韵沉。苔之阴，山之岑，吟吟吟，到如今。

乐秀才听后情不自禁地拍起掌来，激动地说："歌词真是奇啊！但词句越妙，心思越悲，哪来的美人为何会如此愁怨？"说完，就立即走向女子身边，作了个揖恭敬地说道："两位美丽的仙子下凡，光临这冷落的书舍，实在是为寒舍增添辉煌，我这凡夫俗子特来拜见！"两女子并不惊慌躲避，双双施礼说："公子夸奖了，我们姐妹俩都是普通的女子，并非仙女，怎么能承受你的大礼呢？只是近日住在附近屋，趁着月色美丽，特来此散步乘兴，想不到和秀才相遇。"乐秀才说："这就是缘分，如果两位不嫌弃，可移仙步，暂到小室中歇息，定会让室中诸物，留有三天余香呢。"两女子听后羞涩地掩面而笑，就跟着秀才进书斋，点灯聚坐。

在灯烛的照耀下，乐秀才看清她们的容貌艳丽，气度高雅，不是普通女子所能比的。头上珠翠在灯光下闪闪发亮，影子在书架上不断摇曳。华美鲜艳的衣服图案，映在书斋绛帐上，更增添了亮色。两姐妹举止柔和，出语清俊。红衣人介绍说她是阴姬，名凤来。红裙人说她是阳娃，名鸾来。幼年时两人就以表姐妹相称，长大后成了邻居，更是闺中密友。今夜和乐秀才相逢，恐是前世注定的缘分。乐秀才听后心中狂喜不已地说："小生福薄，怎么敢妄想像大舜那样，娶娥皇、女英姐妹为妻。你俩姐妹就像春秋时厉妫、戴妫姐妹共嫁卫庄公。如果我贪心太大得陇望蜀，未免要笑自己不自量力；但是如果要使你两位像汉代的尹、邢两夫人那样争宠斗艳，倒不如答应我成两全之美。"凤来听后笑道："长枕大被，是唐明皇用来表达兄弟之爱的，一鹏双鸳同宿，反而失却男女欢爱的本意。为避免争夺床笫之好，我们就分别轮流侍奉郎君，今夜我先离开。"说完轻轻一笑，乐秀才想追上去挽留，但只见她纤纤小脚细碎的脚步声已到竹林之外了。乐秀才回来关上房门，和鸾来亲昵。发现她仍是一块未被沾染的璞玉，含苞未破，竟还是个处子。完事后，二人以臂代枕而睡，像一对恩爱的夫妻一样。过了一会儿，附近晨鸡初啼时，鸾来就起床穿衣，匆匆告辞离去。乐秀才还想再留她一会儿，她说："别被仆人看出痕迹，省得落人话柄，郎君不要急，隔一夜我们就能再见面了。"

第二天，乐秀才把床席被褥清理了一番，等待阴姬的到来。晚上他正在灯下看书时，忽听有敲门环的声音，赶紧把门打开，只见一女子侧身而入。她身穿绫罗，佩着玉环，眉目中情意绵绵，暗含秋波，可她并不是凤来，只是姿色和凤来差不多。乐秀才正想问她是谁，只见那女子吃惊地说："你这秀才是哪儿来的？"乐秀才不解地说："这本就是我的安身之所，我还没问你从哪儿来，你倒反来问我？"女子说："我还以为这儿是工部尚书侯大人姥姥家呢。原来是弄错了，打扰了，我这就走。"乐秀才拉住她衣裳不让她离开，说："既来之，则安之，在这凄凉的客地，深夜凉风寒露，我怎么能让你一个弱女子孤单单一人离去？不如请先稍歇一会儿。请明夜再去拜访侯大人姥姥的住处吧！"女子起先稍稍露出生气的脸色，随后自己也控制不住地笑了，后来就大笑起来。她介绍说自己姓唐，小字玉环。乐秀才打趣说："人们都说玉环（杨贵妃）丰腴，可你怎么却像赵飞燕那样苗条？你这样美妙的身姿，添一分则太长，减一分则太矮。真不知道小生哪来的福气，能得美人的青睐。"说完就迫不及待将她紧紧搂在怀里，硬要拉她和自己同床欢爱。唐玉环没法推开，只得顺从。床上娇羞绵软的样子，和昨晚鸾来十分相似，秀才料到她应该也是处子，心中更是激动欢喜，不一会儿满屋春色盎然。事后，玉环在枕上对乐秀才说："我家离此不远，随时可来，现在我要先回去了，恐怕天一亮事情会败露，那我俩欢会的事就不能长久了。"乐秀才追问她什么时候再会，她说三天以后。

乐秀才依依不舍把玉环送出门后，回到床上嗅着她留下的香味，心中不禁蠢蠢欲动。忽然又听得敲门声，心想这应该是阴姬凤来了，高兴地开门请进，一看来人模样，原来还是昨夜的鸾来。她对乐秀才说："凤来姐姐要赴云和主人（指琴、瑟、琵琶类乐器）的邀约，实在推辞不掉，她怕郎君久等，所以让我替代，并非越俎代庖。"乐秀才本就对鸾来回味无穷，怎会嫌弃，又把她留下。他喜滋滋地凑近灯光打量鸾来弯弯的双眉，晕红的双颊，说："你姐姐是个守信的人。现在见到了你，也能解相思之苦，就不再想她了。"鸾来眼中显出嗔怪的样子，说："我们姐妹都是真心实意地待你，你怎么能说出如此薄情的话来让人伤心？如果你不想见她，那么我也走了。"乐秀才见状赶紧解释道歉，这才作罢。第二天晚上，阴姬如约前来。只见她垂下头掠着云鬓，长袖飘动，衣襟轻扬，娇弱的身体像是穿不住衣服，恐怕一阵风吹来就要把她吹走似的。两人一夜欢畅淋漓，忘了时间的流逝。不久就天亮了，凤来掀开被子起身，告辞走了。乐秀才不禁内心暗暗庆幸自己的艳福不浅，竟能一时得了三位美人。

第二天晚上，唐玉环到来，说："上次能有幸侍奉郎君，实在是小女子的福分，我回去后写了小诗五首，来记述这次奇遇，不知郎君可要听听？"乐秀才大喜女子的才情，要求一看。玉环从袖中取出一张松花笺，上面字迹工整秀丽，诗是这样写的：

> 阿侬何故号鬈婆，压损春山蹙断蛾。自信此身犹处子，细腰几见腹皤皤。
>
> 传闻铁骑度阴山，亲送明妃出玉关。雁影一绳沙万里，许多呜咽泪偷潸。
>
> 司马由他别意伤，一声凄切楚天长。玉颜憔悴无家别，多少娇羞替掩藏。
>
> 御院名旌绕殿雷，上方侧耳把金杯。如何又转胡瓜苑，曼拢轻捻弄一回。
>
> 嫖俏曾随关小红，回头盼断醉春风。妾心坚似苔阴石，知在幽兰第几丛。

乐秀才看后，只觉文采秀丽，赞叹不已，把诗放进箱中藏起。之后两人又缠绵一夜，好不欢愉。天刚亮，玉环又像上次那样离去了。此后几个月中，都是此去彼来，三人从未碰上。

一天晚上，凤来、鸾来挽手同来，笑着说："我们娘子军联手而至，你这员大将是否被吓破胆了？"乐秀才也笑着打趣道："我辈本就好色，又何惧你们一齐来呢？"话还未说完，忽然又有人推门进来，一看，原来是唐玉环。凤来、鸾来见后满面怒色说："你这贱货怎么到这儿来了？"玉环说："我来看看贞节女呗！"三人气势涛涛，互相争吵不休。乐秀才在当中调解，但无人理会，一时间场面真有点惊心动魄的味儿，难以控制。

凤来本就口齿伶俐，十分善辩，鸾来嘴尖，语带讥讽。而玉环一张巧嘴迎战双美，怒气冲冲地说："你们两个骚货夜郎自大，盛气凌人，虽有一登龙门的豪兴，可被蔡邕制琴烧焦了尾部实在够狼狈的。像我唐家，'中虚外实'，曾经被傅玄写赋，流传人口，'抱月''裹风'，王融也曾作诗刻画。身上安十二柱位以配合曲调，抱七十二弦烛照幽明。正如唐人薛收《琵琶赋》所说，头部高高仿照苍天，面板宽广象征大地，这是乐器中无上的极品。后来离开盛筵，在家中苦苦独处，靠着檀木琴槽流泪，弹弦索声音哀怨。你们姐妹怎么可以藐视我这贞节烈女，而叫我贱货呢？"

凤来、鸾来讥笑道："开口说大话，不觉得羞耻吗？我家祖上从神农时代就被记载了，有《周礼》为证。文人学士，普通百姓，男女老少，人人皆知，何必要向你来炫耀！可惜你虽然凤颈好看，但龟背却是大腹便便，实在难看。取名月半，难怪一千天也学不好弹琴。虽然听说你曾随仙人吕阿香，但也只是听闻，不过你确实追随老妓花褪红，你说是多么卑鄙无耻！还有比下流贱货这称呼更恰当的称呼吗？我们用高雅和你的粗俗对抗，难道是想当然的？但你以低贱欺凌尊贵，可全不是那回事。"玉环被说得哑口无言，只能伏在桌上大哭，声音十分悲痛，还想要撞墙自杀。鸾来见状冷笑说："从前戴逵为显示自己高洁的志向，面对王爷的使者时，把琴摔碎在石阶上。可现在你这丫头也想东施效颦，为什么呢？"乐秀才见快要闹出人命，十分惶恐，就跪在三人当中，哀求说："你们这样相互辱骂，要我怎么办？"凤来这才含笑起立，上前施了一礼，拉着玉环之手说："是妹子太性急了，我们不过是和妹子开开玩笑罢了。"鸾来也跟着赔礼说："妹子啊妹子，虽然我们属于不同的流派，但排起谱来我们本是同根，还是联宗的，又为何一定要针锋相对呢？如果我们能相互合作尽情歌唱《三妇艳》，这不是一件很妙的事吗？"乐生也在旁笑着劝慰，玉环这才转怒为喜，朝凤、鸾姐妹拜说："如果姐姐们肯接纳，我甘愿当个婢妾。"于是大家高高兴兴聚谈一会儿后就各自走了，也没时间再上床亲昵。

乐秀才对三人的身份很是好奇，便出门向裴家主人悄悄打听道："这附近有姓阴的、姓阳的、姓唐的人家吗？"主人想了一会儿说未曾听到过。他心中很怀疑，却又不敢深谈。一天夜里，凤来等三人接连来到，都是皱眉愁脸看起来很痛苦难受的样子。乐秀才觉得很奇怪，问其缘由。她们说："我们与郎君的缘分要结束了。"问她们什么原因，又不肯说，只是掉眼泪。乐秀才也伤心地哭了，说："那我们今后还能不能再相见呢？"她们说："不见有如相见，见面犹如不见，这才是真正的相见。"凤来说："郎君和我们欢爱，阴气太重，日后一定会得病，元气一定会受损。"说完从口中呕出一虫，形状像青红蠹虫，绿色的身体上有花条纹，放在手中弓身爬动，把它放进一个玉盒中，然后交给乐生，说："郎君一定要把它藏好。把这虫和药一起捣碎服下，不仅能治病还能开发智力。"几人又相互倾诉了一番，最后洒泪分别。

第二天裴家主人修假山，工人从碎石下掘出两张古琴，一张上刻着字名阴姬，另一张上刻着字名阳娃。又掘得一把琵琶，上面刻着字名玉环，都是唐睿宗时的旧物。乐秀才把它们洗干净后放在桌上，不停地抚摸把玩，这才恍然大悟和自己相交的三位美人都是这些乐器的精灵，经星月照耀，变幻人形出现，乐秀才顿觉伤心，流泪不止。裴家主人看后感到奇怪，乐秀才这才把自己的经历详细地告诉了他。主人平时为人慷慨，很大方地把这三件东西赠给了乐生。

乐秀才拜谢接受，将它们带回家中，用锦囊装裹，还放了香料，每天早晚礼拜，像对待神明一样恭敬地祝颂。有时在梦中常遇见凤来等人，互诉夫妻思念之情。然而醒来时，只见三件乐器古迹斑斓，却不见美人的影子。过了一年多，一天夜里，有一群大盗用手巾裹头，画着鬼脸，叫喊着进入乐秀才房中，不找金银财宝，也不拿衣物，把两张古琴和一把琵琶拿走了。唯一的念想没有了，乐秀才像死了老婆似的悲痛不已。第二天晚上，乐秀才梦见三女子来说："郎君莫伤心，我们一直待在郎君家中，只会给你招来大祸。那些高门大户得到我们也恐怕会不吉利，为什么不放宽心舍弃情感呢？虽然我们生不同食，但死会同坟，还请郎君千万珍重。"乐秀才醒来后就去探访，打听到这三件乐器已被一个大官花了一千两银子从强盗手中买走了。不久这个官员犯事被官府抄家没收，几件乐器也随之散落到民间去了。此后的十几年中，这些东西在市场上转来转去。

这时乐秀才果然得病了，就把虫子从匣中取出，拿给医生看，医生说："这叫'鞠通',生在千年古琴中,能自奏音乐。"乐秀才把其他药物和着虫子一起煎了服下,病果然立即好了。从此他的文思也如泉涌出,不久便以贡生身份掌教官学。一次,他在大街游逛,又见到了那三件古物,就尽其所有把它们购回,把它们高高挂在梁上,深藏在秘密的箱子中,把它们当作奇珍异宝对待,从不轻易拿给人看。后来有天晚上,乐秀才暴病而亡,家中人十分伤心,遵照他的遗言,把古琴、琵琶作为殉葬品一起合葬在墓穴中。

玉猿翻筋斗三个半

有位客商在海边经商,年末时准备回到淮阴,就在盐渎市镇上用小钱兑换了十几个银锭,都是很大的银元宝,另外还有二十多两零星碎银。店主把钱银汇兑后,在白纸上写了字盖了章交给客商,作为凭据。客商用它包着散碎银两出了店门,回去后把银子藏在箱中并用锁锁上,还贴了封条。正准备出发时,只见有个童子突然从身后悄悄地走出来,他吃惊地看时,那童子已经逃走了。客商叫来仆役把银子抬出城去,上了船,船夫解开缆绳出发了。

船刚行了十几里,只见岸上有个男子独自赶路,脚穿着青鞋布袜,看上去斯文儒雅,背上背着一个包裹,手中拿着雨伞。因为他靠近拉纤的纤夫,就和纤夫絮絮地攀谈起来,自说:"家在淮安,一直在古盐客居,现在是赶回家过年。"一纤夫说:"你这人也不怕危险,前边三十里远处就有三四个水荡,水面很大像湖泊,像你这样步行可以飞渡过去吗?"男子大惊说:"哎呀,我是刚从扬州来,不认得道路,那我怎么办呢?"纤夫说:"不如你搭我的船过去吧?"男子很高兴地答应,就和他定下船价。纤夫招呼船只靠岸,带他坐到船头上。客商见他样子文弱,就和他谈谈本地风光,说说生意上的事,聊得很投机。客商邀他进舱,静坐在篷窗边,后来两人就一起用餐、饮酒。

　　第二天午后，男子从包袱中拿出一只玉雕的小猴出来，只见有寸把长，雕刻得活灵活现。把它放在手心上，它能自动翻筋斗，像打井水用的滚轴一样不停地翻，身姿灵活。客商看得眼花意乱，请求给自己玩玩。男子很大方地把玉猴交到他手中，并教了他口诀。客商照口诀念了念，果然见玉猴像刚才一样翻动，但是仅翻了三个筋斗，到最后一个筋斗时已垂下头来，忽然仰面倒下像僵死了一样。男子赶忙拿走玉猴放入包中，神色紧张地说："这可是我家世代守护的宝物，你可别不小心摔坏了。"客商很是赞叹羡慕男子拥有此宝物。

　　过了一会儿，夕阳西下，余晖洒在江面上，波光粼粼。船行到了车桥地方，男子付了船资，起身向客商作了个揖，说："还承蒙您捎带，感激不尽。我已经到家了，但是居家狭小，不能接待贵宾，没法请您居住。请您停下船来歇息一会儿，我有点薄礼要赠给您，聊表寸心，还望别推却。"客商笑着点了点头。只见男子跳上岸去，但船的缆绳没系牢，不一会儿就行了一里多路。这时一个童子从后面追来，气喘吁吁地说："请问这是某某客商的船吗？"船上人答应说是的，童子说："我家主人十分感谢客商的深情厚谊，所以派我送点土产给他。"接过一看，原来是个小竹筐，里面装满糖糕，外面糊着白纸。客商想把礼物还他，但是童子已经如飞一般离去了。

　　到了晚上，客商打开竹筐，想尝尝糖糕甜不甜，但却很吃惊地发现在盐店兑银的白纸帖出现在竹筐中。他赶紧打开装银的箱子一一检看，发现外面封条还是贴得好好的，但却少了三锭大银，连零星碎银也少了二十几两。客商这才恍然大悟，原来玉猴翻筋斗其实是一种偷银的幻术，每翻一次，就是偷一锭大银，最后一次翻了半个筋斗，所以偷去二十几两碎银。男子可能是怕连累船家，所以把偷去的兑银的白纸借送糖糕一起送了回来，也算是显摆他幻术的出神入化。客商十分懊恼，命船驶回车桥，暗中调查那男子，但最后一无所获。唉，这可真是一件怪事啊！

金　婆

　　莱阳城郊外有个人，名叫陈非平，自幼务农，与兄嫂住在一起，哥哥在外地经商，嫂子怀孕在家。有一天，陈非平到东面高地上耕作，准备种些豆子，只留嫂子孤身一人在家看门。太阳快要落山时，有个白发老婆子跛着脚走到他家门前，请求说："我是金婆，楚地人，投亲不遇，天色已晚，担心路上有虎狼，想借娘子家中住一晚，明天早晨就走，吃住费用是不惜交付的，请应允。"嫂子听她话说得很是伤感，是个女流之辈，又年迈体衰，很可怜她，就同意了。并亲自到厨下做了饭菜给她吃，然后又在灶边铺了点柴草，让她安睡。

　　农家晚上一般不点灯，一到晚上，房内就漆黑一团。陈非平扛着锄头回到家，嫂子问他："你今日怎么回来这么晚？吃了没有？"他回答说："回来时，我在路上遇到前村一位中表兄弟，约我去喝酒，我已在他家吃饱豆粥了。"说罢，就摸黑关上门在东墙土炕上睡下了，嫂子听见小叔子已到屋里，也摸索着把房门关上，隔墙与他拉家常。忽然听见灶间里有鼾睡声响起，陈非平惊问是谁，嫂子说是一个借宿的老婆子。陈非平奇怪，忙披衣起身，敲火石把灯点亮去看，果然见一老婆子仰面躺在草堆上，鼻息咝咝作响，他将她叫醒，问她行迹。老婆子似乎很吃惊，也回答说自己是金婆，与回答嫂子的问话一样。陈非平看她形容不像是良善之辈，但嫂子已冒冒失失地将她留下了，再说深更半夜的打发她往哪儿去好呢？就警告她说："给我老实点睡觉，天一亮就赶快走。我们都是粗人，你小心点，可别生什么坏心！"金婆笑道："我是一个女流之辈，手无缚鸡之力，也做不来盗贼，二郎何必要吓唬我这老婆子？"说完，又闭上眼睛睡了。陈非平回来摊开被子再躺下，却不敢立即睡着，只闭上双眼，故意装着睡着了的样子，观察有什么动静。

　　到了约莫二更时候，陈非平便听见窸窸窣窣的声音，那金婆似乎在草上理衣服，然后又偷偷爬起身，走到神龛前面，口中喃喃，念了一两句咒语。神龛前两支蜡烛梢头，忽然蹿起两条亮亮的白光，亮得像白蜡，直照见金婆的面容，非常清朗。金婆跪下朝神龛拜了拜，一面拜还一面祷告，随即又站起来，朝陈非平睡的地方拜了拜。陈非平觉得有点头晕，但他继续装睡，强忍着不发出一点声响。那金婆又从怀中取出一根小树枝，在白光上点燃，小树枝立即就像点了灯一样亮。金婆拿着树枝来到嫂子房门前，向房门作了三个揖。只听"铮"的一声，房门竟自动开了，金婆轻飘飘地进入房中。

陈非平急忙起身，迈着细步暗暗跟在后面，藏身在门缝边。只见金婆口中又喃喃念了一会儿咒，朝帐子作了个揖，帐子就自动挂起来；又作了一揖，嫂子就突然坐起身，形状像痴迷昏睡似的，只是睁大眼睛，也不说话。金婆又作了一揖，嫂子立即从床上跳下地来，竟自己脱去内衣，露出雪白的肚皮。陈非平惊呆了，正想喊叫。忽见金婆"嗖"的一声从袖中取出一把三寸小匕首，只一划便剖开嫂子的肚皮，鲜血涌出，一个胎儿掉落地上，一动一动的，已成形了。金婆笑着说道："王母千年桃，木公一颗枣。何必分阴阳，是为无价宝。"

金婆弯下腰拾起了胎儿。陈非平回过神来，一下冲过去从身后紧紧抱住了金婆的腰，再看嫂子，已经倒地死去。金婆好像并不害怕，只是心平气和地说："金丹已在我的手中，你嫂子终归是活不成了。二郎别生气，我能使二郎从此富贵起来。"陈非平不理她的话，只紧抱着她不松手，这时天已亮了，陈非平大声喊叫呼救，邻居听到动静，不论男女老少，都手执殴斗器械奔过来。大家要求金婆交出胎儿，可她死死捏住胎儿，不肯放手，于是众人一哄而上，将她捆绑起来。这时陈非平也昏了过去，两腿全是红红的鲜血，身上也受了很重的伤，原来是刚才金婆用匕首刺他，想使他松开手。

众人将陈非平救醒，听他详细述说金婆的种种巫术恶行后，都很愤怒。人们担心此地离县城太远，到县上报官，反要拖延时间，耽误事情，就准备自行处置金婆。他们将金婆绑住手脚，倒挂在一棵大树上，并专门安排几个青壮年男子围起来看守，防止她逃走，但那金婆三天三夜也不哼一声，面色也没有变化。众人又用荆条从四面抽打，打得她皮开肉绽，血肉横飞，白骨也露了出来，肠子也拖了出来，但是还没死掉。第四天夜里，大家正在商议怎么办，突然来了两个恶鬼，一个拿着铁戟，一个拿着铜戈，直奔过来，对着众人就刺。个别胆小的吓得连忙躲开了，众人中有些胆大有力的拿起武器就与两个恶鬼斗了起来，最后，大家一起动手把两个恶鬼抓住了。但是转眼间那两只恶鬼忽然变成了纸人，上面还沾有少量的血迹，有人用火把照着仔细一瞧，那纸人还"啾啾啾"地叫唤呢。金婆到这时才向众人哀告说："这回我真是不能活了，请你们帮我解开裹脚布，我的脚底心有两张膏药，把它们揭去我就完了。"众人照她所说，解开她的裹脚布，揭去脚底心的膏药，那金婆果然死了。

牛　头

　　潘大允自幼就开始学习宰牛，以宰牛发迹，被他宰杀的大牛不下千余头。他的家在东城外，有上百椽大屋，良田千亩，虽然生活富裕，但仍继续干着杀牛的行当。一天，他喝醉了从城中回家，路上碰到东乡的一个老农牵着一头又肥又大的牛从城门外走过。心里就想，如果让我宰了这头牛去卖，一定能赚一大笔钱。他才刚回到村头，转身一抬头，就见有人牵着牛从绿树林边远远走来，他内心雀跃不已。走近一看，正是城门边刚见过的那位老农，于是就把他硬邀请到家里，留他吃喝，让他在此歇息一会儿。老农因和他从未见过面，很不好意思地加以推辞。但潘大允不以为意热情地说："即使您走路还不劳累了，您那头牛也该喂点水草了。"老农看了看饥饿的大牛，觉得有道理便顺从了他，把牛拴在树上，然后进入潘家堂屋。不一会儿，午饭摆了上来，菜肴十分丰盛，酒也很浓香。老农更是感激不尽，两人畅聊欢饮，到最后老农喝得有点醉醺醺的。

　　潘大允见状借口走出门外，偷偷地用四只大铁钉把牛蹄钉上，使它只能站着不能躺下。接着又走回来，把老农摇醒说："太阳快要下山了，你别耽误回家的时辰了。"老农起身向他作揖道谢，出门牵牛。可任凭老农怎么牵，那牛只是叫着淌眼泪，一步也不肯走。老农火了，用鞭抽打它，牛更是大叫起来，只恨没懂兽语的介葛卢来替它表达它的痛苦。老农也急得满头大汗，但却无计可施。潘大允这时出来了，装着奇怪的样子说："牛应该是急着赶路中了暑病了，不如请个牛医来，最多花几百个钱就可治好。"立即让牧童去把牛医请来，之后，潘大允给牛医使了个眼色。牛医猜到了潘大允的心意，就谎称牛是得了急病要死，没法救活了。老农伤心地大哭说："我把牛牵进城去，本是想卖了钱去还债，如今全都完了，这叫我怎么活呢？"潘大允装着说些安慰的话，私下却拉拉牛医的袖子又使了使眼色。牛医就对潘大允说："不如你把牛买了不就行了？"潘大允笑着说："我要这快要死了的牛有什么用呢？"牛医说："把它杀了卖牛肉，就是牛皮牛角还值五百钱呢，怎么说没用？"潘大允故意装着十分为难的样子，说："那么就请你定个牛价。"牛医和老农最后商定牛价为四千文大钱。老农无奈，最后只得拿了钱，哭着回去了。

这天晚上，潘大允就磨刀霍霍，准备把牛宰了，先割下牛头用绳子挂在大树枝上，然后命后生小子们把牛剥开。潘大允十分得意自己的计策成功，私下重重摆酒谢了牛医，直到喝得烂醉如泥，躺在竹榻上就鼾声四起。第二天早上起来，见牛已被卸得骨肉分离。中午时分，他和邻人坐在大树底下闲谈一生中的得意事情，忽然觉得头颈里有点痒，便随手拿来牛刀，弯起手臂用牛刀在头颈上轻轻地刮，用来搔痒。这时忽然吹来一阵凉风，树枝摇动，吹断了挂牛头的绳子，牛头刚巧掉在刀背上，潘大允的头顿时就被砍落了。之后潘大允的儿子用麻线把他的头和身体缝合好，按丧礼将他收殓盛棺。出殡那天，潘家中堂莫名失火，把放在堂中的棺材烧成了炭灰。

第二年，那个曾牵牛上潘家做客的老农家中，一头又瘦又是满身癣疥瘦弱的老母牛，忽然之间健壮起来，和公牛交配，产下一头很健壮温顺的小牛。过了一年，老农就让长大的小牛驾犁耕作，力气十分大，一天能耕五十亩地。邻居都向他家租用，因此赚得近百两银子佣钱。可有一天，这牛忽然发疯，用牛角去撞老农的儿子，把手臂都快撞折了，老农大怒，就把它杀了。剥皮开肚，只见肚中露出一张用红字写的纸条，上面写道：

神灵所写，劝告世上，杀牛残忍，牛是大允。允当。

唉，自古至今，搞阴谋诡计的又何尝只有一个屠夫潘大允呢？神灵写的纸条，也算是警戒世人了。

见钱眼开

在东流地方有个狂放的书生，擅长作诗文，性情也十分诙谐有趣。他邻家有个财主，拥资巨万，但生性贪婪猥琐。狂生家和这富户对门而居，他就在自家门上写了一副对联：

他有几贯钱，不思积德，众叛亲离，他本不该认得我；
我读数行书，惟知克己，天空海阔，我又何曾看见他。

财主见了，也不和他计较。一天，财主生了眼病，快要瞎了，一个童儿扶着他行走，真像盲人一样。狂生过来问候，但脸上仍是笑嘻嘻的样子。财主向他诉说害眼病的痛苦，并说要到东村去找医生治疗。狂生说："不必去了。你难道不知道我擅长医道吗？何须跑那么远去求医？你只要去买二钱黄连，煎成浓汤服下，再买一勺冰糖，然后拿一块含在嘴里，不要马上咽下去。再用青铜钱盖在眼皮上，从钱的方孔中偷偷地朝天仰望星星月亮，一夜下来，你的病就好了。"财主照他的话去办，果然眼病好了，就带着钱币到狂生家去道谢，狂生只是笑笑，把他打发了回去。别人好奇地问狂生这是什么治疗法，在哪本书上记载的，他笑笑说："你们不知道吗？这名堂叫作嘴甜心苦，见钱眼开呀。"那些来问的人恍然大悟不禁捧腹大笑。

这年秋天，财主家有座亭子，四周种了些花草，环境很是清幽，财主常常带宾朋在亭内宴饮。后来，此亭忽然被鬼物占据，只要人们误进亭中，大多都会发狂而死。财主便赶紧派了仆人去请巫师来驱怪。狂生知道这事后，就上门毛遂自荐："我不仅精通医道，而且对巫术也很精通，驱鬼捉怪一向是我的强项，你何必去相信章丹、陈珠之流的巫师，而轻视我这样的书生呢？"财主本就对他的高明医术很是敬佩，因此对他的话深信不疑，就请他来驱怪。问他要准备什么东西，狂生说："只需派两名童儿跟着我，然后准备一桌丰盛的酒席，开怀畅饮就行了。"

到了三更时分，两名童儿禁不住睡意，垂下头打起了瞌睡，这时鬼物果然出现了，从东墙上突然露出来，看它的模样，生着一张大脸，好似巨大的畚箕，脸白如雪，眉毛像扫帚，眼睛像巴斗，嬉皮笑脸，张着大嘴伸出舌头，尖利的牙齿像两排碎石一样整齐排列。狂生见状笑道："真是好大的一张脸！"于是叫醒两个童儿，分左右去拎它的两只耳朵，又从袖中取出自作的八股文一本，大声诵读给鬼物听。鬼物听后立即变得愁眉苦脸，摇着头，好像是不愿意听的样子。狂生让童儿把鬼物紧紧抓住，别让它逃走，自己继续大声诵读，而且声音越来越高，到文章精彩之处，感情更是充沛，抑扬顿挫，淋漓尽致。只见鬼物紧闭双眼，不停喘息。狂生大怒，用手打它耳光，连续抽打了十几下，发出托托托像敲败破鼓皮的声音，突然那张大脸不见了。叮当一声，竟变作一枚小钱落在地上。狂生拿着小钱去给财主看，财主说："怎么会有如此怪事？以前我遵照先生的妙法治好了眼病，不舍得用大钱，就用这细小的榆钱代替治疗，之后不当心丢失在亭中，摸索着寻了半夜也没有找到，想不到竟是这枚小钱作怪！"听到的人又捧腹大笑不止。但从此以后，就再也没见这鬼物。每当月明之夜，财主点灯和朋友在亭中饮酒，都会笑着说："我一定不会忘记狂生的大恩大德。"

啊，可真是奇妙啊！狂生两次侮辱财主，都没让他受损反而有利于他。所以说做人何必要以狂傲欺人为乐，而损坏自己的盛德呢？狂生侮辱财主，也正是由于财主能容忍狂生的缘故。所以青衣学子啊，应当以此为戒。

坐地虎

平阿县某公，能言善辩，最善于写诉状、打官司，在乡里很有名气，大家都称他为坐地虎。他最爱捉弄人，曾经写了张状纸投到县衙，上面说：

县里有两个奸猾之徒某人和某人，这天一个用白布裹着头，敲锣打鼓到村上，连伤了两条命，另一个手握长戟，刺杀了我的老母。

县官接到诉状一看，人命关天，不由得大吃一惊，立即带了差役鸣锣开道来到村里。但村里却静悄悄的，一点不像有命案发生的情景。坐地虎衣冠整齐地出来迎接他，神情显得十分悠闲，更不像死了老母的样子。县官很是不解，问他："你诉状上说连伤二命，伤了谁的命？还有你母亲的尸首，此刻又在哪里？"坐地虎故作惊讶地说："我母亲身体健健朗朗的，长官怎么会说出这样不吉利的话来？"县官非常生气，说："这难道不是你状纸上写的吗？"坐地虎故意装出吃惊的样子，说："原来你说的是这件小事情呀！那天村里来了一个卖麦芽糖的人，他一边敲着小铜锣一边吆喝，不小心误踏死两只小鸡。那人头上的确裹着白布，但那白布是遮避阳光用的。还有个村里人那天正手拿一根长竹竿放鸭子，恰巧迎头碰上我家养的一头老母猪，那鸭群被母猪一下冲散，鸭子惊飞了，他非常恼怒，就用竹竿刺杀了我家的猪。我写状子时，一时疏忽，竟漏了个'猪'字，真是让长官受惊不小。抱歉抱歉！"县官恼恨他故意戏弄，但又拿他没有办法，只好怒气冲冲地带着差役回去了。

坐地虎虽然诡言善辩，但为人豪爽正直，只要见到不平之事，他就替人代写状纸，且没有一个不胜诉的；但若是无理之事请他代劳，他是决意不会动笔的。有一天，他到肉店去买肉，肉店的主人便跟他开玩笑说："听闻您善于告状，无往不胜，今天咱们打个赌怎么样？像我这样无罪的百姓，如果您能用一张状纸就让我上公堂挨板子，我就送您一只猪腿、十斤酒，怎么样？"坐地虎微微一笑，说："我与你又没什么过不去的，何必要让你受这份苦呢？"店主再三央求说："只是打个赌来验证一下你写状的本领而已。如果你能做到，我决意不会怪你的，而且一定送上刚才所说的那些东西，但如果你做不到，那可就要交给我任意处置了。"坐地虎看了他一眼，就说："你既然执意要这么做，我实在不好再推辞，你就等着看吧。"

第二天，坐地虎就提笔写了张状纸投进县衙，只见上面写道：

这天，我正在家里闭门读书，忽然听见外面有很急的敲门声，开门一看，是肉店老板来向我讨债。见他面貌凶恶，我家养的一条狗便朝他狂叫不止，我忙去呵斥那狗。没想这人很是蛮横，不依不饶，拿出钩猪的钩子就去钩我家的狗。我赶忙阻止他请他手下留情，没想到他竟转身用钩狗的钩子钩我。更让人气愤的是，他临走时骂骂咧咧，还骂了"妈阴户"三字。

县官读罢状纸后大怒，说："怎么得了，此地居然有如此蛮横之人！"当即发出红色的紧急拘捕证，派差役用铁链将肉店主人抓了过来。肉店主人不知就里，被差役挟持着一路奔走，弄得气喘吁吁，汗流不止，再加上口渴火冒，一口老痰涌上喉咙，急切之间说不出一句话来。到了大堂，县官只大略审问了几句，看肉店老板支支吾吾，就拍案骂道："这家伙果然一副恶相，平时一定在乡里横行霸道，行为不法，此次如不严惩，必将酿成祸患！给我狠狠地打一百大板！"话音未落，便听"铮"的一声，飞下一签扔在石阶上。两名差役立即带过肉店主人，不由分说将他按倒在地，剥下他的衣服，雨点般的板子便狠狠地落在身上。直到打了一百下，肉店主人才回过神来能说话了，但这时县官已经退堂，传话说把他赶出公堂，自行反省。肉店主人只好忍着痛一瘸一拐地回到店中，一看，坐地虎已等候在店中准备索要肉与酒了。肉店主人又惊又气，又不能自毁承诺，只好照数给了他。坐地虎回到家，又烧肉又煮酒，大吃大喝一番，惬意极了。

直隶州府台某公也闻听他的大名，就想会一会他。一天，府台大人乔装改扮，假作卖笔的人，来到坐地虎家中，随后命差役将他绑起来抓去，升堂公开审讯说："我听到你坐地虎的威名已经有好久了。我就是当今的卞庄（古代著名勇士），不知你这坐地虎知不知道？"坐地虎从容不迫地回答说："《诗经》上说'矫矫虎臣'，《易经》上说'大人虎变'，也只有像您这样的明公方称得上是虎，我不过是个草野小民，充其量不过能称作鹿呀猪呀之类的，我怎么敢当虎呢？"府台听罢哈哈大笑，当即吩咐差役把他放了。

粉　郎

郁生名炳南，字云卿，吉安三顾山人。幼年时父亲就死了，跟着兄嫂一起生活。后来哥哥也不幸死了，嫂子看他整日游手好闲，每天和一些无赖子弟混在一起，又喜好赌博，不肯学习经商，很是厌烦他，一气之下把他逐出家门，从不给他好脸色看。

一天，郁生上嫂子那里要了吃喝之后，就到庐陵城中去寻找平常在一处玩乐的朋友，可是一个也没找到，最后拖着破衣破帽，在城中孤零零地闲逛。忽然看见一辆香车迎面而来，车中坐着一位美女，头戴珠冠，身穿绣袄，仪容十分端庄华贵，车子缓缓擦肩而过，胭脂的香味直冲郁生鼻管。郁生看到女子口中嚼着紫色的槟榔，手中还拿着一块，纤纤玉指和红胭脂般的槟榔相映，在阳光下可真是美得无法形容。郁生的心被偷走了，在车后跟着盯梢，突然用手搭上车子，抢过美人掌心中咬过的槟榔放到嘴里吃了起来。美人见状微微一愣然后羞涩地笑了，好像并没有因他的失礼而生气。一转眼间，车已远去。夜里，郁生寄宿在城里的破庙中，庙中点着一支快要燃尽的蜡烛，灯光微弱，在草席上挺尸的郁生早已经心不在此，心里想着白天所见女子美丽的面容，而且她对自己的轻佻行为并没有恼怒，思量这女子是否对自己有意，想着想着嘴角不自觉地上扬。

正在他想入非非之际，忽然觉得胸中作呕，吐出了早饭和槟榔渣滓，吐得满地都是，连衣衫、袖子也粘上了，心头还是恶心不已。仍是止不住呕吐，只见唾液中带血，直吐得他头昏眼花，起不来身。这时忽然听见有玉佩叮咚的撞击声，抬头一看，只见白天坐在香车中的美人已轻盈地进了庙门，后面还跟着个娇小玲珑的小婢。郁生心中猜测，或许是因为自己白天的无礼，所以才会遭到惩罚，让自己误吞有毒食品。眼前这神仙一样的美人一定是来兴师问罪的。郁生自知理亏，趴在地上磕头赔罪，表达自己羞愧追悔的心意，请她饶了自己一条小命。美人笑笑说："你别怕，我是仙人。我早已知道你嫂子恨你不成人样，把白砒霜研碎放进了你吃的早饭中。因为自家妹子和你注定的姻缘，所以我才将槟榔嚼烂，拌上唾液，故意让你吞下，其实是在变着法儿给你治病。否则你恐怕现在已经在阎王爷那儿了，还能在这儿？就算没这档事，你在路上对我无礼，我又怎么会放过你？你赶紧把所吐的脏物打扫干净，然后扔到小沟里去，别被猫狗误吃了，伤了它们的小命。"

郁生这才恍然大悟，原来是仙人救了自己，再次下拜跪谢说："都怪我这个不肖之子，不务正业，所以才落到如今的下场，请仙人给我指点以后的路怎么走，小生感激不尽。"美人说："你可往北京去，或许会有奇遇，而且还会得一美妇。不过如果你不痛改前非，那么你就会有大危险了，你好自为之吧！"郁生又拜了拜羞愧地说："多谢仙人指点，但是我确实囊中羞涩，无法踏上这万里征途。"美人说："我已经替你想好法子了。"用手朝前指着庭院中一块石英假山说："你从那儿挖下去一寸多，就能挖到一些钱财，就算给你送行的路费吧！"郁生感激地说："仙人的大恩，小生永生难忘，只要将来我能有一些发迹，不再遭到嫂子的白眼，我一定备香花供奉仙人。还未请教您的芳名？"美人说："我叫白云英。"说完，将彩袖一甩，就不见了，郁生见状简直不相信自己的眼睛。

第二天早上起来，郁生就偷偷地去寻找石英假山下埋藏的东西，掘开一寸多青苔，果然掘得白银一条，有五六两重。临行前，他在庐陵城中扬言说："我郁云卿堂堂七尺男儿，怎可不自力更生，向妇道人家乞食？我今天要远远地走了，到别处大施拳脚，如果以后不乘着四匹马拉的华贵大车，我决不回来！"别人问他到哪儿去，他说："浪迹天涯，随风漂泊，无一处定所，也无处不可暂驻，到哪里就算哪里吧。"

第二天，郁生跟着官府因公上京的计车步行北上，心里默默地恪守仙人的教诲。初到北京，没有任何依靠，带来的那点儿钱也快要用光了，就在芦沟桥上摆摊替人测字，每天能赚百来文钱，生意不好时，有时只有几十文钱的收入，勉强够维持生计。后来也有测得很灵验的，大家就相互传扬他测字神妙，让他的生意渐渐好了起来。于是他搬到了城中，仍以摆测字摊为生。每天带着纸墨坐在装潢铺门前，虽然钱逐渐多了起来，但是生活依然十分节俭。过了一年多，竟攒了一百两白银，把它们寄存在装潢铺中，也不要利息。

一天，装潢铺的老板出门去了，铺里的伙计和他攀谈。这时恰巧有一个世家子弟拿了一幅画到铺中寄售，展开一看，只见是一幅破残的绢画，颜色也因为年久而暗淡了，伙计看后笑笑说："这东西扔进字纸篓里差不多，鉴赏家要这破东西做什么呢？"郁生在旁偷眼看画的款识，是一幅水墨云龙，画下端盖着"所翁"的红印章。画上的龙东鳞西爪，像活的一样，确定这是幅真迹而并非赝品，就问那人准备要卖多少钱，那人说："这是我家祖上珍藏的宝物，没有一百两银子是万万不卖的。"伙计听后更加不愿收购。郁生和他反复商量，定下了五十两银子的价格，那人说："好吧！"郁生就请伙计把自己存在铺中的一半银子拿来给他。那人拿着银子后就走了。伙计大骂郁生是昏了头才干了此等蠢事。郁生沉默不语，只是请他代为装裱，贴上标签寄售。挂了一个多月，也没人来问过价钱。

一天，又有人拿了幅泼墨山水来卖，郁生见这幅画重彩浓笔，猜想一定是出自某位大家之手，细看画上的题跋，原来是房山高尚书的得意杰作，丽纸本已十分破碎了。他用剩下的五十两银子买下了，和上次买的水墨云龙一起挂在店中寄售。到第二个月，店主人回来，见到壁上这两幅画，细细观察了一番，不禁感叹为无价之宝。问伙计从哪儿来的，伙计说是郁生买的。又问多少钱买下的，伙计说："两幅画共一百两银子，郁先生把一年多的心血银钱都花光了。"店主听后十分惊讶，说："想不到郁先生还有精于鉴赏的本领！"就邀他过来一起共享晚餐，说："以前我真是眼拙，不识高雅之士。如今想聘请你代为收购旧书画，一年给你薪俸白银百两。挂着的两幅画我替你出售。卖出后给你二百两，其他就不需要你操心了，先生看如何？"郁生听后开心不已，就到装潢铺中主持事务。第二天店主带了墙上那两幅画跑了几家富贵人家，卖了五百两银子，果然将二百两给了郁生，并且替他将银子搬来。从此，郁生衣食丰足，生活富裕，不再像从前那样穷困落魄了。

又过了一年多，宾主配合默契，惺惺相惜，生意很是兴隆。一天中午时分，郁生在店门前稍坐休息一会儿，突然看见一辆官车飞快地行驶过来，后面跟随着三四个容貌清俊的童仆。车中坐着一位披着貂裘的美男子，瞥眼看见壁上挂的众多书画中有一幅顾恺之画的绢本美人，不禁入神，赶紧命车停下来，走进店家要画来看。郁生用画叉把画拿下来拿到车前，恭恭敬敬呈上送阅。车中人看后询问画的价钱，郁生说："一千两银子。"车中人笑道："就算是苏州潘美人也不过二三百两一个，也是一个好价钱了。这不过是画里的爱宠，影中的情人，怎么要价这么贵？"郁生说："大人说错了，像楚怀王妃子郑袖那般美的美人，不过是昙花一现。唐代的名妓崔徽因被画进图画，之后被流传千古，更不用说这幅顾恺之这样的灵妙通神的真迹，世上很难见到。唐人韦安道，画的美人能活，是真正的继承者，价格要比这幅贵多了。如是这样，就算这幅画卖二千两银子，也还是便宜的，又何况仅仅卖这么点钱，贵公子现在还认为它价格昂贵吗？"后来经过反复商讨售价为八百两银子。车中人把画卷起塞进袖中，说："明天我派小宫监把钱送来。"郁生正想问他姓名住址，但只见鞭子举起，骏马奔腾，很快就不见车子的踪影。

铺中那位伙计本来对郁生忽然之间生活富足起来很是嫉妒，到这时就埋怨说："你可知那贵人是谁？你认识他吗？"郁生说："不认识。"伙计说："既然你不知，为什么让他把画取走？京师中车子和人那么多，做官的比天上的白云还要多，你到哪儿去要回这笔画钱？不会也像人们所传说彭祖长寿一样，是件子虚乌有的事吧？"郁生听后想了想，感到十分惊恐，就暗中向市人打听，他们说："这是某某王爷，府邸在某斜街的西面。"郁生把地址默记在心。

等了三天，真的不见送钱人的影子，杳无音信，郁生就步行到那王府上去讨要。来到门口，见王府门口坐着三四个挺胸凸肚壮士，容貌凶猛如虎。他上前稍加问讯，他们竟像没听见似的不予理会。过了一会儿，日影移向正午时分，门内传出开饭的声音，这些壮士陆续走了进去。郁生便也跟着偷偷进入王府，只见房屋果然十分豪华壮丽。他再穿过几道门，就看见雕梁高楼，美如图画。发现西墙上有一个小花砖砌的边门洞，朱漆大门半开半关，上前偷偷一看，只见花枝满阶，彩石叠成假山，细竹环绕，"卍"字形的雕栏，回文式的美丽阁子，鹅卵石铺成的羊肠小道，弯弯曲曲伸向远方，好一派美丽的景色，郁生被彻底惊呆了。郁生知道这是个小园林，就偷偷沿着小路走到一个靠山的六角形亭子里，见一男子正和门客在下围棋，细看一下那男子正是买画的王爷。

郁生悄悄走近王爷身旁，见他举棋不定，正在费尽脑汁为手中的棋子的安置左右为难，犹豫不决，恐怕错下一子，就会遭致失败。郁生见了棋盘，就低声对王爷说："王爷可以在那儿投下一子，这样就可以反败为胜了，这就是棋谱上所说的'王积薪夺帜法'啊。"王爷顿时醒悟，十分惊喜，问他是从哪儿来的，郁生弯下一膝，说道："王爷还记得那天买的画吗？小人是来讨顾恺之画钱的。"王爷说："哎呀，我差点忘记了这事。"随即叫来一名童儿，命他把八百两银子送到装潢铺去，然后留下郁生在旁看棋。

过了一会儿，王爷和门客下棋结束，王爷果然胜了，更是高兴万分，问郁生："你对下棋也精通吗？"郁生说："小时我在乡下学了一点围棋，并不是很精通。"王爷说："不如你和我下一盘，一决胜负怎么样？"郁生推辞说不行，可王爷硬是坚持要和他下一盘，见推脱不掉，郁生就迎战坐下。两人各执黑白棋，一来一往下了起来，郁生高超的技艺让王爷很佩服。之后又邀他一起喝酒，问起他的乡里籍贯名姓。郁生把自己的曲折经历做了介绍，话说得婉转得体，语调温和。王爷就让他辞去装潢店的差使，来王府中做幕宾。从此以后，郁生日夜陪在王爷身边，除弈棋之外，还为他做书画鉴定收藏，谈今论古，出入乘坐的车马，尊贵得像绅士一样。王爷游览名胜古迹时，也一定随带郁生同去，和他形影不离，连一刻也分不开，很是重用郁生。

一天晚上，王爷入皇城值班，侍候皇上宴饮，直到三更天还未回来。郁生一个人在房中读书，忽然听到有人用指叩窗的声音，打开门一看，见是一位中年妇女，穿着红裙绣鞋，穿着华丽的服饰。她问郁生："请问郁先生是西江人吗？"郁生回答说："是的。"她又问："是哪郡哪县？"郁生说："庐陵郡。"她自己侧身进来，坐下后低声对郁生说："我就是翠芙身边的心腹人，翠芙娘子是王爷第九个小妾。娘子也是吉安人，自幼被卖在王府中，一直没有娘家人。今年芳龄十七，独得王爷宠爱，但仍为自己的身世偷偷流泪。如今听说先生到来，也姓郁，而且是同乡，所以就暗中派我来向你问候，想要和你结为兄妹，这样也有个娘家人。先生放心，这一定不会对你有什么坏处的。先生可以先假装不知此事，和王爷谈起此事，这样就可以和她相认了。"郁生说："可我有什么凭据说是认识她的，让王爷不怀疑呢？"她说："翠芙平时喜欢挂一只白玉鸳鸯佩，佩的四周缀着十几粒冬珠，下面挂着像粟米那么小的珠子做璎珞，压在绣花前襟上，这就可作为凭信。"郁生好奇地问她翠芙生得如何，她说："貌美如花，但很难用语言来形容。打个比方，十二金钗中最美丽的那位都不一定比得上她。"郁生听后更是好奇，在心中牢牢记住她的话。

第二天王爷回来，郁生故意在和他谈话时，常常发出叹息，王爷问他："你是否有什么心事未能如愿，怎么愁眉不展的？"郁生流下眼泪，径自说道："我童年时有个小妹子，七岁时出去看彩灯，被坏人拐走。后来听说被卖到山东，之后又听说她在京城，传闻都是模模糊糊，也没个准信。如果小妹子还活着，也大概有十七岁了，不知我们兄妹能否再见面？"说完，更是用袖子擦泪，显出很伤心的样子。王爷想了好一会儿，说："我的小妾中还真有一个姓郁的，曾说自己是江西人。不过如果你认得出，我才能相信你的话。"郁生说："虽然我们兄妹分别很久，但她的面庞很像母亲，我见了还能辨得出几分。班超总能认得出妹妹曹大家（班昭），左芬也该识得兄长左思的。"王爷就把所有的姬妾都叫出来，站得济济一堂。郁生细细打量，见这些人群中有个生得极漂亮、胸前佩带着白玉鸳鸯的女子，就马上上前拉着她的衣袖哭道："这就是我的妹妹！"翠芙也跟着叫着哥哥大哭起来。王爷看了也十分感动，说："以前你是我的宾客，现在是我亲戚了。"就让王府中人都管郁生叫舅爷，王爷对他也更加重用，常把他带到翠芙房中一起饮酒，还赏给他许多东西。

过了两年，郁生想回归故乡，翠芙就请王爷替郁生谋一个地方官职，让他能在乡里风光风光。第二天，王爷果然向郁生要了张履历就走了，还未到夕阳西下，就已经替他出钱捐了个同知官了。郁生和翠芙十分感谢王爷，辞别的前一夜，翠芙带着上次来的中年妇人前来，与郁生告别说："您我假兄妹，让我不再觉得一个人孤单单的，此后也可免得被同辈们嘲笑，很是感谢您。"接着让两个婢女抬着两只木箱来到，封锁得严严实实。翠芙说："这是我感谢的一些微礼，还请您收下。您拿去后，一生一世吃穿都不用愁了。"两人又叙了些同乡情，然后流着泪分了手。

早上起来，王爷在中堂为郁生饯行置办了丰盛的酒席，席间两人都很不舍这份深情。王爷问郁生："你年已三十，仍未成家娶妻，我送个婢妾给你吧。"

郁生拜了拜感谢王爷的照顾，然后起身上路，果然有一辆车子紧紧跟在后面。到旅馆后，拉开车前帘子，只见从车中慢慢走出一位绝色佳人，生着一张圆圆的粉脸，和以前在庐陵城中见到的白云英很相像。同来的老仆妇说："这就是王爷送给你的美人。"郁生不禁大喜，握着女子的手问她名姓，她说："我姓白，小字云贞，也是自小卖进王府的。一直得到翠芙娘子的爱怜，所以如今才能和你一同回去。"郁生听后更是感激王爷和翠芙妹妹，在此地租了处房子居住，举办了婚礼。婚后私下又把在庐陵城中遇见白云英的事详细地说给她听，白云贞说："竟有这样的奇事！我父曾和一位狐狸精变的女子相爱，前后大约有十年的光景，还生下一女，名叫云英。后来狐母离开后，云英也不见了踪影。郎君遇见的女子果然是她，怪不得对你出手相救。"郁生对狐女的先见之明很是感激，焚香向遥天叩谢，感谢她的大媒。之后郁生很快地回到吉安，打开翠芙给的箱子，里面全都是金珠宝玉，把它们变卖了，成了大富翁，从此生活富裕。

云贞谨事其夫，夫妻之间恩爱无比，唯一的遗憾是，两年后，云贞仍还没生育，郁生很是焦急。云贞也想尽办法，斋戒沐浴，乘着油壁香车到江西武功山去朝拜神灵，求仙人赐给佳儿，传宗接代。回家的途中忽然听见草丛中有婴儿呱呱的哭声，下车一看，是一个用锦缎做的褓褓，里面还包着一个婴儿，眉目像图画中人那样美，皮肤雪白光洁，小儿衣袋中还有一张碧玉笺条，上面写着：

我妹子得嫁，妹夫得官，夫妻恩爱，我这做姐姐的十分开心。姐姐在深山静修，误落尘世，偷尝禁果，本月内产下一个婴孩，取名粉郎。苦于山中无法安置，所以希望妹子拾去代为抚育，长大后就是妹子家中的后代。粉郎福分好，将来一定会光宗耀祖。还希望妹妹像待亲生子女一样爱护他，千万别辜负我媒人的一片心意。也请你们要多保重，说不尽想要说的话。阿姐云英手书。

云贞喜出望外，将婴儿抱回家中，雇了奶妈哺育，悉心照顾，于是郁家也算有了子孙，照姐姐的意思给这孩子取名为粉郎。

三十六雷山人

扬州东面有个大镇，人称仙女庙。相传从前康紫霞、杜兰香两个仙女曾在此居住，当时河道长久淤塞，船只不通，她们就召来白龙开通成大河；后来此地又流行瘟疫，百姓相继死亡，她们又召来药王布施神水，救治了上万人。这里也留下了仙女的不少灵迹，所以当地人感念两仙恩德，便加以奉祀，并将此地取名为仙女庙。

镇边有一条大河，常常有客船来来往往。有个巢州人，是位船夫，这天中午正坐在船头上晒太阳，不觉睡着了。突然从西面刮来一阵大风，邻船上的桅杆竟"哗啦"一声被吹断直冲着他倒了下来，那粗得像瓮般的断桅杆突然击在他头上，他一下子倒在船上昏死了过去，头上鲜血像红色的泉水一样喷涌而出。邻船好多人都来观看，见这人的头已被削去一半，都认为绝不会活了，有两个大胆的移船靠过去仔细查看，但见心口尚有微温，急迫之间却无法救治。岸上观看的也有上百人，也都摇头叹息，没有一点办法。

有个久驻此地的宁海县船夫，自称三十六雷山人。据说此人会念符咒，曾经救活了很多人。此时他正买了酒提着酒壶回来，只见他脚穿青鞋布袜，身披羊皮袄，围着毡巾，远远地向这儿走来，神态显得十分悠闲。众人见他到来，立即欢呼着说："三十六雷山人到了！三十六雷山人到了！"就围上去七嘴八舌地把事情告诉了他，并求他施一道符咒，能赐这巢州船工再生。人命关天，山人自知推辞不得，就托人把酒带回船中。他慢慢走到那船工船上。那船工正倒在血泊之中，脸上已被砸得模模糊糊，不能辨认了，叹息一声说："伤得真重啊，恐怕难以立见成效。"众人向他哀求，说："山人是能使白骨再生的高人。这船工千里迢迢孤身来到这里，雇于船主人讨口生活，实在是不容易。倘蒙你出大力相救能活下来，也是一件大阴功啊。"

山人便命人取一只钵来，洗得干干净净，然后到河中灌满水。他伸出手指口中喃喃地念了好一会儿咒，众人也不知念些什么，却见钵里的水渐渐凸起像一只水晶球，山人高兴地说："照这样子，这人还可以救的。"他又念了一会儿咒，然后吸了口水喷在船工脸上，说也奇怪，那血顿时竟止住了，钵中水却都变成了红色。他念了几声咒语，吸了口水再喷到船工脸上，又念动咒语，更奇怪的是那船工的面目渐渐能辨认，伤痕也能看清楚了。山人命人取来一只椰子瓢，将它补在船工左额的残缺部分上，瓢中放着豆腐渣，用以代替脑浆，瓢外面包着两层白纸，用来补皮肉。一切收拾停当后，山人在船工身上蒙上一床布被，又开始坐下来闭上眼睛喃喃念咒，两个时辰之后，忽然听得被底船工渐渐发出呻吟声。山人随即停了咒语睁开眼睛说："好了！"众人急忙掀开被子，只见那船工的脑袋已经完好，正睁着眼睛注视着众人，那神情就像久病昏睡后才醒过来一样。

这时山人已经汗流浃背，气喘吁吁，想来也是经历了一番大辛苦。他站起身来拍拍衣裳就离开了。众人知道他一向为人廉洁，送他财物从不接受，便对他烧香跪拜，叫他为神仙，来表达感谢之情。到了晚上，这船工就能支撑着坐起来，饮食也恢复了正常，自言自语说："只觉得刚才像睡梦一般，魂灵似乎无所适从。"从此以后，人变得就有点痴呆，做事情也不如从前那么明白，见了同伙都不认识，从前经历的事再也记不起来了。看他的样子如痴如迷，说话逻辑混乱，让人难以理解，有人便说人的聪明决定于脑子，因为他真正的脑浆已经流失，豆腐渣终究是冥顽不灵的东西。有人用手指弹弹他的左额，还发出"登登登"的沉重的木瓜声。

有位歙县客人名叫孔三，与山人很要好，曾经问他："山人是向谁学的，竟能这么神奇？"山人说："我是台州人，一次到三十六雷山去砍柴，看见石洞中坐着一位道人，相貌古朴，形容奇特，胡须飘动像飞雪，目光闪动如雷电。我知道他一定是个得道高人，就想拜他为师，我放下斧头，整了整衣衫朝他下拜，口叫仙师。道人朝我看了很长时间后说：'你没有仙骨，成不了仙，但见你忠厚良善，姑且教你点符咒为世人治病，也算是功德类中重要的一项了。'我朝他下拜说：'只要能得到仙师传授也是好的。'道人示意我坐到他膝边，先是教了我一千多句符咒让我学着念，又用手指画了一千多笔叫我学着他画。我正念咒画符，他突然猛击我的背，痛得我彻心彻肺，说也奇怪，那符咒和笔画随即被我牢牢地记住，一点也没搞错。然后他让我离开，说：'你回去后要精心练习揣摩，过十天再来这里找我。'十天后我又去了，拜见后说：'弟子学得仙师妙诀后，日日揣摩，稍有感悟，只是不知可否灵验？'道人说：'有法在，一定会灵验的，但你要盖瓜后法才灵妙。'我问他什么叫盖瓜，他说：'你在妻、财、子、禄四门中任意选择放弃一门就是了。'我听了大吃一惊，不敢答应。道人说：'若不应允，符咒就不灵了，你还我的符咒吧。'我朝他下拜说：'除了必需盖瓜的法术之外，还有其他法术吗？'道人想了好一会儿，说：'那你过了六天再来这里罢，我会传给你口诀，但千万要记得，不许带其他人同来。'六天后我只身前往，看见道人正盘腿坐在洞外荒落的山岩上，我攀登上去，见到他就跪下朝拜，说：'仙师曾答应传我口诀，请实践诺言吧！'道人笑笑说：'你有人跟着同来，我能传你口诀吗？'我回过头来朝身后看看，对他说：'我身后并无一人呀！'道人大笑，立起身来说：'祝贺你，你所学符咒一定灵验，从此可以游走江湖。我们下世还可相逢。'当时我已生有两个孩子，可是过了一个多月，两个孩子都忽然生了点小病夭亡了。我这才悟到当时所谓'身后无一人'的对话是道士诱我做到盖瓜呀。道人还嘱咐我说：'到什么地方都别留下名字，只说自己是三十六雷山人即可。还要记住，别受人家的酬谢，别炫耀自己的功德，别误传给不该学符咒的人，别救人不尽力，别因为是仇人而不救。以上种种都是极大地冒犯神灵的禁例，如违反了，雷电就要击你的头，千万要谨慎啊！'说完，道士竟用手拨动白云跳起舞来，他嘻嘻笑着，然后举起双臂，身子一纵，随即朝一座极高的山峰飞登而去了。回去后我对符咒加以试验，果然像道人说的那么灵妙。于是我小心地遵照道人的教诫行事，不敢有半点疏忽。"

尤其令人感到奇怪的一件事是镇上有个泥水匠，有一次爬上寺庙的飞檐角做工，不小心摔落在院子里的石头上，跌断了脚骨，骨头也碎了，只有一小段骨头还算完整，疼得直叫唤。山人来后，削了一段长短相符的柳树枝干代替脚骨，将它安放在血肉中，用豆腐皮包起来裹上系好。念了一会儿咒，那泥水匠就哼叫着站了起来，问他说也不再疼痛，走起路来也完全正常，前后也不过是花了一顿饭的工夫。

孔三还对人说，他经常见山人每天夜里起来，在船头上烧三炷香，用一壶茶祭奠，口中喃喃，像是与人说话，不知又在操演什么法术。

有一年贼兵作乱，金溪地方有家富户姓毕，男丁不幸，家里接连三代寡妇，仅留下一个遗腹子，名叫藕官，生得又俊朗又聪明，已经八岁了，在学堂读书。贼兵杀到那儿，毕氏寡妇仓皇逃走。藕官从学中回来，哭着寻找他寡母，老仆将他背起，正要出门寻找。这时大批贼兵突然来到，一刀把老仆杀了，就要将藕官带走。藕官大哭不从，还骂不绝口，贼兵性起，一刀又杀了藕官。可怜的藕官身首分离，尸体被抛弃在田野里，幸亏家里有条忠犬日日守着，才没被乌鸦啄食。

贼兵退走，第二天，毕氏寡妇回到家中，见到这种情景，不由得呼天抢地大哭起来，由于痛心过度，眼泪都化作血水，从旁经过的人听了她这哭声，也无不伤心难过。她哭晕了过去，昏昏如睡。恍惚中，仿佛梦见一个穿着红袍的神仙，手执象板，骑着快马飞驰而来，随从的人如云一般多，有的拿着棍，有的扛着戈，有的举着戟，有的握着笔，有的捧着公文。那神仙跨下马来，对她说："你儿子还不至于就死，上帝因为你家已三代不吃牛肉狗肉，准予你儿还阳。但要把头和身体接上，非三十六雷山人不可。"她说："可那山人在哪里呢？请神仙指点迷津。"神仙回头一看，指着一个人说："绿树村边，那个戴铁帽子的人就是。"

毕氏寡妇突然醒来，看那绿树阴阴的地方，果然有个人很悠闲地走来，用铁锅盖着头。因为山人侨居在金溪乡中，船被贼兵烧了，一切生活用具都化为灰烬，他刚从村镇上买了一只锅回来，正打此经过。毕氏寡妇想起梦中神仙所言，就急忙上前拉住山人衣襟，苦苦哀求他救治。山人一看，急忙摇手说："我哪是什么神仙，实在无能为力！"她不停地哀求，把头磕得"咚咚"直响。山人说："世上本没有飞头之国，怎么会有接骨妙丹呢？万不得已，我且为你尽力而为吧。"这时毕家的人都哭着围过来。山人命人取来一把扇子和一把扫帚，祝告说："扫帚，扫帚！扇子，扇子！扫帚头发一把，扇子聚拢一起。断的续上，肘后有神方。"祝告完毕，将藕官的头对准身体的腔口，又取来干草盖在上面，然后左手拿扫帚，右手执扇子，向四方摇动喊叫，一面喊叫一面念咒。一会儿，忽然大喝一声，立即将扇子、扫帚放下，朝西狂奔而去。众人正在惊异时，就看见藕官身体蠕动起来，口里发出呻吟叫痛的声音，过了一会儿人就醒了，大家急忙上前，拨去干草，只见看他头颈下有一道红丝线般的伤痕，头与身子竟连在一起了。第二天，毕家备了金币去酬谢山人，山人却从此离开了，到处询问，也没有人知道他去了什么地方。

啊，山人用符咒替人治病，却绝不要人酬谢，还遭到丧子之痛，自然让人尊重。想世上那么多借鬼神惑众，靠符篆骗钱的人，又该怎么处置他们呢？符咒虽然神妙，可普通人还是敬而远之为好。

赛嫦娥

在苏州地方有个秀才叫黎明，字东明，是个不拘小节的人。风姿俊美潇洒，衣冠楚楚，但直到二十岁了仍未成家娶妻。家附近有个姓赛的女郎，名叫月姑，天生艳丽，同族中人见过她的美貌后都称她为赛嫦娥。可惜父母早亡，孤单单地靠着姨母家过活。已经十七岁了，常常打扮得漂漂亮亮地站在门口看跳神之类的小戏。偶然黎生见到她，十分倾慕她的美貌，回家后就托媒人来做媒。就在快成功时，黎生忽然反悔了，觉得一个年轻女子公然不顾他人目光将自己美貌展现于大庭广众之下，且毫无羞涩的样子，恐怕早已经不是一个贞节女。这一夜，他梦见父亲责备自己说："赛家姑娘并不是平常的妇人，不仅有倾国倾城之貌，还有兴家立业的本事，你怎么能只凭表面现象去看她呢？"随口吟成一首绝句道：

珆璘妃子貌如花，丹颗分明点臂砂。一自赤绳亲系足，石榴裙下有乌纱。

吟诗完毕，拍了拍他的背，黎生顿时醒过来。到第二天，他再次托请媒人前去求婚，赛月姑的姨母骂道："黎家这牧牛儿可真是不要脸，我家赛嫦娥长得天仙的美貌，哪点配不上你，竟被你当成街上卖不出的蔬菜，随意挑拣扔弃，竟然还有脸再来提亲。"怒气冲冲地把媒人赶了出来。黎生十分后悔，感到绝望，成天病殃殃的。过了一个多月，病势加重，自己一个人躺在寂寞的书房中，吃不下，睡不着。

黎生有个堂兄，住在黎生家附近，因连着好多天没听到堂弟的读书声，就走来看看他，问起得病的缘由。黎生伏在枕上叩见了堂兄，后悔伤心地哭着叙述了缘由，并请他帮助。堂兄也不禁发愁说："听说赛嫦娥姨母的心肠很硬！不过确实是堂弟不对在先，不如我们先看看赛嫦娥是否对你有情，再商量后事。"随后又把媒人喊来，教了她主意，让她再上赛嫦娥姨母家去说媒，许诺成功了一定有重谢。赛嫦娥的姨父，在黎生堂兄那任会计已有十年了，两人关系相处得很融洽。黎生求婚的事，姨父还不知道。临走，堂兄让黎生好生保重，把自己比作唐人小说《无双传》中的侠士古押衙。

这个媒婆外号叫张画眉，嘴巴很是伶俐。这天张画眉又来到赛嫦娥姨母家。姨母见后说："画眉是又想替黎家做说客吗？"张画眉笑道："我可不敢了，活该那穷鬼当一辈子光棍，我可不再管他的闲事，今天我是来送花样给赛嫦娥的。"见赛嫦娥躺在绣床上还没起身，就轻轻地走近她身边说："姑娘也太娇惯了，都已经日高三丈了，怎么还赖在绣床上睡懒觉？"赛嫦娥皱着眉头说："夜来生了点小病，到现在还是头昏脑涨的。"张画眉用很柔和的口气与她说了好一会儿，赛嫦娥忽然拉住张画眉的手悄悄问道："那黎家小伙子是在怨我呢，还是在想我？"张画眉听了知道女方有意，就竭力夸说黎生的苦苦相思之情。赛嫦娥就说："那他为什么不再请你来做媒呢？"张画眉说："他的堂兄已经在替他想办法，但需要姑娘给他一件信物，那么让他堂兄来做媒求情成功的机会就更大了。"赛嫦娥思考了好一会儿，然后从枕边取过一张薛涛笺，把它亲自封好交给张画眉，请她转交给黎生，并一再关照她别弄丢了。

张画眉带了信笺给黎生，他还没读完信笺的内容，就从床上一跃而起，笑着说："赛嫦娥真是个多情的姑娘，也不枉我生病一场。"信笺上是这样写的：

谁向银河浣绛纱，抛残玉屑与丹砂。女龙雌凤伤离别，愿结人间并蒂花。

原来这是一首闺门中的咏月诗，所用韵脚和黎生梦中父亲所说的那首诗的韵脚只有次序颠倒，就更加相信自己和赛嫦娥是前世注定的缘分。堂兄来看望黎生，一起读了这首诗，黎生并把诗韵的征兆告诉了堂兄，堂兄对此也十分惊诧。堂兄随即把赛嫦娥的姨父召来，对他说："世上像黎东明这样的人怎么会永久地贫贱？还请您为了孩子的幸福多加考虑。"姨父也觉得黎生有才气就同意了这门亲事，堂兄立即替黎生下了聘礼。

这年冬天，选了个良辰吉日，黎家派出花轿将新娘迎进门，挑开盖头，只见赛嫦娥更是娇媚无比，花烛之夜，两人缠绵恩爱。之后第二年，黎生试院岁考受挫，难掩失意之情回到家中。赛嫦娥对其劝勉鼓励，每天晚上点灯纺织陪伴黎生读书。来年春天，黎生果然没负所望，成绩优异被选任为金陵儒学博士。赛嫦娥随他一起来到清水衙门，见他办公地方到处冷冰冰的，认为这种坐冷板凳的教官不足以扬眉吐气。黎生却说："桌上有鱼菜，美味无穷，阶上有蝴蝶飞，诗人才会诗兴大发。我们如今和儒学大师们为邻，这里面有不少才俊之士，怎可对教官如此鄙薄呢？"赛嫦娥说："只可惜我是个女子，不然以我的才华和能力，我也会取得一番成就。不过按公公梦中所说，我会在暗中帮助郎君的。"

黎生听后高兴地笑着向她道谢，夫妻之间更加恩爱无比。

赛嫦娥最喜欢到尼姑庵中去，烧香拜佛，求神灵保佑自己能早生贵子。雨香庵中一个老尼姑和她特别投缘。黎生教学有很多空闲的时间，就常骑马到附近群山中去探访六朝遗迹，带着美味佳肴和美酒，在那儿吟诗作赋，时常流连忘返。赛嫦娥在家一个人耐不住寂寞，也簪珠花，抹花粉，穿着鲜艳衣衫、轻飘的裙带，时常乘着竹轿去找尼姑聊天。尼姑见到她来，总是拿出美味的食物来热情招待，喝着初熟的新开封的酒，互相谈论《楞严》十种因缘问题。

有一天，赛嫦娥和尼姑正坐在僧房松窗下对饮聊天，忽然佛婆急匆匆赶来报告说："总督夫人今日游山，现在已到庵堂来了。"尼姑赶快穿上黄袈裟，拿着念佛珠，恭敬小心地出门迎接，只见这时总督夫人已下轿进了佛殿，正在参拜诸天菩萨和十六金身罗汉。尼姑见她双手合十施礼，夫人也举手还礼，问方丈室在哪里，想先休息一会儿。尼姑带她前去，身后跟着两名聪慧的婢女，其他的仆从轿夫等均留在外厢房喝茶。赛嫦娥这时已暂时避到别处，因她和总督夫人从未见过一面，怕夫人怪罪。夫人突然抬头一看，见方丈室桌上放着两副杯筷，酒气弥漫，笋香冲鼻，十分震惊和怀疑，停步不前，怀疑尼姑是在和藏着的奸夫在喝酒。尼姑见她变了脸色，就赶紧跪在地上禀告说："并非夫人所想，刚才正逢黎教授的妻子赛夫人来这里，因此设酒和她攀谈。听说您大驾前来，急忙之中来不及收拾，还请夫人明察。"夫人问："那怎么不见她？"尼姑说："小家女子，未见世面，不会应对，估计是胆小不敢见夫人，暂时避到别处去了。"夫人怀疑她是在掩饰，就说："既然是教授的妻子，我夫和她的丈夫还有着同僚之谊，何不请她来聚聚呢？"

尼姑赶紧出去寻找，果然在曲房中找到赛嫦娥，把她拉去拜见夫人。赛嫦娥上前施礼，在夫人膝边跪下，满面红晕，眼泪汪汪的，酒意还未全消，看上去就像带雨的海棠，鲜艳欲滴，似乎刚从醉睡中醒来。夫人随即拉着她光洁如玉的手腕，打量了很长时间，笑着说："这位娘子，连我这老婆子见了都生爱怜之心，你是不是就是外面人人称美的赛嫦娥？"尼姑在旁赶紧附和："是的，正是她。"夫人说:"久闻美名,到现在才得见面,我老婆子还真是眼福不浅。"然后让赛嫦娥和自己挨肩坐下。赛嫦娥再三谦让说:"在夫人跟前,按礼该当侍立。"夫人说:"你就别在这儿瞎客套了,赶紧坐下吧。"坚持要她坐下,赛嫦娥这才向夫人拜了拜,倚夫人而坐。身上粉香四溢,直冲鼻腔,头上珠翠闪亮,耀人眼睛。细看她眉目,眉淡如山,眼睛清澈如一泓清水,细看她手脚,手如笋芽、削玉,脚如莲瓣、金钩,声音如雏燕在晴天呢喃,又如黄莺在晨光中歌唱,怎么看怎么让人喜欢,夫人更是对她赞不绝口。

尼姑把桌面重新整理,再上酒席,请赛嫦娥相陪,然后自己走进走出端菜送酒,十分殷勤。赛嫦娥用香手帕把酒杯拭净,斟满美酒,跪献夫人。夫人对赛嫦娥的知书达理很是欣赏,神情专注地注视着赛嫦娥,尼姑又在旁极力赞美赛嫦娥能操持家务,工于刺绣,会书写,事事讨人喜欢。夫人问道:"你丈夫多大了?"赛嫦娥回答:"二十三岁了。"夫人说:"如此青春,怎会去做这样的冷官?"赛嫦娥支支吾吾说不出话。

过了一会儿,夫人叹息说:"老身嫁得富贵尊荣的丈夫,一生本也算是老天厚待,可惜五十岁的人了,没有女儿在旁。我老了,有许多琐碎的事情,媳妇是帮不上手的。曾生过一个女儿,但却年少夭亡,每每想起她还是不禁要伤心哀痛。"说完,用手巾不断擦泪水。赛嫦娥百般劝慰,夫人这才转悲为喜,接着又自嘲说:"也许是老身太痴心妄想了,本就没一点福分,怎么还能妄想有个像你这样的女儿呢?"尼姑拍手说道:"娘子自幼是个孤儿,常为早丧的父母而痛心。如果夫人不嫌弃,不如就认她为义女,如何?"夫人笑了,微微点了点头。赛嫦娥顿时领会意旨,跪在地上磕头说:"我与您本是天差地远,能和您相逢是我的福气,如今能做母亲的女儿,有母亲的庇荫,真是我的福气啊。"夫人听后高兴极了,几乎要把她挡在怀中,放在膝上,接着从腕上褪下一只金手镯,套在赛嫦娥的手腕上,说:"没想到能遇上女儿,区区薄礼,就当是母亲给女儿的见面礼。"说罢,就放下杯子起身,赛嫦娥和尼姑跟随在后恭送,再三请夫人保重,而夫人已经上车,车马辚辚,风驰电掣般走了,场面豪华气派令人眼花缭乱。尼姑也说赛嫦娥真是有福气。

赛嫦娥回到府中等候丈夫归来，直到深更半夜，黎生才趁着月色醉醺醺地从门外进来。两名童儿把他扶进房，躺到床上就沉沉地睡着了。早上起来，赛嫦娥正要把昨天的事情详细告诉丈夫，这时黎生又收到了同事已写好的帖子请他去游蒋山。赛嫦娥只能把话又咽下去了，独自在家对镜梳妆。忽然家中仆役大声禀告说总督夫人派了老仆妇来接小姐。老婆子进来就对赛嫦娥说："夫人昨天从城北回来，和总督大人说了一夜的话，早上起来就命人在中堂铺好红地毯，还点了两支大红喜蜡烛，还交代我迎接你，姑娘赶紧走吧，别耽搁了时间。"赛嫦娥赶紧起来换上在喜庆节日才穿的衣服，头上插满珠翠，用香屑塞在鞋子里，带了婢女，坐上小轿，就往总督衙门赶去。刚走上台阶，就看见总督和夫人盛装打扮，带着家人排立在中堂。赛嫦娥见此情形想行拜见礼，总督制止她说："先别着急，要等女婿来后一同行礼才吉祥呢。"然后笑着对夫人说她眼力很不错，真不愧是才人之女。夫人派旗牌官急忙拿了名片去召见黎教授。

这时黎生正和同事来到蒋山蒋子文庙，旗牌官追寻到此，汗流气喘，拿出总督名片传达命令，就请他一起乘车回总督府。黎生不明所以问："总督为什么事召见我？"旗牌官说："您到那儿就知道了。"黎生说："总督大人为什会召见我一个小小的教官？可真奇怪！我去看看是怎么回事。"跟着旗牌官到家中，换上旗牌官的衣帽，这才骑马跟着旗牌官来到总督衙门。先到延禧节堂，这是总督平时接见下属官员的地方，黎生到此停住脚步，直到一个童儿传话说："进！"又起步到了第二重厅堂，叫退省处，等童儿仍传话说："进！"又起行到三重、四重厅堂，只见四处花窗画阁，异常华丽，黎生走到这不禁心生怀疑，无论如何也不敢再往前走了。童儿也就站直了身子，替黎生高声报名。只听哗啦一声，屏风被随即拉开，在地毯一角总督和夫人身穿官服站立，又突然看到自己的妻子也在那儿，心里更是不安，就连脸色也变了，被这阵势吓得不知所措。赛嫦娥知道丈夫还不知道，就赶紧上前告诉了他事情的缘由，然后缓缓地将他带进中堂。

　　黎生小心翼翼提起衣裳慢慢地走着，恭恭敬敬走上堂来，亲手搬过两只座位放在正中，请总督与夫人坐下，然后和妻子并排下拜，就像新婚时对岳父岳母行礼一样。总督捋着须髯大笑不已，夫人也笑着说："好一对才子佳人，只是可惜官位太卑微了。"总督笑笑说："这难道还需夫人担心吗？"说完就带着黎生出来，把幕宾和儿子、侄子一辈都召了来，向他们介绍说："他现在是我的女婿。"众人纷纷拱手祝贺，都对黎生称赞不已，说相信大人的眼光不凡，女婿自然是了得，说了很多奉承的话。不一会儿，大厅笙管乐声响起，仆人搬进各种美味菜肴，传话说内堂家宴正式开始了，一伙人喝酒畅聊好不热闹。

　　到了晚上宴席结束，黎生夫妇告辞乘车归去，路上一对对火炬照耀，就像白天一样。到了儒学官署，只见庭院中摆满了箱笼，连落脚的地方都没有了。问家人这些东西是哪里来的，他们说："这是总督大人补给的嫁妆，差不多值上万两银子。"第二天夫妻俩又进总督官府道谢，一起欢聚了二十来天。

　　过了一年多，总督以才干保举黎生为县令，不久又被任命为知府，选派到浙江杭州任职。考虑到女儿赛嫦娥对丈夫的深情，总督让他慢一点去上任，希望夫妻俩多聚聚。这时黎生才真正信服赛嫦娥，在石榴裙下得一官，自己对此又是惭愧，又是高兴。赛嫦娥了解丈夫的顾虑，笑着说："我是月的精华，那郎君就是众星之首。只有星借月光，月亮是不借星光的。"

　　到第二年，总督被调任别省，黎生不愿随他远行，婉转地要求到杭州去上任。于是夫妻俩和总督及夫人告别，流着眼泪依依不舍地分手了，临别之际，总督又拿出五千两银子给他们。赛嫦娥暗中拿出一百两银子酬谢尼姑，并在庵中修建了观音阁为总督夫人的善心祝福。到浙江后，因有赛嫦娥相助，黎生官声很好。浙江巡抚和总督本是同年，就保举黎生升任臬台。黎生此时回想起从前在冷清的儒学府中的情形，不禁感叹以前的自己真的就如井底之蛙，眼界狭窄。

　　当时浙江有位名妓叫素娟，外号"能行白牡丹"，黎生常把她召进府，在宴席上唱歌跳舞助兴。素娟每次进府，赛嫦娥总要赏给她香帕、汗巾、珠翘、钗钿之类的东西，想笼络她。有一天，赛嫦娥乘车外出游玩，正好路经妓馆，素娟赶紧出来拜倒在地，要赛嫦娥到她家歇息一会儿。随从们正要呵斥素娟胡闹，赛嫦娥说："不碍事。"就下车随素娟进屋，在那儿饮酒，听弹琵琶，听唱《杨柳枝》小曲，也学着男子给了素娟许多赏钱。其他的嫖客见夫人驾临，都叫着走开了，直到月亮升起，赛嫦娥才回家。第二天，她拿出一千两银子为素娟赎身，把她纳为丈夫的小妾。素娟很是感激，过门后，对赛嫦娥言听计从，恭敬有加，很得赛嫦娥的欢喜。素娟对赛嫦娥说："夫人像亲生女儿一样待我，我也该把夫人当作自己的母亲。这房子的中央下面有一个地窖，里面藏有很多财物，夫人可掘出取用。"之后果然在此处掘出一只大瓮，四面围着几十只瓷罐，上面还用红色的符纸镇着。原来素娟本是前任道台家的婢女，曾亲眼看见道台把许多金银藏在这里。后来因为道台死去，素娟也无处落脚才流落娼门，如今受到恩惠，想着报答赛嫦娥的知遇之恩，所以告知。当时有个擅长写曲子的人，听闻赛嫦娥的事后，把赛嫦娥的故事编成了戏曲，也就是《金钗缘》。

蛇 膈

苏州一带是个富庶之区，有些世家大户，都有几十万亩良田，纵横交错，阡陌交通，远远望去，大片田地连成一片，气势宏大，但是这一地区也十分容易积下冤孽。广福镇有个叫孙继石的人，世代居住在此。太湖之滨，天平、灵岩山之间的田地，都是孙家的。靠近两山的其他农民田地和孙家毗邻的，都逃不过孙家管事人的剥削，然后被迫用很低的价钱卖给孙家，好让他家的田成块连片，管事人也从中捞了不少钱。有位老学究方先生，家中田地也和孙家毗邻，为了避免遭受同样的命运，就在自家田垄上插上柳枝，想着以后等杨柳长成树林，成为两家田地的分界线。孙家管事人知晓方先生的意图，就偷偷地在深夜把柳枝拔去，扔进了太湖中，然后对方家田地更是加快了侵占的速度。方先生告诉孙家佃户说："我这十亩田是先人留下来的，我这把老骨头无谋生之计，家中人口又多，如果没了这十亩田，恐怕我全家都要活活饿死。你们如此侵占吞并，我就要去告诉你家主人。"佃户们只是看着他轻蔑地一笑，不理睬他。

仅仅一年多，方家的十亩田已被侵占了一半，方先生不得已只好进城来到孙家门上。孙家看门人本就和管事人狼狈为奸，三次上门，三次都被阻挡在外，不予通报。方先生只得到县衙投状去控告。但县衙的差役也都是有钱人家的走狗，对他也是恶声恶气，没有好脸色。知县前不久刚向孙家借钱还债，怎么可能得罪孙家，因此不予理会。方先生唉声叹气只得回来，想着拼力和孙家人闹一场。又到了收获的季节，孙家管事人带了几名打手前来侵占，方先生站在田垄上指着他们大骂，还未骂完，就已经被打手们绑在树上，然后拿大粪塞进他嘴里，用棒打他屁股，快要把肉都打飞了。幸好村中一个寡妇看到大声呼救，他们才跳着叫着走了。从这以后，方先生身子更衰弱了，每次吃饭都要呕吐。医生说："这是膈应病，照这样下去恐怕活不了多长时间了。"方先生把子孙们叫到跟前，说："我也知道命不久矣，现在只不过是在拖日子罢了。但我的病，是因为孙家的冤仇得不到申诉引起的。我死后，你们让工匠把我的棺材凿开，在棺材前面挡板上开一个像碗盏那么大的洞，我一定要化为大蛇，从洞中出来，把孙家一门老小都吞了，这样我才会瞑目。"第二天，病势更加重了，他的儿子遵了方先生的嘱托特制了棺木，等待老先生闭眼安葬。而这事孙继石一点也不知道。

这时，以前救了方先生的寡妇到孙家来送新鲜蔬菜，听闻此事，暗底下向孙继石的妻子说了方先生的遗嘱。她听后大吃一惊，急忙告诉孙继石。他也很震惊，认为虽然自己家道富裕，但从没有和邻里之间闹什么矛盾，方先生为什么对自家有这么大的仇恨呢？村妇就将事情的前因后果详细说了一遍。孙继石还不大相信，就换上破衣服，暗中向村里的牧童、顽皮的小孩子打听，说得和村妇一致。他又径直来到方家门上，方家子孙见到仇人，怒不可遏冲过来就要打他。孙继石见状说："我是来归还田产赔罪的，不是来打架的，不然我也不敢孤身前来。"方家子孙见他不像是说谎，脸色稍微平和了下来，拱了拱手站着，将方先生的病情如实告诉他。孙继石说："你父亲的病医生是看不好的，还希望你能带我去见他一面，说不定就好了。"方家子孙就带他去见了方先生。一见到方先生，孙继石立即在床前跪倒磕头，说："都是我的错害先生病重至此，从今往后我一定会改过，还希望先生能够努力抵御疾病，再忍耐一会儿。"方先生听出来人，开始时睁大眼睛看着他，接下去又长叹一声，到后来就放声大哭，可是神色好转，病已好了一半。

接着孙继石坐在方家的厅堂上，叫童仆把鞭子取来，又把作恶的佃户召来，都狠狠地鞭打了一顿，对管事人更是痛加责骂，并赶出孙家，并聘请方先生的儿子当管事代替他。把以往所占之田都一一退还，就连几年来所占之田出产的粮食也全部退还。又把和方家毗邻的田地割让给方家，而且立下字据为证，叫来村中老人作证人签字盖章。村里人对孙继石的做法很是称赞，纷纷拍手庆贺，大肆宣扬，人声嘈杂，耳朵都快要被震聋了。

这时忽然有人拄着拐杖，呻吟着从屏风后面出来，原来正是病重的方先生。孙继石对他作了个揖说："实在对不起老先生，怪我认人不清让你们受冤了，现在田界已经划清，还请你放下这冤仇。话说酒能联络情感，那我愿以杯酒为先生祝寿。"方先生还在谦让，孙继石已命厨子备下酒菜。席间他亲手为方先生奉上一杯酒表达歉意，方先生接过喝了。只听喉咙里"咕嘟咕嘟"作响，忽然，"噗"的一声吐出一块裹着血泡的痰块，又"啪"的一声落在地上，人顿时昏死过去。经过抢救，慢慢苏醒。他自己把痰块拨开，只见里面是一条红色小蛇，已经成形了，只是还没开眼。从此，方先生的病立即痊愈，饮食又和以前一样。孙继石之后又替方家田垄上都种上柳树后才回家。这天晚上，他把妻儿召来，告诫他们说："怨恨可真厉害啊，怨恨刻毒积聚人心，真太可怕了。因为我一时疏忽，差点招来常山之蛇飞进我家，吞食我的子孙，如果不及时阻止，真是无法想象啊！唉，危险啊！"

现今方家村的柳树，柔如雨丝，碧烟笼罩，翠色环绕，好一派葱葱郁郁的景象。

连游船也来此听柳莺唱歌，在此集结歇息。村民中说因果报应的人里还有人能记说此事。我想起自己当年在寺庙中忍受屈辱的时候，也是恨不得化为大蛇，变成像会飞的常山大蛇一类，立刻飞到仇家，吃起骨肉，才能消胸中之恨。唉，怨恨刻毒久蓄人心，真是厉害！虽然这事应写于因果报应的书中，但我还是用笔把它写下来，给那些为富不仁的人做警诫。文采不好还希望读者们能见谅。

司徒如意郎君

　　司徒鼐是山西人，由举人被选为福建某县县令。他去上任时，身穿便服，头戴斗笠，骑着蹩脚马走了二百里路。他妻子早年亡故，留下一个儿子名叫如意，随着他坐在小板车上在田间小路上行走颠簸，觉得很辛苦。司徒鼐骂道："小子不知道物力艰难，你以为当了县令少爷就妄想可从此过快活日子了吗？你如果真的要这么想，就该投胎到洋商家中去，不该出生在我这穷读书人人家。"县里的差役及下属小吏去接新县太爷，却看不到他人来，都感到惶惶不安；这时司徒鼐已经神情肃然地进了县衙，把马系在官厅边上。守门的人觉得奇怪，就上前询问，司徒鼐说："我就是接任的新县令。"直到司徒鼐拿出委任文书让他看，他才相信。

　　司徒鼐上任三天后，就命人把县衙一道道大门打开，准许百姓到他面前去告状。事无大小，办案绝对不过夜。百姓很爱戴他，称他为司徒家翁。司徒如意有时出游，百姓争着把他请进自己家中，拿出酒水、果品、食物给他吃，说："这是司徒家翁的公子，怎么能不好好供养？"司徒鼐每次看到儿子喝得脸上红红的回来，就一定要用棍棒打他，说："不要去打扰百姓，得罪苍天！"他有时下乡去巡视庄稼生长情况，看到百姓用砻糠烧猪食，他不懂，就问是干什么的，百姓撒谎说是自己吃的，他听了后大哭起来，说："百姓贫困到这种地步，这是县令的过错啊！"说完就大吃一钵猪食离开。人们都笑他呆，但也更敬佩他能够真诚地爱护百姓。

第二年夏天，当地旱情严重，司徒鼐扎着头发，赤着脚，手捧香炉在烈日下行走，为民求雨。为了能结束酷暑，大病不起，他把如意叫到床前，当面吩咐说："我死后囊中空空，你宁可把我骨骸抛弃，走着回家，也不能随意接受百姓的赠送。你如果违背父命，我就会化成厉鬼杀你。"如意流泪接受了遗嘱。到了司徒鼐死的那一天，百姓争着在县衙前大哭，说："家翁，家翁！你怎么这样快就抛离了我们！"百姓举行了三天巷哭，三天野哭，和尚道士们咚咚咚敲着木鱼，宣诵佛号，祝愿慈父般的县令司徒鼐早日升天。幕宾检视他的财物，俸禄结余才只有百把两银子，只够买具棺材，其他就没有了。于是把司徒鼐的棺材暂时寄放在县里的东山上。

后来接任的一位县令发怒说："司徒公真是矫枉过正，只知道自己博一个清官的名声，连累后任难以仿效。县里百姓再敢说司徒公如何清廉正直的，罚鞭刑一百！"而且派差役催如意赶快离开县境，生怕民心浮动。如意公子伤心落泪，把家中的图书、字画全部变卖，共卖得二百两银子，孤单单地搬到别的地方。在任的官员中凡是和司徒鼐同年的，都按照子侄的礼节接见如意公子，都翻白眼看他，语言上还冷嘲热讽。一年多后，如意所带资财用完了，没有地方借贷，只好流落他乡。

如意听说父亲有个学生姓傅，名无私，最得父亲的恩遇和培植，如今在吕宋经商，有三间当铺。凉秋露寒，如意衣衫单薄，无可奈何，只好乘海船到吕宋寻访，心想或许能够得到一些资助，可以解救自己等死的情形。万里汪洋，海天茫茫，一帆顺流横渡，看海市蜃楼仿佛在图画中。到吕宋登岸寻访，找到了傅家，果然是一座高大的住宅，朱门绣户。但名片投递了三次都不被接见，一位大腹男子出来传话说："主人已经在上个月关了店铺回厦门去了，你不要在这里死守了。"如意闲来无事，偶然在街上欣赏异国风光，看见一个人身穿绣衣，骑着骏马，带着三四个美妾并马在街上兜风，仔细一瞧，原来就是傅无私。

如意心中忍不住生起怒气，立即直呼傅无私的大名，大骂说："傅无私，你对得起你的恩师吗？你这样忘恩负义，怎么可能长久地保持富贵？"傅无私收住缰绳，笑着说："你这话就说错了。我在中国仅见过你父亲一面，哪里算得上有恩？你小子乳臭未干，初次学习打秋风就如此狂妄，就活该饿死！"说着就用手中鞭子抽打如意的头，叫骂着走了。

如意忍着屈辱回到旅店，悲愤交加，几乎痛不欲生，哭着说："清官的孩子，竟然不能死在故乡，却要客死远方异国吗？老天讨厌清官，不太过分了吗？"旅馆主人名叫王黑，听到如意的哭告后，就问他名姓，很惊讶地说："你是司徒家翁的公子吗？我是家翁治下的小民啊。曾经因为偷盗，被家翁杖责，几乎被打死，后来越狱逃到这里，才活下来。公子现在贫困，老天最终会保佑你的，让我替你设法谋生。"如意大吃一惊，说道："你是豪杰之士，难道不怨恨当年受到杖刑的耻辱吗？像傅无私这样受过我父亲大恩的人还要忘恩负义欺侮我，你更要欺辱我了。"王黑说："如果不打我，我当盗贼；打了我，我变成了良民，我心中对他感激不尽，怎么会恨他呢？公子如果还有疑心，我可以对天立誓！"如意这才在他家中安心住下来，但是时常闷闷不乐。王黑说："本城的东郊有个大沙场，是西洋女子蹓马的地方，争奇斗艳，在中国是没有的。公子为什么不早晨起来到那儿去看看，来发泄胸中的愁闷呢？"如意答应了。

第二天，如意来到那个地方，是一片很开阔宽敞的地带，地上铺着细沙，芳草丛生。成千的马骑纷纷来到，无数西洋女子纷至沓来，她们虽然都是黄眼睛、卷头发，但也都是美丽非凡。四周的观众有中国人，也有西洋人，对她们评头论足的。如意本是中国的美男子，此时站立在人群中，背着手，耸着肩，美目流盼。虽然他穿戴较旧，但脸上红白相映，洁白玉润，真不愧是鹤立鸡群。

忽然来了一支骑着骏马的队伍，一看，都是一些十六七岁的美娇娘，簇拥着一位最美丽的女子。她的手臂像美玉一样，鬋发如云，细眉修长，双颊如画，装束体形不像西洋女孩。她骑着马稍微走几圈以后，从人群中看见如意，眼珠一转，双目含情。随即在马背上叫来一名长胡子的仆役，在他耳边说了好一会

235

儿。仆役低着头答应了一声，就慢慢走到如意身边，用华语说话，很婉转地询问了他的来历。如意把自己的身世大致地说了一遍，吓得想赶快离开。这时又来了个短胡子的仆役，和长胡子仆役站在一起，长胡子仆役走近美人。叽叽咕咕不知说了些什么，美人张开樱桃小口，微微一笑，和他又低声说了一会儿话，稍稍骑马奔驰一会儿，把各种骑术都施展出来，随后带着马队向西驰去。如意徘徊不前，打算回去了。这时，两个仆役坚持请他一起前往，稍微停留了一会儿，并且说："这是一件天大的好事，别人千求万求还求不到，你别害怕。"接着一名马夫过来，把马鞭给如意，硬要他上马，跟随马队驱驰。

过了一会儿来到一处地方，原来是几幢各种颜色的三层楼洋房，明亮曲折。仆役带着如意登上最高一层，里面华丽极了，地上都铺着绿色的地毯，门前挂着绣幕，鼎内炉香袅袅，墙上钟声锵锵。一位美人端庄地坐在沙发上，有好几个漂亮的婢女围着，没人敢大声说话。走近一看，她就是马队中看到的最美艳的一位，年纪十五六岁。屋内灯光一闪一闪的，照得她脸容无与伦比地美丽端庄。她看如意进来，轻盈地站起来，拉着如意手腕，让他和自己并肩坐在一起。身边的人捧来一面五尺来长的大镜子，她依偎着如意，对镜端详，做出各种亲昵的举动。如水一般明亮的镜子中，映出一对人，很像是用美玉雕出的鸳鸯、蝴蝶一样。女子含着笑努努嘴，命令婢女给如意洗澡。随后就有侍女带他进入浴室，用杞菊擦拭身体，洗完后抹上香水。如意要寻找自己的衣服穿上，婢女却说已经扔了。另有一位披着头发的小婢女取来簇新的衣衫让他更换。这衫不像绮罗，又不像轻纱，摸起来感觉滑腻温柔，而且长短尺寸恰巧合身，就像是照了如意身材定做的一样。

婢女带如意出浴室，厅中刚刚摆好酒席，音乐的声音悠扬动听，银烛把厅上照得雪亮，器皿精美，陈设华丽。那女子也身穿着艳服出来，和如意相互见礼，然后腿挨着腿，并肩坐上酒席。婢女们都朝他俩盈盈下拜，很像是朝见参拜的礼节。如意想起身还礼，女子笑着阻止。奏了几支曲后，台上放满了各色菜肴，其中有些是如意从来都没有见过、听说过的，但都是美味佳肴。酒色红得像胭脂，也很香甜。女子每次举起杯子，一定让如意喝一半，然后自己喝剩下的一半。每次拿起汤匙盛菜，也是先给如意吃一半，然后吃剩下的一半。饮了三四杯酒后，如意就说自己是书生，酒量小，害怕喝醉后不能自制，会失礼；女子又娇媚地劝他再继续喝酒。如意喝得大醉，瘫倒在座椅上，脸上泛起红晕，犹如雨后桃花，鲜艳欲滴。女子说："人们常常说中国有很多美男子，但是像郎君这么美的恐怕也是不多见。"如意支支吾吾应着，说："身在异国，就像浮梗飘萍，刚才承蒙你的深情，赐我酒宴，如今夜已经深了，请放我回去吧，可能今后还有相会的时候。"女子笑笑说："和郎君相逢，真是前世缘分，既然天风把你吹送到这里，我还忍心让天风再把你吹走吗？西洋女子也不会吃人，你为什么要这样害怕呢？"

这时楼下乐工唱的歌声非常哀怨，如意问这曲子叫什么名字，女子说："这是昧离兜禁的声音。"楼上十六名舞女又联起手臂弯下腰起舞，仿佛芍药临风、垂杨拂地的样子。如意问这是什么舞，女子说："这叫水殿抛球戏。"那种销魂蚀骨的舞姿，令人心旌摇荡。如意醉醺醺地垂下头靠在女子肩上，女子看着婢女们笑道："郎君倦了，可以睡了吧！"这时歌舞停了下来，就有三四位娇美的婢女扶着两人进入美丽的寝室。室中幽幽地燃着龙涎香，喝着雀舌新茶，两人唧唧哝哝，絮絮交谈，兰心蕙质，脉脉含情。几乎令人怀疑，人间夫妻是否有这样的好姻缘，除非天上茑萝相互攀绕方有这般佳配。听到阶上敲响三声更声，如意催促女子卸下浓妆，解衣进帐，两人极尽恩爱。

女子在枕上详细询问了如意的行迹，他都一一如实说了。女子说："郎君既然无家，就在这里小住，免得你旅途中寂寞伤怀。我们缘分到了就结合，缘分尽了就分手，不要郁郁不欢。"如意又详细讯问女子情况，她不回答，只是说："我是忉利天大王之女，修罗小妹，不惜架梯乘船来这里买无价宝（指有情郎）的。总之你得了美妻，我得了美夫，就心满意足了，还有什么必要多问呢？"

鸡叫两遍，如意渐渐醒来，觉得口渴，帐外就有小婢送进玉杯，喝了一口，觉得味甘而微苦，疑心是人参茯苓汤。他含了剩下的参汤，吐进女子口中，女子把他舌头吮入口中咂咬，如意的心骚动起来，便又爬上身去欢好。女子请求他慢慢地进行，说："我还是个处女，别以为西洋女子就能经得住狂风暴雨。"

如意早上起身，拉开帐子，侍女伺候得很殷勤。看到桌上放着的高雅摆设，都是珊瑚、珠玉、猫眼、宝石之类的东西。过了一会儿，女子起身，坐在镜台前，就有两名婢女替她梳头，头发很长，拖到地上，乌黑光亮。她把头发盘起，梳成高髻，叫"灵蛇髻"，簪着各种鲜花和翠钿珠玉。她又微微施了点粉黛，只感觉香气扑鼻。穿上鹅黄色的蝴蝶裙，披着绣着鹭花图案的披风。一位婢女提议说："中国崇尚红色，和郎君结婚的第二天早上，怎么可以穿上素色的衣衫？"女子点了点头，就换上浅红色的荷花图纹衣裳，深绿色竹叶青短袄。腰肢纤细，像是要被风吹去似的。

早餐结束后，两人挽着手，一起倚偎在楼边窗前。女子向东望着大海，笑了笑指着门外沙堤说："这是郎君来时走过的路。"如意站在旁边，从窗格中往外看着说："堤东边一条界线，那儿沙石茫茫，不就是你试马的地方吗？"女子也笑了起来。从此如意就和女子一起居住，生活好极了，简直可以和王侯媲美。只是进出行走都被严密监视。偶尔想捡零星的宝物藏起来，或者想和机灵聪慧的婢女偷情，女子都不准许，说穷秀才总免不了馋相。只是每天坐在闺房，和女子填词赋诗，做各种游戏，就这样度过良宵。

一天晚上，如意坐在灯下翻阅桌上书籍，找到一张中国朝报，其中说：

福建士绅叩请皇上恩准，愿意把前任知县司徒翲列入名臣祭祀。刚刚接到皇帝圣谕，同意在该县建造廉吏祠，享受百年香火。

如意读完以后，放声大哭，说自己一身飘零，长留海外，不知道老父的尸骨什么时能运回家乡，择地安葬。茫茫天地，四大皆空，命运竟然如此多难。女子听了也流泪说："郎君命中注定和我有这样一段好姻缘，使天下人知道你父亲是清官，还是可以做得到的。分别也总有个日子，你暂且安心在这里住下，别急躁。”

女子有两名心腹婢女，一个叫宜爱，一个叫宜瞋，都是玉貌花颜，非同凡响，时常偷空和如意调情，女子似乎知道这件事，但还是任由他们乱来。第二年中秋前一天，正是秋风微动，人们刚刚抛开团扇的日子，两个婢女私下告诉如意说：“娘子昨天接到家中来信，眉头紧锁，满面愁容，像是很伤心的样子，估计你俩不久就要分别了。郎君这时要很温顺地待她，如果有可能得到她的帮助，就能大大地改变贫穷的处境，只是请不要泄露是我俩说的。”

到了第二天，女子果然督导婢女们整理书籍、乐器箱笼等物，搬运了一天，男男女女忙忙碌碌。到了晚上，女子娇呼一声，仍然在中厅设宴，拉如意同坐，有一种黯然销魂的离愁情绪。楼下乐声又响了起来，女子劝阻说：“耳边是离歌，听来都是伤心的声音。”说完，泪珠扑簌簌地掉入酒杯中。她举起酒杯请如意饮酒，如意流下了眼泪，两名婢女也哭得抬不起头来。如意惊奇地问为什么会这样，女子说：“我俩一年多夫妻，恩恩爱爱，和鸳鸯、比目鱼有什么两样？一旦分离，相隔天涯，所以伤心啊！”如意问：“您走后，我们有再相会的日子吗？”女子擦了擦眼泪，摇摇手，表示不能再见面了。抽泣的声音，感人肺腑。女子手执长剑起舞，洒脱而有节奏，技法的高超可以和公孙大娘争先，而藐视谈容娘。跳完舞，又弹剑作歌，歌词说：

山有木兮水沦涟，妾遇郎兮宿世缘。
弃郎归兮妾何所天？海波浩渺兮空无边。
无边兮无岸，茫茫万里兮音书断。
愿郎珍重兮毋思念。

歌唱结束，把剑一扔就哭了。

过了一会儿，有个长胡子仆人跪在阶下说：“船只已经备好，请主人启程。”看天色已经快亮了，女子和如意相互拜别后，恳切地请如意为她送行。如意面有难色，女子说："我想带你一起回去，但是实在无法安置你，不过是要你亲自送我离开，满足我的一点痴情。而且有东西要送给你，你不必害怕。"两人随后就手挽手出了家门。众婢女急忙换上鲜艳的新装，都牵着马肃立等候。女子和如意一起骑着马，一会儿就到了船码头，果然停着三四艘大船。她拉着如意登上其中一条船，哭着对他说："我是女王国丞相希拉赤花的女儿，幼年时奉母命学习华语，读华文书。我之所以要到中国来，是想借中国人的灵秀种子，生个有中国血统的后代，一代代传下去。自从和你同居以来，已经怀孕三个月了。昨天接到母亲来信，催促我立即回国，看来很难再在这里停留。今日就要返回娘家，从此和你诀别，永无再次见面的日子，除非是在梦中还能见到我的面容。我名叫多罗婉殊，小字珍珠云郎。郎君家乡如果能回去就回去，如不能回去，这里也不怕没吃饭的地方。"说完，就从袖中取出一只象牙制成的小圆盒子，用手帕包上，在如意胸前牢牢系住，说："郎君千万别把它随便弄丢了，你拿着它到一家店中给店主看，就能知道它的珍贵。你请回去吧，千万珍重，我也要走了。"长胡子仆役就扶着如意上岸。这时如意神志昏昏然，好像失魂落魄的样子。再回头一看，只听到炮声轰隆震天，大船已经飞驶而去，一眨眼工夫就远去了。海涛澎湃，海鸥鸣叫，还能看到船上女子好像还站在船旗之下，亭亭玉立，在用手帕擦眼泪。过了一会儿，船就看不见了。

如意忍不住不停地放声大哭，急忙寻路回到旅店，旅店主人仍然是王黑。王黑看到他，大吃一惊，问道："你到哪儿去了？转眼已经两年了，害得我全家人找得你好苦！"如意说了一通假话回答他，仍然留在店中吃住，王黑待他仍然是礼貌周到。又是秋天到了，如意在客房独自居住，酒醒梦回，又想起昨日欢聚，今夜凄凉，就拿出象牙盒子来看。盒子中嵌着水晶片，上面刻着两行洋文，就像蚯蚓爬动涂成的，根本无法识别。心想这样小小的一件礼物，无足轻重，不过是美人骗骗我这孤身客人罢了。转念又对自己的结局感到渺茫，不知道该如何，想来想去不如上吊一死，去追随死去的父亲算了。这个想法一确定，就解下带子系在梁上，刚套上头颈，伸开双腿踢倒凳子，带子就断了，嘭的一声摔在地上。王黑赶来一看，连忙叫众人来急救，对如意道："公子还是个青年，才十九岁的人，为什么就要寻死呢？在上对不起亡父，对下被天下人耻笑，我私心替公子想想，你真是大错特错了。但这两年你究竟流落到哪里，请把实情告诉我。"如意哭着把两年来的遭遇告诉了他。王黑说："美人对待你如此多情，临别时难道没有送你什么东西？"如意就把象牙盒子拿给他看，王黑不禁拍着手大笑说："公子几乎差一点误害了自己的性命，你转眼间就要成大富翁了，自己还不知道吗？请放心安睡，包你能当个像陶朱公、石崇那样的大富豪，这是可以提前向你祝贺的。"

王黑守护如意到天亮，第二天起来就送他到一家店中。那地方在吕宋的西郊，门对着东海，坐落在北岸，一重重楼房，一道道门，四周种着桑树、榆树，是一幢很大的楼房。一进门，就看到其中国籍的店员很多，因为看到如意穿得寒酸，不大瞧得起他，也不怎样应酬他。王黑神色持重，和如意一起进入办公室，刚落座就有一位干练的仆役前来询问。如意期期艾艾地说不出话，王黑代替他说道："这是司徒如意公子，刚刚从女王国希拉丞相家来这里料理公事，现在把你们经理叫出来听谕！"仆役答应一声就走了。

过了一会，有一个宁波人汗流满面地走出来，只是微微举手，和如意打个招呼就坐下了。如意取出盒子，由王黑转交给那人。他大致察看了一会儿，就对如意肃然恭敬起来，出门邀来同事五六十人，仆役一百多人，满满一堆人，立在阶沿下。他们簇拥着如意坐在大厅正面，王黑在边上侍立，然后这些人都一个个过来见礼。招待宴会结束后，那人把一大叠账簿取出来摊在桌上，报告说："这儿资金共一百六十五万两，司事、仆役人等都在这里，请主人决策。"如意这才恍然大悟，知道象牙盒子原来就是店主人的身份证，他嗯了几声，下令一切还是照旧。

到了夜里，他们让王黑睡在外厢房，请如意睡在内房。来为如意解衣脱鞋服务的都是一些美丽的女婢；在外听命侍候的另外还有英俊的年轻仆人。第二天早晨起来，身边仆役奉上衣帽，如意一看，发现是光灿灿的三品冠带，就问："我又没有做官，如何能用这皇家的官服？"那宁波人说："凡是来这里当店主的，照例都出资捐个三品官，表示尊贵。"说完就从袖中取出一纸呈上，原来是在昨夜三更时急忙办理手续后取得的委任状。他办事竟然这么迅速。如意就对宁波人说："旅店主人王黑照顾我很长时间，可以把他补入办事人员的档案中去。"宁波人答应了声"遵命"。王黑很高兴，在阶下"嘭嘭嘭"地磕头道谢。附近店家的商人听说如意是司徒翯的公子，布拉丞相的女婿，美人的知己，情分很不同寻常，都争着下请帖邀请赴宴。出门坐车用四匹马拉的大车，住处是朱门花窗，如意回顾自己的身世，真的像在做梦一样。原来布拉丞相家有三间大商店，一间在上海，一间在广州，一间在宁波。吕宋的这间店是女公子用私房钱开的，很慷慨地赠给了情人，用来报答两年来的夫妻深情，也可说是很丰厚的了。

过了一个多月，如意经常想起亡父，就支出了五千两白银，带了仆役回到中国，乘上华丽的车马来到福建亡父生前所在的那个县里。百姓看到他带着众多骑从，声势赫赫，全都用手拍着脑门说："这是司徒家翁的公子。清官有报，怎么能说老天没生眼睛呢？"就带着他到廉吏祠。如意拉开神像前的帷帐，此时真是悲喜交加，于是就把自己的遭遇对神像诉说了一遍。如意把灵柩载在车上，走的那天，老老少少都来送灵车，一直送到百里之外的地方，才哭着回去。如意到了山西，做好坟墓，把灵柩入土安葬后，就重返吕宋，委托宁波人主持店务，又抽调一笔巨款到福建，另开了一间大店，如意就把这家店作为家。

到了第二年，如意二十岁了，还没有娶妻。来说媒的人接踵不断，却都被他笑着谢绝了。他私下挑选贤淑的美女，但是极少有人能赶得上自己在吕宋所遇到的美人。过了不久，听说傅无私竟然在半路上遇上强盗抢劫，家中又遭到大火，如意对这件事非常感叹。忽然有一天，王黑用大船载着一位美人来送给他，说："这是傅无私的爱女，在路上被我用二百两银子买来献给你，用来报复他父亲当年用马鞭打你头的怨恨！"如意笑着说："你也太小看我了。"于是就收下这个女子，纳为小妾。接着又娶了名门之女郭珍珍作为妻子，她的容貌和布拉丞相之女不相上下。后来又娶了四个小妾，连同傅无私之女一起共有五位如夫人，都生得很美。

从此以后如意更加勤奋读书，做善事，来安慰亡父的在天之灵。这年秋天，如意由礼部推荐参加顺天乡试，中了举人，第二年春成为进士。他请假回到福建，却丝毫没有出仕的意愿，只是在家中享受优裕的生活。如意一生共生了十八个儿子，长大后做了官。后来听说福建闹水灾，就向省里长官请求，愿意独力赈灾。福建百姓为他在廉吏祠中设立一处牌位，尊称为小家翁。每年春秋两季的时候，举办祭祀赛会，用这些来报答他们父子俩的大恩大德。

卖高帽子

山西有位贪赃枉法的长官某公，喜欢收受礼物，又喜欢别人奉承自己，如果下属有人将珠玉器玩贿赂他，那么不多久就一定会得到一份美差。这种事情对于性情高傲的人和囊中无钱的人是不屑做和无力做的，但那些甘于沉沦下僚依人谋生不得志的人，那可真是争相献媚。

濡帽山下有个秀才，生性狡猾，以京城小吏的名分出任了山西省的参军。到了省城，穿戴好官服来拜见上司，十分谦逊恭敬。长官笑着对他说："你是从京城来的吗？"他说："是的。"长官说："听闻京城的东西虽然昂贵但是质量却比其他地方要好，你远道而来，是否带着什么好东西，是什么美名堂，什么新花头，不妨详细给我说说？"秀才听后屈下一膝回答说："虽然下官久住京城，但那儿生活费用确实昂贵，所带的路费不多，仅买了一百顶当下流行的像方山冠的高帽子，打算向所有的大人先生都送一顶，作为初见的礼品。"长官听了板起面孔郑重地说："贵参军也太不了解老夫了，老夫生平就不喜欢戴高帽子，你难道没事先打听一下吗？"秀才急忙应道："请大人见谅，不要和小人一般见识，大人乃是圣贤门徒，是和周公、召公齐名，和范仲淹、韩琦相媲美的，怎会喜欢戴这种高帽子呢？"长官听后脸色稍微平和一点，捋着须髯大笑说："这才像话！这说明你还是了解我的。但是，既然你已经将高帽子买来了，那一定是要把它卖出去的，路上走了个把月了，那你卖去了几顶呢？"他笑着回答说："确实卖掉了，如今已不满一百，只剩下九十九顶了。"长官问他是什么原因，他说："刚才就卖出了一顶，给大人戴上，那不是吗？"

长官被说得尴尬地笑笑，知道他是爱讽刺说笑的人物，就像以前的东方朔一类人，也不敢再小看他，说了些早日上任、恪守为官准则之类的场面话，就让他离开。但外面听闻此事，都把他称为出售高帽子的参军，顿时满城街道男女老少没一个不知道他的大名的。秀才靠着优厚的参军待遇，逐渐也有了不少钱，家中美妾、娈童成群。出门时坐轿，有人在前开路，回家就拿着算盘计算，靠着卖高帽子取得了眼前的富贵，镜中的荣华。

从前这县城的庙里有尊无常鬼塑像，是鬼神之雄，很是灵应。经常作祟让人得病，只有病家备了酒菜香烛纸钱去祭祀后，才能痊愈。理发师老秦的儿子奶名叫三小，也被这鬼作祟生了病。没办法，只好去向塑像跪拜，说自己愿当它的徒弟，果然鬼听后十分开心，多次在梦中来往。每天晚上，理发师把白天理发挣得的钱都拿去买白酒牛肉，然后和儿子一起到庙中磕头参拜。到那儿先坐下向师父——那个无常鬼敬酒，之后自己再吃喝。嘴上和鬼师说话，说的都是些地狱中荒诞的事情，又或者是一些因果报应等很难预料的事，等到酒菜吃完后才回去。

有一夜，理发师父子又到庙中，问鬼师："酒好喝吗？"鬼师说："好。"又问："肉味美吗？"鬼师说："美。"这夜父子喝醉了回去时，鬼也跟着进了房中。从此理发师每夜都能听到三小在和鬼说话，有时唱山歌，有时唱戏。长久下去，这也成了理发师的心头之患，便请来道士千方百计加以驱逐，但仍没把鬼赶走。有一天夜里，他偷偷地把一瓶美酒放在三小的卧室中，鬼来了之后看到美酒，就把它喝了，觉得酒味醇美，最后竟喝得酩酊大醉睡着了，还响起呼呼的鼾声，露出了原形。理发师起身来偷看，只见这鬼穿着白衣，脚穿草鞋，长发披肩，脸色碧蓝，直挺挺地躺着像一具僵尸，头上还戴着两尺多长的高帽子。他举起涮马桶的竹帚痛打鬼，鬼被打得痛得醒了过来，拿着伞夺门而逃，边叫边跑。理发师立即把高帽子抢过，像蜘蛛网一样绕在手上，上面的一股腥臊的气味实在令人作呕。理发师赶紧把它放入火中，顿时烈焰蹿起，燃为灰烬。以后再也没见到鬼的踪影，三小也恢复了正常。从此参军府门前每夜都能听到笃笃的敲门声，看门的大声喝问，却又无人应答，打开门去看也没有任何迹象。

这样的夜半敲门持续了一个多月，秀才实在忍受不了，大怒，就在夜间起来从门缝中张望，只见一个无常鬼，披散着长长的蓬松的头发，呆呆地站在门外，秀才现身斥责说："老鬼的胆子竟然这么大，每天半夜扰民，你就不怕挨板子吗？"鬼回答说："还请参军大人息怒，但我的帽子被秦家烧了，没这东西我就不能勾人作祟。听说你家一向因卖高帽子而闻名，所以特来打扰，请卖给我一顶，我是舍得花钱的。"秀才说："快走吧！明天我送你一顶。"早上秀才起来，就请工匠做了顶高帽子，大小符合标准，命看门的人带到庙里烧了。这一夜鬼又到秦家算账，百般吵闹，三小不得已只得拜鬼终身为师，从此再也不敢起一点伤害鬼师的坏念头。

夜雨秋灯录 4

BAIHUAYEYUQIUDENGLU

【清】宣鼎◆原著
徐赟◆编著

广东旅游出版社
GUANGDONG TRAVEL & TOURISM PRESS
悦读书·悦旅行·悦享人生

中国·广州

图书在版编目（CIP）数据

白话夜雨秋灯录：全4册 /（清）宣鼎原著；徐赟编著. — 广州：
广东旅游出版社，2017.10（2025.1重印）
ISBN 978-7-5570-1102-4

Ⅰ.①白… Ⅱ.①宣… ②徐… Ⅲ.①笔记小说 – 小说集 – 中国 – 清代
Ⅳ.①I242.1

中国版本图书馆CIP数据核字（2017）第219198号

白话夜雨秋灯录 .4
BAI HUA YE YU QIU DENG LU .4

出 版 人	刘志松
责任编辑	李　丽
责任技编	冼志良
责任校对	李瑞苑

广东旅游出版社出版发行

地　　址	广东省广州市荔湾区沙面北街71号首、二层
邮　　编	510130
电　　话	020-87347732（总编室）　020-87348887（销售热线）
投稿邮箱	2026542779@qq.com
印　　刷	三河市腾飞印务有限公司
	（地址：三河市黄土庄镇小石庄村）
开　　本	710毫米×1000毫米 1/16
印　　张	64
字　　数	940千
版　　次	2017年10月第1版
印　　次	2025年1月第2次印刷
定　　价	280.00元（全四册）

本书若有倒装、缺页影响阅读，请与承印厂联系调换，联系电话 0316-3153358

返生香草

　　一天，虎儿和弟弟摇船送客上扬州，把妹子一个人留在家守门。送过客人后，船上一片空荡，正巧遇上连夜大风大雨，没人来搭船，只得打算摇空船回去。正准备出发，岸上来了一个短须的男子，草鞋绑腿，背着行李，问虎儿说："你们是从里河走还是从外河走？"虎儿说："里河。"

祝大哥

　　珠湖马棚湾北面有个落水鬼，它接受着神居山的清气，吸收着罾社湖的光辉，汇合天地之灵秀，吞吐日月之精华，久而久之，就能现影炼形，开口说话，自称为祝大哥。它从不对人作祟，但却嗜酒如命。这地方是更换驿骑的交通要道，传递公文的驿卒大都骑马赶夜路，只要经过这里的，都会遇见祝大哥拦住马头，说自己口渴极了。

序　言

　　志怪笔记体小说是中国古典小说形式之一，以记叙神异鬼怪故事传说为主体内容，产生和流行于魏晋南北朝，与当时社会宗教迷信和玄学风气盛行以及佛教的传播有直接的关系。汉代以后，儒教、道教和佛教逐渐盛行，鬼神迷信的说教广为流布，所以志怪的书特别多。历朝历代作品中就有不少以"志怪"命名的，如祖台之的《志怪》、孔约的《孔氏志怪》，乃至清代蒲松龄的《聊斋志异》。（"志怪"一词出于《庄子·逍遥游》："齐谐者，志怪者也。"）

　　鲁迅就在《中国小说史略》中说："中国本信巫，秦汉以来，神仙之说盛行，汉末又大畅巫风，而鬼道愈炽；会小乘佛教亦入中土，渐见流传。凡此，皆张皇鬼神，称道灵异，故自晋迄隋，特多鬼神志怪之书。其书有出于文人者，有出于教徒者。文人之作，虽非如释道二家，意在自神其教，然亦非有意为小说，盖当时以为幽明虽殊途，而人鬼乃皆实有，故其叙述异事，与记载人间常事，自视固无诚妄之别矣。"志怪小说的内容很庞杂，大致可分为三类，一是炫耀地理博物的琐闻，如托名东方朔的《神异经、张华的《博物志》；二是记述正史以外的历史传闻故事，如托名班固的《汉武故事》《汉武帝内传》；三是讲说鬼神怪异的迷信故事，如东晋干宝的《搜神记》、曹丕的《列异传》、葛洪的《神仙传》以及托名陶潜的《后搜神记》等。

　　志怪笔记体小说多以人物趣闻逸事、民间故事传说为题材，具有写人粗疏、叙事简约、篇幅短小、形式灵活、不拘一格的特点。另外不同的作者在这类小说中也倾注了自己的思想、智慧和情感，例如在《聊斋志异》中，蒲松龄"用传奇法，而以志怪"，将生命力和"孤愤"注入其中；而在《阅微草堂笔记》中，纪

昀则是将智慧注入其中，以"测鬼神之情状，发人间之幽微，托狐鬼以抒己见"为核心，目的在于益人神智。大多数的志怪笔记体小说更高超的地方在于对人性的把握，鬼怪皆有人性，甚至比人更为生动真实，可敬可爱。

志怪笔记体小说在明清时代达到了一个新的高峰，为后世树立了一座中国古典小说的丰碑。本着品读经典书籍，弘扬优秀文化的思想，我们首批选取了明清两个朝代中比肩《聊斋志异》的四本志怪笔记体小说，严格遵循原文，编写了这套白话志怪笔记体丛书——《白话夜雨秋灯录》《白话夜谭随录》《白话剪灯新话》《白话萤窗异草》。本系列书所述均系当时社会之旧闻轶事、神鬼狐怪、烟花粉黛一类故事，情节离奇，生动有趣，文笔简洁朴实，颇有艺术造诣，流传甚广，是明清笔记小说中的佳作。

总之，志怪笔记体小说作为中国最传统的文学形式，用的是中国思维，写的是中国神怪鬼狐，讲的是中国故事，这些都渗透在我们每一个国人的骨子里。悠闲时光，品一杯茶，读读这些经典之作，聊发怀古的幽思也是一种极大的精神享受。

出版者语

《夜雨秋灯录》的作者宣鼎，字子九，又字素梅；号瘦梅，又号邋遢书生，金石书画丐，安徽天长市人，生于清道光十二年（1832年），卒于清光绪六年（1880年），是我国晚清著名的小说家、戏剧家、诗人、画家，对书法、篆刻、词曲、赋等亦能精通，史书称他"工诗文书画"。他是清代一位不可多得的多才多艺的文学艺术家。

宣鼎少年时期家境丰裕，后来遭逢晚清社会动荡，穷愁潦倒。坎坷的经历为其后来的文学创作奠定了底蕴。40岁时，宣鼎开始文言小说《夜雨秋灯录》的创作。光绪三年（1877年），《夜雨秋灯录》由上海申报馆刊行，共八卷一一五篇。光绪六年（1880年），又出《夜雨秋灯续录》，仍为八卷一一五篇。《夜雨秋灯录》及《夜雨秋灯续录》深刻反映了清末动荡不安的社会状况和普通老百姓的命运，其中，有的抨击了封建礼教和婚姻制度，有的揭露黑暗吏治、讽刺时弊，有的歌颂豪侠。成就最高的是以男女爱情为题材的作品，如《麻疯女邱丽玉》《邬生艳遇》《雪里红》等脍炙人口的名篇。

宣鼎的《夜雨秋灯录》《夜雨秋灯续录》情节曲折，文笔丽而不绮，前人评它"书奇事则可愕可惊，志畸行则如泣如诉，论民故则若嘲若讽，摹艳情则不即不离"。在模仿《聊斋志异》的众多文言小说中，可以说是最好的一部。

《夜雨秋灯录》被誉为清代小说的压卷之作。

目 录

续录卷七

续录卷八

续录卷五

返生香草

扬州附近的东淘弄有户姓吴的船家，家有两兄弟，老大叫虎儿，老二叫豹儿。还有个妹子叫驹儿，已经十六岁了，仍未定亲。虎儿为此很是忧虑。听说海神庙求签很灵验，就准备了香烛去叩求。求得的签词说：

委蛇委蛇，诡怪迷离。生者之女，死者之妻。鹍弦可续，龟卜何疑。

虎儿看不懂上面写的意思。

一天，虎儿和弟弟摇船送客上扬州，把妹子一个人留在家守门。送过客人后，船上一片空荡，正巧遇上连夜大风大雨，没人来搭船，只得打算摇空船回去。正准备出发，岸上来了一个短须的男子，草鞋绑腿，背着行李，问虎儿说："你们是从里河走还是从外河走？"虎儿说："里河。"这人又说："那请你们把我带到昭阳，放心到那儿，我是不会少你们的船钱的。"虎儿问："这话怎么说？"这人介绍说："我姓熊，是昭阳的传信兵。不久前送公文到镇江，把钱用完了，我在昭阳有亲戚，到那儿我可向他借钱。只是我暂时不能先付钱，就连饮食费用还要请你们先垫一垫，但请你们放心，我一分也不会少你们的。"虎儿见此人很真诚，说："这也不是什么大事，反正我们是空船回去，就当路上有个伴了，省得太寂寞。"豹儿见这人一副穷相，十分看不起他，面露难色很不情愿。虎儿劝说："人在末路时最苦，就算我们做好事积点阴德，带他去吧。"这姓熊的十分感激，就纵身一跳来到船上。豹儿向哥哥要了点钱去买米买菜，整治好杯盘，来招待客人。宾主之间谈谈笑笑，很是融洽。只有桅樯在微风的吹拂下，轧轧作响。第二天就来到了桥墅，以下一段水路都是之字形河道，有时会遇到逆风阻挡。这时姓熊的客人，就上岸帮助兄弟俩拉纤，由于他身体健壮，很是勤快，也帮了不少忙。因为想快点赶路，即使已经三更天了，风冷露寒，他们还在那奋力地摇船拉纤。

到次日中午，就已经能看见昭阳城那小得像锥子似的塔影，出现在万顷碧波之中。豹儿见状很是兴奋，说："一眨眼的工夫船就到了。听说这里有一种好酒叫虎骨酒，甘醇美味，味香色清，待会儿买来尝尝。"姓熊的正和豹儿在那眉飞色舞地谈论，忽然紧皱眉头，捂着肚子叫道："痛死我了！"说完就突然倒在地上，昏了过去，只见面色青紫，眼睛不断往上翻，一句话也说不出来。虎儿兄弟俩惊吓不已，走近一看，见他仅剩一口气了，急忙把船停靠在港湾中，匆忙抢救，呼吸逐渐间断，没过一会儿就死了。这时，豹儿埋怨哥哥，虎儿也自己埋怨自己，认为如果自己当初不让他上船，或者这姓熊的在乘船之前突然死亡，就不会到如今这样了，真是倒霉。

这时水遥天远，晚霞如火，鸥鸟归巢，四周都是一片片芦苇，看不到村落的影子。豹儿就想把尸体抛进河中，销尸灭迹。但虎儿阻止说："万万不可。他身上还藏着文书，想来他家中还有妻儿。如果把他扔了，只会葬身鱼腹，那他的妻儿可就永远没有他的消息了。"豹儿说："大哥说得对，照这么说，我们先在昭阳寻找他的亲戚，把情况如实告诉他们。"虎儿说："这样也不行。他的亲戚究竟是谁，我们根本不知道，也无从问讯。如果张贴告示找寻，恐怕要给我们惹来麻烦。"豹儿着急地说："那到底如何是好？"虎儿说："先别急，不如再等一会儿，等到一更天无人之时，把他送到昭阳城西边，那有个荒坟累累的浅滩，是个官办的公墓。深夜时分，我们掘个坑把尸体埋了，削块木牌，上写'昭阳熊姓客埋骨处'。时间长了，他亲戚就一定会找到这儿，也算是尽了我们的心。"豹儿点头表示同意。于是就用破被盖在姓熊的尸体上，把船缓缓地摇到城西，这时城楼上正在敲二更的钟，远处集市上也开始亮起了灯光。虎儿把船系在一棵矮树上，叮嘱豹儿在这儿守着，自己到城中去借铁锄。豹儿嘱咐哥哥快快回来，虎儿答应一声就走了。

虎儿神色慌张地进了昭阳城，到熟识的铁匠家中去借锄头，铁匠问他做什么用，虎儿口齿不清地回答说："水滨有死的猫狗，打算把它们埋了。"可是虎儿并没注意，他的神色慌张和焦急不安的声音，已经被铁匠家的邻居，一个巡夜的人听到，此人觉得事有蹊跷，就暗中跟在后面看看干什么。快到停船的地方时，他藏身在古墓附近侦察虎儿的举动。听见豹儿说："阿哥来了吗？"虎儿说："来了。"豹儿说："快来，可把我吓死了！"虎儿说："你可真胆小。"豹儿说："伴着死尸怎么能不害怕？"接着就看见两兄弟扛着尸体上岸。正要挥锄掘土时，巡夜人突然现身大声喝道："你俩谋杀了旅客，这是在打算埋尸灭迹吗？"兄弟俩紧张地四处张望，求他别声张，拿出钱塞给他，可他更加声色俱厉，而且大叫有杀人贼。乡长及乡民听到了声音，赶紧从四面八方赶来。兄弟俩此时吓得脸都黄了，浑身颤抖，说不出一句话。只听"哗啷"一声，两人的脖子被套上了铁链，双双被绑，关进了看守所。乡长立即命巡夜人叫同伴来看守尸体，等待禀告知县，再做处理。兄弟两人泪眼相对，哭得伤心极了，认为这一次一定难逃牢狱之灾。

巡夜人带领同伙来到，用芦席把尸体盖好，点上灯，然后在船舱中对酌打发漫漫长夜。那同伙不时伸出头去查看，怕野狗来吃尸体。巡夜人见状笑着说："这四面都是河滩，有什么可担心的？"继续拉着同伴喝酒唱歌。不一会儿，两人都喝醉了，垂下头睡着了。到四更天时，同伙忽然从梦中惊醒过来，赶紧去掀开芦席查看，尸体竟然不见了，惊吓不已，赶紧把巡夜人叫醒，告诉了这一情况，巡夜人也急得不知所措。同伙认为可能是野狗把尸体拖到别处去了，这时一定不会走远。两人就砍下芦苇作火把，四处去搜寻，但一无所获。巡夜人急得大哭，同伙思考了一会儿，说："有了。前边高地桑树田西面有座新坟，刚安葬没多久，正好船上还有借来的铁锄，不如我们去把坟掘开，把里面的尸体偷来，盖上芦席，知县来了也无法辨认。"巡夜人一听也觉得是个好办法，就放宽了心，照他所说去做，把尸体抬来，盖上芦席，然后再到船上睡觉。天亮时，乡长带人来到，匆匆忙忙地在水边搭了座像房子似的芦席棚，并安上门帘，摆上办公的桌子，根本没时间来辨认死者的面貌。

不一会儿，传来鸣锣开道声音，县官乘着轿子带着验尸员和差役蜂拥而来，旁边看的人把这里围得像小城一样，水泄不通。差役报了罪犯的姓名，虎儿兄弟俩应了一声就跪在地上，哭着将事情的经过陈述一遍。县官见他们说话很流畅，没有一点说谎的样子，对他俩说道："照你们这样说，你们是无罪的，可是如果在尸身上发现有伤痕怎么办？"虎儿磕了个头说："如果尸身上真有伤，那小人愿意抵命。"县官拍了一下桌子，下令验尸。旁边的差役吆喝一声，就把芦席掀开，露出了假尸首。虎儿见后大叫说："这不是小人船上的客人。客人自己曾说是传信兵，穿着才到小腿的短衣，几根胡子刚盖没嘴唇，四十来岁。可现在这是个二十几岁的年轻尸体，穿着整齐的葬衣，小人在匆忙之中怎能办得到？而且这人肤色是青黑色的，应该死了个把月了。这事我们死也不敢招认，还望大人明察秋毫。"

县官就问巡夜人到底是怎么回事，巡夜人狡辩，大人看出事有因就命人打了他三百下耳光，才讲出了真情。县官觉得情况特殊，就命验尸员验尸。验尸员验完禀告说："尸身睾丸有被勒伤的痕迹，脑后还有一枚铁钉，拔出来上面还沾着黑色的瘀血。"县官问乡长说："你可认识这是谁家的人？"乡长神色慌张地回答说："不知道。"也被打了三百下耳光后，这才如实交代说："他是剃头师傅，陆小芹。"之后见到大桑树下有个穿着孝衣的漂亮媳妇正和一名男子在调笑张望，县官立即下令把他们抓来，那男子慌忙逃走，仅把女人抓了来。县官问她："你认识这尸首吗？"女人伤心道："这确是我丈夫，死了才一个月，是谁把它挖出暴尸的，还请大人为我做主。"县官责问说："你知不知道尸身头上、睾丸有伤？"陆妻轻蔑地笑着说："大人，你问我这寡妇干什么呢？人家既然能够把我丈夫的尸首挖出暴尸，难道就不会谋杀我丈夫的性命吗？"

陆妻话还没说完，就听虎儿对豹儿说道："弟弟啊，我是不是快要死了，你看从堤上走来的是不是昨夜暴亡的客人？那是鬼魂变的吗？"豹儿抬头一看，也惊吓不已，大叫鬼来了。县官果然看见一个人远远奔到近前，趴在地上向虎儿兄弟磕头说："我不是鬼，是昏死过去又苏醒过来的姓熊的人，因为我患有羊癫风病，一时昏厥过去。大前天从扬州搭吴家兄弟的船来，多亏这对好兄弟的大恩。只是因深夜受了风寒，旧病突发，看来如不被葬身水域，就要被埋身岸上了。但之后因躺在地上得了土气，三更时分又忽然醒来。没找到船，就摸索到亲戚家中，打算借钱来道谢。听门外有人说谋害人命的案子，就赶紧赶来为你们解释，还你们清白。"说完又向虎儿兄弟拜谢。兄弟俩听后十分高兴，但接着又变得伤心地说："我们为了你已经陷入牢笼了。"县官立即命人放了他们，说："既然这事和你们兄弟俩无关，那就无罪释放。"接着对陆小芹的妻子严厉审讯，用了大刑，但她撒泼反扑，死也不招。

忽然从芦苇丛中飘来一股腥味，只见一条有小孩手臂那么粗的大蛇，黑底白纹，口中衔着一簇绿叶黄花小草，"咽咽咽"地在不断鸣叫，盘绕在尸体旁，把草嚼成汁，吐入尸体的口中。又用剩下的小草放在尸体脑后，蛇身弯来弯去，忙个不停。差役见状惊恐不已，要试图赶它离开。县官说："先等一等，看看它想干什么？"那蛇把事情办完后，就伏在桌下，又"咽咽咽"地鸣叫，睁大了眼睛注视着尸体，盘着身子一动不动。这时听见尸体腹中有震动的声音，忽然手脚稍稍动了一下，随即发出呻吟的声音，接着又睁开眼睛朝四面看看，说："为什么你们要这么狠心害死我？我已经睁一只眼闭一只眼了。"大蛇见到他能开口说话了，就利索地游走了。

县官下令把剩下的草煎成浓汁，让陆小芹慢慢地喝下，片刻之间，他竟能翻身了。差役扶他站起身来，他身子依然很虚弱，接连跌倒了两次，于是就干脆躺在地上叙述说："我是剃头师傅，陆小芹。她是我的妻子，背着我和药店的姚二官通奸，虽然我知道奸情但苦于没抓到证据，不敢阻止。那一夜，她百般献媚让我喝酒，把我灌醉。这时姚二官忽然从床下钻出来，我才与他争斗了几下，后脑就被什么东西击中，痛得昏了过去。之后我魂魄四处飘荡，无处可去，刚才忽然醒来，才看见我妻子竟然也在这里。"县官命差役把大蛇救他性命的怪事告诉他，他说："竟有这样的事！可能是上天对我的善报，平时我对动物十分爱惜，每到初一月半就用省吃俭用下来的一点点余钱，买来鱼鳖虾蟹放生，已有好些年了。有一年春天，偶然遇见一个叫化子在街上玩蛇，我于心不忍，花了一百文钱买来放了，今日的事可能就是这蛇来报恩的吧！"

县官听了十分震撼，问陆小芹妻子说："你还想狡赖吗？"陆妻哑口无言。县官于是释放了吴家兄弟，把陆妻关进监牢，又命令乡长派人用床把陆小芹抬回家好好治疗服药。又发出官文，捉拿姚二官。姚二官在逃走的第二天晚上就到了东淘海神庙旁，打算寻艘海船逃入东海。他在荒野中孤零零地走着，想找一家旅店借宿。忽然从草丛中窜出一条大蛇，还带着无数条小蛇爬来，把姚二官团团围住，对其又打又咬。他大叫救命，附近的捕快听到叫声，匆忙赶到，便把他捆绑后带回县中，关进了监狱。县官再升堂审讯，供词和陆妻相同，两人因为通奸和杀人都被判处死刑。

过了一个多月，虎儿又在昭阳停泊，就去看望陆小芹。这时陆小芹脑后的创口已经结了痂，能拄着拐杖走路了。陆小芹为人十分厚道和气，很热情地招待了哥俩。虎儿见了十分高兴，就上县衙告诉县官说："我有个不情之请，还请大人成全。我有个小妹子，还未婚配，想和陆小芹结为婚姻，能否请大人做媒？"县官笑着说："这就是再生缘啊。"把自己的薪俸拿出给他办喜酒，准于明年春上桃花盛开时举行婚礼。听闻此事的人，也都在后面议论此事，都说那草是还魂草。

天魔禅院

明朝时在京城附近西山山坳里有一处风景优美的地方，其实是元朝时天魔禅寺的旧址，造有一座寺庙，匾额上题名为"桃花庵"。庵里有一个叫广怜的尼姑，又名光莲，原是扬州一户贫穷人家的女儿，幼年时被卖给西方商人当婢女。十三四岁时她就能献媚迷惑主人家的公子。主母死后，公子不想父亲续娶，就把广怜推荐给父亲，很受宠爱，甚至把所有箱笼厨房库房的钥匙都交给她掌管。她床上欢爱的手段方式多样，简直让老年人无法消受。不久主人得了风痹之症，从此卧床不起，而后死了。之后公子又把广怜占为己有。本是守丧时期，应该禁欲，但是公子和广怜却依旧男欢女爱，欢笑与哭丧一起，很是糜烂。因此在守丧还未期满时，神巫就把公子的魂招去，一年后，公子也因患痨病而死。广怜把公子马马虎虎安葬后，就擅作主张拿出很多钱送给仆人，然后把房子卖了，席卷商人家所有的资财，乘车北上到了北通州，之后租了间民房住下。

这时广怜才十六岁，姿色貌美，风韵尤佳，整天簪花擦粉，身穿红裳白裙，时常搔首弄姿立在门口，偷看来来去去的美男子。广怜的艳名逐渐传播开来，只要是好色的有钱人，都争着把自己打扮一番来她家一睹芳容，并乐此不疲。因为广怜依恃自己富有，所以并不屑于陪人喝酒，迎来送往。客人来后，她只是打扮得很艳丽出来端坐在那里，身边站满了伺候的丫鬟仆妇。对于纷纷来到的猎艳的男子，她只敷衍地应酬一番。但碰到像卫玠这样俊的美男子，她就会不时眉目送情，暗送秋波，还准许他半夜里来此和自己亲昵。但谁要是起更之后还赖着不走，就令婢妇拿起棍棒把人赶到门外。和她上床交欢，上来时还行，接着就阳痿的人，也要被无情地赶走。

当时有个在京城候选的知府，叫白盈，虽然盘缠早已经用尽，但仍穿着华丽，骑着良马。他听闻广怜的艳名，十分心动，就通过厨子的关系踏进了她的闺房。由于白盈风度翩翩，容貌俊美又温文尔雅，和广怜欢爱时，又能使她得到快感，广怜被他迷得神魂颠倒，二人山盟海誓，咬臂定情。

一个多月后，忽然有道喜的人来到白家，仆人立在右边，不明所以。原来广怜拿出了大量钱财为白盈向部里的官员买官，被委任为陕西地方知府。白盈喜滋滋地把广怜带去上任，广怜和白盈事先约定说："你做官也不过是为了多捞点钱罢了。郎君只须高高地坐在堂上，恭敬地迎接上司，目送属吏，至于拿算盘，钱财收支的苦事，你不需要担心，都交给我来主持，这和你无关。"商量好后，广怜包办了一切，贪污受贿的钱物堆满了庭院。堂上施刑的鞭打声不绝于耳。人们流着眼泪交纳的钱，还有缴纳的不合理的税款，都被广怜装入了腰包。三年多的时间，贪污了不下二十万两银子。时间一长，白盈渐觉体衰，逐渐不能满足广怜的性欲。她不知从哪弄的壮阳的丹药让白盈服下，做爱时力量更大了。之后民生哀怨，省里长官奉命来摘掉白盈的乌纱帽时，他已病入膏肓，正令俊仆去买棺材准备后事了。等白盈死后，广怜就把他的棺木迁到别处寄存，把白盈搜刮来的所有资财都带入京城。当时知道她事的人都在背后议论纷纷，都说这一个夜来伴读的红妆美人，和拿刀抢劫的绿林强盗又有什么两样呢？广怜怕惹上祸端，就剃了光头，穿上僧衣，当尼姑去了。

广怜有一次来到天魔禅院旧址，在瓦片碎石之间踌躇徘徊，拨开草丛，看到断碑和残存的房基，脑中就有了重建的念头。她到附近人家请求布施，家家都露出为难的神色。广怜想：我确实不应向这些财主募捐。就自己拿出银钱营建院落房舍，造起楼阁，设置钟楼、大木鱼，光彩明亮，不久一座壮丽高耸的新庙就建成了。可庙造好后又苦于没有佛像，正好这时在园圃中掘到了十四尊铜铸的欢喜佛像，上面满是绿色铜锈，古色斑斓，把泥沙剔去露出真容，竟是雕刻的裸身做爱的样子，十分生动逼真。广怜很是高兴，命人给这些佛像镀了金，把它们安放在檀木龛中，前面垂着绣花帷帐，每天虔诚地供奉香烛。又在正殿上安放一个仿照黄金锁子骨菩萨塑的金像，瞬间庙宇就好像是一座拜火教的庙宇。她的徒弟都是用重金购来的各地穷人家女儿，初来时让她们洗头沐浴，露出自然的面容，不立即给她们削发为尼，而是命仆妇替她们裹小脚，而且还要求一定要裹成盈盈而握的三寸金莲，又给她们画眉，梳理乌亮的鬓发，教她们歌舞应酬，又把酒席上各种欢乐游戏，都教授给她们让她们精通。对于天资愚钝的女孩，就整夜鞭打，甚至残忍地用上炮烙刑罚。不到一年的时间，十三名徒弟总算学有所成。广怜又让这些徒弟赤身裸体，在床上传授她们迷惑男子的床笫秘术。

第二年，山东一带地方遇上自然灾害，大闹饥荒，路上饿死的尸体累累。广怜听了这消息后十分高兴，说："老天要让我大行其道了。"赶紧命老婆子带钱去购买少女，只要面目齐整不瞎不残缺的，都可以买回来，她有的是本领把她们化丑为美。老婆子三上鲁地，两下齐地，一共买到九十多名少女，然后都一一带回。广怜就让先来的徒弟转相传授，已不愿亲自教她们了。她又在空隙地带筹划着，大造园亭，深房曲院，种了各种各样的花木，最后建了差不多几百间房院。房中摆着雕花妆盒、绣花帐幕，墙上挂着知名大家的书画，布置得既高雅又香艳，而这都用来藏娇。每夜从庙宇中只能听到梆鼓弦管的乐声，一点也没有做法事念佛的声音。市城中一班好色之徒，都争先恐后来庵中赏玩。如果来者是王侯卿相一类的贵客，广怜就亲自出来接应，其他的来客就命徒弟招待，再差一点的来客就由小徒弟应付。本来崇高神圣的庵堂，竟变作了烟花妓院。

有个外方来此挂单的尼姑规劝广怜说："你用美色愚弄当权官僚，怎么向佛法交代？"广怜说："你懂什么？这正是佛法的真谛。佛法的真谛是拯救他人免于苦难，而如今我正是如此，你看来往的人哪一个不开心而归？"尼姑大怨说："这是摇钱树呢？还是佛法？你把两者混淆起来，汇成孽障之海，恐怕要遭到天神菩萨的惩罚！"说罢收起度牒，把袍袖奋力一摔，怒冲冲地离开了这个声色之地。

此后广怜更加放纵，私下还攀交皇亲国戚和达官贵人，床笫之欢乐无止境，每天赏赐的财物络绎不绝。有时也常去官府文牍小吏中一些神通广大的人那儿大献殷勤，所以就连刑部衙门各位长官都已经被拉拢。在外省做官的如果眼红哪一个肥缺，只要广怜一句话，就能轻易到手。可是当他刚刚上任，广怜的书信就已寄来，托他购买贵重的货物，如果动作稍微迟缓，他的肥缺就会立即被人夺走。有个一向在当地称霸的财主，犯了命案被关进刑部监狱，他送给广怜五万两白银，请她说句好话，之后立即就被释放了，还悠闲地骑着马走出京城。

就这样，广怜的钱财越来越多，还不到四十岁，庵中的财富就已经可以和陶朱公、石崇相匹敌。虽然纠察官们知道她的劣迹，但又垂涎她的财富，所以不敢小看她。她手下称干儿子、称义徒、称荫婿的，不下百人。十三名大徒弟中，数珠芬、兰芬、楚芬、云芬四人容貌技艺最为出色，所以深得执政者的宠爱。九十多名小徒弟中香小、香温、香生、香腴四人的色艺也很出色，算得上其中的佼佼者。虽然广怜年岁已大，色貌已衰，但仍旧把自己打扮得像小妓女似的，从性生活中不断吸阳气滋补自己，有返老还童之称。那些大官仍争相和她交欢，忘了她已是个快要秃发的老妇的事实。大户人家的妾妇因误进庵堂祈福，遭到诱惑受辱的每年都会发生。青年人在其中因淫欲过度而气息奄奄，被关进地窖最终死去的也多得数不清。

当时有个水部郎官任生，名衷白，是内黄人，在京都候补。由于京城中物价昂贵，带来的盘缠快要用完，无处可以告借。打听到某天是广怜的生日，而去祝寿的都是些达官贵人、富家子弟，就想如果能通过广怜的关系，自己一定能升官发财。于是他花了许多钱购买了土特产，打扮得整整齐齐挤入祝寿的队伍，博广怜的欢心。他还做了首绝句送她，诗说：

薄宦鲍羁冷一官，风尘或得美人看。慈悲欲乞生花舌，吹暖书生彻骨寒。

广怜看了他的诗后，不屑地说："这人也真是可笑，如果连这班做郎官的人都要我亲自去应酬，那恐怕庵门的门槛都要被踏破了。"命令把礼物退还，在殿旁小房间中供他吃一顿。身边的人问她："那派谁去应付呢？"广怜想了好一会儿说："就叫冯家儿去。"所谓冯家儿，也就是第八十三名小徒弟，容貌姿色一般，穿戴也不显眼，很不受重视。

任生上堂祝寿拜礼之后，一看座上来客都是些穿戴华美的富贵子弟，园中亭台楼阁中都有漂亮女子替他们斟酒，笙歌音乐，欢声说笑，热闹非凡。任生正为自己的寒酸感到羞愧时，一个老婆子突然拉起他就说："任官人，你有你坐的地方。"任生跟她进入一间房间，桌椅床榻摆设很是朴素，陈设也不华丽。接着一名小尼姑慢慢走来，向他随便合掌顶礼后，就在对面坐下，问任生的身世籍贯。任生敷衍回了几句，反过来问她的情况。小尼姑说："我姓冯，法名香渠。"之后两人默默无语。一会儿，酒菜摆上来，仅八只点心十六盘菜，味道也不鲜美。冯香渠举杯劝酒，任生觉得处境尴尬难堪，越想越觉得恼怒，就问她："我给尊师送的生日礼物，她收下了吗？"冯香渠不隐瞒地说："我似乎听见要把你的礼物全部退还给你。"他又问："那你能想办法让我面见尊师，一睹慈颜吗？"

冯香渠见任生骨相清奇不凡，心生怜爱，就偷偷地凑近他身旁低声说："你怎么还认清不了现实，自己也不掂量掂量，我师父怎么会有心思来见你？不过我看郎君一表人才，还怕以后不会飞黄腾达吗？这座庵堂也不过是座冰山，见日就化，还请你放下怒气，别轻举妄动，否则只会带来不测之祸。"任生听了她的话十分震惊，也很佩服，宴席结束后，就朝她作了个揖告别。冯香渠把他送到门口，痴情地凝望着他上车，手搭在车上轻声说道："郎君如果有情，那就请抽空再来，我有心腹话对你说，一定会对你有好处的。"任生嘲笑地说："你们眼界那么高，我这个穷书生又有什么资格能多来呢？"冯香渠说："师父早已忘了我的乡里籍贯，你来时只要假说和冯家小徒弟是同乡，而且有亲戚关系，替她父母捎信，那你就能见到我了。"任生默默记在心中，点点头回去了，虽然感到很羞愧但又为现实无可奈何。

任生回来后，细细想了想冯香渠最后的话，觉得并非随口一说，就想着再前去打探。一个多月后，又乘车前往庵堂，坐在第三重门槛上。一位老婆子出来，他就把之前冯香渠的话对她说了。老婆子就向里面喊道："冯家儿，有同乡人找你！"过了一会儿，又走出一位老婆子，把任生带进东厢房，里面摆设较为雅洁。果然见冯香渠从里面走出来，笑着对任生说："公子可真是个守信的人！"然后招请他喝茶，吃果品，十分殷勤。过了一会儿，她对任生说："实不相瞒，我对公子一见钟情，如果你不嫌弃我的身份，我愿意跟你结为连理，不知你意下如何？"任生听后大喜，说："只怕事情并不好办，我没钱让你出庵堂，怎么办？"她说："只要你同意就行，我还有个同伴，姓郑，名香侬，比我要姿色貌美，而且还有很多钱财，心计也很细。昨晚我已和她说了一夜，她愿意和我共事夫君，脱离火坑。过一会儿，她就会来看望你的。"

没多久，耳边传来玉佩相撞的响声，粉香扑鼻。冯香渠笑说："是香侬姐姐来了。"果然见一位美人缓缓走来，衣妆雅淡，纤纤小脚，年纪十七八岁，可真是个美人。任生见后魂也掉了，不禁脱口而出："除了她还有谁有资格做我的意中人呢？"郑香侬水汪汪的眼睛望着任生，施了一礼，就略略与任生交谈起来。冯香渠又附在她身边低声耳语，只见女子掩面而笑，似乎很满意。接着摆上几样小菜杯筷，三人畅饮起来。

冯香渠说："姐姐也看中郎君了，有什么心事我们就当面倾诉。"郑香侬拉开帘子朝外面悄悄察看了好一会儿，又慢慢进来，低声对任生说："不瞒公子，哪有好人家的女儿愿意做这勾当，我们也都是被迫卖身到此，被逼着做一些连娼妓也不愿干的勾当。刚才见到郎君鼻上透出黄气，不出一月就可由潦倒变为官运亨通。荣贵之后，还求你能帮我们姐妹跳出苦海，我们一定会谨记你的大恩，即使当婢妾伺候您也愿意。"任生说："庵堂正兴旺，怎么会舍得把你们卖了。"冯香渠说："连日来殿壁上猫头鹰不断啼叫，斋厨中鬼火闪闪，夜夜九头鸟啼鸣，还滴下血来，庭院假山石上也已血迹斑斑了，估计不久这里就会大祸降临。"郑香侬说："最奇怪的是昨天我竟然见到庵堂神像的眼眶中流出血泪，这一定是不好的兆头。"说着，就听方丈室传出叫香侬的声音很急，她便赶紧离开了。

冯香渠说："郎君你也快回去吧，该早图良策，力求上进。"任生只是一味叹气，她又说："长公主（皇上的姐姐）如今是最得宠爱的，她的奶妈刘夫人常到此游赏，对我们很是喜欢。如果郎君能发誓日后绝不变心，我一定为你设法。"任生听后立即对天发下誓愿。香渠说："你先写一张履历的帖子给我。"任生当即写好给了她。之后香渠把任生送出庵堂，千叮万嘱保重后，才不舍分了手。

一个多月后，任生又来到庵堂，冯香渠见了他，面露喜色，兴奋地说："总算不负所托。香侬姐姐暗中偷了师父的珍珠鞋、黄金帐钩、八宝赤莲花，把它们私下交给刘夫人，托她献给长公主。刘夫人问她有何请求，香侬假说水部郎官是她的表亲戚，由于在老位置上一直没有升迁，希望长公主怜悯。刘夫人心知肚明地笑笑，收了礼物就走了。我想不久就会有好消息传来。"接着郑香侬也来了，任生高兴地向她道谢，几乎要给她下跪。郑香侬说："只要你不辜负我们姐妹两人就好了，有什么好感谢的呢？郎君你先回府等候吧，估计此时捷报已到门上了。"任生又对她们表述了前番的誓言后就回去了。到第二天，果然有太监拿着圣旨前来宣召，任生恭敬地入内朝见皇上，皇上语气温和，勉励他要恪尽职守，做个好官，任生跪叩谢旨退下，之后被任命为都察院给事中。

任生上任后就计划报复广怜以前对自己的侮辱，五更时就起身书写奏章。奏章把桃花庵的事情一一叙述：桃花庵原本是天魔禅寺的旧址，在明朝初年就已被铲除。妖尼广怜之后将它建为现在的淫窝，强买少女，残害生命，作恶多端。列举了二十四条罪行，罪证确凿，毫无夸张。奏章上呈后，皇上看后怒不可遏，说京城附近竟然藏了这样的淫恶之徒，就责问都御史杨廉。杨廉对此也深恶痛绝，却不敢贸然揭发，一听到皇上的责问，马上把桃花庵广怜的各种劣迹都揭发出来，和任生所上奏章内容完全相符。于是皇上颁下圣旨，命治安兵士把庵中财产收缴，所有尼姑绑送至刑部监狱。又搜查了地窖，发现里面还有三四个气息奄奄、垂死的青年躺在那儿，和许多违反禁令的衣物。审判结束，广怜罪恶滔天被判处问斩，大徒弟们都被发往长城以北充当奴隶，小徒弟们被送到市上出卖。任生急忙花钱买下香侬、香渠，并娶郑香侬为妻，冯香渠为妾，从此一家人和睦幸福。

广怜被杀头之时已经四十岁了，但皮肤仍然白嫩光滑，身上香气馥郁。刽子手把刀架在广怜头上，问她："你从前的威风哪里去了？"广怜仰天叹了口气说："我一个女子，孤身闯荡四方，生前的财富和皇上差不多，现在才死，已经迟了，还有什么遗憾的呢？"就闭上眼睛，伸长脖子等着被处砍头。之后任生又命人把桃花庵烧成焦土，欢喜佛也被熔化了归到色界天。这可真是不灭不生，无限欢喜啊！

香憨儿

江淮地方一直有个习俗，每当是丰收之年，万物生成，村里百姓就一定会举行迎神赛会，来乞求天神降福。那天，男女老少都会云集，顿脚联臂唱歌跳舞，还有各种杂耍戏剧表演，热闹非凡。我们庄子里常常会把漂亮的孩子挑选出来扮成美女，有的坐在高高的无盖的轿中，有的坐在花轿里，有的唱歌跳舞、荡秋千，有的站在船形的轿中行走，很像仙女杜兰香、萼绿华从白云中飞下，美艳的场景让看的人都感觉是在仙境。

当时有个贾裁缝的儿子，小名叫香憨儿，年幼就丧父，生得很标致，他母亲又善于给他打扮，所以不知道的还以为是哪家姑娘。恰巧这年春天要举办迎神赛会，负责赛会事务的人对他母亲说："这孩子身体娇弱，恐怕会招惹病魔，为什么不让他为神服务，假如讨得神灵的欢心，神会赐他长命线的。"母亲想想很有道理就答应了。接着那人把香憨儿带入香堂，替他梳云鬟，贴上翠翘，穿上漂亮的锦裙。香憨儿十分擅长踩高跷。所谓跷，就是用木头雕成细长的杆，上面裹着绣袜，杆的上端微微翘起，缚在脚底，外面用绣花裤子罩上缝好，让人看不出痕迹。

因为村庄是宋代岳飞的驻兵处，主办赛会的人就命两个健壮的汉子扮作厉鬼，排着一起走，手里都拿着阎王勾魂票。然后把香憨儿打扮成长舌妇，里面穿着红衣裳，外面罩上孝服，两只脚各踏在一个鬼的肩上。颈中套着一丈来长的铁链，一端由一名高个子扮的无常鬼牵着。还有的扮作太师，穿戴着红袍纱帽，用铁链系着。另外还有一群群假扮成鬼卒、牛头阿旁之流的，敲打着锣鼓，在长街上游行，街上人看后都为这逼真的装扮而喝彩。

又因为乡里有刜妖楼的古迹，所以第二年又把香憨儿扮作钟馗的妹妹，表演了一出钟馗嫁妹的戏剧。只见他穿着色彩斑斓的服装，拖着轻飘的衣带，有图案的衣裙连着鞋子，头上披着红纱，头上插满了珠翠头饰，骑着一匹小黑马，用袖子半遮住脸，装作女子羞答答的样子。扮作进士的人，手拿朝板，骑了马慢慢地跟在后面。三四个鬼卒，有的捧镜盒，有的拿扫帚，有的背箱笼，有的拎马桶跟在旁边。鼓乐在前面开路，这场面让观众无不惊叹。又因为我乡有隋炀帝曾到过的落雁塔古迹，之后又让香憨儿扮作炀帝妃子吴绛仙。

到第三年时，香憨儿已经十五岁了，能穿上跷弯身做大幅度跳跃，身体灵活得像猴子似的。赛会时，他扮成荡妇柳翠，娇媚美艳，连女子都要自叹不如。另一个和香憨儿差不多高的少年，就戴上光头套，大得像蚌壳，扮作月明和尚，身披袈裟，手执拂尘，引着柳翠戏谑跳舞，或前或后，或左或右。当和尚朝着天嘻嘻笑时，柳翠就趴在地上虔诚求拜。当和尚把手放在背后哈哈笑时，柳翠又莫名激动地哭泣。各种神情，被香憨儿演得十分逼真。一时之间，不管是朱门大户的红粉佳人，还是妓院中的美人，都把窗前帘子高高卷起，争相观看香憨儿的姣容，争先恐后地把果品和金钱往下抛。

从此，香憨儿更是时常临风对影自怜，做出各种姿态，也更加喜欢女子的装束，身上一点也没有男子汉的气派。一年后，他跟随戏剧师傅学习演剧，天资聪慧，没几个月就把师父的身段步法全学会了，一举手一投足，都被演绎得惟妙惟肖。师父曾想把他买来，但都被他母亲拒绝，也不准许他远去。

又一年的元宵节到了，几个村联合举办花鼓会，要选美男子扮演八仙过海和十二月花神，香憨儿也被选进了演出，只见扮成的樵夫、渔夫，采桑女、采茶女，无不酷肖。那天晚上，城门整夜开放，皎洁的月光洒下，像霜一样笼罩着大地。每个人都拿着用竹子扎成、上面蒙绢、绘着彩图的各式各样的灯笼，慢慢走着，人群聚拢相互簇拥着，全城被装点得像个不夜城。特别是当香憨儿放开嗓子唱起曲子的时候，嗓音甜美娇嫩，把听众听得入迷，陶醉不已。热闹持续到三更天，表演者才都拖着疲倦的身子一一回去。由于只有香憨儿的家住在北城外，所以自己只得孤零零地在月下慢慢走着。这时他仍是女子的装束，身上穿戴的绣花鞋、鬓上的花朵、珠翘还没来得及换下，脂粉也来不及洗掉，这分明就是一位夜行的美人。

当时附近地段中有个富家子弟，叫邬继绪，生性奸猾好色，虽然家中已有一妻一妾，但仍不改风流本性。如果附近有风流女子，只要他看见，就会像苍蝇蚂蚁逐臭似的紧紧叮住不放。他曾经对邻居的一个女子调戏，邻女大怒，狠狠地打了他耳光，可邬继绪并不生气，反而低声下气去讨好她。人们纷纷讥笑他傻，他说："如果她不爱我怎么会拿小手打我？像你们这些人恐怕求她打一下还求不到呢。"结果他死皮赖脸，死缠烂打地和邻女发生了关系。但得逞后就无情地抛弃了邻女，并四处宣扬说："她就是主动投怀送抱，我也不稀罕。"邻女知道后羞愤至极，蒙羞上吊自尽了，可邬继绪却像没事人一样。邬继绪有个妹子，小名慧哥，今年十六岁，生得极美，至今还未定亲。

话说回来，这时邬继绪正从灯市上玩累了回来，突然遇见香憨儿，被他的姿色美貌震惊了，心想这是谁家的姑娘，竟然在深更半夜冒着风露独自赶路，是否去和情人会面？不如要挟一番。于是，就慢慢走近香憨儿身边，时不时摸摸手偷点香。香憨儿知道他看错了人，就学着女子，故意扭扭捏捏摆弄身段，娇滴滴地问邬继绪："您是城里人还是乡下人呀？"邬继绪说："我是城里人，娘子你准备到哪里去？"香憨儿满面愁容可怜巴巴地说："奴家是锁冈地方的农家之女，今天和父兄出来观灯，但都走散了，天这么黑，我这么个弱不禁风的孤身女子，要怎么回去呢？"说着说着还流下了眼泪。邬继绪听后内心狂喜不已，看女子鬓发乌黑，盘着结，杨柳细腰，纤纤小脚穿着绣花鞋，娇弱可怜，问道："娘子可有投宿的亲友？"香憨儿说："没有。"邬继绪说："如果你不嫌弃，寒舍距这不远，请娘子到我家休息一会儿。"香憨儿说："好的。"邬继绪就在前边带路。他步伐走得很快，香憨儿故意慢慢走着，邬继绪总是催他快点，香憨儿说："公子您走路步子大，我一介女流，怎么能和您相比，还请您照顾一下小女子，能否走慢一点？"邬继绪被香憨儿娇怜的样子深深迷住，不自觉放慢脚步。

不一会儿，到了邬家门口，香憨儿故意靠在墙上装出娇喘吁吁的样子。邬继绪赶紧敲门，门开后，把香憨儿扶进屋歇息，他的妻妾问这女子是哪来的，他支支吾吾了一会儿，谎称："这是东村刘奶妈的女儿，到我家来暂住一夜。"香憨儿对邬继绪的妻妾一一见礼，并向慧哥也拜了拜，笑着说道："妹子长大，更漂亮了。从前我跟娘进城祭祀蚕神，曾在斗姥阁下见过妹子一次，那时你还是一头乱蓬蓬头发呢，今天长成这样了，真不知哪家有福气的少年郎能享受这艳福呢！"慧哥羞涩地笑着点点头，觉得这人好像在哪见过，但又不能记起确切的地方。

邬继绪点起红烛，请香憨儿坐在主位，命仆妇们摆上酒菜，又让妻妾和慧哥同坐谈笑作陪。香憨儿不客气地大吃大喝起来，一点也不像个生客。在筵席上和慧哥畅谈融洽。过了一会儿，香憨儿微红着脸，口吃似的问慧哥："妹子的卧房远不远？"慧哥在他耳边悄声问："姐姐要小便吗？"香憨儿说："是的。"慧哥说："你跟我来。"就拉着他的手一同走进绣房。之后香憨儿把裤带解开坐到马桶上，传来窸窸窣窣的小便声，只是不像女人小便那么琐碎滴滴。小便后他低声对慧哥说："我小肚皮上突然生了个疮，走路时很痛，没多时就红肿得像桃子了。妹子你来摸摸看，就知道有多么痛了。"

慧哥果然把纤纤玉手伸到他裙子里去摸，突然触到一条长长的东西，她像失手捏到了蛇蝎一样，惊吓不已，几乎要大声喊叫。香憨儿赶紧捂住她的嘴，抱住她不断哀求说："还请妹子原谅，其实我已经爱慕妹子好长时间了，今天碰巧遇见你哥哥，然后他误将我当作女子带来你家，这或许是天赐良缘。如果让外人知道，我马上就翻墙逃走，可到时妹子的贞节就难免落人话柄了，还请妹子三思。"说罢，放下了捂嘴的手，慧哥想了好一会儿后说："那么你到底是谁呢？"香憨儿说："我就是市上花鼓会中的头儿，香憨儿。"慧哥恍然大悟笑道："人人都说你像美女，今日见了，果真如此。但是你现在的处境很危险。我哥哥是色中虎狼，只要看上的，不论男女都会与之欢好。现今你已落入他手掌，等一会儿他见了你的庐山真面目，恐怕也不会轻易放过你，这可如何是好？"香憨儿说："放心，我自有法子，不过还要妹子一臂之力。"说完，两人情难控制，搂抱在一起，不断地亲吻咂舌。

这时听见筵席上在叫慧哥入席，两人才挽着手重新入席。香憨儿说："我想和妹子挨着坐。"他又略略吃了几筷，突然倒地不起，大叫说："肚子痛死了！"接着捂着肚子哭爹哭娘、哭天哭地起来，那叫一个伤心。这时，邬继绪正在别院中整理床席，打算过一会儿成其好事。忽听席上有人大声哭叫，就过来看看是怎么回事。香憨儿假哭着说："我有个病疾，一旦发病，没有几天的时间是好不了的，求你雇顶小轿把我送回家吧！"邬继绪说："娘子有病可在我家调理休养，省得来回颠簸，况且这深更半夜的，也没处找轿子。"慧哥说："姐姐太性急了，不如和妹子一起住吧，只要你不怕寒舍床榻不洁玷污了你身子。我会尽到东道主的情谊，为你细心调护，煎煎汤药，请你安心住下！"香憨儿说："好极了，好极了。"于是，邬家就命两个婢女把香憨儿扶进慧哥闺房，他又故意装出痛苦呻吟的样子，钻进被窝，头靠在枕上娇喘连连。慧哥进进出出，送茶送汤，十分殷勤地侍候。

一会儿，见婢女走了，香憨儿就赶紧起身卸妆，脱下衣服和慧哥进入帐中。慧哥见状低声叱骂说："你这色鬼，胆大包天，不怕被别人发现吗？"香憨儿赤裸身体爬上身去低声说："为你而死，就算死，也值得。"于是两人放胆欢乐做爱。慧哥还是个未经人事的处女，哪经得起这狂风暴雨式的做爱，哀求他慢慢地进行。好事结束后，两人相拥而眠，像夫妻一样。

天刚亮，慧哥神色慌张地说："你快恢复女装，如果此事被人发现，你就危险了。"于是早晨起身后，香憨儿先梳了头，安好假的小脚，坐进被窝里。一会儿，就见邬继绪来问病，香憨儿面朝里不回答。慧哥就代他回说："刘家姐姐到现在还头昏，正在吃药，等再睡片刻病才会好。"邬继绪说了几句关心的话就走了。以后邬继绪每次来时，都由慧哥应付，也没露丝毫破绽。一天中午，香憨儿正坐在帐中用餐，邬继绪突然跑来搂住香憨儿，想要求欢。香憨儿哀求说："虽然我的病好了一点，可正在月经期间，还需等三四天，到时任凭你摆布。"邬继绪笑着答应了，认为这女子不过是锅中之鱼、瓮中之鳖，也无法逃走。

香憨儿在慧哥房中待了已经五天了，这一夜又想和她同房。慧哥说："你一直推脱在此养病，终究不是一个长久的办法。"香憨儿说："我也总是担忧着，不然我卸下女装，在今夜逃走吧。"慧哥不舍哭着说："我的身子已给了你，你就这样遗弃我，你也太狠心了。"香憨儿说："那你是想我和你一起死吗？"慧哥说："你的举止行为都像个女人，一点也没有男子汉的气概，你我一起死有什么好呢？"香憨儿说："那你说怎么办呢？"慧哥说："我已想好办法了。"说完，就点亮红烛，打开箱笼，拿出男子用的衣服鞋帽各一套，一套给香憨儿穿上恢复男妆；一套给自己穿上，又急忙把金、银打制的钗环手镯等物揣进怀中。接着轻轻打开房门，从马棚中牵出两头强壮的骡子，两人分别骑上，向西山方向快速飞奔了六十里路，这才到路边的饭馆去用早餐。

早餐结束后就向店主打听到八宝去的路程，店主说："这是去都梁的道路，不是去八宝的路。"慧哥说："我兄弟俩打算到八宝去寻朋友，这怎么走呢？"店主说："那你从这里过去经过某村，再向西北，就能到八宝。"慧哥假意道了谢，到前面村庄时，却故意向西而行，仍从都梁渡湖，最后到了钟离，租了间房子住下。香憨儿问她为什么要这样，慧哥说："这是我布置的疑阵，省得别人找到。"

再说第二天早晨邬继绪起身后，就听见婢女们不断地叫喊喧闹，说："刘家小姐带着慧哥姑娘逃走了。"他惊讶不已，赶紧来到慧哥房中，只见被角上微微露出女子小脚，拉开被子一看，却是木头做的，这才明白，自己碰上的女子原来是香憨儿假扮的。他急忙派身强力壮的仆役，骑马去追赶。到了香憨儿和慧哥进餐的店堂，听店主说两人到八宝去了，就转向八宝去寻访，可最终一无所获，只得回来。这时香憨儿母亲因为总不见儿子的身影，伤心痛哭，和赛会的会友争执，正派人缉访香憨儿，邬继绪怕受此事株连，所以并不敢到官府去报说妹子走失一事，只得隐瞒着。

又过了三年，邬继绪因事到钟离去，听说这县里有个男女同台的杂剧班子，戏演得很好，就前去观看。只见台上一个小生，一个小旦正在演出《梁祝》中的十八相送。小生扮梁山伯，小旦扮祝英台，一个风华正茂，一个很有风韵，两人在路上相送，相互调笑讥嘲。声音高亢，像战国时高渐离击筑一样，让人听了不禁悲伤起来。细看两人的面庞，好像在哪见过，再细细一认，大吃一惊，原来小生就是香憨儿，小旦就是慧哥妹子。邬继绪不敢惊动他们，等他们演出结束收齐钱回家时，就悄悄尾随他们回家。

之后，邬继绪突然闯进香憨儿的家门，小夫妻俩惊吓不已，吓得脸色死灰，转身就想逃跑。只见邬继绪笑笑说："妹夫走时匆忙，为什么也不对家里人关照一声，而要偷了东西逃走？可把家里的母亲急坏了。做哥哥的我也没有得罪你的地方呀，但你不打招呼就把我这妹子带走，是否也太无礼了呢？"两人这才双双在地上跪倒叩拜，请求他的宽恕。邬继绪说："算了，过去的事就忘了吧。但是这里虽然快乐，也不能不回去看看亲人，明天就和我一起回去吧？"香憨儿和慧哥都不愿意，说："或许我们命中注定就是当戏子，我们会抽时间回家看望亲人，还请哥哥别太勉强我们。"邬继绪见二人的决心，也不多加勉强。二人拿出钱来备下丰盛的酒菜款待舅兄。第二天邬继绪和他们流着泪分手了。

香憨儿到这时才放了心，后来又回去把母亲接到钟离赡养。终究，邬继绪也不敢把这事告诉乡亲们。

保赤经

邠州有个贡生，年轻时曾带着许多盘缠去游览崆峒山，凡是山谷幽深处，都有他留下的足迹。一次，他不小心踏在一块滑腻的青苔上，从山上跌下来，心想这次是必死无疑了，结果却掉在有尺把高的软得像丝绵一样的落叶上，没有摔死。下面有小泉可以饮用，有野人参可以餐食，因此就继续大胆前进去探个究竟。到一山洞，正中像大厅，石桌上放着一只木盒，把它打碎，只见里面有本小册子，十几页上画的都是男女寻欢作乐的秘戏图，还有一些蝌蚪字，贡生一个都不认识，就把书揣进怀中，想着回去好好研究。突然看到一线光明从厅后的孔道中照进来，就沿着孔道钻了进去，像蛇一样匍匐前进，结果竟从别的洞口钻了出来。

过了一年多，他去太行山游览，遇见个老道士，和他交谈，老道士言语中充满着玄妙的哲理。贡生就把图册拿出来，请道士指点迷津，道士看后惊讶不已，向他施了一礼，说："你是如何得到这个无价之宝的？"贡生被问得愣了好一会儿，道士接着说："如果你愿意把它送给我，那我就可以用行楷字把蝌蚪文翻译出来，使意思清楚明了。"贡生就问："那上面说的是什么？"道士说："这是《保赤经》，里面记载了仙人的绝技，如果照它的方法给小孩推拿，没有不灵的，神人果然是菩萨心肠啊！"

于是贡生同意了道士的要求。道士从村里的私塾先生那里借来笔墨纸砚，运笔如飞，顷刻之间就译完了一卷，把它交给贡生，说："你先读读看。"贡生细心品味一遍，觉得还真有道理，确实能为婴儿救治性命。于是就答应了交换。道士很是开心，快分别的时候，他握着贡生的手连说保重，还说："你是个仁人君子，用《保赤经》救治婴儿，以后一定会有大福。丙子年间，我在中条山上等你。"

贡生回家后，对《保赤经》早晚揣摩练习，试着给小孩治病，果然手到病除，非常灵验。他常对人说："婴儿气血不足，如果误施药物就会伤及内脏，误刺金针就会伤及筋骨，这不但不能治病，反而会置他于死地，只有推拿才是给小孩治病的正道。"

丙子那年，贡生已经八十四岁了，先后救活的小生命不下十二万条。死去的第二天，老道士忽然来到贡生家中，抚摸着棺材说道："贡生，贡生，你被我骗了六十多年了，本打算早点告诉你真相，谁知我迟到了一天，和你生死永隔，这该如何是好？唉！他的心那么仁慈，医术那么高明，如果上天有灵，那么棺木应透明。"贡生的子孙们赶来看时，道士突然不见了，可棺材却像水晶一样透明起来，只见贡生端端正正躺在里面，雪白的须发，整齐的冠服，都看得清清楚楚，而且还散发出一股异香，像龙涎香，又像兰麝香。全城的人听闻后都纷纷来观看，都认为贡生是蝉蜕成仙去了。过了半个月，棺木才恢复原样不透明了，香气也才散去。

有人说："画册中可能是有关炼金丹的方法，道士把它秘藏起来，自己就杜撰了本治疗婴儿疾病的书和贡生交换。"这可能也是一种说法，但那医术也确实非常高明。至今邠州地方还有世代以儿科推拿为业的。唉！与其山中多一个阴阳怪气的仙人，还不如世上多一个心诚仁厚的君子。或许经名《保赤经》也是假的，但是谁说的一定要有丹经才能得道成仙呢？

雁高翔

苏北有个大户人家的子弟，叫沈筼，字青士，年方二十三岁，考试屡屡受挫，至今还是个秀才。生活也很窘迫，以教授童蒙为生，但是生性仗义，而且十分喜欢吟诗作赋。虽然生活十分清苦，但仍能看见他时常背着手，拈着髭须踱来踱去在思考，好像有所领悟，十分悠闲。曾为自己的书斋写下两句诗：

月转松阴亦零碎，风欺柳絮却温柔。

又在眺望山野时对所见的景物吟诗道：

蝶扶残醉飞应倦，燕喜新晴语更柔。

又吟咏自己的情怀说：

琴逢中散弦应语，剑遇风胡铁始柔。

当时人们对这些诗句也很喜爱，称他为"三柔"秀才。沈筠每次想到了好句子，都苦于没有像唐代诗人李贺那样的锦囊来装它，就请制陶工人做了一只形状像藏钱的扑满的大陶罐，把些零章断句写好都放进里面。过了一段时间，见陶罐满了就取出这些诗句，又投进新的，所以他为自己的诗集取名为《扑满吟》。

一天教学后，学童都回家了，他顿时感到百无聊赖，就到野外去散步，见夕阳从乌桕树林间射进，异常红艳，此景触动了他的诗兴。这时忽然听见林中有男子的呼救之声。赶紧走过去一看，见一个乞丐被人用绳索捆住手脚正吊在树上，地上到处是零零星星的鞭子棍棒之类的东西，乞丐遍体是被打过后的伤痕。虽然这乞丐面色枯槁，但躯体却十分高大，沈筠心里感到很奇怪，就问他："好一条莽撞汉子，你是从哪儿来的？犯了什么罪竟要遭此鞭打？"乞丐叹气说："唉！秀才能救我吗？如果能，我就说给你听，不然你就走吧。"沈筠更加好奇说："你不妨先说说看。"

乞丐说道："我本是中州人，因为逃荒，到这里讨饭。白天沿门乞讨，晚上就睡在土地庙里。由于食量和酒量都很大，乞讨的东西不能满足我的胃口，就做了点偷鸡摸狗的事，已多次被乡长团头抓住鞭打。昨天恰巧从福建来了个朋友，苦于没法招待，于是我就在晚上到东村李大户家去行窃。偷得五百文大钱，就想拿钱去买点牛肉白酒招待客人，结果被团头调查到了，就趁我酒醉时抓来吊在这里鞭打，把我打得体无完肤。现在这些人去吃晚餐了，说等会儿要在今天结束我的性命。"沈筠说："天地这么大，你一个堂堂七尺男子汉难道就找不到一个容身之地？竟能甘心被他们残杀？"乞丐说："我有一个山东的朋友可以去投奔，只可惜身无分文，想去却不能行。"沈筠说："如果我现在救你下来，你仍旧走偷盗的老路，不是把我这穷秀才也连累了？"乞丐说："天哪！如果我能活下来，怎么敢连累救命恩人呢？"说着就对天发了誓。

沈筠赶紧回到家中，带了短刀将绳子割断，然后把乞丐带到书塾中，与他推心置腹地交谈了一会儿，只觉得此人性情十分豪迈，就问他的名姓。乞丐说："恩人，你叫我雁高翔就行了。"接着两人点灯对饮。团头侦察到乞丐的行踪，就跟到了沈筠家中，在外大声叫骂。沈筠袒护雁高翔说："他正准备离开这里，不会再做偷鸡摸狗之事，如果明天早晨再见到他人，那请先用铁链套在我头颈里。"团头咬牙切齿地走了。村里已敲三更了，可是书童还在为他俩来来去去打酒，家里人都暗笑沈筠，可他不予理会。

喝酒间隙，雁高翔起身翻阅桌上的《扑满吟》诗稿，十分欣赏，说："这可以做下酒的菜肴。"沈筠问："你识字吗？雁高翔说："我还能赋诗呢。"沈筠对他更觉奇异，就叫妻子把老母鸡杀了去煮，下汤面，要让他吃个够，果然他的食量能顶好几个人。雁高翔吃得酒足饭饱后，便取笔蘸酒写诗，诗道：

月黑天边叫鬼车，平原美人泣头颅。一腔热血向谁赠，剑花欲落心胆殊。
村桥沉沉三四转，请君痛饮碎碟碗。举世谁怜方朔饥，街头濯濯侏儒短。
瑶琴一再弹，弦断不复安。倒曳珍珠履，横被芙蓉衫。
天吴紫凤太娇懒，鞭龙欲走浮云端。今夕何夕夜向午，饮君酒兮食君脯。
撑肠拄腹锦绣才，聊向君家雪壁吐。掉头一笑出门行，高谊茫茫自千古。

沈筠见此诗文采真是惊喜不已，无法用言语表达自己内心的激动。

天色发白，雁高翔起身告辞说："天快亮了，就此告辞吧。"沈筠殷勤挽留，他也不肯再留。沈筠拿出一件布袍赠他，还给了他三串大钱，送出门来。临分手时，沈筠说："雁啊雁啊，快点展翅高翔吧。以你这样的文才，一定能飞上青云大展奇才，怎么会如今为了生活要常遭到弓箭的威胁呢？"雁高翔说："先生的教诲，我一定谨记于心。"说完就大踏步走了，不知去向。沈筠回家后把雁高翔写的诗藏进书箱，像宝玉一样珍爱。

又过了一年，沈筠中了举人，整理好行装，别过妻儿踏上了上京赶考的路。经过泰山脚下时，忽然遇上一伙盗匪，仆人和骡夫都被吓得惊魂失魄。一名强盗手拿利刃威胁沈筠下车，赶着车朝西北方向去了。沈筠跪在地上向他哀求说："我行囊中盘缠不多，但愿意都送给大王，只请求你把赶考要用的文凭还给我，我可以步行乞讨进京参加进士考试。"强盗并不理会他。沈筠带着仆人拼死拼活地追赶，边走边不断哀求。

没过多久，夕阳西下，四周乱山重重，山路渐渐狭窄，路边卵石磷磷碰到脚趾，走路都变得异常艰难。一会儿，天就暗了下来，此时此景，沈筠不觉失声痛哭。哭了一会儿，情绪稍稍稳定一点，见树林中有一丛灯火，灯光摇曳，知道前面一定是一座村庄，就打算前去投宿，并问路。走近看时，却是一片古树林子，中间是座很大的宅院，朱漆大门，旁边清溪环绕，水流发出潺潺的响声，溪上的桥已经断了，无法渡过。他们就隔溪大呼，并诉说了自己的苦难遭遇。

一会儿，庄门开了，从里面走出两三个拿着火把的男子来，看见沈筠他们在隔溪呼喊，诧异地说："哪来的行人？昏夜之中到此，是活得不耐烦来找死吗？不然为什么自投罗网来踏老虎尾巴呢？"仆人们一听，知道闯到贼巢里来了，想快点逃走，沈筠说："与其死于虎狼之口，还不如死在绿林强盗的手中，最起码还能有一线生还的希望。"于是就陈述了自己的情况，求他们怜悯借宿。那几个男子悄声商量了一会儿，就拿两块木板搭个简易的木桥横在溪上，并打起火把照他们过桥。之后把他们带进了庄门，只见屋舍气派华丽，又带他们进入门旁一个喂养马匹的小屋，房内铺着草作卧铺。那人对沈筠等人说："你们今夜可以像狗一样在这里蜷伏，但可千万别惊动了我家主人。"沈筠又乞求能否给点饭吃，隔了一会儿，果然送来了糙米饭，只能勉强下咽。不久，又来了三四个身材魁梧、虎躯猿臂的男子，低声和沈筠说话。知道沈筠是举人后，就说："既然你是读书人，那么一定能说古道今，那你讲几则故事听听，来打发这漫漫长夜。"沈筠本就善于言谈，随口就娓娓道来《水浒》中的故事，说得眉飞色舞，令英雄好汉扬眉吐气。几个人都听得入神，不一会儿聚集了很多人，都团团围坐在沈筠身边，让本就狭小的屋子快要被挤爆了。

忽然听见这班人传话说："大哥来了。"众人都屏住呼吸，双目低垂，靠墙肃立，没人敢高声说话。只见一位身材高大、卷胡子、绿眼睛、脚穿皮靴、身穿锦衣、披着紫貂大衣的男子慢慢地大步走来，问众人在笑什么。众人不敢作答，有个白衣男子屈着一膝禀告说："刚才有个苏北的举人迷路到此，还没来得及向大哥通报。他们这些人正在听他讲故事，所以嬉笑不已。"那人问："他盘缠多不多？"白衣男子走近那人身边悄声说了几句，他听了微微一笑，正想走出去，忽然又回转身来说："去取蜡烛过来，我倒要看看这书呆子长什么样。"

沈筠知道这人是个头儿，就赶紧向他下拜，忽听那人问道："你是什么人？认识'三柔'秀才吗？"沈筠哭着说："我就是的。"那人说："可真险啊，差一点错过了恩公！"就张开两臂把沈筠抱进厅堂中，里面四周都是灯烛，把厅堂照得像座火城。两名大汉扶沈筠在当中坐定，那人就跪倒在地，众人也都挨着跪下，咚咚咚地磕头。那人说："沈君，沈君，你是我的大恩人啊！如果不是你，我怎得今天的富贵？你的大恩大德，不是我这一拜就可以报答的。"沈筠不明所以问："壮士是谁？可别认错了人。"那人说："你仔细看看，我就是当年的雁高翔啊。"沈筠想回拜，却被身旁的两名大汉按着不能动弹。

雁高翔命人奏乐设宴，叮咚呜呜的乐声响起，各种美味菜肴搬上桌来，沈筹此时好像是在梦中,吃惊不已。沈筹的仆役们也被安排在别的房内款待。雁高翔说:"自从蒙你的厚恩,我就步行来到这里,不再做乞丐了。原先的大王去世后,因为我不独吞好处,不避危险,赏罚公正,众人都很服从我,就推我为此山头领。今天你的车马也是他们这些人赶来的,不小心冒犯了您,我将重重处分他们。"沈筹说:"你应该加以奖赏他们,如果不是这一次惊吓,还不能见着我的老朋友雁高翔呢。"众人也都大笑起来。

接着又叫来几位打扮很漂亮的女子助兴,沈筹看这些女子都姿色貌美,尤其是其中一个穿紫裙子的女子更是美艳,不禁盯着她看得入神。雁高翔见状说:"这几位都已不是处女了,不能侍候你这有道君子。昨天我得到一位还未破身的美人,臂上的守宫砂还在,就把她献给你。"沈筹拱手感谢。鸡叫两遍,撤去筵席,两名女子举着红烛引导沈筹进入寝室休息,室中的摆设都是沈筹从未见到过的。雁高翔亲自过来替他铺床,拿便壶,虽然沈筹一再阻止,但仍是亲力亲为。雁高翔又把江云儿叫来陪沈筹睡觉。只听一阵佩玉清脆的声响,闻到一阵香气,就见一位绝色佳人款款而来。雁高翔介绍说:"这是我的大恩人,沈郎,你要好好侍候。如果能得他欢心,就让你和他一同回去,免得在此做贼婆,不是很好吗?"

雁高翔走后,沈筹见江云儿生得美艳动人,心中冲动难以控制,就紧挨着她坐下,关心地问她的身世。江云儿说:"我本是青州贾知府的女儿,还没定亲,今年十六岁。父亲生性贪婪,但擅长捕捉盗贼,因此和他们结下了冤仇。有一天深夜,父亲正坐在厅上,忽然头掉了下来。我赶忙上去看望,就见一只大手从屋檐上伸下来,抓起我放在背上,向空中飞去,大概一顿饭的工夫就到了这里。大王很怜悯我,不让我与其他女子为伍,所以如今仍保持清白之身。"沈筹要替她脱衣服,江云儿脸上绯红一片,说:"我如今是俘虏不敢违背你,但如果你不打算娶我为妻,就请你别乱来。"沈筹说:"我家中已有妻房了,这可怎么办呢？"江云儿说："做小妾我也愿意。但是如果你先和我欢爱，然后又把我遗弃，让我抱恨终身，你也不是真君子。所以还请你好好考虑。"沈筠说："能有你这样的人做小妾，我一生也就无憾了。"他发了誓，然后与她同房。江云儿一夜之间便由处女变成了妇人。

早晨起身，雁高翔已恭敬地立在房门外问好。接着众人簇拥着沈筠来到一处地方看戏，只见地上都铺着地毯。又摆上宴席，杯来盏去，非常热闹欢乐。此后沈筠白天和雁高翔饮酒作乐，晚上就和江云儿同床欢愉，流连忘返，几乎把赶考的正事忘了。江云儿不仅生得美艳，还很有才情，精通各种游戏，所以两人在一起很是欢乐。转眼之间考期快到了，江云儿温柔地劝沈筠动身说："郎君你可千万别忘记了自己的正事，不能因为这里快乐就忘了赶考的事，请不要为了我而耽误了你的前程。但我要和你一起去，省得我在这艰难的环境中抱恨终日。"沈筠眉头紧锁，很是为难，江云儿见状很是害怕沈筠会忘恩负义。沈筠解释说："我因为在京城中父亲面上的朋友很多，如果把你带去，一定会遭到人们的议论。还请你在此等候，等我考试结束，不管是考中还是落第，我都绕道来这里，接你同车回乡。"为此沈筠又发了毒誓。

第二天他和雁高翔商量，雁高翔知道留不住沈筠，就设盛宴为沈筠饯行，问道："要带江云儿一起吗？"沈筠把和江云儿的约定告诉了他。雁高翔说："时间也不长，等你衣锦还乡时，也不过三个来月就可以重新团聚了。"次日清晨，雁高翔率领众人举着旌旗，敲锣打鼓送沈筠下山，将原物归还，并没有赠送什么。江云儿也身穿丽服坐着小车把沈筠送到山谷口，偷偷伤心流泪。沈筠也是恋恋不舍，两人互道珍重后离开。一会儿，就来到大路。一路之上所住的旅店陈设都非常华丽，供应的饭菜也很丰盛，给店主钱，他们却不接受，说："前一天已有人为沈举人付过了。"到了京城中也是一样，沈筠很是好奇。

考试结束，沈筠并没考中，他不敢从原路回去，悄悄地乘上海船回到苏北老家。刚走到村子，就见自己的房子焕然一新，就连屋后的围墙厕所都被粉刷一新，家中的仆人都穿上了锦绣衣衫，大吃一惊。见了妻子，才知道两月之前忽然有个山东人带了一笔钱到他家中，大兴土木，造了这个高大的宅第，还给了他家五百两黄金，另外在住宅附近又买了五百亩良田。从此沈筠成了个大财主，生活富裕，也无心去找江云儿。私下他把纳江云儿为妾的事告诉了妻子，他妻子说："你不能对江云儿变心。"请他派车去接，沈筠不听。

转眼三年过去了，在一个寒冷的月夜，房门已关上，仆妇们都睡了，沈筠正和妻子在围炉旁煨栗子谈家常，忽然从窗缝中吹进来一丝微风，异常寒冷刺骨，突然把蜡烛吹灭了。昏暗中只听屋上瓦片咯嘞一响，接着有声音吆喝道："大哥派我来向沈先生问好，包袱中的礼物不上台面，还请你笑纳。深更半夜的不敢惊动夫人，我就先走了。"接着就是狂风大作，过了一会儿，声息全无。沈筠将婢女叫起，点上灯拿来，只见房门已经开了，烛花都已经被削去，地上有件用红毡包裹的东西，小心靠近，用手一摸，只觉僵硬滑腻似人的皮肤。打开一看，竟是一个女子的尸体，眼睛闭着，容貌如生，胸口还有点热，正是江云儿。她怀中还有一封书信，信上说：

雁高翔顿首致书沈君阁下：礼部考试落第，急忙回乡，你怎么可以过门面不入？你对老朋友失信，还能原谅，但对江云儿失信，未免也太薄情了吧！小妮子等了你三年，整天以泪洗面，然而却音信全无，昨天竟服药自杀了。我小心地将她尸身送至府上，聊以安抚她一片芳心。如果你有心相救，也有一法：西山有位盲和尚是位异能之士，你可到那儿去求他，那江云儿就可以复活。你倘若硬着心肠忘了誓约，那么不久钢刀就会架到你脖子上来。小心，小心！诸事珍重。

读完信，沈筠吓得牙齿咯咯作响，忐忑不安，不知该怎么办才好。

沈筠的妻子性情贤淑、豪放，向仆人打听了盲僧之事，仆人说："西山还真有个盲僧，住在伏虎寺。不管什么时候问他，他都一直说自己六十三岁，还没听说他有其他什么与常人不同的地方。"妻子就说："这样的美人儿，连我见了都要动心，怎么能见死不救呢？"于是叫人把尸体抬到床上躺着，盖上绣花被，命小丫头在旁边守着。自己更换了一身朴素的衣饰，带了仆人骑上马，拿着火把进山寻人。

到达伏虎寺时，鸡叫正好三遍，敲门进入方丈室，见盲僧正盘膝独坐做吐纳功。沈妻向他跪下默默祷告，嘴里喃喃念了好一会儿佛。和尚微微一笑说："我这个又老又瞎的和尚，哪有本事管人家事，更何况是闺房之事？话虽如此，但念你诚心，我尽力而为就是了。"说完又昏昏睡去，顿时鼾声如雷。渐渐天亮了，盲僧忽然大声说道："夫人快快请回，西山荒僻，不宜久留。"有两个童子就来赶沈妻走。沈妻料想可能事情有了变化，就拜谢和尚，回家了。

刚进家门，小丫头就争着来接她，笑着禀告昨夜的事情，说："夫人走了好一会儿之后，忽然来了个身穿红衣服的童子，突然爬上床去，趴在姨娘身上，把舌头送入姨娘嘴里，一吞一吐吸吮咂舌，众人见状呼喊起来要去打他，童子忽然下床跑了，姨娘也醒了过来，能起身站立了。现在正和主人坐在闺房中，又笑又哭，只是身子还像久病刚好的人一样娇弱。"沈妻进入房中，江云儿赶紧下拜，叫沈妻为夫人。沈妻很怜爱她，称她为妹子。妻妾和睦相处，绝不争宠。江云儿写了许多诗词作品，编成诗词集叫《苏娘吟稿》。后来沈筠入山寻访盲僧，寻不到踪迹，只看到佛龛里的一尊古佛和挂在墙上的一只破钵。

南楼事犯

　　宦太仆是当地首屈一指的大富大贵之人，曾在后园中造了五间高楼，取名见山楼，作为藏书的地方，因位置朝南，所以又名南楼。宦太仆有四个儿子，最小的一个儿子叫宦九郎，是位风度翩翩的秀才，被太仆视作掌上明珠。

　　这一年，京城忽然传来噩耗，说太仆长子因暴病死于御史任上，太仆捶胸顿足，非常悲痛。第二年，又传噩耗，说次子又死在浙西知府任所。三子是个举人，不想也紧接着莫名死了。接连三次丧子之悲，使他难以忍受，伤心欲绝。

　　又过了两年，太仆因伤心过度亡故了。九郎十分思念父亲，很想再见到父亲的容颜，只恨自己没有像汉代李少翁这样的才能，能够懂得招魂之术。服丧期满，宦九郎听说乡间有个勾魂人，叫李毛虫，勾魂十分灵验，连僻远之地都知道他的大名。九郎便差人送了他一些礼物，请他来家作法。李毛虫欣然前来，但见他身材短小，脸色苍黑，眼睛深凹，眼珠碧绿，嘴上还长着些短髭须。两人施礼相见后，九郎吩咐备下酒菜招待，问他："高人能到阴间去吗？"他说："能。"九郎问："阴间是什么样子的？"李毛虫说："大致与阳间差不多，只是没有阳光，比阳间昏暗些，其他也没什么多大的不同。"九郎问："地狱中真有人们所说的牛头马面等各种异样的形象吗？"他说："是的，确实有。"

　　酒足饭饱之后，九郎将他带进内室，跪在他面前请求说："知道你是有特异本领的高人，生死路隔，你却能自由来往，我有一件事向你请托。"李毛虫很惊异地说："我只是个乡巴佬而已，你这样体面的贵人何必如此多礼？有什么事请你说吧，只要能办到，必定在所不辞。"九郎说："我父亲已经去世三年了，我时刻挂念他在阴间里劳逸苦乐的情况，寝食难安，今日特地拜托你把我的灵魂带到阴曹地府，见老父亲一面，向他老人家请安问好。"李毛虫断然拒绝，说："这可不行。我的名字是阎王簿上记录在案的，偶然去走走还不妨事，你去恐怕不行，还是让我代你去探望令尊吧！"九郎说："你若去了，可得带一样凭信回来，使我相信，证明你并非胡说。"李毛虫说："那是当然。"于是九郎按照李毛虫要求，吩咐下人在宅子内极幽静的地方整理了一间房间，干干净净地安放着床榻、被褥、枕头，并在床前满满放一盆清水。李毛虫仰面躺在床上，两只鞋子放在地上，一只朝上，一只朝下；特别吩咐千万别让人进来乱动，门反锁着，也不许人偷看，否则违背了他的嘱咐就不灵了。九郎及其家人都一一照办。

李毛虫飘飘荡荡地来到阴间，走到一个小街市口，却见路旁开着一家大烟馆，细看那烟馆主人，原来是相识的一位同乡，死了也没多久。烟馆主人见到他，老远就打招呼："毛虫又来了吗？"李毛虫回答说："是的。"他问："这次来有什么事要办啊？"李毛虫说："是为点私事。"李毛虫就把宦九郎思念父亲的事前前后后说了一遍，并发愁地说："这么大的阴间，谁知道这位前任太仆老乡绅住在哪儿呢？实在是件难事啊。"那馆主听罢，却一个劲儿拍手，笑着说："真是巧极了，我就知道，宦太仆的府上离这里不远。"李毛虫十分惊奇说："确是一件巧事，你怎么知道的？"馆主说："最近一段时间，宦家有两个仆人，每天都到这里来吸鸦片烟，闲谈时知晓他们是宦家的下人。等一会儿他们来时，你跟着他们同走就成了。看时辰很快就该来了，你且耐心等着吧。"

一会儿工夫，就见两个仆人过来了，一个三十来岁，一个才十七八岁，都穿着漂亮的新衣服，两人手挽手，一边走一边顿脚唱着小曲。待他们进门，馆主就指着李毛虫对他俩说："两位管家到来，真是好极了。这位先生是奉了宦九郎之命来拜见老太爷的，等会儿有劳你们带他去引见一下。"李毛虫忙起身与他们拱手致礼。两个仆人很高兴地说："我家老太爷在这里住得一切都很安好，请你在此稍等一会儿，我们顷刻就去。"两人吸好鸦片，李毛虫打算替他们付账，可是伸手一摸袋里，竟然连一文钱也没有。原来临来时太匆忙，忘了给老太爷烧纸钱，弄得很是尴尬。馆主说："不要客气，这里可以欠账的。"两个仆人也客气地推却。

李毛虫等三人辞别了馆主，一路七折八弯朝西走去，大约走了里把路的样子，来到了一根表彰功劳的大柱子前，然后就看到一幢红漆大门的高墙大院。门前坐着三四个腆着肚子的男子，看见李毛虫眼生，问道："这乡下汉子是从哪儿来的？"两个仆人忙说明情况。又到第二重门，看门的是一个白发老头，衣着光鲜，容貌清瘦，两个仆人又代李毛虫讲了来历，就关照李毛虫在门旁的石狮子跟前等候。不久，一个出来叫李毛虫说："请进来吧，你慢慢地走进去。"

李毛虫放轻脚步，屏住气息，一进门，便见太仆高坐在榻上，正捋着胡须在翻阅书籍。李毛虫忙弯下身作揖施礼，向太仆转达了宦九郎的话。太仆抬起头微笑着说："嘿！这小子倒还孝敬，没忘了报答养育之恩。你回去告诉九郎，老夫在这儿过得很安乐，一切都很好，要他好好读书追求上进，千万别因为思念亲人而伤了精神。"话毕，太仆又命仆人带着李毛虫到府里各处去走走转转，看看他在阴间所享受的荣华富贵，回去好告诉九郎。只见府内有许多高大的房舍，装饰华美，各有功用，有的保管书画，有的收藏珍宝，有的养着珍禽异兽，有的种着奇花异葩。房舍布局排列得屈曲幽深，厨房、篱笆、厕所，无不具备，比太仆生前所居的宅第还要壮观。

李毛虫参观一番，又回到厅上，重新见过太仆。太仆问他："你都见到了吗？"李毛虫说："这一番，小人看得眼花缭乱，都不知道该怎么形容了。"太仆说："你此番辛苦前来，老夫想赏你一顿饭，又怕你是阳间的人，吃了会对你不利；想送你点钱，但这些钱你拿到阳间又毫无用处，怎么办才好呢？"叹息了好一会儿，也没想出送什么好。只得说："看来只有这样啦，你回去替我转告九郎，要他多赏你点钱，作为你辛苦走这一趟的报酬吧。"但李毛虫磨磨蹭蹭不肯离去，太仆觉得奇怪，问他还有什么要求，他说："小人来时，公子特别关照我要带点信物回去作证，否则他便不会信我，求大人体察。"太仆想了好久，说："说得倒是，曾经有件小事老夫没让人知道，有一年有个亲戚求我办事，事成后给我一张一千两纹银的凭单作为酬谢，当时我就把它随手夹在《说郛》的第一卷第三页内，那书至今还在南楼第十三只书橱内，你回去后，叫九郎把它找出来，也可向那家亲戚兑回银子。"

李毛虫得了信物，很高兴地向太仆拜谢辞别，又一路飘飘荡荡地回到了宦家，这时已过了一天一夜了。他醒来以后便大声呼叫，九郎忙带领众人进来，只见李毛虫喝完床前盆中清水，伸了个懒腰说："真幸运，总算完成公子的使命了。"大家忙问详情，他便把自己在阴间所经历的事向众人讲述了一遍。听说得如此蹊跷，九郎笑话他胡说八道，李毛虫神情激动地说："料想公子不信任，小人还讨得凭证在此。"就凑近九郎耳边，低声述说宦太仆关照的银子凭单一事。九郎听罢，当即登上南楼书房，果然找到了那张凭单。九郎拿了凭单向那亲戚索要银子，千两纹银，一锭也不少。九郎对李毛虫所说这才深信不疑，而且按亡父的嘱咐给了李毛虫很大一笔钱做他此行的酬劳。

第二年春天，九郎祭拜亡父，思念之情，难以排遣，想到前事，又派人再把李毛虫请来，嘱托说："自去年至今，已有一年多没有亡父的消息了，请求你再替我去走一次，看望一下可好？"李毛虫连忙摆手说："千万不要再提这事啦！像这样的传递信息，可以做一次绝不可以做第二次。此事万一传出去，我两腿要被阎王打三铁棍呢。"九郎流着泪再三哀求，李毛虫看他实在难过，不忍心再拒绝，就关照九郎在床下烧了纸钱，又像上次那样去了阴间。

他先是来到了大烟馆，拿了不少钱给馆主。馆主问："你这次又为了什么事来这里？"李毛虫说："仍然是替九郎传话。"馆主说："糟了，宦家可能出事了。他们家两个仆人也已有三天不来了，听外面人纷纷传说宦家遭了官司了。"李毛虫说："那怎么办呢？"馆主说："你既到他家去过，你自己去看看吧。"

李毛虫告别馆主，来到宦家老地方，只见门口冷冷清清的，不见了那些仆人门卫。却见门里有个千夫长模样的武官，率领兵丁团团围住门口，戒备森严。李毛虫在门前徘徊一阵，不敢进去。突然看见上回那看门的白发老头哭着出来问："囚车来了吗？"李毛虫忙走上前去传达了九郎的话。老头说："没想到你还会到这里来，这会儿还能见到主人，再迟一点恐怕就见不到了。"老头流着泪带他进了门，只见太仆身穿红色囚衣坐在厅上，颈上还套着铁链，正对众多仆人做安排说："这次的官司恐怕没有两三年的时间是结不了案的。这里的房子官家定会派人锁上、封上封条，你们之中来两人跟我进牢房，留下两人在附近租间屋子看守门户，其余的都各自回家吧。"说罢，他抬起头来见到李毛虫，就问道："又是九郎要求你到这里来的吗？"李毛虫说："是的。"太仆说："请你赶快回去对九郎说，我们父子俩五年之前在南楼干的事让人告发了。今年的七月七日之夜，我们父子就可以见面了。"随即就听见人声嘈杂，一群人拥了进来，最前面像是旗牌官的模样，拿着令牌请太仆进囚车赶路。李毛虫随着众人出了大门，一回头，就见门上已上了锁，贴了封条。李毛虫神情懊丧，仍顺着原路飘飘荡荡回到宦家。

李毛虫醒来后，九郎忙问："亡父还一切安好吗？"李毛虫说："很好。"随即叫众人退去，只留九郎一人，将太仆的话原原本本地告诉了九郎，当说到南楼之事被告发时，九郎脸色大变，再说到七月七日父子相见时，九郎更是泪下如雨，泣不成声。李毛虫走后，九郎便开始置办棺材，准备后事。家人说："你还年轻，为何急着要备下这些东西呢？"九郎抽泣着不回答。七月七日那一天，九郎果然无病而终。

泅 者

有一个善于潜水的人，潜水本领十分高强，能在水底三天不出来，饿了就生吃鱼或蛤蜊、蚌肉之类的东西。有时也能从水里捞出一些宝物，把它换成钱买米果腹。他每次潜水时，都赤裸着身体，只在下身用几尺布裹上。

听说苏北高邮珠湖一带，曾有人见到水上突然有座城市，亭台楼阁，若隐若现；又有人见到水面一幢巍峨的佛塔高高耸立，细看还可看到塔前的树梢。那些人说得神乎其神，有家富户觉得好奇，就拿出钱财请潜水者潜入水中去看个究竟。

那潜水者进入水中，只见一片波涛汹涌，拨开水波，眼前突然展现出一条长长的大道，路上铺着雪白的细沙，两旁镶嵌着五色石子，再往两边青草碧绿，像铺着绿色的地毯。最奇怪的是道路两边的水像两堵透明的墙，水荡漾摇动着却不流淌下来。他非常好奇，就顺着大道往前走，走了一百多步，见到一座高高的城墙，再走几步，忽然又见到路边耸立着一幢高大的住宅，两扇朱红的大门上装着金闪闪的铜兽门环，门面上各嵌着三个锃亮的大铜钉。门半掩着，却没有家丁门卫。他推开门进去，只见里面更是富丽堂皇，正面宽阔的厅堂中陈列着珍珠、宝石、珊瑚、翡翠等珍宝，案几上摆着一个很大的水晶瓶，瓶中插着一枝约七尺高的玉树，到处光灿灿的，映照得整个大厅亮堂堂的。四面的墙上挂着各种名贵字画，两边走廊下整齐排列着各种剑戟武器，走廊两边的栏杆上雕刻着精致的花纹，廊上镶着各式窗子，窗上的搭扣仿佛都是由青石雕刻而成，闪着温润的光泽。

再往前走，走廊左边有个月洞门，看那样子里边像是个园圃。潜水者心想，里面一定还有更奇异的景致可看，就马上进入月洞门，沿着走廊又跨过几道门，进入一间屋子，那屋子像是内室，四面墙上雕画着美丽的图案，有一面墙上还有一扇花窗格子。室中奇珍异宝数不胜数，脂粉盒子、镜盒衣箱，应有尽有。屋子正中高高挂着一顶通红的绣花帷幕，两只金光闪闪的帐钩各挂着一串夜明珠，那珠子一颗颗亮闪闪的，有桂圆那么大。帷幕内放着一架紫檀木的绣榻，榻身精美，上面雕刻着各种禽鸟花卉，栩栩如生。红色的帐子低垂着，榻前摆着一双小巧精美的绣花鞋，鞋头高高的、尖尖的，只有三寸来长，鞋面刺绣的花样精巧华美，很少见过。他侧耳一听，帐内好像传来娇喘吁吁的呼吸声，正想掀开帐子一看究竟，突然觉得头像是被谁用针刺了一下，痛得他差点叫出来。他赶紧退了出来，临走时，他想偷一件宝物回去做证物好向人夸耀，但两只手却一点力气也没有，像垂下的死葫芦，怎么举也举不起来，他不敢再多停，急急忙忙沿着原路走出这幢大宅子。出门后回头一看，却见"哗啦"一声，那两扇朱红的大门立刻关上了。回去后他向别人说起这事，可大家根本都不相信，说他胡说八道。

后来，他约了另一个潜水者跟他一起去。到了水底，那朱红大门的住宅还在，只是门紧紧关着，怎么也打不开，两人只得惆怅地回去。可惜原先那个潜水者不识字，那房廊门楣上的对联一个字也不认识，后来他告诉别人说，他还记得内庭正中陈列着一只古鼎，足足有五只石缸那么大，古鼎上铜绣斑斓，上面刻着斗大的梅花篆字。走近一看，鼎内却有个洁白如雪的婴儿，怀里抱着一条黑狗，像是睡熟了的样子，伸手一摸却是光滑冰凉，仔细一看，原来那婴儿是用白玉雕成，而那黑狗是用墨玉雕成，但婴儿与狗却充满了生气，如活的一般。

时至今日，据说还有人能够到达那个地方，但可惜只能在门外徘徊，再也没有谁能够进去，把里面的稀奇古怪的东西看个究竟。

记锁冈桥后闻二则

从前有个老农在锁冈边上种了几亩瓜田，到中秋前后，大获丰收。有一年结了一个怪瓜，过了六年瓜藤还未干枯，瓜也不烂，瓜蒂还是青的，瓜皮呈青铜色。老农十分震惊，就把这瓜留下，不让家里人去摘。秋天将尽时，一位西域商人到此，对这个瓜看了好一会儿，笑着说："终于找着了。"从钱袋中摸出银两，问老农可不可以把这个瓜卖给他。老农说："这可是瓜王，如果没有二十两银子是不会卖的。"商人就付给他二十两银子。老农很好奇，就问他要这瓜干什么，商人说："我们西域人的蓝眼睛能识天下奇珍异宝，如果我不把其中的秘密说给你听，恐怕要遭天打雷轰。实不相瞒，锁冈下有座洞府，里面藏着金银，要避开蛟龙，才能到万年天库，但天库锁得严严实实，而这瓜就是开启门锁的工具。只须把瓜在门上敲三下，门就会自动打开，其中里面所有的金银财宝，任你拿，这样你就成为天下最有钱的人了。"老农吃惊了好长时间，思考了一会儿说："你等到明天我儿子回家后，再来取瓜吧。"商人与老农约好后就离开了。

老农赶紧把儿子媳妇叫来说："我们地里产的宝物，怎么能随便卖给别人，不如我们自己带着这瓜去洞府中取宝，如何？"当天晚上，就叫他儿子扛着铲子，媳妇带着畚箕，孙儿捧着香纸，老农自己带着摘下的瓜来到锁冈桥。烧好香纸，磕头跪拜后，就照着商人所说去开门。果然那瓜就如同敲门砖一样，只听剌啦一声，地底下的朱漆大门就自动打开了。点起火把一照，只见下面竟然像白天一样明亮，房屋廊坊、亭台楼阁，建造得异常曲折，室内金银的气焰都蒸腾飘到门外。老农欣喜不已，赶紧抱瓜进入室内，刚跨进大门，又听得剌啦一声，门又关上了。儿子、媳妇吃惊地一看，锁冈桥依然横架在河上，河岸的泥沙一切如常，根本没见有什么门。还听见老农从地下发出的声音，哀声喊叫说："你们赶快回去吧，我恐怕不能活着回去了，就献身在这儿做库房的管理员吧。"老农之子举起铁铲奋力掘了有一丈来深，但仍无法救出老农，大哭着回去了。

第二天商人来了，听闻此事后，哈哈大笑，似乎早已预知老农家发生的事，对老农之子说："因为贪心，你父亲成了黄泉之鬼，可真是可悲。"老农之子赶紧问他缘由，他说："瓜是不可以进门的，瓜进去了，就连钥匙也一起带进了门，所以门才会又关上了。"老农家人听后都团团朝他下跪，询问还有什么法子重新把门打开救出老农。商人搔搔头，想了好一会儿才说："除非能找到有胡子的女人，没胡子的男人，脚趾并在一起的牛，和脚趾分开的马才能把门打开，但这种情况罕见，并不好找。"说完商人就走了，老农之子这才完全绝望了。这事到如今已有一百年了，再也没有人敢去洞府寻宝。

又说在西郊地方竖着两尊石公石婆的雕像，四尺来高，面目衣饰，被刻成吉雅的样子。锁冈桥西有个义务为人摆渡的船夫，因有事从西郊经过，这时月亮已下，连夜赶路甚是乏累，查看四周找不到住宿的地方，就在昏暗中来到石像下，向石像作了个揖，请求说："阿公阿婆，迷路之人请求能在你们身旁借宿一宿，还求你们在暗中保佑我。"说完就蜷起身子，低垂着头睡了。

半夜时，隐约听见石公对石婆说："三天后黎明时分，有一男一女骑马渡过小溪，他俩可不是凡人。"石婆赶紧劝阻说："老头子别说这些禁止出口的话，别惹了祸。"石公说："旁边睡一个满面饿纹的汉子，还能发财吗？喂，我实话告诉你，那黄马是金，白马是银，就算只得到白马也能凭此在乡里成为富户。"石婆问："那这一男一女是要到哪儿去？"石公说："要到锁冈桥下去办移交。"船夫听到了，谨记在心里。

到了那一天，他就故意撑着船横在溪上，不敢沉睡。在残月朦胧下和晓风寒冷中果然听到有人在叫摆渡。他赶紧起身一看，只见一个男子生得气宇轩昂，容貌俊美，围着围巾，身穿白背心，骑着白马；一个女子，花容月貌，身穿红衫子黄褶裤，骑了匹黄马，双双从树林中走出来，跨下马上了船。当船摇到河中心时，船夫忽然停止划船问道："你们这是要到哪儿去？"他们说是到锁冈去。船夫又问："你俩是夫妻呢，还是兄妹？"只见那男的生气地说："再敢多问必让你死！"船夫赶紧说："我并不是故意冒犯你们的，只因深夜到天明时寒风冷露，想请你们到我村上歇息一晚，然后把马匹喂饱。我家离此不远，食宿条件也不算差。"那女子此时也发怒说："实话告诉你，我们是天上的神仙，如果你打什么坏主意，我们绝不饶你！"男子想后又说："这家伙一定听到了什么，是谁在背后多嘴多舌？如果你能如实告诉，我们也不会怪罪于你，而且还要赏你东西。"船夫早已吓得颤抖不已，就把石公的话如实告诉了他俩。

不一会儿，船到达了对岸，那男子剪下一缕马鬃毛送给船夫，说："以后不要多话，这马鬃你拿去，就算是对你的酬劳。可那石像是一定不能饶恕的。"说完两人一起走了。船夫悄悄地尾随他俩，到锁冈桥下，果然不见两人的踪影了。第二天阳光明媚时，船夫把马鬃拿给别人看，竟是细丝纹银，有十几两重。

第二天忽然下起了大雨，雷声不断，雷电把石公击得粉碎，仅剩下了一尊石婆，仿佛是石寡妇。所以直到今天人们仍把这地方叫作石婆冲。

神　娥

山东有个人叫富扶摇，没有任何田地，家贫如洗，因取得一些丹方，就靠此行医谋生。之后到了邯郸，在此住了下来。有一次，替一个老和尚治好了多年的肌瘤，和尚对他说："和尚没钱支付诊金，只能用神水给你洗洗眼睛。你三天之内一定会有好运。但是你一定要洁身自好，戒贪戒色，否则就会亵渎神灵，失去灵效。"富扶摇接受了他的教诲后离去。

次日清晨，富扶摇带着药锄走上冈岭，正在采集白术之类的草药时，忽然从沙石草根那听到有人在说话，十分惊讶。仔细一瞧，只见地上的瓦石突然分开，下面出现了一个地洞，里面是朱漆大门，雕花窗格，一道道栅栏，像是某家女子的闺房。正俯着身子观看时，只见一位身穿茜红衫子的女子手拿丫叉，在屋檐头上晾晒绣花背心，回过头向内房娇声唤道："阿城儿，我这举动比起晋人阮咸在秋天晒围裙如何？"又见一个身穿白衣衫的女子从绣帘后面缓缓地走出来，笑着说："阮咸看见富家晒衣服眼红，也拿围裙去晒，终究不免俗套，像姐姐这么做，他和姐姐怎么能相提并论呢？但是你裤衩下留有污血，花片点点，就不怕玷污了日光、月光、星光吗？"红衫女子听了这话后，羞红了脸，就要拉住她厮打嬉闹。又有一位身穿绿衣的女子出来劝架，笑着说："阿城妹子的嘴也太尖刻了，也难怪殊姐姐要生气。"

接着又出来一个穿紫衣的女子，众女子哄笑一堂，打趣说："你整天在房内学老和尚坐禅，今天怎么会像晋朝和尚慧远走出虎溪那样舍得出了房门呢？也不怕虎啸吓人？"她说："小环这丫头这几天可把我害惨了，她拿一只尺把见方的笙囊套子要我绣全部的《金刚经》。"绿衫女子笑道："这和在铜钱写《心经》相比哪个容易些呢？"白衫女子说："用兔毫笔写字，用绣花针刺绣，这两者又哪个容易些呢？别说是曼姐，就是三国年间魏国宫人薛灵芸复活，恐怕也无计可施了。"这时又一位身穿黄衫的女子走了出来，众人都笑道："真是说曹操，曹操就到。"黄衫女子听后脸上有点愠色，说："姐姐可真坏，怎么能拿我和奸诈的曹操相比，这样的奸贼，活该要被阎王老子打煞。反观曹丕的妻子甄后被封作地行仙，真不知道曹操拿什么脸面去见自己的媳妇。"红衫女子说："妹妹也别太贬低了曹操，昨天我还听说地下阎王殿建成时，让他写文章记颂呢。"

黄衫女子笑道："哎呀，你不说我快要忘记了，殊姐姐不是曹操的后代吗？"
众人听后都大笑不已。

接着她们互相玩捉迷藏游戏，一个个穿梭跑跳就像花蝴蝶在花丛中一样，
声音娇媚，莲步细碎，好一幅美女嬉戏图，实在让看的人心往。富扶摇正看得
入神，忽然白衫女子抬头一看，惊异地说："天窗怎么被捅开了，让凡夫俗子
有机会来偷看？"于是大家一哄而散，地洞又被塞住了。富扶摇之后折了一枝
树干插在那里做标记，拿起铲子挖了一丈来深，挖到一只石头匣子，见上面刻
着篆文说：

妙画通神有众多陈阿娇，姿态活泼令人魂飘摇，保持距离是至宝，亲近贪
色化为妖。恐被子孙累，藏在石盒内，长夜迢迢。过了八百年，得者富扶摇。

富扶摇料定里面一定有非常精妙的美女肖像画，但观察石盒子没有任何缝
隙能打开，愁绪满面。就回来向和尚讨教，和尚说："你拿鹊踏枝去打它，它
就能打开了。"

过了一个多月，富扶摇终于找到了一枝鹊踏枝，就赶紧用它一击石盒，石
盒瞬间就被打开，露出了一幅生绢。他爱惜地把生绢捧回家中，烧了一炉香，
把生绢展开细细观看，发现这竟是出自大家之手的一幅美人图，只见上面有五
位美人，胖的瘦的，高的矮的，各有各的风姿。画的上端还有题款，写道：

啊，两大淫气横在天空就成虹霓，堕入江海就成蛤蜊，落在地上就成精怪，
掉在深山大泽就生龙蛇。美人也是由淫气聚合而成，第一次见到她就会亡失城
池，第二次见了就会亡国，所以还有比美人更不吉祥的吗？然而世人中喜爱她
的，玩弄她的，为她殉情的，多得数不过来。我学了二十年画图，画的山水草

木无人问津，画的圣人神仙佛祖，人们又敬又怕，然后由惧怕而转生恶感。我很爱自己画的青铜鼎，但也从没见人过来问津。但只要偶尔画几笔细眉白脸的小娘们，就算画工再粗劣，人们也争着把它当作宝贝，所以日后，人们一定会因此认为我是个诲淫的人，这可真是冤枉啊！记得一次到曲江去游览，是一个春季风和日丽的日子，大家闺秀们一起骑马来此春游，钗钿等首饰被遗失在路旁，乞丐拾到了对此不屑一顾，但是富贵人家的子弟拾到了，就嗅个不停，爱不释手。我对此感到十分愤慨，私下画了几位美人的肖像，把她们走路、美目流盼的样子，画得十分逼真。这些人对于我来说就如过眼云烟，谁能记得她们的芳名呢？可是后来到一家乡村酒店，和一些仆役马夫们一道喝酒，他们看见后指着图画，把她们的名字一一报出，说：穿茜红衫子的叫殊娇，穿白衫的叫金城，穿绿衫的叫意转，穿紫衫的叫小曼，穿黄衫的叫环璃。

韦安道并识。

富扶摇读后，对此深有同感，把它藏在竹箱里。每次取出赏玩时，都恭敬地焚香，贡上鲜花，顶礼膜拜，心想韦安道的画可真是一本活剧，对此更是痴迷入魔。更为荒唐的是，每到半夜时，他就放下帐子，点上灯，向天空作三个揖，叫道："你是殊娇吗？是金城吗？是意转吗？是小曼吗？是环璃吗？"每夜都是这样。有一次耳边忽然听见有女子娇声娇气地责怪他说："我们都是天上被降谪的仙女，哪儿来的乡下野小子在叫我们的名字？"富扶摇朝四面看看，又寂静无声，十分恐惧，但过了好久，也没有看见异常情况发生，以为自己是幻听。

一天晚上，富扶摇喝醉了酒从外踏雪归来，冷得瑟瑟发抖，蜷缩在被中，不一会儿就睡着了。迷糊中又醒了过来，突然觉得被窝比平时温暖得多。用手一摸，竟摸到像珠玉一样滑嫩的皮肤，用鼻子闻闻，还有一股像麝香、兰花般的香气，转头一看竟发现身边睡着一个女子。他惊讶地问："你是谁？"她回答说："你只顾快活就是了，不必把我看作盗贼一样查三问四。"富扶摇见女子生得貌美，近在眼前，不再多想，立即和女子颠龙倒凤，尽情欢愉，那女子床上功夫了得，很会伺候，富扶摇哪经历过如此的快乐，顿觉飘飘然。事后，他问女子："冒昧地问一下，你是妓女吗？是否要收很多钱？可是我这外方客人并没钱付嫖账，恐怕你要白辛苦了。"女子笑着说："我自称是仙女，又怎么会像妓女一样要钱财呢？"

富扶摇请求点亮灯烛，说："在暗处遇上美人，和生吞鲜贝又有什么区别？"女子说："好吧。"点上蜡烛一看面容，他狂喜不已，说："我好像见过你的，你是殊娇吧？"女子说："既然你已经知道，那就别啰唆了。"富扶摇说："我前世到底修了怎样的福气，竟有天仙降临我家。"女子说："我们本住在地洞里，闷得像在地狱中一样，由于你的帮助，才得以重返人间，无能为报，只能以身相报。"富扶摇再回头一看，只见房中变了另一个样子：丝织的帷幕，绣花的帐子，精美的床席、镜子等结婚用品，琳琅满目。天快亮时，殊娇先起床，对镜梳妆，乌黑秀丽的头发拖到地上，富扶摇在边上端盆倒水，侍候着她。

忽然门外来了两辆牛车，每辆上各载着两位美人。一个秃发童子奔到富家说："我家的姑娘们听说殊娘找了个好女婿，特备了见面礼来祝贺。"殊娇知道是姐妹们来了，满面春风，让她们赶紧进来。四个美人一个挨一个走了进来，步伐轻盈，衣饰华丽，姿色貌美，富扶摇见后呆愣住了。殊娇笑着说："四位妹子这么性急，这么快就和我争夺情郎了？"众美人都含着笑意，有的像老和尚入定盘腿坐在床榻上，有的在庭院中走来走去，学着吟诗，有的对富扶摇、殊娘打趣就像是在闹新房，还有的客气地嘘寒问暖好像问候刚出远门回家的人儿。殊娘问富扶摇："这几位你还认识吗？"富扶摇正被眼前的美色吸引，痴迷得入神，惊奇得几乎要跪下朝拜起来。殊娇说："这些都是你的妻子，你这个做丈夫的怎么倒先要下拜呢？"富扶摇问道："她们也都是仙女吗？"殊娇说：

"你叫叫看她们的名字。"富扶摇连忙摇手拒绝道："直呼其名，实在失礼！但她们可就是城娘、曼娘、转娘、环娘？是不是啊？"四位美人齐声应道："是的，郎君。"再回头看看牛车和秃发童子，早已不知何时离去了。

从此后，五位美人和富扶摇共居一室，畅聊欢愉，好不惬意。一天，富扶摇又打开图画，只见黑迹已经不见，美人的肖像也消失了。他想把它烧了，但殊娘劝阻不同意，说："这是我们形体的寄身之处，和我们的精神相通。如果把它烧了，那么我们也就不能存在了。"富扶摇恍然大悟，仍旧把图画珍藏起来。他私下问殊娘："面对满堂美人，可是家里穷得只有四堵墙，这可如何是好？"殊娘说："这事你应该去找小曼商量。"于是富扶摇红着脸对小曼拜了两拜，小曼走到庭院中，沿着四周大致走了几圈，说："郎君你把这块石头掘开来看看。"富扶摇照小曼所说掘了下去，果然挖得两千两白银。于是出钱建造了一座华丽的房舍，让五位美人分居各房，他每天周旋在各美人房中，乐不知倦，说："只要能让我在这温柔乡中过一辈子，就算死在里面我也心甘情愿。"时间久了，家里的仆人把家中有五位美人的事向外透露了，乡里人争相来偷看，见到这些女子后，都惊叹不已，原来是真的仙女下凡了，无不羡慕嫉妒说："富扶摇一个摇铃郎中，怎么有这艳福弄来这般美人？"富扶摇谎称："你们也未免太小瞧我了，难道我就该一穷到底，没有发迹的日子了吗？不瞒你们说，我从地窖中挖到了银子，从大同买回几个美人享享艳福。"

一天，有位浙西姓莫的上京赶考，骑着马正好路过富家，看见登上假山采花戴上鬓边的金城，顿时被她的美艳惊呆，心醉不已，就吟了一首诗：

> 不识谁家娘，摘花戴蝉鬓。
>
> 玉貌何亭亭，娇娆转幽静。
>
> 卿卿不敢呼，小字应曰命。

金城听了并不发怒，微笑着回了他一首诗：

> 郎以侬为命，侬以郎为性。
>
> 邂逅始逢君，虽怜那敢信。
>
> 寄语马上郎，莫负娇春韵。

莫公子听了十分欣喜，就站在马背上，探过矮墙，紧紧握着金城的纤纤玉手不放，而且还接了吻。

这时恰巧富扶摇带着殊娘在园中花径上散步，见到此景，怒不可遏，殊娘见状急忙阻止说："你是疯了吗？金城妹子这是在为你想发财的方法，为什么要动怒？"富扶摇听后就邀请莫公子住进了富家。到了晚上，还主动让金城陪莫公子睡觉。金城身子本就柔若无骨，娇嫩妩媚，微微娇喘都能夺人心魄，莫公子从没有如此快乐，于是向富扶摇请求，愿意出一千两银子把金城买下。富扶摇面露难色，左右为难，殊娘在一旁急忙代他答应了。第二天，莫公子就拿出银子把金城带走了。临行时，只见金城一副无忧无虑的样子，一点也没有伤心、恋恋不舍的神情。富扶摇私下问殊娘原因，殊娘只是笑笑不作回答。

过了几天，又有一个姓贾的闽东知府，须发都已经洁白如雪，但还是喜欢逛妓院。一次偶然经过富家门口，看到了正靠在门上看木偶戏的意转，被吸引了心神。随后问了随从，知道了她的姓名，就在富家门前走来走去，不时瞟着意转，垂涎她的姿色，吟了一首绝句道：

桃花门巷裹轻烟，门里青衫淡若仙。多谢佳人名意转，自惭无术驻华年。

意转听后也依着他诗的原韵附了一首绝句道：

暖玉经春欲化烟，愿随杖履作飞仙。广寒雌凤年年寡，未必嫦娥爱少年。

贾知府听了惊喜交加，为美人的情意不禁手舞足蹈起来，说："老夫真是要发狂了！"就走近意转身边，拉着她的袖子说："你对老夫也有情意吗？"意转笑笑说："不如老先生到我家歇息一会儿，吃杯茶去？"贾知府以为意转是一个妓女，等到了富家和富扶摇一会面，这才知道自己猜错了，十分惊惶尴尬。殊娘代富扶摇说道："大人可能有所误会，我家本来就不是妓院。只是因为主人十分热情好客，喜好结交朋友，连头都可以互换，更何况是一女子呢？任何人都可以做她丈夫，请别介意。"富扶摇已事先被殊娘告知，所以只是假意和贾知府应酬了几句，就走开了。殊娘命人摆上酒席，请贾知府饮酒，还叫意转唱歌跳舞为他助兴。贾知府被意转迷住了，愿意拿出两千两银子买下意转，殊娘同意了。当夜，贾知府就派来一辆香车把意转接到自己的住所。富扶摇得知此事后，就向殊娘感叹道："五位美人现在已走了两个，幸好还留下三位陪伴我。"殊娘只是笑笑，不做应答。

又过了一个多月，东海有个姓程的道台，天生丑陋，却好色入骨。听闻富扶摇家有美人而且愿意出让，就带了很多钱来邯郸旅游，希望能交上桃花运。可是待了三个月也没有得到机会，就花钱向卖甘蔗的小子打听。小子说："在靠近第三株大杨树边上有一栋小红楼，听说是富家金屋藏娇的地方，就是不知道是第几房小妾在那，你可以碰碰运气。"

程道台听后欣喜不已，就照他所说前去，果然看见一个仙女一样的美人，身穿藕花图案的花衣衫，拿着把团扇遮着头面，露出半边粉嫩的白脸，也就是小曼。程道台看得几乎忘记了呼吸，只恨身无双翅，无法立即飞到美人跟前，就想了个法子，用手巾包着金手镯扔到楼上，正巧落在小曼的怀中。小曼见后笑笑，又把金镯头扔还给他，程道台想再和她调笑几句，但小婢已将窗子关上，还放下了珠帘，只听见从楼上传来娇媚的嬉笑声，听得程道台神魂颠倒。第二天傍晚，程道台又去了，听见帘内有人唱歌道：

郎有心，妾有心，心在冰壶冷处侵。空明无处寻。

程道台接下去唱道：

你也吟，我也吟，吟到斜阳欲堕林。光阴一寸金。

过了一会儿，月亮升起，忽然楼上的帘子卷了起来，放下了一条彩带，两三个美艳的婢女在窗口顺着彩带笑着朝下看。程道台心领神会，立即把带子缚在自己腰中，那些婢女争着把他拉了上去，快拉到窗口时，又故意手一松，把他放回地上。程道台在下面哀求说："好丫头，你就可怜可怜我吧，别再恶作剧了。"婢女们笑着说："他也真是太可怜了。"就将程道台拉进了闺房，小曼笑着走近他身边，和他依偎在一起。看上去真像洁净的玉树靠在难看的芦苇旁边，好不协调的画面。程道台见小曼吹气如兰，顾盼妩媚含情，简直怀疑自己是不是在做梦，竟有如此艳福。随后丫鬟们摆上酒菜，小曼殷勤地斟酒夹菜，伺候周到。酒宴结束后，两人迫不及待地搂抱着进入帐中，正要脱下内衣时，富扶摇带着殊娘突然赶来。屋内已经听到了上楼时的脚步声。婢女匆忙传呼说主人来了，小曼赶紧把程道台藏到床底下。

殊娘上楼见桌上放着酒具，故意娇声责怪说："这房里怎么有陌生人的气味？"叫富扶摇举着烛火搜寻，结果在床下把程道台搜了出来，大怒说："好一个野汉子，竟然大胆跑到人家闺房中来了。"程道台赶紧磕头求饶，富扶摇更加怒气冲冲。殊娘说："家眷中发生这样的丑事，可不能让她玷污了你的名声，不如把小曼卖了？"程道台马上情愿出三千两银子买下小曼，双方写下了文契，富扶摇这才同意了结此事。程道台从狗洞中爬了出来，把所带的资财全部耗尽。第二天早起，小曼乘坐一辆彩车来到程道台寓所，两人匆匆忙忙地一起逃走了。富扶摇不住地叹气说："这三位美人还能再回来吗？"说着说着竟然流下了不舍的眼泪，殊娘看后笑着劝说。

这年冬天，有个姓客的扬州盐商，在乡里间嚣张跋扈，肆意妄为。听到富扶摇藏有美人，就带领几百个健壮的汉子假扮强盗，在深夜时分，每人脸上化了妆，手拿利刃，来到富扶摇家门前，点着火把，撬门进去，催命似的要主人赶紧出来。富扶摇赶紧带着殊娘、环璃登上楼阁躲避。又听这伙人叫道："我们这次不为钱财，金银财帛山寨中有的是，请快将两名美人送给咱们，就饶你一命，不然的话，可别怪我们手下无情！"富扶摇听后吓得浑身发抖，面色苍白，殊娘悄悄地对丈夫说："你暂且一个人过一段时间，我试试到他们那儿去联姻讲和，怎么样？但是你千万别抛弃了那幅画，以后把相思草烧着烟熏它，一定会有奇迹应验。"说完，就和环璃一起下楼对他们说："我姐妹俩这就随你们回去，请不要再惊吓主人了。"这伙人果然簇拥着两位美人，喊叫着向东而去。

从此后富扶摇一人独居，虽然有其他美姬小婢，但终究不能断了对画上美人的思念。又过了一年多，仍然没有她们的消息。一次他记起殊娘临行时的话，就把绢画打开，取相思草烟熏。忽然绢画上隐约显出淡淡的墨痕，那些美人儿锁着双眉，含悲含恨的样子出现在画面上，富扶摇看后心中更加酸楚哀伤。又过了两天，五位美人都清晰地显露出来，再过两天，又都像活人一样生动。富扶摇把眼睛朝别处看了一看，再回过头来看时，只见画上五位美人不见了踪影。这时，门外车声隆隆，满耳是娇美的说笑声，原来是五位美人回来了。富扶摇赶紧奔出去看，只见五美人缓缓进屋，说："郎君一定寂寞死了吧？我们回来了。"只见金城、小曼、意转空手而回，殊娘、环璃满载黄金而归，大约值五万两银子，都拿出来堆放在庭院里。富扶摇说："能看到你们回来我已经很意外了，怎么又带回这么多钱来？"殊娘笑着说："他们扮成强盗来，那我们也可以到他们家去做强盗，这也算相抵了。"一家子重新相聚，屋里又充满了欢声笑语。之后用钱大造园林、亭台楼阁，布局和李思训的山水画一样。此后富扶摇有财有美妇的名声被四处传播。有些富贵人家子弟和大商人都拿厚金来向富扶摇交换美人，他又像以前那样收钱送人，因为这些妻妾们最终还会回来，还能换得钱财。

后来富扶摇因打死了婢女，被判死刑。案子报上去，有位王爷的世子派太监来示意说，只要富扶摇愿意把那些美人献出，那么就可免除死刑。富扶摇本就被吓得不轻，就同意了。等到他从狱中释放回来，他的妻妾们都已进入了王府，从此爱人成为陌路之人，互不往来。但他仍幻想着有绢画在箱子里，她们还是会回来的。那婢女的姐姐对自己妹子被冤屈打死很是痛心，对富扶摇的狠毒之心憎恶不已，就暗中把绢画拿去烧了，这样一来，五个美人就再也回不来了。富扶摇又痛心又恼恨，就弃家云游泰山、华山等五岳，到仙人石镜边上一照，照见自己的前身原来是只乌龟精，不禁后悔说道："我悔不该不听老和尚的话！"再去寻那老和尚时，他早已死去。富扶摇后来也老死了。当地人为他收尸盛殓入棺，埋在石下，墓表上写着"富君之墓"四个字。

马头生角

在山东滕县有个叫张小八的，他的父亲能用木头削成做饼的擀面杖，而且表面做工十分滑腻，制饼的师傅都争着购买。开初时，张小八进书塾上学读书，只学了一些文字后就跟着父亲学削擀面杖的技艺。但是他嗜赌成性，不务正业，很惹父亲生气。父亲实在气不过鞭打他，把他赶出家门，他就逃到任城，向当地的理发师乞讨，理发师看他有点资质，可怜他就把他收为徒，教他理发。经过长期的学习，他学到了师傅的衣钵，能拿着寸把长、薄得像纸的剃头刀熟练地为客人剪发。

当时嘉祥的农人王老到登州旅游，十分喜爱海边美丽的卵石，待退潮之后，就挑了许多花纹美丽、光润晶莹，色彩斑斓的卵石把腰包装得鼓鼓的，打算带回去赏玩。回来时正巧经过任城，就在路旁店家休息，想理理头发，就来到理发店。正巧张小八的师傅有事外出了，留他守店。张小八在为王老梳理结束后，进行按摩放松，手法熟练，不小心私下用手触摸到腰包，觉得里面装得沉甸甸的，疑心都是银子，就打算用剃刀将王老杀死。可又担心河边来往的人很多，杀人后无法逃出，也只好作罢。按摩好后，王老拿钱给张小八，他装作很大方的样子说："能为你服务是我的荣幸，怎么能要你的钱呢？"怎么都不肯接受。王老觉得这人很不错，作揖道谢后就走了。

张小八见王老向西边走去，就在后面偷偷地跟着。不一会儿，夕阳西下，王老正害怕丛林中藏有盗贼，突然见到他走来，就问："你怎么会到这里来的？"张小八说："我有亲戚在嘉祥，想去投奔他，这么巧遇见了你老人家，不如我们一起结伴前往。"王老十分高兴。两人刚进入密林，张小八就在后面突然用脚朝王老背上猛地踢去，王老瞬间倒在地上。正想大叫救命，张小八已拿出早就准备好的剃刀割断他的喉管，顿时鲜血喷涌而出。张小八急忙解开腰包一看，却看到一块块的卵石，不禁十分惊讶和后悔。知道是错杀了人，不敢马上回去，急忙把卵石顺手丢进路边溪水中，又用树叶蘸了血在王老的光臂上写道：

你也错，我也错，我到江南卖踢橐。若要破此案，除非马头生了角。

然后匆忙地向东逃走了，接着又向南逃窜，不断变换方向迷惑官兵的视线。

王老被杀死后，从任城回来的邻人给他儿子王银儿讲述了路上见到王老尸首的情况。王银儿赶紧前往察看，果然见是他父亲的尸身，放声大哭，并向当地县官报了案。县官派人验尸后，实在没法找到杀人凶手，王银儿就把尸体收殓。反复研究王老臂上写的字，也不知道"踢橐"究竟是什么东西。

又过了三年，王银儿越级上告到府里，但仍是一桩悬案，侦破不了。这时正巧遇上藩台大人到曲阜去拜谒孔庙，王银儿拦马告状，情绪激动。藩台传下令去，限期破案，四处悬赏逮捕嫌犯。又过了一年多，仍未破案，就把任城县官削职为民，重新任命了县官并派遣捕快四处搜寻。他们带着拘捕证，假扮成唱《莲花落》的乞丐，到大都市去乞讨，大肆搜寻侦察。他们唱道：

踢橐复踢橐，劝君为善莫为恶，祥云拥护好人安，凶曜来时险奴缚，碧翁赏瘅岂无权，善恶到头终有着，时未到今可奈何，哩哩莲花莲花落。

踢橐踢橐复踢橐，主人日日开东阁，羊肉千斤酒万尊，裙屐冠簪来赴约，酒杯在手易肺肝，酒杯去手颜面薄。

不及吾侪走郊郭，今日相逢今日酌，他时车笠再逢君，殷勤为解千金橐。箜篌不复弹，胡笳毋再拍，男儿重义气，生死情方确，萍花萍花随风泊，哩哩莲花莲花落。

他们一边唱，一边乞讨，走了三千多里路，仍是没有查到凶手一点消息，就说道："我们还是回去吧，就算挨县太爷一顿棍棒，也总比作他乡之鬼要强得多。"

后来，任城换了个姓冯的新任县令，一上任，就见案几上摊着大堆的案件宗卷。翻到王老被杀一案时，仔细看了之后，对王老的遭遇十分怜悯，就到县里城隍庙中去祷告。这天夜里就梦见一个人在梦中交给他一根擀面杖。突然醒来下床赶紧叫来捕快，问他道："你们到过江南吗？"捕快跪下回答说："小人们已北至幽燕，南到吴越，连山西、河南等地都去了，只是仍然寻不到一丝线索，这样寻找简直就像大海捞针。"冯县令说："现在你们只要到江南去找就行了。"之后又贴在捕快耳朵边教给他锦囊妙计，捕快恭敬地接受了。

第二天，捕快就又带上干粮到了江南无锡一带地方，进入一个大村落。这时村中正在举行赛社庙会，捕快装作卖药的小贩，摇动双铃，摇唇鼓舌推销他的药品，人们都争相前来围观，挤得密密层层，像一堵墙一样。正巧有个卖擀面杖的人也夹杂在人群中观看。捕快见他脸有煞纹，眉毛下一股黑气，就走过去突然在他背上击了一下，说："你这汉子是来江南卖踢囊的吗？"那人听后立即变了脸色，拔脚就要逃。捕快赶紧上前紧紧揪住他辫子，叫了一声，很快捕快的同伙们纷纷围了上来，把那人擒获。经过盘问，这人原来就是张小八。

原来那天张小八作案后就逃到了这儿，不再为人理发，改习父业做擀面杖，几年来早已经娶妻生子。当时张小八就问现任任城县令是谁，捕快说："是冯太爷。"张小八"哦"了一声说："这就是马头生角吗？"（俗称"冯"字为"马出角"）捕快将拘捕的公文递交给无锡县令，然后把张小八装在木笼中带回任城。到了公堂上，还没动任何刑罚，张小八就主动把杀害王老的事如实招供了。冯县令就派人把作案地点旁边的溪水抽干，只见那些卵石还在那儿。第二天就当场执刑把张小八问斩了。王银儿之后把这些仍然美丽的卵石拾起放进父亲的墓中，作为随葬品。

货郎儿

邗江地方有个读书人，姓钟，生有一女，名叫小怜，十分漂亮可爱。钟先生对女儿很是珍爱，时时教她写字算术。小怜伶俐，很快就学习熟练了。钟先生常见小怜坐在闺房中握着算盘运算，兴奋地对人说："我家出个会精打细算的人，可惜是个女子。"钟先生为她买了个小丫头，容貌也很端庄美丽，名叫阿容，说是侍候小怜，实际上两人很是亲密，是闺房中的良友。小怜十四岁那年，母亲死了，小怜就为人刺绣补贴家用。小怜十六岁时，父亲又死了。她主持办理丧葬，妥妥帖帖，胜过男子。

小怜刚刚守丧结束，家中来做媒的人多得快要将门槛踏破了。有的说对方是知府的公子，有的说是宰相的少爷，小怜都笑着谢绝了。她私下对媒婆们说："不求豪门富户，只要容貌俊雅，年龄相当，无父无母与我情况相同的人可以入选，穷一点没关系。"媒婆走了好多天之后，一直没有回音。有一个姓蔡的少年，容貌俊美，父母已去世，孤身一人，在丝行中任会计。他听说小怜生得美艳，又聪明伶俐，就私下送钱给媒婆，要她上小怜家为自己做媒，媒婆笑道："小官人痴心妄想，癞蛤蟆想吃天鹅肉吗？"蔡郎说："你只要去说说看，成与不成没关系。"媒婆拗不过他，只好去走一趟。

第二天一早，媒婆便来到小怜家门前，只见大门紧紧地闭着，门前雪白的梨花飘洒满地，台阶下圆圆的青苔如小铜钱，很少有来人的脚印。媒婆用石块敲了好一会儿门，阿容才出来开门迎客。媒婆就问她："小怜姑娘还没起床吗？"阿容笑着应了一声，带她进入内房，只见小怜正拥着被子靠近窗口在读李商隐的诗集。她乌黑的头发盘在头上，面容清瘦，一双酒窝若隐若现，更显出娇媚动人。媒婆在她身边坐下，笑着说："这么一个美人儿，也不知哪家有福气的少年郎能享此艳福！"小怜微微一笑，没有说话。阿容问媒婆："我家小姐的亲事联系得怎么样了？昨晚灯花结了双蕊，想来喜事已成就了。"媒婆拍手大笑说："老婆子几乎要把这事给忘了，说来真要笑死人了。蔡家那个小后生，穷得家无一间房，只不过替人家丝行算算账，一年赚得二十两银子，居然还想讨漂亮老婆。幸亏他容貌风度还不错，不然的话，我就该扇他两个耳刮子。"小怜笑笑说："穷又何妨，我自己能发财致富的。只是他的容貌果然有你说的那样好吗？"于是媒婆竭力称赞蔡郎如何俊美，简直就像晋代的美男子卫玠。小怜说："再请你问问他愿不愿意入赘我家，作为钟家的后嗣。他如果愿意，就请你把他带到门外，隔着门让我见一见他，我才能相信你的话。"

媒婆喜滋滋地告辞回去。到第二天中午，突然汗流满面地跑进来说："蔡家小官人就要来了，请姑娘自己看看吧。"小怜立即吩咐将门关上，从门缝中往外一看。果然见到一个身穿白衣夹衫的少年，面如傅粉，步履潇洒，手上纸扇轻摇，在门前来回走动，好像根本不知道门内有人在偷看他。媒婆从门内快步走出，故意喊叫说："蔡郎要到哪里去？怎么来来去去像驴子推磨似的在这团团转？快走，快走，别在这打搅人！"蔡郎笑了一笑，转身走了。

小怜进入内房，对媒婆说："这位郎君也是个有大福分的人，只是命中注定还有几年的奔走之苦。"就请她做媒应允此事。于是选了个好日子两人举办了婚礼。新婚之夜，两人相偎相依，百般缠绵，但是鱼水之欢之后，蔡郎不由对着美妻唉声叹气，小怜知道他是为生活清贫而忧虑，就安慰他说："郎君想得美妻，为妻愿得美夫，今日已是心满意足了。我家虽没有太多田地，但祖上也多少留下一些资财，干粥烂饭足可糊口三四年的。现在一家仅三口人，又何必为了生活郁郁不欢呢？"但蔡郎还是闷闷不乐。小怜满脸不高兴地说："生活好坏各人有各人的福分。你到底要怎样，可别让人说你年纪轻轻的恋着老婆不肯出外干事。"见到小怜生气，蔡郎这才赔笑表示歉意，阿容随即摆上酒菜为两人和解。

过了一个多月，蔡郎的堂房伯父从福建写信给他说："我已为侄儿谋得一职，望马上乘船来此，千万别这么一天天糊里糊涂过日子，自甘沉沦。"蔡郎读完信后，将信交给小怜看。小怜看后也很高兴，立即拿出钱来给他做盘缠，并且备了酒席替他饯行。蔡郎端起酒杯，满怀惆怅。小怜说："郎君明天启程，出远门求富贵，这是光明正大的事，怎么忽然儿女情长起来了呢？"蔡郎说："唉，我走了后要害你一个孤眠独宿了，未免辜负青春年华。倘若你耐不住寂寞，不就成了白璧微瑕了吗？"小怜听了笑得几乎合不上嘴，说："原来你是怕戴绿帽子啊！你且放心走吧，到你衣锦还乡时，你自会了解钟先生女儿的为人。"第二天早晨，蔡郎起身料理好家事，关照家中关好门户，悲悲切切地辞别小怜走了。但他心中不安，并不马上乘船出发，而是住进邻近地方的客店里，一连观察了十几天。每天早上只见阿容一人出门买菜，回来后就大门紧闭，小怜从来没有露过脸出过门，蔡郎这才放心地走了。

一连两年，蔡郎一封信也没有来过，阿容为家中的生活来源十分担忧。小怜家隔壁住着一位卖珠花的寡妇名叫阿线，十分会打扮自己，每天早上起来常常与阿容攀谈，因此渐渐就与小怜亲近起来。阿线很会说话，常常攀谈到深更半夜才离去，大户人家要买小怜的刺绣，也多由阿线经手，售价比别处也高一点。后来，小怜因为家中无人看门，就在两家墙上开了扇小门，让阿线方便进出。有时风雨之夜，阿线就在小怜家住下，与小怜抵足而眠，渐渐两人关系更加亲密起来，几乎一刻也离不开。

有一天，小怜与阿线一起站在门口，看儿童学迎神赛会，突然从门前走过一位身穿华丽衣服的男子。那男子一看见小怜，双眼便紧紧盯着，一刻不曾离开，看那男子如此无礼，小怜急忙拉着阿线关门回到房内。

那男子原来是松江地方的富家子弟，家中豪富程度与古代大富翁邓通差不多。他生性好色，听说扬州多美人，就带了一笔巨款来此处旅游。他先是来到青楼，可那青楼女子的容貌都很平常，没有一人能使他满意。

这一天他在街上闲逛，突然见到一个女子，身穿杏黄色衣衫，头上梳着锥形的抛家髻，裙下一双小脚穿着红莲绣鞋，光彩鲜艳。他不禁心中暗喜，惊叹是天上仙女下凡，心想：这一次才不辜负了扬州的好风月啊。但不知道这女子是谁，一时间也无从打听。

第二天他又来到小怜家门前，见旁边一间屋子的门开着，正遇上阿线出来，他看到正是昨天与那美人并肩站在门前的女人，急忙上前施礼。阿线回了一礼，问道："郎君一表人才，有什么事要问吗？"他说："我是松江人，来此寻亲不遇，住旅店又嫌那儿太嘈杂，无法安生静养。听说府上多空屋，能否借我一间，房租一定不会比别人低。"阿线贪他钱财，就笑着答应说："房屋倒是有，只是穷人家没有可以使唤的仆役，如果有什么琐碎的事需人跑腿怎么办呢？"他说："我自己带有仆人。"于是两人讲好价钱，那男子便去搬运行李。过了一会儿，那男子就来了，身边还带着两个童仆，都生得很俊美，还有好多人来替他搬运箱笼，那箱笼看样子都很重。

从此，松江客人就在阿线家东厢房住了下来，整天读书，赏玩钟鼎等古玩器物，很少出门。有一天，他对阿线说："阿婆是寡孀，未免寂寞可怜，我又没有父母，愿意做你的过房儿子，在你身边侍奉，这样不是两全其美吗？"阿线很惊讶，说："你这么说，不怕折了老身的寿吗？"那人跪在地上便"咚咚咚"地磕头，马上改口叫阿线为阿娘。阿线双手将他扶起，从此两人就母子相称起来。阿线见他房中摆设着贵重宝物，一件古董玩意都要价值百金，几案、床榻上盖的都是锦缎，三餐吃的都是山珍海味。他常常送给阿线一些礼物，并对阿线说："阿娘认了我做干儿子，下半世可以过快活日子了。"不到两个月，他赠送奉献给阿线的东西已值二三百两银子。一天，他故意装作不经意地问阿线："你每天去的隔壁人家，那美人是谁，可以见她一面吗？"阿线忙说："那人可真是碰不得的。"就将小怜的美艳、贞烈夸说了一番，直说得天上第一，人间无双。

第二天，那男子忽然生起病来，卧在床上不能起身，两个童儿神色很紧张。阿线大惊，亲自到床榻前去问病。他哽哽咽咽地说："我思念劳神，病势沉重，看样子是活不下去了，我死了以后，请阿娘一定派人将我的尸骨运归故乡。"阿线问道："你究竟思念什么，要如此自寻烦恼？别人不能告诉，难道还不能说给为娘听听吗？"他说："难啊，难啊！"阿线说："就是再难，我也总可以替你想想办法，何不说给我听听呢？"那男子拉着阿线的手，朝西边指指说："隔壁那位娘子容貌美丽，已经把我的魂也勾去了，如果能让我近一近她的身子，我的病也许就能好转。"阿线想了好一会儿才说："让我替你俩牵牵线，你自己请多保重。"那人就在枕边再三向她叩谢。

这天晚上，阿线就来到小怜家中，见她正在绣制香囊，尖尖的十指已经皲裂了。阿线假装怜惜地安慰说："怜姑娘如此美貌贤惠，如能嫁得富贵丈夫，这时手下由你指派听差的仆役至少也有三四十人，现在却贫困至此，真是太委屈你了。"小怜笑笑说："命中注定的，又有什么可抱怨的。"接着，阿容捧出茶来，说："今夜请大娘与我家怜姑娘做伴吧，昨夜她睡着了说梦话，口口声声唤着蔡郎的名字，叫也叫不醒她，几乎要把人吓死。"阿线说："想来是怜姑娘睡觉时把手放在胸口，梦魇了。"过了一会儿，又叹息说："像我这种人是犯了孤鸾命，注定要孤眠独宿。像怜姑娘嫁得一位少年郎君，两人如一对璧玉，他怎么为了赚钱就轻易抛离妻子久久不归呢？"

过了一会儿，两人熄灯睡下，阿线硬要与小怜睡在一头，她捻着小怜的乳头戏耍，又轻轻搔弄小怜的手腕。小怜说："大娘发花痴了，快老老实实睡吧，别来烦人！"阿线说："可惜我不是男子，没有那件东西，不然，今夜定饶不了你。"

小怜微微一笑，没应她话。阿线又突然问道："姑娘想男人吗？"小怜一边笑着，一边叹了口气。阿线知道她的心弦已被自己拨动，说话故意越来越下流，后来问小怜："姑娘能喝酒吗？"小怜说："一两杯酒还可以喝的。"阿线说："明天晚上我要买壶梨花春好酒来替你解解闷。"小怜没有答话，已经睡着了。

第二天晚上，阿线果然带了壶酒来到小怜家中，阿容也端出几样精美的下酒小菜。小怜饮酒后有点醉了，脸上红晕泛起，眼睛水汪汪的，显得更加娇美，就上床和被躺着。阿线抽空将松江客人的心事告诉了阿容，求她相助成全好事，阿容觉得很为难。阿线说："不妨事的。昨天晚上小怜姑娘春心已动，我要把此事挑明了去问她，成不成只要一句话就可决定，请你帮助我。"阿容点了点头。

阿线就靠着小怜坐下，说："我有个干儿子，家里在松江一带是首富，很爱慕你的美貌，所以暂住我家，近来他已相思成病，缠绵床榻，只想能与你亲近一次，病就会好。你如能玉成此事，也是一件积阴功的大好事。你我都是女人，此事并无他人知晓。再说你也因想念夫君憔悴至极。男子久旷固然不好，女子长期独守空房，也非好事。我是为那干儿子着想，同时也是为你着想啊。"小怜听后没说什么。阿容在边上也一再怂恿她照阿线说的去做。小怜说："他真的爱我吗？这事只可偶尔为之，绝不能有第二次。他既然很富有，就请他拿出五千两银子来以求片刻欢乐，事情结束后就走，别多说话。"阿线说："我且与他商量商量看，然后再给你回音。"就走到隔壁自己家中去了。

那松江客人已等得急不可耐，问阿线事情进行得怎样了，阿线说："成了，只是需要五千两银子交换。"就把小怜的话对他说了一遍。他说："这事容易得很。"急忙打开箱笼取出五千两银子，从墙门中运到小怜家中。小怜吩咐把银子堆在床下，叫阿容到自己跟前，用笔替她画了眉毛，涂脂抹粉，让她换了自己的衣裳侧着身子靠在绣花枕上，房门半关，灯火半明半暗，小怜自己则偷偷地到别处去睡了。

阿线带着那松江客人站在房门外，自己进去拉开帐子一看，确如小怜一模一样，她低声说道："那人来啦！"阿线退出来，那松江客人慢慢走入房内，剔亮灯光靠近枕边细看娇容，果然就是那天见到的那位美人。他喜爱至极，狂态毕露，也无暇温存一番，脱下衣服就大肆轻薄。阿容一声不响，他也不说话，事情结束后，立即下床拖着鞋子出门而去。回到阿线家里，看见阿线的房门关着，却听见屋里传来哼哼唧唧的声音。他心中好奇，趴在窗缝中一看，不由得大吃一惊，原来阿线正躺在床上和他的一个漂亮童儿做苟且之事。他心中想道：像我这干娘，才真正是倚门拉客的娼妓。像小怜这女子，终究还是个良家妇女。但是像这样的大美人，能与她肌肤相亲一次也就心满意足了，何必再恋恋不舍，被天下好男儿耻笑呢？

第二天，他叫童儿拿出五百两银子作为阿线的谢礼，晨光初照时，就骑马回乡了。倒是阿线有些黯然神伤，无法克制。阿线去看小怜，只见她早已梳妆停当，一副若无其事的样子。小怜空闲时仍靠做针线活谋生，阿线心中暗自奇怪她怎能如此克制。

光阴匆匆，又到年底，蔡郎终于回家了。只见他两担行装，一身寒酸。小怜赶忙迎他进门，问道："夫君，在外做客情味怎样？"蔡郎说："不过是寄人篱下，依然故我。战国时苏秦出门宦游，灰溜溜回家，遭父母、嫂嫂、妻子的冷眼，请你别对我嘲笑啊！"小怜笑笑，不再多问，命阿容备下酒席为蔡郎接风。俗话说新婚不如远别，这一夜两人恩爱缠绵，竭尽欢乐。小怜忽然说道："从今之后，郎君别再为贫困发愁，你看，床下不是有一堆光灿灿的银子吗？"蔡郎惊奇地问这些银子从何而来。小怜说："用法术得来。"蔡郎急忙披衣下床手执灯烛查看，果见床下堆得高高的一堆银子，大惊，急着追问到底怎么回事。小怜就将松江客人的事细细说给他听，还没等说到如何画眉调包之事，蔡郎便突然跳起身子，大怒说道："我本来就知道淫荡的人是不会贞节的，如今果然如此。临别时你说的话我还记得，现在你还有什么脸面来见我？钟先生的女儿也不过如此啊！"小怜正想与他解释，追到门外却不见蔡郎踪影。从此后黄鹤一去不复返，蔡郎再也没有回来。小怜派人到处寻访，也没能寻到他的行踪，后来听得船上人说，蔡郎当天就过江南下了。

小怜很后悔此事办得莽撞，但已来不及了，就私下对阿容说："如今蔡郎怒气冲冲出走，一时之间是不会回来的，必经数年奔波，这一点我在他上次出门时已有预料。我俩且女扮男装，带着松江客人给的银子做本钱到苏州去经商，凭我的才能，定能赚得不少钱财。"阿容也认为这个主意很好。于是两人在半夜时分锁了门，从阿线家中出来，又雇了四五个健壮的汉子，将银子和家具搬运上船，一路向南方驶去。船渡过长江直达苏州后，她安顿好住处，带着阿容来到大街上，人们见到两个青年身穿华服，容貌俊俏，宛然是一对风度翩翩的美男子。有几个老成持重的人就上前与她们攀谈，才了解她们是来此学习经商的，非常艳羡她们有雄厚的资金，就带她们在虎丘一带地方租下房屋。小怜在此开设了经营丝绣彩线的店铺，但她常常深居内房，很少露面，生意上的事都由伙计操办。到了晚上，小怜拿出算盘核算，没有一点差错，伙计们十分佩服。过了两年，店铺所得利润已超过五六千两银子。又过了一年多，宫中郑贵妃要苏州地方供应唱戏衣服，催得很急，其中有一半的戏衣都是小怜的店铺供应的，又赚了两万两银子。这时，虎丘市面上的店主们都以能结识钟老板为荣，有钱人家都争着要把女儿嫁给钟老板，小怜都笑着回绝了。

一天，下着小雨，小怜头扎青纱幞头，身披白篛衫，脚穿皮靴，坐在店内柜台后面，隔着纱窗看街上来往的行人。阿容也身穿华服，头扎软巾，捧着茶碗立在小怜身边。忽然店中来了一位串街走巷的小贩，放下担子，拿出钱来，批发妇女零星用品。小怜看那人容貌，好像有些认识，再仔细一看，大吃一惊，悄悄对阿容说："这不是蔡郎吗？"阿容一看，果然是蔡郎，只是风尘满面，衣服破旧。原来那天愤然辞家，毅然渡江，想到福建伯父那儿去谋生，可到了福建伯父已经亡故。他打算再回到邗江，但是到了苏州后，已穷得与乞丐差不多了。多亏讲义气的同乡人赠给他十九两银子，他就靠着这点本钱，做小贩谋生，刚才正是到小怜店里来批货，恰巧被小怜见到。蔡郎正欲离开，突然下起大雨，他就坐在店门口，等雨停下来再走。看着他神情木然，小怜心中很怜悯。

　　一会儿，雨就停了。蔡郎挑起担子正打算赶路，忽然店中走出一位生得很俊俏的仆人来传话说："货郎儿，你家乡是在扬州吗？"蔡郎说："是的。"仆人说："照这样说来，与我家主人是同乡了。主人想见你一面，且跟我进来。"两人七拐八拐进了一间小房间，只见一位青年端端正正坐在靠椅上，衣服很华丽。旁边阿容就说："货郎儿叫来了，快来拜见郎君。"蔡郎很惊讶，不由自主地弯下膝来拜见，小怜故意很大方地接受了他的跪拜。叫他在一旁坐下，略微与他客套了几句，问道："你家在扬州什么地方？"蔡郎说："在雷塘南边百来步处。"小怜又问："做小贩能赚多少钱？"蔡郎说："能混口饭吃而已，少得可怜。"小怜说："你竟如此困苦，生活还不如我家的奴仆。我很可怜你，何不就到我家来帮佣？"阿容就急忙拉起蔡郎叫他下拜，说："货郎儿谢谢主人收用。"小怜就命他跟着阿容听候使唤。蔡郎不知就里，也暗自庆幸自己交了好运。

　　当夜蔡郎侍奉主人用好晚餐后，关上房门打算安睡。忽然小怜传呼，他来到主人寝室，只见红烛高照，纱幕绣帐，小怜刚卸下头巾，床上已铺好了被褥枕头。小怜与他谈了几句话后，忽然打开箱子取出一锭大银，"当"的一声，放在了桌上，然后拉着蔡郎的衣袖，表现出很亲昵的样子，说："实话告诉你，我有同性恋的癖好。同性恋人吃剩的桃子，其味无穷；《玉树后庭花》的歌声，最是动人。今天见到你的容貌，使我动心，我愿用这锭银子与郎君换取一夜的恩爱。这也是百年缘分，请勿推阻。"蔡郎听得连大气也不敢喘，涨红着脸，心神摇荡。自己思量终年做小贩，也赚不来这么一大锭银子。况且主人又是个美男子，暂且失身一次以改善自己的窘困境地也是合算的。

两人一进罗帐，小怜忽然举起巴掌朝蔡郎的屁股上痛打了几十下，打得蔡郎吃惊地大叫起来。小怜就问他说："一个堂堂男子汉身子，就这么下贱吗？当年我拿阿容代我去陪客睡觉，还得了几千两白银，你这么一条七尺汉子的身子，难道就只值一锭白银吗？"阿容听见了这话大笑不止，奔进房来观看，只见蔡郎正高耸着屁股，笑着大叫说："娘子息怒，蔡郎也真太可怜了。"听得这话，蔡郎跳起身来，仔细地看了看主婢两人，说："咦，我难道是在做梦吗？"两人同时答道："是真的。"蔡郎感觉羞愧难当，小怜对他说："你就坐享其成，当个大财主，可以吗？"蔡郎说："可以。"小怜又说："阿容曾经假扮我的样子陪客，不可辜负了她。"蔡郎就把她收下，做了他的小妾。

第二天早上，小怜起身后仍做女子打扮，满头插戴钗环珠翠，身穿罗衫，裙下露出尖尖小脚。阿容也插戴着珠花，传达主母的吩咐，将店内伙计叫来，隔着垂帘，小怜对他们说："我其实是个女子。今日丈夫归来，从此店铺中有了真正的主人，你们各自要恪尽职守。今后有关店务上的事，就向我丈夫请示，我一个妇道人家就不再过问了。"伙计们都大吃一惊，说："我们与主人相处了四五年，却不知道店主原来是个女郎。"众人争相将蔡郎迎进店堂，把账簿呈上，这时店中本利大约已有十二万两银子了。

有一天晚上，蔡郎喝醉了酒回来，看见小怜刚结束刺绣，好像陷入沉思。蔡郎便上前亲昵，小怜只是笑笑，没说话。两人正在床上缠绵，忽然房门外有人点着红烛进来，一看，也是小怜，与床上的那位容貌相同。床上那位用纤纤玉手擦去眉毛上的黛粉，蔡郎一看，竟是阿容，这才知道小怜说的当年用阿容来替代她的事，并非虚言。后来又听说钟先生从前曾与一狐狸精变的女子相恋，小怜就是这狐妇所生，所以她也有神通广大的法术。

续录卷六

莲塘春社

　　山东有个棠邑人，叫张十三，性情十分洒脱豪迈。有一年清明节，上完坟之后他从东郊农家喝醉了酒才回来，一个人孤单地在路上走着。在路过薛家蓬塘时，月亮刚刚升起，这儿离县城也差不多只有四里路了。忽然看见路边绿荫葱处有座小村庄，走近一看，只见溪水流动，在明月的照耀下唱着潺潺的歌声。荷塘被一片银辉笼罩，映在简陋的门窗上。有一家门口挂着两只白纱灯笼，上面绣着篆体字，是"莲塘春社"四个字。之后看见一个很美艳的小丫鬟，拿着蜡烛缓缓走来，在柱上贴上一张红色小笺条，上写：

　　新居落成，有谜语向众人请教。灵犀一点暗通，藉以消遣闲情。
　　猜对的，击鼓相应，猜不对，鼓声不响。

　　张十三最大的爱好就是猜谜，见状高兴地上前询问小丫鬟："这是谁制的灯谜？猜对了有什么礼物赠送？"小丫鬟笑着说："这是我家大姑娘亲手制作的，猜对了，香囊、团扇之类的奖赏总会有的。"张十三问："那为什么不把灯谜贴出来展示呢？"小丫鬟说："大姑娘现在正用晚餐，等四乡文人聚集后，就会亲自走出闺房，当面测试一下众文人的才思。"接着门内传出娇滴滴的声音叫道："阿巧快过来侍候大姑娘梳洗。"小丫鬟就匆匆走进门去，烛光在树林间时隐时现。

张十三赶紧回到家中，邀集了二三位同样爱好猜谜的朋友向东郊走去。来到莲塘边上，只见那家门前已围了很多人，水泄不通，热闹非凡，都是些近村教书的先生。他们正闭着眼睛，动着嘴唇，反背着手苦思冥想，做出各种酸文人的丑态。张十三从人群中望去，见一位年方十七八岁的姑娘，身穿桃红色薄绵短袄，下身是碧玉色素淡罗裙，双鬟各插一枝鲜艳的杏花和一枝新柳穗，裙下露出纤足，如白嫩的笋芽。正端端正正坐在竹几上，两边列着四支红烛。两个小丫鬟在左右侍候，其中一个就是刚才出来挂灯笼的那位，另一个头发刚垂到额头，两人姿色都很貌美，不相上下。一个丫鬟手拿尘拂，一个丫鬟负责敲鼓。灯笼上有三张纸条，都写着蝇头小楷。一张上写道：哭奏殿庭。第二张上写道：上从汤沐邑回銮。第三张上写道：苦绛珠何事到人间。

谜底都是猜唐诗一句。张十三稍微思考一下，立即报出谜底，说："第一条是'双泪落君前'，第二条是'君自故乡来'。"门内鼓声咚咚响起。接着有人送来礼品，一看，原来是用绿纱裹着的二枚白玉连环和用彩绳系着的一方紫玉镇纸。如此丰厚的礼品着实让张十三很是惊讶。这时一起来的郝十五也报出谜底说："第三条是'还将两行泪'。"门内瞬间发出一阵洪大的鼓声。美人笑着说："郎君可真是聪明。"拿出礼品一看，竟是用紫檀木匣装的一方端砚，砚质细腻光润，应是用老坑石头制的。

郝十五略表谢意，美人笑着说："这还是谜底谜面现成的，所以赠礼并不是很多。"她接着又出了一条灯谜说：

木兰不愿尚书郎。

仍要求猜唐诗一句。和张十三一起来的姜十七报出谜底说："该是'红颜弃轩冕'。"只听见鼓声大震，这次的礼品是斑竹管五十支，云笺一盒，绣荷包一个。美人对制作这个灯谜很得意，因此眉开眼笑地说："这个灯谜可以算得上是妙合自然了。"张十三对此也十分赞许。美人又出了一条灯谜说：

曹孟德在马上长吁短叹。

要求猜《西厢记》中的一句。张十三想了好一会儿后报出谜底说："无语怨东风。"鼓声立即响起，礼品也十分丰厚。接着又一条灯谜是：

开张字号。

要求猜一位孔子学生的名字。教书先生们争着报说是"子贡"，美人只是微笑不语，于是这些人立即面红耳赤地争辩起来。又出一条灯谜是：

虎鼓瑟。

要求猜一句俗语。张十三立即报出谜底说："对牛弹琴。"鼓声又立即敲响，礼品也很丰厚。这时，这些教书先生觉得美人出这个灯谜竟是在嘲弄他们，心里很是愤怒。直到同来的查十六报出"开张字号"的谜底是"琴牢"，鼓声这才响了起来。礼品是用红丝线串着的两枚古代钱币。

众人正在对张十三等人赢得了那么多的礼物无比羡慕时，美人又出了一条灯谜说：

> 月上十三楼，珠帘懒上钩。江声来眼底，春色上眉头。
>
> 别久情方见，才多意转愁。可怜筝语细，凝睇对沙鸥。

要求每句要打一古代美女的名字。大伙想了想觉得这灯谜很难猜，张十三也苦思冥想了一会儿，还是猜不出，就要求美人换条容易一些的灯谜，不然的话，把上面那条的谜底改为《易经》上的句子也行。这个提议遭到了众人的轻蔑。美人也朝他笑了一笑，又出了一条灯谜说：

> 息夫人后裔。

要求打两位古代美人。张十三报出谜底说："桃叶、桃根。"鼓声立即响起，礼品是用白磁盆盛着的一盆樱桃脯。美人又出两条灯谜说：

> 巫山云雨几曾收，才效鸳鸯结并头。
>
> 揉到花心花欲颤，未能停顿水先流。

要求打一件日常用品。这时众人喧喧闹闹地说："这怎么是首咏男女做爱的淫诗。"美人脸色立即就变了，大骂道："这班狗奴可真是无礼！制作与猜灯谜本是件雅事，怎么可以这样被亵渎？"说着就举起衣袖一拂，灯立即熄灭了，周围一片漆黑，美人、丫鬟和房子也都不见了，众人才惊觉害怕纷纷奔逃。只见背后泥沙瓦石飞洒而来，好像有无数鬼怪在后面不停地追赶，有的被泥沙瓦石打破头，有的不小心跌入粪坑，狼狈不堪。

第二天张十三等人再到该地去一探究竟，发现这儿竟是一座座万家坟冢，荒草萋萋，看不到昨天美人的居所。再看看猜谜所得的礼品，都是用污泥搓揉而成的，用鼻子一嗅竟还有一股腥臊的气味。

枝　娘

云阳县有个书生，叫靳明，字无垢，祖上都是官宦人家。那一年家里收成不好，靳生就背起笔砚闯荡四方，直到二十三岁了，仍未娶妻。之后他搭船来到扬州，在西郊一家姓程的财主家中坐馆，教程家子弟读书。程家主人很欣赏靳生的才华，相处得十分融洽。

有一天，一个病重的叫花婆来程家要饭，但不幸死去，靳生见状很慷慨地拿出自己的部分积蓄为她买棺盛殓，程家也慈善地施舍了一块地皮给她埋葬。叫花婆还留下一个女儿，她自己说已经十七岁了，容貌丑陋，还拖着鼻涕，身上污浊不堪，又常用又粗又齷齪的手指到处搔痒，而且驼背厉害，黄眼珠，大脚，穿着破烂的衣衫，肩肘处都破了，露出里面紫黑色的皮肉，人们都很嫌弃她。她哭葬了亲娘后，蓬头垢面，像个囚犯一样，对靳生说："我现在是个孤儿，而且容貌丑陋，哪里有我的栖身之处呢？"靳生很可怜她，就向程家主人请求说："可不可以省一口闲饭来养这孤儿？"程家主人同意收留她，就叫她赶紧去洗洗身子，换件粗布衫，安排她和家中粗使老妈子一起干活。烧柴打水，十分勤快，全家人也都接受了这个粗使丫头，称她为黑牡丹。

一年后，靳生忽然得了神经麻痹症，神情委顿，病骨支离，整天只能躺在木床上，连大小便都需别人帮助解决。程家主人知道他无家可归，又可怜他是个光棍，就对他说："如果你不嫌弃她又脏又丑，我愿把黑牡丹送你，伺候你。请你不要多想。"靳生认为这样也好，就说："总算比没有一个身边人好些。"程家主人就将黑牡丹送来，让她以后专门侍奉靳生，虽然手脚不利索，天性蠢笨但是也算周到。靳生见她左手生了六个指头，就替她改名叫枝娘。之后为了能随传随到，枝娘就在靳生床边地上铺了点稻草睡下。夜里，靳生要小便便让枝娘递夜壶，谁知一个失手，竟把夜壶摔破了，把被褥都弄湿了，骚兮兮的，但靳生还是容忍了。又有一天晚上，枝娘给靳生送茶，却不小心把他心爱的古瓷茶杯打破了。为靳生清理几案时，又不小心把他家传世之宝香姜砚打碎了。这时枝娘十分羞愧，可是靳生却一点也不生气，反而安慰她说："枝娘别害怕，这些东西的得失都是命运安排的。"

又过了一个多月，当靳生做事稍有违反枝娘心意时，竟被她横加白眼，加以争辩，恶声恶气地顶撞，靳生也能一声不响地忍受。有一天，枝娘忽然对靳生说："我容貌如此丑陋，又在穷途末路时，蒙你出手救援，我很是感激您的大恩。主人命我侍候先生，正是让我可以报恩之时，但我却多次对你无礼，可你并不计较，一直容忍。今天，我如果不把自己的真面目相露，实在是太过分了。你就如独头茧，我就如只求公野鸡的雌野鸡。你并不是什么好色的登徒子，但我却要毛遂自荐了。还请你回过头来好好看看我。"靳生好奇地回头一看，只见眼前出现了一个绝代佳人，圆润饱满的额头，柳叶似的眉毛，身穿美丽而又轻软的衣裙，步履轻盈，仪态动人。靳生吃惊不已，问她："你是人还是妖精？穷秀才我现在也只有几根穷骨头，恐怕难以填饱你的肚子啊。"枝娘听后大笑着说："我是天上仙女降谪红尘，命中注定要嫁给凡人，可惜之前所见的都是些俗不可耐的轻薄之徒，没有一个能像你这么忠厚老实的。以前我是故意装成容貌丑陋的人，为的是欺骗世人的眼睛；现在露出花容月貌，是为了报答你的恩情，还请你为我保守秘密。"靳生惊喜不已，说："仙女能光临，真不知我这前世修的怎样的福气。但是恐怕邻居们会感到惊异，家中藏着如此绝代美人，要招来外人非议，这可如何是好呢？"枝娘说："你不用担心此事，别人见到我时，仍旧还是个丑八怪。"可是靳生仍有些顾虑，说："我固然不能让你再在床边席地而卧，可是我一身疾病，又不能让床安睡，这可怎么办，怎么办？"枝娘说："我正打算替你治病，哪有什么床上、床下的区分呢？"

到了晚上，枝娘自己脱下衣服，登上床榻，伸出玉臂，替靳生按摩，用细细的手指捻捣，靳生顿觉身体舒畅，有了好转。枝娘又用小脚对着靳生的肛门挑揉了几下，问他："你是否感到有一股暖气通到小腹部？"靳生说："我只觉得一股奇异的热气由涌泉穴直往上冲，但却冲不透脑门，所以身上十分酸楚，难于施展。"枝娘说："看来一定要用华池水冲洗才能解决问题。"就用舌头伸入靳生的口中扰咽几次，把口水吐入他的口中。靳生忽觉腹中发出一阵怪响，骨头骨脑瞬间都通畅了，病也忽然痊愈了。

靳生一骨碌爬起身子，就在枕边磕头说："你果真是神仙，还请你别怪我过去迷了眼睛，没有认出你来。"枝娘笑着说："你一双空手，要怎么谢我这名医呀？"靳生说："我每天用香花供养你，尊奉你，重你敬你，一定把你的救命大恩谨记在心，生生世世不敢忘。"枝娘依偎在他身上说："我把这个身子献给你，你只要好好地爱我，就是你对我最好的回报。"靳生说："男女欢爱，这怎么能算表示敬重呢？"枝娘很妩媚地笑靳生是个呆子，两人缠缠绵绵地上了床。第二天早晨，靳生起身，看那些曾被打碎的古磁杯、香姜砚，都已完整如初，看不到一丝裂缝。再仔细观察枝娘的为人，体态轻盈，性格温存，和过去大相径庭。靳生私下问她这是什么原因，她说："我过去那样子是用来试试你的心的。仙人的法术，凡夫俗子怎会看得出呢？"

程家主人见靳生疾病突然好了，心中感到十分惊讶，浑然不知这全是因为枝娘的仙术所致。靳生向他请求说："我的病刚好，正需要有人调护，还请您把枝娘继续陪我打发寂寞，这份大恩我将终身不忘。"他问："枝娘是谁？"靳生说："就是你家的黑牡丹。"就把黑牡丹改名为枝娘的原因告诉了他。程家主人把枝娘叫来一看，果然见她左手是六指，就答应了靳生的请求。程家主人见靳生对枝娘十分喜爱，就私下对人说："靳生或许也是个嗜痂成癖的人，不然怎么挑选侍妾时不讲究美丑呢？"

靳生一向酷爱读书，如今他晚上就和枝娘恩爱作乐，白天就咿咿呀呀地苦读，把写好的八股文放在案头，摇头晃脑地大声诵读，枝娘看后十分讨厌。她拿起靳生的作文翻阅，立即就眉头紧锁，说："你是个老诚君子，但缺乏灵巧的才思，虽生得风度翩翩但却没有丰富的想象力，心是木疙瘩，笔是钝的，写不出新文章。珍珠固然是无价之宝，但一旦被埋入棺材就会失去光彩；镜子是明亮的，但蒙上了灰尘，就会变得灰暗。像你这样抄抄拼拼的文章，用它去取得高官，谈何容易呢？"靳生说："你能用手足做医疗工具替我治好身体的病，你又有什么好办法来整治我文章的病呢？"枝娘说："医文病也是我所擅长的。不过你要先效仿晋人君苗把笔砚焚弃。"靳生说："好。"

于是枝娘每天晚上带着美酒和琵琶来到房中，点上蜡烛，两人共饮三杯，夫妻相对，然后枝娘轻轻地弹起琵琶，乐声铮铮，缕缕而弹，变换了各种指法，弹出哀怨的声音。靳生问这是什么乐曲，枝娘说："这是昭君出塞马上第一拍。"靳生说："真是妙极了！仿佛身在无边无际的异域大漠中，飞沙走砾近在眼前。"接着枝娘又弹出了凄怆悲切的琵琶声，靳生问那是什么曲子，枝娘说："这是蔡文姬归汉时，告别匈奴单于的哀伤曲。"靳生说："乐声清切，曲意悠长。男女私情，如泣如诉。锦旗伞盖簇拥着骆驼，万里长途也就如近在咫尺。"枝娘又弹一段慷慨豪迈的旋律，靳生问这是什么曲名，枝娘说："这是木兰从军的凯旋曲。"靳生说："果然雄壮！木兰真是千古少有的巾帼丈夫。"枝娘又弹起了悲壮心碎的乐音，靳生问这是什么曲调，枝娘说："这是霸王别姬。"靳生说："英雄事业，儿女情长，都可以流芳百世。项羽力可拔山，虞姬情重难舍，项羽可真是艳福不浅。"枝娘又换了一副假指甲，弹出一段如春风拂面的乐音，靳生问这是什么曲子，枝娘说："这是唐明皇演员小分队裹着头巾在跳《霓裳羽衣舞》呢。"靳生说："杨贵妃早起梳妆，美艳如百花齐放，真要把唐明皇美死了。"

这时枝娘整了整彩袖，微笑着说："我就是要把你的注意力移到别处，陶冶性情，你是否深有体会了？"靳生十分开心，几乎忘了自己的年龄。枝娘之后又玩了各种高雅的游戏，围棋猜谜等，没有不精通的。她每天用这些玩意儿陪靳生消遣，绝口不谈写作八股文的事。这样过了两个多月，靳生也渐渐能配合着枝娘玩几手。枝娘说："行啦。"夜里，她抱住靳生躺下，嘴对嘴呼吸灵气，下身交接，以阴补阳。靳生顿觉喉咙口发出咯咯的响声，突然吐出来一枚拳头大的痰核，落到地上还在不停跳动。枝娘说：这是你胸中的结块，郁结在那儿，即使有再神妙的法术，不把结块除根，玲珑心也难以开窍。现在总算病好了，请用酒来洗它。"结果痰核化成了青色的液体。靳生痊愈后起来翻阅自己的旧作，不禁羞愧得大汗淋漓，一把火将文稿全烧了。第二天早晨，靳生又试着写了一篇，枝娘读后，就娇声吟诵起来，声音婉转动听。

靳生听说考试的日子快到了，就准备回老家云阳，枝娘说："与其回云阳，为什么不直接上北京去参加应试？"靳生同意了，就向程家辞去了家庭教师的职务。程家把枝娘送给了靳生，一起出发进京。到了山东地方，恰逢教民作乱，阻碍了交通，他们只得住进当地旅店，眼看盘缠就快用光，靳生十分担忧。枝娘笑着说："医穷也是我的业余爱好。"就写了一张招贴说：为挣得进京赶考的路费，丈夫卖文，妻子算卦，还请各位多多捧场。

当地的读书人都争着来请靳生代写文章，靳生一挥而就，人们都称他为"穷司马迁"。又请枝娘算卦，枝娘随口就替人决断疑难事件，大家都称她为会算命的女严君平。两人靠着卖文算卦挣了许多钱，顺利到了北京。之后，靳生中了进士，名列前茅，入礼部考选，被授为翰林院编修。枝娘也恢复了本来美丽的容貌，不再像从前那样老是现出丑陋的嘴脸。

又过了一年，靳生奉旨巡视江浙一带的海防事务，路过邗江，程家主人听闻亲自前来迎接。他上了官船，只见帐幕后隐约有女子穿着绣裙出没，还有好多小丫鬟在身边服侍，有的送毛巾，有的手执拂尘，就问道："贵人已经娶了佳妻了吗？"靳生笑着说："我们是姻亲，我叫贱妻出来拜见主人。"随后就看见一位满头珠翠、身穿绣裙官服、身材苗条、美若天仙的女子出来向程家主人盈盈下拜。靳生就说："不知你还认识她吗？她就是枝娘啊。"程家主人惊讶得说不出话来。枝娘把衣袖捋上去伸出六个指头的左手给他看，他这才确信她就是枝娘。程家主人请靳生留下，暂住几天叙旧。枝娘也一起随靳生到程家，就像是回娘家似的。程府上男男女女见了枝娘后，无不惊讶。

这时，邗江地方恰巧瘟疫盛行，枝娘用丹药救活了好几万人，外面都传说枝娘是天女下凡。事情传到朝廷，皇上就派监察御史为钦差大臣到邗江查办，要以妖人惑乱的罪名处治靳生。靳生十分害怕，枝娘说："这有什么可担忧的？"就挺身而出拜见钦差大臣，这时她又变成一副丑陋的容貌，御史见了笑着说："这副尊容还能称得上是仙女吗？众人可真眼瞎。"就回京交差去了。

又过了一年，靳生奉旨渡海去册封琉球国王。枝娘亲自写了一卷《金刚经》，说："把它供奉在船上，能保郎君平安。"又画了几十幅折枝花卉册叶，说："把它们展示给海外之人，一定会有奇迹出现。"靳生漂洋过海，顺利抵达琉球国。那儿的绿眼睛商人看到中国的使节，十分惊讶地说："上国使者船上怎么会有那么多宝气？"他们都向靳生询问原因，靳生说："下官只是个穷读书人，行李中哪来什么珍奇异宝？只是我妻子画的几十帧册叶，还算不俗。"说着就把画稿拿出给他们看，那些商人见了大惊，下拜说："天上的仙女怎么下凡到人间来了？这些没骨花卉可都是无价之宝。"于是就拿出价值数万金的珊瑚玉树、明珠宝石给靳生，强行买下画幅，欢天喜地地走了。靳生回到国内把这些珍宝都献给了皇上，皇上称许他为官清廉，仍把这批宝物赐给了靳生。

枝娘一直苦于不能生育，就劝靳生纳妾，之后，生了个儿子。儿子在十七岁时就中进士做了官，娶了位贤惠的妻子。靳生曾私下问枝娘："从前你那位死了的叫花子母亲，是否成仙升天了呢？"枝娘说："她并不是我母亲，本就是天上的仙婆被降谪凡间。"打开棺材一看，果然里面空空如也。靳生富贵后，对做官的兴致也就冷淡了下来，八十岁时，身子容貌逐渐衰老，可枝娘却还一直像个二十来岁的妇人。

一天晚上，枝娘左手上那个多生的指头像被刀削一样掉了下来，她说："我的大限已到，马上就要离开人世了。"说完就将断指用黄绵包好埋在后园，把家事都托付给儿子和媳妇，然后带着靳生去朝拜泰山、嵩山等五岳，从此再也没有回来。十多年后，埋断指的地方忽然生出一株灵芝，儿子、媳妇将它服食后，也成仙而去。

铸神瓯

我家有一个佃户，叫李保全，家有老母兄弟等四人，都一起住在草屋中，享天伦之乐。秋收之后，李保全的小儿子出了天花，医生让李保全去挖寄居蟹，然后煎汤让病儿服下发痘。李保全带了锄头到傍水的山坡去挖掘，但挖了一遍也没掘到寄居蟹。后来忽然挖到了一个洞穴，把头凑近一看，里面空空如也。

他像蛇一样钻入洞中，只见里面应是条墓道，四面都是石壁，满地堆着许多古钱。保全把它们全搬回家中，大约有四千文钱，就把兄弟叫来一起深入墓道，希望把石门弄开。可是石门非常坚固，怎么打都打不开。点起火把朝四周搜寻一遍，仅在西面墙下找到一只古瓷碗，就把它捧了出来，然后仍用土块把洞穴填没。

李保全兄弟把古瓷碗捧回家后用水洗涮外面的泥沙，瓷碗逐渐显出深绿的颜色，很像宋代哥窑出产的产品，质地厚重。用水盛满，过了一会儿再看时，只见碗中有两条红色的鱼在游泳。把水倒掉后，鱼就没有了，盛上水则红鱼又出现了。全家都感到十分惊讶，觉得是一件珍宝，把它供在佛龛中当作珍奇古玩。再过一会儿，就听见碗中发出如同击磬时的叮叮的声音，他们以为可能是碗破裂时发出的声音，可是细看这碗还是完好如初。以后，每到一个时辰一刻，碗就会发出清响，就像计时器漏壶一样分毫不差。他们更是觉得不可思议，就用木匣把它珍藏起来，从不拿给外人看。他们把古钱运到邗江去出售，最后卖得二十千钱。

第二年，李保全的母亲病了，老人命李保全兄弟们分家产。兄弟们群起争夺古瓷碗，闹得几乎要打了起来。母亲说：“把碗交给我，我把它给谁就是谁的。”趁众人不注意时，她突然把碗摔在地上，摔得粉碎。保全捡起碗底一看，是双层的，其中用小篆书写道：

丙午年铸成神碗，要珍爱它，大周主。明代时入墓，到清朝时出土。得者李保全，碎者保全母。

保全很悔恨没能保全宝物。后来又听说，一个游方道士见到了放在几案之下的古瓷碗的碎片，出价一千钱把这些碎片买了去。

唉，一个人身上没有宝物，就不会招来祸害，反而身上怀有宝物，就容易招致大祸。保全的母亲摔破古瓷碗也为的是要保全子孙啊。

耕砚图

我家藏着一方古砚，大得十个人方可合围，厚七寸，是端溪麻子坑出产的石头制成的。砚身有翡翠斑点，金线条纹交错，纹理很清晰，细腻得就像小孩子手臂上的肉，颜色是红玫瑰色。是我家两代的传家之宝。砚背上还刻着篆字说：

醉把北斗星当勺舀天上琼浆，端溪之石纯且良。轻轻拭拂透出明月光，击之如钟鸣声锵锵，写出歌功颂德大文章。唐贞观二年赐宰相房玄龄。

我曾把这铭文拓了十几幅送给朋友。

战乱发生后，这只古砚就不见了踪影。一天，我从东亭一家古董铺门前经过，看见有这铭文的拓本贴在墙上出售，就用二文钱买了回来。纸上拓着古砚正反面图像各一个，正面的图像上留有一点空白，于是就请高明的画师替我画了三十岁时的图像在上面，脚穿芒鞋，头戴斗笠，扶着犁耙，像苏子由先生耕田的景象，神情酷似，我又题写了几句韵文：

不去做官，不居山林，不居市井。有块砚石，三十来顷。可以耕作，可以居隐。那是何人？名叫宣鼎。

我自己很珍爱这幅耕砚图。

有一天下大雨，屋上漏下的雨水沾在了耕砚图上，天晴后我就赶紧把它拿出挂在屋檐下晒太阳。突然刮来一阵很大的西风，把它吹上青天，一会儿工夫就被吹到远处，童仆们到野外去追赶，最后也没有追到。十年之后，我从涟水那骑马回家，经过淮水边上一座破庙，就进去歇歇脚，却看见那幅耕砚图挂在墙上。我问和尚："这幅图画是从哪捡来的？"和尚说："这事说来也奇。十年前的一天，有一雌一雄两只野鹤在寺中院子里飞翔，还在一棵大松树顶上筑巢，衔来枯枝，日夜不停地苦心营造。到第二天，它们忽然从南湖边扛着一幅画卷回来，画卷外面还包着油纸，保护得又完好又牢靠，把它横搭在新巢上，就像人们造屋时的上梁一样。我偷偷地架了梯子爬上松树把画卷取来，两只鹤飞回时见到画卷没了就哀声鸣叫，把巢毁坏飞走了。这幅图卷就一直被保存至今。现在这幅画已经重新裱装过。"我听后惊讶不已，愿意出钱将它买回，可是和尚怎么都不肯出售。现在想起这事，心里还是惆怅不已。

摩诃缟衣女贞佛菩萨

甘肃有个书生，叫李少吉，性情豪放，喜好探奇访幽，自称是唐代诗人李贺的后代。由于家贫一直没娶妻，但仍意气风发，洒脱自如。他曾对朋友说："我祖上常常带着书童，骑着瘦马寻诗觅句，身体羸弱可怜。只有我们家族中的李太白，以酒为胆，以诗为魂，最是豪放不羁。大丈夫如果不能以文章独步天下，就应该到异域去游历。"于是，他就搭了海船东渡扶桑，去看日出。

李少吉祖上曾留下一帧李龙眠画的《白描观音像》，那画上观音穿着一袭白衣，怀抱着一个婴儿，安详地立在莲花瓣上，栩栩如生，家中人都十分珍爱。

李少吉在画的上端题词道：

林中鹦鹉能言，应说到菩提佛旨。天上麒麟有种，但送与阴腾人家。

此番出行，他将画装裱起来，供奉在海船中。船行到了洋面之上，忽然见到前方有一只青蓝色的巨手，像鸡爪子的样子，却有畚箕那么大，船夫们非常吃惊，就把海船停了下来，点起香来大呼海神。只有李生神态镇定潇洒，说："这一定是龙宫中来索要新诗。"于是就取出一张纸笺，提笔写了一首诗投进海中，诗是这样写的：

仙人手把芙蓉蕊，笑策天吴跨箕尾。莽莽荡荡一巨浸，对此不乐真伧鬼。
书生奇气殊难平，双兔踏碎金银城。长鲸怒吸海为竭，龙伯儿孙咸一惊。
袅袅冯夷不肯死，忘却薰砧中羿矢。钓鳌来斫珊瑚枝，回头万顷桃花紫。

诗笺一投进海中，那巨爪立即缩回，转而阴云四垂，天色变暗，狂风陡起，海船被狂浪颠簸忽上忽下，如在漆黑的地狱中行驶一般，只能随风摆动，听之任之。

这样一直过了两天两夜，船才停泊下来，阴云也慢慢散去。这时正是夕阳残照时候，大家定神一看，船正好靠在一处断崖下，旁边有一行石阶，沿着石阶一级一级的上去可到达山崖。远看山上树木阴阴，峰峦高低不一，其中仿佛有楼阁隐现。天色渐晚，众人来不及将山中奇景看遍，就赶紧抛下铁锚安顿下来。大家用了晚餐，都庆幸逢凶化吉，获得再生。

船夫们都在船上安息了，李生也倚在枕上，昏昏欲睡，恍惚中忽听见岸上传来无数女子的说话声，从那娇美如莺啼的声音听来，似乎都是些美丽的女子。

一个说："郎君前往扶桑，要快点归来，如果迟迟不归，家里妻子恐怕望眼欲穿。"一个回答说："妹子别担忧，我回来时邀集妹夫一起归家。"一个说："姐姐何苦要这么早起来，听说筠姑送你一升桂子，服下去后病好点了吗？为什么现在还这么苦痛？"一个回答说："妹子可知道，筠姑大约是发昏了吧。她送的东西，我也当作是桂子，打开盒子一看，却是桂蠹，吃素的人是不能用的。"一个人说："姑娘们慢点走，我衣衫单薄怕早寒呢。"一个又说："小丫头讨厌死人了，何不在家跟着蓉姐姐学学佛教语录，却跟我去做累赘？"慢慢地，这些人渐渐走远了，声音也渐渐模糊起来，李生怀疑这儿是女儿国。

第二天早晨，阳光照上了桅杆，大家都起来了。李生也起身洗沐一番，带了两三个友人沿着石级登上山崖。崖上非常寒冷，几人冻得瑟瑟发抖，此时正当盛夏，却似乎要穿上裘皮衣服才能御寒。再看树林中果然有一座高大的城墙，颜色洁白晶莹，如冰雕玉砌。走进去一看，城里也有街道集市，但一个人也见不到，只有无数的鹦鹉对巢而居，见到李生等人，这些鹦鹉都十分惊慌，大声互相招呼说："大家各自衔着飞英石，把他们团团围住，打他们的脑袋！"李生急忙摇手说："我们并无恶意，身上也没带弓箭，昨天被海风吹到这儿。我们到此只不过是想开开眼界长长见识而已。"说着几个人便对天起誓。众鹦鹉渐渐上来搭话，觉得李生他们果然没有恶意。

过了一会儿，它们请来一只大如海鸥的鹦鹉，这鹦鹉全身长着紫色的羽毛，飞翔而下。鹦鹉们说："这是我国的紫袍郎，任御史官，曾到各国去云游，数它的见识最多。"紫袍郎看了李生好一会儿，说："你们是中国人吗？"李生回答："是的。"李生又把遇到狂风的事说了一遍，然后就问起这里的情况。紫袍郎说："我们这叫鹦国。在中国汉代时，就有姓婴的儿女衔来北阴的积雪，堆积起来垒起城墙。时日久了，经天风吹炼，这雪墙越发坚固得像铁石一样。唐代时，来这儿居住的鹦鹉逐渐多起来，就成了国家。大家又衔来各种材料搭成楼阁房舍，给那些当官的鹦鹉居住，其他的一般鹦鹉，仍旧住在巢中，这是我们保持古代制度的做法。至于婚姻大事，也得用比试的方法挑选女婿。也有打官司诉讼的事情，都按古制执行。至于吃的，也是以毛虫为主，与一般鹦鹉无异。此次你们远道来此，也是缘分，本应准你们到处游览一番。但如果你们自己在这行走，恐怕要使众鹦鹉受惊，会遭到攻击。如果让飞英石击中头上，就会中毒烂到见骨，你们就活不成了。我现在带你们去见我国的国王吧。"李生说："好。"紫袍郎就飞行在前边为大家带路。

不大一会儿就来到一个洞府，围墙栅栏等也都像水晶一般透明。紫袍郎先进宫拜谒，只见它用古怪的言语启奏几声，接着就听见里面传呼李生等人进去。进得宫中，只见有许多鹦鹉，红红绿绿，毛色不一，大小不同，但都恭恭敬敬地肃立在两边的玉树枝上，安安静静，不敢有一丝喧闹。随即又见一只大如凤凰的鹦鹉，全身毛色淡黄像嫩金色一般，头顶上羽毛却是金黄色，朝四面垂下。大鹦鹉就蹲在大殿正中间的座位上，显出威严的样子。那座位很是精美，上面盘着碧玉莲花，环着白玉，用青珊瑚作枝叶。座位左右立着两只五彩羽毛的鹦鹉，好像女官，个头都有野鸭子那么大。紫袍郎高呼说："华人参见我国国王。"李生等人忙上前拱手行礼，紫袍郎奏道："这是中国人最隆重的礼节，大王应该还礼。"那只黄羽毛大鹦鹉果然点了两次头，传话说："你等远道而来，有什么可以教导我的？"李生说："我是久处江湖的游子，萍踪浪迹，自恨一无所长，难向禽君告白，但贵国有什么逸闻趣事，请指示一二，让我可以回去向众人夸耀一番。"黄羽鹦鹉说："再往前的事我也记不清楚了，只记得大唐天子唐玄宗时代，我们族类中的鹦鹉雪衣娘，深受皇上宠幸。杨贵妃曾教它念《多心经》，念得时间久了，竟然通晓禅理，觉悟了大道。后来死去升天，已变作女子飞回我国，现在正住在后苑的香昙阁，我国的国民对她像贵国对待孔子一样敬重礼拜。你如仰慕她，想一睹芳容，就让紫袍郎引见拜访。我今天话说得有些多了，疲倦得很，你等就退下吧。"李生等人拜揖后退了出来。

紫袍郎带着李生几个走了一段弯弯曲曲的小路，来到香昙阁。只见满苑种着琼花玉树，到处香风四飘。紫袍郎上前说明来意，过了一会儿，阁门打开，珠帘高卷，只见一位头戴白色莲花冠，身披白色竹叶氅的美人盘膝坐在苍玉榻上，垂着双目，云鬟低垂，容色显得很庄严，看来就是雪衣娘了。左右侍立两个梳丫髻的女童，身穿青袄白裙，花容月貌，也像画上的美人一样。李生便朝雪衣娘下拜，自我介绍了乡里籍贯。雪衣娘说："今日遇到我的同乡人，真是有福分啊！我自打从大唐回来，先是进入化人城，隶属于孔雀明王佛部下，从事注释佛经。后因听说杨贵妃死于马嵬坡，失声痛哭了十几天，伽蓝神便奏闻天帝说：'该人尚未破除"痴爱"两字，请加以处分。'所以便被贬谪到婴国。幸而婴国的国民们奉我为摩诃缟衣女贞佛菩萨，我也算是进入无生无灭的境界了。你的慧根不错，此番不能让你空手而回。"就从左边衣袖中取出一本小小的册叶，命侍女交到李生手中说："这册页可以传布印度佛教的真谛，送给你这远方来客，就会一路顺风，不必再害怕海神了。"随即就下令送客，转眼之间珠帘又垂下了。

紫袍郎便带领李生退下，出了东城门，一直送他上了船。紫袍郎见到船中供着观世音像，就按礼节下拜磕头，并请求李生将这幅观世音像送给自己，为婴国增光。李生很大方地把观音像给了它。紫袍郎走后不久却又回来，只见它口里衔着一块木头，约两寸来长，漆黑如墨，坚滑如玉，对李生说："这块木头能医治哑巴，是海外的奇宝，把它作为你送给我观音像的回报吧。"李生拜谢后接受了他的赠予，于是分手作别。

船工解开了缆绳，船又启程出发了。李生仔细翻阅那小册叶，竟是一本用朱砂写在青绢上的《心经》，字体好像是梵文，每句之下都用金粉小楷字注一首短小的赞语。李生反复研读，竟对于佛祖西来的缘由有了深入的理解，就在船中将这部《心经》用香花供奉起来，日日叫着"摩诃缟衣女贞佛菩萨"的名字，对它顶礼膜拜。船一路顺风而行，仅三四天工夫就来到了鲁地登州地界，李生等人只知道很快，却不知道实际上已经走了几十万里路了。

鲁王有一位郡主，已经十七岁了，长得很美，可惜是个哑巴，也曾到处求治，但那些医生都束手无策。鲁王下令说："如有人能治好我女儿的病，我就把女儿许配给他。"李生听到这消息后，就毛遂自荐来给郡主治病。他用那块木头磨了汁让郡主饮下，第二天一早，郡主忽然"哇"的一声吐出一块血块，然后"呀呀"地叫着。鲁王大喜，说："你真的能够说话了吗？"郡主说："者，者。"鲁王急忙派人专门教她发音。三天后，郡主就能说话了，而且能言善辩。鲁王依约将郡主许配给他，并大办了婚事，从此，李生入赘王府，一下子大富大贵起来。

第二年，一个春日的夜晚，李生郡主夫妻俩在西园中陪侍鲁王饮酒。此时月色溶溶，梅花开放，月光梅花交相辉映，暗香浮动，女伎们载歌载舞，翠袖如云。李生触景生情，文思泉涌，便献上一篇《雪梅春宴赋》，鲁王大为称赏，说："郡马真是个才子啊。"过了一会儿，鲁王起身上厕所，忽然刀光雪亮，只见一名身披黑衣的男子从檐头飞跃而来，站在了鲁王面前，举刀就砍，鲁王大惊，转身便逃，那男子紧追不舍。太监立即前来与那男子打斗，大都受了伤。李生也立刻赶来营救，肩上被砍了一刀，倒在御沟里，他趴在那儿大呼救人。王府中卫士都闻讯赶来，终于抓住了那个男子。鲁王大怒，亲自审讯，没想那男子已经在事前服过哑药，所以只能眼睁睁地听着，说不出话来。鲁王用尽一切方法审问，终于还是审不明白，只得将那男子关进监牢。

第二天，鲁王突然想起，如果用郡马的那块神木治好那男子的哑疾，就能让他供出幕后主使者的名字，然后抓来一并治罪，押赴市曹腰斩。李生听了后十分惊恐，说："我靠神木娶到了美丽的妻子，享尽荣华富贵，也就心满意足了，怎么可以拿它来制造大案，使许多人横遭惨死呢？这样做恐怕要对不住自己的祖上了。"就将那块木头扔进了大海。此后鲁王就对李生产生了恶感，不愿再看到他，便打发他带了郡主回归故乡，但也送给郡主丰厚的嫁妆，其中珍宝锦绣至少值二十万金。

一天，有一只绿毛鹦鹉突然飞落在李生的庭院里，叫着李生的名字说："李郎平安否？紫袍郎派我来向你问候。昨天因揭谛神君将神木送回婴国，才知道你不贪图财物，这件积阴功的好事上达天帝。佛菩萨发慈悲心，在千千万万个婴儿中寻得一名面目俊美又聪慧的婴儿送给你，不久你就会有生佳儿的征兆了。可贺，可贺。"郡主赶忙叫婢女拿桐子与竹米来喂它，鹦鹉稍许吃了几口，就扑扑翅膀告辞说："我去啦！"只一会儿工夫就飞入云中不见了。

这年冬天，郡主果然生下一位娇儿，李生知道这孩子将来必定是国家的栋梁，就给他取名为佛赐。佛赐后来果然功成名就，成了达官显贵。

姜小玉

江苏六合县以北，盱眙县以东，安徽天长县以西有个三梁界村。村里住着一户姓曾的人家，生有两个儿子，大郎家春和二郎家泰。曾大郎快四十岁时成了副榜贡生，此时二郎刚考中秀才，生下两个儿子，他见大郎成名了，就更加发奋读书，二十三岁时考得秀才中的第一名。曾家一门出了两位贵人，兄弟光耀，门楣生辉，乡里人都十分羡慕，认为他俩当翰林是早晚的事。

这年九月，兄弟俩同时进京赶考。大郎和朋友一起由海道乘海船去京城，二朗由于害怕风浪险恶，则由陆路乘车马进京。过了一个多月，二郎风尘仆仆，终于到了山东兖州，就在路边一家旅店内投宿。这时离试期还远，再加上一路奔波劳累，二郎身子本就单薄，也受了不少苦，感到非常疲惫，就决定住在旅店内休养几天。

店主人姜老伯见二郎是个少年新贵，貌如冠玉，衣饰华丽，猜测必是江北地方大户人家的子弟，因此对他饮食起居照顾得非常周到，二郎心中很是感激，便安心住下，一边读书，一边休养。

第二天傍晚，二郎读书读得累了，就信步来到后院休息一番，忽听见楼上有人在吟咏诗歌，那声音如莺声呖呖，又如燕语轻圆，仿佛是从天上散落的仙音。他不由侧耳聆听，就听得吟道：

者回清瘦小腰肢，悼玉怜香胜昔时。秋雨秋风无限恨，挑灯又读断肠词。

那分明是一女子的口吻，但那声音是多么悲切啊！字字辛酸，简直使人无法听下去。接着又听那声音继续吟诵道：

小楼一角胃斜晖，西望遥天客雁飞。何处琵琶翻怨曲，当年此日嫁明妃。

听到此处，二郎不由大发感慨，没料到在这萧疏的客栈中会有这样的大家闺秀。停了片刻，又听得那人吟道：

抛书闲坐小妆楼，鬓有黄花镜亦秋。帘外二分无赖月，梦魂飞不到扬州。

二郎正听得如醉似痴，忽然听到仆人来说要用晚餐了，就依依不舍地转身离开，走回自己的客房。他问前来送饭的仆人："这屋后小楼是所妓院吗？"

仆人回答："不是，这是店主人的内房。"吃罢晚饭，过了一会儿，姜老伯前来攀谈，二郎就详细询问他家中的情况。姜老伯叹息了好一会儿才说："我们老夫妻俩也没生儿子，只有一个女儿名叫小玉，还在闺中待嫁。"二郎问："楼上常有女子读书之声，那是令爱吗？"姜老伯说："正是小女。"二郎便问："令爱是跟何人所学，才华如此了得，竟成了个女秀才？"姜老伯忙说："公子过誉了。此事说来也真怕您笑话。因我们夫妇俩到四十岁时才生下小玉，自小便过于娇纵疼爱。小玉四五岁时听到邻居家传来读书声，就羡慕得不得了，常常跟着吟诵。到六岁时，正巧东村的阮贡生租了我家的东厢房教书，我就送她入了书塾读书。我那小女却是非常聪明，先生也很喜欢她，先教她读四书，她领悟很快，不满两年，连五经也全读完了。后来，先生又教她学写字，学诗词，居然也是一学就会，就同饱学秀才一样。于是，便整天坐在书桌前吟诵诗词，在楼上很少下来，而女孩子家应该做的针线活、洗涤活却一点都不会做。"二郎就问："令爱有婆家了吗？"老伯摇摇手说："说来惭愧。这儿西村上也有几户财主家的公子，一表人才，因羡慕小女的才貌，争着前来说亲，但没有一个称她的心意。看她的意思，是想要嫁一位饱读诗书的少年郎君，而且要求那少年郎君居官清贵，无丝毫俗气相。看公子气度不凡，我此番来就想请教请教你，我们在路边开一小店，与我们打交道的也不过是些穿街走巷的小商贩而已，要找个这样的官人谈何容易！"说罢，便不住地叹息。二郎一时也不知如何劝慰，便说道："令爱如有新作，请拿来给我看一看吧。"老伯笑着答应了。

第二天，姜老伯果然带着一纸碧玉笺到来二郎的住处，说道："这是小玉新作的小词，请公子指教，若有不协律的地方还请您不吝改正。"二郎接过碧玉笺，只见那字迹工整娟秀，上面写道：

合咏络纬娘笼夜来香插，调寄《翦云松令》，请加斧正：

机乍停，妆未整。战雨笼烟，酿出初秋景。韵入雕笼香压枕，蓦听秋声，蓦觉云鬟冷。月初横，风乍定。刻意迎秋，不管秋闺病。篱角幽怀凉榭影，秋已成丝，秋又如花韵。

二郎读罢，当即击节欣赏："小姐真是好才华！可与古代才女曹大家、左贵嫔相媲美。只是其中有几处用字拖沓重复，当算是此词的一点小毛病，我认为如能调换几个字，就是一首绝妙好词了。只是我这么胡言乱语恐怕要被令爱笑骂了。"老伯说："公子过谦了！小女是真心求教，请不要推辞。"二郎于是拿起笔来，将"战雨笼烟"改为"战雨梳烟"，"月初横，风乍定"改作"月轮明，风力定"，并在词后又写了几句话：

词句旖旎，能得黄庭坚、秦少游大家衣钵真传，是李清照之后又一位女词人。旅客曾家春拜评。

老伯高兴地接过笺纸，致了谢，又送到楼上。那小玉读过之后，认为改得很好，此后就常常将自己所作的诗词让老伯拿给二郎，请求指教。一来二去，二郎便很想与小玉见上一面，但一直没找到合适的机会。

一天早晨，二郎起床后，顿觉神清气爽，便随意走到后院楼下。恰巧小玉正开着窗子在梳妆，晨光中只见小玉鬟发低垂，脸上洗去了脂粉，上面还残留着昨日枕头的印痕，真是如出水芙蓉一般。二郎一时间竟看得目眩神迷，六神无主。正巧，楼上小丫鬟为小玉倒那脂水，一抬头见到二郎，就指着二郎对小玉说："这楼下那伫立的男子，就是为姑娘修改诗词的曾家少年郎。"小玉一见，果然有一位风度翩翩的美少年正痴痴地望着自己，不禁芳心萌动，两情暗通。两人正眉目传情，秋波暗度，就听见小玉母亲叫着丫鬟说："姑娘梳妆好了吧？

可以下来用早餐了。"小玉急忙将窗子关上，二郎也慌里慌张地回到住处。

第二天，姜老伯夫妇骑着毛驴到东村一位亲戚家去喝满月酒。二郎趁机偷偷地来到后院，沿着楼梯来到小玉的门前。他轻轻叩响房门，小玉忙问是谁，小丫鬟玩笑着说："是老师来寻女学生了。"于是小玉急忙起身施礼说："先生近在咫尺，一定能将生花妙笔相传，只怕女弟子愚钝，不能够领悟，以负先生教诲。"说罢，便请二郎坐定，又命丫鬟端出香茶果品慰劳先生。

一开始，两人品诗论词，二郎说话倒也庄重，后来便渐渐地露出轻薄的口吻，他红着脸对小玉说："香茶早已喝过，何必再另媒他人，我还没有娶妻，并且一直仰慕小姐才情，打算与你合百年之好，不知小姐是否有意？"小玉顿时满面通红，低着头摆弄着衣带，一句话也不说。二郎不觉意动情迷，想上前去动手动脚，小玉顿时正色道："师生相敬，男女爱慕，这都是人之常情。那些偷偷摸摸的行为，却都是小人之辈的非礼之举。先生乃君子，倘如此作为，实在不妥。请你赶快离开，别逼得我叫喊起来，使先生无面目再见我家父亲。"二郎不敢再造次，只得请求说："小姐所言极是，请原谅我的唐突，我这就告辞。我实在是爱慕小姐的容貌和才情，此番前来只是想求你给我写点什么，就如同前人的韵事——红叶题诗，我也就心满意足了。"小玉听罢，就拿起笔写了一首《如梦令》词交给二郎，词的结尾有"何处？何处？太息秋风纨素"的句子，暗含怕将来被二郎遗弃的担忧。

二郎接过词笺，怅然若失地下了楼，临出门时，小玉提醒他说："先生不必过度担心，此事您可以请东村阮贡生来做媒，家父也对您十分仰慕，想必会同意的。"

次日一大早，二郎穿上一身干干净净的衣服，骑着马，拿着哥哥曾家春的名片去东村拜访阮贡生。一见面，二郎先自我介绍了乡里籍贯，态度很是礼貌谦恭。阮贡生也赏识二郎才学，两人在茅屋中纵谈科举文章，十分投机。最后二郎便恳求他为自己做媒，阮贡生捋着须髯大笑说："不知这姜老儿是哪辈子修来的福气，竟得了这么个好女婿。今日老夫就充当一回月老吧！"

第二天，阮贡生便来到姜家，先到姜老头那儿，寒暄一番后就问他："老伙计，你是老糊涂了吗？哪有好女婿近在眼前还不向老朋友说一声的道理？"听他这话，姜老头觉得莫名其妙，不懂是什么意思。阮贡生看他满头雾水的样子，笑着又说道："曾家曾举人难道还配不上你家小玉吗？"老头这才恍然大悟，叹口气说："那曾郎的确是少年才俊，只恐怕曾郎自视甚高，对我们这样的人家瞧不上眼啊！"阮贡生忙摆手，大声说："不会，不会。他自己已打定主意，愿意降格相求。"接着就把二郎昨天来他家的情况详尽又恳切地说了一遍。姜老头一听，非常高兴，赶紧叫仆人喊老婆子出来，两人就此事细细商量了好一会儿。商量罢，老婆子进内房问小玉说："今日，阮先生替曾公子前来向你求亲，为母想征求一下你的意见。不知你可否愿意嫁到远处？此时就明确表个态吧！"小玉扭扭捏捏了好一会儿，才说："女子婚姻，自有定数。此事全凭父母大人做主！"老婆走出内房，又与老头悄声商量一番，把此事定了下来。

当天晚上，姜家张灯结彩，并准备了丰盛的酒菜，留下阮贡生陪二郎同饮。宴席上，二郎一身新衣，神采奕奕。阮贡生说："家春，岳父岳母都在这里，快以女婿应有的礼节来拜见他们吧。"二郎急忙整理了一下衣服，恭恭敬敬地给姜老头夫妇下拜施礼，并拜见了媒人阮贡生。席间，他又自我介绍说："我家世代居住在江北的三梁界村，家产还算丰厚，今日先在府上招赘，待我礼部考试结束后，无论考中还是考不中，我都要回来带着妻子一同归乡。到时候还请二老将店铺关了，跟我一起回去，从此不再辛苦，只管安享下半世的清福吧。"老头与老婆子听了都十分喜悦，他们随即取出一方玉砚、一副金手镯送给二郎，算作见面礼。

第二天，老夫妇俩又专门请人选了个吉时给二郎夫妇举行合卺礼。从此，二郎小玉夫妻两人洞房之中彼此作诗唱和，鸾凤和鸣，有时共同挑灯夜读，有时一起拥被联句。乡里人见他们夫妻唱酬，都啧啧称羡，说姜家女儿真有福分，嫁得如此好郎公。

转眼间冬天过去了，大试的时间也到了，二郎命仆人整理行装进京赶考。小玉依依不舍送二郎踏上征途，只说了声"珍重"，便再没说别的什么，倒是老头与老婆子絮絮不休地问二郎的确切住址。二郎微笑着安慰说："二老实在多虑了！且不说我对小玉情深义重，就算我从别条路上私自回乡，岳父也可以派仆人到三梁界村去兴师问罪的，那里有谁不知我曾家春曾举人呢？"说罢遂扬鞭启程，就此作别。

一到京城，他就去拜见兄长。大郎见他隔了这么长时间才到京城也感到很奇怪，二郎自然不敢说实话，就谎称自己在路上生了病，因此耽搁来迟，大郎也没生疑。考试发榜了，兄弟俩均没有考中，大郎仍旧准备搭海船回去，二郎这次却舍了车马，要跟哥哥一起同船回家。到家后二郎也一直不敢把娶小玉的事情告诉妻子。

却说自从二郎走后，小玉整天在楼上望穿秋水，盼望二郎早日回来。姜老头也按照二郎嘱咐，将客店歇了业，把家当都卖了，安心等女婿来接他们。没承想，这一等却茫茫无期，二郎一直音信全无，他们这才惊疑害怕起来。

一天，正巧有位曾与二郎一起借住在姜家旅店的常熟客人又到他们家来住宿，见到客店关门还很奇怪，细问原委才知道究竟，就告诉他们说："不要再等了，那曾家二郎已经回乡了。"姜家人听后大吃一惊，但这时姜家家产已寥寥无几，此地也无法再待下去了，于是姜老头就雇了辆车马带着妻子女儿一路打听着到女婿家乡。经过两个多月的长途跋涉，一家人受尽千辛万苦，终于到达三梁界村。一进村，姜老头就向村里人打听曾家春住在哪里，村里人便指着说："村后那一群大树围着的朱门大户，就是曾举人家。"

老头马不停蹄地来到曾家门前，见了看门的就自报来历，而且大声喊道："曾郎快出来！曾郎快出来！"二郎一听门卫传报说曾老头到了，顿时吓得魂飞魄散，知道再也无法隐瞒，便急急忙忙来到大郎面前跪下，叙说了途中娶小玉为妻的事。大郎倒是非常镇定，安慰他说："别怕！我替你出去对付他们。"大朗出了门见到姜老头，就问道："老伯不远千里而来，究竟要找谁呀？"老头气愤地说："我是来寻我女婿曾家春的。"大郎心平气和地说："我就是曾家春。"老头一见，很是奇怪，问道："你是举人吗？"大郎说："是的。"老头又问："你在去年曾进京去赶考吗？"大郎说："确实如此。"老头露出十分惊讶的神情，自言自语地说："真是奇怪！怎么年纪长相都不对头呢？"接着又说道："我女婿的姓名可能正好与你相同，他应该是住在别的地方，请你指点指点。"大郎拍了下手，惊讶地说："活了这么多年，我还从未见过本人站在你面前却不认识，还要另外去寻找的怪事。"老头哭着说道："我是找我的女婿，找你干什么？"大郎大笑说道："我有考进士的本领，却没有变形的法术。我既然不是你要找的人，就请到别处去吧，为什么要在此纠缠不清呢？"说罢竟不管不顾拂袖而去。

老头只得出来继续向周围的邻居们打听，可他们都说："这儿只有一个曾大郎曾家春，没有什么真假要区分的。"老头大哭着对小玉说："女儿，你是被坏人骗了，我们不如回去吧。"小玉与母亲也抱头掩面失声痛哭，哭声悲切，让路人也忍不住落泪。

此时，所有的银两也耗费殆尽，一家人只得辞退了车子，并把带来的东西贱价卖去，一路步行求乞回转家乡。没想到，小玉母亲由于奔波劳苦，再加上伤心忧虑，到海州地面时竟然去世了，姜老头和小玉只得将她草草埋葬。

父女两人回到故乡，因房屋已经卖掉了无处落脚，只好住在一座破庙里。这一路，姜老头年老体衰又气又累终于病倒了。临终前，他拉着小玉的手放声大哭，说："孩子啊，真是苦了你啦！"说完，便撒手而去。老头死后，小玉含着悲痛向乡里的大户人家哭诉募捐，人们可怜她为她募了一点钱财，替老父买棺盛殓入土埋葬了。葬了父亲，小玉万念俱灰，向天呼告说："我被坏人所骗，还活着干什么！父母大人一向为人忠厚，做了鬼也一定是懦弱的，又有谁能为我伸冤呢？我只有亲自去向阎罗王告状，才能报此大仇！"说罢，便服毒而死。乡里人都很可怜她的遭遇，又集了一点钱把她葬在父亲墓旁。

过了三年，姜家的房子又换了主人，恢复了客馆营业，接待四方旅客，因地势便利，生意倒还兴隆。只是后园的楼上经常出现鬼影，每当风雨之夜，常能听到凄厉的长啸之声，大伙都说楼上有鬼怪，没有人敢去居住，便一直空着。

这时天长县有位姓狄的道士因在京城办事回家路过兖州，住进了这家客馆。可是客馆中已经客满了，不能再住，正欲出门，忽然见到后园楼上非常宽敞，就要求住在那里。店主人一再推脱，又不好解释，只得去开了锁，打扫干净房间，然后铺床叠被，安放灯烛，并替他卸下包裹，安置他住下。

却说这道士最擅长画符念咒，通晓书文，能够招魂，人称鬼使者。当晚，狄道士靠在枕上还没入睡，看窗外月光明亮，便起身推开窗子观看月色，忽然见郁郁的树影中走出一位美丽的女子，脸色看起来很是凄惨哀伤，她举着衣袖开始唱歌，歌词说：

洛阳有高阁，画栋临横波。阁中有好女，新妆凝翠娥。
自矜眉黛入时样，日买波斯一笯螺。邻娃粗蠢谁执柯，侬以颜色攀丝罗。
妍媸贵贱殊白窠，一朝弃绝可奈何。玟瑁簪，琥珀枕，晨揽菱花泪如沈。
翻羡邻娃貌粗蠢，明月来照双双影。

那歌声听起来非常凄切，她一边歌唱，一边用双袖捂着脸痛哭不已。狄道士知道这是个女鬼，心想这样一位窈窕动人的女子，又能唱出如此歌曲，一定是位年少夭亡的才女。如此月色，良辰美景，若和她谈论一番，倒可以解愁消闷。狄道士倚着窗栏问道："敢问那位女子，你是哪儿来的，又为何在这深更半夜伤心啼哭？"只见那女子侧耳细听了一会儿，惊奇地说："这声音多么像我那薄情郎啊！"狄道士就问："你丈夫是谁？你为何说他是个薄情郎？"女子说："楼上这位客官是江北人吗？"狄道士说："是的。"

说话间，那女子便已来到楼上，朝着狄道士款款下拜，微启红唇说道："我从前是个才女，现在却成了怨鬼，在这样的秋夜出现，难道客官不害怕吗？"狄道士说："我是一个道士，通晓书文，擅画符咒，不会遇到祸害，厉鬼听我指挥，鸟儿都替我开路，何况你这么一位亭亭玉立的女子，有什么可怕的呢？"女子便问道："贵乡有一地名叫三梁界村，那儿有一个名叫曾家泰的人吗？"狄道士说："确有此人。"于是这女子面露哀怨，哭诉了曾家泰冒名骗婚，致使自己父母含恨去世，自己服毒身亡的往事，而且说："我知道父母大人一向忠厚，难能为我伸冤，便亲自去向阎罗王告状，这才弄清楚那薄情郎的真名实姓。"狄道士便问女子的姓名，她说："本来女子是不可以把自己的姓名告诉别人的，但是我有求于你，也就顾不得那么多了。我叫姜小玉，客官所住房间正是当年我的闺房，床后泥墙上有个老鼠洞，里面藏着一枚金簪，是我小时候放进去打算戏弄吓唬婢女的，后来几乎要把它忘了，金簪应该还在那儿，请你把它取出，算作我对你的酬谢吧。"狄道士说："请你先说明你的要求，看我是否能办到，否则我是不能拿你钱的。"小玉说："我想请你带我一起到江北去。请你走时买把雨伞随身带着，我隐身在伞中，凡是经过关口、渡口、桥梁时，你只要低声叫'姜小玉'三字，我就会随你同行。"狄道士说："这事容易办，我答应你就是。"小玉又指了指泥墙，再三嘱咐，然后下拜道谢后离去了。狄道士移开床，在墙上摸索了一会儿，果然找到一个老鼠洞，摸出那枚金簪，将它放进自己腰包。

第二天早上起来，他到市上买了把雨伞，临启程时，他把伞放在肩上，低声叫了声'姜小玉'，果然感到雨伞似乎重了一点。

到了天长县，因带了姜小玉的魂魄，狄道士不敢立即回到道观中，便直接来到三梁界村。一进村，他便遇上几个人，向他们打听说："曾家泰曾举人可在家里吗？"一个人告诉他说："他正衣冠楚楚地往东村桑家去饮社酒，你找他干什么？"狄道士说："我打算向他募捐香火钱。"众人听了，都哈哈大笑说："你还不知道吧？这曾举人吝啬得很，你去向他募捐，一定会遭到他的辱骂。"狄道士故意装出很失望的样子，就离开众人，带着雨伞来到一个僻静的地方，低声祝告说："姜小玉，我已经把你带到三梁界村，我的事情也算结束了。刚才村里人说的话你应该也听见了吧，仇人就近在眼前了，怎么处置由你自己决定，别再拖累我这道士了。"祝告完毕，狄道士顿觉一阵阴风袭来，"嗖嗖"扑面，好像有个东西掉在地上，肩上的雨伞感觉也突然轻了一些。

狄道士并没有离开村子，而是找了一个茶店坐下来喝茶，一杯茶还没喝完，就听村里人奔走相告："奇怪，真奇怪，你们听说了吗？曾家泰刚才正在桑家宴席上举着杯子高谈阔论，忽然将杯子一扔，朝着门外，瞪大眼睛大笑说：'小玉，小玉，还记得当年你自己的诗句吗？说什么秋风纨扇，恐怕遗弃，这不是先兆吗？今日相遇重逢，不必哭诉。'说罢放声大哭，然后就一头栽倒在地昏了过去，再也没有醒过来，现在正请人抬回家中。曾大郎家春在家听了这个消息，也立即发了疯病，披散着头发又喊又叫的，好像被鬼附了体一样。"狄道士一听，知道是姜小玉显灵了，就不再停留，急忙付了茶钱，挟起雨伞走了。

后来，曾二郎倒醒了过来，可曾大郎的疯病一直也没有痊愈。一天，曾大郎正倚门而立，忽然听见有个女子在唱弹词，循声望去，只见那女子双目失明，容貌才艺都很不错，大郎突发奇想，就将那盲女带到城外松林里，谎称请她到花园弹唱。盲女刚在石阶上坐下，大郎突然上前抱住盲女就要求欢，言谈举止，非常下流。盲女气得又叫又骂，宁死不从。曾大郎非常恼怒，使劲打了她一个耳光，说："我是曾家泰曾举人。"然后一边拍手一边大笑着疯疯癫癫离去了。盲女想离开这个地方，便摸索着前行，不想一头撞在一棵大树上，头上也肿起了一个大包，疼得她眼冒金星，再也分不清东南西北。她无法逃离这地方，只好待在这儿连饿了两天。正巧有个放牧人打这经过，这才把她带出松林送回家中。盲女回去后把此事告诉了丈夫，盲女之夫大怒，骂道："曾老二这猪狗不如的畜生，北上应考时诱骗良家妇女，断送了人家的好女子，天道无知，只是还没有遭到报应罢了，不想现在竟又出来害人！"就立即赶到县衙告了曾家泰一状。县令生性耿直，不怕豪门大户，当即就发出捕人的传票，差衙役用铁链把二郎锁到公堂，不由分说狠狠地打了一顿。二郎再能说也无法辩清楚。县令仍怒气不止，说："这家伙行为如此不堪，若不把他功名革去，羞辱他一番，以儆效尤，地方上的风化恐怕就整治不了。"于是就将二郎收监，以待查办。

二郎的妻子却不知内情，仍然在家独守空房，天天盼望着丈夫回来。一天晚上，她歇了灯，刚合上眼准备睡觉，忽然听见门外有轻轻的脚步声，然后就听见有人推门进来。那人低低地叫道："夫人睡了吗？你丈夫回来了。"那声音酷似二郎。二郎妻子也没点灯，就在枕上问他官司是否了结了，那人说："官司刚刚起头，恐怕一时半会儿难以解决。"二郎妻子惊问说："那你深更半夜地回来，怎么会没有一人知道？万一被人发现岂不麻烦？"那人说："不妨，我怜惜你一人在家寂寞，就设法逃了出来，怕动静太大，也没敢惊动家人，就翻墙进屋，以求一夜欢愉，过后我马上就回去。"说罢就脱衣上床与二郎妻子一番恩爱。黑暗中，二郎妻子摸到那人的脸颊后大吃一惊，问道："你走了才没有几天，怎么胡子长得这么快？"那人只"嘿嘿"地干笑几声，便再无声息。二郎妻子大起疑心，就起床敲了火石点亮了灯一照，原来是大伯曾大郎正直挺挺地躺在床上，大瞪着两眼，目光发直，口中流着口水，一副疯疯癫癫的样子。二郎妻子又羞又气，抚摸着两个孩子哀哭了好一阵，又心情痛苦地徘徊了许久，实在觉得无脸见人，就找了三尺白绫上吊死了。

大郎妻子知道了这件事情，就把大郎藏了起来，草草葬了二郎妻子，向乡里人谎报说是二郎妻子遇上了鬼怪作祟而死。过了一个多月，二郎通过疏通关系被释放回家，回家后了解了事实的经过，便跑到妻子坟前，跪在那儿大哭了一声，吐了好多血气绝身亡。没过多久大郎也疯病发作死去了，曾家从此就败落了下来。

槐根银瓮

有个农家孩子，叫陈金保。十三岁时遇到长毛作乱，他家接连的大小村子都遭到焚烧抢劫，陈金保躲进麦田，因而幸免于难。第二天，他偷偷地走出麦田，哭着一路回到自己村里，他家的房子虽然没被毁掉，但家里的资财已被洗劫一空，父亲被杀了，母亲也被掳走，四岁的弟弟玉保也不知到哪里去了，看着满院狼藉，他伤心地放声大哭。哭罢，他悄悄地用毡幕裹起父亲尸体，在屋后空地上埋了。没想到，第二天长毛又来了，金保又侥幸逃脱。为了给陈家留一条根，金保决定远走他乡。白天他不敢露面，月色昏暗，他摸索着走了四十里路，到了珠湖地面。只见眼前忽现一个大湖，烟水茫茫，一只船也没有。突然远处火光冲天，照得树梢像抹上了一片红霞，他急忙趴在地上磕头向天地祝告，许愿如蒙神灵救援，将来一定多多行善报答大恩大德。

忽然听见苍茫的湖边传来摇橹的声音，金保转头一看，原来是个捕鱼的老头，他就哭着求他救助。老头对他上下打量了一下，叫他上了船，扯起篷渡过湖去。第二天天刚亮，老头就催促他上岸。匆忙间，金保一只草鞋失落在船舱中，忘了带走，上岸后回头一看，那老头与小船都不见了，心里感到非常奇怪。又过了一天，他到岸上金龙水神庙中去磕头，竟然见那只草鞋正放在庙中的一只小船模型里，他才明白那老头正是金龙水神，心中自然十分感激，就在阶下趴着连磕了无数个响头。离开后不久，金保碰巧遇到了一位邻居也逃离到此处，那邻居带他到了一处较安定的地方，谋了个差事，替人家帮工耕作，勉强混个温饱。

后来，听说长毛被铲除，形势平定了，金保便回到家乡。他重新修理了房屋，平整了田地，连续几年都能获得丰收，手里也略有了点积蓄，便想成个家以续陈家香火。只是当地经过战乱之后，女子少得如凤毛麟角，连那些家道富庶的人家都要花一大笔钱到邻县才能聘娶妻房。一般情况下，姿色很平常的一个女子，不花上百两银子就休想讨到手。陈金保也带着银两到处挑选女子，却总是错过机会，以致到了二十五岁，家里还没个主妇。后来他听说中州地方连年歉收，买个女人很是容易，于是将谷子卖出，得了五十多两银子，来到开封陈留乡，住在一家客店里。店主人问他："你千里迢迢地来这干什么？"金保说："我来讨一个女人，能和我共同耕作过日子。"店主人说："可惜你来迟了一步，若是在往年，即使是倾国倾城的美人，也只要一斗粟一尺布的价钱；今年这儿小麦丰收，价钱就贵了，稍能看上眼的女子，也得花上一桌酒席的钱才能买到。

陈金保就请店主人替自己想想办法，店主人就说："你打算娶个什么样的女子呢？"金保说："我是个农民，也没什么多高的要求，那女子只要容貌端正，能干活，即使年纪大几岁也不要紧。"店主人说："正巧，这儿东城的楼儿铺，有位姓康的千户，陕西人，流落在此。康千户早年在军队作战，曾带了个女子回家做小妾。后来千户死了，他的大老婆打算把这小妾卖了，价钱合适就得了钱上别处去。那小妾倒很符合你讲的条件，不知你可有意？"金保说："明天去看看再说吧。"

第二天一早，店主人与金保一同前往康家。进了康家大门，就见一个打扮光鲜肚大腰圆的胖女人坐在房堂中间，正指使一个身材苗条的女子进进出出在厨房烧火做饭。店主人让金保先在外面坐一会儿，自己进去与胖女人讲了好一会儿话。胖女人就叫金保进去，大略问了问他的家世，随即就叫来厨房中那位女子，对金保说："她就是我们家的姨奶奶，没生养过孩子，再说我们就要回陕西老家去了，何苦要带上她千里迢迢地长途跋涉？她不过年纪比你大一些，至于缝纫、舂米、打水、耕种、浇灌什么的，样样都会做；如果彼此都有意思，不妨当面就把婚事定下来。"

陈金保看那女子虽四十来岁年纪，但举止风度还很灵秀，心里便很爱慕，就问胖女人："这女子身价要多少？"胖女人笑笑说："至少三十两银子不可。"陈金保便与胖女人在争论不休地讨价还价。那女子忽然开口问金保："你说话怎么好像天长一带的口音？"金保说："我就是天长县西面的人。"她问："你的姓名能说来听听吗？"陈金保就将自己的姓名如实相告。那女子听了感到十分惊讶，接着就露出很伤心的表情问道："你认识一个叫陈子宽的太学生吗？"金保说："他是我已去世的父亲。"女子又问："哪年去世的？"金保说："在某年不幸遭到乱贼杀害，那时我刚好是十三岁。"女子又问道："陈玉保还在吗？"金保说："他是我弟弟，也被贼徒掳去了。"女子问道："你家中某处的房屋、阁子、内房等还完好吗？"金保说："那老房子现在只剩下中堂三间，其他都已烧毁，如今又新建了十几间茅屋，供佃农居住。"女子又问："中堂屋后有一株大槐树还青翠茂盛吧？"金保说："当年已被那散兵砍去当柴烧了。"女子就问："槐树根部的一片土地还平整吗？"金保说："上面都是苔藓瓦石，乱七八糟的。"女子叹道："想不到现在已改变成这个样子了。"陈金保听她问得详细，也很惊讶："此地距离天长有千里之远，你从哪儿打听到我家中的情况的？"那女子流泪说道："我就是当年被贼兵掳去的你的母亲啊！"

金保一听，又惊又喜，马上趴下朝母亲磕头，拉住母亲的衣襟失声痛哭，他母亲也大哭起来。母子情深，如隔世重逢。店主人与胖女人都感到十分惊奇，连连叹息。陈金保当即拿出三十两银子交给胖女人，把母亲赎回。又把剩下的钱一半给了店主人作为酬谢，另一半充作路费。

金保母子回乡后，把此事对所有的乡亲都说了，大家都感到很惊奇。陈金保感谢老天垂怜，和母亲能够相逢，他更恭敬地侍奉母亲，样样事情都讨母亲的欢心。一日，母亲指着大槐树对金保说："这树根的下面埋有五只装银子的瓮头，都是从前我与你父亲偷偷地埋在这里的。到半夜时分，你祭告后就把它掘出来吧。"按照母亲指点，金保果然从槐树根下挖得五只瓮头，里面装满了白银，于是家中一下子富裕起来，金保也不再亲自下田耕种了。

第二年，又听说中州地方是个大荒年，陈金保母亲叫他趁此机会再去那儿买个女子为妻。金保带上银两出发了，他又来到上次住的地方，想投宿在那家旅店，可那店主人已死了，店也不开了，他只得另找客店投宿。店主人了解了金保的来意，就带来十几名女子让他挑选，也许是因为挨饿，这些女子个个骨瘦如柴，难看得很，金保没一个中意的，但又可怜她们穷困的处境，就给了点钱打发她们走了。

在这过了好长一段时间，金保都没能物色到中意的女子。这天，有个姓章的读书人来旅店与金保攀谈，他问金保："有姑嫂两人容貌都十分美好，年龄也差不多，愿意同嫁一个丈夫，不知你有意要她们吗？"金保说："嫂子我可以娶她为妻，姑娘可以做服侍我母亲的婢女，也没有什么不可以的。"章先生就带金保来到一处老房子里，看那两位女子都是容貌如画，眉毛弯弯，身材窈窕，金保非常高兴，当即就议论两人的身价，章先生说要八十两银子，金保二话没说，就照这价格付了银钱，并请店主人做中人写了文契。

第二天，金保雇了辆车，打算带着两位美人回家。可是两位女子迟迟不肯出来，就走去催促，只见章先生与两女子拉拉扯扯地痛哭不止，还有男女孩童哭叫"母亲、姑姑"的声音，真是惊天动地。金保很奇怪，经过再三询问，这才弄明白那嫂子就是章先生的儿媳，有丈夫有孩子，而那姑娘就是章先生的女儿，已经许配人家，还未过门。章先生一家实在无法过活，才出此下策，想今日一旦分离，无异于亲人永诀。陈金保出于仁心道义，就取出文契，当着中人店主人的面，对着章先生把它烧了，并且说："你们一家人不该分离，我也要回去了，身价银子也不要还了，你们留着度日吧。"章先生停止哭泣对金保说："我拿了你付的身价钱，已经还了先前的欠款，急切之间我也还不出你的钱，况且这两个女子留下来也不过晚死一个多月，终久还是要饿死的。你不如现在就带走她们，或许会因此而绝处逢生。"金保说："这事容易得很。"他又从袋中摸出六十两银子，"噎"的一声放在桌上，说："这些钱还不够你们苦度一年多光阴吗？"章先生说："这事天底下少有，我也不愿意白拿人家的钱，岂不太罪过了吗？"陈金保坚决要把钱给他们，不肯收回。姑嫂两人连忙跪下磕头道谢，旅店主人又在旁边说合，章先生这才含愧接受了这笔赠款。章先生稍稍准备了点酒菜，替金保饯行，席间他仔细地询问了金保的住址，并一一用笔记录下来。

金保临行前，想托店主人找一名小仆人，可以在路上照应做伴。章先生在旁听了，搔着头皮说："你如果是明天出发，我倒可以找一个童仆跟你相伴而行。"金保说："可以。"章先生说："我有一位亲戚曾经买来一名江北地方的孩童，那孩子办事非常妥当，样样都讨人喜欢，绝非整天摇摇扇子不干事的恶仆。近来他常常因思念家乡而伤心落泪，他主人不忍心违背他的心意，正想找一位老成可靠的江北客人，请他带着这位童仆一起同行，让他回乡给父母扫墓，然后仍旧回来服役。今日有幸碰上你这个好人，也是天生的缘分。今晚我就去把他带来。"金保说："那倒是一件巧事。"

这天晚上，章先生果然带来一名少年，挟着被子来到金保所住的客店，有十八九岁，容貌非常俊雅，举止也很稳重，说话答对更是灵巧。他的主人也跟着一起来到，殷切地拜托金保要好好照应他。

第二天一早，金保与这少年一起出发了。两人快要到达金保家乡时，那少年忽然流泪说道："这儿的风景很像当年我被掳去的地方。"又走了一段路，他说："这里还种麦吗？我哥哥当年就曾走到这麦田中避难，不知他如今还在不在人世。"说着就神色悲戚难过起来。金保觉得他的话很奇怪，但因归家心切，也没多想。到了家门之后，金保见自己母亲正坐在朝南的屋檐下监督佃户们种葫芦，就上前磕头行礼，叙说了去中州买媳妇的事情，他母亲说："我儿能做好事，上天一定会保佑你得到好妻子的，用去一百多两银子没有什么值得可惜的。"接着就问他："这少年是哪儿来的？"金保就代他说明了来历，金保母亲睁大眼睛朝他看了好一会儿后说道："你被掳走时有几岁了？"少年回答说："才四岁。"金保母亲说："你大约记得当年的一些小事吧，你记得自己姓什么吗？"少年说："忘记了。"金保母亲说："那么你的小名还记得吗？"少年说："我的小名叫玉保。"金保母亲听了，真是又惊又喜，说道："快让我看看，你的左胁上有酒杯大一块朱砂红斑，还在不在？那少年说："在。"少年撸起衣袖，果见左胁上有酒杯大一块朱砂红斑。金保母亲不禁悲喜交加，说："金保啊，这是你的弟弟呀！上一回你老婆没买成，却买回了母亲，今天又买回了同胞兄弟。"陈金保这才明白那少年为什么在走近村子时处处留心，及经过麦田边发出感叹。至此母子兄弟相团圆，一家人感觉简直像在做梦一样。

到了第二年春天，有位书生骑了匹青马，两名随从也各自骑着马儿，又有两辆牛车，各自载着一位美人，一起来到金保的乡里，向人打听："这里有陈金保这个人吗？"乡里长者就带他们到金保的家门口。金保迎出门外一看，原来是章先生。只见他红光满面，神采飞扬，就问他："先生是到扬州去呢还是到金陵去？你这次恐怕是绕道顺便光临我家的吧？"章先生说："我是特地前来拜访你的，请让我先拜见你家母亲。"金保再三推辞，也推脱不得。章先生拜见过金保母亲，牛车上的两位女子也已来到庭中，她们款款地进入内房，依依拜倒在金保母亲膝前。章先生说："前番蒙你儿子慨然将银钱相赠，使我们全家获得重生。去年秋熟丰收，我们收入颇丰，所以用五百两银子买了两个美娇娘，都是既贤淑又美丽的处女，我把她们送给你做儿媳。她俩本来就是姐妹，听闻金保仁行，自愿效法古代娥皇、女英共嫁一夫。"金保母亲欣然应允，急忙吩咐厨子整治杯盘酒肴，款待远客。

众人刚在席上落座，就有一位少年轻快地走来，仆人传话说："二郎来拜见贵客。"章先生吃惊地说："你不就是我亲戚家那位童儿吗？"金保笑笑说："他是我兄弟。"于是就告诉章先生说，"蒙你厚爱为我觅得小童伴我还乡，想不到竟让我们兄弟得到团聚。"就将从前的事复述了一遍，章先生听了十分感叹欣羡。章先生在陈家住了十几天，一再催促金保早早举办婚礼。金保说："老母亲一直希望我能早日成家，现在好了，就把那位姐姐给我做妻子，那位妹子就嫁给我弟弟，这大概也是天意。"章先生连声说好，于是看他们两对小夫妻举行完婚礼才离去。临行时，金保母亲拿出五百两银子做礼物送给章先生，章先生怎么也不肯接受，最后只拿了五十两银子，说是因为玉保在旧主人那住了多年，这银子是替玉保赎身之用。

过了一年多，兄弟俩各自生了一对双胞胎，金保母亲自然喜欢极了，于是就替四个孙子取名字，老大叫槐荫，老二叫槐柯，老三叫槐安，老四叫槐南。又过了一年，那株多年没有生气的枯槐树竟然又生出嫩枝，青葱可爱。几年后那嫩枝居然长成了大树，而且枝干交结成为连理树，遮得中堂一片绿荫，金保于是将厅堂命名为瑞槐堂。陈金保深深感激章先生的大德，又逢中州灾年，就载了两千两银子来到中州，救济所有的挨冻受饿的灾民。章先生无以回报，就替金保写了篇《瑞槐堂记》，文笔很是古奥，若非饱学之士，很难读懂。

祝大哥

珠湖马棚湾北面有个落水鬼，它接受着神居山的清气，吸收着罴社湖的光辉，汇合天地之灵秀，吞吐日月之精华，久而久之，就能现影炼形，开口说话，自称为祝大哥。它从不对人作祟，但却嗜酒如命。这地方是更换驿骑的交通要道，传递公文的驿卒大都骑马赶夜路，只要经过这里的，都会遇见祝大哥拦住马头，说自己口渴极了。如果驿卒用酒壶打了二两白酒当风洒在地上，祝大哥就会对他十分感激。它也不是白骗一顿酒喝的坏种，如果前面有盗贼，就会事先告知；如果路上有野鬼，它就会在暗中保护。如果驿卒不打酒供它饮用，面前就会出现一团黑气，滚在地上化作巨大的圆圈，人马都会被迷惑，整夜兜圈子跑不出去。因此路过的驿卒对祝大哥都是敬畏有加，马背上也常常带着装满白酒的酒壶，不敢疏忽怠慢，粗心大意地经过此地。

驿卒中有个头目叫庞十五，胆量很大。他想鬼都能知恩必报，比那些势利之交不知要好多少。有一天，他办完差事，从淮阴买了白酒牛肉系在马背上。这时正赶上傍晚时分，月亮升起，快要到这时，他试着喊叫说："祝大哥快请现身，我请你喝酒，请你用餐，你不要避我，我不怕你。"不一会儿，果然就见一位清瘦而又神采奕奕的男子从浅滩边慢慢走来。庞十五问他："你是祝大哥吗？"他说："是的。"庞十五跨下马来，把马系在旁边的矮树桩上，坐在地上和祝大哥共饮。匆忙之间忘记带杯筷，就你一口我一口对着瓶口咕嘟咕嘟地喝酒。

祝大哥介绍说："我生前是八宝秀才，好酒贪杯，被晋封酒泉郡，但却失足落水而死，这也是命中注定啊。马棚湾弯曲的地方有块方圆约十人之围的草滩，草滩上有一撮土堆，土堆下就是我的葬身之处。坟上花草茂盛，到春秋两季各种花开得烂漫芬芳，其中有很多都是奇异的品种，连那些博学的人也叫不出它们的名字。但是如果把这些花移到别处，就会枯萎死去。"祝大哥喝到兴致高时，就起身与庞十五起舞取乐，放开喉咙大声歌唱，歌词是：

人间至宝莫如花，人生至乐莫如酒。有花有酒度晨昏，地下陈人开笑口。
覽湖西去浪无涯，隋宫当日多繁华。珠帘画栋变蛟窟，此日鸥鹭栖蒹葭。
凉露沾衣不归去，一杯一杯天欲曙。回头烟水拍遥空，残月朦胧挂高树。

庞十五听了，内心对祝大哥充满钦佩之情，和它结下了友谊。每次来这里时，总要习惯带点酒来共饮。

有一夜，庞十五又路过这里，祝大哥对他说："明天中午在集市的路上有人遗落二百两银子，外面用一块打着许多补丁的布包着，你可以捡来使用。这样既可免去这苦差使，又可以贴补一点酒资。"庞十五答应了。第二天，他抱着试一试的心理经过祝大哥指示的地方，果然看到人家失落的银包，布包形状和祝大哥所说的一样，他弯腰把它拾起。可是之后庞十五心想：如果那失银的人银钱很多，布包就不应该如此破败。可如果这人因为失落了银子而陷入绝境自杀，那么自己可就犯了拾而不还的罪过了。于是他就坐下静静等候。

到太阳落山时，果然有个人号哭着跌跌撞撞地走来，一看，原来是位老太婆，她一边走，一边好像在寻找着什么。庞十五就上前询问。老婆子哭着说："还有什么好说的呢？"庞十五说："你先说说看。"她说："我丈夫因事被关进大牢，如果有了二百两银子则还有活路。我家实在拿不出这么多钱，就把儿媳卖了，凑满了二百两银子。准备带着银子进城去救我丈夫，可是心急慌忙的就把银子失落了，如今正打算寻死算了。"庞十五说："你的银子用什么包的？"她说："包布上有多处补过的痕迹。"庞十五就把捡到的银子拿出给她，说："银子一两不缺，你也不用为此寻死了。"老太婆又惊又喜，赶紧跪下磕头道谢。庞十五急忙骑马回去了。

第二天晚上，庞十五又因公务经过马棚湾，祝大哥高兴地上前祝贺说："你怎么今天还在当这差使？得了那么多银子，可以吃穿不愁了，快点请我喝酒。"庞十五笑着对他说："多谢你指引，让我见到那么多钱财，只可惜我的命不好，没法享用，已经把这笔银子还给失主了。"祝大哥惊讶地问他原因，庞十五就把昨日的事情说了一遍。祝大哥听了十分感动，说："你确实是个仁人君子，过去我几乎是把你当成小人来看待了。我要替你想想法子，给你一些资助，也好偿还我老是白吃你的。"第二天，有好多驿卒从此地陆续经过，祝大哥向他们每人送了一块古砖，说："这是湖底经过风浪冲激，长久岁月磨锐而成的石头，把它卖给爱好古董的人，可以雕成古砚，千万别低价出售。"大伙照它所说的做了，果然卖得好多钱，十分欣喜，争着买来村酒感谢它。

一天晚上，祝大哥对庞十五说："以后你别再请我喝酒了。"庞十五问为什么，祝大哥说："明天中午有条水牛要淹死，做我的替身。"第二天晚上，庞十五经过这里，祝大哥仍旧向他要酒喝，庞十五就问："你为什么要说谎话骗我？"祝大哥说："不是谎话。只是因为昨天中午，水牛失足落水，已漂到湖中心，气息奄奄。这时牧童在岸上哭得十分伤心，说：'我自小受主人养育，却不小心把牛淹死了。牛死了，我也不活了。'我听了很同情他，又把牛推到岸边，让牧童免于死难。"

又过几天，祝大哥又对庞十五说："到明天，我是真的不能再向你们要酒喝了。"庞十五问它这次又是为什么，祝大哥说："明天早晨有个小孩过湖，神灵答应我去向他讨替身。"到第二天天亮时，庞十五就预先来到湖边，坐在那儿等着，果然看见有个梳着叉角，垂着头发的小孩慢慢地从东面走来，一边走一边戏耍。突然一阵狂风刮来，把小孩卷入湖中，头在水面时隐时现。一会儿，又见有一只大手把他捧起，送到浅水边，小孩大声呼救，庞十五很可怜他，就伸出手去救援，小孩终于得救。这天晚上，庞十五又带着酒请祝大哥饮用。祝大哥也如约来到，高兴地对庞十五说："本来打算与你永别了，想不到一念之差，仍旧能与你有十多年的相会了。"问它什么原因，它说："你今天看到的将要溺死的小孩，我探听的是西村某家的孩子，是三房合一子。如果我把他害死了，那么他家就要断香火了。所以我自己甘当落水鬼，也不愿找替身。"庞十五听了，对它称赞不已，于是斟酒痛饮一番后分手了。

又过了一个多月，一天晚上，祝大哥迎着庞十五说道："请转告你的同伙，从今以后真的不要再带酒来了。"庞十五说："是不是你戒酒了？我袋里有钱，不用为打酒钱发愁。"祝大哥说："我并不是为你们省钱，只因我两次可以找替身但都放过了机会，上天鉴于我是个心怀仁义的鬼，就命我当这里的水神，隶属于耿七公部下当都总管。耿七公经常到洞庭湖去，这里就由我来管治，我可以根据具体情况自行处置事务。"庞十五说："既然你成了神仙，还要请你对路人多加保护。"祝大哥说："只要过往船只遇到大风时高叫祝大哥，我就会来到，帮他们脱难。"从此以后，庞十五等人用酒祭奠、叫祝大哥，无论怎么叫，它就是不出来。看来人和神阴阳相隔，不能再任自己的意思去做了。

以后打从湖上经过的人听了庞十五转述的祝大哥的话，每次遇到怪风，船快要吹翻的时候，就试着呼叫祝大哥的名字，果然会看见有红灯来到，然后转危为安。船夫们说："既然总管是神职，怎么可以叫它为大哥？"怕亵渎神灵遭到斥责，后来遇到灾难时就大叫："祝总管救我！"但却没有灵应，翻了船。庞十五听到这个情况后，就带上香烛、纸钱到祝大哥坟地上，稍稍祭奠后，就祝告说："总管应该知道苍天有好生之德，可千万别玩忽职守。路人危难时惊慌地呼救，生命危在旦夕，你怎么能不管不问？我是你的老朋友，所以给你献上一点小小的建议，还望你三思。"这天晚上，祝大哥就托梦给庞十五，告诉他说："老友的责备，我怎么能不接受？只因你们叫我祝大哥听习惯了，知道这是酒友在叫我，所以也顾不上戴帽穿鞋就跑来了。可如果叫我为总管，那么我一定要排好仪仗队，穿戴好，坐车而来，所以来得慢了就没赶上救人。"庞十五醒来后把这话记住了，告诉了所有的船夫。如果以后再遇上急难，一定要喊叫"祝大哥"，就会等来救援。

又一年，有个安徽人乘船至湖中心，恰巧船舵坏了，桅杆断了，船在湖中不停地打转，眼看就要沉没。邻船的人教他们说："你们快向祝大哥喊救命。"他们一再喊叫，可却没有灵验，终于翻了船，虽然人得救了，但货物却全落进水中。他们愤然地向庞十五讲述了这事。庞十五就问巫人是什么原因，巫人说："这天祝总管喝得酩酊大醉，睡死了没醒过来。"庞十五听后怒气冲冲，走到祝大哥的坟旁，伸出胳膊破口大骂，数落祝大哥的罪状，批评说："你过去是鬼，我都不怕你，你现在是神了，我更加不怕你了！你怎么能如此贪杯好酒忘记了我的嘱咐？如果今后你再敢这么糊涂，那我就要把你的尸骨掘出来扔进江里，你可别后悔！"从此，路人再有难呼救时都很灵验，十多年中也没听到这儿有翻船的事。

船夫们十分感激祝大哥的保佑，就在湖边举行了迎神赛会，巫人扭着身子跳舞，放声唱歌，歌词是：

神之来兮风雨战，神之去兮星斗焕。蚌吐珠兮光灿灿，鼍击鼓兮声悍悍。

惟彼神灯烛霄汉，天上酒星来做伴。神有量兮不及乱，患可御兮灾克捍。

尻车神马灵旗转，稳送星槎登彼岸。

唱完用酒酹地，只见灵风瑟瑟吹来，划桨的船夫们都再次跪拜叩谢，欢欣鼓舞，说："祝大哥不会抛弃我们的。"

后来庞十五活到九十岁才去世。临死时，他对家里人说："我如今去当土地公公了，职位低微，不敢再骂祝大哥了。"

紫葳娘

聊城新任县令，名叫鲁时杰。他去上任时，仅雇了三只小船，一只最漂亮的小船载着眷属随从行在最前面，后面跟着两只小船，分别载着仆人、厨子以及琴棋书画等一些古董，行装虽然简便，但几乎全是高雅之物。

一天，船正沿着沛水进发，忽然听得上游传来阵阵锣鼓声，循声看去，只见一只高高的大官船，正摇动双桨，乘风破浪而来。说也奇怪，这船自赶上鲁公的船之后，便一直不紧不慢地行着，与鲁公的船或前或后，始终相邻相近。鲁公定睛细看，船头旌旗上居然也写着"新任聊城令"的字样，鲁公心中更是感到十分惊奇。到了晚上，鲁公吩咐船工系上缆绳把船泊在岸边休息，那大官船也停下来泊在了河的对岸。

第二天依旧如此，到了晚上两船又停靠在一起，两家的仆役便渐渐混熟了，时间长了，他们竟相互开玩笑取乐，十分亲近友好。鲁公派一个仆役去问询情况，大官船上的人说："我们主人是聊城新任县令。"再问他们何时领的委任文书，说的日期竟然与鲁公领文书的日期一丝不差。鲁公更觉得惊奇了，就拿了名片前去拜访。仆役通报之后，那大船上立即传话说请到船中相会。只见那船主人举止安详，衣冠华美，白皙的脸上生着少许胡须，说话是浙江口音。鲁公恭恭敬敬地拜见行礼，那人也很谦逊地还礼。礼毕，两人便随便坐谈一番。无论是风土人情风景游历，还是古往今来逸闻逸事，那人都说得头头是道。他还自我介绍说姓韦，祖上是在苏州任刺史的唐代诗人韦应物，自己是其嫡传子孙。鲁公一时也难以分辨真假，心里很是疑惑，就拜揖告辞回去了。过了一会儿，忽听仆役来报那人来回访，名片上写着"韦君弼"三字。两人又坐谈了很长时间，直至三更韦君弼才告辞回去。从此以后，每到晚上船停泊之后，两人就你来我去，说得很投机。

终于有一天，船就要到聊城县境内了，韦君弼又到鲁公船中闲坐。鲁公几次欲言又止，终于忍不住说："韦公，我有一个疑团，想请你帮我解开，可否？"韦君弼道："鲁公，不必客气，但说无妨。"鲁公说："一路同行，我实在疑惑，我任聊城县令，你也任聊城县令，照这么说来，难道聊城有两个县令吗？"韦君弼笑着说："我今夜来此，正是为了解开鲁公你的疑团。但愿我说了之后，你不会害怕。"鲁公说："你我虽说是新相知，但兴趣相投胜过了故交。对你的学识，我敬重爱戴还来不及，有什么好害怕的呢？"韦君弼说："鲁公有所不知，你是聊城县的新县令，我却是聊城县的城隍菩萨。咱们阴阳两路有幸在此相逢，倾盖相交，怕也是命中注定的奇遇。"鲁公听了，疑团顿去，他赶紧重新整了整衣帽，起身上前深深施了一礼说："城隍神如此尊贵，一路上我却不知深浅，与你分庭抗礼，实在是罪过。"韦君弼谦逊一番，伤感地说："从今以后，我们恐怕再也不能见面了，就此告别吧。"鲁公也十分伤心地说："如此匆匆分手，实在难以割舍，多希望以后能经常相聚，请你教诲开导，指点光明。"韦君弼想了好久才说："我庙堂的西院有间小屋，你可以派人把它打扫干净，设下床席。你若想念我，就在此屋中睡上一觉，我们梦中自会相见。"鲁公恭敬地答应了。韦君弼拂袖而起说了声"保重"，随即人与船都不见了，鲁公的仆从们都感到惊奇，再看韦君弼的名片还在，但是上面的字迹却已消失了。

鲁公上任后，为官清廉，名声很好。一次趁公务清闲，他去城隍庙参拜，拉开神像龛前帷幕一看，那城隍容貌竟与韦君弼一模一样；再到西院，果然有间小屋。祭拜完毕，当晚就按着韦君弼临别时所交代，在那小屋住了一宿。果然两人在梦中相会，交谈甚欢，鲁公看他的住宅摆设华丽气派，喝酒应酬也与人间一样。鲁公醒来时，还觉得自己醉醺醺的。从此以后鲁公若是有空就去小屋与他梦中相会。有一天晚上韦君弼对鲁公说："我白日揣摩了一副对联，请你把它写下来悬挂在庙前柱子上。"鲁公忙点头应允。那联语是：

> 莫道我泥塑木雕，糊糊涂涂，遇善恶不分皂白；
>
> 惟愿你家安身泰，清清楚楚，得工夫还读诗书。

鲁公醒来仍记得明明白白，就大笔一挥写好后让人上了漆，完全遵照韦君弼的指示，悬挂在庙前的柱子上。

韦君弼没有儿子，只有一个爱女名叫紫葳娘，娇小可爱，很有才情。韦君弼因为与鲁公交情很好，就带着紫葳娘前来拜见，鲁公很喜欢她，就认她做了义女，把她当作亲生女儿一样怜爱，紫葳娘对鲁公也很是依恋。有一次，鲁公对韦君弼说："可惜人神异路，否则我将紫葳娘带到宦府内房，我家夫人看到恐怕不知要怎么疼爱了。"韦君弼问紫葳娘说："女儿可情愿跟阿爷去吗？"葳娘含着眼泪点了点头。韦君弼说："她是愿意跟你去的，我就把她送给你了，请你以后替她寻个好女婿，我就心满意足了。"鲁公笑着说："梦中人怎么能带走呢？你可别耍我啊。"韦君弼说："心有所感，因缘随之。这就是佛门所说的要断缘，儒家所说的要讲究随遇而安的道理。你醒了自然会知道，但千万不能毁约啊。"说罢就叫送客，鲁公突然醒来，听谯楼上正敲五更鼓。

这时家中一名仆人前来禀告说："姨太太刚才生了个女孩。"鲁公急忙赶回官府，一个婴儿正在不住声地娇声啼哭，看那容貌极像紫葳娘。鲁公用手轻轻摸着她的头说："紫葳儿来我家了吗？我会把你视作掌上明珠的，别再哭泣啦。"女孩立即就停止了啼哭。鲁公把其中缘由告知夫人，鲁公夫人听了十分欢喜，就给她取名叫神赐，字仍叫紫葳。奇怪的是，此后鲁公再在梦中会见韦君弼，他却十分冷漠，也从没问起紫葳娘的事。

过了一年，聊城县乡中有个姓谔的妇人管教儿媳妇，媳妇经受不住鞭打的痛苦，半夜时上吊自杀了。她到阴间告了一状，便常常白天现身向婆婆讨命，而这婆婆的姐姐就是紫葳娘的奶妈。有一天，奶妈把这情况告诉了鲁公，想求他向城隍神说说情，鲁公笑着答应了。当晚鲁公就住了城隍庙中的那间小屋，韦君弼来了之后邀请他进后堂畅饮叙旧，鲁公就转达了谔氏妇人的请求，韦君弼当即拒绝，鲁公再三相求，韦君弼便背着脸不再理睬。鲁公有些生气，竭力争辩说："谔家的童养媳是自杀的，就算是出于婆婆淫威，按照法律也不至于死罪。"

韦君弼捋着须髯笑着说："鲁公不必生气。你遵奉的是阳间的法律道德，我遵奉的是阴间的法律道德。阳间的法律有据情轻判的条文，阴间的法律却重在犯罪的动机。你不知道，那媳妇初进夫家门时，婆婆就嫌她生得丑陋，常私下对儿子说：'好儿子，我今后早晚要替你娶一房漂亮媳妇。'这说明她早就有害死媳妇的心思了。在阴间最看重的是性命，即使是误杀了一只动物，也认为是孽债，孽债是一定要偿还的。不管是人还是动物，也不管是大是小，也不管地位上的尊与卑，所有的性命都要平等对待。"鲁公还想再分辩几句，韦君弼已起身拱手拜别。鲁公突然从梦中醒来，回去后，他询问谔家婆婆的情况，有人告诉他说，她已在五更天时断气了。但从此以后，鲁公再也梦不到城隍神了。

鲁公在聊城一共当了近十年的县令，离任时，百姓们都恋恋不舍，前来送行的有一千多人。临行前，他专门写了一副对联挂在神座两边，对联是：

你和我本是同寅，倘存片念偏私，恐笑倒两旁鬼卒；

阴与阳无非折狱，惟有一心正直，方对住十殿阎罗。

回到故乡后，鲁公再也不问世事，整日栽花种竹，像个隐士悠闲自得。

紫葳娘长大成人后，果然才情容貌都非常出色，嫁了一位姓黄的少年进士。那黄进士少年得志，不久便被委任聊城县县令，携带家眷住进了县衙。一天，黄进士早晨起来，忽见庭院树梢上挂着一枚黄灿灿的金环，就大声叫紫葳娘说："紫葳娘，树上什么时候挂着这么一枚金环？"紫葳娘盯着那金环仔细看了好大一会儿，突然想起来了，说："这是我小时候在父亲府中，一次在楼上靠着栏杆戏耍，把它挂在这儿的，当时忘记取下来，不想今日竟又在这里看见，真是太神奇了！"

第二天一大早，夫妇俩一起去参拜城隍庙，紫葳娘指着帷幕中城隍的神像对黄进士说："这也是我父亲。"黄进士觉得她说话奇怪，紫葳娘就将以前的事详详细细说了一遍。于是黄进士就将城隍庙重新修葺一新，并献上一副对联：

层层地狱总知防，多因两字利名走滑了脚；

处处天堂谁不想？莫为半生穷困冷透此心。

大家都说这是出自紫葳娘的手笔。

燕尾儿

山东、河南接界地带有个响马贼，据说这人身子像猿猴一般轻捷，能在空中飞行，而且最善于游泳，就像水鸭子一样能潜伏在水底很久不出来。还有人说，他一天能行走三百里路，力大无穷，能举起千斤的重物。人们觉得他本领神奇，又因为听说他能像燕子一般乘风飞行，就都叫他为燕尾儿。

最初，燕尾儿曾经当过管城门的差役，后来便离职当了强盗。他也娶妻生子，但是奇怪的是，每过三年，他的妻儿就一定会死去，于是他又到别处去另求新欢。就这样，他行踪诡秘，就连有经验的捕快和他的徒儿都很难找到他的藏身之处。

燕尾儿曾经和诸城县的一名妓女来往密切，经常住宿在她那儿。可是那妓女见他常常在深夜而来而天刚亮就离去，且行为诡秘从来不从大门进屋，又见他衣服穿得很华丽，用起钱来像个达官贵人挥金如土，便觉得很奇怪。她就对自己的一个相好说及此事。这名相好是个武秀才，她对他说："你想从此得到荣华富贵吗？机会来了。那个嫖客绝非一般人物，你若能设法捕捉到他，定能加官进爵，青云直上。但他有两把防身利刃，睡觉时最爱放在枕底下，到时我为你预先把利刃藏起来，他没有利器，想必不会是你的对手。"以防万一，两人又细细商议一番，定下了计策。

第二天晚上，燕尾儿又神不知鬼不觉地来到那妓女家中，她起身点起灯烛摆下酒席招待他。席上，那妓女百般献媚，一会儿娇声歌唱，一会儿又翩翩起舞，竭力劝他饮酒。燕尾儿无法拒绝，一连喝了十大杯，直喝得烂醉如泥。妓女把他扶到床上安顿他躺下，先替他宽衣解带，然后抽去了他的双刀，飞快地把它们从窗格扔了出去。看到这个暗号，武秀才就率领一帮恶少冲上去将房间团团围住。燕尾儿此时也惊醒过来，只见他从床上一跃而起，伸手就去寻刀，却没找到，便知道是遭了那妓女的暗算。此时，那妓女正想逃走，燕尾儿飞起左腿猛踢一脚，只一下，那妓女的肠肠肚肚就都被踢了出来，血淋淋流了一地，看了直让人头皮发麻。这时已有两个青年飞速进入房内，他们举起早已准备好的石灰袋向燕尾儿脸上撒去，燕尾儿脖子一转，避开飘洒的石灰粉，然后一把掀开房梁，身体猛地一纵，探出半个身子就要出来。但这时屋上已有两个青年等在那儿了，他们见状立刻揪住了燕尾儿的头发，刚才房中的那两个青年也跳起身子，一起抓住了他的两只脚，与此同时雨点似的铁棍直朝他身上打来，右臂也被击伤了，他拼命挣脱，怎奈对方人多势众，最终还是被捕获捆起来送往县衙，县令吩咐先把他钉上枷锁，关进大牢，择日再审。

没想到第二天，燕尾儿竟然摆脱枷锁逃走了，看管他的两名狱卒也被拧断脖子，杀死在监牢里。然后就听说，武秀才好好地在家中睡觉，忽然间头就被人砍了，不知扔到哪里去了。而那县令一觉醒来，枕头边则扎着一把匕首，他非常害怕，再也不敢提起下令去捕拿燕尾儿的事情。

后来有位郡王乘着一艘大船带着郡主去山东大碉湖一带游览风景。晚上，月色迷人，那郡主靠在船舷把胳膊支在船窗上赏月，伸出的纤纤玉臂上露出一只金灿灿的手镯。忽然从水中飞快地伸出一只手来，拉着郡主的手臂，一把把郡主的金手镯脱了下来。郡主又惊又吓，大声呼叫，卫士们听见喊声，都急着赶过来到水中去搜捕盗贼，只见一片慌乱，到处兵器叮当直响。只听见水中有人高声说道："我是燕尾儿，希望郡王明察，千万别冤屈连累了别人。"循着声音，众人急忙去找，可是竟然如凭空消失了一般。郡王非常生气，当即下令巡抚以下各级官吏无论如何一定要抓到燕尾儿。但三年过去了，他们连燕尾儿的影子都没看到，为此山东一带的好几个地方官都被罢官回家了。

在这几个丢官的官员中，其中就有历城的县令萧老公。他觉得无颜见家乡父老，就带着家眷流落到山阳县东面一带，住在一间茅屋中，家中没有仆妇，常常上顿不接下顿，一家人面色又瘦又黄，日子过得十分潦倒。萧老公本是个清官，在任时从不收受贿赂，因此两袖清风，一贫如洗，幸亏村上的学童经常拿着应试的诗文来向他求教，偶尔能够得到一点小小的收入以便填饱肚子。有一个冬夜，狂风呼啸，大雪纷飞，非常寒冷，萧老公突然听见有人来敲他家的门，说是要求借住一宿。萧老公赶紧起身摸黑去开了门，那人进门后，见房中漆黑一团，忙叫点灯，萧老公敲击石火点亮了灯，屋子里闪出一片凄冷的寒光。萧老公借着灯光一看，原来是位壮士。那壮士问他："老伯，家里还有晚饭吗？"萧老公说："只有一钵薄粥，早已被小儿们吃光了。"壮士又问："敢问大伯是什么人，怎么会穷困到这个地步？"萧老公回答说："壮士有所不知，我曾当过历城县令，因为抓不到燕尾儿，因此被罢官。"壮士问："那你何不回到家乡？"萧老公说："我一贫如洗，年纪也不小了，回到家乡又能做什么？再说，罢官也不是什么光耀的事情，实在无颜见家乡父老，只是这穷日子确实难熬啊！"说罢又不停地叹息起来。

壮士听罢，睁大了眼朝他看了好一会儿，好像很可怜他，说："老伯，请你别关门，待我到别处弄点酒食来，与你彻夜长谈。"说罢，又冒着风雪出去了。过了不久，壮士回来了，还带来不少酒肉菜肴和柴米烛炭。萧老公赶紧喊萧老夫人起来烧饭温酒，他则和壮士一同畅饮谈话。不一会儿，传来孩子的啼哭声，原来那几个孩子闻得说话声和饭菜的香味，也醒来了，壮士忙叫一起过来吃顿饱饭。

酒足饭饱之后，壮士将木炭煨在泥炉中，与萧老公两人围炉而坐。他问萧老公说："老伯，假如你捕获了燕尾儿，还能够继续任县令吗？"萧老公将着须髯笑笑说："这话从何说起？那燕尾儿神通广大，出没无常，连鬼神都不能测知他的秘密，连良马也不能追其捷足，怎可能捕获他呢？这事不提也罢。"壮士再三说："万一他被你逮住了，会怎么样呢？"萧老公说："当然是官复原职啦，妻子得到温饱，我也无须为三餐发愁了，简直是成仙也比不上这快乐啊！"壮士考虑了好久，说："老伯，我因为一点小事要到海州去拜访一位故友，一会儿就走，到明晚四更天就再回到你这儿，到时候我可以替你生擒燕尾儿。"萧老公大笑说道："壮士真会说笑啊，且不说燕尾儿你无法抓到，单单海州离此地就有两百里路程，难道你能在一天一夜打个来回？"壮士说："放心吧，我走得快，你且安心地在这等我，绝不食言。"萧老公说："既然如此，那就拜托壮士一件事情，我在海州也有一个老朋友，就住在如意山下，请你顺道捎封信去，代我向他借十两银子度过年关，行吗？"壮士说："愿意代劳，请你先去写封书信，我马上就动身前行。"萧老公只当他说大话，心想姑且写封信拜托他带去也无妨。萧老公写好书信，壮士将信放入怀中，拱手告别萧老公，身子一跃，像兔子一样飞了出去，消失在茫茫的雪夜之中。

第二天晚上，萧老公正与夫人闲坐说话，忽然传来一阵急促的敲门声。萧老公惊问是谁，外面那人大声回答说："捎信人没辜负你的托付，完成使命回来了。"萧老公赶紧打开房门，果然就是昨夜那位壮士，只见他大踏步进来，手提着一盏灯笼，一手从怀里掏出一封银子，"当"的一声扔在桌上，又从怀里取出一封书信，萧老公一看果然是故人的手笔，信中还对萧老公表达了深切的慰问之情。萧老公非常高兴，亲自出门打酒买肉，热情款待壮士。

壮士一连在萧家住了两天，亲眼见到他们的贫穷凄凉，就对萧老公说："唉，没想到你一个清官竟到如此贫困境地！你还是把我绑了去吧！"萧老公惊奇道："我绑了你干什么？"那壮士说："我就是燕尾儿啊。"萧老公大吃一惊，反而对他产生了敬意，说："壮士不知，这一番经历，我对于做官早已不感兴趣了，再说，你侠肝义胆，我宁愿挨点饿受点冻，也不会用你的性命去换官做。"燕尾儿说："你只要把我缚住送官，刑官是无权判我死刑的，就会把我押解到山东抚台那儿去，这一路我自然可以飞身逃走，到那时也不关你的事情啦。你就可以做你的县令，不比在这儿一家人忍饥挨饿要好得多吗？"萧老公终是觉得这么做不仁义，不肯答应。燕尾儿有些生气地说："老伯，你不用这个办法，怎么摆脱眼前的困境呢？再说错失良机，恐怕要被天下人耻笑的。难道到现在，你还不相信我的本事吗？"萧老公连忙紧张地打量着燕尾儿，朝他拜了拜说："我倒相信你真是能起死回生的好汉，可是现在怎么办呢？"燕尾儿从手腕上脱下一副金手镯，交给萧夫人说："明天天一亮，你去把它卖了换些柴米，以供家里吃穿度日，一个多月自然会有人来接你们进官府和萧公相聚。另外，先备些饭菜，到五更天时让我饱餐一顿，我就带着萧公一起出发。"

天亮以后，萧老公告别夫人，跟着燕尾儿一同走了。他们走了一整天，才走出山阳地界，燕尾儿扭头看着萧老公笑着说："老伯，你走得这样慢，我们何时能到达呢？请你趴在我背上，我背着你走吧。"萧老公早已累得精疲力尽，只得听从他的意见。燕尾儿背起萧老公，只听耳边呼呼风响，像腾云驾雾一般，只一会儿工夫就走了一百余里路。

三天之后，他们来到山东济南府，一起拜见抚台，燕尾儿把自己的情况前前后后向抚台大人作了详细陈述。抚台大人听了真是又惊又喜，他紧紧握着燕尾儿的手说："壮士深明大义，能自己来投案，这下可以对郡王有个交代了。但是国有国法，还得请你先进大牢，你不怨恨吧？"燕尾儿说："那是当然。"

燕尾儿被投进大牢，监狱的守卒怕他逃走，就与有经验的老捕快商量，端来几个酒菜，佯装抚台大人请他吃酒，然后用药酒把燕尾儿灌醉，到晚上趁他沉醉之时用铜丝把他一层一层缚紧。燕尾儿醒来后，发觉自己全身被铜丝紧裹，想要动弹一下都不能够，自知这次是活不成了，就仰天叹息说："燕尾儿，好男儿，只因为清官谋得温饱就甘心自投罗网吗？事已至此，还说什么呢，死就死吧！"第二天燕尾儿就被处斩了。

萧老公后来果然官复原职重新任了县令，妻儿也被接到山东府衙中。听闻燕尾儿死讯，他又惊又痛，只得偷偷地为燕尾儿收了尸，买了一副上好的棺木把他埋葬了。

赵蓉江可恶

某县有位姓赵的县太爷，喜欢看戏。但每当看到戏台上那些演绎古代奸人、吝啬鬼与忘恩负义的人时，就大发雷霆，怒斥痛骂，一刻也忍不住。有一天看演员演出白蛇传中"合钵"的一出戏，赵县令大骂说："许仙是个什么东西，这么个好老婆，他竟然会听从贼秃法海的唆使！"立即下令把演绎许仙的演员重打一顿，并且枷号示众，在封条上用红笔批道：枷号负心汉，许仙一名，等改过之日释放。其他演员想方设法请求赵县令的同僚们代为求情，这才了结，但那位演员却受伤不轻，再也不能扎着头巾登台演出了。而其他像《一捧雪》中的汤勤、《桃花扇》中的阮大铖的扮演者，也都遭到严刑拷打。后来赵县令还是我行我素，自以为是，顾盼自雄，可真苦了那班演员了！

正好戏班子中有个很聪明的演员，他对同伙说："我来出一个小主意，一定会让赵太爷气死。"这天，赵县令又和一班同僚在县衙内看戏，恰巧演出《鸣凤记》中"嵩寿"一折。那个聪明演员扮演赵蓉江，身穿红袍玉带，弯腰曲背的奉承着奸相严嵩，把一副讨好拍马屁的样子，演得惟妙惟肖。赵县令见后果然怒不可遏。那演员表演的奸党的丑态十分生动，描摹刻画，几乎就是一个活蓉江在眼前。赵县令更是怒气冲天，命人把这演员叫上堂来，喝令他跪下，要打他板子。可那演员竟不肯屈服跪下，而且大声叱责说："咄！我赵蓉江内掌朝政，外理封疆，荣耀满身。你只不过是一介小小县令，见了我不上来参拜还要打我，好大的胆子！而且按谱系排起来，我还是你的祖上，岂有见了祖上而妄自尊大的道理？"赵县令立刻朝他脸上唾了一口说："你不过是在演戏罢了，你还以为你就是真的赵蓉江吗？"那演员赶忙跪下磕头说："既然大人知道是演戏，那你为什么要打我板子？"赵县令尴尬地笑着说："赵蓉江实在可恶。"

我家乡有座戏楼，上面挂着一副对联说：

是一般傀儡登场，漫道这台上衣冠是假；

不过和痴人说梦，便认做眼前富贵为真。

听说这是出于珂雪和尚的手笔，只可惜赵县令没有见到这副对联。

三短唱粉墙儿高似青天

曾听说，有个大财主，生了个儿子，个头十分矮小，十八岁时，仍然还像个婴孩。由于他家屋子的台阶很高，所以他进进出出都要由仆人抱上抱下。后来娶了个漂亮标致的老婆，身子又大又长，有"长人"之称。每当和妻子欢爱时，都要先由妻子抱着放在肚皮上，这才哼哼唧唧颠动着成事。一天傍晚，他又依偎在妻子身边要求做爱，妻子很是讨厌他，就伸出脚一脚把他踹到阶下。好一会儿也没听到一点声音，妻子顿时感到惊吓，怀疑他是不是摔死了，正想去看看情况，忽然又听见惊叫声，赶紧点灯去照，只见他正抚摸着阶石，紧皱眉头，唱道："粉墙儿高似青天。"这事被记载在《笑林》，只是故事太短了。

又听说长安城中有个六十岁的老头，没有姓，自称为"短翁"，是个有名的捕盗行家。他身材很矮小，只有一尺七寸高，但身手敏捷得像猿猴一样，而且能战善斗。每次遇到盗贼和其打斗时，老头就会出其不意地钻进对方的裤裆中，捏碎盗贼的阴囊，让他束手就擒。有时骑在马上碰上敌人打枪，他就躲钻在马肚皮下，紧贴马腹，让敌人看不见他。他曾对别人说："我一生抓起盗贼来，可谓是手到擒来，不费吹灰之力，但是和老婆做爱时，又要接吻，又要抚摸，又要怎么怎么的，上上下下窜来窜去，可真是吃力。"让听者大笑。他也很喜欢演戏，演武大郎时从不用刻意化妆。观众见武松一出场，一个活脱脱的武大郎就在眼前了。在他六十二岁时，突然把妻子休了，过起了独身生活。他自己写了一副对联贴在门上，对联写道：

出妻怕被一身甲（指乌龟），
遇友羞称三寸丁（指武大郎）。

真是绝对。这则故事是从盟弟秦鲁从那听说的。

以前，我到中州游玩时，看到一个演杂技的人，是个二十五岁的女子，名叫矬姑。这矬姑身材短小，就像三四岁的小姑娘的身高。每天早上，她骑在丈夫肩上在街上走过，找到一个四通八达的路口，他们就用青油幕布图搭成一个小小的圆棚，进行表演。外面的观众把圆棚围得水泄不通。矬姑把自己打扮得十分艳丽后，就从里面走出来，绕场一圈，说了几句开场白就进入幕布唱起曲儿。声音开始很细小，后来婉转悠扬，就如两三个美人用吴歌越调在对唱似的。接着又像琵琶、胡琴、阮咸、箜篌、筝、笛诸多乐器大合奏一样，婉转激昂，合腔合拍，使听者不禁叫绝。演完，看到矬姑一个人从幕布中出来，仅有她一个小身材的女子，绝没有第二个人在其中相帮表演，让人称奇。有人曾好奇，在幕布的空隙中偷看，只见矬姑一个人端坐其中，用两根指头捏着腮帮子，一放一捏，发出各种声响，虽然道理很简单，但那技巧也真是绝了。口技表演之后，又表演杂技：走绳索舞碟子、吐旗、吞剑，或者用脚蹬瓮、托梯，精彩绝伦。观众喝彩之声不绝，钱像雨点般地撒来。

第二天我在胡主簿家中饮酒，刚巧胡家把矬姑叫来表演，站在我身前，她头上盘的发髻也只到我膝盖那儿。我与她说笑，她拿出一把白团扇要我写上几句，我就用打趣的口气在上面写了首律诗，诗云：

身材虽小技偏长，短簿筵前作戏场。不嫁减孙真怨偶，倘归平仲定专房。
留仙好作掌中舞，入市生愁胯下藏。竿木随身亦沦落，何曾饱死傲东方。

如果当年把矬姑嫁给那大财主的儿子或那捕快老头，或许是很适合的一对。只可惜月下老人太糊涂，没撮合成这好事，实在令人惋惜啊！

鳖 犟

民间谚语说："鳖犟鳖犟，一口咬到凉月上。"这是说甲鱼的性情倔强残忍，一旦咬起人来就一定会使人痛彻骨髓，即使把它斩碎了，它也不松口，这是由甲鱼的本性决定的。

从前我们乡间没有狼害，可自从太平天国作乱后，村庄荒落，人烟稀少，狼才来这做窝。传说有一个老头贩了几十头小猪赶夜路，在大河边上叫渡船。到了河中心时，船夫向老头要摆渡费，老头说："我身上没钱，不过我留一头小猪给你作船钱。"船夫听了十分欢喜，就把小猪拴住，藏在船舱底下。第二天早上起来，打开舱板，突然一只狼从里面蹿出来，咬断了绳索，向人大吼一声逃走了，从此狼就多起来了。小孩子都遭到狼的残害，单身客人也时常被狼咬死。

沂湖有个农民带着妻子回家，他刚新造了几间屋子，和东西邻居仅隔着一道芦苇做的墙壁。一次，他从湖滨买回一只大甲鱼，人们见后说："这团团转的东西听说是长蛇变的，不如把它的一只脚扎住挂起来看看。"这农民也很好奇，就照大伙所说把它扎起挂在屋檐下。到深夜时，农民关紧房门搂着老婆睡了。四更天时，忽然听见中堂里有东西在嚎叫而且有跳跃震动的声音。他赶紧从床上爬起，打火点灯，凑近门缝去张望，只见一头狼像人似的站着，又跳又叫，不知是何原因。他大声吆喝一声，狼也不马上离开。农民神情惊惶不敢贸然开门，就在芦苇墙上钻了个洞向邻居家求救。邻居的男女老少都带了棍棒农具等器物过来，对着狼就是一顿痛打，把狼打死了。但是那狼还在那直立着。仔细一看，才知道甲鱼把狼的舌头牢牢咬住了，不肯放开。原来这头狼趁着黑更半夜时跳进矮墙，想抓只鸡或狗之类的小动物吃，发现了屋檐下挂着的甲鱼，不知是什么东西，就举起两只前爪抬起头用舌头去舔甲鱼，甲鱼就一口把狼舌咬住，不让它逃走。邻居们都对甲鱼的行为佩服不已，打算把甲鱼投进湖中放了它。但农民却死活不同意，最后把狼卖了，将甲鱼杀了吃了。

这天，农民调好作料，打来水酒，正要坐下大吃一顿时，忽然发疯地倒在地上，手脚爬着行走，头一伸一缩的，活像只甲鱼。原来是甲鱼的魂附在了他的身上，还用人的语言说道："我是沂湖中的披甲兵，醉后出来游动，不小心被渔夫捉到，被农民买来挂在屋檐下。狼来时，我奋力为地方除去一大祸害，自认为对人有功，可以活命了，想不到仍逃脱不了被宰割的命运，被煮熟了吃。这农民以怨报德何其险恶！我已向阎王那告了状，今天是来索命的。"邻人们团团环绕，跪下磕头，替农民求情，以愿意请和尚做道场来求甲鱼饶农民一命。那甲鱼的魂灵大声说道："你们赶紧离开，难道你们没听说过，我们甲鱼这类动物的生性是很倔强的吗？即使你们求上一千句一万句也没用。"没过两天，那农民就死了。

插金花

  曾经有个人，生性滑稽，擅长编谜语。曾经出了一则谜语给人猜，他说："闱前宗师录遗。"要求谜底说两句俗谚。人们左思右想都猜不出是什么，就一再问他，他说："谜底是一等也不来，二等也不来。"人们听后都捧腹大笑，赞叹这谜底真是妙绝了。原来在清代要对秀才举行科考，名次在一等、二等及三等前十名的人，才可参加举人考试。三等前十名以下的就要参加录科考试。录科考试未录取的人，可以参加录遗考试，其中名列前茅者也可参加举人考试。谜面之"录遗"就是讲的这，谜底"一等""二等"是指科考之"一等""二等"，但是还有那第三等的前十名允许参加举人考试，并不需要参加录遗考试，这情况叫作插金花。

  有个秀才晚上睡着时，有磨牙的毛病，声音很大，这是因为心火太旺的原因。但他对自己会"咯咯咯"磨牙的习惯，浑然不知。那个生性滑稽的人听说后，就用调笑的口吻写了一首律诗道：

> 何处响吱喳，先生夜锉牙。浑如刀切玉，宛似石磨沙。
> 有鬼魂皆碎，无人肉不麻。问君何切齿，三等插金花。

  秀才听说此诗后，怀恨在心。后来不知从哪听说那生性滑稽的人喜欢舔女人的阴部，也做了首律诗作为报复，诗写道：

> 越舔越稀奇，公然舔过脐。全凭三寸舌，卷入两重皮。
> 味在酸咸外，声传吮呷时。较之呵卵者，犹算讨便宜。

这两首诗虽然不算高雅，但很有唐诗的韵味，只可惜他们的才情都用到了不正经的地方。

香山七娘子

无锡人栾子期，在家闲居时，忽然得了一种寒症，因此家里的门窗都用多条厚厚的帷幕遮挡，不让风吹进来。时间久了，他的病情越来越沉重，全身困乏无力，每天都昏昏沉沉的。在迷迷糊糊中，他每天都看见有个美貌的女子，拉开帷幕，斜靠在墙边站着，注视他，嫣然一笑，笑容很美。栾子期则直挺挺躺着像着了魔一样，没法开口问她是谁。那女子自己说叫香山七娘子，听她口音是浙江一带的人。她吟一首词说：

往事恨悠悠，堆在眉头。鬟云臂玉不禁秋。雁到天寒人去也，明月南楼。误上木兰舟，萍寄杭州。为谁沦落为谁留。袖薄笙寒才一霎，魂绕汀洲。

吟完，她就翩翩地离去了。第二天，她又到栾子期家，还是吟那首词。有一天，她对栾子期告别说："我要走了。三年之后，我们在杭州涌金门外相见。"不久，栾子期的病竟然痊愈了。他常常把那首词说给别人听，但大家都猜不出词的意思。

又过了三年，碰上太平天国军队打到无锡，栾子期来不及逃走，最后被他们掳掠到杭州，念他有点才华，就强迫他在军队中管文书。栾子期想趁他们防范疏忽时，偷偷逃走，但最后被发现，将被斩于涌金门外。当时他已被缚在那儿，只等一刀了结了，忽然一个长官绑着一位美貌的女子来到，也是因为违反了军令要问斩的。栾子期看那女子的容貌，惊喜不已，原来就是那香山七娘子。他就把那首词的上半部分吟了出来，来试试女子是否还记得从前的事情。那女子听后皱着眉低下头来吟出词的下半部分。两人相视一笑，面对面被处斩了。

当时被掳去的还有个余姚的秀才，和栾子期关系很是亲近，所以对此事知道得很详细，就暗中把栾子期和那女子的尸首一起偷偷地埋了，两座坟冢也是遥遥相对。只可惜一直没有弄清香山七娘子的身份。究竟是哪家的闺女呢？

红 萸

有个书生，叫安凤巢，年少貌美，风流倜傥，平时很注意自己的仪容修饰，而且身怀绝技，文章锦绣，一片雅情高致，和李商隐、潘安是一类人物。他曾应地方长官之聘作幕僚，到中州做客。闲暇时，喝酒畅饮，看着美丽的春色不禁感到惆怅，春情暗暗滋长。一次，他靠在窗口，看见一只很大的蝴蝶飞来，停在几案上，之后又飞到花瓶上去吸吮花露。安凤巢好奇地去招引它，那蝴蝶竟然好像能读懂人意，无比温顺。他不忍心伤它性命，就好玩地用蝇头小楷在薄纸上写了一首小词，署上自己的名字，并用头发丝把纸片系在蝴蝶的腿上，放它飞走了。

第二天又见那只大蝴蝶飞了回来，小纸片还在那儿，安凤巢用团扇稍稍一扑，蝴蝶就落在他的手掌心，可发现那小词已经不是自己写的那一首，只见字迹娟秀，词意清新，是出自女子的手笔。纸片尾端还盖着一方小印，写着"红萸倚声"四个字。安凤巢把纸片取下，放走了蝴蝶，并朝着蝴蝶拜了拜说："如果真有那么一位佳人，可要劳烦你做媒人了，我可真要好好谢谢你！"从此他将那首词日夜吟诵，梦中都在不自觉地吟诵，喜不胜收。

过了一个多月，安凤巢突然生起病来，主人请来医生给他治病，医生问了症状后反而很吃惊地说："你就是凤巢词人吗？"安生说："是的。"医生叹气地说："这可真是冤孽啊！你是否曾把一首小词系在蝴蝶腿上？"安生说："是有这么一回事，是因为客中无聊才闹着玩的，先生怎么知道此事？"医生说："或许你是在闹着玩，但却因此要把一位佳人断送了。"安生赶紧问其缘由。医生说："我有个姐姐，生有一女，姓叶，小名红蕤，劳龄十七，还没有许配人家。平时爱读苏东坡、辛弃疾的小词，也会模仿着写写，还算有才情。有一天，她扑到一只蝴蝶，在蝶身上读到一首小词，读后称赞不已，高兴得以为是大词人柳永复活了。四处打听这词的作者凤巢，但没打听到消息。从此日久思念，竟生了相思病，近来已经卧病在床，桃腮消减，瘦得只剩下一把病骨了。"安生听后一骨碌坐起身说："难道真有红蕤这个人吗？我还以为是才子的化名，来引我陷入邪魔的呢。没想到红蕤如此看得起我，我该如何是好呢？"医生说："那只有请你过去，没有比你这位诗人更好的灵丹妙药了，你去了，管保红蕤的病一下子就好了。"安凤巢欣然表示愿意和医生一同前往。

到了红蕤的家，只见庭院曲径通幽，花竹茂盛，墙用各种山石砌成，爬满了翠绿的藤蔓，一只小狗叫着出来迎接客人。医生先走进屋内，和一个小丫头低声说了好一会儿话，接着一个老婆婆出来，让安生入内坐下。医生介绍说："她就是红蕤的母亲，只有这一个娇女，疼爱如同掌上明珠一样。"安生看老婆婆穿着十分整洁大方，就向她作了一揖，称她阿姆。老婆婆进入闺房稍稍整理一下，就出来邀请安生说："小女听说您来了，就要起身，我怕她受不了这么折腾，就想请您屈尊俯就，当面赐教，我将无限感激。"安生谦虚了几句，就跟着医生进入闺房看望。

只见闺房内纱帐高挂，一位美丽的姑娘靠着枕头斜躺在床上，眼含泪花，虽然鬓发蓬乱，玉钗歪斜，肌肤消瘦，但仍是楚楚动人，像一个病美人。安生红着脸上前安慰了几句，红蕤很热情地对答，两人相互倾诉了敬慕之情。但是碍于红蕤的母亲和医生，没敢说一句相思爱恋的话语。小丫头送茶进来，安生呷了口茶就起身离去，临别时只是关照保重身体，以后会有作诗唱和的日子这几句话。

第二天，安生作了一首小词，把它秘密地藏在蜡丸中，派仆人给红蕤送去，谎称这是丸药。这时红蕤的病已好了，读了安生的词后，知道他有结为婚姻的意思，就画了一幅海棠花在扇面上，也写了首词，说是要请安生酬和一首，托安生的仆人带给主人，算是回报。安生拿到扇子看后，更是对红蕤无限思念，从此就时常去红蕤家看她。但是红蕤的母亲老是待在他俩身边，寸步不离。安生送她们钱财，她母亲就大怒说："虽然我们穷，但还不至于靠别人施舍，这可不是倚门卖笑的妓院。郎君只可以和我女儿做个诗友，不能做花前月下的情人，别痴心妄想幽会密约，乱撒金钱。我女儿如果拿了你的钱，岂不是受了大侮辱？"安生听后很是羞愧，向红蕤和红蕤的母亲道歉。但是两人吟风弄月，研粉调墨，耳鬓厮磨，诗歌赠答那种旖旎风光和夫妻也没什么不同了。

红蕤等到一个机会就对安生说："郎君你赶快请一个媒人来，这次我母亲一定不会反对的。"安生回来后，就请医生为媒，两头奔波了好几次，但是还是没把亲事商量下来。因为起先，红蕤母亲同意了婚事，但要招安生为上门女婿，以便老了有靠，不容许安生把红蕤娶回家；安生同意之后，她又忽然反悔，说："那小子是个漂泊江湖的子弟，他现在含含糊糊地答应我，到结婚之后，谁能禁得住他不回乡呢？到时我就人财两空了。倒不如我现在背上个卖女儿的恶名，让他拿出钱财，之后随他去留，我还能安度晚年，省得老时去讨饭。"医生就问她："要多少身价？"她说："凭我女儿的漂亮和文采，即使是花一千两银子也不算贵，就让这位穷书生拿出五百两银子就可以了。"医生知道她是奇货可居，心中愤愤不平，但还是把这情况告诉了安生。安生是个为人作嫁的幕僚，本就囊中空空，一时间又到哪去凑齐五百两银子呢？只好厚着脸皮四处向友人告借，但那些人都很忌妒他，对他冷言冷语的，面若冰霜，过了三个月没有任何进展。

这时盗匪要来侵扰，形势十分紧张，中州一带的官吏纷纷外逃。安生整理一下琴书行装，也带了仆人往别处逃窜。经过红蘪家门时，见她家大门紧闭，向邻家女子一打听，才知她们在前一天就搬走了，无法再找到她们的行迹了。安生控制不住，放声大哭。邻家女子见状不忍心，就拿出一幅肖像递给安生说："这是红蘪的自画像，叫我捎给你的，还托我向你传话说，希望你能努力争取团圆结合，别耽搁、辜负了画中人。"安生把红蘪肖像放进包袱中，带着它四处辗转奔波，后来进入军队主管起草公文，和上将军平起平坐。路过保定时，安生偶然去逛妓院，看到一名弹筝的小妓女，觉得好像在哪见过。一打听，原来是红蘪身边的小丫头被卖在妓院中。安生赶紧向她打听红蘪的消息，小丫头说："红蘪姑娘本来就不是那老婆婆生的，是自小买来养为义女，之后找人教她填词作赋，希望把她培养成招引客人的摇钱树。她知道您很穷，所以就没同意婚事。上次避乱时，她带着我们到这里，就先把我卖了。之后听说她去了大同，也把红蘪姑娘卖给了某总兵做小妾。"安生听了，十分伤心沮丧地回去了。

第二天中午，安生觉得困倦，打算放下帐子安睡，忽然从外飞来一只绿色蝴蝶，停在了书桌上，用嘴衔了砚池中的墨汁，在一张绿色笺纸上盘旋爬动，吐出墨汁，成了这样几个字：

我就是红蘪，红蘪就是我。一点精魂，寻你数月。请别害我性命，别伤我的心。请通过扶乩，我和你交谈。

安生见了又是惊奇，又是伤心，就把这只绿蝴蝶供养在房中，并挂起红蕤的画像，拜了拜说道："你是我情人吗？是小姐吗？是我知心人红蕤吗？"蝴蝶都点点头，飞翔舞蹈，好像听懂了他的话。当夜，安生焚起香，摆设了果品，准备了扶乩的盘，只见木笔飞动，写了些话语，大意是女子诉说她被义母卖到总兵家中，逼她充当小妾，可不能被大老婆相容，遭到凌辱和逼迫，已在七月七日前两天上吊自杀了。之后化作蝴蝶来寻找安生，一吐衷情。如今人鬼殊途，阴阳两隔，不知什么时候能再相见，说来也真是让人痛苦伤心。通过扶乩，红蕤的魂魄又和安生作词唱和，积有几十首小词，最后编成一集，题作《蕤巢合稿》。可是蝴蝶在房中待了几天后就飞往别处去了，扶乩也从此失了灵验。

后来因军务上的事，安生前往大同，找到了红蕤的坟墓，只有一抔黄土，孤单凄凉。他触景生情，悲痛万分，用明代诗人高启《梅花》诗韵，作了九首《悼红词》，来哭祭红蕤。诗是这样写的：

留仙曾筑避风台，十里芙蓉面面栽。劫遇红羊羞独活，信传青鸟望重来。
离情珍重门前柳，艳句模糊壁上苔。一自琵琶北去后，金尊怕对晚凉开。

银蟾似永谪飞仙，㑊倚文箫信宿缘。一树棠梨微带雨，三春芍药嫩笼烟。
唾绒误点鸳鸯畔，眉语潜通鹦鹉前。船到神山风引去，人间竟有奈何天。

一丝幽恨锁眉头，钗挂臣冠未忍收。桃叶歌残金缕曲，柳枝绾住木兰舟。
怕窥宝月三生影，难卸春风一斛愁。憎煞比邻小儿女，踏青只解约嬉游。

红渍灵芸枕畔痕，薰笼斜倚几曾温。使君有妇山前石，居处无郎海上村。
早印丹砂甘薄命，愿生彩翼逐吟魂。萧萧风引娇聪别，掩断枇杷白板门。

红稀绿惨渐成尘，犹卜灯花忆远人。云外红墙如许隔，竹边翠袖不知春。
枕留琥珀伤心惯，笔搦珊瑚写照频。百种凄凉千懊恼，披图忍泪唤真真。

崔徽一卷尚依依，紫玉成烟损旧辉。天上牵牛常北望，人间孔雀竟南飞。
身归叱利门难入，手语昆仑事已违。早识彩云容易散，当年悔不寄当归。

茫茫心绪入斜阳，菊婢重逢又客乡。蝶为传书甘化玉，麝虽经死苦留香。
旌旗有影摇春梦，环佩无声返大荒。揽镜自知悭艳福，幽兰怎受五更霜。

碧落黄泉总不知，迢迢千里送琼枝。冰弦三弄无家别，瑶瑟双声有所思。
蔡女魂归应夜月，韩凭香蜕记当时。征衣须索珍藏好，怕有回文锦字诗。

青溪一曲裹花宫，楼阁除非燕子通。人面桃花成宿谶，前身柳絮悟真空。
拼投精卫冤波侧，已堕鸩媒术网中。我欲司天台上问，蛾眉何事掷蚕丛。

三年后，安生因功被荐，授职同知，以太守的身份前去任职。有一天晚上，庭院中忽然飞进几百只五彩蝴蝶，安生见状赶紧请了乩仙，询问是什么道理，但没有任何回应，不禁失望。到夜里，红蕤托梦告诉安生说："郎君的深情，我很是感激并铭刻在心。承蒙上天恩惠，我已被封为阆苑花神。你阳寿已尽，到七月七日后两天，我会来接引你归天，我们就可以做神仙眷侣，从此幸福快乐地在一起。"安生醒来后就把家事都料理好。到了那天，他洗澡净身，穿戴好衣冠，安睡死去了。遗嘱中只是关照家人把红蕤的肖像做他的殉葬品。

委宛使者

云南有位姓曹的举人，继承了祖上三代的荣华富贵。家中藏了很多书，牙签锦套装饰的书册，有几十万卷之多，还建造了有十几间房间的大楼，其中放满了书籍，但他还是四处搜寻书籍，孜孜不倦。他自己给书楼题名为"书海"，还编写了十几卷《书海目录》，目录的前言写道：

我远祖的藏书处大多称为"书仓"，从古至今，只要看到喜欢读书的人都很羡慕。千仓万箱，书籍之多犹如豆粟。但要说到书海，其中可以扬波涛，吐蜃气，接纳万千江河，汇集万千山谷，真是一望无际。这么说来，"仓"与"海"就不能相提并论了。我在书海中以身为船，以手为桨，以目为帆，以气为风，以口为指南，以心为船中之客，每天遨游。书目不过是大海巨浪之中的小波澜。如有想跟我一起畅游书海，那么还请他不要仅以这书目猜测书海，从而小看了它，这样才能在我的书海中漫游。

人们认为他有书癖，对他又是羡慕又是忌妒。如果想找他借几本书，那可真是千难万难。

有一天，曹举人正坐拥书城，忽然看见一位须发雪白，穿戴着红袍青帽的老人一脸严肃，拄着拐杖慢慢走来。曹举人问他是谁。老人回答："我是委宛使者。"曹举人以为他是得道仙翁，就赶紧诚惶诚恐地下拜，向他求教成仙的修炼方法。老人说："我并不是得道仙长，只是个守书神，在你们家待了已经百来年了，为你们驱赶各种蠹虫，自认为还算尽心尽职的。但年底，你们却连一炷香火、一只猪蹄也不来祭祀，可真叫人伤心。这次来是告诉你，你的书海快要枯竭了，我也要走了，所以才不惜向你露出自己的庐山真面目。"曹举人问他："你是因为任职的年限到了，另外有接任替代你的人才来告别的吧？"

老人生气地说："是你家货（卖）书人到了，不用你为我祭祀，送我上天。"说完，老人就渐渐地隐灭了。曹举人满脑疑惑，不懂是什么道理。

过了一会儿，丫鬟来报喜说："姨奶奶刚生下一个男孩。"曹举人听了，恍然大悟，对男孩十分厌恶，就给这儿子取名为货，字勿货。这孩子天资聪明，十七岁时就中了秀才，可是却喜淫，不务正业。曹举人死后，更是放荡纵欲，先是变卖家中的珠宝，后来就变卖田地房产，到最后就卖书，不到二十年时间就把"书海"中的书卖得一本不剩。

亥氏夫人

山中有个和尚，叫卢伽楠，原籍贵州。因为年轻时没有什么谋生的技能，就离家当了和尚，在寺院中遇见一位大耳朵长脸的老头，教给他妖法骗人。虽然那寺院表面是一个清静的佛地，但实际上却是个害人淫乱的地方。县令知道后，把卢伽楠捉来，打了一顿关进狱中。他找了个机会暗地里越狱逃走了，来到江南一带，稍稍收敛了一些。但时间久了，他又故态萌发，不甘心于清贫的生活，就结党营私，援交官府，颇有盛名，吸引很多男女来拜他为师。这些人在当地肆无忌惮，无恶不作。

当地经过匪乱后，卢伽楠匆匆地走进安山中，这时夕阳西下，倦鸟知返，他在山中迷了路。忽然看见山凹中有一座大村落，晚餐的炊烟袅袅地飘过树梢，潺潺的溪水流经花坞，他知道这一定是个山隐人家，就拿着饭钵上门求宿。不一会儿，一个年幼的婢女出来查看，一见是个和尚，就大骂说："我家没有男子，你是从哪儿跑来的野和尚，在门前直挺挺地站着？你要挂褡就到庙里去，这可不是做佛事的道场。"卢伽楠说:"山路太过崎岖,迷失了方向,这又没有大庙,还请你发发慈悲,容我在你家廊下过一夜,只要一小块地方能让我盘膝静坐就足够了。"小婢女进去后,又来了个婢女,拿着白木棍驱赶和尚,口中说道:"贼秃还想留在这吗?吃我一棒!"说完就真的朝秃头上啪的一声打去。卢伽楠不怒反笑着说:"真是痛快啊,真是好棒。"接着又走出个生得很美的婢女,摇着手说:"别打,别打了,把这秃驴拉去见过夫人,再听候发落吧。"

她们就拉着卢伽楠飞快地朝里走去,只见房屋很华丽。大厅上,坐着一个三十多岁的美妇,是位半老徐娘,如画似的双颊,细细的眉毛,笑盈盈的,袍服鲜艳,满头珠翠,高高地坐在靠椅上,闭着双眼似乎在打坐。两边站着艳丽妖娆的侍女,裙下双脚娇小,都穿着红缎鞋,没有花纹,也没有其他杂色,看上去就像无数枝嫩红菱散在地上。她们都呵斥和尚跪下。卢伽楠行过礼,讲述了迷路的情况。那美妇人说:"善哉,既然大师来到这里,我们本应该以礼相待,表示敬重,怎么能让你当阶下囚呢?还请别介意婢女们的无礼。"之后喝令婢女们把和尚扶起来,请他入座,交谈几句后,就命人摆上酒席。

接着点起红烛,把房内照得雪亮,丰盛的酒席开始了,杯中斟满美酒,各种菜肴端了上来。只见那美妇体态丰腴,美目流盼,好一个娇媚的娘子。自称姓亥,嫁了个黑头郎,他因为功劳大被封为大阆王,她是他的结发妻子。后来大阆王被仇家陷害,进大牢被杀害了,只留下她孤单单娇姿弱质,带了一群女儿逃到这里。卢伽楠说:"我还没听说过有姓亥的大族,这应该是异姓吧?"那妇人说:"我们家祖上两头六身,明载在吏书上。祖居辽东,整日听经文,所以对佛典很熟悉。唐玄奘的二徒弟,也是我们支派中的一房长辈。另外像孟母不失信买肉给孟子吃,博得教子有方的美名;齐国彭生变成我们的形状报了大仇,大师父没有听说过这些事吗?如果你对我有情,请给我当头棒喝,给我指示,咱们结一段好姻缘。"

于是卢伽楠给她讲述了阿难大师进入淫室遇见摩登女，差点把道行坏了的故事。叙述中他夸大形容，言辞诡秘而又秽亵。那妇人手拿酒杯侧耳静听，面红耳赤，脸上红潮滚滚，充满情欲。她笑着说道："我虽然年纪稍大，但内媚之功还不错，愿意效法则天皇帝，不知大师父愿不愿意像武则天的情人，怀义和尚那样做我的情人？幸好我家中没有户主，我是个寡妇，你也不会被人嘲笑作老公猪的。"卢伽楠内心狂喜不已，说："承蒙你大德收留，把我当成佛郎，让你屈尊为梵嫂，我愿意竭尽全力，与你结圣胎，传佛种。唯恐我一投入你的怀抱，此身就非我所有，一切全交给你了。"过了一会儿，婢仆把筵席撤去，两人手拉着手同入罗帐，颠倒狂乱，淫荡不堪。卢伽楠说："和我和尚欢爱，比起你丈夫如何？"妇人娇笑着说："我死去的夫君身子肥重，就像安禄山那肥猪一样，怎么能和你相提并论。"说完，两人又是淫雨不断。

翌日清晨，那妇人的女友们带了酒菜来祝贺她得了仙师。卢伽楠一看，这些女子个个娇如桃李，艳若云霞。其中一个名叫核姑的，身手矫捷，轻巧得像猴子；一个名叫荄姑的，身轻如燕，能在草上飞行；一个名叫刻姑的，能手持刀剑做鸿门舞；一个名叫骇姑的，能骑烈马，好比古侠女聂隐娘；一个名叫该姑的，巧舌如簧，口齿伶俐，说出的话令人捧腹大笑；一个名叫骸姑的，身子柔软得像没有骨头，和她交媾就如抱着绵软的丝绵被；一个名叫阂姑的，能像淫荡女子那样倚门卖笑，姿态千娇百媚。她们一一和卢伽楠合掌行礼。那妇人指着她们说："这些都是先王的姬妾，如果你还精力充沛，可以把这群娘子军都收为床伴，做一次水陆大道场。"卢伽楠说："她们都是散花仙女，房中有这些佳人，就不寂寞了。我定会尽力满足她们的，不偏不倚，不让一人冷落。"

当夜那妇人亲自督阵，命令婢女们击鼓作为前进后退的号令。卢伽楠与核姑等女子交合在一起，彻夜欢愉，他左右逢源，不知疲倦。妇人笑着说："大师父果真是神勇非凡，恐怕就连乌将军也要甘拜下风了。"这样淫荡地住了几天之后，卢伽楠渐渐体力有些不支。那妇人就拿出一粒红丸让他服下，说："这是先夫留下的媚珠，服下后必有神效。"卢伽楠拜了拜后吞服了它，果然顿觉精力充沛，神勇非常。他渐渐地也和那妇人的几个女儿及婢女仆妇等发生了关系，不到一个月，把这儿所有的女子都奸污了。

有一天忽然香气遍野，火光照天，地心震动，房屋摇摇欲坠。那妇人带领一班女子朝卢伽楠团团跪下，说："我们本来是想和大师父图个长久快乐，不料山西的色府君要来吃人，你有没有办法让我们众姐妹免于灾难呢？"他问："色府君是一个怎样的人？"妇人说："牙齿如戟，舌头如剑，眼睛一闭就是夜晚，眼睛一开就是白昼，它是常山之蛇的族类。"不一会儿，卢伽楠见色府君到来，匆忙拿起禅杖走出，旁边的房舍顿时没有了踪影。原来色府君是条彩色的大蟒蛇，它挟带着毒雾飞速而来，头角锐利，口中呀呀有声，鳞甲色彩斑斓，像万朵花片，用丈都无法计量它的长度。卢伽楠惊吓不已，回头看看那些女子，一个个都化为野猪，纷纷逃进山谷。那条蟒蛇并不去追逐野猪却来抓卢伽楠，转眼间，卢伽楠的光头已落入巨蟒的口中。蟒蛇衔了卢伽楠转身便走。卢伽楠心想这一下一定是没有活路了。可蟒蛇却又突然把他放在地上，口说人话："这秃驴满身怎么都是腥臊气？赶快走吧，便宜你了，你这秃驴！"说完话就嗖的一声爬走了。此时阴云消散，树木多被摧折。

等巨蟒离开后，卢伽楠才稍稍定下惊魂，一路爬到来安，寄宿在破庙中。到三春天热，他身上深深的积毒发作出来，成了麻风病，手脚痉挛，须发相继脱落，最为痛苦的是头顶上被巨蟒咬穿的一个洞中，时常有白浆水滴出。男性的生殖器也废了，成了太监。他沿村乞讨为生，人们看到他很是厌弃。可他还是逢人就把自己和亥氏妇人的奇遇津津乐道，告诉农夫说："我没有被野猪精缠死，还要感谢色府君的大恩大德。"他还不断称赞亥氏妇人是最让自己快活的佳人，风情最佳。或许是她最能献媚的缘故吧。

续录卷七

灵岩石

我亡故的外祖母，王太夫人，生前曾十分喜爱那戴在大拇指上的一枚扳指和一枚戒指，虽是用石制成但却晶莹光亮，其贵重程度不下于美玉制品。太夫人家世世代代居住在灵岩山下，年幼时，她登上灵岩山顶，捡到两枚石块，然后花了五十两银子送往苏州，让玉工雕成这两枚指环，每天戴在手上，一刻也不脱去。五十二岁时，她病故了，留下遗言，要将它们殉葬。

年幼时，我曾亲眼见过扳指和戒指，常要来拿着玩耍。还记得扳指上有一平面，里面有一个老人，头戴乌帽，身穿红衣，骑着马，用一把破伞做马笼头，在风雨中蹄声嘚嘚地行走。远处是一丛丛小树，看去像一点点化了的大墨点。虽然画面上的人小如蚂蚁，但胡子和头发都很清晰，衣纹隐现，用笔一点也不比宋代画家米芾差。戒指上则画着一丛深绿色的水草，水的颜色是浅绿色的。一只蟹在里面爬行，八只小脚和两只大爪都露出在外；还有一只蟹隐藏在草中，仅露出半个身子，活灵活现，画得也不亚于米芾的小册页。但这些画面都是石上天然的花纹，并非后期人工画上去的。

灵岩山寺和尚说，山中有很多珍奇怪石，并不止这两枚。最近山中又出产一种中间空的鹅卵石，圆圆的像瓶，像盂，像瓯，像缶，外面嵌着五彩斑斓的小沙石，里面装满了细小的黄土。把黄土倒出，壁薄如膜，十分光滑细腻，就像用陶土制造烧炼而成的，把它用来插花简直是绝配。我给它取了个"土空青"的名字，和尚也认为这名字不错。

谏　鸟

某乡绅曾到东海边去旅游，从海船上买回一只珍奇的鸟儿，把它养在雕镂精美的笼子里，每天用莲粉喂它。这鸟儿很驯服聪明，能通人意。它比鹦鹉要小，比鹌鹑要大，头顶竖着翠色羽毛，满身有珍珠一样的斑纹，两胁下时时露出异常的色彩，而且全身散放出一股奇香。起先并不知道这鸟叫什么。它每天总是一声不吭，这乡绅也仅是欣赏它美丽的毛色，把它当作玩物而已。

乡绅平时在乡里，一向横行霸道，肆意妄为，把持一方。这年秋天，那鸟忽然会开口说话了，每天在笼中呼叫说："作恶破家，作恶破家！"叫个不停。乡绅听了心中虽然有点恐惧，但并未收敛。到冬天，这鸟儿又呼叫说："破家何促，破家何促！"到年底，家中果然遭到大火，十几间屋子被烧，还死了两个侍妾，夭折了两个儿子，断了后代根。乡绅这才真的害怕起来，对上天发誓，愿意改过赎罪。到明年春风送暖的日子，柳绿花明，鸟儿又叫道："为善可嘉，为善可嘉！"乡绅听了高兴不已，更加努力行善，只要是对别人有功德、利益及救济等事，竭尽全力赞助。那鸟儿又叫唤说："善报必速，善报必速！"可是从春叫到夏，从夏叫到秋，善报的征兆一点也没有显示，于是乡绅对做善事的兴致稍稍懈怠下来。鸟儿又叫唤说："懈则不佳，懈则不佳！"不久，果然当地瘟疫流行，乡绅家也几乎遭到灭门之灾。从此后他更加恐惧，遍施药品，救活了好几百人的生命。他自己家中被传染上疾病的男男女女后来果然痊愈了。后来邻县闹饥荒，哀鸿遍野，这位乡绅就拿出库中的粮食来救济。

这时又听得鸟儿叫道："与夫人同宿，与夫人同宿！"原来因为宠爱小妾，他早已对妻子感到厌倦，与她分居好长时间了。听到鸟儿的叫唤，就和妻子重修旧好。到第二年秋天，鸟儿又叫道："有子莫嗟，有子莫嗟！"不久，他妻子果然怀孕了。快要分娩时，鸟儿又叫道："郎君如玉，郎君如玉！"不久，他妻子生下一子，果然是健壮俊美，又白又胖。来客们听了婴儿的哭声，都说他将来一定会成为有用之才，于是就给小孩取名为如玉。后来如玉果然成为贵人。

之后，那乡绅常常指着鸟儿对人说："这是我的净友。"他的小妾们嫌这鸟儿分去了乡绅对她们的宠爱，就暗地里将鸩毒放置在莲粉中喂给鸟儿吃，把它毒死了。乡绅十分痛心，用绣着图案的丝绢包裹着鸟儿，在它腹中填进香屑，把它装在檀木盒中，在橄榄树下寻一块干净的土地，把鸟儿埋葬了，还在鸟坟上做了墓表，又请当地有名的文人写了一篇《谏鸟记》，并请有名的画师为鸟儿画了一幅肖像画，到处请人在图上题诗，留作纪念。最后介绍一下这个乡绅，姓危，名复安，是楚州人。

髯 樵

清朝初年，我们乡间有位秀才，名叫王子羽，很有文采。据说岁考时他文章写得极好，但因主考先生阅卷时不小心在他的试卷上画了一条红线，所以被列为末等。王生非常愤怒，就把这篇文章抄写后张贴在人来人往的路口，引得读书人都围着观看，大家都赞不绝口。第二年再考时，他心里气还没消，就打定主意要写篇游戏文章让主考大人出出丑。这次出的试题是《子见夫子乎》，王生文中有一小段是这样写的：

喋，老头子，你见俺的夫子吗？戴着章甫冠，穿着儒生服，像那阳虎（与孔子容貌很像的一个人）貌。一车两马，岔走康庄道。歧途虎迹多，曲径羊肠绕。俺在后面跟，他在前头跑。眨眼之间不见了。寻亦没处寻，找又无处找。呀，莫不是又被匡人围住了。

试卷交上去后，主考官读罢果然非常生气，就把它列在四等。不过，按当时的规定，考四等的考生仍可以随优等考生一起被召见复试，然后再根据复试成绩做出是否予以斥革、打板子的决定。进入复试考场，这次考试诗题为《古镜五律》，王生写道：

明月地中出，美人天下无。菱花光黯淡，苔藓孕模糊。
曾驻蛾眉影，休残鸦嘴锄。待酬青眼客，何以赠盲夫。

写罢，他放声大笑，然后将笔一扔，交了试卷，出了衙门扬长而去。主考官读过试卷，知道这是个怀才不遇志不得展的读书人，就令人将他召来，想对他表示安慰并加以勉励。王生听说有人找他去见主考大人，以为自己的行为惹怒了主考官，担心受到责罚，就逃到外地去了。他孤独地步行到楚地，拼着把功名不要，可以摆脱约束，不久果然被革去了秀才。

王生一路辗转，来到湖南湖北一带。他没有别的什么本事谋生，只能靠卖文度日。当地的人慢慢知道了他的遭遇，对他又同情又尊敬，经常送些酒菜接济，所以他也能勉强过上温饱的生活。后来，不知荆州知府韩公从哪里听说他的事情，仰慕他的才学，就聘他进府署主管文书工作。从此王生文采风流，开始了精彩的幕府生涯，韩知府也是文雅之人，主宾双方都才华横溢，犹如会稽之竹箭，两人经常一起吟诗赋词，十分投合。王生公务清简，空闲时间较多，他常常独自一人骑着马，带上酒菜出门野游，也没有固定的去处。有时遇到一座古庙，就下马进去对着神像畅饮；有时遇到乞丐，就待在那与乞儿长谈，他就用这种方式发泄胸中的悲愤不平之情。知府和他也算知己，对他不但不加责怪，反而告诫里长们处处关照维护他。

这一回正值春日，王生又出门游玩。一路树枝招展，酒旗高挂，水波荡漾，歌船轻摇，王生随兴所至，潇洒悠闲，一口气走了二十多里路，不知不觉竟走入深山之中。只见那山坳中零星地散落着十几户人家，茅房清舍，看样子好像都是庄户人家。他正思忖着，忽然耳边传来一阵读书声，心中暗想：难道这儿还有隐居的高士吗？不然何来读书之声？不由寻音而去。他顺着曲折盘旋的山间小路一路前行，百余步光景，看见绿树荫中藏着一座用黄石堆砌的太庙，那太庙正架在青溪之上，庙中神像边有一块宽敞的地方，摆放着桌椅板凳，十几个蓬头露齿的学童，端端正正坐在课桌旁，正琅琅读书，一个个聚精会神，毫无倦容，没有一个嬉笑顽皮，左顾右盼。原来这是一座村塾学堂，但是却没有见到先生。

学童们看见王生走来，都起身作揖，请来客坐到先生席位上，然后又各自回到自己的座位上开始读书。王生感到很奇怪，孩子们如此知礼好学，先生一定是个高人。他坐在位子上随便翻阅桌上的书文，那书文并不是四书五经之类的经典，而是先生自己写的八股文，不但文章内容高深典雅，字也写得极其细密端正。王生问那些学童："你们先生到哪儿去了？先生既然不在这里，你们还不趁机玩耍一番吗？"一个年纪稍大一些的学童起身拱拱手回答说："我们的先生是个行为方正的人，他侍奉老母最为孝顺，教育学生也非常严格。他教我们读书，学费收得很少，连和他母亲吃喝都不够。他每天早晨来到这里，先教我们读好书，然后他就进山打柴，挑到村镇卖完后，要到傍晚才能回来检查我们的功课。如果谁读得不好，就喝令他下跪，有时还会用细荆条抽打。我们都很怕他，不敢放纵自己。"王生问："你们先生姓什么？"学童回答："姓钱。"

又问："叫什么名字？"学童拿起笔写道："钱髯樵。"王生又问："你们先生是秀才吗？"学童说："不是。他没有钱去应考。"又问："先生住得离这远吗？"那学童答："先生住的地方叫钱家堡，离这大概有七里路远。"正说着，王生就听到有人催他回去，原来是看他迟迟不归，仆人骑着马找来了。王生抬头看天色渐晚，就提起笔来写了"皖人王子羽奉谒"几个字放在桌上，向学童们笑笑告辞回去了。

过了两天，王生又沿着山道来到太庙学堂，专程去拜访钱髯樵。学堂四周松树一片浓荫，槐花开满庭院，等了很久，钱髯樵还是没有回来。学童们因为王生上次来过，所以对他很欢迎，都捧着茶壶前来献茶。王生心里喜悦，兴致一来便代替钱先生授课，只见他口若悬河，滔滔不绝，学童们听得很是专心。授罢课，他问学童："上次我来没见到你们先生，你们先生回来后可曾看到我留的字条吗？见了后说了些什么？"学童们说："先生看了字条只是笑了笑，没有说话，先生本来就不大爱说话的。"王生问："今天他怎么到现在还不回来？"他们说："听说近来柴价很贱，可能是很难卖出去。"王生听了，就不再发问，坐久了觉得无聊，就随手翻翻，想看看髯樵这两天又写了什么新的文章。果然看到一两篇新作，仔细阅读，都写得文采出众，让人不忍卒读。他再读了几遍文章，更觉得绝妙，不由就在髯樵的文章上大加评点，并毫不客气地对其中的几个小毛病作了修改，并且试着又出了几道文题留在桌上。天色已晚，他又要辞别离开，临走时他再三关照那些学童，让他们代自己向髯樵先生转达仰慕之情。一路上，他心情无比惆怅，对髯樵的倾慕之情也更加深切了。

第二天，他又去拜访髯樵，可仍未遇上，但见桌上放着几篇文章，原来是髯樵遵照王生留下的文题连夜写就的作文。王生一看，心里很激动，急忙正坐拜读，读了后大加称赏，又随兴写了好多评语。此次拜访，他心中更是急切见到髯樵，就留下文字预先与髯樵约定：某日某时请求一见，风雨无阻，请勿错过。

到了约定相见的那天，王生兴冲冲地前去，可还是没能见上一面，这回王生心里十分恼怒。学童看到王生脸色难看，就施礼相告说："先生不必气恼。昨日，我们先生回来见到您的批改文字，就趴在地上再三拜谢，每读一遍，就朝着北面磕一次头，可见敬意之深。只是先生实在是太穷了，一天不卖出柴家里就揭不开锅。今天早上他特意关照我们说，如果先生赴约前来，就请他稍坐一会儿，多过一个时辰他一定会回来。"王生听罢，也不再气恼，就坐在书桌前耐心等待，只一会儿工夫，便见一个学童朝门外看了看，然后高兴地说："我们先生回来了！"王生抬起头来，只见一位身材高大的汉子，正挑着一担柴大踏步走了进来。那汉子年纪三十二三岁，留着长髯，气宇轩昂，但看他头戴竹笠，脚穿草鞋，那样子真像朱买臣没有发迹时的情状。

那人进门后放下担子，又解下腰间的斧子安放在柴堆上，仔细掸了掸身上的尘土，整理了一下衣装，问学童说："那来客就是我的先生王公吗？"学童说："是的。"只见他快步走上前来，扑通跪在王生面前，"咚咚咚"地连磕了几个响头，说："山野村夫，苦于无名师指点，以致坐井观天，以管窥海，卑陋闭塞至极。今日蒙先生垂怜赐教，得以重见天日，顿觉豁然开朗，就像盲人复明，又如大梦初醒，真是说不尽的感激与惭愧。"王生急忙答拜回礼，上前把他扶起来，说："先生此话过谦了！先生才是天下奇才，能做你的朋友才是我三生有幸，我还怕自己是高攀了，要是妄自尊大以先生自居，岂不成了我的罪过？"

两人重新坐定，又彼此介绍了乡里籍贯，接着便是一番倾心长谈。无论历史成败，还是经学、史学、理学，髯樵均见解精辟，对答如流。不知不觉，日薄西山，两人谈兴不减，王生也恋恋不舍的不肯离去。髯樵说："贵客光临，蓬门何幸，天色渐晚，本该留您安住一宿，可惜这破庙荒凉不堪，怎能委屈您安身，真不知如何是好？"王生却不推辞，笑笑说："能与你相识，实在是我一生中的一大幸事，今晚我就要上你家去，拜见拜见令堂大人！"髯樵看他意志坚决，知道再也无法推阻，就放了学让学童回家，然后将庙门锁上，和王生一起回家去。

一路上，髯樵在前面步行领路，王生骑马随后慢慢而行。夕阳落山时分，他们来到了钱家堡一户庭院前，只见三间粗陋的茅屋，有位白发老婆婆正颤巍巍地拄着拐杖，靠在门旁抬起头眺望，那自然就是髯樵的母亲。王生连忙跨下马来，对钱母磕头行礼。钱母扶起王生，问道："何处贵客，光临寒舍，如此谦恭多礼，使我心中不安。"髯樵便跪下禀告了王生的来历，钱母听了十分高兴，热情恭敬地请王生进入内屋坐下，但见里面到处干净利落，几案床榻也安置得十分整齐得当。

钱母与王生絮絮而谈，从当地风土流俗到眼前人情琐事，髯樵叫妻子先煮一条鲤鱼，预备饭菜，自己则点起灯笼出门去买酒。晚上王生就睡在他家的草席上，而髯樵一直忙忙碌碌，似乎一刻也没有空闲过。他先进内房看过母亲是否睡稳之后，又出来料理王生的马匹，为马准备明天的食料。第二天早晨王生醒来，便见髯樵早已起来在旁边候着，看他醒来，赶紧拿来毛巾脸盆请他洗沐，又端进热气腾腾的煨芋头请他用饭。饭后王生便向钱母拜别，并恳切地劝髯樵去考秀才，说："像你这样的人才，足以和那些碌碌之辈共享荣华富贵，千万不要自命清高，以免被为老母着想屈尊做官的毛义嗤笑。"髯樵点头答应。

王生回去后，也在知府面前竭力推荐髯樵，并说："谁说野处隐居的寒士中没有杰出的人才呢？"他取出髯樵的文章，一边夸耀一边朗诵。知府听了笑笑说："你无须替他宣扬，听你阅读，他已在文中表达了自己的胸怀，你们能倾心相交，确是有缘。虽然提拔英才，是我知府的职责所在，但要他出山应试，需高人劝驾，那就只有劳你费心了。"不久，府中将要开考，王生急忙从薪俸中取出二十两银子来到山中，送给髯樵，使他安心应考。髯樵不肯接受，王生再三劝说，急得几乎要哭出来了，髯樵也感动得流下了眼泪，知道无法推辞，这才收下银子，安顿好家人，随王生来到府城应考。考试结束后发榜，髯樵竟然高中第一名。学台大人莅临荆州亲自监考，他读到髯樵的文章，大为惊叹，赞扬说："此文甚妙！文章融汇经学，出入风雅，若不是潜心钻研古代时文大家十多年的人，是不可能达到这样的境界的。"于是朱笔一挥，就推荐他进了县学。

这年秋天，又到了朝廷三年一度举行大考的日子。王生去问髯樵："你委屈在贫困之中已经多年，现在终于到了大展宏图的时候了。你打算什么时候进京赶考？"髯樵不知如何回答。王生料想他经济困难，就主动替他向知府告禀情况，知府很慷慨地拿出五十两银子，请王生交给髯樵，可髯樵说什么也不肯接受这笔钱。王生生气地对他说："这又不是偷盗贪污所得的钱，这是知府大人的一片知遇之恩，将来你一旦高中，报答他的机会有的是，没有什么觉得可耻的。"

髯樵便受了钱财，进京城赶考。考场上，他苦心经营，用尽心思，三支蜡烛的工夫，写成了一篇独特新颖的锦绣文章。回到荆州后，他立即将文稿誊清送给知府和王生观看，两人传阅后，都赞不绝口，认为髯樵一定能高中举人。知府还在衙署内专门置办了一桌酒席，预祝他的成功，大家都喝得很高兴。临别时，知府对髯樵说："此番你福星高照，定会高中联捷，我们这里拭目以待。太夫人想必望眼欲穿了，你快回家去吧。"

让大家都没想到的是，发榜时竟然没有髯樵的名字。髯樵闻知，禁不住大哭说："秀才落第，本来也是件很平常的事，只是我辜负了各位的期望，再说叫我拿什么去回报他们的恩情呢？"从此后，他更加发奋读书，经常读到三更半夜还不眠不休，有时读书读累了，还会掩卷失声痛哭一阵。王生经常来钱家看望他，有一次，还专门买了匹健壮的小黑驴送给他，对他说："请安心读书吧，到时骑着它进城去应试，若考得好，朝廷给的赏赐也够你补贴家用了，也不需要日日砍柴那么辛苦了。"髯樵也不再推辞，说："我遵命就是。"每次岁考时，他都名列前茅，但是若不是王生召唤，他也不肯轻易上知府的大门。

两年后，荆州知府因政绩卓异被提升为河南道台，便带了王生一起赴任。路上，他私下对王生说："明年又到大考之年了。髯樵文才虽好，但天下没有不入考场的举人，请将这一百五十两银子转交给他，叫他无论如何一定要再次参加秋试，我料定他这次是会考中的。"王生自己又私下拿出五十两银子，一同带着前往钱家。不巧的是，髯樵出门去了，他就将二百两银子交给了钱母，而且留下一封书信，信中言辞十分恳切地劝他应试。髯樵回家读了书信，急忙带着银子赶往荆州城，打算坚决归还全部银两。可是等他到达知府衙门时，王生已和知府的人马行李出发多时了。他流着眼泪朝北方连磕了几十个头，发誓说："髯樵啊，你如再不发奋图强，还有什么脸面再见先生呢？"然后便一路哽咽着回去了。

又过了三年，知府在道台任上去世了，王生替他料理好公务，操办完丧事，随后便独自怅惘地回乡了。回到家中，只见妻子儿女都是一脸饥色，而此时王生身边也仅剩几百两银子，还清家里多年的亏欠后，也所剩无几了。为了养家糊口，他只得重操旧业，谋了一个教书的差事勉强度日。

又是三年过去了，一次王生闲来无事偶然翻阅四川同知录，突然见到有个督学使者名叫钱髯樵，且下面注明籍贯是楚地，翰林出身，他顿时又惊又喜，说："难道是髯樵吗？他竟高中为读书人扬眉吐气了吗？"但是转念又想道：不能高兴太早，也许不是他，只是名字巧合罢了。若是他，中举人时，为什么不寄封信来让我高兴高兴？也许就像唐代有两个韩翃一样，这四川督学只不过是与髯樵同名同姓罢了。王生左思右想，过了会儿，他突然就明白过来。当年他俩相知时，只说自己是皖北人，并没有讲清具体住址，想来髯樵不是忘恩负义之人，必是无从投寄信件，才使得两人音信不通。刚巧这年遇上歉收，家中实在难以应付，心里就想姑且去走一遭看看，权当寻访故友，若真是髯樵当然再好不过了。主意拿定，他便向身边其他朋友辞行，并说明了心意，他们都说："他现在飞黄腾达了，恐怕不再记得你这老朋友了，再说四川距离这天高路远，还是不要瞎折腾了。"都劝阻他别去。王生却执意前行，说："你们有所不知，那髯樵是位正人君子，一定不会忘记我这位老朋友的。"

于是他备好行装，告别了妻儿，又带了一名佃农挑着行李，一路风尘仆仆赶往四川。进入剑门关，他便开始打听，得知督学使者已到了夔州，他又带着佃农折回东面马不停蹄地赶到夔州。到了督学衙门，只见门前守卫森严，像他这等旧衣破帽的装束根本无法靠近便被呼喊着驱开了。不得已只有暂住在旅馆里，可没几天，王生身上所带的盘缠就用完了，旅馆主人又追着向他索要欠款，再不交钱就要对他下逐客令了。王生万般无奈，只得自己用大字写了张名片，拿着名片低着头肃立在道旁，等待督学坐着轿子出巡时设法相见。这一天，差役鸣锣开道，王生远远看见一队人马簇拥着一顶前边挂着朝廷旄节的绿呢大轿过来，轿中端坐的果然就是髯樵。待轿子走近，王生恭恭敬敬地跪在道旁，一边高声自报名字一边将名片呈上。卫兵们看他旧衣破帽的正要将他赶走，髯樵听得清楚，忙叫："停轿！停轿！"名片呈上来只看了一眼，髯樵便急忙下轿，亲自跪下将王生扶起，说："您不是我的先生吗？怎么竟到这种地步了呢？"王生百感交集，抽泣着说不出话来。

髯樵请王生坐到自己的轿子里，要亲自骑马为他开道。王生急忙推辞说："这是朝廷给你的荣耀，我怎么敢当，我怎么敢当！"髯樵便命旗牌官牵两匹马来，两人骑马并肩而行。刚回到官署，髯樵便命令大摆筵席，迎接贵客。只见府丁进进出出，忙个不停，只一会儿工夫厅堂上就张灯结彩，奏起了音乐。筵席间，髯樵跪着向王生敬酒，为他祝寿。席罢，两人执手长谈，王生说起荆州知府为官清廉，去世后家中境况萧条，髯樵忙说："此事恩师不必焦虑，我已安排人寄了五千两银子去，聊作安抚，想必几日就会收到。"此刻王生不知，髯樵也已安排人给他家同样寄了五千两银子。

晚上，差役带着王生来到寝室安歇，那寝室布置得十分华美，床帐卧具大多是王生以前从没有见过的。王生早晨起来，看床头整整齐齐地摆放着锦绣绸衣，而自己原来的衣服，竟然都找不到了，原来全被暗中调换成新衣。他只得穿上新衣，竟然很是合体。而跟他前来的那位佃农，不知什么时候也更换了衣帽鞋袜，变得焕然一新，就问他："你身上穿的是从哪来的？"那佃农回答说："都是督学赏赐的。"王生又问："我们的行李放在哪了？"回说："已收拾在别的房间里了。"一会儿，进来几个侍候洗沐打扫的仆人，一个个都善解人意，聪明伶俐。从此，王生就安住在这里。

大约住了不到两个月，王生接到家中来信，说：

已收到四川寄来的五千两银子。家中大小平安，请勿挂念。

又过了两年，髯樵前前后后已给王家寄了上万两银子。

这年秋天，钱母在髯樵任所去世，髯樵要扶母亲灵柩回乡安葬守孝。王生也正想回乡看看，临行时，髯樵又送了一大笔钱给王生。三年守丧期满，髯樵进京复命，被授为陕西省巡抚，他又派人将王生接来官署，日日礼节周全，就像侍奉父亲似的对他很是恭敬。

王生在髯樵那又住了两年。一天他对髯樵说："我年纪渐渐大了，多年承蒙你照应不弃，内心很惭愧。我打算辞君回乡，请就此告别，让我老死于故乡吧。"髯樵流着眼泪再三挽留他，王生执意要走，髯樵只得为他设宴饯行。临行前几日，髯樵便为他雇好了车马，准备好行装，又选派了几个干练的随行仆人。辞别那天，旌旗蔽天，鼓吹乐声震动天地，髯樵亲自骑马率领将士为他送行，一直送到百里之外，这才洒泪依依分别。

王生回到家乡，见到自己家里焕然一新。房屋层层叠叠，庭院曲折幽深，各处厅堂都是雕梁画栋，金碧辉煌。庭院后面还有一个小小的园林，园林正门的匾额上题着"倦飞园"三个字，十分苍劲有力，两边还有髯樵亲笔题写的楹联。园林里点缀着亭台楼阁，处处是花草泉石，布置得非常精美雅致。还有十名美丽的女子里外侍奉，也不知她们是哪的。王生正疑惑，妻子对他说："你走后不久，便常常有管家们送来钱财。现在，我们的两个儿子都已娶妻生子，也都各自买了田产宅院吃穿不愁。你以后可再也不必为讨生活出远门了。"

衣食无忧，王生夫妻俩都活到九十二岁才去世。至今若到他家老宅院的遗址，从那断墙枯井，遗留的台阶或干涸的池沼，还能依稀想象他家当年的盛况。族里有些老人还能记述园中亭子上王生亲自拟作的一副对联：

拓地不多些，看一角危城，几湾流水，数点遥山，也算烟云开画本；
及时行乐耳，种石边丛篆，窗外幽兰，篱根短菊，且宜风雨读离骚。

而那髯樵撰写的一联则是：

老眼无花，卓荦能观天下士，闲情似水，归来请作地行仙。

牛头社公

乡里有个农人，遭逢太平军战乱，匆忙间来不及逃走。乱军们向他索要白银，他不肯给，乱军拿刀刃架在他脖子上威胁他，已快砍进一半，他吓得灵魂出窍，飘飘荡荡地随风飞扬。有两个鬼卒拉着他向西而去，说是去拜见社公。他心想社公一定是穿着方袍大袖，须发雪白，拄着拐杖，老态龙钟的样子。之后到了一座官署前，原来和人间的衙门一样。农夫正在徘徊时，社公已经坐上大堂，叫着农夫的名字让他跪下。他抬头斜眼偷看，见社公生着一个牛头，穿着红鞋黑袍，面目十分狰狞凶恶。社公对农夫说："本来今天你的阳寿已尽，但念你中年患病时曾发誓全家戒食牛肉，所以免你一死。你马上就要醒转回阳，回去要告诫全村人，要大力爱惜牛的生命。"

农夫连连磕头拜谢，依仗着自己胆大，就向社公询问说："你是怎么变成这么个大力威武的样子来吓唬平民百姓的？你这副尊容太吓人了。"社公说："我本是明代洪武年间一头脱缰的牛。有一天偶然驮着小主人到西廓门外闲走，那儿芳草如茵，我一边走一边吃草。忽然一阵腥风吹来，声震林木，一只白额虎吼叫着扑过来，想抓我背上的小主人吃掉。我每天受到主人的饲养之恩，不忍心让他绝了后，一时间怒满胸膛，急中生智，把小主人放在路边，竖起双角和老虎誓死搏斗。虽然老虎凶猛无比，但我也不胆怯，打斗了半天，终于把老虎打死了，可我也被伤得体无完肤。我看见主人走来，抚拍他儿子醒转后，才合上眼睛死了。主人念我护主有功，就请求官府上报，对我加以表彰，阴间的管事也认为我很有道义，纷纷写奏章推荐我，才获得上天的任命，封我当这的社公，在这已经受一方香火几百年了。所以如今我还是生着两只尖角，还请你别害怕。"

农夫把社公的一番话记住了，走出衙门后果然醒了过来。他偷偷渡过湖泊，伤口也逐渐愈合了。回乡后就在一户农家帮佣为生。后来听说太平军战乱被平定，就又回到西廓门外寻访社公祠，可是已经被倾毁了，只有一块记载着牛搏虎的石碑还倒在路边的野草丛中。农夫把碑上苔藓剥去，阅读碑文，只见字写得很古怪，详细地记录了事情的经过，还确认是明太祖的笔迹。

双　才

烟花巷里面有位美丽的妓女，知书能文，又擅长弹筝和琵琶，自己取名为双才。人家不明白她为什么取这个名字，就去问她，她说："想和我交往的人，如果没有高超的文才，这是不用想的；如果想向我求欢却拿不出狎妓的资财，也同样是办不到的。不管是才还是财，一定要兼而有之，缺一不可。古人说才难，不就是这个道理吗？"听了这番话的人都称赞她，对她很崇拜。双才也时常涂脂抹粉，打扮得更加靓丽，向人卖弄；有时吟诗诵词，仪态也更加优雅。但是她又过于矜持，让那些慕名而来的往往遭到冷落，败兴而归，大腹便便的官商和伶仃的穷读书人根本不敢上门自取其辱。

有个富贵人家公子，外号叫庖鹤主人，对双才恨之入骨，想毁损她的名誉，搞垮她所在的妓院，但一直无计可施。一次，他遇到一位年少的乞丐，穿着破衣，但容貌却斯文俊雅，手持破瓢，握着根短短的讨饭棒，挨家挨户唱说：

骚狗山，是俺家，小茅棚，破篱笆，四围乱冢何曾怕？摇铃拍板般般会，艳曲淫歌实可夸。赤条条，妻儿老小无牵挂，讨得些闲钱沽酒醉醺醺，卧倒三义。

这公子听了十分惊讶，把他喊住，对他说："这不是郑板桥写的旧词曲儿吗？"乞丐说："不是。这是我自己创作的，我小时候曾进过书塾读书，精于作曲填词，纯粹借此混口饭吃。"公子说："哪有叫花子识字的？"乞丐说："烟花女子队里还有能吟诗的娇娃呢，颜真卿写过乞米帖，陶渊明作过叩门乞食的诗，乞儿的眼界可高了。你也太以貌取人了。"公子更加欣喜，心生一计，把乞儿带回家中，用香汤给他洗澡，把污垢洗去，给他吃大补的食品滋补身体，又替他换上簇新衣帽和鞋袜，瞬间变成了一个风度翩翩的美少年，原来的叫花子已变作一位有阳刚之气的大丈夫。乞丐不解公子的意图，惶恐不已。公子说："我有一个仇人，是妓女双才。现在我给你钱财，你可以私下去见她。但是你要装成像曹植一样的大才子，和她浅斟慢酌，与她欢爱。那么妓界中的花魁娘子就被你占有，她所受到的耻辱就再也难以洗清。你尽管尽兴玩乐，代我发泄心中之恨，事成之后，还要重重赏你。"乞丐说："好吧。"

乞丐带了银两，来到双才家中寻欢作乐。双才见他容貌清秀，谈吐文雅，风度翩翩，十分高兴地去接待他。乞丐进入客堂后，撒钱大方，衣服华美，双才对他十分倾心。一会儿，摆上华筵，端出山珍海味，双才捧着酒杯敬客说："玉壶斟美酒。"乞丐说："瓦罐有残茶。"对词工整，让双才很是欣赏，但看言语粗俗，因此对他既敬重又有点怀疑。她就拿出自己编的诗集给他看，说道："请看奴家的《柳絮吟》乎？"乞丐答道："且唱它娘个《莲花落》也。"双才更是疑心加重。

双才家的左边有座别墅，其中花树亭池，环境十分清幽，就拉着乞丐前去闲游。两人坐在水心亭上，双才取出匣里的字帖向乞丐展示，忽然看见一条白色的鱼从水中荷花阴影处"刺啦"一声高高跃起，双才就说："荷叶鱼儿伞。"乞丐说："绵花虱子窝。"于是再放上杯筷，重新端出珍美的酒肴，两人小酌畅饮。乞丐对撸拳、行令这些桌上游戏，样样精通。随后看见一对白鹭突然飞上树梢，双才说："树头白鹭飞开去。"乞丐说："筒里青蛇放出来。"双才见他这次对答如流，用词贴切，对他的才华很是欣赏，疑心他是当代的才人或者某贵家公子，因追慕韩熙载装扮乞丐向家伎乞食的故事而效仿古人，又因艳羡郑元和落魄成乞儿后得妓人李娃垂怜的韵事而故意仿效。他有惜玉怜香之心，像陶渊明作乞食诗那样的诗才，人是不能貌相的，因此向他百般献媚说："五色笔好逐抟鹏程万里。"乞丐说："七节鞭何愁制犬出千条。"两人吟诗作对很是默契。

这时已喝得醉醺醺，夕阳西下，新月皎洁，婢女送来银烛，迎接他们回到内房。双才向他讲述了自己沦落风尘的苦楚，并希望得到郎君的怜惜，等哪天发迹后，能替她赎身，救自己出火坑。乞丐说："飞黄腾达恐怕不是件容易的事。"双才说："郎君的才华，何愁不点翰林？"就预先给他说些吉利话："金华殿上，呼万岁万岁万万岁！"乞丐说："十字街头，叫老爹老爹老老爹。"双才听后忍不住笑了出来，但终究爱他才思敏捷，羡慕他出手大方，因此同意他留宿，和他欢乐。

婢女送来香茶，为他俩解渴，消除烦暑。桌上银灯灯花结成像小米的形状，双才说："今夕灯花勤报喜。"乞丐说："昨宵稻草硬翻身。"接着就听见敲更的噔噔声，双才说："月明谁击街前柝。"乞丐说："风冷还吹市上箫。"说完，忽然觉得背上奇痒难耐。双才就让婢女取来搔痒的爪杖，并吟成上联说："玉柄镶成金指爪。"乞丐也吟道："钢刀斫破铁头皮。"两人相视一笑，携手进入罗帐。解衣脱帽，乞丐露出瘦骨伶仃的身子，双才吹灭了火烛，竟同意和乞丐共眠欢爱。双才脱掉衣服，娇媚地投入乞丐怀中，一边撒娇，一边吟道："有情有义的哥哥。"乞丐说："修福修寿的奶奶。"

翌日清晨，乞丐还搂着双才酣睡，沉醉在温柔乡中。这时，公子已带着一批身强力壮的汉子来到妓院，一把将乞丐揪下床来。收回他穿来的华美衣服，把一件百缝千补的叫花子衣服、讨饭碗，讨饭棒扔过去给他，对他说："你竟然敢偷了我的银子，到此地来逛妓院，如果还想保命就赶紧给我滚，不然休怪我不客气！"乞丐听后一跃而起，敞开着衣服，来不及穿鞋，就抱头鼠窜逃离了妓院。公子感到大快人心，双才此时羞愧得无地自容，几乎要上吊。从此以后，她再也不敢像以前那样以貌取人，傲气十足了。

柳 声

有个书生，叫康馥，小名苟郎，是扬州盐商的儿子。生得如珠玉般俊秀温雅，性情风流豪爽，还很有才华，十七岁时就中了秀才。来上门议婚的媒人踏破了门槛，他父母打算替他定下一门亲事。但康生不同意，说："虽然作为儿子应该事事听父母的，但是儿子想自己做主自己的幸福。媒妁之言本都是夸大其词，常常把丑女说成像西施、妲己一样美丽，如果误听了她们的吹嘘，陷入她们的圈套，那就会造成终身的怨恨忧伤，所以我宁可慢点论婚，自己亲自寻找爱人。"

父母对他很是宠爱，也觉得说得有道理，就答应他自己挑选妻子。

一次，康生去城北一朋友家赴宴，路过宝城，看到采桑园中一位美丽的女子在采桑。手拿篮筐，手腕洁白如玉，肩与矮桑树齐平，头发乌黑柔顺，仪态端庄大方。康生被迷住了，在桑园边徘徊观望，几乎迷了路。私下去打听这女子的情况，原来是杨博学的女儿，小名叫柳声，年方十六，还未许配人家。康生回家后把情况告诉了父母，请他们派人去说亲下聘礼。父母同意了，康生焦躁不安，叫下聘礼的使者赶快去办，就好像一块无价之宝，唯恐稍迟一点就抢不到。

康生家园中有一幢五开间的楼房，里面住着一家狐狸精，男女老少的饮食起居习惯和凡人一样。起初，康生一家人对他们十分敬畏，日子一长，就变得很亲近了，狐狸精一家经常和康生家走动，相互慰问，一起吃喝，相处融洽。一次，康生的母亲遇见狐婆，向她说起康生的亲事。狐婆笑着说："你说的这人应该就是柳声，她的脸容略瘦，皮肤白嫩，双眉细长，笑时脸上还有两只酒窝，是不是？"说完转过脸去问康生。康生高兴地答道："是的。"狐婆又说："杨家小姑娘才情出众，姿色貌美，又讨人喜欢，郎君可真有眼光。只是一向娇生惯养的，脾气太大，只要稍稍不合她心意，就会大发雷霆，你们也要认真考虑考虑再作打算。"康生并不认同狐婆的说法，于是强扭着父母替自己举办婚礼，把柳声娶了回来。

开始时，柳声十分贤惠，又聪明伶俐，侍奉公婆能恪尽孝道，和姑嫂也相处得很融洽，对待家中的奴婢老妈子也体恤有恩，就算关系不怎么亲近的亲友，馈赠礼物也都大方有礼。但就是把丈夫像奴才一样对待，起先还算恩爱，但渐渐地变得恶声恶气了。梳洗打扫等活都喝令康生去做，只要不合意就罚他长跪。不久，又关起房门狠狠毒打，还要辱骂。康生后悔没听狐婆的劝说，只能自作自受。久而久之，康生脸上常有指抓的血印，肌体上常有用铁烙烫伤的痕迹，两腿上常有利锥刺的血渍。但他仍是忍气吞声，每天在闺房就像蹲大牢，可柳声还是对他切齿痛骂。每当听到打骂声，公婆总赶来相救讨情，柳声的怒气这才稍稍压下去一点，可是等公婆一走，还是照样打骂，有时甚至变本加厉。

有天晚上，康生发出凄厉的哭叫声，惨不忍闻，公婆听着儿子受苦，隔着房门哭着对柳声说："我们老夫妻俩只有这么个儿子，还希望你能顾念我们两位老人，手下留情，为什么你一定要置他于死地，到底安的什么心啊？"柳声听了公婆的话，沉默不语。第二天一早，她梳洗打扮，坐着轿子出门而去，说是回娘家，全家也并未留意。中午时分，忽然见柳声的兄弟们吼叫着来到康家，到处砸毁家具，就像抄家似的，穷凶极恶的举动和凶神恶煞的面貌，简直不可理喻。康生躲在层层屏风后面，吓得浑身发抖。

康生父母气不过，到县令那儿去告状，县令看了状词，勃然大怒，立即发出拘捕令，将柳声抓到公堂上，准备审讯她平时悍泼的诸种恶行。这时，屏风后忽然飞来一根捣衣棒槌，县令惊吓不已，吓得立即退堂，但那些书吏差役们还肃立在堂上。原来那位县太爷也是个怕老婆的。夫人听说堂上审理此案，担心柳声在堂上遭到斥辱，羞愧无地。之后就命婢女传话，要两家停止打官司，男子让女人是常见的事情，没什么奇怪的，不要见了骆驼就说是马肿背，少见多怪。康生没法，只得垂头丧气地跟着柳声回去，公婆俩也低声下气地去安慰她，从此柳声更加蛮横了。

康生的母亲忍受不了媳妇的暴虐，就私下对狐婆抹眼泪诉苦。狐婆说："这是前世结下的冤孽，打官司也不能了结。只有虔诚地信奉佛教，礼拜白衣观音像，或许能得到大慈大悲的观世音保护。"康生母亲很信服，就照狐婆所说，请人画了观世音像，念《金刚经》，日夜拜诵，不知疲倦。过了一个多月，柳声果然稍微安分了些，性情也逐渐温顺柔和，也允许康生在床上和自己靠近欢爱。但和一般妇女比起来，还是雌威犹存，威严十足。

狐婆有个儿子叫珍郎，自己说比康生大两岁，康生把他认作兄长。珍郎的容貌也很英俊，而且很聪明，有才情，八股文、策论、古诗词章样样精通，不久后参加上科玄女通天狐试。娶了个妻子名叫酉娘，是位绝色美人，但性情沉静寡言，不通风情。久之，珍郎对她很厌恶，私下又娶了两房小妾，都妖艳风骚，善于歌舞，对她们很是宠爱。而酉娘也不争宠，甘心冷落独处，但仍常常受到丈夫的辱骂，向公婆诉苦时，反而遭到公婆的白眼。

有一天柳声带了婢女到花园中采花，戴在鬓发上，看见一位美丽的妇人坐在石栏边流泪抽泣，就上前询问原因，原来竟是酉娘在哭。柳声了解原因之后，就好言劝慰，两人聊得来，彼此之间有了感情，成了闺中密友，经常来往，时间久了，友情更加深厚。酉娘曾私下问柳声说："你的丈夫这样忠诚，对你如此小心，哪像我男人娶了两个小妾，还对我恣意强横，你究竟用的什么方法威慑住丈夫，使他像老鼠见了猫，麻雀见了老鹰一样怕你？如果你肯教我，我愿意拜你为师。"柳声笑道："我哪有什么特异的法子，没有什么师傅传授，也不借助念咒、邪法，只靠自己心思灵巧，善于作弄罢了。如果你真的诚心拜我为师，我又怎会不教呢？"

酉娘听了十分高兴，回房取来玉器、金手镯进献给柳声，算是拜师的礼品。她又提起衣襟对柳声拜了拜，恭听指教。柳声说："男人大都薄情，没有一个不是讨厌家鸡而去追野鸳鸯的。所以你平时和丈夫相对时，要故意装出严肃的样子，而到同房时，就做出很放荡的样子。设想一下妓女是怎样的妖冶狐媚接待客人，婢妾是如何迎合主子心意的，百般仿效，要丢掉羞涩，做得逼真。那么丈夫以后见了别的女人，就不会像馋嘴的猫一样，而对你的情欲就会热烈起来。到这时，他那些平时不可告人的勾当和无法应付的事情，越想让我保守秘密我就越张扬；而他要想声张，我就加以抑制，他要左我就偏右。他搞得昏头转向摸不着你的底，然后引诱他如实交代，作为今后要挟他的把柄。之后还要再观察他怕什么，譬如说他怕老虎，那么我就以老虎自居，像一只白额猛虎一样在房中咆哮；他怕蛇，那么我就以大蛇自居，像常山之蛇一样盘绕在床上；他要是怕鬼怪，那么我就以鬼怪自居，像山鬼夜叉一样常常白日在房中突然出现。到这个地步，即使是铁铮铮的汉子，也会被我玩于股掌之上，任我为所欲为了。"酉娘听后，朝柳声又拜了拜说："哦！就是说要满足他的情欲，诱使他说出自己的短处，观察他所害怕的事物，然后全凭你一点灵性去斟酌对付的办法。"柳声高兴地拍着酉娘的背说："真是孺子可教也！"

过了几天后，珍郎果然开始亲近酉娘，要求和她同房，性急得就像雨后的笨斑鸠。又过了几天，就渐渐听得从楼上传来叫骂的声音，一直传到闺房外面，听上去好像是酉娘在骂丈夫，却听不到珍郎回骂的声音。后来又听见用竹竿打两个小妾，小妾疼痛呼叫的声音和珍郎跪下抱着酉娘大腿替小妾求情的声音。而酉娘好像还是怒气未消，打了珍郎的嘴巴，声音清脆响亮。狐婆上去劝阻，丝毫没用，反而遭到辱骂，全家顿时闹成一片。柳声听了很是得意，认为名师出高徒，酉娘得了自己的衣钵真传。

第二天珍郎来寻康生，悄声说道："我住在你这已有十多年了，想着要离开，心中未免难过。"康生惊奇地问他为什么要走，珍郎说："你也知道，我夫人本来很温柔贤惠，可是近来和你夫人交上朋友后，就变得像雌老虎一样。你是怕老婆的陈季常（别号方山子），我是惧内的王钦若，被人讥为'四畏'。外边人要是知道了这事，岂不要笑死？"康生说："我的懦弱是出于本性，可你本是个刚强的人，为什么不奋力反抗，为男子汉扬眉吐气呢？"珍郎说："唉，我也不知什么原因，以前看酉娘犹如三岁的小孩，如今看她就像九子魔母似的，一皱眉一个笑脸，都让人胆战心惊。我是因爱生敬，因敬而变得胆怯。我母亲也很担忧，说：'我们与柳声住得很近，酉娘与她可能有师徒关系，还不知道以后她们要闹到什么地步呢。'于是我们决定搬走，慢慢地等她回心转意。"康生听后，也只是低头长叹。到第二天，狐婆果然来和康生母亲告别，酉娘和柳声依依不舍道别，在闺房中设宴饯别，到晚上才散去。临行前，珍郎找到康生，说："你夫人真的太可恶了，我一定要设法报复她。"第二天楼上声息全无，狐狸全家已在前夜搬走了。康生私下里也总是提心吊胆的，害怕珍郎来向他老婆报复，到时一定又会给自己添加罪过。

转眼间，中秋节到了，柳声用瓜果祭祀月神，在庭院中闲坐赏玩月色。忽然听见屋上瓦响，瞬间一丈来长的黑影飞到柳声面前，张开毛茸茸的像畚箕似的大巴掌扇她耳光，柳声吓得大叫。忽然身后一位高大的金甲神，手持鞭子走来大声喝道："哪儿来的野鬼，竟敢欺侮玉娘，难道你要为负心郎打抱不平吗？"啪的一声，鞭子抽了下来，那黑影顿时就不见了。那些有学问的人听说此事，分析说：金甲神称柳声为玉娘，那她可能是霍小玉转世的，称康生为负心郎，那他可能是李益转世。如果果真这样，那么康生每天受柳声凌辱折磨也是报应啊，可真是冤孽啊！

忠　爱

宋代朱熹的书法气势宏大，就像九天下石，大海扬波，神妙得简直不可思议。前人都说他的书法是从曹操那儿继承过来的，但"心"字却与曹操不同，因为他厌恶曹操的疑心猜忌和居心叵测。淮安府衙门大堂顶上挂着一块匾额，上面用大字写着"忠""爱"两字，是朱熹的真迹。有一年大堂忽然遭到大火，火焰冲天，人声鼎沸。大家都见到匾额随着紫烟上升，然后直立在空中一动也不动，字迹被燃烧，变成金黄色，过了好久才隐去。人们都传说上天把朱熹的墨宝收去了。我乡有"逸民大义"四字，也出自朱熹之手，藏在二峰摹堂内，最近也莫名幻灭了，可真是可惜啊！

郭秋卿

有着这样一个村落，名叫稻花村，稻花村有一个郭氏宗族，是经营农业的田家，家族很大，而且生活比较殷实富庶。稻花村的村长名叫郭九如，家里一儿一女，儿子叫作春卿，是个儒生，每天喜欢浏览各种各样的书籍。女儿的名字叫秋卿，芳龄十六，容貌美艳，无与伦比。而且特别爱好吟诵诗词，是一位才女，平时又特别善于打扮自己，每天把自己打扮得漂漂亮亮的，她对于村姑的装束非常不屑。郭九如夫妻把他们的爱女看作掌上明珠，挑选女婿的条件就别提有多苛刻了。所以到了十六岁秋卿还未许配人家。

郭九如家中有不少工人，有个舂米的雇工名叫范三喜，他长得颇为英俊潇洒，做事也非常勤快，是一个十五六岁的少年，也很得人们的喜欢。这天早晨，秋卿早早地就起来为父亲煮莲子，由于火力不足，她就取了竹筒对着炉子吹火，等莲子煮熟过后，她双手捧锅准备离去。恰巧范三喜从后面走过来，要煮一些新鲜的芋头，于是就取过火筒想把余烬吹旺，吹火筒时没有发现，吹完后火筒秋卿印上的口红就染到了范三喜的嘴上，颜色十分亮丽，犹如雨后的桃花。秋卿看见后，就忍不住大笑了起来。范三喜好奇地问："秋姑娘你为什么笑我？"秋卿因为范三喜的无知就更加大笑不止，范三喜很是疑惑，拼命追问，秋卿于是就用手指着自己嘴唇来提醒他。这时范三喜才悟出来，回过头来对着镜子一照，才明白她发笑的原因；但这时他又有点小激动，心中止不住怦怦乱跳，认为秋卿是对自己有意思。从此以后凡是秋卿有什么事召唤他，他就回应得特别爽快，办起事情来更是加倍殷勤，秋卿叫他，他回话时总是温柔相待。发现没人时，范三喜常对她特别照顾，说着动听的好话，装出十分谄媚的样子，即使是这样秋卿都不觉得这是在冒犯自己。于是范三喜对她更加着迷。

一回，秋卿不小心把一方手帕遗落在了地上，恰巧被范三喜捡到，见到手帕中包裹着一对合欢橘，于是就有了新的联想，准备深夜时分去学那钻洞偷香的行为。秋卿单住一间房，墙的西面都是仓库，仓库上面又加了锁。范三喜偷了把钥匙，晚上开始行动了，他悄悄打开门锁，慢慢地从墙洞进到秋卿的闺房中。秋卿没睡，正在灯下绣镜套，绣得很仔细，但绣着绣着听见了有什么动静，她有点恐慌，还怀疑是来了盗贼，等到抬头一看，松了一口气，原来是范三喜，秋卿的芳心转为一片温柔，小声问道："你过来干什么的？"范三喜恭恭敬敬地说："我是特地把手帕送还给姑娘的。"秋卿听后笑着说："你真是天大的胆子，真被主人知道了，你可是死无葬身之地了。"范三喜哪里顾得上秋卿的话，迫不及待就上前紧紧抱住她，又跪下来向秋卿求爱。本来秋卿觉得范三喜太无理就想拒绝，但后来春心萌动被范三喜感动，就没有多想，与他恩爱缠绵起来。快到五更天时，秋卿怕被人发现便将他摇醒，范三喜仍从洞中钻出，再把洞口小心翼翼地掩盖起来，竟然没有一个人知道他俩所发生的事。

有一天，春卿到秋卿房中聊天，聊着聊着发现秋卿床下有男子的头巾，知道那是范三喜的东西，就问秋卿头巾的由来。秋卿慌忙回答说："一定是小花狗衔来的。"但春卿心中仍有疑惑，始终存着个疑团不能丢开，他把这事告诉了父母，并说："妹子已经成年，是该早点替她找个归属，如果将来发生男女苟且的丑事，我是不能容忍的，一定要用斧头把她的头给劈下来。"郭九如听了很不舒服，替秋卿辩解道："你妹子的品性一向贞洁平正，你突然说起这样凶险暴力的话来，就太不吉利了吧！"于是就把春卿给骂走了。

过了两天，范三喜由于想念秋卿又来到秋卿房中，秋卿私下对他说："你还这么开心，我哥哥前天在这发现了你的头巾，已经起了疑心，如果到时候真的露出破绽，恐怕结局会很糟糕，你我两人都活不成。"范三喜听后也很害怕，说："那该怎么办呢？"秋卿接着说："我已经思考了这个问题。我箱子里有不少的金银，而且装有我哥哥的衣帽，既然我们那么相爱，为何不就在今晚深夜，我换上男子的行装，再从家拉头骡子，一起从后边大门私奔逃走呢？只是现在没有找到好的地方可以居住。"范三喜听了这番话十分激动，说："不用担心，我在这有个守寡的阿姨，独自一人住在邗江，我们可以去投奔她过活。"秋卿听了以后感觉很有保障就非常高兴，随即把云鬓结扎起来，改变原来的发型，将脂粉洗得干干净净，穿上一身男子服装，戴上高高的帽子，把皮靴穿在自己的小脚上，然后对着镜子照了一照，发现自己居然成了一位美男子。范三喜也做了一番打扮，把自己扮作侍从的样子，两人把房中的贵重物品席卷一空，骑着骡子一起奔走了。这时天还未明，东方的天色还没有发亮。

郭九如清早将要起身时，就看见仆人慌忙从远处走来，对其禀告说："今早我起床以后，发现后门打开着，我绕着家看了看，发现家中其实并没少什么东西，但当我走到马棚内时发现被盗走了一头骡子。"九如听后大吃一惊，赶忙起身去查个究竟，后来发现家里少了一名舂米的雇工。郭夫人到女儿闺房中一看，看到房中钗钿乱丢，一片乱糟糟的，箱笼被扔得东一只西一只的都打开着，秋卿也不在了，一家人都非常气愤。春卿听说了此事，内心特别焦急，就想趁这时赶忙找匹马去追赶那对逃亡的人。九如不赞同这种做法，用力拉春卿到没人的地方，小声告诉他说家丑不可外扬，如果去追赶他们也只是张扬家丑，还不如由他们逃走算了，就当自己没生这个女儿。

再说范三喜带着秋卿转眼间就已走了四十里路，这时天也已经大亮了，他们向东赶来到县城，人家早饭都没有做好呢。接着就从城中穿过，二人边走边谈情，出了东廓门，然后缓缓地朝扬州进发。一直到晚上二人到达东孝子里，于是进入旅店住宿。第二天天刚亮又动身上路，二人爱意浓浓，秋卿正举着鞭子与范三喜说悄悄话，突然看到一位骑着马的老翁迎面而来。那老翁又是谁呢？仔细一瞧原来是秋卿父亲的朋友方先生。方先生平时与郭九如关系走得特别近，他是一名先生，三年前曾在稻花村私塾坐馆，有空就到郭家饮酒赋诗，郭家的好多孩子都在他身边学习。当时秋卿也在身边，梳着好看的前留海，穿着窄袖弓鞋，应对起来很讨人喜欢，方先生曾经叫她为过房女儿，所以目前对她还非常熟悉。又过了一小会儿，骡、马慢慢地走近，马上擦肩而过了。方先生忽然意识到那骑在骡子后边的帅气后生好像有些面熟，他想不如来个将错就错，小小冒犯又有什么要紧的？于是就用鞭子把秋卿的帽子挑在地上，这时秋卿的真面目就完全露了出来。方先生看到后大叫说："这不就是秋卿姑娘吗？现在你要上哪去，为什么需要女扮男装？"他话音刚落，就感觉到那位骑在骡背前面的少年非常紧张，还慌忙跨下骡子，像兔子一样逃窜了。方先生一看形势不对，便召唤跟随的仆人赶紧拉住骡子的缰绳，把秋卿带回到自己的家中。

把秋卿带到家之后，方先生的安排很周到，让自己的夫人与秋卿同睡在一个床铺。方先生对逃跑的少年绝口不提，没有过问刚才的男子是谁，也没问他们究竟去哪儿，只是派仆人快马加鞭去让郭九如迅速到来，说是有比较重要的话，想要当面表述衷肠。第二天一早，郭九如果真赶来。方先生见到自己的好朋友到来，点起红烛，设宴款待九如。宴席上，方先生心情愉悦，豪气大发，而郭九如则不时唉声叹气，面有忧色。方先生就假装什么都不知道问他："秋卿姑娘最近可好？"九如说："和以前差不多。"方先生问："她依旧天真娇憨无所事事，还是在学制嫁衣准备出嫁了呢？"郭九如默默无言，不知如何应对。方先生又详细询问了秋卿的最近情况，九如伤心欲绝，眼泪直流，都滴进了酒杯里，说："小女生了一场大病，不幸已在本月内去世了。"方先生听了此话笑了笑，回应似的点了点头。九如看到方先生的表情更加神色不安，把旁人支到了一边，然后凑近方先生耳朵小声说道："蒙先生错爱，仍与我结为至交，我就实话实说，这事我女儿实在做得太让人无法承受了。但不知你是否听到了什么？"

方先生听到此话，想了后就将在路上恰巧遇见秋卿和一男子同行的情况告诉了九如，又大概描述了少年当时的情状。郭九如听后脸色大变，说："对呀，那少年就是我家春米的工人范三喜。他竟然干出这样的事，要把他亲手抓住了才好。兄弟，就请你把这贱人交给我，我一定好好惩罚他！"方先生微微一笑道：

"我将秋卿带回来，就是想替你掩盖这件家族丑事；让你来，不是眼睁睁看你把她害死的。我也替你再三考虑了一番，还不如你先回到家去，然后假装很伤心的样子，把空棺材抬到高地上埋了，对外就撒谎称自己的女儿病死了。用这种方法来掩人耳目，让邻居、家族里的人都相信，这算是很周密了。这个事情大功告成后我再把你叫来，然后教你一个两全其美的办法。"

九如听了这个建议，觉得很不错，就顺心地答应了，向方先生表示十分感谢，谢完过后，就按方先生的话把那个事办了，事情做得果然十分谨慎细密，没人认为这是一件骗人的事，也对此感到非常伤心，更别提嘲笑他们了。家中的仆妇虽然知道事情的真相，但一向深得九如的恩惠，也不对外宣扬。即使偶然有人怀疑地问道"秋卿姑娘怎么会死得这样意外？"也只是半信半疑说说而已。真正等到郭九如又一次来到方先生家中时，方先生已经替郭九如备好一顶轿子、一辆车子、一名老仆妇和一名仆人。方先生说："把你女儿带到扬州去，侯门深如海，谁能知道她的身世呢？然后把她卖给盐商大户人家做婢妾，秋卿人长得漂亮，好多人看了以后一定会特别喜欢的，这样很快就会卖出去的，你就可以轻松回来了。"

郭九如抑郁不乐地带着女儿来到扬州，暂时借住在刘婆家中。即使来到扬州，但郭九如依然愁容满面，心情很沉闷，秋卿则泪流不止，想当初做的事不知是对是错，将脂粉弄得乱七八糟，整天愁眉紧皱，眼泪汪汪。父女俩虽然被安排同处一室，但如隔云霄。房主刘婆看到这种情形，很是怀疑，背地里向老仆妇打听，才明白他俩是父女关系。日间与秋卿闲聊，看到秋卿长的美却眉头不舒展，真讨人怜爱。又与九如谈天，郭九如也只是愁得唉声叹气。刘婆说："看你们的神情举止，肯定也是好人家出身的，为什么天天这样忧郁不乐呢？"郭九如说："父女马上分离，又怎能不悲痛呢？"刘婆好奇地说："到底是为了什么，致使你们骨肉要分离呢？将要何处远离别呢？"九如不得不编出一个理由，说："因为家里打官司欠了巨债，所以必须将女儿卖了还债。"刘婆听了大吃一惊，然后又仰天大笑说："你可忍心把这样一位长的就像画中的美女卖去，你是有铁石心肠？那么，卖身价你们打算是多少呢？可以说说让我听吗？"九如说："乡里小家女子，不会弹古筝、琵琶，不知书识字，不会刺绣，只懂得烧烧饭、缝缝补补的，与平常女子无异，又怎敢要求能卖高价呢？如果能卖得二三百两银子，也算是求之不得了。"

刘婆听了此话想了好大一会儿，说："老身二十岁就守了寡，到老了也无儿无女，到现在都想着伤心。如果你女儿当了我的女儿，我一定会替她找个好女婿，找一户好人家，让她过上幸福的生活，不仅仅是眼前膝下承欢。但是你这价钱对于盐商来说一定是很贱的，对于我来说就真的太贵了，我用二百两银子来换她的卖身文契好吗？"九如说："就这样定吧。"然后他又对刘婆说："我的女儿日后就是你的女儿，想来就不必立什么字据了，银子呢就暂时寄在你这里，我还有点重要的事情要去镇江走一次，等事情完毕后再来领银子。"此事已定，第二天就与女儿离别启程，九如不舍女儿，秋卿也低声哭泣，请求父亲转告母亲，说自己对不住母亲，恐怕今生很难见到娘亲之面，再也无法报养育之恩了。九如听到后也涕泪横流，但也不开口说一句话。哭完后就立马上轿，带了仆妇走了。

刘婆收了秋卿以后，待秋卿特别好，待她就像亲生女儿一样；秋卿也是一个懂得感恩的人，待她也很孝顺，事事都考虑她的感受，能得刘婆的欢心。刘婆私自问秋卿："究竟是什么原因使你父母要把你抛弃呢？"秋卿也只是说："家中贫穷罢了。"刘婆每天坚持为秋卿打扮，涂脂抹粉簪珠花，给她穿华丽美艳的衣服、轻纱长裙，与秋卿刚来时那种愁眉苦脸的模样真是有天壤之别。刘婆所居住的住所本来就是扬州地方一家稍有名气的旅馆，四方商人见到秋卿如此美艳都惊叹是天上的仙女下凡。秋卿的美名逐渐传扬，做媒的人也快踏破了门槛，刘婆一一听他们的介绍，没有一个是她能看得上的。

有一位木材商人钮仲卿在当时很有名，是位风度翩翩美少年，身带二十万两银子跟随着兄长到处经商。他南到九江，东至齐鲁，沿途中也在物色配偶，可是缘分总是遇不到，兄长都已娶了嫂子但是自己还是条光棍。他曾经对人说："家中有大一片海洋，还会怕找不到活泼乱跳的鱼？我就算拼着花个一千两银子，也一定要找一位绝代美人，像那些青楼中卖笑的娼妇妓女，只能做我的婢妾。"有一次，他寻访朋友经过刘婆家门口，看到秋卿脑后梳着个苏州式唯美发髻，身穿紫色轻罗衫，拖着绸质绿花裙子，花裙下掩盖着尖尖瘦瘦的小脚，正倚在窗户旁晒着日光绣荷包香囊，很是入神。钮仲卿看了背影以后就已经痴迷了，只恨她背向着自己，看不到她的脸儿与这一身美好的装束是否相匹配，因此就高声喊道："刘阿姥哪去了？是又到东邻家去欣赏斗叶子戏了吗？"秋卿回应了一声，忽然转过粉面，脸上露出一丝红晕，钮仲卿看了以后，仿佛惊得掉了魂。

没过多大会儿，刘婆缓缓走出，问钮仲卿说道："你好久不到这儿来，我们也好久没有见面，今天是什么风把你这位贵人给吹来了？"于是刘婆就让他在客堂中坐下休息，让秋卿给钮仲卿献上茶来。秋卿站起身来，缓缓走来，妖娆的身姿显出亭亭玉立的样子，果然捧一杯香茶到来。她从袖中伸出纤纤玉指，洁白温润的就像仙女的手一样，钮仲卿看了以后心摇神荡，眼睛只落在秋卿身上，几乎不能自制，凑近刘婆的耳朵边悄声说道："老婆子到底从哪弄来这样一位美女子，是打算居为奇货高价卖出去吗？"刘婆笑说："二郎千万别胡说八道，这可是老身的女儿，因为生她时我患病少奶水，所以把她寄养在西山阿姨的家中。可是不巧的是阿姨去世了。她也长大了，所以我接她回来陪我。正准备替她找个婆家，如果二郎你发现有好人家，就请你为我女儿做大媒，日后定会感谢你。"钮仲卿心里有话但说不出，连忙答应了几声就回家了。回家以后，他就与兄长暗自商量，命人用重金去收买刘婆。刘婆高兴地说："论起聘礼，只需要六百两银子就够，只要女婿能够尽半子之孝，给我养老送终，别让我连个葬身之地都没有，我就答应了这门亲事。"钮仲卿听了，觉得只要自己能娶秋卿什么都可以答应，于是就很慷慨地答应了她。过后就下聘礼、迎亲、赶紧成了婚。新娘子实在是美丽极了，众人看了也都认为钮仲卿与秋卿是天作之合。

花烛之夜，贺客都喝得醉醺醺，散了之后，银灯照影，这夜月色特别皎洁。钮仲卿也很高兴，回到新房，替秋卿脱衣，对她说甜言蜜语，百般爱怜温存，不敢稍微有一点粗鲁莽撞。秋卿刚结婚，也有点害羞，什么动作也都扭扭捏捏的，并且要求新郎慢慢儿来。只是腹部紧紧地束缚着带子，就是不肯解开，同房之后，发现汗巾上并没有留下初次性交后的血迹，钮仲卿心里很疑惑，但是他对秋卿喜爱至极，也就不再苛刻地去问。新婚度蜜月时，二人感情很好，两人没有一夜不是相拥而眠。但是有一天晚上，秋卿突然腹痛难忍，疼痛至极，钮仲卿看了以后吓得要命，以为她生病了，就赶忙在床上为她抚摩，用甜言蜜语安慰，情真意切。此时秋卿十分伤心，泪如雨下，钮仲卿大吃一惊，问她哭的原因。秋卿十分吃力，勉强起身跪在床边，低声诉说："我不好，我没有一点脸面对你，想要立即死在这里。以后如果你再娶妻子，对于我这个犯了大错的薄命人你能烧一刀纸钱，我就相当满足了。"说过以后就更加伤心地哭了起来。钮仲卿听过后赶忙抱她起来说："我们夫妻如此恩爱，还有什么话说不通的，非得要这样寻一条死路呢？"于是秋卿就道出了自己的真姓名，"我曾经与范三喜有一段奸情，腹痛是怀孕而且孕期已满将要分娩，现在我的性命就都在你手中，我就任你处置吧。"钮仲卿郁闷地说："你不要再说了，你暂且忍一会儿痛，在把这个小孩生下来后，我会弄死他的。但是如果你叫出声来，被隔壁嫂子听到，你日后还能怎样做人？我绝不怪你，你也不必怕我。我只是很喜欢你，想要与你成为恩爱的一对夫妻，以后的日子还很长，每个人都会犯下错误，但是我会原谅你的，我没什么要怪罪的。"秋卿听后非常感动，流着眼泪异常感激，趴在枕上不断地磕头拜谢。在这之后钮仲卿对她更是百般安慰。

没过多大会儿，婴儿就生了下来，婴儿啼哭不止，钮仲卿一听哭声那么大，就一把扼住喉咙，小生命就此结束了。他的嫂子在对门休息，听见小儿的哭声就醒过来,跑到钮仲卿这边来问道:"阿叔,这是哪来的小孩的啼哭声?"钮仲卿立马谎告说:"你弟妇刚才在打嗝,呕出有小碗那么大的一块痰块,所以发出类似孩子的啼哭的声音。"嫂子相信了,仍又回房酣然入睡。钮仲卿立马从窗中爬了出去,小心翼翼的,跑到灶间取来一盆温水洗去现场的污秽;接着又拿着铁锹在床下掘了个尺把深的坑,把婴儿的尸体埋坑里,又端来参汤让秋卿喝下,秋卿也很伤心。钮仲卿来来回回地操劳,那手忙脚乱的样子的确让人心疼。他一点也不敢差丫鬟仆妇去做,恐怕事情暴露了。第二天,嫂子来问病,秋卿靠在枕上躺着,气息微弱地说:"我是小时候就得的这种病症,发起病来要拖个把月呢。"全家人都很怜悯她,不起一点疑心。此后也就不再问起昨夜发生的事情,但是就辛苦了钮仲卿。

从此后秋卿对钮仲卿十分感激,因感激而生愧疚,因愧疚而生恨意,由于产后身体本来就气血不足,加上内心总是放不下这件事,慢慢地就变成疯病。她精神不正常,常常见人就想哭,哭了接着又笑,笑了以后就又用手抽自己的耳光,自说活得没有意思,只希望可以快点死掉。时常有不让人放心的举动,看到剪刀,就想一把抓住往喉咙刺去,旁人看到后连忙上去把剪刀夺下扔了;然后她又用针去割手腕上的肉。只要身边的人防范稍有一点疏忽之处,她就已经将三尺白绫挂到梁头上,自己的头颈快要插进圈套中去了。钮仲卿因为过于爱她就日夜陪伴着她,一刻也不敢离开她,而且没事时就百般开导她,并且当着她面对天立誓,说自己不会改变心意不是薄情郎。万幸的是秋卿还有一丝清醒的地方,也不把自己的隐私当众讲出来,所以别人终究不得而知她过去的事。可是她的病情越来越重,任何药物对她都不起作用。刘婆经常来看望秋卿,也很无奈,只是对着她默默流泪,不知所措。

有一天,人们突然听见大门外有"当当当"的敲木鱼声音以及唱佛曲的声音,佛曲的歌词是这样的:

真作假来假作真，真真假假许多因。勘空泡幻当头喝，唤醒痴迷多少人。咄，他生事业今生镜，今生行径前生影。你莫把眼皮遮翻，你好把脚跟踮定。自家知自家命，自家有自家病，装什么癫狂？做什么风韵？何如一棒打开大家看看，大家仔细，大家安静！

钮仲卿听到了歌声，感到很诧异，慌忙跑出来一看，只不过是一个野和尚，一副奇怪的面相，长着蜷曲的灰色络腮胡子，绿绿的眼睛，自称是在大海西面居住的人，经常帮助小孩老人医治怪毛病。因为这个和尚的到来，这时门前围观了好多人，围得像堵墙似的。他问了问和尚："和尚果真能帮助人家治疗疯癫病吗？"和尚回应说："我可以帮人治疗心病，更何况这种癫病！"

钮仲卿听了以后大喜，就对他双手合十，想请求他替秋卿治病。和尚大笑，盘着腿席地而坐，稍微闭一下眼睛就睁开眼说："我已经看到你的夫人了。"说毕就从钮仲卿那拿了五张白纸，然后伸出五指好像画符的模样，嘴巴一张一合念起了咒语，再把白纸拿给钮仲卿说："你把它带到闺房，然后按照顺序在纸上洒上水观看，就会出现各种幻象，但只能是你的夫人和你一同看，千万不要与别人一起看。纸弄干了以后，立刻把它烧成灰，你们夫妻分别把灰咽下，你夫人的病就治愈了，对你来说还可以变得更聪明。我就住在不远处，你有空时就请来我这谈谈有关佛的义理，也许会得到更多的施舍。"钮仲卿听后非常兴奋，朝和尚鞠了一个躬，然后接过白纸小心翼翼地放在自己的口袋中。只是一瞬间，和尚就已向东离去。钮仲卿要挽留他在家吃饭他不肯，追赶又追不上，于是拿着白纸回家了。

回到家后，钮仲卿异常欣喜，先将秋卿扶起而坐，又紧紧关上房门，然后焚起一炷好香，严谨按照和尚所说的先试着把水洒在纸上，没过多久纸上果真出现墨迹，渐渐地出现了一幅小图画。第一页纸上出现一位戴方头巾的秀才，衣服破破烂烂，貌似拿着一张借据在与一位富人争吵。富人的脸上有怒气，命令仆人暴打秀才，秀才就一边哭泣，一边逃跑。上面还配有这样的小字：

赖贷坑儒，富儿何愚？恶赖恶讨，眨眼工夫。

第二页上又出现了一位秀才的影子，手挽着一个美女的手，二人相偎相依，举止异常亲昵。上边配有题字：

邻家小女强作鸳侣，彼自有妻，渠自有主。

第三页上还是出现秀才的身影，但变得更加穷困潦倒，被一个贱人无赖逼迫，脱去衣巾，在西风中穿着一件破衣，袒胸露乳，瑟瑟发抖，一副可怜的状态。上面配题字：

无赖之子，诱尔为非，倾家荡产，何靠何依？

第四页上仍然出现了秀才的身影，睡倒在风雪之中，一位美女带着女婢抱着被褥走到跟前，双手举起铁铲掘地，好像是在掩埋的秀才尸体。上面配有题字说：

雪地枯骸，绣阁裙钗，情根所种，固结不开。

第五页上发现人影消失了，只看到一把刀一个环，也没有题任何字样。秋卿看到这第五张纸，忍俊不禁大笑了起来，突然间又号啕大哭不止，现出不明所以然的样子。钮仲卿立刻用炉火把白纸熨干，朝它恭敬地拜了拜后把它烧掉，接着两人都把纸灰吞下腹中。秋卿这时忽然明白过来，钮仲卿也立马有所醒悟，异口同声说道："哎呀，前因后果竟然是这样的虚幻缥缈吗？"两人就将自己前世的事情各自用笔给写了出来，然后互相阅读，竟然一模一样。

画中的秀才当时身居楚地，他的父亲在世时家境很富有，曾经与一人友善。那人有一次向秀才的父亲借了一千两银子，他们立下了字据把它放进箱子。他的父亲去世后，秀才不再经营产业，家道也逐渐贫困，偶然一次翻箱子时拿到了字据，就向欠债人去要债。那借债的人就是画上的富人，诱使秀才毁去以前字据，后来命令恶仆暴打秀才。秀才非常懦弱胆小，没有胆量与富人上官司，最终一口气忍了下来。秋卿的前世就是那个胆小的秀才，富儿也就是现在秋卿的父亲郭九如。秀才的东面邻居有位婢女长得很是美丽，他诱使婢女与自己通奸。后来这位婢女嫁了人，新婚当晚没有见红，被丈夫嫌弃，最终抱恨去世。婢女就是当今的范三喜。秀才纵然贫穷，但爱好赌博。有个贱人引诱秀才去了赌场，一次输赢交易就需要好十几两银子，时间一长，秀才变得更加贫困，无赖就把他衣服全部剥下来还赌债。那无赖便是郭秋卿生下来便被掐死的私生子。秀才最后家产全无，无法继续生活，书也放弃读了，就去当了乞丐到处要饭。村里人嫌他行为不正，不肯施舍他一勺饭一分钱。在寒冷的满天风雪里，他活活饿死在雪地里。有这样一位美人，她的母亲一向信仰佛教，每天都坐在蒲团上参禅。美人也同母亲一样非常喜欢佛教，所以精通佛经。那天美人正好叫婢女到门外去赏梅花折梅花，恰巧看到秀才的尸体，相当怜悯他，就跑着回房中告诉了这位美人。美人顿生怜悯之情，心神一动，便带了铁铲与婢女一起，偷偷地在深夜里用力挖了个深坑，把秀才包裹完整后埋葬了，美人没过不久也就去世了。美人也就是现今的钮仲卿，美人的父亲便是今世的刘婆。只有第五页上的刀、环令人好奇不知是什么意思。

他俩就朝着空中恭敬地作揖下拜，感谢上天为他们指点迷津，这时候秋卿的病突然消失了，也恢复了以前的聪慧敏捷，夫妻俩大喜。在这之后秋卿对丈夫说："和尚真是位神仙，我们为何不去拜访他请求忏悔呢？"钮仲卿十分赞同说："好的。"一早起来，两人梳洗之后，便捧着香走出了东廊大门，来到一座破旧的寺庙。庙中不见和尚的踪影，只有大殿旁边一尊金身罗汉，长得四方脸、高额角，与那次所见到的那位野和尚长得一模一样。夫妻俩认为这就是那位和尚，于是就面向罗汉顶礼膜拜，然后夫妻二人回到家中。钮仲卿十分佩服那个和尚，于是竭尽全力劝说兄长，让兄长掏出一千两银子整理庙宇，请僧人到庙中主持，让庙里香火更加旺盛。从此以后秋卿与钮仲卿的感情就更好了，二人更加恩爱，比目、鸳鸯等都不能够比拟他们夫妻当时的亲昵爱恋。因为刘婆的收养，秋卿就把刘婆家当作娘家经常去看望，没有一丝要回到稻花村去的想法。她有时也很想念自己的父母，就托人捎带一些好吃的东西去，算是对他们养育之恩给予回报。

过了十年，社会动荡又有人造反，钮仲卿发愤图强，想实现建功立业的愿望，于是与秋卿商量，秋卿非常赞同他的想法。钮仲卿于是投笔从戎，在军队中当了幕僚，因为军功很大被任为镇军，秋卿也很是荣幸地被封为夫人，还因为自己的功绩太大让钮仲卿的兄嫂也受到封诰。这时郭九如夫妇也都相继离世，春卿这时才与秋卿相互往来。有一次钮仲卿在深夜中带领部队去攻打敌方的营垒，号角响起，部队悄无声息地往前行军，走到半路时突然遇到了敌军，双方僵持了好长时间，一直作战到天明，敌军才被击退下去。钮仲卿单枪匹马在荒野中不小心掉了队，敌军趁机蜂拥而至，把钮仲卿俘掳走了。敌人对他很残忍，喝令他下跪，他不跪；叫他投降，他不肯。钮仲卿对敌人大骂一顿，握紧自己的拳头，把钢牙都咬碎了，于是敌人在一气之下就把他杀了。秋卿在家听到了这个噩耗，给钮仲卿设立了一个牌位，失声痛哭，非常伤心，她说："郎君对我情深义重，我待郎君大有亏欠。我们在天愿为比翼鸟，在地愿为连理枝的誓言，仍在我耳边响起，我哪能一人独活！"于是她也上吊身亡。到这时纸上的刀环图画才得到了应验。秋卿没有为钮仲卿生下一个儿女，他的兄嫂就将自己第二个孩子过继给了钮仲卿，承继了爱国将士的荫袭，官位做到参将、游击。

折齿佳人

　　蔡知府曾在两处大郡中当过官，捞了不少钱。但他的夫人却和汉代的孟光一样，穿布衣，打扮朴素，对蔡知府的所作所为十分厌恶。蔡知府花了一千两银子到苏州买了个妖艳的女子为妾，名叫珠珠。初到蔡家时，珠珠对蔡夫人侍奉还有点礼貌。可是之后发现蔡夫人生性懦弱，事事容让。于是珠珠对她渐渐冷眼相加，顶撞无礼放肆起来，蔡夫人也是一味地逆来忍受。

　　珠珠很讨蔡知府的欢心。有一次他从外边赴宴回来，看见珠珠背着灯光独自坐着，不说一句话，问她怎么了也不回答。再问她时，只见她眼含泪花，接着眼泪又像断线的珍珠滚滚不断，楚楚可怜。就问她："是否受了夫人的委屈？"这时珠珠放声大哭，泪如雨下。从此以后，蔡知府就对夫人深恶痛绝。只要是珍宝器玩、绫罗丝绣之类的珍贵物品都放在珠珠的房中，而夫人房中则空空如也。一次，珠珠的婢女和夫人的婢女一起争抢枣栗，捉迷藏玩耍，因为游戏意见不一致，发生争吵，蔡知府知道后偏袒珠珠的婢女而责打夫人的婢女。有时珠珠不开心，目光呆滞，满面愁容，深夜不安睡，蔡知府就一定要叫夫人的婢女来跪着引逗珠珠发笑。珠珠脸上一刻不舒展，婢女就一刻不能直起身来。蔡知府对珠珠就是宠爱到如此的地步。

　　有一天，蔡知府出门，仆人已在路边肃立等待，正要跨上马鞍启程，忽然想起槟榔袋忘了带，就让仆人先别乱动，自己走入屋中去取。刚踏进内房的房门，看见珠珠正背转身子倚在栏杆上对着日光绣花，就轻手轻脚偷偷地走到她背后，掩住她的眼睛和她逗弄。但这时听见珠珠嗲声嗲气地说道："你这急色鬼怎么这么猴急？主人才刚刚出门，就来讨琼浆喝解色渴了吗？看你昨夜那一副猴急相，多么难看啊！"蔡知府突然放开手让她看清自己是谁，说道："淫荡的贱货真该死！"就气冲冲地走了出来。到晚上他回家准备审问珠珠时，发现珠珠已带了钱财跟一个仆人偷偷地逃走了。他正打算派人去追捕他们，但遭到夫人的竭力劝阻，说恐怕这样一来，就会把家丑传扬开来。蔡知府大怒，后来逐渐由怒转悔，和夫人和好如初。但夫人很是贴心贤惠，总觉得如果蔡知府身边没有一个红袖添香的佳人，怎么消受这良辰美景呢？于是她就拿出自己的私房钱，亲自为蔡知府挑选了一位小妾，名叫珍珍，姿色十分貌美。

珍珍进入蔡家后，事事恪守小妾的名分，她不去取媚夫人，也不向蔡知府献媚，也不索要珍宝器玩、绫罗丝绣之类的珍贵物品。给她什么衣服，她就穿什么衣服，即使是粗布衣服也从不嫌弃抱怨，给她戴低劣的木钗就戴木钗，而且不大用心学习刺绣，只是整天在织机上叽叽轧轧的纺纱织布，像个做粗活的穷家女人，几乎忘了自己是位四品黄堂的如夫人。蔡知府对她的行为很是不解。一天他又要出门，仍旧推说是进屋去取槟榔袋，悄无声息地进入内房。只见珍珍正端坐在织机上，伸出纤纤玉手在织布。蔡知府慢慢地走近珍珍身边，也交叉着手从背后去掩她的眼睛。珍珍惊惧万分，耳朵边听到托托的靴声，知道这一定是哪个男子的脚步声。想到他竟敢这样大胆地冒犯调戏自己，愤怒不已，就用手中的梭子猛地反击过去，竟击中了蔡知府的嘴，还把两个牙齿都打落了。蔡知府痛得直叫，满嘴鲜血淋漓，全家人闻讯赶来都惊吓不已。珍珍看清来人知道自己做得太冒失了，就赶紧跪在地上请罪。蔡知府用手掩着嘴唇，又是惭愧，又是开心。夫人出来笑着骂他说："你这个傻郎君！你怕戴绿帽子，就不能换个方法来试她吗？她就是再笨，也该知道前车之鉴，有所警惕呀。"同僚们的夫人听说了这件事后，都大笑不已，戏称珍珍为折齿佳人。

后来又从珍珍的老邻居们那听说，珍珍未出嫁时曾在月下坐在阶面上捣衣，邻居中有个无赖从背后去调戏她。珍珍大怒，随手就拿手中捣衣的木棒奋力反击，把无赖的牙齿都打落了。所以人们又称珍珍为女习凿齿（习凿齿是晋朝的历史学家）。

秃尾龙阳

海滨地方有个大富户，家中养了数以百计的牲畜，猪狗马兔等畜类的交配常常不按规定的时间季节，随意交配。尤其奇怪的是，马棚中两匹一黑一白的雄驴。起先时，两驴相依相偎，彼此相互舔着挠痒痒，十分要好。接着那匹白驴子突然把前蹄一抬爬上了黑驴的脊背，看的人以为它们是在闹着玩的。可那黑驴竟乖乖地把屁股翘起迎了上去，白驴骚兴大发，像是熟练了似的，就与黑驴交配起来。事完后，带出了不少大驴粪蛋，黑驴并不认为白驴是在侵犯它，反而扇动耳朵，摇摇尾巴，驴唇一张一合，露出了很享受的样子。

又过了一会儿，黑驴的阳物也翘了起来，异常粗大，也把前蹄抬起爬上白驴的脊背，白驴也容忍了。可因为黑驴的阳物粗大，所以在交配时很艰难，只见白驴闭起眼睛，驴脸现出很痛苦的表情。那意思好像是不这样就不能回报刚才黑驴对自己的恩惠。那位富户主人感觉稀奇就写信给友人说："昨天我家的两头公驴竟然作叠股之戏，天下还有什么事比这更稀奇？"友人回信说："如此看来，那光尾巴的牲畜也是同性恋者，是驴形而兔身，就和人类中的娈童一样。"

从前五代时南汉刘䶮，为了作乐竟常在白天命家中的男女在后院中裸身宣淫，场面淫靡，名叫大体双。后院中的鸟兽鸡犬看惯了这种事，也效仿整天交配。现在这户富家中的驴子是不是也是效仿了喜好男色的家风呢？真是奇怪啊！

小 娜

　　山东的恩县有个习俗,即每年的正月十五那天,城乡的妇女,无论是美丑还是老少都要梳洗打扮自己,穿上干净漂亮的衣裙,到县衙门聚集,恭请县太爷夫人穿戴着礼帽礼服出来。在这前一天,衙门庭院里会预先用木头搭一座台。等到十五那天,夫人鬓边插着珠翘,涂脂抹粉,坐着簇新的轿子,由丫鬟仆妇抬着。刚一离房门,县里的妇女就一哄而上,争着去抬轿,代替仆妇的差使,前后左右拥护着保卫的人,都是云鬓乌黑,身穿红裙的女子。到庭院里,大家恭请夫人下轿,把她搀扶上台去。台上设着宝座,座位上铺着绣花的褥子。夫人刚刚坐定,狼烟火炮轰响三声,然后鼓乐齐鸣,热闹非凡,无法辨清人声。妇女们一个个向台上虔诚地行礼朝拜,她们还不让夫人还礼,即使是拱拱手,稍稍提一下衣襟,拢一拢双袖这样的表示一点敬意的行为,也不允许。为了防止夫人做出任何举手行礼的行为,她们还预先派两名美女在夫人肘旁站立监督,好能及时阻止她。

　　等到城乡的妇女朝拜结束,她们便对夫人肆意评头论足。有的说夫人美,有的说夫人真美,有的说夫人美但又非真美,有的说夫人头美,有的说夫人脚美,议论纷纷,各不相同。众妇女中有位懂事的人,身穿礼服走近前来跪下,献上一小碗参汤。夫人喝了一小口就把剩下的参汤还给那人,可她仍跪着请夫人把参汤全部喝完,一点一滴也不能剩下。

　　夫人喝完参汤,丝弦乐就轻轻奏起,有如怨如慕之情。音乐停止后,那位晓事的妇女就把女戏子带上前来,送上戏单,请夫人点戏。如果夫人误点了一出愁苦悲怨的戏,大家就会跪请夫人另点一出,直到点了华美富贵的戏,大家这才满意高兴。接着对面戏台上演员们粉墨登场,锣鼓管弦齐鸣,众妇女又依次前来为夫人斟酒,端来美味佳肴,摆上了小宴席。夫人只是略微抿了一抿酒,不敢喝醉。戏演了三四遍后，大伙就凑集十多千铜钱，朝台上像雨点似的乱扔过去，说是替夫人放赏。

演戏结束、酒席撒下后，大伙又各自把自己头上的珠花摘下，从袖中拿出手巾包上，接着有的从怀中拿出脂粉，有的掏出香囊荷包、折扇，都堆在夫人膝下，送给她，不许她推辞。做完这一切，她们又互相说道："夫人已经疲倦了，不如请夫人回去休息。"阶下乐声奏起，声音冲天，香烟缭绕，旌旗飘扬，众人仍旧抢着抬轿子把夫人送到房门，然后开心地散去。

这场闹剧其实是用夫人容貌的美丑来预测这一年是丰收还是歉收。夫人生得美的且不去说她，即使容貌生得丑陋，也要大加修饰打扮，穿着鲜艳的衣服虚张声势，只有这样才能满足当地人的欲望。

有个新上任的县令，姓盛，是位名进士，声誉很好。刚上任就逢上新年，只听得庭院外面人声嘈杂，问发生了何事。役吏就把此地的习俗说了，并请夫人出去。盛知县笑笑说："这难道可以算是无为而治的闲情逸致吗？赶快把他们打发走算了。"役吏说："这里的风俗一直都是这样的，如果把他们打发走，恐怕会人心不服。"盛知县笑了笑应允了。但盛知县的夫人又黑又麻，而且还大腹驼背，裙下是一双尺把长的大脚，硬是不肯出去让人笑话。盛知县多次劝导，知县夫人勉强打扮梳洗，之后取过镜子一照，只觉镜中是丑八怪一样的怪物，十分难堪，更加不愿出去。时间又过了好一会儿，众人见夫人的轿子还不出来，庭外的鼓声更加响亮好像开了锅的粥，人们纷纷叫喊道："一年收成的好坏决定着百姓的性命，而收成的好坏取决于夫人的容貌，为什么还是关着大门不肯出来，这是为百姓着想吗？县官的心肠为什么是如此冰冷？"

盛知县听后，进进出出来回奔波，可夫人仍躲在帐幕中不肯出来，害怕得几乎要哭出来了。盛知县无计可施，就问役吏说："如果叫人替代可不可以呢？"役吏说："好像也没有什么不可以。"于是就从家里的丫鬟中选一个貌美的人替代，看来看去选了扬州籍的名叫小娜的丫鬟，只见她脸色雪白像玉脂，眉清目秀，杨柳细腰轻盈婀娜，裙下的双脚更是纤瘦无比。盛知县说："这个丫鬟的气质真可以当夫人了！"就赶紧命仆妇为她梳头，穿上彩衣，打扮得花枝招展后出来。被人抬上高台后，容貌更加艳丽，真是美极了。台下妇女中有两三个大家闺秀高兴得跳了起来，拍着手说："夫人可真美，真是美如毛嫱，美如西施！巧笑盼兮，肤如凝脂，怪不得她姗姗来迟。夫人美，白如玉，蚕结茧啊田有谷，县母福长人民福。"有些穿着围裙、鸦头袜的乡间村妇也跟着唱起粗俗的歌说："夫人美如此，插秧勤早起。不怕旱，不怕水，民妇生，夫人喜。"顿时众人欢声如雷，争着为夫人奉献美酒祝寿。围观的妇女都闹哄哄地聚拢而来，到处都是脂粉的香味，人头攒动，都争着夸说夫人的美貌并非虚假。这一年，果然是个大丰收年。第二年的正月十五又是由小娜替代，又获得了大丰收。三年的情况都是如此。

盛知县对小娜也很是感激，就想把她收房做妾，可是无奈夫人生性妒忌，而且泼辣，不敢擅作主张。但平时让小娜在身边递书端砚，不离自己左右。小娜每件事都做得让盛知县喜欢，但就是不让他沾身子。盛知县常对幕僚们感叹说："美人就好像花草，开在枝头时，和风吹拂它，雨露滋润它，生气盎然。但如果把它折下来用鼻子嗅它，那就会促它早早枯萎而死。虽然我也是个好色之人，但却不像战国时代登徒子一样只求肉体的结合。"人们都在私下里嘲笑他，知道这是他自我解嘲的说法，其实是怕老婆的缘故。

又过了一年，盛知县夫人因病去世了。盛知县就派了个老婆子向小娜示意，表示要把她纳为小妾。小娜哭泣着说道："虽然我很卑贱，被买来当侍候夫人的丫鬟，但我已过世的父亲也是扬州地方的读书人；再说我连续三年替代夫人，抛头露面，万目共睹，堂堂正正高坐在台上，被当时几千位妇女顶礼膜拜，称呼'夫人，夫人'的。现在让我当小妾，为你铺床叠被，我倒没觉得有什么可惜的，但是只怕这样一来，你就失信于民妇了。"老婆子把这一番话回复了盛知县。他笑笑说："这小妮子果然很有志气。"虽然这时他正打算续娶，但也不能讨一个下人当正式夫人，就没理会小娜的请求。

不久盛知县娶了一位部里郎中的女儿做后妻。这位后妻很有治家的才能，但容貌却要比小娜差远了，可那份妒劲儿却和前妻不相上下。她担心小娜会像狐狸精似的迷惑丈夫，就私下委托媒婆把小娜卖出去。正在这时，有位姓甄的少年，是新科的进士，离京南下，路过恩县，盛知县招待他进县衙中喝酒。甄进士听说小娜生得很美，就请求一睹芳容。见面之后，他大加称赞，说自己还未娶妻，愿意下聘娶小娜为妻。虽然盛知县恋恋不舍，但甄进士私下送了五百两银子给夫人，竟让他下了彩礼把小娜娶走了。

第二年春天的正月十五，那个续配的夫人依仗她的面貌比前妻好得多，梳妆打扮之后，大方地出去应景，可结果这一年，恩县地方闹了个大灾荒。

杨柳花三嫂

在妓院里服役的大脚女人中，有种女人被称为"花使"。她们体态轻盈、腰肢婀娜、细眉貌美、巧笑多姿，添香端茶，把客人侍候得舒舒服服，称心如意。她们裙下的双脚也不如一般女子娇小，仅是为了生得圆滑端正，不要求尖尖小小如玉笋一般，所以只是稍稍裹上一段时间。这种女子在江南地区当以南京为最多，而在江北则扬州为最多。邵堤之下有条大河通往东淘、昭阳等处，水波平滑，一叶小舟就能行驶。那有一种双篷船，不载货物，只接送来往的过客。因为船比较小，船价便宜，所以乘客们男女相挨，老少紧靠，显得很拥挤。

昭阳有位做布匹生意的人，一天他派伙计吴三官到扬州去和一家商行做账目交割，给了他一百二十元银圆，嘱咐他办完事后快回来。商人把钱藏进吴三官腰袋里，并关照他别轻易露财，让骗子瞧见，而江湖上那些心怀叵测、行如鬼魅的骗子不容易识别。吴三官恭敬地答应了一声，就搭上双篷船，顺风顺水而去。比吴三官先上船的有好些人。坐在舱尾、靠近船舵把手的是一个年轻女子，身穿布裙，头上插带着粗陋的钗环，但容貌俊俏，好像是花使的装束。吴三官对她的美色垂涎，所以就跨过三四个人的身子紧靠着那女子坐了下来，朝她乱丢媚眼，眉目传情。那女子也不气恼，只是斜着眼睛朝他瞄着，嫣然一笑，吴三官更是被迷得神魂颠倒。

过了一会儿，船摇到了河中心，吴三官问她姓名住处。女子自我介绍说姓花，姐妹们都称呼她为三嫂，住在昭阳城北，在邵堤铁牛湾西头上名妓邵小金娘家做帮佣，已有好几年了。接着花三嫂也询问了吴三官的情况，他也如实地回答了。吴三官又说了些轻薄的话去挑逗她，只见花三嫂脸上泛起红晕，像十六七岁的少女那样，羞涩娇媚。接着他用手搔搔花三嫂的手腕，她装作若无其事，没有一点生气的样子。吴三官被她迷惑得无法自制，恨不得太阳快点下山，天暗了可以成其好事。

又过了一会儿，已到傍晚时分，船家拿出晚餐给各位乘客食用，花三嫂从包袱中拿出自制的食品分一些给吴三官吃，味道鲜美，令吴三官回味无穷。吃过晚饭，天色已漆黑一团，船仍扬帆驶行。舱中的船客都抱膝低头睡了，鼾声一片。吴三官却无睡意，两手在花三嫂裤裆中乱摸揉擦，把舌头伸进她口中，接吻哑哑有声。花三嫂凑着吴三官耳朵娇声说道："傻小子，我都随了你的意。"吴三官狂喜不已，替三嫂脱去内衣，大肆轻薄，整夜癫狂。后来还紧握着花三嫂的手，靠着她的肩头，沉沉睡去，做着美梦，连天亮了也浑然不知。

突然从梦中听得船家喊客人说："永安到了，请大家上岸洗脸，吃了早饭后再走。"吴三官从梦中惊醒，花三嫂也伸了伸懒腰，打着呵欠，做出一副困倦的样子。船上的乘客们佝偻着身子，正要争先恐后地走出船舱，吴三官突然大声惊叫说："要死了，要死了！"说完就捶胸顿足，失声大哭起来。船家吃惊地问他怎么回事，他说："我的腰包忽然减轻了，里面的银圆不知什么时候被盗贼偷走了。"船家说："我们船夫摇船，一夜都没睡，船上的乘客都是来往做生意的，从哪进来的盗贼？"吴三官说："你船上没有盗贼，可是我的腰包却空了。我初次出门给主人家办事，就把钱丢失，这让我怎么过活呢？"说着说着就想纵身往河中跳去，船家赶紧把他拉住。

船家看其他的乘客，大部分都在嘻嘻嗤笑看热闹，有的发着感叹，有的感到十分惊讶，没有一个不惶恐变色的。只有花三嫂的脸色一阵红一阵白，神情恍惚。船家就向乘客们遍施一礼，说道："大家都在这里，还请原谅我的莽撞。虽然仅是一袋银钱，但却和这位乘客的性命关联，如果他死了，我们船家恐怕也要受到牵累。现在就请各位解开衣服让我们搜查一遍，使他解开疑团。"众人都说："好。"于是就搜捡起来，什么也没搜出来。最后搜到花三嫂时，她笑着对吴三官说："你带了多少银钱？"吴三官说："一百二十圆。"花三嫂说："我的洋钱正巧也是一百二十圆，照这样说来，你有银钱，难道我就不能有银钱吗？"吴三官说："我的银钱面上都有蜡印黑花图纹的标记。"花三嫂说："真的吗？"吴三官说："是的。"花三嫂就从袖中摸出一包银钱，扔在船板上，说："还请船家看看我的银钱是什么样子的！"把包袱解开，众人一看，却是一堆光亮亮的并无标记的银钱，众人愣愣地看着，没人敢和她争辩。

吴三官哭得更伤心了，船家想了好一会儿，就很温和地对花三嫂说："还请三嫂不要和这小子恶作剧了，他固然太轻佻了，但还请你高抬贵手，放他一条生路吧，这也是一件积阴德的大好事。"可是她仍坚持说这银钱是自己的东西。船家突然发怒说："三嫂，这真的是你的东西吗？如果真是你的，那就请你把嘴张开让我们看看。"花三嫂不肯，船家就硬把她的嘴扳开，只见嘴里齿根牙缝中全是墨迹。原来花三嫂趁和吴三官做爱时把银钱偷来，然后花了一个晚上的时间，用舌头将洋钱上的印记舔干净，只可惜牙齿上的余墨无法擦净。船家大骂吴三官说："你这狗才，也真是眼睛瞎了，她是有名的杨柳花三嫂子，岂是你能冒犯的！还不赶快磕头赔罪，求她发发慈悲，饶你一条小命！"大伙这时才恍然大悟，都指着吴三官痛骂。吴三官在船板上直磕响头求饶。

众人也纷纷向花三嫂请求，让吴三官拿出十元银钱给她做遮羞费，其余的银钱就还给吴三官。花三嫂笑笑说："大家以为我真是要图谋他的银钱才去偷他的吗？实在只因为这小子太轻狂了，和他闹着玩玩。这点洋钱，我还不至于放在眼里。"说完，她就把手一伸露出套在臂上的五只光灿灿的金手镯，又将腰包中放着的珍珠宝石放在桌上，每件都价值几百两银子。大家看得眼花缭乱。花三嫂又说道："话虽如此，但是为什么他腰包中的东西会到我身上来的？这倒要让他自己说说明白。否则这事我宁可到官府对簿公堂，也是不还钱的。"

众人就问花三嫂："那么究竟要怎样你才能了结这件风流孽案呢？"她说："这很容易。我把衣襟拉开，只要他跪着到我面前，口里含着我的奶头，叫我三声亲娘，我就还他钱财，就连那十元钱我也不要。否则的话，休想要回这笔钱。"众人说："好办法。"这时吴三官还有点犹豫不决，船家就说："咄！这还不是便宜了你吗？"吴三官没法，只得照她所说的去办，跪着膝行向前，含着花三嫂的乳房，娇声叫唤亲娘。他叫三声，花三嫂就答应三声，并说："好儿子，江湖上步履维艰，可千万别轻易产生坏念头。幸好你今天遇上老娘，否则碰上别人，恐怕一定不会轻饶你的。"乘客们都捧腹大笑。花三嫂就把钱扔还给了吴三官。

船家私下告诉乘客说："这女子本姓杨，起先嫁给柳家，丈夫去世后，又改嫁花氏，所以人们都叫她杨柳花。床上做爱的本领很是高超，就连时下的达官贵人、乡绅之流都不惜出重金和她发生关系。她是隐身于'花使'的娼妇。"乘客们听后十分惊讶，也很是钦佩这位船家的见识广阔，善于调解。

狐　侠

　　陕西有位书生,他姓东方,名曼,字倩孙,长的年轻貌美,十分吸引人的注意。他对修饰打扮自己很是擅长,行止也冰清玉洁,守身如玉,而且非常喜欢结交各类朋友,在宴席上客人都坐得满满当当,他也常常不空酒杯,因此只要是衣冠楚楚的少年子弟都喜欢追随他。如果他听别人讲一些经济时世之学就会眉开眼笑,但当听座上有人谈论狐怪的事他就不屑一顾,说:"那些都是经常戴着骷髅并且拜月成精的妖物,吸人精髓是他们所擅,你们要与这种玩意交朋友,那岂不是太愚蠢了吗?"有人谈论到妓女时,他就会说:"这也应是人中的狐狸,哪里值得挂齿?"后来东方生家产渐渐耗尽,他就轻装简从往游江南,登上浮玉、鹤林等名山,游览白门、钟山等胜迹,到处勾留,书剑飘零。

　　没过多长时间,他赶到南京知府胡公的衙门当上了入幕嘉宾,主宾相处得非常融洽。公事闲暇之余,他就头戴方巾,穿上不带图纹的鞋子,拿着美丽的酒肴,在秦淮河边水阁中闲游。东方生活悠闲,心情很惬意,坐在丁字帘边,也常常感慨长啸,自说在六朝金粉之地,至今未有一次余情。偶然有一次,他无意在朋友的宴席上遇见了秦淮无人不晓的名妓徐无双。这个女人打扮非常随意,穿着粗布衣服,头发乱蓬蓬的,但是别有一番风味,很有雅意,在吹箫弹琴方面很是精通,所以在勾栏院中很有名气,是第一出色的妓女。她的年龄正好与东方生相同。于是东方生对她十分爱怜,想尽办法要讨好她,就在团扇上写了两阕词和三首诗送给徐无双。徐无双读了诗词后,也深感东方生对她的爱慕与眷恋,于是把自己绣的香囊鸳鸯枕拿了出来送给他作为回报。从此后,东方生更是被她深深迷住了。有时会做出大胆的事,会冒雨去寻访徐无双,二人有时会浪漫地在夕阳影中同泛轻舟,双桨来时人似玉,眼神神情,脉脉相对。岸上看到的人都很羡慕他们,以为是侯方域李香君复活了。

　　到了第二年，胡知府去世，树倒猢狲散，幕宾都相继离去了，东方生只因深深爱着徐无双，不肯离去。还不到一年的时间，东方生的盘缠已经用完，徐无双就劝他回去，他很痛心，止不住地呜咽抽泣。徐无双对他很怜惜，暗将自己的积蓄，共五百两银子私房钱全给了东方生，说："这些钱先留给你做盘缠，剩余的就给你做勤奋读书用的灯火费。等到你真正飞黄腾达的那一日，我们就可以相会了。但如果像现在这样整天泪眼相对，恐怕双方都没有好结局。"东方生听了此话，哭着说："如今我拿你的钱，本来就是件不够义气的事情，并且考场上的成败是无法预测的，即使考取功名也会少了几年的相爱生活。倘若真的落第，我就没有一点脸面见你，为何不用这些钱替你赎身，然后再到岸上租间旧房，我们共同生活，我还有能力靠卖文为生，只要家有娇艳的妻子，即使家徒四壁我也别无怨言。"徐无双说："你这方法好是挺好，就怕鸨母欲壑难填，五百两银子恐怕满足不了她的欲望，倒不如你向知心朋友借点钱，凑足以后好成全此事。无论事情能否成功，我们先是竭尽全力，当然其结果还得看天意。"于是东方生把银子带了回去，然后向所有的朋友去借钱，但是多数是徒劳口舌，吃别人的闭门羹。

　　东方生无法，就托朋友拿那五百两银子去和鸨母商量。那位朋友想起了东方生以前的话，嘲笑他说："妓女既然是人中的狐狸，你又买她做什么？"东方生听后后悔当初说了那番话，只好认错，强拉着要那朋友去办理。鸨母果真嫌钱太少，就是不肯答应。东方生无计可施，常常关起房门捧着银子低声哭泣。旅店主人也向他要房钱，渐渐地话说得越来越不中听。东方生很无奈不得不用那五百两银子来付房子钱，并且解决了柴米油盐的费用。一个多月刚过，钱就已用去一大半了，这也让东方生很烦恼。

　　当时他有个同乡人名叫王七仲，对东方生有艳遇很是妒忌，就想暗自破坏他与徐无双的婚事。正巧这时从山东来了一位姓孔的贵公子，他十分豪气，挥金如土，整天到处寻花问柳。王七仲就把孔公子带到了徐无双的家里说："这里有妓女界中的名人，来逛妓院的人必须首折此花。"孔公子很渴望见见徐无双，看到后果然大加赞赏，说："徐无双长的如此美艳，真是绝世无双，如果不见到她，就枉为人间有情郎了。"于是就吃住都在徐家。后来徐无双唱一曲，孔公子就赏她十两银子一锭。鸨母对此大为欢喜，合十道谢，双膝下跪，嘴里不停地念阿弥陀佛来感谢孔公子。徐无双没有任何感谢，只觉羞愧难当，孔公子笑了笑，就把鸨母打发开去。

有一次，孔公子很有雅兴，带着徐无双到雨花台游玩，后来乘船回来。在船上，孔公子一边饮酒，一边听徐无双拍板清歌。此时划桨的声音正好与吹笛声相和。东方生当时正靠着大树放眼远望，突然看见一只画船慢慢驶来，看到徐无双正在剥柑子敬献给孔公子，她挽起飘逸的袖子，露出了尖尖的十指。她猛然抬起头来，看到东方生穿戴着敝衣破帽，神情怅然，背着双手站立在树影之中，不觉感到一阵心酸，眼泪直流。东方生这时就像掉了魂一样，哽咽得说不出一句话来。

船儿划过去之后，东方生号啕大哭。突然背后有人过来拍着他肩说道："你真痴啊！有什么事能让你这么情绪激动的呢？"东方生回头一看很是惊讶，身后站着一位很英俊又气度不凡的少年，穿戴类似侠客的衣冠；东方生只得唯唯诺诺地向他致意。那少年笑了笑说："你的心事我全能理解，既然你爱她爱得这么深切，为何不把她抢来然后一起生活呢？"东方生闷闷不乐地说："唉，世上在很久以前就没有了像古代侠士一样的风流人物，对那些夺人所爱的坏蛋我又有什么办法呢？"少年听后仰天大笑，说："对那些瓮中之虫不能说天到底有多高，对井底之蛙不能说海到底有多大。如今即使有像古代侠士一样的一流人物，你这凡夫俗子也不能识得，大多只会错过。就拿我来说吧，智慧和义气都与古代侠士相类似，一腔热血也能久蓄胸中，但我一定要碰见合适的人我才能够为他宣泄，哪能像街市上的青菜萝卜一样随便卖出去呢？"东方生了解他并非等闲之辈，就向他磕头点地，拜问那人尊姓大名。少年却不肯暴露。东方生很是感慨，又述说了自己未完成的心愿，请他帮忙，但他仍是微笑着不回应。过了好一会儿，少年才拍拍手大笑说："走吧！大丈夫做事就应当大刀阔斧地去干，畏畏缩缩的能干什么呢？在某天晚上三更天时，你可悄悄地走到徐无双屋檐下，千万别违背我的话语！"说完，就像没事人一样走了，东方生想要追赶却没能追上，但是他的话却牢记在心。

第二天，就听得外面谣言四起，据说是京城中通政司长官向公的爱女被坏人诱拐，卖入了妓院。又说鸿胪寺金氏三公子流落到南京，失陷在了娼家的地牢之中，最近几天就有钦差到此缉访，办理大案。长江两岸地方的大街小巷中，人人都在谈论这件事，人言沸腾。

一天晚上，天色很好，徐无双正陪伴孔公子坐在水阁当中，这天灯火通明，大家设宴饮酒，歌舞作乐，琵琶的铮铮之声不停地响起。突然有两名戴着红帽、穿着褐衣的差役盛气凌人地走进门来，大声吵道："钦差大臣到了！"妓院中人都十分害怕，孔公子也吓得钻进了床底下。一位钦差穿戴着红袍纱帽，脸色严肃，长着长长的络腮胡子，已经雄赳赳、气昂昂地在靠椅上朝南而坐。台阶下恭敬地站立着的人是虞侯，还有一排排手执木棍、腰插弓箭的护卫人员担任守卫工作，声势非常威严。钦差也异常严厉地高声传话说："快将鸨母带来，不要让她逃跑了！"等到将鸨母带到后，钦差大臣就拍案大怒说："你竟然敢买良家妇女，逼人为娼吗？快快拖下打五十板子！"两边差役果然把鸨母按在地上暴打了五十下大板，打得两腿上的肉快要脱落了。钦差接着又对徐无双说："应该把你交付官媒来发卖，卖的钱财好来充足军饷。"徐无双听后就磕头禀告说，自己早已经与东方生有婚姻之约。钦差接着说："把他传来！"

当时东方生正畏惧地蜷缩在矮墙暗角边，十分犹豫，走又走不得，留也留不得，进退两难，忽然来了一位雄赳赳的差役握住他的手说："你就是东方秀才吗？"东方生恭敬地说："是的。"差役说："钦差大人正在唤你。"于是东方生就跟着差役一起走进大堂，小心翼翼地跪下。钦差稍稍朝他看了看，就笑着说："他们果真是天生的一对，地成的一双。"就命令东方生交纳十五两身价银子，喝令鸨母把银子领去，又叫东方生赶快带领徐无双乘船离开此地。东方生与徐无双十分激动，磕头谢恩，但是他们的确也不知这钦差是哪儿来的，来到这里又是做什么的。后来他就带着徐无双回到旅店，计划从剩下的银两中拿出一部分还清房钱。等到半夜时，雇了条船就渡江离去。

第二天晌午，他俩就赶到了真州，用剩余的钱租了间房子，又简单地安排一下文具以及生活用品，两人的喜悦之情还没有消退，四目相对就搂在一起，恩爱无比，那种快活不亚于当了仙侣一般。猛然发现门外来了贺客，走近一看，原来就是在树下遇见的侠士打扮的少年。东方生就赶紧请他坐下，徐无双一身艳妆，出来拜见。少年笑了笑说："昨夜你是真的没有受惊吧？但是如果不这么做的话，就不能撮合你们的婚事。"东方生惊奇地问："那假扮成钦差的人到底是谁？"少年说："那就是我啊。"东方生说："你生得英俊潇洒，怎么突然之间会长出一嘴的络腮胡子？而且当时的那些虞侯、身边的差役等人神态又是那么相似？"少年回答说："这些都是我变的戏法。"夫妇俩听后感恩戴德又重新与他见礼，感谢他成全二人的好事。

为了表达这份谢意，东方生让徐无双整治杯盘，烹饪佳肴来招待客人。少年只是略略喝了几杯酒，就站起身来，准备告别，两人也是坚持挽留，想多表达谢意，但是他不肯，说："你们的愿望也已经实现，我这次本来就是多此一行。但你们客居在此，生计太过艰难，我还得帮你设法谋生，所谓的救人须救彻也就是这个道理。"接着他就从袖中取出两粒豆子大小的明珠，明珠十分闪亮，说："你们夫妻二人按照明珠的雌雄，拜过堂之后把它们吞下。你每次写作文前，把心思专注在珠光上，就能文思泉涌，天然成就一篇美文，用不着你多去人为思索。夫人在刺绣时，把心思专注在珠光上，针头落下，它自己就可以随意编织，而且都是簇新的花样，就如古代刺绣高手薛夜来那般神妙。如果你俩各怀绝技，那么还会担忧贫穷吗？"少年看着他俩把明珠吞下，就说了几声珍重，长啸一声，飞身上屋，转眼间就不知去哪了。

东方生与徐无双服下明珠之后，心智果然豁然开朗，他们在市口上租了间屋子开始谋生。门前贴一张告示配有文字说明：

男的卖文，女的刺绣，文章又好又快，刺绣精工奇秀。如果做不到又快又好，即刻交还银钱，不会收取分文。

到了第二天，果真有文人来与东方生谈论诗词古文，东方生对答如流，等到命题作文时，他头脑一动，一挥而就，就好像早就准备好了似的。大家闺秀们也争着抢着把荷包、团扇，香囊等东西拿来请徐无双刺绣，她心灵手巧，可与织女嫦娥相媲美，就连那些精于刺绣的高人都对她甘拜下风。一夜之间，真州的文人、闺秀都争相拜他们为师，还不到两个月，每人都收了不少徒弟，收的学费就多达一千两银子。后来他们买下了华美的房屋，聘请了仆妇，吃着山珍海味，穿上了锦绣衣衫，身价自然被抬高，不肯轻易把自己的绝技传授给别人。

到第二年的冬天，东方生夫妻俩正准备关上房门，雪夜围炉对饮，互相咏梅花联句。忽然听到屋上有瓦响，诧异地看时，原来就是上次来的那位英俊潇洒少年。他头戴貂皮帽，身穿华丽的皮大衣，脚穿乌靴，淡然拉开帘子走了进来，禁不住笑笑说："贤夫妇生活过得真快活啊，就不记得是我做的这个大媒了吗？"东方生看到后又向他恭敬地施了一礼说："你的行踪让人捉摸不透，每次来时都好像天外飞仙，请说出你的真姓大名，好让我们替你立一块长生牌位，我们焚香供奉，一早一晚顶礼膜拜，来感谢你的无私恩德。"少年回应说："实不相瞒，我是只通天狐。因为喝醉酒后把天上的碧桃花给踏碎了，然后又发疯似的猛击了九灵鼓，把太上老君座下的徒儿——二百五十名顽仙给惊动了，因此被贬谪人间十二年。现在我将要远别，忧愁的是我屁股上一条尾巴尚未除掉，一时急切不能升仙归班。请你帮我把它割了，就算是你对我的报答了。"

东方生听到以后惊怕极了，说："你的大恩我终身难忘，但我怎么忍心残害你的肢体呢？"少年说："你为我割尾巴就是成全我的一种方式。"东方生还是迟迟不敢动手。徐无双说："我想了很久，这事可不能违背大仙的叮嘱。你为何不用手掩面，用刀一砍，好让大仙脱离尘世，早早登上仙界呢？"少年笑着说："还是你家夫人爽快。"于是就将东方生带到另一个房间，递上一把利刀。东方生一瞧，只看见一条黄色的毛茸茸的五寸来长的尾巴正横在门槛上，其他全然不见。他流着眼泪转过头来将刀猛力一挥，大叫一声，尾巴落地同时那少年也已不见了；遥闻空中传话说："你千万不要把尾巴扔掉，明年今日你可能会遇到大祸，拿着这尾巴就可以抵挡灾难了。"东方生与徐无双都泪如雨下，捶胸顿脚地号啕大哭，朝天上拜礼，然后用花丝带将尾巴包好，放进了柜子里。

过了一段时间，新官被选上任，与孔公子是世交。孔公子打听到东方生娶徐无双的真相后，就唆使鸨母去上堂告状。官府将按照幻术惑众的罪名惩罚东方生。东方生惊恐至极就立即打点行装，把金银全部收藏起来，和徐无双连夜逃往陕西。他们路过太行山时，遇上了强盗。强盗看到徐无双貌美无比，就想人财两得。东方生顿时想起今天就是去年遇见少年时的周年大日，就立刻举起狐狸尾巴向上一挥，只见天地立马变色，狂风怒吼，飞沙走石，强盗们都毫无缘故地自相残杀起来，败退下去逃跑了，最后东方生与徐无双平安地抵达陕西。

安三姐

海陵有位女子，人称安三姐，生得颇有几分姿色，年轻时她就守寡，但性情坚贞，不轻易与人说笑。她膝下既无儿女，堂上又无公婆，孤孤单单一个人，靠着替人刺绣和洗衣谋生。

一天，有个安徽客商经过此地，听说安三姐家房屋宽裕，就向她请求租下东边的空房安放行李，并说要等一个陕西的朋友，住一个多月就走，房租多少并不计较。安三姐觉得这安徽客商看起来又斯文又老实，不像一个举止轻佻的人，又贪图能得一点租金补贴家用，就同意了。那安徽人又说还有两三个仆人，都到别的县里收账去了，匆忙之间身边也没有个侍候的人，所以凡是烧菜煮饭等琐事想请安三姐代劳，当然，他也会付出一定的报酬。安三姐怜悯他是个单身客，就答应了他的请求。后来那客商偶尔也会来些新朋旧友拜访，便要买些蔬菜、果品、酒肉等物进行招待，他都预先付了钱，请安三姐帮忙操办。而且日常柴米油盐等琐事的花费，他都付足银钱，从不斤斤计较，安三姐对他很是信任，两人一直相安无事。

有个富家子弟，叫向十三，昭阳人。他带了很多钱来到海陵，打算买一名小妾。这一天，他在茶馆里与安徽客商恰巧碰上了，两人便闲聊起来，不觉情投意合，互相引为知己。安徽客商问他来此地干什么，向十三也不做隐瞒，把实情告知了对方。安徽客商说："你有所不知，这里的女子尊贵得像王嫱、西施一般，有点姿色的大多沦为娼妓，而那些弓腰驼背、肚大脚肥的女人，价钱倒是不贵，只担心你看不上眼。这事恐怕不太好办。"

第二天，安徽客商邀请向十三到赌场一起玩耍。不知怎么回事，安徽客商老是输钱，但他早晚对向十三的饮食招待还是很丰盛。向十三心里感激，就想做一次东回报款待之情，他邀请安徽客商到酒楼一起饮酒。不想，安徽客商皱着眉头说："昨天在市上饭店中大吃了一顿，谁知竟感觉身体不舒适，想必是店里的菜肴不新鲜干净。不如到我家去一起喝两杯，我妻子厨艺不错，烹制的菜肴味道可口，再说在家里也能节省些，七盆八碟的一桌菜也不过花费几百文钱。"向十三先是客气地推辞，但经不住安徽客商再三邀请，只好跟他去了。

安徽客商便带领向十三来到安家。一进门，就见安三姐在屋檐下用肥皂洗手，她衣着淡雅，看起来很是漂亮。看见安徽客商带着个人进来，以为又是他的朋友，就迎上去打招呼："你回来啦？"安徽客商说："回来了。我这位好朋友远道而来，请烹制一桌酒菜好好招待他。"安三姐点了点头，进入厨房，不一会只听一阵刀板声响起，再过了一会儿，杯杯盘盘便摆上桌来，只见有炒的有爆的，有鱼肉有蔬菜，满桌子热气腾腾。尝了一下，味道也十分可口。向十三赞叹不已，而且很羡慕安徽客商有这么一位贤内助。安徽客商笑笑说："你过奖了，这不过是些家常便饭罢了，真要是整治大酒席上的菜肴，恐怕便会见笑了。"饭后，向十三略略喝了口茶就告辞了。安徽客商送他出门，拱手行礼说："明天再见。"向十三作揖回礼，并与安徽客商相约明天早晨到某茶店里喝茶闲谈，安徽客商爽快地答应了。

第二天早晨，安徽客商早早地来到茶馆，见了向十三劈头就问道："你觉得我妻子怎么样？"向十三说："嫂夫人容貌才艺都很出色，你真是艳福不浅啊。"安徽客人皱了皱眉头，面露难色，好一会儿才说道："老弟，不瞒你说，我因为嗜好赌博，负债累累，家中又没有田产抵债，竟弄到要卖妻的地步了。"向十三开始以为他故意开玩笑，就笑笑不应他。安徽客商却愁眉苦脸，不止一次地说起这话。向十三觉得不像玩笑，就试探着说："你真的要做这薄情无义的事吗？你要是说的假话，我也不敢多说什么。但倘若你说的是真话，我倒有个想法。你与其把嫂夫人卖给别人，倒不如卖给我。我家虽不是大富大贵，但总能让她吃饱穿暖，不至于使尊夫人受衣食之苦。"安徽客人听了眉头顿展，很是高兴，说："老弟若有此意，我就放心了。她如果真能嫁给你，定能吃穿不愁，不然的话我真会寝食难安。你想我们好几年的结发夫妻，难道就没一点夫妻情分吗？若不是走投无路，怎会有如此念头？"向十三就问他："你需要多少钱才能还清赌债呢？"安徽客商说："论起所欠赌债，有二百两银子也就够了，但我需要五百两银子，还清赌债后，我打算将余下的三百两银子中的一半用来再娶一房妻子，另一半用来做本钱经营个小本生意。总之，今后是再也不敢去接触骨牌赌博之类的事了。"说罢，还不住地流泪叹息，并对天发誓。

向十三想了想说："如果把钱给你，什么时候能把嫂夫人带走呢？"那安徽客商说："事情越快越好，现在就请你用轿子将她抬到你的船上，随即扬帆启程。对四周乡邻，我就谎称她回娘家去了，毕竟卖老婆的名声传出去实在太令人难堪了。"向十三说："照这样说来，你难道就没有一点儿女惜别之情吗？这样贤惠的妻子，你怎么会这样不珍惜呢？"安徽客商说："你真傻，那妇人看重的是柴米，她见我贫贱了，已和我哭闹好几回，要求离异另嫁他人了。"向十三听了很高兴，说："事已至此，一切也不好挽回。你且去请一位代笔的人来此一起立下文书，我回到船上去拿银两来。"

等到向十三带齐银两回来时，安徽客商已经托人写好买卖文书，把它拿给向十三看，而且两人当面盖章画押。事不宜迟，两人随即一同来到安三姐家中。

只见安三姐正靠着大门在绣荷包，她脸上略抹了一点脂粉，容貌显得更加艳丽，比向十三初次见面时还要美。两人进门后，安三姐便送上茶来，安徽客商就将卖身文书交给向十三说："银子在哪里？不如现在交给我到店里去鉴定一下银子的成色？"向十三就将银子清点给他。安徽客商说："你先耐心等一会儿，银子鉴定完毕，我顺便叫顶轿子过来。"又转过身子对安三姐说："我有急事马上要出去一下，实在是出于不得已，座上之客也不是别人，转眼之间大家都是一家人了，你先陪他稍坐一会儿，千万别难为情似的不言不语冷落人家。放心吧，我很快就会回来。"安三姐说："你快去快回吧，我自会替你陪着客人的。"安徽客商随即出了门，像飞似的，转眼间不见了影踪。两人从中午一直等到太阳快落山时，也没见他回来。

向十三起先与安三姐相对而坐，还红着脸与她拉家常，闲谈海陵一带的风景民俗。但时间一久，心里不免也焦急起来，就问安三姐说："他怎么到这时还不回来？"安三姐不知内情，还安慰他说："想来可能是有什么事给耽搁了吧？"不觉天色渐暗，已到傍晚时分，安三姐起身把灯点亮，说道："客官你还痴等他干什么？不如今天暂且回去，到明早再来找他也不迟。"向十三惊讶地说："那怎么行呢？他拿了我五百两银子，将老婆卖给我，说好今天就可以带走，怎么可以等到明天呢？"安三姐很奇怪："他老婆在哪呀？我倒从来没有见过。"向十三更是不解地说："难道你不是他老婆吗？他已经把你卖给我了。"安三姐一听勃然大怒，抬手就给他一个耳光，同时大声哭叫着，向邻居们高声呼喊求救。邻居们闻声而来，纷纷来到安三姐家中，就见她一副气急败坏的样子，铁青着脸，一边厉声呵骂一边殴打向十三，气得哽咽着嗓子说不出话来。见到这幅情景，邻居们都疑心向十三是个施暴强奸的坏人，一起拥上去，争着去打他，还有人向他脸上吐口水。向十三又窘又急，一时也无法争辩。邻居说："这一定是个歹人，我们干脆将他捆起来送到公堂上去。"大家正要动手，但见安三姐不住地摇手制止。

众人感到很疑惑，过了一会儿，待她气息逐渐平定下来后，才听她将事情前前后后细细叙述一遍。向十三也将自己怎样遇到安徽客商及事情的经过详详细细讲了一遍。邻居们明白了其中原委，对向十三说："你真是遇上倒霉事了。你有所不知，那家伙是个游走江湖的浪荡人，在此不过是借安三姐家一间房作为栖身之所，哪里有什么家眷？再说，这安三姐虽是寡妇，但一直安分守己，素有节操，你冒冒失失地说出这种话，她对你发怒打骂是完全应该的。"这番话让向十三恍然大悟，明白由于自己轻信，上了安徽客商的当。他只得向安三姐磕头赔罪，并朝众乡邻一一磕头施礼，然后跌跌撞撞地走出安家。

第二天，他到海陵市上到处寻访安徽客商的行踪，但人海茫茫，哪里找得到？或许那安徽客商早已逃到外地去了。几日之后，他明白找寻无望，只好痛哭流涕，返回昭阳，脸上还留着安三姐的几道指痕。

续录卷八

涤烦香

有个济南人，名叫郎豹，生性豪爽，为人耿直。郎豹一生天涯漂泊，择主而事，犹如一只燕子，一会儿东一会儿西，没有固定的栖息之所。他家中有位老母亲，已经六十岁了，还有位小妹名叫春小。因为家贫，郎豹二十五岁还没有娶妻，兄妹俩陪伴着母亲一起生活。

有一次，郎豹骑着马经过临清，走得十分口渴想讨口水喝，可是一路居然连一家茶店也没有见到。正口干舌燥心中烦躁时，恰巧见路旁白杨下有几间茅屋，好像一个小小村落。有一家门口有位女子，乌黑的头发垂在肩上，容色清秀，体态婀娜，正侧着身子坐在松毛棚下卖时鲜水果。郎豹下马走近一看，只见竹筐中有五只碗口大的桃子，还带着露水，又红又鲜。他不由得咽了咽口水，问道："这桃子是肥城出产的吗？怎么会这样大？"那女子笑着对他说："这桃子名叫涤烦香，是我兄长从雪山带回来的，专能解渴，那些好茶也比不上。如果卢仝、陆羽这些好茶的名人吃了涤烦香，恐怕他们连头纲、八饼这样的好茶也不想喝了。"

郎豹就问涤烦香的价钱多少，那女子说："每颗一百文钱。"郎豹伸手摸摸腰中的钱袋，却是空空的一文钱也没有，想解开包袱取钱，又嫌太过麻烦，为了一枚桃子不值得，就遗憾地说："不如算了吧！"女子笑着说："你既然没有零钱，这点东西值不了多少钱，就送一只给你尝尝吧。"说着就拿起一把刀替他削起皮来。只见那涤烦香里面的果肉如雪一般洁白，吃在口中，汁水流淌，的确十分甜美。郎豹吃完之后，还感觉余味未尽。女子似乎猜到了他的心思，就将其余的四只一股脑儿全部送给了郎豹，并对他说："再往前要走五十里路才有旅店，你带上它在马上吃吧，也可以饱饱口福。"郎豹接过涤烦香，心里很是感激，就问她的名姓。女子说："我姓吉，小名螺娘。"郎豹又问："家中可还有什么人？"螺娘说："家里有位白发老母亲，刚才到东村骆姑母家赴宴去了；还有一位哥哥叫大郎，正奔走他乡，漂泊无定。其他也没有什么人了。"

郎豹对螺娘作了个揖就告辞了。他到京城办完事后，在市上买了胭脂水粉钗钿等几样女人用品，重新踏上归程。一路打马奔驰又来到临清，他便去寻访螺娘表达谢意，一进门，便见她正替一位老婆婆捶背。螺娘见是郎豹来到，就说："前个月吃桃子的客人来了。"郎豹上前向老婆婆作揖行礼，老婆婆看起来和蔼可亲，命螺娘泡茶招待客人。郎豹将胭脂花粉钗钿等物拿出来献给老婆婆。老婆婆笑笑说："区区五颗桃子怎能值得上这些东西，但你千里迢迢地送来，从情理上说是不能推却的，只得惭愧收下了。让我另外想法子再补谢你这份情义吧。"

过了一会儿，螺娘端了茶上来。只见她上身穿着件桃红衣衫，下身绿裙红鞋，风姿秀逸，比上次见面时更加美艳动人，郎豹不由得对她含情脉脉，螺娘也瞟着他羞涩地微笑。郎豹被她的美貌迷住了，磨磨蹭蹭不肯离去，老婆婆也看出他的意思，就留他吃过午饭再走，席间又絮絮叨叨地向郎豹询问京城中的见闻。郎豹乘机就问老婆婆："姥姥年纪大了，行动不便，儿子又出远门经商，身边就一个螺娘妹子，生活感到还方便吗？"老婆婆"嗯"了一声。他又赶紧问道："螺娘妹子多大啦？"老婆婆笑着说："时间过得真快啊，这丫头生下来时小得像个葫芦，一转眼就长成大姑娘了，她今年已经十七岁啦！"郎豹问道："有婆家了吗？"老婆婆说："还没有呢。"郎豹心中大喜，饭后，他没有立即回家，而是带着礼物到乡里——拜访那里的长辈，请他们做媒向螺娘求亲。那些长辈见郎豹来来去去经常路过临清，知道他是个很得力的人，就大力向老婆婆劝说，促成这件婚事，老婆婆欣然应允，郎豹就做了吉家的上门女婿。婚后夫妻俩十分恩爱。

一天，螺娘的哥哥大郎忽然捎信来，说已在陕西娶妻，不久准备带妻子回家省亲。老婆婆读了信却显出心事重重的样子，她对螺娘说："家里就这三间屋，你哥哥回来恐怕要没房子住了，怎么办？"这时郎豹也正想带着螺娘回济南老家去，听了老婆婆的话心中大喜，主动禀告说："我也有老娘、妹子在家乡，如今哥哥嫂嫂回来，您身边也有人侍奉了，我想带着螺娘一同回老家去，不知姥姥是否同意？"老婆婆很直爽地说："你既然有家，理当回转家乡侍奉双亲，岳丈家中究竟不是久留之地，只怕螺娘这丫头拖累你啊。"

第二天，郎豹夫妻俩就打点行装与吉母告别，螺娘流着眼泪，哭得很悲伤。吉母送他俩上车，也流泪哭泣着说："丫头别伤心了。女儿终究要嫁人的，谁能待在母亲身边一辈子做老姑娘呢？到那边一定好好孝顺公婆，敬重丈夫。"

郎豹带了螺娘回到济南，先去拜见母亲，他母亲十分高兴。螺娘性情本是柔和温顺，一举一动都讨婆母的欢心。小姑春小也常常与嫂子一起戏耍，像刺绣一类的女红活计都靠着嫂子指点教导。邻居们闻听喜事来看新嫂嫂，都很惊异郎豹前世是怎样修来的福气，能娶得一位这样既贤惠又美丽的结发妻子，个个艳羡惊叹，赞不绝口。

过了一年，郎豹的母亲去世了，螺娘捶胸顿足大哭，非常伤心，人也消瘦了不少。从此春小就依靠着哥哥嫂子过活。郎豹待殡葬之后守孝期满仍出门寻主雇做事。

一天，郎豹路过临清，打算顺便去看望岳母，同时也见见螺娘的兄长大郎。

可是到那儿一看，只见大路旁依旧白杨萧萧，那个小村庄竟然不见了，就连当时为他做媒的乡里长辈也一个都没有见到。他心里犯疑，回来后就问螺娘，奇怪的是，螺娘似乎毫不关心，回答得也含含糊糊，说："想来他们又搬到别处去了吧。"于是郎豹就怀疑螺娘并非人类，而且担心她因貌美而引诱他人，使家庭出丑。因此他开始处处留心，进出时常常鬼鬼祟祟的，螺娘则落落大方，似乎并没有察觉到他的用心。他还常常私下盘问春小，春小总说嫂子冰清玉洁，确实没有和外人随便搭讪过。

郎豹家西边的邻居是位秀才，姓杭，每天早晨到书塾中去时都要经过郎家的门口。一天杭秀才又轻快地从郎家门前经过，街上人趁他不注意在他头巾上粘了只纸乌龟闹着玩，正好被螺娘看见了，不禁咧开嘴看着杭秀才发笑。这事恰巧被身后跟踪的郎豹看到了，不禁大怒，认为螺娘对这穷秀才有意思，关上门不由分说，就揪住螺娘的头发毒打起来。春小看到赶紧上去救护劝解，可郎豹仍不止怒，春小只得跪下哭着求他，郎豹这才住手。

从此以后，因为郎豹的无端猜疑，夫妻俩时常争吵。螺娘不由得伤心啼哭，郎豹一见大怒，叫声如雷，说："你与我终究不是好姻缘，你如有去的地方，不妨另外再去嫁人好了，我是不愿意戴绿帽子的。"螺娘哭着说道："女子从一而终，我虽然身份卑微，但并没有不守妇道的地方，为什么要被你这样厌弃呢？"听她这么说，郎豹更是怒不可遏，摔门而去。

一天，郎豹去朋友家赴宴，喝得大醉，回来的路上遇见一位樵夫，挑着满满一担柴禾，担上挂着两三颗鲜嫩的桃子。他见郎豹走起路来跌跌撞撞东倒西歪不成样子，就笑着说："你也醉得太厉害了，何不吃颗我的桃子解解酒？"郎豹细看那桃子，有鸡蛋般大小，颜色浅绿，上面一道道红色的斑纹，知道这桃子非同寻常，就问道："这桃子有什么名堂吗？"樵夫说："这是广东扶胥出产的桃子，名叫解醒果。人要是喝醉了，只要吃上一枚，就能立即清醒过来。它的功用不亚于平泉的醒酒石呢。"郎豹问："多少钱一颗？"樵夫说："你先吃一枚再说，如果有效，再谈价钱也不晚。"郎豹接过桃子吃了一口，只觉又甜又凉直透心脾，酒渴顿消，不由对桃子大为称赞。樵夫说："这是我们自己家的果子，也值不了多少钱，你既然喜欢，就把这几颗都送给你吧。"

郎豹还想问些什么，可樵夫已挑了担子走远了。他带了桃子回到家，就像得了宝贝似的，他盘算着吃了桃子，将桃核留下，种在庭院里，日后桃树长大成荫结果，一定是奇货可居，大获其利，于是就把它交给螺娘嘱咐她收好。螺娘小心地把桃子放进一只碗中，上面又用瓷碗盖起来。可是到第二天早晨，郎豹来取桃子，只见一只空碗，桃子竟没有了，他四处寻找，结果还是没找到，便问螺娘，螺娘也不知桃子哪里去了。他心中烦闷，到街上胡逛，经过杭秀才家时，正巧看见杭秀才的书桌上放着几颗桃子，和他丢失的竟然一模一样。郎豹问杭秀才桃子是哪来的，他说："昨天放学回家时，遇见一个樵夫拿着几颗桃子，樵夫说它能解酒，是广东扶胥出产的珍奇果品。于是花了一百文钱向樵夫买了几只，因为爱它颜色娇艳，不舍得吃，还没有尝过它的味道呢。你也想尝尝吗？"郎豹听了脸色大变，立刻怒冲冲地赶回家中，拿起一根木棒就打螺娘。螺娘问他自己身犯何错又要受责打，郎豹说："难道此刻你还想表明自己的清白吗？西边杭秀才家中的扶胥桃就是你有罪的明证。"螺娘挨了打，急切之间也难以辩驳，只能哭得像泪人儿似的。郎豹打了一会儿，看她也不分辩，就放下木棒，咬牙切齿地走了。

春小很同情嫂子的遭遇，知道她又受了冤枉，就私下买了点酒菜，在内房中与嫂子小酌，算是替她消愁解气。螺娘也感念她的善良关爱，不好推却，再加上心里烦闷，就勉强喝了一二杯酒，昏昏然地躺在了床上。过了一会儿，那螺娘忽然变成一只狐狸，春小大吃一惊，忙用被子将她盖上，坐在旁边等她醒来。这时，郎豹突然回到家中，见桌上杯盘纵横，残羹冷炙，一片狼藉，就问螺娘哪去了，春小看他满脸怒气不敢隐瞒，就战战兢兢地把实话说了。郎豹掀开被子一看，果然见到一只狐狸昏昏沉沉地缩在那里，他赶忙用带子把狐狸的四脚缚住，可这狐狸还是沉沉地睡着。郎豹转身向墙上抽出刀来，就要刺杀它，春小急忙上前阻止，跪下劝道："嫂嫂向来贤惠，就算是只狐狸，也从没对你做过任何祸害之事。合得来就留下，实在不想过打发她走就是，怎么可以杀害她性命呢？"说着就大声哭泣起来。螺娘此时忽然酒醒了过来，重新化回人形，看到自己手脚已被缚住，说道："小姑可害苦了我了！"话音未落，那刀已如雨点般挥下，不一会儿，螺娘就鲜血飞溅玉殒香消了，春小像父母去世一样失声痛哭。她悄悄地用布被裹了螺娘的尸体，葬在一棵绿树之下。杭秀才听闻此事后又惊讶又痛惜，私下写了篇诔文交给春小，春小诵读后伤心地哭祭一番就把那诔文烧了。

从此，郎豹便得了个残忍的臭名声，乡里人尽皆知，再也没人敢将女儿嫁给他。春小渐渐长大了，郎豹替妹子相中一位名叫明凤的书生，济阳人，与春小年貌相当，两人成亲后春小就随着明凤回到了济阳家中。春小走后，郎豹一个人孤居独处，感到很寂寞，就将家具都卖了，锁上门户，打算另外投靠主人为生。后来，他的主人因犯案被罢了官成为平民，他也失了业，无处安顿，就借住在京城的白云观中。时间一久，眼看盘缠就要用完，他急着再谋份差事，混口饭吃，就整日在大街上走来走去，到处托朋友，找关系，最终竟然没能找到。

白云观东头廊院中有位道士，不善言语，时常盘腿而坐，偶然与人谈命运凶吉，竟然十分灵验。郎豹无奈之中，就向他请教日后的情况，道士笑笑说："你气宇不凡，看你面相，马上就要大展身手了，难道还怕吃不饱饭吗？到处都是好机会，只是你自己不知道罢了。"郎豹忙问："机会在哪儿？"道士说："譬如说枢曹的莘野公吧，他很快就要任兖州郡的知府了，无奈脚上有病，一个多月了病还没好，走起路来一瘸一拐的，走得慢不说，又没有脚力，因此不能上京城觐见，这才迟迟没能上任。此刻他一定心急如焚，此时你如能献上灵药使他早日痊愈，得到几百两银子岂不是轻而易举的事？"郎豹说："我又不是医生，这灵药又从哪里来呢？"道士微笑着说："方外之人自有妙药啊。"

说着就从袋中取出一点药末，又拿出一只小桃子。那小桃子色泽发亮，青翠欲滴，可个头却只有枣子那么小。道士说："你把这桃子连核细细捣碎，和着药末制成药丸拿去献给他，一定能医好莘野公的病。"郎豹说："如果这药真的有效，我得了钱，一定重重报答道长。"道士说："我是与你有缘而已，并不是想得你的报答。"郎豹好奇，就问："这桃子也有什么名堂吗？"道士说："这桃子出产在聚铁洲，名叫如意珠。"

郎豹听了道士一番话，将信将疑，但又别无他法，只得姑且照着道士所说的方法制好药丸，来到莘野公的府上，请门房把药丸献上。此时莘野公正焦急万分，怕耽误了这十年方轮到一次的选拔好机会，忽然得到郎豹送上的药丸，自然万分欣喜。他当即服下药丸，睡了一整夜，临天亮时醒来，忽闻骨节中发出"铮铮"的奇怪声响，便觉得有一缕热气从脚底涌泉穴直冲上来，一直到眉间泥丸宫透出，脚上的病也一下子就好了。莘野公心中对郎豹很是感激，就把他召来，想送他些钱财。郎豹跪下回答说："小人不愿受钱财赏赐，但愿大人收下我当差，我就心满意足了。"莘野公说："好吧。"就将他留在身边当了差。郎豹办事利落，又勤快谨慎，绝非那些整天摇着扇子到处闲荡的闲徒可比，被莘野公当作左膀右臂。不久，正如那道士所说，皇上果然颁下诏书，莘野公被任为兖州郡知府。

莘野公带了郎豹去兖州上任，府中一切事情都交给他去办。郎豹诸事包办，许是长久贫苦，竟生贪念，不到两年，便也积攒了两千两银子，莘野公虽略有耳闻，但知他办事严谨，便宽待容忍，故意装作不知。当时黄河一带拉纤的路年久失修，崩塌好久了，无法使用，监河使者查实情况，便上奏章请求重筑堤岸。巡抚奉诏协同监河使者一同监修纤道这样的大工程，监司以下的各级官员也参与了此事。莘野公将去工地监工，他事先特别告诫郎豹说："我车马经过之处，别去惊动地方的长官，只要在城外找一处洁净的旅店吃一顿晚饭，安稳睡一晚就可以了。"郎豹虽然口中勉强答应，但心里很是不乐意，因为这样，就失去了贪污受贿的好机会。这天夜里，猫头鹰在屋檐下啼叫着，听起来让人毛骨悚然。早晨起来，郎豹骑着马跟在莘野公的车后，那些差役们看到郎豹马尾后跟着两团鬼火，忽高忽低地滚动着，都感到很奇怪，就把这情况告诉郎豹，郎豹心中正恼怒，不仅不把此事放在心上，还大发雷霆并用马鞭狠狠抽打报告人的头。

过了一个多月，修堤工程结束了，汛期也平安渡过。莘野公告别巡抚，要回兖州去。归途经过营州西城外时，郎豹骑着马紧紧跟在莘野公的后面，突然看见路边有个披发垂肩、肤色雪白的小孩，正爬到树梢上摘刚熟的桃子吃。郎豹见那桃子虽小却颜色鲜红如朝霞，觉得奇怪就问道："此时正是秋季，怎会有这么多桃子？"小孩说："这桃子名叫益智子，是我们这儿的土产，别的地方是不容易见到的，听说是仙人栽种的呢。它的味道又酸又甜，芳香可口，而且吃了能使人增长智慧。"郎豹说："那么就摘一只给我尝尝。"小孩高兴地给了他一只桃子，他接过桃子就在马背上大嚼起来。那桃子一入喉咙口，郎豹便觉心头立即狂跳不止，但也没有多想，仍骑马继续前行。

转眼之间，一行人便来到滕县东郊，郎豹先骑马去寻一家旅店，那旅店条件很是恶劣，十分狭小潮湿，满地都是牛尿马粪，三间上房连几榻也没有。莘野公下车后低着头进了旅店，问郎豹说："怎么选择这么个地方来歇脚？"郎豹突然睁大眼睛发怒说："你自己喜欢这样的地方，此时怨我做什么？"莘野公说："我不过是叫你不要惊动地方长官，何曾是喜欢这么个狭小潮湿的地方？"郎豹更加发怒说："你这个穷秀才！不过才发迹了两三年，就这样妄自尊大起来！我曾经侍候过巡抚、御史大夫那样的大官，还没有见到过一个像你这样的穷酸相。"此时，他右手中刚巧拿着马鞭，说话时马鞭便乱指，鞭梢就在莘野公头顶上挥动。莘野公大怒，说："大胆狂徒，没想到你竟如此蛮横无理，照这样说来，你还要打我吗？"郎豹发怒说："是，遵命！"话还没说完，鞭子已接连打在了莘野公左侧头颅上，上面立即肿起一块青紫色的包，痛得莘野公蜷着身子钻进床底下，大声呼叫。旅店内主人伙计听到叫声纷纷围拢而来，这时郎豹已叫嚣着走出大门，举着鞭子骑上马疾驰而去。

人们将莘野公扶起，莘野公说："我是兖州知府，这狗奴才胆敢欺辱主人，快别让他逃了，他逃了会对你们带来不利。"大伙一听大惊，忙带上棍棒器械骑上马去追郎豹。郎豹就挥舞马鞭与众人大战，马鞭被人打落后，他就从腰中抽出利刀乱砍，竟然伤了两个人的臂膀。看他如此嚣张，有一个人说："何不用棍打他的马脚使他落马？"大家就用棍棒专门打马脚，马脚被击中后，马果然直立起来，一下子把郎豹掀下地来。众人一拥而上抓住他用绳缚住，将他反绑着献到莘野公处。狱官听到消息后气喘吁吁地奔到莘野公跟前请罪，莘野公说："这不关你的事，只要将这奴才关进木笼，押解到兖州去就可以了。"旅店主人撕了块布帛替莘野公包扎好头颅，扶他上轿回府。等莘野公回到府中时，狱官也已将郎豹押解到销差了，莘野公传话说先将郎豹交付县令收监。这时府里上上下下都已知晓此事，大家都感到很震惊。莘野公因为头痛，整夜辗转反侧不能合眼安眠，只好请来医生诊治敷药。

第二天早晨分巡道台许公知道了这件事，勃然大怒说："此风断不可长！当年高洋快刀斩乱丝，今日我也要学学他的样子惩治一回恶徒。"急忙叫人备下车马，亲自前来问候。莘野公藏身重重帷幕之中，不敢露面。许公知道他羞恨用人不察，不再打扰，就回到衙门升堂，立即发出传票提郎豹出狱审判。郎豹身上铁锁银铐，脸上脏得犹如活鬼，被带到许公跟前。许公问他："知府与你是什么名分？"郎豹老老实实地回答说："知府是小人的主人。"许公又问："你是什么人？"郎豹说："是奴才。"许公冷笑说："亏你还知道这点。"立即命人将郎豹拉出去。此时，郎豹还疑心自己会被重新关回牢中。等到被拉至辕门左边，见到有五个刽子手穿着短衣，手持利刃在那儿等候时，才知大错酿成，性命不保，便一屁股坐在地上号啕大哭，不肯起来。

这时郎豹妹子春小已生了孩子，有三年没有见到兄长了，也没有得到一点兄长的音信。出事的前一天晚上，春小忽然梦见螺娘微微含笑而来，与她握手絮絮而谈，就同在世时一样。春小梦中仍记得螺娘是已死之人，就说："嫂嫂莫非还在怨恨哥哥吗？"螺娘说："我正要到兖州去寻你哥哥。"春小随即醒来，知道这是不祥之兆。第二天一早就带着丈夫，雇了辆车，赶到兖州探望兄长。到了府衙，叩见了门卫说了自己的来历。门卫吃惊地说："你来找你哥哥的吗？快到道台衙门去，慢一步就要见不到他了。"春小忙问出了什么事，门卫不肯多说，只催促说："你还是快点去吧，去后自然就知道了。"两人急急忙忙来到了辕门，就见郎豹已被剥去帽子，披散着头发，像鸡狗似的被绑在那儿。春小大叫："哥哥，你犯了什么事啦？怎会有如此下场？"郎豹睁大眼睛流着眼泪说道："妹子，劳烦你替我收尸吧！"话还没说完，刽子手利刃挥落，郎豹人头落地。春小哭得死去活来，莘野公知道后也很伤心，他拿出十千钱请皮匠将郎豹头与身体缝好，买了副棺材将尸首盛殓了，并亲自打开郎豹的房门，将他的箱笼一一贴上封条，还取出一百两白银交给春小将棺木领去下葬。春小夫妻俩十分感激，朝莘野公叩谢后便离开了。

　　一天，忽然有位书生到府衙求见莘野公。见了莘野公，那书生从袖中取出一枚黄色的尖尖的桃子，说："这桃子名叫定楚丸，吃了它可以治愈一切跌打损伤，因此大胆前来献给大人。"莘野公吃下去之后，疼痛顿时消失了，鞭伤也平复了，而且一点伤疤也没有。莘野公要摆酒席酬谢他，他不肯接受，问他姓名，他也不回答。莘野公再三请求要问个明白，他禁不住笑了笑说："我并不是医生，其实是螺娘的哥哥。郎豹因为那解醒果桃杀死了我妹子，我也借益智子桃杀了他。我母亲听说大人待百姓有恩，实在不忍心看着你遭此灾难，所以献上定楚丸给你治疗，我并非无缘无故来毛遂自荐的。"说完，在众目睽睽之下，他忽然就没了踪影。

爬山虎

昭阳南郊沧浪水畔，相传是范文正公狎鸥亭的遗址，四周绿树成荫，百花齐放，鸟语花香簇拥着一座小镇，就像一幅美丽的图画。皖江有个士人寻亲来到此地，在旅店里住宿，刚躺下，就仿佛见到万山高耸，不再是水乡泽国，林烟接天，苍翠欲滴。山岩上有间茅屋，好像是隐居者为避开尘世打扰，在此建造的幽栖之所。只是四面山壁十分陡峭，没有羊肠小道，根本不知道从哪儿可以攀登上去。他想到那里去游览，但只恨自己没有双翅可以飞度。接着就见茅屋里走出一对男女，一个英俊少年，一个红粉佳人，两人相偎相依，情意绵绵，握手并肩，含情脉脉，使人看后油然生出一种夫妻的爱欲。

他正在伸长头颈遥望时，忽然见那男子飘然来到面前，作了一揖后开口说道："寒舍不远，愿先生能大驾光临，为山家除去不祥。"士人说："我刚才看见一人站在高处朝下俯瞰，那就是你吗？"那人说："是的。"士人说："你是哪家儿郎，请如实告诉我。"那人说道："我其实是天女的后代，自己取名虬儿，妻子名叫鹔娘。刚才从海上来此，在人间居住，闹中取静，门前无车马喧闹之声。我们夫妻俩擅长歌唱，儿女擅长跳舞。不需要任何丝竹伴奏，全凭一个好嗓子。不知先生可有意去欣赏一曲？"士人说："我倒是很想去，只是那巍巍高山，并没有任何天梯栈道，很难攀援和爬行，我也没有上山的钉鞋，找不到通往的山路，这该如何是好呢？"天儿说："先生只需把眼睛闭上，附在我背上，自然就能一级一级上去，不必靠腾云驾雾就可以上山的。"士人照他的话去办，果然觉得自己身体轻盈，飘飘然上了天。

过了一会儿只听虬儿说："到了。"那女子——鹔娘穿着黑衣白裙，端庄大方，在门边等候迎接，笑着问道："郎君把先生请来了吗？"天儿说："来了。"士人说："这就是你家鹔娘吗？"虬儿笑着点了点头，士人作揖行礼。进屋一看，只见房内几案靠椅清洁明亮，床帐华丽，虽然房舍不大，泥墙土壁，但由于远离尘世，自带一股清雅之气，实在不比神仙洞府差。房中还有八个小儿女，个个肌肤如雪，娇容如花，都长得一样高，看不出年龄的大小。士人看这一家，很是艳羡又有点奇怪。彪儿说："这些都是孪生子，让先生见笑了，看到他们蓬头历齿的样子。"士人说："从前上古时候的人尚要四处求神生男孩，你本事竟然这样大，能一胎生这么多孩子，是并蒂莲吗？还是同功茧？这真是确实是人间祥瑞啊。"彪儿也是不好意思地笑笑。

没多久，彪儿夫妇采来了野果，买来了村酒，跪着向士人敬酒，士人十分欣喜。彪儿笑着说："这可真如《诗经》序上所说的：用音乐娱嘉宾之心。"于是，夫妻两人放开嗓子唱了一曲，声音尖细悦耳。四个男孩和四个女孩举袖起舞，忽上忽下的犹如在海浪中遨游。士人把他们唱的歌词默记在心：

浅燠轻寒，斜风细雨，瞥眼花朝。呢喃花底，若个卷帘招。明识飘零非计，人情恶王谢寥寥。门墙外甘藏鸠拙，懒逐莺娇。

怯冷酒帘梢。回首处关山咫尺非遥。珠帘画栋，争奈逐春潮。况又蛟龙湖海，好春去难趁归桡。垂杨外，声声语细，处处魂销。

唱完，夫妻俩都泪流满面，四对小男女也都娇喘吁吁，香汗淋漓。

士人放下杯子拍手称赞，问他们唱的是什么曲子，彪儿说："这曲子叫《东风齐着力》，还请先生再喝一杯。从前我们的祖姑奶奶赵飞燕能在掌上跳舞，小儿女们从小受到胎教，近来也常加练习，我让他们跳起来，为你祝福添寿。"士人说："清歌妙舞，果然令人心醉，我只是疼惜小儿女们太过劳累了。"话还未说完，忽然听得最高处有猛兽扒石块的声音，屋子摇摇欲坠。彪儿夫妻俩被惊吓得面色苍白，小儿女们也都赶紧逃到大人们的胯下，流泪哭泣。士人吃惊地问那猛兽是什么东西，彪儿说："这是爬山虎，如果它把这屋子抓破掀翻，那么我们全家就都完了。还请先生救命，我们一家将感激不尽。"说完夫妻俩就朝他不住地磕头。士人说："我也想帮你们，可是我没有曹植的才能，也没有卞庄的勇猛，谈虎色变，连听听也都恐惧不已。如今老虎当前，就连我自身也将粉碎，还能替别人抵御捍卫吗？实在无能为力啊。"鹩娘忽然提醒说："郎君赶紧把先生送回去，别在这里泪眼相对，说一些没有用的话语。"虭儿说："好。"就背上士人飞回原处，然后又很快地飞了回去。士人突然醒来，发现自己仍旧是在旅店之中。

这时士人听见屋上不停地有瓦片响动的声音，点灯一照，就看见梁上有一只燕子窝，一对雌雄燕子正抱头相对悲鸣。而一头猫高踞在屋脊上，用鼻子不停地嗅嗅，好像发现了燕子窝的地方，用爪子翻动瓦片，已扒了个窟窿，漏出一片亮光，正打算去抓小燕子吃。这时深夜漆黑一片，即使燕子有翅膀但却无法飞行。士人这时恍然大悟，就大声吆喝，可是猫并不惧怕。于是士人就取过一根竹竿猛击猫儿，才把它赶走了。

翌日早晨，士人请来工匠，用块木板将燕子窝遮护住，查看小燕子的数目，正好是八只，四雌四雄。第二天，士人打点行装准备离店乘船而去，双桨划水。这时河面上，一对燕子在绿波上随风上下且飞且鸣，有时飞停在桅杆上，有时停歇在船舵上，送了十几里路仍恋恋不舍不肯离去。士人朝它们喊叫说："是虭儿吗？是鹩娘吗？多谢你们的情深义重，快快回去吧，恐怕窝里的小燕子又要有危险了！"双燕好像听懂了他的意思，就不再继续相送，掠过水面大声鸣叫一声飞走了。

三好三是

吉安有个雪篷和尚，善于为人看相，那些达官贵人、巨室大族都乐于与他结交，说他是春秋时的相士姑布子卿再世。他见了人最喜欢说三生因果、十八层地狱等神秘诡怪的话题，有人问他跟谁学的，他说："我曾经到沙漠中去游历，遇见番邦的首领，得到陈希夷的看相书共十六页，字体都是符箓一样的古篆文，语句也古朴深奥如同梵咒。我研究探索了十八年，仅索解了其中的一百一十五个字，从中所获的看相技术已很神奇了。凡是从精灵道中投生来的人，手掌上一定有叠山纹；从木石道中投生来的人，手掌上必有雷回纹；从美人转世而来的人，手掌上必有藕丝纹，因为情根还没有断；从飞仙历遭魔劫投生而来的人，手掌上必有烟霞纹，因为云气袅袅尚有余绪；从得道高僧堕落投生而来的人，手掌上必有莲花纹，因为前世修行洁净的缘故；至于其他忠臣孝子义侠投生而来的人，也各有不同的纹路在手掌上，而且都大同小异。"人们听了他这一番高谈阔论都嗤笑他是在胡说八道。

有一天，两淮盐运使曾宾谷大摆宴席。雪篷和尚在宴席上遇见了真州詹石岑先生，詹石岑是个很有文采的儒生，很得曾宾谷的赏识。这一天，他身穿白夹衣，风度翩翩，意态潇洒。雪篷一见到詹石岑，就向他双手合十施礼说："先生是位贵人。"曾宾谷高兴地为他俩互相介绍，并请雪篷替詹石岑看下相，推导推导终身命运。雪篷说："先生义气干云，风骨高爽，两颧骨直插眉梢，两瞳仁方而且绿，孝友出于天性，智慧足以了解自己的本来。但先生之血清而不丰润，先生之气韵而不厚实，官位不超过知县，寿数不超过五十岁，生有一子，封诰不过二千石。"接着，雪篷又让詹石岑解下头巾，看到他头顶上有"川"字骨突起，就赶紧朝他顶礼膜拜，说："刚才和尚所说还不够准确。先生是从神道投生而来，该仍然回到神道中去。官位虽低，仙禄却高，该不止于靠令郎封赠得二千石为归结。"曾宾谷问他:"大师从哪里看出詹先生是从神道投生而来的呢?"雪篷说:"先生手掌上一定有像梅花枝结成的纹路,左手掌还有如旗鼓样的纹路,右手掌上还有印剑般的纹路,这就是明证。如果是一无所有,请把我的眼珠挖去。"当时在座的人都站起来去看詹石岑的双手,一看果然如此,大家这才对雪篷的神相服了。

后来,詹石岑赶考果然中了举人,吏部铨选授他为知县。这时詹石岑父母都已年迈,他不忍为了区区一个县令而放弃对父母的奉养,就上疏辞任请求先为父母养老送终。詹石岑在家整日闭门不出,奉亲教子,填词赋诗,所作诗词都非常精妙,掷地有金石之声。四十五岁时,他突然生了点小病,由于医生误诊,竟给他服下很凶险的药,奄奄一息。死去的前一天晚上,他忽然一跃而起,嘴里不住地发出"叱叱"的呼叫声,接着又叹息说:"雪篷所说果然一点也不错吗?"然后就在枕上朝父母磕头,流泪禀告说:"儿子不孝,不能侍奉父母归天。刚才我看见一个穿着红袍捧着木板满脸络腮胡子的道士前来,木板上方写有红色大篆字体,笔画曲曲折折似蚯蚓扭动,一点也认不出写的是什么。那道士说:'上帝命你为昭阳灵应侯,要努力谨慎啊,别辜负了职责!'我叩求辞官,却不被准许。看来是我的寿数要尽了啊!昭阳离此地仅一衣带水之隔,请为我焚烧纸船,使儿子魂魄不致迷路,能时常抽空乘风归来,常在双亲房门左右徘徊。"说完就含泪咽气了。

第二天,扬州有位士人到真州来办事,专程来到詹石岑先生的家,对门卫说:"昨天我在路上看到你家主人乘着用四匹马拉的高盖车,仪卫森严。问他怎么会突然富贵了,你家主人笑着说:'你也真太小看我这穷书生了,照你说来,我是永远不会发迹了吗?'问他到哪去,他说:'到昭阳去。'说罢就风驰电掣般地去了,一会儿就没了踪影。这是我亲眼所见的事,你说这事奇不奇?"门卫流着泪说道:"我家主人昨天已去世了。"扬州士人非常吃惊,全家人更加相信雪篷和尚说的话灵验了。

几年之前，詹父偶然手臂疼痛，请名医诊治后开了张药方，服下药后臂痛就好了。可是詹石岑死后，詹父的臂痛又复发了，便去找那药方煎药服用，可那药方是由詹石岑在世时替父亲保管的，大家翻箱倒柜地寻找，但一无所获，极力回忆，而又回忆不起来所开的那几味药。大家实在没办法，想到詹石岑临终前说的那番话，就抱着试试看的心情，派一个门卫去昭阳走一道，叫他在昭阳庙中住一夜，希望詹石岑能在梦中指点他，告知药方存放的地方。那门卫名叫成寿，泗州紫阳人，秉性忠直。受命后雇了条船，向水天空阔的海陵方向驶去。不到两天时间就到了昭阳。成寿向人打听："这儿有灵应侯庙堂吗？"当地人回答说："你说的就是我们县里的城隍庙啊。"

成寿斋戒沐浴后来到城隍庙，很客气地对庙祝说："我有件心事想求神灵指点，今晚请你允许我在廊下住一夜，房钱是绝不会少你的。"庙祝点了点头。这时已经是傍晚，万家灯火，成寿想到街市上吃些晚饭，庙祝说："你吃了饭快点回来，迟了恐怕要被关在门外的。"成寿说："好吧。"但是成寿去了不到一顿饭工夫，就突然如飞一般地跑了回来，径直来到神龛下面，直挺挺地跪在地上，连连"砰砰砰"地磕头，接着又仰起头来瞪大眼睛答应说："好。"又连声说："好，好。"又说声说："好。"再磕头答应说："是。"又连声说："是，是。"然后就一头昏倒在地上了。

庙祝见状大惊，急忙向前将他救醒，人们围着他问他从哪里来的，到底出了什么事。成寿边哭边说："老实对你们说，我是真州詹家的老仆人。这的庙神是我的旧主人，我刚奉老太爷之命，来这儿向神灵乞求药方。方才我到饭店，买好酒举起筷子刚要吃时，忽然有两个公差打扮的人奔来，问我说：'你是詹家的仆人成寿吗？'我说：'是。'他说：'伯爷传你去。'我说：'哪来的伯爷？'他说：'你去了就明白了。'说完他俩就一左一右挟起我飞奔到这里。我一抬头就见满屋是人，分站两边，一位戴着高高的金冠，穿着绣衣的老爷坐在中间，果然是我的旧主人。这时我好像忘了他已经去世，真是悲喜交加，不觉就跪下给他磕头。我听见主人问我道：'太翁、太母安好吗？'我回答说'好'。随即他又问我说：'夫人平安吗？'我回答说'好，好'。他又问：'公子还不错吧？'我答道'好'。他又说：'药方在夫人内房第三只书柜内某书某卷某页中，小心记住别忘了。'我回答说'是'。他说：'你回去代我向太翁、太母叩请金安，传话给公子，要他努力读书，不要因为家里穷短了志气。我家祖上积了许多阴德，发迹的日子是不会远的。'我回答说'是'。他又说道：'阴阳路隔，神人异路，以后别轻易再来，自取其祸。'我说'是，是'。说罢，满屋子人忽然一起没有了，只有香炉中香灰余烟袅袅，龛中灯光忽明忽暗。我突然就感觉头晕乎乎的，便什么也不知道了。"

庙祝说："这里的人也早就知道庙神是詹举人，但这的庙神为侯爵，前朝时就有皇上颁赐明文规定的，一直到现在也没有改动过，你怎么会听说是伯爵呢？照你这样说，难道是褒赐给别处的庙神了吗？要真是如此，则昭阳庙神是降一等级了。"成寿听他一番话，也弄不清其中的道理，幸好知晓了药方所在之处，完成了主人的嘱咐。第二天他便回到真州，如实禀告了那天晚上在昭阳发生的事情。夫人进内房寻检，果然在书柜中找到了药方，拿出来奉献给公婆，全家人都十分惊叹。

过了两年多，江西的张天师忽然派了一位小道士来到昭阳，在庙神座前焚烧了一份奏疏，并拿出文书吩咐县官说："请替昭阳庙神换成伯头衔。因为楚地有个小县城曾遭到太平军的骚乱，政府派军队去平乱时，庙神显灵护佑。战事平息后，那个小县的百姓请求加封庙神的封号。经过查阅神册，我们发现只有昭阳庙神的侯爵头衔可以借用，所以将昭阳庙神改为伯爵，将侯爵给了那楚地小县的庙神。"

又过了两年，贵州有位法名叫大通的和尚，自称是雪篷和尚第三代小徒弟，曾拄锡杖往南海朝拜，路上遇见一位仪表堂堂气度非凡的男子。两人就坐在棠棣树荫下，手挥拂尘讲论佛经教义，探究其中玄机妙理。问那男子姓名，他说自己就是真州的詹石岑。问他到哪去，他说："在仕途中奔波劳碌了二十多年，今天才把这顶官帽像扔破鞋子似的扔掉了，得以彻底从案牍劳形中脱身出来，不再受束缚了。如今想到海外三神山去游历一番。"大通听了十分惊讶，说："三神山在虚无缥缈之间，据说船一靠近它就会被天风引去。你能够到这地方去游历，莫非是已经成仙了吗？"詹石岑回过头去笑了笑。这时突然吹来阵阵天风，詹石岑转眼间就没了踪影。

酒 泉

潞州地方有个姓咸的书生，生性风流倜傥，喜欢顾影自怜。他嗜酒成癖，即使碰上装酒母的车也时常会馋得直流口水。可又时常没有打酒的钱，但他仍是自娱自乐。咸生曾用陶渊明《五柳先生传》中的句子，制了一条谜语贴在门上。谜语是：

性嗜酒，家贫未能常得。打唐诗一句。

又自画了一幅小像，把自己画成晋代酒徒刘伶扛着铲子的模样，上面还自己题了几个字道：

我其伶，伶其我，死便埋，可乎可？

一天，有个道士前来拜访他，问咸生说："我寻思你那道很雅的谜语，谜底该是白居易《问刘十九》的'能饮一杯无'吧？"咸生惊讶地说："是的。"

道士说:"那你快去打酒来,作为我猜中谜语的酬谢。"咸生听后窘迫不安,满面愁容,因为此时他袋里没钱打酒。道士好像看出了他的窘迫,笑笑说:"我知道你并不是个吝啬的人,只是我酒渴得唇干舌燥,无精打采十分可怜。我会一点点金术,弄点买酒钱轻而易举,还可以反过来送酒给你喝。但你不能无功受禄,还劳烦你挥一挥大笔,替曲秀才写一篇传记。如果文采绝妙,就能买来酒,否则的话我就独自一个人到旗亭自饮自乐,唱'杨柳岸、晓风残月'去了。"咸生听后欣喜不已,说:"虽然受天命的限制我并不富裕,但清俊的才思我还是有的。"随即就握笔挥洒起来,一会儿工夫就写成了。道士接过文章,模仿名士的声调诵读了一遍,摸摸胡子大笑说:"这酒味真不淡啊!以前它遇到张果老时,都被一一化解成清水,可现在被你用美妙的词藻描绘铺叙,曲秀才可以永垂不朽了。"

道士一边说,一边从怀中掏出一只小葫芦,朝陶瓮中倒去,犹如涓涓泉水流淌,又如江涛滚滚,不一会儿就倒满了一瓮酒。于是在堂中铺上席子,用木头勺子舀着,两人对饮起来。咸生喝了一天一夜共三十六勺酒,道士喝了一百二十勺酒。道士喝完酒后直挺挺地躺了三天,突然一骨碌爬起身来,看见庭院中有口井,就靠着石井栏边大吐起来。顿时酒气冲天,让人反胃。可是咸生并不怪罪,反而大笑说:"这吐得可真痛快啊!"道士吐完之后,就带着葫芦走了。

从此,咸生惊喜地发现,井中之水变成了美酒,不用酒药蒸造,是天然的又香又甜醇的美酒。咸生十分感谢道士的赏赐,在井边做了个辘轳架子,架起了打酒的辘轳,从早到晚不停地从井中打酒,供给酒徒们痛饮狂喝,每天获利超过一万钱,成了一个财主。但是成生的文思却枯竭了,犹如枯井,心思也不再细腻多情,也不再唱"劝君更尽一杯酒"了。有位高阳酒徒,也是个书生,饮了井中的酒,觉得味道甘美,醉眼蒙眬地写了"酒泉"两个字,刻在石井栏上,又附了一篇赞词,赞词说:

即泉香，即酒洌，泉不智，酒不竭，仙人唾余化冰雪，大海鲸鲵吞井渫，万岁千秋酒人悦。

过了两年，道士忽然来访，咸生高兴地开门迎接，朝他磕头道谢，感谢他的慷慨赠予。道士说："门外有我的同辈八人，不如请他们进店堂来尝尝你家的美酒，如何？"咸生当然听从他的话，请八人进来。只见其中一个满面生着络腮胡子，像是位前任将军。他瞪大眼睛狂笑，用手摸着大肚，一手摇着羽扇，口中吐气成云。一个穿着进士服饰，目光如电，心中慈善，面如冰霜，好像刚从黄粱梦中醒来，身倚一柄宝剑。一个唱道情的，身子飘忽随风而来，笑嘻嘻的骑着纸马，胜过仙家骑的茅龙，自称是方外之人，曾做过侍中官。一个专注地看着太极图，一面见礼，一面打喷嚏。他是相国之子，皇后之弟，然而抛弃了官职，云游烟霞。一个是卖漉酒笊篱的不知从哪来的小姑娘，青丝覆额，身上穿白云花纹的衣裙，她曾种了一万株零陵桃。一个是位跛足，走起路来一瘸一瘸十分缓慢。身上的污垢起了皱，但胸中如怀美玉。腰下挂了只葫芦，从中竟飞出蝙蝠来。一个是翩翩公子，走起路来如凤飞鹤步，正手拿铁笛横吹，身上百衲衣雪片攒聚，瞬间雪花飞舞，回过身子飞去了。一个敲着铁拍板，脚打着拍子唱歌，他自从离开临淮，只穿一靴一袜。咸生一看这八位奇人，惊叫道："是仙人啊，是仙人啊！"道士却只是笑笑并不作答。

道士让咸生和这八个仙人一一行礼，然后大家席地而坐，把井中之酒打来共饮。坐在首位的仙人笑着说道："真想不到人间也有这么美味的酒，只可惜酒味太过清醇，应该再淡一点才能耐久。"坐在末座的仙人说："这酒和临淮酒家的酒比起来，味道差不多，但海老的狡狯伎俩不是要落空了吗？"大家拍手大笑。

道士对咸生介绍说："这几位男女老少美丑不一，都不是从人间来的。不如你运用自己的才思智慧，给他们每人写一首赞词，写出他们的神形仪态，还请不要吝惜你的才思。"咸生连声答应，握了笔苦思冥想起来。可过了好长时间，也没写出一个字，急得面红耳赤，汗流满面，喘着粗气。道士知道他的为难，就说："那就改为写一篇《酒泉赋》吧！"咸生仍是写不出来。坐在第二只座位上的仙人笑着说："海老你这次错啦！你送给他不义之财，反而让他失去了清俊的才思。浊富与清才两者，本来就是水火不相容的。"说完，大家哄堂大笑，各自起身散步。道士走到井边喃喃地念了几声咒语，只见一只三脚蟾蜍砰的一声从井中跳出，金光闪闪，飞身跳上了道士的肩头。然后听得一声长啸，仙人们纷纷回到天界。从此，井水的味道又变淡，不再是美酒了。但如果汲用这口井的井水造酒，还是要比一般的酒美味。咸生也是又羞又恨，就把酒店舍弃，上山去采药了。潞州人传说他后来也得道成仙了。谁也不能证实是否真的成仙了。

九莲洲高会

东阳的进士，宗海帆出于好玩，写了篇《钟小妹传》，我也应景写了首《小妹斩鬼曲》献给他，可这都是一时的笔墨游戏，并不是真的有其事。文中的钟小妹，也是虚构出来的，但却因此和精灵相通起来。

有一天，宗海帆和我在卧牛山房一起喝酒，早上起来时，看见书桌上铺着一层均匀的炉灰，灰上画了几行草书，写道：

海君文字瘦君诗，文故风流诗亦奇。莫当才人凿空语，如闻上界步虚词。
神通早乞天孙巧，刻画须防月姊知。太息青萍锋易钝，几番壁断小蛾眉。

下面还另写了一行注脚说：

你们的文章已被神仙秘府收入。仙人的心思被诗文道出，可真是为我增添了不少荣耀。因为云英裴航夫妻俩在海上九莲洲，邀集神仙聚会，云路遥遥，恰巧我去赴会路过此地，所以特停驾相谢。钟氏小妹拜题。

啊！难道在这渺茫世界中，真的有钟小妹这个人吗？还是别的神灵假借她名来嘲弄我们文人呢？我俩抬头仰望，只见天地悠悠，万山欲雨，互相怅惘迷惑了好长时间。

韵 小

有个麻城人，长着一脸的麻子，叫麻二郎，但十分喜欢化妆打扮。早上起来，一定要先用皂胰子洁面，直到脸上变得光亮照人才停止擦洗。他父亲是官府中写写公文的小吏，第一次和妻子同房后，就生下了长子大郎，能继承父业；接着又和驿站上的娼妓丘赛金相勾搭，生下了二郎。二郎天资聪颖，认识些字，尤其擅长写一手行楷书，字迹清秀脱俗。偶然有兴致也会填写小词。当地人都因此称他为丘中有。但二郎又生性淫荡，十三岁时就大胆地偷偷和家中的婢女仆妇偷情，被父亲知道，勃然大怒，但终究也管不了他。久而久之，邻里的人们又称他为小登徒子。

有一年太平军作乱，全家沦陷，父亲被乱军杀死。他哥哥大郎带着他逃到上海，靠着和盐商的姻戚关系，住了下来。他们对老婆妹子都成了太平军的眷属很是痛心不已，就私下探访打听。听从太平军那逃出来的同乡人说："大郎家中的女流之辈都被太平军胁迫去了南京，早晚唱歌跳舞供太平军寻欢作乐，他女儿因为生得美艳，将被册封为太平天国的王妃。"大郎听闻消息后十分愤怒，就更换了乡里人的衣服，偷偷地装成一个卖炊饼的到南京。用金珠钱财行贿太平军曹领身边的人，把妇女赎了回来。二郎的妻子也随大郎脱离了虎口，一家骨肉才得以团圆。服丧期满后，大郎因军功被授为县令，到陕西候差去了，就把家事全权交给二郎。从此，因为二郎在家的地位突然升高，就更加毫无顾虑地放荡不堪。经常穿着轻飘的衣衫，美艳的服装，搔首弄姿，口若悬河，伶牙俐齿，说起话来极尽形容之能事。一时之间，许多贵人都纷纷乐于和他结交。

上海妓女盛行，二郎经常对她们品头论足。不管是风韵妩媚的娇妓还是涂着厚厚脂粉、戴着粗劣钗环的普通妓女，他都一一加以写诗品题，并把这些诗稿编成集子，取名为《烟花蕊榜》，自己还得意地给自己起了个号，叫"风月董狐"。集稿编成之后，人们争相传看。由于二郎对各种工技、医生、占卜、巫术的行当都知道一点，能来一手，因此人们又把他称为"半部不全通天晓"。他又很擅长唱歌，不管是吴歌、越调、菱歌、莲腔，道士唱的道情，和尚唱的佛曲，乞丐唱的《莲花落》，都能学唱得惟妙惟肖，令人叫绝。另外对于酒席上的行酒令、插科打诨、戏曲科白等游戏很是精通，所以如果酒席宴上少了他，就会失了不少兴趣，人们也因此又称他为"丝缰客"，或称他为"合欢如意郎君"，所以可以看到他忙于出入酒家应酬，没有一天闲空。某天，乡里人发生争田界、婚姻之类的打官司事情，二郎听说后就毛遂自荐说："打官司写状纸是我的强项，为什么你们不请我？"因此他也偶尔替打官司人代写状纸。那些打官司的人把他叫作"曾不容"。这本是句歇后语，后面还省略了一个"刀"字。

二郎爱好逛妓院，到处散情，十分花心，时常能见到他对一名妓女动了心，赶紧用金钱去打点鸨母，可只要和那妓女睡一觉后，就把她像破箱子一样扔了，再也不会来第二次。因此上海的妓女们都把他叫作"麻一接"。在上海待的时间长了，他的色胆也越来越大，即使见到有倚门而立的良家女子，也要想尽方法弄到手。上海有名为"寄香巢"的地方，就是一些贫穷潦倒的人家，专门打扫干净一间空房，放上床席装装样子，等待野鸳鸯来此幽会。如果男客见到心仪的女子，就问房主人说这女子住在哪儿，容貌怎样，多大年纪，房主人就会让他稍坐一会儿等候，稍后把那女子带到，让他心满意足后就打发他走了。挣的钱由房主人和那女子瓜分，价钱比较便宜。这也是二郎时常出现的地方。

有一天，二郎在碧桃花下看见一人家，门半开着，里面身穿白藕花图案衣衫的女子生得很是貌美，妖媚多情，二郎对她笑笑，那女子也朝他送媚眼，随即走进屋中，把门关上。二郎的心蠢蠢欲动，匆忙来到寄香巢，从袖中拿出洋钱，砰的一声朝桌上扔去，让房主人赶紧把刚才见到的女子召来。房主人见钱眼开，说："这女子叫孙三妹，就是你品题过的花榜中人。"不一会儿，那女子被带了来。这时天色已暗，二郎也顾不上分辨真假，迫不及待地搂着女子上床欢愉。可等到房主人送来灯火一看，二郎惊诧不已，原来这女子是自己的妻子。二郎问她怎么会在这里，她说："你有香巢，我也有香巢，各游各巢，想不到我俩能在同一香巢相逢，你生什么气呢？"二郎尴尬地干笑，带着妻子踏着月色回家，但也并不把此事放在心上。人们听到这事后，觉得是件风流艳事，私底下就称二郎是"游巢太岁"。又有人撰仿章回小说，写了一则回目道：孙三妹斜立勾魂帐，麻二郎巧遇寄香巢。

这是实有其事的写照。二郎和盐商，贵人结交后，并不觉得满足，为了开阔眼界，就不论贵贱，广交官府的幕僚嘉宾、看门人、仆役。时间一长，他对一些内幕情况都一清二楚。他又常常替贵人代笔，为他们奔走效劳，所以打听内幕秘闻就更加容易。有一次他到县府中，看见一个幕僚的年轻小仆人美得像东晋时的娈童郑樱桃一样，十分艳羡，就假装和那幕僚拉近关系，趁机和小仆人玩起了同性之恋。那幕僚是陕西人，性格暴躁，身怀武功。一天早上起来，他正巧看到二郎搂着小仆的后背裸身而卧，怒不可遏，狠狠地把二郎毒打一顿，让他赤着身子跪着赔礼道歉，自己狠狠地打自己的耳光后才放了他。人们之后听说了这事，又叫他"批颊鸟""拖肠鼠""吸精虎"。

二郎得自他母亲的传授，也很会演戏。他化了妆登台演出，和正式的演员没什么不同。在他母亲死去后还没下葬时，一次偶然上戏馆去，看了好一会儿戏，觉得技痒难熬，就大叫着脱下丧服，换起红袍纱帽上台演出《白蛇传》中的《祭塔》一段，演得惟妙惟肖，十分逼真。这时台下有个讨厌二郎的绿营兵，就趁他高声唱戏左右顾盼时，突然跳上台去把二郎揪下台来，又骂又打。观众正陶醉在二郎传神的演戏中，突然被惊醒，很是憎恶这绿营兵的蛮横暴虐，争相袒护二郎去殴打他，差点把他打死。顿时戏馆内人声鼎沸，场面乱哄哄成一片。县官赶紧赶来，只看见二郎穿戴着状元衣冠直挺挺地躺在地上，就骂骂咧咧把他赶走了。抬轿的士兵们也随之驱散了观众。于是人们又称二郎为"优孟状元"。

第二年叛乱被平息，南京举行乡试盛典，因出资捐监，以拾遗的名义，二郎得此机会参加了考试，居然完篇成文。而且文章声调铿锵，句句对偶。原来他在考试时夹带了书坊刻印的范文入场，东拼西抄写完了文章，可是却没有一句是切题的。所以到发榜时，当然不会考中。他又故意装出气愤不已，失意的样子，把自己的文章誊录刻印，给每个学士大夫都送了一本，表面上是请教一番，但实际上是让大家看看考官瞎了眼睛，不懂欣赏他这样的好文章，还自认为这是所有考试文章中最杰出的一篇。当时有位别号叫石梁老子的大儒，看了二郎的文章，在上批道：

音调响亮，气势恢宏，辞藻艳发壮美，确是时文中的佼佼者。竟然也会名落孙山，怪不得古人中同样落第的刘蕡要伤心痛哭了。

人们听到此事后都讥笑二郎，又称他为"遗珠恨者"。

从此以后，二郎的神情又起了变化，嬉笑嘲谑之外还带了点假醋酸文；风流成性之外还变得满腹牢骚。他不断感慨自己怀才不遇，竟起了做官的念头，就花钱捐了个郎官，候补知县。由于他在上海无所事事，一事无成，只会每天在妓院中教年轻妓女唱歌、打拍板，吹箫吹笛，校正腔调节拍，生活得也很是潇洒快乐，人们又称他为"妓师"。

二郎之后又写了一本自述平生遭遇并涉及搳拳行令、猜谜猜物、对对子等各种游戏，以及烹饪、修造，制帽裁衣等事的书，书名题为《江湖必读乞食须知》，封名上还署了个习幻居士的笔名。他还作了一首《雏妓月经布》诗，诗云：

尺布裁成子细缝，温柔宛转裹幽宫。不容尘柄敲门入，宛似猩屏着色浓。
春水一溪清可浣，夕阳小院暖能烘。可怜骑马归来晚，何曾花开月月红。

人们争相传诵此诗，照着苏绣鞋的例子，称他为"麻月经"。

石梁老子听了这些事，拍手说道："麻二郎竟然有那样多的名号，可真是个奇人！但花样太多，声誉太广，反而会让人混乱难记，为什么不赠他一个美好的别号，让他能够流芳后世，不会让后人因为名号太多而搞不清楚。"众人都说："如果给二郎新的名号，恐怕除了灵慧如先生之外，没人能用一个新名号概括二郎的生平。"石梁老子说："我这有两个字可以赠给二郎其人，而且这两个字就像九州生铁铸就，不能改动一点。"大家好奇地问是哪两字，他说："叫韵小。"众人拱手称服，欢欢喜喜地施礼告退，大家都不禁感叹，这两字确实很是贴切啊！

四梦村

在云梦山脚下，有几户人家，叫四梦村。因为那时有四个时常梦游的人：其中第一个是位卖酒的老翁，第二个是当地一位荡妇，第三个是野庙里的一位和尚，第四个是位放牛人，所以取名为四梦村。

有天晚上，卖酒翁起身到灶间去烧火做饭，把原本准备过冬的美味好菜都煮了，淘了白米烧饭，然后打开泥封从瓮中舀酒出来，忙碌了大半夜。最后点亮灯坐下大吃大喝，吃得酒醉饭饱，拍拍肚皮大声歌唱起来。家里人都知道他此时在梦游，不敢轻易惊动他，自管自睡了。卖酒翁吃好后就熄灯睡觉。翌日早晨，他见墙上挂着的猪腿、熏鸭之类的美味都不见了，而且满地都是吃剩的猪骨鸭骨，一片狼藉，就破口大骂说："到底是哪来的馋鬼把我的美味偷吃了，连一点都不给我留。"这时，正巧那位野庙中的和尚养的一条狗跑来，衔起地上的鸭毛就走了。卖酒翁碰巧到庙里去时，看见了地上的鸭毛，怀疑和尚是贼，对他是又打又骂；和尚忍气吞声，不敢和卖酒翁辩解。人们听说此事后，纷纷为和尚打抱不平，就问和尚为什么这样畏畏缩缩，怕得这么厉害。和尚笑笑说："我也曾经在晚上起来烧饭菜，我也不确定吃卖酒翁家饭菜的是不是我？"

再说那个荡妇曾经在晚上起来在庭院中兜圈子，看着天上月色皎洁，惆怅地待了好长时间。忽然，她开门挑担到小溪中去挑水，然后挑来倒入厨房中的五只大水缸中，来来回回十几次后，把水缸都装满了。刚放下水桶，她又拿过扫帚在屋内四处打扫，把里外打扫得干干净净，一尘不染，最后才昏昏然睡去了。第二天早上，起来走进厨房，见水缸中装满了清澈的泉水，庭院中一尘不染，欣喜若狂地说："老娘我正苦于没人挑水，这是哪个好人替我挑的呢？"正巧牧牛人这时从她门前经过，肩上挑着水桶，荡妇就认为昨夜的事是他为了献殷勤做的，立即叫住问他，他居然也承认了。荡妇对他十分感激，备了酒菜慰劳他。

牧牛人也不推辞，一屁股坐下就不客气地大吃大喝起来。牧牛人的家里人私下问他有无此事，他笑着说："我确实曾经晚上起来挑水，到小溪边时，正巧碰到隔壁家老狗对我狂吠不已，还咬伤了我的小腿，我痛得昏了过去摔在地上，差一点跌入小溪。所以昨天不是我替那荡妇挑的水吗？"

那和尚也曾在晚上起来，一丝不挂，翻过墙头进入卖酒翁家，偷了马棚中推磨的驴子，骑着出来，向东走了十几里路。这时天已经亮了，农民们起身干活，见了和尚这副模样，惊吓不已，赶紧在后面追他。和尚见状回身就逃，农民们都在后追赶。和尚骑着驴子直逃进荡妇家里，家里人大叫着赶紧把和尚捉住，打了一顿。和尚这时才从梦中醒来。众人都认为一个和尚赤身裸体地在外行走，有伤风化，但那荡妇却瞪大眼睛一句话不说。人们觉得很奇怪，就问她，她说："我以为自己在梦中呢，不然的话，清清醒醒的人怎么会见到这种奇异的情况呢？"

牧牛人也曾在晚上起身，把自己家的门板卸下，然后搬到卖酒翁家的屋檐下，当作梯子爬上屋脊，大声喊叫失火。卖酒翁家的人听后，惊叫着起身，邻居们也都闻讯赶来，问他："哪里着火了？"牧牛人随手一指说："那烧得红红的地方不是吗？"众人朝四处看看并未见到着火的地方，可是牧牛人仍在不停地狂呼乱叫，人们这才恍然大悟，原来他是在梦游，就把他揪下来，毒打了一顿，他这才醒过来大哭。忽然卖酒翁从木床上大叫起来，把儿子媳妇叫来说："我刚才梦见家里着火了，惊醒过来后果然听见屋上有叫救火的声音，到现在心里还惊吓不已呢。"原来卖酒翁和牧牛人做了一样的梦。

一天晚上，有个小偷趁着月色来到卖酒翁的门口，正企图从门边的小洞中穿过，忽然听见门"呀"的一声开了，卖酒翁慢慢地从屋中走出。小偷很害怕被卖酒翁看见，匆忙爬上大树观察动静。只见卖酒翁站在打稻场上，四处张望，踱来踱去，无所事事。接着又有三个人匆匆走来，和卖酒翁略打一下招呼就席地团团围坐，说话含含糊糊听不清楚。仔细一看这三人，原来正是和尚、荡妇、牧牛人三人。

忽然有一张寸把长的小黄纸从东飞来，像蝴蝶，又像轻燕。四人见了黄纸就一跃而起，争着去抓它，小黄纸仍朝东飞去，四个人一个挨一个跟着黄纸走去。偷儿觉得其中一定有什么秘密，就偷偷地尾随着他们。之后走了不到二三里路，来到一座大庄园门前，门内华灯照得雪亮，酒气浓郁。黄纸飞进门去，四个人也一齐跟了进去。偷儿悄悄地爬上屋梁，见首座坐着一位长胡子客人，骨骼相貌生得十分清奇不凡，对面位置上坐着一位女道士，风神秀逸，左右是一男一女，都十分年轻，异常漂亮，还有一些美婢俊仆，在来回走动传送菜肴。

女道士看见四个人来了，就笑着说道："你们来了吗？不如为我们演个节目助助我们主人的酒兴？"四个人齐声应道："是。"只见卖酒翁立即趴在地上做虾蟆跳，荡妇翘起一只脚跳商羊舞，和尚伏在地上学驴子叫，牧牛人跳跳蹦蹦作猢狲献桃子的样子。牧牛人忽然瞪大眼睛对和尚瞧了好一会儿，欣喜地说："这一头驴子不错，我要骑着它回去。"说完就一跃跨上和尚的背脊，还用手打和尚屁股，大声吆喝。和尚突然立起把牧牛人掀翻在地，他又怀疑这是卖酒翁在作弄自己，就跑上去揪卖酒翁的胡子，狠打他耳光。卖酒翁大怒，又疑心是荡妇的恶作剧，就跑到荡妇身边，摸她的乳房，强行和她接吻。荡妇很是气愤，大骂说："你这个猪狗畜生！连你也敢调戏老娘！"但又疑心是牧牛人对她无礼，就一把揪住牧牛人头发，脱下裤子，朝着他嘴巴撒尿，在场的人见了都捧腹不已。这时女道士忍住笑大声说道："快快停下来！你们本是邻居，怎么能因为演戏伤了和气，快快相互道歉重新和好。"四个人突然转怒为喜，相互像新郎新娘似的交拜起来，样子十分滑稽。女道士说："好了，夜深了，该送你们回去了。"说着就从袖中取出之前那张黄纸，点火烧了，四个人果然拜谢后出门而去。

这时偷儿看了好长时间闹剧，已经昏昏欲睡，只听长胡子人笑着说道："女道士你这个游戏真是妙哉！但梁上的君子在上面作壁上观，似乎意兴不深，是否要请他下来呢？"偷儿突然头一晕从梁上摔下，差一点跌断了手臂。长胡子人说："送你点小礼物，还请你别泄露秘密。"说完，命人拿出五两银子给他让他走了。偷儿拿着银子走出门后，转身一看，哪还有房屋的身影，发现自己正身处草丛之中。第二天，他偷偷地去打听四个人的情况，他们还都在床上睡得死死的没有起床，猜想一定是昨晚累坏了。直到今天，云梦一带地方还在传说此事。

清波公子

　　河北冀州有个青年，叫黄十香，字杜若，秉性博雅坚刚，二十岁时就中了秀才，在县学中颇有名气。为人也落落大方，并没有读书人的酸气。由于对古代豪侠朱家、郭解的为人十分仰慕，就在书房边放置着兵器，人们都因此笑他，对黄十香说："你只是个文弱书生，哪来的缚鸡之力，你看到过世上有文弱书生去步古代刺客荆轲、聂政后尘的吗？"黄十香笑着回答说："我虽文弱，但却能以气胜，目空一世，心雄万夫，你们怎么就知道茅屋之下不会有像要离这样的行刺庆忌的人呢？你们也真是太瞧不起我这穷书生了。"黄十香家境本就殷实，可却因为经常帮助朋友的急难，倾囊相助毫不吝惜，因此家道也逐渐贫穷下来。他的妻子姓薛，字琴娘，是一个美丽贤惠的女子，对于丈夫的行为不敢有任何抱怨，而且还支持丈夫的豪举。遇上钱财不够时，还把自己的簪钗耳环典当了供丈夫挥霍。

　　有位朋友见状进言劝说道："你的一腔热血，铁骨铮铮，确实让人佩服，但是不把钱财银子当回事，任意糟践唾弃，这也是不对的。人生衣食生活哪能用不到钱，而且钱财还关系着伦常大纲，如君臣之伦，如果读书没有灯火，考试没有盘缠，能去参加科考大典吗？就拿出钱捐官这件事来说，更是不能两手空空就上吏部去的，所以说君臣之伦没有了钱也就废了。又比如，父子之伦，晨昏侍候，冬夏之季照顾温凉，即使割臂割股孝敬，倒不如给父亲三百文买酒钱，让他自在逍遥的好。否则老父因没有好菜供养，只能在内房中叹息。就算有杜鲤容鸡，难道可以偷窃来尽孝道吗？所以父子之伦离开了钱也就废了。再如夫妇之伦，俗话说'酒肉朋友，柴米夫妻'，给老婆穿锦绣绮罗，吃山珍海味，老婆才能献媚送笑；如果让她蓬头垢面，面黄肌瘦，骨瘦如柴，瑟瑟发抖，那她一定会忍受不了而离去，到时是多么让人难堪。汉代朱买臣休妻的事不就是很好的前车之鉴吗？所以夫妇之伦离开了钱也就废了。再如兄弟之伦，世上能有几家同床共枕的兄弟呢？兄弟协和之音，好久就已听到了。只有家里放着金山铜山，这才能保持荆花永不凋谢。因此兄弟之伦离开了钱也就废了。最后再说说朋友之伦，更加少不得钱。汉代雷义和陈重的友情情深义重，春秋时代陶朱公，猗顿的金钱，两者是相互关联的。从管仲和鲍叔牙的交情就可看出，还是少不了钱，所以才会留下一段千古流传的佳话。所以说朋友之伦离开了钱也同样就废了。"黄十香听了这一篇大道理，随声附和，不住地称赞，畅快地连喝了几大杯酒，敲着盘子作了首歌唱道：

座客不复语，酌我黄金杯。杯中潋滟红玫瑰，美人颜色三春催。
春光能有几日住，弹筝高唱日数回。和峤王戎亦伧鬼，千金散尽吾复来。
不见北邙山畔冢累累，玉川金谷安在哉？

黄十香有个幼年之交王孙旦，生性老实懦弱。王孙旦的生母得不到丈夫的欢心，最后被诬陷死了。面对家庭之祸，王孙旦只暗自偷偷地哭泣，不敢有任何怨言。不久，王孙旦的父亲娶了位后妻姓多，淫荡泼辣。父亲死后，虽然王孙旦刻意对后母曲意奉承，但仍常常要遭后母的鞭打。众人见状都气愤不已，但也只坐视旁观，从来没有人出来说一句话为他打抱不平。王孙旦的妻子辛筠娘，姿色貌美，多氏很喜欢她。多氏有个侄子多彪，时常调戏筠娘，一次筠娘用梭子扔去伤了多彪的脸面。多彪大怒吼叫，更加羞辱王孙旦。

黄十香听说了此事，对文社中的友人说："我有一柄宝剑自响了十二个时辰了，是时候割断这色鬼的头了。"第二天，果然听说多彪被人杀死在田野之中。多氏十分气愤，请了讼师写了状纸，说多彪是被王孙旦所杀，向县官告状，要求将王孙旦逮捕整治。王孙旦知道了此事，把妻子藏进尼姑庵中，自己去投奔黄十香，哭着说道："实不相瞒，我是因为逃命来投靠你，你能救我性命吗？"黄十香说："放心吧，这事包在我身上了。"就把王孙旦藏在家中夹墙中，并私下吩咐妻子给他送饮食，还告诫童仆保守秘密。但此后，家中没有太平之日了，鬼物侦伺，墙头上常常露出捕役的半边脸。遇到了刮风下雨之夜，屋上还时常发出揭瓦的声响、铁链银铛的声音，真如风声鹤唳，草木皆兵的战乱时期，让人不安。

一天半夜时分，王孙旦流泪对黄十香说："对我来说后母是一个劫难，可因为我的事连累于你，这叫我于心何安？我还是自己投入大牢去吧。"黄十香说："男子汉大丈夫要紧的是有血性义气，同生共死，做事怎么可以脚踏两头船，效仿卑鄙龌龊之徒的行为呢？你不用担心害怕，只管安心在这儿。"

第二天，黄十香因事怒打了家中的一名小丫鬟，小丫鬟逃回娘家，报复地向县官告发了黄家藏匿王孙旦之事，还说出了夹墙的地点。县官果然率领差役来到黄家，打开夹墙将王孙旦逮入监牢。黄十香大声哭叫，但也无法救他。接着就听说王孙旦被严刑拷打，黄十香十分悲愤痛心，就拿钱贿赂牢中看守，打开牢门让王孙旦逃走了。从此王孙旦脱离牢笼，也不置身是非场所了。多氏又上堂控告王孙旦畏罪潜逃，县官就严加审问监狱看守，用了大刑，看守只得招出实情。于是就把黄十香抓进了牢狱，革去了功名，用刑拷打，逼问王孙旦的行踪。黄十香咬牙忍受，一句话也不招供。被审问得急了，他就瞪大眼睛大声说道："就打死我吧，我是不会说的。"县官说："照这样来看，多彪是不是也是被你杀害？不然，你为什么要如此拼命袒护他呢？"黄十香说："多彪被杀，实在罪该万死，但多彪死在田野中，而我当时正和文社里一班朋友举行文会，我哪有分身术去杀人？至于说多彪是王孙旦所杀，他那么懦弱可怜，又哪来的胆子敢做这样凶险的事呢？大人应该大公无私办案，替多彪找到真凶，而不应该替多氏去报私仇。"县官被说得哑口无言，但很恼恨他当堂顶撞，就命差役掌嘴，把他的脸都打肿了，然后把他上枷关进监牢。

当夜三更时分，众囚徒正在酣睡，黄十香在匣床上辗转反侧，久久不能入睡。忽然在茫茫黑夜中露出一团很大的绿火，光亮能照见人的毛发。过了一会儿一个红衣人从墙壁中走出来，长着大脑门、长胡子，气宇轩昂，手中拿一根小树枝，原来火光是从树枝梢上发出的。他向黄十香说："你就是黄十香吗？"黄十香回答说："是。"他又说道："行贿纵放罪犯，当堂顶撞长官，这可都是死罪。如果没法伸冤就会被处以斩首，可即使能够洗去冤屈，恐怕也将被判到边远地区充军，你为了侠义之名而被拖累至此后悔吗？"这时黄十香泪流满面，伤心不已。

红衣人从袖中取出少许药末，替黄十香敷在伤口上，疼痛立即被止住了。他又替黄十香解下绳索，就像摧枯拉朽似的。他说："你只要低头不语，默诵'无思也，无为也，寂然不动，感而遂通'这十四个字，闭着眼睛跟我走，就可以打开凶门，火速逃离，去到乐土，看鸟语花香了。"黄十香听后一跃而起，拉着红衣人的袍角，一边默诵那十四个字，一边行走，就从重重牢墙中穿过而去。敲锣打更之声渐渐远去，霜露寒气渐渐加重。黄十香嘴里讲不清话，脚下也不知走了多少路。不久，红衣人说："停，停，你只须坐在这里，救你的人就会来的。"黄十香这时才睁开双眼，只见那红衣人突然不见了。再看这山坡渐现白色，天光渐亮，眼前只见高高的梁柱，楼阁高入云烟，四周一片寂静，身靠栏杆席地而坐。朝阳渐渐升起，仆人前来打扫，黄十香问他这是什么地方，仆人回答说："是登州蓬莱阁。"

　　黄十香刚脱离险境，饥渴难耐，遥望故乡，觉得仿佛身在梦中。他对着大海不禁感慨长啸，声震江河。接着一位穿戴着紫色衣衫、青绿头巾、手执白玉拂尘、气宇轩昂的青年来到他的面前，抚摩着黄十香后背笑着说："看你的骨骼相貌生得清奇，冰清玉洁，可又是囚首垢面，一脸狼狈，如果没猜错，你不是乘船而来，而是打开枷锁逃来的吧？你到底遭了什么难，可以和我说说。"黄十香十分惊讶他看相的准确，觉得自己的事情也瞒不过他，就把全部经过叙述了一遍。那青年说："我是清波君第二个儿子，也曾遭到后母虐待，效仿春秋时晋国公子重耳出奔故事，逃到偏僻角落。寒舍就在眼前，环境清幽，如不嫌弃，可愿和我一起去玩玩？"黄十香欣喜地答应了。

　　只见那青年略略挥动了一下拂尘，接着就有一条船远远地乘风破浪而来，轻飘飘地，小得如小米粒，近看是一艘大船，停在水面不动。青年挽着黄十香跃上船去，船舱内的摆设，五光十色，都是他生平未见到的。船尾坐着一位青衣小婢，貌如天仙，黄十香心中暗暗称奇。正要开口询问，忽然觉得水声澎湃，耳中如闻春雷，如闻战鼓，虽然挨着身子却无法交谈。黄十香从船舱孔中向外张望，只见雪浪像墙壁一样涌起一丈多高，直扑头顶。浪涛中鱼龙蛟蜃嬉戏跳舞，青衣小婢敲拍着船桨唱歌道：

　　星日迷蒙混五色，下有贝阙龙宫宅。不是神人不敢居，万丈波涛寒彻骨。

　　黄十香问这儿是什么地方，青年回答："这儿已离蓬莱阁有万里之遥了。"

　　过了一会儿，波涛声突然静寂下来，水如碧玉般清澈无比，轻风微拂。四面波光粼粼，波纹如锦缎一样，亮亮地如镜子一样，恍恍惚惚看见许多打扮得漂漂亮亮的女子，轻盈地载歌载舞，出没在清波之中。黄十香感到不可思议，忽然听到悠扬的天乐声，接着听见水面上响起一片笙箫之声，就看见又有一条彩船，若即若离、似远似近行驶在他们周围。彩船上有十几名漂亮的姑娘靠在船舷望着水波，原来正是刚才恍恍惚惚见到的那些美人。

青年又把黄十香搀上彩船，只见船上早已摆好筵席，放着玉杯，席上的佳肴，人间都未曾见过，如收集白露制菜蔬，煮红虬为肉脯。饮用时只觉心醉神迷，说不出一句赞语。吃到微醉时，黄十香起立道谢，请求告辞回去。青年笑笑说："这里还只是浮家泛宅，还没有到我家门，怎么又突然要告别了呢？"黄十香哭着告诉说："自从遭了这场官司，妻儿还在乡里，老友还流落在草野之中。多谢神仙的搭救，但是案子还未查清，我这一走，一定会连累家人，曾子虽然并未杀人，但却误蒙杀人罪名，实在良心不安。"青年叹息着说："这就是你的侠义之心啊。但是贵乡你还是不能回去，且暂时寄身别处。至于骨肉亲人要团圆，并不是什么难事。"说完，从袖中摸出一张碧玉笺纸，在上面写上了像符咒一样的文字，把它交给黄十香说："你带它再回人间，把它投寄给五羊使者，他会保护你的，一定要记住，千万别把它丢失了。"

青年接着又朝那些美人看看说道："你们有什么东西送给客人啊？"那些美人都把鬓发的钗环珠翘等头饰摘下送给黄十香，并说："公子把这些东西拿到世间出售，应该不用受贫穷之苦了。"又有一位穿蓝衫的女子低头而笑，脱掉自己的一只绣鞋扔进海中，再一看时，那绣鞋已成了一只木筏。青年略略举手为礼，说道："请你上筏吧，努力自爱，我们还会在这里相会的。"黄十香于是向他告别，瞬间那条彩船就不见了。木筏上异香扑鼻，令人神清气爽。小筏在茫茫大海，惊涛骇浪中就像一点小小的鸥鸟浮在水面，黄十香也只得听天由命，抱着膝盖打起瞌睡来。

等他醒过来时，木筏已经停靠在野岸边。河水如带，人声喧闹，岸上楼阁鳞次栉比。黄十香离开筏子上了岸，才走了十几步路，忽然看见筏子凌空飞去了。他想想自己的这次经历，觉得还是在梦里，可是摸摸怀里美人们送的物品，还都确实在那里。他找了家旅馆住下，私下打听此处是何地，原来来到了广东的五羊城，听说城隍庙中果然有五羊使者的塑像，他就清早起来斋戒梳洗，取过镜子照了照，见脸上鲜润光泽，不再是一副囚徒的模样，就去庙中把那碧玉笺投放在五羊使者神龛上，磕过头，默默祷告一会儿后才离去。人家问他："秀才是从哪里来？"他故意谎称："我出来游学，可中途遇盗，行囊都丢失了，只身逃到这里。"之后，黄十香从钗上摘下一粒明珠去变卖，得了二百两银子，在客店的生活十分安适。他私下算了一下从入海到进入广东只用了一天一夜的时间，可人间却已过了一年了。

话说当时黄十香越狱逃走的事，惊动了整个冀州城，县官严刑拷问狱卒，但却一无所获。黄十香妻子琴娘坐着轿子到县衙门，请求见丈夫一面，说："即使我丈夫被判死刑，也不能死了没有尸体，如果我不能把丈夫的尸体带回去和父母合葬，那这场官司我就是打到死也不肯罢休。"罢官着急得束手无策，只得对琴娘不停说好话，暂且先把她打发回去。琴娘孤独生活，日夜流泪，疑心是多氏恨极了自己的丈夫，贿赂狱卒害死了他而将尸体藏了起来，就打算向省里长官控告，就算倾家荡产也在所不惜。这天晚上，她梦见一位老翁骑着青羊从空中降下，对她说："你丈夫豪侠脾性不改，自己招来魔孽，不过现在已平安抵达广东，你们又不是不可以相见，怎么还要如此伤心呢？"

县官在这天夜里也梦见老翁骂自己说："你真是个糊涂虫！随意诬陷良善书生，杀多彪的另有主犯。张耳不耳，陈余不余，揉舟弄桨，出没江湖。你去缉捕，自然就会抓到凶犯。"第二天他果然在花船上见到一个名叫长东的老船工，衣襟上有血迹，一到晚上就说胡话，就命差役把他捆起带到公堂上，经过一堂审问，长东如实招认了自己的罪行。供词说："我和多彪在嫖赌时起了异议。我很喜欢花船上的妓女阿巧，可是多彪仗着王孙家的钱财，强行包占了她。我早就想把多彪杀了。那天，正巧黄十香在水边荷亭上设宴作文会，我摇船在菰蒲中枕着篙子躺着，听见黄十香说要杀多彪，所以我就借机拉着多彪把他灌醉后在野地里杀了，然后嫁祸于黄十香。现在死去的鬼常常显形来骚扰我，使我不能安睡，我一日不抵罪就不能使冤鬼满意，所以只得如实地交代罪状。"县官听后震惊不已，将长东打了板子关进监牢。

到第二天，琴娘就喊叫着到县衙来哭诉说："既然我丈夫并没有杀死多彪，那么就该放了他，宣告他无罪，可我丈夫在哪呀？"接着筠娘也哭哭啼啼来说："我丈夫本是个读书人，生性懦弱，既然多彪是长东杀的，那么也应该让我丈夫和黄十香一起无罪释放，请你们把他俩还给我们。"县官白起眼睛斥责说："黄十香纵放囚犯，王孙旦对母亲忤逆不孝，都不能算无罪，我将差人把他们捕获，治他们横暴忤逆之罪。"

这时多氏在家不甘寂寞已有好长时间了，私自引诱附近庙中的大瓢和尚，和他私通。有天晚上两人正喝醉了在床上欢愉，困乏了就一起睡了。多氏梦见一位骑羊的老翁掀开帐子叫她起来说："你侄子多彪是被船工杀死的，牵连到王孙旦，现在正要被砍头呢，现在赶紧到街市去看他被杀头吧，也是件大快人心的乐事。"多氏听后欣喜不已，就拥着大瓢和尚，赤着身子一丝不挂，手拉手跟着老翁去了。从好几道门轻易穿过，一点也没有阻挡，很快地就来到大街上，惊慌失措地不知上哪去好。这时月色昏暗，众差役举着火把，簇拥着县官正在巡夜，突然遇见一对男女呆若木鸡立着挡路，就喝令他们跪下。问他们的姓名，一个是大瓢和尚，一个就是出首告发忤逆罪的多氏。官大怒，打了和尚的板子，用皮鞭抽打多氏，并说："这妇人果然不是什么好货！"把他们骂了一顿之后，立即赶走，这才明白王孙旦的冤狱。这年秋天，按照法律长东被判死罪，在街市上处斩，多氏受了惊吓死去，县官也因为玩忽职守交给吏部审理。

再说王孙旦当时逃出牢狱，远窜到二百里之外，住在深山一座废庙中，靠教授村中学童为生。有一夜，他在月下独坐，十分思念美丽的妻子，想到良友的义气，热泪像泉水一样滚滚涌出。忽然听到敲门声，就开门请敲门者进屋，只见一位生着美须、长挑身材临风玉立的老翁，身后还跟着一只头角生得端正的羊儿。老翁说："你隐居在此，是因为寂寞在感伤吗？"王孙旦说："我本是漏网之鱼，能够得到一点污池之水活命就很满足了，怎么还奢望到广阔江湖中去鼓鳍扬鳞遨游呢？"老翁说："为了你家的事，我这个老头子也是东奔西跑的忙坏了。"王孙旦一面惊讶不已，一面赶紧下拜说："老人家是如何知道我家的种种不幸呢？"老翁说："我是听黄十香说的，所以知道你家复杂的情况。"王孙旦说："黄十香是我的恩人，他现在哪儿？"老翁说："他的踪迹离此不远，我就带你去接他回家。"

老翁说着，从袖中取出一幅彩色绸绢高高抛向空中，随即化成一条大船。那只羊受了惊动想鸣叫，老翁对它念动咒语，立刻变成一个秃发童子，坐在船尾掌舵摇橹。老翁带着王孙旦一起登上大船，不一会儿，船就飞入空中。只见白云团团，晶莹荡漾，船似乎是在银河中航行。不久十几座大山在眼前，船驶近后，就听得树梢枝、石笋尖刷刷擦划船底的声音，就好像替人搔背发出的声响。又过了一会儿，忽然天上狂风大作，船被抛起十几丈，俯瞰人间，只觉茫茫一片，无法辨清哪是城市哪是村庄，只能在烟雾朦胧中看到一线黄河如衣带一样，层层叠叠的太行山耸立，就像一朵朵绿色荷花箭。老翁说："这么痛快的遨游，秀才是不是要写点佳诗题咏一番。"这时王孙旦早已被吓破了胆，惊恐不已哪还有闲情观赏。老翁见状大笑说："你胆子也真是太小了，比起黄十香的胸襟坦荡可相差很远。"接着自己拖长了声调吟出一首诗道：

汉使乘槎岂不经，满身风露泛空青。一声杜宇千山响，回首昆仑水气腥。

童子靠着船桨抽出洞箫为老翁伴奏，呜呜的声音像玉子叫，不同凡响。

过了一会儿，月儿冲破云端露了出来，分外明亮，船随风飞得更高了。老翁指着金、术、水、火、土五星说："这里面都有美好的境界。"王孙旦往那看去，果然见晶莹的星光中像有楼台亭阁、树木人物，像蚊蚁一样小，就问老翁："老丈这么神通广大，能够身入其中吗？"老翁说："当然能，只是你还有尘俗之情，还不能马上超脱，现在还不是时候，以后可以到那地方去的。"王孙旦又看见月中有两座大山，一座山上雪花飞舞，一座山上烈焰在腾腾地冒火，就问这是什么缘故。老翁说："阴极则阳生，没有什么原因。"王孙旦又问："那月中是否真有桂树？"老翁说："这个确实有的。"随即有一颗桂子落入王孙旦的怀里，吃下去又香又甜，身心舒畅。

不一会儿，船降落了，老翁说："到了。"就命童子上前去敲门，老翁念动咒语，船便仍旧缩为彩绢，把它折叠成一块小手帕，塞进袖中。没多久，门开了，黄十香出来迎接，见到王孙旦，惊喜不已，就问："你之后到何处去了？"王孙旦说："在离乡二百里之内的地方隐居。"黄十香又问道："你怎么会这样快到这里？"王孙旦指着老翁告诉他说："全靠这位神仙的帮助！"就详细地把经过说了一遍。黄十香听后很是震惊，对老翁又拜了拜，情意殷勤地邀请老翁进屋。老翁说："夜色渐深，该趁着月光，作为我们行船的指南针，赶紧走吧！"说着仍将彩绢化作一条大船，喝令童子替黄十香结扎琴书、被褥，安放在船中，就带了黄十香一同上船。不久，大风吹起，船朝相反方向启航。黄十香说："我这不会是在做梦吧！"王孙旦说："是真的。"老翁从袖中取出一只小玉瓶，斟满一杯酒，说："这是从天上壶芦学士家中得来的，甘醇甜美，你们一定要喝上一口。"黄十香和王孙旦向老翁拜了拜，把这杯酒分着喝了，竟然都喝得酩酊大醉，还没来得及问一下老翁的名姓，也没来得及欣赏归途中的景色，就在船中睡着了。醒来时，发现各人都已躺在自己的家门口，惊讶得大叫起来。两人的妻子听闻赶紧出来迎接自己的丈夫，抱头痛哭，各自庆贺获得第二次生命。这时朝阳才刚刚升起，满身的露水还没有晒干呢。

再说一说这后任县官，董公，求贤若渴，在读了黄十香、王孙旦的文稿后大赞不已，说："字里行间透出一股烟霞之气，可真是奇才！"便召两人来拜见自己，十分殷切地劝勉他俩，修正了原来的判决，重新恢复了两人的秀才身份，并且在学政大人处表扬推荐他们，让他俩一起进了官学。但两人却不热衷于名利，留恋官场，已看破红尘，把它当作镜花水月一般。

后来当地遇上大荒年，两人把所有的钱财全部拿出去赈济疾病残废的人。家业将尽时，两人商议说："神仙刘纲、樊夫人和萧史、弄玉原先不也是凡人吗？不如我们也效仿他们吧！"就决定同一天各自带着妻子入山采药，求长生不老之术。亲戚们都赶来送别，再三挽留他们，可他们还是坚决地走了。只见山深林密，他们逐渐远去。黄十香随口吟了一首绝句，作为留别。诗是这样的：

刘阮仙踪且共探，彩云应在石桥南。何须共觅胡麻饭，各有山妻管药篮。

牙疼咒

乡下人所说的赌咒，就是发誓，牙疼咒就是一种根本不能兑现的昧良心的咒。以前，我十分不理解昧心咒为什么被叫作牙疼咒，近来听了乡里老一辈人的讲述，才明白牙疼两字大有来历，并不是向壁虚造的。

乡间有位姓崇的地主，他购买了大量肥沃的田产，还雇了个精明的承租人。到秋深时候，万物成熟，粮食作物如黄云一片，广阔无边。承租人欺负崇某生性软弱，就故意报少收得谷子的数量。崇某知道实情就和他理论，承租人竟翻着白眼和崇某激烈争辩，死皮赖脸硬说谷子被田鼠吃去很多，只有这一点谷子可以缴纳。崇某无奈，突然想起县里城隍菩萨十分灵验，就命承租人到城隍庙去发咒，才相信他。承租人沉默了好一会儿后说："好吧，谨遵台命。"一天后，他果然买了香烛，备了供品，而且肩上挑了一石稗谷来到崇家，请崇某一起去城隍庙。庙里钟声镗镗，鼓声咚咚，承租人跪拜之后，仰面朝天大声发誓说："菩萨，我是崇家的承租人，佃户和田主把谷子瓜分之后，我不能一点都没有剩余。"说到这里，他就用手指着箩筐说："但是我也就得了这一点点东西，除此之外我什么也没剩下。我在此发誓，如果我侵吞其他，就一定会受到惩罚。"崇某这才相信他确实是清白的，就笑了笑走了。

承租人重新挑起稗谷回到家中。邻居们中有知道内情的人十分惊讶地对他说："你的确吞食了田主的谷子，还敢去大肆欺骗神灵，难道就不怕报应吗？"他忍俊不禁，说："我没说一句假话，有什么好怕的？"说着就把箩筐一倒，一锭锭白银掉在地上，发出铿锵的声响，原来他早已狡猾地把侵吞的谷子卖去换成了白银，藏在稗谷中，这样认为自己并无欺诈行为，可真是太狡诈了！

不久，腊尽春回，当地有个习俗，每到春上正月，要到县城隍庙里拜神，所以这时香火最盛，百货云集，各种杂耍游戏更是让人眼花缭乱。男男女女手挽手，顿脚唱歌蜂拥而至，姑娘们成群结队来游玩，热闹喧哗的场面和苏州的虎丘不相上下。这时那位承租人向所有的亲戚们拜年，每天喝屠苏酒，吃香喝辣，美滋滋的。因此导致心火旺盛，引起牙缝生疮，疼痛难忍，就进县城请大夫治病。他敲了敲大夫家门，一个童儿对他说："我家先生刚好穿上新衣到城隍庙去玩了。"他就赶紧捂着牙，赶到城隍庙寻访，果然在城隍庙门口见着了大夫，就拉住大夫的袖子诉说病痛。但是大夫却不搭理他，依然自顾自靠在门上，凑近卖玉器的摊头看东西。玉器摊主资金充足，所卖的珊瑚、玛瑙，斌玞之类的货物，琳琅满目堆满了桌子，其中眼镜最多。大夫正打算买一副，正在认真挑选，哪有空搭理他。玉器摊主又喋喋不休地和大夫说得起劲。承租人这时牙痛得更厉害了，怒气冲天，忽地向大夫飞起一脚，又挥舞双拳。只听玉器摊唿喇一声，散落一地货物，叮叮当当像一场正在进行的音乐会，像在池上弹琴，又像铁片落入水中，声音十分清脆，定神一看玉器全部被摔碎了。围观的人纷纷大叫起来，玉器摊主揪着承租人到县衙，告他蛮横不讲理。县官审理时，承租人犟头倔脑不肯认错，县官气愤不已发下签子，责令打他三百竹板，差点把他腿上的肉打掉，但这时牙齿却奇迹般地好了，不痛了。最后判决命令他出钱赔偿玉器摊主的损失。承租人把藏在稗谷中的银子全拿出去赔，但仍然还不够，就把自己所有的家财都赔了进去，家产为之一空。从此，牙疼咒的说法就传开了。

唉，神灵对崇家这位承租人的惩罚可真是灵验极了。但是高高在上、英明的神灵，为什么对于世上的一些存心欺人的士大夫，常常动辄貌似恳切地赌咒发誓的谎言，不狠狠惩罚呢？真让人想不通啊！

夜不收

三荡归帆是我们县里的八景之一。三荡的南岸有座大镇，镇上村落连成一片，房屋鳞次栉比。镇中有个无赖的恶少，喜欢晚上游玩，但是从不提灯，只在暗中摸索，觉得趣味无穷。有人曾好奇地问他说："你白天不出游偏要挑晚上出来玩，大晚上的一片漆黑，有什么可开心的呢？"他说："盛夏时节，镇上的男男女女都把门板拆下当床，露宿在门口，看他们睡觉时千奇百怪的姿态，怎么能不趣味多多。而且运气好的话，还可以遇上私通幽会的人，就可以要挟他们，也是件很占便宜的事情。"人家听后，十分不屑，都唾弃他，但恶少仍是感到很快活，不以为怪。恶少常把在外露宿男女放在地上的鞋子拿走调换，有时会把西市大脚女人的鞋子移到东市小脚女人的床边，有时把北街女人的鞋子移到南街男子的床边，有时把男人的鞋子换成女人的鞋子，还有时把小孩的鞋子换上老人的鞋子。调换混淆，镇上人都大骂他可恶。后来镇上人都谨慎地把各自的鞋子枕着睡觉，并争相给恶少起了个外号，叫"夜不收"。

有一天晚上，月高风清，恶少又一个人出来游玩。突然瞥见一个美丽的女子从眼前一晃而过，步伐匆忙。恶少不禁眼前一亮，心中忽然起了一个念头，觉得这女子一定是镇上的荡妇，是来找情人幽会的。他就尾随着那女子来到街后的菜园之中，可那女子突然停住脚回过头来低声叫道："来了吗？"恶少答应说："来啦。"就走近她身边，瞟见她脸上生着可爱的酒窝，果然是位娇艳妩媚的女子，就拉住她要求欢好。女子微微一笑说："莫非你就是传说的夜不收吗？"恶少说："是的。"女子说："久闻大名，深夜你我相逢，恐怕也是上天的安排，但是我俩到哪去缠绵呢？"

恶少见女子答应，内心狂喜不已，带着她飞快奔走，弯弯曲曲地跑到一座大厕所内，互相拉着来到茅坑上，恶少说："在这儿好吗？"那女子说："好是好，可是那么肮脏要怎么走近呢？"恶少说："今天就先委屈你一次，等下次我一定找个干净的地方。"可那女子却不慌不忙地从怀中拿出一个麻绳圈子给恶少看，并说："这里面有许多美丽的景致，你试试把头伸进圈中看看。"恶少略略侧过头好奇地张望了一下，见里面果然是五光十色，光怪陆离，非常奇妙，不亚于海市蜃楼。女子说："你把头伸进去，会有更好的体验，这里面可不是人间的凡境哦。"恶少此刻只想欢爱，哪有心思去看其他的美景。这时，女子娇声作态抱怨说："我把这洁白的身子供你玩弄，现在我只不过请你欣赏一下西洋镜，你就这样不情愿，你怎么那么无情呢？"恶少心里其实是有点害怕，但也抵挡不住女子的娇媚作态，爽快地答应了她的要求，把头颈稍稍伸进圈中。

他忽然感到有一丝冷气冲出，碰上后身上不禁起了鸡皮疙瘩，赶紧把头缩回。女子见状催促说道："你都已经快要进入圈中了，怎么又后悔了？"恶少想逃开，可是却无法摆脱女子的纠缠。这时更声已残，村鸡啼鸣了三次，女子也有点不耐烦。恶少就说："不如我先用膝盖代替脑袋，可不可以？"女子就依了他的话。恶少突然失声大叫，人顿时就昏厥跪在地上了。再看那女子，已经消失得无影无踪了。他苏醒过来后又大叫起来，恶少只觉左膝疼痛难耐，用手一摸，觉得有一条麻绳绕在膝上，就像箍了条铁丝一样。大声呼喊救命，街市上的男女听到他的呼救声后，都说："这一定是夜不收又在使坏主意，故意喊叫，又在骗人，不要理他。"没有一个人起来查看。

翌日早上，有个牧童到来，看见恶少趴在地上，像是快要死的样子，就赶紧回去告诉家里人。大伙一齐赶来解救恶少，只见麻绳已经深深地陷进肉里，快要触到骨头了，可是人们却找不到接头的地方。不得已，人们拿利刃使劲割划，才把麻绳割断，膝上一股腥臭的味道让人闻着想吐。把他抬回家后，找了大夫救治了一整天，才渐渐好转过来。恶少讲述了自己的遭遇，说那女子大概是个吊死鬼。从此以后，恶少的左脚瘸了，于是人们又给他起了个新外号，叫"跛足夜不收"。

阳谷印

文鲁斋先生，名颖，是顺天正蓝旗汉军人。他本姓赵，天资聪慧，十分好学。父亲十分喜欢他，教育他学习要循序渐进，不要用功过度，以免伤了身子。他这才放慢进度，但还是很勤奋刻苦，吱呀吱呀地读书，和一般的学童不同。曾经在夏夜随老师在外歇宿，蚊子叮咬，老师摇着蒲扇气喘吁吁地淌汗，而且被蚊虫困扰。可文颖却遮了灯在黑头里不停口地背诵经史。老师叫他出去乘凉，死活不肯出来。老师问他："你不怕热吗？他说："这就像一座清凉山。"老师惊讶不已，就给他换了一个地方，自己去坐在文颖原来坐的席子上。不一会儿，就觉得有两个鬼怪一左一右拿着扇子在替他扇风，心里一片凉爽，令人神思昏倦打起瞌睡来。接着就听见一个鬼怪说："阿大我们走吧，这人并不是阳谷县令。"另一个鬼怪就问："那他是谁？"前边那鬼怪说："是位贡生，还不值得我们为他服务。"说完，嘲弄了老师一阵，就走了。老师顿时惊醒过来，仍旧像原来那样热。从此以后，老师觉得文颖的行为很是奇异。

文颖十分孝顺，对朋辈也很友爱，待仆人也总是和颜悦色。他的妻子也是位才女，有文士的潇洒风度。闺房中夫妻时常作诗唱和，好不风雅惬意。他刚满二十岁时，就中了举人，以大挑资格出任山东省属下的一个县令，这时他父母仍健在。起先他任东蒙县县令，为官十分清廉。没有私营，还分出一部分俸银接济友人，十分大方慷慨，毫不吝啬。判案速度很快，不肯拖累善良的百姓，百姓们十分拥戴他，都称他为父母官。不久，捻军很猖獗，地方上的形势紧张起来。文颖日夜集合民团抵御捻军。

不多久，文颖捧着文书被调至阳谷县任县令。阳谷县城是座小小的孤城，救兵迟迟不来。他安排好了后事，写了封血书给同胞兄弟，把父母托付照管，自己则揣着阳谷县官印，整天守在城头上。不久，捻军大批聚集，爬上城墙，文颖亲自点炮，炸死了捻军的首领，可是他们还不肯退兵。他知道县城保不住了，就打开北城门，劝告百姓赶快逃走。百姓们让他一起出逃，只见他笑了笑，并不作声——其实这时，他早已下定了必死的决心。

在此之前，文颖曾捐款铸造了一尊大炮，炸死了不少捻军。他给大炮制了一条红色炮衣披上，祝告说："等捻军全被歼灭后，我一定请求朝廷恩赐命名你为红衣大将军。"捻军进攻阳谷县的前三天，文颖疲惫不堪，实在熬不住睡意，就退到县衙办公处靠在枕上瞌睡。刚闭上眼，突然见一位红衣少年气势轩昂地走了进来，大声呼叫说："文鲁斋，我先走一步啦！"文颖正要叱责时，忽然不见人影了。过后他心中想道："真是狂妄的少年，竟敢对长官直呼其名！"就命守门人到处去搜寻，最终一无所获。这一天，捻军像刺猬般地集合攻城，文颖监督军士和捻军奋战到底。红衣大炮点火时，忽然炮身炸裂。文颖抚拍着胸膛仰天长叹说："原来是炮神在三天前就来和我告别了，真是天亡我也。"县城被攻破后，文颖大骂捻军，不肯降服，身怀官印死去。后来，文颖之子脱了孝服后，也中了举人，人们都说这是老天对忠魂的报答。

刀背刻辞

我县龙冈地方有个人，叫陈尔贞。父亲名献，叔父名谟。父亲娶妻，叶氏，生了两个儿子，长子就是尔贞，次子名尔炽。陈献早先做小生意，后来生意越做越大，金钱也渐渐多了，就在龙冈的南面开了一家店铺，生活富裕，还盖起了华丽的房屋。

陈献的妻子叶氏身体娇弱不堪，不能操持家务，陈献就让媒婆物色买一个婢女，来料理家务。说来也巧，这时有个河南人带了女儿逃荒来到陈家门上，愿意把女儿卖出帮佣，就算当小妾也十分乐意。叶氏见那姑娘虽然面无光色，但却生得明眸皓齿，气质很好，就给了那人十贯钱，买下了女子，立下了卖身文契。那姑娘今年才满十六岁，名叫荷花，十分聪慧，很能领会主人的意旨，眉毛眼睛都能表达心意。略加打扮之后，她更加美艳动人，陈献很是喜欢她，并不把她当作婢女而是把她当作女儿一样看待。

陈献的弟弟陈谟三十岁了，仍未娶妻。他对荷花的美色垂涎不已，早晚时间，经常不期而遇，两人眉来眼去，互通情意已有好长时间。但是由于叶氏防范得严，所以总不能随心意。陈献也说："我弟弟一表人才，未来的妻子也应是名门之女才能匹配，怎么能收一个婢女做老婆。再说荷花也应另外选一门好亲。如果就这样把荷花作为我的弟媳妇，那外面的人如何看我呢？"

一天，陈献夫妻俩因事外出，就留荷花在家守门。陈谟趁机进入荷花房中，拉着她就接吻。荷花羞红了脸惊慌地说："二郎你就不怕哥哥生气吗？"陈谟对她说自己情难控制。荷花说："如果你对我真有感情，那就应该想个好办法。如果要这样偷偷摸摸地胡来，我可不愿意。"两人正在拉拉扯扯时，陈献突然从外面回来全瞧见了，骂了一顿之后放走了陈谟。

陈家的邻居中有个姓刁的四十多岁的老佳人，风韵犹存，陈谟早被她迷住了。因为不能得手荷花，陈谟就请刁妇帮自己想计策。刁妇笑着说："如果二郎送我十斛冬松米，那么我来替你做媒。"陈谟高兴地答应了。刁妇就上叶氏那去吹了点风，诉说了陈谟的心思。叶氏听后怒气冲冲说："我一定不会让二郎称心如意的。就算他哥哥答应了，我这做嫂子的也要好好考虑考虑！"刁妇满面羞愧地走了。从此以后，叶氏对陈谟、荷花防范得更严了。

原先当初荷花进陈家门的时候，陈献就曾经请西邻白老人为她算过一卦。白老人卜好卦后，十分怅惘，写了一张帖子说："先失其母，后妨其兰，喜星一动，凶遭白虎。不如弃之，另觅良女。"陈献看后不在意地大笑，认为买一名婢妾哪有那么大的危害还嘲笑算命卜卦信不得。到这时陈献才后悔不已，就对叶氏说："不如就成全了他俩吧，省得让外人看笑话。"但叶氏死不同意。到晚上听见堂中有唧唧之声，很快地来来去去，没有定准，三四个晚上都是这样。陈献就起来偷看，原来是龛中的牌位自己跳出来行走，走走就摔倒了，又硬撑着拗折了身子立起，自己走入龛中。陈献觉得这不是好兆头，就虔诚地祭祀祖宗，祈求保佑。第二天，猫头鹰在陈家屋上不停地啼鸣，鬼火在烟囱内乱舞，陈献私下对弟弟说："荷花终归是你的，你先别急躁，不要惹你嫂子生气。哥哥老了，而且已有了两个儿子，我难道还会打荷花的主意吗？"陈谟唯唯诺诺地应了两声。

一次叶氏偶然翻检荷花的绣匣，看到一页《秘戏图》，就问她是从哪弄来的。荷花惊吓不已，颤抖了好一会儿才说："这是二郎给我的。"叶氏就鞭打她，直到打得皮开肉烂，惊动了四邻。刁妇听到后怒不可遏，把陈谟叫来，教了他一条计策说："你这痴汉为什么不把那倔强妇人杀了？"陈谟说："怎么杀法？"刁妇说："我的前夫曾做过牛医，箱笼中还藏着害人的药，有一种毒得死人的断肠草叫钩棘，人如果误吃了就会立即送命。我把它偷偷地给你，千万不要让人知道，恐怕连鬼神也料想不到。只要你嫂子死了，哥哥那就好说话了，到时谁还阻拦你娶荷花？"

陈谟很高兴，就讨了点药回去交给了荷花，让她把毒药揉在糕饼当中。叶氏吃糕饼，觉得特别美味，就把陈献叫来一起品尝。半夜时，两人毒性发作，夫妻双双都死了。当时尔贞才六岁，不明白为什么自己的父母会突然一同死去，抱着弟弟大哭。陈谟之后就把荷花娶来作妻子，由于急着要和荷花完婚，就草率地把丧事办了。刁妇时常前来向陈谟借贷，陈谟总是给她一点儿钱，时间长了，对刁妇很是厌烦，脸上有时也露出拂逆之意。刁妇勃然大怒，伸手指着陈谟骂道："你可真是个没良心的贼，你忘记了我是怎么帮你娶得美娇娘的吗？我的一根断肠草的钱，你总该要偿还吧？"陈谟只得赶紧闭嘴沉默不语。荷花拔下头上簪子耳环给了刁妇，刁妇还是气不过大叫大嚷着走了。

这时尔贞七岁，方才恍然大悟：自己的父母原来都是被叔父害死的。到第二年，刁妇去世了。她病重时在枕上喃喃说鬼话，把荷花叫到床前百般责骂。尔贞听她说话的声音形态，和他父母很像，更是把此事藏在心中，不敢对别人说。尔贞长大后，陈谟和荷花打算给他娶妻，尔贞却极力推辞。问他为什么，他说："侄儿长期受叔父的抚养，至今还一点也未曾报答过，实在很惭愧，所以怎么能急于成亲呢？如果实在不行的话，就先替我弟弟办理吧。"陈谟虽然口上答应了，但心中充满怀疑，觉得尔贞心里一定另有图谋，就把他斥退，不让他亲近。过了一年多，陈谟果然替尔炽和蒋家的女儿定了亲，商量了结婚的日子。

在江淮之间一直流行这样一个风俗，既娶媳妇要压床的习俗，就是在结婚前一夜，要在亲戚中挑选一位多福多寿的男子睡在婚床上。乡里亲戚们商量下来，就请尔炽的叔父压床。尔贞听到这消息后暗自开心，私下到关帝庙去祝告。压床这天晚上宾客宴集，挥拳行令大吃大喝，十分热闹。尔炽的新房在后楼上，陈谟酒后疲倦不堪，就让仆人拿了灯照他上楼先睡，不一会儿就鼾声四起。尔贞还是前前后后招呼照应，和一班少年人打趣说笑。

尔贞等到酒残灯将熄灭时，先服下砒霜，然后藏了把利刃在袖中，脱下鞋子只穿着袜子，蹑手蹑脚悄无声息地上楼进房。只见，新房台上残灯还在亮着，陈谟发出呼呼的很大的酣睡声。尔贞从容不迫地挂起帐子，右手拿刀，左手拍着叔父的肩头说："叔叔快醒来！"陈谟惊醒过来，迷迷糊糊的，惊惶地问有什么事。尔贞说:"叔父你还记得我父亲母亲是怎么死的吗?叔父是我的长辈,我不能无礼不先告知你一声就把你杀了。"陈谟听后惊恐不已,想起身呼救,尔贞用力朝他猛刺,陈谟跳起呼叫,尔贞抽出刀后又连砍了几刀,直到把陈谟杀死。

家中人闻声后赶紧过来奔救,尔贞在下楼梯时失足摔下,砒霜从喉咙中落了出来,竟没有毒死。他伏在地上大叫说:"你们不要以为我父母是暴毙而亡,先前东邻刁妇病中说的鬼话,各位长辈难道不知道吗?冤案长时间没有伸冤,我作为儿子,心如刀割。今天我亲手杀死了叔父,按法律也不能活,还请长辈们把我送到官府千刀万剐。"当时乡里的亲邻们都熟晓他们家的事,心中也是气愤不已,无可奈何,到这时,又都惊叹不已,最终把尔贞送到官府,投入监狱。

当时的县令是位贤明廉洁的官员,他亲自到府里、省里的大官们那去讲明情况,结果宽恕了尔贞的罪,把他释放了。尔贞被释后并没有立即回家,而是找了把铲子来到刁妇的坟地,把刁妇的尸骨掘出来投入粪坑,然后自己也跳井自杀了。这事发生在康熙五十二年十月初一。县令后来查验尔贞佩带的利刃,只见上面刻着这么几句话:

这不是小小的仇冤,乃是人伦的奇变。杀了他,杀了他,即使粉身碎骨,我也心甘情愿。

装金鼠

在高邮有一户人家,全家人都虔诚地信佛。他们每天都能听见从东面墙壁传来的念经诵佛的声音,咿咿呀呀,声音细得似蚯蚓鸣苍蝇叫。四处搜寻,可却什么也没有见到。一天晚上，他家的祖母太夫人睡下后，似乎见到一位秃头的矮个子小孩向她拱手作揖，并说："我是奉家主之命，请你大驾光临寒舍。"太夫人问他是哪一家，他说："您去了之后，就知道了。"

太夫人跟着他弯弯曲曲来到一户世家大宅，只见一位白发苍苍的老婆婆，身旁侍立着三五位浓妆淡抹楚楚动人的年少女子。老婆婆看到太夫人，表示欢迎说："房主人光临寒舍，让寒舍顿时蓬荜生辉。"之后请太夫人在大堂首座上坐下，一眼看去，堂上的摆设都很光彩华丽。一间间洞房、华美的居室，十分曲折幽静深邃。服侍的小丫鬟，也生得十分娇美，但却没有看到一个男子的身影。太夫人欣喜地说："竟然有这样的好邻居，近在咫尺，却一向没有来往，可真是我太疏忽了，还请莫怪罪！"就问起她家的门第籍贯，老婆婆自我介绍说："我们原籍相州，姓奚，丈夫死于虎口，成了寡妇。几个儿子出门在外，我就孤零零地带着姑娘们在府上寄居，蒙你们护佑已有好长时间了。听说老太太您一直虔诚信佛，特写请帖派童儿请您来此，愿意听您的心得妙悟。"太夫人一听说是同道中人，就端端正正盘膝而坐，为她讲述《金刚经》的要义。当讲到佛主在舍卫城中落下美食时，老婆婆看了看在座的那些女子，神色大变，说道："皈依佛教，果真能享有这种美味，比起强取暗偷来，真是大不同啊！"太夫人讲经结束后，丫鬟们奉上食物，都是榛栗果口之类。太夫人吃了少许，就听见丫鬟们喧闹说："大家快点防备，老虎在门外张望！"太夫人听后急忙拖了拐杖狂奔而逃。她突然从梦中惊醒，只见台上灯还在亮着，一只猫儿在东墙下悄悄地在守候着，眼盯着老鼠洞，露出垂涎欲滴的样子。

又一个月，太夫人忽然听见邻居的儿女们在大声哭泣，好像家中新死了主人一样，侧耳静听时，发现声音又是从东面墙壁中传出来的，十分娇细。她正在莫名其妙时，又看见上次来迎接她的矮个子童儿跪在床下禀告说："我家姥姥昨夜归天了。她曾听过太夫人讲解如来的教义，所以今天前来报丧。"太夫人不禁叹息，童儿也不见了身影。不久，她家拆天花板，看见一只体形庞大的死老鼠在上面，盘膝而坐，前爪做合十状。家中人感到惊讶不已，可太夫人心知情况，就命家仆请来工匠给死老鼠涂金上漆，供在檀木做的小佛龛中，后来再也没有什么怪异的事发生。

大　蛇

我家乡的城门边，有条叫藕菱渡的溪水，满坡翠竹，两岸野花盛开，溪水中鱼儿在碧蒲绿藻之间游来游去，景色十分幽静清寂。乡中有一位里长，时常拿着鱼叉戳鱼、叉蛙来饱口福。有一天午后，他又在浅水边掷叉猎物，突然从水中窜出一条大蛇，白色的蛇身上有着黑色的花纹，头大得像五石瓮，头顶上还翘起一块红色的肉瘤，双眼犀利，一眨一眨的，吐出三四尺长的舌头，鲜红鲜红的像天边的彩霞。蛇身的长度无法用丈尺测量。大蛇行走很快，像飞一样，飒然生风，里长见状赶紧狂奔逃走，但蛇头很快已触到了他背上。他知道自己逃脱不了了，就连忙跪在地上朝大蛇磕头求饶，发誓自己从此知悔改过，再也不残害生物。大蛇好像听懂了他的话，在地上盘起身子，大得可以放满两亩田，眼睛还是一动不动地盯着里长。里长想逃，但大蛇好像看出了他的意图就抬起身子，里长无奈，只得闭目低头听天由命。过了好一会儿，里长突然觉得周围静悄悄的，毫无声息，便略微睁开眼睛查看，眼前哪还有大蛇的踪影。他赶紧奔逃回家，向别人诉说这怪事，身子还是在不断颤抖。

声音石

四川有位姓郎的书生，有一次乘船去游览长江三峡之一的滟滪堆，只见江水碧绿，清澈见底，还有许多鹅卵石，个个晶莹灿烂。他让会潜水的人潜入水底把鹅卵石捞出来，用作盆景。发现石头中有一块鹅卵石特别的滑腻光润，他经常抚摩玩赏，爱不释手。就连夜里睡觉时也把它放在枕边，忽然听见有铮铮缕缕、呜呜咽咽，似乎是管弦的乐声忽远忽近地传来，再侧耳细听，竟是从鹅卵石中发出的声音，他激动得睡不着觉。一直到早上鸡啼天亮时，声音才停止。

第二天晚上，郎生再乘船到滟滪堆，只见月朗风清，波涛汹涌，到处都是一片肃穆之气。他从袋中取出鹅卵石，依靠在船头上静静细听，又听到像古琴曲《思归》那样的乐声。接着又像是弹瑟的声音，弹筝的声音，弹箜篌，弹琵琶，声声入耳，好似天籁之音，美妙动听。在白天时，它不发出任何声响，一到晚上里面就像是开起了音乐会一样热闹。郎生为自己得了此宝物十分开心，把它放在锦囊中，珍惜得像连城璧似的，如果不是生死之交的朋友，他绝不轻易拿给人看。更为惊奇的是，鹅卵石的声音会随着季节的变化而变化，春天的百鸟啼叫，秋日阶下的蟋蟀悲鸣，冬夜的潮水澎湃，夏天的雨打荷叶，好一派热闹。

一天晚上，鹅卵石忽然发出像胡笳似的乐声，号角般的乐声，声音十分悲壮。到第二天，无辜的郎生果然因亲戚的一件案子受到株连，被连累下了大牢。办案的官员早就听闻郎生有块宝石，就授意狱中的看守对郎生说："只要愿意把那鹅卵石献出，就可免了你的罪。"郎生说："它是我的性命，我宁可你要了我的命，也别想打我的鹅卵石的主意。"结案时，郎生被判往辽东充军，流落在关外。从此人也不能回乡，鹅卵石也不知去向。听说过此事的人都为之十分痛惜。